लछमी जगार

लछमी जगार

[गुरुमायँ सुकदई द्वारा प्रस्तुत बस्तर की धान्य-देवी की महागाथा]

हरिहर वैष्णव

राधाकृष्ण प्रकाशन

ISBN : 978-81-8361-888-5

लछमी जगार
© हरिहर वैष्णव

पहला संस्करण : 2018

मूल्य : ₹2995

प्रकाशक
राधाकृष्ण प्रकाशन प्राइवेट लिमिटेड
जी-17, जगतपुरी, दिल्ली-110 051

शाखाएँ : अशोक राजपथ, साइंस कॉलेज के सामने, पटना-800 006
पहली मंज़िल, दरबारी बिल्डिंग, महात्मा गांधी मार्ग, इलाहाबाद-211 001
36 ए, शेक्सपियर सरणी, कोलकाता-700 017

वेबसाइट : www.radhakrishnaprakashan.com
ई-मेल : info@radhakrishnaprakashan.com

मुद्रक : बी.के. ऑफसेट
नवीन शाहदरा, दिल्ली-110 032

LACHHAMI JAGAAR
by Harihar Vaishnav

बस्तर अंचल की समस्त गुरुमायों को आदर सहित

परिचय

पाठक : यह ग्रंथ वस्तुतः बस्तर की आदिवासी एवं लोक संस्कृति में रुचि रखने वाले गम्भीर पाठकों एवं शोध अध्येताओं के लिये प्रस्तुत किया गया है। इस ग्रंथ को द्विभाषिक स्वरूप में प्रस्तुत करने का उद्देश्य मात्र यह नहीं था कि यह हल्बी भाषी समुदाय के लिये हिन्दी का ज्ञान प्राप्त करने का माध्यम बने किन्तु यह भी कि इसके माध्यम से हिन्दी भाषी समुदाय भी बस्तर की समृद्ध मौखिक परम्परा से न केवल परिचित हो सके बल्कि उसका अवगाहन भी कर सके। इसी तरह प्रस्तुत संक्षिप्त परिचय हिन्दी भाषा-भाषियों को इस महाकाव्य की पृष्ठभूमि से परिचित कराने के उद्देश्य से है ताकि वे कथा का सम्पूर्ण आनन्द ले सकें। इस प्रस्तुति में गुरुमायँ सुकदई की न केवल 30, 939 गीत-पंक्तियाँ यथावत् समाविष्ट हैं अपितु यह संस्करण इनके द्वारा गाये गये 'लछमी जगार' के प्रस्तुतीकरण की श्रृंखला की दूसरी कड़ी भी है। श्रृंखला की पहली कड़ी के रूप में इसका गद्यात्मक संक्षेपीकरण त्रिभाषिक (हल्बी-हिन्दी-अँग्रेजी) स्वरूप में 2003 में प्रकाशित हो चुका है, जो महज 164 पृष्ठों में सिमटा हुआ था। उस संस्करण को क्रिस ग्रेगोरी और मैंने प्रस्तुत किया था, जिसे अन्तर्राष्ट्रीय स्तर पर बहुत ही अच्छा प्रतिसाद भी मिला। बहरहाल, प्रस्तुत संस्करण विस्तृत स्पष्टीकरणों से युक्त पाद-टिप्पणियों एवं संदर्भों से भी युक्त है; जो निश्चित ही शोधार्थियों के लिये उपयोगी प्रमाणित होंगे जबकि पहली कड़ी में इनका समावेश जानबूझ कर नहीं किया गया था ताकि सामान्य पाठकों के लिये सहज एवं पठनीय बन सके। वस्तुतः इसे गद्यात्मक संक्षेपीकरण की ही तर्ज पर त्रिभाषिक (हल्बी-हिन्दी-अँग्रेजी) स्वरूप में प्रस्तुत करने की योजना पर 2003 से ही काम चल रहा था किन्तु अन्ततः कई तकनीकी दिक्कतों की वजह से इसे पहले हल्बी-हिन्दी और इसके तुरन्त बाद हल्बी-अँग्रेजी में प्रस्तुत करना तय किया गया। इस तरह इस संस्करण के तुरन्त बाद या लगभग साथ-साथ ही क्रिस गेग्रोरी और मैं इस श्रृंखला के तीसरे यानी हल्बी-अँग्रेजी संस्करण को भी अन्तर्राष्ट्रीय पाठक वर्ग के लिये प्रस्तुत करने जा रहे हैं। यहाँ यह उल्लेख आवश्यक होगा कि प्रस्तुत परिचय की कंडिका 02 (**लछमी जगार क्या है?**) से 11 (**प्रस्तुत संस्करण**) को मैंने क्रिस ग्रेगोरी और मेरे द्वारा इस प्रस्तुति की प्रथम कड़ी यानी 2003 में प्रकाशित त्रिभाषिक गद्यात्मक संक्षेपीकरण से थोड़े-बहुत अन्तर के साथ जस-का-तस लिया है। शेष, अर्थात् कंडिका 12 (**प्रस्तुतीकरण की पृष्ठभूमि** से 14 (**आभार**) जो हिन्दी भाषियों के लिये विस्तार पूर्वक लिखे गये हैं, वे पूर्णतः मेरे अपने हैं।'

लछमी जगार क्या है? : लछमी जगार विभिन्न संस्कारों से आबद्ध अनुष्ठान है जो यद्यपि महिलाओं द्वारा पूरे किये जाते हैं, किन्तु पूरी तरह महिलाओं द्वारा कहा जाना समीचीन नहीं होगा। कारण, पुरुष भी इस आयोजन में सहभागी होते हैं और अपवाद

स्वरूप जगार-गायक भी। प्रसंगवश यह उल्लेख करना समीचीन होगा कि ऐसे अपवादों में ग्राम काकड़गाँव के सुकलू राम पाण्डे, बस्तर ग्राम के पास रहने वाले जयदेव और सुकदेव; बनियागाँव (केशरपाल) के चैनसिंह कुरमी तथा सरगीपालपारा, कोंडागाँव के स्व. लुदरूराम कोर्राम और भेलवाँपदरपारा, कोंडागाँव के स्व. छेदीराम बघेल रहे हैं। इस तरह के अपवाद और भी होंगे किन्तु उनकी जानकारी मुझे नहीं है। यह आयोजन प्रायः धान की फसल कटने के बाद शीत ऋतु में किसी भी समय आरम्भ हो कर अधिकतम 11 दिनों तक चल सकता है। यह यों तो सप्ताह के किसी भी दिन आरम्भ हो सकता है किन्तु समाप्ति गुरुवार को ही होती है। इस दिन सारी रात गायन होता है। 'जगार' शब्द हिन्दी के जागरण (और संस्कृत के यज्ञ) शब्द से प्रादुर्भूत है। देवताओं को निद्रा से जगाना, अन्न की उपज और सुख-समृद्धि की याचना इसके मूलभूत अभिप्राय हैं। किन्तु इसके साथ ही यह आयोजन उत्सव-धर्मी भी होता है। विशेष रूप से अन्तिम दिन जब अनुष्ठान अपने चरम पर होता है और माहालखी यानी धान (महालक्ष्मी) का विवाह नरायन राजा के साथ सम्पन्न होता है। यह विवाह सांकेतिकता के साथ नहीं अपितु वास्तविकता के साथ सम्पन्न होता है। नृत्य और गायन की छटा देखते ही बनती है। लछमी जगार का आयोजन किसी समुदाय अथवा व्यक्ति विशेष के द्वारा भी हो सकता है। इसमें आयोजक अपनी पत्नी के साथ गाथा के अनुरूप पात्रों की भूमिका भी निभाते देखे गये हैं। इसके आयोजन के विषय में लोगों का कहना है कि यह प्रायः सुख-समृद्धि की कामना से आयोजित किया जाता है। लोग मनौती मानते हैं और मनौती पूरी होने पर अपने वचन एवं आर्थिक स्थिति के अनुरूप कम से कम तीन अथवा पाँच, सात या नौ वर्षों तक इसका आयोजन करते हैं।

इसका आयोजन कहाँ होता है? : लछमी जगार का आयोजन छत्तीसगढ़ प्रान्त के अन्तर्गत अविभाजित बस्तर ज़िले के जगदलपुर एवं कोंडागाँव तहसीलों में, तथा नारायणपुर, दन्तेवाड़ा और बीजापुर तहसीलों के कुछ भागों में किया जाना पाया जाता है। अब ये सारी तहसीलें जिलों के रूप में पुनर्गठित की जा चुकी हैं। यह अनुष्ठान बस्तर की मौखिक परम्पराओं का ही एक अंग है जिसमें अन्य चीज़ों के साथ ही वर्षा ऋतु में सम्पन्न होने वाला एक अन्य मौखिक लोक महाकाव्य *तीजा जगार (धनकुल)* भी सम्मिलित है। इसी तरह पूर्व दिशा में, ओड़िसा प्रान्त में, हमें 'बाली जगार' नामक एक मौखिक लोक महाकाव्य मिलता है जिसका आयोजन ग्रीष्म ऋतु में होता है। हमने इसका आयोजन नवरंगपुर में होना पाया। एक नृतत्वशास्त्री मित्र टीना ओटेन हमें कोरापुट (ओड़िसा) में प्रचलित बाली जगार के एक भिन्न संस्करण की जानकारी देती हैं। यद्यपि इन लोक महाकाव्यों की कथा-वस्तु आदि में पर्याप्त भिन्नता है तथापि इनकी आपस में समानता का बिन्दु है इनका गायन महिलाओं द्वारा किया जाना, और *धनकुल* नामक वाद्य जिसका वे वादन करती हैं। इस परम्परा का विस्तार दण्डकारण्य के प्रायः उस मैदानी भू-भाग में पाया जाता है जो इन्द्रावती नदी के तट पर है तथा जिसे दण्डकारण्य का हृदय-स्थल कहा जा सकता है। उल्लेखनीय है कि धान और अन्य गौण अनाज इस भू-भाग की प्रमुख उपज हैं, और जैसा कि हम यहाँ देखेंगे, यह पूरा क्षेत्र धान-उत्पादक पूर्वी भारत तथा गौण अन्न-उत्पादक पश्चिमी भारत की सीमा पर स्थित है। न केवल यह अपितु दण्डकारण्य का यह विस्तृत पठार द्रविड़ भाषा-भाषी दक्षिण भारत एवं भारोपीय भाषा-भाषी उत्तर भारत की भी सीमा पर स्थित है।

यहाँ यह स्पष्ट करना आवश्यक लगता है कि 'लछमी जगार' के विभिन्न रूप (वर्ज़न) प्रचलन में हैं। प्रस्तुत रूप को 'बेसरा खँदा (बाज शाखा)' के नाम से जाना जाता है, जबकि एक अन्य रूप को 'जम खँदा (यम शाखा)' के नाम से। कारण, 'जम खँदा' में जमराजा (यमराज) की भी कथा है और उसमें लछमी का पहला और अधूरा विवाह जमराजा यानी यमराज के साथ होता है और दूसरा विवाह नरायन राजा के साथ। वस्तुतः दोनों ही रूपों में कई दृष्टियों से काफी भिन्नता है।

गायक : लछमी जगार लोक महाकाव्य का गायन प्रमुखतः महिलाओं द्वारा किया जाता है किन्तु अपवाद स्वरूप पुरुष भी गाते देखे गये हैं, जैसा कि ऊपर उल्लेख हो चुका है। प्रमुख गायिका *पाट गुरुमायँ* या *बड़े गुरुमायँ* कहलाती है। उसकी एक या दो सहायिकायें होती हैं, जिन्हें *चेली गुरुमायँ* या *नानी (छोटे, छोटी) गुरुमायँ* कहा जाता है। प्रायः पाट या बड़े गुरुमायें दादी या नानी के उम्र की होती हैं जबकि चेली गुरुमायें माँ के उम्र की। ये गुरुमायें प्रायः 30 वर्ष की आयु से, जब उनके बच्चे बड़े हो चुकते हैं तथा घर-गृहस्थी के उनके उत्तरदायित्व प्रायः कम हो जाया करते हैं, गायन सीखना आरम्भ करती हैं। यहाँ यह उल्लेख अनिवार्य होगा कि जगार-गायन किसी समुदाय या जाति विशेष की विशेषज्ञता नहीं होती। ये गायिकायें किसी भी समुदाय या जाति से हो सकती हैं। उदाहरण के तौर पर : जगदलपुर क्षेत्र में धाकड़, मरार, केंवट, बैरागी और कलार, कोंडागाँव क्षेत्र में गाँडा, घड़वा, बैरागी, मरार, कलार आदि जातियों की गुरुमायें जगार गायन करती दिखलायी पड़ती हैं। इन गुरुमायों को उनके गायन के लिये कोई निश्चित धनराशि नहीं दी जाती अपितु उसकी जगह आयोजक द्वारा जगार की समाप्ति पर सामर्थ्यानुसार ससम्मान भेंट दी जाती है। इस भेंट में प्रायः धान, चावल, साड़ी और रुपये आदि भी सम्मिलित होते हैं।

प्रस्तुत गाथा की ग़ायिका सुकदई गुरुमायँ संगीतकार/ग्राम प्रहरी (कोटवार) समुदाय से सम्बद्ध हैं और कोंडागाँव क़स्बे के सरगीपालपारा नामक मोहल्ले में रहती हैं। यह समुदाय यहाँ का मूल निवासी है। संगीत-साधना (वादन) इस समुदाय के पुरुषों को विरासत में मिली है और उन्हीं तक सीमित भी है। वे तीन से पाँच के समूह में होते हैं तथा विवाह और अन्य धार्मिक अनुष्ठानों के अवसर पर वादन करते हैं। पहला व्यक्ति मोहरी (शहनाईनुमा वाद्य), दूसरा निसान या नगाड़ा, तीसरा टुड़बुड़ी या तुड़बुड़ी (ताल वाद्य), चौथा ढोल तथा पाँचवाँ ढपरा (ढपली) बजाता है। किन्तु इन दिनों इन सभी वाद्यों का स्थान आधुनिक वाद्यों; उदाहरण के तौर पर बैंड बाजे, सिन्थेसाइज़र आदि ने ले लिये हैं। गनीमत है कि धार्मिक अनुष्ठानों में बैंड बाजों और सिन्थेसाइज़र का उपयोग नहीं हो रहा है। यहाँ यह उल्लेख अप्रासंगिक नहीं होगा कि इन आधुनिक वाद्य-यन्त्रों के कारण पारम्परिक वाद्यों का अस्तित्व दिन-ब-दिन समाप्त होता चला जा रहा है। यहाँ तक कि गोंड-मुरिया समुदाय के वाद्य यन्त्र माँदर, माँदरी, ढुडरा, ढोल, झुमका बड़गी, चिटकोली आदि भी परिदृश्य से गायब होते चले जा रहे हैं। आदिवासी एवं लोक संस्कृति पर शहरी संस्कृति या कहें कि पाश्चात्य संस्कृति हावी होती चली जा रही है, जो चिन्तनीय है। बहरहाल, गाँडा समुदाय के लोग, जैसा कि ऊपर कहा गया है, कोटवार तथा चरवाहे के रूप में भी अपनी सेवायें समाज को देते आ रहे हैं। इस समुदाय के लोगों के पास अपनी कृषि-भूमि थी किन्तु धीरे-धीरे इनमें से अधिकांश लोगों ने अपनी भूमि बाहर से यहाँ आ बसे लोगों के हाथों

बेच डाली। यह स्थिति प्रायः गाँव से क़स्बे में परिवर्तित होते स्थानों में, उदाहरण के तौर पर, कोंडागाँव (सरगीपालपारा) आदि में बनती गयी है। आज इनकी आजीविका का साधन दैनिक मज़दूरी रह गयी है। सुकदई के परिवार में उनके पिता की बहिन दुआरी के पहले कोई भी जगार गायिका नहीं हुई थी। दुआरी ने जगार-गायन निकटस्थ गाँव बम्हनी की पनका जाति की एक महिला से सीखा था। सुकदई और उनकी तीन चचेरी बहिनों ने दुआरी से। सुकदई की चाची आयती ने भी दुआरी से ही जगार-गायन की शिक्षा ली तथा अपनी बहिन की तीन बेटियों को सिखाया। इस तरह सुकदई और उनकी निकट सम्बन्धियाँ जगार गायिका बनीं। गुरुमायँ सुकदई *लछमी जगार* एवं *तीजा जगार (धनकुल)* दोनों ही लोक महाकाव्यों का गायन करती हैं; साथ ही अनेक लोक गीत और लोक गाथाएँ भी गाती हैं, जिनका सम्बन्ध पूरी तरह मनोरंजन से है। वे कोंडागाँव की शीर्षस्थ जगार-गायिकाओं में गिनी जाती हैं। हम व्यक्तिगत रूप से कोंडागाँव की दर्जन भर से अधिक गुरुमाँओं को जानते हैं, किन्तु संभवतः इनकी सही गणना कर पाना बहुत ही कठिन होगा। कारण, बस्तर के जन-जीवन में लोक गीत का गायन सहज एवं स्वाभाविक है और प्रायः प्रत्येक महिला किसी न किसी स्तर पर लोक गीत-गायिका है। इस समुदाय को अँदकुरी गाँडा के नाम से भी जाना जाता है और ये बुनकर के रूप में भी काम करते रहे हैं। इनकी अपनी अलग भाषा है जिसे अँदकुरी भाषा कहा जाता है किन्तु इस भाषा को यह समुदाय भूल चुका है और हल्बी का ही प्रयोग कर रहा है। इस भाषा के जानकार अब बहुत ही कम रह गये हैं। ऐसे ही एक जानकार ग्राम सलना (जिला : कोंडागाँव, दिनांक 11.02.2015) निवासी श्री मेहतर राम अँदकुरी के सौजन्य से इस भाषा के कुछेक शब्द एवं वाक्यांश यहाँ दिये जा रहे हैं :

क्रम	**अँदकुरी भाषा**	**हल्बी**	**हिन्दी**
1.	थिली	रली	था/थी
2.	तुच	तुचो	तुम्हारे/आपके
3.	हाँव	मयँ	मैं
4.	थिले	रले	था
5.	माज	मोचो	मेरे
6.	तेका	हुनके/तेके	उसे
7.	बसुकुलू	बसुँसे	बैठते हैं
8.	खाउकुलू	खाउँसे	खाते हैं
9.	करुकुलू	करुँसे	करते हैं
10.	जाली	गेली	गयी/गया

वाद्य-यन्त्र : यह वाद्य दैनिक उपयोग की वस्तुओं के संयोजन से तैयार होता है। धान फटकने का सुपा, धनुष तथा हण्डी इसके प्रमुख उपकरण हैं। कोंडागाँव एवं इसके आसपास *धनकुल* नामक इस वाद्य-यन्त्र के विभिन्न उपकरणों यथा, धनुष को *धनकुल*

डाँडी, डोरी को *झिकन डोरी*, बाँस की कमची को *छिरनी काड़ी*, हण्डी को *घुमरा हाँडी*, हण्डी के मुँह पर ढंके जाने वाले सूपा को *ढाकन सुपा*, हण्डी के आसन को *आँयरा* या *बेंडरी* तथा मचिया को *माची* या *बैठक माची* कहा जाता है। धनकुल वाद्य को गुरुमाय केलमनी (खोरखोसा, जगदलपुर-बस्तर) द्वारा गाये 'लछमी जगार' एवं 'धनकुल' में 'हाँडी बाजा' भी कहा गया है।

घुमरा हाँडी आँयरा या *बेंडरी* के ऊपर तिरछी रखी जाती है। *आँयरा* या *बेंडरी* धान के *पैरा* (पुआल) से बनी होती है। तिरछी रखी *घुमरा हाँडी* के मुँह को *ढाकन सुपा* से ढँक दिया जाता है। इसी *ढाकन सुपा* के ऊपर *धनकुल डाँडी* का एक सिरा टिका होता है तथा दूसरा सिरा ज़मीन पर। *धनकुल डाँडी* की लम्बाई लगभग 2 मीटर होती है। इसके दाहिने भाग में लगभग 1.5 मीटर पर 8 इंच की लम्बाई में हल्के खाँचे बने होते हैं। गुरुमायें दाहिने हाथ में *छिरनी काड़ी* से *धनकुल डाँडी* के इसी खाँचे वाले भाग में घर्षण करती हैं तथा बाँये हाथ से *झिकन डोरी* को हल्के-हल्के खींचती हैं। घर्षण से जहाँ *छर्-छर्-छर्-छर्* की ध्वनि निःसृत होती है वहीं *डोरी* को खींचने पर *घुम्म्-घुम्म्* की ध्वनि *घुमरा हाँडी* से निकलती है। इस तरह ताल वाद्य और तत वाद्य का सम्मिलित संगीत इस अद्‌भुत लोक वाद्य से प्रादुर्भूत होता है।

यद्यपि इसके विपरीत ओड़िसा के नवरंगपुर ज़िले में प्रयुक्त *धनकुल* वाद्य का धनुष अपेक्षाकृत बड़ा होता है तथा इसके वादन में भी भिन्नता है, किन्तु यह अतिरंजित नहीं कि दण्डकारण्य के पठार में प्रचलित यह वाद्य अपने आप में मौलिक एवं अनूठा है। दक्षिण तमिलनाडु में भी यद्यपि धनुस्संगीत का प्रचलन पाया जाता है किन्तु वहाँ इसका स्वरूप भिन्न है। इसी तरह उत्तरप्रदेश के मिर्ज़ापुर की पहाड़ियों में रहने वाली भुँइयार जनजाति के बीच प्रचलित पिनाक तथा दरकुन वाद्य भी धनुस्संगीत के ही उदाहरण हैं। भारत में धनुस्संगीत के अन्य रूपों की भी थोड़ी-बहुत जानकारी मिलती है किन्तु उदाहरण कम ही देखने में आये हैं।

गीत : प्रत्येक गायिका की अपनी अलग गायन-शैली है जिससे वे अलग से ही पहचानी जाती हैं। ऑस्ट्रेलियन नेशनल यूनिवर्सिटी में संगीत विश्लेषक डॉ. पीटर टोनर सुकदई गुरुमायँ के गायन की अलग-अलग दो पंक्तियों में चार प्रकार की लय पाते हैं। लम्बी लय-युक्त पंक्तियों में 40 थाप की समयावधि से युक्त लय तथा छोटी लय-युक्त पंक्तियों में 20 थाप की समयावधि से युक्त लय। एक अन्य प्रकार की पंक्ति में वे अन्तिम चार थापों को सुसुप्त पाते हैं। ये गीत-पंक्तियाँ सुनियोजित हैं। प्रत्येक 20 थाप से युक्त पंक्ति सुनियोजित छंद के एक चरण का आभास देती है जबकि 40 थाप-युक्त पंक्ति दो का। काव्यत्व की दृष्टि से इस लोक महाकाव्य में अनेक रुझानों की सहज ही पहचान की जा सकती है यथा : 'खिला कमल का फूल बाबा/खिला कमल का फूल' में सामान्य पुनरावृत्ति; 'जलराशि में है ओ बाबा/क्षीर-समुद्र में है' में समतुल्यता तथा 'दोनों भाई हैं ओ बाबा/दोनों को बाढ़ बहा ले जाती' में प्रस्तुति अथवा कल्पना वैविध्य। इस गीत की काव्यात्मकता और संगीतात्मकता के कारण कथा का विकास अत्यंत मन्थर किन्तु रसमय गति से होता है। प्रस्तुत पद्यात्मक मूल रूप अपने उसी मूल सौन्दर्य (सांगीतिकता) के साथ आया है और इसकी कथात्मकता, वाचिकता एवं रोचकता भी यथावत् है।

कथा : अन्य मौखिक महाकाव्यों की बुनावट में जहाँ हम घटनात्मकता पाते हैं वहीं लछमी जगार की बुनावट में अनूठी विवरणात्मकता। यह चार स्पष्ट खंडों में संयोजित है। पहला खंड आरम्भिक है (अध्याय 1 से 3) जिसमें वन्दना, न्योता एवं सृष्टि की उत्पत्ति की कथा है। अन्य दो खंड कथा-वस्तु को सामने रखते हैं। इन दोनों खंडों में मूल कथा प्रवाहित एवं व्याख्यायित होती है। खंड 2 (अध्याय 4 से 14) में मेंगइन रानी की कथा है जबकि खंड 3 (अध्याय 15 से 18) में पारबती रानी की। अन्तिम खंड (खंड 4 : अध्याय 19 से 38) में कथा-वस्तु का विकास, चरमोत्कर्ष, निर्गति तथा परिणाम या फलागम सम्मिलित हैं।

1. व्याख्या : मेंगराजा (शाब्दिक अर्थ 'मेघ') अपनी पत्नी मेंगइन रानी के हठ के कारण उनके साथ अपने लोक उपरपुर (ऊर्ध्व लोक) से मँजपुर (मर्त्य लोक) अर्थात् धरती पर आते हैं। यहाँ आने पर धरती के लोग न केवल उनका सम्मान करते हैं अपितु उन्हें अपना राजा-रानी भी बनाते और उनके लिये प्रासाद का भी निर्माण करते हैं। इसी समय कैलासपुर नामक एक अन्य नगर में माहादेव (महादेव, शिव) अपनी पत्नी पारबती (पार्वती) के हठ के वशीभूत हो कृषि-कार्य में संलग्न होते हैं और धान बोते हैं। किन्तु एक भ्रान्ति के कारण वे सारी की सारी फसल में आग लगा देते हैं। उपज में लगी आग का धुआँ जब ऊपर उठ कर ऊर्ध्व लोक तक जा पहुँचता है तब देव गण आ कर उसे बुझाते हैं। आग बुझाने पर जो धान बचा रह जाता है उसी से धान की अनेक क़िस्में बन जाती हैं।

2. विकास : मेंगइन रानी सन्तान-प्राप्ति के लिये आतुर हो कर अपने पति मेंगराजा को माहादेव के पास आम के लिये भेजती हैं। माहादेव मेंगराजा को इस शर्त के साथ कि यदि उनके यहाँ पुत्री का जन्म होता है तो वे उसका विवाह उनके छोटे भाई नरायन के साथ करेंगे, मेंगराजा को आम का फल देते हैं। मेंगराजा उनकी शर्त मान कर घर वापस होते हैं और फल रोप देते हैं। कालान्तर में फल अंकुरित हो कर पेड़ होता है और यथा समय उसमें फल आता है। मेंगइन रानी उस फल का सेवन करती हैं और इसके फलस्वरूप उन्हें गर्भाधान होता है। यथा समय एक कन्या का जन्म होता है, जिसे माहालखी (लछमी, लखी और हिन्दी में लक्ष्मी या महालक्ष्मी) नाम दिया जाता है। माहालखी युवावस्था को प्राप्त होने पर मँजपुर से गोपपुर चली जाती हैं और वहीं रहने लगती हैं।

3. चरमोत्कर्ष : नरायन राजा, जिनकी पहले से ही इक्कीस रानियाँ हैं, माहालखी से विवाह करने की ज़िद ठान बैठते हैं। माहालखी नरायन से विवाह करने की इच्छुक नहीं होतीं। कारण, उन्हें भय है कि नरायन राजा की इक्कीस रानियाँ उन्हें दुःख देंगी। किन्तु मेंगराजा माहालखी को विवाह के लिये सहमत करते हैं और यह निश्चित होता है कि विवाह के बाद नरायन राजा और माहालखी इक्कीस रानियों से अलग माहादेव और पारबती के साथ कैलासपुर में रहेंगे।

4. निर्गति : नरायन राजा अपनी नयी पत्नी माहालखी के साथ अपने बड़े भाई माहादेव के घर (कैलासपुर) में रहने लगते हैं किन्तु कुछ ही समय बाद वे अपनी शेष पत्नियों का अभाव महसूस करने लगते हैं। तब वे उनके पास वापस लौट आते हैं किन्तु पुनः उन्हें माहालखी का अभाव खटकता है और वे एक रात उन्हें उठा कर ले आते हैं। वे उन्हें अपनी आँखों से एक पल के लिये भी ओझल नहीं होने देते। इस प्रकार वे सभी सुख

पूर्वक रहने लगते हैं। कुछ ही समय पश्चात् जब नरायन राजा को इस बात का निश्चय हो जाता है कि अब उनकी इक्कीस रानियाँ माहालखी को किसी प्रकार का कष्ट नहीं देंगी, तब वे अपने राज-काज की ओर ध्यान देने लगते हैं। किन्तु थोड़े ही समय बाद इक्कीस रानियाँ माहालखी को तरह-तरह के कठिन कार्य करने को कह कष्ट देने लगती हैं। माहालखी उन कठिन कार्यों को पशु-पक्षियों की सहायता से पूरा करती हैं। फिर उन्हें सौंपा जाता है भोजन राँधना। जब वे भोजन तैयार कर रही होती हैं तब उनकी सौतनें भोजन में तरह-तरह के अखाद्य डाल देती हैं, जिससे नरायन राजा माहालखी पर कुपित हो जाते हैं और उन्हें प्रताड़ित करते हैं। माहालखी उन प्रताड़नाओं को सहन कर लेती हैं किन्तु जब नरायन राजा उन पर पाद-प्रहार करने लगते हैं तब माहालखी बहुत अधिक दुखी और अपमानित महसूस करती हैं और चूहे द्वारा खोदी गयी सुरंग के रास्ते नरायन राजा का घर छोड़ कर इन्दरपुर चली जाती हैं।

5. फलागम : माहालखी द्वारा घर छोड़ जाने के बाद नरायन राजा के परिवार पर दुखों के पहाड़ टूट पड़ते हैं। वे और उनकी इक्कीस रानियाँ भूख से व्याकुल हो जाती हैं। तब राजा माहालखी की खोज में जाते हैं और अनेक प्रयासों के बाद माहालखी को खोज कर घर वापस लाते हैं। इक्कीस रानियाँ अपनी भूल पर पश्चात्ताप करती हुई माहालखी की सेवा करती हैं। माहालखी अपने पति और इक्कीस सौतनों के साथ सुखपूर्वक जीवन व्यतीत करती हैं।

प्रतीक/मिथक : चूँकि कथा की भाव-भूमि का सम्बन्ध धान उत्पादन-प्रक्रिया के विस्तारित प्रसंग से है अतः इसका गठन उसी के अनुरूप अद्भुत है। पाठक इस तथ्य की स्वतः पड़ताल के लिये आमंत्रित हैं। निम्न प्रतीकों की जानकारी जो हल्बी भाषी समुदाय के लिये तो स्पष्ट है, किन्तु उनसे इतर पाठकों के लिये इस कथा के सामान्य परिदृश्य को समझने हेतु आवश्यक जान पड़ती है : मेंग का अर्थ वर्षा है तो माहालखी हैं धान और इक्कीस रानियाँ हैं विभिन्न दलहनी-तिलहनी और अन्य गौण अनाज। इसी तरह गोपपुर है खेत। इस कथा के नायक नरायन राजा की तुल्यता सूर्य से की जा सकती है जबकि माहादेव (शिव) को बीज-पुरुष के रूप में देखना चाहिये।

यहाँ यह जानना भी आवश्यक होगा कि दण्डकारण्य का पठार धान उत्पादक पूर्व एवं गौण अन्न उत्पादक पश्चिम की सीमा पर स्थित है। गौण अन्न का उत्पादन पहाड़ी भूमि पर तो किया जा सकता है किन्तु धान के उत्पादन के लिये सम एवं सिंचित भू-भाग का होना आवश्यक है। इसलिये धान उत्पादन ने अपने आप को मुख्य भूमि में स्थापित किया जबकि गौण अन्न गाँव की सीमा पर चले गये। नरायन राजा का विवाह पहले गौण खाद्यान्नों (इक्कीस रानियों) के साथ हुआ और उसके बाद धान (माहालखी) के साथ। मिथकीय दृष्टि से यह कथा इस क्षेत्र का जनपदीय इतिहास सिद्ध होती है। और जैसे ही हम कथा के इस बिन्दु को आत्मसात् कर लेते हैं वैसे ही इस कथा में आये पत्नी-पीड़क प्रसंगों और धान की मिंजाई के प्रसंग के बीच के अन्तर्सम्बन्धों को भी पकड़ने में सफल हो सकते हैं।

मूल्य : यह कथा इसकी गायिकाओं के जीवन-मूल्यों का उद्घोष करती है। महाकाव्य की सभी परस्पर विलोम स्थितियाँ इस लोक महाकाव्य में देखी जा सकती हैं, उदाहरणार्थ : शुद्धता/प्रदूषण, शुभ/अशुभ, पवित्र/कलुषित आदि। विभिन्न व्यवसाय-समूहों के आपसी

सम्बन्ध समानता के सिद्धान्तों से संचालित होते हैं। कुछ प्रकरणों में पति को अपनी पत्नी पर नियंत्रण रखने के लिये उसे प्रताड़ित करते देखा जा सकता है जबकि कई प्रकरणों में पत्नी या आयु अथवा रिश्ते में छोटे लोगों को अपनी बात मनवाने के लिये अन्न-जल का त्याग करते हुए भी। इस महाकाव्य में स्त्री एवं भूमि की फलदायकता (उत्पादकता) एवं फलहीनता या अनुत्पादकता (बाँझपन) के बीच का संघर्ष केन्द्रीय मूल्य के रूप में उभर कर सामने आया है। इस कथा में स्त्री मुख्यतः नकारात्मक मूल्यों की स्थिति से सही संस्कारिक व आनुष्ठानिक कृत्यों के द्वारा सकारात्मक मूल्यों की स्थिति तक पहुँचती दिखलायी पड़ती है। यहाँ उनका लक्ष्य मानवता की सहायता करना तथा इसके द्वारा अपनी कीर्ति-पताका युग-युग तक फहराना है। ये मूल्य कुछ एक स्थितियों में अखिल भारतीय परिदृश्य पर देवी लक्ष्मी के साथ जुड़े मूल्यों से भिन्न प्रतीत होते हैं। प्रमुख भिन्नता तो यही है कि इस महाकाव्य का आकार ही असाधारण रूप से बड़ा है तथा दूसरा यह कि इसे प्रमुखतः महिलाओं द्वारा गाया जाता है।

अनुष्ठान : यह जानना अत्यन्त महत्वपूर्ण होगा कि इस महाकाव्य का आयोजन बस्तर की महिलाओं के लिये एक पवित्र अनुष्ठान है। वस्तुतः लछमी जगार चर्चा की नहीं अपितु महसूस करने की चीज़ है। यह महसूसना इसके भीतर के विभिन्न संस्कारों और उनसे जुड़े विश्वास; जो विभिन्न संस्कारों में सन्निहित भिन्न-भिन्न भूमिकाओं में देखे जा सकते हैं, के साथ एकात्म हो कर सहभागी होने में है। कथा में वर्णित कुछ एक घटनाओं का सजीव चित्रण उनकी साभिनय प्रस्तुति के साथ किया जाता है, जिनकी मुख्य भूमिकाओं में स्वयं आयोजक ही होते हैं। इन अनुष्ठानों/संस्कारों को मुख्य एवं गौण, दो श्रेणियों में बाँट कर देखा जा सकता है। भिमा-विवाह (अध्याय 16), आम-विवाह (अध्याय 21) एवं माहालखी का विवाह (अध्याय 32) इस महाकाव्य की प्रमुख घटनाएँ हैं जो विपुल जन समुदाय को आकर्षित करती हैं। परवर्ती एवं अन्तिम अनुष्ठान होता है माहालखी का विवाह, जो इस सम्पूर्ण अनुष्ठान का चरम है। यह अनुष्ठान सर्वान्तिम दिन होता है, जो सदैव गुरुवार होता है। अन्य घटनाओं में माहादेव द्वारा भूमि की सफाई (अध्याय 15) और माहालखी के जन्म (अध्याय 24) को रखा जा सकता है। ये घटनाएँ भी कुछ लोगों द्वारा अभिनीत की जाती हैं। उदाहरण के लिये, माहादेव द्वारा काटे जाने वाले वृक्ष के प्रतीक-स्वरूप एक छोटी सी लकड़ी तथा नवजात माहालखी के प्रतीक के रूप में केला का उपयोग किया जाता है।

चरित्र के अनुरूप उनकी पहचान हो, इसके लिये अभिनेता/अभिनेत्री के पहचान-माध्यम अलग-अलग होते हैं। जहाँ कुछ संस्कारों में लोग सामान्यतः आनन्द लेते हैं वहीं कुछ चरित्रों की भूमिकाओं में अभिनेता/अभिनेत्री पर सम्बन्धित चरित्र की आत्मा का प्रभाव भी दिखलायी पड़ता है। उदाहरणार्थ, जब गायिकाएँ गुरुमाँओं के आगमन का प्रसंग (अध्याय 13) गा रही होती हैं तब प्रमुख गायिका एवं कई बार उसकी सहायिकाओं पर भी उन गुरुमाँओं की आत्मा का प्रभाव होने लगता है, जिनका वे आह्वान कर रही होती हैं। एक अन्य उदाहरण मेंगइन रानी और माहालखी का भी देखने में आता है। जगार-गायन की अवधि में कुछ महिलायें ऐसे प्रभाव में दिखलायी पड़ती हैं किन्तु माहालखी के विवाह के दिन तो यह प्रभाव विभिन्न आयु-वर्ग की बहुत सी महिलाओं पर दिखलायी पड़ता है।

इस आयोजन के सभी संस्कारों में प्रायः महिलायें ही सहभागी होती हैं। पुरुष संगीतकार, पुजारी और केन्द्रीय भूमिका निभाने वाले पात्रों के रूप में सहभागी होते हैं। इनमें से कुछ विवाह-संस्कार के समय देवी के प्रभाव में आते देखे जाते हैं।

प्रस्तुत संस्करण : यह प्रस्तुति 30, 939 पंक्तियों की मूल कथा का ही मूल एवं हिन्दी में अनूदित संस्करण है, जिसका ध्वन्यांकन 1996 में मैंने किया। इसके बाद अपनी बड़ी बेटी सारिका के सहयोग से मूल टेप से इसका लिप्यन्तरण एवं प्राथमिक अंग्रेज़ी अनुवाद। फिलहाल ऑस्ट्रेलियन नेशनल यूनीवर्सिटी, कैनबरा से सेवानिवृत्त नृतत्वशास्त्री डॉ. सी.ए. ग्रेगोरी (क्रिस्टोफर एलेन ग्रेगोरी, जिन्हें हम उनके लघु नाम 'क्रिस' या 'क्रिस ग्रेगोरी' से सम्बोधित करते हैं) और मैं इसके अन्तिम अंग्रेज़ी अनुवाद तथा विश्लेषणात्मक परिचय तैयार करने में जुटे हुए हैं। हमने देखा कि मूल संस्करण, जो शोध परक एवं आकार में बहुत बड़ा होना था (और है भी), इसका लिप्यन्तरण ही लगभग 1000 पृष्ठों में है, बस्तर के सीमित लोगों तक ही अपनी पहुँच बना पायेगा। तब हमने इसकी गायिका सुकदई गुरुमायँ से निवेदन किया कि वे इसका गद्यात्मक संक्षेपीकरण टेप करवा दें। उन्होंने बहुत ही कृपा पूर्वक ऐसा किया भी। इस टेप का कुशल लिप्यन्तरण मेरी बड़ी पुत्री सारिका वैष्णव ने तथा उसका हिन्दी अनुवाद मैंने किया जबकि हल्बी से अंग्रेज़ी में मेरे प्राथमिक अनुवाद के बाद अन्तिम अनुवाद किया क्रिस ग्रेगोरी ने। अब जबकि सारी प्रक्रिया अपने चरम पर पहुँचने को ही थी और इसकी पृष्ठ-संख्या भी 400 के आसपास आ पहुँची, हमने अनुभव किया कि यह संस्करण भी आकार में कुछ छोटा नहीं है। वस्तुतः गुरुमायँ ने जो संस्करण हमें दिया वह संक्षेपीकरण की बजाय मूल गीत का गद्य संस्करण ही था। यद्यपि यह गद्य संस्करण भी महत्त्वपूर्ण है और हम निश्चित रूप से इसे भी एक दिन अवश्य ही प्रकाशित करेंगे, किन्तु हमने निश्चय किया कि हल्बी भाषा-भाषियों के लिये एक संक्षेपीकृत गद्य संस्करण का प्रस्तुतीकरण हमारी सर्व प्राथमिकता है। इस तरह मैंने इस महाकाव्य का गद्यात्मक संक्षेपीकरण किया जबकि क्रिस ग्रेगोरी ने इस संक्षेपीकृत संस्करण का मूल हल्बी संस्करण के साथ मिलान कर यथा आवश्यक परिवर्तन-परिमार्जन की सलाह दी। संक्षेपीकृत हल्बी संस्करण गुरुमायँ को पढ़ कर सुनाया गया जिसमें उन्होंने कुछेक गौण परिवर्तनों के सुझाव दिये। तब मैंने इसका हिन्दी अनुवाद तैयार किया जिसे मेरे पुत्र नवनीत वैष्णव ने जाँचा और क्रिस ग्रेगोरी ने इसका अंग्रेज़ी अनुवाद तैयार किया जिसकी जाँच मैंने की। अंग्रेज़ी का प्रथम प्रारूप हल्बी-हिन्दी का शब्दशः अनुवाद था, जिसे अनुवाद-कार्यों के अनुभवी साथियों की सलाह पर क्रिस ग्रेगोरी ने भावानुवाद का स्वरूप दिया ताकि यह पठनीय एवं रोचक बन सके। इसके बावजूद मूल काव्य का सौन्दर्य तथा उसकी सुगन्धि उस संक्षेपीकरण में सुरक्षित है। फेलिसिटा कार ने अंग्रेज़ी अंश का बड़े ही ध्यान पूर्वक अध्ययन कर इसके सम्पादन में सहायक कई महत्त्वपूर्ण सुझाव दिये। उस संक्षेपीकृत गद्यात्मक त्रिभाषी संस्करण का प्रकाशन 2003 में ऑस्ट्रेलियन नेशनल यूनीवर्सिटी के सहयोग से स्थानीय रूप से कराया गया था।

प्रस्तुतीकरण की पृष्ठभूमि : मुझे स्मरण है, 1989 में जब विश्वप्रसिद्ध घड़वा शिल्पी और मेरे परम मित्र भाई (स्व.) जयदेव बघेल ने क्रिस ग्रेगोरी से मेरी भेंट करायी थी तब बस्तर की मिथ कथाओं के संदर्भ में बातचीत के दौरान ही लछमी जगार, तीजा जगार, बाली जगार और आठे जगार की चर्चा भी हुई थी। संयोग से उसी समय सरगीपालपारा

के एक देवांगन परिवार में लछमी जगार का आयोजन चल रहा था। क्रिस और मैं उस जगार को देखने और फोटोग्राफी/विडियोग्राफी के लिये आयोजन-स्थल पर जा पहुँचे किन्तु हमारे द्वारा किये जा रहे फोटोग्राफी और विडियोग्राफी से आयोजकों को असुविधा हुई, जो निश्चित ही स्वाभाविक था। आयोजकों ने कुछ कड़े शब्द भी कहे। बस! इसके बाद तो मेरे मन में अपने ही घर पर इन जगारों के आयोजन की बात पैठ गयी। 1991 में जयदेव भाई और मैं जब सांस्कृतिक आदान-प्रदान कार्यक्रम के तहत भारतीय सांस्कृतिक सम्बन्ध परिषद् (आईसीसीआर), नयी दिल्ली और ऑस्ट्रेलियन नेशनल यूनीवर्सिटी के संयुक्त कार्यक्रम के तहत ऑस्ट्रेलिया की यात्रा पर थे, तब भी क्रिस से लगातार इस विषय पर चर्चा होती रही। इधर बस्तर के वरेण्य साहित्यकार लाला जगदलपुरी जी भी मुझे लगातार इन जगारों के संकलन के लिये प्रेरित करते रहे। मैंने लगातार कई केन्द्रीय एवं प्रांतीय शासकीय विभागों/संस्थानों से इन जगारों के आयोजन के लिये आर्थिक सहयोग हेतु निवेदन किया किन्तु कहीं से भी कोई सकारात्मक उत्तर प्राप्त न होने पर अन्ततः 1996 में अपनी पत्नी श्रीमती मायावती वैष्णव के आग्रह पर मैंने अपने भविष्य निधि से ऋण ले कर पहले 'तीजा जगार' और फिर 'लछमी जगार' के कोंडागाँव संस्करण का आयोजन अपने निवास-स्थान पर कर इनका ध्वन्यांकन एक सामान्य से टेप रिकार्डर (रेडियो-सह-कैसेट-रिकॉर्डर) पर किया। मेरी पत्नी के इस आग्रह और अतुलनीय सहयोग को भुला पाना मेरे लिये कतई सम्भव नहीं। ध्वन्यांकन के बाद मैंने इसके लिप्यन्तरण आदि की ओर यह सोच कर ध्यान नहीं दिया कि इतने वृहद् काम को हाथ में लेने के लिये बहुत समय चाहिये। मैं तब शासकीय सेवा में था। ऐसे समय में मुझे भाई जयदेव बघेल जी और नवजोत अल्ताफ जी का सुझाव बहुत पसंद आया। इन दोनों ने मुझसे जब इन दोनों जगारों के लिप्यन्तरण आदि पर काम करने के विषय में पूछा तो मैंने कहा था कि मैं यह काम सेवा-निवृत्ति के बाद करूँगा। तब इन दोनों कला-साधकों ने यही कहा था कि क्या सेवा-निवृत्ति (60 वर्ष की आयु) के बाद तक बहुत अधिक विलम्ब नहीं हो जायेगा? बस! मुझे अकल आ गयी और मैंने अपनी बड़ी बेटी सारिका के सहयोग से उसी सामान्य से टेप रिकार्डर से सुन-सुन कर लिप्यन्तरण का काम जैसे-तैसे पूरा किया। इसके बाद जयदेव भाई ने पारम्परिक बस्तर शिल्पी परिवार संस्था के शिल्पी-ग्राम, भेलवाँपदर पारा स्थित कार्यालय में उपलब्ध टाईपराईटर का उपयोग करने की सलाह दी। कुछ दिनों तक मैंने इस टाईपराईटर का उपयोग किया और फिर कुछ ही समय बाद फिर से अपने भविष्य निधि से ऋण ले कर मैंने अपना स्वयं का एक टाईपराईटर खरीदा और दोनों जगारों को टाईप किया। इसके बाद 1999 में एक सैकेंड हैण्ड कम्प्यूटर पर इस सामग्री को टाईप किया। इसमें और मिलान कार्य में मेरे पुत्र नवनीत तथा पुत्रियों सारिका और शैली ने मेरा भरपूर सहयोग किया। ऐसे ही समय में, सम्भवतः 1997 या 1998 में क्रिस ग्रेगोरी आये और मैंने अपनी 'तीजा जगार' तथा 'लछमी जगार' की 1996 में की गयी रिकॉर्डिंग उन्हें खोरखोसा नामक गाँव जाते हुए कार पर सुनायी। इसके साथ ही हम उसी दिन खोरखोसा में आयोजित एक 'लछमी जगार' में भी कुछ समय के लिये सम्मिलित हुए। इससे क्रिस ग्रेगोरी के मन में भी इन जगारों के प्रति उत्कट ललक जागी और फिर उन्होंने आस्ट्रेलियन रिसर्ट काउन्सिल (एआरसी) और एएनयू (ऑस्ट्रेलियन नेशनल यूनीवर्सिटी) से सहायता प्राप्त कर इस

काम को आगे बढ़ाने में सहयोग किया। हालाँकि इससे पूर्व क्रिस ग्रेगोरी वर्ष 1982-83 में कोंडागाँव में एक शोध-परियोजना पर काम करते समय सोनिया गाँडा के घर पर 'लछमी जगार' से साक्षात्कार कर चुके थे।

वस्तुतः इस सहयोगी परियोजना का शुभारम्भ क्रिस ग्रेगोरी, जयदेव बघेल और मेरे बीच 1991 में आस्ट्रेलियन नेशनल यूनीवर्सिटी, पारम्परिक बस्तर शिल्पी परिवार और ऑस्ट्रेलिया में भारतीय उच्चायुक्त के बीच आपसी सहयोग के एक ज्ञापन पर हस्ताक्षर के साथ हुआ। इसका उद्देश्य था बस्तर और कैनबरा के कलाकारों एवं शोधार्थियों के बीच सांस्कृतिक आदान-प्रदान। आरम्भिक दौर में ग्रेगोरी और मैंने जयदेव बघेल की मिथ कथाओं पर काम आरम्भ किया किन्तु इसके बाद 1999 में प्राप्त सहयोग ने हम तीनों को कोंडागाँव के घड़वा समुदाय की वाचिक परम्परा एवं संस्कृति के साथ-साथ बस्तर तथा ओड़िसा के अन्य समुदायों की वाचिक परम्परा एवं संस्कृति पर काम को विस्तारित करने के लिये सम्बल प्रदान किया।

जयदेव बघेल प्राथमिक तौर पर घड़वा वाचिक परम्परा के ध्वन्यांकन एवं लिप्यन्तरण का काम कर रहे थे जबकि मैं बस्तर के गाँडा एवं अन्य समुदायों के वाचिक महाकाव्यों के ध्वन्यांकन, लिप्यंतरण और अनुवाद पर। ग्रेगोरी की प्राथमिकता थी इन लोक महाकाव्यों का तुलनात्मक अध्ययन एवं सामाजिक दृष्टि से इनकी प्रासंगिकता का विश्लेषण। हम दोनों इन लोक महाकाव्यों के अँग्रेजी अनुवाद पर भी साथ-साथ काम कर रहे हैं। ग्रेगोरी वर्तमान में, मेरी सहायता से, इस महाकाव्य का एक लम्बा विश्लेषणात्मक परिचय तैयार करने में जुटे हुए हैं। हम अपने इस सहयोगी परियोजना से बहुत-सी सामग्री प्रस्तुत करने में सफल रहे, जिनमें 2003 में प्रकाशित इसी 'लछमी जगार' का त्रिभाषिक किन्तु अति संक्षेपित संस्करण और अब प्रस्तुत यह दीर्घकाय हल्बी-हिन्दी संस्करण है, जो शीघ्र ही प्रस्तुत किये जाने वाले हल्बी-अँग्रेजी संस्करण की तुलना में फिर भी लघुकाय ही है।

अनुज खेम ने पूरे आयोजन में उपस्थिति दर्ज करा कर विस्तार से चित्रांकन किये। उनके द्वारा रेखांकन का कार्य 1999 से आरम्भ किया गया जिसे पूरा होने में तीन वर्षों का समय लगा। उन्होंने लगातार तीन वर्षों तक इस पर कड़ी मेहनत की। इस अवधि में उन्होंने कुल 267 विस्तारित रेखांकन तैयार किये, जिसके लिये उन्हें खोजपरक काम भी करना पड़ा। किन्तु हम यहाँ उन 267 में से कुछ ही रेखांकनों को स्थान दे रहे हैं ताकि ग्रंथ की पृष्ठ-संख्या और अधिक न हो जाये। ये सारे मूल चित्र ऑस्ट्रेलियन नेशनल यूनीवर्सिटी, कैनबरा (ऑस्ट्रेलिया) के संग्रह में हैं। मेरी पत्नी मायावती ने पारिभाषिक शब्दों की प्रामाणिक व्याख्या की। माता-पिता का आशीर्वाद साथ रहा। कुल मिला कर मेरे पूरे परिवार ने अपनी-अपनी सामर्थ्य के अनुसार मेरे इस काम में जो सहयोग किया वह अतुलनीय है।

भाषा : इस महाकाव्य की भाषा बस्तर की हल्बी लोक भाषा है। यह लोक भाषा भारोपीय भाषा परिवार से सम्बन्ध रखती है। इसमें कमोबेश संस्कृत, छत्तीसगढ़ी, भतरी, गोंडी, मराठी, अवधी, भोजपुरी, उर्दू, अरबी, फारसी, अँग्रेजी के भी शब्दों का तत्सम और तद्भव रूप में समावेश हुआ है। यह लोक भाषा बस्तर अंचल में बोली जाने वाली लोक भाषाओं में दूसरे क्रम पर है। सर्वाधिक बोली जाने वाली लोक भाषा है 'गोंडी'। गोंडी के बाद हल्बी, भतरी, बस्तरी, दोरली, धुरवी, परजी आदि का स्थान है। द्रविड़ भाषा परिवार

की, गदबी, परजी और आग्नेय भाषा परिवार की मुण्डा लोक भाषा के बोलने-समझने वाले इक्के-दुक्के ही रह गये हैं।

यों तो हल्बी लोक-भाषा को हल्बा जनजाति की बोली कहा गया है, किन्तु यह सम्भवतः सहज-सुगम होने के कारण बस्तर अंचल की अन्यानेक जातियों/प्रजातियों द्वारा भी बोली जाती रही है। काकतीय राजवंश के काल में यह बस्तर रियासत की राज-भाषा के रूप में भी प्रतिष्ठित रही है। आज इसका स्वरूप सम्पर्क भाषा का हो गया है। यह लोक-भाषा थोड़े-बहुत अन्तर के साथ अविभाजित बस्तर जिले से अब सात जिलों में विभक्त जिलों में से मुख्यतः छह कोंडागाँव, बस्तर, बीजापुर, दन्तेवाड़ा, सुकमा एवं नारायणपुर जिलों में बोली जाती है। बस्तर जिले के जगदलपुर तहसील में इस पर भतरी का; सुकमा, दन्तेवाड़ा एवं नारायणपुर जिलों में गोंडी का; तथा अन्तागढ़ तहसील में छत्तीसगढ़ी का प्रभाव है। कोंडागाँव जिले के मध्यवर्ती भाग में बोली जाने वाली 'हल्बी' मानक हल्बी मानी जाती है।

हल्बी के लिखित साहित्य के क्षेत्र में रचनात्मक सृजन के लिये स्व. पूरन सिंह ठाकुर (1898-1956, जगदलपुर, जिला : बस्तर), महाकवि कालिदास की कृति 'रघुवंश' के हिन्दी छन्दानुवाद के लिये साहित्य अकादेमी पुरस्कार से सम्मानित स्व. पं. देवी रत्न अवस्थी 'करील' (1910-1971, गीदम, जिला : दन्तेवाड़ा), पं. रघुनाथ प्रसाद महापात्र (1915-1982, जगदलपुर, जिला : बस्तर), अन्यानेक सम्मानों के साथ-साथ 2004 में छत्तीसगढ़ राज्य शासन द्वारा 'राज्य सम्मान' से विभूषित लाला जगदलपुरी (1920-2013, जगदलपुर, जिला : बस्तर), रामसिंह ठाकुर (1932, नारायणपुर, जिला : नारायणपुर) और सोनसिंह पुजारी (1942, जगदलपुर, जिला : बस्तर) आदि के नाम उल्लेखनीय हैं।

हल्बी के व्याकरण की कुछ मोटी बातों को संक्षेप में इस तरह देखा जा सकता है :

1 : हल्बी जन-भाषा की वर्ण माला में 10 स्वर एवं 28 व्यंजन हैं। स्वर : अ, आ, इ, ई, उ, ऊ, ए, ऐ, ओ, औ (हिन्दी के 3 स्वर ऋ, अं, और अः इसमें नहीं हैं।) व्यंजन : क, ख, ग, घ, च, छ, ज, झ, ट, ठ, ड, ढ, त, थ, द, ध, न, प, फ, ब, भ, म, य, र, ल, व, स, ह (हिन्दी के 7 व्यंजन ञ, ण, श, ष, क्ष, त्र एवं ज्ञ इसमें नहीं हैं)। इसी तरह अनुस्वार का उच्चारण नहीं के बराबर है। अधिकांशतः अनुनासिक (ँ) का उच्चारण होता है। उदाहरणार्थ : खँगार, माँडो, इँदर, सुँदर, जाँगर आदि। अपवाद स्वरूप कुछ स्थानों पर अनुस्वार (ं) एवं 'न्' का उच्चारण भी होता है, उदाहरणार्थ : लंका, संख, खिंडिक, मान्तर ('मान्तर' का उच्चारण कई लोग 'माँतर' भी करते पाये गये हैं) आदि। विसर्ग तो है ही नहीं। यद्यपि संयुक्ताक्षरों एवं महाप्राण वर्णों का प्रचलन नहीं रहा है, तथापि नगरीय प्रभाव के चलते अब ये भी प्रचलन में आने लगे हैं।

2 : इस लोक-भाषा में लिंग दो हैं : स्त्रीलिंग और पुल्लिंग, किन्तु अधिकांशतः स्त्रीलिंग का प्रयोग होता है। समस्त पदार्थों, पंच तत्त्वों और सूर्य, चाँद, तारों, पहाड़ों, नदी-नालों, झरनों, प्रपातों तथा पेड़-पौधों आदि सभी के लिए एक वचन में स्त्रीलिंग का ही प्रयोग होता है। उदाहरणार्थ : 'पानी गिरा' कहना हो तो 'पानी घसरली' (पानी गिरी), 'बाघ खा गया' के लिए 'बाग खादली' (बाघ खा गयी), 'सूर्योदय हुआ' के लिए 'बेर निकरली' (सूरज निकली) आदि तथापि आधुनिक प्रभाव के चलते अब यथा-स्थान पुल्लिंग प्रयोग भी प्रचलन में आने लगा है।

2 (अ) : मात्र भूतकालिक क्रिया के अन्य पुरुष, एक वचन में ही लिंग-भेद पाया जाता है, अन्यत्र नहीं। उदाहरणार्थ :

क्रिया : एतो (आना)					**काल : भूतकाल**
स्त्रीलिंग			**पुल्लिंग**		
पुरुष	**वचन**	**वाक्य-रचना**	**पुरुष**	**वचन**	**वाक्य-रचना**
प्रथम	एक	मयँ इले।	प्रथम	एक	मयँ इले।
	बहु	हामी इलू/इलूँ।		बहु	हामी इलू/इलूँ।
मध्यम	एक	तुय इलिस।	मध्यम	एक	तुय इलिस।
	बहु	तुमी इलास।		बहु	तुमी इलास।
अन्य	एक	हुन **इली**।	अन्य	एक	हुन **इलो**।
	बहु	हुनमन इला।		बहु	हुनमन इला।

3 : इसमें संस्कृत, हिन्दी, अरबी और फ़ारसी तथा अँग्रेज़ी भाषाओं के शब्द भी तत्सम एवं तद्भव रूप में उपस्थित हैं। जैसे : असुर, सुख, धनू, धार, मान, धारा, अरजी (अर्ज़ी), असल, नकल (नक़ल), इनाम, खजाना (ख़ज़ाना), खबर (ख़बर) आदि तथा कुछ तद्भव शब्द भी, जैसे : इरखा (ईर्ष्या), लोन (लवण), जतन (यत्न), लाज (लज्जा), आँग (अंग), आन (आनय), सित/सीत (शीत), चेत (चैतन्य), मुँड (मुण्ड) आदि।

4 : जब **इ**/**ई**कार या **उ**/**ऊ**कार किसी भी शब्द के **आरम्भ** या **मध्य** में आए तो उसका स्वरूप **ह्रस्व** हो जाता है तथा **अन्त** में आने पर **दीर्घ**। उदाहरणार्थ : तिन = त+इ+न, घिन = घ+इ+न, घिनघिना = घ+इ+न+घ+इ+न+ा, पियास = प+इ+य+ा+स, अजिक, धिरे, भितरे, झिक, खिंडिक, हिरामनी, लाफी, धुर, खुबे, कमानी, कारी, पाटी, गेलिस : गेली, इलिस : इली, खादलिस : खादली, पिवलिस : पिवली, साँगलिस : साँगली, दिया : दिली, इया, निया, निलिस : निली, दिलिस : दिली, खाऊँ : खाउन : खाउक : खाउकलाय, देऊँ : देउन : देउक : देउकलाय, जाऊँ : जाउन : जाउक : जाउकलाय, आनूँ : आनुन : आनुक : आनुकलाय, पिऊँ : पिउन : पिउक : पिउकलाय, नीं : निहाय/निंहाय : नईं, पाइक, खोरिन-खोरी, रासिन-रासी, परजापती, आदी आदि। किन्तु अपवाद स्वरूप उपर्युक्त नियम के विपरीत कुछेक शब्दों के मध्य में आने वाले **इ**/**ई** का स्वरूप कभी-कभी **दीर्घ** हो जाता है, उदाहरणार्थ : पीतअम्मर, पटीन्तर आदि। इस लोक-भाषा पर पूर्वी प्रभाव का परिणाम है कि इस में चाय 'पी' नहीं 'खाई' जाती है : 'चाहा खादलिस (चाय खाई)?' हल्बी के व्याकरण के सम्बन्ध में अधिक जानकारी के लिये नेशनल बुक ट्रस्ट, इंडिया, नयी दिल्ली से प्रकाशित पुस्तक 'बस्तर की लोक कथाएँ' (संपादक : लाला जगदलपुरी, हरिहर वैष्णव) का अवलोकन किया जा सकता है। यों तो इसे यहाँ भी विस्तारपूर्वक दिया जा सकता था किन्तु कुछ मित्रों के सुझाव पर कि इससे दुहराव का आरोप लग सकता है, मैंने ऐसा नहीं किया है।

आभार : मैं इस प्रस्तुति के लिये अनेक व्यक्तियों एवं संस्थानों का ऋणी हूँ। ऑस्ट्रेलियन नेशनल यूनिवर्सिटी (एएनयू) और ऑस्ट्रेलियन रिसर्च काउन्सिल (एआरसी)

की फैकल्टी रिसर्च स्कीम ने शोध-सम्बल देकर बस्तर और पश्चिमी ओड़िसा की वाचिक परम्पराओं पर केन्द्रित हमारी इस सहयोगी परियोजना को सफल बनाने में महत्त्वपूर्ण योगदान दिया। इसके लिये मैं उनका आभारी हूँ। इस महाकाव्य की गायिका, हमारी *बूबू* गुरुमायँ सुकदई का चिर-ऋणी हूँ। हल्बी के वरेण्य कवि आदरणीय सोनसिंह पुजारीजी, गुरुमायँ कमला बघेल, गुरुमायँ गागरी कोराम, इतवारिन बघेल, सुप्रसिद्ध मूर्तिकार नवजोत अल्ताफ, धातुशिल्पी (स्व.) डॉ. जयदेव बघेल, वरेण्य साहित्यकार श्रद्धेय (स्व.) लाला जगदलपुरीजी, प्रिय मित्रों क्रिस्चन डुप्रे, सोफी कैन्डाव्रोफ (स्विट्जरलैंड) आदि का भी जो लगातार चर्चाओं और सुझावों से मेरी हौसला अफजाई करते रहे हैं। अनुज खेम वैष्णव ने इस प्रस्तुतीकरण के लिये आकर्षक रेखांकन तैयार किये जो मूल कथा की उनके द्वारा की गयी दृश्यात्मक व्याख्या है। मैं उनके प्रति भी आभारी हूँ। मैं भारतीय सांस्कृतिक सम्बन्ध परिषद् (आईसीसीआर), नयी दिल्ली; ऑस्ट्रेलियन नेशनल यूनीवर्सिटी, कैनबरा और ऑस्ट्रेलियन रिसर्च काउन्सिल (आस्ट्रेलिया) का आभारी हूँ, जिन्होंने क्रिस ग्रेगोरी के अथक प्रयासों से मुझे भाई जयदेव बघेल के साथ ऑस्ट्रेलिया के 45 दिवसीय सांस्कृतिक प्रवास पर जाने का अवसर प्रदान किया। मैं स्विट्ज़रलैंड स्थित लेडिग-रोव्होल्ट फाऊन्डेशन तथा दी रॉकेफेलर फाऊन्डेशन (न्यू यॉर्क, सं.रा.अमेरिका) के बेलाजो (इटली) स्थित स्टडी एंड कान्फ्रेन्स सेन्टर का विशेष रूप से आभारी हूँ, जिन्होंने मुझे प्रवास पर आमंत्रित कर मेरे इस कार्य में सहयोग किया। मैं अपने परिवार के प्रति भी विशेष रूप से आभारी हूँ। मैं अपनी दोनों पुत्रियों सारिका और शैली तथा पुत्र नवनीत वैष्णव का विशेष आभारी हूँ जिन्होंने विभिन्न तरीकों से मुझे महत्त्वपूर्ण सहयोग दिये। इसी तरह मैं अपनी पत्नी मायावती वैष्णव का भी चिर-ऋणी हूँ जिन्होंने मेरे मन में बस्तर की मौखिक परम्पराओं के प्रति वर्षों पहले अनुराग पैदा किया। माता-पिता का आशीर्वाद मेरे लिये आजीवन सम्बल बना रहा और बना रहेगा। उन्हें कोटिशः प्रणाम। बड़े भाई क्रिस ग्रेगोरी का आभार उनके लगातार सहयोग और महत्त्वपूर्ण दिशा-निर्देशों के लिये। परम पिता परमेश्वर और माँ जगज्जननी के आशीर्वाद के लिये कृतकृत्य हूँ कि उन्होंने मुझे माध्यम बना कर मुझ पर अपूर्व कृपा की है।

अन्त में आभार राजकमल प्रकाशन समूह, नयी दिल्ली के प्रबन्ध निदेशक माननीय अशोक महेश्वरी जी का, जिनके लगातार आग्रह ने मुझे विवश कर दिया कि मैं यह पाण्डुलिपि उन्हें प्रकाशन के लिये जल्दी-से-जल्दी सौंप सकूँ। यदि उनका यह आग्रह नहीं होता तो सम्भवतः इसका प्रकाशन अभी और टलता चला जाता। आशा है, पाठकों को यह संस्करण पसंद आयेगा और उनके सकारात्मक सुझावों की भी मुझे प्रतीक्षा रहेगी ताकि अगले संस्करण में तदनुसार परिमार्जन किया जा सके।

—हरिहर वैष्णव

सरगीपालपारा,
कोंडागाँव
बस्तर-छत्तीसगढ़-494226
मोबाईल : 07697174308,
ईमेल : hariharvaishnav@gmail.com

अनुक्रम

खँड-4: माहालखी खँड/खण्ड-4: माहालखी खण्ड

खँड-1 : मुर खँड

खण्ड-1 : आरम्भिक खण्ड

अधया-1 : सुमरनी
अध्याय-1 : वन्दना

1	हरी-हरी बले रामे-रामे[1]	हरि-हरि हे राम-राम
	हरी-हरी रामे-रामे	हरि-हरि हे राम-राम
	जय-जय सिता के राम बाबा	जय-जय सीता-राम बाबा
	जय माएँ[2] कालिका माएँ	जय माँ कालिका माता
2	जय माएँ जागा रानी आया	जय माँ जागा[3] रानी माता
	जय माएँ दन्तेसरी	जय माँ दन्तेसरी[4]

1. 13.12.1996 को ध्वन्यांकित कैसेट क्रमांक 19ए का आरम्भ।
2. माएँ : अन्य उच्चारण 'माय'।
3. जगह : स्थान, धरती। एक भू-खण्ड विशेष।
4. दन्तेसरी : बस्तर राज-घराने की इष्ट देवी माँ दन्तेश्वरी। कहा जाता है कि काकतीय राजवंश के राजा अन्नमदेव जब 1303 ई. में अपने राज्य वारंगल से भाग कर चक्रकोट (बस्तर राज्य का पुराना नाम) आये तब उनके साथ उनकी इष्ट देवी दन्तेश्वरी भी यहाँ आ गयीं। इतिहास के हवाले से कहा जाता है कि 1303 ई. में जब दिल्ली के सुलतान अलाउद्दीन खिलजी के दो प्रमुख सेनापतियों, मलिक काफुर और ख्वाजा हाजी ने वारंगल पर →

	जय मायँ माता मावली आया	जय हो माँ मावली[5] माता
	जय मायँ भगवान लोग	जय हो माँ भगवान[6]
3	जय मायँ सर बले सती आया	जय हो माँ सरसती[7] माता
	इसबर-पारबती आया	इसबर-पारबती[8] हे माता
	दुआरे बुरँदाबती आया	द्वार में माँ बुरँदाबती[9]
	कंठे सरसती	सरसती हो कण्ठ में
4	कंठे बसुन रा रानी मोचो	मेरे कण्ठ में वास करो रानी तुम
	हिरदे लुरते जा	मेरे हृदय में आ विराजो
	गुरु-गिआन के दे रानी	गुरु-ज्ञान दो मुझको रानी
	गुरु-गिआन के दे	गुरु-ज्ञान दो मुझको
5	दिया रानी मोके डामुर बाजा	दो रानी मुझे डमरु बाजा
	दिया[10] रानी संखे धुनी	दो शंख की ध्वनि
	रामरतन के दे रानी	रामनाम का रत्न दो रानी
	जोतिस-रमायन दे	ज्योतिष और रामायण[11] दो
6	कठुवा-फारा के दे रानी	ग्रन्थ-आसनी दो रानी तुम
	मोके तिलक-चन्दन के दे	मुझे तिलक-चन्दन भी दो
	तुचो रामरतन के दे रानी	अपना राम-रतन[12] दो रानी
	रामरतन के दे	अपना राम-रतन दो
7	राज-राज तुय रमायन पड़सित[13]	जगह-जगह तुम रामायण पढ़तीं
	देस-देस भजन गावसित[14]	देश-देश में भजन गातीं
	मोके हुनी अधया के दे रानी	वही अध्याय[15] मुझे दो रानी
	हुन गिआन के दे	वही ज्ञान दो मुझको

आक्रमण कर वहाँ के राजा प्रतापरुद्र को परास्त कर दिया तब राजा प्रतापरूद्र के छोटे भाई अन्नमदेव वहाँ से भाग निकले और गोदावरी नदी पार कर चक्रकोट (आज के बस्तर का तत्कालीन नाम) आ गये। अन्नमदेव ने चक्रकोट में 1313 ई. में अपने राज्य की स्थापना की। (स्रोत : बस्तर : भौगोलिक और ऐतिहासिक सन्दर्भ, न्यायमूर्ति कन्हैयालाल पाण्डे, इन्द्रावती 1982:27)।

5. मावली : कुछ लोगों के अनुसार बस्तर-राजघराने की इष्ट देवी माँ दन्तेश्वरी की छोटी बहिन तथा कुछ के अनुसार स्वयं देवी दन्तेश्वरी का ही अन्य रूप। बस्तर में तैंतीस कोटि (कुछ लोगों के अनुसार छप्पन कोटि) देवी-देवताओं के अस्तित्व की बात कही जाती है। माता मावली इन्हीं में से एक हैं। मावली के कई रूप, यथा मोरकी मावली, जरही मावली, मुचकी मावली आदि बतलाये जाते हैं। (स्रोत : डिबूश्वर कौकि, ग्राम पटेल, कोंडागाँव एवं गागरा लोहार, देउरगाँव)।
6. भगवान : प्रसंगानुसार यहाँ भगवती।
7. सरसती : सरस्वती।
8. इसबर-पारबती : ईश्वर (महादेव) -पार्वती।
9. बुरँदाबती : वृन्दावती, तुलसी।
10. दिया : अन्य उच्चारण 'दिहा', 'देहा'।
11. ज्योतिष और रामायण : यहाँ इन दोनों का अर्थ पवित्र ग्रन्थों से है।
12. रतन : रत्न।
13. पड़सित : अन्य उच्चारण 'पड़सिस', 'पढ़सिस', 'पढ़सित'।
14. गावसित : अन्य उच्चारण 'गावसिस'।
15. अध्याय : आख्यान।

8	रमायन पढ़ुन जायँ रानी	मैं रामायण[16] पढ़ रही हूँ रानी
	मयँ भजन गाउन जायँ	मैं भजन गा रही हूँ
	लखी-रमायन आय रानी	लखी-रामायण[17] है हे रानी
	भगवत-पुरान आय	भगवत-पुराण[18] है
9	एइन[19] अगेया[20] माँगें रानी	यही याचना करती रानी
	मयँ एइन बरदान माँगें	मैं यही वरदान माँगती
	कारी-कोयली मुकताओली	कारी कोयल का मधुर गान
	कारी-कोयली मुकताओली	काली कोयल का मधुर गान
	राग-दिस के दे आया	राग-स्वर दो मुझको माता
	राग-दिस के दे	राग-स्वर दो मुझको
10	कंठे बसुन रा आया	मेरे कण्ठ में वास करो हे माता
	मोचो हिरदे लुरते जा	मेरे हृदय में आ विराजो
	अधया छाँड़ुक नईं होओ	अध्याय न भूला जाये माता
	अधया भुलकुक नईं	अध्याय न भूला जाये
11	मुँहे-मुँहे लुरो आया	कथा रहे मुखाग्र हे माता
	सरसती पुरुन जाओ	गीत सम्पूर्ण हो मेरा
	सर ने बिदिया एओ आया	मेरे स्वर में विद्या आये माता
	मोचो रमायन पुरा होओ	मेरी रामायण पूरी हो
12	तुचो नामना धरलो बिगर	तुम्हारा नाम लिये बिना
	तुचो नाव धरलो बिगर	तुम्हारा नाम लिये बिना
	मयँ गादी में[21] नईं बसें आया	मैं आसन में न बैठूँ माता
	रमायन नईं पढ़ें	मैं रामायण नहीं पढ़ूँ
	एइन अगिया माँगें रानी	यही याचना करती रानी
	मयँ एइन बरदान माँगें	मैं यही वरदान माँगती
13	काय गायँ मयँ काय ठोयँ	क्या गाऊँ मैं क्या छोड़ूँ
	काय गायँ काय ठोयँ	क्या गाऊँ मैं क्या छोड़ूँ
	गुर-घिंव चो होम आया	गुड़-घी[22] का होम माता
	गुर-घिंव चो होम	गुड़-घी का होम

16. रामायण : प्रसंगानुसार यहाँ कथा।
17. लखी-रामायण : लक्ष्मी से सम्बन्धित कथा।
18. भगवत पुराण : भगवान से सम्बन्धित आख्यान।
19. एइन : मूल उच्चारण 'एई', अन्य उच्चारण 'अई', 'अइन'।
20. अगेया : अन्य उच्चारण 'अगिया'।
21. में : नगरीय प्रभाव के कारण हिन्दी के अधिकरण कारक चिन्ह 'में' का इस महाकाव्य में बहुधा यथावत् प्रयोग हुआ है, जबकि हल्बी में यह 'ने' है। व्याकरणिक शुद्धता की दृष्टि से गुरुमायँ से चर्चा के बाद सम्पादन में इसे 'में' की जगह 'ने' किया गया है। साथ ही मूल को बनाये रखने के लिये कुछ स्थानों पर यथावत् 'में' रहने दिया गया है।
22. गुड़-घी : आरती-पात्र में रखे अंगारों पर गुड़ और घी डाल कर देवी-देवताओं की पूजा की जाती है। इसे ही 'होम' या 'जग' देना कहा जाता है।

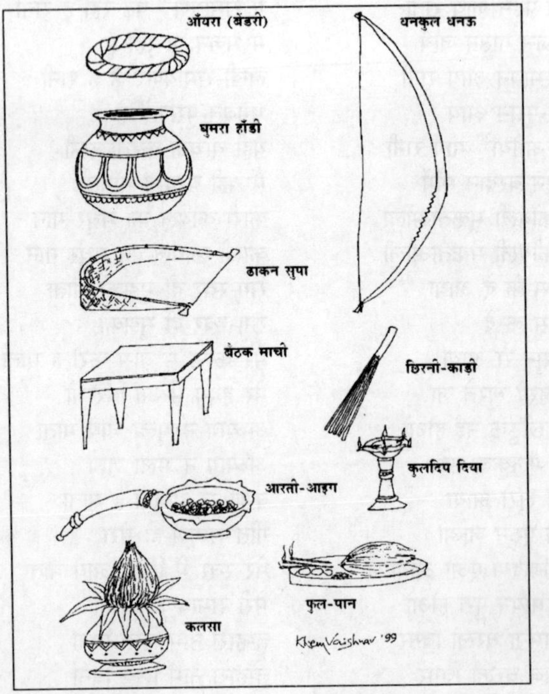

	होम देउन जायँ रानी	होम अर्पित करती रानी
	मयँ जग देउन जायँ	मैं जग[23] अर्पित करती
14	होम देयँ की जग देयँ	होम देती मैं जग देती
	होम देयँ जग देयँ	होम देती मैं जग देती
	धरती-पिरथी पाओ आया	धरती-पृथ्वी[24] पाएँ माता
	अगास-पताल पाओ	आकाश-पाताल पाएँ
15	उपर धुआँ उड़ो आया	ऊपर धुआँ उड़े हे माता
	जागा रानी पाओ	जगह रानी पाएँ
	धरती माता पाओ आया	धरती माता पाएँ माता
	गाँवकारिन पाओ	गाँवकारिन[25] पाएँ
16	जिमिदारिन पाओ आया	जिमिदारिन[26] पाएँ माता
	घरगोसिन पाओ	घरगोसिन[27] पाएँ
	पाओ आया माता मावली	पाएँ माता माता मावली
	पाओ आया दन्तेसरी	पाएँ माता दन्तेसरी

23. जग : होम का ही अन्य रूप।
24. धरती-पृथ्वी : यहाँ दुहराव हुआ है।
25. गाँवकारिन : ग्राम-देवी।
26. जिमिदारि'न : ज़मीन्दारनी देवी, ज़मीन की देवी, किसी भू-खण्ड विशेष की स्वामिनी देवी।
27. घरगोसिन : घर की देवी, घर में वास करने वाली देवी।

	बरमा-बिसनू पाओ आया	बरमा-बिसनू[28] पाएँ माता
	महेसर भगवान पाओ	महेसर[29] भगवान पाएँ
17	राम-लखन पाओ आया	राम-लखन पाएँ माता
	सिता-जानकी पाओ	सीता-जानकी पाएँ
	लखी-नरायन पाओ आया	लखी-नरायन[30] पाएँ माता
	सत नरायन पाओ	सत नरायन[31] पाएँ
18	पाओ आया माहादेवरैया	पाएँ माता माहादेवरैया[32]
	पाओ आया पारबती रानी	पाएँ माता पारबती[33] रानी
	मेंगराजा पाओ आया	मेंगराजा[34] पाएँ माता
	मेंगइन रानी पाओ	मेंगइन[35] रानी पाएँ
19	अकइस रानी पाओ आया	इक्कीस रानियाँ पाएँ माता
	गोकुल-नकुल पाओ	गोकुल-नकुल पाएँ
	पाँचे पँडवा पाओ आया	पाँचों पाण्डव पाएँ माता
	नेंगी-जोगी पाओ	नेंगी-जोगी[36] पाएँ
20	पाओ आया रे बली भिमसन	पाएँ माता बली भिमसन[37]
	पाओ आया अरजुन भिमा	पाएँ माता अरजुन भिमा
	बावड़ा भिमा पाओ आया	बावड़ा भिमा पाएँ माता
	अजगलभिमा पाओ	अजगलभिमा[38] पाएँ
21	रैना-कुँदनी पाओ आया	रैना-कुँदनी[39] पाएँ माता
	सुमनी-डुमनी पाओ	सुमनी-डुमनी[40] पाएँ

28. बरमा-बिसनू : ब्रह्मा-विष्णु।
29. महेसर : महेश्वर।
30. लखी-नरायन : लक्ष्मी-नारायण।
31. सतनरायन : सत्यनारायण।
32. माहादेवरैया : महादेव, शिव।
33. पारबती : पार्वती।
34. मेंगराजा : मेघ : वर्षा।
35. मेंगइन रानी : मेंघ की पत्नी। अन्य उच्चारण 'मेंगिन'।
36. नेंगी-जोगी : धार्मिक प्रमुख।
37. बली भिमसन : बली भीमसेन।
38. अजगलभिमा : इसी महाकाव्य का एक अद्‌भुत पात्र।
39. रैना-कुंदनी : इस महाकाव्य के एक अद्‌भुत पात्र अजगलभिमा की दो पत्नियाँ। किन्तु बस्तर (और ओड़िशा के नवरंगपुर ज़िले में भी) गाये जाने वाले 'बाली जगार' में आये प्रसंगों के अनुसार ऐसा प्रतीत होता है कि 'रैना-कुँदनी' दो महिलाओं के नाम नहीं बल्कि एक ही महिला का नाम है। 'बाली जगार' में इस महिला चरित्र का नाम रोयेला (या रैला) कोन्दनी है। रोयेला (या रैला) नाम है जबकि कोन्दनी (कोन्द) उसकी जाति। कोन्द जनजाति ओड़िशा के नवरंगपुर, कोरापुट तथा कालाहाँडी जिले में (तथा सम्भवतः अन्य जिलों में भी) रहती है। नवरंगपुर जिले के ग्राम नँदाहाँडी की गुरुमायनी (जगार गायिका) तुलाबती भतरनी द्वारा गाये गये 'बाली जगार' (ध्वन्यांकित : 5.5.2000 से 26.5.2000) की पूरी कथा के केन्द्र में यही जनजाति है।
40. सुमनी-डुमनी : यहाँ इस उल्लेख से ऐसा जान पड़ता है कि सुमनी और डुमनी दो अलग-अलग महिला चरित्रों के नाम हैं किन्तु चूँकि इनका पूर्ण चित्रण अथवा उल्लेख अन्यत्र नहीं मिलता अतः यह जान पाना कि ये वस्तुतः दो अलग-अलग चरित्र हैं या कि एक, और यह भी कि ये कौन हैं, सम्भव नहीं हो पाया है।

	सोनादई गुरुमायँ[41] पाओ आया	सोनादई[42] गुरुमायँ पाएँ माता
	गँगादई गुरुमायँ पाओ	गंगादई[43] गुरुमायँ पाएँ
22	पाओ आया रे बलराम ठाकुर	पाएँ माता बलराम[44] ठाकुर
	पाओ आया बिसकरमा	पाएँ माता बिसकरमा[45]
	सन्तोसी माता पाओ आया	सन्तोसी[46] माता पाएँ माता
	गायतरी माता पाओ	गायतरी[47] माता पाएँ
23	कालिक-दुरगा पाओ आया	कालिक-दुरगा[48] पाएँ माता
	जगदम काली पाओ	जगदम काली[49] पाएँ
	होम देउन जायँ आया	होम देती जाती माता
	मयँ जग देउन जायँ	मैं जग देती जाती
24	पाओ आया रे सरसती रानी	पाएँ माता सरसती[50] रानी
	पाओ आया दुरपती रानी	पाएँ माता दुरपती[51] रानी
	कमलाबती पाओ आया	कमलाबती[52] पाएँ माता
	बुरँदाबती पाओ	बुरँदाबती पाएँ
25	बासू गाँयता पाओ आया	बासू गाँयता[53] पाएँ माता
	लछू पुजारी पाओ	लछू पुजारी[54] पाएँ

41. गुरुमायँ : अन्य उच्चारण 'गुरुमाय'।
42. प्रचलित किम्वदन्ती के अनुसार सोनादई नामक यह गुरुमायँ मँजपुर (बीच का लोक : धरती) पर ऊपरपुर (ऊर्ध्व लोक) से आने वाली प्रथम दो गुरुमायों में से एक थी। इसी के आने के बाद धरती पर जगार गायन व आयोजन का प्रसार हुआ। यह पट गुरुमायँ थीं। गुरुमायें प्रायः तीन होती हैं। पहली, पाट (पट या बड़े) गुरुमायँ और दो चेली गुरुमायें (शिष्या गुरुमायें या सहायिकाएँ)। चेली गुरुमायँ को नानी यानी छोटी गुरुमायँ भी कहा जाता है।
43. गंगादई : प्रचलित किम्वदन्ती के अनुसार गंगादई नामक यह गुरुमायँ मँजपुर (बीच का लोक : धरती) पर ऊपरपुर (ऊर्ध्व लोक) से आने वाली प्रथम दो गुरुमायों में से एक थी। दूसरी थी सोनादई गुरुमायँ। इन्हीं दोनों के आने के बाद धरती पर जगार गायन व आयोजन का प्रसार हुआ। यह सोनादई गुरुमायँ की चेली (शिष्या) थीं।
44. बलराम : बलभद्र।
45. बिसकरमा : विश्वकर्मा।
46. सन्तोसी : सन्तोषी।
47. गायतरी : गायत्री।
48. कालिक-दुरगा : कालिका-दुर्गा।
49. जगदम काली : जगदम्बिका काली।
50. सरसती : सरस्वती।
51. दुरपती : द्रौपदी।
52. कमलाबती : कमलावती, लक्ष्मी।
53. बासू : एक व्यक्ति का नाम। गाँयता : किसी गाँव को बसाने वाला व्यक्ति। बस्तर में किम्वदन्ती है कि धरती पर बासू नामक व्यक्ति ने पहला गाँव बसाया था। वह गाँव था 'बस्तर', जिसके नाम पर आगे चल कर बस्तर रियासत और फिर बाद में बस्तर जिला और बस्तर सम्भाग का नामकरण हुआ। इसी कारण उस व्यक्ति को गाँयता कहा गया। छत्तीसगढ़ी परिवेश में यह 'गँवटिया' या 'गौंटिया' कहलाता है। बासू गाँयता ने ही देवता द्वारा उसे स्वप्न में दिये गये आदेशानुसार 'मँडई (मँडान)' की भी शुरुआत की थी। मँडई (मँडान : मँडातो : रखना) का अर्थ था 'देवी-देवताओं की स्थापना', जिसने आगे चल कर देवी-देवताओं के वार्षिक मिलन-स्थल एवं पूजा, और फिर उसके बाद आसपास के लोगों के भी वार्षिक मिलन-स्थल का रूप ले लिया। मँडई का सामान्यतः अर्थ 'मेला' लिया जाता है (स्रोत : स्व. लुदरूराम कोर्राम, सरगीपालपारा, कोंडागाँव, बस्तर-छ.ग.)।
54. लछू : एक व्यक्ति का नाम। पुजारी : पूजा करने वाला। बस्तर में किम्वदन्ती है कि धरती पर देवी-देवताओं की पहली पूजा लछू नामक व्यक्ति ने की। इसी कारण उस व्यक्ति को पुजारी कहा गया तथा आदि पुजारी के रूप में उसकी कीर्ति फैली।

	पवनकुमार पाओ आया	पवनकुमार पाएँ माता
	बिरे हनुमान पाओ	वीर हनुमान पाएँ
	बजरँगबली पाओ आया	बजरंगबली पाएँ माता
	बासुत नाँग पाओ	बासुत नाग[55] पाएँ
26	नाँग-नँगइन पाओत आया	नाग-नागिन पाएँ माता
	साहादेव पँजेआर पाओ	साहादेव पँजेआर[56] पाएँ
	बुदू पँजेआर पाओ आया	बुदू पँजेआर[57] पाएँ माता
	नव सै ओड़या पाओ	नौ सौ ओड़या[58] पाएँ
27	पाओ आया रे नव सै ओड़िन	पाएँ माता नौ सौ ओड़िन[59]
	पाओ आया कारी कोयली	पाएँ माता कारी कोयलिया
	मुकताओली पाओ आया	मुकतावली[60] पाएँ माता
	पदमकड़ी पाओ	पदमकड़ी[61] पाएँ
28	भँडारी पिला पाओ आया	भण्डारी[62] बालक पाए माता
	कुँदनी कयना पाओ	कुँदनी कैना[63] पाए
	भिकन्दर पाओ आया	भिकन्दर[64] पाए माता
	जलन्धर पाओ	जलन्धर[65] पाए

---

55. बासुत नाग : वासुकि नाग।
56. साहादेव (सहदेव) : एक व्यक्ति का नाम। पँजेआर, पँजेयार, पँजिआर, पँजिहार या पँजेहार : ज्योतिषी। बस्तर में प्रचलित किम्वदन्ती के अनुसार साहादेव नामक यह ज्योतिषी धरती पर स्वर्ग से आने वाले प्रथम दो ज्योतिषियों में से एक था। इसके तथा बुदू पँजेआर के आने के बाद धरती पर ज्योतिष-विद्या का प्रसार हुआ।
57. बुदू (बुद्धिमान) : एक व्यक्ति का नाम। पँजेआर, पँजेयार, पँजिआर, पँजिहार या पँजेहार : ज्योतिषी। बस्तर में प्रचलित किम्वदन्ती के अनुसार बुदू नामक यह ज्योतिषी भी धरती पर स्वर्ग से आने वाले प्रथम दो ज्योतिषियों में से एक था। इसके तथा साहादेव पँजेआर के आने के बाद धरती पर ज्योतिष-विद्या का प्रसार हुआ।
58. ओड़या : 'ओड़' जन-जाति के पुरुष। ओड़ : ओड़िशा प्रान्त की एक जन-जाति। यह जनजाति प्रायः बाँस के काम के लिये जानी जाती है। किन्तु इस महाकाव्य में इस जनजाति को सरोवर एवं कुआँ-बावली खोदने वाली जाति के रूप में चित्रित किया गया है। संभवतः पहले यह जनजाति इसी काम में संलग्न रही हो।
59. 'ओड़' जन-जाति की महिलाएँ।
60. मुकतावली : कोकिला।
61. पद मकड़ी : मकड़ी
62. भण्डारीः भण्डार-प्रमुख, भण्डाराध्यक्ष।
63. कुँदनी : एक युवती का नाम। कैना (कयना) : कन्या। यह युवती इस महाकाव्य की नायिका लखी (माहालखी) की अनुचर तथा सखी है। किन्तु बस्तर (और ओड़िशा के नवरंगपुर में भी) गाये जाने वाले 'बाली जगार' में आये प्रसंगों के अनुसार ऐसा प्रतीत होता है कि 'कुँदनी' सम्बोधन इस युवती के नाम को नहीं अपितु उसकी जाति को प्रदर्शित करता है। यह युवती 'कोन्द' जनजाति की हो सकती है। यह जनजाति ओड़िशा के नवरंगपुर और कोरापुट तथा कालाहाण्डी जिले में (तथा सम्भवतः अन्य जिलों में भी) रहती है। नवरंगपुर जिले के ग्राम नँदाहाँडी की गुरुमायनी (जगार गायिका) तुलाबती भतरनी द्वारा गाये गये 'बाली जगार' (ध्वन्यांकित : 5.5.2000 से 26.5.2000) की पूरी कथा के केन्द्र में यही जनजाति है।
64. भिकन्दर : एक व्यक्ति का नाम। यह व्यक्ति माहादेव का अनुचर है।
65. जलन्धर : एक व्यक्ति का नाम। इस का उल्लेख भिकन्दर के साथ ही किया गया है। पूरे महाकाव्य में यह स्पष्ट नहीं है कि यह भिकन्दर का ही दूसरा नाम है अथवा यह कोई अन्य व्यक्ति है।

29	पाट गुरुमायँ पाओ आया	पाट गुरुमायँ[66] पाएँ माता
	चेली गुरुमायँ पाओ	चेली[67] गुरुमायँ पाएँ
	पाओ आया रे जनेक मुनी	पाएँ माता जनेक[68] मुनि
	पाओ आया बासुदेव	पाएँ माता बासुदेव[69]
	इन्दर राजा पाओ आया	इन्दर[70] राजा पाएँ माता
	कोबेर राजा पाओ	कोबेर[71] राजा पाएँ
30	बड़ुन्द राजा पाओ	बड़ुन्द[72] राजा पाएँ
	मयँ तिनपुर होम देयँ	मैं कोटिशः होम देती
	तिनपुर जग मयँ देयँ आया	कोटिशः होम मैं देती माता
	तिनपुर जग देयँ	कोटिशः होम देती

66. पाट : पट या प्रमुख। गुरुमायँ : गुरु माता। किन्तु यहाँ जगार-गायिका। बस्तर में जगार-गायिकाओं को गुरुमायँ कहा जाता है।
67. चेली : शिष्या। जगार गायन में एक पाट गुरुमायँ तथा एक या दो चेली गुरुमायें होती हैं।
68. राजा जनक, जिन्हें विदेह तथा मुनि भी कहा गया है। किन्तु इनका उल्लेख इस सम्पूर्ण महाकाव्य में इस अध्याय के अतिरिक्त कहीं भी नहीं मिलता।
69. वसुदेव। किन्तु इनका उल्लेख इस सम्पूर्ण महाकाव्य में इस अध्याय के अतिरिक्त कहीं भी नहीं मिलता।
70. इन्द्रदेव। किन्तु इनका उल्लेख इस सम्पूर्ण महाकाव्य में इस अध्याय के अतिरिक्त कहीं भी नहीं मिलता।
71. कुबेर।
72. वरुण।

अधया-2 : नेवता
अध्याय-2 : न्योता

31	सुन आया रे गाँवकारिन	सुनो हे माता गाँवकारिन
	सुन आया जिमिदारिन	सुनो हे माता जिमिदारिन
	हरी-हरी बोली जागो आया	हरि-हरि बोलती जागो माता
	राम बोली बैठो	राम बोलती बैठो
32	हरी बोली बले जागी गले	हरि बोलती जागने पर
	राम बोली बैठी गले	राम बोलती बैठने पर
	घिंवर होम मयँ देयँ आया	घी का होम मैं दूँ हे माता
	राजर होम देयँ	राज[1] का होम मैं दूँ

1. राज का होम : होम की समस्त सामग्री।

33	लछमी-जग मँडायँ आया	लछमी-जग[2] मैं रखती माता
	मयँ सब के नेवता देयँ	मैं सब को न्योता देती
	सब एउन जाहा आया	सभी लोग आ जाओ माता
	सब जुहुन जाहा	सब एकत्र हो जाओ
34	घरगोसिन, गाँवकारिन	घरगोसिन, गाँवकारिन
	माता मावली, दन्तेसरी	माता मावली, दन्तेसरी
	हरी-हरी बोली जागो आया	हरि-हरि बोलती जागो माता
	राम बोली बैठो	राम बोलती बैठो
35	हरी बोली बले जागी गले	हरि बोलती जागने पर
	राम बोली बैठी गले	राम बोलती बैठने पर
	घिंवर होम मयँ देयँ आया	घी का होम मैं दूँ हे माता
	राजर होम देयँ	राज का होम मैं दूँ
	लछमी-जग मँडायँ आया	लछमी-जग रखती हूँ माता
	मयँ सब के नेवता देयँ	मैं सब को न्योता देती
36	सब एउन जाहा आया	सभी लोग आ जाओ माता
	सब जुहुन जाहा	सब एकत्र हो जाओ
	बरमा-बिसनू-महेसर भगवान	बरमा-बिसनू-महेसर भगवान
	राम-लखन, सिता-जानकी	राम-लखन, सीता-जानकी
	हरी-हरी बोली जागो आया	हरि-हरि बोलते जागो माता
	राम बोली बैठो	राम बोलते बैठो
37	हरी बोली बले जागी गले	हरि बोलते जागने पर
	राम बोली बैठी गले	राम बोलते बैठने पर
	घिंवर होम मयँ देयँ आया	घी का होम मैं दूँ हे माता
	राजर होम देयँ	राज का होम मैं दूँ
38	लछमी-जग मँडायँ आया	लछमी-जग रखती मैं माता
	मयँ सब के नेवता देयँ	मैं सब को न्योता देती
	सत नरायन, लखी-नरायन	सत नरायन, लखी-नरायन
	अकइस रानी, राधा-तुलसा	इक्कीस रानियाँ, राधा-तुलसा[3]
	हरी-हरी बोली जागो आया	हरि-हरि बोलते जागो माता
	राम बोली बैठो	राम बोलते बैठो
39	हरी बोली बले जागी गले	हरि बोलते जागने पर
	राम बोली बैठी गले	राम बोलते बैठने पर
	घिंवर होम मयँ देयँ आया	घी का होम मैं दूँ हे माता
	राजर होम देयँ	राज का होम मैं दूँ

2. लछमी जग : लछमी जगार (लछमी : लक्ष्मी, जग : यज्ञ, जागरण, जागृति), धान्य-देवी लछमी का आह्वान कर उसे जागृत करना।

3. इसी महाकाव्य के नारी पात्र। नरायन राजा की मूँग, उड़द, अरहर, चना, मटर, सरसों, तिल, मँडिया, कोदो, कोसरा, कुल्थी आदि इक्कीस रानियाँ तथा राधा और तुलसा (तुलसी) नामक दो और अन्य रानियाँ।

	लछमी-जग मँडायँ आया	लछमी-जग रखती मैं माता
	मयँ सब के नेवता देयँ	मैं सब को न्योता देती
40	सब एउन जाहा आया	सभी लोग आ जाओ माता
	सब जुहुन जाहा	सब एकत्र हो जाओ
	माहादेव रैया की पारबती रानी	माहादेवरैया-पारबती
	मेंगराजा-मेंगइन रानी	मेंगराजा-मेंगइन रानी
	हरी-हरी बोली जागो आया	हरि-हरि बोलते जागो माता
	राम बोली बैठो	राम बोलते बैठो
41	हरी बोली बले जागी गले	हरि बोलते जागने पर
	राम बोली बैठी गले	राम बोलते बैठने पर
	घिंवर होम मयँ देयँ आया	घी का होम मैं दूँ हे माता
	राजर होम देयँ	राज का होम मैं दूँ
42	लछमी-जग मँडायँ आया	लछमी-जग रखती हूँ माता
	मयँ सब के नेवता देयँ	मैं सभी को न्योता देती
	गोकुल-नकुल, पाँचे पँडवा	गोकुल-नकुल, पाँचे पँडवा[4]
	नेंगी-जोगी, बली भिमसन	नेगी-जोगी, बली भिमसन
	हरी-हरी बोली जागो आया	हरि-हरि बोलते जागो माता
	राम बोली बैठो	राम बोलते बैठो
43	हरी बोली बले जागी गले	हरि बोलते जागने पर
	राम बोली बैठी गले	राम बोलते बैठने पर
	घिंवर होम मयँ देयँ आया	घी का होम मैं दूँ हे माता
	राजर होम देयँ	राज का होम मैं दूँ
44	लछमी-जग मँडायँ आया	लछमी-जग रखती मैं माता
	मयँ सब के नेवता देयँ	मैं सब को न्योता देती
	अरजुन भिमा, बावड़ा भिमा	अरजुन भिमा, बावड़ा भिमा[5]
	अजगलभिमा, सुमनी-डुमनी	अजगलभिमा, सुमनी-डुमनी
	हरी-हरी बोली जागो आया	हरि-हरि बोलते जागो माता
	राम बोली बैठो	राम बोलते बैठो
45	हरी बोली बले जागी गले	हरि बोलते जागने पर
	राम बोली बैठी गले	राम बोलते बैठने पर
	घिंवर होम मयँ देयँ आया	घी का होम मैं दूँ हे माता
	राजर होम देयँ	राज का होम मैं दूँ

4. पँडवा : पाण्डव।

5. अजगलभिमा के दो भाई। भिमा को देवता की मान्यता प्राप्त है। 'भिमा देव' के कुल ग्यारह भाई हैं। 'बाली जगार' नामक एक अन्य वाचिक लोक महाकाव्य में इन बारह भाइयों का सविस्तार चित्रण मिलता है। 'बाली जगार' के ही अनुसार इन बारह भाइयों का सम्बन्ध ओड़िशा की कोन्द जनजाति से है। इन्हीं में से एक 'भिमा' का विवाह किये जाने पर थम चुकी वर्षा का पुनरागमन होता है। इस विवाह को 'भिमा जतरा' भी कहा जाता है।

46	लछमी-जग मँडायँ आया	लछमी-जग रखती हूँ माता
	मयँ सब के नेवता देयँ	मैं सब को न्योता देती
	रैना-कुँदनी, सोनादई गुरुमायँ	रैना-कुँदनी, सोनादई गुरुमायँ
	गँगादई गुरुमायँ, बिसकरमा	गंगादई गुरुमायँ, बिसकरमा
	हरी-हरी बोली जागो आया	हरि-हरि बोलती जागो माता
	राम बोली बैठो	राम बोलती बैठो
47	हरी बोली बले जागी गले	हरि बोलती जागने पर
	राम बोली बैठी गले	राम बोलती बैठने पर
	घिंवर होम मयँ देयँ आया	घी का होम मैं देती माता
	राजर होम देयँ	राज का होम मैं दूँ
48	लछमी-जग मँडायँ आया	लछमी-जग रखती हूँ माता
	मयँ सब के नेवता देयँ	सब को न्योता देती
	सन्तोसी माता की गायतरी माता	सन्तोसी माता, गायतरी माता
	कालिक-दुरगा, जगदम काली	कालिक-दुरगा, जगदम काली
	हरी-हरी बोली जागो आया	हरि-हरि बोलती जागो माता
	राम बोली बैठो	राम बोलती बैठो
49	हरी बोली जागी गले	हरि बोलती जागने पर
	राम बोली बैठी गले	राम बोलती बैठने पर
	घिंवर होम मयँ देयँ आया	घी का होम मैं दूँ हे माता
	राजर होम देयँ	राज का होम मैं दूँ
50	लछमी-जग मँडायँ आया	लछमी-जग रखती हूँ माता
	मयँ सब के नेवता देयँ	मैं सब को न्योता देती
	बलराम ठाकुर, साहादेव पँजेआर	बलराम ठाकुर, साहादेव पँजेआर
	पाट गुरुमायँ, चेली गुरुमायँ	पाट गुरुमायँ, चेली गुरुमायँ
	हरी-हरी बोली जागो आया	हरि-हरि बोलते जागो माता
	राम बोली बैठो	राम बोलते बैठो
51	हरी बोली बले जागी गले	हरि बोलते जागने पर
	राम बोली बैठी गले	राम बोलते बैठने पर
	घिंवर होम मयँ देयँ आया	घी का होम मैं दूँ हे माता
	राजर होम देयँ	राज का होम मैं दूँ
52	लछमी-जग मँडायँ आया	लछमी-जग मैं रखती माता
	मयँ सब के नेवता देयँ	मैं सब को न्योता देती
	सरसती रानी की दुरपती रानी	सरसती रानी, दुरपती रानी
	कमलाबती, बुरँदाबती	कमलाबती, बुरँदाबती
	हरी-हरी बोली जागो आया	हरि-हरि बोलते जागो माता
	राम बोली बैठो	राम बोलते बैठो
53	हरी-हरी बोली बले जागी गले	हरि-हरि बोलते जागने पर
	राम बोली बैठी गले	राम बोलते बैठने पर

	घिंवर होम मयँ देयँ आया	घी का होम मैं दूँ हे माता
	राजर होम देयँ	राज का होम मैं दूँ
54	लछमी-जग मँडायँ आया	लछमी-जग मैं रखती माता
	मयँ सब के नेवता देयँ	मैं सब को न्योता देती
	पवनकुमार, बिरे हनुमान	पवनकुमार, वीर हनुमान
	बजरँगबली, कुँदनी कयना	बजरंगबली, कुँदनी कैना
	हरी-हरी बोली जागो आया	हरि-हरि बोलते जागो माता
	राम बोली बैठो	राम बोलते बैठो
55	हरी बोली जागी गले	हरि बोलते जागने पर
	राम बोली बैठी गले	राम बोलते बैठने पर
	घिंवर होम मयँ देयँ आया	घी का होम मैं दूँ हे माता
	राजर होम देयँ	राज का होम मैं दूँ
56	लछमी-जग मँडायँ आया	लछमी-जग मैं रखती माता
	मयँ सब के नेवता देयँ	मैं सब को न्योता देती
	लछू पुजारी, बासू गाँयता	लछू पुजारी, बासू गाँयता
	बासुत नाँग, नाँग-नँगइन	बासुत नाग, नाग-नागिन
	हरी-हरी बोली जागो आया	हरि-हरि बोलते जागो माता
	राम बोली बैठो	राम बोलते बैठो
57	हरी बोली बले जागी गले	हरि बोलते जागने पर
	राम बोली बैठी गले	राम बोलते बैठने पर
	घिंवर होम मयँ देयँ आया	घी का होम मैं दूँ हे माता
	राजर होम देयँ	राज का होम मैं दूँ
58	लछमी-जग मँडायँ आया	लछमी-जग मैं रखती माता
	मयँ सब के नेवता देयँ	मैं सब को न्योता देती
	नव सै ओड़या, नव सै ओड़िन	नौ सौ ओड़या, नौ सौ ओड़िनें
	कुँदनी कयना, कारी कोयली	कुँदनी कैना, कारी कोयल
	हरी-हरी बोली जागो आया	हरि-हरि बोलते जागो माता
	राम बोली बैठो	राम बोलते बैठो
59	हरी बोली बले जागी गले	हरि बोलते जागने पर
	राम बोली बैठी गले	राम बोलते बैठने पर
	घिंवर होम मयँ देयँ आया	घी का होम मैं दूँ हे माता
	राजर होम देयँ	राज का होम मैं दूँ
	लछमी-जग मँडायँ आया	लछमी-जग रखती हूँ माता
	मयँ सब के नेवता देयँ	मैं सब को न्योता देती
60	इन्दर राजा, बड़ुँद राजा	इन्दर राजा, बड़ुँद राजा
	कोबेर राजा, भँडारी पिला	कोबेर राजा, भण्डारी बालक
	हरी-हरी बोली जागो बाबा	हरि-हरि बोलते जागो बाबा
	राम बोली बैठो	राम बोलते बैठो

61	हरी बोली बले जागी गले	हरि बोलते जागने पर
	राम बोली बैठी गले	राम बोलते बैठने पर
	घिंवर होम मयँ देयँ आया	घी का होम मैं दूँ हे माता
	राजर होम देयँ	राज का होम मैं दूँ
62	लछमी-जग मँडायँ आया	लछमी-जग मैं रखती माता
	मयँ सब के नेवता देयँ	मैं सभी को न्योता देती
63	बुदू पँजेआर, भिकन्दर	बुदू पँजेआर, भिकन्दर
	सुन बाबू जलन्धर	सुनो बाबू जलन्धर
	हरी-हरी बोली जागो बाबू	हरि-हरि बोलते जागो बाबू
	राम बोली बैठो	राम बोलते बैठो
64	हरी बोली बले जागी गले	हरि बोलते जागने पर
	राम बोली बैठी गले	राम बोलते बैठने पर
	घिंवर होम मयँ देयँ बाबा	घी का होम मैं देती बाबा
	राजर होम देयँ	राज का होम मैं देती
65	लछमी-जग मँडायँ आया	लछमी-जग मैं रखती माता
	मयँ सब के नेवता देयँ	मैं सभी को न्योता देती
	सब एउन जाहा आया	सभी लोग आ जाओ माता
	सब जुहुन जाहा	सब एकत्र हो जाओ
66	कंकालिन की हिंगलाजिन	कंकालिन, हिंगलाजिन
	बैंजारिन माता, तेलंगिन माता	बैंजारिन माता, तेलंगिन माता[6]
	हरी-हरी बोली जागो आया	हरि-हरि बोलते जागो माता
	राम बोली बैठो	राम बोलते बैठो
67	हरी बोली बले जागी गले	हरि बोलते जागने पर
	राम बोली बैठी गले	राम बोलते बैठने पर
	घिंवर होम मयँ देयँ आया	घी का होम मैं दूँ हे माता
	राजर होम देयँ	राज का होम मैं दूँ
	लछमी-जग मँडायँ आया	लछमी-जग मैं रखती माता
	मयँ सब के नेवता देयँ	मैं सभी को न्योता देती
	सब एउन जाहा आया	सभी लोग आ जाओ माता
	सब जुहुन जाहा	सब एकत्र हो जाओ
68	हरी-हरी बले रामे रामे	हरि-हरि, राम-राम
	हरी-हरी रामे-रामे	हरि-हरि, राम-राम
	जय-जय सिता के राम बाबा	जय-जय सीता-राम बाबा
	जय मायँ कालिका मायँ	जय माँ कालिका माता
	जय मायँ जागारानी आया	जय माँ हे जागारानी माता
	जय मायँ दन्तेसरी	जय माँ हे दन्तेसरी

6. कंकालिन, हिंगलाजिन, बैंजारिन, तेलंगिन : सभी देवियाँ।

69	जय मायँ भगवान लोग बाबा	जय माँ भगवान गण हे बाबा
	जय मायँ भगवान लोग	जय माँ भगवान गण
	सब के अरजी करें आया	सब से विनती करती माता
	मयँ सब चो नाव धरें	मैं सब का स्मरण करती
	सिरी रामचन्द की जय बाबा	श्रीरामचन्द्र की जय बाबा
	लखी-नरायन की जय	लखी-नरायन की जय
70	सुन आया कदली-कोटिन	सुनो हे माता कदली-कोटिन[7]
	सुन आया देवखेला अमली	सुनो हे माता देवखेला अमली[8]
	हरी-हरी बोली जागो आया	हरि-हरि बोलते जागो माता
	राम बोली बैठो	राम बोलते बैठो
71	हरी-हरी बोली जागी गले	हरि-हरि बोलते जागने पर
	राम बोली बैठी गले	राम बोलते बैठने पर
	मयँ घिंवर होम देयँ आया	मैं घी का होम दूँ हे माता
	राजर होम देयँ	राज का होम मैं दूँ
72	लछमी-जग मँडायँ आया	लछमी-जग रखती मैं माता
	मयँ सब के नेवता देयँ	मैं सभी को न्योता देती
73	सुन आया पाँच फुल-बुटा	सुनो माता हे पाँच फुल-बुटा[9]
	सुन आया हडरी-पसरिन	सुनो माता हे हडरी-पसरिन[10]
	हरी-हरी बोली जागो आया	हरि-हरि बोलते जागो माता
	राम बोली बैठो	राम बोलते बैठो
74	हरी बोली बले जागी गले	हरि बोलते जागने पर
	राम बोली बैठी गले	राम बोलते बैठने पर
	घिंवर होम मयँ देयँ आया	मैं घी का होम दूँ हे माता
	राजर होम देयँ	राज का होम मैं दूँ

---

7. कदली-कोटिन : केले के बगीचे (कदली-कोट) में निवास करने वाली देवी।
8. देवखेला अमली : इमली का वह पेड़ जिस पर देवता खेलते हैं। कोंडागाँव के मरार पारा में इमली का एक पुराना पेड़ था। मान्यता है कि इस पेड़ पर देवी का निवास था। इसी पेड़ के नीचे देवी खेला (विहार किया) करती थी और उसकी पूजा प्रति वर्ष गोवर्धन पूजा के दिन की जाती थी। आज यद्यपि यह पेड़ नहीं रहा किन्तु तो भी इस स्थान पर पहले की ही तरह अभी भी देवी की पूजा-अर्चना उसी समारोह के साथ की जाती है। इस पेड़ पर निवास करने वाली देवी को मरार (पनारा) जाति की इष्ट देवी कहा जाता है (स्रोत : डिबूश्वर कौशिक, ग्राम पटेल, कोंडागाँव)।
9. पाँचफुल-बुटा : एक पौधा जिस पर एक ही समय में पाँच रंग के फूल खिलते हैं। यह पेड़ जिसकी ऊँचाई 15-20 फीट है, कोंडागाँव के मरार पारा में डिबूश्वर कौशिक, ग्राम पटेल के एक परिवार जन के घर-बाड़ी में स्थित है। उसी के पास मंगलराम पटेल सेवानिवृत्त अतिरिक्त सहायक वन संरक्षक के कुटुम्ब की देवी का स्थान है। लोक विश्वास है कि इस पौधे पर देवी का वास है। उसी देवी को इस पौधे के नाम पर पाँचफुल-बुटा माता कहा गया है। दिनांक 29.9.99 को डिबूश्वर कौशिक से हुई बातचीत में उन्होंने बताया कि वे इस पेड़ को 1944 से देख रहे हैं। यह पेड़ 1944 में जितना बड़ा था, आज भी उतना ही बड़ा है। यह उससे अधिक नहीं बढ़ा है। बरसात के पहले सारे फूल-पत्ते झड़ जाते हैं और नये पत्ते व फूल निकल आते हैं। पंखुड़ियों में अलग-अलग रंग होते हैं।
10. हडरी पसरिन : वह देवी जो हडरी (हटरी : छोटा हाट) पसरा (स्थान) में निवास करती है।

	लछमी-जग मँडायँ आया	लछमी-जग रखती मैं माता
	मयँ सब के नेवता देयँ	मैं सब को न्योता देती
75	सुन आया बड़े तरई	सुनो माता हे बड़े तरई[11]
	सुन आया नानी तरई	सुनो माता हे नानी तरई[12]
	हरी-हरी बोली जागो आया	हरि-हरि बोलते जागो माता
	राम बोली बैठो	राम बोलते बैठो
76	हरी बोली जागी गले	हरि बोलते जागने पर
	राम बोली बैठी गले	राम बोलते बैठने पर
	घिंवर होम मयँ देयँ आया	घी का होम मैं दूँ हे माता
	राजर होम देयँ	राज का होम मैं दूँ
	लछमी-जग मँडायँ आया	लछमी-जग रखती मैं माता
	मयँ सब के नेवता देयँ	मैं सभी को न्योता देती
	सब एउन जाहा आया	सब लोग आ जाओ माता
	सब जुहुन जाहा	सब एकत्र हो जाओ
77	सरगिपालिन, कोपाबेड़िन	सरगीपालिन, कोपाबेड़िन[13]
	जामकोटिन, आड़काछेपड़िन	जामकोटिन, आड़काछेपड़िन[14]
	हरी-हरी बोली जागो आया	हरि-हरि बोलते जागो माता
	राम बोली बैठो	राम बोलते बैठो
78	हरी-हरी बोली बले जागी गले	हरि-हरि बोलते जागने पर
	राम बोली बैठी गले	राम बोलते बैठने पर
	घिंवर होम मयँ देयँ आया	घी का होम मैं दूँ हे माता
	राजर होम देयँ	राज का होम मैं दूँ
	लछमी-जग मँडायँ आया	लछमी-जग रखती मैं माता
	मयँ सब के नेवता देयँ	मैं सब को न्योता देती
79	जोंदरापदरिन, कुम्हारपारिन	जोंदरापदरिन, कुम्हारपारिन[15]
	खरगँइन, भिरागँइन[16]	खरगँइन, भिरागँइन[17]

11. बड़े तरई : बड़ा तालाब। कोंडागाँव में कई तालाब हैं। इन्हीं में से एक तालाब जो मुख्य सड़क पर हनुमान मन्दिर के बगल में है, बड़े तरई (बड़ा तालाब) कहा जाता है। लोक विश्वास है कि इस तालाब में भी देवी का निवास है। इसीलिये इस तालाब को भी माता सम्बोधित किया गया है।
12. नानी तरई : छोटा तालाब। कोंडागाँव के जामकोट पारा नामक मोहल्ले में स्थित इस छोटे तालाब को भी लोक-मानस माता मानता है।
13. सरगीपालिन : सरगीपाल नामक मोहल्ले में निवास करने वाली देवी। कोपाबेड़िन : कोपाबेड़ा नामक मोहल्ले में निवास करने वाली देवी। ये दोनों ही कोंडागाँव के मोहल्ले हैं।
14. जामकोटिन : जामकोट नामक मोहल्ले में निवास करने वाली देवी। आड़काछेपड़िन : आड़काछेपड़ा नामक मोहल्ले में निवास करने वाली देवी। ये दोनों भी कोंडागाँव के मोहल्ले हैं।
15. जोंदरापदरिन, कुम्हारपारिन : कोंडागाँव से लगे जोंदरापदर नामक गाँव तथा कोंडागाँव के एक मोहल्ले कुम्हारपारा की देवियाँ।
16. खरगाँइन, भिरागाँइन का लघु रूप।
17. खरगँइन, भिरागँइन : खरगाँव तथा भिरागाँव नामक गाँवों की देवियाँ।

	हरी-हरी बोली जागो आया	हरि-हरि बोलते जागो माता
	राम बोली बैठो	राम बोलते बैठो
80	हरी बोली बले जागी गले	हरि बोलते जागने पर
	राम बोली बैठी गले	राम बोलते बैठने पर
	घिंवर होम मयँ देयँ आया	घी का होम मैं दूँ हे माता
	राजर होम देयँ	राज का होम मैं दूँ
81	लछमी-जग मँडायँ आया	लछमी-जग रखती मैं माता
	मयँ सब के नेवता देयँ	मैं सब को न्योता देती
	पलारिकरिन, डोंगरिगुड़िन	पलारीकरिन, डोंगरीगुड़िन[18]
	कोकोड़िकरिन, टेंगड़ापखनिन	कोकोड़ीकरिन, टेंगड़ापखनिन[19]
	हरी-हरी बोली जागो आया	हरि-हरि बोलते जागो माता
	राम बोली बैठो	राम बोलते बैठो
82	हरी बोली जागी गले	हरि बोलते जागने पर
	राम बोली बैठी गले	राम बोलते बैठने पर
	घिंवर होम मयँ देयँ आया	घी का होम मैं दूँ हे माता
	राजर होम देयँ	राज का होम मैं दूँ
83	लछमी-जग मँडायँ आया	लछमी-जग रखती मैं माता
	मयँ सब के नेवता देयँ	मैं सब को न्योता देती
	सब एउन जाहा आया	सब लोग आ जाओ माता
	सब जुहुन जाहा	सब एकत्र हो जाओ
84	करँडिकरिन, भेलवाँपदरिन	करंडीकरिन, भेलवाँपदरिन[20]
	सँदोड़ारिन, कोंडागाँइन	सँदोड़ारिन, कोंडागाँइन[21]
	हरी-हरी बोली जागो आया	हरि-हरि बोलते जागो माता
	राम बोली बैठो	राम बोलते बैठो
85	हरी बोली जागी गले	हरि बोलते जागने पर
	राम बोली बैठी गले	राम बोलते बैठने पर
	घिंवर होम मयँ देयँ आया	घी का होम मैं दूँ हे माता
	राजर होम देयँ	राज का होम मैं दूँ
86	लछमी-जग मँडायँ आया	लछमी-जग रखती मैं माता
	मयँ सब के नेवता देयँ	मैं सब को न्योता देती
	सब एउन जाहा आया	सब लोग आ जाओ माता
	सब जुहुन जाहा	सब एकत्र हो जाओ

18. पलारीकरिन, डोंगरीगुड़िन : कोंडागाँव से लगे दो गाँव पलारी और डोंगरीगुड़ा की देवियाँ।
19. कोकोड़ीकरिन, टेंगड़ापखनिन : कोंडागाँव से लगे दो गाँव कोकोड़ी और टेंगड़ापखना की देवियाँ।
20. करंडीकरिन, भेलवाँपदरिन : कोंडागाँव से लगे गाँव करंडी तथा कोंडागाँव के मोहल्ले भेलवाँपदर की देवियाँ।
21. सन्दड़ारिन, कोंडागाँइन : कोंडागाँव से लगे एक स्थान जिसका नाम 'सन्दोड़ार' है तथा कोंडागाँव की ग्राम देवियाँ।

87	आँयरा-बेंडरी, घुमरा हाँडी	आँयरा-बेंडरी[22], घुमरा हण्डी[23]
	ढाकन सुपा, धनकुल-डाँडी	ढाकन सुपा[24], धनकुल-डाँडी[25]
	हरी-हरी बोली जागो आया	हरि-हरि बोलते जागो माता
	राम बोली बैठो	राम बोलते बैठो
88	हरी बोली जागी गले	हरि बोलते जागने पर
	राम बोली बैठी गले	राम बोलते बैठने पर
	घिंवर होम मयँ देयँ आया	घी का होम मैं दूँ हे माता
	राजर होम देयँ	राज का होम मैं दूँ
89	लछमी-जग मँडायँ आया	लछमी-जग रखती मैं माता
	मयँ सब के नेवता देयँ	मैं सभी को न्योता देती
90	झिकन डोरी, बैठक माची	झिकन डोरी[26], बैठक माची[27]
	छिरनी काड़ी, कुलदिप दिया	छिरनी काड़ी[28], कुलदीप दीया[29]
	हरी-हरी बोली जागो आया	हरि-हरि बोलते जागो माता
	राम बोली बैठो	राम बोलते बैठो
91	हरी-हरी बोली जागी गले	हरि-हरि बोलते जागने पर
	राम बोली बैठी गले	राम बोलते बैठने पर
	घिंवर होम मयँ देयँ आया	घी का होम मैं दूँ हे माता
	राजर होम देयँ	राज का होम मैं दूँ
92	लछमी-जग मँडायँ आया	लछमी-जग रखती मैं माता
	मयँ सब के नेवता देयँ	मैं सभी को न्योता देती
	सब एउन जाहा आया	सब लोग आ जाओ माता
	सब जुहुन जाहा	सब एकत्र हो जाओ
93	जगार-घरो बले आरती-आइग	जगार-घर की आरती-अग्नि
	जगार-घरो झाजर पानी	जगार-घर का झाजर[30] पानी

22. आँयरा : धान के पैरा (पुआल) को ऐंठ कर रस्सी बनायी जाती है तथा इसी रस्सी को गोल आकार दे कर हण्डी रखने के लिये 'आँयरा' बनाया जाता है। इसे हण्डी का आसन कहा जा सकता है। बेंडरी : आँयरा को ही बेंडरी भी कहा जाता है।
23. घुमरा हण्डी : बड़े आकार की हण्डी, जिसके मुख पर सूपा ढँक कर उस पर धनुष का एक सिरा टिकाया जाता है और इस प्रकार यह एक वाद्य-यन्त्र का भाग बन जाती है। घुमरा : घुम्म-घुम्म की स्वर लहरी, गुंजायमान होना।
24. ढाकन सुपा : बाँस से बना चावल फटकने का उपकरण, जो 'धनकुल' वाद्य-यन्त्र का हिस्सा बन कर 'घुमरा हण्डी' के मुख को ढँकने के काम आता है।
25. धनकुल-डाँडी : धनुष की डण्डी या कमान। यह भी 'धनकुल' वाद्य-यन्त्र का ही एक हिस्सा होता है।
26. झिकन डोरी : धनुष की वह डोरी जिसे खींचा जाता है। यह भी 'धनकुल' वाद्य का ही हिस्सा होता है।
27. बैठक माची : वह मचिया जिस पर जगार गायन के समय गुरुमायें बैठती हैं।
28. छिरनी काड़ी : बाँस की कमची। इसमें कंघी जैसी पतली फाँकें बनायी जातीं हैं। इसी से धनुष के काँटेदार भाग में घर्षण करने पर 'छर-छर-छर-छर' की मोहक ध्वनि निःसृत होती है। यह 'धनकुल' वाद्य का ही एक उपकरण है।
29. कुलदीप दीया : एक विशेष प्रकार का दीपक।
30. झाजर : झारी। एक ऐसा पात्र जिसके मुँहाने में छोटे-छोटे छेद होते हैं जिनसे हो कर पानी फुहार की शक्ल में बाहर आता है।

	हरी-हरी बोली जागो आया	हरि-हरि बोलते जागो माता
	राम बोली बैठो	राम बोलते बैठो
94	हरी बोली जागी गले	हरि बोलते जागने पर
	राम बोली बैठी गले	राम बोलते बैठने पर
	घिंवर होम मयँ देयँ आया	घी का होम मैं दूँ हे माता
	राजर होम देयँ	राज का होम मैं दूँ
95	लछमी-जग मँडायँ आया	लछमी-जग रखती मैं माता
	मयँ सब के नेवता देयँ	मैं सभी को न्योता देती
	सब एउन जाहा आया	सब लोग आ जाओ माता
	सब जुहुन जाहा	सब एकत्र हो जाओ
96	नानी बहिन[31] आय आया	छोटी बहिन है यह माता
	ए पिला बहिन आय	यह नन्ही बहिन है
	सब ले लाडरी आय आया	सब से प्यारी है यह माता
	सब ले सेदोली[32] आय	सब से छोटी है
97	आगे-पाछे राहा आया	इसके आगे-पीछे रहो हे माता
	पुरे-पाठे राहा	आगे-पीछे रहो
	एउक नईं[33] दिया आया	आने मत दो हे माता[34]
	सामुक नईं दिया	घुसने मत दो[35]
	मुटका मारते खेदा आया	घूँसा मारती भगाओ माता
	एड़ी ने खुँदते जाहा	एड़ी से दबाती जाओ

31. मूल रूप 'बइन'।
32. मूल रूप 'छेदोली'।
33. मूल रूप 'नीं', अन्य रूप 'नाईं', 'निं', 'नी'।
34. यहाँ विनती है कि माता लछमी-जग के इस आयोजन में किसी की कुदृष्टि न पड़ने दें।
35. यहाँ विनती है कि माता लछमी-जग के इस आयोजन में किसी बुरे विचार या बुरे विचारों वाले व्यक्ति को प्रवेश न करने दें।

अधया-3 : उपजास

अध्याय-3 : उत्पत्ति

97a	निराकार बले निरंजन[1]	निराकार निरंजन
	निराकार निरंजन	निराकार निरंजन
	निराकार रहे बाबा	निराकार था बाबा
	दुदसागर रय	दूध-सागर था
	खिर-समँदुर रय बाबा	क्षीर-सागर था बाबा
	जलाँरग रय	जल ही जल था
	तिनपुर नईं रय बाबा	तीन लोक नहीं थे बाबा
	तिनपुर नईं रय	तीन लोक नहीं थे
	एकमेलान रय बाबा जे	एक समान था बाबा

1. कैसेट क्रमांक 84ए का आरम्भ, ध्वन्यांकन तिथि : 13.01.1999। यह अध्याय मुख्य ध्वन्यांकन (दिसम्बर 1996) में छूट गया था।

	एकमेलान रय	एक समान था
	जलारँग ने कमल-फुल	जलराशि में कमल का फूल
	जलारँग ने कमल-फुल	जलराशि में कमल का फूल
	कमल-फुल फुटे बाबा	खिला कमल का फूल बाबा
	कमल-फुल फुटे	खिला कमल का फूल
	बिसनू पयदास होय बाबा	बिसनू का जन्म हुआ ओ बाबा
	बिसनू पयदास होय	बिसनू का जन्म हुआ
	जलारँगे आसे बाबा	जलराशि में है ओ बाबा
	दुदसागरे आसे	क्षीरसागर में है
	भगवान के पुरा नेय बाबा जे	भगवान को बाढ़ ले जाती बाबा
	भगवान के पुरा नेय	भगवान को बाढ़ बहा ले जाती
	बासुत नाँग दखे बाबा	बासुत नाग देखता बाबा
	बासुत नाँग दखे	बासुत नाग देखता
97b	'ए राम भगवान मयँ का ला करवँ[2]!	'हे राम भगवान मैं क्या करूँ!
	बाप रे दइया का ला करवँ!	बाप रे दइया मैं क्या करूँ!
	करवँ कवने अकिल!' बले	करूँ कौन उपाय!' कहता[3]
	'करवँ कवने गिआन	'करूँ कौन-सा ज्ञान
	धन-धन मेरा तगदिर[4]!	धन्य-धन्य[5] मेरी तकदीर!
	धन-धन मेरा नसिब[6]!	धन्य-धन्य मेरा नसीब!
	कोन अकल करें!' बले	करूँ कौन उपाय!' कहता
	'कोन गिआन करें!	'करूँ कौन-सा ज्ञान!
	भगवान के पुरा बले नेय' बले	भगवान को बाढ़ ले जाती' कहता
	'भगवान के पुरा नेय	'भगवान को बाढ़ ले जाती
	पुरा नेउक नीं देयँ' बले	बाढ़ में न बहने दूँ' कहता
	'मयँ पुरा नेउक नीं देयँ'	'मैं बाढ़ में न बहने दूँ'
97c	छेके बाबू बासुत नाँग	रोकता बाबू बासुत नाग
	छेके बाबू बासुत नाँग	रोकता बाबू बासुत नाग
	पुरा नेउक नीं देय बाबू	बाढ़ में बहने न देता बाबू
	पुरा नेउक नीं देय	बाढ़ में बहने न देता
	जलारँगे आसोत बाबा	जलराशि में हैं बाबा
	दुदसागरे आसोत	क्षीरसागर में हैं

2. इस पंक्ति में छत्तीसगढ़ी का प्रभाव झलकता है।
3. इस महाकाव्य में कुछेक स्थानों को छोड़ कर प्रायः 'कहता' या 'कहते' का तात्पर्य 'विचार करने' या 'स्वगत कथन' से है।
4. मेरा तकदिर : नगरीय प्रभाव से आये शब्द।
5. यहाँ 'धिक्-धिक्'।
6. मेरा नसिब : नगरीय प्रभाव से आये शब्द।

	बिसनू भगवान चो बोमली खाले	बिसनू भगवान की नाभि के नीचे
	बिसनू भगवान चो बोमली खाले	बिसनू भगवान की नाभि के नीचे
	कमल-फुल फुटे बाबा	खिला कमल का फूल बाबा
	कमल-फुल फुटे	खिला कमल का फूल
	बरमा पयदास होय बाबा	बरमा पैदा होता बाबा
	बरमा पयदास होय	बरमा जन्म लेता
	दुनों भाई आसोत बाबा	दोनों भाई हैं ओ बाबा
	दुनों के पुरा नेय	दोनों को बाढ़ बहा ले जाती
	बासुत नाँग छेके बाबा	बासुत नाग रोकता बाबा
	पुरा नेउक नीं देय	बाढ़ में न बहने देता
97d	बिसनू भगवान चो कोथा बाटे	बिसनू भगवान के पेडू से
	बिसनू भगवान चो कोथा बाटे	बिसनू भगवान के पेडू से
	महेसर पयदास होय बाबा	महेसर पैदा होता बाबा
	महेसर पयदास होय	महेसर का जन्म होता
	तिनों भाई आसोत बाबा	तीनों भाई हैं ओ बाबा
	तिनों भाई आसोत	तीनों भाई हैं
	तिनों के पुरा बले नेय बाबा	तीनों को बाढ़ बहा ले जाती बाबा
	तिनों के पुरा नेय	तीनों को बाढ़ बहा ले जाती
	बासुत नाँग छेके बाबा	बासुत नाग रोकता बाबा
	पुरा नेउक नीं देय	बाढ़ में न बहने देता
97e	मने बिचार भगवान करोत	मन में विचार भगवान करते
	दिले धोका भगवान करोत	दिल में चिंता भगवान करते
	'ए राम भगवान!' बलोत बाबा	'हे राम भगवान!' कहते बाबा
	'बाप रे दइया!' बलोत	'बाप रे दइया!' कहते
	'कोन अकल करूँ?' बलोत	'कौन उपाय करूँ?' वे कहते
	'कोन गिआन करूँ?	'कौन-सा ज्ञान करूँ?
	तिनपुर निंहाय' बलोत	तीन लोक नहीं है' कहते
	'तिनपुर निंहाय	'तीन लोक नही है
	जलारँग आसे' बलोत	जल ही जल है' कहते
	'खिर-समँदुर आसे	'क्षीरसागर है
	धरती उपजाउन गेलू जाले	धरती की रचना करें तो
	पिरथी के रचुन गेलू जाले	पृथ्वी की सृष्टि करें तो
	जुग-जुग नाव रयदे' बलोत	युग-युगान्तर नाम रहेगा' कहते
	'जुग-जुग नाव होयदे	'युग-युगान्तर नाम होगा
	काईं नामना निंहाय' बलोत	हमारा कोई नाम नहीं है' कहते
	'काईं किरती निंहाय	'हमारी कोई कीर्ति नहीं है
	नामना डुबुन जाय' बलोत	नाम डूब जाएगा' कहते

	'किरती बुड़ुन जाय'	'कीर्ति डूब जाएगी'
97f	"सुन बाबू काकड़ा लोग	"सुन ओ बालक केकड़े
	सुन बाबू काकड़ा लोग	सुन ओ बालक केकड़े
	बाते सुनुन जा बाबू	बात सुन ले तू हे बाबू
	गोठ मानुन जा	तू कहना मान ले
	जलारँग ने जा बाबू	जलराशि में जा ओ बालक
	दुदसागरे जा	क्षीरसागर में जा
	केंचवाँ किड़ा आन बाबू	केंचुआ को लेकर आ हे बाबू
	केंचवाँ किड़ा आन"	तू केंचुआ को लेकर आ"
	काकड़ा लोग सुने बाबा	केकड़ा है सुनता बाबा
	जलारँग ने जाय	जलराशि में जाता
	केंचवाँ किड़ा खोजे बाबू जे	केंचुआ है खोजता बाबू
	केंचवाँ किड़ा खोजे	केंचुआ है खोजता
	डाड़ा ने चाबुन आने बाबू जे	दाढ़ में पकड़ कर लाता बाबू
	डाड़ा ने चाबुन आने	दाढ़ में पकड़ कर लाता
	बरमा-बिसनू के देय बाबू	बरमा-बिसनू को देता बाबू
	महेसर भगवान के देय	महेसर भगवान को देता
97g	"सुना परभू बरमा-बिसनू	"सुनो प्रभु हे बरमा-बिसनू
	सुना परभू महेसर भगवान	सुनो प्रभु हे महेसर भगवान
	काय बलाव आय?" बले	किसलिए बुलवाया" कहता
	"आले मोके साँगा	"मुझे आप बतलाएँ
	मोके तो डर लागे" बले जे	मुझको डर लगता है" कहता
	"मोके भय लागे"	"मुझको भय लगता है"
	बरमा काय बले बाबू के	बरमा कहता है बाबू से
	बिसनू काय बले	बिसनू कहता है
	"सुन बाबू केंचवाँ किड़ा	"सुन हे बाबू केंचुआ
	सुन बाबू केंचवाँ किड़ा	सुन हे बाबू केंचुआ
	तिनपुर निहाय बाबू	तीन लोक नहीं हैं बाबू
	एकमेलान आसे	सब एक बराबर है
	काईं नामना निंहाय बाबू	कोई नाम नहीं है बाबू
	मोचो काईं किरती निंहाय	मेरी कोई कीर्ति नहीं है
	नामना डुबुन जाय बाबू	नाम डूब रहा है बाबू
	किरती बुड़ुन जाय	कीर्ति डूब रही है
	एके किरती करलू जाले	एक काम करेंगे हम तो
	एके किरती करलू जाले	एक काम करेंगे हम तो
	जुग-जुग नाव रयदे बाबू	युग-युग नाम रहेगा बाबू
	किरती बाढ़ुन जायदे	कीर्ति बनी रहेगी

	जलाराँग आसे बाबू	अगाध जलराशि है बाबू
	दुदसागर आसे	क्षीरसागर है
	खिर-समँदुर आसे बाबू	क्षीरसमुद्र है ओ बाबू
	खिर-समँदुर आसे	क्षीरसमुद्र है
	हतड़ी ने हागुन दे बाबू	मेरी हथेली पर मल-त्याग कर दे बाबू
	हतड़ी ने हागुन दे	मेरी हथेली पर मल-त्याग कर दे
	धरती के उबजाउन जायँ बाबू	धरती की रचना कर दूँ बाबू
	मयँ पिरथी के बाँदुन जायँ"	पृथ्वी की सृष्टि कर दूँ"
97h	सुने बाबू केंचवाँ किड़ा	सुनता बाबू केंचुआ
	सुने बाबू केंचवाँ किड़ा	सुनता बाबू केंचुआ
	हतड़ी ने हागुन देय बाबू	हथेली पर मल-त्याग करता बाबू
	हतड़ी ने हागुन देय	हथेली पर मल-त्याग करता
	धरती उबजाउन जाय बाबा	धरती की रचना करता बाबा
	पिरथी के बाँदुन जाय	पृथ्वी की रचना करता
	सुरवाँ काय बले बाबा	सुरवाँ[7] क्या कहता है बाबा
	'ए राम भगवान!' बले	'हे राम भगवान!' कहता
	'कसन धरती तुय उबजाइस?' बले	'कैसे तुम धरती उपजाओगे?' कहता
	'कसन पिरथी बाँदिस?' बले	'कैसे तुम पृथ्वी उपजाओगे?' कहता
	'तुके धरती उबजाउक नीं देयँ' बले	'तुम्हें धरती उपजाने न दूँगा' कहता
	'पिरथी के बाँदुक नीं देयँ'	'मैं पृथ्वी न सिरजने दूँगा'
	आधा पानी के लिललो जाले	आधा पानी को लीलने पर
	आधा पानी के लिललो	आधा पानी को लीलने पर
	आधा समँदुर होय बाबा	समुद्र आधा हो जाता बाबा
	पानी के पुरकुन दिले	पानी को उगाल देने पर
	समँदुर झलकुन जाय बाबा	समुद्र में बाढ़ आ जाती बाबा
	जमा माटी के नेय	सारी मिट्टी बह जाती
	पिरथी के बाँदुक नीं देय बाबू	पृथ्वी सिरजने न देता बाबू
	धरती उबजाउक नीं देय	धरती उपजाने न देता
97i	'ए राम भगवान मयँ का ला करवँ!	'हे राम भगवान मैं क्या करूँ!
	बाप रे दइया का ला करवँ!	बाप रे दइया मैं क्या करूँ!
	कसन धरती उबजायँ?' बले	कैसे धरती उपजाऊँ?' कहता
	'कसन पिरथी के रचें	'मैं कैसे धरती रचूँ
	सुरवाँ उबजाउक नीं देय' बले	सुरवाँ रचने न देता' कहता
	'मोके सुरवाँ बाँदुक नीं देय	'मुझे सुरवाँ सिरजने न देता
	आधा पानी के लिललो जाले	आधा पानी को लीलने पर
	आधा समँदुर होय	समुद्र आधा हो जाता

7. सुरवाँ : शूरमा, किन्तु यहाँ असुर।

	पानी के पुरकुन दिलो जाले	पानी को उगाल देने पर
	समँदुर झलकुन जाय	समुद्र में बाढ़ आ जाती
	जमा माटी के नेय' बले	सारी माटी बह जाती' कहता
	'जमा माटी के नेय'	'सारी मिट्टी बह जाती'
97j	"सुन बाबू काकड़ा किड़ा	"सुन हे बाबू केकड़े
	सुन बाबू काकड़ा किड़ा	सुन हे बाबू केकड़े
	कालिक माता लगे जा बाबू	कालिक माता के पास जा बाबू
	कालिक माता के आन	तू कालिक माता को ला
	एक डँडिक एओ बाबू	थोड़ी देर को आए बाबू
	एक डँडिक एओ"	वह जरा देर को आए"
	काकड़ा किड़ा सुने बाबा	केकड़ा है सुनता बाबा
	कालिक माता लगे जाय	जाता कालिक माता के पास
	आया के काय बले बाबू	माता से है कहता बाबू
	"सुन आया" बले	"सुनो हे माता" कहता
	"सुन आया तुय कालिक माता	"सुनो माता तुम कालिक माता
	सुन आया कालिक माता	सुनो माता ओ कालिक माता
	जलाराँग ने जावँ आया	जलराशि में चलें माता
	दुदसागरे जावँ"	क्षीरसागर में जायें"
	"एयँदे बाबू" बले आया	"आऊँगी बाबू" कहती माता
	हरबर तियार होय	झटपट तैयार होती
	आपन साजू पिंदे[8] आया	अपने साज[9] पहनती माता
	आपन जाक धरे	अपने सामान लेती
	बाँहा ने बाजुबंद बाँदे आया	बाँहों में बाजू64बन्ध बाँधती माता
	हाते तलवार धरे	हाथ में तलवार लेती
	जाते-जाते बले जाय आया जे	जाते-जाते जाती माता
	कोसक-दापक जाय	कोस-दाब[10] भर जाती
	जलाराँग ने जाय आया	जलराशि में जाती माता
	खिर-समँदुरे जाय	क्षीरसागर में जाती
97k	"सुना परभू तुमी बरमा-बिसनू!	"सुनो प्रभु तुम बरमा-बिसनू!
	सुना भगवान महेसर भगवान!	सुनो हे महेसर भगवान!
	काय बलाव आय?" बले	क्यों बुलवाया?" कहती माता
	"आले मोके साँगा"	"मुझे तनिक बतलाएँ"
	आया के काय बलोत बाबा	माता से हैं कहते बाबा
	"सुन आया" बलोत	"सुनो हे माता" कहते

8. पिंदे : अन्य ध्वनि 'पिंधे'।

9. साज : इस शब्द के प्रसंगानुसार अलग-अलग अर्थ हैं। इस पंक्ति में इसका अर्थ है 'वस्त्राभरण'।

10. कोस-दाब : कोस-दो कोस।

"धरती उपजाउन जायँ आया	"धरती की रचना करता माता
मयँ पिरथी के रचुन जायँ	मैं पृथ्वी का सर्जन करता
सुरवाँ उबजाउक नीं देय" बले	सुरवाँ उपजाने न देता" कहता
"कसन धरती उबजायँ!	"कैसे धरती उपजाऊँ!
आधा पानी के लिललो जाले	आधा पानी लीलने पर
आधा पानी के लिललो जाले	आधा पानी लीलने पर
आधा समँदुर होय" बले	समुद्र आधा हो जाता" कहता
"पानी के पुरकुन दिले	"पानी को उगाल देने पर
समँदुर झलकुन जाय	समुद्र में बाढ़ आ जाती
मोचो जमा माटी के नेय	मेरी सारी माटी बह जाती
कसन धरती उबजायँ" बले	मैं कैसे धरती उपजाऊँ?" कहता
"मयँ कसन पिरथी के बाँदें?	"मैं कैसे पृथ्वी को सिरजूँ?
सुरवाँ के भसम कर आया तुय	सुरवाँ को भस्म करो तुम माता
सुरवाँ के भसम कर"	सुरवाँ का नाश करो"
कालिक माता सुने बाबा	कालिक माता सुनती बाबा
"करेंदे परभू!" बले	"करूँगी प्रभुवर!" कहती
जलाराँग ने जाय आया	जलराशि में जाती माता
दुदसागरे जाय	क्षीरसागर में जाती
971 पोंहरते-पोंहरते आया जाय	तैरती हुई जाती माता
पोंहरते-पोंहरते आया जाय	तैरती हुई जाती माता
सुरवाँ लगे बले जाय आया	सुरवाँ के पास जाती माता
सुरवाँ के काय बले	सुरवाँ से है कहती
"किदलो बड़ चो आस बाबू तुय	"कितना बड़ा तू है रे बाबू
धरती के उबजाउक नीं देस!	धरती रचने न देता!
पिरथी के बाँदुक नीं देस बाबू	पृथ्वी न सिरजने देता बाबू
पिरथी के बाँदुक नीं देस!	पृथ्वी न सिरजने देता!
तुय-मयँ जुज खेलूँ बाबू	तू-मैं युद्ध करें ओ बाबू
तुय-मयँ जुज खेलूँ"	तू-मैं युद्ध करें"
खेले आया रे कालिक माता	लड़ती माता कालिक माता
खेले आया कालिक माता	लड़ती माता कालिक माता
जुज खेलुन जाय आया	युद्ध करती जाती माता
जुज खेलुन जाय	युद्ध करती जाती
खेलतते-खेलतते खेले आया	लड़ते-लड़ते लड़ती माता
खेलतते-खेलतते खेले	लड़ते-लड़ते लड़ती
सुरवाँ के भसम करे आया	सुरवाँ को भस्म करती माता
सुरवाँ के भसम करे	सुरवाँ का नाश करती
सुरवाँ मरुन जाय बाबा	सुरवाँ मर जाता बाबा

	जलाँरग ने जाय	जलराशि में जाती
	"सुरवाँ के भसम करले" बले	"सुरवाँ को भस्म किया" कहती वह
	"मयँ सुरवाँ के भसम करले	"मैंने सुरवाँ का नाश किया
	धरती उबजाउन जा" बले हुन	धरती की रचना करो" कहती वह
	"पिरथी के बाँदुन जा"	"पृथ्वी का सृजन करो"
97m	"सुन बाबू काकड़ा लोग	"सुन हे बाबू केकड़े
	सुन बाबू काकड़ा लोग	सुन हे बाबू केकड़े
	जलाँरग ने जा बाबू	जलराशि में जा बाबू
	खिर-सागरे जा	क्षीरसागर में जा
	केंचवाँ किड़ा आन बाबू	केंचुआ ले आ बाबू
	तुय केंचवाँ किड़ा आन"	केंचुआ ले आ"
	जलाँरग ने जाय बाबू	जलराशि में जाता बाबू
	केंचवाँ किड़ा आने	केंचुआ ले आता
	बरमा-बिसनू के देय बाबू	बरमा-बिसनू को देता बाबू
	बाबू के काय बलोत	वे केंचुए से कहते
	"हतड़ी ने हागुन दे बाबू	"हथेली पर मल-त्याग कर दे बाबू
	मयँ धरती उबजाउन जायँ"	मैं धरती का सृजन करूँगा"
	हतड़ी ने हागुन देय बाबू	हथेली पर मल-त्याग करता बाबू
	हतड़ी ने हागुन देय	हथेली पर मल-त्याग करता
	धरती उबजाउन जात[11] राजा	धरती की रचना करते राजा
	पिरथी के रचुन जात	पृथ्वी का सिरजन करते
	उबजात राजा रे बरमा-बिसनू	उपजाते राजा बरमा-बिसनू
	उबजात राजा महेसर भगवान	उपजाते राजा महेसर भगवान
	तिल भर उबजाय राजा	तिल भर धरती उपजाता राजा
	तिल भर उबजाय	तिल भर धरती उपजाता
	पयसा इदलो उबजाय राजा	सिक्का बराबर उपजाता राजा
	रुपया[12] इदलो उबजाय	सिक्का बराबर उपजाता
	धरती उबजाउन जाय राजा	धरती की रचना करता राजा
	पिरथी के रचुन जाय	पृथ्वी की रचना करता
	हतड़ी इदलो उबजाय राजा	हथेली-सी उपजाता राजा
	हतड़ी इदलो उबजाय	हथेली-सी उपजाता
	धरती ने पाँय मँडाय राजा	धरती पर पाँव धरता राजा
	धरती ने पाँय मँडाय	धरती पर पाँव धरता
97n	हतड़ी इदलो ले बाखरा इदलो	हथेली भर से कमरा भर
	हतड़ी इदलो ले बाखरा इदलो	हथेली भर से कमरा भर

11. जात : 'जाओत' का लघुकृत रूप।
12. रुपया : अन्य उच्चारण 'रुपेया', 'रुपिया'।

कोठार असन उपजाय राजा	खलिहान बराबर उपजाता राजा
कोठार असन उपजाय	खलिहान बराबर उपजाता
पिरथी के रचुन जाय राजा	पृथ्वी की रचना करता राजा
पिरथी के रचुन जाय	पृथ्वी का सिरजन करता
अली मैदाँग उबजाय राजा	बड़ा मैदान रचता राजा
डेंगभाटा उबजाय	ऊँचा मैदान रचता
काय मँजा सुँदर दखे बाबा	बड़ा ही सुन्दर दिखता बाबा
अती सुँदर दखे	अतिशय सुन्दर दिखता
उबजाय राजा रे नरायन परभू	उपजाता राजा प्रभु नरायन
उबजाय राजा बिसनू भगवान	उपजाता राजा बिसनू भगवान
धरती उबजाउन जाय राजा	धरती की रचना करता राजा
पिरथी के रचुन जाय	पृथ्वी की रचना करता
तिनपुर उबजाय राजा	तीन लोक रच जाता राजा
तिनपुर उबजाय	तीन लोक रच जाता
तलपुर उबजाय राजा	तलपुर[13] है रच जाता राजा
मँजपुर उबजाय	मँजपुर[14] है उपजाता
उपरपुर उबजाय राजा	ऊपरपुर [15] उपजाता राजा
मेंगपुर उबजाय	मेंगपुर[16] उपजाता
धरती उबजाउन जाय राजा जे	धरती है उपजाता राजा
पिरथी के बाँदुन जाय	पृथ्वी की रचना करता
कैलासपुर उबजाय राजा	कैलासपुर उपजाता राजा
बालिखँडपुर उबजाय	बालीखँडपुर[17] उपजाता
उबजाय राजा रे गोबिंदपुर	उपजाता राजा गोबिंदपुर
उबजाय राजा सागरपुर	उपजाता राजा सागरपुर
हरदी नँगर उबजाय राजा	हरदी नँगर[18] उपजाता राजा
टुरँडी नँगर उबजाय	टुरँडी नँगर[19] उपजाता
इन्दरपुर उबजाय राजा जे	इन्दरपुर[20] उपजाता राजा
बड़ुँदपुर उबजाय	बड़ुँदपुर[21] उपजाता

13. तलपुर : नीचे का लोक : पाताल लोक।
14. मँजपुर : मध्य लोक : मर्त्य लोक।
15. ऊपरपुर : ऊर्ध्व लोक : स्वर्ग लोक।
16. मेंगपुर : मेघ लोक।
17. बालीखँडपुर : बालु तटीय लोक : क्षीरसागर।
18. हरदी नँगर : हरदी नगर। नँगर : नगर।
19. टुरँडी नँगर : टुरँडी नगर। नँगर : नगर।
20. इन्दरपुर : इन्द्रपुरी।
21. बड़ुँदपुर : वरुणपुरी।

	कोबेरपुर उबजाय राजा	कोबेरपुर[22] उपजाता राजा
	जनेकपुर उबजाय	जनेकपुर[23] उपजाता
	धरती उबजाउन जाय राजा	धरती की रचना करता राजा
	पिरथी के रचुन जाय	पृथ्वी का सिरजन करता
	मने बिचार राजा करे	मन में विचार करता राजा
	दिले धोका राजा करे	दिल में चिन्ता करता
	'मयँ धरती उबजाउन जायँ' बले	'मैं धरती उत्पन्न करता' कहता
	'पिरथी के रचुन जायँ	'पृथ्वी की रचना करता
	काके सोपुन देयँदे?' बले	किसे सौंप दूँगा?' कहता
	'मयँ काके सोपुन देयँदे?'	'मैं किसे सौंप दूँगा?'
	बाबू के काय बले राजा	बाबू से है कहता राजा
97p	"सुन बाबू बासुत नाँग	"सुन हे बाबू बासुत नाग
	सुन बाबू बासुत नाँग	सुन हे बाबू बासुत नाग
	मयँ धरती उबजाउन जायँ बाबू	मैं धरती उत्पन्न करता बाबू
	पिरथी के रचुन जायँ	पृथ्वी की रचना करता
	धरती के कोन धरदे बाबू	कौन करे धारण धरती को
	कोन बोहुन रदे	कौन वहन करेगा
	तुय धरती के बोहुन रा बाबू	तू धरती को धारण कर बाबू
	धरती के बोहुन रा"	तू धरती को धारण कर"
	बासुत नाँग के सोपे बाबा	बासुत नाग को सौंपता बाबा
	बासुत नाँग के सोपे	बासुत नाग को सौंपता
	सुने बाबू बासुत नाँग	सुनता बाबू बासुत नाग
	सुने बाबू बासुत नाँग	सुनता बाबू बासुत नाग
	धरती के बोहुन आसे बाबू	धरती को धारण करता बाबू
	पिरथी के बोहुन आसे	पृथ्वी को धारण करता
	आपन-आपन जाओत बाबा	अपने-अपने जाते बाबा
	आपन-आपन जाओत	अपने-अपने जाते
	उपरपुरे बले जाय बाबा	ऊपरपुर को जाता बाबा
	बरमा भगवान जाय	बरमा भगवान है जाता
97q	जाय बाबा रे बिसनू भगवान	जाता बाबा रे बिसनू भगवान
	जाय बाबा बिसनू भगवान	जाता बाबा रे बिसनू भगवान
	बालिखँडपुरे बले जाय बाबा	बालीखँडपुर को जाता बाबा
	बालिखँडपुरे जाय	बालीखँडपुर को जाता
	कैलासपुरे जाय राजा	कैलासपुर को जाता राजा
	कैलासपुरे जाय	कैलासपुर को जाता

22. कोबेरपुर : कुबेरपुरी।
23. जनेकपुर : जनकपुरी।

महेसर भगवान जाय बाबा	महेसर भगवान जाता बाबा
महेसर भगवान जाय	महेसर भगवान जाता
आपन-आपन आसोत बाबा	अपने-अपने पुर में हैं बाबा
आपन-आपन आसोत	अपने-अपने लोक में हैं

खँड-2 : मेंगइन खँड

खण्ड-2 : मेंगइन खण्ड

अधया-4 : मेंग-मेंगइन चो गोठ-बात
अध्याय-4 : मेंग-मेंगइन की बातचीत

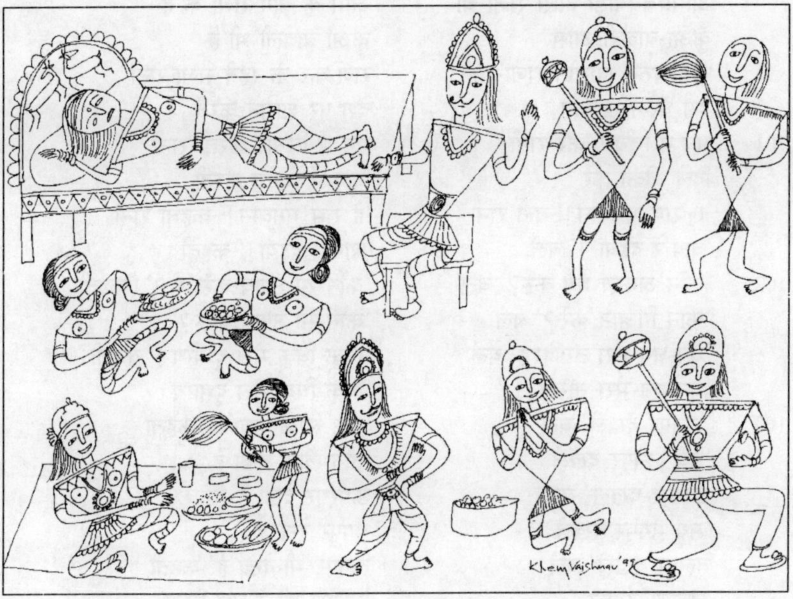

98	मेंगपुर चो राजा-रानी	मेंगपुर के राजा-रानी
	मेंगपुर चो राजा-रानी	मेंगपुर के राजा-रानी
	मेंगपुरे आसोत राजा-रानी	मेंगपुर में है राजा-रानी
	मेंगपुरे आसोत	मेंगपुर में रहते है
	राज धरुन खासोत राजा-रानी	राज कर के रहते[1] राजा-रानी
	देस धरुन खासोत	देश पर शासन करते[2]
99	नव खँड माहाल आसे राजा चो	नौ खण्डा महल है राजा का
	नव खँड माहाल आसे	नौ खण्डा महल है

1. राज धरुन खासोत : सुख पूर्वक जीना। (मुहावरा)
2. देस धरुन खासोत : सुख पूर्वक जीना। (मुहावरा)

	बागे-बगेचा[3] राजा चो आसे	बाग-बगीचे हैं राजा के
	फुल-फुलवारी राजा चो आसे	फूल-फुलवारियाँ हैं
	केकती-केंवरा आसे राजा चो	केतकी-केवड़ा फूल हैं राजा के
	बाली-मोंगरा आसे	बाली-मोंगरा के फूल हैं
100	डाँक-डाली आसे राजा चो	डाँक-दाड़िम[4] हैं राजा के
	गोहा-फर आसे	गोहा-फल भी है
	कदम-रुक[5] आसे राजा चो	कदम का पेड़ है राजा का
	बेल-बगेचा आसे	बेल का बगीचा है
	लिमऊ-बगेचा राजा चो आसे	नीबू के बाग राजा के हैं
	ठोटा बगेचा राजा चो आसे	ठूँठा बगीचा[6] राजा का है
	आमा-बनवाड़ी आसे राजा चो	आम के बाग राजा के हैं
	कुँआ-बावड़ी आसे	कुआँ-बावली भी हैं
	राज धरुन खासोत राजा-रानी	राज कर के रहते राजा-रानी
	देस धरुन खासोत	देश पर शासन करते
101	मन ने बिचार करे रानी	मन में विचार करती रानी
	दिले धोका करे	दिल में चिन्ता करती
	'ए राम भगवान!' बले रानी	'हे राम भगवान!' कहती रानी
	'बाप रे दइया[7]!' बले	'बाप रे दइया!' कहती
102	'कोन अकल मयँ करें?' बले	'कौन-सा उपाय करूँ मैं?' कहती
	'कोन गिआन करें?' बले	'कौन-सा उपाय करूँ?'
	'धन-धन मेरा तगदिर!' बले	'धिक्-धिक् मेरा दुर्भाग्य!' कहती
	'धन-धन मेरा नसिब!	'धिक्-धिक् मेरा दुर्भाग्य!
103	'तिनपुर दखले' बले	'तीन लोक देखा है' कहती
	'मयँ तिनपुर दखले	'तीन लोक देखा है
	उपरपुर दखले' बले	ऊपरपुर देखा है मैंने
	'मयँ मेंगपुर दखले	मेंगपुर देखा है
	तलपुर दखले' बले	तलपुर भी देखा है' कहती
	'तलपुर दखले	'तलपुर भी है देख लिया

---

3. बगेचा : अन्य उच्चारण 'बगिचा'।

4. डाँक : एक प्रकार का फल। दाड़िम (संस्कृत), डालिम (ओड़िया) : अनार।

5. रुक : अन्य उच्चारण 'रुख'।

6. ठूँठा बगीचा : ऐसा बगीचा जहाँ अपराधियों के हाथ काट कर उसे ठूँठा बना दिया जाता था। बस्तर के प्रथम हिन्दी साहित्यकार पं. केदारनाथ ठाकुर रचित ग्रन्थ 'बस्तर-भूषण' के पृ.27 में इस तरह के दो बगीचों का उल्लेख मिलता है। उनके अनुसार बस्तर राज्य में पुराने समय में अपराधियों को दण्डित करने के लिये 'खंग बनवाड़ी (खंग बगीचा)' और 'ठोटा बनवाड़ी (ठोटा बगीचा)' हुआ करते थे। 'खंग बगीचा' वह होता था जहाँ अपराधियों को तलवार से काट कर मार दिया जाता था और 'ठोटा बगीचा वह होता था जहाँ अपराधी का हाथ काट कर उसे ठूँठा बना दिया जाता था।

7. बाप रे दइया : नगरीय प्रभाववश आयी ध्वनियाँ।

104	'मँजपुर नाजुन दखें' बले	'मँजपुर नहीं देखा है' कहती
	'मँजपुर नाजुन दखें	'मँजपुर नहीं देखा है
	कसन मँजपुर आय?' बले	कैसा है वह मँजपुर?' कहती
	'कसन मँजपुर आय?	'कैसा है वह मँजपुर?
105	'कितलो उराम आय?' बले	'कितना आराम वहाँ है?' कहती
	'कितरो हरिक आय?' बले	'कितना आनन्द वहाँ है?' कहती
	'कितरो उदिम आय?' बले	'कितना उछाह वहाँ है?' कहती
	'कितरो उदिम आय?	'कितना उछाह वहाँ है?
	मँजपुर दखुकलाय भाय' बले	मँजपुर देखना चाहूँ' कहती
	'मोके मँजपुर दखुकलाय भाय'	'मुझे मँजपुर देखना भाता'
106	बाजे बसुन जात राजा-रानी	शय्या पर बैठ जाते राजा-रानी
	सेज बसुन जात	सेज पर जा बैठते
	रानी काय बले राजा के	रानी क्या कहती राजा से
	"सुना राजा!" बले	"सुनिये राजा[8]!" कहती
107	"सुना राजा रे मेंगराजा	"सुनिये राजा मेंगराजा
	सुना राजा मेंगराजा	सुनिये राजा मेंगराजा
	बाते सुनुन जाहा राजा	बात मेरी सुनिये हे राजा
	गोठ मानुन जाहा'	बात मेरी मानिये'
108	"काय बात आय रानी?	"क्या बात है हे रानी[9]?
	तुय आले मोके साँग"	तुम मुझे बतलाओ"
	रानी काय बले राजा के	रानी क्या कहती राजा से
	"सुना राजा" बले	"सुनिये राजा" कहती
109	"तिनपुर दखले राजा	"तीन लोक हैं देखे राजा
	मँजपुर नाजुन दखें	मँजपुर देखा नहीं है
	मँजपुर दखुकलाय भाय राजा	मँजपुर देखना भाता राजा
	मोके मँजपुर दखाउक निया"	मुझे मँजपुर दिखाने ले जाएँ"
110	मेंगइन रानी बले बाबा	मेंगइन रानी कहती बाबा
	मेंगराजा सुने	मेंगराजा है सुनता
	"सुन रानी मेंगइन	"सुनो हे रानी मेंगइन

8. राजा : पत्नी द्वारा पति को 'राजा' का सम्बोधन 'प्रियतम' का अर्थ देता है, न कि किसी देश के राजा का। पति ही पत्नी के हृदय-रूपी राज्य का स्वामी अर्थात् राजा है। आज भी प्यार से पत्नी अपने पति को चाहे वह कंगाल ही क्यों न हो, अन्तरंग क्षणों में राजा ही कहती है। यद्यपि सामान्य अवसर पर यह सम्बोधन दूसरों के सामने नहीं किया जाता किन्तु जब पति की मृत्यु हो जाती है तो पत्नी के रुदन (शोक गीत) में यह सम्बोधन सार्वजनीन हो जाता है।
9. रानी : पति द्वारा पत्नी को 'रानी' का सम्बोधन 'प्रियतमा' का अर्थ देता है, न कि किसी देश की रानी का। पत्नी ही पति के हृदय-रूपी राज्य की स्वामिनी अर्थात् रानी है। आज भी प्यार से पति अपनी पत्नी को चाहे वह कंगाल ही क्यों न हो, अन्तरंग क्षणों में रानी ही कहता है। सामान्य अवसर पर यह सम्बोधन दूसरों के सामने नहीं किया जाता किन्तु जब पत्नी की मृत्यु हो जाती है तो पति के रुदन (शोक गीत) में यह सम्बोधन सार्वजनीन हो जाता है।

	सुन रानी मेंगइन	सुनो हे रानी मेंगइन
	कसन हुसन बल्लिस रानी	ऐसा कैसे कह डाला रानी
	कसन हुसन बल्लिस?	ऐसा कैसे कह डाला?
111	"आया-बाबा चो राज, रानी	"माता-पिता का राज्य, रानी
	मोचो दादी-आयी चो देस	मेरे दादा-दादी का देश
	राज के कसन छाँडें रानी	राज्य कैसे छोड़ूँ रानी
	मयँ देस के कसन छाँडें?"	मैं देश कैसे त्यागूँ?"
112	"सुना राजा रे मेंगराजा	"सुनिये राजा मेंगराजा
	सुना राजा मेंगराजा	सुनिये राजा मेंगराजा
	खुबे दिन नईं रवाँ राजा	अधिक दिनों न रहेंगे राजा
	खुबे दिन नईं रवाँ	अधिक दिनों तक न रहेंगे
	साल भर रहुन एवाँ राजा	साल भर रह आएँगे राजा
	साल भर रहुन एवाँ"	साल भर रह आएँगे"
113	राजा काय बले रानी के	राजा क्या कहता रानी से
	"सुन रानी" बले	"सुनो हे रानी" कहता
	"नव खँड माहाल मोचो आसे	"नौ खण्डा महल है मेरा
	राज-पाट मोचो आसे	राज-पाट भी है मेरा
	तुय कसन हुसन बल्लिस रानी	तुमने ऐसा कैसे कह डाला रानी
	कसन हुसन बल्लिस?	ऐसा कैसे कह डाला?
114	"राज के कसन छाँडें रानी	"राज्य को कैसे छोड़ूँ रानी
	मयँ देस के कसन छाँडें"	मैं देश को कैसे त्यागूँ?"
	मेंगइन रानी सुने बाबा	मेंगइन रानी सुनती बाबा
	रानी रिसाउन जाय	रानी रूठ जाती
115	दतुन नईं बले रानी चाबे	दतौन नहीं करती है रानी
	अन नईं रानी खाय	अन्न नहीं खाती है रानी
	भुके-भुके आसे रानी	भूखी रह जाती है रानी
	भुके-भुके आसे	भूखी ही रह जाती
116	मेंगराजा दखे बाबा	मेंगराजा देखता बाबा
	रानी लगे जाय	रानी के पास जाता
	बाजे जाउन बसे राजा	शय्या पर जा बैठता राजा
	रानी के काय बले	रानी से है कहता
117	"सुन रानी मेंगइन	"सुनो हे रानी मेंगइन
	सुन रानी मेंगइन	सुनो हे रानी मेंगइन
	तिनपुर टेकही आस रानी	बड़ी हठीली हो रानी तुम
	बड़ा उपई आस	बड़ी ही नटखट हो
	दतुन नईं चाबिस रानी	दतौन नहीं करतीं तुम रानी
	तुय अन नईं खाइस	अन्न नहीं तुम खातीं

118	"भुके-भुके रसित[10] रानी	"भूखी ही रह गयी हो रानी
	भुके जिव जायदे	भूख से प्राण जाएँगे
	दतुन चाबुन जा रे रानी	तुम दतौन कर लो हे रानी
	अन खाउन जा रे रानी	तुम भोजन भी कर लो रानी
	मयँ मँजपुर दखाउक नेयँदे रानी	मँजपुर दिखाने ले जाऊँ रानी
	मँजपुर दखाउक नेयँदे"	मँजपुर दिखाने ले जाऊँगा"
119	मेंगइन रानी सुने बाबा	मेंगइन रानी सुनती बाबा
	खँड मुचकी मारे	हौले से मुस्काती
	बाज ले उठुन जाय रानी	शय्या से उठ जाती रानी
	घर ले बाहिर होय	घर से बाहर जाती
120	दतुन चाबुन रानी जाय	दतौन कर लेती है रानी
	अन खाउन रानी जाय	अन्न भी खाती है रानी
	एक दिन बले होय बाबा	एक दिन बीत जाता बाबा
	दुय दिन होय	दो दिन बीत जाते
121	आँट[11] दिन बले होय बाबा	आठ दिन बीत जाते बाबा
	आँट दिन होय	आठ दिन बीत जाते
	राजा-रानी बसोत बाबा	राजा-रानी बैठते बाबा
	राजा काय बले	राजा है यह कहता
	"सुन रानी मेंगइन	"सुनो हे रानी मेंगइन
	सुन रानी मेंगइन	सुनो हे रानी मेंगइन
	कसन मँजपुर आय रानी	मँजपुर कैसा है हे रानी
	कसन मँजपुर आय?	मँजपुर कैसा है?
122	"कोन दखुक जादे रानी	"कौन देखने जाएगा रानी
	कोन दखुक जादे?"	कौन देखने जाएगा?"
	मेंगराजा बले बाबा	मेंगराजा कहता बाबा
	रानी काय बले	रानी है यह कहती
123	"सुना राजा रे मेंगराजा	"सुनिये राजा मेंगराजा
	सुना राजा मेंगराजा	सुनिये राजा मेंगराजा
	टुरँडी नँगर जाहा राजा	टुरँडी नँगर जायें राजा
	अजगलभिमा आना	अजगलभिमा को लायें
	मँजपुर दखुक जायदे राजा	मँजपुर देखने जायेगा राजा
	मँजपुर दखुन एयदे"	मँजपुर देख आयेगा"
124	मेंगराजा सुने बाबा	मेंगराजा सुनता बाबा
	बाबू के काय बले	बाबू से है कहता
	"सुन बाबू पवनकुमार	"सुन हे बाबू पवनकुमार
	सुन बाबू पवनकुमार	सुन हे बाबू पवनकुमार

10. 'रसिस' का अन्य रूप।

11. आँट : अन्य उच्चारण 'आट', 'आठ', आँठ'।

	हरबर तियार हो बाबू	झटपट तैयार हो जा बाबू
	टुरँडी नँगरे जा	टुरँडी नँगर तू जा
125	“अजगलभिमा के आन बाबू	“अजगलभिमा को ला हे बाबू
	हुन मँजपुर दखुक जायदे”	वह मँजपुर देखने जाएगा”
	पवनकुमार सुने बाबा	पवनकुमार सुनता बाबा
	आपन साजू पिंदे	अपने साज पहनता
	आपन जाक धरे बाबू	अपने सामान लेता बाबू
	पाँये खड़ऊ पिंदे	पाँवों में खड़ाऊँ पहनता

अधया-5 : अजगलभिमा चो मँजपुर जातो
अध्याय-5 : अजगलभिमा की मँजपुर यात्रा

126	हाते बेद बले बाबू धरे	हाथ में बेंत बाबू लेता
	राजा-माहाल बाबू छाँडे	राज-महल बाबू छोड़ता
	जाते-जाते बले जाय बाबू	चलता चला जाता बाबू
	पारा-परोसे जाय	गली-मोहल्ले जाता
127	पारा-परोस छाँडे बाबू	गली-मोहल्ला छोड़ता बाबू
	टुरँडी नँगरे जाय	टुरँडी नँगर को जाता
	गाड़ा-बाट छाँडे बाबू	गाड़ा-बाट[1] छोड़ता बाबू
	सड़क-बाट छाँडे	सड़क-बाट[2] छोड़ता

1. गाड़ा-बाट : बैलगाड़ी का रास्ता। इसे 'गाड़ा-रावन' या 'गाड़ी-रावन' भी कहा जाता है।
2. सड़क-बाट : पक्की सड़क।

	कानी मारगे जाय बाबू	पैगडरी से जाता बाबू
	सेतबन काजे जाय	सेतबन[3] हो कर जाता
128	हेतबन काजे जाय बाबू	हेतबन हो कर जाता बाबू
	ए बिंदराबन काजे जाय	वह बिंदराबन हो कर जाता
	खाले भुबुर बाबू के तपे	पाँवों में धरती तपती बाबू के
	उपर घाम बाबू के छेके	सिर पर धूप तपती
	मँजी भुक लागे बाबू के	पेट को भूख लगती बाबू के
	झालिपिली पसना फुटे	वह पसीने से तर होता
129	बाबू बाट रेंगे बाबा	बाबू राह चलता बाबा
	टुरँडी नँगरे जाय	टुरँडी नँगर को जाता
	भिमा-माहाले जाय बाबू	भिमा-महल पहुँचता बाबू
	भिमा-माहाल अमरे	भिमा-महल को जाता
130	माँडो-मोंगरा बाबू उबे	मोगरा-मण्डप में रुकता बाबू
	'मामा' हंका बाबू मारे	'मामा' को पुकारता
	बुबू[4] सुनुन जाय बाबा	बुआ सुनती है ओ बाबा
	घर ले बाहिर होय	घर से बाहर आती
	भाचा के काय बले बुबू	भान्जे से है कहती बुआ
	"तुमी सुना भाचा" बले	"तुम सुनो हे भान्जे" कहती
131	"काय कामे इलास भाचा	"किस काम से आये भान्जे
	आले मोके साँगा"	तनिक मुझे बतलाओ"
	"सुना बुबू रैना-कुँदनी	"सुनिये बुआ हे रैना-कुँदनी
	सुना बुबू रैना-कुँदनी	सुनिये बुआ रैना और कुँदनी
	मामा काहाँ गेला बुबू?	मामा कहाँ गये हैं बुआ?
	आले मोके साँगा	आप मुझे बतलाएँ
	राजा-घरे बलाव बुबू	राजा के घर बुलावा बुआ
	राजा-घरे बलाव"	राजा के घर बुलावा"
132	रैना-कुँदनी सुनोत बाबा	रैना-कुँदनी सुनतीं बाबा
	भाचा के काय बलोत	भान्जे से हैं कहतीं
	"सुना भाचा पवनकुमार	"सुनो हे भान्जे पवनकुमार
	सुना भाचा पवनकुमार	सुनो हे भान्जे पवनकुमार
	तुमचो मामा निंहात भाचा	तुम्हारे मामा नहीं है भान्जे
	तुमचो मामा निंहात	तुम्हारे मामा नहीं हैं

3. सेतबन : बस्तर के लोक-मानस में तीन बनों (वनों) की मान्यता है। ये तीन बन (वन) हैं : सेतबन, हेतबन और बिंदराबन।

4. बुबू : वस्तुतः बुबू का अर्थ बुआ है किन्तु यह सम्बोधन तीन रिश्तों के लिये प्रयुक्त होता है। पहला : पिता की बहिन यानी बुआ के लिये, दूसरा : माता के भाई की पत्नी यानी मामी के लिये तथा तीसरा : पति/पत्नी की माता यानी सास के लिये। इसी तरह मामा सम्बोधन भी तीन रिश्तों के लिये प्रयुक्त होता है। पहला : पिता की बहिन के पति यानी फूफा के लिये, दूसरा : माता के भाई यानी मामा के लिये तथा तीसरा : पति/पत्नी के पिता यानी ससुर के लिये। बस्तर में ममेरे-फुफेरे भाई-बहनों के बीच वैवाहिक सम्बन्ध पारम्परिक तौर पर होते रहे हैं। इसीलिये 'मामा-बुबू' अपने मूल अर्थ के साथ-साथ 'ससुर-सास' के लिये भी रूढ़ हो गये हैं।

133	"बारा डोंगरी चो साँदी ने भाचा	"बारह पहाड़ियों के सन्धि-स्थल में भान्जे
	बारा डोंगरी चो साँदी	बारह पहाड़ियों के सन्धि-स्थल में
	तुमचो मामा सोओत भाचा	तुम्हारे मामा सोते भान्जे
	तुमचो मामा सोओत"	तुम्हारे मामा सोते"
134	"सुना बुबू रैना-कुँदनी	"सुनिये बुआ रैना-कुँदनी
	सुना बुबू रैना-कुँदनी	सुनिये बुआ रैना-कुँदनी
	मामा के उठाउन दिया बुबू	मामा को जगा दें हे बुआ
	मामा के चेताउन दिया"	मामा को जगा दें"
135	बुबू काय बले बाबू के	बुआ क्या कहतीं बाबू से
	"सुना भाचा" बले	"सुनो हे भान्जे[5]" कहतीं
	"बारा साल चो निंद भाचा	"बारह वर्ष की नींद भान्जे
	बारा साल चो निंद	बारह वर्ष की नींद
	तुमचो मामा के धरे भाचा	तुम्हारे मामा को है हे भान्जे
	तुमचो मामा के धरे	तुम्हारे मामा को है
136	"असन नईं उठोत भाचा	"वे ऐसे नहीं उठेंगे भान्जे
	असन नईं चेतोत"	आसानी से न जागेंगे"
	"कसन होले उठुआत बुबू?	"किस तरह जागेंगे बुआ?
	तुमी आले मोके साँगा"	आप मुझे बतलाएँ"
137	"सुना भाचा पवनकुमार	"सुनो हे भान्जे पवनकुमार
	सुना भाचा पवनकुमार	सुनो हे भान्जे पवनकुमार
	छाती ने जमेला आसे भाचा	उनकी छाती में है जमेला[6] भान्जे
	छाती ने जमेला आसे	छाती में है जमेला
138	"जमेला गोंदुन जाहा भाचा	"जमेला काट डालो भान्जे
	जमेला गोंदुन जाहा	जमेला काट डालो
	दुय गाड़ी लकड़ी जुहावा	दो गाड़ी लकड़ी लाओ भान्जे
	दुय गाड़ी लकड़ी	दो गाड़ी लकड़ी लाओ
	कुस तपाउन जाहा भाचा	सब्बल गरम कर लो हे भान्जे
	कुस तपाउन जाहा"	सब्बल गरम कर लो"
139	सुने बाबू पवनकुमार	सुनता बाबू पवनकुमार
	सुने बाबू पवनकुमार	सुनता बाबू पवनकुमार

---

5. भान्जा (भाचा) : वस्तुतः भाचा का अर्थ भान्जा है किन्तु यह सम्बोधन तीन रिश्तों के लिये प्रयुक्त होता है। पहला : पत्नी के भाई के बेटे के लिये, दूसरा : पति की बहिन के बेटे के लिये तथा तीसरा : जामाता के लिये। इसी तरह भाची का अर्थ भान्जी है किन्तु यह सम्बोधन भी उपर्युक्तनुसार तीन रिश्तों के लिये प्रयुक्त होता है। पहला : पत्नी की भाई की बेटी के लिये, दूसरा : पति की बहिन की बेटी के लिये तथा तीसरा : पुत्र-वधु के लिये। बस्तर में ममेरे-फुफेरे भाई-बहनों के बीच वैवाहिक सम्बन्ध पारम्परिक तौर पर होते रहे हैं। इसीलिये भाचा (भान्जा) और भाची (भान्जी) शब्द अपने मूलार्थ के साथ-साथ जामाता और पुत्र-वधु के लिये भी रूढ़ हो गये हैं।
6. जमेला : एक वृक्ष जो प्रायः नदियों के किनारे पाया जाता है। इसकी जड़ें काफी फैली हुई तथा मज़बूत होती हैं।

	बुबू के काय बले बाबू	बुआ से है कहता बाबू
	"सुना बुबू" बले	"सुनिये बुआ" कहता
	"मोके टएँगा[7] दिया बुबू	"मुझे कुल्हाड़ी दें हे बुआ
	मयँ लकड़ी जुहाउन जायँ"	मैं लकड़ी एकत्र करूँगा"
140	रैना-कुँदनी सुनोत बाबा	सुनतीं बाबा रैना-कुँदनी
	आपन माहाले जात	अपने महल में जातीं
	बारा-बारा घाना चोबिस घाना	बारह-बारह चौबीस घाना[8]
	बारा-बारा घाना चोबिस	बारह-बारह चौबीस घाना
	चोबिस घाना चो कुढ़ार धरोत	चौबीस घाना का कुढ़ार[9] वे लेतीं
	चोबिस घाना चो कुढ़ार	चौबीस घाना का कुढ़ार
141	पवनकुमार के देत रानी	पवनकुमार को देतीं रानियाँ
	पवनकुमार के देत	पवनकुमार को देतीं
	गोटोक हाते उठाय बाबू	एक हाथ में उठाता बाबू
	गोटोक हाते उठाय	एक हाथ में उठाता

142	गोटोक हाते बले बाबू उठाय[10]	एक हाथ में बाबू उठाता
	जाते-जाते बाबू जाय	जाते-जाते बाबू जाता

7. टएँगा : अन्य रूप 'टँगेया', 'टँगिया'।

8. घाना : एक मापमान। 1 घाना 10 किलो के बराबर होता है।

9. कुढ़ार : एक बड़ी तथा वजनी कुल्हाड़ी।

10. कैसेट क्रमांक 19बी का आरम्भ, ध्वन्यांकन तिथि : 13.12.1996।

	रुमझुम-रुमझुम रेंगे बाबू	जल्दी-जल्दी चलता बाबू
	एक कलाट मारे	जल्दी पाँव बढ़ाता
143	बारा डोंगरी चो साँदी ने जाय	बारह पहाड़ियों के सन्धि-स्थल में जाता
	बारा डोंगरी चो साँदी	बारह पहाड़ियों के सन्धि-स्थल में जाता
	भिमा सोउन रहे बाबा	भिमा सोया था ओ बाबा
	भिमा सोउन रय[11]	भिमा सोया था
144	बारा साल चो निंद धरे	बारह वर्षों की नींद उसे थी
	बारा साल चो निंद धरे	बारह वर्षों की नींद उसे थी
	अवभुल निंद धरे भिमा के	गहरी निद्रा में था भिमा
	मतभुल निंद धरे	गहरी नींद में था
145	एई कुढ़ार बाबू धरे	हाथ में कुढ़ार लेता बाबू
	सोनाबाली कुढ़ार बाबू धरे	सोनाबाली[12] कुढ़ार बाबू लेता
	लकड़ी जुहाउन जाय बाबू	लकड़ी इकट्ठी करता बाबू
	लकड़ी जुहाउन जाय	लकड़ी इकट्ठी करता
146	दुय गाड़ी लकड़ी जुहाय	दो गाड़ी लकड़ी इकट्ठी करता
	दुय गाड़ी लकड़ी	दो गाड़ी लकड़ी
	आइग बारुन जाय बाबू	आग जला जाता है बाबू
	आइग बारुन जाय	आग जला जाता है
147	हाते कुस बले रानी मन धरोत	हाथ में सब्बल रानियाँ लेतीं
	हाते कुस रानी मन धरोत	हाथ में सब्बल रानियाँ लेतीं
	घर ले बाहिर होत रानी	घर से बाहर निकलतीं रानियाँ
	जाते-जाते जात	जाते-जाते जातीं
148	रुमझुम-रुमझुम रेंगोत रानी मन	जल्दी-जल्दी चलतीं रानियाँ
	एक कलाट मारोत	जल्दी पाँव बढ़ातीं
	बारा डोंगरी चो साँदी ने जाओत	बारह पहाड़ियों के सन्धि-स्थल में
	बारा डोंगरी चो साँदी	बारह पहाड़ियों के सन्धि-स्थल में
149	कुस तपाउन जाओत रानी	सब्बल गरम करतीं रानियाँ
	कुस तपाउन जाओत रानी	सब्बल गरम करतीं रानियाँ
	रगरग कुस तपात रानी	आग से लाल करतीं सब्बल को रानियाँ
	रगरग कुस तपात	आग से लाल करतीं सब्बल को
150	भिमा लगे बले जात रानी मन	भिमा के पास जातीं रानियाँ
	भिमा लगे जात	भिमा के पास जातीं
	कान बाटे सड़लुन देत रानी	कान में सब्बल डालतीं रानियाँ
	कुला बाटे सड़लुन देत	कूल्हे में डाल देतीं
151	उठे बाबू अजगलभिमा	उठता बाबू अजगलभिमा
	उठे बाबू अजगलभिमा	उठता बाबू अजगलभिमा

11. रय : 'रहे' का अन्य उच्चारण।

12. सोनाबाली : उस कुढ़ार (कुल्हाड़ी) का नाम।

	बटबट-बटबट दखे भिमा	फटी आँखों से देखता भिमा
	बटबट-बटबट दखे	फटी आँखों से देखता
152	पवनकुमार दखे बाबा	पवनकुमार देखता बाबा
	'अड़बड़ भिमा आय	'यह तो विकट भिमा है
	मोके खाउन देयदे' बले	मुझे खा जाएगा' कहता
	'मोके नईं बचाय'	'मुझ को नहीं बचाएगा'
153	कोसक-दापक पराय बाबू	कोस-दाब भर भागे बाबू
	उलटते-पुलटते जाय	गिरता-पड़ता भागे
	अजगलभिमा दखे बाबा	अजगलभिमा देखता बाबा
	रानी के काय बले	रानियों से है कहता
154	"सुना रानी रैना-कुंदनी	"सुनो हे रानी रैना-कुंदनी
	सुना रानी रैना-कुंदनी	सुनो हे रानी रैना-कुँदनी
	तुमी काय तेल के रकालास रानी	तुमने कौन सा तेल डाला रानियो
	काय तेल के रकालास?	कौन सा तेल डाला?
155	"अड़बड़ ठँडा लागे रानी	"बड़ा ही ठण्डा लगता रानी
	मोके गजब ठँडा लागे	मुझे बड़ा ही शीतल लगता
	काय काजे उठालास रानी	किसलिये जगाया रानियो
	मोके काय काजे चेतालास	मुझे किसलिये जगाया
156	काय काजे भाचा पराय रानी	किसलिये भान्जा भागता रानी
	हुन काय के डरुन गेलो	वह किस से डर गया
	भाचा के बलाउन जाहा रानी	भान्जे को बुलवाओ रानी
	भाचा के बलाउन जाहा"	भान्जे को बुलवाओ"
157	सुनोत रानी रैना-कुंदनी	सुनतीं रानियाँ रैना-कुँदनी
	सुनोत रानी रैना-कुंदनी	सुनतीं रानियाँ रैना-कुँदनी
	भाचा के काय बलोत रानी मन	भान्जे से हैं कहतीं रानियाँ
	"सुना भाचा" बलोत	"सुनो हे भान्जे" कहतीं
	"इहा[13] भाचा" बलोत रानी	"आओ भान्जे" कहतीं रानियाँ
	"तुमी काय के डरुन गेलास?"	"तुम किस से डर कर भागे?"
158	पवनकुमार सुने बाबा	पवनकुमार सुनता बाबा
	धिरे-धिरे जाय	धीरे-धीरे जाता
	भिमा लगे बले जाय बाबू	भिमा के पास जाता बाबू
	बाबू के काय बलोत	बाबू से वे कहतीं
159	"काय के डरुन गेलास भाचा	"किस से डर कर भागे भान्जे
	तुमी काय काजे परावास?"	तुम किसलिये भाग रहे थे?"
	"सुना बूबू रैना-कुँदनी	"सुनिये बुआ रैना-कुंदनी
	सुना बूबू रैना-कुंदनी	सुनिये बुआ रैना-कुंदनी

13. अन्य उच्चारण 'इया'।

	मोके मामा के डर लागे बुबू	मुझे मामा से डर लगा था बुआ
	मामा के डर लागे	मामा से डर लगा
160	"अड़बड़ भिमा बले आत बुबू	"विकट भिमा वे हैं ओ बुआ
	हुन बटबट-बटबट दखोत	वे फटी आँखों से देखते
	'मोके खाउन देदे' बलले	'मुझे खा जाएँगे' सोचा मैंने
	मोके नईं बचात"	मुझे नहीं बचाएँगे"
161	"सुना भाचा पवनकुमार	"सुनो हे भान्जे पवनकुमार
	सुना भाचा पवनकुमार	सुनो हे भान्जे पवनकुमार
	काय कामे इलास भाचा	किस काम से आये भान्जे
	आले मोके साँगा"	तनिक मुझे बतलाओ"
162	बाबू काय बले मामा के	बाबू है कहता मामा से
	"सुना मामा" बले	"सुनिये मामा" कहता
	"राजा-घरे बलाव मामा	"राजा के घर बुलावा मामा
	मेंगपुर जातो आय	मेंगपुर चलना है
	हरबर तियार होआ मामा	झटपट तैयार हो लें मामा
163	"जलदी तियार होआ"	"जल्दी तैयार हो लें"
	"एयँदे भाचा" बले बाबा	"आऊँगा भान्जे" कहता बाबा
	"एयँदे भाचा" बले	"आऊँगा भान्जे" कहता
	आपन साजू बले भिमा धरे	अपने साज[14] पकड़ता भिमा
	आपलो जाक भिमा धरे	अपने सामान पकड़ता
	बारा डोंगरी छाँडे भिमा	बारह पहाड़ियाँ छोड़ता भिमा
164	जाते-जाते जाय	चलता चला जाता
	रुमझुम-रुमझुम रेंगे भिमा	जल्दी-जल्दी भिमा चलता
	एक कंलाट मारे	जल्दी पाँव बढ़ाता
	आपन माहाले जाय भिमा	अपने महल में जाता भिमा
	नव खँडे माहाल अमरे	नौ खण्डा महल पहुँचता
	बाजे जाउन बसे भिमा	शय्या पर जा कर बैठता भिमा
	बाई के काय बले	बाई[15] से है कहता
165	"सुना रानी रैना-कुंदनी	"सुनो हे रानी रैना-कुँदनी
	सुना रानी रैना-कुँदनी	सुनो हे रानी रैना-कुंदनी
	पानी गरम करा रानी	पानी गरम करो हे रानी
	मयँ आँगे असनाँद होयँ"	मैं स्नान करूँगा"
166	रैना-कुँदनी सुनोत बाबा	रैना-कुँदनी सुनतीं बाबा
	पानी गरम करोत	पानी गरम करतीं

14. साज : इस शब्द के प्रसंगानुसार अलग-अलग अर्थ हैं। इस पंक्ति में इसका अर्थ है 'सामग्री'। जिस पंक्ति में 'साज पहनता/पहनती' वाक्यांश आया है वहाँ इसका अर्थ 'वस्त्राभरण' से है तथा जिस पंक्ति में 'साज पकड़ता/पकड़ती' वाक्यांश आया है वहाँ इसका अर्थ 'सामग्री' लिया गया है।

15. बाई : स्त्री, महिला। किसी स्त्री या महिला को किया जाने वाला सम्बोधन। बड़ी बहिन या उसके उम्र की महिला को भी यह सम्बोधन दिया जाता है।

	सेदा-भेदा करोत रानी मन	ठण्डा पानी मिलातीं रानियाँ
	मन्दन-सिले नेत	स्नान-गृह[16] में ले जातीं
	झारी कसेला देत रानी	झारी[17] पात्र देतीं रानियाँ
	कपुर दतुन देत	सुगन्धित दतौन देतीं
167	मन्दन-सिले बले भिमा जाय	स्नान-गृह में भिमा जाता
	मन्दन-सिले भिमा उबे	स्नान-गृह में भिमा खड़ा होता
	कपुर दतुन धरे भिमा	सुगन्धित दतौन लेता भिमा
	सुरिज-भेट करे	सूर्य नमस्कार करता
168	मुँहे मुखारी गोबे भिमा	मुँह में दतौन लेता भिमा
	दतुन-पतर चाबे	वह दतौन कर जाता
	आँगे असनाँद होय भिमा	अंग-स्नान करता है भिमा
	हिरदे असनाँद होय	हृदय-स्नान[18] करता है
	सुका[19] कपड़ा पिंदे भिमा	सूखा कपड़ा पहने भिमा
	ओधा कपड़ा गिरे	गीला कपड़ा गिरता
169	झारी पानी धरे भिमा	झारी में पानी लेता भिमा
	तुलसी-चँवरा ने जाय	तुलसी-चौरा में जाता
	चँवरा ने पानी रिकाय भिमा	चौरा में पानी डालता भिमा
	तुलसी के काय बले	तुलसी से वह कहता
170	"बाड़-बाड़ बाई कारी तुलसी	"बढ़ो-बढ़ो हे कारी तुलसी
	बाड़-बाड़ बाई कारी तुलसी	बढ़ो-बढ़ो हे कारी तुलसी
	अगास मेलान बाड़ बाई	आकाश तक बढ़ जाओ
	पकिर पाना फेक	नयी कोंपलें निकलें
	तुय-मयँ बाँहा-जोरी बाई	तुम-मैं बाँहों की जोड़ी जैसे
	तुय-मयँ हन्सा-जोरी	तुम-मैं हन्सों की जोड़ी
171	जिव भर सेवा मिरो बाई	आजीवन सेवा करूँ तुम्हारी
	मोचो जान सुकी रहो"	मेरी आत्मा सुखी रहे"
	तुलसी सेवा करे भिमा	तुलसी की सेवा करता भिमा
	होम-आरती देय	होम-आरती करता
172	पइँया पड़ुन जाय भिमा	उसे प्रणाम कर जाता भिमा
	आपन माहाले जाय	अपने महल में जाता
	बाजे जाउन बसे भिमा	शय्या पर जा बैठता भिमा

16. मन्दन-सिल (स्नान-गृह) : वस्तुतः 'मन्दन-सिल' का अर्थ है 'वह पत्थर जिस पर खड़ा हो कर या बैठ कर स्नान किया जाता है'।
17. झारी : एक ऐसा लोटानुमा पात्र जिसके मुँहाने पर कई छिद्र होते हैं। इन्हीं छिद्रों में से हो कर पानी फुहार के रूप में बाहर आता है।
18. हृदय स्नान (हिरदे असनाँद) : इस महाकाव्य में स्थान-स्थान पर 'आँगे असनाँद' और 'हिरदे असनाँद' का उल्लेख है। 'आँगे असनाँद' का अर्थ देह का स्नान है जबकि 'हिरदे असनाँद' का अर्थ हृदय का स्नान यानी हृदय को शुद्ध करना है।
19. सुका : अन्य उच्चारण 'सुखा'।

	बाई के काय बले	बाई से वह कहता
	"बँधेया झापी के दे रानी	"बँधेया झापी[20] दो हे रानी
	मयँ नव से गाहना पिंदे"	मैं नौ सौ गहने पहनूँ"
173	बँधेया झापी बले बाई देय	बँधेया झापी देती रानी
	बँधेया झापी बाबू खोले	बँधेया झापी बाबू खोलता
	कुची हेड़ुन जाय बाबू	कुंजी निकाल लेता बाबू
	तारा टोड़ुन जाय	ताला खोल जाता
	नव से गाहना पिंदे बाबू	नौ सौ गहने पहनता बाबू
	नव से हार पिंदे	नौ सौ हार पहनता

20. बँधेया झापी : बाँस से बनी गोलाकार सन्दूक 'झापी' कही जाती है। इसी सन्दूक में कुन्दे लगा देने पर यह 'बँधेया झापी' कहलाती है। बाँस से बने इस सन्दूक को हल्बी-भतरी परिवेश में 'झापी' तथा छत्तीसगढ़ी परिवेश में 'झाँपी' कहा जाता है। यों तो इसका उपयोग दैनिक उपयोग की वस्तु की तरह होता है किन्तु लोक जीवन में यह बेटी के विवाह के अवसर पर अत्यन्त महत्वपूर्ण भूमिका निभाता है। बेटी को दिये जाने वाले कपड़े-लत्ते आदि इसी झापी में भर कर दिये जाते हैं। अन्य वस्तुओं के साथ 'झापी' का दिया जाना भी अनिवार्य माना जाता रहा है।

174	बारा डोंगरी चो बोड़ा साप	बारह पहाड़ियों का बोड़ा[21] साँप
	बारा डोंगरी चो बोड़ा साप	बारह पहाड़ियों का बोड़ा साँप
	भिमा धोती मारे बाबा	उसे धोती पहनता भिमा बाबा
	भिमा धोती मारे	उसे धोती पहनता भिमा
175	बारा डोंगरी चो अजगल साप	बारह पहाड़ियों का अजगल[22] साँप
	बारा डोंगरी चो अजगल साप	बारह पहाड़ियों का अजगल साँप
	भिमा पगड़ी बाँदे भगवान	उसे भिमा पगड़ी बाँधता भगवन
	भिमा पगड़ी बाँदे	उसे भिमा पगड़ी बाँधता
176	गाहना पिंदुन जाय भिमा	गहने पहन लेता भिमा
	गाहना पिंदुन जाय	गहने पहन लेता
	बारा डोंगरी चो नाँग साप	बारह पहाड़ियों का नाग साँप
	बारा डोंगरी चो नाँग साप	बारह पहाड़ियों का नाग साँप
	टोडरा ने माला पिंदे भिमा	गले में माला पहनता भिमा
	टोडरा ने माला पिंदे	गले में माला पहनता
177	बारा डोंगरी चो मोटकाल साप	बारह पहाड़ियों का मोटकाल[23] साँप
	बारा डोंगरी चो मोटकाल साप	बारह पहाड़ियों का मोटकाल साँप
	काने कुँडल पिंदे भिमा	कानों में कुण्डल पहनता भिमा
	काने कुँडल पिंदे	कानों में कुण्डल पहनता
178	बारा डोंगरी चो सुपली साप	बारह पहाड़ियों का सुपली[24] साँप
	बारा डोंगरी चो सुपली साप	बारह पहाड़ियों का सुपली साँप
	बाँहा ने बाजुबँद बाँदे भिमा	बाँहों में बाजूबन्ध बाँधता भिमा
	बाँहा ने बाजुबँद बाँदे	बाँहों में बाजूबन्ध बाँधता
179	बारा डोंगरी चो पाहाड़चिती	बारह पहाड़ियों का पाहाड़चिती
	बारा डोंगरी चो पाहाड़चिती	बारह पहाड़ियों का पाहाड़चिती[25]
	हाते खाड़ू पिंदे भिमा	हाथों मे कड़े पहनता भिमा
	हाते खाड़ू पिंदे	हाथों में कड़े पहनता
180	बारा डोंगरी चो एहराज साप	बारह पहाड़ियों का एहराज[26] साँप
	बारा डोंगरी चो एहराज साप	बारह पहाड़ियों का एहराज साँप

21. बोड़ा : अजगर।

22. अजगल : अजगर।

23. मोटकाल : एक तरह का ज़हरीला साँप।

24. सुपली : एक छोटा साँप जो ज़हरीला नहीं होता।

25. पहाड़चिती : इस साँप के शरीर पर धब्बे होते हैं। यह ज़हरीला होता है। 1908 में पं. केदार नाथ ठाकुर द्वारा लिखे गये ग्रन्थ 'बस्तर भूषण' (पृ. 34) में दिये गये विवरण के अनुसार पहाड़चिती साँप पहाड़ों के खोह में रहता है और बड़े-बड़े जानवरों को निगल लेता है। यह अजगर से भी बड़ा होता है।

26. एहराज : अहिराज। कहा जाता है कि यह साँप पानी के भीतर रहता है। जिस जलाशय में यह साँप रहता है, वहाँ के पानी का स्पर्श करने पर मनुष्य के शरीर पर सफेद दाग हो जाते हैं। इस दाग को 'चिहला' के नाम से जाना जाता है। तथापि इस तथ्य की परीक्षा नहीं की गयी है।

	कन्हेया ने करधन पिंदे भिमा	कमर में करधनी पहनता भिमा
	कन्हेया ने करधन पिंदे	कमर में करधनी पहनता
181	बारा डोंगरी चो भुरसा किड़ा	बारह पहाड़ियों का भुरसा कीड़ा[27]
	बारा डोंगरी चो भुरसा किड़ा	बारह पहाड़ियों का भुरसा कीड़ा
	भिमा मेछा अयँठे भगवान	भिमा मूँछ ऐंठता भगवन
	भिमा मेछा अयँठे	भिमा मूँछ ऐंठता
182	बारा-बारा घाना चोबिस घाना	बारह-बारह चौबीस घाना
	बारा-बारा घाना चोबिस घाना	बारह-बारह चौबीस घाना
	पाँये चुड़ा पिंदे भिमा	पाँवों में चूड़ा पहनता भिमा
	पाँये चुड़ा पिंदे	पाँवों में चूड़ा पहनता
183	हाते गजडाँग धरे भिमा	हाथ में गजडाँग[28] लेता भिमा
	पाँय ने खड़ऊ पिंदे	पाँवों में खड़ाऊँ पहनता
	बाई के काय बले भिमा	बाई से है कहता भिमा
	"सुन रानी" बले	"सुनो हे रानी" कहता
184	"मेंगपुरे जायँ रानी	"मेंगपुर मैं जाता रानी
	मयँ कोन दिन फिरुन एयँ	जाने किस दिन लौटूँ
	घर-दुआर दखा रानी	घर-द्वार को देखो रानी
	तुमी बाड़ी-बखरी के दखा"	"तुम बाड़ी-बखरी[29] को देखो"
185	घर ले बाहिर भिमा होय	घर से बाहर भिमा आता
	जाते-जाते भिमा जाय	जाते-जाते भिमा जाता
	कोसक-दापक रेंगे भिमा	कोस-दाब भर चलता भिमा
	एक कलाट मारे	जल्दी पाँव बढ़ाता
186	हरना उछट मारे भिमा	हिरनों-सी चौकड़ी भरता भिमा
	बाग झोपी रेंगे	बाघ-सी चाल चलता
	जाते-जाते बले जाय भिमा	जाते-जाते भिमा जाता
	जाते-जाते जाय	चलता चला जाता
187	टुरँडी नँगर भिमा छाँडे	टुरँडी नँगर भिमा छोड़ता
	टुरँडी नँगर भिमा छाँडे	टुरँडी नँगर भिमा छोड़ता
	मेंगपुरे बले जाय भिमा	मेंगपुर को जाता भिमा
	मेंगपुरे जाय	मेंगपुर को जाता
188	मेंगपुर अमरे भिमा	मेंगपुर पहुँचता भिमा
	पारा-परोसे जाय	गली-मोहल्ले जाता
	पारा-परोस छाँडे भिमा	गली-मोहल्ला छोड़े भिमा
	राजा-माहाले जाय	राज-महल को जाता

27. भुरसा कीड़ा : कम्बल कीड़ा, जो खुजली पैदा करता है।
28. गजडाँग : अंकुश।
29. बाड़ी-बखरी : घर से लगा भू-खण्ड जिसमें साग-भाजी उगायी जाती है। इसे 'घर-बाड़ी' भी कहा जाता है।

189	दखे रानी मेंगइन	देखे रानी मेंगइन
	दखे रानी मेंगइन	देखे रानी मेंगइन
	नोनी के काय बले रानी	नोनी[30] से है कहती रानी
	"सुन बाबा" बले	"सुन हे बाबा[31]" कहती
	"अजगलभिमा एयसे[32] नोनी	"अजगलभिमा आता नोनी
	तुय सेवा-जोड़ा धर	तू सेवा-जोड़ा ले
	पइँया धोआउन जा नोनी	पाँव धुला दे उसके नोनी
	चाउर-टिका दे"	चावल का टीका दे"
190	सुने नोनी कुँदनी कयना	सुनती नोनी कुँदनी कैना
	सुने बाबा कुँदनी कयना	सुनती बाबा कुँदनी कैना
	सेवा-जोड़ा धरे नोनी	सेवा-जोड़ा लेती नोनी
	पुजा-जोड़ा धरे	पूजा-जोड़ा लेती
	चन्दन-काट मँडाय नोनी	चन्दन-काठ[33] रखती नोनी
	ढँग् नाय भिमा उबे	भिमा खड़ा हो जाता
191	पइँया धोआउन जाय नोनी	पाँव धुलाती नोनी उसके
	चाउर-टिका दय	चावल का टीका देती

30. नोनी : आयु में छोटी (बेटी या बहिन जैसी) लड़कियों या महिलाओं के लिये यह सम्बोधन है।
31. बाबा : शाब्दिक अर्थ 'पिता' किन्तु पिता के अलावा भी पिता-तुल्य लोगों तथा पुत्र-पुत्रियों या छोटे भाई-बहिनों या उन जैसे ही उम्र में छोटे लोगों को प्यार से किया जाने वाला सम्बोधन।
32. एयसे : अन्य उच्चारण 'अयसे'।
33. चन्दन-काठ : चन्दन लकड़ी से बना पीढ़ा।

	होम-आरती देय नोनी	होम-आरती करती नोनी
	भिमा के पाँय पड़े	भिमा के पाँव छूती
192	नोनी चो टोंड चुमे भिमा	नोनी का मुख चूमे[34] भिमा
	भिमा चो हात धरे	वह भिमा का हाथ पकड़ती
	नव खँड माहाले नेय नोनी	नौ खण्ड महल में ले जाती नोनी
	बाज नेउन बसाय	शय्या पर बिठलाती
193	बसोत राजा रे बसोत रानी	बैठें राजा बैठें रानी
	बसोत राजा बसोत रानी	बैठें राजा बैठें रानी
	भिमा काय बले राजा के	भिमा क्या कहता राजा से
	"सुना राजा" बले	"सुनिये राजा" कहता
	"काय बलाव आय राजा-रानी	"किसलिये बुलवाया राजा-रानी
	आले मोके साँगा	आप मुझे बतलाएँ
	मोके डर लागे राजा	मुझे डर है लगता राजा
	मोके भय लागे"	मुझे भय है लगता"
194	"सुन बाबू अजगलभिमा	"सुन हे बाबू अजगलभिमा
	सुन बाबू अजगलभिमा	सुन हे बाबू अजगलभिमा
	मयँ तिनपुरे बुल्ले बाबू	तीन लोक मैं घूम चुका
	तिनपुर दखले	तीन लोक मैं देख चुका
	उपरपुर दखले बाबू	ऊपरपुर देखा है बाबू
	मयँ मेंगपुर दखले	मेंगपुर भी देखा
	तलपुर दखले बाबू	तलपुर भी देखा है बाबू
	मयँ मँजपुर नाजुन दखें	मैंने मँजपुर नहीं देखा है
195	"कसन मँजपुर आय बाबू	"कैसा मँजपुर है हे बाबू
	कसन मँजपुर आय?	कैसा मँजपुर है?
	कितरो हरिक आय बाबू?	कितना आनन्द वहाँ है बाबू?
	कितलो उराम आय बाबू?	कितना आराम वहाँ है बाबू?
	कितलो उदिम आय बाबू?	कितना उछाह वहाँ है बाबू?
	मोके मँजपुर दखुकलाय भाय	मुझे मँजपुर देखना भाता
	मँजपुर दखुकलाय जा बाबू	मँजपुर देखने जा हे बाबू
	मँजपुर दखुकलाय जा"	तू मँजपुर देखने जा"
196	अजगलभिमा सुने बाबा	अजगलभिमा सुनता बाबा
	राजा के काय बले	राजा से है कहता
	"सुना राजा रे मेंगराजा	"सुनिये राजा मेंगराजा
	सुना राजा मेंगराजा	सुनिये राजा मेंगराजा
	मयँ मँजपुर दखुकलाय जायँ राजा	मैं मँजपुर देखने जाऊँ राजा
	मँजपुर दखुकलाय जायँ	मैं मँजपुर देखने जाऊँगा

34. चूमे : 'चूमने' का आशय हाथ से ठुड्ढी का स्पर्श कर अपने हाथ को चूमने से है।

197	"मोके टएँगा निंहाय राजा	मेरे पास कुल्हाड़ी नहीं है राजा
	मोके कोड़की दिया	मुझे कुदाली दें
	सरद मारते जायँ राजा	सरहद बनाता जाऊँ राजा
	मयँ बाट फोड़ते जायँ"	मैं राह बनाता जाऊँगा"
198	सुने रानी रे मेंगइन	सुनती रानी मेंगइन
	सुने रानी मेंगइन	सुनती रानी मेंगइन
	राजा के काय बले रानी	राजा से है कहती रानी
	"सुना राजा" बले	"सुनिये राजा" कहती
199	"लोहा निकराउन जाहा राजा	"लोहा निकाल लें हे राजा
	खेजा निकराउन जाहा	खेजा[35] निकाल लें
	लोहरा-माहाले जाहा राजा	लोहार-महल को जाएँ राजा
	टएँगा[36] घड़ाउन आना	कुल्हाड़ी बनवा कर लाएँ
	कोड़की घड़ाउन आना राजा	कुदाली बनवा कर लाएँ राजा
	कोड़की घड़ाउन आना"	कुदाली बनवा कर लाएँ"
200	सुने राजा रे मेंगराजा	सुनता राजा मेंगराजा
	बाबू के काय बले राजा	बाबू से है कहता राजा
	"तुय सुन बाबू" बले राजा	"तू सुन हे बाबू" कहता राजा
	"सुन बाबू" बले	"सुन हे बाबू" कहता
201	"लोहा निकराउन जा बाबू	"लोहा निकाल ले हे बाबू
	खेजा निकराउन जा	मज़दूरी निकाल ले
	लोहरा-माहाले जा बाबू	लोहार-महल तू जा हे बाबू
	टएँगा घड़ाउन आन	कुल्हाड़ी बनवा कर ला
	कोड़की घड़ाउन आन बाबू	कुदाली बनवा कर ला हे बाबू
	कोड़की घड़ाउन आन"	कुदाली बनवा कर ला"
202	सुने बाबू पवनकुमार	सुनता बाबू पवनकुमार
	सुने बाबू पवनकुमार	सुनता बाबू पवनकुमार
	हरबर तियार होय बाबू	झटपट तैयार होता बाबू
	आपन साजू पिंदे	अपने साज पहनता

---

35. खेजा : मज़दूरी। किन्तु यह मज़दूरी रुपये-पैसे के रूप में हो, यह आवश्यक नहीं। खेजा के रूप में रुपये-पैसे या धान अथवा कोई भी वस्तु दी जाती रही है। इस तरह वस्तु-विनिमय होता रहा है। इसी वस्तु-विनिमय के अन्तर्गत खरीदने वाले के द्वारा बेचने वाले को दी जाने वाली सामग्री 'खेजा' कही जाती है। लाई-चिवड़ा (पोहा) तथा दतौन-पत्तों के लिये तो रुपये-पैसे देने की प्रथा रही ही नहीं है। इनके लिये 'कनकी' (चावल के टूटे दाने) दी जाती रही है। लोहार या घड़वा कारीगरों से लोहे या पीतल की कोई सामग्री बनवाने के लिये उन्हें लोहा या पीतल ग्राहक द्वारा ही उपलब्ध कराये जाने के साथ ही 'बनानी' (बनवाई का पारिश्रमिक) अलग से दी जाती रही है। लोहे और पीतल के बड़े सामान के लिये सामर्थ्यानुसार बैल-गाय या बछिया आदि भी दिये जाते रहे हैं। किन्तु बदलते परिवेश में प्रथाएँ भी बदलती जा रही हैं।
36. टएँगा : अन्य उच्चारण 'टयँगा', 'टँगेया' और 'टँगिया'। 'टाँगी' और 'टँगली' भी। किन्तु 'टँगली' छोटी कुल्हाड़ी को कहा जाता है।

203	लोहा निकराउन जाय बाबू	लोहा निकाल लेता बाबू
	खेजा निकराउन जाय	मज़दूरी निकाल लेता
	लोहा-मोडरा बाँदे बाबू	लोहा-गठरी बाँधता बाबू
	खेजा-मोडरा बाँदे	मज़दूरी की गठरी बाँधता
204	पाँय ने खड़ऊ बाबू पिंदे	पाँवों में खड़ाऊँ बाबू पहनता
	हाते बेद बाबू धरे	हाथ में छड़ी लेता बाबू
	राजा-माहाल छाँडे बाबू	राज-महल छोड़ता बाबू
	जाते-जाते जाय	चलता चला जाता
205	रुमझुम-रुमझुम रेंगे बाबू	जल्दी-जल्दी चलता बाबू
	एक कलाट मारे	जल्दी पाँव बढ़ाता
	लोहरा-माहाले जाय बाबू	लोहार-महल को जाता बाबू
	लोहरा-माहाल अमरे	लोहार-महल पहुँचता
206	माँडो-मोंगरा बाबू उबे	मोगरा-मण्डप में रुकता बाबू
	'दादा' हंका बाबू मारे	दादा को पुकारता
	दादा सुनुन जाय बाबा	दादा सुनता है ओ बाबा
	घर ले बाहिर होय	घर से बाहर आता
	"काय कामे इलिस बाबू	"किस काम से आये बाबू
	आले मोके साँग"	तनिक मुझे बतलाओ"
207	बाबू काय बले दादा के	बाबू कहता है दादा से
	"सुन दादा" बले	"सुन हे दादा" कहता
208	"सुन दादा जेठू लोहरा	"सुन हे दादा जेठू[37] लोहार
	सुन दादा जेठू लोहरा	सुन हे दादा जेठू लोहार
	मोके टएँगा घड़ुन दे दादा	मुझे कुल्हाड़ी गढ़ कर दे हे दादा
	कोड़की घड़ुन दे	कुदाली गढ़ कर दे
	टएँगा घड़ाउक इले दादा	कुल्हाड़ी बनवाने आया दादा
	मयँ कोड़की घड़ाउक इले"	मैं कुदाली बनवाने आया"
209	दादा सुनुन जाय बाबा	दादा सुनता है हे बाबा
	"देयँदे बाबू" बले	"दूँगा बाबू" कहता
	लोहा धरुन जाय दादा	लोहा निकाल लेता दादा
	लोहरा-सारे जाय	लोहार-सार[38] में जाता
210	लोहरा सार धरे बाबा	लोहार काम करता बाबा
	निंगरा गरम करे	कोयला गरम करता
	लोहा तपाउन दादा जाय	लोहा गरम करता दादा
	लोहा तपाउन दादा जाय	लोहा गरम करता दादा
	बाई के काय बले दादा	बाई से है कहता दादा
	"सुन रानी" बले	"सुन हे रानी" कहता

37. जेठू : लोहार का नाम।

38. लोहार-सार : लोहार-शाला, लोहार की कार्यशाला।

211	“सुन रानी मिटकी लोहरिन	“सुन हे रानी मिटकी[39] लोहारिन
	सुन रानी मिटकी लोहरिन	सुन हे रानी मिटकी लोहारिन
	तुय जतर खुँदुन दे रानी	तू जतर[40] दबा दे हे रानी
	टएँगा घड़ुन जायँ”	मैं कुल्हाड़ी गढ़ दूँगा”
212	मिटकी लोहरिन सुने बाबा	मिटकी लोहारिन सुनती बाबा
	जतर खुँदुन जाय	जतर दबा देती
	हाते मुठला धरे दादा	हाथ में घन लेता दादा
	नाचुन-नाचुन पेटे	नाच-नाच कर पीटे
	टएँगा घड़ुन जाय दादा	कुल्हाड़ी गढ़ जाता है दादा
	कोड़की घड़ुन जाय	कुदाली गढ़ जाता
213	टएँगा घड़ुन सारे दादा	कुल्हाड़ी गढ़ जाता है दादा
	कोड़की घड़ुन सारे	कुदाली है गढ़ जाता
	टएँगा ने पानी रिकाय दादा	कुल्हाड़ी में पानी डालता दादा
	कोड़की ने पानी रिकाय	कुदाली में पानी डालता
214	टएँगा नियाउन जाय दादा	कुल्हाड़ी धार करता दादा
	कोड़की नियाउन जाय	कुदाली धार करता
	पवनकुमार के दादा देय	पवनकुमार को देता दादा
	पवनकुमार धरे रे भगवान	पवनकुमार लेता है भगवन
	खेजा धराउन देय बाबू	मज़दूरी है देता बाबू
	लोहरा-माहाल छाँडे	लोहार-महल है छोड़ता
215	रुमझुम-रुमझुम रेंगे बाबू	जल्दी-जल्दी चलता बाबू
	एक कलाट मारे	जल्दी पाँव बढ़ाता
	राजा-माहाले जाय बाबू	राज-महल को जाता बाबू
	टएँगा-कोड़की ठोय	कुल्हाड़ी-कुदाली रखता
216	“सुना राजा तुमी मेंगराजा	“सुनिये हे राजा मेंगराजा
	सुना राजा मेंगराजा	सुनिये हे राजा मेंगराजा
	मयँ टएँगा घड़ाउन आनले राजा	मैं कुल्हाड़ी बनवा ले आया राजा
	कोड़की घड़ाउन आनले”	कुदाली बनवा ले आया”
217	राजा काय बले बाबू के	राजा क्या कहता बाबू से
	“सुन बाबू” बले	“सुन हे बाबू” कहता
	“टयँगा ने ढेटा भर बाबू	“कुल्हाड़ी में मूठ लगा हे बाबू
	कोड़की ने ढेटा भर”	कुदाली में मूठ लगा”
218	टयँगा ने ढेटा बले बाबू भरे	कुल्हाड़ी में मूठ लगाता बाबू
	कोड़की ने ढेटा बाबू भरे	कुदाली में मूठ लगाता
	ढेटा भरुन सारे बाबू	मूठ लगा जाता है बाबू
	अजगलभिमा के देय	अजगलभिमा को देता

39. मिटकी : जेठू लोहार की पत्नी का नाम।
40. जतर : यन्त्र, धौंकनी।

219	अजगलभिमा दखे बाबा	अजगलभिमा देखता बाबा
	अजगलभिमा धरे	अजगलभिमा लेता
	हरबर तियार होय बाबू	झटपट तैयार होता है बाबू
	जलदी तियार होय	जल्दी तैयार होता
220	पाँय ने खड़ऊ भिमा पिंदे	पाँवों में खड़ाऊँ भिमा पहनता
	हाते गजडाँग भिमा धरे	हाथ में गजडाँग भिमा लेता
	टयँगा-कोड़की धरे भिमा	कुल्हाड़ी-कुदाली लेता भिमा
	राजा-माहाल छाँडे	राज-महल है छोड़ता
221	जाते-जाते बले जाय भिमा	चलता चला जाता भिमा
	रुमझुम-रुमझुम रेंगे	जल्दी-जल्दी चलता
	एक कलाट मारे भिमा	जल्दी पाँव बढ़ाता भिमा
	एक कलाट मारे	जल्दी पाँव बढ़ाता
222	जाय बाबू अजगलभिमा	जाता बाबू अजगलभिमा
	जाय बाबू अजगलभिमा	जाता बाबू अजगलभिमा
	मँजपुर दखुकलाय जाय बाबू	मँजपुर देखने जाता बाबू
	मँजपुर दखुकलाय जाय	मँजपुर देखने जाता
223	हाते टयँगा धरे भिमा	हाथ में कुल्हाड़ी लेता भिमा
	हाते टयँगा धरे	हाथ में कुल्हाड़ी लेता
	रुक गोंदते जाय भिमा	पेड़ काटता जाता भिमा
	रुक गोंदते जाय	वृक्ष काटता जाता
224	बुटा-खुटा मारे भिमा	पौधे-ठूँठ काटता भिमा
	रुक-राई गोंदे	पेड़-पौधे काटता
	हाते कोड़की धरे भिमा	हाथ में कुदाली लेता भिमा
	सरद मारते जाय	सरहद बनाता जाता
	सड़क बाट बनाय भिमा	राह बनाता जाता भिमा
	बाट फोड़ते जाय	राह बनाता जाता
225	मेंगपुर के भिमा छाँडे	मेंगपुर को है छोड़ता भिमा
	मँजपुरे भिमा जाय	मँजपुर को है जाता भिमा
	रुमझुम-रुमझुम रेंगे भिमा	जल्दी-जल्दी चलता भिमा
	रुमझुम-रुमझुम रेंगे	जल्दी-जल्दी चलता
	सरद मारते जाय भिमा	सरहद बनाता जाता भिमा
	सड़क बाट बनाय	राह बनाता जाता
226	मँजपुरे अमरे भिमा	मँजपुर में पहुँचता भिमा
	मँजपुरे अमरे	मँजपुर में है पहुँचता
227	ठोटा रुके बले जाय भिमा	ठूँठे पेड़ तक जाता भिमा
	ठोटा रुके उबे	ठूँठे पेड़ के नीचे रुकता
	आका-बाका दखे भिमा	इधर-उधर देखता भिमा
	आका-बाका दखे	इधर-उधर देखता

228	खँड मुचकी भिमा मारे	हौले से मुस्काता भिमा
	मुचमुच-मुचमुच भिमा हाँसे	मंद-मंद मुस्काता भिमा
	ठोटा रुक छाँडे भिमा	ठूँठा पेड़ छोड़ता भिमा
	पारा-परोसे जाय	गली-मोहल्ले जाता

229	ओना-कोना दखे भिमा	कोना-कोना देखता भिमा
	खोरे-डाँडे जाय	गली-गली वह जाता
	सारी सहर दखे भिमा	सारा शहर देखता भिमा
	सारी नँगर दखे	सारा नगर देखता
230	आरा-पारा बुले भिमा	मोहल्ले-मोहल्ले घूमता भिमा
	खोरे-डाँडे बुले	गली-गली वह घूमता
231	कोनी बाटे बाजा-मोहरी	कहीं बाजा-मोहरी[41] बजते
	कोनी बाटे हाँसा-बुकला	कहीं हँसी-ठट्ठा होता
	कोनी बाटे गागा-रोवाँ बले	कहीं रोना-गाना मचा है
	कोनी बाटे चेलिक-धँगड़ी	कहीं चेलिक-धँगड़ी[42]
	कोनी बाटे चेलिक-धँगड़ा बले	कहीं चेलिक-धँगड़ा[43]

---

41. बाजा-मोहरी : वाद्य। बाजा : ढोल, नगाड़ा, तुड़बुड़ी, निसान आदि घन वाद्य। मोहरी : शहनाईनुमा सुषिर वाद्य।
42. चेलिक-धँगड़ी : नवयुवक एवं नवयुवतियाँ। गोंडी जनभाषा के 'चेलिक' शब्द का अर्थ 'नवयुवक' तथा हल्बी-भतरी जनभाषा के 'धँगड़ी' शब्द का अर्थ 'नवयुवती' है।
43. चेलिक-धँगड़ा : नवयुवक। दरअसल 'चेलिक' तथा 'धँगड़ा' का अर्थ भी 'नवयुवक' ही है। किन्तु गुरुमायँ द्वारा इन दोनों शब्दों को मिला कर एक अर्थ ('नवयुवक') में प्रयुक्त किया गया है। 'चेलिक' गोंडी परिवेश का शब्द है जबकि 'धँगड़ा' हल्बी-भतरी परिवेश का। गोंडी परिवेश में घोटुल के युवक सदस्यों को (जो अनिवार्यतः अविवाहित होते हैं) 'चेलिक' कहा जाता है। इसी तरह सदस्याओं को (जो अनिवार्यतः अविवाहित होती हैं) 'मोटयारी' कहा जाता है।

	कोनी बाटे दादर-कोटनी	कहीं दादर-कोटनी[44] गाते
232	कोनी बाटे माँदर-डुडरा बले	कहीं माँदर-डुडरा[45] बजते
	कोनी बाटे सायलोरी गाओत	कहीं सायलोरी[46] गाते
	'सरली रे मँजपुर !' बले भिमा	'वाह रे मँजपुर !' कहता भिमा
	'सरली रे मँजपुर !' बले	'वाह रे मँजपुर !' कहता
	'तिनपुर मँजपुर आय' बले	'अद्‌भुत मँजपुर है' वह कहता
	'तिनपुर मँजपुर आय	'अद्‌भुत मँजपुर है
233	'उपरपुर बले नईं सके	'ऊपरपुर भी न करे बराबरी
	मेंगपुर नईं सके	मेंगपुर भी न करे बराबरी
	तलपुर नईं सके बले	तलपुर भी न करे बराबरी
	तलपुर नईं सके	तलपुर भी न करे बराबरी
234	'बड़ा उराम आय' बले	'बड़ा आराम है' वह कहता
	'ए तिनपुर हरिक आय'	'यहाँ बहुत ही आनन्द है'
	बुलुन-बुलुन दखे भिमा	घूम-घूम कर देखे भिमा
	गिंजरुन-गिंजरुन दखे	घूम-घूम कर देखे
235	मँजपुर के भिमा छाँडे	मँजपुर को छोड़ता भिमा
	जाते-जाते भिमा जाय	चलता चला जाता भिमा
	कोसक-दापक रेंगे भिमा	कोस-दाब भर चलता भिमा
	मोकोड़ी[47]-माहाले जाय	मकड़ी-महल को जाता
236	मोकड़ी-माहाल अमरे भिमा	मकड़ी-महल पहुँचता भिमा
	माँडो-मोंगरा उबे	मोगरा-मण्डप में रुकता
	'बाई' हंका मारे भिमा	बाई को पुकारता भिमा
	बाई सुनुन जाय	बाई सुनती बाबा
	घर ले बाहिर होय बाई	घर से बाहर आती बाई
	बाबू के काय बले	बाबू से है कहती
237	"सुन बाबू अजगलभिमा	"सुन हे बाबू अजगलभिमा
	सुन बाबू अजगलभिमा	सुन हे बाबू अजगलभिमा
	तुय काय कामे इलिस बाबू	तू किस काम से आया बाबू
	आले मोके साँग	मुझे तनिक बतला तो
	मोके डर लागे बाबू	मुझ को डर लगता है बाबू
	मोके भय लागे"	मुझ को भय लगता है"

44. दादर : 'ददरिया' नामक छत्तीसगढ़ी लोक गीत। कोटनी : 'कोटनी' नामक हल्बी लोक गीत। 'कोटनी' गीत प्रायः विवाह के अवसर पर गाया जाता है।

45. माँदर : एक लम्बे आकार का ढोल सदृश घन वाद्य, जिसे गले में लटका कर बजाया जाता है। डुडरा : सपाट लकड़ी को भीतर से खोखला कर बनाया गया घन वाद्य। इसे गले में लटका कर दो छोटे डण्डों से बजाया जाता है। इसे डुडरा के अलावा ठुड़का, ढुडरा, कोटोड़, पिटोड़का और कोटोड़का भी कहा जाता है। ये दोनों वाद्य गोंड जनजाति की माड़िया और मुरिया शाखाओं में प्रचलित हैं।

46. सायलोरी : एक लोक गीत।

47. अन्य उच्चारण 'मोकड़ी'।

238	भिमा काय बले बाई के	भिमा कहता है बाई से
	"सुन बाई" बले	"सुन हे बाई" कहता
	"सुत लमाउन दे रे बाई	"सूत तान दे ओ बाई तू
	ताग लमाउन दे बाई	धागा तान दे बाई
	मयँ मेंगपुरे बले जायँ बाई	मेंगपुर मैं जाऊँ बाई
	मेंगपुरे जायँ"	मेंगपुर मैं जाऊँ"
239	बाई काय बले भिमा के	बाई कहती है भिमा से
	"सुन बाबू" बले	"सुन ओ बाबू" कहती
	"बाल-बचा गागोत बाबू	"बच्चे मेरे रोते बाबू
	मोचो लोलो-बालो गागोत	बच्चे मेरे रोते
	कइसे[48] सुत लमायँ बाबू	कैसे सूत तानूँ मैं बाबू
	मयँ कइसे ताग लमायँ?"	कैसे धागा तानूँ?"
240	"तुचो पिला के लाई देयँदे	"तेरे बच्चों को लाई[49] दूँगा
	तुचो पिला के खेलाते रयँदे	तेरे बच्चों को खिलाता[50] रहूँगा
	सुत लमाउन दे बाई	सूत तान दे तू ओ बाई
	मोके ताग लमाउन दे"	धागा तान दे तू"
241	बाई सुनुन जाय बाबा	बाई सुनती है ओ बाबा
	सुत लमाउन जाय	सूत तानती जाती
	सरसर सुत लमाय बाई	सरसर सूत तानती बाई
	सरसर ताग लमाय	सरसर धागा तानती
242	मँजपुर ले आरू[51] मेंगपुर ले	मँजपुर से मेंगपुर तक
	मँजपुर ले मेंगपुर ले	मँजपुर से मेंगपुर तक
	सुत लमाउन जाय बाई	सूत तान देती बाई
	ताग लमाउन जाय	धागा तान देती
243	भिमा के काय बले बाई	भिमा से है कहती बाई
	"सुन बाबू" बले	"सुन हे बाबू" कहती
	"जलदी बसुन जा बाबू	"जल्दी बैठ जा हे बाबू
	जलदी बसुन जा"	जल्दी बैठ जा"
244	सुत चो तागे बले भिमा बसे	सूत पर जा बैठे भिमा
	मँजपुर भिमा छाँडे	भिमा मँजपुर छोड़े
	मेंगपुरे बले जाय भिमा	मेंगपुर को जाता भिमा
	मेंगपुरे जाय	मेंगपुर को जाता
245	रुमझुम-रुमझुम रेंगे भिमा	जल्दी-जल्दी चलता भिमा
	एक कलाट मारे	जल्दी पाँव बढ़ाता

48. 'कइसे' शब्द छत्तीसगढ़ी प्रभाव के कारण प्रयुक्त हुआ है। मूल शब्द है 'कसन'।
49. लाई : चावल को भून कर बनाया गया चबेना।
50. खिलाता : खेल खिलाता।
51. आरू : 'आउर' का अन्य रूप।

	सुत चो तागे[52] रेंगे भिमा	सूत पर है चलता भिमा
	सुत चो तागे रेंगे	सूत पर है चलता
246	मेंगपुर भिमा अमरे	मेंगपुर पहुँचता भिमा
	सुत चो ताग ले भिमा उतरे	सूत पर से उतरता भिमा
	जातें-जाते बले जाय भिमा	चलता चला जाता भिमा
	राजा-माहाले जाय	राज-महल को जाता
247	मेंगइन रानी दखे बाबा	मेंगइन रानी देखती बाबा
	नोनी के काय बले	नोनी से है कहती
	"अजगलभिमा इलो नोनी	"अजगलभिमा आया नोनी
	पइँया धोआउन जा	पाँव उसके धुला दे
	चाउर-टिका बले दे नोनी	चावल-टीका लगा हे नोनी
	तुय होम-आरती दे"	तू होम-आरती कर"
248	सुने नोनी कुँदनी कयना	सुनती नोनी कुँदनी कैना
	सुने बाबा कुँदनी कयना	सुनती बाबा कुँदनी कैना
	सेवा-जोड़ा धरे नोनी	सेवा-जोड़ा लेती नोनी
	पुजा-जोड़ा धरे	पूजा-जोड़ा लेती
249	चन्दन-काट मँडाय नोनी	चन्दन-काठ रखती नोनी
	ढँग् नाय भिमा उबे	भिमा खड़ा हो जाता
	पइँया धोआउन जाय नोनी	पाँव धुला जाती है नोनी
	होम-आरती देय	होम-आरती करती
	पइँया पड़ुन जाय नोनी	पाँव उसके छूती नोनी
	नोनी चो टोंड चुमे	वह नोनी का मुख चूमे
250	भिमा चो हात बले नोनी धरे	भिमा का हाथ पकड़ती नोनी
	नव खँड माहाले नोनी नेय	नौ खण्डा महल में ले जाती नोनी
	नेउन बाजे बसाय नोनी	ले जा शय्या पर बिठाती नोनी
	राजा-रानी बसोत	राजा-रानी बैठते
251	रानी काय बले भिमा के	रानी क्या कहती भिमा से
	"सुन बाबू" बले	"सुन हे बाबू" कहती
	"मँजपुर दखुक गेलिस बाबू	"मँजपुर देखने गया हे बाबू
	कसन मँजपुर आय	कैसा है वह मँजपुर
	आले मोके बले साँग बाबू	तुम मुझे बतलाओ बाबू
	आले मोके साँग"	तनिक मुझे बतलाओ"
252	"सुना रानी मेंगइन	"सुनिये रानी मेंगइन
	सुना राजा मेंगराजा	सुनिये राजा मेंगराजा
	तिनपुर मँजपुर आय राजा-रानी	मँजपुर अद्‌भुत है हे राजा-रानी
	तिनपुर मँजपुर आय	मँजपुर अनुपम है

52. मूल शब्द 'ताग ने' भतरी जनभाषा के प्रभाव से 'तागे' हो गया है।

253	उपरपुर नईं सके राजा	ऊपरपुर न करे बराबरी
	मेंगपुर नईं सके	मेंगपुर न करे बराबरी
	तलपुर नईं सके राजा	तलपुर भी न करे बराबरी
	तलपुर नईं सके	तलपुर भी न करे बराबरी
	सरली रे मँजपुर!" बले भिमा	अद्भुत मँजपुर!" कहता भिमा
	"सरली रे मँजपुर!" बले	"अद्भुत मँजपुर!" कहता
254	"कोनी बाटे रानी हाँसा-बुकला	"कहीं तो रानी हँसी-ठट्ठा है
	कोनी बाटे गागा-रोवाँ	कहीं मचा है रोना-गाना
	कोनी बाटे बाजा-मोहरी रानी	कहीं तो बजते बाजा-मोहरी
	कोनी बाटे माँदर-ढुडरा	कहीं बजते माँदर-ढुडरा
	कोनी बाटे चेलिक-धँगड़ी रानी	कहीं तो रानी चेलिक-धँगड़ी
	कोनी बाटे चेलिक-धँगड़ा	कहीं तो चेलिक-धँगड़ा
255	"कोनी बाटे दादर-कोटनी रानी	कहीं तो रानी दादर-कोटनी
	कोनी बाटे माँदर-ढुडरा	कहीं बजते माँदर-ढुडरा
	तिनपुर मँजपुर आय रानी	मँजपुर तो अद्भुत है रानी
	ए तिनपुर मँजपुर आय	मँजपुर असाधारण है
	तिनपुर हरिक आय रानी	बहुत ही आनन्द है ओ रानी
	बड़ा उराम आय"	बहुत ही आराम है"

अधया-6 : मेंगइन चो टेक

अध्याय-6 : मेंगइन का हठ

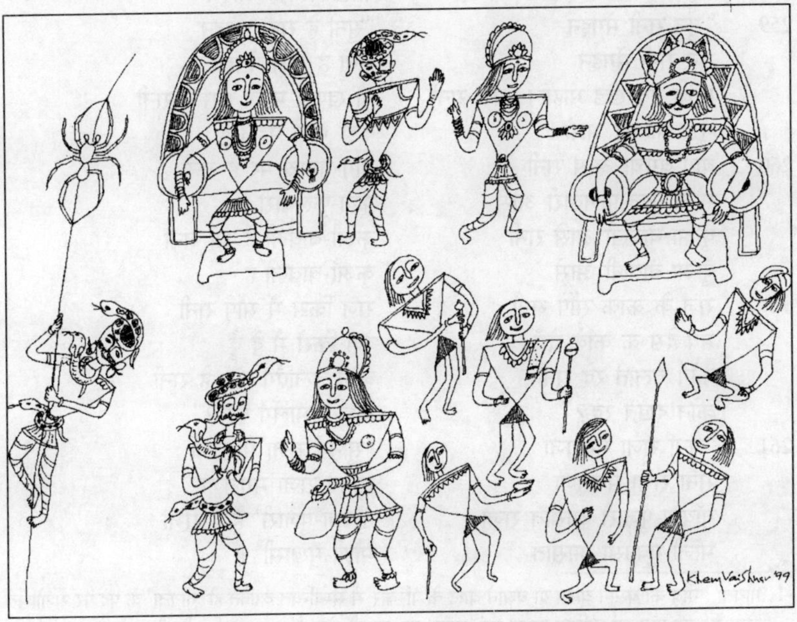

256	मेंगइन रानी सुने बाबा	मेंगइन रानी सुनती बाबा
	खँड मुचकी मारे	हौले से मुस्काती
	सुने राजा रे मेंगराजा	सुनता राजा मेंगराजा
	सुने राजा रे मेंगराजा	सुनता राजा मेंगराजा
	खाले मुँडी करे राजा	सिर झुका लेता है राजा
	रदरद्-रदरद् गागे	फूट-फूट कर रोता
257	"आया-बाबा चो राज" बले	"माता-पिता का राज्य" कहता
	"मोचो दादी-आयी चो देस	"मेरे दादा-दादी का देश
	राज के कसन छाँडें" बले	राज्य कैसे छोड़ूँ" कहता
	"मयँ देस के कसन छाँडें!"	"मैं देश को कैसे छोड़ूँ!"

258	दखे रानी मेंगइन	देखती रानी मेंगइन
	दखे रानी मेंगइन	देखती रानी मेंगइन
	राजा के काय बले रानी	राजा से क्या कहती रानी
	"सुना राजा" बले	"सुनिये राजा" कहती
	"रोना-गाना नईं करा	"रोना-गाना करें न राजा
	गागा-बोगा नईं	रोना-धोना नहीं
	जुगे दिन नईं रवाँ राजा	अधिक दिन नहीं रहेंगे राजा
	खुबे दिने नईं रवाँ	अधिक दिन नहीं रहेंगे
	साल भर रहुन एवाँ राजा	साल-भर रह आएँगे राजा
	साल भर रउन एवाँ"	साल-भर रह आएँगे"
259	"सुन रानी मेंगइन	"सुनो हे रानी मेंगइन
	सुन रानी मेंगइन	सुनो हे रानी मेंगइन
	मोचो नव खँड माहाल आसे रानी	नौ खण्डा महल मेरा है रानी
	मुँडा माहाल आसे	बड़ा भारी महल है
260	बागे-बगेचा आसे रानी	बाग-बगीचे मेरे हैं रानी
	मोचो फुल-फुलवारी आसे	फूल-फुलवारी हैं
	कुँआ-बावली आसे रानी	कुआँ-बावली हैं ओ रानी
	कुँआ-बावली आसे	कुआँ-बावली हैं
	राज के काके सोंपें रानी	राज किसे मैं सौंपूँ रानी
	मयँ देस के काके देयँ	देश किसे मैं दे दूँ
	कोन चलाते रदे रानी	कौन चलाएँगे राज हे रानी
	कोन दखते रदे?"	कौन संभालेंगे देश?"
261	"सुना राजा मेंगराजा	"सुनिये राजा मेंगराजा
	सुना राजा मेंगराजा	सुनिये राजा मेंगराजा
	गाँयता-पुजारी आसोत राजा	गाँयता-पुजारी[1] हैं हे राजा
	माँजी-मुकासी आसोत	माँझी-मुखासी[2] हैं

1. गाँयता : गाँव को बसाने वाला या बसाने वाले के परिवार से सम्बन्धित व्यक्ति ही 'गाँयता' के पद पर सुशोभित होता है। यह गाँव का धार्मिक प्रमुख एवं 'माटी' का पुजारी होता है। गाँव के किसी भी धार्मिक या मांगलिक कार्य में माटी की पूजा इसी के द्वारा सम्पन्न की जाती है। इसीलिये इसे 'माटी गाँयता' भी कहा जाता है। कहीं-कहीं इसे 'माटी पुजारी' भी कहते हैं।
   पुजारी : बस्तर में तैंतीस कोटि (कुछ लोगों के अनुसार छप्पन कोटि) देवी-देवताओं की कल्पना की गयी है। अलग-अलग देवियों के पुजारी अलग-अलग होते हैं। किन्तु कई बार एक ही व्यक्ति कई देवियों का पुजारी भी हो सकता है। यहाँ पुजारी का तात्पर्य 'माता-पुजारी' (शीतला माता के पुजारी) से है। यद्यपि सभी देवियाँ माता के रूप में ही पूजी जाती हैं किन्तु मात्र 'माता' कहे जाने पर 'सितला माता (शीतला माता)' का ही अर्थ ग्रहण किया जाता है।
2. माँझी-मुखासी (माँजी-मुकासी) : राज्य प्रतिनिधि। कई गाँवों के एक समूह (परगना) की देख-रेख तथा राजाज्ञा के पालन एवं न्याय-व्यवस्था में सहायक राज्य कर्मचारी। माँझी प्रमुख कर्मचारी होता है, जबकि मुखासी उसका सहायक। इसी तरह एक और सहायक होता है, जिसे चालकी कहते हैं। बस्तर में आज भी इनका अस्तित्व है, हालाँकि बदले हुए परिवेश में अब इनकी कोई विशेष भूमिका नहीं रह गयी है। दसराहा (दशहरा) के समय प्रतीक रूप में ये इस पर्व में सम्मिलित होते हैं।

	मेंगपुरया[3] आसोत राजा	मेंगपुरिया[4] हैं हे राजा
	मेंगपुरया आसोत	मेंगपुरिया हैं
	राज के सोपुन देवाँ राजा	राज सौंप देंगे राजा
	हामी[5] देस के सोपुन देवाँ	हम देश सौंप देंगे
262	"मेंगपुरया एओत राजा	"मेंगपुरिया आयें राजा
	गाँयता-पुजारी एओत राजा"	गाँयता-पुजारी आयें राजा"
	एई बात बले रानी	ऐसी बातें कहती रानी
	एइन[6] गोठ बले	ऐसी बातें कहती
263	मेंगराजा सुने बाबा	मेंगराजा सुनता बाबा
	बाबू के काय बले	बाबू से वह कहता
	"सुन बाबू पवनकुमार	"सुन ओ बाबू पवनकुमार
	सुन बाबू पवनकुमार	सुन ओ बाबू पवनकुमार
	खोरे-डाँडे बले जा बाबू	गली-मोहल्ले जा हे बाबू
	आरा-पारा जा	अड़ोस-पड़ोस में जा
264	छोटे-बड़े एओत बाबू	छोटे-बड़े सब आयें बाबू
	गाँयता-पुजारी एओत	गाँयता-पुजारी आयें
	मेंगपुरया एओत बाबू	मेंगपुरिया आयें बाबू
	एक डँडिक एओत"	थोड़ी देर को आयें"
	मेंगराजा बले बाबा	मेंगराजा कहता बाबा
	पवनकुमार सुने	पवनकुमार है सुनता
265	हरबर तियार बाबू होय	झटपट तैयार बाबू होता
	जलदी तियार बाबू होय	जल्दी तैयार बाबू होता
	पाँये खड़ऊ पिंदे बाबू	पाँवों में खड़ाऊँ पहनता बाबू
	हाते बेद धरे	हाथ में छड़ी है लेता
	राजा-माहाल छाँडे बाबू	राज-महल छोड़ता बाबू
	हुन जाते-जाते जाय	वह चलता चला जाता
266	रुमझुम-रुमझुम रेंगे बाबू	जल्दी-जल्दी चलता बाबू
	एक कलाट मारे	जल्दी पाँव बढ़ाता
	गाँयता-माहाले बाबू जाय	गाँयता-महल बाबू जाता
	पुजारी-माहाल बाबू जाय	पुजारी-महल बाबू जाता
	माँडो-मोंगरा उबे बाबू	मोगरा-मण्डप में रुकता बाबू
	'दादा' हंका मारे	दादा को पुकारता
267	दादा सुनुन जाय बाबा	दादा सुनता है ओ बाबा
	घर ले बाहिर होय	घर से बाहर आता
	बाबू के काय बले दादा	बाबू से क्या कहता दादा

3. मेंगपुरया : अन्य उच्चारण 'मेंगपुरेया', 'मेंगपुरिया'।

4. मेंगपुरिया : मेंगपुर के निवासी पुरुष।

5. हामी : अन्य उच्चारण 'आमी', 'हामे', 'आमे', 'हाम' और 'हम'।

6. एइन : मूल शब्द है 'एई' जो सामान्य बोलचाल में प्रयुक्त होता है। अन्य उच्चारण 'अई', 'अइन'।

	"तुय काय कामे इलिस	"किस काम से तू आया
	आले मोके बले साँग बाबू	तनिक मुझे बतला हे बाबू
	मोके डर लागे"	मुझ को डर है लगता"
268	"सुन दादा गाँयता लोग	"सुनो दादा ओ गाँयता
	सुन दादा पुजारी लोग	सुनो दादा ओ पुजारी
	राजा-घरे बलाव दादा	राजा ने बुलवाया दादा
	एक डँडिक जावँ"	थोड़ी देर चलो"
269	"एयँदे बाबू" बले दादा	"आऊँगा बाबू" कहता दादा
	"एयँदे बाबू" बले	"आऊँगा बाबू" कहता
	बुलुन-बुलुन साँगे बाबू	घूम-घूम बतलाता बाबू
	गिंजरुन-गिंजरुन साँगे	घूम-घूम बतलाता
270	सुनोत दादा रे सुनोत बाबू	सुनते दादा सुनते बाबू
	सुनोत दादा सुनोत बाबू	सुनते दादा सुनते बाबू
	हरबर तियार होत दादा-बाबू	झटपट तैयार होते दादा-बाबू
	जलदी तियार होत	जल्दी तैयार होते
271	आपन साजू पिंदोत दादा-बाबू	अपने साज पहनते दादा-बाबू
	आपन जाक धरोत	अपने सामान लेते
	घर ले बाहिर होत दादा	घर से बाहर होते दादा
272	जाते-जाते जात	चलते चले जाते
	राजा-माहाले दादा-बाबू अमरोत	राज-महल पहुँचते दादा-बाबू
	लगे जाउन सलाम झोकोत	पास जा सलाम करते
	दुरे जाउन बसोत दादा-बाबू	दूर जा बैठते दादा-बाबू
	राजा के काय बलोत	राजा से वे कहते
	"काय बलाव आय राजा	"किसलिये बुलवाया राजा
273	आले हामके साँगा"	आप हमें बतलायें"
	राजा काय बले बाबू के	राजा क्या कहता बाबू से
	"सुना बाबू" बले	"सुनो हे बाबू" कहता
	"सुना बाबू तुमी मेंगपुरया	"सुनो हे बाबू मेंगपुरिया[7]
	सुना बाबू गाँयता-पुजारी	सुनो बाबू गाँयता-पुजारी
	तुमी माँजी-मुकासी सुना" बले	माँझी-मुखासी सुनो" कहता
274	"बड़े-छोटे सुना	"बड़े-छोटे सुनो
	रानी हट मताय बाबू	रानी हठ करती है बाबू
	रानी टेक मताय	रानी हठ मचाती
	मँजपुर दखुकलाय जायँ बाबू	मँजपुर देखने जाता बाबू
	मयँ मँजपुर दखुकलाय जायँ	मैं मँजपुर देखने जाता
275	"नव खँड माहाल आसे बाबू	"नौ खण्डा महल मेरा है बाबू
	मुँडा माहाल आसे बाबू	बड़ा महल है बाबू

7. मेंगपुरिया : मेंगपुर के निवासी पुरुष।

	मोचो बागे-बगेचा आसे बाबू	बाग-बगीचे मेरे बाबू
	फुल-फुलवारी आसे	फूल-फुलवारी मेरे
276	केकती-केंवरा आसे बाबू	केतकी-केवड़ा मेरे बाबू
	कुँआ-बावली आसे	कुआँ-बावली मेरे
	राज के चलाते राहा बाबू	राज्य चलाते रहना बाबू
	देस के दखते राहा"	देश संभाले रहना"
277	सुनोत दादा रे सुनोत बाबू	सुनते दादा सुनते बाबू
	सुनोत दादा सुनोत बाबू	सुनते दादा सुनते बाबू
	राजा के काय बलोत दादा-बाबू	राजा से कहते दादा-बाबू
	"सुना राजा" बलोत	"सुनिये राजा" कहते
278	"कसन हुसन बल्लास राजा	"ऐसा कैसे कहा हे राजा
	कसन हुसन बल्लास?	ऐसा कैसे कहा?
	हामके छाँड़ुन कसन जाहासे	हमें छोड़ कैसे जायेंगे
	हामके छाँड़ुन कसन?"	हमें छोड़ कैसे जायेंगे?"
279	"सुना बाबू मेंगपुरया	"सुनो हे बाबू मेंगपुरिया
	सुना बाबू गाँयता-पुजारी	सुनो बाबू गाँयता-पुजारी
	मयँ खुबे दिने नईं रहें बाबू	मैं अधिक दिनों नहीं रहूँगा बाबू
	जुगे दिन नईं रहें	अधिक दिनों नहीं रहूँगा
	साल भर रहुन एयँदे बाबू	साल भर रह आऊँगा बाबू
	साल भर रहुन एयँदे"	साल भर रह आऊँगा"
280	मेंगपुरया सुनोत बाबा	मेंगपुरिया सुनते बाबा
	राजा के काय बलोत	राजा से वे कहते
	"जाहा राजा मेंगराजा	"जायें राजा मेंगराजा
	जाहा राजा मेंगराजा	जायें राजा मेंगराजा
	हामी राज के दखते रउँदे राजा	हम राज्य संभाले रहेंगे राजा
	देस के चलाते रउँदे	देश चलाते रहेंगे
	खुबे दिन नईं राहा राजा	अधिक दिनों न रहें हे राजा
	जुगे दिन नईं राहा	अधिक दिनों न रहें
	साल भर रहुन इया राजा	साल भर रह आयें राजा
	साल भर रहुन इया"	साल भर रह आयें"
281	मेंगराजा सुने बाबा	मेंगराजा सुनता बाबा
	बाबू के काय बले	बाबू से वह कहता
	"भुँग् नाय उठुन नीं जायँ बाबू	"यों ही नहीं जाऊँगा बाबू
	मयँ भुँग् नाय उठुन नीं जायँ	मैं यों ही नहीं जाऊँगा
	सब के खाना देयँदे बाबू	सब को भोजन दूँगा बाबू
	मयँ दान-पुन करेंदे	मैं दान-पुण्य करूँगा
	तेबे मँजपुरे जायँ बाबू	तब जाऊँगा मैं मँजपुर बाबू
	तेबे मँजपुरे जायँ"	तब जाऊँगा मँजपुर"

282	सुनोत दादा रे सुनोत बाबू	सुनते दादा सुनते बाबू
	सुनोत दादा सुनोत बाबू	सुनते दादा सुनते बाबू
	आपन-आपन जाओत दादा-बाबू	अपने-अपने जाते दादा-बाबू
	आपन-आपन जाओत	अपने-अपने जाते
283	राजा-रानी आसोत बाबा[8]	राजा-रानी हैं ओ बाबा
	राजा-रानी आसोत	राजा-रानी रह जाते
	एक दिन ले दुय दिन	एक दिन से दो दिन
	दुय दिन ले आँट दिन	दो दिन से आठ दिन
	राज सोपलो होय राजा चो	राज्य सौंपे बीते राजा को
	देस सोपलो होय	देश सौंपे बीते
284	बाजे बसुन जात राजा-रानी	शय्या पर बैठ जाते राजा-रानी
	सेज बसुन जात	शय्या पर बैठ जाते
	राजा काय बले रानी के	राजा कहता है रानी से
	"सुन रानी" बले	"सुनो हे रानी" कहता
285	"सुन रानी मेंगइन	"सुनो हे रानी मेंगइन
	सुन रानी मेंगइन	सुनो हे रानी मेंगइन
	बाते सुनुन जा रानी	बात मेरी सुन लो हे रानी
	गोठ मानुन जा	बात मेरी तुम मानो
286	दखलो-चाहलो नोहाय रानी	देखा-भाला नहीं है रानी
	जानलो-चिनलो नोहाय	जाना-चीन्हा नहीं है
	काहाँ डेरा जावाँ रानी	कहाँ रहेंगे जा कर रानी
	काहाँ डेरा रवाँ?"	कहाँ रहेंगे जा कर?"
287	मेंगराजा बले बाबा	मेंगराजा कहता बाबा
	मेंगइन रानी सुने	मेंगइन रानी सुनती
288	"सुना राजा रे मेंगराजा	"सुनिये राजा मेंगराजा
	सुना राजा मेंगराजा	सुनिये राजा मेंगराजा
	बाते सुनुन जाहा राजा	बात मेरी सुनिये राजा
	गोठ मानुन जाहा	बात मेरी मानिये
289	"अजगलभिमा जाओ राजा	"अजगलभिमा जाये राजा
	अजगलभिमा जाओ	अजगलभिमा जाये
	छापर बाँदुन एयदे राजा	छावन बना कर आये राजा
	छापर बाँदुन एयदे	छावन बना कर आये
290	"नवखोली छापर बाँदो राजा	"नौ कमरों का छावन बनाये
	फुल-छापर रहो"	फूल-भरा हो छावन"
	मेंगराजा सुने बाबा	मेंगराजा सुनता बाबा
	भिमा के काय बले	भिमा से वह कहता

8. कैसेट क्रमांक 20ए का आरम्भ, ध्वन्यांकन तिथि : 14.12.1996

अधया-7 : अजगलभिमा चो फेर मँजपुर जातो
अध्याय-7 : अजगलभिमा की दुबारा मँजपुर यात्रा

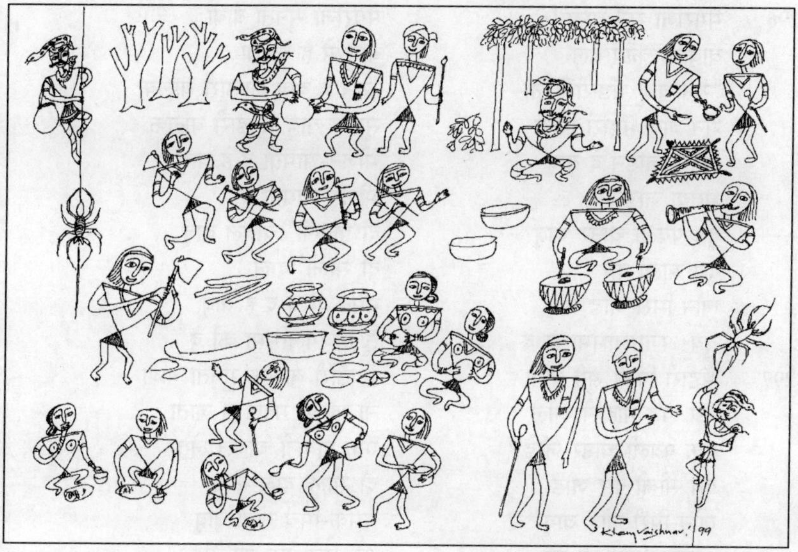

291	"सुन बाबू अजगलभिमा सुन बाबू अजगलभिमा बाते सुनुन जा बाबू गोठ मानुन जा	"सुन हे बाबू अजगलभिमा सुन हे बाबू अजगलभिमा बात मेरी तू सुन ले बाबू बात मेरी तू मान
292	"दखलो-चाहलो नोहायँ बाबू मयँ जानलो-चिनलो नोहायँ काहाँ डेरा रयँदे बाबू मयँ काहाँ डेरा जायँदे !	"देखा-भाला नहीं है बाबू मैंने जाना-चीन्हा नहीं कहाँ जा कर रहूँगा बाबू मैं कहाँ जा कर रहूँगा !
293	"मँजपुरे तुय जा रे बाबू मँजपुरे जा रे बाबू छापर बँधाउन आव बाबू छापर बँधाउन आव	मँजपुर में तू जा हे बाबू मँजपुर में तू जा छावन बनवा कर आ हे बाबू छावन बनवा कर आ

294	“नवखोली छापर रहो बाबू	“नौ कमरों का हो वह छावन
	फुल-छापर रहो”	फूलों का छावन हो”
	अजगलभिमा सुने बाबा	अजगलभिमा सुनता बाबा
	राजा के काय बले	राजा से है कहता
295	“सुना राजा रे मेंगराजा	“सुनिये राजा मेंगराजा
	सुना राजा मेंगराजा	सुनिये राजा मेंगराजा
	छापर बँधाउक जायँ राजा	छावन बनवाने जाता राजा
	छापर बँधाउक जायँ	छावन बनवाने जाता
	भतेया[1] जोड़ुन दिया राजा	भाता[2] मुझको दें हे राजा
	मोके भतेया जोड़ुन दिया”	भाता मुझको दें”
296	मेंगराजा सुने बाबा	मेंगराजा सुनता बाबा
	बाबू के काय बले	बाबू से है कहता
	“सुन बाबू भँडारी पिला	“सुन हे बाबू भण्डारी बालक
	सुन बाबू भँडारी पिला	सुन हे बाबू भण्डारी बालक
	भतेया जोड़ुन दे बाबू	भोजन-सामग्री दे हे बाबू
	भतेया जोड़ुन जा	भोजन-सामग्री दे
	दुय पयली चाउर बाबू	दो पायली[3] चावल बाबू
	दुय सोली दार	दो सोली[4] दाल
	लोन-मिरी जोड़ बाबू	नमक-मिर्च दे हे बाबू
	तुय अजगलभिमा के दे”	तू अजगलभिमा को दे”
297	भँडारी पिला सुने बाबा	भण्डारी बालक सुनता बाबा
	नव खंड माहाले ओले	नौ खण्डा महल में जाता
	एक पयली चाउर जोड़े	एक पायली चावल लेता
	दुय सोली दार जोड़े	दो सोली दाल लेता
	लोन-मिरी जोड़े बाबू	नमक-मिर्च लेता बाबू
	अजगलभिमा के देय	अजगलभिमा को देता
298	भिमा मोडरी बाँदे बाबा	भिमा गठरी बाँधे बाबा
	हरबर तियार होय	झटपट तैयार होता
	पाँये खड़ऊ पिंदे भिमा	पाँवों में खड़ाऊँ पहनता भिमा
	हाते गजाडाँग धरे	हाथ में गजडाँग लेता
299	राजा-माहाल छाँडे भिमा	राज-महल छोड़ता भिमा
	जाते-जाते जाय	चलता चला जाता
	रुमझुम-रुमझुम रेंगे भिमा	जल्दी-जल्दी चलता भिमा

1. भतेया : अन्य उच्चारण ‘भतिया’, ‘भतया’।
2. भाता : भोजन-सामग्री। सूखी रसोई।
3. पायली : एक मापक। 1 पायली = लगभग 2 किलोग्राम।
4. सोली : एक मापक। 1 सोली = लगभग 500 ग्राम।

	एक कलाट मारे	जल्दी पाँव बढ़ाता
	पारा-परोसे जाय भिमा	अड़ोस-पड़ोस में जाता भिमा
	पारा-परोस छाँडे	अड़ोस-पड़ोस छोड़ता
300	मोकोड़ी-माहाले भिमा जाय	मकड़ी-महल को जाता भिमा
	मोकोड़ी-माहाल भिमा अमरे	मकड़ी-महल पहुँचता
	माँडो-मोंगरा उबे भिमा	मोगरा-मण्डप में रुकता भिमा
	'बाई' हंका मारे	बाई को पुकारता
	बाई सुनुन जाय बाबा	बाई सुनती है ओ बाबा
	"मोके कोन हंका मारे?"	"मुझको कौन पुकारे?"
	घर ले बाहिर होय बाई	घर से बाहर आती बाई
	बाबू के काय बले	बाबू से है कहती
301	"काय कामे इलिस बाबू	"किस काम से आये बाबू
	आले मोके साँग"	तनिक मुझे बतलाओ"
	"सुन बाई पदमकड़ी	"सुन बाई[5] ओ पदमकड़ी
	सुन बाई पदमकड़ी	सुन बाई ओ पदमकड़ी
	मयँ मँजपुरे बले जायँ बाई	मैं मँजपुर को जाता बाई
	सुत लमाउन दे	सूत तान दे मुझको
	ताग लमाउन दे बाई	धागा तान दे बाई मुझको
	मोके ताग लमाउन दे"	धागा तान दे बाई मुझको"
302	बाई काय बले भिमा के	बाई क्या कहती भिमा से
	"सुन बाबू" बले	"सुन ओ बाबू" कहती
	"एसू चो बरसा पातर बरसा	"इस वर्ष की वर्षा हल्की बाबू
	एसू चो बरसा पातर बरसा	इस वर्ष की वर्षा हल्की
	सुत नईं लामे बाबू	सूत नहीं तनेगा बाबू
	ताग नईं लामे	धागा नहीं तनेगा
	कइसे सुत लमायँ बाबू	कैसे सूत तानूँ मैं बाबू
	मयँ कयसे ताग लमायँ?"	मैं कैसे धागा तानूँ?"
303	सर-सर सुत लमाय बाई	सरसर सूत तानती बाई
	सर-सर ताग लमाय	सरसर धागा तानती
	मेंगपुर ले आरू[6] मँजपुर ले	मेंगपुर से मँजपुर तक
	मेंगपुर ले मँजपुर ले	मेंगपुर से मँजपुर तक
	सुत लमाउन जाय बाई	सूत तान जाती है बाई
	ताग लमाउन जाय	धागा तान जाती
	भिमा के काय बले बाई	भिमा से क्या कहती बाई
	"तुय सुन बाबू" बले	"तू सुन हे बाबू" कहती

5. बाई : उम्र में बड़ी महिलाओं के लिये यह सम्बोधन है। बड़ी बहिन के लिये भी 'बाई' सम्बोधन प्रयोग में लाया जाता है। इसी तरह उम्र में छोटी (बेटी या बहिन जैसी) लड़कियों या महिलाओं के लिये 'नोनी' सम्बोधन है।

6. आरू : अन्य ध्वनि 'आउर'।

304	"जलदी बसुन जा बाबू	"जल्दी बैठ जा हे बाबू
	पातर बरसा आय"	हल्की बरखा है"
	अजगलभिमा सुने बाबा	अजगलभिमा सुनता बाबा
	सुत चो तागे बसे	सूत पर जा बैठता
305	मेंगपुर भिमा छाँडे	मेंगपुर को छोड़े भिमा
	जाते-जाते भिमा जाय	चलता चला जाता
	कोसक-दापक रेंगे भिमा	कोस-दाब भर चलता भिमा
	एक कलाट मारे	जल्दी पाँव बढ़ाता
306	उपर घाम छेके भिमा के	ऊपर धूप तपती भिमा को
	मँजी भुक लागे	पेट को भूख है लगती
	झालिपिली पसना फुटे भिमा के	पसीने से लथपथ होता भिमा
	भिमा बाट रेंगे	भिमा राह चलता
	सुत चो तागे उतरे भिमा	सूत पर से उतरता भिमा
	सुत चो तागे उतरे	सूत पर से उतरता
307	मँजपुर बले भिमा अमरे	मँजपुर में भिमा उतरता
	मँजपुर भिमा अमरे	मँजपुर में भिमा उतरता
	सुत चो ताग ले उतरे भिमा	सूत पर से उतरे भिमा
	कोसक-दापक रेंगे	कोस-दाब भर चलता
308	ठोटा रुके जाय भिमा	ठूँठे पेड़ में जाता भिमा
	ठोटा रुके उबे	ठूँठे पेड़ में रुकता
	मन ने बिचार करे भिमा	मन में विचार भिमा करता
	दिले धोका करे	दिल में चिन्तन करता
309	'जानलो-चिनलो मोचो नोहाय	'जाना-पहचाना नहीं है मेरा
	दखलो-चाहालो मोचो नोहाय	देखा-भाला नहीं है मेरा
	मयँ काचो माहाले जायँ?' बले	मैं किस घर में जाऊँ?' कहता
	'काचो माहाले जायँ?'	'किस के घर में जाऊँ?'
	मन ने बिचार करे भिमा	मन में विचार करता भिमा
	दिले चिनता करे	दिल में चिन्तन करता
310	ठोटा रुक छाँडे भिमा	ठूँठा पेड़ छोड़ता भिमा
	जाते-जाते जाय	चलता चला जाता
	गाँयता-माहाले जाय भिमा	गाँयता-महल जाता भिमा
	पुजारी-माहाले जाय	पुजारी-महल जाता
311	गाँयता-माहाले भिमा अमरे	गाँयता-महल पहुँचता भिमा
	पुजारी-माहाल भिमा अमरे	पुजारी-महल पहुँचता भिमा
	माँडो-मोंगरा उबे भिमा	मोगरा-मण्डप में रुकता भिमा
	'दादा' हंका मारे	दादा को पुकारता
	दादा सुनुन जाय बाबा	दादा सुनता है ओ बाबा
	"मोके कोन हंका मारे?"	"मुझको कौन पुकारे?"

	घर ले बाहिर होय दादा	घर से बाहर आता दादा
	बाबू के काय बले	बाबू से वह कहता
312	"सुन बाबू अजगलभिमा	"सुन हे बाबू अजगलभिमा
	सुन बाबू अजगलभिमा	सुन हे बाबू अजगलभिमा
	काय कामे इलिस बाबू	किस काम से आया बाबू
	आले मोके साँग	तनिक मुझे बतला तो
	मोके तो डर लागे बाबू	मुझको डर लगता है बाबू
	मोके भय लागे"	मुझको भय लगता है"
313	भिमा काय बले दादा के	भिमा क्या कहता दादा से
	"सुन दादा" बले	"सुन ओ दादा" कहता
	"सुना दादा गाँयता लोग	"सुनो हे दादा गाँयता
	सुना दादा पुजारी लोग	सुनो हे दादा पुजारी
	मयँ गोटोक गोठ बलें दादा	मैं एक बात कहूँगा दादा
	एक बात बलें	एक बात कहूँगा
	रिस नईं होआ दादा	गुस्सा मत करना हे दादा
	मोके लाड़[7] नईं होआ"	मुझ पर गुस्सा मत करना"
314	गाँयता काय बले भिमा के	गाँयता क्या कहता भिमा से
	"सुन बाबू" बले	"सुन ओ बाबू" कहता
	"काय गोठ बले आय बाबू	"क्या बात कहना है बाबू
	आले मोके साँग	तुम मुझे बतलाओ
	काय काजे रिस होयँदे बाबू?	किसलिये गुस्सा करूँ भला मैं?
	मयँ काय काजे लाड़ होयँदे!"	किसलिये होऊँ नाराज!"
315	"गोटोक राज चो मयँ आयँ दादा	"एक राज्य का मैं हूँ दादा
	एक देस चो मयँ आयँ दादा	एक देश का मैं हूँ दादा
	मयँ तुमचो राजे इले दादा	मैं आया तुम्हारे राज्य हे दादा
	तुमचो देसे इले	आया तुम्हारे देश
	तुमचो राजे रहुआयँ दादा	तुम्हारे राज्य में रहूँगा दादा
	मयँ तुमचो देसे रहुआयँ	मैं तुम्हारे देश में रहूँगा
	अजिक डेरा दिया दादा	थोड़ी जगह दें मुझको दादा
	अजिक जगा दिया"	थोड़ी जगह दें मुझको"
316	गाँयता दादा सुने बाबा	गाँयता दादा सुनता बाबा
	भिमा के काय बले	भिमा से वह कहता
317	"सुन बाबू अजगलभिमा	"सुन हे बाबू अजगलभिमा
	सुन बाबू अजगलभिमा	सुन हे बाबू अजगलभिमा
	मोचो मन ने कसन देयँदे	मेरे मन से कैसे दूँगा
	मोचो मन ने कसन?	मेरे मन से कैसे?

7. लाड़ : वस्तुतः लाड़ का अर्थ 'प्यार' या 'स्नेह' है, किन्तु यहाँ प्रसंग के अनुसार इसका विपरीत अर्थ 'क्रोध' हो गया है।

	एई लगे रा बाबू	तुम यहीं रुको हे बाबू
	मयँ मँजपुरे जायँ	मैं मँजपुर को जाता
	माँजी-मुकासी के आनें बाबू	माँझी-मुखासी लाऊँ बाबू
	मयँ बड़े-छोटे के आनें	मैं बड़े-छोटों को लाऊँ
	मँजपुरया[8] के आनें बाबू	मँजपुरिया[9] को लाऊँ बाबू
	कुमोटी[10] बसुन जावाँ"	बैठक हम कर जायेंगे'
318	हरबर तियार दादा होय	झटपट तैयार दादा होता
	जलदी तियार दादा होय	जल्दी तैयार दादा होता
	आपन साजू पिंदे दादा	अपने साज पहनता दादा
	आपन जाक धरे	अपने सामान लेता
	खाँदे टयँगी धरे दादा	कन्धे पर टयँगी[11] रखता दादा
	हाते बड़गी धरे	हाथ में छड़ी लेता
	घर ले बाहिर होय दादा	घर से बाहर दादा निकले
	जाते-जाते जाय	चलता चला जाता
319	रुमझुम-रुमझुम रेंगे दादा	जल्दी-जल्दी चलता दादा
	एक कलाट मारे दादा	जल्दी पाँव बढ़ाता
	खोरे-डाँडे बले जाय दादा	गली-मोहल्ले जाता दादा
	आरा-पारा जाय	अड़ोस-पड़ोस में जाता
	बुलुन-बुलुन साँगे दादा	घूम-घूम बतलाता दादा
	गिंजरुन-गिंजरुन साँगे	घूम-घूम बतलाता
320	"सुना बाबू" बले दादा	"सुनो हे बाबू" कहता दादा
	"सुना दादा" बले	"सुनो हे बाबू" कहता
	"मोचो लगे डँडिक इया" बले	"थोड़ी देर मेरे पास आओ" कहता
	"मोचो लगे डँडिक इया"	"थोड़ी देर मेरे पास आओ"
321	सुनोत दादा रे सुनोत बाबू	सुनते दादा सुनते बाबू
	सुनोत दादा सुनोत बाबू	सुनते दादा सुनते बाबू
	"एउँदे दादा" बलोत दादा-बाबू	"आयेंगे दादा" कहते दादा-बाबू
	हरबर तियार होत	झटपट तैयार होते
322	जाते-जाते बले जात दादा-बाबू	चलते चले जाते दादा-बाबू
	एक कलाट मारोत	जल्दी पाँव बढ़ाते
	गाँयता-माहाले जात दादा	गाँयता-महल को जाते दादा
	पुजारी-माहाल अमरोत	पुजारी-महल पहुँचते
323	लगे जाउन सलाम झोकोत	समीप जा कर सलाम करते
	दुरे[12] जाउन दादा-बाबू बसोत	दूर जा बैठते दादा-बाबू

8. मँजपुरया : अन्य उच्चारण 'मँजपुरेया', 'मँजपुरिया'।

9. मँजपुरिया : मँजपुर के निवासी पुरुष।

10. कुमोटी : अंग्रेज़ी का 'कमिटी (committee)' शब्द बिगड़ कर 'कुमोटी' के रूप में चलन में आ गया है।

11. टयँगी : छोटी कुल्हाड़ी। यह 'टँगली' भी कहलाती है।

12. दुरे : मूल शब्द 'लाफी'। 'दुरे' शब्द नगरीय प्रभाव के कारण आया है।

	गाँयता के काय बलोत बाबू	गाँयता से क्या कहते बाबू
	"सुन दादा" बलोत	"सुनो हे दादा" कहते
	"काय बलाव आय दादा	"किसलिये बुलवाया दादा
	तुय आले हामके साँग"	तुम हमें बतलाओ"
324	गाँयता काय बले बाबू के	गाँयता क्या कहता बाबू से
	"सुना बाबू" बले	"सुनो हे बाबू" कहता
	"अली मैदाँगे जावँ बाबू	"बड़े मैदान में चलें हे बाबू
	डेंगभाटा जावँ बाबू	ऊँचे मैदान में चलें
	कुमोटी बसुन जावाँ बाबू	बैठक वहाँ करेंगे बाबू
	कुमोटी बसुन जावाँ"	बैठक हम करेंगे'
325	अली मैदाँगे जात दादा मन	बड़े मैदान में जाते दादा
	डेंगभाटा ने जात	ऊँचे मैदान में जाते
	ओरी-चो-ओरी बसोत दादा-बाबू	कतार में बैठ जाते दादा-बाबू
	धाड़ी-चो-धाड़ी बसोत	कतार में बैठ जाते
326	भिमा के काय बलोत बाबू	भिमा से हैं कहते बाबू
	"सुन बाबू" बलोत	"सुन हे बाबू" कहते
	"सुन बाबू रे अजगलभिमा	"सुन हे बाबू अजगलभिमा
	सुन बाबू अजगलभिमा	सुन हे बाबू अजगलभिमा
	काय कामे इलिस बाबू	किस काम से आये बाबू
	आले हामके साँग	तुम हमें बतलाओ
	हामके डर लागे बाबू	हमें तो डर लगता है बाबू
	हामके भय लागे"	हमें तो भय लगता है"
327	भिमा काय बले दादा के	भिमा क्या कहता दादा से
	"सुना दादा" बले	"सुनिये दादा" कहता
	"गोटोक राज चो मयँ आयँ दादा	"एक राज्य का हूँ मैं दादा
	एक देस चो मयँ आयँ दादा	एक देश का हूँ मैं दादा
	मयँ तुमचो[13] राजे इले दादा	मैं आया आपके राज्य दादा
	तुमचो देसे इले	आया आपके देश
	तुमचो राजे रहुआयँ दादा	आपके राज्य में रहूँगा दादा
	मयँ तुमचो देसे रहुआयँ	मैं आपके देश में रहूँगा
	अजिक डेरा दिया दादा	थोड़ी जगह मुझे दें दादा
	अजिक जगा दिया"	थोड़ी जगह मुझको दें"
328	अजगलभिमा बले बाबा	अजगलभिमा कहता बाबा
	गाँयता काय बले	गाँयता क्या कहता
	"सुना बाबू मँजपुरया	"सुनो हे बाबू मँजपुरवासी
	सुना बाबू बड़े-छोटे	सुनो हे बाबू छोटे-बड़े

13. तुमचो : हल्बी में 'आपके' और 'तुम्हारे' दोनों के ही लिये 'तुमचो' व्यवहृत होता है। वैसे इन दिनों नगरीय प्रभाववश 'आपन मन चो' भी व्यवहार में लाया जाने लगा है।

	ए नीं रलो काजे इलो बाबू	न रहने पर यह आया बाबू
	नीं रलो काजे इलो	न रहने पर यह आया
	गोटोक राज चो आय दादा-बाबू	एक राज्य का है यह दादा-बाबू
	एक देस चो आय	एक देश का है
	एके डेरा देवँ बाबू	इसे जगह दे दें ओ बाबू
	एके जगा देवँ	इसे जगह दे दें
329	“हामचो राजे बाबू राजा निंहाय	“हमारे राज्य में राजा नहीं है बाबू
	हामचो देसे राजा निंहाय	हमारे देश में राजा नहीं है
	बिगर राजा चो राज बाबू	बिना राजा का राज्य हे बाबू
	बिगर राजा चो देस	बिना राजा का देश
	राज नईं फोबे बाबू	राज्य न शोभा देता बाबू
	देस नईं फोबे	देश न शोभा देता
	एकेय राजा बनावाँ बाबू	इसे ही राजा बनायेंगे बाबू
	एके राजा मानवाँ”	इसे ही राजा बनायेंगे”
	गाँयता दादा बले बाबा	गाँयता दादा कहता बाबा
	पुजारी दादा बले	पुजारी दादा कहता
	“सुन बाबू अजगलभिमा	“सुन हे बाबू अजगलभिमा
	सुन बाबू अजगलभिमा	सुन हे बाबू अजगलभिमा
	हामी तुके डेरा देउँदे बाबू	हम तुम्हें जगह देंगे हे बाबू
	तुके जगा देउँदे	तुम्हें जगह दे देंगे
	हामचो राज ने राजा निंहाय	हमारे राज्य में राजा नहीं है
	हामचो देसे राजा	हमारे देश में राजा
330	“बिगर राजा चो राज बाबू	“बिना राजा के राज्य ओ बाबू
	बिगर राजा चो देस	बिना राजा के देश
	राज नईं फोबे बाबू	राज्य न शोभा देता बाबू
	देस नईं फोबे	देश न शोभा देता
	तुके राजा बनाउँदे बाबू	तुम्हें राजा बनायेंगे बाबू
	हामी तुके राजा मानुँदे”	हम तुम्हें राजा मानेंगे”
331	अजगलभिमा सुने बाबा	अजगलभिमा सुनता बाबा
	दादा के काय बले	दादा से वह कहता
	“सुना दादा रे सुना बाबू	“सुनिये दादा सुनिये बाबू
	सुना दादा सुना बाबू	सुनिये दादा सुनिये बाबू
	तुमी मोके डेरा देउआहास जाले	आप मुझे जगह देंगे तो भाई
	मोके जगा देउआहास	जगह मुझे देंगे तो भाई
	खुबे सएन आसोत दादा	सेना मेरी बड़ी है दादा
	खुब सएन आसोत	सेना मेरी बड़ी है
	दखलो-चाहालो नोहायँ दादा	देखा-भाला नहीं है दादा
	मयँ जानलो-चिनलो नोहायँ	जाना-चीन्हा नहीं है मेरा

	काहाँ डेरा रयँदे दादा?	आ कर कहाँ रहूँगा दादा?
	मयँ काके डेरा माँगें?	मैं किस से डेरा माँगूँगा?
	छापर बाँदुन दिया दादा	छावन बनवा दे हे दादा
	छापर बाँदुन दिया"	छावन बनवा दें"
	"देउँदे बाबू" बलोत दादा मन	"बनवा देंगे" कहते दादा
332	"देउँदे बाबू" बलोत	"बना कर देंगे" कहते
	आपन-आपन दादा-बाबू जाओत	अपने-अपने घर जाते दादा-बाबू
	आपन-आपन दादा-बाबू जाओत	अपने-अपने घर जाते दादा-बाबू
	खाना-पिना खाओत दादा-बाबू	खाना-पीना करते दादा-बाबू
	हरबर तियार होत	झटपट तैयार होते
333	गाड़ी फाँदुन जात दादा	गाड़ी तैयार करते दादा
	बारस-बिंदना धरोत	बारस-बिंधना[14] लेते
	टएँगा-कोड़की धरोत दादा	कुल्हाड़ी-कुदाली लेते दादा
	जाते-जाते जात	चलते चले जाते
334	सेतबन ने दादा-बाबू जाओत	सेतबन को दादा-बाबू जाते
	हेतबन ने दादा-बाबू जाओत	हेतबन को दादा-बाबू जाते
	बिंदराबन ने जात दादा-बाबू	बिंदराबन को जाते दादा-बाबू
	बिंदराबने अमरोत	बिंदराबन पहुँचते
	छापर-डेरी दखोत दादा	छावन का खम्भा खोजते दादा
	छापर-पाटी दखोत	छावन की पाटी[15] खोजते
	"एई डेरी होयदे" बलोत	"यह खम्भा बनेगा" कहते
	"एई पाटी होयदे	"यह पाटी बनेगी
	एकय गोंदुन जावँ" बलोत	इसे ही काट डालें" कहते
	"एकय गोंदुन जायँ"	"इसे ही काट डालें"
335	गाड़ी ढिलुन जात दादा मन	गाड़ी खोल जाते दादा
	हाते टएँगा धरोत	हात में कुल्हाड़ी लेते
	छापर-डेरी गोंदोत दादा	छावन-खम्भा काटते दादा
	छापर-पाटी गोंदोत	छावन-पाटी काटते
	डेरी गोंदेया[16] डेरी गोंदोत	खम्भा काटने वाले खम्भा काटते
	पाटी गोंदेया पाटी गोंदोत	पाटी काटने वाले पाटी काटते
	बाँवसा मारिया[17] मारोत दादा	बाँवसा[18] काटने वाले काटते दादा

14. बारस-बिंधना (बारस-बिंदना) : लकड़ी छीलने व उसमें छेद करने के लिये प्रयुक्त औजार।
15. पाटी : छत बनाने के लिये दो खम्भों या दीवार के ऊपर लगायी जाने वाली मोटी लकड़ी। पटिया।
16. गोंदेया : अन्य उच्चारण 'गोंदिया', 'गोंदया'।
17. मारिया : अन्य उच्चारण 'मारेया', 'मरेया'।
18. बाँवसा : शाब्दिक अर्थ बाँस। छत बनाने के लिये एक दीवार से दूसरी दीवार या एक पाटी से दूसरी पाटी के बीच खड़ी लगायी जाने वाली बाँसनुमा लकड़ी। वस्तुतः जिन क्षेत्रों में बाँस की बहुलता है, वहाँ लकड़ी की बजाय बाँस का ही उपयोग होता रहा है। यही कारण है कि इसे 'बाँवसा' कहा गया है। इसे लकड़ी की बहुलता वाले क्षेत्रों में 'काँडा' कहा जाता है।

	बलँगी मारेया मारोत	बलँगी[19] काटने वाले काटते
	डारा मारिया मारोत दादा	डारा[20] काटने वाले काटते दादा
	डारा मारुन सारोत	डारा काट जाते
	गाड़ी ने जोड़ुन जात दादा मन	गाड़ी में भर लेते दादा
	गाड़ी फाँदुन जात	गाड़ी तैयार करते
	बिंदराबन छाँडोत दादा	बिंदराबन छोड़ते दादा
	जाते-जाते जात	चलते चले जाते
336	जाओत दादा रे जाओत बाबू	जाते दादा जाते बाबू
	जाओत दादा जाओत बाबू	जाते दादा जाते बाबू
	भिमा लगे बले जात दादा	भिमा के पास जाते दादा
	भिमा के काय बलोत	भिमा से वे कहते
	"कोन लगे छापर रयदे बाबू	"कहाँ पर छावन बनायें बाबू
	तुय जगा दखाउन दे"	तुम जगह हमें दिखला दो"
337	भिमा काय बले दादा के	भिमा क्या कहता दादा से
	"सुना दादा" बले	"सुनिये दादा" कहता
	"सुना दादा सुना बाबू	"सुनिये दादा सुनिये बाबू
	सुना दादा सुना बाबू	सुनिये दादा सुनिये बाबू
	मयँ गाँव-भितरे नीं रयँ दादा	मैं गाँव के भीतर नहीं रहूँगा दादा
	पारा-भितरे नीं रयँ	मोहल्ले के भीतर नहीं रहूँगा
	कठा बाटे रयँदे दादा	एक कोने में रह लूँगा दादा
	मयँ धड़ी बाटे रयँदे"	मैं किसी कोने में रह लूँगा"
338	कठा बाटे बले जाय दादा	एक किनारे जाता दादा
	धड़ी बाटे जाय	एक किनारे जाता
	बुलुन-बुलुन दखे दादा	घूम-घूम कर देखे दादा
	गिंजरुन-गिंजरुन दखे	घूम-घूम कर देखे
339	अली मैदाँग रय रे भगवान	बड़ा मैदान वहाँ था भगवन
	डेंग भाटा रय परभू	ऊँचा मैदान वहाँ था प्रभुवर
	काय मँजा सुँदर दखे	बड़ा ही सुन्दर दिखता
	अती सुँदर दखे	बड़ा ही सुन्दर दिखता
340	दादा के काय बले बाबू	दादा से क्या कहता बाबू
	"तुमी सुना दादा" बले	"आप सुनिये दादा कहता
	"अली मैदाँग आसे दादा	बड़ा मैदान यहाँ है दादा
	डेंग भाटा आसे	ऊँचा मैदान यहाँ है
	एई लगे छापर रहो दादा	यहीं पर छावन रहे हे दादा
	एई लगे छापर रहो"	यहीं पर छावन रहे"

19. बलँगी : छत बनाने के लिये एक दीवार से दूसरी दीवार या एक पाटी से दूसरी पाटी के बीच बाँवसा (काँडा) के ऊपर आड़ी लगायी जाने वाली बत्तेनुमा लकड़ी या बाँस की खपच्ची। इसे 'कोलसा' भी कहा जाता है।

20. डारा : पत्तों युक्त शाख।

	जगा दखाउन देय भिमा	जगह दिखला जाता भिमा
	डेरा दखाउन देय	जगह दिखला जाता
341	गाड़ी ढिलुन जात दादा	गाड़ी खोल लेते दादा
	डेरी-पाटी उतरात	डेरी-पाटी उतारते
	बाँवसा-बलँगी उतरात दादा	बाँवसा-बलँगी उतारते दादा
	हाते बारस धरोत	हाथ में बारस लेते
	डेरी-पाटी छोलोत दादा	डेरी-पाटी छीलते दादा
	बाँवसा के कापन मारोत	बाँवसा में खाँचा बनाते

342	आरती-आइग दादा धरे	आरती-आग लेता दादा
	घिंव-गुर दादा धरे	घी-गुड़ लेता
	होम-आरती देय दादा	होम-आरती करता दादा
	होम-आरती देय	होम-आरती करता
	जागा रानी के सुमरे दादा	धरती माँ की विनती करता दादा
	धरती माता के सुमरे	धरती माँ की विनती करता
343	"सुन आया जागा रानी	"सुनो माता हे धरती रानी
	सुन आया धरती माता	सुन माता हे धरती माता
	मयँ तुके खोदरा खनें आया	मैं तुझे गड्ढा करता माता
	छापर-डेरी गाड़ें"	छावन की डेरी गाड़ता"
344	पइँया पड़ुन जाय दादा	कह प्रणाम कर जाता दादा
	हाते कुस धरे	हाथ में कुस[21] लेता

21. कुस : छोटा सा सब्बल।

	मँजी खोदरा खने दादा	बीच में गड्ढा करता दादा
	खोदरा खनुन सारे	गड्ढा वह कर जाता
345	आमा-तोरन दादा बाँदे	आम-तोरण[22] दादा बाँधता
	दार-चाउर दादा फेके	दाल-चावल अर्पित करता
	मँजी-डेरी गाड़े दादा	बीच की डेरी[23] गाड़ता दादा
	मँजी-डेरी गाड़े	बीच की डेरी गाड़ता
346	खोदरा खोनिया[24] खनोत बाबू	गड्ढा करने वाले गड्ढा करते
	खोदरा खोनिया खनोत	गड्ढा करने वाले गड्ढा करते
	डेरी गड़िया[25] गाड़ोत दादा	डेरी गाड़ने वाले डेरी गाड़ते
	पाटी लथेया[26] लथोत	पाटी लादने वाले लादते
	बाँवसा लथेया लथोत दादा	बाँवसा लादने वाले लादते
	डारा रुँधेया[27] रुँधोत	डारा रूँधने वाले रूँधते
	बलँगी बँधेया[28] बाँदोत दादा	बलँगी बाँधने वाले बाँधते
	हुन नवखोली छापर बाँदोत	वे नौ कमरों का छावन बनाते
	फुल-छापर रहे बाबा	फूलों का छावन था वह बाबा
	फुल-छापर रए[29]	फूलों का छावन था
	काय मँजा सुँदर दखे छापर	बड़ा ही सुन्दर दिखता छावन
	अती सुँदर दखे	अति सुन्दर वह दिखता
347	छापर लिमड़ुन[30] दादा चो जाय	छावन बन जाता दादा का
	छापर निमड़ुन दादा चो जाय	छावन बन जाता दादा का
	भिमा के काय बलोत दादा-बाबू	भिमा से क्या कहते दादा
	"सुन बाबू" बलोत	"सुनो हे बाबू" कहते
348	"छापर बाँदुन दिलू[31] बाबू	"छावन बना दिया है बाबू
	नव खोली छापर बाँदलू[32]	नौ कमरों का छावन बनाया
	फुल-छापर बाँदलू बाबू	फूलों का छावन बनाया बाबू
	तुय हामके छुटी दे"	तुम हमें अब जाने दो"
349	आपन साजू बले दादा मन धरोत	अपने साज दादा लेते
	आपन जाक दादा मन धरोत	अपने सामान दादा लेते

22. आम-तोरण : आम के पत्तों का तोरण।
23. डेरी : खम्भा।
24. खोनिया : अन्य उच्चारण 'खोनेया', 'खनेया', 'खनिया'।
25. गड़िया : अन्य उच्चारण 'गड़ेया', 'गाड़िया', 'गाड़ेया'।
26. लथेया : अन्य उच्चारण 'लथिया', 'लथया'।
27. रुँधेया : अन्य उच्चारण 'रुँधिया', 'रुँधया'।
28. बँधेया : अन्य उच्चारण 'बँधिया', 'बाँधेया', 'बाँधिया'।
29. अन्य रूप 'रय'।
30. अन्य रूप 'निमड़ुन'।
31. अन्य रूप 'दिलूँ'।
32. अन्य रूप 'बाँधलूँ'।

	गाड़ी फाँदुन जात दादा	गाड़ी तैयार करते दादा
	आपन माहाले जात	अपने महल को जाते
350	आपन माहाले अमरोत दादा	अपने महल पहुँचते दादा
	अजगलभिमा जाय	अजगलभिमा है जाता
	नँगारची-माहाले जाय बाबू	नँगारची-महल को जाता बाबू
	नँगारची-माहाल अमरे	नँगारची-महल को जाता
351	माँडो-मोंगरा उबे बाबू	मोगरा-मण्डप में रुकता बाबू
	'दादा' हंका मारे	दादा को पुकारता
	दादा सुनुन जाय बाबा	दादा सुनता है ओ बाबा
	घर ले बाहिर होय	घर से बाहर आता
	"तुय काय कामे इलिस बाबू	"तुम किस काम से आये बाबू
	आले मोके साँग"	तनिक मुझे बतलाओ"
352	"सुन दादा रे नँगारची लोग	"सुन हे दादा नगारची
	सुन दादा नँगारची लोग	सुन हे दादा नगारची
	घड़ी भर नँगारा दे दादा	थोड़ी देर मुनादी कर दे दादा
	घड़ी भर नँगारा दे	थोड़ी देर मुनादी कर दे
	मँजपुरया एओत दादा	मँजपुरिया आयें दादा
	मँजपुरिन एओत	मँजपुरिन[33] आयें
	राँडी-लेड़ी एओत दादा	विधवा-अशक्ता आयें दादा
	गरिब-दुखी एओत	गरीब-दुखी भी आयें
	एई बाटे खाना खादे दादा	इधर ही भोजन करेंगे दादा
	मयँ सब के खाना देयँ	मैं सब को भोजन दूँगा
	एइन[34] नँगारा दे दादा	यही मुनादी कर दे दादा
	एइन नँगारा दे"	यही मुनादी कर दे"
353	सुने दादा रे नँगारची लोग	सुनता दादा नगारची
	सुने दादा नँगारची लोग	सुनता दादा नगारची
	"मयँ देयँदे" बाबू बले दादा	"मैं कर दूँगा" कहता दादा
	हरबर तियार होय	झटपट तैयार होता
	बाँडी घोड़ी कसे दादा	बाँडी[35] घोड़ी वह सजाता
	जोड़ी नँगारा चेघाय	दो नगाड़े उस पर रखता
	हाते काड़ा धरे दादा	हाथ में लकड़ी लेता दादा
	खोरे-डाँडे जाय	गली-मोहल्ले जाता
354	आरा-पारा ने जाय दादा	अड़ोस-पड़ोस में जाता दादा
	"सुना बाई" बले	"सुनो हे बाई" कहता
	"गरिब-दुखी, राँडी-लेड़ी	"गरीब-दुखी, विधवा-अशक्ता

33. मँजपुरिन : मँजपुर की निवासी महिलाएँ।
34. एइन : मूल रूप 'एई'। अन्य रूप 'अई'।
35. बाँडी : जिसकी पूँछ कटी हो। (आधी हो)।

	छोटे-बड़े, माँजी-मुकासी	छोटे-बड़े, माँझी-मुखासी
	भिमा लगे जाहा" बले	भिमा के पास जाओ" कहता
	"डारा-छापरे जाहा	"डारा-छावन में जाओ
	हुनी बाटे खाना देउआय" बले	वहीं पर भोजन देगा" कहता
	"हुन सब के खाना खोआय"	"वह सब को भोजन देगा"
355	बुलुन-बुलुन साँगे बाबू	घूम-घूम बतलाता बाबू
	गिंजरुन-गिंजरुन साँगे	घूम-घूम बतलाता
	माटी-नँगारा धमधम करे	माटी-नगारा धमधम करता
	माटी-नँगारा धमधम करे	माटी-नगारा धमधम करता
	तमई झनकार देय बाबा	तमई[36] झंकृत होती बाबा
	नँगारची नँगारा देय	नगारची मुनादी करता
	नँगारा देउन सारे दादा	मुनादी कर जाता है दादा
	आपन माहाले जाय	अपने महल को जाता
356	मँजपुरया सुनोत बाबा	मँजपुरिया हैं सुनते बाबा
	मँजपुरिन सुनोत	मँजपुरिन हैं सुनतीं
	हरबर तियार होत दादा-बाई	झटपट तैयार दादा-बाई होते
	जलदी तियार होत	जल्दी तैयार वे होते
357	रलो बिता बले तेल घसे	धनी तेल चुपड़ते भाई
	रलो बिता कपड़ा पिंदे	धनी नये कपड़े पहनते
	गरिब पानी घसोत बाबा	गरीब पानी चुपड़ते बाबा
	गरिब धड़का पिंदोत	गरीब फटे कपड़े पहनते
	हाती चेघेया[37] चेघोत[38] बाबा	धनी हाथी पर चढ़ते बाबा
	घोड़ा चेघेया चेघोत	धनी घोड़े पर चढ़ते
	गरिब पैदल जात बाबा	गरीब पैदल ही जाते बाबा
	डारा-छापरे जात	डारा-छावन में जाते
358	लगे जाउन सलाम झोकोत	पास जा सलाम करते
	दुरे जाउन दादा बाई बसोत	दूर जा कर बैठते
	भिमा काय बले बाबू के	भिमा है कहता बाबू से
	"सुना बाबू" बले	"सुनो हे बाबू" कहता
	"फउद अमरुन गेला बाबू	"लोग आ गये हैं बाबू
	झोका मारुन जाहा	झोका बना डालो
	राँदा राँदुन जाहा बाबू	भोजन पका डालो हे बाबू
	सब के खाना देयँ"	सब को भोजन दूँगा"
359	धँगड़ा रासी सुनोत बाबा	धँगड़ा रासी[19] सुनते बाबा
	हाते कोड़की धरोत	हाथ में कुदाली लेते

36. तमई : झाँझ नामक वाद्य।
37. अन्य उच्चारण 'चघेया', 'चघिया', 'चेघिया', 'चगया', 'चेगेया', 'चेगिया'।
38. अन्य उच्चारण 'चघोत', 'चगोत', 'चेगोत'।
39. धँगड़ा रासी : युवक गण, युवक समूह।

	झोका[40] मारिया झोका मारोत	झोका बनाने वाले झोका बनाते
	पानी आनेया[41] पानी आनोत	पानी लाने वाले पानी लाते
	धँगड़ी पान आनोत बाबा	धँगड़ी[42] पत्ते लातीं बाबा
	डोकरी दोना खिलोत	बूढियाँ दोने[43] बनातीं
	आइग बरेया[44] बारोत बाबू मन	आग जलाने वाले जलाते बाबा
	राँदा रँदेया[45] राँदोत	रसोइये भोजन पकाते
360	दुय पयली चाउर धरे	दो पायली चावल लेता
	दुय सोली बले दार धरे	दो सोली दाल लेता
	धँगड़ा रासी के देय भिमा	धँगड़ा रासी को देता भिमा
	धँगड़ा राँदा राँदोत	धँगड़ा भोजन पकाते
361	दुय पयली चो भात रे भगवान	दो पायली का भात हे भगवन
	दुय सोली चो दार रे परभू	दो सोली का दाल हे प्रभु
	गपा-गपा बले होय बाबा	गपा-गपा[46] हो जाता बाबा
	हाँडी-हाँडी होय	हण्डी-हण्डी[47] हो जाता
362	राँदा राँदुन सारोत बाबू	भोजन पका जाते हैं बाबू
	राँदा राँदुन सारोत	भोजन पका जाते
	सब के पानी देत बाबू	सब को पानी देते बाबू
	सब के हात धोआत	सब को हाथ धुलाते
363	ओरी-चो-ओरी बसोत दादा-बाबू	कतारों में बैठ जाते दादा-बाबू
	धाड़ी-चो-धाड़ी बसोत	कतारों में बैठ जाते
	पतरी बाटेया[48] बाटोत बाबू मन	पत्तल बाँटने वाले पत्तल बाँटते
	दोना बटेया बाटोत	दोना बाँटने वाले बाँटते
364	जाय बाबू रे अजगलभिमा	जाता बाबू अजगलभिमा
	जाय बाबू अजगलभिमा	जाता बाबू अजगलभिमा
	भात बाटुन जाय भिमा	भात बाँट जाता भिमा
	भात बाटुन जाय	भात बाँट जाता
	एकक मुठा बले देय भिमा	एक-एक मुट्ठी देता भिमा
	एकक मुठा देय	एक-एक मुट्ठी देता

40. अन्य उच्चारण 'जोखा'।
41. अन्य उच्चारण 'अनेया', 'आनिया', 'अनिया'
42. धँगड़ी : युवती, युवतियाँ।
43. दोने : पत्तों से बने कटोरेनुमा पात्र।
44. अन्य उच्चारण 'बरिया', 'बारिया', 'बारेया'।
45. अन्य ध्वनियाँ 'राँधिया', 'राँधेया', 'रँधिया' 'राँदेया', 'रँदया'।
46. गपा : बाँस से बना बड़ा-सा टोकरा। इसकी चौड़ाई बाँस से ही बने अन्य टोकरा जिसे 'टाकरा' कहा जाता है, की तुलना में कम होती है जबकि ऊँचाई 'टाकरा' से अधिक। गपा-गपा हो जाना : कई गपों में समाने लायक हो जाना। मात्रा का बढ़ जाना।
47. हण्डी-हण्डी हो जाना : कई हण्डियों में समाने लायक हो जाना। मात्रा का बढ़ जाना।
48. बाटेया : अन्य उच्चारण 'बाटिया', 'बटिया', 'बटेया'।

365	दुय पयली चो भात रे भगवान	दो पायली का भात हे भगवन
	दुय सोली चो दार परभू	दो सोली का दाल हे प्रभु
	मँजपुरया के होय बाबा	मँजपुरियों को पर्याप्त हो जाता बाबा
	मँजपुरिन के होय	मँजपुरिनों को पर्याप्त हो जाता
	सब के पुरुन गेली बाबा	सब को पर्याप्त हो जाता बाबा
	भिमा काय बले	भिमा उनसे कहता
	"अमरली जाले खाहा" बले	"भोजन आ गया तो खायें" कहता
	"जुठा बले होआ"	"भोजन ग्रहण करें"
366	"सब के पुरुन गेली बाबू	"सब को पर्याप्त हो गया हे बाबू
	इतरोय देतो आय"	इतना ही दिया जाता है"
	खाई-पिई के भय गय[49] तियार	खा-पी कर सब हो गये तैयार
	खाई-पिई के भय गय तियार	खा-पी कर सब हो गये तैयार
	भिमा के काय बलोत दादा-बाबू	भिमा से हैं कहते दादा-बाबू
	"सुन बाबू" बलोत	"सुन हे बाबू" कहते
	"हामके छुटी दे बाबू	"हमें जाने दो हे बाबू
	आपन माहाले जावँ"	अपने महल को जायें"
367	भिमा काय बले दादा के	भिमा है कहता दादा से
	"सुना दादा" बले	"सुनिये दादा" कहता
	"सुना दादा मँजपुरया	"सुनो हे दादा मँजपुरिया
	सुना बाई मँजपुरिन	सुनो हे बाई मँजपुरिन
	मयँ एऊ नोहायँ दादा-बाई	मैं नहीं आऊँगा दादा-बाई
	मयँ एऊ नोहायँ	मैं नहीं आऊँगा
	मेंगराजा एउआत दादा-बाई	मेंगराजा आयेंगे दादा-बाई
	मेंगइन रानी एउआत	मेंगइन रानी आयेंगी
368	"मेंगराजा बले इलो जाले	मेंगराजा के आने पर
	मेंगइन रानी इली जाले	मेंगइन रानी के आने पर
	तुमी बाजा-मोहरी धरा दादा-बाई	आप बाजा-मोहरी लें हे दादा-बाई
	मेंग पड़घाउन आना"	मेंग का स्वागत करें"
	सब के राम-राम बले भिमा	सब को राम-राम कहता भिमा
	सबके सलाम झोके	सब को सलाम है करता
369	आपन-आपन जाओत दादा-बाई	अपने-अपने घर जाते दादा-बाई
	गोठयाते-बतयाते जात	बातें करते जाते
	'दुय पयली चो भात रे भगवान	'दो पायली का भात हे भगवन
	दुय सोली चो दार परभू	दो सोली का दाल हे प्रभु
	मँजपुरया के होय' बलोत	मँजपुरिया को पर्याप्त हो गया' कहते
	'इतलो[50] फउद के होय	'इतनी भीड़ को पर्याप्त हो गया

49. भय गय : छत्तीसगढ़ी के प्रभाव से आये शब्द।
50. अन्य रूप 'इतरो'।

	दखा नू भिमा चो सत' बलोत	देखो तो भिमा का सत्य' कहते
	'दखा नू भिमा चो गुन!'	'देखो तो भिमा का गुण!'
	आपन-आपन जाओत दादा-बाई	अपने-अपने घर जाते दादा-बाई
	आपन-आपन जाओत	अपने-अपने घर जाते
370	जाय बाबू अजगलभिमा	जाता बाबू अजगलभिमा
	जाय बाबू अजगलभिमा	जाता बाबू अजगलभिमा
	मोकोड़ी-माहाले जाय भिमा	मकड़ी-महल जाता भिमा
	मोकोड़ी-माहाल अमरे	मकड़ी-महल जाता
	माँडो-मोंगरा उबे भिमा	मोगरा-मण्डप में रुकता भिमा
	'बाई' हंका मारे	बाई को पुकारता
371	बाई सुनुन जाय बाबा	बाई सुनती है ओ बाबा
	घर ले बाहिर होय	घर से बाहर आती
	"काय कामे इलिस बाबू	"किस काम से आये बाबू
	तुय आले मोके साँग"	तुम मुझे बतलाओ"
372	"मेंगपुरे मयँ जायँ बाई	"मेंगपुर मैं जाऊँ बाई
	मेंगपुरे जायँ बाई	मेंगपुर मैं जाऊँ
	सुत लमाउन दे बाई	सूत तान दे हे बाई
	ताग लमाउन दे"	धागा तान दे
373	बाई काय बले भिमा के	बाई क्या कहती भिमा से
	"सुन बाबू" बले	"सुन हे बाबू" कहती
	"मोचो बाल-बचा गागोत बाबू	"मेरे बच्चे रोते बाबू
	लोलो-बालो गागोत	मेरे बच्चे रोते
	कइसे सुत लमायँ बाबू	कैसे सूत मैं तानूँ बाबू
	मयँ कइसे ताग लमायँ!"	कैसे धागा तानूँ!"
374	"तुचो पिला के लाई देयँदे	"तेरे बच्चों को लाई दूँगा
	तुचो पिला के खेलाते रयँदे	तेरे बच्चों को खिलाता रहूँगा
	सुत लमाउन दे बाई	सूत तान दे ओ बाई
	मोके ताग लमाउन दे"	मुझे तू धागा तान दे"
375	बाई तो सुनुन जाय बाबा	बाई सुनती है ओ बाबा
	सुत लमाउन जाय	सूत तान जाती
	सरसर सुत लमाय बाई	सरसर सूत तानती बाई
	सरसर ताग लमाय	सरसर धागा तानती
	मँजपुर ले आरू मेंगपुर ले	मँजपुर से मेंगपुर तक
	मँजपुर ले मेंगपुर ले	मँजपुर से मेंगपुर तक
	सुत लमाउन जाय बाई	सूत तान जाती बाई
	भिमा के काय बले	भिमा से वह कहती
	"जलदी बसुन जा बाबू	"जल्दी बैठ जा हे बाबू
	जलदी बसुन जा"	जल्दी बैठ जा"

376	अजगलभिमा सुने बाबा	अजगलभिमा सुनता बाबा
	सुत चो तागे बसे	सूत पर जा बैठता
	मँजपुर छाँडे भिमा	मँजपुर को छोड़ता भिमा
	जाते-जाते जाय	चलता चला जाता
377	रुमझुम-रुमझुम रेंगे भिमा	जल्दी-जल्दी चलता भिमा
	एक कलाट मारे	जल्दी पाँव बढ़ाता
	जाय बाबू रे अजगलभिमा	जाता बाबू अजगलभिमा
	जाय बाबू अजगलभिमा	जाता बाबू अजगलभिमा
	मेंगपुरे बले जाय बाबू	मेंगपुर को जाता बाबू
	मेंगपुरे अमरे	मेंगपुर पहुँचता
378	सुत चो ताग ले उतरे भिमा	सूत पर से उतरता भिमा
	पारा-परोसे जाय	अड़ोस-पड़ोस में जाता
	पारा-परोस छाँडे भिमा	अड़ोस-पड़ोस छोड़ता भिमा
	राजा-माहाले जाय	राज-महल को जाता
	दखे रानी मेंगइन	देखती रानी मेंगइन
	दखे रानी मेंगइन	देखती रानी मेंगइन
379	नोनी के काय बले रानी	नोनी से क्या कहती रानी
	"सुन बाबा" बले	"सुन हे बाबा[51]" कहती
	"सुन नोनी कुँदनी कयना	"सुन हे नोनी कुँदनी कैना
	सुन बाबा कुँदनी कयना	सुन हे बाबा कुँदनी कैना
	सेवा-जोड़ा बले धर नोनी	सेवा-सामग्री ले हे नोनी
	पुजा-जोड़ा धर	पूजा-सामग्री ले
	अजगलभिमा एयसे नोनी	अजगलभिमा आता नोनी
	तुय पइँया धोआउन जा"	तू उसके पाँव धुला दे"
	कुँदनी कयना सुने बाबा	कुँदनी कैना सुनती बाबा
	सेवा-जोड़ा धरे	सेवा-सामग्री लेती
380	पुजा-जोड़ा धरे नोनी	पूजा-सामग्री लेती नोनी
	चन्दन-काट मँडाय	चन्दन-काठ वह रखती
	ढँग् नाय भिमा उबे बाबा	भिमा उस पर खड़ा होता बाबा
	पइँया धोआउन जाय	वह उसके पाँव धुलाती
381	चाउर-टिका बले देय नोनी	चावल का टीका लगाती नोनी
	होम-आरती देय	होम-आरती करती
	भिमा के पाँय पड़े नोनी	भिमा को प्रणाम करती नोनी
	भिमा चो हात जोड़े	भिमा को नमस्कार करती
382	नोनी चो टोंड बले भिमा चुमे	नोनी का मुख चूमता भिमा
	भिमा चो हात नोनी धरे	भिमा का हाथ नोनी पकड़ती

51. बाबा : शाब्दिक अर्थ 'पिता', किन्तु पिता के अलावा भी पिता-तुल्य लोगों तथा पुत्र-पुत्रियों या छोटे भाई-बहिनों या उन जैसे ही उम्र में छोटे लोगों को प्यार से किया जाने वाला सम्बोधन।

	नव खँड माहाले नेय नोनी	नौ खण्डा महल में ले जाती नोनी
	बाज नेउन बसाय	ले जा कर शय्या पर बिठाती
383	राजा-रानी बसोत बाबा	राजा-रानी बैठते बाबा
	राजा-रानी बसोत	राजा-रानी बैठते
	भिमा के काय बलोत राजा-रानी	भिमा से हैं कहते राजा-रानी
	"सुन बाबू" बलोत	"सुन हे बाबू" कहते
	"छापर बाँदुक गेलिस बाबू	"छावन बनाने गये थे बाबू
	कसन-कसन होली?	क्या-क्या वहाँ हुआ?
	आले हामके साँग बाबू	तनिक हमें बतलाओ बाबू
	आले हामके साँग"	तनिक हमें बतलाओ"
384	"अजिक डेरा मयँ माँगले राजा	"थोड़ी जगह मैंने माँगी राजा-रानी
	अजिक जगा माँगले राजा	थोड़ी-सी जगह है माँगी
	मोके डेरा दिला राजा-रानी	मुझे स्थान दिया राजा-रानी
	मोके जगा दिला	मुझे जगह उन्होंने दी
	छापर बाँदुक बल्ले राजा-रानी	छावन बनाने को कहा राजा-रानी
	नवखोली छापर" बले	नौ कमरों का छावन" कहता
	"फुल-छापर बँधायँ राजा-रानी	"फूलों वाला छावन बनवाया राजा-रानी
	फुल-छापर बँधायँ"	फूलों वाला छावन बनवाया"
385	मेंगइन रानी सुने बाबा	मेंगइन रानी सुनती बाबा
	मुचमुच-मुचमुच हाँसे	मंद-मंद मुस्काती
	मेंगराजा सुने बाबा	मेंगराजा सुनता बाबा
	खाले मुँडी करे	अपना सिर झुकाता
386	एक दिन ले दुय दिन	एक दिन से दो दिन
	दुय दिन ले आँट दिन	दो दिन से आठ दिन
	पँदरा दिन बले होय बाबा	पन्द्रह दिन हैं बीते बाबा
	छापर बँधालो होय	छावन बँधवाये बीते
	बाजे बसुन जात राजा-रानी	शय्या पर बैठते राजा-रानी
	सेज बसुन जात	शय्या पर हैं बैठते
	राजा काय बले रानी के	राजा क्या कहता रानी से
	"सुन रानी" बले	"सुनो हे रानी" कहता
	"सुन रानी मेंगइन	"सुनो हे रानी मेंगइन
	सुन रानी मेंगइन	सुनो हे रानी मेंगइन
	गँगा-जमुना आसे रानी	गंगा-जमुना[52] हैं ओ रानी
	जोड़ी गदया[53] आसे	ये दोनों भण्डार हैं
	तिजरी-बिजरी आसे रानी	तिजोरियाँ भी हैं हे रानी
	मोचो कासा-तामा आसे	मेरे काँसा-ताम्बा भी हैं

52. गंगा-जमुना : दो भण्डारों के नाम।

53. गदया : अन्य उच्चारण 'गदेया', 'गदिया'।

	करलिबती आसे रानी	करलिबती हथिनी है रानी
	एहराबती आसे	एहराबती हथिनी है
	लाली-मुँगी आसोत रानी	लाली-मूँगी गायें हैं रानी
	कारी-कपिला आसे	कारी-कपिला गायें हैं
	हाँसा-परेवाँ आसोत रानी	हंस-कबूतर हैं हे रानी
	मैना-मंजुर आसोत रानी	मैना-मयूर भी हैं
	साले-सुआ आसोत रानी	तोता भी है मेरे रानी
	बाँदे माकड़ आसोत	बाँदे नामक बन्दर हैं
	दानी-पुनी आसोत रानी	दानी-पुनी बन्दर हैं हे रानी
	मोचो जँवरा-भँवरा आसे	मेरे जँवरा-भँवरा कुत्ते हैं
	कसन करुन नेवाँ रानी	कैसे ले जायेंगे रानी
	कसन करुन जावाँ?"	कैसे हम जायेंगे?"
387	"सुना राजा रे मेंगराजा	"सुनिये राजा मेंगराजा
	सुना राजा मेंगराजा	सुनिये राजा मेंगराजा
	बाते सुनुन जाहा राजा	बात मेरी सुन लें हे राजा
	गोठ मानुन जाहा	बात मेरी भी मानें
	अन-धन के रथ ने जोड़वाँ	अन्न-धन को रथ में ले जायें
	अन-धन रथ ने जोड़वाँ	अन्न-धन को रथ में ले जायें
	हामी सएन लामटी धरवाँ राजा	सारी सेना बाँध ले जायें
	सएन लामटी धरवाँ	सेना बाँध ले जायें
	रथ साजुक बला राजा	रथ तैयार करवायें राजा
	रथ साजुक बला"	रथ तैयार करवायें"

अधया-8 : मेंग-मेंगइन चो मँजपुर जातो
अध्याय-8 : मेंग-मेंगइन की मँजपुर यात्रा

388	मेंगराजा सुने बाबा	मेंगराजा सुनता बाबा
	बाबू के काय बले	बाबू से वह कहता
	"सुन बाबू पवनकुमार	"सुन हे बाबू पवनकुमार
	सुन बाबू पवनकुमार	सुन हे बाबू पवनकुमार
	बढ़ई-माहाले जा बाबू	बढ़ई-महल तू जा हे बाबू
	बढ़ई बलाउन आन	बढ़ई बुला कर ला
	बारस-बिंदना धरो बाबू	बारस-बिंधना ले वह बाबू
	हुन डँडिक मोचो लगे एओ	वह थोड़ी देर मेरे पास आये
	रथ साजुन देयदे बाबू	रथ तैयार कर देगा बाबू
	रथ साजुन देयदे"	रथ तैयार कर देगा"
389	पवनकुमार सुने बाबा	पवनकुमार सुनता है बाबा
	हरबर तियार होय	झटपट तैयार होता

	पाँय ने खड़ऊ बाबू पिंदे	पाँवों में खड़ाऊँ पहनता बाबू
	हाते बेद बाबू धरे	हाथ में छड़ी वह लेता
	राजा-माहाल छाँडे बाबू	राज-महल छोड़ता बाबू
	जाते-जाते जाय	चलता चला जाता
	रुमझुम-रुमझुम रेंगे बाबू जे	जल्दी-जल्दी चलता बाबू
390	एक कलाट मारे	जल्दी पाँव बढ़ाता
	बढ़ई-माहाले जाय बाबू	बढ़ई-महल को जाता बाबू
	बढ़ई-माहाल अमरे	बढ़ई-महल पहुँचता
	माँडो-मोंगरा उबे बाबू	मोगरा-मण्डप में रुकता बाबू
	'दादा' हंका मारे	'दादा' हाँक लगाता
	दादा सुनुन जाय बाबा	दादा सुनता है ओ बाबा
391	घर ले बाहिर होय	घर से बाहर आता
	"काय कामे इलिस बाबू	"किस काम से आये बाबू
	तुय आले मोके साँग"	तुम मुझे बतलाओ"
	"तुचो जाक के धर दादा	"अपने सामान ले लो दादा
392	तुचो साजू धर दादा	अपने साज पकड़ लो
	राजा-घरे बलाव दादा	राजा ने बुलवाया दादा
	एक डँडिक जावँ"	थोड़ी देर चलो"
393	"एयँदे बाबू" बले दादा	"आऊँगा बाबू" कहता दादा
	हरबर तियार होय	झटपट तैयार होता
	बारस-बिंदना बाबू धरे[1]	बारस-बिंधना बाबू लेता
	बारस-बिंदना बाबू धरे	बारस-बिंधना बाबू लेता
	रुमझुम-रुमझुम रेंगे बाबू	जल्दी-जल्दी चलता बाबू
	एक कलाट मारे	जल्दी पाँव बढ़ाता
394	जाते-जाते बले जाय बाबू	चलता चला जाता बाबू
	राजा-माहाले जाय	राज-महल को जाता
	राजा-माहाल अमरे बाबू	राज-महल पहुँचता बाबू
	लगे जाउन सलाम	पास जा सलाम करता
	परछी ने जाउन बसे बाबू	परछी[2] में जा बैठता बाबू
	राजा के काय बले	राजा से वह कहता
395	"सुना राजा रे मेंगराजा	"सुनिये राजा मेंगराजा
	सुना राजा मेंगराजा	सुनिये राजा मेंगराजा
	काय बलाव आय राजा	किसलिये बुलवाया राजा
	आले मोके साँगा"	आप मुझे बतलायें"
396	राजा काय बले बाबू के	राजा क्या कहता बाबू से
	"सुन बाबू" बले	"सुन हे बाबू" कहता
	"सुन बाबू बढ़ई लोग	"सुन हे बाबू बढ़ई

1. दिनांक 14.12.1996 को ध्वन्यांकित कैसेट क्रमांक 20बी का आरम्भ।
2. परछी : बरामदा।

	सुन बाबू बढ़ई लोग	सुन हे बाबू बढ़ई
	मँजपुरे बले जायँ बाबू	मँजपुर को मैं जाता बाबू
	मँजपुरे जायँ	मँजपुर को मैं जाता
	रथ साजुन दे बाबू	रथ तैयार कर दे ओ बाबू
	मोके रथ साजुन दे"	मुझे रथ तैयार कर दे"
397	"देयँदे राजा" बले बाबू	"दूँगा राजा" कहता बाबू
	फुल-रथ में जाय	फूल-रथ के पास जाता
	हाते बारस बाबू धरे	हाथ में बारस बाबू लेता
	हाते बारस बाबू धरे	हाथ में बारस बाबू लेता
	बुलुन-बुलुन छोले बाबू	घूम-घूम कर छीलता बाबू
	गिंजरुन-गिंजरुन छोले	घूम-घूम कर छीलता
	फुल-रथ साजे बाबू	फूल-रथ तैयार करता बाबू
	फुल-रथ साजे	फूल-रथ तैयार करता
	हाते मुठला धरे बाबू	हाथ में मुठला[3] बाबू लेता
	खिला ठेचुन जाय	खीला ठोंक जाता
	काय मँजा सुँदर दखे बाबा	बड़ा ही सुन्दर दिखता बाबा
	अती सुँदर दखे	रथ अति सुन्दर दिखता
398	फुल-रथ साजुन बाबू सारे	फूल-रथ तैयार कर जाता बाबू
	आपन जाक बाबू धरे	अपने सामान पकड़ता बाबू
	राजा-माहाले जाय बाबू	राज-महल में जाता बाबू
	परछी ने जाउन बसे	जा कर परछी में बैठता
	राजा के काय बले बाबू	राजा से क्या कहता बाबू
	"तुमी सुना राजा" बले	"आप सुनें हे राजा" कहता
	"रथ साजुन दिले राजा	"रथ तैयार कर दिया है राजा
	रथ दखुक जाहा"	रथ देखने जायें"
399	मेंगराजा सुने बाबा	मेंगराजा सुनता बाबा
	बाज ले उठुन जाय	शय्या से उठ जाता
	फुल-रथ ने जाय राजा	फूल-रथ के पास जाता राजा
	फुल-रथ दखे	फूल-रथ वह देखता
	बुलुन-बुलुन दखे राजा	घूम-घूम कर देखता राजा
	गिंजरुन-गिंजरुन दखे	घूम-घूम कर देखता
	काय मँजा सुँदर रय बाबा	बहुत ही सुन्दर था वह बाबा
	अती सुँदर दखे	अति सुन्दर वह दिखता
400	'रथ लिमड़ुन मोचो गेली	'रथ मेरा तैयार हो गया
	रथ निमड़ुन मोचो गेली	रथ मेरा तैयार हो गया
	आया-बाबा चो राज' बले	माता-पिता का राज्य' कहता
	'दादी-आयी चो देस	'दादा-दादी का देश

3. मुठला : हथौड़ा, घन।

	राज के छाँडुन जायँ' बले	राज्य छोड़ मैं जाता' कहता
	'मयँ देस के छाँडुन जायँ'	'देश छोड़ मैं जाता'
	रदरद्-रदरद् गागे राजा	फूट-फूट कर रोता राजा
	नव खँड माहाले जाय	नौ खण्डा महल में जाता
	बाजे जाउन बसे राजा	शय्या पर जा बैठे राजा
	सेज जाउन बसे	शय्या पर जा बैठे
401	"सुन नोनी रे कुँदनी कयना	"सुन नोनी ओ कुँदनी कैना
	सुन बाबा कुँदनी कयना	सुन बाबा ओ कुँदनी कैना
	रोसई-चाउर जोड़ नोनी	सूखी रसोई तैयार कर नोनी
	मुठा रुपया धर	मुट्ठी भर रुपये ले
	बढ़ई-बिदा के दे नोनी	बढ़ई को विदा कर हे नोनी
	बढ़ई-बिदा दे"	बढ़ई को विदा कर"
402	कुँदनी कयना सुने बाबा	कुँदनी कैना सुनती बाबा
	रोसई-चाउर जोड़े	सूखी रसोई तैयार करती
	मुठा रुपया धरे नोनी	मुट्ठी भर रुपये लेती
	बढ़ई-बिदा देय	बढ़ई को विदाई देती
	बाबू मोडरी बाँदे बाबा	बाबू गठरी बाँधता बाबा
	आपन माहाले जाय	अपने महल को जाता
403	एक दिन ले दुय दिन	एक दिन से दो दिन
	दुय दिन ले आँट दिन	दो दिन से आठ दिन
	रथ साजलो होय	रथ तैयार किये बीते
	राजा चो रथ साजलो होय	राजा का रथ तैयार किये बीते
404	राजा-रानी बसोत बाबा	राजा-रानी बैठते बाबा
	रानी काय बले	रानी है क्या कहती
	"नँगारची-माहाले जाहा राजा	"नगारची-महल को जायें राजा
	घड़ी-भर नँगारा देओ	थोड़ी देर मुनादी कर दे
	राँडी-लेड़ी राजा गरिब-दुखी	विधवा-अशक्ता, गरीब-दुखी
	आँधा-काना, छोटे-बड़े	अंधे-काने, छोटे-बड़े
	खोड़या-माटेया एओत राजा	लूले-लँगड़े आयें राजा
	एई बाटे खाना खादे	वे यहीं भोजन करेंगे
	सब के खाना देवाँ राजा	सब को भोजन देंगे राजा
	हामी दान-पुन करवाँ	हम दान-पुण्य करेंगे
	तेबे मँजपुरे जावाँ राजा	तब मँजपुर जायेंगे राजा
	तेबे मँजपुरे जावाँ"	तब मँजपुर जायेंगे"
405	सुने राजा रे मेंगराजा	सुनता राजा मेंगराजा
	बाबू के काय बले राजा	बाबू से क्या कहता राजा
	"सुन बाबू" बले राजा	"सुन हे बाबू" कहता राजा
	"सुन बाबू" बले	"सुन हे बाबू" कहता
	"नँगारची-माहाले जा बाबू	"नगारची-महल तू जा हे बाबू

	घड़ी भर नँगारा देओ	वह थोड़ी देर मुनादी कर दे
	मेंगपुरया एओत बाबू	मेंगपुरिया आयें बाबू
	मेंगपुरिन एओत	मेंगपुरिन[4] आयें
	एई बाटे खाना खादे बाबू	यहीं वे भोजन करेंगे बाबू
	मयँ दान-पुन देयँदे"	मैं दान-पुण्य करूँगा"
	एइन बात बले राजा	यही बात कहता है राजा
	पवनकुमार सुने	पवनकुमार है सुनता
406	हरबर तियार बाबू होय	झटपट तैयार होता बाबू
	जलदी तियार बाबू होय	जल्दी तैयार होता बाबू
	पाँये खड़ऊ पिंदे बाबू	पाँवों में खड़ाऊँ पहनता
	हाते बेद धरे	हाथ में छड़ी लेता है बाबू
	घर ले बाहिर होय बाबू	घर से बाहर आता
	जाते-जाते जाय	चलता चला जाता बाबू
407	रुमझुम-रुमझुम रेंगे बाबू	जल्दी-जल्दी चलता बाबू
	एक कलाट मारे	जल्दी पाँव बढ़ाता
	नँगारची-माहाले जाय बाबू	नगारची-महल को जाता बाबू
	नँगारची-माहाल अमरे	नगारची-महल पहुँचता
	माँडो-मोगरा उबे बाबू	मोगरा-मण्डप में रुकता बाबू
	'दादा' हंका मारे	'दादा' हाँक लगाता
408	दादा सुनुन जाय बाबा	दादा सुनता है ओ बाबा
	घर ले बाहिर होय	घर से बाहर आता
	"काय कामे इलिस बाबू	"किस काम से आया बाबू
	तुय आले मोके साँग"	तू मुझे बतला दे"
409	"सुन दादा रे नँगारची लोग	"सुन हे दादा नगारची
	सुन दादा नँगारची लोग	सुन हे दादा नगारची
	घड़ी-भर नँगारा दे दादा	तनिक नगारा दे हे दादा
	छोटे-बड़े जाओत	छोटे-बड़े सब जायें
	राँडी-लेड़ी जाओत दादा जे	विधवा-अशक्ता जायें दादा
	गरिब-दुखी जाओत	गरीब-दुखी सब जायें
	हुनी बाटे खाना खादे दादा	वहीं वे भोजन करेंगे दादा
	दान-पुन देउआय	वे दान-पुण्य करेंगे
	एई नँगारा दे दादा	यही मुनादी कर दे दादा
	सँजकारी-सँजकारी[5] जाओत"	सब जल्दी-जल्दी जायें"
410	सुने दादा रे नँगारची लोग	सुनता दादा नगारची
	"देयँदे बाबू" बले दादा	"दूँगा बाबू" कहता दादा
	हरबर तियार होय दादा	झटपट तैयार होता दादा
	बाँडी घोड़ी कसे	बाँडी घोड़ी तैयार करता

4. मेंगपुरिन : मेंगपुर की निवासी महिलाएँ। मेंगपुरिया : मेंगपुर के निवासी पुरुष।
5. सँजकारी-सँजकारी : अन्य उच्चारण 'सनकारी-सनकारी'।

	जोड़ी नँगारा चेघाय दादा	दो नगाड़े रखता दादा
	हाते काड़ा धरे	हाथ में डण्डा लेता
411	घर ले बाहिर होय दादा	घर से बाहर आता दादा
	खोरे-डाँडे जाय	गली-मोहल्ले जाता
	आरा-पारा ने जाय दादा जे	अड़ोस-पड़ोस में जाता दादा
	बुलुन-बुलुन साँगे	घूम-घूम बतलाता
412	"सुना बाई" बले दादा	"सुनो बाई" कहता दादा
	"सुना नोनी" बले	"सुनो नोनी" कहता
	"राँडी-लेड़ी, गरिब-दुखी	"विधवा-अशक्ता, गरीब-दुखी
	आँधा-काना, खोड़या-माटया[6]	अंधे-काने, लूले-लँगड़े
	सँजकारी-सँजकारी जाहा" बले	जल्दी-जल्दी जायें" कहता
	"राजा-घरे बलाव	"राजा के घर बुलावा
	हुनी बाटे खाना देउआय" बले जे	वहीं भोजन देंगे" कहता
	"दान-पुन करुआय"	"वे दान-पुण्य करेंगे"
	बुलुन-बुलुन साँगे दादा	घूम-घूम बतलाता दादा
	गिंजरुन-गिंजरुन साँगे	घूम-घूम बतलाता
413	माटी-नँगारा धमधम करे	माटी-नगाड़ा धमधम करता
	माटी-नँगारा धमधम करे	माटी-नगाड़ा धमधम करता
	तमई झँजकार देय बाबा	तमई झंकृत होती बाबा
	नँगारची नँगारा देय	नगारची मुनादी करता

6. माटया : अन्य उच्चारण 'माटेया', 'माटिया'।

	नँगारा देउन सारे दादा	मुनादी कर जाता है दादा
	आपन माहाले जाय	अपने महल को जाता
414	दादा-बाई सुनोत बाबा	दादा-बाई सुनते हैं बाबा
	हरबर तियार होत	झटपट तैयार होते
	कवने कपड़ा काचोत दादा-बाई	कोई दादा-बाई कपड़े धोते
	कवने मुँड रेतोत	कोई सिर हैं मलते
	कौने असनाँद होत दादा-बाई	कोई दादा-बाई स्नान करते
	खाना-पिना खाओत	खाना-पीना करते
415	रलो बिता तेल घसे बाबा जे	धनी तो तेल चुपड़ते बाबा
	रलो बिता कपड़ा पिंदे	धनी नये कपड़े पहनते
	गरिब पानी घसोत दादा-बाई	गरीब पानी चुपड़ते भाई
	गरिब धड़का पिंदोत	गरीब चिथड़े पहनते
416	रलो बिता बले हाती चेघे	धनी सवार होते हाथी पर
	रलो बिता घोड़ा चेघे	धनी सवार होते घोड़े पर
	गरिब पैंदल जात बाबा	गरीब पैदल जाते बाबा
	गरिब पैंदल जात	गरीब पैदल जाते
417	रुमझुम-रुमझुम रेंगोत दादा-बाई	जल्दी-जल्दी चलते दादा-बाई
	राजा-माहाले जात	राज-महल वे जाते
	राजा-माहाले अमरोत दादा-बाई	राज-महल पहुँचते दादा-बाई
	लगे जाउन सलाम	पास जा सलाम करते
	दुरे जाउन बसोत दादा-बाई	दूर जा बैठते दादा-बाई
	ओरी-चो-ओरी बसोत	कतारों में जा बैठते
418	एकिस कोटी बले बाजा बाजे	इक्कीस कोटि बाजे बजते
	बाइस कोटी मोहरी बाजे	बाईस कोटि मोहरी बजतीं
	धँगड़ा माँदर मारोत बाबा	धँगड़ा माँदर बजाते बाबा
	धँगड़ी रिलो गाओत	धँगड़ी रिलो[7] गातीं
	राजा चो दुआरे बाजे बाबा	राजा के द्वार में बजता बाबा
	कुड़ुमछुट्टन जाय	जोर-शोर से बजता
419	मेंगइन रानी दखे बाबा	मेंगइन रानी देखती बाबा
	राजा के काय बले	राजा से वह कहती
	"फउद अमरुन गेला राजा	"लोग पहुँच गये हे राजा
	तुमी धँगड़ा रासी छाटा	आप युवकों को छाँटें
	हुन जोखा[8] मारुन जादे राजा	वे जोखा बना डालेंगे राजा
	राँदा राँदुन जादे"	भोजन तैयार करेंगे"

7. रिलो : एक गोंडी लोक गीत। 1908 में पं. केदार नाथ ठाकुर द्वारा लिखित ग्रन्थ 'बस्तर भूषण' (पृ. 69) में उल्लेख है कि रिलो एक पेड़ का नाम है, जिसे हल्बी बोली में 'भालू मुसरी' तथा हिन्दी में अमलतास कहा जाता है। इसी पेड़ के नीचे पहले-पहल डड्डे बुरका कोवासी ने निकल कर आराम किया और वंशोन्नति की। गोंडी मिथक के अनुसार डड्डे बुरका कोवासी को सृष्टि का आदि पुरुष माना जाता है।

8. जोखा : अन्य उच्चारण 'झोका'।

420	सुने राजा रे मेंगराजा	सुनता राजा मेंगराजा
	बाज ले उठुन राजा जाय	शय्या से उठ जाता राजा
	धँगड़ा रासी लगे जाय राजा	युवकों के पास जाता राजा
	बाबू के काय बले	बाबू से वह कहता
	"सुना बाबू धँगड़ा रासी	"सुनो हे बाबू धँगड़ा रासी
	सुना बाबू धँगड़ा रासी	सुनो हे बाबू धँगड़ा रासी
	झोका मारुन जाहा बाबू	झोका बना डालो हे बाबू
	राँदा राँदुन जाहा"	भोजन तैयार कर डालो"
421	धँगड़ा रासी सुनोत बाबा जे	धँगड़ा रासी सुनते ओ बाबा
	हाते कोड़की धरोत	हाथ में कुदाली लेते
	जोखा मारुन जात बाबू	जोखा बना जाते हैं बाबू
	झोका मारुन सारोत	जोखा बना जाते
422	"सुन बाबू कोबेर पिला	"सुन हे बाबू कोबेर
	सुन बाबू कोबेर पिला	सुन हे बाबू कोबेर
	गँगा-नाँद के भर बाबू	गंगा-नाँद[9] तू भर दे बाबू
	जोड़ी नाँद भर"	दोनों नाँद तू भर दे"
423	कोबेर पिला सुने बाबा	कोबेर सुनता है ओ बाबा
	गँगा-नाँद भरे	गंगा-नाँद भरता
	जोड़ी नाँद भरे बाबू	दोनों नाँद भरता बाबू
	नाँद भरुन सारे	नाँद वह भर जाता
424	"सुन बाबू रे भँडारी पिला	"सुन हे बाबू भण्डारी
	सुन बाबू भँडारी पिला	सुन हे बाबू भण्डारी
	दार-चाउर जोड़ बाबू	दाल-चावल तैयार कर हे बाबू
	लोन-मिरी जोड़	नमक-मिर्च तैयार कर
	धँगड़ा रासी के दे बाबू	युवकों को तू दे हे बाबू
	हुन राँदा राँदुन जादे"	वे भोजन तैयार करेंगे"
425	भँडारी पिला सुने बाबा	भण्डारी है सुनता बाबा
	झारी पानी धरे	झारी में पानी लेता
	पइँया धोउन जाय बाबू	पाँव अपने धोता बाबू
	नव खँड माहाल खोले	नौ खण्डा महल है खोलता
	बारा भँडार ओले बाबू जे	बारह भण्डार में जाता बाबू
	दार-चाउर जोड़े	दाल-चावल लेता
	लोन-मिरी जोड़े बाबू	नमक-मिर्च लेता है बाबू
	धँगड़ा रासी के देय	वह युवकों को देता
426	आइग बरेया बारोत बाबा	आग जलाने वाले आग जलाते
	राँदा रँदेया राँदोत	रसोइये भोजन पकाते

9. नाँद : हण्डा। गंगा : हण्डे का नाम।

	धँगड़ी पान आनोत बाबा	धँगड़ी पत्ते लातीं बाबा
	डोकरी दोना खिलोत	बूढ़ियाँ दोने सीतीं
427	राँदा-बाटा के भय गय तियार[10]	भोजन तैयार हो गया बाबा
	राँदा-बाटा के भय गय तियार	भोजन तैयार हो गया
	नोनी के काय बले रानी	नोनी से क्या कहती रानी
	"सुन बाबा" बले	"सुन हे बाबा" कहती
	"सुन नोनी कुँदनी कयना	"सुन हे नोनी कुँदनी कैना
	सुन बाबा कुँदनी कयना	सुन हे बाबा कुंदनी कैना
	पानी गरम कर नोनी	पानी गरम तू कर हे नोनी
	हामी आँगे असनाँद होवँ"	हम स्नान करेंगे"
428	कुँदनी कयना सुने बाबा जे	कुँदनी कैना सुनती बाबा
	पानी गरम करे	पानी गरम करती
	सेदा-भेदा करे नोनी	ठण्डा पानी मिलाती नोनी
	मन्दन-सिले नेय	स्नान-गृह में ले जाती
	झारी कसेला देय नोनी	झारी पात्र देती नोनी
	कपुर दतुन दय	सुगन्धित दतौन है देती
429	राजा-रानी जाओत बाबा जे	राजा-रानी जाते बाबा
	मन्दन-सिले उबोत	स्नान-गृह में जाते
	कपुर दतुन धरोत राजा-रानी	सुगन्धित दतौन लेते राजा-रानी
	सुरिज-भेट करोत	सूरज को प्रणाम करते
	मुँहे मुखारी गोबोत राजा-रानी	मुँह में दतौन लेते राजा-रानी
	दतुन-पतर चाबोत	वे दतौन कर जाते
430	आँगे असनाँद राजा-रानी होओत	अंग-स्नान करते राजा-रानी
	हिरदे असनाँद राजा-रानी होओत	हृदय-स्नान करते राजा-रानी
	सुका कपड़ा पिंदोत राजा-रानी	सूखे कपड़े पहनते राजा-रानी
	ओधा कपड़ा गिरे	गीले कपड़े नीचे गिरते
431	झारी पानी धरोत राजा-रानी	झारी में पानी लेते राजा-रानी
	तुलसी-चँवरा ने जात	तुलसी-चौरा में जाते
	चँवरा ने पानी रिकात राजा-रानी	चौरा में पानी डालते राजा-रानी
	तुलसी के काय बलोत	तुलसी से वे कहते
	"बाड़-बाड़ बाई रे कारी तुलसी	"बढ़ो-बढ़ो बाई हे कारी तुलसी
	बाड़-बाड़ बाई कारी तुलसी	बढ़ो-बढ़ो बाई कारी तुलसी
	अगास मेलान बाड़ बाई	आकाश को तुम छू लो बाई
	पकिर पाना फेक	नयी कोंपलें निकलें
	तुय-मयँ बाँहा-जोड़ी बाई	तुम-मैं बाँहों की जोड़ी बाई
	तुय-मयँ हन्सा-जोड़ी"	तुम-मैं हन्सों की जोड़ी"
	होम-आरती देत राजा-रानी	होम-आरती देते राजा-रानी

10. इस पंक्ति में छत्तीसगढ़ी का प्रभाव स्पष्ट है।

	पइँया पड़ुन जात	नमस्कार कर जाते
	आपन माहाले जात राजा-रानी	अपने महल में जाते राजा-रानी
	बाजे जाउन बसोत	शय्या पर जा बैठते
432	"सुना बाबू रे धँगड़ा रासी	"सुनो हे बाबू धँगड़ा रासी
	सुना बाबू धँगड़ा रासी	सुनो हे बाबू धँगड़ा रासी
	तुमी सब के पानी दिया बाबू	तुम सब को पानी दो हे बाबू
	सब के हात धोआवा"	सब के हाथ धुलाओ"
433	धँगड़ा रासी सुनोत बाबा	धँगड़ा रासी सुनते बाबा
	सब के पानी देत	सब को पानी देते
	सब के हात धोआत बाबू	सब के हाथ धुलाते बाबू
	ओरी-चो-ओरी बसोत	वे कतारों में जा बैठते
434	पतरी बटेया पतरी बाटोत	पत्तल बाँटने वाले पत्तल बाँटते
	दोना बटेया दोना बाटोत	दोने बाँटने वाले दोने बाँटते
	भात बटेया बाटोत बाबू मन	भात बाँटने वाले भात बाँटते
	दार बटेया बाटोत	दाल बाँटने वाले दाल बाँटते
	सब के पुरुन जाय बाबा	सब को मिल जाता बाबा
	सब के होउन जाय	सब को है मिल जाता
435	मँजी गोल ने जाय राजा	पंगत के बीच में जाता राजा
	एक पाँये उबे	एक पाँव में खड़ा होता
	दस अँगरी चो बिनती करे	दस अँगुलियों की विनती करता[11]
	"अमरली जाले खाहा	"भोजन परोसा गया तो खायें
	जुठा बले होआ" बले	मुँह जूठा कर लें" कहता
	"मयँ देउक नईं सकें	"मैं अधिक नहीं दे सकता
	गरिब राजा मयँ आयँ" बले	मैं गरीब राजा हूँ" वह कहता
	"इतरोय देतो आय"	"इतना ही दिया जाता है"
436	खाई-पिई के भय गय तियार	खा-पी कर हो गये तैयार
	खाई पिई के भय गय तियार	खा-पी कर हो गये तैयार
	हरबर तियार होत राजा-रानी	झटपट तैयार होते राजा-रानी
	जलदी तियार होत	जल्दी तैयार होते
	बाबू के काय बलोत राजा-रानी	बाबू से कहते राजा-रानी
	"सुना बाबू" बलोत	"सुनो हे बाबू" कहते
	"सुना बाबू धँगड़ा रासी	"सुनो हे बाबू धँगड़ा रासी
	सुना बाबू धँगड़ा रासी	सुनो हे बाबू धँगड़ा रासी
	फुल-रथ आना बाबू	फूल-रथ ले आओ बाबू
	फुल-रथ आना"	फूल-रथ ले आओ"
437	धँगड़ा रासी सुनोत बाबा	धँगड़ा रासी सुनते बाबा
	फुल-रथ आनोत	फूल-रथ ले आते

11. दोनों हाथ जोड़ कर विनती करना।

438	“गँगा-जमुना जोड़ी गदया	“गंगा-जमुना दोनों भण्डार
	तिजरी-बिजरी कासा-तामा	तिजोरियाँ और काँसा-ताम्बा
	अन-धन धरा बाबू	अन्न-धन सब रख दो बाबू
	कासा-तामा धरा	काँसा-ताम्बा रख दो
	रथ ने जोड़ुन जाहा बाबू	रथ में तुम रख दो बाबू
	रथ ने जोड़ुन जाहा”	रथ में तुम रख दो”
	धँगड़ा रासी सुनोत बाबा	धँगड़ा रासी सुनते बाबा
	धँगड़ा रासी सुनोत	धँगड़ा रासी हैं सुनते
	अन-धन बले कासा-तामा	अन्न-धन व काँसा-ताम्बा
	गँगा-जमुना जोड़ी गदया[12]	गंगा-जमुना दोनों भण्डार
	तिजरी-बिजरी धरोत बाबू	तिजोरियाँ भी रखते बाबू
	फुल-रथे जोड़ोत	फूल-रथ में रखते
439	हरबर तियार होत राजा-रानी	झटपट तैयार होते राजा-रानी
	जलदी तियार होत	जल्दी तैयार होते
	तेल-फुल घासे रानी	तेल-फूल लगाती रानी
	कोरी-सारी होय	वह केश सँवारती
	अयना-दरपन दखे रानी	आईने में मुख देखे रानी
	सिरे सेंदुर लगाय	सिर में सिंदूर लगाती
	कपारे टिकली लगाय रानी जे	माथे पर टिकुली लगाती रानी
	मोती ने गुरिया गुथे	मोती में गुरिया लगाती
	हुन बाँदे लदा झुड़ा रानी	लदा जूड़ा[13] बनाती रानी
	नव सै गाहना पिंदे	नौ सौ गहने पहनती
	नव सै हार पिंदे रानी	नौ सौ हार पहनती रानी
	अलंकार पिंदे	अलंकार पहनती
	सोनर तड़हा पिंदे रानी	सोने का तड़हा पहनती रानी
	काय मँजा सुँदर दखे	वह बहुत ही सुन्दर दिखती
440	केऊ-फुल धोती बले राजा मारे	केऊ-फूल[14]-सी धोती राजा पहनता
	केऊ-फुल कमिंज राजा पिंदे	केऊ-फूल-सी कमीज राजा पहनता
	सिरे पगड़ी बाँदे राजा	सिर पर पगड़ी बाँधता राजा
	मुँडे सुरई खोचे	सिर पर तुर्रा लगाता
	तिलक-चन्दन लगाय राजा	तिलक-चन्दन लगाता राजा
	नवगुन पयता फेके	नौगुना जनेऊ पहनता

12. गदया : अन्य उच्चारण ‘गदेया’, ‘गदिया’।

13. लदा जूड़ा : एक विशेष प्रकार का बड़ा-सा जूड़ा।

14. केऊ-फूल : केऊ नामक एक जंगली काँदा (कन्द) का फूल। यह फूल झक् सफेद होता है किन्तु इसका किनारा लालिमा-युक्त होता है। यह काँदा पेट के विकार तथा सिर के दर्द में औषधि का काम करता है। इसे सब्जी के रूप में भी खाया जाता है। ‘डाँडामाली’ नामक एक लोक गीत में इसके और नीबू के विषय में कहा भी गया है : ‘पेट दुखा काजे लिमऊ-टिमऊ, मुँड दुखा काजे केऊ’। यानी पेट में दर्द हो तो नीबू तथा सिर में दर्द हो तो केऊ दवा के रूप में काम आता है।

	नोनी के काय बले राजा	नोनी से है कहता राजा
	"सुन बाबा" बले	"सुन हे बाबा" कहता
441	"सुन नोनी कुँदनी कयना	"सुन हे नोनी कुँदनी कैना
	सुन बाबा कुँदनी कयना	सुन हे बाबा कुँदनी कैना
	हाते पोतनी धर नोनी	हाथ में पोतनी[15] ले नोनी
	चार खुटेया लिप	चौकोर लीप डाल
	मँजी बाना लिख नोनी	बीच में बाना[16] बना हे नोनी
	तुय कलस-दिया बार	तू कलश-दीप जला
	चन्दन-काट मँडाव नोनी	चन्दन-काठ रख हे नोनी
	बेल-काट मँडाव"	बेल-काठ[17] तू रख"
442	कुँदनी कयना सुने बाबा	कुँदनी कैना सुनती बाबा
	हाते पोतनी धरे	हाथ में पोतनी लेती
	चार खुटेया लिपे नोनी जे	चौकोर लीप जाती नोनी
	मँजी बाना लिखे	बीच में बाना लिखती
	कलस-दिया बारे नोनी	कलश-दीप जलाती नोनी
	चन्दन-काट मँडाय	चन्दन-काठ वह रखती

15. पोतनी : लिपाई-पोताई एवं पोछाई करने के लिये प्रयुक्त कपड़े का टुकड़ा।
16. बाना : चावल के आटे से (और हल्दी के आटे से भी) ज़मीन पर किया जाने वाला चित्रांकन 'बाना' कहलाता है। चित्रांकन करने को 'बाना लिखतो (बाना लिखना)' कहा जाता है। प्रत्येक शुभ अवसर पर 'बाना लिखने' की परम्परा है। मृत्यु-संस्कार में भी 'बाना' लिखे जाते हैं।
17. बेल-काठ : बेल की लकड़ी से बना पीढ़ा।

443	एकिस कोटी बले बाजा बाजे	इक्कीस कोटि बाजे बजते
	बाइस कोटी मोहरी बाजे	बाईस कोटि मोहरी बजती
	धँगड़ा माँदर मारोत बाबा	धँगड़ा माँदर बजाते बाबा
	धँगड़ी रिलो गाओत	धँगड़ी रिलो गातीं
	राजा चो दुआरे बाजे बाबा	राजा के द्वार में बजता बाबा
	कुड़ुमछुट्टुन जाय	जोर-शोर से बजता
444	राजा-रानी जाओत बाबा	राजा-रानी जाते बाबा
	चन्दन-काटे उबोत	चन्दन-काठ में खड़े होते
	"सुन बाबू भँडारी पिला	"सुन हे बाबू भण्डारी बालक
	सुन बाबू पवनकुमार	सुन हे बाबू पवनकुमार
	कपड़ा-लता धरा बाबू	कपड़े-लत्ते लाओ बाबू
	सोना-चाँदी आना	सोना-चाँदी लाओ
	रुपया-पयसा आना बाबू	रुपया-पैसा लाओ बाबू
	रुपया-पयसा आना"	रुपया-पैसा लाओ"
445	सुने बाबू भँडारी पिला	सुनता बाबू भण्डारी बालक
	सुने बाबू पवनकुमार	सुनता बाबू पवनकुमार
	नव खँड माहाले जाय बाबू	नौ खण्डा महल में जाते बाबू
	नव खँड माहाले जाय	नौ खण्डा महल में जाते
446	पयसा-रुपया धरे बाबू	रुपया-पैसा लेता बाबू
	सोना-चाँदी धरोत	सोना-चाँदी लेते
	कपड़ा-लता धरोत बाबू	कपड़े-लत्ते लेते बाबू
	राजा-रानी के देत	राजा-रानी को देते
447	राजा-रानी धरोत बाबा	राजा-रानी लेते बाबू
	बाबू के काय बलोत	बाबू से वे कहते
	"सुना बाबू आँधा-काना	"सुनो हे बाबू अंधों-कानों
	सुना बाबू खोड़ेया-माटेया	सुनो हे बाबू लूलों-लँगड़ों
	राँडी-लेड़ी सुना" बले	विधवा-अशक्ता सुनो" कहते
	"गरिब-दुखी सुना	"गरीब-दुखी सुनो
	मोचो लगे इया" बले	मेरे पास आओ" कहते
	"मोचो लगे इया"	"मेरे पास आओ"
448	राजा-रानी लगे जात दादा-बाई	राजा-रानी के पास जाते दादा-बाई
	राजा-रानी लगे जात	राजा-रानी के पास जाते
	पयसा दिया के पयसा दय	जरूरतमंदों को पैसे देता
	रुपया दिया के रुपया देय	जरूरतमंदों को रुपये देता
	सोना दिया के देय राजा	जरूरतमंदों को सोना देता राजा
	चाँदी दिया के देय	जरूरतमंदों को चाँदी देता
	कपड़ा दिया के देय राजा	जरूरतमंदों को कपड़े
	कपड़ा दिया के देय	जरूरतमंदों को कपड़े

	दान-दकछिना देय राजा	दान-दक्षिणा देता राजा
	दान-पुन करे	दान-पुण्य वह करता
449	"सुना बाबू धँगड़ा रासी	"सुनो हे बाबू धँगड़ा रासी[18]
	सुना बाबू धँगड़ा रासी	सुनो हे बाबू धँगड़ा रासी
	जोड़ी हार आना बाबू	दो मालाएँ लाओ बाबू
	जोड़ी हार आना	दो मालाएँ लाओ
	राजा-रानी के पिंदावाँ बाबू	राजा-रानी को पहनायें बाबू
	हामी राजा-रानी के पिंदावाँ	हम राजा-रानी को पहनायें
	हामके छाँडुन जासोत बाबू	हमें छोड़ कर जाते बाबू
	हामके छाँडुन जासोत"	हमें छोड़ कर जाते"
450	सुनोत बाबू धँगड़ा रासी	सुनते बाबू धँगड़ा रासी
	सुनोत बाबू धँगड़ा रासी	सुनते बाबू धँगड़ा रासी
	जोड़ी हार गुथोत बाबू	दो मालाएँ गूँथते बाबू
	जोड़ी हार आनोत	दो मालाएँ लाते
	गाँयता-पुजारी के देत बाबू	गाँयता-पुजारी को देते बाबू
	माँजी-मुकासी के देत	माँझी-मुखासी को देते
451	जोड़ी हार धरोत दादा	दो मालाएँ लेते दादा
	राजा-रानी लगे जात	राजा-रानी के पास जाते
	झारी पानी छिचोत राजा के	झारी-पानी छिटकते राजा पर
	काचा गोरस छिचोत	कच्चा दूध छिटकते
	जात लाली टिकोत राजा के	लाली का टीका लगाते राजा को
	होम-आरती देत	होम-आरती करते
	पइँया पड़ुन जात दादा	पाँव उसके पड़ते दादा
	हात जोड़ुन जात	हाथ उसके जोड़ते
452	जोड़ी हार बले दादा धरे	दोनों मालाएँ लेता दादा
	जोड़ी हार दादा धरे	दोनों मालाएँ लेता दादा
	राजा-रानी के पिंदाय बाबा	राजा-रानी को पहनाता बाबा
	राजा-रानी के पिंदाय	राजा-रानी को पहनाता
453	"सुना राजा" बलोत दादा	"सुनिये राजा" कहता दादा
	"सुना रानी" बलोत	"सुनिये रानी" कहता
	"खुबे दिन नईं राहा राजा-रानी	"अधिक दिन न रहें राजा-रानी
	जुगे दिन नईं राहा	अधिक दिन न रहें
	साल भर रहुन इया राजा-रानी	साल भर रह आयें राजा-रानी
	साल भर रहुन इया"	साल भर रह आयें"
454	"सुन बाबू गाँयता लोग	"सुन हे बाबू गाँयता
	सुन बाबू पुजारी लोग	सुन हे बाबू पुजारी
	बाट ले नेउन दिया बाबू	रास्ते तक पहुँचा दो बाबू

18. गाँयता-पुजारी युवक-युवतियों से कह रहे हैं।

	बाट ले नेउन दिया"	रास्ते तक पहुँचा दो"
	सब के राम-राम बलोत राजा-रानी	सब को राम-राम कहते राजा-रानी
	सब के सलाम झोकोत	सब को सलाम वे करते
	फुल-रथ ने जात राजा-रानी	फूल-रथ[19] में जाते राजा-रानी
	फुल-रथ ने जात	फूल-रथ में जाते
	फुल-रथ ने राजा-रानी बसोत	फूल-रथ पर राजा-रानी बैठते
	फुल-रथ ने राजा-रानी बसोत	फूल-रथ पर राजा-रानी बैठते
	सएन लामटी धरोत राजा-रानी	सेना की बागडोर थामते राजा-रानी
	सएन लामटी धरोत	सेना की बागडोर थामते
455	जाओत राजा रे जाओत रानी	जाते राजा जाते रानी
	जावत[20] राजा जावत रानी	जाते राजा जाते रानी
	रुमझुम-रुमझुम रेंगोत[21] राजा-रानी	जल्दी-जल्दी चलते राजा-रानी
	एक कलाट मारोत	जल्दी पाँव बढ़ाते
	सएन लामटी धरोत राजा-रानी	सेना की बागडोर थामते राजा-रानी
	सएन लामटी धरोत	सेना की बागडोर थामते
	बजनेया-मोहरेया सँग जात राजा-रानी	बजनेया-मोहरेया[22] के सँग जाते
	फउद-फटाका सँगे जात	फौज-पटाखे के सँग जाते
456	जाते-जाते जात राजा-रानी	चलते चले जाते राजा-रानी
	पारा-परोसे जात	अड़ोस-पड़ोस में जाते
	पारा-परोस राजा-रानी छाँडोत	अड़ोस-पड़ोस राजा-रानी छोड़ते
	पारा-परोस राजा-रानी छाँडोत	अड़ोस-पड़ोस राजा-रानी छोड़ते
	मोकोड़ी-माहाले जात राजा-रानी	मकड़ी-महल को जाते राजा-रानी
	मोकड़ी-माहाल अमरोत	मकड़ी-महल पहुँचते
457	माँडो-मोंगरा उबोत राजा-रानी	मोगरा-मण्डप में रुकते राजा-रानी
	'बाई' हंका मारोत	'बाई' हाँक लगाते
	बाई सुनुन जाय बाबा	बाई सुनती है ओ बाबा
	घर ले बाहिर होय	घर से बाहर आती
	राजा के काय बले बाई	राजा से है कहती बाई
	"सुना राजा" बले	"सुनिये राजा" कहती
	"काय कामे इलास राजा-रानी	"किस काम से आये राजा-रानी
	आले मोके साँगा"	आप मुझे बतलायें"
458	"सुन बाई पदमकड़ी	"सुन बाई ओ पदमकड़ी
	सुन बाई पदमकड़ी	सुन बाई ओ पदमकड़ी

19. फूल-रथ : फूलों से सजा रथ।
20. जावत : 'जाओत' का अन्य उच्चारण।
21. रेंगोत : अन्य उच्चारण 'रेंगत'।
22. बजनेया : बाजा बजाने वाले। मोहरेया : मोहरी नामक शहनाईनुमा वाद्य फूँकने (बजाने) वाले। अन्य उच्चारण 'बजनिया-मोहरिया', 'बजनेया-मोहोरेया'।

	मँजपुरे मयँ जायँ बाई	मँजपुर को मैं जाता बाई
	मँजपुरे जायँ	मँजपुर को मैं जाता
	सुत लमाउन दे बाई	सूत तान दे हे बाई तू
	मोके ताग लमाउन दे"	मुझे धागा तान दे"
459	बाई सुनुन जाय बाबा	बाई सुनती है ओ बाबा
	राजा के काय बले	राजा से वह कहती
	"एसू चो बरसा पातर बरसा	"इस वर्ष की वर्षा हल्की वर्षा
	एसू तो बरसा पातर बरसा	इस वर्ष की वर्षा हल्की वर्षा
	सुत नईं लमे राजा-रानी	सूत नहीं तनेगा राजा-रानी
	ताग नईं लामे	धागा नहीं तनेगा
	कइसे सुत लमायँ राजा-रानी	कैसे सूत तानूँ मैं राजा-रानी
	कइसे ताग लमायँ!"	कैसे धागा तानूँ!"
460	सरसर सुत लमाय बाई	सरसर सूत तानती बाई
	सरसर ताग लमाय	सरसर धागा तानती
	मेंगपुर ले लमाय बाई	मेंगपुर से तानती बाई
	मँजपुर ले उतराय	मँजपुर तक वह तानती
	सुत लमाउन सारे बाई	सूत तान जाती है बाई
	राजा के काय बले	राजा से वह कहती
	"जलदी बसुन जाहा राजा-रानी	"जल्दी बैठ जायें राजा-रानी
	पातर बरसा आय"	हल्की वर्षा है"
	सुत चो तागे बसोत राजा-रानी	सूत पर बैठ जाते राजा-रानी
	जाते-जाते जात	चलते चले जाते
461	जाओत दादा रे जाओत बाई	जाते दादा जाते बाई
	जाओत दादा जाओत बाई	जाते दादा जाते बाई
	"अछा राजा-रानी आत" बलोत	"अच्छे राजा-रानी हैं" वे कहते
	"हामके छाँडुन गेला"	"हमें छोड़ कर चले गये"
462	राजा-रानी जाओत बाबा	राजा-रानी जाते हैं बाबा
	राजा-रानी जाओत	राजा-रानी जाते हैं
	उपर घाम छेके बाबा	सिर पर धूप जलती बाबा
	मँजी भुक लागे	पेट को भूख है लगती
	सुत चो तागे रेंगोत राजा-रानी	सूत पर चलते जाते राजा-रानी
	सुत चो तागे उतरोत	सूत के सहारे उतरते
463	मेंगपुर के राजा-रानी छाँडोत	मेंगपुर छोड़ते राजा-रानी
	मँजपुरे राजा-रानी अमरोत	मँजपुर पहुँचते राजा-रानी
	सुत चो तागे उतरोत राजा-रानी	सूत के सहारे उतरते राजा-रानी
	जाते-जाते जात	चलते चले जाते
464	ठोटा रुके बले जात राजा-रानी	ठूँठे पेड़ तक जाते राजा-रानी
	ठोटा रुके अमरोत	ठूँठे पेड़ में पहुँचते

	आका-बाका दखोत राजा-रानी	इधर-उधर देखते राजा-रानी
	आका-बाका दखोत	इधर-उधर देखते
465	दखे रानी मेंगइन	देखती रानी मेंगइन
	दखे रानी मेंगइन	देखती रानी मेंगइन
	खँड मुचकी मारे रानी	हौले से मुस्काती रानी
	मुचमुच-मुचमुच हाँसे	मंद-मंद मुस्काती
	'सरली रे मँजपुर!' बले रानी	'वाह रे मँजपुर!' कहती रानी
	'सरली रे मँजपुर!' बले	'वाह रे मँजपुर!' कहती
	'तिनपुर उराम आय' बले	'बहुत आराम यहाँ है' कहती
	'तिनपुर उदिम आय'	'बहुत उछाह यहाँ है'
466	ठोटा रुके बले राजा-रानी आसोत	ठूँठे पेड़ में रुकते राजा-रानी
	ठोटा रुके राजा-रानी आसोत	ठूँठे पेड़ में रुकते राजा-रानी
	राजा के काय बले रानी	राजा से क्या कहती रानी
	"सुना राजा" बले	"सुनिये राजा" कहती
	"एकेदायँ कसन जावाँ राजा?	"अनायास कैसे जायेंगे राजा?
	एकेदायँ कसन जावाँ?	अनायास कैसे जायेंगे?
	गाँयता-माहाले जाहा राजा	गाँयता-महल जायें राजा
	पुजारी-माहाल जाहा	पुजारी-महल जायें
	बाजा-मोहरी धरो राजा	वह बाजा-मोहरी ले हे राजा
	फउद-फटाका धरो राजा	फौज-पटाखे ले हे राजा
	हामके पड़घाउन नेओ राजा	हमारा स्वागत कर ले जाये राजा
	हामके पड़घाउन नेओ"	हमारा स्वागत कर ले जाये"
	मेंगइन रानी बले बाबा	मेंगइन रानी कहती बाबा
	मेंगराजा सुने	मेंगराजा है सुनता
467	भिमा के काय बले राजा	भिमा से क्या कहता राजा
	"सुन बाबू" बले	"सुन हे बाबू" कहता
	"सुन बाबू अजगलभिमा	"सुन हे बाबू अजगलभिमा
	सुन बाबू अजगलभिमा	सुन हे बाबू अजगलभिमा
	गाँयता-माहाले जा बाबू	गाँयता-महल तू जा हे बाबू
	पुजारी-माहाले जा	पुजारी-महल तू जा
	'मेंगराजा इलो' बलसे	'मेंगराजा आया' कहना
	'मेंगइन रानी इली	'मेंगइन रानी है आयी
	ठोटा-रुके आसे' बल	ठूँठे पेड़ पर हैं वे' कहना
	'ठोटा रुके आसे'	'ठूँठे पेड़ पर हैं'
	बाजा-मोहरी धरो बाबू	बाजा-मोहरी ले वह बाबू
	फउद-फटाका धरो बाबू	फौज-पटाखा ले वह बाबू
	हामके पड़घाउक एओ बाबू	हमारा स्वागत करने आये बाबू
	हामके पड़घाउन नेओ"	हमारा स्वागत कर ले जाये"

अधया-9 : मेंग-मेंगइन पड़घाव
अध्याय-9 : मेंग-मेंगइन का स्वागत

468	अजगलभिमा सुने बाबा	अजगलभिमा सुनता बाबा
	ठोटा रुक छाँडे	ठूँठा पेड़ वह छोड़ता
	रुमझुम-रुमझुम रेंगे भिमा	जल्दी-जल्दी चलता भिमा
	एक कलाट मारे	जल्दी पाँव बढ़ाता
469	गाँयता-माहाले भिमा जाय	गाँयता-महल जाता भिमा
	पुजारी-माहाल भिमा जाय	पुजारी-महल जाता भिमा
	माँडो-मोंगरा उबे भिमा	मोगरा-मण्डप में रुकता भिमा
	'दादा' हंका मारे	'दादा' हाँक लगाता
470	दादा सुनुन जाय बाबा	दादा सुनता है ओ बाबा
	घर ले बाहिर होय	घर से बाहर आता
	भिमा के काय बले दादा	भिमा से क्या कहता दादा

	"सुन बाबू" बले	"सुन हे बाबू" कहता
	"काय कामे इलिस बाबू	"किस काम से आया बाबू
	आले मोके साँग"	तनिक मुझे बतला"
471	"सुन दादा रे गाँयता लोग	"सुन हे दादा गाँयता
	सुन दादा पुजारी लोग	सुन हे दादा पुजारी
	मेंगराजा इलो दादा	मेंगराजा आया दादा
	मेंगइन रानी इली	मेंगइन रानी आयी
	ठोटा रुके आसोत दादा	ठूँठे पेड़ पर हैं वे दादा
	ठोटा रुके आसोत	ठूँठे पेड़ पर हैं
	बाजा-मोहरी धर दादा	बाजा-मोहरी लो हे दादा
	फउद-फटाका धर	फौज-पटाखा लो
	मेंग पड़घाउक जा दादा	मेंग का स्वागत करने जाओ दादा
	मेंग पड़घाउन आन"	मेंग का स्वागत कर लाओ"
472	गाँयता दादा सुने बाबा	गाँयता दादा सुनता बाबा
	"जायँदे बाबू" बले	"जाऊँगा बाबू" कहता
	खाँदे टयँगा दादा धरे	कन्धे में कुल्हाड़ी लेता दादा
	हाते बड़गी दादा धरे	हाथ में छड़ी है लेता
	घर ले बाहिर होय दादा	घर से बाहर निकलता दादा
	जाते-जाते जाय	चलता चला जाता
473	रुमझुम-रुमझुम रेंगे दादा	जल्दी-जल्दी चलता दादा
	एक कलाट मारे	जल्दी पाँव बढ़ाता
	खोरे-डाँडे बले जाय दादा	गली-मोहल्ले जाता दादा
	आरा-पारा जाय	अड़ोस-पड़ोस में जाता
	बुलुन-बुलुन साँगे दादा	घूम-घूम बतलाता दादा
	गिंजरुन-गिंजरुन साँगे	घूम-घूम बतलाता
	"सुना बाई सुना नोनी	"सुनो हे बाई सुनो हे नोनी
	सुना दादा सुना बाबू	सुनो हे दादा सुनो हे बाबू
	मेंगराजा इलो दादा-बाई	मेंगराजा आया दादा-बाई
	मेंगइन रानी इली	मेंगइन रानी आयी
	ठोटा रुके आसोत दादा-बाबू	ठूँठे पेड़ में हैं वे दादा-बाबू
	ठोटा रुके आसोत	ठूँठे पेड़ में हैं
	सँजकारी-सँजकारी इया" बले	जल्दी-जल्दी आयें" कहता
	"मेंग पड़घातो आय"	"मेंग का स्वागत करना है"
	बुलुन-बुलुन साँगे दादा	घूम-घूम बतलाता दादा
	गिंजरुन-गिंजरुन साँगे	घूम-घूम बतलाता
	आपन माहाले जाय दादा	अपने महल में जाता दादा
	मँजपुरया सुनोत	मँजपुरिया सुनते
	हरबर तियार दादा-बाई होओत	झटपट तैयार दादा-बाई होते

	जलदी तियार दादा-बाबू होओत	जल्दी तैयार दादा-बाबू होते
	आपन साजू पिंदोत दादा-बाबू	अपने साज पहनते दादा-बाबू
	आपन जाक धरोत	अपने सामान लेते
	बजनेया-मोहरेया जाओत बाबा	बजनेया-मोहरेया जाते बाबा
	मँदरेया-ढोडरेया जाओत	मँदरिया-ढोडरिया[1] जाते
475	जाओत दादा रे जाओत बाबू	जाते दादा जाते बाबू
	जाओत दादा जाओत बाबू	जाते दादा जाते बाबू
	गाँयता-माहाले जात दादा-बाबू	गाँयता-महल को जाते दादा-बाबू
	पुजारी-माहाले जात	पुजारी-महल को जाते
	गाँयता-माहाले अमरोत दादा-बाबू	गाँयता-महल पहुँचते दादा-बाबू
	पुजारी-माहाल अमरोत	पुजारी-महल पहुँचते
	लगे जाउन सलाम झोकोत	पास जा सलाम करते
	दुरे जाउन बसोत	दूर जा बैठते
476	दखे बाई गाँयतिन	देखती बाई गाँयतिन
	दखे बाई पुजारिन	देखती बाई पुजारिन
	हरबर तियार होय बाई	झटपट तैयार होती बाई
	जलदी तियार होय	जल्दी तैयार होती
	आँगे असनाँद होय बाई	अंग स्नान करती बाई
	हिरदे असनाँद होय	हृदय स्नान करती
	तेल-फुल घसे बाई	तेल-फूल लगाती बाई
	कोरी-सारी होय	केश सँवार जाती
	अयना-दरपन दखे बाई	दर्पण में मुख देखे बाई
	सिरे सेंदुर लगाय	सिर में सिन्दूर लगाती
	कपारे टिकली लगाय बाई	माथे पर टिकुली लगाती बाई
	काय मँजा सुँदर दखे	वह बहुत ही सुन्दर दिखती
	गाँडा हात चो पाटा रे भगवान	गाँडा की बनायी साड़ी भगवन
	गाँडा हात चो पाटा परभू	गाँडा की बनायी साड़ी भगवन
	गाँयतिन बाई पिंदे बाबा	गाँयतिन बाई पहनती बाबा
	गाँयतिन बाई पिंदे	गाँयतिन बाई पहनती
	पितअमर होय बाई के	वह पीताम्बर हो जाती बाबा
	पितअमर होय	साड़ी पीताम्बर हो जाती
477	माटी चो कोंडी ने कलस बारे	माटी की कोंडी में कलश सजाती
	माटी चो कोंडी ने कलस	माटी की कोंडी में कलश सजाती
	सोनर कसेला होय बाई चो	वह सोने का पात्र हो जाता बाबा
	सोनर कसेला होय	सोने का पात्र हो जाता
	माटी चो कोंडी ने पानी धरे	माटी की कोंडी में पानी रखती

1. मँदरिया-ढोडरिया : माँदर-ढुडरा (डुडरा) बजाने वाले। अन्य उच्चारण 'मँदरेया-ढोडरेया'।

	माटी चो कोंडी ने पानी धरे	माटी की कोंडी में पानी रखती
	तामझारी कसेला होय बाई चो	वह ताम्बे का पात्र हो जाता बाबा
	तामझारी कसेला होय	ताम्बे का पात्र हो जाता
	माटी चो टाठा ने चाउर धरे	माटी के टाठा[2] में चावल लेती
	माटी चो टाठा ने चाउर	माटी के टाठा में चावल लेती
	कंचन थारी बले होय बाई के	वह कंचन-थाल हो जाती बाबा
	कंचन थारी होय	कंचन-थाल हो जाती
478	कलस-दिया बारे बाई	कलश-दीप जलाती बाई
	सेवा-जोड़ा धरे	सेवा-सामग्री लेती
	मुँड ओड़नी बाई देय	सिर पर चुनरी देती बाई
	मुँडे कलस बाई बोहे	सिर पर कलश वह धरती
	घर ले बाहिर होय बाई	घर से बाहर निकलती बाई
	जाते-जाते जाय	जाते-जाते जाती
	रुमझुम-रुमझुम रेंगे बाई	जल्दी-जल्दी चलती बाई
	एक कलाट मारे	जल्दी पाँव बढ़ाती
	बजनेया-मोहरेया सँगे जाय बाई	बजनेया-मोहरेया सँग जाती बाई
	फउद-फटाका सँगे जाय	फौज-पटाखा के सँग जाती
	ठोटा रुके बले जाय बाई	ठूँठे पेड़ पर जाती बाई
	ठोटा रुके जाय	ठूँठे पेड़ पर जाती
479	दखे रानी मेंगइन	देखती रानी मेंगइन
	दखे रानी मेंगइन	देखती रानी मेंगइन
	खँड मुचकी मारे रानी	हौले से मुस्काती रानी
	मुचमुच-मुचमुच हाँसे	मंद-मंद मुस्काती
	राजा के काय बले रानी	राजा से क्या कहती रानी
	"सुना राजा" बले	"सुनिये राजा" कहती
	"गाँयतिन बाई के दखा राजा	"गाँयतिन बाई को देखें राजा
	पुजारिन बाई के दखा"	पुजारिन बाई को देखें"
480	ठोटा रुके बले जात दादा-बाई	ठूँठे पेड़ पर जाते दादा-बाई
	ठोटा रुके अमरोत	ठूँठे पेड़ पर पहुँचते
	मुँड चो कलस उतराय बाई	सिर का कलश उतारती बाई
	हाते पोतनी धरे	हाथ में पोतनी लेती
	चार खुटेया लिपे बाई	चौकोर लीप जाती बाई
	मँजी बाना लिखे	बीच में बाना लिखती
	चन्दन-काट मँडाय बाई	चन्दन-काठ रखती बाई
	बेल-काट मँडाय	बेल-काठ वह रखती
	मुँडे कलस बाई बोहे	सिर पर कलश रखती बाई

2. टाठा : मिट्टी का थालीनुमा पात्र।

	मुँडे कलस बाई बोहे	सिर पर कलश रखती बाई
	राजा चो हात धरे बाई	राजा का हाथ पकड़ती बाई
	रानी चो हात धरे	रानी का हाथ पकड़ती
	चन्दन-काटे उबाय बाई	चन्दन-काठ पर खड़ा करती बाई
	बेल-काटे उबाय	बेल-काठ पर खड़ा करती
	पइँया धोआउन जाय बाई	पाँव उनके धुलाती बाई
	चाउर-टिका देय	चावल का टीका लगाती
	होम-आरती देय बाई	होम-आरती करती बाई
	पइँया पड़ुन जाय	पाँव उनके छूती
	बाई चो टोंड चुमोत राजा-रानी	बाई का मुख चूमते राजा-रानी
	राजा चो हात धरे	वह राजा का हाथ पकड़ती
481	ठोटा रुक छाँडोत राजा-रानी	ठूँठा पेड़ छोड़ते राजा-रानी
	जाते-जाते जात	चलते चले जाते
	रुमझुम-रुमझुम राजा-रानी रेंगोत	जल्दी-जल्दी राजा-रानी चलते
	एक कलाट राजा-रानी मारोत	जल्दी पाँव राजा-रानी बढ़ाते
	डारा-छापरे जात राजा-रानी	पत्तों के छावन में जाते राजा-रानी
	डारा-छापरे अमरोत	पत्तों के छावन में पहुँचते
	बाजे नेउन बसाय बाई	ले जा कर शय्या पर बिठाती बाई
	सेज नेउन बसाय	ले जा कर शय्या पर बिठाती
	राजा-रानी बसोत बाबा	राजा-रानी बैठते बाबा
	राजा-रानी बसोत	राजा-रानी बैठते
	"सुना बाबू धँगड़ा रासी	"सुनो हे बाबू धँगड़ा रासी
	सुना बाबू धँगड़ा रासी	सुनो हे बाबू धँगड़ा रासी
	मोचो अन-धन धरा बाबू	मेरा अन्न-धन लो हे बाबू
	कासा-तामा धरा	काँसा-ताम्बा लो
	डारा-छापरे निया बाबू	पत्तों के छावन में ले जाओ बाबू
	डारा-छापरे निया"	पत्तों के छावन में ले जाओ"
483	धँगड़ा रासी सुनोत बाबा	धँगड़ा रासी सुनते बाबा
	गँगा-जमुना धरोत	वे गंगा-जमुना लेते
	गँगा-जमुना जोड़ी गदया	गंगा-जमुना दोनों भण्डार
	तिजरी-बिजरी कासा-तामा	तिजोरियाँ और काँसा-ताम्बा
	अन-धन धरोत बाबू	अन्न-धन भी लेते बाबू
	डारा-छापरे नेत	पत्तों के छावन में ले जाते
	छापर भरती होय राजा चो	छावन भर जाता है बाबू
	छापर भरती होय	छावन भर जाता है
	छापरे जगा निंहाय राजा चो	जगह नहीं राजा के छावन में
	छापरे डेरा निंहाय	छावन में जगह नहीं है
484	मेंगराजा चो डारा-छापर	मेंगराजा का पत्तों वाला छावन
	मेंगइन रानी चो डारा-छापर	मेंगइन रानी का पत्तों वाला छावन

	ओना-कोना भरे बाबा	कोना-कोना भर जाता बाबा
	अगवाड़-पिछवाड़ भरे	अगवाड़ा-पिछवाड़ा भर जाता
485	ओरी-चो-ओरी बसोत दादा-बाई	कतारों में जा बैठते दादा-बाई
	धाड़ी-चो-धाड़ी बसोत	कतारों में जा बैठते
	दादा-बाबू काय बलोत राजा के	दादा-बाबू कहते राजा से
	"सुना राजा" बलोत	"सुनिये राजा" कहते
	"तुमके पड़घाउन आनलू राजा-रानी	"आपका स्वागत कर लाये राजा-रानी
	आमके छुटी दिया"	अब हमें जाने दें"
486	"सुना राजा रे मेंगराजा	"सुनिये राजा मेंगराजा
	सुना राजा मेंगराजा	सुनिये राजा मेंगराजा
	उठुन कसन जादे राजा	यों ही कैसे जायेंगे राजा
	उठुन कसन जादे?	यों ही कैसे जायेंगे?
	मुठा रुपया दिया राजा	मुट्ठी भर रुपये दें हे राजा
	पबलित[3]-बिदा दिया"	लोगों को विदाई दें"
487	मेंगराजा सुने बाबा	मेंगराजा सुनता बाबा
	बाज ले उठुन जाय	शय्या से उठ जाता
	डारा-छापरे जाय राजा	पत्तों वाले छावन में जाता राजा
	तिजरी-बिजरी खोले	तिजोरियाँ खोल जाता
	मुठा रुपया धरे राजा जे	मुट्ठी भर रुपये लेता राजा
	पबलित-बिदा देय	लोगों को विदाई देता
488	मुठा रुपया राजा धरे[4]	मुट्ठी भर रुपये राजा लेता
	मुठा रुपया राजा धरे	मुट्ठी भर रुपये राजा लेता
	पबलित-बिदा बले देय राजा	लोगों को विदाई देता राजा
	पबलित-बिदा देय	लोगों को विदाई देता
	"एई ने मानुन जाहा" बले	"इतने में सन्तोष कर लें" कहता
	"मयँ देउक नईं सकें	"मैं अधिक नहीं दे सकता
	गरिब राजा आयँ" बले	गरीब राजा मैं हूँ" वह कहता
	"गरिब राजा आयँ"	"गरीब राजा मैं हूँ"
489	"सुना राजा सुना रानी	"सुनिये राजा सुनिये रानी
	सुना राजा सुना रानी	सुनिये राजा सुनिये रानी
	पितअमर धरा राजा-रानी	पीताम्बर ले लें राजा-रानी
	सोनर कसेला धरा	सोने का पात्र ले लें
	तामझारी-कसेला धरा राजा-रानी	ताम्बे का पात्र लें राजा-रानी
	कंचन-थारी धरा"	कंचन-थाल ले लें"
490	मेंगराजा सुने बाबा	मेंगराजा सुनता बाबा
	बाबू के काय बले	बाबू से वह कहता

3. पबलित : जन-समूह। अँग्रेजी का 'पब्लिक' शब्द इस रूप में आया है।
4. कैसेट क्रमांक 21ए का आरम्भ, ध्वन्यांकन तिथि : 14.12.1996

	"सुना बाबू मँजपुरया	"सुनो हे बाबू मँजपुरिया
	सुना बाई मँजपुरिन	सुनो हे बाई मँजपुरिन
	मयँ काहीं के धरू नोहायँ दादा-बाई	मैं कुछ भी नहीं लूँगा दादा-बाई
	काहीं के आनूँ नोहायँ	कुछ भी नहीं लाऊँगा
	मोचो भाग चो नोहाय बाबू	मेरे भाग्य का नहीं है बाबू
	तुमचो भाग चो आय	यह तुम्हारे भाग्य का है
	सब के तुमी निया[5] बाबू	सब को तुम ले जाओ बाबू
	सब के तुमी निया"	सब को तुम ले जाओ"
491	जाओत दादा जाओत बाबू	जाते दादा जाते बाबू
	जाओत दादा जाओत बाबू	जाते दादा जाते बाबू
	आपन माहाले जात दादा-बाबू	अपने महल को जाते दादा-बाबू
	आपन माहाले अमरोत	अपने महल पहुँचते
492	राजा-रानी आसोत बाबा	राजा-रानी हैं हे बाबा
	डारा-छापरे आसोत	पत्तों वाले छावन में हैं
	राज धरुन खासोत राजा-रानी	सुख पूर्वक रहते हैं राजा-रानी
	देस धरुन खासोत	सुख से जीवन जीते हैं
493	एक दिन ले दुय दिन	एक दिन से दो दिन
	दुय दिन ले आँट दिन	दो दिन से आठ दिन
	पँदरा दिन बले होय बाबा	पन्द्रह दिन बीते बाबा
	मयना दिन होय	एक महीना बीता
	डारा-छापरे आसोत राजा-रानी	पत्तों वाले छावन में हैं राजा-रानी
	डारा-छापरे आसोत	पत्तों वाले छावन में हैं
	एक मयना ले दुय मयना	एक महीना से दो महीने
	दुय मयना ले छय मयना	दो महीने से छह महीने
	छय मयना होय बाबा	छह महीने बीते बाबा
	राजा चो इलो होय	राजा को आये बीते
	डारा-छापरे आसोत राजा-रानी	पत्तों वाले छावन में हैं राजा-रानी
	डारा-छापरे आसोत	पत्तों वाले छावन में हैं
494	रानी काय बले राजा के	रानी क्या कहती राजा से
	"सुना राजा" बले	"सुनिये राजा" कहती
	"सुना राजा रे मेंगराजा	"सुनिये राजा मेंगराजा
	सुना राजा मेंगराजा	सुनिये राजा मेंगराजा
	छय मयना होय राजा	छह महीने बीते राजा
	छय मयना होय	छह महीने बीते
	डारा-छापरे आसूँ राजा	पत्तों के छावन में हैं हे राजा
	डारा-छापरे आसूँ	पत्तों के छावन में हैं

5. निया : अन्य उच्चारण 'निहा', 'नेहा', 'निआ'।

खुबे सएन आसोत राजा	सेना बड़ी हमारी राजा
भाटा-टिकरा होसोत	यहाँ-वहाँ भटकती
चुटिया-मुसा खासोत राजा	चूहे-चुहिया खाते राजा
कावा-कराटी खासोत	उन्हें कौवे आदि खाते
चेड़े-चिड़ँगुड़ खासोत राजा	चिड़ियाँ भी चुग जातीं राजा
माहाल बनाउक बला"	महल बनाने कहिये"
मेंगइन रानी बले बाबा	मेंगइन रानी कहती बाबा
मेंगराजा सुने	मेंगराजा सुनता

अधया-10 : मेंग-मेंगइन काजे माहाल बनातो
अध्याय-10 : मेंग-मेंगइन हेतु महल-निर्माण

495	"सुन बाबू पवनकुमार	"सुन हे बाबू पवनकुमार
	सुन बाबू पवनकुमार	सुन हे बाबू पवनकुमार
	बाते सुनुन जा बाबू	बात मेरी सुन हे बाबू
	गोठ मानुन जा	बात मेरी मान
	गाँयता-माहाले जा बाबू	गाँयता-महल तू जा हे बाबू
	पुजारी-माहाले जा	पुजारी-महल तू जा
	मँजपुरया एओत बाबू	मँजपुरिया आयें बाबू
	मँजपुरया एओत"	मँजपुरिया आयें"
496	सुने बाबू पवनकुमार	सुनता बाबू पवनकुमार
	सुने बाबू पवनकुमार	सुनता बाबू पवनकुमार
	हरबर तियार होय बाबू	झटपट तैयार होता बाबू

	जलदी तियार होय	जल्दी तैयार होता
	आपन साजू पिंदे बाबू	अपने साज पहनता बाबू
	आपन जाक धरे	अपने सामान लेता
	पाँये खड़ऊ पिंदे बाबू	पाँवों में खड़ाऊँ पहनता बाबू
	हाते बेद धरे	हाथ में छड़ी लेता
	राजा-माहाल छाँडे बाबू	राज-महल छोड़ता बाबू
	जाते-जाते जाय	चलता चला जाता
497	रुमझुम-रुमझुम बाबू रेंगे	जल्दी-जल्दी चलता बाबू
	एक कलाट बाबू मारे	जल्दी पाँव बढ़ाता
	गाँयता-माहाले जाय बाबू	गाँयता-महल को जाता बाबू
	पुजारी-माहाले जाय	पुजारी-महल को जाता
	गाँयता-माहाल अमरे बाबू	गाँयता-महल पहुँचता बाबू
	पुजारी-माहाल अमरे	पुजारी-महल पहुँचता
	माँडो-मोंगरा उबे बाबू	मोगरा-मण्डप में रुकता बाबू
	'दादा' हंका मारे	'दादा' हाँक लगाता
	दादा सुनुन जाय बाबा	दादा सुनता है ओ बाबा
	घर ले बाहिर होय	घर से बाहर होता
	"काय कामे इलिस बाबू	"किस काम से आये बाबू
	तुय आले मोके साँग"	तुम मुझे बतलाओ"
498	"सुन दादा रे गाँयता लोग	"सुन हे दादा गाँयता
	सुन दादा पुजारी लोग	सुन हे दादा पुजारी
	हरबर तियार होआ दादा	झटपट तैयार होओ दादा
	जलदी तियार होआ	जल्दी तैयार होओ
	राजा-घरे बलाव दादा	राजा के घर बुलावा दादा
	एक डँडिक जावँ"	थोड़ी देर चलो"
499	"एयँदे बाबू" बले दादा	"आऊँगा बाबू" कहता दादा
	बुलुन-बुलुन साँगे	घूम-घूम बतलाता
	गिंजरुन-गिंजरुन साँगे बाबू	घूम-घूम बतलाता बाबू
	मँजपुरया सुनोत	मँजपुरिया सुनते
	हरबर तियार होत दादा-बाबू	झटपट तैयार होते दादा-बाबू
	जलदी तियार होत	जल्दी तैयार होते
	तिंग-तियार दादा-बाबू होओत	जल्दी तैयार दादा-बाबू होते
	आपन साजू दादा-बाबू धरोत	अपने साज दादा-बाबू लेते
	घर ले बाहिर होत दादा-बाबू	घर से बाहर होते दादा-बाबू
	जाते-जाते जात	चलते चले जाते
	रुमझुम-रुमझुम रेंगोत दादा-बाबू	जल्दी-जल्दी चलते दादा-बाबू
	एक कलाट मारोत	जल्दी पाँव बढ़ाते
	डारा-छापरे जात दादा	पत्तों के छावन में जाते दादा

	डारा-छापरे अमरोत	पत्तों के छावन में पहुँचते
	लगे जाउन सलाम झोकोत	पास जा कर सलाम करते
	दुरे जाउन बसोत	दूर जा बैठते
	“काय बलाव आय राजा	“किसलिये बुलवाया राजा
	आले हामके साँगा	आप हमें बतलायें
	हामके डर लागे राजा	हमें डर लगता है राजा
	हामके भय लागे”	हमें तो भय लगता है”
500	“सुना दादा सुना बाबू	“सुनो हे दादा सुनो हे बाबू
	सुना दादा सुना बाबू	सुनो हे दादा सुनो हे बाबू
	बाते सुनुन जाहा दादा-बाबू	बात मेरी सुन लो दादा-बाबू
	गोठ मानुन जाहा	बात मेरी तुम मानो
	छय मयना होय दादा	छह महीने बीते दादा
	मोचो इलो होय	मुझे आये बीते
	डारा-छापरे आसें दादा	पत्तों के छावन में मैं हूँ हे दादा
	मयँ डारा-छापरे आसें	मैं पत्तों के छावन में हूँ
	खुबे सएन आसोत बाबू	बहुत बड़ी सेना है बाबू
	खुब सएन आसोत	बहुत बड़ी सेना है
	भाटा-टिकरा होसोत बाबू	यहाँ-वहाँ भटकते बाबू
	चुटिया-मुसा खासोत बाबू	चूहे-चुहियाँ खाते बाबू
	चेड़े-चिड़ँगुड़ खासोत बाबू	उन्हें चिड़ियाँ हैं चुग जातीं
	कावा-कराटी खासोत	कौवे भी हैं खाते
	माहाल बनाउन दिया बाबू	महल बना दो हे बाबू
	माहाल बनाउन दिया”	मेरे लिये महल बना दो”
501	मँजपुरया सुनोत बाबा	मँजपुरिया सुनते बाबा
	“देउँदे राजा” बलोत	“देंगे राजा” कहते
	आपन माहाले जात दादा	अपने महल को जाते दादा
	आपन माहाल अमरोत	अपने महल पहुँचते
502	खाना-पिना बले दादा-बाबू करोत	खाना-पीना करते दादा-बाबू
	हरबर तियार दादा-बाबू होओत	झटपट तैयार दादा-बाबू होते
	बारस-बिंदना धरोत दादा-बाबू	बारस-बिंधना लेते दादा-बाबू
	टएँगा-कोड़की धरोत	कुल्हाड़ी-कुदाली लेते
	गाड़ी फाँदुन जात दादा	गाड़ी तैयार करते दादा
	गाड़ी फाँदुन जात	गाड़ी तैयार करते
	जाते-जाते बले जात दादा	चलते चले जाते दादा
	रुमझुम-रुमझुम रेंगोत	जल्दी-जल्दी चलते
	एक कलाट मारोत दादा	जल्दी पाँव बढ़ाते दादा
	एक कलाट मारोत	जल्दी पाँव बढ़ाते
	सेतबन ने दादा-बाबू जाओत	सेतबन दादा-बाबू जाते

	हेतबन दादा-बाबू जाओत	हेतबन दादा-बाबू जाते
	बिंदराबने अमरोत दादा-बाबू	बिंदराबन पहुँचते दादा-बाबू
	माहाल-डेरी दखोत	महल का खम्भा देखते
	“एई डेरी होयदे” बलोत	“यही खम्भा के लायक” कहते
	“एई पाटी होयदे	“यही पाटी के लायक
	एकय गोंदुन जावँ” बलोत	इसे ही काट डालें” कहते
	गाड़ी ढिलुन जात	गाड़ी खोल देते
503	हाते टयँगा दादा-बाबू धरोत	हाथ में कुल्हाड़ी दादा-बाबू लेते
	हाते टयँगा दादा-बाबू धरोत	हाथ में कुल्हाड़ी दादा-बाबू लेते
	मँजी-डेरी गोंदोत दादा	बीच का खम्भा काटते[1] दादा
	मँजी-पाटी गोंदोत	बीच की पाटी काटते
	डेरी गोंदेया डेरी गोंदोत	खम्भा काटने वाले खम्भा काटते
	पाटी गोंदिया पाटी	पाटी काटने वाले पाटी
	बाँवसा मारेया[2] मारोत बाबा	बाँवसा काटने वाले बाँवसा काटते बाबा
	बलँगी मारेया मारोत	बलँगी काटने वाले बलँगी
	गाड़ी ने जोड़ुन जात दादा	गाड़ी में रख देते दादा
	गाड़ी फाँदुन जात	गाड़ी तैयार कर जाते
	बिंदराबन छाँडोत दादा मन	बिंदराबन छोड़ते दादा
	सेतबन काजे जात	सेतबन हो कर जाते
	हेतबन काजे जात दादा	हेतबन हो कर जाते
	जाते-जाते जात	चलते चले जाते
504	डारा-छापरे दादा-बाबू जाओत	पत्तों के छावन में जाते दादा-बाबू
	डारा-छापरे दादा-बाबू जाओत	पत्तों के छावन में जाते दादा-बाबू
	राजा के काय बलोत दादा	राजा से क्या कहते दादा
	“सुना राजा” बलोत	“सुनिये राजा” कहते
	“सुना राजा रे मेंगराजा	“सुनिये राजा मेंगराजा
	सुना राजा रे मेंगराजा	सुनिये राजा मेंगराजा
	माहाल बनाउन देउँदे राजा	महल बना देंगे हम राजा
	माहाल बनाउन देउँदे	महल बना हम देंगे
	भतेया जोड़ुन दिया राजा	भतिया तैयार कर दें हे राजा
	भतेया जोड़ुन दिया”	भतिया तैयार कर दें”
505	मेंगराजा सुने बाबा	मेंगराजा सुनता बाबा
	बाबू के काय बले	बाबू से वह कहता
	“सुन बाबू भँडारी पिला	“सुन बाबू भण्डारी बालक
	सुन बाबू भँडारी पिला	सुन बाबू भण्डारी बालक

1. बीच का खम्भा काटते : बीच के खम्भे के लिये लकड़ी काटते। इसी तरह आगे की पंक्तियों में महल के लिये पाटी काटने, बाँवसा काटने, बलँगी काटने का अर्थ पाटी, बाँवसा, बलँगी आदि के लिये लकड़ी काटने से है।
2. अन्य उच्चारण ‘मरिया’, ‘मारिया’, ‘मरेया’।

	दार-चाउर जोड़ बाबू	दाल-चावल ले बाबू
	लोन-मिरी जोड़	तू नमक-मिर्च भी ले
	मँजपुरया के दे बाबू	मँजपुरिया को दे हे बाबू
	मँजपुरया के दे"	मँजपुरिया को दे"
506	भँडारी पिला सुने बाबा	भण्डारी बालक सुनता बाबा
	डारा-छापरे जाय	पत्तों के छावन में जाता
	दार-चाउर जोड़े बाबू	दाल-चावल लेता बाबू
	लोन-मिरी जोड़े	नमक-मिर्च भी लेता
	मँजपुरया के देय बाबू	मँजपुरिया को देता बाबू
	मँजपुरया धरोत	मँजपुरिया हैं लेते
	"कोन लगे माहाल रयदे राजा	"कहाँ महल रहेगा राजा
	जगा दखाउन दिया"	जगह हमें दिखला दें"
507	मेंगराजा सुने बाबा	मेंगराजा सुनता बाबा
	बाज ले उठुन जाय	शय्या से उठ जाता
	"सुना बाबू सुना दादा	"सुनो हे बाबू, सुनो हे दादा
	सुना बाबू सुना दादा	सुनो हे बाबू, सुनो हे दादा
	मयँ पारा-भितरे नीं रयँ दादा	मैं मोहल्ले के भीतर न रहूँगा दादा
	गाँव-भितरे नीं रयँ	गाँव के भीतर नहीं रहूँगा
	कठा बाटे रएँदे दादा	एक किनारे रहूँगा दादा
	मयँ धड़ी बाटे रएँदे"	मैं कोने में ही रहूँगा"
	कठा बाटे बले जाय राजा	एक किनारे जाता राजा
	धड़ी बाटे जाय	कोने में है जाता
	बुलुन-बुलुन दखे राजा	घूम-घूम कर देखता राजा
	गिंजरुन-गिंजरुन दखे	घूम-घूम कर देखता
508	अली मैदाँग रहे रे भगवान	बड़ा मैदान वहाँ था भगवन
	डेंगभाटा रहे परभू	ऊँचा मैदान वहाँ था प्रभु
	काय मँजा सुँदर दखे बाबा	बड़ा ही सुन्दर दिखता बाबा
	अती सुँदर दखे	अति सुन्दर वह दिखता
	बाबू के काय बले राजा	बाबू से क्या कहता राजा
	"सुना बाबू" बले	"सुनो हे बाबू" कहता
	"अली मैदाँग आसे बाबू	"खुला मैदान यहाँ है बाबू
	डेंगभाटा आसे	ऊँचा मैदान यहाँ है
	अई[3] लगे माहाल रहो बाबू	यहीं महल रहे हे बाबू
	काय मँजा सुँदर दखे"	बहुत ही सुन्दर दिखता"
	जगा दखाउन जाय राजा	जगह दिखला जाता राजा
	डेरा दखाउन जाय राजा	जगह दिखला जाता राजा
	गाड़ी ढिलुन जात दादा	गाड़ी खोल देते दादा

3. अई : मूल रूप 'एई'।

डेरी-पाटी उतरात	डेरी-पाटी उतारते
बाँवसा-बलँगी उतरात दादा	बाँवसा-बलँगी उतारते दादा
हाते बारस धरोत	हाथ में बारस लेते
डेरी-पाटी छोलोत दादा	डेरी-पाटी छीलते दादा
बाँवसा के कापन मारोत	बाँवसा में खाँचे बनाते
कापन मारुन सारोत दादा	खाँचे बना जाते दादा
आरती-आइग धरे	आरती वह लेता
होम-आरती देय दादा जे	होम-आरती दादा करता
जागा रानी के सुमरे	धरती माँ को याद करता
"सुन आया जागा रानी	"सुन माता हे धरती माता
सुन आया धरती माता	सुन माता हे धरती माता
मयँ तुके खोदरा खनें आया	मैं तुम्हें गड्ढा करता माता
माहाल-डेरी गाड़ें	महल की डेरी गाड़ता
माहाल लिमड़ुन जाओ आया	महल बन जाये हे माता
मोचो माहाल बनुन जाओ"	मेरा महल बन जाये"
होम-आरती देय दादा	होम-आरती दादा करता
पइँया पड़ुन जाय	वह प्रणाम कर जाता
हाते कुस धरे दादा	हाथ में सब्बल लेता दादा
मँजी-खोदरा खने	बीच में गड्ढा करता
खोदरा खनुन सारे दादा	गड्ढा कर जाता है दादा
दार-चाउर फेके	दाल-चावल अर्पित करता
आमा-तोरन दादा बाँदे	आम-तोरण दादा बाँधता
आमा-तोरन दादा बाँदे	आम-तोरण दादा बाँधता
मँजी-डेरी गाड़े दादा	बीच की डेरी गाड़ता दादा
मँजी-डेरी गाड़े	बीच की डेरी गाड़ता
509 खोदरा खनिया खनोत दादा मन	गड्ढे करने वाले गड्ढे करते
डेरी गड़िया गाड़ोत	डेरी गाड़ने वाले गाड़ते
पाटी लथेया लथोत दादा	पाटी लादने वाले लादते
बाँवसा लथेया लथोत	बाँवसा लादने वाले लादते
बलँगी बँदेया बाँदोत दादा	बलँगी बाँधने वाले बाँधते
माहाल बनाउन जात	महल बना जाते
510 एक दिन ले दुय दिन	एक दिन से दो दिन
दुय दिन ले आँट दिन	दो दिन से आठ दिन
माहाल बनातो होय दादा चो	महल बनाते बीते बाबा
माहाल बनातो होय	महल बनाते बीते
पँदरा दिन बले होय बाबा	पन्द्रह दिन हैं बीते बाबा
मयना[4] दिन होय	एक महीना बीता

4. मयना : अन्य उच्चारण 'मएना', 'महेना', 'मइना'।

	छय मयना होय बाबा	छह महीने बीते बाबा
	माहाल बनातो होय	महल बनाते बीते
	माहाल नईं बने राजा चो	महल नहीं बनता राजा का
	माहाल नईं निमड़े	महल नहीं बनता है
511	मन ने बिचार दादा-बाबू करोत	मन में विचार दादा-बाबू करते
	दिले धोका दादा-बाबू करोत	दिल में चिन्ता दादा-बाबू करते
	दादा के काय बलोत दादा	दादा से क्या कहते दादा
	"सुन दादा" बलोत	"सुनो हे दादा" कहते
	"छय मयना होय दादा	"छह महीने बीते दादा
	माहाल बनातो होय	महल बनाते बीते
	माहाल नईं बने दादा	महल नहीं बनता है दादा
	माहाल नईं लिमड़े	महल नहीं बनता है
	एक काम ने रलू जाले	एक काम में लगे रहे तो
	एक कामे रलू जाले	इसी काम में लगे रहे तो
	बाल-बचा भुके मरदे दादा	बाल-बच्चे भूखों मरेंगे दादा
	लोलो-बालो भुके मरदे	बाल-बच्चे भूखों मरेंगे
	हामी नईं बनावँ दादा	हम नहीं बनायेंगे दादा
	आमी नईं बनावँ"	हम नहीं बनायेंगे"
512	गाँयता काय बले बाबू के	गाँयता क्या कहता बाबू से
	"सुना बाबू" बले	"सुनो हे बाबू" कहता
	"राजा-घरो बात आय बाबू	"राजा-घर की बात है बाबू
	बड़े घरो गोठ आय	यह बड़े घर की बात है
	असन नईं बलवाँ बाबू	ऐसा नहीं कहें हम बाबू
	हामी माहाल बनाउन देवँ"	हम महल बना कर दें"
513	सुनोत दादा रे सुनोत बाबू	सुनते दादा सुनते बाबू
	सुनोत दादा सुनोत बाबू	सुनते दादा सुनते बाबू
	दिन भर माहाल बनात दादा-बाबू	दिन भर महल बनाते दादा-बाबू
	दिन बुड़न जाय	दिन है डूब जाता
	बारस-बिंदना धरोत दादा	बारस-बिंधना लेते दादा
	टएँगा-कोड़की धरोत	कुल्हाड़ी-कुदाली लेते
	आपलो डेरा ने जात दादा	अपने डेरा में जाते दादा
	आपलो जगा ने जात	अपने स्थान में जाते
	राँदा-बाटा करोत दादा	भोजन तैयार करते दादा
	खाना-पिना करोत	वे खाना-पीना करते
	रात काजे सोओत दादा मन	रात को सो जाते दादा
	रात काजे सोओत	रात को सो जाते
	मँजगड़ रात[5] बले होय बाबा	आधी रात होती बाबा
	झमझम रात होय	गहरी रात होती

5. रात : मूल रूप 'राती'।

514	बिसकरमा काय बले	बिसकरमा सोचता बाबा
	बिसकरमा काय बले	बिसकरमा है सोचता
	"खुबे दिन होली" बले	"बहुत दिन हैं बीते" कहता
	"राज दखलो होय	"राज्य को देखे हुए
	देस दखुकलाय जायँ" बले	देश देखने जाऊँ" कहता
	"मयँ सहर दखुकलाय जायँ"	"मैं शहर देखने जाऊँ"
	आपन साजू पिंदे दादा	अपने साज पहनता दादा
	आपन जाक धरे	अपने सामान वह लेता
	पाँय ने खड़ऊ दादा पिंदे	पाँवों में खड़ाऊँ दादा पहनता
	हाते बेद दादा धरे	हाथ में बेंत दादा लेता
	घर ले बाहिर होय दादा	घर से बाहर होता दादा
	जाते-जाते जाय	चलता चला जाता
515	रुमझुम-रुमझुम रेंगे दादा	जल्दी-जल्दी चलता दादा
	एक कलाट मारे	जल्दी पाँव बढ़ाता
	मँजपुरे जाय दादा	मँजपुर को जाता है दादा
	मँजपुरे अमरे	मँजपुर वह पहुँचता
	खोरे-डाँडे बले बुले बाबू	गली-मोहल्ले जाता बाबू
	आरा-पारा जाय बाबू	अड़ोस-पड़ोस में जाता बाबू
	सहर दखुन जाय बाबू	शहर देख जाता है बाबू
	राज दखुन जाय	राज्य देख वह जाता
	सारी सहर दखे बाबू	सारा शहर देखता बाबू
	सारी राज दखे	सारा राज्य देखता
	'बुलुन-बुलुन दखले' बले	'घूम-घूम कर देखा' कहता
	'मयँ गिंजरुन-गिंजरुन दखले	'मैंने घूम-घूम कर देखा
	एई खोर बाटे जायँ' बले	इस गली में जाऊँ' कहता
	'एई खोर बाटे जायँ'	'इस गली में जाऊँ'
516	नवा माहाल बाटे जाय बाबू	नये महल की ओर जाता बाबू
	नवा माहाले जाय बाबू	नये महल की ओर जाता बाबू
	नवा माहाल अमरे बाबू	नये महल पहुँचता बाबू
	नवा माहाल अमरे	नये महल पहुँचता
	बुलुन-बुलुन दखे बाबू	घूम-घूम कर देखे बाबू
	गिंजरुन-गिंजरुन दखे	घूम-घूम कर देखे
	'काचो माहाल आय' बले	'किसका महल है यह' कहता
	'ए काचो माहाल आय	'यह किसका महल है
	माहाल बनाउन जाय' बले	महल बना रहा है' कहता
	'माहाल नईं बने'	'महल नहीं है बनता'
	मने बिचार बाबू करे	मन में विचार करता बाबू
	दिले धोका बाबू करे	दिल में चिन्ता करता

	'बाबा चो माहाल आय' बले	'बाबा का महल है' वह कहता
	'आया चो माहाल आय	'माता का महल है
	माहाल बनाउन जाय' बले	वे महल बना रहे हैं' कहता
	'हुन माहाल नईं बने	'यह महल नहीं है बनता
	कोन दिन डेरा एयदे' बले	किस दिन वे यहाँ रहने आयेंगे' कहता
	'केबे डेरा पड़ेदे	'किस दिन गृह-प्रवेश करेंगे
	माहाल बनाउन देयँदे' बले	महल बना दूँगा मैं' कहता
	'माहाल बनाउन देयँदे'	'महल बना दूँगा मैं'
	चार कोना उबे बाबू	चारों दिशा में खड़ा होता बाबू
	चार कोना उबे	चारों दिशा में खड़ा होता
	नव खँड माहाल बाबू बनाय	नौ खण्डा महल बाबू बनाता
	नव खँड माहाल बाबू बनाय	नौ खण्डा महल बाबू बनाता
	आधा जोजन टेके माहाल	आधे योजन तक बनता महल
	इड़खी-खिड़की लगे	खिड़की आदि लग जाते
	खोली-खोली रहे माहाल	कई-कई कमरे महल में बनते
	अरछी-परछी बने	कई-कई कमरे बनते
	काय मँजा सुँदर दखे बाबा	बहुत ही सुन्दर दिखता बाबा
	अती सुँदर दखे	अति सुन्दर वह दिखता
	माहाल बनुन जाय राजा चो	महल बन जाता राजा का
	माहाल निमड़ुन जाय	महल है बन जाता
517	नव खँड माहाल चो सिंग-दुआर	नौ खण्डा महल के सिंह-द्वार पर
	नव खँड माहाल चो सिंग-दुआर	नौ खण्डा महल के सिंह-द्वार पर
	सोनर खमा लगे भगवान	सोने का खम्भा लगता भगवन
	सोनर खमा लगे	सोने का खम्भा लगता
	रगरग-रगरग दखे माहाल	जगमग-जगमग दिखता महल
	काय मँजा सुँदर दखे	बहुत ही सुन्दर दिखता
	नव खँड माहाल चो डेवना लगे	नौ खण्डा महल की ड्योढ़ी पर
	नव खँड माहाल चो डेवना लगे	नौ खण्डा महल की ड्योढ़ी पर
	दुय ठन दिया जले बाबा	दो-दो दीपक जलते बाबा
	दुठन[6] दिया जले	दो-दो दीपक जलते
	जिगजाग-बुगबाग बरे माहाल	जगमग-जगमग होता महल
	कयमय-कयमय दखे	जगमग-जगमग दिखता
	नव खँड माहाल चो ओसना बाटे	नौ खण्डा महल के पिछवाड़े
	नव खँड माहाल चो ओसना बाटे	नौ खण्डा महल के पिछवाड़े
	तिन ठान दिया जले बाबा	तीन दीपक जलते बाबा
	तिन ठन दिया जले	तीन दीपक जलते
	कयमय-कयमय दखे माहाल	जगमग-जगमग दिखता महल

6. दुठन : 'दुय ठन' का लघु रूप। अन्य रूप 'दुठान'।

	जयमय-जयमय दखे	जगमग-जगमग दिखता
	माहाल बनुन जाय राजा चो	महल बन जाता राजा का
	माहाल बनुन जाय	महल है बन जाता
518	रात पाहाउन जाय बाबा	रात बीत जाती है बाबा
	रात पाहाउन जाय	रात बीत जाती है
	जाय बाबू बिसकरमा	जाता बाबू बिसकरमा
	जाय बाबू बिसकरमा	जाता बाबू बिसकरमा
	आपन माहाले जाय बाबू	अपने महल जाता बाबू
	आपन माहाले जाय	अपने महल जाता
519	मँजपुरया उठोत बाबा	मँजपुरिया उठते बाबा
	दतुन-पतर चाबोत	वे दतौन-मुखारी करते
	आँगे असनाँद होत दादा	अंग स्नान करते दादा
	हिरदे असनाँद होत	हृदय स्नान करते
	सुका कपड़ा पिंदोत बाबू	सूखे कपड़े पहनते बाबू
	ओधा कपड़ा गिरे	गीले कपड़े गिरते
	कपड़ा निचाउन जात दादा मन	कपड़े निचोड़ जाते दादा
	कपड़ा सुकाउन जात	कपड़े सुखा जाते
	राँदा-बाटा बले दादा मन करोत	भोजन तैयार करते दादा
	खाना-पिना दादा-बाबू करोत	खाना-पीना दादा-बाबू करते
	सब जोड़ा धरोत दादा	सब सामग्री लेते दादा
	सब जोड़ा धरोत	सब सामग्री लेते
	माहाल बनाउक जात दादा	महल बनाने जाते दादा
	माहाल बनाउक जात	महल बनाने जाते
	नव खँड माहाले जात दादा	नौ खण्डा महल में जाते दादा
	नव खँड माहाले अमरोत	नौ खण्डा महल पहुँचते
	बुलुन-बुलुन दखोत दादा	घूम-घूम कर देखते दादा
	गिंजरुन-गिंजरुन दखोत	घूम-घूम कर देखते
520	माहाल बनुन राजा चो रय	महल बन चुका था राजा का
	माहाल निमड़ुन राजा चो रय	महल बन चुका था राजा का
	खँड मुचकी मारोत बाबू	हौले से मुस्काते बाबू
	मुचमुच-मुचमुच हाँसोत	मंद-मंद मुस्काते
	"माहाल निमड़ुन गेली" बलोत	"महल बन गया है" कहते
	"माहाल बनुन गेली	"महल बन गया है
	राजा-माहाले जावँ" बलोत	राज-महल हम जायें" कहते
	"राजा के साँगुन देवाँ"	"राजा को बतला देंगे"
521	जाओत दादा रे जाओत बाबू	जाते दादा जाते बाबू
	जाओत दादा जाओत बाबू	जाते दादा जाते बाबू
	डारा-छापरे जात दादा-बाबू	पत्तों के छावन में जाते दादा-बाबू

	डारा-छापरे अमरोत	पत्तों के छांवन में जाते
	राजा के काय बलोत बाबू	राजा से क्या कहते बाबू
	"सुना राजा" बलोत	"सुनिये राजा" कहते
	"माहाल बनुन गेली राजा	"महल बन गया है राजा
	माहाल निमड़ुन गेली	महल बन गया है
	माहाल दखुकलाय जावँ राजा	महल देखने जायें राजा
	माहाल दखुकलाय जावँ"	महल देखने जायें"
522	सुनोत राजा रे सुनोत रानी	सुनते राजा सुनतीं रानी
	बाज ले उठुन राजा-रानी जाओत	शय्या से उठ जाते राजा-रानी
	रुमझुम-रुमझुम रेंगोत राजा-रानी	जल्दी-जल्दी चलते राजा-रानी
	एक कलाट मारोत	जल्दी पाँव बढ़ाते
	नवा माहाले जात राजा-रानी	नये महल को जाते राजा-रानी
	बुलुन-बुलुन दखोत	घूम-घूम कर देखते
	गिंजरुन-गिंजरुन दखोत राजा-रानी	घूम-घूम कर देखते राजा-रानी
	खँड मुचकी मारोत	हौले से मुस्काते
523	"सुना दादा सुना बाई	"सुनो हे दादा सुनो हे बाई
	सुना दादा सुना बाबू	सुनो हे दादा सुनो हे बाई
	खाली माहाल आसे दादा-बाबू	महल खाली है दादा-बाबू
	छुचा माहाल आसे	महल खाली है
	माहाल नईं फोबे दादा-बाबू	महल नहीं शोभता दादा-बाबू
	माहाल नईं फोबे	महल नहीं शोभता
	जानलो-चिनलो नोहाय बाबू	जाना-चीन्हा नहीं है बाबू
	दखलो-चाहलो नोहाय	देखा-भाला नहीं है
	काहाँ ले पानी खायँदे बाबू	कहाँ से पानी पीयेंगे बाबू
	काहाँ ले पानी पिएँदे?	कहाँ से पानी पीयेंगे?
	कुँआ खनुन दिया बाबू	कुआँ खोद दो हे बाबू
	कुँआ खनुन दिया	कुआँ खोद दो
	माहाल एके भुँआर बाबू	महल के चारों ओर हे बाबू
	माहाल एके भुँआर बाबू	महल के चारों ओर
	बागे-बगेचा रहो बाबू	बाग-बगीचे रहें हे बाबू
	फुल-फुलवारी रहो	फूल-फुलवारी हो
	केकती-केंवरा रहो बाबू	केतकी-केवड़ा रहे हे बाबू
	बाली-मोंगरा रओ[7]	बाली-मोंगरा रहे
	डाँक-डाली रओ बाबू	डाँक-डाली रहे हे बाबू
	गोहा-फर रहो	गोहा का फल रहे
	कदम-रुक रहो बाबू	कदम का पेड़ रहे हे बाबू
	बेल-बगेचा रओ	बेल का बगीचा रहे

7. रओ : 'रहो' का अन्य उच्चारण।

	लिमऊ-बगेचा रहो बाबू	नीबू के बाग रहें हे बाबू
	ठोटा बगेचा रहो	ठूँठा बगीचा रहे
	आमा-बनवाड़ी रहो बाबू	आम के बाग रहें हे बाबू
	तेबे माहाल फोबे"	तभी महल शोभा देगा"
524	"सुना राजा सुना रानी	"सुनिये राजा सुनिये रानी
	सुना राजा सुना रानी	सुनिये राजा सुनिये रानी
	माहाल बनाउन देउँदे राजा-रानी	महल बना देंगे हम राजा-रानी
	माहाल बनाउन देउँदे	महल बना देंगे हम
	कोन लगे कुँआ रयदे राजा-रानी?	कहाँ कुआँ रहेगा राजा-रानी?
	कोन लगे कुँआ रयदे?	कहाँ कुआँ रहेगा?
	जगा दखाउन दिया राजा-रानी	जगह दिखला दें राजा-रानी
	डेरा दखाउन दिया"	जगह दिखला दें"
525	राजा काय बले रानी के	राजा क्या कहता रानी से
	"सुन रानी" बले	"सुनो हे रानी" कहता
	"सुन रानी मेंगइन	"सुनो हे रानी मेंगइन
	सुन रानी मेंगइन	सुनो हे रानी मेंगइन
	कोन लगे कुँआ रयदे रानी?	कहाँ पर कुआँ रहेगा रानी?
	जगा दखाउन दे"	तुम जगह दिखला दो"
526	मेंगइन रानी सुने बाबा	मेंगइन रानी सुनती बाबा
	राजा के काय बले	राजा से वह कहती
	"माहाल पुरे दुआर राजा	"महल के सामने द्वार पर राजा
	माहाल पुरे दुआर	महल के सामने द्वार पर
	तुलसी-चँवरा रयदे राजा	तुलसी का चौरा हो हे राजा
	तुलसी-चँवरा रयदे	तुलसी का चौरा हो
	माहाल सिंगे दुआर राजा	महल के सिंह-द्वार पर हे राजा
	माहाल सिंगे दुआर	महल के सिंह-द्वार पर
	कुँआ खनुक बला राजा	कुआँ खोदने बोलें
	कुँआ खनुक बला"	कुआँ खोदने बोलें"
527	सुने राजा रे मेंगराजा	सुनता राजा मेंगराजा
	सुने राजा मेंगराजा	सुनता राजा मेंगराजा
	बाबू के काय बले राजा	बाबू से क्या कहता राजा
	"सुना बाबू" बले	"सुनो हे बाबू" कहता
	"माहाल पुरे दुआर बाबू	"महल के सामने द्वार पर
	तुलसी-चँवरा रयदे	तुलसी का चौरा रहेगा
	माहाल सिंगे दुआर बाबू	महल के सिंह-द्वार पर बाबू
	कुँआ खनुन दिया"	कुआँ आप खोदें"
528	दादा-बाबू सुनोत बाबा	दादा-बाबू सुनते बाबा
	आरती-आइग धरोत	आरती वे लेते

	घिंव-गुर धरोत दादा-बाबू	घी-गुड़ लेते दादा-बाबू
	सिंग-दुआरे जात	सिंह-द्वार में जाते
	होम-आरती दादा मन देओत	होम-आरती करते दादा
	पइँया पड़ुन दादा मन जाओत	प्रणाम भी हैं करते दादा
	जागा रानी के सुमरोत दादा	धरती माता को याद करते
	धरती माता के सुमरोत	धरती माँ की विनती करते
	"सुन आया जागा रानी	"सुनो हे माता जागा रानी
	सुन आया धरती माता	सुनो हे माता धरती माता
	कुँआ खनुन जायँ आया	कुआँ खोद रहा हूँ माता
	माटी उठुन जाओ	माटी उठ जाये
	पानी फुटुन जाओ आया	पानी फूट जाये हे माता
	पानी फुटुन जाओ"	पानी फूट जाये"
	पइँया पड़ुन जात दादा	नमस्कार करते हैं दादा
	हात जोड़ुन जात	वे हाथ जोड़ जाते हैं
529	हाते कोड़की दादा धरे	हाथ में कुदाली दादा लेता
	हाते कोड़की दादा धरे	हाथ में कुदाली दादा लेता
	कुँआ खनुन जात दादा	कुआँ खोद जाते दादा
	कुँआ खनुन जात	कुआँ खोद जाते
	कुँआ खनिया खनोत दादा	कुआँ खोदने वाले कुआँ खोदते
	माटी फेकिया फेकोत	माटी फेंकने वाले माटी फेंकते
530	एक दिन ले दुय दिन	एक दिन से दो दिन
	दुय दिन ले आँट दिन	दो दिन से आठ दिन

	पँदरा दिन बले होय बाबा	पन्द्रह दिन बीतते बाबा
	मयना दिन होय	एक महीना बीते
	कुँआ निमड़ुन जाय दादा चो	कुआँ बन जाता दादा का
	कुँआ निमड़ुन जाय	कुआँ है बन जाता
	माहाल एके भुँआर बाबा	महल के चारों ओर बाबा
	माहाल एके भुँआर	महल के चारों ओर
	बागे-बगेचा लगात दादा	बाग-बगीचे लगाते दादा
	फुल-फुलवारी लगात	फूल-फुलवारी लगाते
	केकती-केंवरा लगात दादा जे	केतकी-केवड़ा लगाते दादा
	बाली-मोंगरा लगात	बाली-मोगरा लगाते
	डाँक-डाली लगात दादा	डाँक-डाली लगाते दादा
	गोहा-फर लगात	गोहा-फल लगाते
	कदम-रुक लगात दादा	कदम के पेड़ रोपते दादा
	बेल-बगेचा लगात	बेल के बाग लगाते
	लिमऊ-बगेचा लगात दादा	नीबू के बाग लगाते दादा
	ठोटा बगेचा लगात	ठूँठा बगीचा लगाते
	आमा-बनवाड़ी लगात दादा जे	आम के बाग लगाते दादा
	काय मँजा सुँदर दखे	बहुत ही सुन्दर दिखता
531	माहाल निमड़ुन राजा चो गेली	महल बन जाता राजा का
	माहाल बनुन राजा चो गेली	महल बन जाता राजा का
	बारस-बिंदना धरोत दादा	बारस-बिंधना लेते दादा
	टयँगा-कोड़की धरोत	कुल्हाड़ी-कुदाली लेते
	गाड़ी फाँदुन जात दादा	गाड़ी तैयार करते दादा
	डारा-छापरे जात	पत्तों वाले छावन में जाते
	डारा-छापरे अमरोत दादा	पत्तों वाले छावन पहुँचते दादा
	लगे जाउन सलाम	पास जा कर सलाम करते
	दुरे[8] जाउन बसोत दादा	दूर जा बैठते
	राजा के काय बलोत	राजा से क्या कहते
532	"सुना राजा सुना रानी	"सुनिये राजा सुनिये रानी
	सुना राजा सुना रानी	सुनिये राजा सुनिये रानी
	माहाल बनाउन दिलू राजा-रानी	महल बना दिया है राजा-रानी
	कुँआ खनुन दिलू	कुआँ भी खोद दिया है
	बागे-बगेचा लगालू राजा-रानी	बाग-बगीचे लगा दिये हैं राजा-रानी
	फुल-फुलवारी लगालू	फूल-फुलवारी लगा दिये हैं
	हमके छुटी दिया राजा-रानी	हमें अब जाने दें हे राजा-रानी
	हामके छुटी दिया"	हमें अब जाने दें"

8. दुरे : नगरीय प्रभाव से हिन्दी के 'दूर' शब्द का प्रयोग। मूल हल्बी शब्द है 'लाफी'।

533	मेंगइन रानी सुने बाबा	मेंगइन रानी सुनती बाबा
	नोनी के काय बले	नोनी से वह कहती
	"सुन नोनी कुँदनी कयना	"सुन हे नोनी कुँदनी कैना
	सुन बाबा कुँदनी कयना	सुन हे बाबा कुँदनी कैना
	रोसई-चाउर जोड़ नोनी	सूखी रसोई तैयार कर नोनी
	मुठा रुपया धर	मुट्ठी भर रुपये ले
	माहाल-बिदा दे नोनी	महल-विदाई दे हे नोनी
	माहाल-बिदा दे"	महल-विदाई दे"
534	कुँदनी कयना सुने बाबा	कुँदनी कैना सुनती बाबा
	रोसई-चाउर जोड़े	सूखी रसोई तैयार करती
	मुठा रुपया धरे नोनी	मुट्ठी भर रुपये लेती नोनी
	माहाल-बिदा देय	महल-विदाई देती
	दादा मन मोडरी बाँदोत बाबा	दादा गठरी बाँधते बाबा
	आपन माहाले जात	अपने महल वे जाते
535	आसोत राजा रे आसोत रानी	राजा-रानी वहाँ पर रहते
	आसोत राजा आसोत रानी	राजा-रानी वहाँ पर रहते
	डारा-छापरे आसोत राजा-रानी	पत्तों वाले छावन में हैं राजा-रानी
	राज धरुन खासोत	सुख पूर्वक जीवन जीते
	छय मयना होय बाबा	छह महीने बीतते बाबा
	छय मयना होय	छह महीने बीतते
	डारा-छापरे आसोत राजा-रानी	पत्तों वाले छावन में राजा-रानी रहते
	डारा-छापरे आसोत	पत्तों वाले छावन में रहते
	एक दिन ले दुय दिन	एक दिन से दो दिन
	दुय दिन ले आँट दिन	दो दिन से आठ दिन
	माहाल बनालो होय राजा चो	महल बनाये बीते राजा को
	माहाल बनालो होय	महल बनाये बीते
536	बाजे बसुन जात राजा-रानी	शय्या पर बैठ जाते राजा-रानी
	सेज बसुन जात	शय्या पर बैठ जाते
	रानी काय बले राजा के	रानी क्या कहती राजा से
	"सुना राजा" बले	"सुनिये राजा" कहती
	"माहाले डेरा हामी जावँ राजा	"महल में प्रवेश करें हम राजा
	माहाले डेरा जावँ"	महल में प्रवेश करें हम"
537	"सुन रानी मेंगइन	"सुन हे रानी मेंगइन
	सुन रानी मेंगइन	सुन हे रानी मेंगइन
	मयँ जोचे कसन जायँ रानी	मैं अनायास कैसे जाऊँ रानी
	जोचे कसन जायँ	अनायास कैसे जाऊँ
	कोन दिने सुभ होयदे रानी	जिस दिन शुभ होगा हे रानी
	मयँ हुनी दिने डेरा जायँ"	मैं उसी दिन प्रवेश करूँगा"

538	मेंगइन रानी सुने बाबा	मेंगइन रानी सुनती बाबा
	बाबू के काय बले	बाबू से वह कहती
	"सुन बाबू पवनकुमार	"सुन हे बाबू पवनकुमार
	सुन बाबू पवनकुमार	सुन हे बाबू पवनकुमार
	गोबिंदपुरे बले जा बाबू	गोबिंदपुर तू जा हे बाबू
	बुदू पँजेआर के आन	बुदू पँजेआर को ले आ
	पाँजी-खुट धरो बाबू	पोती-पत्तर ले कर बाबू
	जोतिस-रमाएन धरो	ज्योतिष-रामायन ले कर
	एक डँडिक एओ बाबू	थोड़ी देर को आये बाबू
	पाँजी दखुन देयदे"	वह पंचांग देखेगा"
539	पवनकुमार सुने बाबा	पवनकुमार सुनता बाबा
	हरबर तियार होय	झटपट तैयार होता
	पाँय ने खड़ऊ पिंदे बाबू	पाँवों में खड़ाऊँ पहनता बाबू
	हाते बेद धरे	हाथ में छड़ी वह लेता
	राजा-माहाल छाँडे बाबू	राज-महल छोड़ता बाबू
	जाते-जाते जाय	चलता चला जाता
540	रुमझुम-रुमझुम रेंगे बाबू	जल्दी-जल्दी चलता बाबू
	एक कलाट मारे	जल्दी पाँव बढ़ाता
	गोबिंदपुरे बले जाय बाबू	गोबिंदपुर वह जाता बाबू
	गोबिंदपुरे जाय	गोबिंदपुर वह जाता
	गोबिंदपुर के बाबू अमरे	गोबिंदपुर बाबू पहुँचता
	पारा-परोसे बाबू जाय	अड़ोस-पड़ोस में बाबू जाता
	पारा-परोस छाँडे बाबू	अड़ोस-पड़ोस छोड़ता बाबू
	पँजेआर-माहाले जाय	पँजेआर-महल वह जाता
	पँजेआर-माहाल अमरे बाबू	पँजेआर-महल पहुँचता बाबू
	माँडो मोंगरा उबे	मोगरा-मण्डप में रुकता
	'दादा' हंका मारे बाबू	'दादा' हाँक लगाता बाबू
	दादा सुनुन जाय	दादा है सुन लेता
	घर ले बाहिर होय दादा	घर से बाहर दादा आता
	बाबू के काय बले	बाबू से वह कहता
	"काय कामे इलिस बाबू	"किस काम से आया बाबू
	तुय आले मोके साँग"	तू मुझे बतला दे"
541	"सुन दादा बुदू पँजेआर	"सुन हे दादा बुदू पँजेआर
	सुन दादा बुदू पँजेआर	सुन हे दादा बुदू पँजेआर
	तुचो जाक के धर दादा	अपने सामान ले ले दादा
	तुचो साजू के धर	अपने साज ले लो
	राजा-घरे बलाव दादा	राजा ने बुलवाया दादा
	एक डँडिक जावँ"	थोड़ी देर चलो"

542	“एयँदे बाबू” बले दादा	“आऊँगा बाबू” कहता दादा
	बाई के काय बले	बाई से वह कहता
	“पानी गरम कर बाई	“पानी गरम तू कर दे बाई
	मयँ आँगे असनाँद होयँ”	मैं अंग स्नान करूँगा”
543	सुने बाई पँजेआरिन	सुनती बाई पँजेआरिन
	पानी गरम करे बाई	पानी गरम करती
	सेदा-भेदा करे बाई	ठण्डा पानी मिलाती बाई
	मन्दन-सिले नेय	स्नान-गृह में ले जाती
	झारी कसेला दय बाई	झारी पात्र देती बाई
	कपुर दतुन देय	सुगन्धित दतौन वह देती
	मन्दन-सिले बले जाय बाबू	स्नान-गृह में जाता बाबू
	मन्दन-सिले उबे	स्नान-गृह में खड़ा होता
	कपुर दतुन धरे बाबू	सुगन्धित दतौन बाबू लेता
	सुरिज भेट करे	सूरज को प्रणाम वह करता
	मुँहे मुखारी गोबे बाबू	मुँह में दतौन बाबू लेता
	दतुन-पतर चाबे	बाबू दतौन कर जाता
	आँगे असनाँद होय बाबू जे	अंग स्नान करता है बाबू
	हिरदे असनाँद होय	हृदय स्नान करता है
	सुका कपड़ा पिंदे बाबू	सूखा कपड़ा पहनता बाबू
	ओधा कपड़ा गिरे	गीला कपड़ा गिरता
	झारी पानी धरे बाबू	झारी पानी लेता बाबू
	तुलसी-चँवरा ने जाय	तुलसी-चौरा में जाता
	चँवरा ने पानी रिकाय बाबू	चौरा में पानी डालता बाबू
	तुलसी के काय बले	तुलसी से वह कहता
	“बाड़-बाड़ बाई कारी तुलसी	“बढ़ो-बढ़ो हे कारी तुलसी
	बाड़-बाड़ बाई कारी तुलसी	बढ़ो-बढ़ो हे कारी तुलसी
	अगास मेलान बाड़ बाई	आकाश को तुम छू लो बाई
	पकिर पाना फेक	नयी कोंपलें निकलें
	तुय-मयँ बाँहा-जोरी बाई	तुम-मैं बाँहों की जोड़ी बाई
	तुय-मयँ हन्सा-जोरी	तुम-मैं हन्सों की जोड़ी
	जिव भर सेवा मिरो बाई	जीवन भर सेवा करूँ मैं बाई
	जान सुकी रहो”	मेरा जीवन सुखी रहे”
	तुलसी-सेवा करे बाबू जे	तुलसी की सेवा करता बाबू
	तुलसी-पुजा करे	तुलसी की पूजा करता
	होम-आरती देय बाबू	होम-आरती करता बाबू
	पइँया पड़ुन जाय	वह प्रणाम कर जाता
544	आपन माहाले बाबू जाय	अपने महल जाता बाबू
	बाजे जाउन बाबू बसे	जा शय्या पर बैठता

बाई के काय बले बाबू	बाई से क्या कहता बाबू
"सुन रानी" बले	"सुन हे रानी" कहता
"बँधेया[9] झापी के दे रानी	"बँधेया झापी तू दे हे रानी
मयँ नव सै गाहना पिंदें"	मैं नौ सौ गहने पहनूँगा"
बाई सुनुन जाय बाबा	बाई सुनती है ओ बाबा
बँधेया झापी के देय	बँधेया झापी देती
कुची हेड़ुन जाय बाबू	चाबी निकाल लेता है बाबू
तारा टोड़ुन जाय	ताला खोल जाता
बँधेया झापी खोले बाबू	बँधेया झापी खोलता बाबू
नव सै गाहना पिंदे	नौ सौ गहने पहनता
नव सै हार पिंदे बाबू	नौ सौ हार पहनता बाबू

अलंकार पिंदे	अलंकार पहनता
जोतिस-रमायन बाबू धरे	ज्योतिष-रमायन लेता बाबू
पाँजी-खुट बाबू धरे	पंचांग-पत्रा लेता बाबू
पाँये खड़ऊ पिंदे बाबू	पाँवों में खड़ाऊँ पहनता बाबू
हाते बेद धरे	हाथ में छड़ी वह लेता
बाई के काय बले बाबू	बाई से क्या कहता बाबू
"सुन रानी" बले	"सुन हे रानी" कहता
"घर-दुआर के दख रानी	"घर-द्वार सहेजो रानी
बाड़ी-बकरी के दख	बाड़ी-बखरी सहेजो

9. बँधेया : अन्य उच्चारण 'बँधिया', 'बँदेया', 'बँदया', 'बँधया'।

	राजा-माहाले जायँ रानी	राज-महल मैं जाता रानी
	मयँ कोन दिन फिरुन एयँ	जाने कब वापस आऊँगा
	बड़े घरो बात आय रानी जे	बड़े घर की बात है रानी
	राजा-घरो गोठ आय"	राजा के घर की बात"
	घर ले बाहिर होय बाबू	घर से बाहर निकलता बाबू
	जाते-जाते जाय	चलता चला जाता
546	रुमझुम-रुमझुम बाबू रेंगे	जल्दी-जल्दी चलता बाबू
	एक कलाट बाबू मारे	जल्दी पाँव बढ़ाता
	गोबिंदपुर छाँडे बाबू	गोबिंदपुर छोड़ता बाबू
	मँजपुरे जाय	मँजपुर को वह जाता
	मँजपुरे अमरे बाबू	मँजपुर पहुँचता है बाबू
	पारा-परोसे जाय	अड़ोस-पड़ोस वह जाता
	पारा-परोस छाँडे बाबू	अड़ोस-पड़ोस छोड़ता बाबू
	डारा-छापरे जाय	पत्तों वाले छावन में जाता
547	दखे रानी मेंगइन	देखती रानी मेंगइन
	दखे रानी मेंगइन	देखती रानी मेंगइन
	नोनी के काय बले रानी	नोनी से क्या कहती रानी
	"सुन बाबा" बले	"सुन हे बाबा" कहती
	"पँजेआर अमरुन गेलो नोनी	"पँजेआर आ पहुँचा है नोनी
	तुय पइँया धोआउन जा	तू उसके पाँव धुला जा
	चाउर-टिका बले दे नोनी	चावल का टीका भी दे हे नोनी
	होम-आरती दे"	होम-आरती कर"
548	सुने नोनी कुँदनी कयना	सुनती नोनी कुँदनी कैना
	सुने बाबा कुँदनी कयना	सुनती नोनी कुँदनी कैना
	सेवा-जोड़ा धरे नोनी	सेवा-सामग्री लेती नोनी
	पुजा-जोड़ा धरे	पूजा-सामग्री लेती
	चन्दन-काट मँडाय नोनी	चन्दन-काठ रखती है नोनी
	ढँग् नाय बाबू उबे	बाबू जा खड़ा होता
	पइँया धोआउन जाय नोनी	पाँव धुला जाती है नोनी
	चाउर-टिका देय	चावल का टीका देती
	होम-आरती देय नोनी	होम-आरती करती नोनी
	पइँया पड़ुन जाय	पाँव उसके छूती
	नोनी चो टोंड चुमे बाबू	नोनी का मुख चूमे बाबू
	बाबू चो हात धरे	वह बाबू का हाथ पकड़ती
	नव खँड माहाले नेय नोनी	नौ खण्डा महल में ले जाती नोनी
	बाज नेउन बसाय	ले जा शय्या पर बिठाती
549	बसोत राजा रे बसोत रानी	बैठते राजा बैठती रानी
	बसोत राजा बसोत रानी	बैठते राजा बैठती रानी

	राजा-रानी बसोत बाबा	राजा-रानी बैठते बाबा
	बाबू काय बले	बाबू है क्या कहता
	“काय बलाव आय राजा[10]	“किसलिये बुलवाया राजा
	आले मोके साँगा”	आप मुझे बतलायें”
	“सुन बाबू बुदू पँजेआर	“सुन हे बाबू बुदू पँजेआर
	सुन बाबू बुदू पँजेआर	सुन हे बाबू बुदू पँजेआर
	मयँ माहाल बनाउन गेले बाबू	मैंने महल बनाया बाबू
	माहाल बनाउन गेले	मैंने महल बनाया
	कोन दिन डेरा जायँ बाबू	किस दिन प्रवेश करूँ मैं बाबू
	मयँ कोन दिने डेरा पड़े	किस दिन प्रवेश करूँ मैं
	कोन दिने सुभ आसे बाबू	कौन-सा दिन शुभ है हे बाबू
	एइन पाँजी के दख”	पंचांग में तुम यह देखो”
550	सुने बाबू बुदू पँजेआर	सुनता बाबू बुदु पँजेआर
	सुने बाबू बुदू पँजेआर	सुनता बाबू बुदु पँजेआर
	नोनी के काय बले बाबू	नोनी से क्या कहता बाबू
	“सुन नोनी” बले	“सुन हे नोनी” कहता
	“सेवा-जोड़ा दे नोनी	“सेवा-सामग्री दे हे नोनी
	मोके-पुजा जोड़ा दे”	मुझे पूजा-सामग्री दे”
551	कुँदनी कयना सुने बाबा	कुँदनी कैना सुनती बाबा
	सेवा-जोड़ा देय	सेवा-सामग्री देती
	पुजा-जोड़ा वले देय नोनी	पूजा-सामग्री देती नोनी
	नवा सरकी ओछाय	नयी चटाई बिछाती
	झारी पानी छिचे बाबू	झारी पानी छिटकता बाबू
	रमायन भुँए मँडाय	रमायन नीचे रखता
	काचा गोरस छिचे बाबू	कच्चा दूध छिटकता बाबू
	जात लाली टिके	वह लाली टीका लगाता
	अगरबती जलाय बाबू	अगरबत्ती जलाता बाबू
	होम-आरती देय	होम-आरती करता
	खालामाती बले बाबू बसे	पालथी मार कर बाबू बैठता
	रमायन कोरा बाबू धरे	रमायन गोद में लेता बाबू
	पँजेआर पाँजी दखे बाबू	पँजेआर पंचांग देखता बाबू
	पँजेआर पाँजी दखे	पँजेआर पंचांग देखता
	पताल बारु फेके बाबू	पाताल की ओर देखता बाबू
	अगास ताला दखे	आकाश की ओर भी देखता
	पाँजे बसुन जाय बाबू चो	पंचांग में दिख जाता बाबू के
	पाँजे पड़ुन जाय	पंचांग में दिख जाता

10. दिनांक 14.12.1996 को ध्वन्यांकित कैसेट क्रमांक 21बी का आरम्भ।

552	“सुना राजा रे सुना रानी	“सुनिये राजा सुनिये रानी
	सुना राजा सुना रानी	सुनिये राजा सुनिये रानी
	पाँजे बसुन गेली राजा-रानी	पंचांग में देख लिया राजा-रानी
	पाँजे पड़ुन गेली	पंचांग में देख लिया
	गुरबार दिने ओला राजा-रानी	गुरुवार को प्रवेश करें हे राजा-रानी
	गुरबार दिने ओला	गुरुवार को प्रवेश करें
	हुनी दिन सुभ आसे राजा	वही दिन शुभ है हे राजा
	हुनी दिने सुभ आसे”	वही दिन शुभ है”
	पाँजी-खुट सकले बाबू	पोथी-पत्तर समेटता बाबू
	जोतिस-रमायन सकले	ज्योतिष-रमायन समेटता
553	“सुन नोनी कुँदनी कयना	“सुन हे नोनी कुँदनी कैना
	सुन बाबा कुँदनी कयना	सुन हे बाबा कुँदनी कैना
	रोसई-चाउर जोड़ नोनी	रसोई-चावल तैयार कर नोनी
	मुठा रुपया धर	मुट्ठी भर रुपये ले
	पँजेआर-बिदा के दे नोनी	पँजेआर को विदाई दे हे नोनी
	पँजेआर-बिदा दे”	पँजेआर को विदाई दे”
554	कुँदनी कयना सुने बाबा	कुँदनी कैना सुनती बाबा
	रोसई-चाउर जोड़े	रसोई-चावल तैयार करती
	मुठा रुपया धरे नोनी	मुट्ठी भर रुपये लेती नोनी
	पँजेआर-बिदा देय	पँजेआर को विदाई देती
	बाबू मोडरी बाँदे बाबा	बाबू गठरी बाँधता बाबा
	आपन माहाले जाय	अपने महल में जाता
555	रानी बाड़ बले दखे रे भगवान	रानी राह देखती भगवन
	रानी बाड़ दखे परभू	रानी राह देखती प्रभु
	‘कोन दिने गुरबार होयदे?’ बले	‘किस दिन गुरुवार होगा?’ कहती
	‘कोन दिने गुरबार होयदे?’	‘किस दिन गुरुवार होगा?’
	गुरबार अमरुन जाय बाबा	गुरुवार आ जाता है बाबा
	‘आज गुरबार आय’	‘आज गुरुवार है’
	कुकड़ाबासी उठे रानी	मुर्गा बोलते उठती रानी
	मुकताबली ने चेते	ब्रह्म-मुहूर्त में जागती
	नोनी लगे बले जाय रानी	नोनी के पास जाती रानी
	नोनी के काय बले	नोनी से वह कहती
556	“सुन नोनी कुँदनी कयना	“सुन हे नोनी कुँदनी कैना
	सुन बाबा कुँदनी कयना	सुन हे बाबा कुँदनी कैना
	उठ नोनी” बले रानी	उठ हे नोनी” कहती रानी
	“चेत बाबा” बले	“जाग हे बाबा” कहती
	“आज गुरबार आय नोनी	“आज गुरुवार है हे नोनी
	मयँ माहाले डेरा जायँ	मैं महल में प्रवेश करूँगी

नव खँड माहाल लिप नोनी	नौ खण्डा महल तू लीप नोनी
तुय बड़ा-ओंडा कर”	झाड़-बुहार तू कर”
557 कुँदनी कयना सुने बाबा	कुँदनी कैना सुनती बाबा
तड़बड़ाउन उठे	हड़बड़ा कर उठती
फापड़ झुड़ा बाँदे नोनी	जल्दी जूड़ा बाँधती नोनी
घर ले बाहिर होय	घर से बाहर निकलती
नव खँड माहाले जाय नोनी	नौ खण्ड महल को जाती नोनी
बड़ा-ओंडा करे	झाड़-बुहार वह करती
छड़ा-छिटका देय नोनी	छड़ा-छिटका देती नोनी
सरा-बड़ा करे	झाड़-बुहार वह करती
लिपा-पोता बले नोनी करे	लिपाई-पोताई नोनी करती
लिपा-पोता नोनी करे	लिपाई-पोताई नोनी करती
डारा-छापरे जाय नोनी	पत्तों वाले छावन में जाती नोनी
रानी के काय बले	रानी से वह कहती
“लिपा-पोता करले रानी	“लिपाई-पोताई कर ली रानी
मयँ बड़ा-ओंडा करले”	मैंने झाड़-बुहारी कर ली”
558 मेंगइन रानी सुने बाबा	मेंगइन रानी सुनती बाबा
बाबू के काय बले	बाबू से वह कहती
“सुन बाबू पवनकुमार	“सुन हे बाबू पवनकुमार
सुन बाबू भँडारी पिला	सुन हे बाबू भण्डारी बालक
आज गुरबार आय बाबू	आज गुरुवार है हे बाबू
आज गुरबार आय	आज गुरुवार है
गँगा-जमुना धरा बाबू	गंगा-जमुना लो हे बाबू

	तुमी जोड़ी गदया धरा	तुम दोनों भण्डार ले लो
	सब सएन धरा बाबू	सारी सेना ले लो बाबू
	नव खँड माहाले निया	नौ खण्डा महल में ले जाओ
	माहाले डेरा मयँ जायँ बाबू	महल में मैं प्रवेश करूँगी बाबू
	माहाले डेरा जायँ"	महल में प्रवेश करूँगी"
559	सुनोत बाबू सुनोत दादा	सुनते बाबू सुनते दादा
	सुनोत बाबू सुनोत दादा	सुनते बाबू सुनते दादा
	सब सएन धरोत बाबू	सारी सेना लेते बाबू
	नव खँड माहाले नेत	नौ खण्डा महल में ले जाते
	काहीं के नईं बचात बाबू मन	कुछ भी नहीं छोड़ते बाबू
	खोजुन-खोजुन नेओत	खोज-खोज कर ले जाते
	मेंगराजा चो नव खँड माहाल	मेंगराजा का नौ खण्डा महल
	मेंगइन रानी चो नव खँड माहाल	मेंगइन रानी का नौ खण्डा महल
	माहाल भरती होय राजा चो	महल भर जाता है राजा का
	माहाल भरती होय	महल भर जाता है
	ओना-कोना भरे बाबा	कोना-कोना भर जाता बाबा
	अगवाड़-पिछवाड़ भरे	अगवाड़ा-पिछवाड़ा भर जाता
560	माहाले डेरा गेला राजा-रानी	महल में चले गये राजा-रानी
	माहाले डेरा गेला	महल में प्रवेश किया
	राजा के काय बले रानी	राजा से क्या कहती रानी
	"सुना राजा" बले	"सुनिये राजा" कहती
	"सुना राजा रे मेंगराजा	"सुनिये हे राजा मेंगराजा
	सुना राजा मेंगराजा	सुनिये हे राजा मेंगराजा
	नँगारची-माहाले जाहा राजा	नगारची-महल को जायें राजा
	नँगारची-माहाले जाहा	नगारची-महल को जायें
	घड़ी भर नँगारा देओ राजा	थोड़ी देर मुनादी कर दे राजा
	घड़ी भर नँगारा देओ	थोड़ी देर मुनादी कर दे
	माहाले डेरा इलू राजा	महल में हम आ गये हैं राजा
	माहाले डेरा इलू	महल में हम आ गये हैं
	मँजपुरया एदे राजा	मँजपुरिया आयें राजा
	मँजपुरिन एदे	मँजपुरिन भी आयें
	एई बाटे खाना खादे राजा	वे यहीं भोजन करेंगे राजा
	सब के खाना देवाँ"	हम सब को भोजन देंगे"
561	मेंगराजा सुने बाबा	मेंगराजा सुनता बाबा
	बाबू के काय बले	बाबू से वह कहता
	"सुन बाबू पवनकुमार	"सुन हे बाबू पवनकुमार
	सुन बाबू पवनकुमार	सुन हे बाबू पवनकुमार
	नँगारची-माहाले जा बाबू	नगारची-महल को जा हे बाबू

	घड़ी भर नँगारा देओ	थोड़ी देर मुनादी कर दे
	एई बाटे खाना खादे बाबू	यहीं भोजन करेंगे बाबू
	हुन सँजकारी-सँजकारी एओत	वे जल्दी-जल्दी आयें
	माहाले डेरा इले बाबू	महल में मैं आ गया हूँ बाबू
	मयँ माहाले डेरा इले"	महल में मैं आ गया हूँ"
562	सुने बाबू पवनकुमार	सुनता बाबू पवनकुमार
	सुने बाबू पवनकुमार	सुनता बाबू पवनकुमार
	हरबर तियार होय बाबू	झटपट तैयार होता बाबू
	जलदी तियार होय	जल्दी तैयार होता
	पाँय ने खड़ऊ पिंदे बाबू	पाँवों में खड़ाऊँ पहनता बाबू
	हाते बेद धरे	हाथ में बेंत लेता
	राजा-माहाल छाँडे बाबू	राज-महल छोड़ता बाबू
	जाते-जाते जाय	चलता चला जाता
	रुमझुम-रुमझुम रेंगे बाबू	जल्दी-जल्दी चलता बाबू
	एक कलाट मारे	जल्दी पाँव बढ़ाता
	नँगारची-माहाले जाय बाबू	नगारची-महल जाता बाबू
	नँगारची-माहाल अमरे	नगारची-महल पहुँचता
	माँडो-मोंगरा बाबू उबे	मोगरा-मण्डप में बाबू रुकता
	'दादा' हंका बाबू मारे	'दादा' हाँक बाबू लगाता
	दादा सुनुन जाय बाबा	दादा सुनता है ओ बाबा
	घर ले बाहिर होय	घर से बाहर आता
	"काय कामे इलिस बाबू	"किस काम से आये बाबू
	तुय आले मोके साँग"	तुम मुझे बतलाओ"
563	बाबू काय बले दादा के	बाबू क्या कहता दादा से
	"सुन दादा" बले	"सुन हे दादा" कहता
	"माहाले डेरा गेला राजा-रानी	"महल में चले गये राजा-रानी
	माहाले डेरा गेला	महल में चले गये हैं
	घड़ी भर नँगारा दे दादा	थोड़ी देर मुनादी कर दो दादा
	सँजकारी-सँजकारी जाओत	सब जल्दी-जल्दी जायें
	हुनी बाटे खाना खादे दादा	वहीं भोजन करेंगे दादा
	सब के खाना देउआत"	सब को भोजन देंगे"
564	दादा सुनुन जाय बाबा	दादा सुनता है ओ बाबा
	"देयँदे बाबू" बले	"कर दूँगा बाबू" कहता
	हरबर तियार दादा होय	झटपट तैयार दादा होता
	बाँडी घोड़ी दादा कसे	बाँडी घोड़ी दादा कसता
	जोड़ी नँगारा चेघाय दादा	दो नगाड़े रखता दादा
	हाते काड़ा धरे	हाथ में डण्डा लेता
	खोरे-डाँडे बले जाय दादा	गली-मोहल्ले जाता दादा

	आरा-पारा बुले	अड़ोस-पड़ोस में घूमता
	"सुना बाई" बले दादा	"सुनो हे बाई" कहता दादा
	"सुना दादा" बले	"सुनो हे दादा" कहता
	"बजनेया-मोहरेया जाहा" बले	"बजनेया-मोहरेया जाओ" कहता
	"मँदरेया-ढुडरेया जाहा	"मँदरेया-ढुडरेया जाओ
	माहाले डेरा गेला राजा-रानी	महल में राजा-रानी चले गये
	हुनी बाटे खाना देउआय"	वे वहीं पर भोजन देंगे"
	बुलुन-बुलुन साँगे दादा	घूम-घूम बतलाता दादा
	गिंजरुन-गिंजरुन साँगे	घूम-घूम बतलाता
	माटी-नँगारा धमधम करे	माटी-नगाड़ा धमधम करता
	माटी-नँगारा धमधम करे	माटी-नगाड़ा धमधम करता
	तमई झनकार देय बाबा	तमई झंकृत होती बाबा
	नँगारची नँगारा देय	नगारची मुनादी करता
	नँगारा देउन सारे दादा	मुनादी कर जाता है दादा
	आपन माहाले जाय	अपने महल में जाता
565	दादा-बाई सुनोत बाबा	दादा-बाई सुनते हैं बाबा
	हरबर तियार होत	झटपट तैयार होते
	आपन साजू पिंदोत दादा-बाई	अपने साज पहनते दादा-बाई
	आपन जाक धरोत	अपने सामान लेते
	घर ले बाहिर होत दादा-बाई	घर से बाहर होते दादा-बाई
	जाते-जाते जात	चलते चले जाते
	रुमझुम-रुमझुम रेंगोत दादा	जल्दी-जल्दी चलते दादा
	एक कलाट मारोत	जल्दी पाँव बढ़ाते
566	राजा-माहाले दादा-बाई जाओत	राज-महल दादा-बाई जाते
	राजा-माहाल दादा-बाई अमरोत	राज-महल दादा-बाई पहुँचते
	लगे जाउन सलाम झोकोत	पास जा सलाम करते
	दुरे जाउन बसोत	दूरी पर जा बैठते
	"काय बलाव आय राजा-रानी	"किसलिये बुलवाया राजा-रानी
	आले हामके साँगा"	आप हमें बतलायें"
567	राजा काय बले बाबा	राजा क्या कहता है बाबा
	"तुमी सुना बाबू" बले	"तुम सुनो हे बाबू" कहता
	"सब के खाना देयँदे बाबू	"सब को भोजन दूँगा बाबू
	मयँ सब के खाना खोआयँ"	मैं सब को भोजन दूँगा"
568	ओरी-चो-ओरी बसोत दादा-बाई	कतारों में बैठते दादा-बाई
	धाड़ी-चो-धाड़ी बसोत	कतारों में वे बैठते
	जाय राजा रे मेंगराजा	जाता राजा मेंगराजा
	जाय राजा मेंगराजा	जाता राजा मेंगराजा
	धँगड़ा रासी लगे जाय राजा	युवकों के पास जाता राजा

	धँगड़ा रासी छाटे	युवकों को वह छाँटता
	“जोखा मारुन जाहा बाबू	“जोखा बना डालो हे बाबू
	राँदा राँदुन जाहा	भोजन तैयार कर डालो
	फउद अमरुन गेला बाबू	लोग आ पहुँचे हैं बाबू
	फ़उद अमरुन गेला”	लोग आ पहुँचे हैं”
69	सुनोत बाबू रे धँगड़ा रासी	सुनते बाबू धँगड़ा रासी
	सुनोत बाबू धँगड़ा रासी	सुनते बाबू धँगड़ा रासी
	जोखा मारुन जात बाबू	जोखा बना जाते बाबू
	जोखा मारुन जात	जोखा बना जाते
	“सुन बाबू गहिरा पिला[11]	“सुन हे बाबू गहिरा बालक
	सुन बाबू गइरा[12] पिला[13]	सुन हे बाबू गहिरा बालक
	गँगा नाँद बले भर बाबू	गंगा नाँद तू भर हे बाबू
	जोड़ी नाँद भर”	दोनों नाँदों को भर”
	सुने बाबू गहिरा लोग[14]	सुनता बाबू गहिरा
	सुने बाबू गहिरा लोग[15]	सुनता बाबू गहिरा
	गहिरा नाँद भरे बाबा[16]	गहिरा नाँद भर जाता बाबा
	जोड़ी नाँद भरे[17]	दोनों नाँदों को भरता
	नाँद भरुन सारे बाबू	नाँद भर जाता है बाबू
	बाबू के काय बले	बाबू से वह कहता
	“सुन बाबू भँडारी पिला	“सुन हे बाबू भण्डारी बालक
	सुन बाबू भँडारी पिला	सुन हे बाबू भण्डारी बालक
	दार-चाउर जोड़ बाबू	दाल-चावल ले हे बाबू
	लोन-मिरी जोड़	नमक-मिर्च तू ले
	धँगड़ा-रासी के दे बाबू	युवकों को तू दे हे बाबू
	राँदा राँदुन जादे”	वे भोजन पकायेंगे”
70	भँडारी पिला सुने बाबा	भण्डारी बालक सुनता बाबा
	झारी पानी धरे	झारी में पानी लेता

11. यह पंक्ति मूल गायन के समय छोड़ दी गयी थी जो लिप्यन्तरण के समय गुरुमायँ से चर्चा के बाद जोड़ी गयी।
12. ‘गहिरा’ का अन्य उच्चारण। गहिरा : एक गोपालक जाति। सम्भवतः ‘रावत’, ‘राऊत’ या ‘यादव’, या इसी से मिलती-जुलती कोई जाति। प्रायः ‘राऊत (यादव)’ जाति के लोग पानी भरने और गोपालन का कार्य करते रहे हैं। बहुत सम्भव है कि ‘अहीर’ ही बिगड़ कर ‘गहिर’ और फिर बाद में ‘गहिरा (या गइरा)’ हो गया हो (स्रोत : रतन सिंह यादव, कोंडागाँव, 2002)। इस सम्बन्ध में शरीफ मोहम्मद की पुस्तक ‘मध्य प्रदेश का लोक संगीत’ के पृ.49 में विवरण मिलता है : “...इस जाति का सीधा सम्बन्ध पशु चराने से है। यह जाति मण्डला, बुन्देलखण्ड में अहीर, बरेदी, ग्वाल कही जाती है। यह छत्तीसगढ़ में रावत, राउत, गहिरा, सिवनी, छिंदवाड़ा में ग्वाला, बैतूल में ठाठ्या एवं मालवा में कानगुवालिया के नाम से जानी जाती है।”
13. पद 569 पंक्ति के समान।
14. पद 569 पंक्ति के समान।
15. पद 569 पंक्ति के समान।
16. पद 569 पंक्ति के समान।
17. पद 569 पंक्ति के समान।

	पइँया धोउन जाय बाबू	पाँव धो जाता है बाबू
	नव खँड माहाल खोले	नौ खण्डा महल वह खोलता
	बारा भँडारे जाय बाबू	बारह भण्डार में जाता बाबू
	दार-चाउर जोड़े	दाल-चावल लेता
	लोन-मिरी धरे बाबू	नमक-मिर्च भी लेता बाबू
	धँगड़ा रासी के देय	वह युवकों को देता
571	आइग बरेया बारोत बाबू मन	आग जलाने वाले आग जलाते
	राँदा रँधेया राँदोत	रसोइये भोजन पकाते
	धँगड़ी पान आनोत बाबा	धँगड़ी पत्ते लातीं बाबा
	डोकरी दोना खिलोत	बूढ़ियाँ दोने सीतीं
572	राँदा-बाटा के भय गय तियार	भोजन तैयार हो जाता बाबा
	राँदा-बाटा के भय गय तियार	भोजन तैयार हो जाता
	नोनी के काय बले रानी	नोनी से क्या कहती रानी
	"सुन बाबा" बले	"सुन हे बाबा" कहती
	"पानी गरम कर नोनी	"पानी गरम कर हे नोनी
	आमी आँगे असनाँद होवँ"	हम अंग स्नान करेंगे"
573	कुँदनी कयना सुने बाबा	कुँदनी कैना सुनती बाबा
	पानी गरम करे	पानी गरम करती
	सेदा-भेदा करे नोनी	ठण्डा पानी मिलाती नोनी
	मन्दन-सिले नेय	स्नान-गृह में ले जाती
	झारी कसेला देय नोनी	झारी पात्र देती नोनी
	कपुर दतुन देय	सुगन्धित दतौन देती
574	जाओत राजा रे जाओत रानी	जाते राजा जातीं रानी
	मन्दन-सिले राजा-रानी उबोत	स्नान-गृह में राजा-रानी खड़े होते
	कपुर दतुन धरोत राजा-रानी	सुगन्धित दतौन राजा-रानी लेते
	सुरिज-भेट करोत	सूरज को नमस्कार करते
	मुँहे मुखारी गोबोत राजा-रानी	मुँह में दतौन लेते राजा-रानी
	दतुन-पतर चाबोत	वे दतौन कर जाते
	आँगे असनाँद होत राजा-रानी	अंग स्नान करते राजा-रानी
	सुका कपड़ा पिंदोत	सूखे कपड़े पहनते
	ओधा कपड़ा तले गिरे	गीले कपड़े नीचे गिरते
	नव खँड माहाले जात	नौ खण्डा महल में जाते
575	बाजे जाउन बसोत राजा-रानी	शय्या पर जा बैठते राजा-रानी
	राजा काय बले	राजा है क्या कहता
	"सुना बाबू रे धँगड़ा रासी	"सुनो हे बाबू धँगड़ा रासी
	सुना बाबू धँगड़ा रासी	सुनो हे बाबू धँगड़ा रासी
	तुमी सब के पानी दिया बाबू	तुम सब को पानी दो हे बाबू
	सब के हात धोआवा"	सब के हाथ धुलाओ"

576	धँगड़ा रासी सुनोत बाबा	धँगड़ा रासी सुनते बाबा
	सब के पानी देत	सब को पानी देते
	हात धोउन जात दादा-बाई	हाथ धो डालते दादा-बाई
	ओरी-चो-ओरी बसोत	कतार में वे बैठते
	पतरी बटेया बाटोत बाबू	पत्तल बाँटने वाले पत्तल बाँटते
	दोना बटेया बाटोत	दोने बाँटने वाले दोने बाँटते
	भात बटेया बाटोत बाबू मन	भात बाँटने वाले बाँटते बाबू
	दार बटेया बाटोत	दाल बाँटने वाले बाँटते
	सब के पुरुन जाय बाबा	सब को पर्याप्त हो जाता बाबा
	सब के होउन जाय	सब को पर्याप्त हो जाता

अधया-11 : मेंग-मेंगइन के राज सोपतो

अध्याय-11 : मेंग-मेंगइन का राज्याभिषेक

577	खाई-पिई के भय गय तियार	खा-पी कर हो गये तैयार
	खाई-पिई के भय गय तियार	खा-पी कर हो गये तैयार
	दादा काय बले बाबू के	दादा क्या कहता बाबू से
	"सुना बाबू" बले	"सुनो हे बाबू" कहता
	"जोड़ी हार गुथा बाबू	"दो मालाएँ गूँथो हे बाबू
	राजा बनाउन जावाँ"	हम उन्हें राजा बनायेंगे"
578	धँगड़ा रासी सुनोत बाबा	धँगड़ा रासी सुनते ओ बाबा
	जोड़ी हार गुथोत	दो मालाएँ बनाते
	गाँयता-पुजारी के देत बाबू	गाँयता-पुजारी को देते बाबू
	माँजी-मुकासी धरोत	माँझी-मुखासी लेते

579	"सुन बाई गाँयतिन	"सुन हे बाई गाँयतिन
	सुन बाई पुजारिन	सुन हे बाई पुजारिन
	हाते पोतनी धर बाई	हाथ में पोतनी ले हे बाई
	चार खुटेया लिप	चौकोर लीप डाल
	मँजगते बाना के लिख बाई	बीच में बाना लिख हे बाई
	कलस-दिया बार"	कलश-दीप भी जला"
580	गाँयतिन बाई सुने बाबा	गाँयतिन बाई सुनती बाबा
	हाते पोतनी धरे	हाथ में पोतनी लेती
	चार खुटेया लिपे बाई	चौकोर लीप जाती है बाई
	मँजी बाना लिखे	बीच में बाना लिखती
	कलस-दिया बारे बाई	कलश-दीप जलाती बाई
	चन्दन-काट मँडाय	चन्दन-काठ रखती
	एकिस कोटी बले बाजा बाजे	इक्कीस कोटि बाजे हैं बजते
	बाइस कोटी मोहरी बाजे	बाईस कोटि मोहरी बजतीं
	धँगड़ा माँदर मारोत बाबा	धँगड़ा माँदर बजाते बाबा
	धँगड़ी रिलो गाओत	धँगड़ी रिलो गातीं
	राजा चो दुआरे बाजे बाबा	राज-द्वार में बजता बाबा
	कुड़ुमछुटुन जाय	जोर-शोर से बजता
	राजा चो हात धरोत दादा	राजा का हाथ थामते दादा
	रानी चो हात धरोत	रानी का हाथ थामते
	बाना ने नेउन उबात दादा	ले जा कर बाना में बिठाते दादा
	चन्दन-काटे उबात	चन्दन-काठ में खड़ा करते
	राजा-रानी उबोत बाबा	राजा-रानी खड़े होते बाबा
	राजा-रानी उबोत	राजा-रानी खड़े होते
581	झारी पानी बले दादा धरे	झारी पानी दादा लेता
	पइँया धोआउन दादा जाय	पाँव धुला जाता है दादा
	चाउर-टिका बले देय दादा	चावल का टीका देता दादा
	होम-आरती देय	होम-आरती करता
	पइँया पड़ुन जाय दादा	चरण-स्पर्श करता है दादा
	जोड़ी हार धरे	दोनों मालाएँ लेता
	राजा-रानी के पिंदाय[1] दादा	राजा-रानी को पहनाता दादा
	राजा-रानी के पिंदाय	राजा-रानी को पहनाता
582	"सुना राजा मेंगराजा	"सुनिये राजा मेंगराजा
	सुना रानी मेंगइन	सुनिये रानी मेंगइन रानी
	तुमके राजा बनालू राजा-रानी	आपको राजा बनाया राजा-रानी

1. पिंदाय : अन्य उच्चारण 'पिंधाय'।

	तुमके राजा बनालू	आपको राजा बनाया
	आमचो राजे राजा निंहाय	हमारे राज्य में राजा नहीं हैं
	हामचो देसे राजा	हमारे राज्य में राजा नहीं हैं
	बिगर राजा चो राज राजा-रानी	बिना राजा का राज्य हे राजा-रानी
	बिगर राजा चो देस	बिना राजा का देश
	राज नईं फोबे राजा-रानी	राज्य नहीं शोभता राजा-रानी
	देस नईं फोबे	देश नहीं है फबता
	आज ले राजा बनालू" बलोत	आज से राजा बनाया" कहते
	"आज ले राजा बनालू"	"आज से राजा बनाया"
	दुनो चो हात धरोत दादा	दोनों के हाथ पकड़ते दादा
	गादी ने नेउन बसात	गद्दी में ले जा कर बिठाते
583	आसोत दादा रे आसोत बाई	रहते दादा रहतीं बाई
	आसोत[2] दादा आसोत बाई	रहते दादा रहतीं बाई
	राजा के काय बलोत दादा-बाई	राजा से क्या कहते दादा-बाई
	"सुना राजा" बलोत	"सुनिये राजा" कहते
	"हामके छुटी दिया" बलोत	"हमें जाने दें" वे कहते
	"आपन माहाले जावँ"	"हम अपने महल में जायें"
584	मेंगइन रानी सुने बाबा	मेंगइन रानी सुनती बाबा
	राजा के काय बले	राजा से वह कहती
	"राजा बनाउन गेला राजा	"राजा बनाया है हे राजा
	राजा बनाउन गेला	राजा बनाया है
	उठुन कसन जादे राजा	यो ही कैसे जायेंगे राजा
	मुठा रुपया दें"	मुट्ठी भर रुपये दें"
585	मेंगराजा सुने बाबा	मेंगराजा सुनता बाबा
	तिजरी-बिजरी ने जाय	तिजोरियों के पास जाता
	तिजरी-बिजरी खोले राजा	तिजोरियाँ खोल जाता राजा
	मुठा रुपया धरे	मुट्ठी भर रुपये लेता
	पबलित बिदा बले देय राजा	लोगों को विदाई देता राजा
	पबलित बिदा देय	लोगों को विदाई देता
586	आपन-आपन जाओत दादा-बाई	अपने-अपने घर जाते दादा-बाई
	राजा-रानी आसोत	राजा-रानी रह जाते
	एक दिन ले दुय दिन	एक दिन से दो दिन
	दुय दिन ले आँट दिन	दो दिन से आठ दिन
	पँदरा दिन बले होय बाबा	पन्द्रह दिन बीते बाबा
	मयना दिन होय	एक महीना बीता

2. आसोत : अन्य उच्चारण 'आसत'।

राज धरुन खासोत राजा-रानी	राज्य करते हैं राजा-रानी
देस धरुन खासोत	देश पर शासन करते
छय मयना होय बाबा	छह महीने बीते बाबा
माहाले ओललो होय	महल में प्रवेश किये बीते

अधया-12 : मेंग-मेंगइन चो तुलसी मँडातो
अध्याय-12 : मेंग-मेंगइन द्वारा तुलसी-रोपण

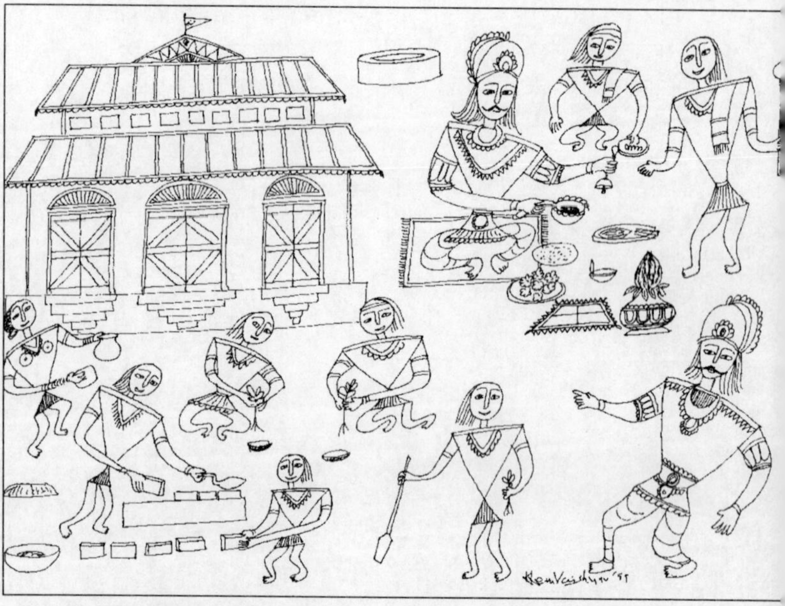

587	मन ने बिचार करे रानी	मन में विचार करती रानी
	दिले धोका करे रानी	दिल में चिन्ता करती. रानी
	'ए राम भगवान मयँ का ला करूँ !	'हे राम भगवान मैं क्या करूँ !
	बाप रे दइया का ला करूँ !	बाप रे दइया मैं क्या करूँ !
	धन-धन मेरा नसिब !' बले	धिक्-धिक् मेरा नसीब !' कहती
	'धन-धन मेरा तगदिर !'	'धिक्-धिक् मेरी तकदीर !'
	'काहीं[1] नामना निंहाय' बले	'कोई नाम नहीं है' कहती
	'मोचो काईं किरती निंहाय	'मेरी कोई कीर्ति नहीं है
	जिव रत ले खायँदे' बले	जीवित रहते तक भोग करूँगी' कहती

1. काहीं : अन्य उच्चारण 'काईं', 'काँई', 'काँही'।

	'मरले नाव[2] निंहाय	'मरने पर नाम न होगा
	तुलसी मँडाउन देयँदे' बले	मैं तुलसी रोप दूँगी' कहती
	'तुलसी मँडाउन जायँदे' बले	'मैं तुलसी रोप दूँगी' कहती
	'मयँ तुलसी-सेवा करें' बले	'मैं तुलसी-सेवा करूँगी' कहती
	'तुलसी-पुजा करें	'तुलसी की पूजा करूँगी
	एई बले नाव होयदे' बले	इससे नाम रहेगा' कहती
	'मोचो जुग-जुग नाव रयदे'	'मेरा युग-युग नाम रहेगा'
588	बाजे बसुन जात राजा-रानी	शय्या पर बैठते राजा-रानी
	सेज बसुन जात	शय्या पर हैं बैठते
	बाजे बसुन राजा-रानी जाओत	शय्या पर बैठते राजा-रानी
	सेज बसुन राजा-रानी जाओत	शय्या पर बैठते राजा-रानी
	रानी काय बले राजा के	रानी क्या कहती राजा से
	"सुना राजा" बले	"सुनिये राजा" कहती
	"बाते सुनुन जाहा राजा	"बात मेरी सुन लें हे राजा
	गोठ मानुन जाहा	कहना मेरा मानें
	काहीं नामना निंहाय राजा	कोई नाम नहीं है राजा
	काहीं किरती निंहाय	कोई कीर्ति नहीं है
	एक किरती करलू जाले	एक काम कर जायें हम तो
	एक किरती करलू जाले	एक काम कर जायें हम
	जुग-जुग नाव रयदे राजा	युग-युग नाम रहेगा राजा
	किरती बाड़ुन जायदे	कीर्ति बनी रहेगी
	तुलसी मँडाउन दिया राजा	तुलसी रोप दें हे राजा
	मयँ तुलसी-सेवा करें"	मैं तुलसी-सेवा करूँगी"
589	रानी हट मताय राजा के	रानी हठ करती राजा से
	रानी टेक मताय	रानी हठ करती है
	दतुन नईं चाबे रानी	दतौन नहीं करती है रानी
	अन नईं खाय	अन्न नहीं खाती है
	भुके-भुके आसे रानी	भूखी रह जाती है रानी
	भुके-भुके आसे	भूखी ही रह जाती
590	दखे राजा रे मेंगराजा	देखे राजा मेंगराजा
	दखे राजा मेंगराजा	देखे राजा मेंगराजा
	रानी लगे बले जाय राजा	रानी के पास जाता राजा
	रानी के काय बले	रानी से वह कहता
	"तिनपुर टेकही आस रानी	"बड़ी हठीली हो हे रानी
	बड़ा उपई आस	बड़ी शरारती हो
	दतुन नईं चाबिस रानी	दतौन नहीं करती हो रानी
	अन नईं खाइस	अन्न नहीं खाती हो

2. नाव : अन्य उच्चारण 'नावँ'।

भुके-भुके आसित[3] रानी	तुम तो भूखी हो हे रानी
भुके मरुन जासे	भूख से प्राण जायेंगे
दतुन चाबुन जा रे रानी	दतौन कर लो तुम हे रानी
अन खाउन जा रे रानी	अन्न खा लो तुम हे रानी
मयँ तुलसी मँडाउन देयँदे रानी	मैं तुलसी रोप दूँगा हे रानी
तुलसी-सेवा कर"	तुम तुलसी-सेवा करना"
एइन बात बले राजा	यही बात कहता है राजा
मेंगइन रानी सुने	मेंगइन रानी सुनती
खँड मुचकी मारे रानी	हौले से मुस्काती रानी
मुचमुच-मुचमुच हाँसे	मंद-मंद मुस्काती
बाज ले उठुन जाय रानी	शय्या से उठ जाती रानी
घर ले बाहिर होय	घर से बाहर होती
दतुन चाबुन जाय रानी	दतौन-मुखारी करती रानी
अन खाउन जाय	अन्न भी वह खाती
591 एक दिन ले दुय दिन	एक दिन से दो दिन
दुय दिन ले आँट दिन	दो दिन से आठ दिन
दतुन चाबलो होय रानी चो	रानी को दतौन किये बीते
अन खादलो होय	अन्न खाये बीते
राजा के काय बले रानी	राजा से क्या कहती रानी
"तुमी सुना राजा" बले	"आप सुनिये राजा" कहती
"उपर भुवन जाहा राजा	"ऊपर भुवन को जायें राजा
साहादेव पँडित आना	साहादेव पण्डित को लायें
तुलसी मँडाउन देयदे राजा	तुलसी रोप देगा हे राजा
तुलसी मँडाउन देयदे"	तुलसी रोप देगा"
592 मेंगराजा सुने बाबा	मेंगराजा सुनता बाबा
बाबू के काय बले	बाबू से वह कहता
"सुन बाबू पवनकुमार	"सुन हे बाबू पवनकुमार
सुन बाबू पवनकुमार	सुन हे बाबू पवनकुमार
उपर भुवने जा बाबू	ऊपरपुर तू जा हे बाबू
साहादेव पँडित के आन	साहादेव पण्डित को ला
तुलसी मँडाउन देयदे बाबू	तुलसी रोप देगा बाबू
रानी हट मताय"	रानी हठ मचाती"
593 पवनकुमार सुने बाबा	पवनकुमार सुनता है बाबा
हरबर तियार होय	झटपट तैयार होता
पाँय ने खड़ऊ बाबू पिंदे	पाँवों में खड़ाऊँ बाबू पहनता
हाते बेद बाबू धरे	हाथ में बेंत बाबू लेता
राजा-माहाल छाँडे बाबू	राज-महल छोड़ता बाबू

3. आसित : 'आसिस' का अन्य रूप।

	जाते-जाते जाय	चलता चला जाता
	रुमझुम-रुमझुम रेंगे बाबू	जल्दी-जल्दी चलता बाबू
	एक कलाट मारे	जल्दी पाँव बढ़ाता
	मोकोड़ी-माहाले जाय बाबू	मकड़ी-महल जाता बाबू
	मकोड़ी-माहाल अमरे	मकड़ी-महल पहुँचता
	माँडो मोंगरा उबे बाबू	मोगरा-मण्डप में रुकता बाबू
	'बाई' हंका मारे	'बाई' हाँक लगाता
594	बाई सुनुन जाय बाबा	बाई सुनती है ओ बाबा
	घर ले बाहिर होय	घर से बाहर आती
	"काय कामे इलिस बाबू	"किस काम से आया बाबू
	आले मोके साँग"	तू मुझ को बतला"
	"उपर भुवने जायँ बाई	"ऊपर भुवन मैं जाता बाई
	उपर भुवने जायँ बाई	ऊपर पुर मैं जाता बाई
	मोके सुत लमाउन दे बाई	मुझे सूत तान दे बाई
	मोके ताग लमाउन दे"	मुझे धागा तान दे"
595	"बाल-बचा गागोत बाबू	"बाल-बच्चे रोते हैं बाबू
	मोचो लोलो-बालो गागोत	मेरे बाल-बच्चे रोते हैं
	कइसे सुत लमायँ बाबू	कैसे सूत तानूँ बाबू
	मयँ कइसे ताग लमानूँ!"	मैं कैसे धागा तानूँ!"
596	"तुचो पिला के लाई देयँदे	"तेरे बच्चों को लाई दूँगा
	तुचो पिला के खेलाते रयँदे	तेरे बच्चों को खिलाता रहूँगा
	सुत लमाउन दे बाई	सूत तान दे ओ बाई
	मोके ताग लमाउन दे"	मुझे धागा तान दे"
597	बाई सुनुन जाय बाबा	बाई सुनती है ओ बाबा
	सरसर सुत लमाय	सरसर सूत तानती
	उपरपुर ले लमाय बाई	ऊपरपुर से ताने बाई
	मँजपुर ले लमाय	मँजपुर तक वह ताने
	सुत लमाउन सारे बाई	सूत तान देती बाई
	"तुय जलदी बसुन जा"	"तू जल्दी बैठ जा"
598	जलदी बसुन जाय बाबू	जल्दी बैठ जाता बाबू
	मँजपुर छाँडे	मँजपुर को वह छोड़ता
	जाते-जाते बले जाय बाबू	चलता चला जाता बाबू
	कोसक-दापक रेंगे	कोस-दाब भर चलता
	उपर भुवने बाबू जाय	ऊपर भुवन बाबू जाता
	उपरपुरे बाबू अमरे	ऊपर पुर बाबू पहुँचता
	सुत चो तागे उतरे बाबू	सूत के सहारे उतरता बाबू
	जाते-जाते जाय	चलता चला जाता
	पारा-परोसे जाय बाबू	अड़ोस-पड़ोस में जाता बाबू

बाई के काय बले	बाई से वह कहता
“सुना बाई माहाल बिती	“सुनो हे बाई महल वाली
सुना बाई माहाल बिती	सुनो हे बाई महल वाली
साहादेव पँडित चो घर बाई	साहादेव पण्डित का घर हे बाई
कोन लगे आसे?	किस जगह है?
आले मोके साँगा बाई	तनिक मुझे बतलाओ बाई
आले मोके साँगा”	तनिक मुझे बतलाओ”
599 बाई काय बले बाबू के	बाई क्या कहती बाबू से
“सुन बाबू” बले	“सुन ओ बाबू” कहती
“रनकाकन दिया बाबू	“रनकाकन[4] दीया बाबू
तारामँडल घर	तारा मण्डल-सा घर
रुमझुम भँवरा आसे बाबू	गुंजार करता भौंरा है हे बाबू
बाँदे माकड़ आसे	बाँदे नामक बन्दर है
जँवरा-भँवरा आसे बाबू	जँवरा-भँवरा कुत्ते बाबू
माँडो मोंगरा आसे	मोंगरा का मण्डप है
हुनी माहाल आय बाबू	वही महल है उसका बाबू
हुनी माहाल आय”	वही महल है उसका”
600 पारा-परोस बाबू छाँडे	अड़ोस-पड़ोस छोड़ता बाबू
पँजेआर-माहाल बाबू जाय	पँजेआर-महल बाबू जाता
साहादेव पँडित घरे जाय बाबू	साहादेव पण्डित के घर जाता बाबू
माँडो मोंगरा उबे	मोगरा-मण्डप में रुकता
‘दादा’ हंका मारे बाबू	‘दादा’ हाँक लगाता बाबू
दादा सुनुन जाय	दादा है सुन लेता
घर ले बाहिर होय दादा	घर से बाहर आता दादा
बाबू के काय बले	बाबू से वह कहता
“काय कामे इलिस बाबू	“किस काम से आया बाबू
आले मोके साँग”	तनिक मुझे बतला”
601 “सुन दादा रे साहादेव पँडित	“सुनो हे दादा साहादेव पण्डित
सुन दादा साहादेव पँडित	सुनो हे दादा साहादेव पण्डित
तुके राजा-घरे बलाव दादा	तुम्हें राजा का बुलावा दादा
एक डँडिक जावँ”	थोड़ी देर चलो”

4. रनकाकन दीया : एक विशेष प्रकार का दीया। बस्तर में लौह शिल्पियों द्वारा कई तरह के दीये बनाये जाते थे। इनमें ‘लामन दिया’, ‘खुट दिया’, ‘गड़ली दिया’, ‘सुपली दिया’ और ‘रनकाकन दिया’ प्रमुख थे। किन्तु आजकल केवल ‘लामन दिया’ और ‘खुट दिया’ का ही चलन शेष रह गया है। बस्तर की आदिवासी संस्कृति तथा इस संस्कृति में रचे-बसे गैर आदिवासियों में भी इन दीपकों का सांस्कृतिक महत्त्व है। बेटी के विवाह में प्रायः ‘खुट दिया’ मण्डप के बीचों-बीच स्थापित किया जाता है तथा बेटी की विदाई में उसे यह उपहार स्वरूप भेंट किया जाता है। मनौती पूरी होने पर देवी-देवताओं को भी ये दीये भेंट किये जाते रहे हैं (स्रोत : नानजात विश्वकर्मा, लौह शिल्पी, किड़ईछेपड़ा, कोंडागाँव, मार्च 2004)। ‘रनकाकन दीया’ को ‘रायकाकन दीया’ भी कहा जाता है (स्रोत : गागरा लोहार, लौह शिल्पी, देउरगाँव, अप्रैल 2004)।

602	“एयँदे बाबू” बले दादा	“आऊँगा बाबू” कहता दादा
	बाई के काय बले	बाई से वह कहता
	“पानी गरम कर रानी	“पानी गरम कर हे रानी
	मयँ आँगे असनाँद होयँ”	मैं अंग-स्नान करूँगा”
603	पानी गरम करे बाई	पानी गरम करती बाई
	सेदा-भेदा करे	ठण्डा पानी मिलाती
	मन्दन-सिले बले नेय बाई	स्नान-गृह में ले जाती बाई
	झारी कसेला दय	झारी पात्र देती
	मन्दन-सिले बले जाय बाबू	स्नान-गृह में जाता बाबू
	कपुर दतुन धरे	सुगन्धित दतौन लेता
	सुरिज भेट बले बाबू करे	सूर्य-नमस्कार करता बाबू
	मुँहे मुखारी बाबू गोबे	मुँह में दतौन बाबू लेता
	दतुन-पतर चाबे बाबू	दतौन कर जाता है बाबू
	आँगे असनाँद होय	अंग-स्नान कर जाता
	सुका कपड़ा पिंदे बाबू	सूखा कपड़ा पहनता बाबू
	ओधा कपड़ा गिरे	गीला कपड़ा गिरता
	झारी पानी धरे बाबू	झारी में पानी लेता बाबू
	तुलसी-चँवरा ने जाय	तुलसी-चौरा में जाता
	चँवरा ने पानी रिकाय बाबू	चौरा में पानी डालता बाबू
	तुलसी के काय बले	तुलसी से वह कहता
	“अगास मेलान बाड़ बाई	“आकाश तक बढ़ो हे बाई
	पकिर पाना फेक	नयी कोंपलें निकलें
	तुय-मयँ बाँहा-जोरी बाई	तुम-मैं बाँहों की जोड़ी बाई
	तुय-मयँ हन्सा-जोरी	तुम-मैं हन्सों की जोड़ी
	जिव भर सेवा मिरो बाई	जीवन भर सेवा करूँ हे बाई
	मोचो जान सुकी रहो”	मेरा जीवन सुखी रहे”
	तुलसी-सेवा करे बाबू	तुलसी-सेवा करता बाबू
	होम-आरती देय	होम-आरती करता
	पइँया पड़ुन जाय बाबू	नमस्कार करता है बाबू
	हात जोड़ुन जाय	उसे प्रणाम है करता
604	तुलसी-चँवरा बाबू छाँडे	तुलसी-चौरा बाबू छोड़ता
	आपन माहाल बाबू जाय	अपने महल में बाबू जाता
	बाजे जाउन बसे बाबू	शय्या पर जा बैठता बाबू
	बाई के काय बले	बाई से वह कहता
	“बँधेया झापी के दे रानी	“बँधेया झापी दे हे रानी
	मयँ नव सै गाहना पिंदें”	मैं नौ सौ गहने पहनूँ”
605	बँधेया झापी के देय बाई	बँधेया झापी देती बाई
	कुची हेड़ुन जाय	कुंजी निकाल लेता

	ताला टोड़ुन जाय बाबू	ताला खोल लेता बाबू
	बँधेया झापी खोले	बँधेया झापी खोलता
	नव सै गाहना पिंदे बाबू जे	नौ सौ गहने पहनता बाबू
	नव सै हार पिंदे	नौ सौ हार पहनता
	केऊ-फुल धोती मारे बाबू	केऊ-फूल-सी धोती पहनता बाबू
	केऊ-फुल कमिंज पिंदे	केऊ-फूल-सी कमीज पहनता
	सिरे पगड़ी बाँदे बाबू	सिर पर पगड़ी बाँधता बाबू
	मुँडे सुरई खोचे	सिर पर तुर्रा खोंसता
	तिलक-चन्दन लगाय बाबू	तिलक-चन्दन लगाता बाबू
	नवगुन पयता फेके	नौगुना जनेऊ पहनता
	जोतिस-रमायन बाबू धरे	ज्योतिष-रमायन बाबू लेता
	कठुवा-फारा बाबू धरे	कठुवा-फारा बाबू लेता
	पाँये खड़ऊ पिंदे बाबू	पाँवों में खड़ाऊँ पहनता बाबू
	हाते बेद धरे	हाथ में बेंत लेता
	"घर-दुआर के दख रानी	"घर-द्वार को देख रानी
	मयँ मँजपुरे जायँ	मैं मँजपुर को जाता
	कोन दिन फिरुन एयँदे रानी	कब लौट कर आऊँगा रानी
	राजा-घरो बात आय"	राजा के घर की बात"
606	घर ले बाहिर होय बाबू	घर से बाहर आता बाबू
	जाते-जाते जाय	चलता चला जाता
	जाय बाबू साहादेव पँडित	जाता बाबू साहादेव पण्डित
	मोकोड़ी-माहाले जाय बाबू	मकड़ी-महल जाता बाबू
	माँडो मोंगरा उबे बाबू	मोगरा-मण्डप में रुकता बाबू
	'बाई' हंका मारे	'बाई' हाँक लगाता
	बाई सुनुन जाय बाबा	बाई सुनती है ओ बाबा
	घर ले बाहिर होय	घर से बाहर आती
	"काय कामे इलिस बाबू	"किस काम से आया बाबू
	आले मोके साँग"	तनिक मुझे बतला"
607	"मँजपुरे जायँ बाई	"मँजपुर को मैं जाता बाई
	मोके सुत लमाउन दे"	मुझे सूत तान दे"
608	"एसू चो बरसा पातर बरसा	"इस वर्ष की वर्षा हल्की वर्षा
	एसू चो बरसा पातर बरसा	इस वर्ष की वर्षा हल्की वर्षा
	सुत नईं लमे बाबू	सूत नहीं तनेगा बाबू
	ताग नईं लामे	धागा नहीं तनेगा
	कइसे सुत लमायँ बाबू	कैसे सूत तानूँ बाबू
	मयँ कइसे ताग लमायँ?"	मैं कैसे धागा तानूँ?"
	सरसर सुत लमाय बाई	सरसर सूत तानती बाई
	सरसर ताग लमाय	सरसर धागा तानती

	उपरपुर ले आरु मँजपुर ले	ऊपरपुर से मँजपुर तक
	उपरपुर ले मँजपुर ले	ऊपरपुर से मँजपुर तक
	सुत लमाउन जाय बाई	सूत तान देती बाई
	बाबू के काय बले	बाबू से वह कहती
	"जलदी बसुन जा बाबू	"जल्दी बैठ जा हे बाबू
	पातर बरसा आय"	हल्की वर्षा है"
609	साहादेव पँडित सुने बाबा	साहादेव पण्डित सुनता बाबा
	सुत चो तागे बसे	सूत पर जा बैठता
	जाय बाबू साहादेव पँडित	जाता बाबू साहादेव पण्डित
	जाय बाबू साहादेव पँडित	जाता बाबू साहादेव पण्डित
	उपरपुर छाँडे बाबू	ऊपरपुर छोड़ता बाबू
	मँजपुरे जाय	मँजपुर को है जाता
	रुमझुम-रुमझुम रेंगे बाबू	जल्दी-जल्दी चलता बाबू
	एक कलाट मारे	जल्दी पाँव बढ़ाता
	मँजपुरे अमरे बाबू	मँजपुर आ पहुँचता बाबू
	सुत चो ताग ले उतरे	सूत पर से उतरता
	कोसक-दापक रेंगे बाबू	कोस-दाब भर चलता बाबू
	राजा-माहाले जाय	राज-महल वह जाता
610	मेंगइन रानी दखे बाबा	मेंगइन रानी देखती बाबा
	नोनी के काय बले	नोनी से वह कहती
	"सुन नोनी कुँदनी कयना	"सुन हे नोनी कुँदनी कैना
	सुन बाबा कुँदनी कयना	सुन हे बाबा कुँदनी कैना
	तुय सेवा-जोड़ा के धर नोनी	तू सेवा-सामग्री ले हे नोनी
	पँजेआर अमरुन गेलो	पँजेआर आ पहुँचा है
	पइँया धोआउन जा नोनी	पाँव उसके धुला हे नोनी
	चाउर-टिका दे"	चावल का टीका लगा"
611	कुँदनी कयना सुने बाबा	कुँदनी कैना सुनती बाबा
	सेवा-जोड़ा धरे	सेवा-सामग्री लेती
	चन्दन-काट मँडाय नोनी जे	चन्दन-काठ रखती नोनी
	ढँग् नाय बाबू उबे	बाबू खड़ा हो जाता
	पइँया धोआउन जाय नोनी	पाँव उसके धुलाती नोनी
	चाउर-टिका दय	चावल का टीका लगाती
	होम-आरती देय नोनी	होम-आरती करती नोनी
	पइँया पड़ुन जाय	पाँव उसके छूती
	नोनी चो टोंड बले बाबू चूमे	नोनी का मुख चूमता बाबू
	बाबू चो हात नोनी धरे	बाबू का हाथ नोनी पकड़ती
	नव खँड माहाले नेय नोनी	नौ खण्डा महल में ले जाती नोनी
	बाज नेउन बसाय	शय्या पर ले जा कर बिठाती

612	राजा-रानी बसोत बाबा	राजा-रानी बैठते बाबा
	पँडित काय बले	पण्डित है क्या कहता
	“काय बलाव आय राजा-रानी	“किसलिये बुलवाया राजा-रानी
	आले मोके साँगा”	आप मुझे बतलायें”
613	“सुन बाबू साहादेव पँडित	“सुन हे बाबू साहादेव पण्डित
	सुन बाबू साहादेव पँडित	सुन हे बाबू साहादेव पण्डित
	मोके तुलसी मँडाउन दे बाबू	मुझे तुलसी रोप दे हे बाबू
	तुलसी-सेवा करें	तुलसी-सेवा करूँगी
	कोन दिन तुलसी मँडायँ बाबू	किस दिन तुलसी रोपूँ बाबू
	मयँ कोन दिन तुलसी मँडायँ?”	मैं किस दिन तुलसी रोपूँ?”
614	बाबू काय बले रानी के	बाबू क्या कहता रानी से
	“सुना रानी” बले	“सुनिये रानी” कहता
	“खेलघरो नोहाय राजा-रानी	“खेल-तमाशा नहीं है राजा-रानी
	मँजपुर चो नोंहाय	मँजपुर का नहीं है
	भगवान-दुआर चो आय राजा-रानी	भगवान-द्वार का है राजा-रानी
	ठाकुर-दुआर चो आय	ठाकुर-द्वार का है
	दुसर दिने रानी नईं मँडावा	दूसरे दिन न रोपें हे रानी
	दुसर दिने नईं मँडावा	दूसरे दिन न रोपें
	सोमार दिने मँडावा राजा-रानी	सोमवार को रोपें राजा-रानी
	सोमार दिने मँडावा”	सोमवार को रोपें”
	एइन बात बले बाबू	यही बात कहता है बाबू
	एइन गोठ बले	यही बात कहता है
615	रानी बाड़ दखे बाबा	रानी राह देखती बाबा
	‘कोन दिन सोमार होयदे?’	‘किस दिन सोमवार होगा?’
	सोमार अमरुन जाय बाबा	सोमवार आ पहुँचता बाबा
	‘आज सोमार आय’	‘आज सोमवार है’
	कुकड़ाबासी उठे रानी	मुर्गा बोलते उठती रानी
	मुकताबली ने चेते	ब्रह्म-मुहूर्त में जागती
	“सुन नोनी रे कुँदनी कयना	“सुन हे नोनी कुँदनी कैना
	सुन बाबा कुँदनी कयना	सुन हे बाबा कुँदनी कैना
	उठ नोनी” बले रानी	उठ नोनी” कहती रानी
	“चेत बाबा” बले	“जाग बाबा” कहती
	“तुलसी मँडातो आय नोनी	“तुलसी रोपना है ओ नोनी
	कथा सुनतो आय	कथा सुनना है
	लिपा-पोता बले कर नोनी	लिपाई-पोताई कर हे नोनी
	तुय बड़ा-ओंडा कर”	तू झाड़ू-बुहारी कर”
616	कुँदनी कयना सुने बाबा	कुँदनी कैना सुनती बाबा
	तड़बड़ाउन उठे	हड़बड़ा कर उठती
	घर ले बाहिर नोनी होय	घर से बाहर नोनी आती

	बड़ा-ओंडा नोनी करे	झाड़ू-बुहारी नोनी करती
	छड़ा-छिटका दय नोनी	छड़ा-छिटका देती नोनी
	लिपा-पोता करे	लिपाई-पोताई करती
617	बाबू काय बले नोनी के	बाबू क्या कहता नोनी से
	"सुन बाबा" बले	"सुन हे बाबा" कहता
	"माटी आनुन दे नोनी	"मिट्टी ला दे हे नोनी तू
	मयँ तुलसी-चँवरा बेचें"	मैं तुलसी-चौंरा बनाऊँगा"
618	कुँदनी कयना सुने बाबा	कुँदनी कैना सुनती बाबा
	खाँदे कोड़की धरे	कन्धे में कुदाली लेती
	हाते टुकना धरे नोनी	हाथ में टोकरी लेती नोनी
	माटी खनुकलाय जाय	मिट्टी खोदने जाती
	माटी खनुन आने नोनी	मिट्टी खोद कर लाती नोनी
	माटी भिजाउन जाय	मिट्टी भिगा जाती
	माटी दुहारुन नोनी जाय	मिट्टी ढो कर लाती नोनी
	राजा के काय पँडित बले	राजा से क्या कहता पण्डित
	"मयँ कोन लगे चँवरा बेचें राजा?	"मैं किस जगह चौंरा बनाऊँ राजा?
	जगा दखाउन दिया"	जगह दिखला दीजिये"
619	रानी के काय बले राजा	रानी से है कहता राजा
	"सुन रानी" बले	"सुनो हे रानी" कहता
	"कोन लगे चँवरा रयदे रानी?	"किस जगह चौंरा रहेगा रानी?
	तुय जगा दखाउन दे"	तुम जगह दिखला दो"
620	"चँवरा चो दिया राजा घरे जाओ	"चौंरा का उजाला घर में जाये राजा
	घर चो दिया चँवरा ने जाओ	घर का उजाला चौंरा में जाये
	हुसन नपित रहो राजा	ऐसी जगह बनवायें राजा
	हुसन नपित रहो"	ऐसी जगह बनवायें"
	जगा दखाउन देत राजा-रानी	जगह दिखला देते राजा-रानी
	डेरा दखाउन देत	जगह दिखला देते
621	माटी दुहारुन जाय नोनी	माटी ढो कर लाती नोनी
	माटी दुहारुन जाय	माटी ढो कर लाती
	पँडित चँवरा बेचे बाबा	पण्डित चौंरा बनाता बाबा
	पँडित चँवरा बेचे	पण्डित चौंरा बनाता
	माहाल-पुरे दुआर रहे	महल के सामने द्वार पर
	माहाल-पुरे दुआर	महल के सामने द्वार पर
	चँवरा बेचुन सारे पँडित	चौंरा बना जाता है पण्डित
	चँवरा बेचुन सारे	चौंरा बना जाता है
622	राजा-रानी उपास रहोत भगवान[5]	राजा-रानी उपवास रहते भगवन्
	राजा-रानी उपास रहोत परभू	राजा-रानी उपवास रहते प्रभु

5. कैसेट क्रमांक 22ए का आरम्भ, 14.02.1996 को ध्वन्यांकित।

बाबू के काय बले रानी
“सुन बाबू” बले
“आँगे असनाँद हो बाबू
तुय हिरदे असनाँद हो
ओधा कपड़ा सँगे जा बाबू
सेवा-जोड़ा धर
रोसई-चाउर धर बाबू
पिल बगेचा जा
तुलसी-बुटा के आन बाबू
तुलसी-बुटा आन”

बाबू से क्या कहती रानी
“सुन हे बाबू” कहती
“अंग स्नान तू कर हे बाबू
हृदय-स्नान तू कर
गीले कपड़ों में जा हे बाबू
सेवा-सामग्री ले
रसोई-सामग्री ले हे बाबू
नन्हे बगीचा मे जा
तुलसी का बूटा ला हे बाबू
तुलसी का बिरवा ला”

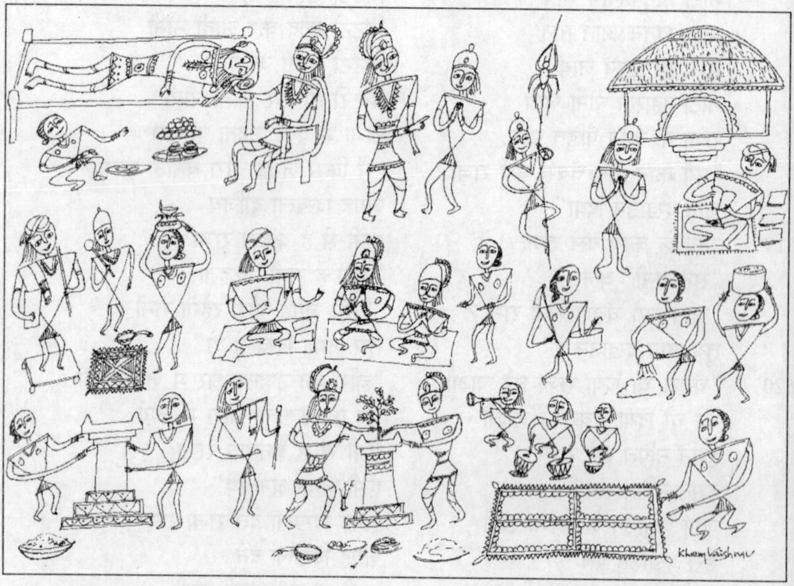

623 सुने बाबू रे पवनकुमार
सुने बाबू पवनकुमार
दतुन-पतर चाबे बाबू
आँगे असनाँद होय
ओधा कपड़ा पिंदे बाबू
सेवा-जोड़ा धरे
पुजा-जोड़ा धरे बाबू
रोसई-चाउर जोड़े
राजा-माहाल छाँडे बाबू
जाते-जाते जाय
रुमझुम-रुमझुम रेंगे बाबू जे

सुनता बाबू पवनकुमार
सुनता बाबू पवनकुमार
दतौन-मुखारी करता बाबू
अंग स्नान वह करता
गीला कपड़ा पहनता बाबू
सेवा-सामग्री लेता
पूजा-सामग्री लेता बाबू
रसोई-सामग्री लेता
राज-महल छोड़ता बाबू
चलता चला जाता
जल्दी-जल्दी चलता बाबू

एक कलाट मारे	जल्दी पाँव बढ़ाता
पिल बगेचा जाय बाबू	नन्हा बगीचा जाता बाबू
पिल बगेचा अमरे	नन्हा बगीचा पहुँचता
तुलसी-बुटा बले बाबू खोजे	तुलसी का बिरवा बाबू खोजता
तुलसी बुटा बाबू खोजे	तुलसी का बूटा बाबू खोजता
तुलसी-बुटा भेटे बाबू	तुलसी का बिरवा पाता बाबू
तुलसी-बुटा भेटे	तुलसी का बूटा पाता
सेवा-जोड़ा मँडाय बाबू	सेवा-सामग्री रखता बाबू
पुजा-जोड़ा मँडाय	पूजा-सामग्री रखता
अजिक असन जतनाय बाबू	थोड़ी-सी सफाई करता बाबू
दितरी असन जतनाय	थोड़ी-सी सफाई करता
झारी पानी छिचे बाबू	झारी से पानी छिटकता बाबू
काचा गोरस छिचे	कच्चा दूध छिटकता
जात लाली टिके बाबू	लाली का टीका लगाता बाबू
अगरबती जलाय	अगरबत्ती जलाता
फुल-चाउर चेघाय बाबू	फूल-चावल अर्पित करता बाबू
होम-आरती देय	होम-आरती करता
पइँया पड़ुन बाबू जाय	नमस्कार कर जाता बाबू
रोसई-चाउर बाबू मँडाय	रसोई-सामग्री रखता बाबू
तुलसी-बुटा झिके बाबू	तुलसी का बिरवा उखाड़ता बाबू
ओधा कपड़ा ने धरे	गीले कपड़े में लेता
पिल बगेचा छाँडे बाबू	नन्हा बगीचा छोड़ता बाबू
कोसक-दापक रेंगे	कोस-दाब भर चलता
जाते-जाते बले जाय बाबू	चलता चला जाता बाबू
राजा-माहाले जाय	राज-महल वह जाता
राजा-माहाल अमरे बाबू	राज-महल पहुँचता बाबू
तुलसी-बुटा ठोय	तुलसी-बूटा रखता
4 "सुना राजा रे मेंगराजा	"सुनिये राजा मेंगराजा
सुना रानी मेंगइन	सुनिये रानी मेंगइन
मयँ तुलसी-बुटा आनले राजा-रानी	मै तुलसी-बूटा ले आया राजा-रानी
काय-काय जोड़ा लागुआय?"	और कौन-सी सामग्री चाहिये?"
रानी काय बले बाबू के	रानी क्या कहती बाबू से
"सुन बाबू" बले	"सुन हे बाबू" कहती
"मुठा रुपया धर बाबू	"मुट्ठी भर रुपये ले बाबू
बनिया-दुकाने जा	बनिया-दुकान में जा
नड़ेर-सुपारी आन बाबू	नारियल-सुपारी ला हे बाबू
कथा-परसाद आन	कथा-प्रसाद तू ला
सवा हात कपड़ा आन बाबू	सवा हाथ कपड़ा ला हे बाबू

	तुय जात लाली आन	तू लाली भी ले आ
	मरार-माहाले जा बाबू	मरार[6]-महल तू जा हे बाबू
	भेला गुर आन	गुड़ की भेली ला
	हलबा-माहाले जा बाबू	हल्बा[7]-महल तू जा हे बाबू
	लाई फोड़ाउन आन	लाई फोड़वा कर ला
	चिवड़ा कुटाउन आन बाबू	चिवड़ा[8] कुटवा कर ला हे बाबू
	तुलसी मँडातो आय"	तुलसी रोपना है"
625	सुने बाबू पवनकुमार	सुनता बाबू पवनकुमार
	सुने बाबू पवनकुमार	सुनता बाबू पवनकुमार
	मुठा रुपया धरे बाबू	मुट्ठी भर रुपये लेता बाबू
	राजा-माहाल छाँडे	राज-महल वह छोड़ता
	रुमझुम-रुमझुम रेंगे बाबू	जल्दी-जल्दी चलता बाबू
	एक कलाट मारे	जल्दी पाँव बढ़ाता
	बनिया-दुकाने जाय बाबू	बनिया-दुकान में जाता बाबू
	बनिया-दुकान अमरे	बनिया-दुकान पहुँचता
	'दादा' हंका मारे बाबू	'दादा' हाँक लगाता बाबू
	दादा सुनुन जाय	दादा है सुन लेता
	"काय कामे इलिस बाबू	"किस काम से आया बाबू
	आले मोके साँग"	तनिक मुझे बतला"
626	"सुन दादा रे बनिया लोग	"सुन हे दादा बनिया भाई
	सुन दादा बनिया लोग	सुन हे दादा बनिया भाई
	नड़ेर-सुपारी दे दादा	नारियल-सुपारी दे हे दादा
	जात लाली दे	शुद्ध लाली तू दे
	अगरबती दे दादा	अगरबत्ती तू दे हे दादा
	मोके परसाद दे	मुझे प्रसाद-सामग्री दे
	सवा हात कपड़ा दे दादा	सवा हाथ कपड़ा दे हे दादा
	तुलसी मँडातो आय"	तुलसी रोपना है"

6. मरार : एक जाति। इसे 'पनारा' भी कहा जाता है। छत्तीसगढ़ी और ओड़िया परिवेश में इसे 'माली' और 'मर भी कहते हैं। कहा जाता है कि वर्षों पूर्व यह जाति छत्तीसगढ़ से बस्तर आयी थी वहीं कुछ लोगों के अनुस यह जाति 1313 ई. में राजा अन्नमदेव के साथ-ही-साथ वारंगल से ही आयी थी (स्रोत : डिबूश्वर कौशि ग्राम पटेल, मरार पारा, कोंडागाँव : 1999)। लखन लाल पटेल, ग्राम : संबलपुर (कोंडागाँव, छ.ग.) के अनुस उनके पूर्वज सिहावा-नगरी (छत्तीसगढ़) से आये थे (लखन लाल पटेल से चर्चा दिनांक 24.02.2015
7. हल्बा : एक जन-जाति। कहा जाता है कि हल्बा जनजाति वारंगल से 1313 ई. में चक्रकोट (बस्तर) अ राजा अन्नमदेव के साथ ही यहाँ आयी थी (बस्तर : इतिहास एवं संस्कृति : लाला जगदलपुरी)। कुछ लो के अनुसार यह जनजाति ओड़िशा से तो कुछ के अनुसार महाराष्ट्र से बस्तर में आयी थी (स्रोत : जयर पात्र, बड़े डोंगर : 2003), किन्तु वस्तु स्थिति स्पष्ट नहीं है । कोंडागाँव, जगदलपुर, नारायणपुर, दन्तेव तथा बीजापुर तहसीलों में हल्बा, धाकड़ और केंवट जाति के लोग लाई फोड़ने और चिवड़ा कूटने के क में संलग्न रहे हैं।
8. चिवड़ा : धान को उबाल कर उसे 'ढेकी' (धान कूटने का ग्रामीण पारम्परिक उपकरण) में कूटा जाता है। कू के बाद धान के छिलके अलग किये जाते हैं। यही चिवड़ा कहलाता है।

627	दादा सुनुन जाय बाबा	दादा सुन लेता है बाबा
	“देयँदे बाबू” बले	“दूँगा बाबू” कहता
	आपन माहाले दादा जाय	अपने महल में दादा जाता
	सब जोड़ा दादा धरे	सारी सामग्री दादा लेता
	पवनकुमार के देय दादा	पवनकुमार को देता दादा
	पवनकुमार धरे	पवनकुमार ले लेता
	मुठा रुपया देय बाबू	मुट्ठी भर रुपये देता बाबू
	बनिया-माहाल छाँडे	बनिया-महल छोड़ता
	रुमझुम-रुमझुम रेंगे बाबू	जल्दी-जल्दी चलता बाबू
	हलबा-माहाले जाय	हल्बा-महल वह जाता
	हलबा-माहाल अमरे बाबू जे	हल्बा-महल पहुँचता बाबू
	बाई के काय बले	बाई से वह कहता
	“लाई फोड़ुन दे बाई	“लाई फोड़ दे हे बाई
	मोके चिवड़ा कुट्टुन दे	मुझे चिवड़ा कूट कर दे
	तुलसी मँडातो आय बाई	तुलसी रोपना है ओ बाई
	कथा सुनतो आय”	कथा भी सुनना है”
628	सुने बाई रे हलबिन	सुनती बाई हलबिन
	सुने बाई हलबिन	सुनती बाई हलबिन
	“मयँ देयँदे बाबू” बले बाई	“मैं दूँगी बाबू” कहती बाई
	लाई-चिवड़ा फोड़े	लाई-चिवड़ा फोड़ती
	पवनकुमार के देय बाई	पवनकुमार को देती बाई
	मुठा रुपया देय	वह मुट्ठी भर रुपये देता
629	हलबा-माहाल छाँडे बाबू	हलबा-महल छोड़ता बाबू
	जाते-जाते जाय	चलता चला जाता
	मरार-माहाले जाय बाबू	मरार-महल जाता बाबू
	मरार-माहाल अमरे	मरार-महल पहुँचता
	माँडो मोंगरा उबे बाबू	मोगरा-मण्डप में रुकता बाबू
	‘दादा’ हंका मारे	‘दादा’ हाँक लगाता
	दादा सुनुन जाय बाबा	दादा सुन लेता है बाबा
	घर ले बाहिर होय	घर से बाहर आता
	“काय कामे इलिस बाबू	“किस काम से आया बाबू
	आले मोके साँग”	तनिक मुझे बतला”
630	“सुन दादा मरार लोग	“सुन हे दादा मरार जन
	सुन दादा मरार लोग	सुन हे दादा मरार जन
	भेला गुर बले दे दादा	गुड़ की भेली दे हे दादा
	एचोय काजे इले”	इसीलिये मैं आया”
631	“देयँदे बाबू” बले दादा	“दूँगा बाबू” कहता दादा
	आपन माहाले जाय	अपने महल में जाता

	भेला गुर धरे दादा	गुड़ की भेली लेता दादा
	पवनकुमार के देय	पवनकुमार को देता
	मुठा रुपया देय बाबू	मुट्ठी भर रुपये देता बाबू
	मरार-माहाल छाँडे	मरार-महल छोड़ता
632	रुमझुम-रुमझुम बाबू रेंगे	जल्दी-जल्दी बाबू चलता
	एक कलाट बाबू मारे	जल्दी पाँव बढ़ाता
	राजा-माहाले जाय बाबू	राज-महल जाता बाबू
	राजा-माहाल अमरे	राज-महल पहुँचता
	सब जोड़ा ठोय बाबू	सारी सामग्री रखता बाबू
	राजा-रानी लगे जाय	राजा-रानी के पास जाता
	"नड़ेर-सुपारी आनले राजा-रानी	"नारियल-सुपारी लाया राजा-रानी
	लाई-चिवड़ा आनले	लाई-चिवड़ा लाया
	भेला गुर आनले राजा-रानी	गुड़ की भेली लाया राजा-रानी
	काय-काय जोड़ा लागुआय?	कौन-कौन सी सामग्री लगेगी?
	आले मोके साँगा राजा-रानी	तनिक मुझे बताएँ राजा-रानी
	आले मोके साँगा"	तनिक मुझे बतलाएँ"
633	"सुन बाबू पवनकुमार	"सुन हे बाबू पवनकुमार
	सुन बाबू पवनकुमार	सुन हे बाबू पवनकुमार
	खोरे-डाँडे बले जा बाबू	गली-मोहल्ले में जा हे बाबू
	आरा-पारा जा	अड़ोस-पड़ोस मे जा
	बुलुन-बुलुन साँग बाबू	घूम-घूम बतला हे बाबू
	गिंजरुन-गिंजरुन साँग	घूम-घूम बतला
	सँजकारी-सँजकारी एदे बाबू	जल्दी-जल्दी आएँ बाबू
	तुलसी मँडातो आय	तुलसी रोपना है
	कथा सुनतो आय बाबू"	कथा सुनना है हे बाबू"
	राजा-रानी बलोत	राजा-रानी कहते
634	सुने बाबू पवनकुमार	सुनता बाबू पवनकुमार
	सुने बाबू पवनकुमार	सुनता बाबू पवनकुमार
	राजा-माहाल छाँडे बाबू	राजमहल छोड़ता बाबू
	जाते-जाते जाय	चलता चला जाता
	रुमझुम-रुमझुम रेंगे बाबू	जल्दी-जल्दी चलता बाबू
	हुन एक कलाट मारे	वह जल्दी पाँव बढ़ाता
	खोरे-डाँडे बले जाय बाबू	गली-मोहल्ले जाता बाबू
	आरा-पारा जाय	अड़ोस-पड़ोस में जाता
	बुलुन-बुलुन साँगे बाबू	घूम-घूम बतलाता बाबू
	गिंजरुन-गिंजरुन साँगे	घूम-घूम बतलाता
	"सुना बाई सुना दादा	"सुनो बाई सुनो दादा
	बजनेया-मोहरेया सुना" बले	बजनेया-मोहरेया सुनो" कहता

	"मँदरेया-ढोडरेया सुना" बले	"मँदरेया-ढोडरेया सुनो" कहता
	"गाँयता-पुजारी सुना	"गाँयता-पुजारी सुनो
	राजा-घरे बलाव दादा-बाई	राजा के घर बुलावा दादा-बाई
	तुलसी मँडातो आय	तुलसी रोपना है
	कथा सुनतो आय" बले	कथा सुनना है" वह कहता
	"सँजकारी-सँजकारी इया"	"जल्दी-जल्दी आयें"
	सब के साँगुन देय बाबू	सब को बतला देता बाबू
	राजा-माहाले जाय	राज-महल वह जाता
635	सुनोत दादा सुनोत बाई	सुनते दादा सुनतीं बाई
	सुनोत दादा सुनोत बाई	सुनते दादा सुनतीं बाई
	हरबर तियार होत दादा-बाई	झटपट तैयार होते दादा-बाई
	जलदी तियार होत	जल्दी तैयार होते
	आपन साजू पिंदोत दादा-बाई	अपने साज पहनते दादा-बाई
	आपन जाक धरोत	अपने सामान लेते
	घर ले बाहिर होत दादा-बाई	घर से बाहर आते दादा-बाई
	जाते-जाते जात	चलते चले जाते
	रुमझुम-रुमझुम रेंगोत दादा-बाई	जल्दी-जल्दी चलते दादा-बाई
	राजा-माहाले जात	राज-महल वे जाते
	राजा-माहाले अमरोत दादा-बाई	राज-महल पहुँचते दादा-बाई
	लगे जाउन सलाम झोकोत	पास जा कर सलाम करते
	दुरे जाउन बसोत दादा-बाई	दूरी पर जा बैठते दादा-बाई
	ओरी-चो-ओरी बसोत	कतारों में जा बैठते
636	"सुना बाबू धँगड़ा रासी	"सुनो हे बाबू धँगड़ा रासी
	सुना बाबू धँगड़ा रासी	सुनो हे बाबू धँगड़ा रासी
	कथा-परसाद भाँजा बाबू	कथा-प्रसाद भूनो हे बाबू
	कथा-परसाद भाँजा"	कथा-प्रसाद भूनो"
637	धँगड़ा रासी सुनोत बाबा	धँगड़ा रासी सुनते बाबा
	कथा-परसाद भाँजोत	कथा-प्रसाद भूनते
	नोनी के काय बले रानी	नोनी से क्या कहती रानी
	"तुय सुन बाबा" बले	"तू सुन हे बाबा" कहती
	"पानी गरम कर नोनी	"पानी गरम कर हे नोनी
	आँगे असनाँद होवँ"	हम अंग स्नान करेंगे"
638	पानी गरम करे नोनी जे	पानी गरम करती है नोनी
	सेदा-भेदा करे	ठण्डा पानी मिलाती
	मन्दन-सिले बले नेय नोनी	स्नान-गृह में ले जाती नोनी
	झारी कसेला देय	झारी पात्र वह देती
	कपुर दतुन देय नोनी	सुगन्धित दतौन देती नोनी
	राजा-रानी जाओत	राजा-रानी जाते

	कपुर दतुन राजा-रानी धरोत	सुगन्धित दतौन राजा-रानी लेते
	सुरिज-भेट राजा-रानी करोत	सूर्य-नमस्कार राजा-रानी करते
	मुँहे मुखारी गोबोत राजा-रानी	मुँह में दतौन लेते राजा-रानी
	दतुन-पतर चाबोत	वे दतौन कर जाते
	आँगे असनाँद होत राजा-रानी	अंग स्नान करते राजा-रानी
	हिरदे असनाँद होत	हृदय स्नान करते
	सुका कपड़ा पिंदोत राजा-रानी	सूखे कपड़े पहनते राजा-रानी
	ओधा कपड़ा गिरे	गीले कपड़े गिरते
	नव खँड माहाले जात राजा-रानी	नौ खण्डा महल में जाते राजा-रानी
	नोनी के काय बलोत	नोनी से वे कहते
	"सुन नोनी कुँदनी कयना	"सुन हे नोनी कुँदनी कैना
	सुन बाबा कुँदनी कयना	सुन हे बाबा कुँदनी कैना
	तुलसी-चँवरा के लिप नोनी	तुलसी-चौंरा तू लीप नोनी
	तुलसी-चँवरा के लिप	तुलसी-चौंरा को लीप
	मँजी बाना लिख नोनी	बीच में बाना बना हे नोनी
	कलस-दिया बार"	कलस-दीप जला"
639	कुँदनी कयना सुने बाबा	कुँदनी कैना सुनती बाबा
	तुलसी-चँवरा लिपे	तुलसी-चौंरा लीपती
	मँजी बाना लिखे नोनी	बीच में बाना बनाती नोनी
	कलस-दिया बारे	कलस-दीप जलाती
640	हरबर तियार होत राजा-रानी	झटपट तैयार होते राजा-रानी
	जलदी तियार होत	जल्दी तैयार होते
	आपन साजू बले राजा-रानी पिंदोत	अपने साज राजा-रानी पहनते
	आपन जाक राजा-रानी धरोत	अपने सामान राजा-रानी लेते
	सब समान धरोत बाबू	सारी सामग्री लेते बाबू
	तुलसी-चँवरा ने नेत	तुलसी-चौंरा के पास ले जाते
	सब के मँडाउन देत बाबू	सारी सामग्री रख देते बाबू
	साहादेव पँजेआर जाय	साहादेव पँजेआर जाता
	तुलसी-चँवरा ने जाय बाबू	तुलसी-चौंरा में जाता बाबू
	तुलसी-चँवरा ने जाय	तुलसी-चौंरा में जाता
	मँजी बाना बले लिखे बाबू	बीच में बाना बनाता बाबू
	मँजी बाना लिखे बाबू	बीच में बाना बनाता बाबू
	नड़ेर-सुपारी मँडाय बाबू	नारियल-सुपारी रखता बाबू
	नड़ेर-सुपारी मँडाय	नारियल-सुपारी रखता
	राजा-रानी जाओत बाबा	राजा-रानी जाते बाबा
	बाबू के काय बलोत	बाबू से वे कहते
	"तुलसी-बुटा के आन बाबू	"तुलसी का बिरवा ला हे बाबू
	तुलसी-बुटा आन"	तुलसी का बूटा ला"

641	सुने बाबू पवनकुमार	सुनता बाबू पवनकुमार
	सुने बाबू पवनकुमार	सुनता बाबू पवनकुमार
	तुलसी-बुटा धरे बाबू	तुलसी-बूटा लेता बाबू
	राजा-रानी के देय बाबू	राजा-रानी को देता बाबू
	राजा-रानी धरोत	राजा-रानी लेते
	तुलसी-बुटा बले राजा-रानी धरोत	तुलसी-बूटा राजा-रानी लेते
	तुलसी-बुटा राजा-रानी धरोत	तुलसी का बिरवा राजा-रानी लेते
	पँडित हात धरे बाबा	पण्डित हाथ पकड़ता बाबा
	पँडित हात धरे	पण्डित हाथ पकड़ता
	झारी पानी छिचोत राजा-रानी	झारी का पानी छिटकते राजा-रानी
	काचा गोरस छिचोत	कच्चा दूध छिटकते
	होम-आरती देत राजा-रानी	होम-आरती करते राजा-रानी
	पइँया पड़ुन जात	नमस्कार कर जाते
	तुलसी मँडाउन जात राजा-रानी	तुलसी रोप देते राजा-रानी
	तुलसी मँडाउन जात	तुलसी का रोपण करते
642	तुलसी मँडाउन गेला राजा-रानी	तुलसी रोप जाते राजा-रानी
	तुलसी मँडाउन गेला	तुलसी रोप जाते
	झारी पानी राजा-रानी धरोत	झारी का पानी राजा-रानी लेते
	झारी पानी राजा-रानी धरोत	झारी का पानी राजा-रानी लेते
	चँवरा ने पानी रिकात राजा-रानी	चौंरा में पानी डालते राजा-रानी
	तुलसी के काय बलोत	तुलसी से वे कहते
	"अगास मेलान बाड़ बाई	"आकाश को छू लो हे बाई
	पकिर पाना फेक	नयी कोंपलें निकलें
	तुय-मयँ बाँहा-जोरी बाई	तुम-मैं बाँहों की जोड़ी बाई
	तुय-मयँ हन्सा-जोरी	तुम-मैं हन्सों की जोड़ी
	जिव भर सेवा मिरो बाई	जीवन भर सेवा करूँ मैं बाई
	मोचो जान सुकी रओ"	मेरा जीवन सुखी रहे"
643	तुलसी-सेवा करोत राजा-रानी	तुलसी-सेवा करते राजा-रानी
	तुलसी-पुजा करोत	तुलसी की पूजा करते
	होम-आरती देत राजा-रानी	होम-आरती करते राजा-रानी
	पइँया पड़ुन जात	वे प्रणाम कर जाते
644	पँडित काय बले राजा के	पण्डित क्या कहता राजा से
	"सुना राजा" बले	"सुनिये राजा" कहता
	"सुना राजा सुना रानी	"सुनिये राजा सुनिये रानी
	सुना राजा सुना रानी	सुनिये राजा सुनिये रानी
	तुलसी मँडाउन गेलास राजा-रानी	तुलसी रोप डाला हे राजा-रानी
	तुलसी मँडाउन गेलास	तुलसी रोप डाला
	कथा सुनतो आय राजा-रानी	कथा सुनना है राजा-रानी

कथा सुनतो आय	कथा सुनना है
जोड़ी पतरी आना राजा-रानी	दो पत्तलें लायें राजा-रानी
जोड़ी पतरी आना"	दो पत्तलें लायें"
"सुन नोनी कुँदनी कयना	"सुन हे नोनी कुँदनी कैना
सुन बाबा कुँदनी कयना	सुन हे बाबा कुँदनी कैना
जोड़ी पतरी आन नोनी	दो पत्तलें ला हे नोनी
राजा-रानी के दे"	राजा-रानी को दे"
646 कुँदनी कयना सुने बाबा	कुँदनी कैना सुनती बाबा
जोड़ी पतरी आने	दो पत्तलें लाती
राजा-रानी के देय नोनी	राजा-रानी को देती नोनी
राजा-रानी बसोत	राजा-रानी बैठते
नड़ेर-सुपारी मँडाय पँडित	नारियल-सुपारी रखता पण्डित
सवा हात कपड़ा ओछाय	सवा हाथ कपड़ा बिछाता
आपन जाक मँडाय पँडित	अपनी सामग्री रखता पण्डित
आपन साजू मँडाय	अपने साज रखता
झारी पानी छिचे पँडित	झारी का पानी छिटकता पण्डित
काचा गोरस छिचे	कच्चा दूध छिटकता
जात लाली टिके पँडित	लाली का टीका लगाता पण्डित
होम-आरती देय	होम-आरती करता
खालामाती बाबू बसे	पालथी मार कर बैठता बाबू
रमायन कोरा बाबू धरे	रमायन गोद में लेता
कथा पढ़ुन जाय बाबू	कथा पढ़ जाता है बाबू
कथा पढ़ुन जाय	वह कथा पढ़ जाता
एक अधया[9] पढ़े बाबू	एक अध्याय पढ़ता बाबू
दुय अधया पढ़े	दो अध्याय पढ़ जाता
राजा के काय बले बाबू	राजा से क्या कहता बाबू
"सुना राजा" बले	सुनिये राजा कहता
"सुना राजा रे सुना रानी	"सुनिये राजा सुनिये रानी
सुना राजा सुना रानी	सुनिये राजा सुनिये रानी
तुमी दुय अधया सुनलास राजा-रानी	आपने दो अध्याय सुने हे राजा-रानी
दुय अधया सुनलास	दो अध्याय सुने
सवा पाँच आना छाँडा राजा-रानी	सवा पाँच आना डालें हे राजा-रानी
सवा पाँच आना छाँडा"	सवा पाँच आना डालें"
647 राजा-रानी सुनोत बाबा	राजा-रानी सुनते बाबा
सवा पाँच आना छाँडोत	सवा पाँच आना डालते
तिन अधया सुनाय पँडित	तीन अध्याय सुनाता पण्डित
चार अधया सुनाय	चार अध्याय सुनाता

9. अधया : अन्य उच्चारण 'अधिया', 'अधेया'।

पाँच अधया सुनाय पँडित	पाँच अध्याय सुनाता पण्डित
कथा पढ़ुन जाय	वह कथा पढ़ता जाता
“सवा दस आना छाँडा राजा-रानी	“सवा दस आना डालें राजा-रानी
सवा दस आना छाँडा”	सवा दस आना डालें”
सवा दस आना छाँडोत राजा-रानी	सवा दस आना डालते राजा-रानी
सवा दस आना छाँडोत	सवा दस आना डालते
पाँच अधया ले छय अधया	पाँच अध्याय से छह अध्याय
छय अधया ले सात अधया	छह अध्याय से सात अध्याय
सात अधया सुनाय बाबू	सात अध्याय सुनाता बाबू
सात अधया पढ़े	सात अध्याय पढ़ जाता
राजा के काय बले बाबू	राजा से क्या कहता बाबू
रानी के काय बले	रानी से वह कहता
“सात अधया सुनलास राजा-रानी	“सात अध्याय सुन डाले राजा-रानी
सात अधया सुनलास	सात अध्याय सुन डाले
पँडित-दकछिना दिया राजा-रानी	पण्डित को दक्षिणा दें हे राजा-रानी
पँडित-दकछिना दिया”	पण्डित की दक्षिणा दें”
648 राजा-रानी सुनोत बाबा	राजा-रानी सुनते बाबा
सवा पाँच रुपया छाँडोत	सवा पाँच रुपया डालते
दोनी ने परसाद पँडित धरे	दोनी में प्रसाद पण्डित लेता
दोनी ने परसाद पँडित धरे	दोनी में प्रसाद पण्डित लेता
राजा-रानी के देय पँडित	राजा-रानी को देता पण्डित
राजा-रानी के देय	राजा-रानी को देता
“दुनों बसुन खाहा राजा-रानी	“दोनों बैठ कर खायें राजा-रानी
काकेय नईं दिया”	किसी को भी ना दें”
पँडित के पाँय पड़ोत राजा-रानी	पण्डित के पाँव छूते राजा-रानी
पबलित के हात जोड़ोत	लोगों को हाथ जोड़ते
649 “सुना राजा रे सुना रानी	“सुि219
नये राजा सुनिये रानी	
सुना राजा सुना रानी	सुनिये राजा सुनिये रानी
तुमी जिव भर सुकी राहा राजा-रानी	आप जीवन भर सुखी रहें राजा-रानी
जिव रत ले खाहा	जीवन भर सुख से रहें
माथे तिलक रहो राजा	माथे पर तिलक रहे हे राजा
सिरे पगड़ी रहो	सिर पर पगड़ी रहे
सिरे सेंदुर रहो रानी	सिर पर सिन्दूर रहे हे रानी
तुचो चुड़ी अमर रहो”	तुम्हारी चूड़ी अमर रहे”
दादा-बाई बलोत बाबा	दादा-बाई कहते बाबा
दादा-बाई बलोत	दादा-बाई कहते
कथा ले उठुन जात बाबा	कथा से उठ जाते बाबा

	कथा ले उठुन जात	कथा से वे उठ जाते
650	“सुना बाबू धँगड़ा रासी	“सुनो हे बाबू धँगड़ा रासी
	सुना बाबू धँगड़ा रासी	सुनो हे बाबू धँगड़ा रासी
	नरेर-सुपारी फोड़ा बाबू	नारियल-सुपारी फोड़ो बाबू
	कथा-परसाद बाटा”	कथा-प्रसाद तुम बाँटो”
651	धँगड़ा रासी सुनोत बाबा	धँगड़ा रासी सुनते हैं बाबा
	नड़ेर-सुपारी फोड़ोत	नारियल-सुपारी फोड़ते
	कथा-परसाद बाटोत बाबू	कथा-प्रसाद बाँटते बाबू
	कथा-परसाद बाटोत	कथा-प्रसाद बाँटते
	तिल-तिल बाल-बाल बाटोत बाबू	सभी को बाँट जाते बाबू
	सब के पुरुन जाय	सब को पर्याप्त हो जाता
652	रोसई-चाउर रानी जोड़े	रसोई-सामग्री रानी लेती
	मुठा रुपया रानी धरे	मुट्ठी भर रुपये रानी लेती
	पँडित-बिदा देय रानी	पण्डित को विदाई देती रानी
	बाबू मोडरी बाँदे	बाबू गठरी बाँधता
	आपन माहाले जाय बाबू	अपने महल को जाता बाबू
	जमा फउद जाओत	सारे लोग भी जाते
	राजा-रानी आसोत बाबा	राजा-रानी रह जाते बाबा
	खाना-पिना खाओत	वे भोजन कर जाते
653	एक दिन ले दुय दिन	एक दिन से दो दिन
	दुय दिन ले आँट दिन	दो दिन से आठ दिन
	पँदरा दिन बले होय बाबा	पन्द्रह दिन हैं बीते बाबा
	मयना दिन होय	एक महीना बीता
	मयना दिन बले होय बाबा	एक महीना बीता बाबा
	मयना दिन होय	एक महीना बीता
	तुलसी मँडालो होय राजा चो	तुलसी रोपे बीते राजा को
	तुलसी मँडालो होय	तुलसी रोपे बीते
	तुलसी-सेवा करे रानी	तुलसी-सेवा करती रानी
	तुलसी-पुजा करे	तुलसी-पूजा करती

अधया-13 : मेंग-मेंगइन चो लछमी-जग मँडातो

अध्याय-13 : मेंग-मेंगइन द्वारा लछमी-जग का आयोजन

654	एक मयना ले दुय मयना	एक महीना से दो महीने
	दुय मयना ले तिन मयना	दो महीने से तीन महीने
	चार मयना होय बाबा	चार महीने बीते बाबा
	तुलसी मँडालो होय	तुलसी रोपे बीते
	तुलसी-सेवा करे रानी	तुलसी-सेवा करती रानी
	तुलसी-पुजा करे	तुलसी-पूजा करती
	साल-डेड़ साल होय बाबा	साल-डेढ़ साल बीते बाबा
	साल-डेड़ साल होय	साल-डेढ़ साल बीते
	मन ने बिचार करे रानी	मन में विचार करती रानी
	दिले धोका करे	दिल में चिन्ता करती
	'तिनपुर मयँ बुलले' बले	'तीन पुरों को देखा मैंने' कहती

	'मँजपुरे इले' बले	'मँजपुर में मैं आयी' कहती
	'मयँ नाना पयकार होले' बले	'कई कष्ट हैं झेले मैंने' कहती
	'बाना-बिसा होले	'कई जतन किये हैं
	तुलसी मँडाउन गेले' बले	तुलसी रोप डाला मैंने' कहती
	'मयँ तुलसी-सेवा करले	'तुलसी की सेवा की
	काहीं नामना निंहाय' बले रानी	कोई फल न मिला' कहती रानी
	'काहीं किरती निंहाय	'कीर्ति न कोई बनी
	नामना डुबुन जाय' बले	नाम डूब रहा है' कहती
	'किरती बुड़ुन जाय	'कीर्ति डूब रही है
	एके किरती करले जाले	एक काम कर जाऊँगी तो
	एक किरती करले जाले	एक काम कर जाऊँगी तो
	जुग-जुग नाँव रयदे' बले	युगों तक नाम रहेगा' कहती
	'किरती बाड़ुन जायदे'	'कीर्ति मेरी बढ़ जायेगी'
655	बाजे बसुन जात राजा-रानी	शय्या पर जा बैठते राजा-रानी
	सेज बसुन जात	सेज पर जा बैठते
	रानी काय बले राजा के	रानी क्या कहती राजा से
	"सुना राजा" बले	"सुनिये राजा" कहती
	"तुमी बाते सुनुन जाहा राजा	"बात मेरी सुन लें हे राजा
	गोठ मानुन जाहा	कहना मेरा मानें
	तुलसी मँडाउन गेले राजा	तुलसी रोप डाला राजा
	तुलसी-सेवा करले राजा	तुलसी-सेवा की हे राजा
	मोचो काहीं नामना निंहाय राजा	मेरा नाम नहीं है राजा
	काहीं किरती निंहाय	कोई कीर्ति नहीं है
	जिव रत ले खावाँ राजा	जीवन भर सुख भोगेंगे राजा
	मरले नाँव निंहाय	मरने पर नाम न होगा
	एके किरती करूँ राजा	एक काम कर जायें राजा
	जुग-जुग नाँव रयदे	युगों तक नाम रहेगा
	किरती बाड़ुन जायदे राजा	कीर्ति बढ़ जायेगी राजा
	पदवी बाड़ुन जायदे"	पदवी बढ़ जायेगी"
656	"काय किरती आय रानी?	"कौन सा काम है हे रानी?
	तुय आले मोके साँग"	तुम मुझे बतलाओ"
657	"जोड़ा जोड़ुन राजा मोके दिया	"सामग्री मुझको ला दें राजा
	जोड़ा जोड़ुन मोके दिया	सामग्री मुझको ला दें
	मयँ लछमी-जग मँडायँ राजा	मैं लछमी जग[1] रखूँगी राजा
	लखी-सेवा करें	लछमी की सेवा करूँगी
	जुग-जुग नाँव रयदे राजा	युगों तक नाम रहेगा राजा

1. लछमी जग : लछमी जगार (लछमी : लक्ष्मी, जग : यज्ञ, जागरण, जागृति), धान्य-देवी लछमी का आह्वान कर उसे जागृत करना।

	किरती बाड़ुन जायदे"	कीर्ति बढ़ जायेगी राजा"
	रानी हट मताय बाबा	रानी हठ मचाती बाबा
	रानी टेक मताय	रानी है हठ करती
658	राजा काय बले रानी के	राजा क्या कहता रानी से
	"सुन रानी" बले	"सुनो हे रानी" कहता
	"तिनपुर टेकही आस रानी	"बड़ी हठीली हो रानी तुम
	बड़ा उपई आस	बड़ी शरारती हो
	टेक मताउन जास रानी	हठ मचाती हो तुम रानी
	हट मताउन जास	हठ मचाती हो
	तुय रोना-गाना नीं कर रानी	तुम रोना-गाना करो न रानी
	गागा-बोगा नीं कर	रोना-गाना नहीं
	जोड़ा जोड़ुन देयँदे रानी	सामग्री ला दूँगा रानी मैं
	तुय लछमी-जग मँडाव"	तुम लछमी जग रखो"
659	मेंगइन रानी सुने बाबा	मेंगइन रानी सुनती बाबा
	खँड मुचकी मारे	हौले से मुस्काती
	दतुन चाबुन रानी जाय	दतौन कर जाती है रानी
	अन खाउन रानी जाय	भोजन भी कर लेती रानी
	एक दिन बले होय बाबा	एक दिन बीत जाता बाबा
	दुय दिन होय	दो दिन बीत जाते
	आँट दिन बले होय बाबा	आठ दिन बीत जाते बाबा
	अन खादलो होय	अन्न खाये बीते
	बाजे जाउन बसोत राजा-रानी	शय्या पर जा बैठते राजा-रानी
	सेज जाउन बसोत	शय्या पर जा बैठते
	"सुना राजा मेंगराजा	"सुनिये राजा मेंगराजा
	सुना राजा मेंगराजा	सुनिये राजा मेंगराजा
	जोड़ा जोड़ुन दिया राजा	सामग्री ला दें हे राजा
	जोड़ा जोड़ुन दिया"	सामग्री ला कर दें"
660	मेंगराजा सुने बाबा	मेंगराजा सुनता बाबा
	बाबू के काय बले	बाबू से वह कहता
	"सुन बाबू" बले राजा	"सुन हे बाबू" कहता राजा
	"सुन बाबू" बले	"सुन हे बाबू" कहता
	"मुठा रुपया धर बाबू	"मुट्ठी भर रुपये ले तू बाबू
	मुठा रुपया धर बाबू	मुट्ठी भर रुपये ले
	कुम्हार-माहाले जा बाबू	कुम्हार-महल तू जा हे बाबू
	जोड़ी नाँद आन	दो नाँद[2] ले कर आ
	जोड़ी सुपा आन बाबू	दो सूपा[3] ले कर आ हे बाबू

2. नाँद : बड़ा घड़ा जो लगभग 250 लीटर क्षमता का होता है।

3. सूपा : बाँस से बना उपकरण जो धान या चावल फटकने के काम आता है।

	कपड़ा बिनाउन आन	कपड़े बिनवा कर ला
	रानी हट मताय बाबू	रानी हठ मचाती बाबू
	रानी टेक मताय	रानी हठ मचाती
	लछमी-जग मँडाय बाबू	लछमी-जग रखेगी बाबू
	लखी-सेवा करे"	लछमी की सेवा करेगी"
661	सुने बाबू पवनकुमार	सुनता बाबू पवनकुमार
	सुने बाबू पवनकुमार	सुनता बाबू पवनकुमार
	हरबर तियार होय बाबू	झटपट तैयार होता बाबू
	जलदी तियार होय	जल्दी तैयार होता
	आपन साजू पिंदे बाबू	अंपने साज पहनता बाबू
	आपन जाक धरे	अपने सामान लेता
	मुठा रुपया धरे बाबू	मुट्ठी भर रुपये लेता बाबू
	पाँये खड़ऊ पिंदे	पाँवों में खड़ाऊँ पहनता
	हाते बेद धरे बाबू	हाथ में बेंत लेता बाबू
	राजा-माहाल छाँडे	राज-महल वह छोड़ता
	जाते-जाते जाय बाबू	चलता चला जाता बाबू
	कुम्हार-माहाले जाय	कुम्हार-महल वह जाता
	कुम्हार-माहाल अमरे बाबू	कुम्हार-महल पहुँचता बाबू
	माँडो-मोंगरा उबे	मोगरा-मण्डप में रुकता
	'दादा' हंका बले बाबू मारे	'दादा' हाँक लगाता बाबू
	दादा सुनुन जाय परभू	दादा सुनता है हे प्रभु
	घर ले बाहिर होय दादा	घर से बाहर आता दादा
	बाबू के काय बले	बाबू से क्या कहता
	"काय कामे इलिस बाबू	"किस काम से आया बाबू
	तुय आले मोके साँग"	तनिक मुझे बतला"
662	"जोड़ी नाँद देस दादा	"दो नाँद दे दो हे दादा
	रानी हट मताय	रानी हठ मचाती
	लछमी-जग मँडाय दादा	लछमी-जग रखती है दादा
	एचोय काजे इले"	इसीलिये मैं आया"
663	"देयँदे बाबू" बले दादा	"दूँगा बाबू" कहता दादा
	खाँदे कोड़की धरे	कन्धे में कुदाली लेता
	हाते टुकना धरे दादा	हाथ में टोकरा[4] लेता दादा
	माटी खनुकलाय जाय	माटी खोदने जाता
	माटी खनुन आने दादा	माटी खोद कर लाता दादा
	माटी भिजाउन जाय	माटी भिगा जाता
	माटी खुँदुन जाय दादा	माटी मिला जाता दादा
	माटी चुँदुन जाय	माटी गूँद जाता

4. टुकना (टोकरा) : बाँस से बना यह उपकरण आकार में 'टाकरा' से छोटा होता है।

	जोड़ी नाँद घड़े दादा	दो नाँद बना जाता दादा
	नाँद घड़ुन सारे	नाँद बना वह जाता
	आवाँ देउन जाय दादा	भट्ठी में डाल जाता दादा
	आवाँ हेड़ुन जाय	वह भट्ठी खोल जाता
	पवनकुमार के देय दादा	पवनकुमार को देता दादा
	जोड़ी नाँद धरे	वह दोनों नाँद लेता
64	मुठा रुपया बाबू देय	मुट्ठी भर रुपये बाबू देता
	कुम्हार-माहाल बाबू छाँडे	कुम्हार-महल बाबू छोड़ता
	हरदी नँगरे जाय बाबू	हरदी नँगर जाता बाबू
	पारदी-माहाले जाय	पारदी[5]-महल वह जाता
	पारदी-माहाले अमरे बाबू जे	पारदी-महल पहुँचता बाबू
	'दादा ऽ' हंका मारे	'दादा ऽ' हाँक लगाता
	दादा सुनुन जाय बाबा	दादा सुन लेता है बाबा
	घर ले बाहिर होय	घर से बाहर आता
	"काय कामे इलिस बाबू	"किस काम से आया बाबू
	आले मोके साँग"	तनिक मुझे बतला"
65	"सुन दादा रे पारदी लोग	"सुन हे दादा पारदी
	सुन दादा पारदी लोग	सुन हे दादा पारदी
	जोड़ी सुपा मोके दे दादा	दो सूपा मुझे दे हे दादा
	एचोय काजे इले"	इसीलिये मैं आया"
66	"देयँदे बाबू" बले दादा	"दूँगा बाबू" कहता दादा
	खाँदे टयँगा धरे	कन्धे में कुल्हाड़ी रखता
	बाँवस-पटाड़े जाय दादा	बाँस[6]-वन में जाता दादा
	बाँवस-पटाड़े अमरे	बाँस-वन पहुँचता

5. पारदी : बँसोड़। बाँस का काम करने वाली एक जाति। इस जाति को 'नाहार' के नाम से भी जाना जाता है। वैसे पारदी का शाब्दिक अर्थ है, 'आखेटक' (पारद : आखेट)। संभवतः बाँस का काम करने वाली यह जाति आखेटक भी रही हो। आज भी इस जाति के लोग आखेट करते रहते हैं। 1908 में लिखे गये अपने ग्रन्थ 'बस्तर भूषण' के पृ. 43 में पं. केदार नाथ ठाकुर इस जाति के विषय में जो विवरण देते हैं, वह इस प्रकार है : "इनका कोई मकान नहीं रहता। अक्सर लड़के-बच्चों को साथ लिये जंगल में घूमते रहते हैं। अनाज न मिले तो परवाह नहीं। तीर चलाने में ये लोग महापराक्रमी है। बड़े-बड़े जानवरों पर सोये-सोये ही ऐसे तीर चलाते हैं कि निशाना ठीक उसी पर जा कर लगता है। इन्हीं लोगों की औरतें अक्सर जड़ी-बूटी ला कर मुरिये-माड़ियों को देती हैं और बेचने पर जो पैसा मिलता है, उससे निमक-मिरची खरीदती हैं।" मध्य प्रदेश हिन्दी ग्रन्थ अकादमी से 1994 में प्रकाशित पुस्तक 'मध्य प्रदेश की जन जातियाँ : समाज एवं व्यवस्था' (पृ. 144-145) में इस पुस्तक के लेखक द्वय डॉ. शिवकुमार तिवारी एवं डॉ. श्रीकमल शर्मा के अनुसार : "पारधी मराठी शब्द 'पारध' का तद्भव रूप है, जिसका अर्थ होता है आखेट। मोटे तौर पर पारधी जनजाति के साथ बहेलियों को भी शामिल कर लिया जाता है।" वे आगे कहते हैं : "पारधी अपनी उत्पत्ति एक गोंड पूर्वज से मानते हैं।"

6. बाँस : बस्तर के विभिन्न हस्तशिल्पों की विस्तृत जानकारी के लिये राधाकृष्ण प्रकाशन, दिल्ली से प्रकाशित पुस्तक '**बस्तर की आदिवासी एवं लोक हस्तशिल्प परम्परा**' (लेखक : हरिहर वैष्णव) का अवलोकन किया जा सकता है।

हाते टयँगा धरे दादा	हाथ में टँगिया[7] लेता दादा
बाँवस गोंदुन जाय	बाँस काट जाता
गोंदा-गोंदा करे दादा जे	टुकड़े-टुकड़े करता दादा
तुकड़ा-तुकड़ा[8] करे	टुकड़े-टुकड़े करता
खाँद भर बोहे[9] दादा	कन्धा भर लादता दादा
बाँवस-पटाड़ छाँडे	बाँस-वन छोड़ता
आपन माहाले दादा जाय	अपने महल जाता दादा
बाँवस कचाड़ुन दादा जाय	बाँस रख देता दादा
बाँवस खापुन दादा जाय	बाँस चीर डालता
हाते छुरी धरे दादा	हाथ में छुरी लेता दादा
सरा हेड़ुन जाय	सरा[10] निकाल जाता
सरा जुराउन जाय दादा	सरा सुखा जाता दादा
बिरला जुराउन जाय	बिरला[11] सुखा जाता
जोड़ी सुपा गाथे दादा	दो सूपा बनाता दादा
सुपा गाथुन सारे	सूपा बना जाता
पवनकुमार के देय दादा	पवनकुमार को देता दादा
पवनकुमार धरे	पवनकुमार है लेता
मुठा रुपया देय बाबू	मुट्ठी भर रुपये देता बाबू
पारदी-माहाल छाँडे	पारदी-महल छोड़ता
667 जाते-जाते बले जाय बाबू जे	चलता चला जाता बाबू
कोसक-दापक रेंगे	कोस-दाब भर चलता
जाय बाबू पवनकुमार	जाता बाबू पवनकुमार
जाय बाबू पवनकुमार	जाता बाबू पवनकुमार
गइरा-माहाले जाय बाबू	गइरा[12]-महल जाता बाबू
गइरा-माहाल अमरे	गइरा-महल पहुँचता
दादा के काय बले बाबू	दादा से क्या कहता बाबू
"सुन दादा" बले	"सुन हे दादा" कहता
"गुमा घिंव दे दादा	"शुद्ध घी दे ओ दादा
मोके निरवाँ घिंव दे	मुझे शुद्ध घी दे
रानी हट मताय दादा	रानी हठ करती है दादा
लछमी-जग मँडाय"	लछमी-जग रखती है"

7. टँगिया : कुल्हाड़ी।
8. तुकड़ा-तुकड़ा : नगरीय प्रभाव से आयी ध्वनि। मूल ध्वनि 'गोंदा-गोंदा'।
9. बोहे : अन्य उच्चारण 'बोए'।
10. सरा : बाँस की पतली कमचियाँ।
11. बिरला : बाँस की पतली कमचियाँ।
12. गहिरा : एक गोपालक जाति। सम्भवतः 'राऊत' या 'यादव', या इसी से मिलती-जुलती कोई जाति। प्रायः 'राऊत (यादव)' जाति के लोग पानी भरने और गोपालन का कार्य करते रहे हैं। बहुत सम्भव है कि 'अहीर' ही बिगड़ कर 'गहिर' और फिर बाद में 'गहिरा (या गइरा)' हो गया हो (स्रोत : रतन सिंह यादव, कोंडागाँव, 2002)

668 "देयँदे बाबू" बले दादा	"दूँगा बाबू" कहता दादा
आपन माहाले जाय	अपने महल में जाता
घुमा घिंव धरे दादा	शुद्ध घी लेता दादा
निरवाँ घिंव धरे	शुद्ध घी लेता
पवनकुमार के देय दादा	पवनकुमार को देता दादा
पवनकुमार धरे	पवनकुमार है लेता
मुठा रुपया बाबू देय	मुट्ठी भर रुपये बाबू देता
गइरा-माहाल बाबू छाँडे	गइरा-महल बाबू छोड़ता
मरार-माहाले जाय बाबू	मरार-महल जाता बाबू
मरार-माहाल अमरे	मरार-महल पहुँचता
माँडो मोंगरा उबे बाबू	मोगरा-मण्डप में बाबू रुकता
'दादा' हंका मारे	'दादा' हाँक लगाता
दादा सुनुन जाय बाबा	दादा सुन लेता है बाबा
घर ले बाहिर होय	घर से बाहर आता
"काय कामे इलिस बाबू	"किस काम से आया बाबू
आले मोके साँग"	तनिक मुझे बतला"
669 "सुन दादा रे मरार लोग	"सुन हे दादा मरार जन
सुन दादा मरार लोग	सुन हे दादा मरार जन
भेला गुर बले दे दादा	गुड़ की भेली दे हे दादा
भेला गुर दे"	गुड़ की भेली दे"
670 "देयँदे बाबू" बले दादा	"दूँगा बाबू" कहता दादा
आपन माहाले ओले	अपने महल में जाता
भेला गुर धरे दादा	गुड़ की भेली लेता दादा
पवनकुमार के देय	पवनकुमार को देता
पवनकुमार धरे बाबा	पवनकुमार लेता बाबा
मुठा रुपया देय	मुट्ठी भर रुपये देता
मरार-माहाल छाँडे बाबू जे	मरार-महल छोड़ता बाबू
मुरिया-माहाले जाय	मुरिया[13]-महल जाता

13. मुरिया : एक आदिम जन जाति। वस्तुतः 'मुरिया' अलग से कोई जाति नहीं अपितु 'गोंड' जनजाति की ही एक शाखा है। किन्तु यहाँ जिन्हें गोंड कहा जाता है, वे दरअसल अपने को गोंड कहते ही नहीं। वे अपने आप को 'कोयतुर' या 'कोयतोर' कहते हैं। पहाड़ों में रहने वाले 'मेटा कोयतुर' (मेटा कोयतोर) और मैदानों में रहने वाले 'कोयतुर' (कोयतोर)। डड्डे बुरका-कोवासी इनके आदि जनक एवं जननी हैं। वस्तुतः नृ-विज्ञान के अनुसार ये हैं तो 'गोंड' ही, किन्तु अपने आप को 'गोंड' नहीं कहते। कोंडागाँव तहसील के वृत्त में ये 'मुरिया', नारायणपुर, जगदलपुर एवं दन्तेवाड़ा तहसीलों के भागों में 'माड़िया' एवं 'डँडामी माड़िया' तथा कोंडागाँव तहसील के फरसगाँव से कांकेर की ओर 'गोंड' तथा कांकेर एवं भानुप्रतापपुर तहसीलों में 'गोंड़' कहलाते हैं। 'मुरिया' एवं 'माड़िया' कही जाने वाली जनजातियाँ अपने को 'कोयतुर' (कोयतोर) कहती हैं। रशल और हीरालाल (1935) के अनुसार 'कोय' का अर्थ 'मनुष्य' तथा 'कोयतोर' का अर्थ 'वनमानुष' या 'बन्दर की संतान' बतलाते हैं। (बस्तर के जनजातीय समाजों में मृत्यु सम्बन्धी अवधारणा एवं संस्कार : हरिहर वैष्णव : 1997)

मुरिया-माहाल अमरे बाबू	मुरिया-महल पहुँचता बाबू
माँडो-मोंगरा उबे	मोगरा-मण्डप में रुकता
'दादा' हंका मारे बाबू	'दादा' हाँक लगाता बाबू
दादा सुनुन जाय	दादा है सुन लेता
"काय कामे इलिस बाबू	"किस काम से आया बाबू
तुय आले मोके साँग"	तनिक मुझे बतला"
671 "सुन दादा रे मुरिया लोग	"सुन हे दादा मुरिया जन
सुन दादा मुरिया लोग	सुन हे दादा मुरिया जन
जोड़ी आँयरा दे दादा	दो आँयरा दे हे दादा
जोड़ी आँयरा दे"	दो आँयरा दे"
672 "देयँदे बाबू" बले दादा	"दूँगा बाबू" कहता दादा
पैंरा निकराउन जाय	पुआल निकाल लेता
बेट मारुन जाय दादा	बेट[14] बना जाता दादा
जोड़ी आँयरा मारे	दो आँयरा बनाता
पवनकुमार के देय दादा	पवनकुमार को देता दादा
पवनकुमार धरे	पवनकुमार है लेता
मुठा रुपया देय बाबू	मुट्ठी भर रुपये देता बाबू
मुठा रुपया देय	मुट्ठी भर रुपये देता
673 मुरिया-माहाल बाबू छाँडे	मुरिया-महल बाबू छोड़ता
जाते-जाते बाबू जाय	चलता चला जाता बाबू
रुमझुम-रुमझुम रेंगे बाबू	जल्दी-जल्दी चलता बाबू
एक कलाट मारे	जल्दी पाँव बढ़ाता
राजा-माहाले जाय बाबू	राज-महल जाता बाबू
राजा-माहाल अमरे	राज-महल पहुँचता
सब जोड़ा ठोय बाबू	सारी सामग्री रखता बाबू
सरसौं निकराउन जाय	सरसों निकाल लेता
तिल निकराउन जाय बाबू	तिल निकाल लेता बाबू
खेजा निकराउन जाय	मज़दूरी निकाल लेता
मुठा रुपया धरे बाबू	मुट्ठी भर रुपये लेता बाबू
तिल-कावड़ बोहे	तिल काँवर उठाता
सरसौं-कावड़ बोहे बाबू	सरसों-काँवर उठाता बाबू
जाते-जाते जाय	चलता चला जाता
674 रुमझुम-रुमझुम रेंगे बाबू	जल्दी-जल्दी चलता बाबू
तेली-माहाले जाय	तेली-महल वह जाता
तेली-माहाल अमरे बाबू	तेली-महल पहुँचता बाबू
माँडो-मोंगरा उबे	मोगरा-मण्डप में रुकता
'दादा' हंका मारे बाबू	'दादा' हाँक लगाता बाबू

14 बेट : रस्सा।

	दादा सुनुन जाय	दादा है सुन लेता
	"कोन हंका मारे?" बले	"कौन पुकार लगाता?" कहता
	घर ले बाहिर दादा होय	घर से बाहर दादा आता
	बाबू के काय बले दादा	बाबू से क्या कहता दादा
	"सुन बाबू" बले	"सुन हे बाबू" कहता
	"काय कामे इलिस बाबू	"किस काम से आया बाबू
	तुय आले मोके साँग"	तनिक मुझे बतला तू"
675	"तेल पेरुन दे दादा	"तेल पेर दे हे दादा
	तेल पेरुन दे"	तेल निकाल दे"
676	"देयँदे बाबू" बले दादा	"दूँगा बाबू" कहता दादा
	घानी समराउन जाय	घानी तैयार करता
	सरसौं रिकाउन जाय दादा	सरसों डाल देता दादा
	तिल रिकाउन जाय	तिल डाल देता
	बयला फाँदुन जाय दादा	बैल जोत जाता दादा
	बयला के कापा बाँदे	बैलों को कापा[15] बाँधता
	घानी गिंजराउन जाय दादा	घानी घुमा जाता दादा
	तेल पेरुन जाय	तेल निकाल जाता
	पिपा-पिपा बले तेल पेरे	कनस्तरों में तेल निकालता
	तेल पेरुन दादा सारे	तेल निकाल जाता दादा
	पवनकुमार के देय दादा	पवनकुमार को देता दादा
	पिपा तेल धरे	तेल का कनस्तर लेता
	मुठा रुपया देय बाबू	मुट्ठी भर रुपये देता बाबू
	तेली-माहाल छाँडे	तेली-महल छोड़ता
677	बनिया-माहाले जाय बाबू	बनिया-महल जाता बाबू
	बनिया-माहाल अमरे	बनिया-महल पहुँचता
	"सुन दादा रे बनिया लोग	"सुन हे दादा बनिया जन
	सुन दादा बनिया लोग	सुन हे दादा बनिया जन
	नरेर-सुपारी दे दादा	नारियल-सुपारी दे हे दादा
	जात लाली दे	तू लाली भी दे
	अगरबती दे दादा	अगरबत्ती दे हे दादा
	मोके सवा हात कपड़ा दे	मुझे सवा हाथ कपड़ा दे
	रानी हट मताय दादा	रानी हठ मचाती दादा
	लछमी-जग मँडाय"	लछमी-जग रखती है"
678	"देयँदे बाबू" बले दादा	"दूँगा बाबू" कहता दादा
	आपन माहाले ओले	अपने महल में घुसता
	सब जोड़ा बले दादा धरे	सारी सामग्री दादा लेता
	पवनकुमार के दादा देय	पवनकुमार को दादा देता

15. कापा : आँखों में बाँधी जाने वाली पट्टी। इसे 'टोपा' या 'टापा' भी कहा जाता है।

	सब जोड़ा धरे बाबू	सारी सामग्री लेता बाबू
	मुठा रुपया देय	मुट्ठी भर रुपये देता
	बनिया-माहाल छाँडे बाबू	बनिया-महल छोड़ता बाबू
	हल्बा-माहाले जाय	हल्बा-महल वह जाता
	हल्बा-माहाल अमरे बाबू	हल्बा-महल पहुँचता बाबू
	माँडो-मोंगरा उबे	मोगरा-मण्डप में रुकता
	'बाई' हंका मारे बाबू	'बाई' हाँक लगाता बाबू
	बाई सुनुन जाय	बाई है सुन लेती
	घर ले बाहिर होय बाई	घर से बाहर आती बाई
	बाबू के काय बले	बाबू से वह कहती
	"काय कामे इलिस बाबू	"किस काम से आया बाबू
	तुय आले मोके साँग"	तनिक मुझे बतला तू"
679	"लाई फोड़ुन दे रे बाई	"लाई फोड़ दे हे बाई
	चिउड़ा कुटुन दे रे बाई	चिवड़ा कूट दे हे बाई
	मयँ एचोय काजे इले बाई	इसीलिये मैं आया बाई
	एचोय काजे इले"	इसीलिये मैं आया"
680	"देयँदे बाबू" बले बाई	"दूँगी बाबू" कहती बाई
	हुन लाई-चिवड़ा फोड़े	वह लाई-चिवड़ा कूटती
	पवनकुमार के देय बाई	पवनकुमार को देती बाई
	पवनकुमार धरे	पवनकुमार है लेता
	खेजा धराउन देय बाबू	मज़दूरी पकड़ा देता बाबू
	हल्बा-माहाल छाँडे	हल्बा-महल छोड़ता
681	रुमझुम-रुमझुम बाबू रेंगे	जल्दी-जल्दी चलता बाबू
	एक कलाट बाबू मारे	जल्दी पाँव बढ़ाता बाबू
	राजा-माहाले जाय बाबू	राज-महल जाता बाबू
	राजा-माहाल अमरे	राज-महल पहुँचता
	सब जोड़ा ठोय बाबू	सारी सामग्री रखता बाबू
	बढ़ई-माहाले जाय	बढ़ई-महल वह जाता
	कोसक-दापक रेंगे बाबू	कोस-दाब भर चलता बाबू
	एक कलाट मारे	जल्दी पाँव बढ़ाता
	बढ़ई-माहाले बाबू अमरे	बढ़ई-महल पहुँचता बाबू
	माँडो-मोंगरा बाबू उबे	मोगरा-मण्डप में रुकता बाबू
	'दादा' हंका मारे बाबू	'दादा' हाँक लगाता बाबू
	दादा सुनुन जाय	दादा है सुन लेता
	घर ले बाहिर होय दादा	घर से बाहर आता दादा
	बाबू के काय बले	बाबू से वह कहता
	"काय कामे इलिस बाबू	"किस काम से आया बाबू
	तुय आले मोके साँग"	तनिक मुझे बतला तू"

32	"सुन दादा बढ़ई लोग	"सुन हे दादा बढ़ई जन
	सुन दादा बढ़ई लोग	सुन हे दादा बढ़ई जन
	जोड़ी माची मोके दे दादा	दो माचियाँ[16] मुझे दे हे दादा
	पयली घड़ुन दे	पायली बना कर दे
	लछमी-जग मँडाय दादा	लछमी-जग रखती है दादा
	रानी हट मताय"	रानी हठ मचाती'
33	"देयँदे बाबू" बले दादा	"दूँगा बाबू" कहता दादा
	"देयँदे बाबू" बले	"दूँगा बाबू" कहता
	दादा बाड़[17] बले दखे रे भगवान	दादा राह देखता भगवन्
	दादा बाड़ दखे परभू	दादा राह देखता प्रभु
	'कोन दिने गुरबार होयदे' बले	'किस दिन गुरुवार होगा' कहता
	'कोन दिने गुरबार होयदे?'	'किस दिन गुरुवार होगा?'
	गुरबार अमरुन जाय दादा चो	गुरुवार आ जाता दादा का
	गुरबार अमरुन जाय	गुरुवार आ जाता
	'आज गुरबार आय' बले	'आज गुरुवार है' वह कहता
	'आज गुरबार आय'[18]	'आज गुरुवार है'
	मुकताबली ने उठे दादा	ब्रह्म-मुहूर्त में उठता दादा
	कुकड़ाबासी चेते	मुर्गे की बाँग से उठता
	घर ले बाहिर होय दादा	घर से बाहर आता दादा
	दतुन-पतर चाबे	दतौन-मुखारी करता
	आँगे असनाँद होय दादा	अंग स्नान करता दादा
	आँगे असनाँद होय	अंग स्नान करता
	ओधा कपड़ा पिंदे[19] दादा	गीला कपड़ा पहनता दादा
	ओधा कपड़ा पिंदे	गीला कपड़ा पहनता
	आरती-आइग धरे दादा	आरती सजा जाता है दादा
	घिंव-गुर धरे	घी-गुड़ भी है लेता
	खाँदे टयँगा दादा धरे	कन्धे में कुल्हाड़ी रखता दादा
	खाँदे टयँगा दादा धरे	कन्धे में कुल्हाड़ी रखता दादा
	घर ले बाहिर होय दादा	घर से बाहर आता दादा
	जाते-जाते जाय	चलता चला जाता
34	रुमझुम-रुमझुम रेंगे दादा	जल्दी-जल्दी चलता दादा
	एक कलाट मारे	जल्दी पाँव बढ़ाता
	सेतबन में जाय दादा	सेतबन में जाता दादा
	हेतबन में जाय	हेतबन में जाता

16. माचियाँ : मचियाँ (माची : मचिया)।
17. बाड़ : मूल उच्चारण 'बाट'।
18. दिनांक 15.12.1996 को ध्वन्यांकित कैसेट क्रमांक 22बी का आरम्भ।
19. पिंदे : अन्य उच्चारण 'पिंधे', 'फिंदे'। (पिंद, पिंध, फिंद)।

	डुमर-रुक खोजे दादा	गूलर का पेड़ खोजता दादा
	डुमर-रुक खोजे	गूलर का पेड़ खोजता
	बिहान बेरा चो गेलो लोग आय	सुबह-सवेरे का गया हुआ वह
	बिहान बेरा चो गेलो लोग आय	सुबह-सवेरे का गया हुआ वह
	पेज-बेरा बले होय बाबा	पेज का समय[20] हो जाता बाबा
	पेज-बेरा होय	दोपहर हो जाती
	बुलुन-बुलुन खोजे दादा	घूम-घूम कर खोजता दादा
	गिंजरुन-गिंजरुन खोजे	घूम-घूम कर खोजता
	डुमर-रुक नीं पाय दादा	गूलर का पेड़ न मिलता दादा को
	डुमर-रुक नीं पाय	गूलर का पेड़ न मिलता
685	सेतबन के दादा छाँडे	सेतबन दादा छोड़ता
	हेतबन के दादा छाँडे	हेतबन दादा छोड़ता
	बिंदराबन ने जाय दादा	बिंदराबन में जाता दादा
	बिंदराबने अमरे	बिंदराबन पहुँचता
	डुमर-रुक खोजे दादा	गूलर का पेड़ खोजता दादा
	डुमर-रुक नीं पाय	गूलर का पेड़ न मिलता
	मुँडे बेरा बले होय दादा के	सिर पर सूरज चढ़ आता दादा के
	मुँडे बेरा होय	सिर पर सूरज चढ़ आता
	'बुलुन-बुलुन मयँ थाकले' बले	'घूम-घूम मैं थक गया हूँ' कहता
	'गिंजरुन-गिंजरुन थाकले' बले	'घूम-घूम मैं थक गया हूँ' कहता
	'मयँ डुमर-रुक नीं पायँ' बले	'गूलर का पेड़ न मिलता' कहता
	'डुमर-रुक नीं पायँ'	'गूलर का पेड़ न मिलता'
686	बिंदराबन छाँडे दादा	बिंदराबन छोड़ता दादा
	कदली-कछारे जाय	कदली-कछार वह जाता
	कदली-कछार अमरे दादा	कदली-कछार पहुँचता दादा
	कदली-कछार अमरे	कदली-कछार पहुँचता
	डुमर-रुक खोजे दादा	गूलर-पेड़ खोजता दादा
	डुमर-रुक खोजे	गूलर-पेड़ खोजता
	बेर उदिया दादा दखे	पूर्व दिशा में देखता दादा
	बेर उदिया दादा दखे	पूर्व दिशा में देखता दादा
	नानी असन रहे बाबा	छोटा-सा पेड़ था बाबा

20. पेज-बेरा (पेज का समय) : चावल के टूटे दाने जिसे 'कनकी' कहा जाता है को उबाल कर बनाया जाने वाल पेय। यह पेय 'मँडिया' नामक अनाज को पीस कर चावल के साथ उबाल कर भी बनाया जाता है। 'कनकी से बने पेज को 'कनकी पेज' तथा 'मँडिया' से बने पेज को 'मँडिया पेज' कहा जाता है। इसी तरह गेहूँ के दा को कूट कर भी पेज बनाया जाता है। 'जोंदरा (जोंधरा)' यानी मक्के के दानों को भी कूट कर पेज बनाया जात है। पेज बस्तर के ग्रामवासियों का प्रमुख भोजन है। मेहनतकश लोग पेज प्रायः दिन में दो बार पीते हैं। पहल बार दोपहर में, यानी भोजन के समय और दूसरी बार दोपहर ढलने के बाद। पेज पीने के इस समय को क्रमश 'पेज बेरा' और 'अढ़ऊ बेरा' कहा जाता है। इसी तरह 'अढ़ऊ बेरा' में पीये जाने वाले पेज को 'अढ़ऊ पेज कहने का चलन है। कुछ लोग रात में भी पेज पीते हैं। बासी पेज का आनन्द तो कुछ और ही होता है।

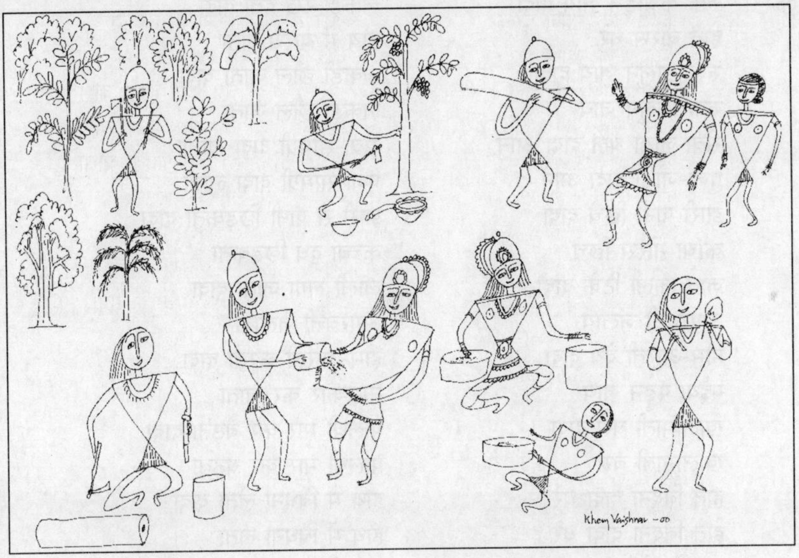

दिदली असन रहे
'एई पयली होयदे' बले
'एई माची होयदे
एकेय गोंदुन जायँ' बले
होम-आरती देय
पइँया पड़ुन जाय दादा
खाँदे टयँगा धरे
रुक चेघुन जाय दादा
हाते टयँगा धरे
रुक गोंदुन जाय दादा
रुक गोंदुन जाय
रुक गोंदुन सारे दादा
रुक ले उतरुन जाय दादा
गोंदा-गोंदा करे दादा
तुकड़ा-तुकड़ा करे
खाँद भर बोहे दादा
कदली-कछार छाँडे
कोसक-दापक रेंगे दादा
हरना उछट मारे
आपन माहाले जाय दादा
आपन माहाल अमरे

बहुत छोटा-सा था
'इसी से पायली बन जायेगी' कहता
'इसी से मचिया बन जायेगी
इसे ही काट डालूँ' कहता
होम-आरती करता
नमस्कार कर जाता दादा
कन्धे में टँगिया[21] लेता
पेड़ पर चढ़ जाता दादा
हाथ में टँगिया लेता
पेड़ काट जाता दादा
पेड़ काट जाता
पेड़ काट जाता दादा
पेड़ पर से उतरता दादा
टुकड़े-टुकड़े करता दादा
टुकड़े-टुकड़े करता
कन्धे में लादता दादा
कदली-कछार छोड़ता
कोस-दाब भर चलता दादा
हिरनों-सी चौकड़ी भरता
अपने महल जाता दादा
अपने महल पहुँचता

21 टँगिया : कुल्हाड़ी।

687	रुक कचाड़ुन जाय दादा	लकड़ी रख देता दादा
	हाते बारस धरे	हाथ में बारस लेता
	रुक छोलुन जाय दादा	लकड़ी छील जाता दादा
	रुक छोलुन जाय	लकड़ी छील जाता
	सेवा-जोड़ा बले दादा आने	सेवा-सामग्री दादा लाता
	पुजा-जोड़ा दादा आने	पूजा-सामग्री दादा लाता
	झारी पानी छिचे दादा	झारी से पानी छिड़कता दादा
	काचा गोरस छिचे	कच्चा दूध छिड़कता
	जात लाली टिके दादा	लाली लगा जाता दादा
	अगरबती जलाय	अगरबत्ती जलाता
	होम-आरती देय दादा	होम-आरती करता दादा
	पइँया पड़ुन जाय	नमस्कार कर जाता
	खालामाती बसे दादा	पालथी मार कर बैठता दादा
	खालामाती बसे	पालथी मार कर बैठता
	हाते बिंदना दादा धरे	हाथ में बिंधना लेता दादा
	हाते बिंदना दादा धरे	हाथ में बिंधना लेता
	पयली खोलुन जाय दादा	पायली बना जाता दादा
	पयली खोलुन जाय	पायली बना जाता
	डुमर-पयली खोले दादा	गूलर-पायली बनाता दादा
	डुमर-पयली खोले	गूलर-पायली बनाता
	पयली खोलुन सारे दादा	पायली बना जाता दादा
	जोड़ी माची घड़े	दो माचियाँ बनाता
	काय मँजा सुँदर दखे बाबा	बड़ी ही सुन्दर दिखतीं बाबा
	अती सुँदर दखे	अति सुन्दर वे दिखतीं
	नँजर नईं माँडे बाबा	दृष्टि नहीं ठहरती बाबा
	हुसन सुँदर दखे	वे ऐसी सुन्दर दिखतीं
688	दखे बाबू पवनकुमार	देखता बाबू पवनकुमार
	दखे बाबू पवनकुमार	देखता बाबू पवनकुमार
	'ए तिनपुर बढ़ई आय' बले	'यह अद्‌भुत बढ़ई है' वह कहता
	'तिनपुर बढ़ई आय	'यह अद्‌भुत बढ़ई है
	दखुक नईं सकें' बले	मैं देख नहीं सकता हूँ' कहता
	'मोचो आइँख अँधार पड़े'	'आँखों में अँधेरा छाता'
	बाबू के काय बले दादा	बाबू से क्या कहता दादा
	"सुन बाबू" बले	"सुन हे बाबू" कहता
	"तुके पयली नीं देयँ बाबू	"तुझे पायली नहीं दूँगा मैं बाबू
	मयँ तुके माची नीं देयँ	तुझे मचिया नहीं दूँगा
	खुदे आनुन देयँदे बाबू	खुद ही ला कर दूँगा बाबू
	मयँ खुदे आनुन देयँदे"	मैं स्वयं ही ला कर दूँगा"

689	सुने बाबू पवनकुमार	सुनता बाबू पवनकुमार
	सुने बाबू पवनकुमार	सुनता बाबू पवनकुमार
	बढई-माहाल छाँडे बाबू	बढ़ई-महल छोड़ता बाबू
	जाते-जाते जाय	जाते-जाते वह जाता
	राजा-माहाले जाय बाबू	राज-महल जाता बाबू
	रानी के काय बले	रानी से है कहता
	"खुदे आनुन देउआय रानी	"खुद ही ला कर देगा रानी
	खुद आनुन देउआय"	स्वयं ही ला कर देगा"
690	डुमर-माची बाबू धरे	गूलर की मचिया बाबू लेता
	डुमर-पयली बाबू धरे	गूलर की मचिया बाबू लेता
	घर ले बाहिर होय बाबू	घर से बाहर आता बाबू
	जाते-जाते जाय	चलता चला जाता
	रुमझुम-रुमझुम रेंगे बाबू	जल्दी-जल्दी चलता बाबू
	एक कलाट मारे	जल्दी पाँव बढ़ाता
	राजा-माहाले जाय बाबू	राज-महल जाता बाबू
	परछी ने जाउन बसे	परछी में जा कर बैठता
691	"सुन बाबू पवनकुमार	"सुन हे बाबू पवनकुमार
	सुन बाबू पवनकुमार	सुन हे बाबू पवनकुमार
	तुय मेंगइन रानी के साँग बाबू	तू मेंगइन रानी को बतला दे बाबू
	पयली आनुन दिले	पायली ले आया हूँ
	माची आनुन दिले बाबू	मचिया ले आया हूँ बाबू
	हुन पयली काजे एओ"	वह पायली के लिये आये"
692	पवनकुमार सुने बाबा	पवनकुमार सुनता बाबा
	रानी लगे जाय	रानी के पास जाता
	रानी के काय बले बाबू	रानी से क्या कहता बाबू
	"सुना रानी" बले	"सुनिये रानी" कहता
	"पयली आनुन दिलो रानी	"पायली ले आया है रानी
	माची आनुन दिलो"	मचिया ले आया है"
693	बाज ले उठुन रानी जाय	शय्या से उठ कर रानी जाती
	बाबू लगे रानी जाय	बाबू के पास रानी जाती
	बाबू काय बले रानी के	बाबू क्या कहता रानी से
	"सुन रानी" बले	"सुनिये रानी" कहता
	"तुके पयली देयँदे रानी	"तुम्हें पायली दूँगा रानी
	मयँ तुके माची देयँदे	मैं तुम्हें पायली दूँगा
	सेवा-जोड़ा मोके दे रानी	सेवा-सामग्री मुझे दो हे रानी
	पुजा-जोड़ा दे"	पूजा-सामग्री दो"
694	मेंगइन रानी सुने बाबा	मेंगइन रानी सुनती बाबा
	सेवा-जोड़ा धरे	सेवा-सामग्री लेती
	पुजा-जोड़ा धरे रानी	पूजा-सामग्री लेती रानी

	बढ़ई लगे नेय	बढ़ई के पास ले जाती
	बढ़ई के मँडाउन देय रानी	बढ़ई के सामने रख देती रानी
	हुन झारी पानी छिचे	वह झारी से पानी छिड़कता
	जोड़ी माची मँडाय बाबू	दोनों मचियाँ रखता बाबू
	डुमर-पयली मँडाय	गूलर-पायली रखता
	काचा गोरस बाबू छिचे	कच्चा दूध बाबू छिड़कता
	जात लाली बाबू टिके	लाली भी बाबू लगाता
	अगरबती जलाय बाबू	अगरबत्ती जलाता बाबू
	होम-आरती देय	होम-आरती करता
	पइँया पड़ुन जाय बाबू	नमस्कार कर जाता बाबू
	हात जोड़ुन जाय	वह विनती कर जाता
	रानी के काय बले बाबू	रानी से क्या कहता बाबू
	"सुन रानी" बले	"सुनिये रानी" कहता
	"सुन रानी मेंगइन	"सुनिये रानी मेंगइन
	सुन रानी मेंगइन	सुनिये रानी मेंगइन
	तुके पयली देयँदे रानी	तुम्हें पायली दूँगा रानी
	ओली ने झोकुन जा"	आँचल में तुम ले लो"
695	मेंगइन रानी सुने बाबा	मेंगइन रानी सुनती बाबा
	ओली ने झोकुन जाय	आँचल में ले लेती
	पयली धराउन देय बाबू	पायली पकड़ा देता बाबू
	पयली धराउन देय	पायली पकड़ा देता
	रानी चो ओली भरे बाबा	रानी का आँचल भर जाता बाबा
	रानी चो ओली भरे	रानी का आँचल भर जाता
	'तिनपुर बढ़ई आय' बले	'अद्‌भुत बढ़ई है' वह कहती
	'मोचो ओली भरुन गेली'	'मेरा आँचल भर गया'
696	"सुन रानी मेंगइन	"सुनिये रानी मेंगइन
	सुन रानी मेंगइन	सुनिये रानी मेंगइन
	पयली ठोउन आव रानी	पायली रख आओ रानी
	तुके माची देयँदे	तुम्हें मचिया दूँगा
	पयली चो नाँव साँगें रानी	पायली का नाम बताऊँ रानी
	मयँ माची चो नाँव साँगें"	मैं मचिया का नाम बताऊँ"
697	मेंगइन रानी सुने बाबा	मेंगइन रानी सुनती बाबा
	नव खँड माहाले जाय	नौखण्डा महल में जाती
	पयली ठोउन देय रानी	पायली रख देती है रानी
	बाबू लगे जाय	बाबू के पास जाती
	चाउर-टिका बले देय बाबू	चावल का टीका लगाता बाबू
	चाउर-टिका देय	चावल का टीका लगाता
	"सुना रानी मेंगइन	"सुनिये रानी मेंगइन
	सुना रानी मेंगइन	सुनिये रानी मेंगइन

	एई माची चो नाँव रानी	इस मचिया का नाम रानी
	एई माची चो नाँव	इस मचिया का नाम
	सोनलता बले आय रानी	सोनलता है हे रानी
	एई माची चो नाँव	इस मचिया का नाम
	रुपलता आय रानी	रूपलता है हे रानी
	हुन पयली चो नाँव	उस पायली का नाम
	डुमर-पयली आय रानी	डुमर-पायली है हे रानी
	डुमर-पयली आय"	डुमर-पायली है"
	माची चो नाँव साँगे बाबू	मचिया का नाम बताता बाबू
	पयली चो नाँव साँगे	पायली का नाम बताता
698	जोड़ी माची बले रानी धरे	दोनों मचियाँ लेती रानी
	जोड़ी माची रानी धरे	दोनों मचियाँ लेती
	नव खँड माहाले नेय रानी	नौ खण्डा महल में ले जाती रानी
	माची ठोउन देय	मचिया वह रख देती
	नोनी के काय बले रानी	नोनी से क्या कहती रानी
	"सुन बाबा" बले	"सुन हे बाबा" कहती
	"रोसई-चाउर जोड़ नोनी	"रसोई-सामग्री ले हे नोनी
	मुठा रुपया धर	मुट्ठी भर रुपये ले
	पयली-बिदा दे नोनी	पायली-विदाई दे हे नोनी
	तुय माची-बिदा दे"	तू मचिया-विदाई दे"
699	कुँदनी कयना सुने बाबा	कुँदनी कैना सुनती बाबा
	रोसई-चाउर जोड़े	रसोई-सामग्री लेती
	मुठा रुपया धरे नोनी	मुट्ठी भर रुपये लेती नोनी
	बढ़ई-बिदा देय	बढ़ई को विदाई देती
	बाबू मोडरी बाँदे बाबा	बाबू गठरी बाँधता बाबा
	आपन माहाले जाय	अपने महल वह जाता
699a	हरबर-हरबर बले तियार होय	झटपट-झटपट तैयार होता
	पवनकुमार तियार होय	पवनकुमार तैयार होता
	मुठा रुपया धरे बाबू	मुट्ठी भर रुपये लेता बाबू
	खाँदे टयँगा धरे	कन्धे में टँगिया लेता
	खाँदे टयँगा बाबू धरे	कन्धे में टँगिया बाबू लेता
	खाँदे टयँगा बाबू धरे	कन्धे में टँगिया बाबू लेता
	राजा-माहाल छाँडे बाबू	राज-महल छोड़ता बाबू
	जाते-जाते जाय	चलता चला जाता
	बाँवस-पटाड़े जाय बाबू	बाँस-वन जाता बाबू
	बाँवस-पटाड़े जाय	बाँस-वन को जाता
	बाँवस-पटाड़ अमरे बाबू	बाँस-वन पहुँचता बाबू
	बाँवस-पटाड़ अमरे	बाँस-वन पहुँचता

700	हाते टयँगा बाबू धरे	हाथ में टँगिया बाबू लेता
	हाते टयँगा बाबू धरे	हाथ में टँगिया बाबू लेता
	पोलँग बाँवस गोंदे बाबू	खोखला बाँस काटता बाबू
	काटा बाँवस गोंदे	कँटीला बाँस काटता
	बाँवस गोंदुन सारे बाबू	बाँस काट जाता बाबू
	बाँवस गोंदुन सारे	बाँस काट जाता
	बाँवस-पटाड़ छाँडे बाबू	बाँस-वन छोड़ता बाबू
	जाते-जाते जाय	चलता चला जाता
	रुमझुम-रुमझुम रेंगे बाबू	जल्दी-जल्दी चलता बाबू
	एक कलाट मारे	जल्दी पाँव बढ़ाता
	सोनार-माहाले जाय बाबू	सोनार-महल जाता बाबू
	सोनार-माहाल अमरे	सोनार-महल पहुँचता
	माँडो-मोंगरा उबे बाबू	मोगरा-मण्डप में रुकता बाबू
	दादा हंका मारे	'दादा' हाँक लगाता
	दादा सुनुन जाय बाबा	दादा सुन लेता है बाबा
	घर ले बाहिर होय	घर से बाहर आता
	"काय कामे इलिस बाबू	"किस काम से आये बाबू
	तुय आले मोके साँग"	तुम मुझे बतलाओ"
701	"सुन दादा सोनार लोग	"सुन हे दादा सोनार जन
	सुन दादा सोनार लोग	सुन हे दादा सोनार जन
	सोनर[22] सुतरी दे दादा	सोने की सुतली दे हे दादा
	सोनर सुतरी दे"	सोने की सुतली दे"
702	"देयँदे बाबू" बले दादा	"दूँगा बाबू" कहता दादा
	आपन माहाले जाय	अपने महल में जाता
	सोनर सुतरी धरे दादा	सोने की सुतली लेता दादा
	सोनर सुतरी धरे	सोने की सुतली लेता
	पवनकुमार के देय दादा	पवनकुमार को देता दादा
	पवनकुमार धरे	पवनकुमार है लेता
	मुठा रुपया बाबू देय	मुट्ठी भर रुपये बाबू देता
	सोनार-माहाल बाबू छाँडे	सोनार-महल बाबू छोड़ता
	जाते-जाते बले जाय बाबू	चलता चला जाता बाबू
	रुमझुम-रुमझुम रेंगे	जल्दी-जल्दी चलता
	कोसक-दापक रेंगे बाबू	कोस-दाब भर चलता बाबू
	राजा-माहाले जाय	राज-महल वह जाता
	राजा-माहाल अमरे बाबू	राज-महल पहुँचता बाबू
	राजा-माहाले अमरे	राज-महल पहुँचता

22. सोनर : यहाँ 'भतरी' जनभाषा के प्रभाव से सम्बन्ध कारक की 'र' विभक्ति का प्रयोग हुआ है। हल्बी में 'चो' विभक्ति है।

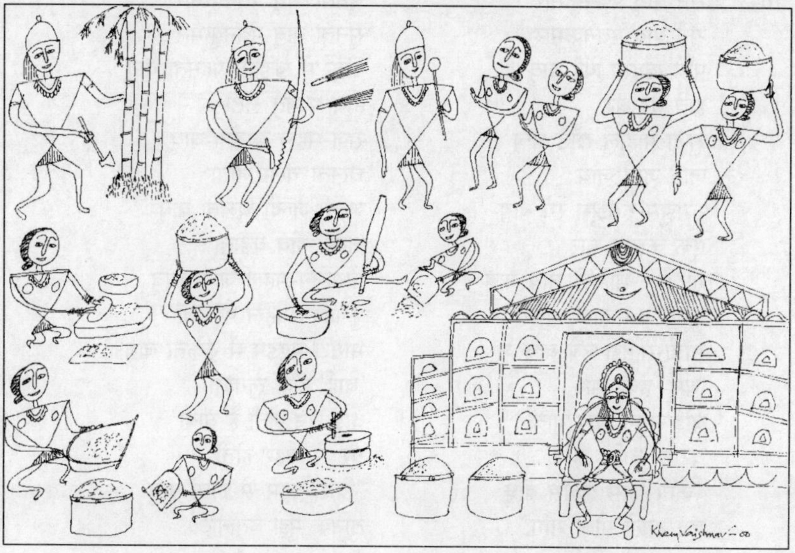

पोलँग बाँवस चो धनकुल डाँडी	खोखले बाँस का धनुष
काटा बाँवस चो छिरनी काड़ी	कँटीले बाँस की छिरनी काड़ी
सोनर सुतरी ठोय बाबू	सोने की सुतली रखता बाबू
सोनर सुतरी ठोय	सोने की सुतली रखता
राजा-रानी लगे जाय बाबू	राजा-रानी के पास जाता बाबू
राजा के काय बले	राजा से वह कहता
"सब जोड़ा जोड़ले राजा	सारी सामग्री ले आया राजन्
काय-काय जोड़ा लागुआय?"	और कौन-सी सामग्री लगेगी?"
703 सुने रानी मेंगइन	सुनती रानी मेंगइन
सुने रानी मेंगइन	सुनती रानी मेंगइन
बाबू के काय बले रानी	बाबू से है कहती रानी
"सुन बाबू" बले	"सुन हे बाबू" कहती
"गाँयतिन-माहाले जा बाबू	"गाँयतिन-महल तू जा हे बाबू
पुजारिन-माहाले जा	पुजारिन महल जा
राँडी-लेड़ी एओत बाबू	विधवा-अशक्ता आयें बाबू
गरिब-दुखी एओत	गरीब-दुखी भी आयें
जगार-काँडा नेदे बाबू	जगार-काँडा[23] ले जायेंगे बाबू
जगार-काँडा नेदे"	जगार-काँडा ले जायेंगे"

23. काँडा : 'काँडतो' क्रिया से बना शब्द है 'काँडा'। 'काँडतो' का अर्थ है कूटना। धान कूटना। यहाँ काँडा का अर्थ है, कूटने के लिये धान, या दलने के लिये दाल, अथवा पीसने के लिये दाल या चावल ले जाना। काँडने के एवज में काँडने वालों को रुपये-पैसे नहीं दिये जाते। काँडने वाली स्वयं ही उस सामग्री में से अपना पूर्व निर्धारित हिस्सा रख लेती है।

704	सुने बाबू पवनकुमार	सुनता बाबू पवनकुमार
	सुने बाबू पवनकुमार	सुनता बाबू पवनकुमार
	पाँये खड़ऊ पिंदे बाबू	पाँवों में खड़ाऊँ पहनता बाबू
	हाते बेद धरे	हाथ में बेंत लेता
	राजा-माहाल छाँडे बाबू	राज-महल छोड़ता बाबू
	जाते-जाते जाय	चलता चला जाता
	रुमझुम-रुमझुम रेंगे बाबू	जल्दी-जल्दी चलता बाबू
	एक कलाट मारे	जल्दी पाँव बढ़ाता
	गाँयतिन-माहाले जाय बाबू	गाँयतिन-महल जाता बाबू
	पुजारिन-माहाले अमरे	पुजारिन-महल पहुँचता
	माँडो-मोंगरा उबे बाबू जे	मोगरा-मण्डप में रुकता बाबू
	'बाई' हंका मारे	'बाई' हाँक लगाता
	बाई सुनुन जाय बाबा	बाई सुन लेती है बाबा
	घर ले बाहिर होय	घर से बाहर होती
	"काय कामे इलिस बाबू	"किस काम से आये बाबू
	तुय आले मोके साँग"	तनिक मुझे बतलाओ"
705	"सुन बाई गाँयतिन	"सुन हे बाई गाँयतिन
	सुन बाई पुजारिन	सुन हे बाई पुजारिन
	हरबर तियार होआ बाई	झटपट तैयार हो जाओ बाई
	जलदी तियार होआ	जल्दी तैयार हो जाओ
	राजा-घरे बलाव बाई	राजा के घर बुलावा बाई
	जगार-काँडा आना"	जगार-काँडा लाओ"

706	बाई सुनुन जाय बाबा	बाई सुन लेती है बाबा
	"मयँ एयँदे बाबू" बले	"मैं आऊँगी बाबू" कहती
	बुलुन-बुलुन साँगे बाबू	घूम-घूम बतलाता बाबू
	गिंजरुन-गिंजरुन साँगे	घूम-घूम बतलाता
	राँडी-लेड़ी सुनोत बाबा	विधवा-अशक्ता सुनते बाबा
	गरिब-दुखी सुनोत	गरीब-दुखी भी सुनते
	हरबर तियार बाई-नोनी होओत	झटपट तैयार बाई-नोनी होते
	जलदी तियार बाई-नोनी होओत	जल्दी तैयार बाई-नोनी होते
	कौने गपा धरोत बाई	कोई गपा[24] पकड़ती बाई
	कौने टाकरा धरोत	कोई टाकरा[25] लेती
	घर ले बाहिर होत बाई मन	घर से बाहर होतीं बाई
	जाते-जाते जात	चलती चली जातीं
	रुमझुम-रुमझुम रेंगोत बाई मन	जल्दी-जल्दी चलतीं बाई
	एक कलाट मारोत	जल्दी पाँव बढ़ाती
	राजा-माहाले बाई-नोनी जाओत	राज-महल बाई-नोनी जातीं
	राजा-माहाले बाई-नोनी अमरोत	राज-महल बाई-नोनी जातीं
	परछी ने जाउन बसोत बाई मन	परछी में जा बैठतीं बाई
	ओरी-चो-ओरी बसोत	कतारों में जा बैठतीं
	ओना-कोना भरे बाबा	कोना-कोना भर जाता बाबा
	अरछी-परछी भरे	अरछी-परछी भर जाता
	राजा-घरे समाव नीं होय बाबा	राजा के घर जगह न होता बाबा
	असन फउद अमरोत	इतने लोग पहुँचते
707	मेंगइन रानी दखे बाबा	मेंगइन रानी देखती बाबा
	बाबू के काय बले	बाबू से वह कहती
	"सुन बाबू भँडारी पिला	"सुन बाबू भण्डारी बालक
	सुन बाबू भँडारी पिला	सुन बाबू भण्डारी बालक
	फउद अमरुन गेला बाबू	लोग आ पहुँचे हैं बाबू
	फउद अमरुन गेला	लोग आ पहुँचे हैं
	धान हेड़ुन जा बाबू	धान निकाल ले हे बाबू
	धान निकराउन जा	धान निकाल ले
	उड़िद-मुँग निकराव[26] बाबू	उड़द-मूँग निकाल बाबू
	राहेड़[27]-बदई[28] निकराव	अरहर-बदई निकाल

24. गपा : बाँस से बना बड़ा टोकरा। यह कम चौड़ा किन्तु अधिक ऊँचा होता है और सामान्यतः इसमें 1.5 खंडी (50 किलो) धान समाता है।
25. टाकरा : बाँस से बना बड़ा टोकरा। यह गपा की तुलना में अधिक चौड़ा किन्तु कम ऊँचा होता है और सामान्यतः इसमें 1 खंडी (40 किलो) धान समाता है।
26. निकराव : अन्य उच्चारण 'निकरा'।
27. राहेड़ : अन्य उच्चारण 'लाहेड़'। इसी प्रजाति की एक और दलहनी फसल होती है जिसे 'कान्दुल' कहा जाता है। 'कान्दुल' के दाने 'राहेर' के दानों से बड़े होते हैं और 'राहेर (अरहर : हिन्दी)' जैसे ही दिखते हैं।
28. बदई : एक दलहनी फसल।

	चना-बडरा निकराव बाबू	चना-मटर निकाल बाबू
	धान नापुन जा"	धान नाप दे"
708	सुने बाबू भँडारी पिला	सुनता बाबू भण्डारी बालक
	सुने बाबू भँडारी पिला	सुनता बाबू भण्डारी बालक
	झारी पानी धरे बाबू	सुनता बाबू भण्डारी बालक
	पइँया धोउन जाय	पाँव अपने धोता
	आरती-आइग धरे बाबू	आरती ले लेता बाबू
	घिंव-गुर धरे	घी-गुड़ भी ले लेता
	गँगा-जमुना ने जाय बाबू	गंगा-जमुना के पास जाता बाबू
	जोड़ी गदया ने जाय	दोनों भण्डारों के पास जाता
	होम-आरती देय बाबू	होम-आरती करता बाबू
	पइँया पड़ुन जाय	वह प्रणाम कर जाता
	हाते गपली बाबू धरे	हाथ में गपली[29] बाबू लेता
	गँगा-जमुना बाबू खोले	गंगा-जमुना बाबू खोलता
	नोनी के काय बले बाबू	नोनी से क्या कहता बाबू
	"सुन नोनी" बले	"सुन हे नोनी" कहता
	"सुन नोनी नानी बइन	"सुन नोनी छोटी बहिन
	सुन बाबा पिला बइन	सुन बाबा हे नन्हीं बहिन
	मयँ तुके हेड़ुन जायँ नोनी	मैं तुम्हें खोल जाता नोनी
	गदया आधा नीं होओ	भण्डार आधा न हो
	गदया भरती रा नोनी	भण्डार भरा रहे हे नोनी
	गदया भरती रा"	भण्डार भरा रहे"
	धान हेड़ुन जाय बाबू	धान निकाल जाता बाबू
	धान निकराउन जाय	धान निकाल जाता
	धान हेड़ुन सारे बाबू	धान निकाल जाता बाबू
	उड़िद-मुँग निकराय	उड़द-मूँग निकालता
	राहेड़-बदई निकराय बाबू	अरहर-बदई निकालता बाबू
	चना-बडरा निकराय	चना-मटर निकालता
	हाते पयली धरे बाबू जे	हाथ में पायली लेता बाबू
	धान नापुन जाय	धान नाप जाता
709	"सुन बाई गाँयतिन	"सुन हे बाई गाँयतिन
	सुन बाई पुजारिन	सुन हे बाई पुजारिन
	आगे काँडा बले झोक बाई	पहले काँडा ले हे बाई
	पाछे पबलित के देयँ"	बाद में औरों को दूँगा"
710	गाँयतिन बाई सुने बाबा	गाँयतिन बाई सुनती बाबा
	पुजारिन बाई सुने	पुजारिन बाई सुनती
	आगे काँडा झोके बाई	पहले काँडा लेती बाई

29. गपली : बाँस से बनी छोटी टोकरी। इसमें प्राय: 1.5 किलो धान की समायत होती है।

	आगे काँडा झोके	पहले काँडा लेती
	राँडी-लेड़ी के देय बाबू	विधवा-अशक्ता को देता बाबू
	गरिब-दुखी के देय	गरीब-दुखी को देता
	धान नापुन सारे बाबू	धान नाप जाता बाबू
	उड़िद-मुँग नापे	उड़द-मूँग नापता
	राहेड़-बदई नापे बाबू	अरहर-बदई नापता बाबू
	चना-बडरा नापे	चना-मटर नापता
	धान नापुन बाबू सारे	धान नाप जाता बाबू
	धान नापुन बाबू सारे	धान नाप जाता बाबू
	बाई के काय बले बाबू	बाई से क्या कहता बाबू
	"सुना बाई" बले	"सुनो हे बाई" कहता
	"राजा-घरो बात आय बाई	"राजा-घर की बात है बाई
	बड़े घरो गोठ आय	बड़े घर की बात है
	अछा चाउर छड़ा बाई	धान अच्छा कूटो बाई
	अछा चाउर छड़ा"	धान अच्छा कूटो"
711	आपन-आपन जाओत बाई नोनी	अपने घर जातीं हैं बाई
	आपन-आपन जाओत	अपने घर वे जातीं
	आपन माहाले बाई मन जाओत	अपने महल जातीं बाई
	आपन माहाले बाई मन अमरोत	अपने महल पहुँचतीं बाई
	धान कँडेया काँडोत बाई	धान कूटने वाली धान कूटतीं
	दार दरेया दरोत	दाल दलने वाली दाल दलतीं
	पिसान पिसेया पिसोत बाई मन	आटा पीसने वाली आटा पीसतीं
	निंद काजे नईं सोओत	रात भर न सोतीं बाई
	पेट काजे नईं खाओत बाई	पेट भर न खातीं बाई
	चाउर निमड़ाउन जात	धान कूट जातीं
	"चाउर नेउन देवँ" बलोत	"चावल पहुँचा आयें" कहतीं
	"चाउर नेउन देवँ"	"चावल पहुँचा आयें"
	जाओत बाई जाओत नोनी	जातीं बाई जातीं नोनी
	जाओत बाई जाओत नोनी	जातीं बाई जातीं नोनी
	राजा-माहाले जात बाई-नोनी	राज-महल जातीं बाई-नोनी
	राजा-माहाले अमरोत	राज-महल पहुँचतीं
	परछी ने जाउन् बसोत बाई-नोनी	बरामदे में जा बैठतीं बाई-नोनी
	अरछी-परछी भरे	बरामदा भर जाता
712	मेंगइन रानी दखे बाबा	मेंगइन रानी देखती बाबा
	बाबू के काय बले	बाबू से वह कहती
	"चाउर आनुन दिला बाबू	"चावल ले आयी हैं बाबू
	तुय चाउर नापुन जा"	तुम चावल नाप डालो"
	भँडारी पिला सुने बाबा	भण्डारी बालक सुनता बाबा

झारी पानी धरे	झारी में पानी लेता
पइँया धोउन जाय बाबू	पाँव धो जाता बाबू
पयली धरुन बसे	पायली ले कर बैठता
चाउर नापुन जाय बाबू	चावल नाप जाता बाबू
हुन चाउर नापुन जाय	वह चावल नाप जाता
दस पयली धान रे भगवान	दस पायली धान हे भगवन
दस पयली धान परभू	दस पायली धान हे प्रभु
पयलक चाउर उरे बाबा	एक पायली चावल अधिक होता बाबा
पयलक चाउर उरे	एक पायली चावल अधिक होता
दार नापुन जाय बाबू	दाल नाप जाता बाबू
पिसान नापुन जाय	आटा नाप जाता
चाउर ठोउन देय बाबू	चावल रख देता है बाबू
दार ठोउन देय	दाल रख देता है
आपन-आपन जाओत नोनी-बाई	अपने घर जातीं नोनी-बाई
आपन माहाले जात	अपने महल वे जातीं
713 एक दिन ले दुय दिन	एक दिन से दो दिन
दुय दिन ले आँट दिन	दो दिन से आठ दिन
जोड़ा जोड़लो होय राजा चो	तैयारी किये बीते राजा को
जोड़ा जोड़लो होय	तैयारी किये बीते
राजा-रानी बसोत बाबा	राजा-रानी बैठते बाबा
राजा-रानी बसोत	राजा-रानी बैठते
राजा काय बले रानी के	राजा क्या कहता रानी से
"सुन रानी" बले	"सुनो हे रानी" कहता
"सुन रानी मेंगइन	"सुनो हे रानी मेंगइन
सुन रानी मेंगइन	सुनो हे रानी मेंगइन
जोड़ा जोड़ुन गेलू रानी	तैयारी हमने कर ली रानी
जोड़ा जोड़ुन गेलू	तैयारी हमने है कर ली
काहाँ गुरुमायँ आसोत रानी	कहाँ गुरुमायँ हैं हे रानी
कोन गाउन देदे?"	कौन गीत गाएँगी?"
मेंगराजा बले बाबा	मेंगराजा कहता बाबा
मेंगइन रानी सुने	मेंगइन रानी सुनती
714 "सुना राजा मेंगराजा	"सुनिये राजा मेंगराजा
सुना राजा मेंगराजा	सुनिये राजा मेंगराजा
इथा गुरुमायँ निंहात राजा	यहाँ गुरुमायँ नहीं हैं राजा
इथा गुरुमायँ निंहात	यहाँ गुरुमायँ नहीं हैं
उपरपुरे आसोत राजा	ऊपर भुवन में हैं हे राजा
उपरपुरे आसोत	ऊपर पुर में हैं
सोनादई गुरुमायँ आसे राजा	सोनादई गुरुमायँ है हे राजा

	गँगादई गुरुमायँ आसे	गंगादई गुरुमायँ है
	जोड़ी गुरुमायँ आना राजा	दो गुरुमाँओं को लाएँ राजा
	मोके गित गाउन देदे"	वे मेरे लिये गीत गाएँगी"
715	"सुन रानी मेंगइन	"सुनो रानी मेंगइन
	सुन रानी मेंगइन	सुनो रानी मेंगइन
	हामी नाजुन दखूँ रानी	हमने नहीं देखा है रानी
	आमी नाजुन दखूँ	हमने नहीं देखा है
	कोन आनुक जादे रानी	कौन लाने जायेगा रानी
	कोन आनुक जादे?"	कौन लाने जायेगा?"
716	रानी काय बले राजा के	रानी क्या कहती राजा से
	"सुना राजा" बले	"सुनिये राजा" कहती
	"सती नारी राजा सतियाधारी	"वे सती नारी, सत्य की धारक
	चौंसठ जोगनी अगमजानी	चौंसठ योगिनी अगम को जानने वाली
	सती नारी बले आत राजा	सती नारियाँ वे हैं राजा
	सतियाधारी आत	सत्य की धारक वे हैं
	फुटे बन्धा चो पानी नईं खाओत	फूटे सरोवर का पानी[30] नहीं पीतीं
	फुटे बन्धा चो पानी नईं खाओत	फूटे सरोवर का पानी नहीं पीतीं
	मरद-मुँहू नईं दखोत राजा	पुरुष-मुख वे नहीं देखतीं राजा
	मरद-मुँहू नईं दखोत	पुरुष-मुख वे नहीं देखतीं
	तिनपुर सतवनतिन आत राजा	ऐसी अद्‌भुत सत्यवती वे हैं राजा
	सतियाधारी आत	ऐसी सत्यवती वे हैं
	अउर कोन जादे राजा	और कौन जायेगा राजा
	दुसर कोन जादे!	दूसरा कौन जायेगा!
	देव मलयार आसे राजा	देव मलयार[31] है हे राजा
	देव मलयार आसे	देव मलयार है
	गुरुमायँ चो नाती आय राजा	गुरुमायँ का नाती[32] है वह राजा

30. लोक जीवन में धारणा है कि फूटे हुए तालाब का पानी अशुद्ध होता है। इसकी तुलना रजस्वला स्त्री से की जाती है। जिस तरह मासिक धर्म के दौरान स्त्री को अपवित्र माना जाता है, उसी तरह फूटे तालाब को भी रजवती व अपवित्र माना गया है (स्रोत : खत्तूदास वैष्णव, खोरखोसा)।

31. देव मलयार : देवताओं का माली।

32. नाती : बस्तर के हल्बी-भतरी परिवेश में 'नाती' (बेटी के बेटे) के लिये 'नाती' तथा 'पोता' (बेटे के बेटे) के लिये 'पुती' शब्द है। 'पुती' के ही अर्थ में एक और शब्द है 'पन्ती'। किन्तु प्रायः 'नाती' और 'पोता' के लिये 'नाती' शब्द भी समान रूप से प्रयोग में लाया जाता है। इसी तरह 'दादा (पिता के पिता)' के लिये 'दादी', 'दादी (पिता की माँ)' के लिये 'आई', 'नाना (माता के पिता)' के लिये 'आजा' और 'नानी (माता की माता)' के लिये 'आजी' या 'दीदी' शब्द हैं। 'आई' और 'नाती (बेटे के बेटे : पुती)' के बीच तथा 'आजा' (नाना) और नातिन (बेटी की बेटी) के बीच हास-परिहास के सम्बन्ध होते हैं। 'आजा' और 'नातिन' का आपस में विवाह भी कुछ जातियों में मान्यता प्राप्त है। एक ज्वलन्त उदाहरण सरगीपालपारा, कोंडागाँव के ही जेठूराम मण्डावी (आयु : 75-80) और उनकी पत्नी शाम (आयु : 40-45) हैं, जो आपस में सगे आजा-नातिन भी हैं।

	गुरुमायँ चो नाती आय	गुरुमायँ का नाती है
	हुनी होले जायदे राजा	वही जा सकता है राजा
	हुनी होले जायदे”	वही जा सकता है”
717	सुने राजा रे मेंगराजा	सुनता राजा मेंगराजा
	सुने राजा मेंगराजा	सुनता राजा मेंगराजा
	बाबू के काय बले राजा	बाबू से क्या कहता राजा
	“सुन बाबू” बले	“सुन हे बाबू” कहता
	“उपर भुवने जा बाबू	“ऊपर भुवन तू जा हे बाबू
	तुय देव मलयार के आन	तू देव मलयार को ले आ
	गुरुमायँ आनुक जायदे बाबू	गुरुमायँ को लेने वह जायेगा बाबू
	गुरुमायँ आनुक जायदे”	गुरुमायँ को लाने वह जायेगा”
718	पवनकुमार सुने बाबा	पवनकुमार सुनता है बाबा
	हरबर तियार होय	झटपट तैयार होता
	पाँय ने खड़ऊ बाबू पिंदे	पाँवों में खड़ाऊँ पहनता बाबू
	हाते बेद बाबू धरे	हाथ में बेंत लेता
	राजा-माहाल छाँडे बाबू	राज-महल छोड़ता बाबू
	जाते-जाते जाय	चलता चला जाता
	रुमझुम-रुमझुम रेंगे बाबू जे	जल्दी-जल्दी चलता बाबू
	एक कलाट मारे	जल्दी पाँव बढ़ाता
	पारा-परोसे जाय बाबू	अड़ोस-पड़ोस में जाता बाबू
	पारा-परोस छाँडे	अड़ोस-पड़ोस छोड़ता
	मकड़ी-माहाले जाय बाबू	मकड़ी-महल जाता बाबू
	मकड़ी-माहाले अमरे	मकड़ी-महल पहुँचता
	माँडो-मोंगरा बाबू उबे	मोगरा-मण्डप में रुकता बाबू
	‘बाई’ हंका बाबू मारे	वह ‘बाई’ हाँक लगाता
	बाई सुनुन जाय बाबा	बाई सुन लेती है बाबा
	घर ले बाहिर होय	घर से बाहर आती
	“काय कामे इलिस बाबू	“किस काम से आया बाबू
	तुय आले मोके साँग”	तनिक मुझे बतला”
719	बाबू काय बले बाई के	बाबू क्या कहता बाई से
	“सुन बाई” बले	“सुन हे बाई” कहता
	“सुत लमाउन दे बाई	“सूत तान दे हे बाई
	ताग लमाउन दे	धागा तान दे
	उपर भुवने[33] जायँ बाई	ऊपर भुवन मैं जाऊँ बाई
	मयँ उपर भुवने जायँ”	मैं ऊपर भुवन जाऊँ”
720	“बाल-बचा बाबू मोचो गागोत	“मेरे बच्चे रोते बाबू
	लोलो-बालो मोचो गागोत	मेरे बच्चे रोते

33. भुवने : संस्कृत का यह मूल शब्द उसी अर्थ में प्रयुक्त हुआ है।

	मयँ कइसे सुत लमायँ बाबू	मैं कैसे सूत तानूँ हे बाबू
	कइसे ताग लमायँ?"	कैसे धागा तानूँ?"
721	बाबू काय बले बाई के	बाबू क्या कहता बाई से
	"सुन बाई" बले	"सुन हे बाई" कहता
	"तुचो पिला के लाई देयँदे	"तेरे बच्चों को लाई दूँगा
	तुचो पिला के खेलाते रयँदे	तेरे बच्चों को खिलाता रहूँगा
	सुत लमाउन दे बाई	तू सूत तान दे हे बाई
	ताग लमाउन दे"	धागा तान दे"
722	बाई सुनुन जाय बाबा	बाई सुन लेती है बाबा
	सुत लमाउन जाय	सूत तान देती
	सरसर सुत लमाय बाई	सरसर सूत तानती बाई
	सरसर ताग लमाय	सरसर धागा तानती
	उपरपुर ले आरु मँजपुर ले	ऊपरपुर से मृत्यु लोक तक
	उपरपुर ले मँजपुर ले	ऊर्ध्व लोक से मर्त्य लोक तक
	सुत लमाउन जाय बाई	सूत तान जाती बाई
	ताग लमाउन जाय	धागा तान जाती
	"जलदी बसुन जा बाबू	"जल्दी बैठ जा हे बाबू
	जलदी बसुन जा"	जल्दी बैठ जा"
723	सुत चो तागे बसे बाबू	सूत पर जा बैठता बाबू
	जाते-जाते जाय	चलता चला जाता
	रुमझुम-रुमझुम रेंगे बाबू	जल्दी-जल्दी चलता बाबू
	एक कलाट मारे	जल्दी पाँव बढ़ाता
	उपर घाम छेके बाबू के	सिर पर धूप तपती बाबू के
	मँजी भुक लागे	भूख भी लग आती
	झालिपिली पसना फुटे बाबू के	पसीने से तरबतर होता बाबू
	सुत चो तागे रेंगे	सूत पर चलता जाता
	उपर भुवने बाबू अमरे	ऊपर भुवन पहुँचता बाबू
	सुत चो ताग ले बाबू उतरे	सूत पर से उतरता
	कोसक-दापक रेंगे बाबू	कोस-दाब भर चलता बाबू
	एक कलाट मारे	जल्दी पाँव बढ़ाता
	पारा-परोसे जाय बाबू	अड़ोस-पड़ोस में जाता बाबू
	पारा-परोस अमरे	अड़ोस-पड़ोस पहुँचता
	हुन बाई के काय बले बाबू	बाई से क्या कहता बाबू
	"सुना बाई" बले	"सुनो हे बाई" कहता
	"देव मलयार चो घर बाई	"देव मलयार का घर हे बाई
	कोन लगे आसे	कहाँ पर है
	आले मोके साँगा बाई	तनिक मुझे बतलाओ बाई
	आले मोके साँगा"	तनिक मुझे बतलाओ"

724	“सुन बाबू पवनकुमार	“सुन हे बाबू पवनकुमार
	सुन बाबू पवनकुमार	सुन हे बाबू पवनकुमार
	रुमझुम भँवरा आसे बाबू	गुंजार करता भँवरा है बाबू
	माँडो-मोंगरा आसे	मोगरा का मण्डप है
	हुनी माहाल आय बाबू	वही महल है हे बाबू
	हुनी माहाल आय”	वही महल है”
725	पवनकुमार सुने बाबा	पवनकुमार सुनता बाबा
	पारा-परोस छाँडे	अड़ोस-पड़ोस छोड़ता
	जाते-जाते बले जाय बाबू	चलता चला जाता बाबू
	देव मलयार घरे जाय	देव मलयार के घर जाता
	माँडो-मोंगरा उबे बाबू	मोगरा-मण्डप में रुकता बाबू
	‘दादा’ हंका मारे	‘दादा’ हाँक लगाता
	दादा सुनुन जाय बाबा	दादा सुन लेता है बाबा
	घर ले बाहिर होय	घर से बाहर आता
	“काय कामे इलिस बाबू	“किस काम से आया बाबू
	तुय आले मोके साँग”	तनिक मुझे बतला”
726	“सुन दादा रे देव मलयार	“सुन हे दादा देव मलयार
	सुन दादा देव मलयार	सुन दादा देव मलयार
	राजा-घरे बलाव दादा	राजा ने बुलवाया दादा
	एक डँडिक जावँ”	थोड़ी देर चलो”
727	“एयँदे बाबू” बले दादा	“आऊँगा बाबू” कहता दादा
	पानी गरम करे	पानी गरम करता
	सेदा-भेदा करे बाबा	ठण्डा पानी मिलाता बाबा
	मन्दन-सिले नेय	स्नान-गृह में ले जाता
	झारी कसेला नेय बाबू	झारी पात्र ले जाता बाबू
	कपुर दतुन नेय	सुगन्धित दतौन ले जाता
	मन्दन-सिले उबे बाबू जे	स्नान-गृह में खड़ा होता बाबू
	कपुर दतुन धरे	सुगन्धित दतौन लेता
	सुरिज-भेट करे बाबू	सूर्य-नमस्कार करता बाबू
	मुँहे मुखारी गोबे	मुँह में दतौन लेता
	दतुन-पतर चाबे बाबू	दतौन कर जाता बाबू
	आँगे असनाँद होय	वह स्नान कर जाता
	सुका कपड़ा पिंदे बाबू	सूखा कपड़ा पहनता बाबू
	ओधा कपड़ा गिरे	गीला कपड़ा गिरता
	झारी पानी धरे बाबू जे	झारी पात्र लेता बाबू
	तुलसी-चँवरा ने जाय	तुलसी-चौरा में जाता
	चँवरा ने पानी रिकाय बाबू	चौरा में पानी डालता बाबू
	तुलसी के काय बले	तुलसी से है कहता

“अगास मेलान बाड़ बाई	“आकाश तक बढ़ जाओ बाई
पकिर पाना फेक	नयी कोंपलें निकले
तुय-मयँ बाँहा-जोरी बाई जे	तुम-मैं बाँहों की जोड़ी बाई
तुय-मयँ हन्सा-जोरी	तुम-मैं हन्सों की जोड़ी
जिव भर सेवा मिरो बाई	जी भर सेवा करूँ मैं बाई
जान सुकी रहो”	मेरा जीवन सुखी रहे”
तुलसी-सेवा करे बाबू जे	तुलसी की सेवा करता बाबू
होम-आरती देय	होम-आरती करता
पइँया पड़ुन जाय बाबू	उसे प्रणाम कर जाता बाबू
आपन माहाले जाय	अपने महल वह जाता
आपन साजू बले बाबू पिंदे	अपने साज पहनता बाबू
आपन जाक बाबू धरे	अपने सामान लेता बाबू
पाँये खड़ऊ पिंदे बाबू	पाँवों में खड़ाऊँ पहनता बाबू
हाते बेद धरे	हाथ में बेंत लेता
घर ले बाहिर होय बाबू जे	घर से बाहर आता बाबू
जाते-जाते जाय	चलता चला जाता
रुमझुम-रुमझुम रेंगे बाबू	जल्दी-जल्दी चलता बाबू
पारा-परोसे जाय	अड़ोस-पड़ोस में जाता
पारा-परोस छाँडे बाबू	अड़ोस-पड़ोस छोड़ता बाबू
मकड़ी-माहाले जाय	मकड़ी-महल वह जाता
माँडो-मोंगरा उबे बाबू जे	मोगरा-मण्डप मे रुकता बाबू
‘बाई’ हंका मारे	‘बाई’ हाँक लगाता
बाई सुनुन जाय बाबा	बाई सुन लेती है बाबा
घर ले बाहिर होय	घर से बाहर आती
“काय कामे इलिस बाबू	“किस काम से आया बाबू
आले मोके साँग”	तनिक मुझे बतला”
28 “सुन बाई रे पदमकड़ी	“सुन हे बाई पदमकड़ी
सुन बाई पदमकड़ी	सुन हे बाई पदमकड़ी
मयँ मँजपुरे बले जायँ बाई	मैं मँजपुर जाऊँ बाई
सुत लमाउन दे”	सूत तान दे तू”
बाई काय बले बाबू के	बाई क्या कहती बाबू से
“सुन बाबू” बले	“सुन हे बाबू कहती
“एसू चो बरसा पातर बरसा	इस बरस की बरखा हल्की बरखा
एसू चो बरसा पातर बरसा	इस बरस की बरखा हल्की बरखा
सुत नाईं लमे बाबू	सूत नहीं तनेगा बाबू
ताग नईं लमे	धागा नहीं तनेगा
कइसे सुत लमायँ बाबू	कैसे सूत तानूँ बाबू
मयँ कइसे ताग लमायँ?”	मैं कैसे धागा तानूँ?”

	सरसर सुत लमाय बाई	सरसर सूत तानती बाई
	सरसर ताग लमाय	सरसर धागा तानती
	सुत लमाउन सारे बाई	सूत तान देती बाई
	बाबू के काय बले	बाबू से वह कहती
	"जलदी बसुन जा बाबू जे	"जल्दी बैठ जा हे बाबू
	पातर बरसा आय"	हल्की बरखा है"
729	देव मलयार सुने बाबा	देव मलयार सुनता बाबा
	सुत चो तागे बसे	सूत पर जा बैठता
	उपर भुवन बाबू छाँडे	ऊपर भुवन बाबू छोड़ता
	मँजपुरे बाबू उतरे	मँजपुर में बाबू उतरता
	रुमझुम-रुमझुम रेंगे बाबू	जल्दी-जल्दी चलता बाबू
	एक कलाट मारे	जल्दी पाँव बढ़ाता
	मँजपुरे अमरे बाबू जे	मँजपुर पहुँचता बाबू
	सुत चो तागे उतरे	सूत पर से उतरता
	कोसक-दापक रेंगे बाबू	कोस-दाब भर चलता बाबू
	हरना उछट मारे	हिरन-सी चौकड़ी भरता
	पारा-परोसे जाय बाबू	अड़ोस-पड़ोस में जाता बाबू
	पारा-परोस छाँडे	अड़ोस-पड़ोस छोड़ता
	मेंग-माहाले जाय बाबू	मेंग-महल जाता बाबू
	मेंगइन रानी दखे	मेंगइन रानी देखती
	नोनी के काय बले रानी	नोनी से क्या कहती रानी
	"सुन बाबा" बले	"सुन हे बाबा" कहती
	"सुन नोनी कुँदनी कयना	"सुन नोनी हे कुँदनी कैना
	सुन बाबा कुँदनी कयना	सुन बाबा हे कुँदनी कैना
	सेवा-जोड़ा बले धर नोनी	सेवा-सामग्री ले हे नोनी
	पुजा-जोड़ा धर	पूजा-सामग्री ले
	देव मलयार इलो नोनी	देव मलयार आया नोनी
	तुय पइँया धोआउन जा"	तू पाँव उसके धुला दे"
730	कुँदनी कयना सुने बाबा	कुँदनी कैना सुनती बाबा
	सेवा-जोड़ा धरे	सेवा-सामग्री लेती
	चन्दन-काट मँडाय नोनी	चन्दन-काठ रखती नोनी
	ढँग् नाय बाबू उबे	बाबू उस पर खड़ा हो जाता
	पइँया धोआउन जाय नोनी जे	पाँव धुला जाती है नोनी
	चाउर-टिका देय	चावल का टीका लगाती
	होम-आरती देय नोनी	होम-आरती करती नोनी
	पइँया पड़ुन जाय	उसे प्रणाम कर जाती
	नोनी चो टोंड बले बाबू चूमे	नोनी का मुख बाबू चूमता
	बाबू चो हात नोनी धरे	बाबू का हाथ नोनी पकड़ती

	नव खँड माहाले नेय नोनी	नौ खण्डा महल में ले जाती नोनी
	बाज नेउन बसाय	खाट पर बिठाती
1	राजा-रानी बसोत बाबा	राजा-रानी बैठते बाबा
	बाबू काय बले	बाबू है क्या कहता
	"काय बलाव आय राजा-रानी	"किसलिये बुलवाया राजा-रानी
	आले मोके साँगा"	आप मुझे बतलाएँ"
2	"सुन बाबू देव मलयार	"सुन हे बाबू देव मलयार
	सुन बाबू देव मलयार	सुन हे बाबू देव मलयार
	बाते सुनुन जा बाबू	बात मेरी तू सुन ले बाबू
	गोठ मानुन जा	कहना मेरा मान
	जोड़ा जोड़ुन गेले बाबू	सारी तैयारी कर ली बाबू
	मयँ जोड़ा जोड़ुन गेले	मैंने सामग्री तैयार कर ली है
	लछमी-जगँ मँडायँ बाबू	लछमी-जग रखना है बाबू
	लखी-सेवा करें	लखी-सेवा करना है
	इथा गुरुमायँ निंहात बाबू	यहाँ गुरुमायँ नहीं हैं बाबू
	उपर भुवने आसोत	ऊपर भुवन में हैं
	सती नारी बाबू सतियाधारी	सती नारी वे सत्य की धारक
	चौंसठ जोगनी अगमजानी	चौंसठ योगिनी वे अगमज्ञानी
	अगमजानी बले आत बाबू	अगमज्ञानी वे हैं हे बाबू
	सती नारी आत	सती नारियाँ हैं
	फुटे बन्धा चो पानी नईं खाओत	फूटे सरोवर का पानी न पीतीं
	मरद-मूँ नईं दखोत बाबू	पुरुष-मुख न देखतीं बाबू
	मरद-मूँ नईं दखोत	पुरुष-मुख वे नहीं देखतीं
	अउर कोन जादे बाबू	दूसरा कौन जायेगा बाबू
	अउर कोन आनदे	दूसरा कौन लायेगा
	गुरुमायँ चो नाती आस बाबू	गुरुमायँ का पोता तू है बाबू
	तुए होले जासे	तुम ही जा सकते हो
	तुय गुरुमायँ आनुकलाय जा बाबू	तू गुरुमायँ को लाने जा हे बाबू
	जोड़ी गुरुमायँ के आन"	दोनों गुरुमाँओं को ले आ"
3	सुने बाबू देव मलयार	सुनता बाबू देव मलयार
	सुने बाबू देव मलयार	सुनता बाबू देव मलयार
	"मयँ जायँदे" राजा बले बाबू	"मैं जाऊँगा राजा" कहता बाबू
	"जायँदे रानी" बले	"जाऊँगा रानी" कहता
	हरबर तियार होय बाबू	झटपट तैयार होता बाबू
	जलदी तियार होय	जल्दी तैयार हो जाता
	पाँये खड़ऊ पिंदे बाबू	पाँवों में खड़ाऊँ पहनता बाबू
	हाते बेद धरे	हाथ में बेंत लेता
	राजा-माहाल बाबू छाँडे	राज-महल छोड़ता बाबू

	जाते-जाते बाबू जाय	चलता चला जाता बाबू
	रुमझुम-रुमझुम रेंगे बाबू	जल्दी-जल्दी चलता बाबू
	एक कलाट मारे[34]	जल्दी पाँव बढ़ाता
	पारा-परोसे जाय बाबू	अड़ोस-पड़ोस में जाता बाबू
	पारा-परोस छाँडे	अड़ोस-पड़ोस छोड़ता
	मकड़ी-माहाले जाय बाबू	मकड़ी-महल जाता बाबू
	मकड़ी-माहाल अमरे	मकड़ी-महल पहुँचता
	माँडो मोंगरा उबे बाबू	मोगरा-मण्डप में रुकता बाबू
	'बाई' हंका मारे	'बाई' हाँक लगाता
	बाई सुनुन जाय बाबा	बाई सुन लेती है बाबा
	घर ले बाहिर होय	वह घर से बाहर आती
	"काय कामे इलिस बाबू	"किस काम से आया बाबू
	आले मोके साँग"	तनिक मुझे बतला"
734	"सुन बाई पदमकड़ी	"सुन हे बाई पदमकड़ी
	सुन बाई पदमकड़ी	सुन हे बाई पदमकड़ी
	सुत लमाउन दे बाई	सूत तान दे हे बाई
	ताग लमाउन दे	धागा तान दे
	उपर भुवने जायँ बाई	ऊपर भुवन मैं जाता बाई
	उपर भुवने जायँ"	ऊपर भुवन जाता"
735	बाई काय बले बाबू के	बाई क्या कहती बाबू से
	"सुन बाबू" बले	"सुन हे बाबू" कहती
	"कइसे सुत लमायँ बाबू	"कैसे सूत तानूँ बाबू
	मोचो बाल-बचा गागोत"	मेरे बाल-बच्चे रोते"
736	"तुचो पिला के लाई देयँदे	"तेरे बच्चों को लाई दूँगा
	तुचो पिला के खेलाते रयँदे	तेरे बच्चों को खिलाता रहूँगा
	सुत लमाउन दे बाई	सूत तान दे हे बाई
	ताग लमाउन दे"	धागा तान दे"
	सरसर सुत लमाय बाई	सरसर सूत तानती बाई
	सरसर ताग लमाय	सरसर धागा तानती
	सुत लमाउन सारे बाई	सूत तान देती बाई
	बाबू के काय बले	बाबू से वह कहती
	"जलदी बसुन जा बाबू	"जल्दी बैठ जा हे बाबू
	जलदी बसुन जा"	जल्दी बैठ जा"
	सुत चो तागे बसे बाबू	सूत पर जा बैठता बाबू
	जाते-जाते जाय	चलता चला जाता
	रुमझुम-रुमझुम बाबू रेंगे	जल्दी-जल्दी चलता बाबू
	एक कलाट बाबू मारे	जल्दी पाँव बढ़ाता बाबू

34. कैसेट क्रमांक 23ए का आरम्भ, ध्वन्यांकन तिथि : 15.12.1996।

	उपर भुवने जाय बाबू	ऊपर भुवन जाता बाबू
	उपर भुवन अमरे	ऊपर भुवन पहुँचता
	पारा-परोसे जाय बाबू	अड़ोस-पड़ोस में जाता बाबू
	पारा-परोसे अमरे	अड़ोस-पड़ोस पहुँचता
	बाई के काय बले बाबू	बाई से क्या कहता बाबू
	"सुना बाई" बले	"सुनो हे बाई" कहता
	"गुरुमायँ माहाल कोन आय बाई?	"गुरुमायँ-महल कौन-सा है बाई?
	आले मोके साँगा"	तनिक मुझे बतलाओ"
7	"सुन बाबू देव मलयार	"सुन हे बाबू देव मलयार
	सुन बाबू देव मलयार	सुन हे बाबू देव मलयार
	रनकाकन दिया बाबू	रनकाकन दीया बाबू
	तारा मँडल घर	तारा मण्डल-सा घर है
	रुमझुम भँवरा आसे बाबू	रुमझुम करता भौंरा है बाबू
	माँडो मोंगरा आसे	मोगरा का मण्डप है
	बाँदे माकड़ आसे बाबू	बाँदे नामक बन्दर[35] है बाबू
	जँवरा-भँवरा कुकुर	जँवरा-भँवरा नामक कुत्ते
	हुनी माहाल आय बाबू	वही महल तो है हे बाबू
	हुनी माहाल आय"	वही महल तो है"
8	देव मलयार सुने बाबा	देव मलयार सुनता बाबा
	पारा-परोस छाँडे	अड़ोस-पड़ोस छोड़ता
	रुमझुम-रुमझुम रेंगे बाबू	जल्दी-जल्दी चलता बाबू
	एक कलाट मारे	जल्दी पाँव बढ़ाता
	सोनादई गुरुमायँ घरे जाय बाबू	सोनादई गुरुमायँ के घर जाता बाबू
	गुरुमायँ-माहाल अमरे	गुरुमायँ के महल पहुँचता
	माँडो मोंगरा बाबू उबे	मोगरा-मण्डप में बाबू रुकता
	'आई' हंका बाबू मारे	'आई'[36] हाँक बाबू लगाता
	आई नईं सुने बाबा	आई नहीं सुनती है बाबा
	आई नईं सुने	आई नहीं सुनती है
	"सुन आई सोनादई गुरुमायँ	"सुन आई हे सोनादई गुरुमायँ
	सुन आई सोनादई गुरुमायँ	सुन आई हे सोनादई गुरुमायँ
	काहाँ-काहाँ गेलास आई	कहाँ चली गयी हो आई
	काहाँ-काहाँ गेलास?"	तुम कहाँ चली गयी हो?"
39	आई सुनुन जाय बाबा	आई सुन लेती है बाबा
	आई सुनुन जाय	आई सुन लेती है

5. बाँदे नामक बन्दर : बाँदे (बाँधे) शब्द से ऐसा प्रतीत होता है कि यह बन्दर का नाम नहीं अपितु इसका आशय 'बँधे हुए बन्दर' से है किन्तु गुरुमायँ सुकदई से चर्चा करने पर उन्होंने इसे बन्दर का नाम ही बताया है।

6. आई : पिता की माता, दादी।

	“आज नाईं काल नाईं	“आज से पहले कभी नहीं
	आज नाईं काल नाईं	आज से पहले कभी नहीं
	कोन मँजा हंका मारे?” बले	आज कौन मानव हाँक लगाता” कहती
	“कोन मँजा हंका मारे?”	“कौन मानव हाँक लगाता?”
	घर ले बाहिर होय आया	घर से बाहर आती माता
	बाबू के काय बले	बाबू से वह कहती
	“सुन नाती देव मलयार	“सुन पोते हे देव मलयार
	सुन नाती देव मलयार	सुन पोते हे देव मलयार
	काय कामे इलिस नाती	किस काम से आया पोता
	आले मोके साँग	तनिक मुझे बतला
	मोके डर लागे नाती	मुझे डर लगता है पोते
	मोके तो भय लागे”	मुझे भय लगता है”
740	बाबू काय बले आई के	बाबू क्या कहता आई से
	“सुन आई” बले	“सुन हे आई” कहता
	“हरबर तियार हो आई	“झटपट तैयार हो जाओ आई
	राजा-घरे बलाव	राजा के घर बुलावा
	मँजपुर जातो बले आय आई	मँजपुर जाना है हे आई
	लछमी-जग मँडाय	वे लछमी-जग रखते हैं
	गित गाउन देसे आई	गीत गा दोगी हे आई
	गित गाउन देसे”	गीत गा दोगी”
741	सुने बाबा रे सोनादई गुरुमायँ	सुनती बाबा सोनादई गुरुमायँ
	सुने बाबा सोनादई गुरुमायँ	सुनती बाबा सोनादई गुरुमायँ
	बाबू के काय बले आया	बाबू से क्या कहती माता
	“सुन बाबू” बले	“सुन हे बाबू” कहती
	“एई लगे रा बाबू	“तू यहीं पर रुक हे बाबू
	मयँ गँगादई गुरुमायँ लगे जायँ”	मैं गंगादई गुरुमायँ के पास जाती”
	घर ले बाहिर होय बाबा	घर से बाहर आती बाबा
	जाते-जाते जाय	चलती चली जाती
	गँगादई गुरुमायँ लगे जाय आया	गंगादई गुरुमायँ के पास जाती माता
	गँगादई गुरुमायँ लगे जाय	गंगादई गुरुमायँ के पास जाती
	“सुन नोनी गँगादई गुरुमायँ	“सुन नोनी हे गंगादई गुरुमायँ
	सुन बाबा गँगादई गुरुमायँ	सुन बाबा हे गंगादई गुरुमायँ
	हरबर तियार हो नोनी	झटपट तैयार हो जा नोनी
	जलदी तियार हो	जल्दी तैयार हो जा
	राजा-घरे बलाव नोनी	राजा के घर बुलावा नोनी
	मँजपुर जातो आय	मँजपुर हमें जाना है
	लछमी-जग मँडाय नोनी	लछमी-जग वे रखते नोनी
	गित गाउन देवाँ”	हम गीत गा देंगी”

2	गँगादई काय बले बाई के	गंगादई क्या कहती बाई से
	“सुन बाई” बले	“सुन हे बाई” कहती
	“सुन बाई सोनादई गुरुमायँ	“सुन हे बाई सोनादई गुरुमायँ
	सुन बाई सोनादई गुरुमायँ	सुन हे बाई सोनादई गुरुमायँ
	खुबे सएन आसोत बाई	बहुत बड़ी सेना है बाई
	कसन करुन जावाँ?	कैसे हम जाएँगी?
	‘आमी नीं जाऊँ’ बल बाई	‘हम नहीं जाएँगी’ कह दो बाई
	‘आमी नीं एऊँ’ बल”	‘हम नहीं आएँगी’ कह दो”
3	सोनादई काय बले नोनी के	सोनादई क्या कहती नोनी से
	“सुन बाबा” बले	“सुन हे बाबा” कहती
	“उसन[37] नईं बलवाँ नोनी	“ऐसा नहीं कहेंगी नोनी
	राजा-घरो बात आय	राजा के घर की बात
	हरबर तियार हो रे नोनी	झटपट तैयार हो हे नोनी
	जलदी तियार हो रे नोनी	जल्दी तैयार हो हे नोनी
	हामी मँजपुरे बले जावँ नोनी	हम मँजपुर जायें हे नोनी
	मँजपुरे जावँ	हम मँजपुर जायें
	बागमुँई कपाट ढाकवाँ	बाघ-मुखी कपाट बन्द करेंगी
	आमी सएन लामटी धरवाँ”	हम सेना को ले लेंगी”
	सोनादई गुरुमायँ बले बाबा	सोनादई गुरुमायँ कहती बाबा
	गँगादई गुरुमायँ सुने	गंगादई गुरुमायँ सुनती
4	हरबर तियार नोनी होय	झटपट तैयार नोनी होती
	जलदी तियार गुरुमायँ होओत	जल्दी तैयार गुरुमायें होतीं
	पानी गरम करोत गुरुमायँ	पानी गरम करतीं गुरुमायें
	सेदा-भेदा करोत	ठण्डा पानी मिलातीं
	मन्दन-सिले बले नेत गुरुमायँ	स्नान-गृह में ले जातीं गुरुमायें
	झारी कसेला नेत	झारी पात्र ले जातीं
	कपुर दतुन धरोत गुरुमायँ	सुगन्धित दतौन लेतीं गुरुमायें
	मन्दन-सिले जात	स्नान-गृह में जातीं
	मन्दन-सिले उबोत गुरुमायँ	स्नान-गृह में खड़ी होतीं गुरुमायें
	कपुर दतुन धरोत	सुगन्धित दतौन वे लेतीं
	सुरिज-भेट करोत गुरुमायँ	सूर्य-नमस्कार करतीं गुरुमायें
	मुँहे मुखारी गोबोत	मुँह में दतौन वे लेतीं
	दतुन-पतर गुरुमायँ चाबोत	दतौन आदि कर जातीं गुरुमायें
	आँगे असनाँद गुरुमायँ होओत	अंग-स्नान कर जातीं गुरुमायें
	हिरदे असनाँद होत गुरुमायँ	हृदय-स्नान कर जातीं गुरुमायें
	सुका कपड़ा पिंदोत	सूखे कपड़े पहनतीं गुरुमायें
	ओधा कपड़ा तले गिरे	गीले कपड़े नीचे गिरते
	कपड़ा निचाउन जात	वे कपड़े निचोड़ जातीं

7. उसन : अन्य उच्चारण ‘हुसन’। इनकी जगह ‘असन’ का भी प्रयोग किया जाता है।

	कपड़ा सुकाउन जात गुरुमायँ	कपड़े सुखा जातीं गुरुमायें
	झारी पानी धरोत	झारी पात्र में पानी लेतीं
	तुलसी-चँवरा ने जात गुरुमायँ	तुलसी-चौरा में जातीं गुरुमायें
	चँवरा ने पानी रिकात	चौरा में पानी डालतीं
	तुलसी के काय बलोत गुरुमायँ	तुलसी से क्या कहतीं गुरुमायें
	तुलसी के काय बलोत	तुलसी से वे कहतीं
	"सुन बाई कारी तुलसी	"सुन बाई ओ कारी तुलसी
	बाड़-बाड़ बाई कारी तुलसी	बढ़-बढ़ बाई ओ कारी तुलसी
	अगास मेलान बाड़ बाई	आकाश तक बढ़ जा हे बाई
	पकिर पाना फेक	कोमल पत्ते निकलें
	तुय-मयँ बाँहा-जोरी बाई जे	तुम-मैं बाँहों की जोड़ी-जैसे
	तुय-मयँ हन्सा-जोरी	तुम-मैं हन्सों की जोड़ी-जैसे
	जिव भर सेवा मिरो बाई	आजीवन सेवा करूँ मैं बाई
	मोचो जान सुकी रहो"	मेरा जीवन सुखी रहे"
745	तुलसी-सेवा करोत गुरुमायँ	तुलसी-सेवा करतीं गुरुमायें
	होम-आरती देत	होम-आरती करतीं
	पइँया पड़ुन जात गुरुमायँ	प्रणाम कर जातीं गुरुमायें
	सरसती अगिया माँगोत	वे सरसती से वरदान माँगतीं
	"सुना रानी सरसती	"सुनिये हे रानी सरसती
	सुना रानी सरसती	सुनिये हे रानी सरसती
	बाते सुनुन जाहा रानी	बात सुन लें हे रानी
	गोठ मानुन जाहा	कहना मान लें
	मँजपुरे जायँ रानी	मँजपुर मैं जाती रानी
	मोके राजा-घरे बलाव	मुझे राजा का बुलावा
	लछमी-जग मँडाय रानी	लछमी-जग रखती है रानी
	गित गावतो आय	हमें गीत गाना है
	तुचो डामुर बाजा के दे रानी	तुम्हारा डमरु बाजा दो हे रानी
	संखे-धुनी के दे	शंख-ध्वनि दो
	रामरतन के दे रानी	रामरत्न मुझे दो रानी
	जोतिस-रमायन दे	ज्योतिष-रामायण दो
	कठुवा-फारा के दे रानी	ग्रन्थ-आसनी भी दो हे रानी
	मोके तिलक-चन्दन के दे	मुझे तिलक-चन्दन भी दो
	राज-राज रमायन पड़सित	जगह-जगह रामायण पढ़ती हो
	देस-देस भजन गावसित	देश-देशान्तर भजन गाती हो
	मोके हुनी अधिया बले दे रानी	मुझे वही अध्याय तुम दो हे रानी
	हुनी पुरान दे"	वही पुराण तुम दो"
746	सरसती अगिया माँगोत गुरुमायँ	सरसती से वरदान माँगतीं गुरुमायें
	पइँया पड़ुन जात	वे प्रणाम कर जातीं

आपन माहाले जात गुरुमायँ	अपने महल जातीं गुरुमायें
बाजे जाउन बसोत	खाट पर बैठ जातीं
तेल-फुल घसोत गुरुमायँ	तेल चुपड़ जातीं गुरुमायें
कोरी-सारी होत	वे कंघी आदि करतीं
अयना-दरपन दखोत गुरुमायँ	दरपन में निहार जातीं गुरुमायें
सिरे सेंदुर लगात	सिर में सिन्दूर लगातीं
नव सै गाहना गुरुमायँ पिंदे	नौ सौ गहने गुरुमायें पहनतीं
नव सै हार गुरुमायँ पिंदे	नौ सौ हार गुरुमायें पहनतीं
अलंकार पिंदे गुरुमायँ	अलंकार पहनतीं गुरुमायें
सोनर तड़हा पिंदे	सोने का तड़ा पहनतीं गुरुमायें
काय मँजा सुँदर दखे गुरुमायँ	बहुत ही सुन्दर दिखतीं गुरुमायें
अती सुँदर दखे	वे अति सुन्दर हैं दिखतीं
नँजर नईं माँडे आया के	दृष्टि नहीं ठहरती गुरुमाँओं पर
हुसन सुँदर दखे	वे ऐसी सुन्दर दिखतीं
7 हरबर तियार गुरुमायँ होओत	झटपट तैयार होतीं गुरुमायें
जलदी तियार गुरुमायँ होओत	जल्दी तैयार होतीं गुरुमायें
आपन साजू पिंदोत गुरुमायँ	अपने साज पहनतीं गुरुमायें
आपन जाक धरोत	अपने सामान लेतीं
बागमुँईं कपाट ढाकोत गुरुमायँ	बाघ-मुखी कपाट बन्द करतीं गुरुमायें
सएन लामटी धरोत	वे अपनी सामग्री लेतीं
घर ले बाहिर होत गुरुमायँ	घर से बाहर निकलतीं गुरुमायें
जाते-जाते जात	चलती चली जातीं
जाते-जाते बले जाय गुरुमायँ	चलती चली जातीं गुरुमायें
कोसक-दापक रेंगोत	कोस-दाब भर चलतीं
जाओत आया जोड़ी गुरुमायँ	जातीं माता दोनों गुरुमायें
जाओत आया जोड़ी गुरुमायँ	जातीं माता दोनों गुरुमायें
पारा-परोसे जात गुरुमायँ	अड़ोस-पड़ोस में जातीं गुरुमायें
पारा-परोस अमरोत	अड़ोस-पड़ोस पहुँचतीं
पारा-परोस छाँडोत गुरुमायँ	अड़ोस-पड़ोस छोड़तीं गुरुमायें
मकड़ी माहाले जात	मकड़ी-महल वे जातीं
मकड़ी-माहाल अमरोत गुरुमायँ	मकड़ी-महल पहुँचतीं गुरुमायें
माँडो मोंगरा उबोत	मोगरा-मण्डप में रुकतीं
'बाई' हंका मारोत गुरुमायँ	'बाई' हाँक लगातीं गुरुमायें
बाई सुनुन जाय	बाई है सुन लेती
घर ले बाहिर होय बाई	घर से बाहर निकलती बाई
आया के काय बले	माता से वह कहती
"सुना आया जोड़ी गुरुमायँ	"सुनिये माता दोनों गुरुमाँओं
सुना आया जोड़ी गुरुमायँ	सुनिये माता दोनों गुरुमाँओं

	काय कामे इलास आया	किस काम से आयीं माता
	आले मोके साँगा”	तनिक मुझे बतलाएँ”
748	गुरुमायँ काय बले बाई के	गुरुमायँ क्या कहती बाई से
	“सुन बाई” बले	“सुन हे बाई” कहती
	“मँजपुरे बले जायँ बाई	“मँजपुर मैं जाती बाई
	सुत लमाउन दे	तू सूत तान दे”
749	“एसू चो बरसा पातर बरसा	“इस वर्ष की वर्षा हल्की वर्षा
	एसू चो बरसा पातर बरसा	इस वर्ष की वर्षा हल्की वर्षा
	सुत नाईं लमे आया	सूत नहीं तनेगा माता
	ताग नईं लमे	धागा नहीं तनेगा
	कइसे सुत लमायँ आया	कैसे सूत तानूँ मैं माता
	मयँ कइसे ताग लमायँ?”	मैं कैसे धागा तानूँ?”
	सुत लमाउन जाय बाई	सूत तान जाती बाई
	ताग लमाउन जाय	धागा तान जाती
	सुत लमाउन सारे बाई	सूत तान जाती बाई
	ताग लमाउन सारे	धागा तान जाती
	आया के काय बले बाई	माता से है कहती बाई
	“तुमी जलदी बसुन जाहा	“आप जल्दी बैठ जायें
	पातर बरसा आय आया	हल्की वर्षा है हे माता
	पातर बरसा आय”	हल्की वर्षा है”
750	बसोत आया जोड़ी गुरुमायँ	बैठतीं माता दोनों गुरुमायें
	बसोत आया जोड़ी गुरुमायँ	बैठतीं माता दोनों गुरुमायें
	सुत चो तागे बसोत गुरुमायँ	सूत पर जा बैठतीं गुरुमायें
	सुत चो तागे बसोत	सूत पर जा बैठतीं
	रुमझुम-रुमझुम रेंगोत गुरुमायँ	जल्दी-जल्दी चलतीं गुरुमायें
	एक कलाट मारोत	जल्दी पाँव बढ़ातीं
	मँजपुरे जात गुरुमायँ	मँजपुर जाती हैं गुरुमायें
	मँजपुरे अमरोत	मँजपुर वे पहुँचतीं
	सुत चो ताग ले उतरोत गुरुमायँ	सूत पर से उतरतीं गुरुमायें
	सुत चो ताग ले उतरोत	सूत पर से उतरतीं
	कोसक-दापक रेंगोत गुरुमायँ	कोस-दाब भर चलतीं गुरुमायें
	एक कलाट मारोत	जल्दी पाँव बढ़ातीं
	खड़का-डाँडे जात गुरुमायँ	खड़का-डाँड[38] जातीं गुरुमायें
	खड़का-डाँडे जात	खड़का-डाँड जातीं
	खड़का-डाँड के गुरुमायँ अमरे	खड़का-डाँड पहुँचतीं गुरुमायें
	खड़का-डाँड गुरुमायँ अमरे	खड़का-डाँड पहुँचतीं गुरुमायें

38. खड़का-डाँड : गाय-बैलों का विश्राम-स्थल। बस्तर के ही भिन्न-भिन्न क्षेत्र में इसे 'गाय-खड़का' और 'गोठान' भी कहा जाता है।

मन ने बिचार करे गुरुमायँ
दिले धोका करे
नोनी के काय बले आया
"सुन नोनी" बले
"एकेदायँ कसन जावाँ नोनी?
एकेदायँ कसन जावाँ?
खड़का-डाँडे रहूँ नोनी
राजा-रानी एदे
आमके पड़घाउन नेदे नोनी
हामके पड़घाउन नेदे"
सोनादई गुरुमायँ बले बाबा
गँगादई गुरुमायँ सुने
51 खड़का-डाँडे गुरुमायँ आसोत
खड़का-डाँडे गुरुमायँ आसोत
चरेया पिला भेटोत गुरुमायँ
बाबू के काय बलोत
"सुन बाबू चरेया पिला
सुन बाबू चरेया पिला
मेंगइन रानी लगे जा बाबू
मेंगराजा लगे जा
'जोड़ी गुरुमायँ इला' बल
'खड़का-डाँडे आसोत'

मन में विचार करती गुरुमायँ
दिल में चिन्ता करती
नोनी से क्या कहती माता
"सुन हे नोनी" कहती
"अचानक कैसे जाएँगी नोनी?
अचानक कैसे जाएँगी?
खड़का-डाँड में रुकें हे नोनी
राजा-रानी आएँगे
हमारा स्वागत कर ले जाएँगे नोनी
हमारा स्वागत कर ले जाएँगे"
सोनादई गुरुमायँ कहती बाबा
गंगादई गुरुमायँ सुनती
खड़का-डाँड में हैं गुरुमायें
खड़का-डाँड में हैं गुरुमायें
चरवाहा से भेंट होती गुरुमाँओं की
बाबू से वे कहतीं
"सुन हे बाबू चरवाहे
सुन हे बाबू चरवाहे
मेंगइन रानी के पास जा हे बाबू
मेंगराजा के पास जा
'दोनों गुरुमायें आ गयीं' कह तू
'खड़का-डाँड में हैं'

	बाजा-मोहरी धरो बाबू	बाजा-मोहरी ले वह बाबू
	फउद-फटाका धरो	फौज-पटाखा ले
	आमके पड़घाउक एओ बाबू	हमारा स्वागत करने आये बाबू
	हामके पड़घाउक एओ"	हमारा स्वागत करने आये"
	चरेया पिला सुने बाबा	चरवाहा सुन जाता बाबा
	खड़का-डाँड छाँडे	खड़का-डाँड छोड़ता
	रुमझुम-रुमझुम बाबू रेंगे	जल्दी-जल्दी चलता बाबू
	एक कलाट बाबू मारे	जल्दी पाँव बढ़ाता
	राजा-माहाले जाय बाबू	राज-महल जाता बाबू
	राजा-माहाले अमरे	राज-महल पहुँचता
	रानी के काय बले बाबू	रानी से क्या कहता बाबू
	हुन राजा के काय बले	वह राजा से क्या कहता
	"जोड़ी गुरुमायँ इला राजा-रानी	"दोनों गुरुमायें आ गयीं राजा-रानी
	खड़का-डाँडे आसोत	खड़का-डाँड में हैं
	बाजा-मोहरी धरा राजा-रानी	बाजा-मोहरी लें हे राजा-रानी
	गुरुमायँ पड़घाउक जाहा"	गुरुमाँओं का स्वागत करने जायें"
	एइन बात बले बाबू	ऐसा कह जाता है बाबू
	राजा-रानी सुनोत	राजा-रानी सुंनते
752	"सुन बाबू पवनकुमार	"सुन हे बाबू पवनकुमार
	सुन बाबू पवनकुमार	सुन हे बाबू पवनकुमार
	खोरे-डाँडे बले जा बाबू	गली-मोहल्ले में जा हे बाबू
	आरा-पारा जा	अड़ोस-पड़ोस में जा
	जोड़ी गुरुमायँ इला बाबू	दोनों गुरुमायें आ गयीं बाबू
	खड़का-डाँडे आसोत	वे खड़का-डाँड में हैं
	बजनेया-मोहरेया एओत बाबू	बाजा बजाने वाले आयें हे बाबू
	माँजी-मुकासी एओत	माँझी-मुखासी आयें
	गाँयता-पुजारी एओत बाबू	गाँयता-पुजारी आयें हे बाबू
	मँदरेया-ढोडरेया एओत	माँदर-ढुडरा बजाने वाले आयें
	गुरुमायँ पड़घातो आय बाबू	गुरुमाँओं का स्वागत करना है बाबू
	गुरुमायँ पड़घातो आय"	गुरुमाँओं का स्वागत करना है"
753	पवनकुमार सुने बाबा	पवनकुमार सुनता है बाबा
	हरबर तियार होय	झटपट तैयार होता
	आपन साजू बले बाबू पिंदे	अपने साज बाबू पहनता
	आपन जाक बाबू धरे	अपनी सामग्री बाबू लेता
	पाँये खड़ऊ पिंदे बाबू	पाँव में खड़ाऊँ पहनता बाबू
	हाते बेद धरे	हाथ में बेंत लेता
	घर ले बाहिर होय बाबू	घर से बाहर निकलता बाबू
	जाते-जाते जाय	चलता चला जाता

	रुमझुम-रुमझुम रेंगे बाबू	जल्दी-जल्दी चलता बाबू
	एक कलाट मारे	वह जल्दी पाँव बढ़ाता
	खोरे-डाँडे बले जाय बाबू	गली-मोहल्ले जाता बाबू
	आरा-पारा जाय	अड़ोस-पड़ोस में जाता
	बुलुन-बुलुन साँगे बाबू जे	घूम-घूम बतलाता बाबू
	गिंजरुन-गिंजरुन साँगे	घूम-घूम बतलाता
	"सुना दादा" बले बाबू	"सुनो दादा" कहता बाबू
	"सुना बाई" बले	"सुनो बाई" कहता
	"बजनेया-मोहरेया सुना" बले	"बजनेया-मोहरेया सुनो" कहता
	"मँदरेया-ढोडरेया सुना	"मँदरेया-ढोडरेया सुनो
	जोड़ी गुरुमायँ इला" बले	दोनों गुरुमायें आ गयीं" कहता
	"खड़का-डाँडे आसोत" बले	"खड़का-डाँड में हैं" कहता
	"तुमी सँजकारी-सँजकारी जाहा" बले	"तुम जल्दी-जल्दी जाओ" कहता
	"गुरुमायँ पड़घातो आय"	"गुरुमाँओं का स्वागत करना है"
	बुलुन-बुलुन साँगे बाबू	घूम-घूम बतलाता बाबू
	गिंजरुन-गिंजरुन साँगे	घूम-घूम बतलाता
	राजा-माहाले जाय बाबू	राज-महल जाता बाबू
	मँजपुरया सुनोत	मँजपुरवासी सुनते
	हरबर तियार होत दादा	झटपट तैयार होते दादा
	जलदी तियार होत	जल्दी तैयार होते
754	रलो बिता बले कपड़ा पिंदे	धनी लोग कपड़े पहनते
	रलो बिता तेल घासे	धनी लोग तेल लगाते
	गरिब धड़का पिंदोत बाबा	गरीब कौपीन पहनते बाबा
	गरिब पानी घासोत	गरीब पानी लगाते
	हाती चघेया चेघोत दादा-बाई	हाथी वाले हाथी पर चढ़ते
	घोड़ा चघेया चेघोत	घोड़े वाले घोड़े पर चढ़ते
	गरिब पैंदल जात बाबा	गरीब पैदल ही जाते बाबा
	राजा-माहाले जात	राज-महल वे जाते
	राजा-माहाले अमरोत दादा-बाई	राज-महल पहुँचते दादा-बाई
	लगे जाउन सलाम झोकोत	पास जा कर सलाम करते
	दुरे जाउन बसोत दादा-बाई	दूरी पर जा बैठते
	ओरी-चो-ओरी बसोत	पंक्तियों में जा बैठते
755	मेंगइन रानी दखे बाबा	मेंगइन रानी देखती बाबा
	हरबर तियार होय	झटपट तैयार होती
	तेल-फुल घसे रानी	तेल आदि रानी लगाती
	कोरी-सारी होय	केश सँवार जाती
	झमझम साड़ी पिंदे रानी	सुन्दर साड़ी पहनती रानी
	नव सै गाहना पिंदे	नौ सौ गहने पहनती

	कलस-दिया बले रानी बारे	कलश-दीप जलाती रानी
	सेवा-जोड़ा रानी धरे	सेवा-सामग्री लेती रानी
	मुँड ओड़नी देय रानी	सिर पर ओढ़नी देती रानी
	मुँडे कलस बोहे	सिर पर कलश रखती
	घर ले बाहिर होय रानी	घर से बाहर निकलती रानी
	बाई के काय बले	बाई से वह कहती
	"मोके गुरुमायँ पड़घाउक लागा बाई	"गुरुमाँओं के स्वागत में सहायता करो बा
	खड़का-डाँडे जावँ"	खड़का-डाँड तक चलो"
756	जाओत राजा जाओत रानी	जाते राजा जातीं रानी
	जाओत राजा जाओत रानी	जाते राजा जातीं रानी
	बजनेया-मोहरेया सँग जात राजा-रानी	बजनेया-मोहरेया के सँग जाते
	फउद-फटाका सँगे जात	फौज-पटाखा के सँग जाते
	रुमझुम-रुमझुम रेंगोत राजा-रानी	जल्दी-जल्दी चलते राजा-रानी
	एक कलाट मारोत	जल्दी पाँव बढ़ाते
	खड़का-डाँडे बले जात राजा-रानी	खड़का-डाँड जाते राजा-रानी
	खड़का-डाँडे अमरोत	खड़का-डाँड पहुँचते
	खड़का-डाँडे अमरोत राजा-रानी	खड़का-डाँड पहुँचते राजा-रानी
	खड़का-डाँडे अमरोत	खड़का-डाँड पहुँचते
757	जोड़ी गुरुमायँ दखे रानी	दोनों गुरुमाँओं को देखती रानी
	जोड़ी गुरुमायँ दखे	दोनों गुरुमाँओं को देखती
	"सुना राजा मेंगराजा	"सुनिये राजा मेंगराजा
	सुना राजा मेंगराजा	सुनिये राजा मेंगराजा
	दखा नू गुरुमायँ सुँदर राजा	देखिये तो गुरुमाँओं की सुन्दरता राजा
	दखा नू गुरुमायँ सुँदर	देखिये तो गुरुमाँओं की सुन्दरता
	नँजर नाईं माँडे राजा	दृष्टि नहीं ठहरती राजा
	जिगजाग-बुगबाग बरोत"	उनका रूप दमकता"
	खँड मुचकी मारे रानी	हौले से मुस्काती रानी
	मुचमुच-मुचमुच हाँसे	वह मंद-मंद मुस्काती
	गुरुमायँ लगे जात राजा-रानी	गुरुमाँओं के पास जाते राजा-रानी
	गुरुमायँ लगे जात	गुरुमाँओं के पास जाते
	मुँड चो कलसा उतराय रानी	सिर से कलश उतारती रानी
	चार खुटेया लिपे	चौकोर लीप जाती
	मँजी बाना लिखे रानी	बीच में चित्र बनाती रानी
	चन्दन-काट मँडाय	चन्दन का पीढ़ा रखती
	मुँडे कलसा रानी बोहे	सिर पर कलश रखती रानी
	गुरुमायँ हात रानी धरे	गुरुमायँ का हाथ पकड़ती रानी
	चन्दन-काटे उबाय रानी	चन्दन-पीढ़ा पर खड़ा करती रानी
	बेल-काटे उबाय	बेल-पीढ़ा पर खड़ा करती

	झारी पानी धरे रानी	झारी में पानी लेती रानी
	पइँया धोआउन जाय	पाँव धुला जाती
	चाउर-टिका बले देय रानी	चावल का टीका लगाती रानी
	होम आरती देय	होम-आरती करती
	पइँया पड़ुन जाय रानी	प्रणाम कर जाती रानी
	हात जोड़ुन जाय	हाथ जोड़ जाती
	गुरुमायँ पड़घाउन जाय रानी	गुरुमाँओं का स्वागत करती रानी
	गुरुमायँ पड़घाउन जाय	गुरुमाँओं का स्वागत करती
758	इकिस कोटी बले बाजा बाजे	इक्कीस कोटि बाजे बजते
	बाइस कोटी मोहरी बाजे	बाईस कोटि मोहरी बजतीं
	धँगड़ा माँदर मारोत बाबा	युवक माँदर बजाते बाबा
	धँगड़ा माँदर मारोत	युवक माँदर बजाते
	खड़का-डाँडे बाजे बाबा	खड़का-डाँड में बजता बाबा
	खड़का-डाँडे बाजे	खड़का-डाँड में बजता
	गुरुमायँ पड़घाउन जाय रानी	गुरुमाँओं का स्वागत कर जाती रानी
	गुरुमायँ हात धरे	गुरुमायँ का हाथ पकड़ती
759	खड़का-डाँड छाँडोत राजा-रानी	खड़का-डाँड छोड़ते राजा-रानी
	जाते-जाते जात	चलते चले जाते
	रुमझुम-रुमझुम रेंगोत राजा-रानी	जल्दी-जल्दी चलते राजा-रानी
	एक कलाट मारोत	जल्दी पाँव बढ़ाते
	आपन माहाले जात राजा-रानी	अपने महल जाते राजा-रानी
	आपन माहाले अमरोत	अपने महल पहुँचते
	मुँड चो कलस रानी उतराय	सिर का कलश रानी उतारती
	मुँड चो कलस रानी उतराय	सिर का कलश रानी उतारती
	बाजे बसाउन जाय रानी	खाट पर बिठाती रानी
	सेज बसाउन जाय	शैय्या पर बिठाती
760	राजा-रानी बसोत बाबा	राजा-रानी बैठते बाबा
	गुरुमायँ काय बले	गुरुमायँ क्या कहती
	"सुना राजा सुना रानी	"सुनिये राजा सुनिये रानी
	सुना राजा सुना रानी	सुनिये राजा सुनिये रानी
	काय बलाव आय राजा-रानी	किसलिये बुलवाया राजा-रानी
	आले आमके साँगा"	तनिक हमें बतलायें"
761	रानी काय बले आया के	रानी क्या कहती माता से
	"सुना आया" बले	"सुनिये माता" कहती
	"काईं नामना निंहाय आया	"कोई नाम नहीं है माता
	काहीं किरती निंहाय	कोई कीर्ति नहीं है
	एक किरती करले जाले	एक काम कर जाऊँ मैं तो
	एक किरती करले जाले	एक काम कर जाऊँ मैं तो

	जुग-जुग नाँव रयदे आया	युगों तक नाम रहेगा माता
	किरती बाड़ुन जायदे	कीर्ति बढ़ जायेगी
	लछमी-जग मँडायँ आया	लछमी-जग रखती हूँ माता
	गित गाउन दे	गीत गा दो
	काय-काय जोड़ा लागुआय आया	कौन-कौन सी सामग्री लगेगी माता
	आले मोके साँगा"	आप मुझे बतलायें"
762	"सुना रानी मेंगइन	"सुनिये रानी मेंगइन
	सुना राजा मेंगराजा	सुनिये राजा मेंगराजा
	बाते सुनुन जाहा राजा-रानी	बात सुन लें हे राजा-रानी
	गोठ मानुन जाहा	कहना मान लें
	जोड़ी नाँद लागुआय राजा-रानी	दो हण्डियाँ लगेंगी राजा-रानी
	जोड़ी सुपा लागुआय	दो सूपा लगेंगे
	जोड़ी माची लागुआय राजा-रानी	दो मचिया लगेंगी राजा-रानी
	डुमर-पयली लागुआय	गूलर की पायली लगेगी
	पिपा तेल लागुआय राजा-रानी	बहुत-सा तेल लगेगा राजा-रानी
	नरेर-सुपारी लागुआय	नारियल-सुपारी लगेगी
	सवा हात कपड़ा लागुआय राजा-रानी	सवा हाथ कपड़ा लगेगा राजा-रानी
	गुमा घिंव लागुआय	शुद्ध घी लगेगा
	निरवाँ घिंव लागुआय राजा-रानी	शुद्ध घी लगेगा राजा-रानी
	लाई-चिवड़ा लागुआय	लाई-चिवड़ा लगेगा
	बेटी चो बिहाव करा राजा	बेटी का विवाह करें हे राजा
	बेटा चो बिहाव करा राजा	बेटा का विवाह करें हे राजा
	लछमी-जग मँडावा राजा-रानी	या लछमी-जग रखें हे राजा-रानी
	लछमी-जग मँडावा	या लछमी-जग रखें
	उतरय[39] जोड़ा लागुआय राजा-रानी	उतनी ही सामग्री लगेगी राजा-रानी
	हुतरय जोड़ा लागुआय	उतनी ही सामग्री लगेगी
	पोलँग बाँवस चो धनकुल-डाँडी	खोखले बाँस की धनकुल-डाँडी[40]
	काटा बाँवस चो छिरनी काड़ी	काँटेदार बाँस की छिरनी काड़ी
	सोनर सुतरी लागुआय राजा	सोने की सुतली लगेगी राजा
	सोनर सुतरी लागुआय"	सोने की रस्सी लगेगी"
763	रानी काय बले आया के	रानी क्या कहती माता से
	"सुना आया" बले	"सुनिये माता" कहती
	"जोड़ा जोड़ुन मयँ गेले आया	"मैंने सामग्री जुटा ली है माता
	जोड़ा जोड़ुन गेले आया	मैंने सामग्री जुटा ली माता
	जग मँडाउन दे आया	जग रख दे हे माता
	जग मँडाउन दे"	जग रख दे"

39. उतरय : अन्य उच्चारण 'हुतरय', 'उतरोय', 'हुतरोय'।

40. धनकुल-डाँडी : धनुष की कमानी।

एइन बात बले रानी	यही बात कहती है रानी
एइन गोठ बले	यही बात कहती है
हरबर-हरबर होत राजा-रानी	जल्दी मचाते राजा-रानी
हरबर-हरबर होत	जल्दी वे मचाते
नोनी के काय बले रानी	नोनी से क्या कहती रानी
"सुन बाबा" बले	"सुन हे बाबा" कहती
"सुन नोनी कुँदनी कयना	"सुन नोनी हे कुँदनी कैना
सुन बाबा कुँदनी कयना	सुन बाबा हे कुँदनी कैना
बड़ा-ओंडा बले कर नोनी	झाड़ू-बुहारी कर हे नोनी
छड़ा-छिटका दे	तू गोबर का छिटका दे
जग मँडातो आय नोनी	जग रखना है हे नोनी
जग मँडातो आय"	जग रखना है"
764 कुँदनी कयना सुने बाबा	कुँदनी कैना सुनती बाबा
जगार-सारे जाय	जगार-शाला में जाती
बड़ा-ओंडा करे नोनी	झाड़ू-बुहारी करती नोनी
सरा-बड़ा करे	लिपाई-पोताई करती
जगार-सार लिपे नोनी	जगार-शाला लीपती नोनी
जगार-सार लिपे	जगार-शाला लीपती
हरबर-हरबर राजा-रानी होओत	जल्दी-जल्दी राजा-रानी करते
हरबर-हरबर राजा-रानी होओत	जल्दी-जल्दी राजा-रानी करते
नोनी के काय बले रानी	नोनी से क्या कहती रानी
"सुन बाबा" बले	"सुन हे बाबा" कहती
"सब जोड़ा धर नोनी	"सारी सामग्री ले हे नोनी
जगार-सारे ने"	जगार-शाला में ले जा"
765 कुँदनी कयना सुने बाबा	कुँदनी कैना सुनती बाबा
सब जोड़ा धरे	सारी सामग्री लेती
जगार-सारे नेय नोनी	जगार-शाला में ले जाती नोनी
जगार सारे नेय	जगार-शाला में ले जाती
ओरी-चो-ओरी बले धाड़ी-चो-धाड़ी	कतारों में, पंक्तियों में
ओरी-चो-ओरी धाड़ी-चो-धाड़ी	कतारों में, पंक्तियों में
मँजपुरया आसोत बाबा	मँजपुरवासी हैं हे बाबा
मँजपुरिन आसोत	मँजपुरवासी हैं
बाजा-मोहरी बाजे बाबा	बाजा-मोहरी बजते बाबा
फउद-फटाका बाजे	फौज-पटाखे बजते
धँगड़ा माँदर मारोत बाबा	युवक माँदर बजाते बाबा
धँगड़ी रिलो गाओत	युवतियाँ रिलो गातीं
राजा चो दुआरे बाजे बाबा	राजा के द्वार में बजता बाबा
कुड़ुमछुट्टुन जाय	जोर-शोर से बजता

766	जोड़ी गुरुमायँ जाओत बाबा	दोनों गुरुमायें जातीं बाबा
	राजा-रानी जाओत	राजा-रानी जाते
	गाँयता-पुजारी जाओत बाबा	गाँयता-पुजारी जाते बाबा
	माँजी-मुकासी जाओत	माँझी-मुखासी जाते
	होम-आरती दादा देय	होम-आरती दादा करता
	पइँया पडुन दादा जाय	प्रणाम कर जाता दादा
	थारी ने पिसान धरे दादा	थाली में आटा लेता दादा
	मँजी बाना लिखे	बीच में चित्र बनाता
	बाना लिखुन सारे दादा	चित्र बना जाता दादा
	बाना लिखुन सारे	चित्र बना जाता
	कलस-दिया बारे रानी	कलश-दीप जलाती रानी
	कलस-दिया बारे	कलश-दीप जलाती
	थारी ने पिसान राजा धरे	थाली में आटा राजा लेता
	थारी ने पिसान राजा धरे	थाली में आटा राजा लेता
	झारी-पानी छिचे राजा	झारी-पानी छिड़कता राजा
	काचा गोरस छिचे	कच्चा दूध छिड़कता
	पयली मँडाउन राजा जाय	पायली रख जाता है राजा
	पयली मँडाउन राजा जाय	पायली रख जाता है राजा
	थारी ने पिसान धरे राजा	थाली में आटा लेता राजा
	थारी ने पिसान धरे	थाली में आटा लेता
	पयली हाता देय राजा	पायली में हाता देता[41] राजा
	कलस हाता देय	कलश में हाता देता
	नाँद ने हाता बले देय राजा	हण्डी में हाता देता राजा
	सुपा ने हाता देय	सूपा में हाता देता
	माची ने हाता देय राजा	मचिया में हाता देता राजा
	धनऊ हाता देय	धनुष में हाता देता
	छिरनी ने हाता देय राजा	छिरनी में हाता देता राजा
	कलस हाता देय	कलश में हाता देता
	हाता देउन सारे राजा	हथेली की छाप लगाता राजा
	सब ने लाली टिके	सब को लाली लगाता
	सुपा ने धान राजा धरे	सूपा में धान राजा लेता
	सुपा ने धान राजा धरे	सूपा में धान राजा लेता
	पयली मँडाउन जाय राजा	पायली रख जाता राजा
	पयली मँडाउन जाय	पायली रख जाता

41. हाता देता : हथेली की छाप लगाता। हाता : हथेली की छाप। शुभ अवसर पर हथेली को चावल के आटे या हल्दी के आटे के घोल में डुबा कर उसकी छाप दीवार, सूपों, हण्डी, लोगों की पीठ आदि पर तथा 'दियारी' नामक त्यौहार और कृषि-कार्य आरम्भ करने के पूर्व गाय-बैलों की पीठ एवं कृषि उपकरण आदि पर लगायी जाती है। यह शुभ का प्रतीक होता है। यह भी पूजा का एक अन्य विधान है। इसे 'हाता देतो' कहा जाता है। इसे लोक चित्र के अन्तर्गत रखा जा सकता है (बस्तर की लोक चित्र परम्परा : हरिहर वैष्णव : 2002)।

	पयली ने धान भरे राजा	पायली में धान भरता राजा
	पयली ने धान भरे	पायली में धान भरता
	सवा हात कपड़ा ओछाय राजा	सवा हाथ कपड़ा बिछाता राजा
	पयली ढाकुन जाय	पायली ढँक देता
	सुत तागुन जाय राजा	सूत तान जाता राजा
	सुत तागुन जाय	सूत तान जाता
	पयली मँडाउन जाय राजा	पायली रख जाता राजा
	कलस मँडाउन जाय	कलश रख जाता
	जोड़ी आँयरा मँडाय राजा	दो आँयरा रखता राजा
	जोड़ी नाँद मँडाय	दो हण्डियाँ रखता
	जोड़ी सुपा ढाके राजा	दो सूपा ढँकता राजा
	जोड़ी माची मँडाय	दो मचिया रखता
	नरेर-सुपारी मँडाय राजा	नारियल-सुपारी रखता राजा
	नरेर-सुपारी मँडाय	नारियल-सुपारी रखता
	सेवा करुन राजा-रानी जाओत	सेवा कर जाते राजा-रानी
	पुजा करुन राजा-रानी जाओत	पूजा कर जाते राजा-रानी
	लखी-सेवा करोत राजा-रानी	लखी-सेवा करते राजा-रानी
	लखी-पुजा करोत	लखी-पूजा करते
	होम-आरती देत राजा-रानी	होम-आरती करते राजा-रानी
	पइँया पड़ुन जात	वे प्रणाम कर जाते
	जोड़ी गुरुमायँ जाओत बाबा	दोनों गुरुमायें जातीं बाबा
	जोड़ी गुरुमायँ जाओत	दोनों गुरुमायें जातीं
	लखी-सेवा करोत गुरुमायँ	लखी-सेवा करतीं गुरुमायें
	लखी-पुजा करोत	लखी-पूजा करतीं
	होम-आरती देत गुरुमायँ	होम-आरती करतीं गुरुमायें
	पइँया पड़ुन जात	वे प्रणाम कर जातीं
767	"सुन नोनी कुँदनी कयना	"सुन नोनी हे कुँदनी कैना
	सुन बाबा कुँदनी कयना	सुन बाबा हे कुँदनी कैना
	राजा-भोग बले हेड़ नोनी	राज-भोग निकाल हे नोनी
	राजा-भोग हेड़	राज-भोग निकाल
	जोड़ी गुरुमायँ के दे नोनी	दोनों गुरुमाँओं को दे हे नोनी
	राजा-रानी के दे"	राजा-रानी को दे"
768	कुँदनी कयना सुने बाबा	कुँदनी कैना सुनती बाबा
	राजा-भोग हेड़े	राज-भोग निकालती
	छतिस अलन हेड़े नोनी	छत्तीस व्यंजन निकालती नोनी
	बतिस भोजन हेड़े	बत्तीस भोजन निकालती
	झारी पानी डुमे नोनी	झारी में पानी लेती नोनी
	राजा-रानी के देय	राजा-रानी को देती

	जोड़ी गुरुमायँ के देय नोनी	दोनों गुरुमाँओं को देती नोनी
	हात अचाउन जात	वे हाथ धो जाते
	चन्दन-काटे बसोत राजा-रानी	चन्दन-पीढ़ा पर बैठते राजा-रानी
	जोड़ी गुरुमायँ बसोत	दोनों गुरुमायें बैठतीं
	भोग मँडाउन देय नोनी	भोग परोस जाती नोनी
	साग मँडाउन देय	साग परोस जाती
	राजा-भोग खाओत राजा-रानी	राज-भोग खाते राजा-रानी
	राजा-भोग खाओत	राज-भोग खाते
	खाओत नीं खाओत अढ़ई कँवरा	खाते ढाई कौर
	खाओत नीं खाओत अढ़ई कँवरा	खाते ढाई कौर
	थारी सरकाउन जात राजा-रानी	थाली सरका देते राजा-रानी
	हात अचाउन जात	वे हाथ धो जाते
	बाजे जाउन बसोत राजा-रानी	खाट पर जा बैठते राजा-रानी
	नोनी के काय बले	नोनी से क्या कहते
	"सुन नोनी कुँदनी कयना	"सुन नोनी हे कुँदनी कैना
	सुन बाबा कुँदनी कयना	सुन बाबा हे कुँदनी कैना
	तिल-तिल बाल-बाल बाट नोनी	सब को तू परोस हे नोनी
	तिल-तिल बाल-बाल बाट"	सब को तू परोस"
769	कुँदनी कयना सुने बाबा	कुँदनी कैना सुनती बाबा
	कुँदनी कयना सुने	कुँदनी कैना सुनती
	तिल-तिल बाल-बाल बाटे नोनी	सब को परोस जाती नोनी
	आपन जेवनार करे	स्वयं भी भोजन करती
	खाई-पिई के भय गय तियार	खा-पी कर तैयार हो गये
	खाई-पिई के भय गय तियार	खा-पी कर तैयार हो गये
	बाबू के काय बले नोनी	बाबू से क्या कहती नोनी
	"सुन बाबू" बले	"सुन हे बाबू" कहती
	"बिड़ा भाँजुन जा बाबू	"बीड़ा बना दे हे बाबू
	पान बनाउन जा	पान बना दे
	राजा-रानी के दे बाबू	राजा-रानी को दे हे बाबू
	जोड़ी गुरुमायँ के दे"	दोनों गुरुमाँओं को दे"
770	पवनकुमार सुने बाबा	पवनकुमार सुनता बाबा
	बिड़ा भाँजुन जाय	बीड़ा बना जाता
	पान बनाउन जाय बाबू	पान बना जाता है बाबू
	राजा-रानी के देय	राजा-रानी को देता
	जोड़ी गुरुमायँ के देय बाबू	दोनों गुरुमाँओं को देता बाबू
	राजा-रानी खाओत	राजा-रानी खाते
771	"सुन नोनी कुँदनी कयना	"सुन नोनी हे कुँदनी कैना
	सुन बाबा कुँदनी कयना	सुन बाबा हे कुँदनी कैना

सेवा-जोड़ा बले धर नोनी
पुजा जोड़ा धर
जगार-सारे ने नोनी
मयँ नाँद बसुन जायँ"
772 कुँदनी कयना सुने बाबा
सेवा-जोड़ा धरे

सेवा-सामग्री ले हे नोनी
पूजा-सामग्री ले
जगार-शाला में ले जा नोनी
मैं आसन ग्रहण करूँगी"
कुँदनी कैना सुनती बाबा
सेवा-सामग्री लेती

जगार-सारे नेय नोनी
जोड़ी गुरुमायँ जाओत
झारी-पानी धरोत गुरुमायँ
काचा गोरस छिचोत
जात लाली टिकोत गुरुमायँ
फुल-चाउर चेघात
होम-आरती देत गुरुमायँ
पइँया पड़ुन जात
नाँदे बसुन जात गुरुमायँ
गित बड़ाउन जात
773 "सुन बाबू पवनकुमार
सुन बाबू बजरँगबली
हरी-हरी बोली जागो बाबू
राम बोली बैठो
हरी बोली जागी गले

जगार-शाला में ले जाती नोनी
दोनों गुरुमायें जातीं
झारी-पानी लेतीं गुरुमायें
कच्चा दूध छिटकतीं
लाली लगा जातीं गुरुमायें
फूल-चावल चढ़ातीं
होम-आरती करतीं गुरुमायें
वे प्रणाम कर जातीं
आसन ग्रहण करतीं गुरुमायें
वे गीत गाने लगतीं
"सुन हे बाबू पवनकुमार
सुन हे बाबू बजरंगबली
हरि-हरि कहते जागो बाबू
राम कहते बैठो
हरि बोलते जागने पर

राम बोली बैठी गले	राम बोलते बैठने पर
घिंवर होम मयँ देयँ बाबू	घी का होम मैं देती बाबू
राजर होम देयँ	सारी सामग्री का होम देती
लछमी-जग मँडायँ बाबू	लछमी-जग मैं रखती बाबू
मयँ सब के नेवता देयँ	सब को न्योता मैं देती
सब एउन जाहा बाबू	सब आ जाओ हे बाबू
सब जुहुन जाहा	सब एकत्र हो जाओ
सुन बाबू बिरे हुनमान	सुन हे बाबू वीर हनुमान
सुना आया घरगोसिन	सुन माता हे घरगोसिन
हरी-हरी बोली जागो आया	हरि-हरि बोलते जागो माता
राम बोली बैठो	राम बोलते बैठो
हरी-हरी बोली बले जागी गले	हरी-हरी बोलते जागने पर
राम बोली बैठी गले	राम बोलते बैठने पर
घिंवर होम मयँ देयँ आया	घी का होम मैं देती माता
राजर होम देयँ	सब सामग्री का होम मैं देती
लछमी-जग मँडायँ आया	लछमी-जग रखती मैं माता
मयँ सब के नेवता देयँ	मैं सब को न्योता देती
सब एउन जाहा आया	सभी आ जाओ हे माता
सब जुहुन जाहा"	सब एकत्र हो जाओ"
लखी-सेवा करोत रानी	लखी-सेवा करती रानी
लखी-पुजा करे	वह लखी-पूजा करती

अधया-14 : मेंग-मेंगइन चो तरई-बावली खनातो

अध्याय-14 : मेंग-मेंगइन द्वारा जलाशय एवं बावली खनन

774	एक दिन ले दुय दिन	एक दिन से दो दिन
	दुय दिन ले आँट दिन	दो दिन से आठ दिन
	जग मँडालो होय रानी चो	जग रखे बीते रानी को
	जग मँडालो होय	जग रखे बीते
	लखी-सेवा करे रानी	लखी-सेवा करती रानी
	लखी-पुजा करे	लखी-पूजा करती
	मयना दिन बले होय बाबा	महीना भर है बीता बाबा
	छय मयना होय	छह महीने बीते
	साल-डेड़ साल होय बाबा	साल-डेढ़ साल बीते बाबा
	लखी-सेवा करे	लखी-सेवा करती
	मन ने बिचार करे रानी	मन में विचार करती रानी

	दिले धोका करे	दिल में चिन्ता करती
	'मँजपुरे मयँ बुल्ले' बले	'मँजपुर में मैं घूमी' कहती
	'मँजपुरे इले' बले	'मँजपुर में मैं आयी' कहती
	'नाना पयकार होले' बले	'नाना प्रकार के उपाय किये' कहती
	'मयँ बाना-बिसा होले	'मैंने कई उपाय किये
	काहीं नामना निंहाय' बले	कोई नाम नहीं है' कहती
	'मोचो काईं किरती निंहाय	'मेरी कोई कीर्ति नहीं है
	जिव रत ले खायँदे' बले	जीवन रहते तक भोग करूँगी' कहती
	'मरले नाँव निंहाय	'मर जाने पर नाम न रहेगा
	किरती डुबुन जाय' बले	कीर्ति डूब जायेगी' कहती
	'मोचो नामना बुड़ुन जाय	'मेरा नाम डूब जायेगा
	एक किरती करले जाले	एक काम कर जाऊँ मैं तो
	एक किरती करले जाले	एक काम कर जाऊँ मैं तो
	जुग-जुग नाँव रयदे' बले	युगों तक नाम रहेगा' कहती
	'किरती बाड़ुन जायदे	'मेरी कीर्ति बढ़ जायेगी
	तरई खनुक बलें' बले	सरोवर खोदने को कहूँ मैं' कहती
	'मयँ बावली खनुक' बलें	'मैं बावली खोदने को कहूँ'
775	राजा-रानी बसोत बाबा	राजा-रानी बैठते बाबा
	राजा के काय बले	राजा से क्या कहती
	"सुना राजा मेंगराजा	"सुनिये राजा मेंगराजा
	सुना राजा मेंगराजा	सुनिये राजा मेंगराजा
	तरई खनुन दिया राजा	सरोवर खोद दें हे राजा
	बावली खनुन दिया	बावली खोद दें
	तरई चो पानी के पिवदे राजा	सरोवर का पानी पीयेंगे राजा
	बावली चो पानी के पिवदे	बावली का पानी पीयेंगे
	'काचो तरई आय?' बलदे	'किसका सरोवर है?' कहेंगे
	काचो बावली आय	किसकी बावली है
	'मेंगराजा चो आय' बलदे	'मेंगराजा का है' कहेंगे
	'मेंगइन रानी चो आय'	'मेंगइन रानी का है'
	आमचो नाँव धरदे राजा	हमारा नाम लेंगे राजा
	जुग-जुग नाँव रयदे"	युगों तक नाम रहेगा"
	मेंगइन रानी बले बाबा	मेंगइन रानी कहती बाबा
	मेंगराजा सुने	मेंगराजा सुनता
776	"सुन बाबू पवनकुमार	"सुन हे बाबू पवनकुमार
	सुन बाबू पवनकुमार	सुन हे बाबू पवनकुमार
	सागरपुरे बले जा बाबू	सागरपुर तू जा हे बाबू
	नव सै ओड़या के आन[1]	नौ सौ ओड़या को ले आ

1. दिनांक 15.12.1996 को ध्वन्यांकित कैसेट क्रमांक 23बी का आरम्भ।

	नव सै ओड़िन एओत बाबू	नौ सौ ओड़िन आयें बाबू
	मोके तरई खनुन देदे"	मेरे लिये सरोवर खोद देंगे"
77	पवनकुमार सुने बाबा	पवनकुमार सुनता बाबा
	हरबर तियार होय	झटपट तैयार होता
	आपन साजू पिंदे बाबू	अपने साज पहनता बाबू
	आपन जाक धरे	अपने सामान लेता
	पाँय ने खड़ऊ बाबू पिंदे	पाँव में खड़ाऊँ बाबू पहनता
	हाते बेद बाबू धरे	हाथ में बेंत बाबू लेता
	राजा-माहाल छाँडे बाबू	राज-महल छोड़ता बाबू
	जाते-जाते जाय	चलता चला जाता
	रुमझुम-रुमझुम रेंगे बाबू	जल्दी-जल्दी चलता बाबू
	एक कलाट मारे	जल्दी पाँव बढ़ाता
	पारा-परोसे जाय बाबू	अड़ोस-पड़ोस में जाता बाबू
	पारा-परोस छाँडे	अड़ोस-पड़ोस छोड़ता
	सागरपुरे जाय बाबू	सागरपुर जाता बाबू
	सागरपुरे जाय	सागरपुर वह जाता
	सागरपुर के बाबू अमरे	सागरपुर बाबू पहुँचता
	सागरपुर के बाबू अमरे	सागरपुर बाबू पहुँचता
	ओड़या-माहाले जाय बाबू	ओड़या-महल जाता बाबू
	ओड़या-माहाले अमरे	ओड़या-महल पहुँचता
	माँडो-मोंगरा उबे बाबू	मोगरा-मण्डप में रुकता बाबू
	'दादा' हंका मारे	'दादा' हाँक लगाता
	दादा सुनुन जाय बाबा	दादा सुन लेता है बाबा
	घर ले बाहिर होय	घर से बाहर आता
	बाबू के काय बले दादा	बाबू से क्या कहता दादा
	"सुन बाबू" बले	"सुन हे बाबू" कहता
	"काय कामे इलिस बाबू	"किस काम से आया बाबू
	आले मोके साँग"	तनिक मुझे बतला"
78	"सुन दादा बड़े ओड़या	"सुन हे दादा बड़े ओड़या
	सुन दादा बड़े ओड़या	सुन हे दादा बड़े ओड़या
	राजा-घरे बलाव दादा	राजा-घर से बुलावा दादा
	राजा-घरे बलाव	राजा का है बुलावा
	तरई खनतो आय दादा	तालाब खोदना है हे दादा
	बावली खनतो आय"	बावली खोदना है"
79	ओड़या काय बले बाबू के	ओड़या क्या कहता बाबू से
	"सुन बाबू" बले	"सुंन हे बाबू" कहता
	"नव सै ओड़या लगे जायँ बाबू	"नौ सौ ओड़या के पास जाता बाबू
	मयँ नव सै ओड़िन लगे जायँ"	मैं नौ सौ ओड़िनों के पास जाता"

	जाय बाबू बड़े ओड़या	जाता बाबू बड़े ओड़या
	जाय बाबू बड़े ओड़या	जाता बाबू बड़े ओड़या
	नव सै ओड़या लगे जाय बाबू	नौ सौ ओंड़या के पास जाता बाबू
	नव सै ओड़िन लगे जाय	नौ सौ ओड़िनों के पास जाता
	बाबू के काय बले बाबा	बाबू से क्या कहता बाबा
	"सुना बाबू" बले	"सुनो हे बाबू" कहता
	"हरबर तियार होआ बाबू	"झटपट तैयार हो जाओ बाबू
	जलदी तियार होआ	जल्दी तैयार हो जाओ
	राजा-घरे बलाव बाबू	राजा-घर का बुलावा बाबू
	मँजपुर जातो आय	मँजपुर जाना है
	तरई खनुन देवाँ बाबू	तालाब खोद देंगे बाबू हम
	बावली खनुन देवाँ"	बावली खोद देंगे"
780	नव सै ओड़या सुनोत बाबा	नौ सौ ओड़या सुनते बाबा
	नव सै ओड़िन सुनोत	नौ सौ ओड़िनें सुनतीं
	कौने कपड़ा बाई मन काचोत	कोई बाई कपड़े धोती
	कौने मुँड बाई रेतोत	कोई बाई सिर धोती
	आँगे असनाँद होत बाई	अंग-स्नान करती महिलायें
	हिरदे असनाँद होत	वे हृदय-स्नान हैं करतीं
	राँदा-बाटा करोत बाई मन	भोजन पका जातीं बाई
	खाना-पिना खाओत	भोजन ग्रहण करतीं
	हरबर तियार होत दादा-बाई	झटपट तैयार होते दादा-बाई
	जलदी तियार होत	जल्दी तैयार होते
	आपन साजू धरोत दादा-बाई	अपने साज पकड़ते दादा-बाई
	आपन जाक धरोत	अपने सामान पकड़ते
	बागमुँई कपाट बाई-दादा ढाकोत	बाघ-मुखी कपाट बाई-दादा बन्द करते
	बागमुँई कपाट बाई-दादा ढाकोत	बाघ-मुखी कपाट बाई-दादा बन्द करते
	घर ले बाहिर होत दादा-बाई	घर से बाहर होते दादा-बाई
	जाते-जाते जात	चलते चले जाते
	रुमझुम-रुमझुम रेंगोत दादा-बाई	जल्दी-जल्दी चलते दादा-बाई
	एक कलाट मारोत	लम्बे डग हैं भरते
	दादा लगे बले जात दादा-बाई	दादा के पास जाते दादा-बाई
	दादा के काय बलोत	दादा से क्या कहते
	"जावँ दादा" बलोत बाबू मन	"चलो दादा" कहते बाबू
	"जावँ दादा" बलोत	"चलो दादा" कहते
781	सुने बाबू बड़े ओड़या	सुनता बाबू बड़े ओड़या
	सुने बाबू बड़े ओड़या	सुनता बाबू बड़े ओड़या
	आपलो जाक धरे बाबू	अपने सामान लेता बाबू
	आपलो साजू धरे	अपने सामान लेता

	घर ले बाहिर होय दादा	घर से बाहर आता दादा
	जाते-जाते जाय	चलता चला जाता
	रुमझुम-रुमझुम रेंगोत बाबू	जल्दी-जल्दी चलते बाबू
	एक कलाट मारोत	लम्बे डग हैं भरते
	सेतबन काजे जात दादा-बाई	सेतबन हो कर जाते दादा-बाई
	हेतबन काजे जात	हेतबन हो कर जाते
	बिंदराबन काजे जात दादा-बाई	बिंदराबन हो कर जाते दादा-बाई
	बिंदराबन काजे जात	बिंदराबन हो कर जाते
	मँजपुर के दादा-बाई अमरोत	मँजपुर पहुँचते दादा-बाई
	मँजपुर के दादा-बाई अमरोत	मँजपुर पहुँचते दादा-बाई
	पारा-परोसे जात दादा-बाई	अड़ोस-पड़ोस में जाते दादा-बाई
	पारा-परोस छाँडोत	अड़ोस-पड़ोस छोड़ते
	राजा-माहाले जात दादा-बाई	राज-महल जाते दादा-बाई
	राजा-माहाल अमरोत	राज-महल पहुँचते
	लगे जाउन सलाम झोकोत	पास जा कर सलाम करते
	दुरे जाउन बसोत	कुछ दूरी पर जा बैठते
	"काय बलाव आय राजा	"किसलिये बुलवाया राजन
	आले आमके साँगा"	तनिक हमें बतलायें"
782	"सुना बाबू नव सै ओड़या	"सुनो हे बाबू नौ सौ ओड़या
	सुना बाई नव सै ओड़िन	सुनो हे बाई नौ सौ ओड़िन
	तरई खनुन दिया दादा-बाई	तालाब खोद दें हे दादा-बाई
	बावली खनुन दिया"	बावली खोद दें"
783	"देउँदे राजा" बलोत दादा-बाई	"देंगे राजा" कहते दादा-बाई
	"देउँदे राजा" बलोत	"देंगे राजा" कहते
	राजा के काय बलोत दादा	राजा से क्या कहते दादा
	"सुना राजा" बलोत	"सुनिये राजन" कहते
	"तरई खनुन जावँ राजा	"तालाब खोद देंगे राजन
	हामी बावली खनुन जावँ	हम बावली खोद देंगे
	भतेया जोड़ुन दिया राजा	भोजन-सामग्री दें हे राजा
	भतेया जोड़ुन दिया"	हमें भोजन-सामग्री दें"
784	"सुन बाबू भँडारी पिला	"सुन हे बाबू भण्डारी बालक
	सुन बाबू भँडारी पिला	सुन हे बाबू भण्डारी बालक
	दार-चाउर जोड़ बाबू	दाल-चावल दे हे बाबू
	लोन-मिरी जोड़	नमक-मिर्च भी दे
	नव सै ओड़या के दे बाबू	नौ सौ ओड़यों को दे हे बाबू
	नव सै ओड़िन के दे"	नौ सौ ओड़िनों को दे"
785	भँडारी पिला सुने बाबा	भण्डारी बालक सुनता बाबा
	नव खँड माहाले जाय	नौ खण्डा महल में जाता

दार-चाउर जोड़े बाबू	दाल-चावल लेता बाबू
लोन-मिरी जोड़े	नमक-मिर्च भी लेता
नव सै ओड़या के देय बाबू	नौ सौ ओड़यों को देता बाबू
नव सै ओड़िन के देय	नौ सौ ओड़िन को देता
786 "सुन बाबू पवनकुमार	"सुन हे बाबू पवनकुमार
सुन बाबू पवनकुमार	सुन हे बाबू पवनकुमार
गँयती[2] निकराउन जा बाबू	गैंती निकाल ले हे बाबू
रापा निकराउन जा"	फावड़ा निकाल ले"
787 पवनकुमार सुने बाबा	पवनकुमार सुनता बाबा
गँयती-रापा धरे	गैंती-फावड़ा लेता
दादा के काय बले बाबू	दादा से क्या कहता बाबू
"सुना दादा" बले	"सुनो हे दादा" कहता
"ओरी-चो-ओरी उबा" बले	"कतारों में खड़े हो जाओ" कहता
"धाड़ी-चो-धाड़ी उबा"	"पंक्तियों में खड़े हो जाओ"
788 ओरी-चो-ओरी उबोत दादा-बाई	कतारों में खड़े हो जाते दादा-बाई
धाड़ी-चो-धाड़ी उबोत	पंक्तियों में खड़े हो जाते
रापा बाटुन जाय बाबू	फावड़ा बाँट देता बाबू
गँयती बाटुन जाय	गैंती बाँट देता
एकक रापा बले बाबू बाटे	एक-एक फावड़ा बाँटता बाबू
सौ-सौ गँयती बाबू बाटे	सौ-सौ गैंती बाँटता बाबू
एकक गँयती बाटे बाबू	एक-एक गैंती बाँटता बाबू
सौ-सौ रापा बाटे	सौ-सौ फावड़े बाँटता
रापा-गँयती धरोत दादा	फावड़े-गैंती लेते दादा
बाबू के काय बलोत	बाबू से वे कहते
"कोन लगे तरई रयदे बाबू	"किस जगह तालाब रहेगा बाबू
कोन लगे बावली रयदे	किस जगह बावली रहेगी
जघा दखाउन दे बाबू	जगह दिखला दे हे बाबू
डेरा दखाउन दे"	जगह दिखला दे"
789 मेंगराजा सुने बाबा	मेंगराजा सुनता बाबा
बाबू के काय बले	बाबू से क्या कहता
"सुन बाबू पवनकुमार	"सुन हे बाबू पवनकुमार
सुन बाबू पवनकुमार	सुन हे बाबू पवनकुमार
पिल बगेचा जा बाबू	नन्हे बगीचे में जा हे बाबू
अली मैदाँग दख	खुला मैदान देख
डेंगभाटा दख बाबू	ऊँचा स्थान देख बाबू
हुनी लगे तरई रहो	वहीं पर तालाब रहे

2. गँयती : अन्य ध्वनियाँ 'गयँती', 'गैंती'।

	जघा दखाउन दे बाबू	जगह दिखला दे हे बाबू
	डेरा दखाउन दे"	जगह दिखला दे"
790	पवनकुमार सुने बाबा	पवनकुमार सुनता बाबा
	नव सै ओड़या सँगे जाय	नौ सौ ओड़या के सँग जाता
	पिल बगेचा जाय बाबू	नन्हे बगीचे में जाता बाबू
	पिल बगेचा अमरे	नन्हे बगीचे में पहुँचता
	बुलुन-बुलुन दखे बाबू	घूम-घूम कर देखता बाबू
	गिंजरुन-गिंजरुन दखे	घूम-घूम कर देखता
	अली मैदाँग रय बाबा	खुला मैदान था हे बाबा
	डेंग भाटा रय	ऊँचा स्थान था
	"सुना दादा सुना बाई	"सुनो हे दादा सुनो हे बाई
	सुना दादा सुना बाई	सुनो हे दादा सुनो हे बाई
	अली मैदाँग आसे बाई-दादा	खुला मैदान है बाई-दादा
	डेंग भाटा आसे	ऊँचा स्थान है
	एई लगे तरई रहो दादा-बाई	यहीं पर तालाब रहे दादा-बाई
	एई लगे बावली रहो"	यहीं पर बावली रहे"
	जघा दखाउन देय बाबू	जगह दिखला देता बाबू
	डेरा दखाउन देय	जगह दिखला देता
791	दखोत बाबा नव सै ओड़या	देखते बाबा नौ सौ ओड़या
	दखोत बाबा नव सै ओड़या	देखते बाबा नौ सौ ओड़या
	डेरा बनाउन जात बाबू	डेरा बना जाते बाबू
	जघा बनाउन जात	जगह बना जाते
	बाबू के काय बलोत दादा	बाबू से क्या कहते दादा
	"सुन बाबू" बलोत	"सुन हे बाबू" कहते
	"गाँयता-माहाले जा बाबू	"गाँयता-महल तू जा हे बाबू
	पुजारी-माहाले जा	पुजारी-महल तू जा
	गाँयता बलाउन आन बाबू	गाँयता को बुला कर ला हे बाबू
	पुजारी बलाउन आन	पुजारी को बुला कर ला
	हुनचो बिगर नीं होय बाबू	उसके बिना न होगा बाबू
	हुनचो बिगर नीं होय"	उसके बिना न होगा"
792	सुने बाबू पवनकुमार	सुनता बाबू पवनकुमार
	सुने बाबू पवनकुमार	सुनता बाबू पवनकुमार
	पिल बगेचा छाँडे बाबू	नन्हा बगीचा छोड़ता बाबू
	जाते-जाते जाय	चलता चला जाता
	रुमझुम-रुमझुम रेंगे बाबू	जल्दी-जल्दी चलता बाबू
	एक कलाट मारे	जल्दी पाँव बढ़ाता
	गाँयता-माहाले जाय बाबू	गाँयता-महल जाता बाबू
	पुजारी-माहाल अमरे	पुजारी-महल पहुँचता

	माँडो-मोंगरा उबे बाबू	मोगरा-मण्डप में रुकता बाबू
	'दादा' हंका मारे	'दादा' हाँक लगाता
	दादा सुनुन जाय बाबा	दादा सुन लेता है बाबा
	घर ले बाहिर होय	घर से बाहर होता
	"काय कामे इलिस बाबू	"किस काम से आया बाबू
	तुय आले मोके साँग"	तू तनिक मुझे बतला"
793	"सुना दादा गाँयता लोग	"सुनो हे दादा गाँयता
	सुना दादा पुजारी लोग	सुनो हे दादा पुजारी
	पिल बगेचा जावँ दादा	नन्हे बगीचे में चलो हे दादा
	ओड़या बलाव आय"	ओड़यों का बुलावा है"
794	"एयँदे बाबू" बले दादा	"आऊँगा बाबू" कहता दादा
	"एयँदे बाबू" बले	"आऊँगा बाबू" कहता
	आपन साजू पिंदे दादा	अपने साज पहनता दादा
	आपन जाक धरे	अपने सामान पकड़ता
	घर ले बाहिर होय दादा	घर से बाहर आता दादा
	जाते-जाते जाय	चलता चला जाता
	रुमझुम-रुमझुम रेंगे दादा	जल्दी-जल्दी चलता दादा
	एक कलाट मारे	लम्बे डग है भरता
	पिल बगेचा जाय दादा	नन्हे बगीचे में जाता दादा
	पिल बगेचा अमरे	नन्हा बगीचा पहुँचता
795	"सुना दादा गाँयता लोग	"सुनो हे दादा गाँयता
	सुना दादा पुजारी लोग	सुनो हे दादा गाँयता
	तरई खनतो आय दादा	तालाब खोदना है हे दादा
	बावली खनतो आय	बावली खोदना है
	तुचो माटी आय दादा	तुम्हारी माटी है हे दादा
	तुचो गोटी आय	तुम्हारा स्थान है
	तुचो बिगर नीं होय दादा	तुम्हारे बिना न होगा दादा
	एक रापा खन"	एक फावड़ा खोदो"
796	गाँयता दादा सुने बाबा	गाँयता दादा सुनता बाबा
	आरती-आइग धरे	आरती में आग लेता
	घिंव-गुर धरे दादा	घी-गुड़ भी लेता दादा
	अली मैंदाँगे जाय	खुले मैदान में जाता
	अजिक असन जतनाय दादा	थोड़ी-सी सफाई करता दादा
	दितरी असन जतनाय	थोड़ी-सी सफाई करता
	झारी-पानी बले दादा छिचे	झारी-पानी छिटकता दादा
	काचा गोरस दादा छिचे	कच्चा दूध छिटकता दादा
	जात लाली टिके दादा	लाली भी लगाता दादा
	अगरबती जलाय	अगरबत्ती जलाता

	होम-आरती देय दादा	होम-आरती करता दादा
	पइँया पड़ुन जाय	वह प्रणाम कर जाता
	पइँया पड़ुन दादा जाय	प्रणाम कर जाता दादा
	हात जोड़ुन दादा जाय	हाथ जोड़ लेता दादा
	हाते गँयती धरे दादा	हाथ में गैंती लेता दादा
	हाते रापा धरे	हाथ में फावड़ा लेता दादा
	तरई खनुन जाय दादा	तालाब खोद जाता दादा
	बावली खनुन जाय	बावली खोद जाता
	नव सै ओड़या के देय दादा	नौ सौ ओड़या को देता दादा
	नव सै ओड़िन के देय	नौ सौ ओड़िनों को देता
	नव सै ओड़या धरोत बाबा	नौ सौ ओड़या लेते बाबा
	तरई खनुन जात	तालाब खोद जाते
	नव सै ओड़या खनोत बाबा	नौ सौ ओड़या खोदते बाबा
	नव सै ओड़िन फेकोत[3]	नौ सौ ओड़िनें फेंकतीं
97	एक दिन ले दुय दिन	एक दिन से दो दिन
	दुय दिन ले आँट दिन	दो दिन से आठ दिन
	पँदरा दिन बले होय बाबा	पन्द्रह दिन बीतते बाबा
	मयना दिन होय	एक महीना बीते
	तरई खनतो होय राजा चो	राजा का तालाब खोदते बीते
	तरई खनतो होय	तालाब खोदते बीते
	घुटका भर खनोत दादा	टखना तक खोदते दादा
	पिंडरी भर खनोत	पिंडली तक खोदते
	माटी नाईं उठे बाबा	मिट्‌टी कम न होती बाबा
	पानी नाईं फुटे	पानी नहीं फूटता
	पिंडरी भर ले माँडी भर	पिंडली तक से घुटने तक
	माँडी भर ले जाँग भर	घुटने तक से जंघा तक
	पेट भर खनोत दादा	पेट तक खोदते दादा
	छाती भर खनोत	छाती तक खोदते
	नव सै ओड़िन फेकोत बाबा	नौ सौ ओड़िनें फेंकतीं बाबा
	नव सै ओड़या खनोत	नौ सौ ओड़या खोदते
	माटी नाईं उठे दादा के	मिट्‌टी कम न होती दादा की
	पानी नाईं फुटे	पानी नहीं निकलता
98	एक मयना ले दुय मयना	एक महीना से दो महीना
	दुय मयना ले तिन मयना	दो महीने से तीन महीने
	तरई खनतो होय दादा चो	तालाब खोदते बीते दादा को
	तरई खनतो होय	तालाब खोदते बीते
	छाती भर खनोत दादा	छाती तक खोदते दादा

3. फेकोत : यह शब्द नगरीय प्रभाव के कारण आया है। मूल शब्द है 'फिंगोत' (फिंगतो) या 'पकाओत' (पकातो)।

	मुँड भर खनोत	सिर तक खोद जाते
	हाता चापड़क खनोत दादा	सिर से ऊपर तक खोदते दादा
	हाता चापड़क खनोत	सिर से ऊपर तक खोदते
	माटी नाईं उठे दादा चो	मिट्टी कम न होती दादा की
	पानी नाईं फुटे	पानी नहीं निकलता
	छय मयना होय बाबा	छह महीने बीते बाबा
	छय मयना होय	छह महीने बीते
799	"सुन दादा बड़े ओड़या[4]	"सुन हे दादा बड़े ओड़या
	सुन दादा बड़े ओड़या	सुन हे दादा बड़े ओड़या
	हाता चापड़क खनलू दादा	सिर से ऊपर तक खोदा दादा
	माटी नाईं उठे	मिट्टी कम न होती
	पानी नाईं फुटे दादा	पानी नहीं निकलता दादा
	पानी नाईं फुटे	पानी नहीं निकलता
	गोटोक काम ने रलू जाले	एक ही काम में लगे रहे तो
	एक कामे रलू जाले	एक ही काम में लगे रहे तो
	बाल-बचा भुके मरदे दादा	बाल-बच्चे भूखे मर जायेंगे दादा
	लोलो-बालो भुके मरदे	बाल-बच्चे भूखे मर जायेंगे
	हामी नहीं खनूँ दादा	हम नहीं खोदेंगे दादा
	हामी नाईं खनूँ"	हम नहीं खोदेंगे"
800	बड़े ओड़या सुने बाबा	बड़े ओड़या सुनता बाबा
	बाबू के काय बले	बाबू से वह कहता
	"सुना बाबू नव सै ओड़या	"सुनो हे बाबू नौ सौ ओड़या
	सुना बाबू नव सै ओड़या	सुनो हे बाबू नौ सौ ओड़या
	हुसन नईं बलवाँ बाबू	ऐसा नहीं कहें हम बाबू
	राजा-घरो बात आय	राजा-घर की बात है
	राजा-माहाले जावँ बाबू	राज-महल हम जायें बाबू
	हामी राजा-रानी के साँगवाँ"	हम राजा-रानी को बतलायेंगे"
	पिल बगेचा छाँडोत दादा	नन्हा बगीचा छोड़ते दादा
	जाते-जाते जात	चलते चले जाते
	रुमझुम-रुमझुम रेंगोत दादा	जल्दी-जल्दी चलते दादा
	एक कलाट मारोत	जल्दी पाँव बढ़ाते
	राजा-माहाले जात दादा	राज-महल जाते दादा
	राजा-माहाल अमरोत	राज-महल पहुँचते
	लगे जाउन सलाम झोकोत	पास जा कर सलाम करते
	दुरे जाउन बसोत	दूरी पर जा बैठते
	"सुना राजा सुना रानी	"सुनिये राजा सुनिये रानी
	सुना राजा सुना रानी	सुनिये राजा सुनिये रानी

4. ओड़या : अन्य ध्वनियाँ 'ओड़ेया', 'ओड़िया'।

	हाता चापड़ेक खनलू राजा-रानी	सिर से ऊपर तक खोदा राजा-रानी
	पानी नाईं फुटे	पानी नहीं निकलता
	माटी नाईं उठे राजा-रानी	मिट्टी कम न होती राजा-रानी
	काय बात होली?"	क्या बात हो गयी?"
801	मेंगइन रानी सुने बाबा	मेंगइन रानी सुनती बाबा
	कपार पेटी होय	माथा अपना पीटती
	'छीः रे भगवान!' बले रानी	'आह! भगवन्!' कहती रानी
	'मोचो काय करम होली	'क्या हुआ मेरे भाग्य को
	'तरई खनाउन जायँ' बले	तालाब खोदवा रही हूँ मैं' कहती
	'मयँ बावली खनाउन जायँ	'बावली खोदवा रही हूँ मैं
	माटी नाईं उठे' बले	मिट्टी कम न होती' कहती
	'पानी नाईं फुटे'	'पानी नहीं निकलता'
	मने बिचार रानी करे	मन में विचार रानी करती
	दिले धोका रानी करे	दिल में चिन्ता रानी करती
	राजा के काय बले रानी	राजा से क्या कहती रानी
	"सुना राजा" बले	"सुनिये राजा" कहती
	"गोबिंदपुरे जाहा राजा	"गोबिंदपुर जायें हे राजा
	बुदू पँजेआर आना	बुदू पँजेआर को लायें
	पाँजी-खुट धरो राजा	पोथी-पत्तर ले वह राजा
	जोतिस-रमायन धरो	ज्योतिष-रामायण ले
	एक डँडिक एओ राजा	थोड़ी देर को आये राजा
	पाँजी दखुन देयदे"	पोथी देख बतायेगा"
802	"सुन बाबू पवनकुमार	"सुन बाबू पवनकुमार
	सुन बाबू पवनकुमार	सुन बाबू पवनकुमार
	गोबिंदपुर बले जा बाबू	गोबिंदपुर तू जा हे बाबू
	बुदू पँजेआर के आन	बुदू पँजेआर को ला
	पाँजी-खुट धरो बाबू	पोथी-पत्तर ले वह बाबू
	जोतिस-रमायन धरो	ज्योतिष-रामायण ले
	एक डँडिक एओ बाबू	थोड़ी देर वह आये बाबू
	पाँजी दखुन देयदे"	पोथी देख बतायेगा"
803	पवनकुमार सुने बाबा	पवनकुमार सुनता बाबा
	हरबर तियार होय	झटपट तैयार होता
	पाँय ने खड़ऊ बाबू पिंदे	पाँवों में खड़ाऊँ बाबू पहनता
	हाते बेद बाबू धरे	हाथ में बेंत बाबू लेता
	राजा-माहाल छाँडे बाबू	राज-महल छोड़ता बाबू
	जाते-जाते जाय	चलता चला जाता
	रुमझुम-रुमझुम रेंगे बाबू	जल्दी-जल्दी चलता बाबू
	एक कलाट मारे	जल्दी पाँव बढ़ाता

	गोबिंदपुरे बले जाय बाबू	गोबिंदपुर जाता बाबू
	गोबिंदपुरे जाय	गोबिंदपुर वह जाता
	गाड़ा-बाट बाबू छाँडे	बैलगाड़ी का रास्ता बाबू छोड़ता
	सड़क बाट बाबू छाँडे	पक्की सड़क बाबू छोड़ता
	कानी मारगे जाय बाबू	पैडगरी से जाता बाबू
	सेतबन काजे जाय	सेतबन से जाता
	बिंदराबन काजे जाय बाबू	बिंदराबन से जाता बाबू
	तले भुबुर तपे	नीचे धरती तपती
	उपरे घाम छेके बाबू के	सिर पर धूप पड़ती बाबू को
	मँजी भुक लागे	पेट को भूख है लगती
	झालिपिली पसना फुटे बाबू के	पसीने से लथपथ होता बाबू
	बाबू बाट रेंगे	बाबू राह चलता
	गोबिंदपुरे जाय बाबू	गोबिंदपुर जाता बाबू
	पारा-परोसे जाय	अड़ोस-पड़ोस वह जाता
	पारा-परोस छाँडे बाबू	अड़ोस-पड़ोस छोड़ता बाबू
	पँजेआर-माहाले जाय	पँजेआर-महल जाता
	पँजेआर-माहाल अमरे बाबू	पँजेआर-महल पहुँचता बाबू
	माँडो-मोंगरा उबे	मोगरा-मण्डप में रुकता
	'दादा' हंका मारे बाबू	'दादा' हाँक लगाता बाबू
	दादा सुनुन जाय	दादा है सुन लेता
	घर ले बाहिर होय दादा	घर से बाहर आता दादा
	बाबू के काय बले	बाबू से क्या कहता
	"काय कामे इलिस बाबू	"किस काम से आया बाबू
	आले मोके साँग"	तनिक मुझे बतला"
804	"सुन दादा बुदू पँजेआर	"सुन दादा बुदू पँजेआर
	सुन दादा बुदू पँजेआर	सुन दादा बुदू पँजेआर
	तुचो जाक के धर दादा	अपना सामान ले हे दादा
	तुचो साजू के धर	अपने साज तू ले
	राजा-घरे बलाव दादा	राजा-घर बुलावा दादा
	एक डँडिक जावँ"	थोड़ी देर चलो"
805	"एयँदे बाबू" बले दादा	"आऊँगा बाबू" कहता दादा
	बाई के काय बले	बाई से वह कहता
	"पानी गरम कर रानी	"पानी गरम कर हे रानी
	मयँ आँगे असनाँद होयँ"	मैं अंग-स्नान करूँगा"
806	पानी गरम करे बाई जे	पानी गरम करती बाई
	सेदा-भेदा करे	ठण्डा पानी मिलाती
	मन्दन-सिले नेय बाई	स्नान-गृह में ले जाती बाई
	झारी कसेला नेय	झारी पात्र ले जाती

कपुर दतुन नेय बाई	सुगन्धित दतौन ले जाती बाई
मन्दन-सिले जाय	स्नान-गृह में जाता
मन्दन-सिले उबे बाबू	स्नान-गृह में जाता बाबू
कपुर दतुन धरे	सुगन्धित दतौन लेता
सुरिज-भेट करे बाबू	सूर्य-नमस्कार करता बाबू
मुँहे मुखारी गोबे	मुँह में दतौन लेता
दतुन-पतर चाबे बाबू	दतौन कर जाता बाबू
आँगे असनाँद होय	अंग-स्नान कर जाता
सुका कपड़ा बाबू पिंदे	सूखा कपड़ा बाबू पहनता
ओधा कपड़ा तले गिरे	गीला कपड़ा नीचे गिरता
झारी पानी धरे बाबू	झारी में पानी लेता बाबू
तुलसी-चँवरा ने जाय	तुलसी-चौंरा में जाता
चँवरा ने पानी रिकाय बाबू	चौंरा में पानी डालता बाबू
तुलसी के काय बले	तुलसी से वह कहता
"अगास मेलान बाड़ बाई	"आकाश तक बढ़ो हे बाई
पकिर पाना फेक	नयी कोंपलें निकलें
तुय-मयँ बाँहा-जोरी बाई	तुम-मैं बाँहों की जोड़ी बाई
तुय-मयँ हन्सा-जोरी	तुम-मैं हन्सों की जोड़ी
जिव भर सेवा मिरो बाई	आजीवन सेवा करूँ मैं बाई
जान सुकी रहो"	मेरा जीवन सुखी रहे"
तुलसी-सेवा करे बाबू	तुलसी-सेवा करता बाबू
तुलसी-पुजा करे	तुलसी-पूजा करता
होम-आरती देय बाबू	होम-आरती करता बाबू
पइँया पड़ुन जाय	वह प्रणाम कर जाता
807 आपन माहाले बाबू जाय	अपने महल में बाबू जाता
बाजे जाउन बाबू बसे	खाट पर जा बैठता बाबू
बाई के काय बले बाबू	बाई से क्या कहता बाबू
"सुन रानी" बले	"सुनो हे रानी" कहता
"बँधेया झापी के दे रानी	"बँधेया झापी दे हे रानी
मयँ नव सै गाहना पिंदें"	मैं नौ सौ गहने पहनूँ"
बँधेया झापी बले देय बाई	बँधेया झापी देती बाई
कुची हेड़ुन जाय	कुंजी निकाल जाता
तारा टोड़ुन जाय बाबू	ताला खोल जाता बाबू
बँधेया झापी खोले	बँधेया झापी खोलता
नव सै गाहना पिंदे बाबू	नौ सौ गहने पहनता बाबू
नव सै हार पिंदे	नौ सौ हार पहनता
अलंकार पिंदे बाबू	अलंकार पहनता बाबू
जोतिस-रमायन धरे	ज्योतिष-रामायण लेता

	कठुवा-फारा धरे बाबू	पुस्तक-आसनी बाबू लेता
	पाँये खड़ऊ पिंदे	पाँवों में खड़ाऊँ पहनता
	हाते बेद बले बाबू धरे	हाथ में बेंत बाबू लेता
	बाई के काय बाबू बले	बाई से क्या कहता बाबू
	"घर-दुआर के दख रानी	"घर-द्वार को देखो रानी
	बाड़ी-बखरी के दख	बाड़ी-बखरी[5] को देखो
	राजा-माहाले जायँ रानी	राज-महल मैं जाता रानी
	मयँ कोन दिने फिरुन एयँ"	मैं जाने किस दिन लौटूँगा"
808	घर ले बाहिर होय बाबू	घर से बाहर आता बाबू
	जाते-जाते जाय	चलता चला जाता
	रुमझुम-रुमझुम रेंगे बाबू	जल्दी-जल्दी चलता बाबू
	एक कलाट मारे	जल्दी पाँव बढ़ाता
	गोबिंदपुर बाबू छाँडे	गोबिंदपुर छोड़ता बाबू
	गोबिंदपुर बाबू छाँडे	गोबिंदपुर छोड़ता बाबू
	मँजपुर बले जाय बाबू	मँजपुर जाता बाबू
	मँजपुरे अमरे	मँजपुर पहुँचता
	पारा-परोसे जाय बाबू	अड़ोस-पड़ोस में जाता बाबू
	पारा-परोस छाँडे	अड़ोस-पड़ोस छोड़ता
	राजा-माहाले जाय बाबू	राज-महल जाता बाबू
	मेंगइन रानी दखे	मेंगइन रानी देखती
809	"सुन नोनी कुँदनी कयना	"सुन नोनी हे कुँदनी कैना
	सुन बाबा कुँदनी कयना	सुन बाबा हे कुँदनी कैना
	पँजेआर अमरुन गेलो नोनी	पँजेआर आ पहुँचा है नोनी
	सेवा-जोड़ा धर	सेवा-सामग्री ले
	पइँया धोआउन जा नोनी	पाँव उसके धुला हे नोनी
	चाउर-टिका दे"	चावल का टीका लगा"
	कुँदनी कयना सुने बाबा	कुँदनी कैना सुनती बाबा
	सेवा-जोड़ा धरे	सेवा-सामग्री लेती
	पुजा-जोड़ा धरे नोनी	पूजा-सामग्री लेती नोनी
	चन्दन-काट मँडाय	चन्दन-काठ रखती
	ढँग् नाय बाबू उबे बाबा	उस पर बाबू खड़ा हो जाता बाबा
	पइँया धोआउन जाय	वह उसके पाँव धुलाती
	चाउर-टिका देय नोनी	चावल का टीका लगाती नोनी
	होम-आरती देय	होम-आरती करती
	पइँया पड़ुन जाय नोनी	प्रणाम कर जाती नोनी
	हात जोड़ुन जाय	हाथ जोड़ जाती

5. बाड़ी-बखरी : छत्तीसगढ़ी प्रभाववश आया शब्द-युग्म। घर के परिसर का खाली भू-खण्ड जहाँ साग-भाजी आदि लगायी जाती है।

	नोनी चो टोंड चुमे बाबू जे	नोनी का मुख चूमता बाबू
	बाबू चो हात धरे	वह बाबू का हाथ पकड़ती
	नव खँड माहाले नेय नोनी	नौ खण्डा महल में ले जाती नोनी
	बाज नेउन बसाय	खाट पर बिठाती
810	बसोत राजा बसोत रानी	बैठते राजा बैठती रानी
	बसोत राजा बसोत रानी	बैठते राजा बैठती रानी
	बाबू काय बले राजा के	बाबू क्या कहता राजा से
	"सुना राजा" बले	"सुनिये राजन्" कहता
	"काय बलाव आय राजा-रानी	"किसलिये बुलवाया राजा-रानी
	आले मोके साँगा"	तनिक मुझे बतलायें"
811	राजा-रानी काय बलोत बाबू के	राजा-रानी क्या कहते बाबू से
	"सुन बाबू" बलोत	"सुन हे बाबू" कहते
	"तरई खनाउन गेले बाबू	"तालाब खोदवाया मैंने बाबू
	बावली खनाउन गेले बाबू	बावली खोदवायी मैंने
	माटी नईं उठे बाबू	मिट्टी कम न होती बाबू
	पानी नईं फुटे	पानी नहीं निकलता
	काय बात होली बाबू	क्या बात हो गयी है बाबू
	एई पाँजी के दख"	यही पोथी में देखो"
812	बाबू काय बले नोनी के	बाबू क्या कहता नोनी से
	"सुन बाबा" बले	"सुन हे बाबा" कहता
	"सेवा-जोड़ा दे नोनी	"सेवा-सामग्री दे हे नोनी
	मोके पुजा जोड़े दे"	मुझे पूजा-सामग्री दे"
	कुँदनी कयना सुने बाबा	कुँदनी कैना सुनती बाबा
	सेवा-जोड़ा देय	सेवा-सामग्री देती
	नवा सरकी बाबू ओछाय	नयी चटाई बिछाता बाबू
	झारी पानी बाबू छिचे	झारी-पानी छिटकता बाबू
	रमायन भुँये मँडाय बाबू	रामायण नीचे रखता बाबू
	काचा गोरस छिचे	कच्चा दूध छिटकता
	जात लाली टिके बाबू	लाली भी लगाता बाबू
	अगरबती जलाय	अगरबत्ती जलाता
	होम-आरती देय बाबू	होम-आरती देता बाबू
	पइँया पड़ुन जाय	वह प्रणाम कर जाता
	खालामाती बसे बाबू	पालथी मार कर बैठता बाबू
	रमायन कोरा धरे	रामायण गोद में लेता
	पँजेआर पाँजी दखे बाबा	ज्योतिषी पोथी देखता बाबा
	पाँजी-खुट दखे	वह पोथी-पत्तर देखता
	पाँजे बसुन जाय बाबू चो	पोथी में दिख जाता बाबू के
	पाँजे पड़ुन जाय	पोथी में दिख जाता

813	“सुना राजा सुना रानी	“सुनिये राजा सुनिये रानी
	सुना राजा सुना रानी	सुनिये राजा सुनिये रानी
	पाँजे बसुन गेली राजा-रानी	पोथी में दिख गया राजा-रानी
	पाँजे पड़ुन गेली	पोथी में दिख गया
	सात आगर सात कोड़ी	एक सौ सैंतालीस
	कयना कोडो आसोत	जल-कन्यायें हैं
	कयना-पुजा दिया राजा-रानी	कन्या-पूजन करें हे राजा-रानी
	कयना-पुजा दिया	कन्या-पूजन करें
	तेबे पानी फुटे राजा-रानी	तभी पानी निकलेगा राजा-रानी
	तेबे माटी उठे	तभी मिट्टी कम होगी
	आँवरा-मुँदी दिया राजा-रानी	आँवला-अँगूठी[6] दें राजा-रानी
	बोथा-चुड़ी दिया	बोथा[7]-चूड़ी दें
	चुड़ी-फुँदड़ी दिया राजा-रानी	चूड़ी-फुँदना दें राजा-रानी
	भरती लिमई दिया	पूरा नीबू[8] दें
	काचा लिमऊ दिया राजा-रानी	कच्चा नीबू[9] दें राजा-रानी
	सेंदुर-काजर दिया	सिन्दूर-काजल दें
	अरग फुली थिपावा राजा-रानी	अरग फुली[10] टपकायें राजा-रानी
	अरग फुली थिपावा	शुद्ध मदिरा टपकायें
	तेबे माटी उठे राजा-रानी	तभी माटी कम होगी राजा-रानी
	तेबे पानी फुटे”	तभी पानी निकलेगा”
814	पाँजी-खुट बले बाबू सकले	पोथी-पत्तर बाबू समेटता
	जोतिस-रमायन बाबू सकले	ज्योतिष-रामायण बाबू समेटता
	नोनी के काय बले रानी	नोनी से क्या कहती रानी
	“सुन बाबा” बले	“सुन हे बाबा” कहती
	“रोसई-चाउर जोड़ नोनी	“रसोई-सामग्री ले हे नोनी
	मुठा रुपया धर	मुट्ठी भर रुपये ले
	पँजेआर-बिदा दे नोनी	पँजेआर की विदाई कर हे नोनी
	पँजेआर-बिदा दे”	पँजेआर की विदाई कर”

---

6. आँवला-अँगूठी : आँवले के पत्तों को लपेट कर बनायी गयी अँगूठी।
7. बोथा : एक प्रकार की घास।
8. कूट-भाषा में इसका अर्थ अण्डा होता है। यह भाषा किसी व्यक्ति पर किसी आत्मा का प्रभाव होने पर उपयो में लायी जाती है।
9. कूट-भाषा में इसका अर्थ नीबू होता है। यह भाषा किसी व्यक्ति पर किसी आत्मा का प्रभाव होने पर उपयो में लायी जाती है।
10. अरगफुली : महुआ का शुद्ध अर्क। शुद्ध मदिरा जिसमें कोई मिलावट न हो। महुआ से बनी मदिरा की पहल धार को अरगफुली कहा जाता है। अरगफुली में थोड़ा और आवश्यक पानी मिला देने पर यही मदिरा 'फुल कहलाती है जबकि अधिक और अनावश्यक पानी मिलायी गयी मदिरा 'रासी' कहलाती है। प्रायः लोग 'फुल (फुली मँद) तथा 'रासी' ही पीते हैं। 'अरगफुली' औषधि के रूप में थोड़ी सी गटकी जाती है। देवी-देवताअ को भी 'अरगफुली' की ही कुछ बूँदें अर्पित की जाती हैं।

815	सुने नोनी कुँदनी कयना	सुनती नोनी कुँदनी कैना
	सुने बाबा कुँदनी कयना	सुने बाबा कुंदनी कैना
	रोसई-चाउर जोड़े नोनी	रसोई-सामग्री लेती नोनी
	मुठा रुपया धरे	मुट्ठी भर रुपये लेती
	पँजेआर-बिदा देय नोनी	पँजेआर को विदाई देती नोनी
	बाबू मोडरी बाँदे	बाबू गठरी बाँधता
	आपन माहाले जाय बाबू	अपने महल जाता बाबू
	राजा काय बले	राजा है क्या कहता
	"सुन बाबू पवनकुमार	"सुन हे बाबू पवनकुमार
	सुन बाबू पवनकुमार	सुन हे बाबू पवनकुमार
	मुठा रुपया धर बाबू	मुट्ठी भर रुपये ले हे बाबू
	खोरे-डाँडे जा	गली-मुहल्ले में जा
	चुड़ी-फुँदड़ी आन बाबू	चूड़ी-फुँदना ले आ बाबू
	आँवरा-मुँदी आन	आँवला-अँगूठी ला
	बोथा-चुड़ी बले आन बाबू	बोथा-चूड़ी भी ला हे बाबू
	चुड़ी-फुँदड़ी आन	चूड़ी-फुँदना ला
	सेन्दुर-काजर बनाव बाबू	सिन्दूर-काजल ला हे बाबू
	तुय जात लाली धर	तू लाली भी ले आ
	नव सै ओड़या के दे बाबू	नौ सौ ओड़या को दे हे बाबू
	कयना-पुजा देदे	वे कन्या-पूजन करेंगे
	सात आगर बाबू सात कोड़ी	एक सौ सैंतालीस बाबू
	सात आगर सात कोड़ी	एक सौ सैंतालीस
	कयना-कोडो आसोत बाबू	जल-कन्यायें हैं हे बाबू
	कयना-कोडो आसोत"	जल-कन्यायें हैं"
816	पवनकुमार सुने बाबा	पवनकुमार सुनता बाबा
	मुठा रुपया धरे	मुट्ठी भर रुपये लेता
	घर ले बाहिर होय बाबू	घर से बाहर आता बाबू
	आरा-पारा जाय	अड़ोस-पड़ोस में जाता
	सब जोड़ा धरे बाबू	सारी सामग्री लेता बाबू
	सब जोड़ा धरे बाबू	सारी सामग्री लेता बाबू
	पिल बगेचा जाय बाबू	नन्हे बगीचे में जाता बाबू
	पिल बगेचा अमरे	नन्हे बगीचे में जाता बाबू
	नव सै ओड़या लगे जाय बाबू	नौ सौ ओड़यों के पास जाता बाबू
	दादा के काय बले	दादा से वह कहता
	"सुना दादा नव सै ओड़या	"सुनो हे दादा नौ सौ ओड़या
	सुना दादा नव सै ओड़या	सुनो हे दादा नौ सौ ओड़या
	सात आगर सात कोड़ी	एक सौ सैंतालीस
	कयना-कोडो आसोत	जल-कन्यायें हैं

	कयना-पुजा दिया दादा	कन्या-पूजन करें हे दादा
	कयना-पुजा दिया	कन्या-पूजन करें
	तेबे माटी उठे दादा	तभी माटी कम होगी दादा
	तेबे पानी फुटे”	तभी पानी निकलेगा”
817	सुनोत दादा नव सै ओड़या	सुनते दादा नौ सौ ओड़या
	सुनोत दादा नव सै ओड़या	सुनते दादा नौ सौ ओड़या
	दादा के काय बलोत दादा	दादा से क्या कहते दादा
	“सुन दादा” बलोत	“सुनो हे दादा” कहते
	“तुचो बिगर नीं होय दादा	“तुम्हारे बिना न होगा दादा
	तुचो बिगर नीं होय	तुम्हारे बिना न होगा
	तुचो माटी बले आय दादा	तुम्हारी माटी है हे दादा
	तुचो गोटी आय	तुम्हारी भूमि है
	कयना-पुजा दे दादा	कन्या-पूजन करो हे दादा
	कयना-पुजा दे”	कन्या-पूजन करो”
818	गाँयता दादा सुने बाबा	गाँयता दादा सुनता बाबा
	पुजारी दादा सुने	पुजारी दादा सुनता
	सब जोड़ा दादा धरे	सारी सामग्री दादा लेता
	सब जोड़ा दादा धरे	सारी सामग्री दादा लेता
	तरई-मँजी बले जाय दादा	तालाब के बीच में जाता दादा
	बावली-मँजी जाय	बावली के बीच में जाता
	अजिक असन जतनाय दादा	थोड़ी सफाई करता दादा
	दितरी असन जतनाय	थोड़ी सफाई करता
	झारी पानी छिचे दादा	झारी-पानी छिटकता दादा
	काचा गोरस छिचे	कच्चा दूध छिटकता
	जात लाली टिके दादा	लाली भी लगाता दादा
	अगरबती जलाय	अगरबत्ती जलाता
	सेंदुर-काजर देय दादा	सिन्दूर-काजल लगाता दादा
	चुड़ी फुँदड़ी देय	चूड़ी-फुँदना भी देता
	आँवरा-मुँदी देय दादा	आँवला-अँगूठी देता दादा
	बोथा-चुड़ी देय	बोथा-चूड़ी भी देता
	काचा लिमऊ काटे दादा	कच्चा नीबू काटता दादा
	भरती लिमऊ देय	पूरा नीबू देता
	अरग फुली थिपाय दादा	शुद्ध मदिरा टपकाता दादा
	होम-आरती देय	होम-आरती करता
	“सुना सुना रे कयना-कोडो	“सुनो-सुनो हे जल-कन्याओं
	सुना सुना कयना कोडो	सुनो-सुनो हे जल-कन्याओं
	सात आगर सात कोड़ी	एक सौ सैंतालीस
	कयना-कोडो आसास	जल-कन्यायें हो

	तुमचो पुजा देयँ" बले	तुम्हारी पूजा करता" कहता
	"मयँ तुमचो पुजा देयँ"	"मैं तुम्हारी पूजा करता"
	कयना-पुजा बले देय दादा	कन्या-पूजन करता दादा
	कयना-पुजा देय	कन्या-पूजन करता
	जलथल पानी फुटे बाबा	तलातल पानी फूटता बाबा
	तरई कलथुन जाय	तालाब छलक जाता
	बावली झलकुन जाय बाबा	बावली छलक जाती बाबा
	बावली झलकुन जाय	बावली छलक जाती
	डुबकी मारुन निकरे दादा	डुबकी मार कर निकलता दादा
	डुबकी मारुन निकरे	डुबकी मार कर निकलता
	नव सै ओड़या दखोत बाबा	नौ सौ ओड़या देखते बाबा
	खँड मुचकी मारोत	मंद-मंद मुस्काते
819	"सुन बाबू पवनकुमार	"सुन हे बाबू पवनकुमार
	सुन बाबू पवनकुमार	सुन हे बाबू पवनकुमार
	माटी उठुन गेली बाबू	माटी कम हो गयी हे बाबू
	पानी फुटुन गेली	पानी भी है निकला
	आमके छुटी दे बाबू	हमें छुट्टी दो हे बाबू
	आमके छुटी दे"	हमें जाने दो"
820	बाबू काय बले बाबा	बाबू क्या कहता है बाबा
	बाबू काय बले	बाबू क्या कहता है
	"सुना दादा नव सै ओड़या	"सुनो हे दादा नौ सौ ओड़या
	सुना बाई नव सै ओड़िन	सुनो हे बाई नौ सौ ओड़िनों
	छुचा तरई आसे दादा-बाई	खाली तालाब है दादा-बाई
	खाली बावली आसे	खाली बावली है
	तरई नईं फोबे दादा-बाई	तालाब नही शोभता दादा-बाई
	बावली नईं फोबे	बावली नहीं शोभती
	तरई एके भाँवर दादा-बाई	तालाब के चारों ओर दादा-बाई
	बावली एके भाँवर	बावली के चारों ओर
	बागे-बगेचा रओ दादा-बाई	बाग-बगीचे रहें दादा-बाई
	फुल-फुलवारी रओ	फूल-फुलवारी रहें
	केकती-केंवरा रहो दादा	केतकी-केवड़ा रहें हे दादा
	बाली-मोंगरा रओ	बाली-मोगरा रहें
	तेबे तरई फोबे दादा	तभी तालाब फबेगा दादा
	तेबे बावली फोबे"	तभी बावली फबेगी"
821	सुनोत दादा सुनोत बाई	सुनते दादा सुनतीं बाई
	सुनोत दादा सुनोत बाई	सुनते दादा सुनतीं बाई
	तरई एके भाँवर बाबा	तालाब के चारों ओर बाबा
	बावली एके भाँवर	बावली के चारों ओर

	बागे बगेचा लगात दादा-बाई	बाग-बगीचे लगाते दादा-बाई
	फुल-फुलवारी लगात	फूल-फुलवारी लगाते
	केकती-केंवरा लगात दादा	केतकी-केवड़ा लगाते दादा
	बाली मोंगरा लगात	बाली मोगरा लगाते
	काय मँजा सुँदर दखे बाबा	बड़ा ही सुन्दर दिखता बाबा
	अती सुँदर दखे	अति सुन्दर है दिखता
	सब जोड़ा दादा धरे	सारी सामग्री दादा लेता
	सब जोड़ा बाई धरोत	सारी सामग्री बाई लेतीं
	पिल बगेचा छाँडोत दादा-बाई	नन्हा बगीचा छोड़ते दादा-बाई
	जाते-जाते जात	चलते चले जाते
	रुमझुम-रुमझुम रेंगोत दादा-बाई	जल्दी-जल्दी चलते दादा-बाई
	एक कलाट मारोत	लम्बे डग वे भरते
	राजा-माहाले जात बाबू	राज-महल जाते बाबू
	राजा-माहाल अमरोत	राज-महल पहुँचते
	लगे जाउन सलाम झोकोत	पास जा कर सलाम करते
	दुरे जाउन बसोत	दूरी पर जा बैठते
822	"सुना राजा सुना रानी	"सुनिये राजन् सुनिये रानी
	सुना राजा सुना रानी	सुनिये राजन् सुनिये रानी
	तरई खनुन दिलू राजा-रानी	तालाब खोद दिया है राजा-रानी
	बावली खनुन दिलू	बावली खोद दी है
	तरई एके भाँवर राजा-रानी	तालाब के चारों ओर राजा-रानी
	बावली एके भाँवर	बावली के चारों ओर
	बागे-बगेचा लगालू राजा-रानी	बाग-बगीचे लगाये राजा-रानी
	फुल-फुलवारी लगालू	फूल-फुलवारी लगाये
	केकती केंवरा लगावँ" बलोत	केकती-केंवड़ा लगाये" कहते
	"बाली-मोंगरा लगावँ"	"बाली-मोगरा लगाये"
823	मेंगराजा सुने बाबा	मेंगराजा सुनता बाबा
	बाबू के काय बले	बाबू से क्या कहता
	"सुन बाबू पवनकुमार	"सुन हे बाबू पवनकुमार
	सुन बाबू पवनकुमार	सुन हे बाबू पवनकुमार
	रापा गनुन जा बाबू	फावड़े गिन डालो हे बाबू
	गँयती गनुन जा"	गैंती गिन डालो"
	पवनकुमार सुने बाबा	पवनकुमार सुनता बाबा
	ओरी-चो-ओरी उबाय	पंक्तियों में खड़ा करता
	रापा गनुन जाय बाबू	फावड़े गिन जाता है बाबू
	गँयती गनुन जाय	गैंती गिन जाता है
	एकक रापा गने बाबू	एक-एक फावड़ा गिनता बाबू
	सौ-सौ गँयती गने बाबू	सौ-सौ गैंती गिनता

	सौ-सौ गँयती गने बाबू	सौ-सौ गैंती गिनता बाबू
	एकक रापा गने	एक-एक फावड़ा गिनता
	रापा गनुन सारे बाबू	फावड़ा गिन जाता है बाबू
	आपन माहाले नेय	अपने महल में ले जाता
	रापा-गँयती ठोय बाबू	फावड़े-गैंती रखता बाबू
	रापा-गँयती ठोय	फावड़े-गैंती रखता
24	"सुन बाबू भँडारी पिला	"सुन हे बाबू भण्डारी बालक
	सुन बाबू भँडारी पिला	सुन हे बाबू भण्डारी बालक
	दार-चाउर जोड़ बाबू	दाल-चावल ले हे बाबू
	लोन-मिरी जोड़	नमक-मिर्च भी ले
	नव सै ओड़या के दे बाबू	नौ सौ ओड़या को दे हे बाबू
	नव सै ओड़िन के दे"	नौ सौ ओड़िनों को दे"
25	भँडारी पिला सुने बाबा	भण्डारी बालक सुनता बाबा
	नव खँड माहाले जाय	नौ खण्डा महल में जाता
	बारा भँडार खोले बाबू	बारह भण्डार खोलता बाबू
	नव खँड माहाल ओले	नौ खण्डा महल में घुसता
	दार-चाउर जोड़े बाबू	दाल-चावल लेता बाबू
	लोन-मिरी जोड़े	नमक-मिर्च भी लेता
	मुठा रुपया बाबू धरे	मुट्ठी भर रुपये बाबू लेता
	मुठा रुपया बाबू धरे	मुट्ठी भर रुपये बाबू लेता
	ओड़या-बिदा बले देय बाबू	ओड़यों को विदाई देता बाबू
	ओड़या-बिदा देय	ओड़यों को विदाई देता
	नव सै ओड़या धरोत बाबा	नौ सौ ओड़या लेते बाबा
	आपन माहाले जात	अपने महल वे जाते
	राजा-रानी आसोत बाबा	राजा-रानी हैं ओ बाबा
	राज धरुन खासोत	राज-काज कर रहते
26	एक दिन ले दुय दिन	एक दिन से दो दिन
	दुय दिन ले आँट दिन	दो दिन से आठ दिन
	पँदरा दिन बले होय बाबा	पन्द्रह दिन भी बीते बाबा
	मयना दिन होय	एक महीना बीता
	तरई खनलो होय राजा चो	तालाब खोदे बीते राजा को
	बावली खनलो होय	बावली खोदे बीते
	साल-डेड़ साल होय बाबा	साल-डेढ़ साल बीते बाबा
	साल-डेड़ साल होय	साल-डेढ़ साल बीते
	राज धरुन खासोत राजा-रानी	राज-काज कर रहते राजा-रानी
	देस धरुन आसोत	देश पर शासन करते
27	आसोत राजा आसोत रानी	रहते राजा रहतीं रानी
	आसोत राजा आसोत रानी	रहते राजा रहतीं रानी

काहीं नामना निंहाय रानी के	कोई नाम नहीं है रानी का
काहीं किरती निंहाय	कोई कीर्ति नहीं है
रानी काय बले बाबा	रानी क्या कहती है बाबा
रानी काय बले	रानी क्या कहती है
'ए राम भगवान! मयँ का ला करवँ?	'हे राम भगवान! मैं क्या करूँ?
बाप रे दइया! मयँ का ला करवँ?	बाप रे दइया! मैं क्या करूँ?
करवँ कवने अकिल?' बले	करूँ कौन उपाय?' कहती
'करवँ कवने गिआन?	'करूँ कौन-सा ज्ञान?
धन-धन मेरा तगदिर!' बले	धिक्-धिक् मेरी तकदीर!' कहती
'धन-धन मेरा नसिब!	'धिक्-धिक् मेरा नसीब!
काय माँगुन आयी!' बले	क्या माँग कर आयी!' कहती
'मयँ काय करुन आयी!	'मैं कौन-सा कर्म कर आयी!
तिनपुर मयँ बुल्ले' बले	तीन लोक में घूमी' कहती
'मँजपुरे इले' बले	'मँजपुर में मैं आयी' कहती
'नाना पयकार होले' बले	'कई उपाय किये हैं' कहती
'बाना-बिसा होले	'कई उपाय किये हैं
तुलसी मँडाउन गेले' बले	तुलसी भी रोपा है' कहती
'मयँ तुलसी-सेवा करले	'मैंने तुलसी-सेवा की
तरई खनाउन जायँ' बले	तालाब भी खोदवाया' कहती
'मयँ बावली खनाउन जायँ	'मैंने बावली भी खोदवायी
लछमी-जग मँडायँ' बले	लछमी-जग भी रखा मैंने' कहती
'मयँ लछमी-जग मँडायँ'	'मैंने लछमी-जग भी रखा'

खँड-3 : पारबती खँड

खण्ड-3 : पारबती खण्ड

अधया-15 : माहादेवरैया चो बेड़ा कमातो
अध्याय-15 : माहादेवरैया द्वारा कृषि-कार्य

828 कैलासपुर चो राजा-रानी[1]
कैलासपुर चो राजा-रानी
कैलासपुरे आसोत राजा-रानी
कैलासपुरे आसोत
राज करुन खासोत राजा-रानी
देस धरुन आसोत
नव खँड माहाल आसे राजा चो
मुँडा माहाल आसे
कुँआ-बावली आसे राजा चो
बागे-बगेचा आसे

कैलासपुर के राजा-रानी
कैलासपुर के राजा-रानी
कैलासपुर में हैं राजा-रानी
कैलासपुर में हैं
राज-काज कर रहते राजा-रानी
देश पर शासन करते
नौ खण्डा महल है राजा का
बड़ा-सा महल है
कुआँ-बावली हैं राजा के
बाग-बगीचे हैं

1. कैसेट क्रमांक 24ए का आरम्भ, ध्वन्यांकन तिथि : 16.12.1996।

	फुल-फुलवारी राजा चो आसे	फूल-फुलवारी राजा के हैं
	केकती-केंवरा राजा चो आसे	केतकी-केवड़ा राजा के हैं
	बाली मोंगरा आसे राजा चो	बाली मोगरा हैं राजा के
	डाँक डाली आसे	डाँक डालिम भी हैं
	गोहा फर आसे राजा चो	गोहा फल है राजा का
	कदम-रुक आसे	कदम का पेड़ भी है
	बेल-बगेचा आसे राजा चो	बेल-बगीचा है राजा का
	लिमऊ-बगेचा आसे	नीबू का बाग भी है
	ठोटा बगेचा आसे राजा चो	ठूँठा बगीचा है राजा का
	आमा-बनवाड़ी आसे	आम-अमराई है
	राज-पाट आसे राजा चो	राज्य-देश है राजा का
	घर-दुआर आसे	घर-द्वार भी है
	राज करुन खासोत राजा-रानी	राज-काज कर रहते राजा-रानी
	देस धरुन आसोत	देश पर शासन करते
829	मने बिचार रानी करे	मन में विचार रानी करती
	दिले धोका रानी करे	दिल में चिन्ता रानी करती
	'ए राम भगवान!' बले रानी	'हे राम भगवान!' कहती रानी
	'बाप रे दइया!' बले	'बाप रे दइया!' कहती
	'काहीं किरती निंहाय' बले	'कोई कीर्ति नहीं है' कहती
	'काहीं नामना निंहाय	'कोई नाम नहीं है
	किरती डुबुन जाय' बले	कीर्ति डूब जायेगी' कहती
	'मोचो नामना बुड़ुन जाय	'मेरा नाम डूब जायेगा
	एके किरती करले जाले	एक काम कर जाऊँ मैं तो
	एक किरती करले जाले	एक काम कर जाऊँ मैं तो
	जुग-जुग नाँव रयदे' बले	युगों तक नाम रहेगा' कहती
	'किरती बाड़ुन जायदे'	'मेरी कीर्ति बढ़ जायेगी'
830	बाजे बसुन जात राजा-रानी	खाट पर जा बैठते राजा-रानी
	सेज बसुन जात	सेज पर जा बैठते
	रानी काय बले राजा के	रानी क्या कहती राजा से
	"सुना राजा" बले	"सुनिये राजा" कहती
	"किरती के रचुन गेलू राजा	"कई काम कर डाले राजा
	किरती के बाँदुन गेलू राजा	कई काम कर डाले राजा
	काहीं नामना निंहाय राजा	कोई नाम नहीं है राजा
	काहीं किरती निंहाय	कोई कीर्ति नहीं है
	जिव रत ले खावाँ राजा	जीवित रहते तक भोग करेंगे राजा
	मरले नाँव निंहाय	मर जाने पर नाम न रहेगा
	नामना डुबुन जाय राजा	नाम डूब जायेगा राजा
	किरती बुड़ुन जाय	कीर्ति डूब जायेगी

	एक किरती करलू जाले	एक काम कर जायें हम तो
	एक किरती करलू जाले	एक काम कर जायें हम तो
	जुग-जुग नाँव रयदे राजा	युगों तक नाम रहेगा राजा
	पदवी बाड़ुन जायदे"	यश में वृद्धि होगी"
831	"काय किरती आय रानी?	"कौन-सा काम है हे रानी?
	आले मोके साँग"	तुम मुझे बतलाओ"
	रानी काय बले राजा के	रानी क्या कहती राजा से
	"सुना राजा" बले	"सुनिये राजा" कहती
	"काय ने मँजा बले जिवदे राजा	"कैसे मँजपुरवासी जीयेंगे राजा
	काय ने मँजा जिवदे राजा	कैसे मँजपुरवासी[2] जीयेंगे राजा
	मँजा मरुन जादे राजा	मँजपुरवासी मर जायेंगे राजा
	मँजा मरुन जादे	मँजपुरवासी मर जायेंगे
	दुय कियारी डाँड झिका	दो क्यारियाँ बना जायें
	दुय कियारी डाँड	दो क्यारियाँ बना जायें
	बेड़ा कमाउन जाहा राजा	खेती कर जायें राजा
	बेड़ा कमाउन जाहा	खेती कर जायें
	हुनी ने मँजा जिवदे राजा	उसी से मँजपुरवासी जीयेंगे राजा
	जुग-जुग नाँव रयदे"	युगों तक नाम रहेगा"
	रानी हट मताय राजा के	रानी हठ करती राजा से
	रानी टेक मताय	रानी है हठ करती
	दतुन नईं चाबे रानी	दतौन नहीं करती है रानी
	अन नईं खाय	अन्न नहीं वह खाती
	भुके-भुके आसे रानी	भूखी ही रह जाती रानी
	भुके-भुके आसे	भूखी ही रह जाती
832	दखे राजा माहादेवरैया	देखता राजा माहादेवरैया
	दखे राजा माहादेवरैया	देखता राजा माहादेवरैया
	रानी लगे बले जाय राजा	रानी के समीप जाता राजा
	रानी के काय बले	रानी से क्या कहता
	"तिनपुर टेकहिन आस रानी	"बड़ी ही हठीली हो रानी
	बड़ा उपई आस	बड़ी ही चंचल हो
	टेक मताउन जास रानी	हठ मचाती हो रानी तुम
	हट मताउन जास	हठ मचाती हो
	दतुन नईं चाबिस रानी	दतौन नहीं करती हो रानी
	दतुन नईं चाबिस रानी	दतौन नहीं करती हो रानी
	अन नईं खाइस रानी	अन्न नहीं खाती हो रानी
	भुके-भुके आसित[3]	भूखी ही रह जाती

2. मँजपुर-वासी : मृत्युलोक-वासी।
3. आसित : अन्य उच्चारण 'आसिस'।

	भुक ने मरुन जासे रानी	भूख से मर जाओगी रानी
	तुचो भुके जान जायदे	भूख से मर जाओगी
	दतुन चाबुन जा रानी	दतौन कर डालो हे रानी
	अन खाउन जा	अन्न ग्रहण कर लो
	डाँड झिकुन जायँ रानी	मैं क्यारियाँ बना दूँगा हे रानी
	मयँ बेड़ा कमाउन जायँ"	मैं खेती भी कर लूँगा"
833	पारबती रानी सुने बाबा	पारबती रानी सुनती बाबा
	खँड मुचकी मारे	मंद-मंद मुस्काती
	दतुन चाबुन जाय रानी	दतौन कर जाती है रानी
	अन खाउन जाय	अन्न ग्रहण कर जाती
	एक दिन ले दुय दिन	एक दिन से दो दिन
	दुय दिन ले आँट दिन	दो दिन से आठ दिन
	दतुन चाबलो होय रानी चो	दतौन किये बीते रानी को
	अन खादलो होय	अन्न ग्रहण किये बीते
	राजा-रानी बसोत बाबा	राजा-रानी बैठते बाबा
	राजा काय बले	राजा है क्या कहता
	"काय ने डाँड झिकें रानी	"किस से क्यारी बनाऊँ रानी
	मयँ काय ने बेड़ा कमायँ	मैं कैसे खेती करूँ
	मोके टयँगा निंहाय रानी	मेरे पास कुल्हाड़ी नहीं है रानी
	मोके कोड़की निंहाय	मेरे पास कुदाली नहीं है
	बारस-बिंदना निंहाय रानी	बारस-बिंधना नहीं है रानी
	मोके गोली-फार निंहाय	मेरे पास गोली-फार[4] नहीं है
	आरी-हँसिया निंहाय रानी	आरी-हँसिया[5] नहीं है रानी
	काय ने डाँड झिकें?"	कैसे क्यारी बनाऊँ?"
834	"सुना राजा माहादेवरैया	"सुनिये राजा माहादेवरैया
	सुना राजा माहादेवरैया	सुनिये राजा माहादेवरैया
	लोहा धरुन जाहा राजा	लोहा ले कर जायें राजा
	लोहरा-माहाल जाहा	लोहार-महल जायें
	टयँगा घड़ाउन आना राजा	कुल्हाड़ी बनवा कर लायें राजा
	कोड़की घड़ाउन आना"	कुदाली बनवा कर लायें"
835	माहादेवरैया सुने बाबा	माहादेवरैया सुनता बाबा
	बाबू के काय बले	बाबू से क्या कहता
	"सुन बाबू भिकन्दर	"सुन हे बाबू भिकन्दर

4. गोली-फार : नाँगर (हल) का फाल (फार) और उसे हल से जोड़े रखने के लिये लगाया जाने वाला लोहे का एक कीलनुमा उपकरण (गोली)।

5. आरी-हँसिया : एक हँसिया जिसमें आरी की तरह खाँचे होते हैं। इसे 'दात काटा हँसिया' भी कहा जाता है। यह धान काटने के काम आता है।

	सुन बाबू जलन्धर	सुन हे बाबू जलन्धर
	लोहा निकराउन जा बाबू	लोहा निकाल ले हे बाबू
	खेजा निकराउन जा	मजदूरी निकाल ले
	लोहरा-माहाले जा बाबू	लोहार-महल तू जा हे बाबू
	टयँगा-कोड़की आन	कुल्हाड़ी-कुदाली ले आ
	बारस-बिंदना आन बाबू	बारस-बिंधना ले आ बाबू
	गोली-फार आन	गोली-फार ले आ
	आरी-हँसिया आन बाबू	आरी-हँसिया ला हे बाबू
	आरी-हँसिया आन"	आरी-हँसिया ला"
836	भिकन्दर सुने बाबा	भिकन्दर सुनता है बाबा
	हरबर तियार हाय	झटपट तैयार वह होता
	खेजा निकराउन बाबू जाय	मजदूरी निकाल लेता बाबू
	लोहा निकराउन बाबू जाय	लोहा निकाल लेता बाबू
	लोहा-मोडरा बाँदे बाबू	लोहे की गठरी बाँधता बाबू
	खेजा-मोडरा बाँदे	मजदूरी की गठरी बाँधता
	पाँय ने खड़ऊ पिंदे बाबू	पाँवों में खड़ाऊँ पहनता बाबू
	हाते बेद धरे	हाथ में बेंत लेता
	घर ले बाहिर होय बाबू	घर से बाहर आता बाबू
	जाते-जाते जाय	चलता चला जाता
	रुमझुम-रुमझुम रेंगे बाबू	जल्दी-जल्दी चलता बाबू
	लोहरा-माहाले जाय	लोहार-महल वह जाता
	लोहरा-माहाले अमरे बाबू	लोहार-महल पहुँचता बाबू
	माँडो-मोंगरा उबे बाबू	मोगरा-मण्डप में रुकता
	'दादा' हंका मारे बाबू	'दादा' हाँक लगाता बाबू
	दादा सुनुन जाय	दादा है सुन लेता
	घर ले बाहिर होय दादा	घर से बाहर आता दादा
	बाबू के काय बले	बाबू से वह कहता
	"काय कामे इलिस बाबू	"किस काम से आया बाबू
	आले मोके साँग"	तनिक मुझे बतला"
837	"सुन दादा जेठू लोहरा	"सुन हे दादा जेठू लोहार
	सुन दादा जेठू लोहरा	सुन हे दादा जेठू लोहार
	टयँगा-कोड़की दे दादा	कुल्हाड़ी-कोड़की दे हे दादा
	बारस-बिंदना दे	बारस-बिंधना दे
	गोली-फार दे दादा	गोली-फार दे हे दादा
	मोके आरी-हँसिया दे	मुझे आरी-हँसिया दे
	एचोय काजे इले दादा"	इसीलिये मैं आया दादा"
	लोहा धराउन देय	लोहा पकड़ा देता

838	लोहा धरुन जाय दादा	लोहा ले लेता दादा
	लोहरा-सारे जाय	लोहार-शाला में जाता
	लोहरा सार धरे रे भगवान	लोहार तैयारी करता भगवन्
	लोहरा सार धरे परभू	लोहार तैयारी करता प्रभु
	निंगरा गरम करे दादा	अंगार गरम करता दादा
	लोहा तपाउन जाय	लोहा गरम कर जाता
	बाई के काय बले दादा	बाई से क्या कहता दादा
	"सुन रानी" बले	"सुनो हे रानी" कहता
	"सुन रानी मिटकी लोहरिन	"सुनो हे रानी मिटकी लोहारिन
	सुन रानी मिटकी लोहरिन	सुनो हे रानी मिटकी लोहारिन
	जतर खुँदुन दे रानी	यन्त्र दबा दो हे रानी
	मयँ टयँगा घड़ुन जायँ"	मैं कुल्हाड़ी बना जाऊँगा"
	मिटकी लोहरिन सुने बाबा	मिटकी लोहारिन सुनती बाबा
	जतर खुँदुन जाय	वह यन्त्र दबा जाती
	हाते मुठला धरे दादा	हाथ में घन लेता दादा
	नाचुन-नाचुन पेटे	नाच-नाच कर पीटता
	टयँगा-कोड़की घड़े दादा	कुल्हाड़ी-कुदाली गढ़ता दादा
	बारस-बिंदना घड़े	बारस-बिंधना गढ़ता
	आरी-हँसिया घड़े दादा	आरी-हँसिया गढ़ता दादा
	गोली-फार घड़े	गोली-फार गढ़ता
	टयँगा घड़ुन सारे दादा	कुल्हाड़ी गढ़ जाता दादा
	टयँगा ने पानी रिकाय	कुल्हाड़ी में पानी डालता
	कोड़की निंआउन जाय दादा	कुदाली धार करता दादा
	भिकन्दर के देय	भिकन्दर को देता
839	टयँगा-कोड़की धरे बाबू	कुल्हाड़ी-कुदाली लेता बाबू
	खेजा धराउन देय	मजदूरी दे देता
	लोहरा-माहाल बाबू छाँडे	लोहार-महल बाबू छोड़ता
	जाते-जाते बाबू जाय	चलता चला जाता बाबू
	रुमझुम-रुमझुम रेंगे बाबू	जल्दी-जल्दी चलता बाबू
	एक कलाट मारे	लम्बे डग है भरता
	राजा-माहाले जाय बाबू	राज-महल जाता बाबू
	राजा-माहाल अमरे	राज-महल पहुँचता
	टयँगा-कोड़की ठोय बाबू	कुल्हाड़ी-कुदाली रखता बाबू
	राजा लगे जाय	राजा के पास जाता
	"टयँगा घड़ाउन आनले राजा	"कुल्हाड़ी बनवा ले आया राजन्
	मयँ कोड़की घड़ाउन आनले"	मैं कुदाली बनवा ले आया"
840	माहादेवरैया सुने बाबा	माहादेवरैया सुनता बाबा
	बाबू के काय बले	बाबू से क्या कहता

	“सुन बाबू भिकन्दर	“सुन हे बाबू भिकन्दर
	सुन बाबू जलन्धर	सुन हे बाबू जलन्धर
	टयँगा-ढेटा बले भर बाबू	कुल्हाड़ी में मूठ लगा हे बाबू
	कोड़की-ढेटा भर	कुदाली में मूठ लगा
	बारस-ढेटा भर बाबू	बारस में मूठ लगा हे बाबू
	बिंदना-ढेठा भर	बिंधना में मूठ लगा
	आरी-ढेटा भर बाबू	आरी में मूठ लगा हे बाबू
	हँसिया-ढेटा भर”	हँसिया में मूठ लगा’
	भिकन्दर सुने बाबा	भिकन्दर सुनता बाबा
	सब ने ढेटा भरे	सभी में मूठ लगाता
	ढेटा भरुन सारे बाबू	मूठ लगा जाता बाबू
	राजा-रानी आसोत	राजा-रानी रह जाते
841	एक दिन ले दुय दिन	एक दिन से दो दिन
	दुय दिन ले आँट दिन	दो दिन से आठ दिन
	टयँगा घड़ालो होय राजा चो	कुल्हाड़ी बनवाये बीते राजा को
	कोड़की घड़ालो होय	कुदाली बनवाये बीते
	रानी कांय बले राजा के	रानी क्या कहती राजा से
	“सुना राजा” बले	“सुनिये राजा” कहती
	“मरान मारुक जाहा राजा	“खेती[6] तैयार करने को जायें राजा
	खुट हेड़ुक जाहा”	ठूँठ निकालने जायें’
842	“सुन रानी पारबती	“सुनो हे रानी पारबती
	सुन रानी पारबती	सुनो हे रानी पारबती
	राजा-भोग बले राँद रानी	राज-भोग पका हे रानी
	सुख-लाड़ू बाँद	सुख-लड्डू बना[7]
	भुक-लाड़ू बाँद रानी	भूख-लड्डू बना[8]
	पियास-लाड़ू बाँद	प्यास-लड्डू[9] बना
	खुट हेड़ुकलाय जायँ रानी	ठूँठ निकालने जाऊँ रानी
	मयँ मरान मारुकलाय जायँ”	मैं खेती तैयार करने जाऊँ”

6. खेती (मरान) : अन्य ध्वनि ‘मरहान’। ऐसी उथली जमीन जहाँ पानी नहीं रुकता तथा जहाँ प्रायः कोदो, कुटकी, हरवाँ (कुल्थी), उड़द, लाहेड़ (अरहर) आदि दलहनी फसलों अथवा विशेष किस्म के धान की ही उपज हो सकती है। इस तरह की जमीन में उपजने वाले धान को ‘मरान धान (मरहान धान)’ या ‘बाड़ी धान’ भी कहा जाता है। ये धान शीघ्र पकने वाले होते हैं। शीघ्र पकने वाले धान किस्म को ‘तुरिया धान’ कहते हैं जबकि विलम्ब से पकने वाले धान ‘माई धान’ कहलाते हैं।
7. सुख-लड्डू : ऐसा लड्डू जिसे खाने पर थकान मिट जाये और सुख की अनुभूति हो।
8. भूख-लड्डू : ऐसा लड्डू जिसे खाने पर भूख मिट जाये। कुछ लोग ‘सुख-लाड़ू’ और ‘भूख-लाड़ू’ को ‘सोस-लाड़ू, भुक-लाड़ू’ तो कुछ लोग ‘भुक-लाड़ू पियास-लाड़ू’ भी कहते हैं। ‘सोस’ और ‘प्यास’ का एक ही अर्थ है ‘प्यास’।
9. प्यास-लड्डू : ऐसा लड्डू जिसे खाने पर प्यास बुझ जाये।

843	पारबती रानी सुने बाबा	पारबती रानी सुनती बाबा
	दुसर दिन होय	अगला दिन आ जाता
	दुसर दिन चो कुकड़ाबासी	अगले दिन के मुँह अंधेरे
	दुसर दिन चो मुकताबली	अगले दिन के प्रातः काल
	मुकताबली उठे रानी	प्रातः काल में उठती रानी
	कुकड़ाबासी चेते	मुर्गे की बाँग से उठती
	घर ले बाहिर होय रानी	घर से बाहर आती रानी
	बड़ा-ओंडा करे	झाड़ू-बुहारी करती
	सरा-बड़ा करे रानी	लिपाई-पोताई करती रानी
	छड़ा-छिटका देय	गोबर का छिटका देती
	बुता-भयना करे रानी	काम-धाम करती है रानी
	आँगे असनाँद होय	अंग स्नान वह करती
	राँदे रानी पारबती	राँधती रानी पारबती
	राँदे रानी पारबती	राँधती रानी पारबती
	राजा-भोग राँदे रानी	राज-भोग राँधती रानी
	राजा-भोग राँदे	राज-भोग राँधती
	सुख-लाड़ू बाँदे रानी	सुख-लड्डू बनाती रानी
	भूक-लाड़ू बाँदे	भूख-लड्डू बनाती
	पियास-लाड़ू बाँदे रानी	प्यास-लड्डू बनाती रानी
	पानी गरम करे	पानी गरम करती
	सेदा-भेदा करे रानी	ठण्डा पानी मिलाती रानी
	मन्दन-सिले नेय	स्नान-गृह में ले जाती
	झारी कसेला देय रानी	झारी पात्र देती रानी

	कपुर दतुन देय	सुगन्धित दतौन देती
	जाय रानी पारबती	जाती रानी पारबती
	जाय रानी पारबती	जाती रानी पारबती
	राजा लगे बले जाय रानी	राजा के पास जाती रानी
	राजा के काय बले	राजा से क्या कहती
	“उठा राजा” बले रानी	“उठिये राजन्” कहती रानी
	“चेता राजा” बले	“जागिये राजा” कहती
	“एबे ले नाजुन उठास राजा	“अब तक नहीं जागे हैं राजा
	एबे ले नाजुन चेतास	अब तक नहीं चेते हैं
	मरान मारुक जाहा राजा	खेती तैयार करने जायें राजा
	खुट हेड़ुक जाहा”	ठूँठ निकालने जायें”
844	माहादेवरैया सुने बाबा	माहादेवरैया सुनता बाबा
	तड़बड़ाउन उठे	हड़बड़ा कर उठता
	घर ले बाहिर होय राजा	घर से बाहर आता राजा
	मन्दन-सिले जाय	स्नान-गृह में जाता
	मन्दन-सिले उबे राजा	स्नान-गृह में खड़ा होता राजा
	कपुर दतुन धरे	सुगन्धित दतौन लेता
	सुरिज-भेट करे राजा	सूर्य-नमस्कार करता राजा
	मुँहे मुखारी गोबे	मुँह में मुखारी लेता
	दतुन-पतर राजा चाबे	दतौन आदि राजा करता
	आँगे असनाँद राजा होय	अंग स्नान राजा करता
	सुका कपड़ा पिंदे राजा	सूखा कपड़ा पहनता राजा
	ओधा कपड़ा गिरे	गीला कपड़ा गिरता
	झारी पानी धरे राजा	झारी में पानी लेता राजा
	तुलसी-चँवरा ने जाय	तुलसी-चौरा में जाता
	चँवरा ने पानी रिकाय राजा	चौरा में पानी डालता राजा
	तुलसी के काय बले	तुलसी से क्या कहता
	“अगास मेलान बाड़ बाई	“आकाश तक बढ़ जाओ बाई
	पकिर पाना फेक	नयी कोंपलें निकलें
	तुय-मयँ बाँहा-जोरी बाई	तुम-मैं बाँहों की जोड़ी बाई
	तुय-मयँ हन्सा-जोरी	तुम-मैं हन्सों की जोड़ी
	जिव भर सेवा मिरो बाई	आजीवन सेवा करूँ मैं बाई
	मोचो जान सुकी रओ”	मेरा जीवन सुखी रहे”
	तुलसी-सेवा करे राजा	तुलसी-सेवा करता राजा
	होम-आरती देय	होम-आरती करता
	पइँया पड़ुन जाय राजा	प्रणाम कर जाता है राजा
	नव खँड माहाले जाय	नौ खण्डा महल में जाता
	बाजे जाउन बसे राजा	खाट पर जा बैठता राजा

	बाबू के काय बले	बाबू से क्या कहता
	“सुन बाबू भिकन्दर	“सुन हे बाबू भिकन्दर
	सुन बाबू जलन्धर	सुन हे बाबू जलन्धर
	आँगे असनाँद हो बाबू	अंग स्नान कर ले बाबू
	मरान मारुक जावाँ”	खेती तैयार करने जायेंगे”
845	भिकन्दर सुने बाबा	भिकन्दर सुनता है बाबा
	दतुन-पतर चाबे	दतौन आदि कर जाता
	आँगे असनाँद होय बाबू	अंग स्नान करता बाबू
	हिरदे असनाँद होय	हृदय स्नान कर जाता
	सुका कपड़ा पिंदे बाबू	सूखा कपड़ा पहनता बाबू
	ओधा कपड़ा गिरे	गीला कपड़ा गिरता
846	हेड़े रानी पारबती	निकालती रानी पारबती
	हेड़े रानी पारबती	निकालती रानी पारबती
	राजा-भोग हेड़े रानी	राज-भोग निकालती रानी
	बतिस अलन हेड़े	बत्तीस व्यंजन निकालती
	झारी पानी डुमे रानी	झारी में पानी निकालती रानी
	माहादेवरैया के देय	माहादेवरैया को देती
	हात अचाउन जाय राजा	हाथ धो जाता है राजा
	चन्दन-काटे बसे	चन्दन-काठ में जा बैठता
	भोग मँडाउन देय रानी	भोग परोस जाती रानी
	साग मँडाउन देय	साग[10] परोस जाती
	राजा भोग बले खाय बाबा	राजा भोजन करता बाबा
	अढ़ई कँवरा खाय	ढाई कौर वह खाता
	थारी सरकाउन जाय राजा	थाली सरका देता राजा
	हात अचाउन जाय	हाथ धो डालता
	बाजे जाउन बसे राजा	खाट पर जा बैठता राजा
	बाबू के काय बले	बाबू से क्या कहता
	“हरबर तियार हो बाबू	“झटपट तैयार हो हे बाबू
	तुय जलदी तियार हो”	तू जल्दी तैयार हो जा”
847	खाई-पिई के भय गय तियार	खा-पी कर हो गये तैयार
	खाई-पिई के भय गय तियार	खा-पी कर हो गये तैयार
	बरतन-भाँडा सकले रानी	बर्तन आदि समेटती रानी
	बड़ा-ओंडा करे	झाड़ू-बुहारी करती
	हरबर तियार होय बाबू	झटपट तैयार होता बाबू
	जलदी तियार होय	जल्दी तैयार होता
	टयँगा निकराउन जाय	कुल्हाड़ी निकाल लेता
	कोड़की निकराउन जाय	कुदाली निकाल लेता

10. साग : शाक, सब्जी।

तुमा ने पेज भरे बाबू	तूम्बे में पेज भरता बाबू
तुमा ने पेज भरे	तूम्बे में पेज भरता
केऊ-फुल धोती बले राजा मारे	केऊ-फूल-सी धोती राजा पहनता
केऊ-फुल कमिंज राजा पिंदे	केऊ-फूल-सी कमीज राजा पहनता
सिरे पगड़ी बाँदे राजा	सिर पर पगड़ी बाँधता राजा
मुंडे सुरई खोचे	सिर पर तुर्रा लगाता
तिलक-चन्दन लगाय राजा	तिलक-चन्दन लगाता राजा
नवगुन पयता फेके	नौ गुना जनेऊ पहनता
संखे-धुनी धरे राजा	शंख-ध्वनि लेता राजा
डामुर बाजा धरे	डमरू बाजा लेता
हाते तिरसुल धरे राजा	हाथ में त्रिशूल लेता राजा
पाँये खड़ऊ पिंदे	पाँवों में खड़ाऊँ पहनता
सुक-लाड़ू रानी धरे	सुख-लड्डू रानी लेती
भुक-लाड़ू रानी धरे	भूख-लड्डू रानी लेती
पियास-लाड़ू धरे रानी	प्यास-लड्डू लेती रानी
मोडरी बाँदुन जाय	गठरी बना जाती
माहादेवरैया के देय रानी	माहादेवरैया को देती रानी
माहादेवरैया धरे	माहादेवरैया लेता
घर ले बाहिर होत राजा	घर से बाहर होते राजा
जाते-जाते जात	चलते चले जाते
रुमझुम-रुमझुम रेंगोत राजा	जल्दी-जल्दी चलते राजा
एक कलाट मारोत	लम्बे डग हैं भरते

848	जाय राजा रे माहादेवरैया	जाता राजा माहादेवरैया
	जाय राजा माहादेवरैया	जाता राजा माहादेवरैया
	संखे फुकते जाय राजा	शंख फूँकता जाता राजा
	डामुर बजाते जाय	डमरू बजाता जाता
	बारा कोस अँधल[11] होय बाबा	बारह कोस तक शोर होता बाबा
	आपन बुल में जाय	वह अपने धुन में जाता
	कदली-कछारे जाय राजा	कदली-कछार में जाता राजा
	कदली-कछार अमरे	कदली-कछार पहुँचता
	कदली-कछारे राजा अमरे	कदली-कछार में राजा पहुँचता
	कदली-कछारे राजा अमरे	कदली-कछार में राजा पहुँचता
	कदली-कछार उबे राजा	कदली-कछार में रुकता राजा
	कदली-कछार उबे	कदली-कछार में रुकता
	बुलुन-बुलुन दखे राजा	घूम-घूम कर देखे राजा
	गिंजरुन-गिंजरुन दखे	घूम-घूम कर देखे
	काय मँजा सुँदर रहे बाबा	बड़ा ही सुन्दर दिखता बाबा
	अती सुँदर दखे	अतिशय सुन्दर दिखता
	बाबू के काय बले राजा	बाबू से क्या कहता राजा
	"सुन बाबू" बले	"सुन हे बाबू" कहता
	"काय मँजा सुँदर आसे बाबू	"बड़ा ही सुन्दर है हे बाबू
	अती सुँदर दखे	अतिशय सुन्दर दिखता
	एई लगे मरान मारूँ बाबू	इसी जगह खेती बनायें बाबू
	एई लगे खुट हेड़ूँ	इसी जगह ठूँठ निकालें
	पानी चो सहोलत आसे बाबू	पानी की सुविधा है हे बाबू
	पानी चो सहोलत आसे"	यहाँ पानी की सुविधा है"
849	सब जोड़ा बले राजा हेड़े	सारी सामग्री राजा निकालता
	सब जोड़ा राजा हेड़े	सारी सामग्री राजा निकालता
	हात-भर कोपनी पिंदे राजा	हाथ-भर कौपीन पहनता राजा
	हात-भर कोपनी पिंदे	हाथ-भर कौपीन पहनता
	मुरिया-भेस बाँदे राजा	मुरिया-वेश बनाता राजा
	माड़िया-असन दखे	माड़िया-सा दिखता
	हाते कोड़की धरे राजा	हाथ में कुदाली लेता राजा
	हाते कोड़की धरे	हाथ में कुदाली लेता
	डाँड झिकुन जाय राजा	सीमा बना जाता राजा
	डाँड झिकुन जाय	सीमा बना जाता
	हाते टयँगा धरे राजा	हाथ में कुल्हाड़ी लेता राजा
	मरान मारुन जाय	खेती बना जाता
	रुक गोंदुन राजा जाय	पेड़ काट जाता राजा

11. अँधल : अन्य ध्वनि 'अँदल'। इसे 'किबिर' भी कहा जाता है।

	खुट हेड़ुन राजा जाय	ठूँठ निकाल जाता
	तले भुबुर तपे राजा के	नीचे धरती तपती राजा को
	उपर घाम छेके	ऊपर धूप चिलकती
	मँजी भुक लागे राजा के	पेट को भूख लगती राजा के
	झालिपिली पसना फुटे	तरबतर पसीना आता
	खुट-मरान मारे राजा	जमीन साफ कर जाता राजा
	बुटा-खुटा हेड़े	ठूँठ आदि निकालता
50	एक दिन ले दुय दिन	एक दिन से दो दिन
	दुय दिन ले आँट दिन	दो दिन से आठ दिन
	पँदरा दिन बले होय बाबा	पन्द्रह दिन बीते बाबा
	मरान मारलो होय	खेती बनाये बीते
	मरान मारुन सारे राजा	खेती बना जाता राजा
	मरान मारुन सारे	खेती बना जाता
	लकड़ी जुहाउन जाय राजा	लकड़ी इकट्ठी करता राजा
	लकड़ी जुहाउन जाय	लकड़ी इकट्ठी करता
	लकड़ी सेजुन जाय राजा	लकड़ी बिछा जाता राजा
	लकड़ी सेजुन जाय	लकड़ी बिछा जाता
	हाते कोड़की धरे राजा	हाथ में कुदाली लेता राजा
	हाते कोड़की धरे	हाथ में कुदाली लेता
	दुय कियारी डाँड झिके	दो क्यारियाँ तैयार करता
	दुय कियारी डाँड झिके	दो क्यारियाँ तैयार करता
	बेड़ा-पार बाँदे राजा	खेत में मेड़ बनाता
	हिरी-पार बाँदे	मेड़ बना जाता
	बेड़ा-बेड़ा अलगाय राजा	खेत-खेत अलगाता राजा
	डोली-डोली अलगाय	भू-खण्ड अलग करता
	किंयारी-किंयारी अलगाय राजा	क्यारियाँ अलग करता राजा
	किंयारी-किंयारी अलगाय	क्यारियाँ अलग करता
	खोदरा के ढिबरा करे राजा	गड्ढे में मिट्टी डालता राजा
	ढिबरा के खोदरा करे	ऊँचाई को खोद जाता
	भुंय[2] मरामत करे राजा	भूमि-मरम्मत करता राजा
	भुंय मरामत करे	भूमि-मरम्मत करता
	भात-असन बनाय राजा	भात जैसा बनाता राजा
	थारी-असन बनाय	थाली जैसा बनाता
51	हिरी-पार बले बाँदे राजा	मेड़ बना जाता राजा
	पार बाँदुन सारे राजा	मेड़ बना जाता
	बाबू के काय बले राजा	बाबू से क्या कहता राजा
	"सुन बाबू" बले	"सुन हे बाबू" कहता

12. भुंय : अन्य उच्चारण 'भुंई', 'भुयँ'।

“मरान मारुन गेलू बाबू	“खेती बना गये हम बाबू
खुट हेड़ुन गेलू	ठूँठ निकाल डाले
हिरी-पार बाँदले बाबू	मेड़ भी बना डाला बाबू
मयँ बेड़ा-पार बाँदले	मैंने मेड़ भी बना डाले
थारी-असन बनायँ बाबू	थाली जैसा बनाया बाबू[13]
मयँ भात-असन बनायँ	मैंने भात जैसा बनाया[14]
सब जोड़ा के धर बाबू	सारी सामग्री ले हे बाबू
सब जोड़ा के धर बाबू	सारी सामग्री ले हे बाबू
नव खँड माहाले जावँ बाबू	नौ खण्डा महल जायें बाबू
नव खँड माहाले जावँ”	नौ खण्डा महल हम जायें”
हात भर कोपनी हेड़े राजा	हाथ-भर कौपीन निकालता राजा
आपलो जाक पिंदे	अपने साज पहनता
राजा असन दखे राजा	राजा जैसा दिखता राजा
राजा असन दखे	राजा जैसा दिखता
बेड़ा-पार बले राजा छाँडे	खेत की मेड़ राजा छोड़ता
हिरी-पार राजा छाँडे	खेत की मेड़ राजा छोड़ता
संखे फुकते जाय राजा	शंख फूँकता जाता राजा
रमायन पढ़ते जाय	रामायण पढ़ता जाता
भजन गावते जाय राजा	भजन गाता जाता राजा
भजन गावते जाय	भजन गाता जाता
852 राजा चो अँधल रानी सुने	राजा की आवाज रानी सुनती
राजा चो अँधल रानी सुने	राजा की आवाज रानी सुनती
‘राजा एसोत’ बले रानी	राजा आते कहती रानी
सेवा-जोड़ा धरे	सेवा-सामग्री लेती
चन्दन-काट मँडाय रानी	चन्दन-काठ रखती रानी
ढँग् नाय राजा उबे	राजा खड़ा हो जाता
पइँया धोआउन जाय रानी	पाँव धुला जाती है रानी
चाउर-टिका देय	चावल का टीका लगाती
होम-आरती देय रानी	होम-आरती करती रानी
पइँया पड़ुन जाय	वह प्रणाम कर जाती
रानी चो टोंड बले राजा चुमे	रानी का मुख राजा चूमता
राजा चो हात रानी धरे	राजा का हाथ रानी पकड़ती
नव खँड माहाले नेय रानी	नौ खण्डा महल में ले जाती रानी
बाज नेउन बसाय	खाट पर बिठलाती
सब जोड़ा ठोय बाबा	सारी सामग्री रखता बाबा
सब जोड़ा ठोय	सारी सामग्री रखता

13. थाली जैसा बनाना : समतल करना।
14. भात जैसा बनाना : महीन और भुरभुरा करना।

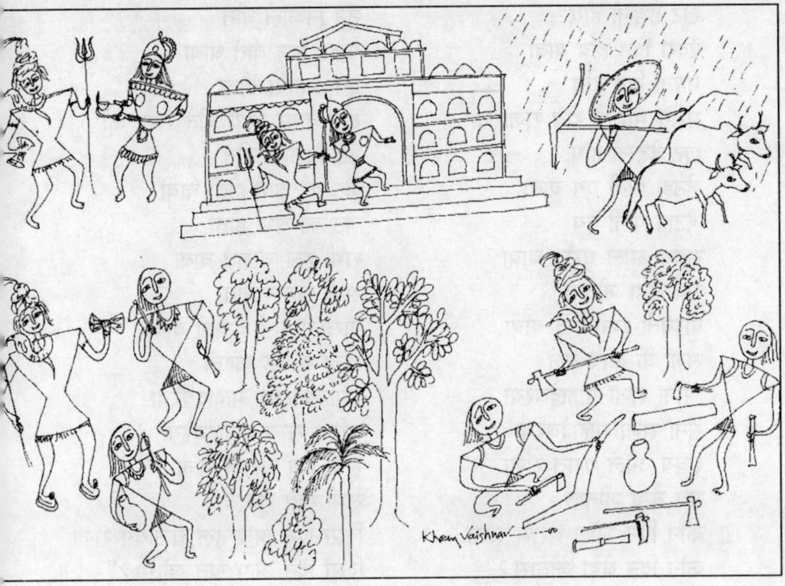

	राजा-रानी बसोत बाबा	राजा-रानी बैठते बाबा
	रानी काय बले	रानी है क्या कहती
	“खुट हेड़ुक गेलास राजा	“ठूँठ निकालने गये हे राजा
	मरान मारुक गेलास!”	खेत तैयार करने गये”
	“मरान मारुन इले रानी	“खेत तैयार कर आया रानी
	मयँ खुट मारुन इले	मैं ठूँठ निकाल कर आया
	दुय कियारी डाँड झिकले	दो क्यारियाँ बनायी रानी
	दुय कियारी डाँड झिकले	दो क्यारियाँ बनायी
	मयँ बेड़ा कमाउन गेले रानी	मैं खेत तैयार कर आया रानी
	मयँ बेड़ा कमाउन गेले	मैं खेत तैयार कर आया
	ढिपरा के खोदरा करले रानी	ऊँची भूमि खोदी रानी
	मयँ खोदरा के ढिपरा करले	मैंने गड्ढों में माटी डाली
	भुँय मरामत करले रानी	भूमि-मरम्मत की है रानी
	मयँ भुँय मरामत करले”	मैंने भूमि-मरम्मत की”
853	सुने रानी पारबती	सुनती रानी पारबती
	सुने रानी पारबती	सुनती रानी पारबती
	“एई ने मँजा जिवदे” बले	“इसी में मँजपुरवासी जीयेंगे” कहती
	“मयँ मँजा काजे कमायँ”	“मैं मँजपुरवासियों के लिये कमाती”
854	एक दिन ले दुय दिन	एक दिन से दो दिन
	दुय दिन ले आँट दिन	दो दिन से आठ दिन
	मरान मारलो होय राजा चो	खेत तैयार किये बीते राजा को

	खुट हेड़लो होय	ठूँठ निकाले बीते
	पँदरा दिन होय बाबा	पन्द्रह दिन बीते बाबा
	मयना दिन होय	एक महीना बीता
	मरान मारलो होय राजा चो	खेत तैयार किये बीते राजा को
	खुट हेड़लो होय	ठूँठ निकाले बीते
	जेठहा पानी एय बाबा	जेठ की वर्षा होती बाबा
	जेठहा पानी एय	जेठ की वर्षा होती
	सबय ओल धरोत बाबा	सभी हल चलाते बाबा
	सब बेड़ा जोतोत	सभी खेत जोतते
	पारबती रानी दखे बाबा	पारबती रानी देखती बाबा
	राजा के काय बले	राजा से वह कहती
	"सुना राजा माहादेवरैया	"सुनिये राजा माहादेवरैया
	सुना राजा माहादेवरैया	सुनिये राजा माहादेवरैया
	सबय ओल धरोत राजा	सभी हल चलाते राजा
	सब बेड़ा जोतोत	सभी खेत जोतते
	कोन दिन ओल धरास राजा	किस दिन आप हल चलायेंगे राजा
	कोन दिन बेड़ा जोतास?"	किस दिन आप खेत जोतेंगे?"
855	माहादेवरैया सुने बाबा	माहादेवरैया सुनता बाबा
	रानी के काय बले	रानी से क्या कहता
	"काय ने ओल धरें रानी	"कैसे हल चलाऊँ रानी
	मयँ काय ने बेड़ा जोतें	मैं किस से खेत जोतूँ
	मोके नाँगर निंहाय रानी	मेरे पास हल नहीं है रानी
	मोके जुआँड़ी निंहाय	मेरे पास जुआँड़ी[15] नहीं है
	मोके तुतारी निंहाय रानी	मेरे पास तुतारी[16] नहीं है रानी
	मोके सुमेला निंहाय रानी	मेरे पास सुमेला[17] नहीं है रानी
	मयँ काय ने ओल धरें रानी	मैं कैसे हल चलाऊँ रानी
	मयँ काय ने बेड़ा जोतें"	मैं कैसे खेत जोतूँ"
856	पारबती रानी सुने बाबा	पारबती रानी सुनती बाबा
	राजा के काय बले	राजा से क्या कहती
	"नाँगर मारुक जाहा राजा	"हल बनाने जायें राजा
	जुआँड़ी मारुक जाहा	जुआँड़ी बनाने जायें
	सुमेला मारुन आना राजा	सुमेला बना लायें राजा
	तुतारी मारुन आना"	तुतारी बना कर लायें"
	पारबती रानी बले राजा के	पारबती रानी कहती राजा से
	राजा सुनुन जाय	राजा है सुन लेता

15. जुआँड़ी : जुआ।
16. तुतारी : बैलों को हाँकने का उपकरण।
17. सुमेला : जुआ के दोनों सिरों पर लगा डण्डा जिसके साथ 'दावाँ' (दाँवरी/पगहा) बाँध कर बैलों को जोता जाता है।

दुसर दिन चो कुकड़ाबासी	दूसरे दिन की सुबह
दुसर दिन चो मुकताबली	अगले दिन की सुबह
पारबती रानी उठे बाबा	पारबती रानी उठती बाबा
पारबती रानी चेते	पारबती रानी चेतती
बड़ा-ओंडा करे रानी	झाड़ू-बुहारी करती रानी
बुता-भयना करे	काम-काज वह करती
पानी गरम करे रानी	पानी गरम करती रानी
सेदा-भेदा करे	ठण्डा पानी मिलाती
मन्दन-सिले बले नेय रानी	स्नान-गृह में ले जाती रानी
झारी कसेला देय	झारी पात्र भी देती
कपुर दतुन देय रानी	सुगन्धित दतौन देती रानी
राजा लगे जाय	राजा के पास जाती
"सुना राजा माहादेवरैया	"सुनिये राजा माहादेवरैया
सुना राजा माहादेवरैया	सुनिये राजा माहादेवरैया
उठा राजा" बले रानी	उठिये राजा" कहती रानी
"चेता राजा" बले	"चेतिये राजा" कहती
"नाँगर मारुक जाहा राजा	"हल बनाने जायें राजा
जुआँड़ी मारुक जाहा"	जुआँड़ी बनाने जायें"
माहादेवरैया उठे बाबा	माहादेवरैया उठता बाबा
घर ले बाहिर होय	घर से बाहर आता
मन्दन-सिले बले जाय राजा	स्नान-गृह में जाता राजा
कपुर दतुन धरे	सुगन्धित दतौन लेता
राजा-रानी उबोत बाबा	राजा-रानी खड़े होते बाबा
सुरिज-भेट करोत	सूर्य-नमस्कार करते
मुँहे मुखारी गोबोत राजा-रानी	मुँह में मुखारी लेते राजा-रानी
दतुन-पतर चाबोत	दतौन आदि कर जाते
आँगे असनाँद होत राजा-रानी	अंग स्नान करते राजा-रानी
हिरदे असनाँद होत	हृदय स्नान कर जाते
सुका कपड़ा राजा-रानी पिंदोत	सूखे कपड़े राजा-रानी पहनते
ओधा कपड़ा तले गिरे	गीले कपड़े नीचे गिरते
झारी पानी धरोत राजा-रानी	झारी में पानी लेते राजा-रानी
तुलसी-चँवरा ने जात	तुलसी-चौरा में जाते
चँवरा ने पानी रिकात राजा-रानी	चौरा में पानी डालते राजा-रानी
तुलसी के काय बलोत	तुलसी से वे कहते
"अगास मेलान बाड़ बाई	"आकाश को तुम छू लो बाई
पकिर पाना फेक	नयी कोंपलें निकलें
तुय-मयँ बाँहा-जोरी बाई	तुम-मैं बाँहों की जोड़ी बाई
तुय-मयँ हन्सा-जोरी	तुम-मैं हन्सों की जोड़ी

	जिव भर सेवा मिरो बाई	आजीवन सेवा करूँ हे बाई
	मोचो जान सुकी रहो"	मेरा जीवन सुखी रहे"
	तुलसी-सेवा करोत राजा-रानी	तुलसी-सेवा करते राजा-रानी
	तुलसी-पुजा करोत	तुलसी-पूजा करते
	होम-आरती देत राजा-रानी	होम-आरती करते राजा-रानी
	पइँया पड़ुन जात	वे प्रणाम कर जाते
858	बाजे जाउन राजा-रानी बसोत	खाट पर जा बैठते राजा-रानी
	सेज जाउन राजा-रानी बसोत	सेज पर जा बैठते राजा-रानी
	बाबू के काय बले राजा	बाबू से क्या कहता राजा
	"सुन बाबू" बले	"सुन हे बाबू" कहता
	"दतुन-पतर चाब बाबू	"दतौन आदि कर ले हे बाबू
	तुय आँगे असनाँद हो	तू अंग स्नान कर ले
	नाँगर मारुक जावाँ बाबू	हल बनाने जायेंगे बाबू
	जुआँड़ी मारुक जावाँ"	जुआँड़ी बनाने जायेंगे"
	भिकन्दर सुने बाबा	भिकन्दर सुनता बाबा
	दतुन-पतर चाबे	वह दतौन कर जाता
	आँगे असनाँद होय बाबू	अंग स्नान कर जाता बाबू
	सुका कपड़ा पिंदे	सूखा कपड़ा पहनता
	ओधा कपड़ा तले गिरे	गीला कपड़ा नीचे गिरता
	कपड़ा निचाउन बाबू जाय	कपड़ा निचोड़ जाता बाबू
	कपड़ा सुकाउन जाय बाबू	कपड़ा सुखा जाता बाबू
	कपड़ा सुकाउन जाय	कपड़ा सुखा जाता
	बारस-बिंदना धरे बाबू	बारस-बिंधना लेता बाबू
	खाँदे टयँगा धरे	कन्धे में कुल्हाड़ी लेता
	हरबर तियार होय राजा	झटपट तैयार होता राजा
	जलदी तियार होय	जल्दी तैयार होता
	केऊ-फुल धोती बले राजा मारे	केऊ-फूल-सी धोती राजा पहनता
	केऊ-फुल कमिंज राजा पिंदे	केऊ-फूल-सी कमीज राजा पहनता
	सिरे पगड़ी बाँदे राजा	सिर पर पगड़ी बाँधता राजा
	मुँडे सुरई खोचे	सिर पर तुर्रा लगाता
	तिलक-चन्दन लगाय राजा	तिलक-चन्दन लगाता राजा
	नवगुन पयता फेके	नौ गुना जनेऊ पहनता
	संखे धुनी धरे राजा	शंख-ध्वनि लेता राजा
	डामुर बाजा धरे	डमरू बाजा लेता
	हाते तिरसुल धरे राजा	हाथ में त्रिशूल लेता राजा
	पाँय ने खड़ऊ पिंदे	पाँवों में खड़ाऊँ पहनता
859	जाय राजा माहादेवरैया	जाता राजा माहादेवरैया
	जाय राजा माहादेवरैया	जाता राजा माहादेवरैया

घर ले बाहिर होय राजा	घर से बाहर आता राजा
जाते-जाते जाय	चलता चला जाता
रुमझुम-रुमझुम रेंगे राजा	जल्दी-जल्दी चलता राजा
एक कलाट मारे	लम्बे डग है भरता
सेतबन ने जाय राजा	सेतबन में जाता राजा
हेतबन ने जाय	हेतबन में जाता
नाँगर-रुक खोजे राजा	हल की लकड़ी खोजता राजा
जुआँड़ी-रुक खोजे	जुआँड़ी की लकड़ी खोजता
नाँगर रुक नीं पाय राजा	हल की लकड़ी न पाता राजा
जुआँड़ी-रुक नीं पाय	जुआँड़ी की लकड़ी न पाता
बिहान बेरा चो गेलो लोग आत	सवेरे से गये हुए हैं
बिहान बेरा चो गेलो लोग आत	सवेरे से गये हुए हैं
पनियारी-बेरा बले होय बाबा	पनिहारी वेला[18] भी होती बाबा
पेज-बेरा होय	पेज-वेला[19] होती
नाँगर-रुक नीं पाय राजा	हल की लकड़ी न पाता राजा
जुआँड़ी-रुक नीं पाय	जुआँड़ी की लकड़ी न पाता
हेतबन छाँडे राजा	हेतबन छोड़ता राजा
सेतबन छाँडे	सेतबन छोड़ता
बिंदराबन में जाय राजा	बिंदराबन में जाता राजा!
बिंदराबने अमरे	बिंदराबन पहुँचता
नाँगर-रुक खोजे राजा	हल की लकड़ी खोजता राजा
जुआँड़ी-रुक खोजे	जुआँड़ी की लकड़ी खोजता
तले भुबुर राजा के तपे	नीचे धरती तपती राजा के
उपर घाम राजा के छेके	सिर पर धूप चिलकती
मँजी भुक लागे राजा के	पेट को भूख लगती राजा के
झालिपिली पसना फुटे	पसीने से लथपथ होता
नाँगर-रुक खोजे राजा	हल की लकड़ी खोजता राजा
जुआँड़ी-रुक खोजे	जुआँड़ी की लकड़ी खोजता
नाँगर-रुक नीं पाय राजा	हल की लकड़ी न पाता राजा
जुआँड़ी-रुक नीं पाय	जुआँड़ी की लकड़ी न पाता
'खोजुन-खोजुन मयँ थकले' बले	'खोज-खोज मैं थक गया' कहता
'बुलुन-बुलुन थकले' बले	'घूम-घूम थक गया' कहता
'मयँ नाँगर-रुक नीं पायँ' बले	'मुझे हल की लकड़ी न मिली' कहता
'जुआँड़ी-रुक नीं पायँ'	'मुझे जुआँड़ी की लकड़ी न मिली'
बिंदराबन छाँडे राजा	बिंदराबन छोड़ता राजा
जाते-जाते जाय	चलता चला जाता

18. पनिहारी वेला : पानी लाने, स्नान करने का समय, लगभग 9-10 बजे दिन।
19. पेज वेला : पेज पीने (भोजन) का समय, लगभग 11-12 बजे दोपहर।

कदली-कछारे जाय राजा	कदली-कछार जाता राजा
कदली-कछार अमरे	कदली-कछार पहुँचता
नाँगर-रुक खोजे राजा	हल की लकड़ी खोजता राजा
जुआँड़ी-रुक खोजे	जुआँड़ी की लकड़ी खोजता
नानी असन रय बाबा	छोटा-सा (पेड़) था हे बाबा
दिदली असन रय	छोटा-सा (पेड़) था
'एई नाँगर होयदे' बले	'इसी से हल बन जायेगा' कहता
'एई जुआँड़ी होयदे	'इसी से जुआँड़ी बन जायेगी
'एकेय गोंदुन जायँ' बले	इसी को काट जाऊँ' कहता
'मयँ एकेय गोंदुन जायँ'	'मैं इसी को काट जाऊँ
"सुन बाबू भिकन्दर	"सुन हे बाबू भिकन्दर
सुन बाबू जलन्धर	सुन हे बाबू जलन्धर
एई रुक के चघ बाबू	इसी पेड़ पर चढ़ हे बाबू
रुक गोंदुन जा	पेड़ काट जा
एई नाँगर होयदे बाबू	इसी से हल बनेगा बाबू
एई जुआँड़ी होयदे"	इसी से जुआँड़ी बनेगी"
861 भिकन्दर सुने बाबा	भिकन्दर सुनता बाबा
खाँदे टयँगा धरे	कन्धे में कुल्हाड़ी रखता
रुक चेघुन जाय बाबू	पेड़ पर चढ़ जाता बाबू
हाते टयँगा धरे	हाथ में कुल्हाड़ी लेता
रुक गोंदुन जाय बाबू	पेड़ काट जाता बाबू
रुक गोंदुन जाय	पेड़ काट जाता
रुक ले उतरुन बाबू जाय	पेड़ पर से उतरता बाबू
रुक ले उतरुन बाबू जाय	पेड़ पर से उतरता बाबू
गोंदा-गोंदा करे बाबू	टुकड़े-टुकड़े करता बाबू
तुकड़ा-तुकड़ा करे	टुकड़े-टुकड़े करता
राजा काय बले बाबू के	राजा क्या कहता बाबू से
"सुन बाबू" बले	"सुन हे बाबू" कहता
"रुक छाँये ने बाबू	पेड़ की छाँव में ले जा बाबू
नाँगर छोलुन जावँ"	हल बना जायेंगे"
भिकन्दर सुने बाबा	भिकन्दर सुनता बाबा
रुक छाँये नेय	पेड़ की छाँव में ले जाता
आपन साजू बले राजा हेड़े	अपने साज राजा निकालता
आपलो जाक राजा हेड़े	अपने आभूषण राजा निकालता
हात भर कोपनी पिंदे राजा	हाथ भर कौपीन पहनता राजा
हात भर कोपनी पिंदे	हाथ भर कौपीन पहनता
मुरिया भेस बाँदे राजा जे	मुरिया-सा वेश धरता राजा
माड़या-असन दखे	माड़िया जैसा दिखता

	सब जोड़ा धरे राजा	सारी सामग्री लेता राजा
	बुटा-आड़े मँडाय	पौधे की आड़ में रखता
	हाते बारस धरे राजा	हाथ में बारस लेता राजा
	हुन बाबू के काय बले	वह बाबू से क्या कहता
	"तुय रुक खापुन जा बाबू	"तू लकड़ी चीर डाल बाबू
	नाँगर छोलुन जावँ"	हल बना जायेंगे"
	भिकन्दर खापे बाबा	भिकन्दर चीरता बाबा
862	राजा नाँगर छोले	राजा हल बनाता
	बिहान बेरा चो गेलो लोग आत	सवेरे से गये हुए हैं
	बिहान बेरा चो गेलो लोग आत	सवेरे से गये हुए हैं
	पेज-बेरा बले होय बाबा	पेज-वेला भी होती बाबा
	आड़[20] बेरा होय	दोपहर ढल जाती
	राजा घरे नीं जात बाबा	राजा घर न जाता बाबा
	राजा घरे नीं जात	राजा घर न जाता
	राँदा-बाटा करे रानी	भोजन तैयार करती रानी
	राँदा-बाटा करे	वह भोजन तैयार करती
	निकरुन-निकरुन दखे रानी	बाहर निकल कर देखती रानी
	'किदलदायँ राजा एदे?'	'किस समय राजा आयेंगे?'
	तिनपुर भुक लागे रानी के	बहुत भूख लगती रानी को
	तिनपुर भुक लागे	बहुत भूख है लगती
	'बिहान बेरा चो गेलो लोग आत	'सवेरे के गये हुए हैं
	बिहान बेरा चो गेलो लोग आत	सवेरे के गये हुए हैं
	आड़ बेरा बले होय' बले	दोपहर हो गयीं' कहती
	'एब ले राजा नीं एत[21]	'अब तक राजा न आये
	तिनपुर भुक लागे' बले	बहुत भूख है लगती' कहती
	'मोके अँधेर भुक लागे'	'मुझे बहुत भूख है लगती'
	पानी गरम करे रानी	पानी गरम करती रानी
	सेदा-भेदा करे	ठण्डा पानी मिलाती
	मन्दन-सिले बले नेय रानी	स्नान-गृह में ले जाती रानी
	झारी कसेला नेय	झारी पात्र ले जाती
	आँगे असनाँद होय रानी	अंग स्नान करती रानी
	हिरदे असनाँद होय	हृदय स्नान करती
	छाती चो मइल रानी हेड़े	छाती का मैल रानी निकालती
	छाती चो मइल रानी हेड़े	छाती का मैल रानी निकालती
	बागा बनाउन जाय रानी	बाघ बना जाती रानी
	बागा बनाउन जाय	बाघ बना जाती

20. आड़ बेरा : इसे 'अड़ऊ बेरा' तथा 'अड़हू बेरा' भी उच्चारित किया जाता है। दोपहर ढलने का समय।
21. एत : अन्य उच्चारण 'एओत', 'एवत'।

	बागा के जिव पाड़े रानी	बाघों में प्राण डालती रानी
	बागा के जिव पाड़े	बाघों में प्राण है डालती
	बागा के काय बले रानी	बाघों से क्या कहती रानी
	"सुना बागा" बले	"सुनो हे बाघों" कहती
	"जाहा बागा तुमी कदली-कछार	"जाओ बाघों तुम कदली-कछार में
	जाहा बागा कदली-कछार	जाओ बाघों तुम कदली-कछार में
	बिहान बेरा चो गेलो लोग आत	सवेरे के गये हुए हैं
	एब ले राजा नीं एत	अब तक राजा न आये
	आड़ बेरा होय बागा	दोपहर बीत गयी है बाघों
	मोके तिनपुर भुक लागे	मुझे बहुत भूख है लगती
	इसू ले भुरुँग करा बागा	इधर से दहाड़ो बाघों
	हेंव ले डुरुँग करा	उधर से दहाड़ो
	डरुन पराउन एओत बागा	डर कर भाग आयें हे बाघों
	डरुन पराउन एओत"	वे डर कर भाग आयें"
	बागा बनाउन पठाय रानी	बाघ बना कर भेजती रानी
	बागा बनाउन पठाय	बाघ बना कर भेजती
863	जाओत बागा कदली-कछार	जाते बाघ कदली-कछार में
	जाओत बागा कदली-कछार	जाते बाघ कदली-कछार में
	इसू ले भुरुँग करोत बागा	इधर से दहाड़ते बाघ
	हेंव ले डुरुँग करोत	उधर से दहाड़ते
	अवबुल नाँगर छोले राजा	हल बनाने में तल्लीन राजा
	मतभुल नाँगर छोले	हल बनाने में तल्लीन
	राजा नईं सुने बाबा	राजा नहीं सुनता है बाबा
	भिकन्दर सुने	भिकन्दर सुन लेता
	तिनपुर डरुन जाय बाबू	बहुत ही डर जाता बाबू
	अँधेर डरुन जाय	बहुत ही डर जाता
	देव असन थरथरेसे	देव जैसा काँपता[22] वह
	देव असन थरथरे	देव जैसा काँपता
	रुक थापुन बाबू रय	पेड़ थामे हुए था बाबू
	रुक थापुन बाबू रय	पेड़ थामे हुए था
	थापलो के छाँडुन देय बाबू	पेड़ को छोड़ देता बाबू
	राजा लगे जाय	राजा के पास जाता
	राजा लगे बले बाबू जाय[23]	राजा के पास बाबू जाता
	राजा लगे बाबू जाय	राजा के पास बाबू जाता

22. देव जैसा काँपता : जब किसी व्यक्ति पर देवता की सवारी आती है तब वह व्यक्ति देवता के प्रभाव से काँपने लगता है।

23. कैसेट क्रमांक 24 बी ध्वन्यांकन तिथि 16.12.1996 का आरम्भ।

	राजा के पोटारी होय बाबू	राजा से लिपट जाता बाबू
	राजा के पोटारी होय	राजा से लिपट जाता
	माहादेवरैया दखे बाबा	माहादेवरैया देखता बाबा
	बाबू के काय बले	बाबू से क्या कहता
	“सुन बाबू भिकन्दर	“सुन हे बाबू भिकन्दर
	सुन बाबू जलन्धर	सुन हे बाबू जलन्धर
	तुय काय के डरुन गेलिस बाबू	तू किस से डर गया हे बाबू
	काय के डरुन गेलिस?	किस से डर गया?
	देव-असन थरथरिस	देव जैसा काँपता है
	देव-असन थरथरिस!	देव जैसा काँपता है
	आले मोके साँग बाबू	तनिक मुझे बतला हे बाबू
	आले मोके साँग”	तनिक मुझे बतला”
864	“सुना राजा माहादेवरैया	“सुनिये राजा माहादेवरैया
	सुना राजा माहादेवरैया	सुनिये राजा माहादेवरैया
	मोके बागा के डर लागे राजा	मुझे बाघों से डर लगता राजा
	बागा के डर लागे	बाघों से डर लगता
	इसू ले भुरुँग करोत राजा	इधर से दहाड़ते राजा
	हेंव ले डुरुँग करोत	उधर से दहाड़ते”
865	माहादेवरैया सुने बाबा	माहादेवरैया सुनता बाबा
	बाबू के काय बले	बाबू से क्या कहता
	“सुन बाबू भिकन्दर	“सुन हे बाबू भिकन्दर

सुन बाबू जलन्धर	सुन हे बाबू जलन्धर
डरा-डरी नीं कर बाबू	भयभीत न हो तू हे बाबू
डरा-डरी नीं कर	भयभीत न हो तू
पारबती खेल आय बाबू	पारबती का खेल है बाबू
पारबती खेल आय	पारबती का स्वाँग है
बागा के खेदुन जायँ बाबू	बाघों को भगा देता हूँ बाबू
मयँ बागा के खेदुन जायँ"	मैं बाघों को भगा देता हूँ"
घाईं छिलपा राजा बेचे	लकड़ी का छिलका राजा लेता
घाईं छिलपा राजा बेचे	लकड़ी का छिलका राजा लेता
कोगा[24] बनाउन जाय राजा	कोगा बना जाता राजा
कोगा बनाउन जाय	कोगा बना जाता
कोगा के जिव पाड़े राजा	कोगा में प्राण फूँकता राजा
कोगा के जिव पाड़े	कोगा में प्राण फूँकता
"जाहा कोगा बागा के खेदा	"जाओ कोगा बाघों को भगाओ
जाहा कोगा बागा के खेदा	जाओ कोगा बाघों को भगाओ
नाँगर छोलुक नीं देत कोगा	हल बनाने न देते कोगा
नाँगर छोलुक नीं देत"	हल बनाने न देते"
इसू ले भुरुँग करोत कोगा	इधर से दहाड़ जाते कोगा
हेंव ले डुरुँग करोत	उधर से दहाड़ जाते
कोगा बनाउन पठाय	कोगा बना कर भेजे राजा
कोगा बनाउन पठाय	कोगा बना कर भेजे
866 जाओत कोगा बागा के खेदोत	जाते कोगा बाघों को भगाते
जाओत कोगा बागा के खेदोत	जाते कोगा बाघों को भगाते
बागा डरुन जात बाबा	बाघ डर जाते बाबा
बागा डरुन जात	बाघ डर जाते
डरुन पराउन जात बागा मन	डर कर भाग जाते बाघ
डरुन पराउन जात	डर कर भाग जाते
राजा काय बले बाबू के	राजा क्या कहता बाबू से
"सुन बाबू" बले	"सुन हे बाबू" कहता
"तिनपुर डरुन रलिस बाबू	"बहुत डर गया था बाबू
तुय अँधेर डरुन रलिस	तू बहुत डर गया था
बागा के खेदुन गेले बाबू	बाघों को भगा दिया है बाबू
मयँ बागा के खेदुन गेले"	मैंने बाघों को भगा दिया है"

24. कोगा : जंगली या सोनकुत्ता जैसा कोई प्राणी। गुरुमायँ सुकदई का कहना है कि कोगा नामक इस प्राणी को बाघ अपना जेठ मानता है इसीलिये वह उसके सामने नहीं आता। हल्बी-भतरी व छत्तीसगढ़ी परिवेश में जेठ (पति के बड़े भाई) के सामने बहू (छोटे भाई की पत्नी) का खुले सिर निकलना या उससे आमने-सामने बात करना अथवा किसी भी तरह से उसका स्पर्श करना सामाजिक नियमों के अनुसार उपयुक्त नहीं माना जाता।

	नाँगर थापुन बाबू जाय	हल थाम लेता बाबू
	जुआँड़ी थापुन बाबू जाय	हल थाम लेता बाबू
	राजा नाँगर छोले बाबा	राजा हल छीलता बाबा
	नाँगर छोलुन सारे	हल छील लेता
	जुआँड़ी-रुक छोले राजा	जुआँड़ी की लकड़ी छीलता राजा
	जुआँड़ी-रुक छोले	जुआँड़ी की लकड़ी छीलता
	सुमेला-रुक छोले	सुमेला की लकड़ी छीलता
	तुतारी-रुक छोले राजा	तुतारी की लकड़ी छीलता राजा
	हाते बिंदना धरे	हाथ में बिंधना लेता
	नाँगर बेधुन जाय राजा	हल में छेद करता राजा
	जुआँड़ी बेधुन जाय	जुआँड़ी में छेद करता
	सुमेला बेधुन जाय राजा	सुमेला में छेद करता
	हुन नाँगर छोलुन सारे	वह हल छील जाता
867	"सुन बाबू भिकन्दर	"सुन हे बाबू भिकन्दर
	सुन बाबू जलन्धर	सुन हे बाबू जलन्धर
	नाँगर-जुआँड़ी धर बाबू	हल-जुआँड़ी ले हे बाबू
	नव खँड माहाले जावँ"	नौ खण्डा महल में जायें"
	हात भर कोपनी हेड़े राजा	हाथ भर कौपीन राजा निकालता
	आपन साजू पिंदे	अपने साज पहनता
	राजा असन दखे राजा	राजा जैसा दिखता राजा
	राजा असन दखे	राजा जैसा दिखता
	नाँगर-जुआँड़ी बाबू धरे	हल-जुआँड़ी बाबू लेता
	बारस-बिंदना बाबू धरे	बारस-बिंधना बाबू लेता
	बिंदराबन छाँडोत राजा	बिंदराबन छोड़ते राजा
	जाते-जाते जात	चलते चले जाते
	संखे फुकते जाय राजा	शंख फूँकते जाता राजा
	डामुर बजाते जाय	डमरू बजाते जाता
	बारा कोस अँधल होय राजा चो	बारह कोस तक शोर उठता राजा का
	बारा कोस अँधल होय	बारह कोस तक शोर होता
	राजा चो अँधल रानी सुने	राजा का शोर रानी सुनती
	राजा चो अँधल रानी सुने	राजा का शोर रानी सुनती
	'राजा एसोत' बले रानी	'राजा आते' कहती रानी
	सेवा-जोड़ा धरे	सेवा-सामग्री लेती
	चन्दन-काट मँडाय रानी	चन्दन-काठ रखती रानी
	ढँगनाय राजा उबे	उस पर राजा खड़ा होता
	पइँया धोआउन जाय रानी	पाँव धुला जाती रानी
	चाउर-टिका देय	चावल का टीका लगाती
	होम-आरती देय रानी	होम-आरती करती रानी

पइँया पड़ुन जाय	वह प्रणाम कर जाती
रानी चो टोंड चुमे राजा जे	रानी का मुख चूमता राजा
राजा चो हात धरे	राजा का हाथ पकड़ती
नव खँड माहाले नेय रानी	नौ खण्डा महल में ले जाती रानी
बाज नेउन बसाय	खाट पर बिठलाती
नाँगर-जुआँड़ी ठोय बाबू	हल-जुआँड़ी रखता बाबू
बारस-बिंदना ठोय	बारस-बिंधना रखता
"सुना राजा रे माहादेवरैया	"सुनिये राजा माहादेवरैया
नाँगर मारुक गेलास राजा	खेत बनाने गये हे राजा
जुआँड़ी मारुक गेलास"	जुआँड़ी बनाने गये"
"नाँगर मारुन इले रानी	"हल बना कर आया रानी
मयँ जुआँड़ी मारुन इले	मैं जुआँड़ी बना कर आया
तिनपुर खेलवारिन आस रानी	बड़ी ही चंचल हो हे रानी
अँधेर खेलवारिन आस	तुम बड़ी ही शरारती हो
बागा बनाउन पठास[25] रानी	बाघ बना कर भेजा रानी
मोके नाँगर छोलुक नीं देत	वे मुझे हल बनाने न देते
इसू ले भुरुँग करोत रानी	इधर से दहाड़ जाते रानी
हेंव ले डुरुँग करोत	वे उधर से दहाड़ जाते
इसू304 ले भुरुँग करोत रानी"	इधर से दहाड़ जाते रानी"
"तिनपुर भुक राजा मोके लागे	"बहुत भूख मुझे लगी थी राजा
अँधेर भुक मोके लागे	बहुत भूख मुझे लगी थी
मयँ आँगे असनाँद होले राजा	मैंने स्नान किया हे राजा
छाती चो मइल हेड़ले	छाती का मैल निकाला
बागा बनाउन पठायँ[26] राजा	बाघ बना कर भेजा राजा
डरुन पराउन एओत"	आप डर कर भाग आयें"
868 राजा-भोग हेड़े रानी	राज-भोग निकालती रानी
झारी पानी डुमे	झारी में पानी निकालती
माहादेवरैया के देय रानी	माहादेवरैया को देती रानी
हात अचाउन जात	वह अपने हाथ धोता
चन्दन-काटे बसे राजा जे	चन्दन-काठ पर बैठता राजा
भोग मँडाउन देय	वह भोग परोस जाती
राजा भोग बले खाय बाबा	राजा भोजन करता बाबा
अढ़ई कँवरा खाय	ढाई कौर वह खाता
थारी सरकाउन जाय राजा	थाली सरका देता राजा

25. पठास : 'पठालिस' का लघु रूप जो प्रायः बोलचाल में प्रयुक्त नहीं होता। लयात्मकता को बनाये रखने के लिये गायिका द्वारा यह प्रयोग किया गया है।

26. पठायँ : 'पठायँ' का प्रयोग यहाँ वस्तुतः 'पठाले' के लिये किया गया है।

हात अचाउन जाय	हाथ धो डालता
भिकन्दर के देय रानी	भिकन्दर को देती रानी
आपन जेवनार करे	स्वयं भी भोजन करती
खाई-पिई के भय गय तियार	खा-पी कर हो गये तैयार
खाई-पिई के भय गय तियार	खा-पी कर हो गये तैयार
राजा-रानी आसोत बाबा	राजा-रानी रहते बाबा
राजा-रानी आसोत	राजा-रानी रहते
एक दिन ले दुय दिन	एक दिन से दो दिन
दुय दिन ले आँट दिन	दो दिन से आठ दिन
नाँगर मारलो होय राजा चो	हल बनाये बीते राजा को
जुआँड़ी मारलो होय	जुआँड़ी बनाये बीते
सबय बिहन बुनोत बाबा	सभी धान बोते बाबा
सब ओल धरोत	सब हल चलाते
पारबती रानी दखे बाबा	पारबती रानी देखती बाबा
राजा के काय बले	राजा से क्या कहती
"सुना राजा माहादेवरैया	"सुनिये राजा माहादेवरैया
सुना राजा माहादेवरैया	सुनिये राजा माहादेवरैया
सबय बिहन बुनोत राजा	सभी धान बोते राजा
सब ओल धरोत	सब हल चलाते
कोन दिने बिहन बुनास राजा	किस दिन धान बोयेंगे राजा
तुमी केबे ओल धरास?"	आप किस दिन हल चलायेंगे?"
माहादेवरैया सुने बाबा	माहादेवरैया सुनता बाबा
रानी के काय बले	रानी से वह कहता
"काय ने ओल धरें रानी	"कैसे हल चलाऊँ रानी मैं
मयँ काय के बिहन बुनें?	मैं कैसे धान बोऊँ?
मोके बयला निंहाय रानी	मेरे पास बैल नहीं हैं रानी
मोके बिहन निंहाय"	मेरे पास धान नहीं है"
"सुना राजा माहादेवरैया	"सुनिये राजा माहादेवरैया
सुना राजा माहादेवरैया	सुनिये राजा माहादेवरैया
बड़ुँदपुरे जाहा राजा	बड़ुँदपुर जायें राजा
आया-घरे जाहा	माँ के घर जायें
बाबा-घरे जाहा राजा	बाबा के घर जायें राजा
जोड़ी बयला आसोत	एक जोड़ बैल वहाँ हैं
सोना-रुपा आसोत राजा	सोना-रूपा हैं हे राजा
सोना-रुपा आसोत	सोना-रूपा हैं
जोड़ी बयला आना राजा	दोनों बैलों को लायें राजा
जोड़ी बयला आना	दोनों बैलों को लायें
कोबेर-भँडारे जाहा राजा	कोबेर-भण्डार जायें राजा

	कोबेर-भँडारे जाहा	कोबेर-भण्डार जायें
	बिहन माँगुन आना राजा	बीज माँग कर लायें राजा
	बिहन माँगुन आना"	बीज माँग कर लायें"
871	माहादेवरैया सुने बाबा	माहादेवरैया सुनता बाबा
	रानी के काय बले	रानी से क्या कहता
	"सुख-लाड़ू बले बाँद रानी	"सुख-लड्डू बनाओ रानी
	भुक-लाड़ू बाँद	भूख-लड्डू बनाओ
	पियास-लाड़ू बाँद रानी	प्यास-लड्डू बनाओ रानी
	घिरी-पुड़ी राँद	खीर-पूड़ी बनाओ
	हलवा-मिठई राँद रानी	हलवा-मिठाई बनाओ रानी
	तुय कुँदई-पपसी राँद	तुम कुँदई-पपसी[27] बनाओ
	बयला माँगुक मयँ जायँ रानी	बैल माँगने मैं जाऊँ रानी
	बिहन माँगुक जायँ"	बीज माँगने जाऊँ"
872	सुने रानी पारबती	सुनती रानी पारबती
	सुने रानी पारबती	सुनती रानी पारबती
	घिरी-पुड़ी राँदे रानी	खीर-पूड़ी बनाती रानी
	हलवा-मिठई राँदे	हलवा-मिठाई बनाती
	कुँदई-पपसी राँदे रानी	कुँदई-पपसी बनाती रानी
	घिरी-पुड़ी राँदे	खीर-पूड़ी बनाती
	सुक-लाड़ू बाँदे रानी	सुख-लड्डू बनाती रानी
	भुक-लाड़ू बाँदे	भूख-लड्डू बनाती
	पियास-लाड़ू बाँदे रानी	प्यास-लड्डू बनाती रानी
	राजा-भोग राँदे	राज-भोग बनाती
	पानी गरम रानी करे	पानी गरम करती रानी
	सेदा-भेदा रानी करे	ठण्डा पानी मिलाती
	मन्दन-सिले बले नेय रानी	स्नान-गृह में ले जाती रानी
	झारी कसेला देय	झारी पात्र वह देती
	कपुर दतुन देय रानी	सुगन्धित दतौन देती रानी
	राजा लगे जाय	राजा के पास जाती
	"आँगे असनाँद करा राजा	"अंग स्नान करें हे राजा
	हिरदे असनाँद होआ"	हृदय स्नान करें"
873	जाय राजा रे माहादेवरैया	जाता राजा माहादेवरैया
	जाय राजा माहादेवरैया	जाता राजा माहादेवरैया
	मन्दन-सिले उबे राजा	स्नान-गृह में जाता राजा
	कपुर दतुन धरे	सुगन्धित दतौन लेता

27. कुँदई-पपसी : चावल के आटे और गुड़ से बनाये गये छत्तीसगढ़ी व्यञ्जन। 'पपसी' का उच्चारण 'प
भी किया जाता है।

सुरिज-भेट करे राजा	सूर्य नमस्कार करता राजा
मुँहे मुखारी गोबे	मुँह में दतौन लेता
दतुन-पतर चाबे राजा	दतौन आदि कर जाता राजा
आँगे असनाँद होय	वह स्नान कर जाता
सुका कपड़ा पिंदे राजा	सूखा कपड़ा पहनता राजा
ओधा कपड़ा गिरे	गीला कपड़ा गिरता
झारी पानी धरे राजा जे	झारी में पानी लेता राजा
तुलसी-चँवरा ने जाय	तुलसी-चौरा में जाता
चँवरा में पानी रिकाय राजा	चौरा में पानी डालता राजा
तुलसी के काय बले	तुलसी से वह कहता
"अगास मेलान बाड़ बाई	"आकाश को छू लो हे बाई
तुय पकिर पाना फेक	नयी कोंपलें निकलें
तुय-मयँ बाँहा-जोरी बाई	तुम-मैं बाँहों की जोड़ी बाई
तुय-मयँ हन्सा-जोरी	तुम-मैं हन्सों की जोड़ी
जिव भर सेवा मिरो बाई	जीवन भर सेवा करूँ हे बाई
जान सुकी रओ"	मेरा जीवन सुखी रहे"
तुलसी-सेवा करे राजा	तुलसी-सेवा करता राजा
होम-आरती देय	होम-आरती करता
पइँया पड़ुन जाय राजा	उन्हें प्रणाम कर जाता राजा
हात जोड़ुन जाय	वह हाथ जोड़ देता
बाजे जाउन राजा बसे	खाट पर जा बैठता राजा
सेज जाउन राजा बसे	सेज पर जा बैठता
पारबती रानी दखे बाबा	पारबती रानी देखती बाबा
राजा-भोग हेड़े	राज-भोग निकालती
बतिस अलन हेड़े रानी	बत्तीस व्यंजन निकालती रानी
बतिस भोजन हेड़े	बत्तीस भोजन निकालती
घिरी-पुड़ी हेड़े रानी	खीर-पूड़ी निकालती रानी
झारी पानी डुमे	झारी में पानी निकालती
माहादेवरैया के देय रानी	माहादेवरैया को देती रानी
माहादेवरैया धरे	माहादेवरैया लेता
हात अचाउन जाय राजा	हाथ धो जाता राजा
चन्दन-काटे बसे	चन्दन-काठ पर बैठता
भोग मँडाउन देय रानी	भोग परोस देती रानी
साग मँडाउन देय	वह सब्जी परोस देती
374 खाय राजा माहादेवरैया	खाता राजा माहादेवरैया
खाय राजा माहादेवरैया	खाता राजा माहादेवरैया
राजा-भोग बले खाय राजा	राज-भोग खाता है राजा
अढ़ई कँवरा खाय	ढाई कौर वह खाता

	थारी सरकाउन जाय राजा	थाली सरका देता राजा
	हात अचाउन जाय	हाथ धो डालता
	बाजे जाउन बसे राजा	खाट पर जा बैठता राजा
	सेज जाउन बसे	सेज पर जा बैठता
	भिकन्दर के देय रानी	भिकन्दर को देती रानी
	आपन जेवनार करे	स्वयं भी भोजन करती
875	खाई-पिई के भय गय तियार	खा-पी कर हो गये तैयार
	खाई-पिई के भय गय तियार	खा-पी कर हो गये तैयार
	बड़ा-ओंडा करे रानी	झाड़-बुहार करती रानी
	बड़ा-ओंडा करे	वह झाड़-बुहार करती
	हरबर तियार होय राजा	झटपट तैयार होता राजा
	जलदी तियार होय	जल्दी तैयार होता
	केऊ-फुल धोती मारे राजा	केऊ-फूल-सी धोती पहनता राजा
	केऊ-फुल कमिंज पिंदे	केऊ-फूल-सी कमीज पहनता
	सिरे पगड़ी बाँदे राजा	सिर पर पगड़ी बाँधता राजा
	मुँडे सुरई खोचे	सिर में तुर्रा खोंसता
	तिलक-चन्दन लगाय राजा	तिलक-चन्दन लगाता राजा
	नवगुन पयता फेके	वह नौ गुना जनेऊ पहनता
876	हरबर तियार बाबू होंय	झटपट तैयार बाबू होता
	जलदी तियार बाबू होय	जल्दी तैयार बाबू होता
	आपन साजू पिंदे बाबू	अपने साज पहनता बाबू
	आपन जाक धरे	अपने सामान लेता
	सुख-लाडू धरे रानी	सुख-लड्डू लेती रानी
	भुक-लाडू धरे	भूख-लड्डू लेती
	पियास-लाडू धरे रानी	प्यास-लड्डू लेती रानी
	मोडरी बाँदुन जाय	गठरी बाँध देती
	माहादेवरैया के देय रानी	माहादेवरैया को देती रानी
	माहादेवरैया धरे	माहादेवरैया लेता
877	पाँय ने खड़ऊ राजा पिंदे	पाँव में खड़ाऊँ राजा पहनता
	हाते बेद राजा धरे	हाथ में बेंत राजा लेता
	डामुर बाजा धरे राजा	डमरु बाजा लेता राजा
	संखे धुनी धरे	शंख भी पकड़ता
	घर ले बाहिर होय राजा	घर से बाहर होता राजा
	जाते-जाते जाय	चलता चला जाता
	रुमझुम रुमझुम रेंगे राजा	रुमझुम-रुमझुम चलता राजा
	एक कलाट मारे	लम्बे डग है भरता
	बागे-बगेचा जाय राजा	बाग-बगीचे में जाता राजा
	फुल-फुलवारी जाय	फूल-फुलवारी में जाता

केकती-केंवरा ने जाय राजा
बाली मोंगरा ने जाय
डाँक-डाली ने जाय राजा
गोहा फरे जाय
कदम-रुके बले जाय राजा
बेल-बगेचा जाय

केतकी-केवड़ा में जाता राजा
बाली-मोगरा में जाता
डाँक-डालिम में जाता राजा
गोहा फल में जाता
कदम-पेड़ में जाता राजा
बेल-बगीचा में जाता

लिमऊ-बगेचा जाय राजा
ठोटा बगेचा जाय
आमा-बनवाड़ी जाय राजा
कोसक-दापक रेंगे
माहादेव जलकी ने राजा जाय
पारबती जलकी राजा जाय
जलकी खँडे उबे राजा
खँड भर रय
करया पानी दखे बाबा
जलकी के काय बले
"आँट-आँट रे मोचो जलकी
आँट-आँट रानी जलकी
मयँ दार-चाउर फेकें जलकी
माँडक होउन जा"

नीबू-बगीचा में जाता राजा
ठोटा बगीचा में जाता
अमराई में जाता राजा
कोस-दाब भर चलता
माहादेव जलाशय राजा जाता
पारबती जलाशय राजा जाता
जलाशय के तीर पर खड़ा होता राजा
जलाशय में पानी भरा था
पानी काला दिखता बाबा
वह जलाशय से है कहता
"कम हो जाओ मेरे जलाशय
कम हो जाओ रानी के जलाशय
मैं दाल-चावल देता जलाशय
घुटने भर हो जाओ"

	दार-चाउर फेके राजा	दाल-चावल अर्पित करता राजा
	माँडक होउन जाय	घुटने भर हो जाता
	जलकी पार बले होय राजा	जलाशय लाँघ जाता राजा
	समँदुर पार होय	वह जलाशय लाँघ जाता
878	कैलासपुर बले राजा छाँडे	कैलासपुर राजा छोड़ता
	कैलासपुर राजा छाँडे	कैलासपुर राजा छोड़ता
	बड़ुँदपुर बले जाय राजा	बड़ुँदपुर जाता है राजा
	बड़ुँदपुरे जाय	बड़ुँदपुर जाता है
	संखे फुकते जाय राजा	शंख फूँकता जाता राजा
	डामुर बजाते जाय	डमरु बजाता जाता
	रमायन पढ़ते जाय राजा	रमायन पढ़ता जाता राजा
	भजन गावते जाय	वह भजन गाता जाता
	आपन बुल ने जाय राजा	अपने में मगन जाता राजा
	आपन सुल ने जाय	अपने में मगन जाता
	बारा कोस अँधल होय बाबा	बारह कोस तक शोर होता बाबा
	बारा कोस अँधल होय	बारह कोस तक शोर होता
879	भाचा चो अँधल मामा सुने	भान्जे का शोर मामा सुनता
	भाचा चो अँधल मामा सुने	भान्जे का शोर मामा सुनता
	‘माहादेव भाचा एसोत’ बले	‘माहादेव भान्जा आते’ कहता
	‘माहादेव भाचा एयसे’	‘माहादेव भान्जा आता’
	रानी के काय बले राजा	रानी से क्या कहता राजा
	“सुन रानी” बले	“सुनो हे रानी” कहता
	“सेवा-जोड़ा बले धर रानी	“सेवा-सामग्री लो हे रानी
	पइँया धोआउन जा	पाँव धुला जाओ
	माहादेव भाचा एयसे रानी	माहादेव भान्जा आता रानी
	माहादेव भाचा एयसे”	माहादेव भान्जा आता”
880	“सुना राजा बड़ुँद राजा	“सुनिये राजा बड़ुँद राजा
	सुना राजा बड़ुँद राजा	सुनिये राजा बड़ुँद राजा
	तले[28] भुबुर तपे राजा	नीचे धरती तपती राजा
	उपर घाम छेके	सिर पर धूप पड़ती
	मँजी भुक लागे राजा	पेट को भूख लगती राजा
	केभेय नईं एय	कभी नहीं वह आता
	काय कामे एतो राजा	किस काम से आयेगा राजा
	काय चो कमती होती”	किस चीज की कमी हो गयी?”
881	“सन्तोस[29] नईं करिस रानी	“विश्वास नहीं करती हो रानी
	तुय खुदे निकरुन दख”	तो स्वयं निकल कर देखो”

28. तले : भतरी से आया हुआ शब्द है। हल्बी का शब्द है ‘खाले’।
29. सन्तोस : यह शब्द यहाँ ‘सनँद’ के अर्थ में प्रयुक्त हुआ है। ‘सनँद’ का अर्थ है विश्वास, भरोसा।

बड़ुँदिन रानी दखे बाबा
'सते भाचा एयसे!'
सेवा-जोड़ा बले रानी आने
पुजा-जोड़ा रानी आने
चन्दन-काट मँडाय रानी
ढँगनाय राजा उबे
पइँया धोआउन जाय रानी
चाउर-टिका देय
होम-आरती देय रानी
भाचा चो टोंड चुमे
बुबू के पाँय पड़े राजा
भाचा चो हात धरे
नव खँड माहाले नेय रानी
हुन बाज नेउन बसाय
राजा-रानी बसोत बाबा
राजा-रानी बसोत
882 "सुना राजा माहादेवरैया
सुना राजा माहादेवरैया
काय चो कमती होली भाचा
काय बिपती पड़ली?
केभेय नईं इयास भाचा
काय कामे इलास?
आले मोके साँगा भाचा
आले मोके साँगा"
883 "सुना मामा बड़ुँद मामा
सुना बुबू बड़ुँदिन
तुमचो बेटी पठाय मामा-बुबू
तुमचो बेटी पठाय
दुय कियारी डाँड झिकले
बेड़ा कमाउन गेले
सबय ओल धरोत मामा
मोके बयला निंहाय
काय ने ओल धरें मामा
मयँ काय ने ओल धरें?
बयला माँगुक इले मामा
बयला माँगुक इले"
884 "सुना भाचा माहादेवरैया
सुन भाचा माहादेवरैया

बड़ुँदिन रानी देखती बाबा
'सच में भान्जा आता!'
सेवा-सामग्री रानी लाती
पूजा-सामग्री रानी लाती
चन्दन-काठ रखती रानी
उस पर राजा खड़ा हो जाता
पाँव धुला जाती रानी
चावल का टीका लगाती
होम-आरती करती रानी
भान्जे का मुख चूमती
बुबू के पाँव छूता राजा
वह भान्जे का हाथ पकड़ती
नौ खण्डा महल में ले जाती रानी
वह खाट पर बिठलाती
राजा-रानी बैठते बाबा
राजा-रानी बैठते
"सुनिये राजा माहादेवरैया
सुनिये राजा माहादेवरैया
किस चीज की कमी पड़ गयी भान्जे
कौन-सी विपत्ति आ पड़ी?
कभी नहीं आते हो भान्जे
किस काम से आये?
तनिक मुझे बतलायें भान्जे
तनिक मुझे बतलायें"
"सुनिये मामा बड़ुँद मामा
सुनिये बुबू बड़ुँदिन
आपकी बेटी ने भेजा मामा-बुबू
आपकी बेटी ने भेजा
दो क्यारी खेत बनाये
मैं खेती बना गया
सभी हल चलाते मामा
मेरे पास बैल नहीं हैं
कैसे हल चलाऊँ मामा
मैं कैसे हल चलाऊँ?
बैल माँगने आया मामा
मैं बैल माँगने आया"
"सुनिये भान्जे माहादेवरैया
सुनो भान्जे माहादेवरैया

नीं रलो काजे इलिस भाचा	नहीं है तभी तो आये भान्जे
नीं रलो काजे इलिस	न होने पर ही तो आये
एबे काजे ठेब भाचा	अभी ठहर जाओ भान्जे
मयँ बिहाने बयला देयँदे”	मैं सवेरे बैल दूँगा”
रात काजे ठेबे राजा	रात को ठहर जाता राजा
रात काजे ठेबे	रात को ठहर जाता
मोडरी धराउन राजा जाय	गठरी पकड़ा देता राजा
मोडरी धराउन राजा जाय	गठरी पकड़ा देता राजा
बड़इन[30] रानी धरे बाबा	बड़इन रानी लेती बाबा
मोडरी ढिलुन जाय	गठरी खोल देती
घिरी-पुड़ी हेड़े रानी	खीर-पूड़ी निकालती रानी
बाटुन-बिरजुन खाओत	सब मिल-बाँट कर खाते
राँदा-बाटा बले करे रानी	भोजन पका जाती रानी
खाना-पिना खाओत	वे भोजन कर जाते
रात काजे बले राजा सोय	रात को सो जाता राजा
रात काजे राजा सोय	रात को सो जाता राजा
बड़े बिहान होय बाबा	प्रातः काल हो जाता बाबा
बड़े बिहान होय	प्रातः काल हो जाता
दतुन-पतर चाबोत राजा	दतौन-मुखारी कर जाते राजा
मुँहे-कान धोओत	मुँह-कान वे धोते
आँगे असनाँद होत राजा	अंग स्नान करते राजा
हिरदे असनाँद होत	हृदय स्नान करते
सुका कपड़ा पिंदोत बाबा	सूखे कपड़े पहनते बाबा
ओधा कपड़ा गिरे	गीले कपड़े गिरते
नव खँड माहाले जात राजा	नौ खण्डा महल में जाते राजा
बाजे जाउन बसोत	खाट पर जा बैठते
“सुन रानी बड़इन	“सुनो हे रानी बड़इन
सुन रानी बड़इन	सुनो हे रानी बड़इन
हाते पोतनी धर रानी	हाथ में पोतनी ले हे रानी
चार खुटेया लिप	चौकोर लिपाई कर
मँजी बाना लिख रानी	बीच में चित्र बना हे रानी
कलस-दिया बार	कलश-दीप जला
सेवा-जोड़ा आन रानी	सेवा-सामग्री ला हे रानी
पुजा-जोड़ा आन	पूजा-सामग्री ला
भाचा के बयला देवाँ रानी	भान्जे को बैल देंगे रानी
भाचा के बयला देवाँ”	भान्जे को बैल देंगे”

30. बड़इन : बड़ुन्दिन का संक्षिप्त रूप।

886 बड़इन रानी सुने बाबा	बड़इन रानी सुनती बाबा
हाते पोतनी धरे	हाथ में पोतनी लेती
चार खुटेया लिपे रानी	चौकोर लीप जाती रानी
मँजी बाना लिखे	बीच में चित्रांकन करती
कलस-दिया बारे रानी	कलश-दीप जलाती रानी
सेवा-जोड़ा आने	सेवा-सामग्री लाती
सोनर दावाँ बले राजा धरे	सोने का पगहा राजा लेता
सोनर दावाँ राजा धरे	सोने का पगहा राजा लेता
बयला-कोठा ने जाय राजा	बैलों के कोठे में जाता राजा
बयला-कोठा ने जाय	बैलों के कोठे मे जाता
सोना-रुपा ढिले राजा	सोना-रूपा[31] को खोलता राजा
बयला जोआँड़ुन जाय	बैलों को जोड़ जाता
बाना ने नेउन उबाय राजा	बाना के ऊपर खड़ा करता राजा
बाना ने नेउन उबाय	बाना के ऊपर खड़ा करता
जाय रानी बड़इन	जाती रानी बड़इन
जाय रानी बड़इन	जाती रानी बड़इन
झारी पानी धरे रानी	झारी में पानी लेती रानी
बयला के पाँय धोआय	बैलों के पाँव धुलाती
जात लाली टिके रानी	लाली का टीका लगाती रानी
अगरबती जलाय	अगरबत्ती जलाती
होम-आरती देय रानी	होम-आरती करती रानी
पइँया पड़ुन जाय	चरण-स्पर्श कर जाती

31. सोना-रूपा : दो बैलों के नाम।

887	“जाहा बेटा सोना-रुपा	“जाओ बेटों सोना-रूपा
	जाहा बेटा सोना-रुपा	जाओ बेटों सोना-रूपा
	नीं रलो काजे इलो बेटा	न होने पर आया बेटा
	नीं रलो काजे इलो	न रहने पर ही तो आया
	कैलासपुरे जाहा बेटा	कैलासपुर तुम जाओ बेटों
	हुता कमाउन दिया”	वहाँ काम कर देना”
	दावाँ धराउन देय राजा	पगहा पकड़ा देता राजा
	राजा दावाँ धरे	राजा पगहा पकड़ता
	आपलो साजू धरे राजा	अपने साज पकड़ता राजा
	आपलो जाक धरे	अपने सामान लेता
	“जायँसे बुबू” बले राजा	“जाता हूँ बुबू” कहता राजा
	“जायँसे मामा” बले राजा	“जाता हूँ मामा” कहता राजा
	दुनों के पाँय पड़े राजा	दोनों के पाँव छूता[32] राजा
	टोंड चुमुन जात	वे उसका मुख चूमते
	भिकन्दर सुने बाबा	भिकन्दर सुनता बाबा
	दावाँ धराउन देय	पगहा थमा देता
	जोड़ी बयला खेदे राजा	दोनों बैलों को हाँकता राजा
	बडुँदपुर छांडे	बडुँदपुर वह छोड़ता
888	रुमझुम-रुमझुम रेंगे राजा	जल्दी-जल्दी चलता राजा
	एक कलाट मारे राजा	लम्बे डग है भरता
	संखे फुकते जाय राजा	शंख फूँकता जाता राजा
	डामुर बजाते जाय	डमरु बजाता जाता
	कोबेर-भँडारे जाय राजा	कोबेर-भण्डार जाता राजा
	कोबेर-भँडारे जाय	कोबेर-भण्डार जाता
	दादा चो अँधल सुने बाबू	दादा का शोर सुनता बाबू
	दादा चो अँधल सुने	दादा का शोर सुनता
	‘दादा एयसे’ बले बाबू	‘दादा[33] आता’ कहता बाबू
	रानी के काय बले	रानी से वह कहता
	“माहादेव दादा एयसे रानी	“माहादेव दादा आता रानी
	तुय पइँया धोआउन जा”	तू पाँव धुला जा”

32. बुबू-मामा के पाँव छूने की अलग-अलग स्थितियाँ हैं। यह स्थिति सम्बन्धों के प्रकार पर निर्भर करती है बुबू-मामा का सम्बोधन मामा-मामी, सास-ससुर और बुआ-फूफा के लिये प्रयोग में लाया जाता है। इसी के अनुसार कई जातियों में माँ के भाई (मामा) और माँ के भाई की पत्नी (बुबू) के पाँव छूने की परम्परा लगभग नहीं है। इसके उलट मामा-बुबू (मामा-मामी) ही भान्जे-भान्जियों के पाँव छूते हैं। अपवाद स्वरूप ही कुछ जातियों में मामा-मामी के पाँव छूने की परम्परा है। सास-ससुर (बुबू-मामा) और बुआ-फूफा (बुबू-मामा) के पाँव छूने की भी परम्परा है।

33. दादा : दादा का अर्थ यों तो भाई है किन्तु यहाँ यह अर्थ नहीं है। कोबेर पारबती का भाई और माहादेवरैया का साला है। कई बार जीजा को भी दादा कह दिया जाता है। वस्तुतः बस्तर में मामा/बुआ की बेटी से विवाह की परम्परा है। मामा/बुआ की बेटी को ‘मैना बहिन’ (ममेरी/फुफेरी बहिन) तथा बेटे को ‘मैना भाई’ (ममेरा/फुफेरा भाई) कहा जाता है। सम्भवतः इसी रिश्ते के चलते कोबेर द्वारा माहादेवरैया के लिये ‘दादा’ सम्बोधन दिया गया है।

889	सुने रानी कोबेरिन	सुनती रानी कोबेरिन
	सुने रानी कोबेरिन	सुनती रानी कोबेरिन
	सेवा-जोड़ा धरे रानी	सेवा-सामग्री लेती रानी
	पुजा-जोड़ा धरे	पूजा-सामग्री लेती
	चन्दन-काट मँडाय रानी	चन्दन-काठ रखती रानी
	ढँगनाय राजा उबे	उस पर राजा खड़ा हो जाता
	पइँया धोआउन जाय रानी	पाँव धुला जाती रानी
	चाउर-टिका देय	चावल का टीका लगाती
	होम-आरती देय रानी	होम-आरती करती रानी
	पइँया पड़ुन जाय	चरण-स्पर्श कर जाता
	रानी चो टोंड बले राजा चुमे	रानी का मुख चूमता राजा
	राजा चो हात रानी धरे	राजा का हाथ रानी थामती
	नव खँड माहाले नेय रानी	नौ खण्डा महल में ले जाती रानी
	बाज नेउन बसाय	खाट पर ले जा कर बिठाती
	राजा-रानी बसोत बाबा	राजा-रानी बैठते बाबा
	दादा के काय बले	दादा से वह कहता
	"केबय नईं एइस दादा	"कभी नहीं आते हो दादा
	काय कामे इलिस?	किस काम से आये?
	आले मोके साँग दादा	तनिक मुझे बतलाओ दादा
	आले मोके साँग"	तनिक मुझे बतलाओ"
890	"सुन बाबू कोबेर राजा	"सुन हे बाबू कोबेर राजा
	सुन बाबू कोबेर राजा	सुन हे बाबू कोबेर राजा
	तुचो बइन पठाय बाबू	तुम्हारी बहिन ने भेजा बाबू
	तुचो बइन पठाय	तुम्हारी बहिन ने भेजा
	सबय बिहन बुनोत बाबू	सभी धान बोते बाबू
	मोके बिहन निंहाय	मेरे पास धान नहीं है
	बिहन माँगुक इले बाबू	धान माँगने आया बाबू
	मयँ बिहन माँगुक इले"	मैं धान माँगने आया"
	एइन बात बले राजा	यही बात है कहता राजा
	एइन गोठ बले	यही बात है कहता
891	"बिहाने बिहन देयँदे दादा	"सवेरे धान दूँगा दादा
	तुके बिहाने बिहन देयँदे"	तुम्हें सवेरे धान दूँगा"
	रात काजे बले राजा सोय	रात में सो जाता राजा
	रात काजे राजा सोय	रात में सो जाता
	बड़े बिहान होय बाबा	प्रातः काल हो जाता बाबा
	बड़े बिहान होय	प्रातः काल हो जाता
	दतुन-पतर चाबोत राजा	दतौन आदि करते राजा
	आँगे असनाँद होत	अंग स्नान कर जाते

	सुका कपड़ा पिंदोत राजा	सूखे कपड़े पहनते राजा
	ओधा कपड़ा गिरे	गीले कपड़े गिरते
892	“सुन दादा माहादेवरैया	“सुन हे दादा माहादेवरैया
	सुन दादा माहादेवरैया	सुन हे दादा माहादेवरैया
	तुके बिहन देयँदे दादा	तुम्हें बीज मैं दूँगा दादा
	तुके बिहन देयँदे	तुम्हें धान मैं दूँगा
	हरदी नँगरे जा दादा	हरदी नँगर तुम जाओ दादा
	पारदी-माहाले जा	पारदी के महल में जाओ
	बिज-गपली आन दादा	बीज-टोकरी लाओ दादा
	बिज-गपली आन”	बीज-टोकरी लाओ”
893	माहादेवरैया सुने बाबा	माहादेवरैया सुनता बाबा
	बाबू के काय बले	बाबू से क्या कहता
	“सुन बाबू भिकन्दर	“सुन हे बाबू भिकन्दर
	सुन बाबू जलन्धर	सुन हे बाबू जलन्धर
	मुठा रुपया धर बाबू	मुट्ठी भर रुपये ले बाबू
	हरदी नँगरे जा	हरदी नँगर जा
	पारदी-माहाले जा बाबू	पारदी-महल तू जा हे बाबू
	बिज-गपली आन	बीज-टोकरी ला
	चितरी-काबरी रहो बाबू	रंग-बिरंगी हो वह बाबू
	हुन बिज-गपली आय”	वह बीज-टोकरी है”
894	भिकन्दर सुने बाबा	भिकन्दर सुनता बाबा
	हरबर तियार होय	झटपट तैयार होता
	आपन साजू बले बाबू पिंदे	अपने साज बाबू पहनता

	आपन जाक बाबू धरे	अपने सामान बाबू लेता
	मुठा रुपया धरे बाबू	मुट्ठी भर रुपये लेता बाबू
	बड़ुँदपुर छाँडे	बड़ुँदपुर छोड़ता
	जाते-जाते बले जाय बाबू	चलता चला जाता बाबू
	रुमझुम-रुमझुम रेंगे	जल्दी-जल्दी चलता
	हरदी नँगरे जाय बाबू	हरदी नँगर जाता बाबू
	पारदी-माहाले जाय	पारदी-महल जाता
	हरना-उछट मारे बाबू जे	हिरन-सी चौकड़ी भरता बाबू
	एक कलाट मारे	लम्बे डग है भरता
	तले भुबुर तपे बाबू के	नीचे धरती तपती बाबू के
	उपर घाम छेके	सिर पर धूप चिलकती
	मँजी भुक लागे बाबू के	पेट को भूख लगती बाबू के
	बाबू बाट रेंगे	बाबू राह चलता
895	जाय बाबू भिकन्दर	जाता बाबू भिकन्दर
	जाय बाबू जलन्धर	जाता बाबू जलन्धर
	पारदी-माहाले जाय बाबू	पारदी-महल जाता बाबू
	पारदी-माहाल अमरे	पारदी-महल पहुँचता
	माँडो-मोंगरा उबे बाबू	मोगरा-मण्डप में रुकता बाबू
	'दादा' हंका मारे	'दादा' हाँक लगाता
	दादा सुनुन जाय बाबा	दादा सुन लेता है बाबा
	घर ले बाहिर होय	घर से बाहर आता
	"काय कामे इलिस बाबू	किस काम से आया बाबू
	तुय आले मोके साँग"	तनिक मुझे बतला
896	"सुन दादा पारदी लोग	"सुन हे दादा पारदी
	सुन दादा पारदी लोग	सुन हे दादा पारदी
	मोके बिज-गपली दे दादा	मुझे बीज-टोकरी दे दादा
	गपली काजे इले	मैं टोकरी के लिये आया हूँ
	चितरी-काबरी रहो दादा	रंग-बिरंगी रहे हे दादा
	बिज-गपली आय"	बीज टोकरी है"
897	"देयँदे बाबू" बले दादा	"दूँगा बाबू" कहता दादा
	खाँदे टयँगा धरे	कन्धे में कुल्हाड़ी रखता
	घर ले बाहिर होय दादा	घर से बाहर आता दादा
	जाते-जाते जाय	चलता चला जाता
	रुमझुम-रुमझुम रेंगे दादा	जल्दी-जल्दी चलता दादा
	बाँवस-पटाड़े जाय	बाँस-वन में जाता
	बाँवस-पटाड़ अमरे दादा	बाँस-वन पहुँचता दादा
	हाते टयँगा धरे	हाथ में कुल्हाड़ी लेता
	बाँवस गोंदुन जाय दादा	बाँस काट जाता दादा
	गोंदा-गोंदा करे	टुकड़े-टुकड़े करता

	खाँद भर बले दादा बोहे	कन्धे पर लादता दादा
	बाँवस-पटाड़ दादा छाँडे	बाँस-वन छोड़ता दादा
	आपन माहालें जाय दादा	अपने महल जाता दादा
	आपन माहाल अमरे	अपने महल पहुँचता
	बाँवस कचाड़ुन जाय दादा	बाँस पटक देता दादा
	बाँवस खापुन जाय	बाँस चीर जाता
	हाते छुरी धरे दादा	हाथ में छुरी लेता दादा
	सरा हेड़ुन जाय	सरा निकाल जाता
	बिरला उरलुन जाय दादा	बिरला छील जाता दादा
	सरा जुराउन जाय	सरा सुखा जाता
	बिज-गपली गाथे दादा	बीज-टोकरी बनाता दादा
	गपली गाथुन सारे	टोकरी बना जाता
	भिकन्दर के देय दादा	भिकन्दर को देता दादा
	जलन्धर धरे	जलन्धर है लेता
898	मुठा रुपया बाबू देय	मुट्ठी भर रुपये बाबू देता
	पारदी-माहाल बाबू छाँडे	पारदी-महल बाबू छोड़ता
	जाते-जाते बले जाय बाबू	चलता चला जाता बाबू
	बाग झोपी रेंगे	बाघ जैसा चलता
	कोसक-दापक रेंगे बाबू	कोस-दाब भर चलता बाबू
	एक कलाट मारे	लम्बे डग है भरता
	कोबेर-भँडारे जाय बाबू	कोबेर-भण्डार जाता बाबू
	कोबेर-भँडार अमरे	कोबेर-भण्डार पहुँचता
	माहादेवरैया के देय बाबू	माहादेवरैया को देता बाबू
	माहादेवरैया धरे	माहादेवरैया लेता
899	कोबेर राजा लगे जाय राजा	कोबेर राजा के पास जाता राजा
	कोबेर राजा लगे जाय राजा	कोबेर राजा के पास जाता राजा
	बिज-गपली देय राजा	बीज-टोकरी देता राजा
	बिज-गपली देय	बीज-टोकरी देता
	बिज-गपली धरे बाबू	बीज-टोकरी लेता बाबू
	दादा के काय बले	दादा से वह कहता
	"इथा बिहन नीं देयँ दादा	"यहाँ बीज न दूँगा दादा
	मयँ इथा बिहन नीं देयँ	मैं यहाँ धान न दूँगा
	आँवला-गछे बले जा दादा	आँवला-पेड़ के नीचे जा दादा
	सेंवला-गछे जा	आँवला-पेड़ के नीचे जा
	हुता बिहन देयँदे दादा	वहाँ बीज दूँगा दादा
	मयँ हुता बिहन देयँदे"	मैं वहाँ धान दूँगा"
900	आपन साजू बले राजा धरे	अपने साज राजा लेता
	सोना-रुपा बाबू ढिले	सोना-रूपा बैल बाबू खोलता

जाते-जाते बले जात राजा	चलते चले जाते राजा
जाते-जाते जात	चलते चले जाते
आँवला-गछे जात राजा	आँवला-पेड़ के नीचे जाते राजा
सेंवला-गछे आसे	आँवला-पेड़ के नीचे
आरती-आइग धरे बाबू	होमनी में आग लेता बाबू
घिंव-गुर धरे	घी-गुड़ लेता
गँगा-जमुना ने जाय बाबू	गंगा-जमुना में जाता बाबू
जोड़ी गदया ने जाय	दोनों भण्डार में जाता
होम-आरती देय बाबू	होम-आरती करता बाबू
पइँया पड़ुन जाय	वह प्रणाम कर जाता
हाते गपली बाबू धरे	हाथ में टोकरी बाबू लेता
गँगा-जमुना बाबू खोले	गंगा-जमुना बाबू खोलता
जोड़ी गदया खोले बाबू	दोनों भण्डार खोलता बाबू
नोनी के काय बले	नोनी से वह कहता
"सुन नोनी नानी बइन	"सुन नोनी छोटी बहिन
सुन बाबा पिला बइन	सुन बाबा हे छोटी बहिन
तुके हेड़ुन जायँ नोनी	तुझे खोल रहा हूँ नोनी
गदया आधा नीं हो	भण्डार न आधा हो
गदया में भरती रा नोनी	भण्डार पूरा रहे हे नोनी
गदया भरती रा"	भण्डार में बनी रहो"
धान हेड़ुन जाय बाबू	धान निकाल जाता बाबू
धान निकराउन जाय	धान निकाल जाता
901 आपन माहाल बाबू छाँडे	अपना महल बाबू छोड़ता
आपन माहाल बाबू छाँडे	अपना महल बाबू छोड़ता
आँवला-गछे बले जाय बाबू	आँवला-पेड़ में जाता बाबू
सेंवला-गछे जाय	आँवला-पेड़ में जाता
माहादेवरैया लगे जाय बाबू	माहादेवरैया के पास जाता बाबू
माहादेवरैया लगे जाय	माहादेवरैया के पास जाता
दादा के बिहन देय बाबू	दादा को बीज देता बाबू
दादा के बिहन देय	दादा को धान देता
पाँच मुठा बले देय बाबू	पाँच मुट्‌ठी देता बाबू
पाँच मुठा देय बाबू	पाँच मुट्‌ठी देता बाबू
नोनी के काय बले बाबू	नोनी से क्या कहता बाबू
"सुन बइन" बले	"सुन हे बहिन" कहता
"सुन बाई नानी बइन	"सुन हे बाई छोटी बहिन
सुन बाई पिला बइन	सुन हे बाई छोटी बहिन
कैलासपुरे बले जा नोनी	कैलासपुर तू जा हे नोनी
हुता फयलुन जा"	वहाँ फैल जा"

पाँच मुठा देय बाबू	पाँच मुट्ठी देता बाबू
पाँच मुठा देय	पाँच मुट्ठी देता
पाँच मुठा बले बिहन भगवान	पाँच मुट्ठी धान हे भगवन्
पाँच मुठा बिहन परभू	पाँच मुट्ठी बीज हे भगवन्
पाँच खँडी बले होय बाबा	पाँच खण्डी[34] हो जाता बाबा
पाँच खँडी होय	पाँच खण्डी हो जाता
"जायँसे दादा" बले राजा	"जाता हूँ दादा" कहता राजा
"जायँसे दादा" बले	"जाता हूँ दादा" कहता
बिहन-कावड़ बोहे बाबू	बीज-काँवर लादता बाबू
बिहन-काँवड़ बोहे	धान-काँवर लादता
दावाँ धरुन जाय बाबू	पगहा पकड़ लेता बाबू
राजा बयला खेदे	राजा बैल हाँकता
902 कोबेर-भँडार छाँडोत राजा	कोबेर-भण्डार छोड़ते राजा
एक कलाट मारोत	लम्बे डग हैं भरते
संखे फुकते जाय राजा	शंख फूँकता जाता राजा
डामुर बजाते जाय	डमरु बजाता जाता
रमायन पढ़ते जाय राजा	रमायन पढ़ता जाता राजा
भजन गावते जाय	भजन गाता जाता
कैलासपुर के राजा अमरे	कैलासपुर पहुँचता राजा
कैलासपुर राजा अमरे	कैलासपुर पहुँचता राजा
राजा चो अँधल सुने रानी	राजा का शोर सुनती रानी
'राजा एसोत' बले	'राजा आते' कहती
सेवा-जोड़ा धरे रानी	सेवा-सामग्री लेती रानी
हुन पुजा-जोड़ा धरे	वह पूजा-सामग्री लेती
चन्दन-काट मँडाय रानी	चन्दन-काठ रखती रानी
बेल-काट मँडाय	बेल-काठ रखती
903 जाय राजा रे माहादेवरैया	जाता राजा माहादेवरैया
जाय राजा माहादेवरैया	जाता राजा माहादेवरैया
चन्दन-काटे उबे राजा	चन्दन-काठ पर खड़ा होता राजा
बेल-काटे उबे	बेल-काठ पर खड़ा हो जाता
पइँया धोआउन जाय रानी	पाँव धुला जाती है रानी
चाउर-टिका देय	चावल का टीका लगाती
होम-आरती देय रानी	होम-आरती करती रानी
पइँया पड़ुन जाय	वह प्रणाम कर जाती
पइँया पड़ुन रानी जाय	चरण-स्पर्श करती है रानी
पइँया पड़ुन रानी जाय	चरण-स्पर्श करती है रानी
राजा काय बले रानी के	राजा क्या कहता रानी से

34. खंडी : 20 पायली। 1 पायली = 2 किलोग्राम।

"सुन रानी" बले	"सुनो हे रानी" कहता
"हाते पोतनी धर रानी	"हाथ में पोतनी ले हे रानी
चार खुटेया लिप	चौकोर लीप डाल
मँजी बाना बले लिख रानी	बीच में बाना लिख हे रानी
सेवा-जोड़ा आन	सेवा-सामग्री ला
बयला के पाँय धोआव रानी	बैलों के पाँव धुला हे रानी
तुय चाउर-टिका दे"	तू चावल का टीका लगा"
पारबती रानी सुने बाबा	पारबती रानी सुनती बाबा
हाते पोतनी धरे	हाथ में पोतनी लेती
चार खुटेया लिपे रानी	चौकोर लीप जाती रानी
मँजी बाना लिखे	बीच में चित्रांकन करती
कलस-दिया बारे रानी	कलश-दीप जलाती रानी
सेवा-जोड़ा आने	सेवा-सामग्री लाती
जोड़ी बयला धरे बाबू	दोनों बैलों को पकड़ता बाबू
जोड़ी बयला धरे बाबू	दोनों बैलों को पकड़ता बाबू
बाना ने नेउन उबाय बाबू	बाना में ले जा कर खड़ा करता
बाना ने नेउन उबाय	बाना में ले जा कर खड़ा करता
झारी पानी धरे रानी	झारी पात्र में पानी लेती रानी
पइँया धोआउन जाय	पाँव धुला जाती
चाउर-टिका देय रानी	चावल का टीका लगाती रानी
होम-आरती देय	होम-आरती करती
पइँया पड़ुन जाय रानी	चरण-स्पर्श कर जाती रानी
बयला के काय बले	बैलों से वह कहती
"सुना बेटा सोना-रुपा	"सुनो हे बेटों सोना-रूपा
सुना बेटा सोना-रुपा	सुनो हे बेटों सोना-रूपा
मयँ दुय कियारी डाँड झिकले	मैंने दो क्यारियाँ बनायी
बेड़ा कमाउन गेले	खेत बना गयी
मोके कमाउन दिया बेटा	मेरे लिये काम करो हे बेटों
मोके कमाउन दिया"	मेरे लिये काम करो"
राजा चो हात धरे रानी	राजा का हाथ पकड़ती रानी
नव खँड माहाले नेय	नौ खण्डा महल में ले जाती
बाजे नेउन बसाय रानी	खाट में ले जा कर बिठाती रानी
राजा-रानी बसोत	राजा-रानी बैठते
जोड़ी बयला बाँदे बाबू	दोनों बैलों को बाँधता बाबू
बिहन काँवड़ ठोय	धान-काँवर रखता
"सुना राजा माहादेवरैया	"सुनिये राजा माहादेवरैया
सुना राजा माहादेवरैया	सुनिये राजा माहादेवरैया
बिहन माँगुक गेलास राजा	बीज माँगने गये हे राजा

	बयला माँगुक गेलास	बैल माँगने गये
	काय बलुन बल्लास राजा	आपने क्या कहा हे राजा?
	आले मोके साँगा"	तनिक मुझे बतलायें"
	राजा काय बले रानी के	राजा क्या कहता रानी से
	"सुन रानी" बले	"सुनो हे रानी" कहता
	"नीं रलो काजे इलो बल्ला	"नहीं है इसलिये आया बोले वे
	जोड़ी बयला दिला	दो बैल दिये
	बयला धरुन गेले रानी	बैलों को ले कर गया हे रानी
	मयँ कोबेर-भँडार गेले	मैं कोबेर-भण्डार गया
	मोके बिहन दिलो रानी	मुझे बीज दिया हे रानी
	मयँ बिहन धरुन इले"	मैं बीज ले कर आया"
906	सुने रानी पारबती[35]	सुनती रानी पारबती
	सुने रानी पारबती	सुनती रानी पारबती
	खँड मुचकी मारे रानी	हौले से मुस्काती रानी
	मुचमुच-मुचमुच हाँसे	मंद-मंद मुस्काती
	'एई ने मँजा जिवदे' बले	'इसी से मँजपुरवासी जीयेंगे' कहती
	'मयँ मँजा काजे कमायँ	'मैं मँजपुर-वासियों के लिये कमाती
	जुग-जुग नाँव रयदे' बले	युगों तक नाम रहेगा' कहती
	'किरती बाड़ुन जायदे'	'मेरी कीर्ति बढ़ जायेगी'
	एक दिन ले दुय दिन	एक दिन से दो दिन
	दुय दिन ले आँट दिन	दो दिन से आठ दिन
	बिहन आनलो होय राजा चो	बीज लाये बीते राजा को
	बयला आनलो होय	बैल लाये बीते
	सबय बिहन बुनोत बाबा	सभी बीज बोते हैं बाबा
	सब बिहन बुनोत	सभी धान बोते हैं
	पारबती रानी दखे बाबा	पारबती रानी देखती बाबा
	राजा के काय बले	राजा से क्या कहती
	"सुना राजा माहादेवरैया	"सुनिये राजा माहादेवरैया
	सुना राजा माहादेवरैया	सुनिये राजा माहादेवरैया
	सब बिहन बुनोत राजा	सभी बीज बोते हैं राजा
	कोन दिने बिहन बुनास?"	आप किस दिन बोयेंगे?"
907	माहादेवरैया सुने बाबा	माहादेवरैया सुनता बाबा
	रानी के काय बले	रानी से क्या कहता
	"जोचे कसन बुनें रानी	"उटपटाँग कैसे बोऊँ रानी
	मयँ जोचे कसन बुनें?	मैं अचानक कैसे बोऊँ?
	कोन दिन सुभ होयदे रानी	जिस दिन शुभ होगा हे रानी
	हुनी दिने बिहन बुनें"	उसी दिन धान बोऊँगा"

35. दिनांक 16.12.1996 को ध्वन्यांकित कैसेट क्रमांक 25ए का आरम्भ।

“सुना राजा माहादेवरैया	“सुनिये राजा माहादेवरैया
सुना राजा माहादेवरैया	सुनिये राजा माहादेवरैया
गोबिंदपुरे जाहा राजा	गोबिंदपुर जायें हे राजा
बुदू पँजेआर आना	बुदू पँजेआर को लायें
पाँजी-खुट धरो राजा	पोथी-पत्तर ले हे राजा
हुन जोतिस-रमायन धरो	वह ज्योतिष-पंचांग ले
एक डँडिक एओ राजा	थोड़ी देर वह आये राजा
पाँजी दखुन देयदे”	पंचांग देख बतलायेगा”
08 बाबू के काय बले राजा	बाबू से क्या कहता राजा
“सुन बाबू” बले	“सुन हे बाबू” कहता
“सुन बाबू भिकन्दर	“सुन हे बाबू भिकन्दर
सुन बाबू जलन्धर	सुन हे बाबू जलन्धर
हरबर तियार हो बाबू	झटपट तैयार हो जा बाबू
जलदी तियार हो	जल्दी तैयार हो जा
गोबिंदपुरे जा बाबू	गोबिंदपुर तू जा हे बाबू
तुय बुदू पँजेआर के आन	तू बुदू पँजेआर को ला
पाँजी-खुट धरो बाबू	पोथी-पत्तर ले हे बाबू
जोतिस-रमायन धरो	ज्योतिष-रमायन ले
एक डँडिक एओ बाबू	थोड़ी देर वह आये बाबू
पाँजी दखुन देयदे”	पंचांग देख बतलायेगा”
09 भिकन्दर सुने बाबा जे	भिकन्दर सुनता बाबा
“जायँदे राजा” बले	“जाऊँगा राजा” कहता
हरबर तियार होय बाबू	झटपट तैयार होता बाबू
पाँये खड़ऊ पिंदे	पाँव में खड़ाऊँ पहनता
हाते बेद धरे बाबू	हाथ में बेंत लेता बाबू
घर ले बाहिर होय	घर से बाहर होता
जाते-जाते बले बाबू जाय	चलता चला जाता बाबू
एक कलाट बाबू मारे	लम्बे डग है बाबू भरता
रुमझुम-रुमझुम रेंगे बाबू	जल्दी-जल्दी चलता बाबू
गोबिंदपुरे जाय	गोबिंदपुर वह जाता
गोबिंदपुरे अमरे बाबू	गोबिंदपुर पहुँचता बाबू
गोबिंदपुरे अमरे	गोबिंदपुर पहुँचता
पँजेआर-माहाले जाय बाबू	पँजेआर-महल जाता बाबू
पँजेआर-माहाल अमरे	पँजेआर-महल पहुँचता
माँडो मोंगरा उबे बाबू	मोगरा-मण्डप में रुकता बाबू
‘दादा’ हंका मारे	दादा हाँक लगाता
दादा सुनुन जाय बाबा	दादा सुन लेता है बाबा
घर ले बाहिर होय	घर से बाहर आता

	“काय कामे इलिस बाबू	“किस काम से आया बाबू
	तुय आले मोके साँग”	तनिक मुझे बतला”
910	“सुन दादा बुदू पँजेआर	“सुन हे दादा बुदू पँजेआर
	सुन दादा बुदू पँजेआर	सुन हे दादा बुदू पँजेआर
	तुचो जाक के धर दादा	तुम्हारे सामान लो हे दादा
	तुचो साजू के धर	तुम्हारी सामग्री ले लो
	राजा-घरे बलाव दादा	राजा के घर बुलावा दादा
	एक डँडिक जावँ”	थोड़ी देर चलो”
911	“एयँदे बाबू” बले दादा	“आऊँगा बाबू” कहता दादा
	बाई के काय बले	बाई से क्या कहता
	“पानी गरम कर रानी	“पानी गरम कर हे रानी
	मयँ आँगे असनाँद होयँ”	मैं अंग स्नान करूँगा”
	बाई सुनुन जाय बाबा	बाई सुन लेती है बाबा
	पानी गरम करे	पानी गरम करती
	सेदा-भेदा करे बाई	ठण्डा पानी मिलाती बाई
	मन्दन-सिले नेय	स्नान-गृह में ले जाती
	झारी कसेला देय बाई	झारी पात्र देती बाई
	कपुर दतुन देय	सुगन्धित दतौन देती
	मन्दन-सिले बले बाबू जाय	स्नान-गृह में बाबू जाता
	मन्दन-सिले बाबू उबे	स्नान-गृह में बाबू खड़ा होता
	कपुर दतुन बाबू धरे	सुगन्धित दतौन बाबू लेता
	सुरिज-भेट करे	सूर्य-नमस्कार करता
	मुँहे मुखारी गोबे बाबू	मुँह में मुखारी लेता बाबू
	दतुन-पतर चाबे	दतौन आदि कर जाता
	आँगे असनाँद होय बाबू	अंग स्नान करता बाबू
	हिरदे असनाँद होय	हृदय स्नान करता
	सुका कपड़ा पिंदे बाबू	सूखा कपड़ा पहनता बाबू
	ओधा कपड़ा गिरे	गीला कपड़ा गिरता
	झारी पानी धरे बाबू जे	झारी में पानी लेता बाबू
	तुलसी-चँवरा ने जाय	तुलसी-चौरा में जाता
	चँवरा ने पानी रिकाय बाबू	चौरा में पानी डालता बाबू
	तुलसी के काय बले	तुलसी से वह कहता
	“अगास मेलान बाड़ बाई	“आकाश को तुम छू लो बाई
	पकिर पाना फेक	नयी कोंपलें निकलें
	तुय-मयँ बाँहा-जोरी बाई	तुम-मैं बाँहों की जोड़ी बाई
	तुय-मयँ हन्सा-जोरी	तुम-मैं हन्सों की जोड़ी
	जिव भर सेवा मिरो बाई	जीवन भर सेवा करूँ मैं बाई
	मोचो जान सुकी रओ”	मेरा जीवन सुखी रहे”

	तुलसी-सेवा करे बाबू	तुलसी-सेवा करता बाबू
	तुलसी-पुजा करे	तुलसी-पूजा करता
	होम-आरती बाबू देय	होम-आरती बाबू करता
	पइँया पड़ुन बाबू जाय	प्रणाम कर जाता बाबू
	बाजे जाउन बसे बाबू	खाट पर जा बैठता बाबू
	बाई के काय बले	बाई से क्या कहता
	"बँधेया झापी के दे रानी	"बँधेया झापी दे हे रानी
	मयँ नव सै गाहना पिंदें"	मैं नौ सौ गहने पहनूँ"
912	बँधेया झापी के देय बाई	बँधेया झापी देती बाई
	कुची हेड़ुन जाय	चाबी निकाल लेता
	ताला टोड़ुन जाय बाबू	ताला खोल जाता बाबू
	बँधेया झापी खोले	बँधेया झापी खोलता
	नव सै गाहना पिंदे बाबू	नौ सौ गहने पहनता बाबू
	नव सै हार पिंदे	नौ सौ हार पहनता
	अलंकार पिंदे बाबू	अलंकार पहनता बाबू
	जोतिस-रमायन धरे	ज्योतिष-रामायण लेता
	पाँजी-खुट धरे बाबू	पोथी-पत्तर लेता बाबू
	बाई के काय बले	बाई से वह कहता
	"घर-दुआर के दख रानी	"घर-द्वार को देख रानी
	बाड़ी-बखरी के दख	बाड़ी-बखरी को देख
	राजा-माहाले जायँ रानी	राज-महल मैं जाता रानी
	मयँ कोन दिने फिरुन एयँ"	मैं किस दिन वापस आऊँगा"
913	पाँय ने खड़ऊ बाबू पिंदे	पाँवों में खड़ाऊँ बाबू पहनता
	हाते बेद बाबू धरे	हाथ में बेंत बाबू लेता
	घर ले बाहिर होय बाबू	घर से बाहर आता बाबू
	जाते-जाते जाय	चलता चला जाता
	रुमझुम-रुमझुम रेंगे बाबू	जल्दी-जल्दी चलता बाबू
	एक कलाट मारे	लम्बे डग है भरता
	गोबिंदपुर छाँडे बाबू	गोबिंदपुर छोड़ता बाबू
	कैलासपुरे जाय	कैलासपुर जाता
	कैलासपुरे अमरे बाबू	कैलासपुर पहुँचता बाबू
	पारा-परोसे जाय	अड़ोस-पड़ोस में जाता
	पारा-परोस बाबू छाँडे	अड़ोस-पड़ोस बाबू छोड़ता
	राजा-माहाले बाबू जाय	राज-महल बाबू जाता
	पारबती रानी दखे बाबा	पारबती रानी देखती बाबा
	'पँजेआर अमरुन गेलो'	'पँजेआर पहुँच गया है'
	सेवा-जोड़ा धरे रानी जे	सेवा-सामग्री लेती रानी
	पुजा-जोड़ा धरे	पूजा-सामग्री लेती

चन्दन-काट मँडाय रानी	चन्दन-काठ रखती रानी
बेल-काट मँडाय	बेल-काठ रखती
ढँगनाय बाबू उबे बाबा	उस पर बाबू खड़ा होता बाबा
पइँया धोआउन जाय	वह पाँव धुला जाती
चाउर-टिका देय रानी	चावल का टीका लगाती रानी
होम आरती देय	होम-आरती करती
पइँया पड़ुन जाय रानी	चरण-स्पर्श कर जाती रानी
रानी चो टोंड चुमे	रानी का मुख चूमता
बाबू चो हात बले रानी धरे	बाबू का हाथ रानी थामती
नव खँड माहाले रानी नेय	नौ खण्डा महल में ले जाती रानी
बाजे नेउन बसाय रानी	खाट पर बिठलाती रानी
सेज नेउन बसाय	सेज पर बिठलाती
राजा-रानी बसोत बाबा	राजा-रानी बैठते बाबा
बाबू काय बले	बाबू है क्या कहता
"काय बलाव आय राजा-रानी	"किसलिये बुलवाया राजा-रानी
आले मोके साँगा"	तनिक मुझे बतलायें"

914	"सुन बाबू बुदू पँजेआर	"सुन हे बाबू बुदू पँजेआर
	सुन बाबू बुदू पँजेआर	सुन हे बाबू बुदू पँजेआर
	मयँ दुय कियारी डाँड झिकले	मैंने दो क्यारियाँ बनायीं
	बेड़ा कमाउन गेले	खेत बना डाले
	माँगुन बयला आनले बाबू	माँग कर बैल लाया बाबू

मयँ माँगुन बिहन आनले	मैं माँग कर धान लाया
सबय बिहन बुनोत बाबू	सभी धान बोते हैं बाबू
कोन दिन बिहन बुनें?	मैं किस दिन धान बोऊँ?
कोन दिन सुभ होयदे बाबू	किस दिन शुभ होगा हे बाबू
कोन दिन सुभ होयदे?	किस दिन शुभ होगा?
एई पाँजी के दख बाबू	यही पंचांग में देखो बाबू
एई पाँजी दख"	यही पंचांग में देखो"
"सुना रानी पारबती	"सुनिये रानी पारबती
सुना रानी पारबती	सुनिये रानी पारबती
सेवा-जोड़ा के दे रानी	सेवा-सामग्री दो हे रानी
पुजा-जोड़ा दे"	पूजा-सामग्री दो"
सेवा-जोड़ा देय रानी	सेवा-सामग्री देती रानी
पुजा-जोड़ा देय	पूजा-सामग्री देती
नवा सरकी ओछाय बाबू	नयी चटाई बिछाता बाबू
झारी पानी छिचे	झारी से पानी छिटकता
रमायन भुँये मँडाय बाबू	रामायण नीचे रखता बाबू
काचा गोरस छिचे	कच्चा दूध छिटकता
होम-आरती देय बाबू	होम-आरती करता बाबू
रमायन-सेवा करे	रामायण की सेवा करता
पइँया पड़ुन जाय बाबू	उन्हें प्रणाम कर जाता बाबू
हात जोड़ुन जाय	हाथ जोड़ देता
खालामाती बले बाबू बसे	पालथी मार कर बाबू बैठता
रमायन कोरा बाबू धरे	रामायण गोद में लेता बाबू
पँजेआर पाँजी दखे बाबा	पँजेआर पंचांग देखता बाबा
पताल बारू दखे	पाताल की रेत तक देखता
अगास तारा दखे बाबू	आकाश के तारों तक देखता बाबू
पाँजी-खुट दखे	पोथी-पत्तर देखता
पाँजे पड़ुन जाय बाबू चो	पोथी में मिल जाता बाबू के
पाँजे बसुन जाय	पंचांग में मिल जाता
"सुना राजा माहादेवरैया	"सुनिये राजा माहादेवरैया
सुना रानी पारबती	सुनिये रानी पारबती
पाँजे बसुन गेली राजा-रानी	पोथी में मिल गया राजा-रानी
पाँजे पड़ुन गेली	पंचांग में मिल गया
गुरबार दिने बुना राजा-रानी	गुरुवार को बोयें[36] राजा-रानी
हुनी दिने सुभ आसे"	वही शुभ दिन है"
पाँजी-खुट सकले बाबू	पोथी-पत्तर समेटता बाबू

36. बस्तर में धान बोआई गुरुवार को ही आरम्भ की जाती है। कारण, यह दिन लक्ष्मी का दिन माना जाता है। इसीलिये गुरुवार को 'लखिम्बार' भी कहा जाता है।

	जोतिस-रमायन सकले	ज्योतिष-रामायण समेटता
	रोसई-चाउर रानी जोड़े	रसोई आदि रानी लेती
	मुठा रुपया रानी धरे	मुट्ठी भर रुपये रानी लेती
	पँजेआर-बिदा बले देय रानी	पँजेआर को विदा करती रानी
	बाबू मोडरी बाँदे	बाबू गठरी बाँधता
	आपन माहाले जाय बाबू	अपने महल जाता बाबू
	राजा-रानी आसोत	राजा-रानी रहते
917	'कोन दिने गुरबार होयदे?' बलोत	'कब गुरुवार होगा?' कहते वे
	'कोन दिने गुरबार होयदे?'	'कब गुरुवार होगा?'
	गुरबार अमरुन जाय राजा चो	गुरुवार आ पहुँचता राजा का
	गुरबार अमरुन जाय	गुरुवार आ पहुँचता
	'आज गुरबार आय' बले	'आज गुरुवार है' कहती रानी
	कुकड़ाबासी उठे	मुर्गे की बाँग के सँग उठती
	मुकताबली ने चेते रानी	ब्रह्म मुहूर्त में जागती रानी
	बड़ा-ओंडा करे	झाड़-बुहार वह करती
	छड़ा-छिटका देय रानी	गोबर का घोल छिटकती रानी
	सरा-बड़ा करे	लिपाई-सफाई भी करती
	बुता-भयना रानी करे	सारे काम कर जाती रानी
	पानी-काँजी रानी आने	पानी आदि लाती
	पानी गरम करे रानी	पानी गर्म करती रानी
	सेदा-भेदा करे	ठण्डा पानी मिलाती
	मन्दन-सिले नेय रानी	स्नान-गृह में ले जाती रानी
	झारी कसेला नेय	झारी पात्र ले जाती
	कपुर दतुन नेय रानी	सुगन्धित दतौन ले जाती रानी
	माहादेवरैया लगे जाय	माहादेवरैया के पास जाती
918	"उठा राजा माहादेवरैया	"उठिये राजा माहादेवरैया
	चेता राजा माहादेवरैया	जागिये राजा माहादेवरैया
	एबे ले नाजुन उठास राजा	अभी तक नहीं जागे हैं राजा
	एबे ले नाजुन चेतास	अभी तक नहीं चेते हैं
	आज गुरबार आय राजा	आज गुरुवार है हे राजा
	बिहन बुनुक जाहा"	धान बोने जायें"
	तड़बड़ाउन उठे राजा	हड़बड़ा कर उठता राजा
	तड़बड़ाउन चेते	हड़बड़ा कर जागता
	घर ले बाहिर होय राजा	घर से बाहर आता राजा
	मन्दन-सिले जाय	स्नान-गृह में जाता
	राजा-रानी जाओत बाबा	राजा-रानी जाते बाबा
	कपुर दतुन धरोत	सुगन्धित दतौन लेते
	सुरिज-भेट करोत राजा-रानी	सूर्य-नमस्कार करते राजा-रानी

	मुँहे मुखारी गोबोत	मुँह में दतौन लेते
	दतुन-पतर चाबोत राजा-रानी	दतौन आदि कर जाते राजा-रानी
	आँगे असनाँद होत	अंग स्नान कर जाते
	सुका कपड़ा पिंदोत राजा-रानी	सूखे कपड़े पहनते राजा-रानी
	ओधा कपड़ा गिरे	गीले कपड़े गिरते
	झारी पानी धरोत राजा-रानी	झारी में पानी लेते राजा-रानी
	तुलसी-चँवरा में जात	तुलसी-चौरा में जाते
	चँवरा में पानी रिकात राजा-रानी	चौरा में पानी डालते राजा-रानी
	तुलसी के काय बलोत	तुलसी से वे कहते
	"बाड़-बाड़ बाई कारी तुलसी	"बढ़ो-बढ़ो बाई कारी तुलसी
	बाड़-बाड़ बाई कारी तुलसी	बढ़ो-बढ़ो बाई कारी तुलसी
	अगास मेलान बाड़ बाई	आकाश को तुम छू लो बाई
	पकिर पाना फेक	नयी कोंपलें निकलें
	तुय-मयँ बाँहा-जोरी बाई	तुम-मैं बाँहों की जोड़ी बाई
	तुय-मयँ हन्सा-जोरी	तुम-मैं हन्सों की जोड़ी
	जिव भर सेवा मिरो बाई	जीवन भर सेवा मिले हे बाई
	मोचो जान सुकी रहो"	मेरा जीवन सुखी रहे"
	तुलसी-सेवा करोत राजा-रानी	तुलसी-सेवा करते राजा-रानी
	तुलसी-पुजा करोत	तुलसी-पूजा करते
	होम-आरती देत राजा-रानी	होम-आरती करते राजा-रानी
	पइँया पड़ुन जात	वे प्रणाम कर जाते
	बाजे जाउन बसोत राजा-रानी	खाट पर जा बैठते राजा-रानी
	सेज जाउन बसोत	सेज पर जा बैठते
919	"सुन बाबू भिकन्दर	"सुन हे बाबू भिकन्दर
	सुन बाबू जलन्धर	सुन हे बाबू जलन्धर
	हरबर तियार हो बाबू	झटपट तैयार हो जा हे बाबू
	जलदी तियार हो	जल्दी तैयार हो जा
	बिहन बुनुकलाय जावँ बाबू	धान बोने चलें हे बाबू
	हामी बिहन बुनुकलाय जावँ"	हम धान बोने चलें"
920	भिकन्दर सुने बाबा	भिकन्दर सुनता बाबा
	दतुन-पतर चाबे	दतौन आदि कर जाता
	आँगे असनाँद होय बाबू	अंग स्नान करता बाबू
	हिरदे असनाँद होय	हृदय स्नान कर जाता
	सुका कपड़ा पिंदे बाबू	सूखा कपड़ा पहनता बाबू
	ओधा कपड़ा गिरे	गीला कपड़ा गिरता
	कपड़ा निचाउन जाय बाबू	कपड़ा निचोड़ जाता बाबू
	कपड़ा सुकाउन जाय	कपड़ा सुखा जाता
	हरबर-हरबर तियार होय	जल्दी-जल्दी तैयार होता

	हरबर-हरबर तियार होय	जल्दी-जल्दी तैयार होता
	गोली-फार पाड़े बाबू	गोली-फार लगाता बाबू
	तुतारी ने आरी ठेचे	तुतारी में आरी लगाता
	सेवा-जोड़ा धरे बाबू	सेवा-सामग्री लेता बाबू
	पुजा-जोड़ा धरे	पूजा-सामग्री लेता
	बिहन निकराउन जाय बाबू	धान निकाल जाता बाबू
	सोना-रुपा के ढिले	सोना-रूपा को खोलता
	नाँगर जुआँड़ुन जाय बाबू	हल में जुआँड़ी लगाता बाबू
	नाँगर जुआँड़ुन जाय	हल में जुआँड़ी लगाता
921	केऊ-फुल धोती बले राजा मारे	केऊ-फूल-सी धोती राजा पहनता
	केऊ-फुल कमिंज राजा पिंदे	केऊ-फूल-सी कमीज राजा पहनता
	सिरे पगड़ी बाँदे राजा	सिर पर पगड़ी बाँधता राजा
	मुँडे सुरई खोचे	सिर पर तुर्रा लगाता
	तिलक-चन्दन लगाय राजा	तिलक-चन्दन लगाता राजा
	नवगुन पयता फेके	नौ गुना जनेऊ पहनता
	डामुर बाजा धरे राजा	डमरु बाजा लेता राजा
	संखे धुनी धरे	शंख भी वह लेता
	हाते तिरसुल धरे राजा	हाथ में त्रिशूल लेता राजा
	पाँये खड़ऊ पिंदे	पाँवों में खड़ाऊँ पहनता
	घर ले बाहिर होय राजा	घर से बाहर आता राजा
	जाते-जाते जाय	चलता चला जाता
	कोसक-दापक रेंगे राजा	कोस-दाब भर चलता राजा
	एक कलाट मारे	लम्बे डग है भरता
	डामुर बजाते जाय राजा	डमरु बजाता जाता राजा
	रमायन पड़ते जाय	रामायण पढ़ता जाता
	संखे फुकते जाय राजा	शंख फूँकता जाता राजा
	भजन गावते जाय	भजन गाता जाता
922	बेड़ा ने अमरुन राजा जाय	खेत में पहुँच जाता राजा
	हिरी अमरुन राजा जाय	मेड़ पर पहुँच जाता राजा
	बेड़ा-पारे उबे राजा	खेत की मेड़ पर खड़ा होता
	हिरी-पारे उबे	मेड़ पर खड़ा हो जाता
	सब जोड़ा मँडाय राजा	सारी सामग्री रखता राजा
	सब जोड़ा मँडाय	सारी सामग्री रखता
	झारी पानी छिचे राजा	झारी से पानी छिटकता राजा
	झारी पानी छिचे	झारी से पानी छिटकता
	बिज-गपली मँडाय राजा	बीज-टोकरी रखता राजा
	नाँगर-जुआँड़ी मँडाय	हल-जुआँड़ी रखता
	थारी ने पिसान राजा घोरे	थाली में आटा राजा घोलता

थारी ने पिसान राजा घोरे	थाली में आटा राजा घोलता
गपली हाता बले देय राजा	टोकरी में हाता[37] देता राजा
नाँगर हाता देय	हल पर हाता देता
बयला हाता देय राजा	बैलों को हाता देता राजा
जुआँड़ी हाता देय	जुआँड़ी पर हाता देता
सुमेला ने हाता देय राजा	सुमेला पर हाता देता राजा
तुतारी ने हाता देय	तुतारी पर हाता देता
भिकन्दर के देय राजा	भिकन्दर को देता राजा
जलन्धर के देय	जलन्धर को देता
अगरबती जलाय राजा	अगरबत्ती जलाता राजा
जात लाली टिके	लाली का टीका लगाता
फुल-चाउर चेघाय राजा	फूल-चावल चढ़ाता राजा
होम-आरती देय	होम-आरती करता

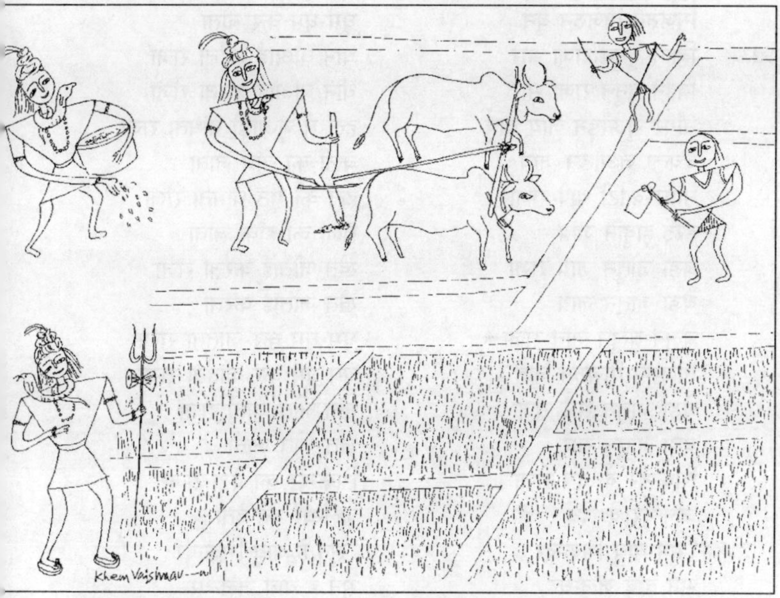

पइँया पड़ुन राजा जाय	उन्हें प्रणाम कर जाता राजा
हात जोड़ुन राजा जाय	उन्हें प्रणाम कर जाता राजा
आपलो साजू हेड़े राजा	अपने साज निकालता राजा

37. हाता : हथेली की छाप। शुभ अवसर पर हथेली को चावल के आटे या हल्दी के आटे के घोल में डुबा कर उसकी छाप दीवार, सूपों, हण्डी, लोगों की पीठ आदि पर तथा 'दियारी' नामक त्यौहार और कृषि-कार्य आरम्भ करने के पूर्व गाय-बैलों की पीठ एवं कृषि उपकरण आदि पर लगायी जाती है। यह शुभ का प्रतीक होता है। यह भी पूजा का एक अन्य विधान है। इसे 'हाता देतो' कहा जाता है। इसे लोक चित्र के अन्तर्गत रखा जा सकता है (बस्तर की लोक चित्र परम्परा : हरिहर वैष्णव : 2002)।

हात भर कोपनी पिंदे	हाथ भर कौपीन पहनता
मुरिया भेस बाँदे राजा	मुरिया-वेश धारण करता राजा
माड़या असन दखे	माड़िया-सा दिखता
मुरिया भेस बले राजा बाँदे	मुरिया-वेश धारण करता राजा
माड़या असन राजा दखे	माड़िया-सा राजा दिखता
बिज-गपली धरे राजा	बीज-टोकरी लेता राजा
बिज-गपली धरे	बीज-टोकरी लेता
बिहन बुनुन जाय राजा	धान बुआई करता राजा
बिहन बुनुन जाय	बीज बुआई करता
"हरी बोल" बलुन बुने राजा	"हरि बोल" कह कर बोता राजा
"हरी बोल" बलुन बुने	"हरि बोल" कह कर बोता
बुलुन-बुलुन बुने राजा	घूम-घूम कर बोता राजा
गिंजरुन-गिंजरुन बुने	घूम-घूम कर बोता
923 बिहन बुनुन राजा सारे	धान बोआई करता राजा
बिहन बुनुन राजा सारे	धान बोआई करता राजा
नाँगर जुआँड़ुन जाय बाबू	हल में जुआँड़ी बाँधता राजा
बयला ज़ुआँड़ुन जाय	बैलों को बाँध जाता
नाँगर-कोटी थापे राजा	हल की मूठ थामता राजा
हरई हाकुन जाय	बैलों को हाँक जाता
बेड़ा जोतुन जाय राजा	खेत जोताई करता राजा
बेड़ा जोतुन जाय	खेत जोताई करता
बुलुन-बुलुन जोते राजा	घूम-घूम कर जोतता राजा
गिंजरुन-गिंजरुन जोते	घूम-घूम कर जोतता राजा
बेड़ा जोतुन सारे राजा	खेत जोत जाता राजा
बेड़ा जोतुन सारे	खेत जोत जाता
भिकन्दर के देय राजा	भिकन्दर को देता राजा
जलन्धर के देय	जलन्धर को देता
"सुन बाबू भिकन्दर	"सुन हे बाबू भिकन्दर
सुन बाबू जलन्धर	सुन हे बाबू जलन्धर
बिहन बुनुन गेलू बाबू	धान बो डाला है बाबू
बेड़ा जोतुन गेलू	हमने धान बो डाला है
नाँगर-जुआँड़ी धर बाबू	हल-जुआँड़ी ले हे बाबू
तुय जोड़ी बयला ढिल	दोनों बैलों को खोल
आपन माहाले जावँ बाबू	अपने महल हम जायें बाबू
आपन माहाले जावँ"	अपने महल हम जायें"
924 जोड़ी बयला ढिले बाबू	दोनों बैलों को खोलता बाबू
नाँगर-जुआँड़ी ढिले	हल-जुआँड़ी खोलता
हात भर कोपनी राजा हेड़े	हाथ भर कौपीन राजा निकालता

	हात भर कोपनी राजा हेड़े	हाथ भर कौपीन राजा निकालता
	आपन साजू पिंदे राजा	अपने साज पहनता राजा
	आपन जाक धरे	अपने सामान लेता
	राजा असन दखे राजा	राजा जैसा दिखता राजा
	हिरी-पार छाँडे	मेड़ छोड़ देता
	बेड़ा-पार छाँडे राजा	खेत की मेड़ छोड़ता राजा
	जाते-जाते जाय	चलता चला जाता
	रुमझुम-रुमझुम रेंगे राजा	जल्दी-जल्दी चलता राजा
	एक कलाट मारे	लम्बे डग है भरता
	संखे फुकते जाय राजा	शंख फूँकता जाता राजा
	डामुर बजाते जाय	डमरु बजाता जाता
	आपन बुल ने जाय राजा	अपने ध्यान में जाता राजा
	आपन सुल ने जाय	तल्लीनता में जाता
	बारा कोस अँधल होय बाबा	बारह कोस शोर होता बाबा
	रानी अँधल सुने	रानी शोर सुनती
	सेवा-जोड़ा बले रानी धरे	सेवा-सामग्री रानी लेती
	पुजा-जोड़ा रानी धरे	पूजा-सामग्री रानी लेती
	चन्दन-काट मँडाय रानी	चन्दन-काठ रखती रानी
	ढँगनाय राजा उबे	राजा उस पर खड़ा हो जाता
	पइँया धोआउन जाय रानी	पाँव धुला जाती है रानी
	चाउर-टिका देय	चावल का टीका लगाती
	होम-आरती देय रानी	होम-आरती करती रानी
	पइँया पड़ुन जाय	चरण-स्पर्श कर जाती
	रानी चो टोंड चुमे राजा	रानी का मुख चूमता राजा
	राजा चो हात धरे	वह राजा का हाथ पकड़ती
	नव खँड माहाले नेय रानी	नौ खण्डा महल में ले जाती रानी
	बाज नेउन बसाय	खाट पर ले जा कर बिठाती
25	सब जोड़ा बले बाबू ठोय	सारी सामग्री बाबू रखता
	जोड़ी बयला बाबू बाँदे	दोनों बैलों को बाबू बाँधता
	रानी काय बले राजा के	रानी क्या कहती राजा से
	"सुना राजा" बले	"सुनिये राजा" कहती
	"बिहन बुनुक गेलास राजा	"धान बोने गये हे राजा
	कसन-कसन होली?"	कैसे-क्या हुआ?"
	"बिहन बुनुन इले रानी	"धान बो आया रानी मैं
	सब के सारुन दिले"	सारे खेतों में धान बो डाला"
26	सुने रानी पारबती	सुनती रानी पारबती
	सुने रानी पारबती	सुनती रानी पारबती
	'एई ने मँजा जिवदे' बले	'इसी में मँजपुर-वासी जीयेंगे' कहती

	'मँजा काजे कमायँ'	'मँजपुर-वासियों के लिये कमाती'
	थारी ने पिसान घोरे रानी	थाली में आटा घोलती रानी
	थारी ने पिसान घोरे	थाली में आटा घोलती
	कुड़े हाता बले देय रानी	दीवार पर हाता देती रानी
	कुड़े हाता देय	दीवार पर हाता देती
	राँदा-बाटा करे रानी	भोजन तैयार करती रानी
	खाना-पिना खाओत	सब भोजन कर जाते
	राजा-रानी आसोत बाबा	राजा-रानी रहते बाबा
	राजा-रानी आसोत	राजा-रानी रहते
927	एक दिन ले दुय दिन	एक दिन से दो दिन
	दुय दिन ले आँट दिन	दो दिन से आठ दिन
	मयना दिन बले होय बाबा	एक महीना बीता बाबा
	बिहन बुनलो होय	धान बोये बीता
	बाजे बसुन जात राजा-रानी	खाट पर बैठते राजा-रानी
	सेज बसुन जात	सेज पर जा बैठते
	रानी काय बले राजा के	रानी क्या कहती राजा से
	"सुना राजा" बले	"सुनिये राजा" कहती
	"मयना दिन होय राजा	"महीना भर बीता राजा
	बिहन बुनलो होय	धान बोये बीता
	कसन बतर होली राजा	कितना बढ़ गया है राजा
	बिहन दखुक जाहा"	धान देखने जायें"
928	सुने राजा रे माहादेवरैया	सुनता राजा माहादेवरैया
	सुने राजा माहादेवरैया	सुनता राजा माहादेवरैया
	आपलो साजू पिंदे राजा	अपने साज पहनता राजा
	आपन जाक धरे	अपने सामान लेता
	घर ले बाहिर होय राजा	घर से बाहर आता राजा
	जाते-जाते जाय	चलता चला जाता
	रुमझुम-रुमझुम रेंगे राजा	जल्दी-जल्दी चलता राजा
	एक कलाट मारे	लम्बे डग है भरता
	संखे फुकते जाय राजा	शंख फूँकता जाता राजा
	डामुर बजाते जाय	डमरु बजाता जाता
	बेड़ा अमरुन जाय राजा	खेत पहुँच जाता राजा
	हिरी अमरुन जाय	मेड़ पर पहुँच जाता
	बुलुन-बुलुन दखे राजा	घूम-घूम कर देखता राजा
	गिंजरुन-गिंजरुन दखे	घूम-घूम कर देखता
929	बिहन गाजा बले राजा चो होय	धान अंकुरित था राजा का
	बिहन बाड़ुन राजा चो जाय	धान के पौधे बड़े थे
	बारू असन दखे बाबा	बालू जैसा दिखलायी पड़ता

बिहन करयाउन जाय	धान काला हो गया था
लसुन-पाना असन दखे जे	लहसुन के पत्ते-सा दिखता

गोंदली-मोंगा असन	प्याज के डण्ठल-सा दिखता
दिन-दिन बिहन बाड़े राजा चो	दिन-दिन धान बढ़ता राजा का
दिन-दिन बिहन बाड़े	दिन-दिन धान बढ़ता
माहादेवरैया दखे बाबा	माहादेवरैया देखता बाबा
खँड मुचकी मारे	होले से मुस्काता
'बिहन बाड़ुन जाय' बले	'धान बढ़ गया है' कहता
मोचो बिहन बाड़ुन जाय	मेरा धान बढ़ गया है
हिरी-पार बले राजा छाँडे	मेड़ छोड़ जाता राजा
बेड़ा-पार राजा छाँडे	खेत की मेड़ छोड़ जाता
जाते-जाते बले जाय राजा	चलता चला जाता राजा
कोसक-दापक रेंगे	कोस-दाब भर चलता
एक कलाट मारे राजा	लम्बे डग है भरता राजा
नव खँड माहाले जाय	नौ खण्डा महल में जाता
पारबती रानी दखे बाबा	पारबती रानी देखती बाबा
'राजा एसोत' बले	'राजा आते' कहती
सेवा-जोड़ा धरे रानी	सेवा-सामग्री लेती रानी
हुन पुजा-जोड़ा धरे	वह पूजा-सामग्री लेती
चन्दन-काट मँडाय रानी	चन्दन-काठ रखती रानी
ढँगनाय राजा उबे	उस पर राजा खड़ा हो जाता

	पइँया धोआउन जाय रानी	पाँव धुला जाती रानी
	चाउर-टिका देय	चावल का टीका लगाती
	होम-आरती देय रानी	होम-आरती करती रानी
	पइँया पड़ुन जाय	चरण-स्पर्श कर जाती
	रानी चो टोंड चुमे राजा	रानी का मुख चूमता राजा
	राजा चो हात धरे	राजा का हाथ पकड़ती
	बाजे नेउन बसाय रानी	खाट पर ले जा बिठाती रानी
	सेज नेउन बसाय	सेज पर ले जा बिठलाती
	बसोत राजा रे बसोत रानी	बैठते राजा बैठतीं रानी
	बसोत राजा बसोत रानी	बैठते राजा बैठतीं रानी
	रानी काय बले राजा के	रानी क्या कहती राजा से
	"सुना राजा" बले	"सुनिये राजा" कहती
	"बिहन दखुक गेलास राजा	"धान देखने गये हे राजा
	बिहन दखुक गेलास	धान देखने गये
	कसन बतर होली राजा	किस स्थिति में है हे राजा
	आले मोके साँगा"	तनिक मुझे बतलायें"
930	माहादेवरैया सुने बाबा	माहादेवरैया सुनता बाबा
	रानी के काय बले	रानी से क्या कहता
	"बिहन दखुन इले रानी	"धान देख कर आया रानी
	मयँ बिहन दखुन इले	मैं धान देख कर आया
	बिहन करयाउन जाय रानी	धान काला हो गया है रानी
	दिन-दिन बिहन बाड़े"	दिन-ब-दिन धान बढ़ता"
	पारबती रानी सुने बाबा	पारबती रानी सुनती बाबा
	'एई ने मँजा जिवदे	'इसी में मँजपुर-वासी जीयेंगे
	मोचो जुग-जुग नाँव रयदे' बले	युगों तक मेरा नाम रहेगा' कहती
	'मोचो किरती बाड़ुन जायदे'	'मेरी कीर्ति बढ़ जायेगी'
931	एक दिन ले दुय दिन	एक दिन से दो दिन
	दुय दिन ले आँट दिन	दो दिन से आठ दिन
	पँदरा दिन बले होय बाबा	पन्द्रह दिन बीते बाबा
	बिहन दखलो होय	धान देखे बीते
	रानी काय बले राजा के	रानी क्या कहती राजा से
	"सुना राजा" बले	"सुनिये राजा" कहती
	"पँदरा दिन होय राजा	"पन्द्रह दिन बीते राजा
	बिहन दखलो होय	धान देखे बीते
	बिहन दखुक जाहा राजा	धान देखने जायें राजा
	कसन बतर होली?"	किस स्थिति में है?"
932	सुने राजा रे माहादेवरैया	सुनता राजा माहादेवरैया
	सुने राजा माहादेवरैया	सुनता राजा माहादेवरैया

हरबर तियार होय राजा	झटपट तैयार होता राजा
जलदी तियार होय	जल्दी तैयार होता
आपन साजू पिंदे राजा	अपने साज पहनता राजा
आपन जाक धरे	अपने सामान लेता
घर ले बाहिर होय राजा	घर से बाहर आता राजा
जाते-जाते जाय	चलता चला जाता
रुमझुम-रुमझुम रेंगे राजा	जल्दी-जल्दी चलता राजा
एक कलाट मारे	लम्बे डग है भरता
बेड़ा अमरुन जाय राजा	खेत पहुँच जाता राजा
हिरी अमरुन जाय	मेड़ पर पहुँच जाता
बेड़ा-पारे उबे राजा	खेत की मेड़ पर खड़ा होता राजा
हिरी-पारे उबे	खेत की मेड़ पर खड़ा होता
बुलुन-बुलुन दखे राजा	घूम-घूम देखता राजा
गिंजरुन-गिंजरुन दखे	घूम-घूम कर देखता
पार भर बले पानी रय	मेड़ भर पानी था
डोली भर-भर पानी रय	क्यारियाँ पानी से भरी थीं
हिरी जवँरेया होय बाबा	मेड़ तक पानी भरा था बाबा
बेड़ा जवँरेया होय	खेत-भर पानी भरा था
काय मँजा सुँदर दखे बाबा	बड़ा ही सुन्दर दिखता बाबा
अती सुँदर दखे	बहुत ही सुन्दर दिखता
राजा काय बले बाबा	राजा क्या कहता है बाबा
राजा काय बले	राजा क्या कहता है
'डोली भर-भर बले पानी आसे	'क्यारियाँ भरी हैं पानी से
बेड़ा भर-भर पानी आसे	खेत भरे हैं पानी से
हिरी जवँरेया होय' बले	मेड़ तक भरा है पानी' कहता
'बेड़ा जवँरेया होय	'खेत-भर भरा है पानी
बाल बिहड़ा मारें' बले	बाल बिहड़ा[38] चलाऊँ' कहता
'मयँ बाल बिहड़ा मारें',	'मैं बाल बिहड़ा चलाऊँ'
हिरी-पार छाँडे राजा	खेत की मेड़ छोड़ता राजा
बेड़ा-पार छाँडे	खेत की मेड़ छोड़ता
जाते-जाते बले जाय राजा	चलता चला जाता राजा
कोसक-दापक रेंगे	कोस-दाब भर चलता
हरना उछट राजा मारे	हिरनों-सी चौकड़ी भरता राजा
बाग झोपी राजा रेंगे	बाघ की तरह चलता
आपन माहाले जाय राजा	अपने महल में जाता राजा
आपन माहाले जाय	अपने महल में जाता

बाल बिहड़ा : जब धान के पौधे बहुत ही छोटे यानी बच्चे की तरह हों तब पहली बार दुबारा हल चलाये जाने को बाल बिहड़ा कहा जाता है। इससे घास-पात मर जाते हैं और धान की बढ़त पर अनुकूल प्रभाव पड़ता है।

	पारबती रानी दखे बाबा	पारबती रानी देखती बाबा
	'राजा एसोत' बले	'राजा आते' कहती
	सेवा-जोड़ा धरे रानी	सेवा-सामग्री लेती रानी
	पुजा-जोड़ा धरे	पूजा-सामग्री लेती
	चन्दन-काट मँडाय रानी	चन्दन-काठ रखती रानी
	ढँगनाय राजा उबे	उस पर राजा खड़ा हो जाता
	पइँया धोआउन जाय रानी जे	पाँव धुला जाती है रानी
	चाउर-टिका देय	चावल का टीका लगाती
	होम-आरती देय रानी	होम-आरती करती रानी
	पइँया पड़ुन जाय	चरण-स्पर्श कर जाती
	रानी चो टोंड चुमे राजा	रानी का मुख चूमता राजा
	राजा चो हात धरे	राजा का हाथ पकड़ती
	नव खँड माहाले नेय रानी	नौ खण्डा महल में ले जाती रानी
	बाज नेउन बसाय	खाट पर ले जा कर बिठाती
	"बिहन दखुक गेलास राजा	"धान देखने गये हे राजा
	कसन बतर होली?"	किस स्थिति में है?"
934	"सुन रानी पारबती	"सुनो हे रानी पारबती
	सुन रानी पारबती	सुनो हे रानी पारबती
	बेड़ा भर-भर पानी रानी	खेतों में पानी भरा है रानी
	डोली भर-भर पानी	क्यारियों में पानी भरा है
	हिरी जवँरेया होय रानी	मेड़ तक पानी भरा है रानी
	बेड़ा जवँरेया होय	खेतों में पानी भरा है
	बाल बिहड़ा मारें रानी	बाल बिहड़ा चलाऊँ रानी
	मयँ बाल बिहड़ा मारें"	मैं बाल बिहड़ा चलाऊँ"
	पारबती रानी सुने बाबा	पारबती रानी सुनती बाबा
	खँड मुचकी मारे	हौले से मुस्काती
935	आसोत राजा रे आसोत रानी	रहते राजा रहती रानी
	आसोत राजा आसोत रानी	रहते राजा रहती रानी
	राज धरुन खासोत राजा-रानी	राज्य पर शासन करते राजा-रानी
	देस धरुन खासोत	देश पर शासन करते
	पँदरा दिन बले होय बाबा	पन्द्रह दिन बीते बाबा
	बिहन दखलो होय	धान देखे बीते
	छक् नाय पानी छाँडे बाबा	वर्षा थम जाती है बाबा
	छक् नाय पानी छाँडे	वर्षा पूरी तरह थम जाती
	पारबती रानी दखे बाबा	पारबती रानी देखती बाबा
	राजा के काय बले	राजा से क्या कहती
	"सुना राजा माहादेवरैया	"सुनिये राजा माहादेवरैया
	सुना राजा माहादेवरैया	सुनिये राजा माहादेवरैया

छक् नाय पानी छाँडे राजा	वर्षा थम गयी है राजा
छक् नाय पानी छाँडे	वर्षा थम गयी है
कसन बतर होली राजा?	किस स्थिति में धान है राजा?
बिहन दखुक जाहा"	धान देखने जायें"
936 माहादेवरैया सुने बाबा	माहादेवरैया सुनता बाबा
हरबर तियार होय	झटपट तैयार हो जाता
आपलो साजू पिंदे राजा	अपने साज पहनता राजा
आपलो जाक धरे	अपने सामान लेता
घर ले बाहिर राजा होय	घर से बाहर आता राजा
जाते-जाते राजा जाय	चलता चला जाता राजा
रुमझुम-रुमझुम रेंगे राजा	जल्दी-जल्दी चलता राजा
एक कलाट मारे	लम्बे डग है भरता
बेड़ा अमरुन जाय राजा	खेत पहुँच जाता है राजा
हिरी अमरुन जाय	मेड़ पर पहुँच जाता
बुलुन-बुलुन दखे राजा	घूम-घूम कर देखता राजा
गिंजरुन-गिंजरुन दखे	घूम-घूम कर देखता
937 बुँद भर पानी बले नईं रय	बूँद भर पानी नहीं खेत में
बुँद भर पानी नईं रय	बूँद भर पानी नहीं था
भुँय के डाँगरा फाटे बाबा	जमीन में दरार पड़ गयी बाबा
बिहन खाले उतरे	धान की बढ़त रुक गयी
बिहन पँडराउन जाय राजा चो	धान सफेद हो चला राजा का
बिहन पँडराउन जाय	धान सफेद हो चला
माहादेवरैया दखे बाबा	माहादेवरैया देखता बाबा
कपार पेटी होय	अपना सिर पीट लेता
'माँगुन बयला मयँ आनले' बले	'माँग कर बैल मैंने लाये
'माँगुन बिहन आनले' बले	माँग कर धान मैंने लाया
'मयँ साल भर डँड होले' बले	साल भर कष्ट सहे हैं मैंने
'बेड़ा कमाउन रले	खेत में काम किया
बुँद भर पानी निंहाय' बले	बूँद भर पानी नहीं है' कहता
'चुलू भर पानी निंहाय	'चुल्लू भर पानी नहीं है
भुँय के डाँगरा फाटे' बले	जमीन में दरार पड़ गयी है' कहता
'मोचो बिहन खाले उतरे	'मेरे धान की बढ़त रुक गयी
बिहन पँडराउन जाय' बले	धान सफेद हो गया है' कहता
'कमालो बाहदा गेली'	'मेरी कमाई व्यर्थ हो गयी'
खाले मुँडी करे राजा	सिर झुका लेता है राजा
खाले मुँडी करे	सिर झुका लेता है
हिरी-पार छाँडे राजा	खेत की मेड़ छोड़ता राजा
बेड़ा-पार छाँडे	खेत की मेड़ छोड़ता

	जाते-जाते बले राजा जाय	जाते-जाते राजा जाता
	जाते-जाते राजा जाय	जाते-जाते राजा जाता
	रुमझुम-रुमझुम रेंगे राजा	जल्दी-जल्दी चलता राजा
	एक कलाट मारे	लम्बे डग है भरता
	पारबती रानी दखे बाबा	पारबती रानी देखती बाबा
	सेवा-जोड़ा धरे	सेवा-सामग्री लेती
	पइँया धोआउन जाय रानी	पाँव धुला जाती है रानी
	चाउर-टिका देय	चावल का टीका लगाती
	होम-आरती देय रानी	होम-आरती करती रानी
	पइँया पड़ुन जाय	चरण-स्पर्श कर जाती
	राजा चो हात धरे रानी	राजा का हाथ पकड़ती रानी
	नव खँड माहाले नेय	नौ खण्डा महल में ले जाती
	बाजे नेउन बसाय रानी	खाट पर ले जा बिठाती रानी
	सेज नेउन बसाय	सेज पर ले जा बिठाती
938	“सुना राजा रे माहादेवरैया	“सुनिये राजा माहादेवरैया
	सुना राजा माहादेवरैया	सुनिये राजा माहादेवरैया
	बिहन दखुक गेलास राजा	धान देखने गये हे राजा
	कसन बतर होली?	किस स्थिति में है?
	खाले मुँडी करास राजा	सिर झुका लिया है राजा
	मूँ चो पानी निंहाय	मुख पर तेज नहीं है
	आले मोके साँगा राजा	तनिक मुझे बतलायें राजा
	आले मोके साँगा”	तनिक मुझे बतलायें”
939	रानी के काय बले राजा	रानी से क्या कहता राजा
	रानी के काय बले	रानी से क्या कहता
	“सुन रानी पारबती	“सुनो हे रानी पारबती
	सुन रानी पारबती	सुनो हे रानी पारबती
	बुँद भर पानी निंहाय रानी	बूँद भर पानी नहीं है रानी
	चुलू भर पानी निंहाय	चुल्लू भर पानी नहीं है
	बिहन पँडराउन जाय रानी	धान सफेद हो गया है रानी
	मोचो बिहन खाले उतरे	मेरे धान की बढ़त थम गयी है
	भुँय के डाँगरा फाटे रानी	जमीन में दरार पड़ गयी है रानी
	भुँय के डाँगरा फाटे	जमीन में दरार पड़ गयी है
	कमालो बाहदा गेली रानी	मेरी कमाई व्यर्थ हो गयी है रानी
	कमालो फुकट होली	मेरी कमाई व्यर्थ हो गयी
	मुरिया-भेस बाँदें रानी	मैंने मुरिया-वेश धरा हे रानी
	मयँ माड़या-भेस बाँदें	मैंने माड़िया-वेश धरा
	साल भर डँड होले रानी	साल भर कष्ट सहे हे रानी
	मयँ माँगुन बयला आनले”	मैं बैल माँग कर लाया”

अधया-16 : भिमा-बिहाव

अध्याय-16 : भिमा-विवाह

940 पारबती रानी सुने बाबा	पारबती रानी सुनती बाबा
कपार पेटी होय	माथा पीट लेती
'काय ने मँजा जिवदे' बले	'कैसे मँजपुरवासी जीयेंगे' कहती
'मँजा मरुन जादे'	'मँजपुरवासी मर जायेंगे'
मने बिचार रानी करे	मन में विचार रानी करती
दिले धोका रानी करे	दिल में चिन्ता रानी करती
राजा के काय बले रानी	राजा से क्या कहती रानी
"सुना राजा" बले	"सुनिये राजा" कहती
"गोबिंदपुरे जाहा राजा	"गोबिंदपुर जायें राजा
बुदू पँजेआर आना	बुदू पँजेआर को लायें

	पाँजी दखुन देयदे राजा	पोथी देख बतलायेगा राजा
	पाँजी दखुन देयदे"	पंचांग देख कर बतायेगा"
941	माहादेवरैया सुने बाबा	माहादेवरैया सुनता बाबा
	बाबू के काय बले	बाबू से वह कहता
	"गोबिंदपुरे बले जा बाबू	"गोबिंदपुर तू जा हे बाबू
	तुय बुदू पँजेआर के आन	तू बुदू पँजेआर को ला
	पाँजी-खुट धरो बाबू	पोथी-पत्तर ले वह बाबू
	जोतिस-रमायन धरो	ज्योतिष-रामायण ले
	एक डँडिक एओ बाबू	थोड़ी देर आये बाबू
	पाँजी दखुन देयदे"	पंचांग देख बतलायेगा"
942	सुने बाबू भिकन्दर	सुनता बाबू भिकन्दर
	सुने बाबू जलन्धर	सुनता बाबू जलन्धर
	हरबर तियार होय बाबू	झटपट तैयार होता बाबू
	जलदी तियार होय	जल्दी तैयार होता
	पाँये खड़ऊ पिंदे बाबू	पाँव में खड़ाऊँ पहनता बाबू
	हाते बेद धरे	हाथ में बेंत लेता
	गोबिंदपुरे बले जाय बाबू	गोबिंदपुर वह जाता बाबू
	रुमझुम-रुमझुम रेंगे	जल्दी-जल्दी चलता
	कैलासपुर के बाबू छाँडे	कैलासपुर छोड़ता बाबू
	गोबिंदपुरे बाबू जाय	गोबिंदपुर बाबू जाता
	पँजेआर-माहाले जाय बाबू	पँजेआर-महल जाता बाबू
	पँजेआर-माहाले अमरे	पँजेआर-महल पहुँचता
	माँडो-मोंगरा उबे बाबू	मोगरा-मण्डप में रुकता बाबू
	'दादा' हंका मारे	'दादा' हाँक लगाता
	दादा सुनुन जाय बाबा	दादा सुन लेता है बाबा
	घर ले बाहिर होय	घर से बाहर आता
	बाबू के काय बले दादा	बाबू से क्या कहता दादा
	"सुन बाबू" बले	"सुन हे बाबू" कहता
	"काय कामे इलिस बाबू	"किस काम से आया बाबू
	तुय आले मोके साँग"	तनिक मुझे बतला"
943	"सुन दादा रे बुदू पँजेआर	"सुन हे दादा बुदू पँजेआर
	सुन दादा बुदू पँजेआर	सुन हे दादा बुदू पँजेआर
	तुचो जाक के धर दादा	अपने सामान लो हे दादा
	तुचो साजू के धर	अपनी सामग्री ले लो
	राजा घरे बलाव दादा	राजा के घर बुलावा दादा
	एक डँडिक जावँ"	थोड़ी देर चलो"
944	"एयँदे बाबू" बले दादा	"आऊँगा बाबू" कहता दादा
	बाई के काय बले	बाई से वह कहता

“पानी गरम कर बाई	पानी गर्म कर हे बाई
मयँ आँगे असनाँद होयँ”	मैं अंग स्नान करूँगा
पानी गरम करे बाई	पानी गर्म करती बाई
सेदा-भेदा करे	ठण्डा पानी मिलाती
मन्दन-सिले नेय बाई	स्नान-गृह में ले जाती बाई
झारी कसेला देय	झारी पात्र देती
कपुर दतुन देय बाई	सुगन्धित दतौन देती बाई
मन्दन-सिले जाय	स्नान-गृह में ले जाती
मन्दन-सिले उबे बाबू	स्नान-गृह में खड़ा होता बाबू
कपुर दतुन धरे	सुगन्धित दतौन लेता
सुरिज-भेट करे बाबू	सूर्य-नमस्कार करता बाबू
मुँहे मुखारी गोबे	मुँह में दतौन लेता
दतुन-पतर चाबे बाबू	दतौन आदि कर जाता बाबू
आँगे असनाँद होय	वह स्नान कर जाता
सुका कपड़ा बाबू पिंदे[1]	सूखा कपड़ा बाबू पहनता
सुका कपड़ा बाबू पिंदे	सूखा कपड़ा बाबू पहनता
ओधा कपड़ा गिरे बाबू चो	गीला कपड़ा गिरता बाबू का
ओधा कपड़ा गिरे	गीला कपड़ा गिरता
झारी पानी धरे बाबू	झारी में पानी लेता बाबू
तुलसी-चँवरा में जाय	तुलसी-चौरा में जाता
चँवरा ने पानी रिकाय बाबू	चौरा में पानी डालता बाबू
तुलसी के काय बले	तुलसी से वह कहता
“अगास मेलान बाड़ बाई	“आकाश तक बढ़ जाओ बाई
पकिर पाना फेक	नयी कोंपलें निकलें
तुय-मयँ बाँहा-जोरी बाई	तुम-मैं बाँहों की जोड़ी बाई
तुय-मयँ हन्सा-जोरी	तुम-मैं हन्सों की जोड़ी
जिव भर सेवा मिरो बाई	जीवन भर सेवा करूँ मैं बाई
मोचो जान सुकी रओ”	मेरा जीवन सुखी रहे”
तुलसी-सेवा करे बाबू	तुलसी-सेवा करता बाबू
तुलसी-पुजा करे	तुलसी-पूजा करता
होम-आरती देय बाबू	होम-आरती करता बाबू
पइँया पड़ुन जाय	वह प्रणाम कर जाता
बाजे जाउन बाबू बसे	खाट पर जा बैठता बाबू
बाई के काय बाबू बले	बाई से क्या कहता बाबू
“बँधेया झापी के दे रानी	“बँधेया झापी तू दे हे रानी
मयँ नव सै गाहना पिंदें”	मैं नौ सौ गहने पहनूँ”

1. कैसेट क्रमांक 25बी का आरम्भ, ध्वन्यांकन तिथि : 16.12.1996।

बाई सुनुन जाय बाबा	बाई सुन लेती है बाबा
बँधेया झापी के देय	वह बँधेया झापी देती
कुची हेड़ुन जाय बाबू	कुंजी निकाल लेता बाबू
तारा टोड़ुन जाय	ताला खोल जाता
बँधेया झापी खोले बाबू	बँधेया झापी खोलता बाबू
नव सै गाहना पिंदे	नौ सौ गहने पहनता
नव सै हार पिंदे बाबू	नौ सौ हार पहनता बाबू
अलंकार पिंदे	अलंकार पहनता
जोतिस-रमायन बाबू धरे	ज्योतिष-रामायण बाबू लेता
कठुआ-फारा बाबू धरे	पुस्तक-आसनी बाबू लेता
पाँये खड़ऊ पिंदे बाबू	पाँवों में खड़ाऊँ पहनता बाबू
हाते बेद धरे	हाथ में बेंत लेता
"घर-दुआर के दख रानी	"घर-द्वार को देख रानी
मयँ राजा-माहाले जायँ	मैं राज-महल हूँ जाता
कोन दिन फिरुन एयँदे रानी मयँ	किस दिन मैं लौटूँगा रानी
बड़े घरो गोठ आय'	बड़े घर की बात है'
घर ले बाहिर होय बाबू	घर से बाहर आता बाबू
जाते-जाते जाय	चलता चला जाता
रुमझुम-रुमझुम रेंगे बाबू	जल्दी-जल्दी चलता बाबू
एक कलाट मारे	लम्बे डग है भरता
946 गोबिंदपुर बले बाबू छाँडे	गोबिंदपुर बाबू छोड़ता
कैलासपुरे बाबू जाय	कैलासपुर बाबू जाता
कैलासपुरे अमरे बाबू	कैलासपुर पहुँचता बाबू
पारा-परोसे जाय	अड़ोस-पड़ोस में जाता
पारा-परोस छाँडे बाबू	अड़ोस-पड़ोस छोड़ता बाबू
राजा-माहाले जाय	राज-महल वह जाता
पारबती रानी दखे बाबा	पारबती रानी देखती बाबा
'पँजेआर अमरुन गेलो'	पँजेआर पहुँच गया है
सेवा-जोड़ा धरे रानी	सेवा-सामग्री लेती रानी
चन्दन-काट मँडाय	चन्दन-काठ रखती
ढँगनाय बाबू उबे बाबा	बाबू उस पर खड़ा हो जाता बाबा
पइँया धोआउन जाय	वह पाँव धुला जाती
चाउर-टिका बले देय रानी	चावल का टीका लगाती रानी
होम-आरती देय	होम-आरती करती
पइँया पड़ुन जाय रानी	चरण-स्पर्श कर जाती रानी
रानी चो टोंड चुमे	वह रानी का मुख चूमता
बाबू चो हात बले रानी धरे	बाबू का हाथ रानी थामती
नव खँड माहाले रानी नेय	नौ खण्डा महल में रानी ले जाती

बाज नेउन बसाय रानी	खाट पर ले जा बिठाती रानी
सेज नेउन बसाय	सेज पर ले जा बिठाती
राजा-रानी बसोत बाबा	राजा-रानी बैठते बाबा
बाबू काय बले	बाबू है क्या कहता
"काय बलाव आय राजा	"किसलिये बुलवाया राजा
आले मोके साँगा"	तनिक मुझे बतलायें"
947 "सुन बाबू बुदू पँजेआर	"सुन हे बाबू बुदू पँजेआर
सुन बाबू बुदू पँजेआर	सुन हे बाबू बुदू पँजेआर
बुंद भर पानी निंहाय बाबू	बूँद भर पानी नहीं है बाबू
चुलू भर पानी निंहाय	चुल्लू भर पानी नहीं है
भुँय के डाँगरा फाटे बाबू	जमीन में दरार पड़ गयी बाबू
मोचो बिहन खाले उतरे	मेरे धान की बढ़त थम गयी
बिहन पोडराउन जाय बाबू	धान सफेद हो गया है बाबू
बिहन पोडराउन जाय	धान सफेद हो गया
साल भर डँड होले बाबू	साल भर कष्ट झेले बाबू
मयँ साल भर डाहा होले	मैंने साल भर कष्ट उठाये
कमालो बाहदा गेली बाबू	कमाई व्यर्थ गयी हे बाबू
मोचो कमालो फुकट होली	मेरी कमाई बेकार हो गयी
एई पाँजी के दख बाबू	यही पंचांग में देखो बाबू
एई पाँजी दख"	यही पंचांग में देखो"
948 "सुना रानी पारबती	"सुनिये रानी पारबती
सुना रानी पारबती	सुनिये रानी पारबती
सेवा-जोड़ा दिया रानी	सेवा-सामग्री दें हे रानी
पुजा-जोड़ा दिया	पूजा-सामग्री दें"
सेवा-जोड़ा देय रानी	सेवा-सामग्री देती रानी
पुजा-जोड़ा देय	पूजा-सामग्री देती
नवा सरकी ओछाय बाबू	नयी चटाई बिछाता बाबू
झारी पानी छिचे	झारी से पानी छिटकता
रमायन भुँये मँडाय बाबू जे	रामायण जमीन पर रखता बाबू
काचा गोरस छिचे	कच्चा दूध छिटकता
रमायन-सेवा करे बाबू	रामायण-सेवा करता बाबू
होम-आरती देय	होम-आरती करता
पइँया पड़ुन जाय बाबू	उन्हें प्रणाम कर जाता बाबू
हात जोड़ुन जाय	हाथ जोड़ लेता
खालामाती बले बाबू बसे	पालथी मार कर बाबू बैठता
रमायन कोरा बाबू धरे	रामायण को गोद में बाबू लेता
पँजेआर पाँजी दखे बाबा	पँजेआर पंचांग देखता बाबा
पाँजे बसुन जाय	पंचांग में दिख जाता

	राजा के काय बले बाबू	राजा से क्या कहता बाबू
	“सुना राजा” बले	“सुनिये राजन्” कहता
	“पाँजे बसुन गेली राजा	“पंचांग में दिख गया हे राजन्
	मोचो पाँजे पड़न गेली	मेरे पंचांग में दिख गया
	भिमा-बिहाव करा राजा	भिमा-विवाह[2] करें हे राजन्
	तेबे पानी एयदे”	तभी पानी आयेगा”
949	सुने रानी पारबती	सुनती रानी पारबती
	सुने रानी पारबती	सुनती रानी पारबती
	“कोन दिने माँडो होयदे?” बले	“किस दिन माँडो होगा[3]?” कहती
	“कोन दिने तेल होयदे?	“किस दिन तेल होगा?
	कोन दिने लगिन होयदे बाबू?	किस दिन लग्न होगा बाबू?
	तुय दुसर पाँजी दख”	तुम दूसरा पंचांग देखो”
	आउर पाँजी दखे बाबू	दूसरा पंचांग देखता बाबू
	दुसर पाँजी दखे	वह दूसरा पंचांग देखता
	पाँजे बसुन जाय बाबू चो	पंचांग में दिख जाता बाबू के
	पाँजे पड़न जाय	पंचांग में दिख जाता
950	“सुना रानी पारबती	“सुनिये रानी पारबती
	सुना रानी पारबती	सुनिये रानी पारबती
	आगे दिन माँडो रओ रानी	पहले दिन माँडो रहे हे रानी
	पाछे दिन तेल होओ	अगले दिन तेल हो
	सनवारे लगिन होओ रानी	शनिवार को लग्न रहे हे रानी
	ए भिमा-बिहाव आय”	यह भिमा का विवाह है”
	पाँजी-खुट सकले बाबू	पोथी-पत्तर समेटता बाबू
	जोतिस-रमायन सकले	ज्योतिष-रामायन समेटता
	रोसई-चाउर रानी जोड़े	रसोई-चावल रानी लेती
	मुठा रुपया रानी धरे	मुट्ठी भर रुपये रानी लेती
	पँजेआर-बिदा बले देय रानी	पँजेआर-विदाई करती रानी

2. प्रायः भिमा देव का कोई आकार नहीं होता। यह वस्तुतः लकड़ी का एक छोटा-सा खम्भा होता है। इसे 'भिमा खुटा' कहा जाता है। भिमादेव की पूजा बस्तर ही नहीं बल्कि ओड़िसा में भी की जाती है। ओड़िसा में इस खम्भे को 'भिमुल-खुट' कहा जाता है। 29.09.1999 को कोंडागाँव के ग्राम पटेल डिबूश्वर कौशिक से हुई बातचीत में उन्होंने भिमा विवाह का जो विवरण बताया उसमें भी भिमा खुटा की ही बात आयी है। उनके अनुसार : “पानी नहीं गिरने पर भिमा का विवाह किया जाता है। यह विवाह वर्ष में होने वाले दो जातरा (जतरा) से अलग है। यह विवाह केवल पानी नहीं गिरने पर किया जाता है। उस समय भिमा के सिर पर यानी 'खुटा (ठूँठ)' के ऊपर गोबर थोपा जाता है। पूरे गाँव के लोगों से चन्दा इकट्ठा किया जाता है। लोग खुशी से चन्दा देते हैं। इससे जातरा (जतरा) करते हैं। इनका स्थान है माता सिरहा के घर के पीछे। मरार पारा।” कहा जाता है कि भिमा खुटा पर गोबर थोपे जाने पर वर्षा के देवता इन्द्र उसे सहन नहीं कर पाते और खुटा पर से गोबर धोने के लिए वर्षा करने लगते हैं (स्रोत : डिबूश्वर कौशिक, ग्राम पटेल, कोंडागाँव, 29.09.1999)।
3. माँडो होगा : मण्डप गड़ेगा, मण्डपाच्छादन होगा।

	बाबू मोडरी बाँदे	बाबू गठरी बाँधता
	आपन माहाले जाय बाबू	अपने महल जाता बाबू
	राजा-रानी आसोत	राजा-रानी रहते
951	एक दिन ले दुय दिन	एक दिन से दो दिन
	दुय दिन ले आँट दिन	दो दिन से आठ दिन
	पाँजी दखालो होय राजा चो	पंचांग दिखाये बीते राजा को
	पाँजी दखालो होय	पंचांग दिखाये बीते
	बाजे बसुन जात राजा-रानी	खाट पर बैठते राजा-रानी
	सेज बसुन जात	सेज पर जा बैठते
	रानी काय बले राजा के	रानी क्या कहती राजा से
	"सुना राजा" बले	"सुनिये राजा" कहती
	"जोड़ा जोड़न दिया राजा	"सामग्री तैयार कर दें हे राजा
	मयँ भिमा-बिहाव[4] करें"	मैं भिमा-विवाह करूँगी"
	एइन बात बले रानी	यही बात कहती है रानी
	एइन गोठ बले	यही बात कहती है
	हट मताउन जाय रानी	हठ मचा जाती है रानी
	टेक मताउन जाय	हठ मचा जाती है
	दतुन नईं चाबे रानी जे	दतौन नहीं करती है रानी
	अन नईं खाय	अन्न नहीं खाती है
	भुके-भुके आसे रानी	भूखी ही रह जाती रानी
	भुके-भुके आसे	भूखी ही रह जाती
952	दखे राजा माहादेवरैया	देखता राजा माहादेवरैया
	दखे राजा माहादेवरैया	देखता राजा माहादेवरैया
	रानी के काय बले राजा	रानी से क्या कहता राजा
	"सुन रानी" बले	"सुनो हे रानी" कहता
	"तिनपुर टेकहिन आस रानी	"बड़ी हठी हो रानी तुम
	बड़ा उपई आस	बड़ी ही चंचल हो
	टेक मताउन जास रानी	हठ मचा जाती हो रानी
	हट मताउन जास	हठ मचा जाती हो
	दतुन नईं चाबिस रानी	दतौन नहीं करती हो रानी
	अन नईं खाइस	अन्न नहीं खाती हो
	भुके-भुके आसिस रानी	भूखी ही रह आती रानी तुम
	भुके-भुके आसिस	भूखी ही रह आती
	दतुन चाबुन जा रे रानी	दतौन कर लो हे रानी तुम
	अन खाउन जा रे रानी	अन्न खा लो हे रानी तुम
	मयँ जोड़ा जोड़न देयँदे रानी	मैं सामग्री तैयार कर दूँगा रानी
	भिमा-बिहाव कर"	भिमा-विवाह कर लेना"

4. बिहाव : भतरी परिवेश में यह 'बिहा' बिआ और 'बिबा' ('भिबा' भी) उच्चारित होता है।

953	पारबती रानी सुने बाबा	पारबती रानी सुनती बाबा
	खँड मुचकी मारे	हौले से मुस्काती
	दतुन चाबुन जाय रानी	दतौन कर जाती है रानी
	अन खाउन जाय	अन्न भी खा लेती
	एक दिन ले दुय दिन	एक दिन से दो दिन
	दुय दिन ले आँट दिन	दो दिन से आठ दिन
	दतुन चाबलो होय रानी चो	दतौन किये बीते रानी को
	अन खादलो होय	अन्न खाये बीते
	बाजे बसुन जात राजा-रानी	खाट पर बैठ जाते राजा-रानी
	सेज बसुन जात	सेज पर बैठ जाते
	रानी काय बले राजा के	रानी क्या कहती राजा से
	"सुना राजा" बले	"सुनिये राजा" कहती
	"मुठा रुपया धरा राजा	"मुट्ठी भर रुपये लें हे राजा
	बिहाव-जोड़ा जोड़ा	विवाह की तैयारी करें
	कुम्हार-माहाले जाहा राजा	कुम्हार-महल जायें हे राजा
	बिहाव-हाँडी आना	विवाह की हण्डी लायें
	मायगोड़ आना राजा	मायगोड़ हण्डी लायें राजा
	भात-भतई आना	भात-भतई लायें
	करसा-रुखी आना राजा	करसा-रुखी लायें राजा
	हरदी नँगर जाहा	हरदी नँगर जायें
	परला-बिछना आना राजा	परला-बिछना लायें हे राजा
	मरार-माहाल जाहा	मरार-महल जायें

मउड़ गथाउन आना राजा	मुकुट बनवा कर लायें राजा
भेला गुर आना	गुड़ की भेली लायें
जोड़ा जोड़ुन दिया राजा	सामग्री तैयार कर दें हे राजा
जोड़ा जोड़ुन दिया"	सामग्री तैयार कर दें"
54 "सुन बाबू रे भिकन्दर	"सुन हे बाबू भिकन्दर
सुन बाबू जलन्धर	सुन हे बाबू जलन्धर
मुठा रुपया धर बाबू	मुट्ठी भर रुपये ले हे बाबू
बिहाव-जोड़ा जोड़	विवाह-सामग्री ला
रानी हट मताय बाबू	रानी हठ मचाती बाबू
रानी टेक मताय	रानी हठ मचाती
भिमा-बिहाव करो बाबू	भिमा-विवाह करे वह बाबू
भिमा-बिहाव करो"	भिमा-विवाह करे"
55 सुने बाबू रे भिकन्दर	सुनता बाबू भिकन्दर
सुने बाबू जलन्धर	सुनता बाबू जलन्धर
हरबर तियार होय बाबू	झटपट तैयार होता बाबू
जलदी तियार होय	जल्दी तैयार होता
मुठा रुपया धरे बाबू	मुट्ठी भर रुपये लेता बाबू
पाँये खड़ऊ पिंदे	पाँवों में खड़ाऊँ पहनता
हाते बेद धरे बाबू	हाथ में बेंत लेता बाबू
राजा-माहाल छाँडे	राज-महल छोड़ता
रुमझुम-रुमझुम रेंगे बाबू	जल्दी-जल्दी चलता बाबू
एक कलाट मारे	लम्बे डग है भरता
कुम्हार-माहाले जाय बाबू	कुम्हार-महल जाता बाबू
कुम्हार-माहाले अमरे	कुम्हार-महल पहुँचता
माँडो-मोंगरा उबे बाबू	मोगरा-मण्डप में रुकता बाबू
'दादा' हंका मारे	'दादा' हाँक लगाता
दादा सुनुन जाय बाबा	दादा सुन लेता है बाबा
घर ले बाहिर होय	घर से बाहर आता
"काय कामे इलिस बाबू?	"किस काम से आया बाबू?
आले मोके साँग"	तनिक मुझे बतला"
56 "सुन दादा रे कुम्हार लोग	"सुन हे दादा कुम्हार
सुन दादा कुम्हार लोग	सुन हे दादा कुम्हार
रानी हट मताय दादा	रानी हठ करती है दादा
रानी टेक मताय	रानी हठ मचाती
भिमा-बिहाव करतो आय दादा	भिमा-विवाह करना है दादा
भिमा-बिहाव आय	भिमा-विवाह है
बिहाव-हाँडी दे दादा	विवाह की हण्डी दे हे दादा
मोके बिहाव-हाँडी दे"	मुझे विवाह की हण्डी दे"

957	सुने दादा रे कुम्हार लोग	सुनता दादा कुम्हार
	सुने दादा कुम्हार लोग	सुनता दादा कुम्हार
	"मयँ देयँदे बाबू" बले दादा	"मैं दूँगा बाबू" कहता दादा
	"देयँदे बाबू" बले	"दूँगा बाबू" कहता
	खाँदे कोड़की धरे दादा	कन्धे में कुदाली रखता दादा
	हाते टुकना धरे	हाथ में टोकरी लेता
	माटी खनुकलाय जाय दादा	माटी खोदने जाता दादा
	माटी खनुन आने	माटी खोद कर लाता
	माटी भिजाउन जाय दादा	माटी भिगा जाता है दादा
	माटी खुँदुन जाय	माटी मिला जाता
	बिहाव-हाँडी बले दादा घड़े	विवाह-हण्डी दादा बनाता
	बिहाव हाँडी दादा घड़े	विवाह-हण्डी दादा गढ़ता
	मायगोड़ घड़े दादा	मायगोड़ गढ़ता दादा
	भात-भतई घड़े	भात-भतई गढ़ता
	करसा-रुखी घड़े दादा	करसा-रुखी गढ़ता दादा
	हुन हाँडी घड़ुन सारे	वह हण्डी है गढ़ जाता
	आवाँ देउन जाय दादा	भट्टी में रख जाता दादा
	आवाँ हेड़ुन जाय	भट्टी से निकाल लेता
	भिकन्दर के देय दादा	भिकन्दर को देता दादा
	जलन्धर धरे	जलन्धर ले लेता
	मुठा रुपया देय बाबू	मुट्ठी भर रुपये देता बाबू
	कुम्हार-माहाल छाँडे	कुम्हार-महल छोड़ता
	रुमझुम-रुमझुम रेंगे बाबू	जल्दी-जल्दी चलता बाबू
	एक कलाट मारे	लम्बे डग है भरता
	जाय बाबू रे भिकन्दर	जाता बाबू भिकन्दर
	जाय बाबू जलन्धर	जाता बाबू जलन्धर
	हरदी नँगरे जाय बाबू	हरदी नँगर जाता बाबू
	पारदी-माहाले जाय	पारदी-महल वह जाता
	पारदी-माहाल अमरे बाबू	पारदी-महल पहुँचता बाबू
	माँडो-मोंगरा उबे	मोगरा-मण्डप में रुकता
	'दादा' हंका मारे बाबू	'दादा' हाँक लगाता बाबू
	दादा सुनुन जाय	दादा है सुन लेता
	घर ले बाहिर होय दादा	घर से बाहर आता दादा
	बाबू के काय बले	बाबू से वह कहता
	"सुन बाबू भिकन्दर	"सुन हे बाबू भिकन्दर
	सुन बाबू जलन्धर	सुन हे बाबू जलन्धर
	काय कामे इलिस बाबू	किस काम से आया बाबू
	आले मोके साँग"	तनिक मुझे बतला"

958 बाबू काय बले दादा के	बाबू क्या कहता दादा से
“सुन दादा” बले	“सुन हे दादा” कहता
“परला-बिछना दे दादा	“परला-बिछना दे हे दादा
परला-बिछना दे”	परला-बिछना दे”
दादा सुनुन जाय बाबा	दादा सुन लेता है बाबा
“मयँ देयँदे बाबू” बले	“मैं दूँगा बाबू” कहता
खाँदे टयँगा दादा धरे	कन्धे पर कुल्हाड़ी दादा रखता
घर ले बाहिर दादा होय	घर से बाहर दादा आता
जाते-जाते बले जाय दादा	चलता चला जाता दादा
बाँवस-पटाड़े जाय	बाँस वन में जाता
बाँवस-पटाड़ अमरे दादा	बाँस वन पहुँचता दादा
बाँवस गोंदुन जाय	बाँस काट जाता
गोंदा-गोंदा करे दादा	टुकड़े-टुकड़े करता दादा
तुकड़ा-तुकड़ा करे	टुकड़े-टुकड़े करता
खाँद भर बोहे दादा	कन्धे में रख लेता दादा
बाँवस-पटाड़ छाँडे	बाँस का जंगल छोड़ता
आपन माहाले जाय दादा	अपने महल में जाता दादा
आपन माहाले अमरे	अपने महल पहुँचता
बाँवस कचाड़ुन देय दादा	बाँस पटक देता है दादा
बाँवस खापुन जाय	बाँस चीर जाता
हाते छुरी धरे दादा	हाथ में छुरी लेता दादा
सरा हेड़ुन जाय	सरा निकाल जाता
बिरला उरलुन जाय दादा	बिरला निकाल जाता दादा
हुन सरा जुराउन जाय	वह सरा सुखा जाता
परला-बिछना दादा गाथे	परला-बिछना दादा बनाता
जोड़ी सुपा दादा गाथे	दो सूपा दादा बनाता
झाल गपा गाथे दादा	झाल गपा बनाता दादा
फुलर दँवड़ी गाथे	फूल-टोकरी बनाता
सुपा गाथुन सारे दादा	सूपा बना जाता दादा
भिकन्दर के देय	भिकन्दर को देता
जलन्धर धरे बाबा	जलन्धर लेता बाबा
मुठा रुपया देय	मुट्ठी भर रुपये देता
पारदी-माहाल बाबू छाँडे	पारदी-महल बाबू छोड़ता
जाते-जाते बाबू जाय	जाते-जाते बाबू जाता
मरार-माहाले जाय बाबू	मरार-महल जाता बाबू
मरार-माहाल अमरे	मरार-महल पहुँचता
माँडो-मोंगरा उबे बाबू	मोगरा-मण्डप में रुकता बाबू
‘दादा’ हंका मारे	‘दादा’ हाँक लगाता

	दादा सुनुन जाय बाबा	दादा सुन लेता है बाबा
	घर ले बाहिर होय	घर से बाहर आता
	"काय कामे इलिस बाबू?	"किस काम से आये बाबू?
	तुय आले मोके साँग"	तुम मुझे बतलाओ"
959	"सुन दादा रे मरार लोग	"सुन हे दादा मरार जन
	सुन दादा मरार लोग	सुन हे दादा मरार जन
	भिमा-बिहाव आय दादा	भिमा-विवाह है हे दादा
	भिमा-बिहाव आय	भिमा-विवाह है
	महुड़ गाथुन दे दादा	मुकुट बना दे हे दादा
	भेला गुर दे"	गुड़ की भेली दे"
960	दादा सुनुन जाय बाबा	दादा सुन लेता है बाबा
	"मयँ देयँदे बाबू" बले	"मैं दूँगा बाबू" कहता
	खाँदे फरसी धरे दादा	कन्धे में फरसी लेता दादा
	पलेवाँ गोंदुकलाय जाय	पलेवाँ काटने जाता
	पलेवाँ गोंदुन आने दादा	पलेवाँ काट कर लाता दादा
	हाते छुरी धरे	हाथ में छुरी लेता
	पलेवाँ काटुन जाय दादा	पलेवाँ काट जाता दादा
	हुन पलेवाँ चुँदुन जाय	वह पलेवाँ छील जाता
	गाथे दादा रे माँडो-मउड़	बनाता दादा माँडो-मुकुट[5]
	गाथे दादा तेल-मउड़	बनाता दादा तेल-मुकुट[6]
	लगिन-मउड़ गाथे दादा	लग्न-मुकुट[7] बनाता दादा
	कोपरेया महुड़ गाथे	कोपरेया मुकुट[8] बनाता
	मउड़ गाथुन दादा सारे	मुकुट बना जाता है दादा
	महुड़ गाथुन दादा सारे	मुकुट बना जाता है दादा
	भेला गुर धरे दादा	गुड़ की भेली लेता दादा
	बिहाव-मउड़ धरे	विवाह-मुकुट वह लेता
	भिकन्दर के देय दादा	भिकन्दर को देता दादा
	जलन्धर धरे	जलन्धर ले लेता
	मुठा रुपया देय बाबू	मुट्ठी भर रुपये देता बाबू
	मरार-माहाल छाँडे	मरार-महल छोड़ता
	जाते-जाते बले जाय बाबू	चलता चला जाता बाबू
	रुमझुम-रुमझुम रेंगे	जल्दी-जल्दी चलता

5. माँडो-मुकुट : मण्डपाच्छादन की रस्म के दिन बाँधे जाने वाले मुकुट। इस दिन वर-वधू के साथ-साथ मण्डप को मुकुट बाँधे जाते हैं।
6. तेल-मुकुट : वर-वधू को तेल चढ़ाने के दिन उन्हें बाँधे जाने वाले मुकुट।
7. लग्न-मुकुट : लगन (फेरे) के दिन वर-वधू को बाँधे जाने वाले मुकुट।
8. कोपरेया मुकुट : विवाह की अन्य रस्मों के समय वर-वधू एवं हण्डियों आदि को ये मुकुट बाँधे जाते हैं। ये आकार में छोटे होते हैं।

एक कलाट मारे बाबू
हुन हरना उछट मारे
गाँडा-माहाले जाय बाबू
गाँडा-माहाल अमरे
माँडो-मोंगरा उबे बाबू
'दादा' हंका मारे
दादा सुनुन जाय बाबा
घर ले बाहिर होय
बाबू के काय बले दादा
"सुन बाबू" बले
"काय कामे इलिस बाबू
आले मोके साँग"
"सुन दादा रे गाँडा लोग
सुन दादा गाँडा लोग
भिमा-बिहाव आय दादा
भिमा-बिहाव आय
बिहाव-कपड़ा दे दादा
मोके बिहाव-कपड़ा दे"
दादा सुनुन जाय बाबा
"देयँदे बाबू" बले
ताना-तसर बले दादा करे
पाजन-पाई दादा करे
घड़ी लमाउन जाय दादा
कपड़ा बिनुन जाय
माँडो-अँगोछी[7] बिने दादा
तेल-अँगोछी बिने
लगिन-पिछरी बिने दादा
गपा-अँगोछी बिने
कपड़ा बिनुन सारे दादा
हाते छुरी धरे
घड़ी काटुन जाय दादा
हुन घड़ी घड़याउन जाय
भिकन्दर के देय दादा
जलन्धर धरे
मुठा रुपया देय बाबू
गाँडा-माहाल छाँडे

लम्बे डग है भरता बाबू
वह हिरण-सी चौकड़ी भरता
गाँडा-महल जाता बाबू
गाँडा-महल पहुँचता
मोगरा-मण्डप में रुकता बाबू
'दादा' हाँक लगाता
दादा सुन लेता है बाबा
घर से बाहर आता
बाबू से क्या कहता दादा
"सुन हे बाबू" कहता
"किस काम से आया बाबू
तनिक मुझे बतला"
"सुन हे दादा गाँडा जन
सुन हे दादा गाँडा जन
भिमा-विवाह है हे दादा
भिमा-विवाह है
विवाह के कपड़े दे हे दादा
मुझे विवाह के कपड़े दे"
दादा सुन लेता है बाबा
"दूँगा बाबू" कहता
ताना-तसर करता दादा
पाजन-पाई करता दादा
घड़ी तान जाता दादा
कपड़ा बुनने लगता
मण्डप-अंगवस्त्र बुनता दादा
तेल-अंगवस्त्र बुनता
लग्न-पिछौरी बुनता दादा
गपा-अंगवस्त्र बुनता
कपड़ा बुन देता है दादा
हाथ में छुरी लेता
कपड़ा काट जाता है दादा
वह कपड़ा तह कर जाता
भिकन्दर को देता दादा
जलन्धर है लेता
मुट्ठी भर रुपये देता बाबू
गाँडा-महल छोड़ता

अँगोछी : अन्य उच्चारण 'अँगछी'।

	जाते-जाते बले जाय बाबू	चलता चला जाता बाबू
	रुमझुम-रुमझुम रेंगे	जल्दी-जल्दी चलता
	मुरिया-माहाले जाय बाबू	मुरिया-महल जाता बाबू
	मुरिया-माहाल अमरे	मुरिया-महल पहुँचता
	माँडो-मोंगरा उबे बाबू	मोगरा-मण्डप में रुकता बाबू
	'बाई' हंका मारे	'बाई' हाँक लगाता
	बाई सुनुन जाय बाबा	बाई सुन लेती है बाबा
	घर ले बाहिर होय	घर से बाहर आती
	"काय कामे इलिस बाबू	"किस काम से आया बाबू
	आले मोके साँग"	तू मुझको बतला"
963	"दे रे बाई मुरिन लोग	"दे हे बाई मुरिन जन
	दे रे बाई मुरिन लोग	दे हे बाई मुरिन जन
	जोड़ी मसनी दे बाई	दो चटाइयाँ दे हे बाई
	भिमा-बिहाव आय"	भिमा का विवाह है"
964	बाई सुनुन जाय बाबा	बाई सुन लेती है बाबा
	"मयँ देयँदे बाबू" बले	"मैं दूँगी बाबू" कहती
	डोरी लमाउन जाय बाई	रस्सी तान जाती बाई
	बोथा ओछाउन जाय	बोथा बिछा जाती
	मसनी मारुन जाय बाई	चटाई बना जाती है बाई
	जोड़ी मसनी मारे	दो चटाइयाँ बनाती
	मसनी मारुन सारे बाई	चटाई बना जाती है बाई
	हाते छुरी धरे	हाथ में छुरी लेती
	डोरी काटुन जाय बाई	रस्सी काट जाती बाई
	बोथा काटुन जाय	बोथा काट जाती
	मसनी घड़याउन जाय बाई	चटाई तह कर जाती बाई
	भिकन्दर के देय	भिकन्दर को देती
	जोड़ी मसनी धरे बाबू	दोनों चटाइयाँ लेता बाबू
	मुठा रुपया देय	मुट्ठी भर रुपये देता
	सब जोड़ा बले धरे बाबू	सारी सामग्री लेता बाबू
	मुरिया-माहाल छाँडे बाबू	मुरिया-महल छोड़ता बाबू
	जाते-जाते बले जाय बाबू	चलता चला जाता बाबू
	रुमझुम-रुमझुम रेंगे	जल्दी-जल्दी चलता
	हरना उछट मारे बाबू	हिरन-सी चौकड़ी भरता बाबू
	एक कलाट मारे	लम्बे डग है भरता
	राजा-माहाले जाय बाबू	राज-महल जाता बाबू
	राजा-माहाल अमरे	राज-महल पहुँचता
965	सब जोड़ा बले ठोय बाबू	सारी सामग्री रखता बाबू
	सब जोड़ा ठोय बाबू	सारी सामग्री रखता बाबू

सरसवँ निकराउन जाय बाबू	सरसों निकाल जाता बाबू
तिल निकराउन जाय	तिल निकाल जाता
खेजा निकराउन जाय बाबू	मजदूरी निकाल जाता बाबू
मुठा रुपया धरे	मुट्ठी भर रुपये लेता
सरसवँ-कावड़ बोहे	सरसों-काँवर उठाता
तिल-कावड़ बोहे	तिल-काँवर उठाता
राजा-माहाल छाँडे बाबू	राज-महल छोड़ता बाबू
जाते-जाते जाय	चलता चला जाता
रुमझुम-रुमझुम रेंगे बाबू	जल्दी-जल्दी चलता बाबू
एक कलाट मारे	लम्बे डग है भरता
तेली-माहाले जाय बाबू	तेली-महल जाता बाबू
तेली-माहाल अमरे	तेली-महल पहुँचता
माँडो-मोंगरा उबे बाबू	मोगरा-मण्डप में रुकता बाबू
'दादा' हंका मारे	'दादा' हाँक लगाता
दादा सुनुन जाय बाबा	दादा सुन लेता है बाबा
घर ले बाहिर होय	घर से बाहर आता
"काय कामे इलिस बाबू	"किस काम से आया बाबू
तुय आले मोके साँग"	तू मुझको बतला"
966 "सुन दादा रे तेली लोग	"सुन हे दादा तेली जन
सुन दादा तेली लोग	सुन हे दादा तेली जन
तेल पेरुन दे दादा	तेल निकाल दे हे दादा
भिमा-बिहाव आय"	भिमा-विवाह है"
967 दादा सुनुन जाय बाबा	दादा सुन लेता है बाबा
"मयँ देयँदे बाबू" बले	"मैं दूँगा बाबू" कहता
घानी समराउन जाय दादा	घानी तैयार करता दादा
तिल रिकाउन जाय	तिल डाल देता
सरसवँ रिकाउन जाय दादा	सरसों डाल देता दादा
बयला फाँदुन जाय	बैलों को जोत देता
बयला के टोपा बाँदे दादा	बैलों को टोपा बाँधता दादा
घानी गिंजराउन जाय	घानी घुमा जाता
तेल पेरुन जाय दादा	तेल निकाल जाता दादा
तेल पेरुन जाय	तेल निकाल जाता
पिपा-पिपा बले तेल बाबा	कई कनस्तर तेल बाबा
पिपा-पिपा तेल	कई कनस्तर तेल
तेल पेरुन सारे दादा	तेल निकाल जाता दादा
भिकन्दर के देय	भिकन्दर को देता
पिपा-तेल बले बाबू धरे	तेल-कनस्तर बाबू लेता
मुठा रुपया बाबू देय	मुट्ठी भर रुपये बाबू देता

	तेली-माहाल छाँडे बाबू	तेली-महल छोड़ता बाबू
	जाते-जाते जाय	चलता चला जाता
	रुमझुम-रुमझुम रेंगे बाबू	जल्दी-जल्दी चलता बाबू
	एक कलाट मारे	लम्बे डग है भरता
	बनिया-दुकाने जाय बाबू	बनिया-दुकान जाता बाबू
	बनिया-दुकान अमरे	बनिया-दुकान पहुँचता
	माँडो-मोंगरा उबे बाबू	मोगरा-मण्डप में रुकता बाबू
	'दादा' हंका मारे	'दादा' हाँक लगाता
	दादा सुनुन जाय बाबा	दादा सुन लेता है बाबा
	घर ले बाहिर होय	घर से बाहर आता
	"काय कामे इलिस बाबू	"किस काम से आया बाबू
	तुय आले मोके साँग"	तू मुझे बतला"
968	"सुन दादा रे बनिया लोग	"सुन हे दादा बनिया जन
	सुन दादा बनिया लोग	सुन हे दादा बनिया जन
	भिमा-बिहाव आय दादा	भिमा-विवाह है दादा
	भिमा-बिहाव आय	भिमा-विवाह है
	नरेर-सुपारी दे दादा	नारियल-सुपारी दे हे दादा
	मोके गठ हरदी दे	मुझे खड़ी हल्दी दे
	जात लाली बले दे दादा	लाली भी तू दे हे दादा
	अगरबती दे"	अगरबत्ती भी दे"
969	दादा सुनुन जाय बाबा	दादा सुन लेता है बाबा
	"मयँ देयँदे बाबू" बले	"मैं दूँगा बाबू" कहता
	आपलो माहाले ओले दादा	अपने महल में जाता दादा
	सब जोड़ा धरे	सारी सामग्री लेता
	भिकन्दर के देय दादा	भिकन्दर को देता दादा
	जलन्धर धरे	जलन्धर है लेता
	सब जोड़ा बले बाबू धरे	सारी सामग्री बाबू लेता
	सब जोड़ा बाबू धरे	सारी सामग्री बाबू लेता
	मुठा रुपया देय बाबू	मुट्ठी भर रुपये देता बाबू
	बनिया-दुकान छाँडे	बनिया-दुकान छोड़ता
	रुमझुम रुमझुम रेंगे बाबू	जल्दी-जल्दी चलता बाबू
	एक कलाट मारे	लम्बे डग है भरता
	हलबा-माहाले जाय बाबू	हल्बा-महल जाता बाबू
	हलबा-माहाल अमरे	हल्बा-महल पहुँचता
	माँडो-मोंगरा उबे बाबू	मोगरा-मण्डप में रुकता बाबू
	'बाई' हंका मारे	'बाई' हाँक लगाता
	बाई सुनुन जाय बाबा	बाई सुन लेती है बाबा
	घर ले बाहिर होय	घर से बाहर आती

	बाबू के काय बले बाई	बाबू से क्या कहती बाई
	"तुय काय कामे इलिस	"तू किस काम से आया
	आले मोके बले साँग बाबू	तनिक मुझे बतला हे बाबू
	मोके डर लागे"	मुझको भय है लगता"
970	"सुन बाई हलबिन	"सुन हे बाई हल्बिन जन
	सुन बाई हलबिन	सुन हे बाई हल्बिन जन
	लाई फोड़ुन दे बाई	लाई फोड़ दे हे बाई
	मोके चिवड़ा कुटुन दे	मेरे लिये चिवड़ा कूट दे
	भिमा-बिहाव आय बाई	भिमा-विवाह है हे बाई
	भिमा-बिहाव आय"	भिमा-विवाह है"
971	बाई सुनुन जाय बाबा	बाई सुन लेती है बाबा
	"देयँदे बाबू" बले	"दूँगी बाबू" कहती
	लाईं फोड़ुन जाय बाई	लाई फोड़ जाती है बाई
	चिवड़ा कुटुन जाय	चिवड़ा कूट जाती
	भिकन्दर के देय बाई	भिकन्दर को देती बाई
	जलन्धर धरे	जलन्धर है लेता
	खेजा धराउन देय बाबू	मजदूरी दे देता है बाबू
	हलबा-माहाल छाँडे	हल्बा-महल छोड़ता
	जाते-जाते बले जाय बाबू	चलता चला जाता बाबू
	रुमझुम-रुमझुम रेंगे	जल्दी-जल्दी चलता
	राजा-माहाले जाय बाबू	राज-महल जाता बाबू
	राजा-माहाल अमरे	राज-महल पहुँचता
	सब जोड़ा ठाय बाबू	सारी सामग्री रखता बाबू
	राजा-रानी लगे जाय	राजा-रानी के पास जाता
	"सुना राजा सुना रानी	"सुनिये राजा सुनिये रानी
	सुना राजा सुना रानी	सुनिये राजा सुनिये रानी
	मयँ सब जोड़ा जोड़ले राजा-रानी	मैं सारी सामग्री ले आया राजा-रानी
	काय-काय जोड़ा लागुआय	और क्या सामग्री लगेगी?
	आले मोके साँगा राजा-रानी	आप मुझे बतलायें राजा-रानी
	आले मोके साँगा"	आप मुझे बतलायें"
972	रानी काय बले राजा के	रानी क्या कहती राजा से
	"सुना राजा" बले	"सुनिये राजा" कहती
	"गाँयतिन बलाव जाहा राजा	"गाँयतिन को बुलवायें राजा
	पुजारिन बलाव जाहा	पुजारिन को बुलवायें
	राँडी-लेड़ी एओत राजा	विधवा-अशक्ता आयें राजा
	गरिब-दुखी एओत	गरीब-दुखी भी आयें
	बिहाव-काँडा नेदे राजा	विवाह-काँडा ले जायेंगे राजा
	बिहाव-काँडा नेदे"	विवाह-काँडा ले जायेंगे"

973	“सुन बाबू भिकन्दर	“सुन हे बाबू भिकन्दर
	सुन बाबू जलन्धर	सुन हे बाबू जलन्धर
	खोरे-डाँडे बले जा बाबू	गली-मोहल्ले में जा हे बाबू
	आरा-पारा जा	अड़ोस-पड़ोस में जा
	गाँयतिन बलाउन आन बाबू	गाँयतिन को बुला ला हे बाबू
	तुय पुजारिन बलाउन आन	तू पुजारिन को बुला कर ला
	राँडी-लेड़ी एओत बाबू	विधवा-अशक्ता आयें बाबू
	गरिब-दुखी एओत	गरीब-दुखी भी आयें
	बिहाव-काँडा नेदे बाबू	विवाह-काँडा ले जायेंगे बाबू
	बिहाव-काँडा नेदे”	वे विवाह-काँडा ले जायेंगे”
974	सुने बाबू भिकन्दर	सुनता बाबू भिकन्दर
	सुने बाबू जलन्धर	सुनता बाबू जलन्धर
	हरबर तियार होय बाबू	झटपट तैयार होता बाबू
	जलदी तियार होय	जल्दी तैयार हो जाता
	आपन साजू पिंदे बाबू	अपने साज पहनता बाबू
	आपन जाक धरे	अपने सामान लेता
	पाँये खड़ऊ पिंदे बाबू	पाँवों में खड़ाऊँ पहनता बाबू
	हाते बेद धरे	वह हाथ में बेंत लेता
	घर ले बाहिर होय बाबू	घर से बाहर आता बाबू
	जाते-जाते जाय	चलता चला जाता
	रुमझुम-रुमझुम रेंगे बाबू	जल्दी-जल्दी चलता बाबू
	एक कलाट मारे	जल्दी-जल्दी चलता
	गाँयतिन-माहाले जाय बाबू	गाँयतिन-महल जाता बाबू
	पुजारिन-माहाले अमरे	पुजारिन-महल पहुँचता
	माँडो मोंगरा उबे बाबू	मोगरा-मण्डप में रुकता बाबू
	‘बाई’ हंका मारे	‘बाई’ हाँक लगाता
	बाई सुनुन जाय बाबा	बाई सुन लेती है बाबा
	घर ले बाहिर होय	घर से बाहर आती
	बाबू के काय बले बाई	बाबू से क्या कहती बाई
	“तुय सुन बाबू” बले	“तू सुन हे बाबू” कहती
	“काय कामे इलिस बाबू	“किस काम से आया बाबू
	आले मोके साँग”	तनिक मुझे बतला”
975	“सुन बाई गाँयतिन	“सुन हे बाई गाँयतिन
	सुन बाई पुजारिन	सुन हे बाई पुजारिन
	राजा-घरे बलाव बाई	राजा के घर बुलावा बाई
	हरबर तियार होआ	झटपट तैयार हो जाओ
	बिहाव-काँडा आनास बाई	विवाह-काँडा लाओगी बाई
	भिमा-बिहाव आय”	भिमा का विवाह है”

	बाई सुनुन जाय बाबा	बाई सुन लेती है बाबा
	"मयँ एयँदे बाबू" बले	"मैं आऊँगी बाबू" कहती
	बुलुन-बुलुन साँगे बाबू	घूम-घूम बतलाता बाबू
	गिंजरुन-गिंजरुन साँगे	घूम-घूम बतलाता
	राँडी-लेड़ी सुनोत बाबा	विधवा-अशक्ता सुनतीं बाबा
	गरिब-दुखी सुनोत	गरीब-दुखी सुनते
	हरबर तियार होत बाई-नोनी	झटपट तैयार होतीं बाई-नोनी
	जलदी तियार होत	जल्दी तैयार होतीं
	कवने गपा धरोत बाई	कोई बाई गपा लेती है
	कौने टाकरा धरोत	कोई टोकरी लेती
	घर ले बाहिर होत बाई	घर से बाहर आतीं बाई
	जाते-जाते जात	जाते-जाते जातीं
	रुमझुम-रुमझुम रेंगोत बाई मन	जल्दी-जल्दी चलतीं बाई
	एक कलाट मारोत	लम्बे डग हैं भरतीं
	राजा-माहाले जात बाई मन	राज-महल को जातीं बाई
	राजा-माहाल अमरोत	राज-महल पहुँचतीं
	परछी ने जाउन बसोत बाई	बरामदे में जा बैठतीं बाई
	अरछी-परछी भरे	बरामदा है भर जाता
	राजा-घरे समाव नीं होय बाबा	राजा के घर जगह न होती बाबा
	हुसन फउद आसोत	इतने लोग आते
6	दखे रानी पारबती	देखती रानी पारबती
	दखे रानी पारबती	देखती रानी पारबती
	बाबू के काय बले रानी	बाबू से क्या कहती रानी
	"सुन बाबू" बले	"सुन हे बाबू" कहती
	"काँडा लोग इला बाबू	"काँडा वाले आ गये हैं बाबू
	धान हेड़ुन जा	धान निकाल ले
	उड़िद-मुँग निकराव बाबू	उड़द-मूँग निकाल हे बाबू
	राहेड़-बदई निकराव	अरहर-बदई निकाल
	चना-बडरा निकराव बाबू	चना-मटर निकाल बाबू
	तुय धान नापुन जा"	तू धान नाप जा"
7	भिकन्दर सुने बाबा	भिकन्दर सुनता बाबा
	झारी पानी धरे	झारी में पानी लेता
	पइँया धोउन जाय बाबू	पाँव धो जाता है बाबू
	आरती-आइग धरे	आरती तैयार करता
	घिंव-गुर धरे बाबू	घी-गुड़ लेता है बाबू
	गँगा-जमुना ने जाय	गंगा-जमुना में जाता
	जोड़ी गदया ने जाय बाबू	दोनों भण्डारों में जाता बाबू
	होम-आरती देय	होम-आरती करता

पइँया पड़ुन जाय बाबू	उन्हें प्रणाम कर जाता बाबू
हात जोड़ुन जाय	हाथ जोड़ जाता
बिज-गपली बाबू धरे	बीज-टोकरी बाबू लेता
बिज-गपली बाबू धरे	बीज-टोकरी बाबू लेता
गँगा-जमुना खोले बाबू	गंगा-जमुना खोलता बाबू
जोड़ी गदया खोले	दोनों भण्डार खोलता
नोनी के काय बले बाबू	नोनी से क्या कहता बाबू
"तुय सुन बइन" बले	"तू सुन हे बहिन" वह कहता
"तुके हेड़ुन जायँ नोनी	"तुझे निकाल रहा हूँ नोनी
गदेया आधा नीं हो	तू भण्डार से आधा मत हो
गदेया भरती रा नोनी	भण्डार में भरी रह हे नोनी
गदया भरती रा"	भण्डार में भरी रह"
धान हेड़ुन जाय बाबू	धान निकाल जाता बाबू
धान निकराउन जाय	धान निकाल जाता
उड़िद-मुँग निकराय बाबू	उड़द-मूँग निकालता बाबू
चना-बडरा निकराय	चना-मटर निकालता
हाते गपली धरे बाबू	हाथ में गपली[10] लेता बाबू
धान नापुन जाय	धान माप जाता
हुन बाई के काय बले बाबू	बाई से क्या कहता बाबू
"सुन बाई" बले	"सुन हे बाई" कहता
"आगे काँडा झोक बाई	"पहले काँडा ले हे बाई
आगे काँडा झोक"	पहले काँडा ले"
978 गाँयतिन बाई झोके बाबा	गाँयतिन बाई लेती बाबा
पुजारिन बाई झोके	पुजारिन बाई लेती
राँडी-लेड़ी के देय बाबू	विधवा-अशक्ता को देता बाबू
गरिब-दुखी के देय	गरीब-दुखी को देता
धान नापुन सारे बाबू	धान माप जाता बाबू
उड़िद-मुँग नापे	उड़द-मूँग माप जाता
चना-बडरा नापे बाबू	चना-मटर माप जाता बाबू
राहेड़-बदई नापे	अरहर-बदई माप जाता
हुन बाई के काय बले बाबू	बाई से क्या कहता बाबू
"सुना बाई" बले	"सुन हे बाई" कहता
"अछा चाउर छड़ा बाई	"अच्छा चावल कूटो बाई
979 राजा-घरो बात आय"	राजा-घर की बात है"
आपन माहाले जात बाई मन	अपने महल को जातीं बाई
आपन माहाल अमरोत	अपने महल पहुँचतीं
धान काँडया काँडोत बाई	धान कूटने वाली धान कूटतीं
दार दरया दरोत	दाल दलने वाली दाल दलतीं

10. गपली : छोटी-सी टोकरी।

	पिसान-पिसया पिसोत बाई मन	आटा बनाने वाली आटा बनातीं
	निंद काजे नईं सोओत	वे रात में न सोतीं
	चाउर निमड़ाउन जात बाई मन	चावल तैयार कर जातीं बाई
	"चाउर नेउन देवँ"	"चावल पहुँचा दें" वे कहतीं
	राजा-माहाले जात बाई	राज-महल जातीं बाई
	राजा-माहाल अमरोत	राज-महल पहुँचतीं
	परछी ने जाउन बसोत बाई मन	बरामदे में जा बैठतीं बाई
	अरछी-परछी भरे	बरामदा भर जाता
980	दखे रानी पारबती	देखती रानी पारबती
	दखे रानी पारबती	देखती रानी पारबती
	बाबू के काय बले रानी	बाबू से क्या कहती रानी
	"सुन बाबू" बले	"सुन हे बाबू" कहती
	"चाउर आनुन दिला बाबू	"चावल ला दिया है बाबू
	चाउर नापुन जा"	चावल माप जा"
	जलन्धर सुने बाबा	जलन्धर सुनता है बाबा
	झारी पानी धरे	झारी में पानी लेता
	पइँया धोउन जाय बाबू	पाँव अपने धोता बाबू
	हाते पयली धरे	हाथ में पायली लेता
	चाउर नापुन जाय बाबू	चावल माप जाता बाबू
	दार नापुन जाय	दाल माप जाता
	पिसान नापुन जाय बाबू	आटा माप जाता बाबू
	चाउर ठोउन देय	चावल रख देता है
	दस पयली धान रे भगवान	दस पायली धान हे भगवन्
	दस पयली धान परभू	दस पायली धान हे प्रभु
	पयलक चाउर उरे रानी के	एक पायली चावल ज्यादा होता
	पयलक चाउर उरे	एक पायली चावल ज्यादा
	"अछा भिमा आय" बलोत	"अच्छा भिमा है" वे कहतीं
	"अछा भिमा आय"	"अच्छा भिमा है"
981	दखे रानी रे पारबती	देखती रानी पारबती
	दखे रानी पारबती	देखती रानी पारबती
	बाई के काय बले रानी	बाई से क्या कहती रानी
	"सुना बाई" बले	"सुनो हे बाई" कहती
	"हरदी काँडुन दिया बाई	"हल्दी कूट दो हे बाई
	मोके हरदी काँडुन दिया"	मेरे लिये हल्दी कूट दो"
	"देउँदे रानी" बलोत बाई मन	"देंगी रानी" कहतीं बाई
	"देउँदे रानी" बलोत	"देंगी रानी" कहतीं
	हरदी निकराउन देय रानी	हल्दी निकाल देती रानी
	चाउर निकराउन देय	चावल निकाल देती

नवा सुपा देय रानी	नया सूपा देती रानी
नवा हाँडी देय	नयी हण्डी देती
बाहना ने हरदी रिकाय बाई	कोटर में हल्दी डालती बाई
रानी के काय बले	रानी से क्या कहती
"सुना रानी पारबती	"सुनिये रानी पारबती
सुना रानी पारबती	सुनिये रानी पारबती
मोके बाहना ने थिपानी दे रानी	मुझे कोटर के लिये थिपानी दो हे रानी
बाहना ने थिपानी दे"	कोटर के लिये थिपानी दो"
982 पारबती रानी सुने बाबा	पारबती रानी सुनती बाबा
अरग फुली के देय	शुद्ध मदिरा देती
बाहना ने थिपाउन जाय बाई	कोटर में टपका जाती बाई
नेंग काजे काँडे	नेग के लिये वह कूटती
चेलिक-धंगड़ी के देय बाई	नवयुवतियों को देती बाई

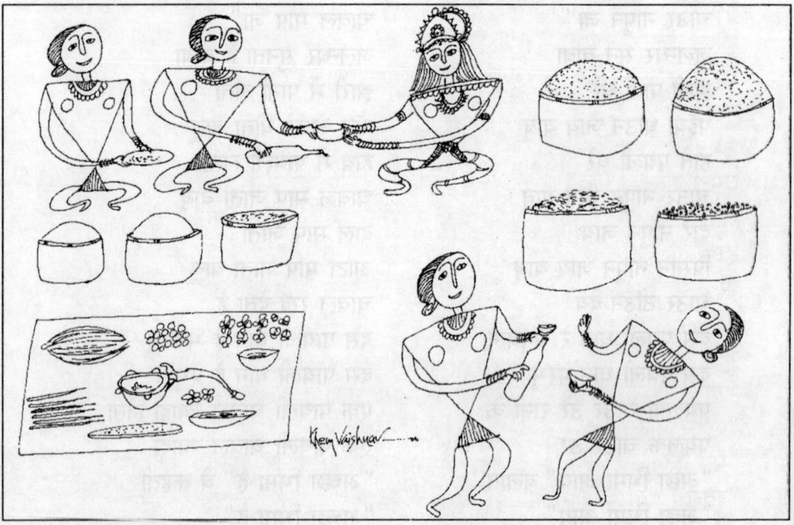

धँगड़ी रासी काँडोत	नवयुवतियाँ कूटतीं
हरदी-काँडया काँडोत बाई	हल्दी कूटने वाली हल्दी कूटतीं
हरदी-छनकिया छनकोत	हल्दी छानने वाली छानतीं
नवा हाँडी ने भरोत बाई मन	नयी हण्डी में रखतीं बाई
कोकोड़ी बनाउन जात	कोकोड़ी[11] बना जातीं

11. कोकोड़ी : बाँस की एकदम पतली कमचियाँ जिन्हें 'सिलक', 'सिलिक' या 'सिकुन' कहा जाता है, को मोड़ कर नर एवं मादा कोकोड़ा (बगुला) पक्षी का आकार दिया जाता है और उसे हल्दी की हण्डी के भीतर खोंस दिया जाता है। इसके सिरे ऊपर निकले होते हैं। यह विश्वास किया जाता है कि ऐसा करने पर हण्डी में रखी पिसी हल्दी की मात्रा बढ़ जाती है। 'कोकोड़ी' बनाने का कार्य गाँयतिन-पुजारिन व उनकी संगिनियों के द्वारा 'हरदी काँडनी (हल्दी कूटना)' के बाद किया जाता है। हल्दी कूटने की रस्म 'हरदी काँडनी' गीत गाते हुए पूरी की जाती है।

“हरदी बाड़ुन जाओ” बलोत	“हल्दी बढ़ जाये” कहतीं वे
“हरदी बाड़ुन जाओ”	“हल्दी बढ़ जाये”
हरदी कॉंडुन सारोत बाई मन	हल्दी कूट जातीं बाई
रानी के काय बलोत	रानी से क्या कहतीं
“तिन ठन दोनी बले दे रानी	“तीन दोनियाँ दो हे रानी
तुके हरदी देयँदे”	तुम्हें हल्दी देंगी”
पारबती रानी सुने बाबा	पारबती रानी सुनती बाबा
तिन ठन दोनी आने रानी	तीन दोनियाँ लाती रानी
गाँयतिन बाई के देय	गाँयतिन बाई को देती
तिनों ने हरदी अलगाय बाई	तीनों में हल्दी अलग करती बाई
रानी के काय बले	रानी से क्या कहती
“एई दोनी के ठो रे रानी	“इस दोनी को रख हे रानी
एई दोनी के ठो रानी[12]	इस दोनी को रख हे रानी
तुय पहिल तेल चघाव रानी	तुम पहला तेल चढ़ाना रानी
पहिल तेल चघाव	पहला तेल चढ़ाना
एई दोनी के ठो रानी	इस दोनी को रख हे रानी
तुय देव-तेल बाटे ने	तुम देव-तेल के लिये ले जाना
एई दोनी के ठो रानी	इस दोनी को रख हे रानी
तुय रचन-बेरा निकराव”	तुम रचन के समय निकालना”
रानी के हरदी देय बाई	रानी को हल्दी देती बाई
हरदी-हाँडी ठोय	वह हल्दी-हण्डी रखती
पाँच पयली चाउर जोड़े	पाँच पायली चावल लेती
दुय सोली दार जोड़े	दो सोली दाल लेती
मुठा रुपया धरे रानी	मुट्ठी भर रुपये लेती रानी
गाँयतिन-बिदा के देय	गाँयतिन को विदाई देती
“एई ने मानुन जाहा” बले	“इसी में मान जायें” कहती
“मयँ देउक नईं सकें”	“मैं और नहीं दे सकती”
“इतरोय देतो आय रानी	“इतना ही देना है रानी
कोन आगर देसोत?”	कौन अधिक देता है?”
आपन-आपन जाओत बाई मन	अपने-अपने घर जातीं बाई
आपन-आपन जाओत	अपने-अपने घर जातीं
83 “सुन बाबू भिकन्दर	“सुन बाबू भिकन्दर
सुन बाबू भिकन्दर	सुन बाबू भिकन्दर
गाँयता-माहाले जा बाबू	गाँयता-महल जा हे बाबू
पुजारी-माहाले जा	पुजारी-महल तू जा
कैलासपुरया एओत बाबू	कैलासपुरिया आयें बाबू
कैलासपुरया एओत”	कैलासपुरिया आयें”

12. कैसेट क्रमांक 26ए का आरम्भ, ध्वन्यांकन तिथि : 16.12.1996।

984	भिकन्दर सुने बाबा	भिकन्दर सुनता बाबा
	आपन साजू पिंदे	अपने साज पहनता
	राजा-माहाल छाँडे बाबू	राज-महल छोड़ता बाबू
	जाते-जाते जाय	चलता चला जाता
	रुमझुम-रुमझुम रेंगे बाबू	जल्दी-जल्दी चलता बाबू
	एक कलाट मारे	लम्बे डग है भरता
	गाँयता-माहाले जाय बाबू	गाँयता-महल जाता बाबू
	पुजारी-माहाले अमरे	पुजारी-महल पहुँचता
	माँडो-मोंगरा उबे बाबू	मोगरा-मण्डप में रुकता बाबू
	'दादा' हंका मारे	'दादा' हाँक लगाता
	दादा सुनुन जाय बाबा	दादा सुन लेता है बाबा
	घर ले बाहिर होय	घर से बाहर आता
	बाबू के काय बले दादा	बाबू से क्या कहता दादा
	"सुन बाबू" बले	"सुन हे बाबू" कहता
	"काय कामे इलिस बाबू?	"किस काम से आये बाबू?
	तुय आले मोके साँग"	तुम मुझे बतलाओ"
985	"हरबर तियार हो रे दादा	"झटपट तैयार हो हे दादा
	जलदी तियार हो रे दादा	जल्दी तैयार हो हे दादा
	राजा-घर बलाव दादा	राजा के घर बुलावा दादा
	एक डँडिक जावँ"	थोड़ी देर चलो"
	दादा सुनुन जाय बाबा	दादा सुन लेता है बाबा

"मयँ एयँदे बाबू" बले	"मैं आऊँगा बाबू" कहता
बुलुन-बुलुन बाबू साँगे	घूम-घूम बाबू बतलाता
गिंजरुन-गिंजरुन बाबू साँगे	घूम-घूम बाबू बतलाता
कैलासपुरया सुनोत बाबा	कैलासपुरिया सुनते बाबा
कैलासपुरया सुनोत	कैलासपुरिया सुनते
"एउँदे बाबू" बलोत दादा	"आएँगे बाबू" कहते दादा
हरबर तियार होत	झटपट तैयार हो जाते
घर ले बाहिर होत दादा	घर से बाहर आते दादा
जाते-जाते जात	चलते चले जाते
रुमझुम-रुमझुम रेंगोत दादा	जल्दा-जल्दी चलते दादा
एक कलाट मारोत	लम्बे डग हैं भरते
राजा-माहाले जात दादा	राज-महल जाते दादा
राजा-माहाल अमरोत	राज-महल पहुँचते
लगे जाउन सलाम झोकोत	पास जा कर सलाम करते
दुरे जाउन बसोत	दूर जा कर बैठते
"काय बलाव आय राजा?	"किसलिये बुलवाया राजन्?
आले हामके साँगा"	आप हमें बतलायें"
86 "सुना बाबू सुना दादा	"सुनो बाबू सुनो हे दादा
सुना बाबू सुना दादा	सुनो हे बाबू सुनो दादा
मोके छापर बाँदुन दिया दादा	मुझे छावन बना दो हे दादा
छापर बाँदुन दिया	छावन बना दो
नव खोली छापर रहो दादा	नौ कमरों का छावन दादा
नव खोली छापर रहो"	नौ कमरों का छावन हो"
दादा मन सुनोत बाबा	दादा सुन लेते है बाबा
"देउँदे राजा" बलोत	"देंगे राजा" कहते
आपन माहाले जात दादा	अपने महल जाते दादा
आपन माहाल अमरोत	अपने महल पहुँचते
खाना-पिना खाओत दादा	भोजन कर जाते हैं दादा
हरबर तियार होत	झटपट तैयार होते
बारस-बिंदना धरोत दादा	बारस-बिंधना लेते दादा
टयँगा-कोड़की धरोत	कुल्हाड़ी-कुदाली लेते
गाड़ी फाँदुन जात दादा	गाड़ी तैयार कर जाते दादा
जाते-जाते जात	चलते चले जाते
सेतबन में जात दादा	सेतबन में जाते दादा
हेतबन में जात	हेतबन में जाते
बिंदराबने जात दादा	बिंदराबन में जाते दादा
बिंदराबने अमरोत	बिंदराबन पहुँचते
छापर-डेरी दखे दादा	छावन का खम्भा देखते दादा

छापर-पाटी दखे	छावन की पटिया देखते
'एई डेरी होयदे' बले	'यही तो खम्भा बनेगा' कहते
'एई पाटी होयदे	'यही तो पटिया बनेगी
एकय गोंदुन जायँ' बले	इसे ही काट जायें' कहते
'मयँ एकय गोंदुन जायँ'	'मैं इसे ही काट डालूँ'
गाड़ी ढिलुन जात दादा	गाड़ी खोल देते दादा
हाते टयँगा धरोत	हाथ में कुल्हाड़ी लेते
छापर-डेरी गोंदोत दादा	छावन का खम्भा काटते दादा
छापर-पाटी गोंदोत	छावन की पटिया काटते
डेरी गोंदेया डेरी गोंदोत	खम्भा काटने वाले खम्भा काटते
पाटी गोंदेया पाटी गोंदोत	पटिया काटने वाले पटिया काटते
बाँवसा मारेया मारोत बाबा	बाँवसा काटने वाले काटते बाबा
डारा मारेया मारोत	डारा काटने वाले डारा काटते
बलँगी मारेया मारोत दादा	बलँगी काटने वाले काटते दादा
डारा मारुन सारोत	डारा काट जाते
गाड़ी ने जोड़ुन जात दादा	गाड़ी में लाद लेते दादा
गाड़ी फाँदुन जात	गाड़ी तैयार कर जाते
बिंदराबन छाँडोत दादा मन	बिंदराबन छोड़ते दादा
सेतबन छाँडोत	सेतबन छोड़ जाते
राजा-माहाले जात दादा	राज-महल जाते दादा
राजा माहाल अमरोत	राज-महल वे जाते
"सुना राजा माहादेवरैया	"सुनिये राजा माहादेवरैया
सुना राजा माहादेवरैया	सुनिये राजा माहादेवरैया
कोन लगे छापर रयदे राजा	किस जगह छावन रहेगा राजा
जगा दखाउन दिया"	जगह दिखला दें"
987 राजा काय बले बाबू के	राजा क्या कहता बाबू से
"सुन बाबू" बले	"सुन हे बाबू" कहता
"भिमा-कोटे बले जा बाबू	"भिमा-कोट में जा हे बाबू
अली मैदाँग दख	बड़ा-सा मैदान देख
डेंगभाटा रहो बाबू	ऊँचा स्थान रहे हे बाबू
हुनी लगे छापर रहो	वहीं पर छावन बने
जघा दखाउन दे बाबू	जगह दिखला दे हे बाबू
डेरा दखाउन दे	जगह दिखला दे
मोचो घर ले आरु डारा-छापर	मेरे घर से डारा-छावन तक
डारा-छापर ले मोचो घर ले	मेरे घर से डारा-छावन तक
तोरन गुथुन देदे बाबू	तोरण गूँथ दें हे बाबू
तोरन गुथुन देदे"	तोरण गूँथ दें"

988	भिकन्दर सुने बाबा	भिकन्दर सुनता बाबा
	गाँयता-पुजारी सँगे जाय	गाँयता-पुजारी के सँग जाता
	रुमझुम-रुमझुम रेंगे बाबू	जल्दी-जल्दी चलता बाबू
	एक कलाट मारे	लम्बे डग है भरता
	भिमा-कोटे बले जात बाबू	भिमा-कोट में जाते बाबू
	भिमा-कोटे अमरोत	भिमा-कोट पहुँचते
	बुलुन-बुलुन दखे बाबू	घूम-घूम कर देखता बाबू
	गिंजरुन-गिंजरुन दखे	घूम-घूम कर देखता
	अली मैदाँग रहे बाबा	बड़ा-सा मैदान था ओ बाबा
	डेंग भाटा रहे	ऊँचा स्थान था
	काय मँजा सुँदर दखे बाबा	बड़ा ही सुंदर दिखता बाबा
	दादा के काय बले	दादा से क्या कहता
	"सुना दादा सुना बाबू	"सुनो हे दादा सुनो हे बाबू
	सुना दादा सुना बाबू	सुनो हे दादा सुनो हे बाबू
	एई लगे छापर रहो दादा बाबू	यहीं पर छावन रहे दादा-बाबू
	एई लगे छापर रहो	यहीं पर छावन रहे
	काय मँजा सुँदर दखे बाबू	बड़ा ही सुन्दर दिखता बाबू
	अती सुँदर दखे"	अति सुन्दर यह दिखता"
	जघा दखाउन देय बाबू	जगह दिखला देता बाबू
	डेरा दखाउन देय	डेरा दिखला देता
989	गाड़ी ढिलुन जात दादा	गाड़ी खोल जाते दादा
	डेरी-पाटी उतरात	खम्भा-पटिया उतारते
	बाँवस-बलँगी उतरात दादा	बाँवसा-बलँगी उतारते दादा
	डारा-पाना उतरात	डारा-पत्ते उतारते
	हाते बारस धरे दादा	हाथ में बारस लेता दादा
	डेरी-पाटी के छोले	खम्भा-पटिया छीलता
	बाँवसा के कापन मारे दादा	बाँवसा में खाँचे बनाता दादा
	कापन मारुन सारे	खाँचे बना जाता
	आरती-आइग धरे दादा	आरती-आग लेता दादा
	घिंव-गुर धरे	घी-गुड़ भी वह लेता
	होम-आरती देय दादा	होम-आरती करता दादा
	जागा रानी के सुमरे	धरती रानी को सुमरता
	"सुन आया जागा रानी	"सुन माता हे जगह रानी
	सुन आया धरती माता	सुन माता हे जगह रानी
	मयँ तुके खोदरा खनें आया	मैं तुम्हें गड्ढा करता माता
	छापर-डेरी गाड़ें	छावन का खम्भा गाड़ता
	भिमा-बिहाव आय आया	भिमा-विवाह है हे माता

	मोचो छापर निमड़ुन जाओ”	मेरा छावन बन जाये”
	चार खुट पइँया पड़े दादा	चारों दिशाओं में प्रणाम करता दादा
	मँजी खोदरा खने	बीच में गड्ढा करता
	खोदरा खनुन सारे दादा	गड्ढा कर जाता है दादा
	आमा तोरन बाँदे	आम का तोरण बाँधता
	दार चाउर फेके दादा	दाल-चावल अर्पित करता दादा
	मँजी-डेरी गाड़े	बीच में खम्भा गाड़ता
990	खोदरा खनेया खोदरा खनोत	गड्ढे करने वाले गड्ढे करते
	डेरी गाड़ेया डेरी गाड़ोत	खम्भे गाड़ने वाले खम्भे गाड़ते
	पाटी लथेया लथोत बाबा	पटिया लादने वाले लादते बाबा
	बलँगी बाँदेया बाँदोत	बलँगी बाँधने वाले बाँधते
	बाँवसा लथेया लथोत बाबू मन	बाँवसा लादने वाले लादते
	डारा रुँधेया रुँधोत	डारा बाँधने वाले बाँधते
	नव खोली छापर बाँदोत दादा	नौ कमरों का छावन बनाते दादा
	नव खोली छापर बाँदोत	नौ कमरों का छावन बनाते
	छापर निमड़ुन जाय दादा चो	छावन बन जाता दादा का
	छापर बनुन जाय	छावन बन जाता
	डारा-छापर ले राजा घर ले	डारा-छावन से राजा-घर तक
	डारा-छापर ले राजा घर ले	डारा-छावन से राजा-घर तक
	तोरन गुथुन देत दादा	तोरण गूँथ देते दादा
	तोरन गुथुन देत	तोरण गूँथ देते
	आपन साजू धरोत दादा मन	अपने सामान लेते दादा
	आपन जाक धरोत	अपने सामान लेते
	गाड़ी फाँदुन जात दादा	गाड़ी तैयार कर जाते दादा
	डारा-छापर छाँडोत	डारा-छावन छोड़ते
	रुमझुम-रुमझुम रेंगोत दादा	जल्दी-जल्दी चलते दादा
	राजा-माहाले जात	राज-महल वे जाते
	ओरी-चो-ओरी बसोत दादा	कतारों में बैठ जाते दादा
	धाड़ी-चो-धाडी बसोत	पंक्तियों में बैठ जाते
991	“सुना राजा माहादेवरैया	“सुनिये राजा माहादेवरैया
	सुना राजा माहादेवरैया	सुनिये राजा माहादेवरैया
	छापर बाँदुन दिलू राजा	छावन बना दिया है राजा
	नव खोली छापर बाँदलू	नौ कमरों का छावन बनाया
	तोरन गुथुन दिलू राजा	तोरण गूँथ दिया है राजा
	हामके छुटी दिया”	हमें छुट्टी दें”
	पारबती रानी सुने बाबा	पारबती रानी सुनती बाबा
	रोसई-चाउर जोड़े	रसोई-चावल लेती

मुठा रुपया धरे रानी
छापर-बिदा देय
दादा मन मोडरी बाँदोत बाबा
आपन माहाले जात
एक दिन ले दुय दिन
दुय दिन ले आँट दिन
छापर बाँदलो होय राजा चो
छापर बाँदलो होय
रानी काय बले राजा के
"सुना राजा" बले
"बजनेया-माहाल जाहा
मोहरेया-माहाल जाहा
बिहाव बजाउन देयदे राजा
भिमा-बिहाव आय"
माहादेवरैया सुने बाबा
बाबू के काय बले
"सुन बाबू भिकन्दर
सुन बाबू जलन्धर
बजनेया-माहाले जा बाबू
मोहरेया-माहाले जा
आगे दिन माँडो बले आय बाबू
पाछे दिन तेल आय

मुट्ठी भर रुपये लेती रानी
छावन-विदाई देती
दादा गठरी बाँधते बाबा
अपने महल वे जाते
एक दिन से दो दिन
दो दिन से आठ दिन
छावन बनाये बीते राजा का
छावन बनाये बीते
रानी क्या कहती राजा से
"सुनिये राजा" कहती
"बजनेया-महल जायें
मोहरेया-महल जायें
विवाह-बाजा बजायेगा राजा
भिमा-विवाह है"
माहादेवरैया सुनता बाबा
बाबू से क्या कहता
"सुन हे बाबू भिकन्दर
सुन हे बाबू जलन्धर
बजनेया-महल तू जा हे बाबू
मोहरेया-महल तू जा
पहले दिन माँडो है बाबू
अगले दिन तेल है

सनवारे लगिन आय बाबू	शनिवार को लग्न है बाबू
भिमा-बिहाव आय	भिमा-विवाह है
बिहाव बजाउन देयदे बाबू	विवाह-बाजा बजायेगा बाबू
मोके बिहाव बजाउन देयदे"	मेरे घर विवाह-बाजा बजा देगा"
भिकन्दर सुने बाबा	भिकन्दर सुनता बाबा
हुन पाँय ने खड़ऊ पिंदे	वह पाँव में खड़ाऊँ पहनता
हाते बड़गी धरे बाबू	हाथ में लाठी लेता बाबू
राजा-माहाल छाँडे	राज-महल छोड़ता
993 रुमझुम-रुमझुम बाबू रेंगे	जल्दी-जल्दी बाबू चलता
एक कलाट बाबू मारे	लम्बे डग है बाबू भरता
बजनेया-माहाले जाय बाबू	बजनेया-महल जाता बाबू
मोहरेया-माहाले अमरे	मोहरेया-महल पहुँचता
माँडो मोंगरा उबे बाबू	मोगरा-मण्डप में रुकता बाबू
'दादा' हंका मारे	दादा हाँक लगाता
दादा सुनुन जाय बाबा	दादा सुन लेता है बाबा
घर ले बाहिर होय	घर से बाहर आता
"काय कामे इलिस बाबू	"किस काम से आया बाबू
तुय आले मोके साँग"	तू मुझको बतला"
994 "सुन दादा रे बजनेया लोग	"सुन हे दादा बजनेया
सुन दादा मोहरेया लोग	सुन हे दादा मोहरेया
बिहाव बजाउन दे दादा	विवाह-बाजा बजा दे दादा
भिमा-बिहाव आय	भिमा-विवाह है
आगे दिन माँडो बले आय दादा	पहले दिन माँडो है दादा
पाछे दिन तेल आय	अगले दिन तेल है
सनवारे लगिन आय दादा	शनिवार को लग्न है दादा
सनवारे लगिन आय""	शनिवार को लग्न है"
दादा सुनुन जाय बाबा	दादा सुन लेता है बाबा
"मयँ देयँदे बाबू" बले	"मैं दूँगा बाबू" कहता
"कितरो मोल धरुआस दादा?	"कितना मोल लोगे दादा?
आले मोके साँग"	तनिक मुझे बतलाओ"
"अढ़ई रुपया मोल आय बाबू	"ढाई रुपया मोल है बाबू
अढ़ई रुपया मोल आय बाबू	ढाई रुपया मोल है बाबू
चार आना बिड़ा बले दे बाबू	चार आने बीड़ा[13] दे हे बाबू
चार आना बिड़ा दे"	चार आने बीड़ा दे"
चार आना बिड़ा देय बाबू	चार आने बीड़ा देता बाबू
बजनेया-माहाल छाँडे	बजनेया-महल छोड़ता
जाते-जाते बले जाय बाबू	चलता चला जाता बाबू

13. बीड़ा : बयाना, अग्रिम।

रुमझुम-रुमझुम रेंगे	जल्दी-जल्दी चलता
राजा-माहाले जाय बाबू	राज-महल जाता बाबू
राजा के काय बले	राजा से क्या कहता
"बजनेया खोजुन इले राजा	"बजनेया खोज मैं आया राजन्
मयँ मोहरेया खोजुन इले	मोहरेया खोज मैं आया
अढ़ई रुपया मोल आय राजा	ढाई रुपया मोल है राजन्
मयँ चार आना बिड़ा दिले"	मैंने चार आने बीड़ा दिये"
5 एक दिन ले दुय दिन	एक दिन से दो दिन
दुय दिन ले आँट दिन	दो दिन से आठ दिन
बजनेया खोजलो होय राजा चो	बजनेया खोजे बीते राजा को
मोहरेया खोजलो होय	मोहरेया खोजे बीते
बाबू के काय बले राजा	बाबू से क्या कहता राजा
"सुन बाबू" बले	"सुन हे बाबू" कहता
"नँगारची-माहाले जा बाबू	"नगारची-महल तू जा हे बाबू
घड़ी भर नँगारा देओ	वह घड़ी भर मुनादी कर दे
तिनपुर नेवता देओ बाबू	सब ओर न्योता दे वह बाबू
सँजकारी-सँजकारी एदे"	जल्दी-से-जल्दी आयें"
6 भिकन्दर सुने बाबा	भिकन्दर सुनता बाबा
हरबर तियार होय	झटपट तैयार हो जाता
राजा-माहाल छाँडे बाबू	राज-महल छोड़ता बाबू
जाते-जाते जाय	चलता चला जाता

रुमझुम-रुमझुम बाबू रेंगे	जल्दी-जल्दी बाबू चलता
एक कलाट बाबू मारे	लम्बे डग है बाबू भरता
नँगारची-माहाले जाय बाबू	नगारची-महल जाता बाबू
नँगारची-माहाले अमरे	नगारची-महल पहुँचता
माँडो मोंगरा उबे बाबू	मोगरा-मण्डप में रुकता बाबू
'दादा' हंका मारे	'दादा' हाँक लगाता
दादा सुनन जाय बाबा	दादा सुन लेता है बाबा
घर ले बाहिर होय	घर से बाहर आता
"काय कामे इलिस बाबू	"किस काम से आया बाबू
तुय आले मोके साँग"	तू मुझे बतला"
997 "घड़ी भर नँगारा दे दादा	"घड़ी भर मुनादी कर दे दादा
घड़ी भर नँगारा दे	घड़ी भर मुनादी कर दे
भिमा-बिहाव आय दादा	भिमा-विवाह है हे दादा
बिहाव घरे एओत	विवाह में सब आयें
तिनपुर नेवता दे दादा	सब को न्योता दे हे दादा
सँजकारी-सँजकारी एदे	जल्दी-जल्दी आयें
आगे दिन माँडो बले आय दादा	पहले दिन माँडो है दादा
पाछे दिन तेल आय	अगले दिन है तेल
सनवारे लगिन आय दादा	शनिवार को लग्न है हे दादा
तुय एई नँगारा दे"	तुम यही मुनादी कर दो"
998 दादा सुनुन जाय बाबा	दादा सुन लेता है बाबा
"देयँदे बाबू" बले	"दूँगा बाबू" कहता
हरबर तियार दादा होय	झटपट तैयार दादा होता
बाँडी घोड़ी दादा कसे	बाँडी घोड़ी दादा कसता
जोड़ी नँगारा चेगाय दादा	दो नगाड़े चढ़ाता दादा
हाते काड़ा धरे	हाथ में काड़ा लेता
घर ले बाहिर होय दादा	घर से बाहर आता दादा
जाते-जाते जाय	चलता चला जाता
रुमझुम-रुमझुम रेंगे दादा	जल्दी-जल्दी चलता दादा
खोरे-डाँडे जाय	गली-मुहल्ले में जाता
आरा-पारा जाय दादा	अड़ोस-पड़ोस में जाता दादा
"सुना बाई" बले	"सुनो हे बाई" कहता
"भिमा-बिहाव आय दादा-बाई	"भिमा-विवाह है दादा-बाई
सँजकारी-सँजकारी जाहा	जल्दी-जल्दी जायें
आगे दिन माँडो बले आय दादा	पहले दिन माँडो है दादा
पाछे दिन तेल आय	अगले दिन है तेल
सनवारे लगिन आय बाई	शनिवार को लग्न है बाई
सनवारे लगिन आय"	शनिवार को लग्न है"

तिनपुर नेवता देय दादा
तिनपुर नेवता देय
माटी-नँगारा धम-धम करे
माटी-नँगारा धम-धम करे
तमई झनकार देय बाबा
नँगारची नँगारा देय
नँगारा देउन सारे दादा
आपन माहाले जाय
999 कैलासपुरिन सुनोत बाबा
कैलासपुरया सुनोत
कौने कपड़ा काचोत बाई
कवने मुँड रेतोत
कौने असनाँद होत बाई मन
कौने असनाँद होत
रलो बिता कपड़ा पिंदे बाबा
रलो बिता तेल घसे
गरिब धड़का पिंदोत बाबा
गरिब पानी घसोत
हाती चेगेया चेगोत दादा-बाई
घोड़ा चेगेया चेगोत
गरिब पैंदल जात बाबा

सब को न्योता देता दादा
वह सब को न्योता देता
माटी-नगाड़ा धम-धम करता
माटी-नगाड़ा धम-धम करता
तमई झनकार देती बाबा
नगारची मुनादी करता
मुनादी कर जाता है दादा
अपने महल वह जाता
कैलासपुरिन सुनती हैं बाबा
कैलासपुरिया सुनते
कोई बाई है कपड़े धोती
कोई बाई सिर है धोती
कोई बाई स्नान कर जाती
कोई स्नान कर जाते
धनी लोग कपड़े पहनते बाबा
धनी लोग तेल लगाते
गरीब फटे कपड़े पहनते बाबा
गरीब पानी लगाते
हाथी वाले हाथी पर चढ़ते दादा-बाई
घोड़ा वाले घोड़े पर चढ़ते
गरीब पैदल ही जाते बाबा

	गरिब पैंदल जात	गरीब पैदल ही जाते
	लोहँदर लामुन दादा-बाई जाओत	लम्बी पंक्ति में जाते दादा-बाई
	एक कलाट दादा-बाई मारोत	लम्बे डग हैं भरते दादा-बाई
	राजा-माहाले जात दादा-बाई	राज-महल जाते दादा-बाई
	राजा-माहाले अमरोत	राज-महल पहुँचते
	लगे जाउन सलाम झोकोत	पास जा कर सलाम करते
	दुरे जाउन बसोत	दूरी पर जा बैठते
	ओरी-चो-ओरी बसोत दादा-बाई	कतारों में बैठ जाते दादा-बाई
	राजा-घरे समाव नीं होय	राजा के घर में जगह न होती
1000	पारबती रानी दखे बाबा	पारबती रानी देखती बाबा
	राजा के काय बले	राजा से वह कहती
	“धँगड़ा रासी छाटा राजा	“युवकों को छाँट लें हे राजा
	राँदा राँदुन जादे	वे भोजन तैयार करेंगे
	दुला-उसकानी भात देवाँ	दूल्हा-प्रस्थान के अवसर पर भोजन करायें
	दुला-उसकानी भात देवाँ”	दूल्हा-प्रस्थान के अवसर पर भोजन करायेंगे
	एई बात बले रानी	यही बात कहती है रानी
	माहादेवरैया सुने	माहादेवरैया सुनता
	धँगड़ा रासी लगे जाय राजा	युवकों के पास जाता राजा
	बाबू के काय बले	बाबू से वह कहता
	“जोखा मारुन जाहा बाबू	“जोखा बना जाओ हे बाबू
	राँदा राँदुन जाहा”	भोजन तैयार कर डालो”
	धँगड़ा रासी सुनोत बाबा	युवक गण सुनते हैं बाबा
	हाते कोड़की धरोत	हाथ में कुदाली लेते
	जोखा मारेया मारोत बाबू मन	जोखा बनाने वाले जोखा बनाते
	पानी आनेया आनोत	पानी लाने वाले पानी लाते
	आइग बारेया बारोत बाबू	आग जलाने वाले आग जलाते
	धँगड़ी पान आनोत	युवतियाँ पत्ते लाती
	डोकरी दोना खिलोत बाबा	वृद्धायें दोने बनातीं बाबा
	धँगड़ा राँदा राँदोत	युवक भोजन तैयार करते
1001	राँदा-बाटा के भय गय तियार	भोजन तैयार हो जाता
	राँदा-बाटा के भय तियार	भोजन तैयार हो जाता
	पानी गरम करे रानी	पानी गर्म करती रानी
	सेदा-भेदा करे	ठण्डा पानी मिलाती
	मन्दन-सिले नेय रानी	स्नान-गृह में ले जाती रानी
	झारी कसेला नेय	झारी पात्र ले जाती
	कपुर दतुन नेय रानी	सुगन्धित दतौन ले जाती रानी
	राजा-रानी जाओत	राजा-रानी जाते

मन्दन-सिले उबोत राजा-रानी	स्नान-गृह में खड़े होते राजा-रानी
कपुर दतुन धरोत	सुगन्धित दतौन लेते
सुरिज-भेट करोत राजा-रानी	सूर्य-नमस्कार करते राजा-रानी
मुँहे मुखारी गोबोत	मुँह में दतौन ले लेते
दतुन-पतर चाबोत राजा-रानी	दतौन आदि कर जाते राजा-रानी
आँगे असनाँद होत	वे स्नान कर जाते
सुका कपड़ा पिंदोत राजा-रानी	सूखे कपड़े पहनते राजा-रानी
ओधा कपड़ा गिरे	गीले कपड़े गिर जाते
झारी पानी धरोत राजा-रानी	झारी में पानी लेते राजा-रानी
तुलसी-चँवरा ने जात	तुलसी-चौरा में जाते
चँवरा ने पानी रिकात राजा-रानी	चौरा में पानी डालते राजा-रानी
तुलसी के काय बलोत	तुलसी से वे कहते
"बाड़-बाड़ बाई कारी तुलसी	"बढ़-बढ़ हे बाई कारी तुलसी
बाड़-बाड़ बाई कारी तुलसी	बढ़-बढ़ हे बाई कारी तुलसी
अगास मेलान बाड़ बाई	आकाश का स्पर्श कर हे बाई
पकिर पाना फेक	नयी कोंपलें निकलें
तुय-मयँ बाँहा-जोरी बाई	तुम-मैं बाँहों की जोड़ी बाई
तुय-मयँ हन्सा-जोरी	तुम-मैं हन्सों की जोड़ी
जिव भर सेवा मिरो बाई	जीवन भर सेवा मिले हे बाई
मोचो जान सुकी रहो"	मेरा जीवन सुखी रहे"
तुलसी-सेवा करोत राजा-रानी	तुलसी-सेवा करते राजा-रानी

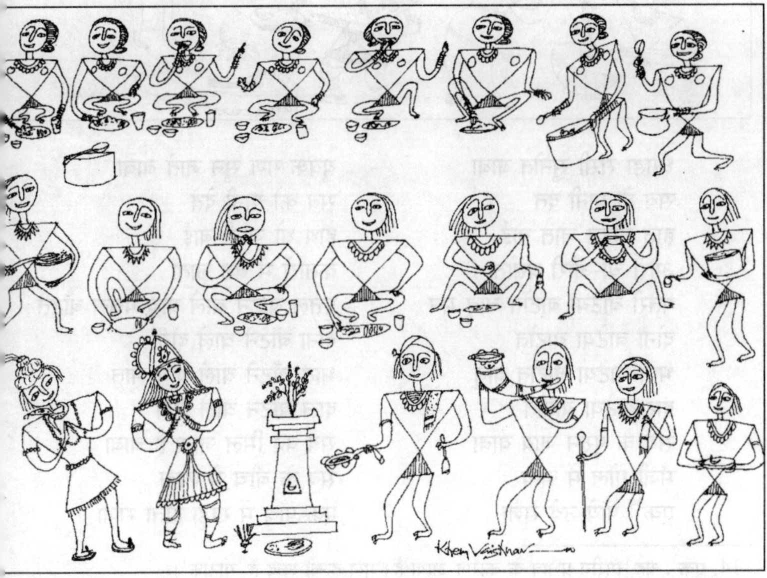

होम-आरती देत
भगवान नाँव धरोत राजा-रानी
पइँया पड़ुन जात
बाजे जाउन बसोत राजा-रानी
बाबू के काय बले
"सुना बाबू धँगड़ा रासी
सुना बाबू धँगड़ा रासी
सब के पानी दिया बाबू
सब के हात धोआवा"

होम-आरती करते
भगवान का नाम लेते राजा-रानी
वे प्रणाम कर जाते
खाट पर जा बैठते राजा-रानी
बाबू से वे कहते
"सुनो हे बाबू युवकों
सुनो हे बाबू युवकों
सब को पानी दो हे बाबू
सब को हाथ धुलाओ"

धँगड़ा रासी सुनोत बाबा
सब के पानी देत
हात धोउन जात बाई
ओरी-चो-ओरी बसोत
पतरी बाटेया बाटोत बाबू मन
दोना बाटेया बाटोत
भात बाटेया बाटोत बाबू
दार बाटेया बाटोत
सब के पुरुन जाय बाबा
मँजी गोल में जाय
एक[14] पाँये उबे राजा

युवक गण सुन जाते बाबा
सब को पानी देते
हाथ धो जातीं बांई
कतारों में बैठ जातीं
पत्तल बाँटने वाले बाबू पत्तल बाँटते
दोना बाँटने वाले दोना
भात बाँटने वाले बाबू भात
दाल बाँटने वाले दाल
सब को मिल जाता है बाबा
सब के बीच में जाता
एक पाँव में खड़ा होता राजा

14. एक : यह नगरीय प्रभाव के कारण आया है। मूल हल्बी शब्द है 'गोटोक'।

	दस अँगरी चो बिनती	दस अँगुलियों की विनती करता[15]
	"अमरली जाले खाहा बले	"परोसा गया तो खायें" कहता
	मयँ देउक नईं सकें	"मैं और अधिक नहीं दे सकता
	जुठा बले होआ" बले	मुँह को जूठा करें" वह कहता
	पइँया पड़ुन जाय	वह प्रणाम कर जाता
	"सब के पुरुन गेली राजा	"सब को परोसा गया है राजा
	इतरोय[16] देतो आय"	इतना ही तो दिया जाता है"
1002	खाई-पिई के भय गय तियार	खा-पी कर सब हो गये तैयार
	खाई-पिई के भय गय तियार	खा-पी कर सब हो गये तैयार
	बाबू के काय बले राजा	बाबू से क्या कहता राजा
	"सुना बाबू" बले	"सुनो हे बाबू" कहता
	"बिहाव-जोड़ा धरा बाबू	"विवाह-सामग्री लो हे बाबू
	गाड़ी ने जोड़ुन जाहा	गाड़ी में रख दो
	भिमा-कोटे बले जावँ बाबू	भिमा-कोट में जायें बाबू
	भिमा-कोटे जावँ"	भिमा-कोट में जायें"
1003	धँगड़ा रासी सुनोत बाबा	युवक गण सुनते बाबा
	सब जोड़ा जोड़ोत	सारी सामग्री रखते
	गाड़ी ने जोड़ुन जात बाबू	गाड़ी में रख जाते बाबू
	गाड़ी ने जोड़ुन जात	गाड़ी में रख जाते
	हरबर तियार होत राजा-रानी	झटपट तैयार होते राजा-रानी
	जलदी तियार होत	जल्दी तैयार हो जाते
	तेल-फुल घसे रानी	तेल-फुल लगाती रानी
	कोरी-सारी होय	वह कंघी कर जाती
	सिरे सेंदुर लगाय रानी	सिर में सिन्दूर लगाती रानी
	कपारे टिकली लगाय	माथे में टिकुली लगाती
	मोती ने गुरया गुथे रानी	मोती में गुरिया गूँथती रानी
	बाँदे लदा झुड़ा	वह बड़ा सा जूड़ा बाँधती
	नव सै गाहना पिंदे रानी	नौ सौ गहने पहनती रानी
	नव सै हार पिंदे	नौ सौ हार पहनती
	अलंकार पिंदे रानी	अलंकार पहनती रानी
	सोनर तड़हा पिंदे	सोने का तड़ा पहनती
	कपारे मुकुट बाँदे रानी	सिर पर मुकुट बाँधती रानी
	काय मँजा सुँदर दखे	बड़ी ही सुन्दर दिखती

15. यहाँ राजा द्वारा एक पाँव के बल पर खड़ा हो कर दोनों हाथ जोड़ प्रजा से भोजन ग्रहण करने की विनती करना एक राजा के व्यवहार की दृष्टि से असहज एवं विपरीत है। सामान्यतः प्रजा द्वारा राजा की विनती की जाती है, किन्तु राजा द्वारा प्रजा की विनती करना लोक व्यवहार में अपवाद नहीं है। अतिथियों की अभ्यर्थना यहाँ इसी तरह की जाती है, जो भारतीय संस्कृति की 'अतिथि देवो भव' की भावना को ही परिपुष्ट करता है।

16. इतरोय : अन्य लघुकृत उच्चारण 'इतरय'।

	केऊ-फुल धोती बले राजा मारे	केऊ-फुल-सी धोती राजा पहनता
	केऊ-फुल कमिंज राजा पिंदे	केऊ-फुल-सा कमीज राजा पहनता
	सिरे पगड़ी बाँदे राजा	सिर में पगड़ी बाँधता राजा
	मुँडे सुरई खोचे	सिर पर तुर्रा खोंसता
	तिलक-चन्दन लगाय राजा	तिलक-चन्दन लगाता राजा
	नवगुन पयता फेके	नौ गुना जनेऊ पहनता
	पाँय ने खड़ऊ पिंदे राजा	पाँवों में खड़ाऊँ पहनता राजा
	हाते तिरसुल धरे	हाथ में त्रिशूल पकड़ता
1004	कलस-दिया बले रानी बारे	कलश-दीप रानी जलाती
	सब जोड़ा रानी धरे	सारी सामग्री रानी लेती
	मुँड ओड़नी देय रानी	सिर पर घूँघट देती रानी
	मुँडे कलस बोहे	सिर पर कलश रखती
	गाड़ी फाँदुन जात बाबू	गाड़ी तैयार कर जाते बाबू
	गाड़ी फाँदुन जात	गाड़ी तैयार कर जाते
	बजनेया-मोहरेया सँगे जात राजा-रानी	बजनेया-मोहरेया के सँग जाते राजा-रानी
	फउद-फटाका सँगे जात	फौज-पटाखों के सँग जाते
	भिमा-कोटे जात राजा-रानी	भिमा-कोट में जाते राजा-रानी
	भिमा-कोटे अमरोत	भिमा-कोट पहुँचते
	डारा-छापरे जात राजा-रानी	डारा-छावन में जाते राजा-रानी
	डारा-छापरे अमरोत	डारा-छावन पहुँचते
	मुँड चो कलस उतराय रानी	सिर का कलश उतारती रानी
	कलस मँडाउन जाय	कलश रख जाती
	गाड़ी ढिलुन जात बाबू	गाड़ी खोल जाते बाबू
	सब जोड़ा धरोत	सारी सामग्री लेते
	डारा-छापरे नेत बाबू	डारा-छावन में ले जाते बाबू
	डारा-छापरे नेत	डारा-छावन में ले जाते
	सेवा-जोड़ा बले राजा धरे	सेवा-सामग्री राजा लेता
	पुजा-जोड़ा राजा धरे	पूजा-सामग्री राजा लेता
	बाबू के काय बले राजा	बाबू से क्या कहता राजा
	"सुना बाबू" बले	"सुनो हे बाबू" कहता
	"भिमा लगे जावँ बाबू जे	"भिमा के पास चलें हे बाबू
	भिमा लगे जावँ"	भिमा के पास चलें"
	मुँडे कलस बोहे रानी	सिर पर कलश रखती रानी
	झारी पानी धरे	झारी में पानी लेती
	गाँयता-पुजारी सँगे जात राजा-रानी	गाँयता-पुजारी के सँग जाते राजा-रानी
	बजनेया-मोहरेया सँगे जात	बजनेया-मोहरेया के सँग जाते
	भिमा लगे जात राजा-रानी	भिमा के पास जाते राजा-रानी
	भिमा लगे अमरोत	भिमा के पास पहुँचते

मुँड चो कलस उतराय रानी
हाते पोतनी धरे
चार खुटेया[17] लिपे रानी
मँजी बाना लिखे
झारी पानी धरे रानी
भिमा के पाँय धोआय
आरती-आइग राजा धरे
घिंव-गुर राजा-रानी धरोत
होम-आरती देत राजा
पइँया पड़ुन जात
भिमा के काय बलोत राजा-रानी
भिमा के काय बलोत
"सुन बाबू भिमा लोग
सुन बाबू भिमा लोग
दुय कियारी डाँड झिकले
बेड़ा कमाउन रले
माँगुन बयला आनले बाबू
मयँ माँगुन बिहन आनले
बिहन बुनुन रले बाबू
मयँ बिहन बुनुन रले

सिर का कलश उतारती रानी
हाथ में पोतनी लेती
चारों दिशाओं में लीपती रानी
बीच में चित्र बनाती
झारी पानी लेती रानी
भिमा के पाँव धुलाती
आरती-आग राजा लेता
घी-गुड़ राजा-रानी लेते
होम-आरती करते राजा
वे प्रणाम कर जाते
भिमा से क्या कहते राजा-रानी
भिमा से क्या कहते
"सुन हे बाबू भिमा
सुन हे बाबू भिमा
दो क्यारियाँ बनायीं मैंने
खेत बना गया
माँग कर बैल मैं लाया बाबू
मैं माँग कर धान लाया
धान बो गया था बाबू
मैं बीज बो गया था

17. खुटेया : अन्य उच्चारण 'खुटिया', 'खुटया'।

	चुलू भर पानी निंहाय बाबू	चुल्लू भर पानी नहीं है बाबू
	बुँद भर पानी निंहाय	बूँद भर पानी नहीं है
	भुँय के डाँगरा फाटे बाबू	जमीन में दरार पड़ गयी है बाबू
	बिहन खाले उतरे	धान की बढ़त थम गयी
	बिहन पँडराउन जाय बाबू	धान सफेद हो गया है बाबू
	मोचो बिहन पँडराउन जाय	मेरा धान सफेद हो गया है
	साल भर डँड होले बाबू	साल भर कष्ट सहे हे बाबू
	मयँ साल भर डाहा होले	मैने साल भर कष्ट सहे हैं
	कमालो बाहदा गेली बाबू	कमाई व्यर्थ हो गयी हे बाबू
	मोचो कमालो फुकट होली	मेरी कमाई बेकार हो गयी
1006	"तुके बिहाव करें बाबू	"तेरा विवाह करता हूँ बाबू
	तुके बिहाव करें बाबू	तेरा विवाह करती हूँ
	बरकस पानी मोके दे बाबू	भरपूर पानी मुझे तू दे हे बाबू
	बरकस[18] पानी दे"	भरपूर पानी दे"
	पइँया पड़ुन जात राजा-रानी	उसे प्रणाम कर जाते राजा-रानी
	हात जोड़ुन जात	हाथ जोड़ जाते
	भिमा काय बले राजा के	भिमा क्या कहता राजा से
	"सुना राजा" बले	"सुनिये राजन्" कहता
	"मोके बिहाव करास[19] राजा-रानी	"मेरा विवाह करते हैं राजा-रानी
	मोके बिहाव करास	मेरा विवाह करते हैं
	काहाँ ले पानी देयँदे राजा-रानी	कहाँ से पानी मैं दूँगा राजा-रानी
	काहाँ ले पानी देयँदे	मैं कहाँ से पानी दूँगा
	मेंग के नेवता जा राजा	मेंग को न्योता दें हे राजन्
	मेंग-नेवता जा	मेंग को न्योता दें
	बिहाव-घरे एओ राजा	विवाह में वह आये राजन्
	बिहाव-घरे एओ"	विवाह में वह आये"
1007	सब जोड़ा बले राजा-रानी धरोत	सारी सामग्री राजा-रानी लेते
	डारा-छापरे राजा-रानी जाओत	डारा-छावन में राजा-रानी जाते
	बाबू के काय बलोत राजा-रानी	बाबू से क्या कहते राजा-रानी
	"सुन बाबू" बलोत	"सुन हे बाबू" कहते
	"मँजपुरे जा बाबू	"तू मँजपुर जा हे बाबू
	मामा के नेवता दे	मामा को न्योता दे आ
	बिहाव-घरे एओ बाबू	विवाह में वे आयें बाबू
	आगे दिन माँडो आय	पहले दिन माँडो है
	पाछे दिन तेल आय बाबू	अगले दिन तेल है बाबू
	सनवारे लगिन आय	शनिवार को लग्न है

18. बरकस : अन्य ध्वनि 'बरसक'।

19. करास : 'करासाहास' (करते हो/कर रहे हो) का लघु रूप जो केवल पद्य में ही स्वीकार्य है। वैसे 'करा का अन्य अर्थ ('करो') भी है,। उदाहरणार्थ : आले तुमी बले ए बुता के करास नईं तो!

	एई नेवता दे बाबू	यही न्योता दे हे बाबू
	बिहाव घरे एओ"	वे विवाह में आयें"
1008	सुने बाबू भिकन्दर	सुनता बाबू भिकन्दर
	सुने बाबू जलन्धर	सुनता बाबू जलन्धर
	डारा-छापर छाँडे बाबू	डारा-छावन छोड़ता बाबू
	जाते-जाते जाय	चलता चला जाता
	रुमझुम-रुमझुम रेंगे बाबू	जल्दी-जल्दी चलता बाबू
	माहादेव-जलकी ने जाय	माहादेव-सरोवर में जाता
	पारबती-जलकी ने जाय बाबू	पारबती-सरोवर में जाता बाबू
	जलकी-खँडे उबे	सरोवर-तीर में रुकता
	खँड भर रहे जलकी	लबालब भरा था सरोवर
	करेया[20] पानी दखे	काला पानी दिखता
	जलकी के काय बले बाबू	सरोवर से क्या कहता बाबू
	जलकी के काय बले	सरोवर से क्या कहता
	"आँट-आँट राजा-जलकी	"कम हो जा हे राजा-सरोवर
	आँट-आँट रानी-जलकी	कम हो जा हे रानी-सरोवर
	मयँ दार-चाउर फेकें[21] जलकी	मैं दाल-चावल अर्पित करता सरोवर
	माँडक होउन जा"	घुटने तक कम हो जा"
	दार-चाउर फेके बाबू	दाल-चावल अर्पित करता बाबू
	माँडक होउन जाय	घुटने तक कम हो जाता
	जलकी पार होय बाबू	सरोवर लाँघ जाता बाबू
	समँदुर पार होय	समुद्र लाँघ जाता
	कोसक-दापक रेंगे बाबू	कोस-दाब भर चलता बाबू
	एक कलाट मारे	लम्बे डग है भरता
	मेंग-माहाले जाय बाबू	मेंग-महल जाता बाबू
	मेंग-माहाले जाय	मेंग-महल वह जाता
1009	मेंग-माहाले अमरे बाबू	मेंग-महल पहुँचता बाबू
	मेंग-माहाले अमरे बाबू	मेंग-महल पहुँचता
	माँडो-मोंगरा उबे बाबू	मोगरा-मण्डप में रुकता बाबू
	"राजा" हंका मारे	"राजा" हाँक लगाता
	राजा सुनुन जाय बाबा	राजा सुन लेता है बाबा
	घर ले बाहिर होय	घर से बाहर आता
	बाबू के काय बले राजा	बाबू से क्या कहता राजा
	"सुन बाबू" बले	"सुन हे बाबू" कहता
	"काय कामे इलिस बाबू	"किस काम से आया बाबू
	तुय आले मोके साँग"	तू तनिक मुझे बतला"

20. करेया : अन्य उच्चारण 'करिया', 'करया'।

21. फेकें : नगरीय प्रभाव के कारण यह प्रयोग हुआ है। मूल शब्द हैं, 'फिंगतो' और 'पकातो'।

1010	"सुना राजा मेंगराजा	"सुनिये राजा मेंगराजा
	सुना राजा मेंगराजा	सुनिये राजा मेंगराजा
	भिमा-बिहाव आय राजा	भिमा-विवाह है हे राजन्
	भिमा-बिहाव आय	भिमा-विवाह है
	आगे दिन माँडो बले आय राजा	पहले दिन माँडो है राजा
	पाछे दिन तेल आय	अगले दिन है तेल
	सनवारे लगिन आय राजा	शनिवार को लग्न हे राजन्
	बिहाव-नेवता इले	मैं विवाह का न्योता ले आया
	बिहाव-घरे इया राजा	विवाह में आप आयें राजन्
	बिहाव-घरे इया"	विवाह में आप आयें"
1011	राजा काय बले बाबू के	राजा क्या कहता बाबू से
	"सुन बाबू" बले	"सुन हे बाबू" कहता
	"भिमा-बिहाव करो बाबू	"भिमा-विवाह करे हे बाबू
	भिमा-बिहाव करो	वह भिमा का विवाह करे
	माँडो दिने नीं एयँ बाबू	माँडो के दिन न आऊँ बाबू
	मयँ तेल दिने नीं एयँ	मैं तेल के दिन न आऊँ
	लगिन दिने एयँदे बाबू	लग्न के दिन आऊँगा बाबू
	दाहिज[22] टिकुक एयँदे	मैं दहेज देने आऊँगा
	माँडो दिने बाबू इले जाले	माँडो के दिन मैं आऊँगा तो
	तेल दिने इले जाले	तेल के दिन मैं आऊँगा तो
	खातो के सुगुम नीं होय बाबू	खाते नहीं बनेगा लोगों को
	बसतो के सुगुम नीं होय"	बैठते नहीं बनेगा"
	एई बात बले राजा	यही बात कहता है राजा
	भिकन्दर सुने	भिकन्दर सुन जाता
	मेंग-माहाल छाँडे बाबू	मेंग-महल छोड़ता बाबू
	जाते-जाते जाय	चलता चला जाता
	रुमझुम-रुमझुम रेंगे बाबू	जल्दी-जल्दी चलता बाबू
	एक कलाट मारे	लम्बे डग है भरता
	मँजपुर छाँडे बाबू	मँजपुर छोड़ जाता बाबू
	कैलासपुरे जाय	कैलासपुर वह जाता
	कैलासपुरे अमरे बाबू	कैलासपुर पहुँचता बाबू
	पारबती-जलकी ने जाय	पारबती-सरोवर में जाता
	माहादेव-जलकी ने जाय बाबू	माहादेव-सरोवर में जाता बाबू
	दार-चाउर फेके	दाल-चावल अर्पित करता
	माँडक होउन जाय जलकी	घुटने तक कम हो जाता सरोवर
	जलकी पार होय	वह सरोवर लाँघ जाता
	डारा-छापरे बाबू जाय	डारा-छावन में बाबू जाता

22. दाहिज : अन्य ध्वनि 'दाइज'।

	राजा के काय बाबू बले	राजा से क्या बाबू कहता
	"भिमा-बिहाव करो' बल्लो	"भिमा-विवाह करें' कहा है
	'भिमा-बिहाव करो'	'भिमा-विवाह करें'
	'तेल दिने नीं एयँ' बल्लो	'तेल के दिन नहीं आऊँगा' कहा है
	'माँडो दिने नीं एयँ	'माँडो के दिन नहीं आऊँगा
	लगिन दिने एयँदे' बल्लो	लग्न के दिन आऊँगा' कहा है
	दाइज टिकुक एयँदे"	'दहेज देने आऊँगा"
1012	राजा-रानी सुनोत बाबा	राजा-रानी सुनते बाबा
	बाबू के काय बलोत	बाबू से क्या कहते
	"जोखा मारुन जाहा बाबू	"जोखा बना जाओ हे बाबू
	राँधा राँदुन जाहा	भोजन तैयार कर जाओ
	माँडो-माँदी देवाँ बाबू	माँडो का भोजन[23] देंगे बाबू
	माँडो-माँदी देवाँ"	माँडो का भोजन देंगे"
	सुनोत बाबू धँगड़ा रासी	सुनते बाबू युवक गण
	सुनोत बाबू धँगड़ा रासी	सुनते बाबू युवक गण
	हाते कोड़की धरोत बाबू	हाथ में कुदाली लेते बाबू
	जोखा मारुन जात	जोखा बना जाते
	जोखा मारेया मारोत बाबा	जोखा बनाने वाले बनाते बाबा
	हुन पानी आनेया आनोत	पानी लाने वाले लाते
	आइग बारेया बारोत बाबू	आग जलाने वाले जलाते बाबू
	राँदा रँदेया राँदोत	भोजन तैयार करने वाले करते
	धँगड़ी पान आनोत बाबा	युवतियाँ पत्ते लातीं बाबा
	डोकरी दोना खिलोत	वृद्धायें दोने बनातीं
1013	"सुन दादा रे गाँयता लोग	"सुनो हे दादा गाँयता
	सुन दादा पुजारी लोग	सुनो हे दादा पुजारी
	माँडो मारुन दे दादा	माँडो की लकड़ी[24] लायें दादा
	माँडो मारुन दे"	माँडो की लकड़ी लायें"
	"देयँदे राजा" बले दादा	"ला दूँगा राजा" कहता दादा
	"देयँदे राजा" बले	"ला दूँगा राजा" कहता
	हरदी-चाउर धरे दादा	हल्दी-चावल लेता दादा
	खाँदे टयँगा धरे	कन्धे में कुल्हाड़ी रखता
	धँगड़ा रासी सँगे जाय दादा	युवकों के सँग जाता दादा
	सेतबन ने जाय	सेतबन में जाता
	सेतबने अमरे दादा	सेतबन पहुँचता दादा

---

23. माँडो का भोजन : मण्डपाच्छादन के दिन वहाँ उपस्थित सभी लोगों को दिया जाने वाला भोजन।
24. माँडो की लकड़ी : मण्डप बनाने के लिये उपयोग में आने वाली लकड़ी। ये प्रायः (महू) महुए की 5 टहनियाँ होती हैं। महुए की टहनियों के साथ सरगी (साल) की टहनियाँ भी होती हैं। किन्तु ध्यान देने की बात है कि भिन्न-भिन्न समुदाय एवं उपलब्धता के आधार पर लकड़ी की प्रजाति में भिन्नता हो सकती है। जहाँ सरगी के पेड़ नहीं हैं वहाँ आम की टहनी भी उपयोग में लायी जाती है। कुछ समुदायों में बाँस का भी उपयोग होता है।

	बिंदराबने अमरे	बिंदराबन पहुँचता
	माँडो-डेरी दखे दादा	माँडो का खम्भा देखता दादा
	'एई माँडो होयदे'	'इस से माँडो बन जायेगा'
1014	हरदी-चाउर बले दादा फेके	हल्दी-चावल अर्पित करता दादा
	हाते टयँगा दादा धरे	हाथ में कुल्हाड़ी लेता
	माँडो-डेरी गोंदे दादा	माँडो का खम्भा काटता दादा
	माँडो-पाटी गोंदे	माँडो की पटिया काटता
	नव ठन डेरी गोंदे दादा	नौ खम्भे काटता दादा
	नव ठन पाटी गोंदे	नौ पटिया काटता
	डोरी हिरयाउन जाय दादा	छाल से रस्सी बनाता दादा
	भारा बाँदुन जाय	गट्ठर बाँध जाता
	माँडो बोहुन जाय दादा	लकड़ी लाद लेता दादा
	माँडो बोहुन जाय	लकड़ी लाद लेता
	भिमा-कोटे बले जाय दादा	भिमा-कोट में जाता दादा
	भिमा-कोटे जाय	भिमा-कोट में जाता
	माँडो नेउन जाय दादा	माँडो की लकड़ी ले जाता दादा
	भाटा ने नेउन उबाय	मैदान में जा कर रखता
1015	दखे रानी पारबती	देखती रानी पारबती
	दखे रानी पारबती	देखती रानी पारबती
	'माँडो मारुन आनला' बले	'माँडो की लकड़ी ले आये' कहती
	'माँडो मारुन आनला'	'माँडो की लकड़ी ले आये'
	हरबर जोड़ा जोड़े रानी	झटपट सामग्री तैयार करती रानी

जलदी जोड़ा जोड़े	जल्दी सामग्री तैयार करती
तेल-हरदी धरे रानी	तेल-हल्दी लेती रानी
रोसई-चाउर धरे	रसोई-चावल लेती
कलस-दिया बले रानी बारे	कलश-दीप जलाती रानी
कलस-दिया रानी बारे	कलश-दीप जलाती रानी
मुँडे ओढ़नी देय रानी	सिर पर चुनरी रखती रानी
मुँडे कलस बोहे	सिर पर कलश है रखती
नोनी के काय बले रानी	नोनी से क्या कहती रानी
नोनी के काय बले	नोनी से क्या कहती
"परला धोउन जाहा नोनी	"परला धो जाओ नोनी
माँडो पड़घाउक जावँ"	माँडो का स्वागत करने जायें"
6 जाय रानी रे पारबती	जाती रानी पारबती
जाय रानी पारबती	जाती रानी पारबती
माँडो लगे बले जाय रानी	माँडो के पास जाती रानी
माँडो लगे जाय	माँडो के पास जाती
माँडो लगे अमरे रानी	माँडो के पास पहुँचती रानी
माँडो लगे अमरे	माँडो के पास पहुँचती
मुँड चो कलस उतराय रानी	सिर का कलश उतारती रानी
झारी पानी धरे	झारी में पानी लेती
माँडो के पाँय धोआय रानी	माँडो के पाँव धुलाती[25] रानी
माँडो के पाँय धोआय	माँडो के पाँव धुलाती
सब जोड़ा बले रानी मँडाय	सारी सामग्री रानी रखती
सब जोड़ा रानी मँडाय	सारी सामग्री रानी रखती
तेल-हरदी मँडाय रानी	तेल-हल्दी रखती रानी
तेल-हरदी मँडाय	तेल-हल्दी रखती
7 गाँयता दादा जाय बाबा	गाँयता दादा जाता बाबा
पुजारी दादा जाय	पुजारी दादा जाता
हाते मउड़ धरे दादा	हाथ में मुकुट लेता दादा
चार खुट पइँया पड़े	चारों दिशाओं को प्रणाम करता
माँडो के मउड़ बाँदे दादा	माँडो को मुकुट बाँधता[26] दादा
माँडो के मउड़ बाँदे	माँडो को मुकुट बाँधता
तेल-हरदी मँडाय रानी	तेल-हल्दी रखती रानी
तेल-हरदी मँडाय रानी	तेल-हल्दी रखती रानी
माँडो के तेल चेगाय दादा	माँडो को तेल चढ़ाता दादा
माँडो के तेल चेगाय	माँडो को तेल चढ़ाता

---

25. माँडो के पाँव धुलाने से तात्पर्य मण्डपाच्छादन के लिये लायी गयी महुए या सरगी की टहनियों के निचले हिस्से को पानी से धुलाना है। यहाँ लोक मानस में 'माँडो' का मानवीकरण स्पष्ट देखा जा सकता है।

26. माँडो को मुकुट बाँधने से तात्पर्य 'माँडो' की उन टहनियों पर मुकुट बाँधना है। इसी तरह अन्य सभी प्रसंगों में 'माँडो' का अर्थ इसी प्रकार लिया गया है।

दादा के हरदी रिकाय रानी	दादा पर हल्दी डालती रानी
दादा के हरदी रिकाय	दादा पर हल्दी डालती
माँडो पड़घाउन जाय रानी	माँडो का स्वागत करती रानी
माँडो पड़घाउन जाय रानी[27]	माँडो का स्वागत करती रानी
सब जोड़ा धरे रानी	सारी सामग्री लेती रानी
सब जोड़ा धरे	सारी सामग्री लेती
माँडो बोहुन जात दादा	माँडो उठा जाते दादा
माँडो बोहुन जात	माँडो उठा जाते
डारा-छापरे नेय दादा	डारा-छावन में ले जाता दादा
डारा-छापरे अमरे	डारा-छावन पहुँचता
माँडो कचाड़ुन जाय दादा	माँडो रख देता है दादा
माँडो कचाड़ुन जाय	माँडो रख देता है
आरती-आइग धरे दादा	आरती-आग लेता दादा
घिंव-गुर धरे	घी-गुड़ है लेता
होम-आरती देय दादा	होम-आरती करता दादा
पइंया पड़ुन जाय	वह प्रणाम कर जाता
हाते कुस बले दादा धरे	हाथ में सब्बल दादा लेता
हाते कुस दादा धरे	हाथ में सब्बल दादा लेता
जागा रानी के सुमरे दादा	जगह रानी का स्मरण करता दादा
धरती माता के सुमरे	धरती माता का स्मरण करता
"सुन आया" बले दादा	"सुन हे माता" कहता दादा
"सुन आया" बले	"सुन हे माता" कहता
"माँडो गाड़ुन जायँ आया	"माँडो गाड़ जाता माता
मयँ तुके खोदरा खनें	मैं तुम्हें गड्ढा करता
भिमा-बिहाव आय आया	भिमा-विवाह है हे माता
भिमा-बिहाव आय"	भिमा-विवाह है"
मँजी खोदरा खने दादा	बीच में गड्ढा करता दादा
खोदरा खनुन सारे	वह गड्ढा कर जाता
आमा-तोरन बाँदे दादा	आम-तोरण[28] बाँधता दादा
दार-चाउर फेके	दाल-चावल अर्पित करता
मँजी-डेरी गाड़े दादा	बीच में खम्भा गाड़ता दादा
मँजी-डेरी गाड़े	बीच में खम्भा गाड़ता
1018 नव ठन खोदरा दादा खने	नौ गड्ढे कर जाता दादा
नव ठन खोदरा दादा खने	नौ गड्ढे कर जाता
नव ठन डेरी गाड़े दादा	नौ खम्भे गाड़ता दादा
नव ठन पाटी लथे	नौ पटियाँ लादता

27. कैसेट क्रमांक 26बी का आरम्भ, ध्वन्यांकन तिथि : 16.12.1996।
28. आम-तोरण : आम के पत्तों से बना बन्दनवार।

माँडो गाड़ुन सारे दादा	माँडो गाड़ जाता दादा
माँडो गाड़ुन सारे	माँडो गाड़ जाता
आमा-तोरन गुथे दादा	आम-तोरण गूँथता दादा
आमा-तोरन गुथे	आम-तोरण गूँथता
"सुन दादा रे गाँयता लोग	"सुन हे दादा गाँयता
सुन दादा पुजारी लोग	सुन हे दादा पुजारी
मोके देव-तेल दे दादा	मुझे देव-तेल दे दादा
मोके देव-तेल दे"	मुझे देव-तेल दे"
19 गाँयता दादा सुने बाबा	गाँयता दादा सुनता बाबा
रानी के काय बले	रानी से क्या कहता
"तेल-हरदी दे रानी	"तेल-हल्दी दे हे रानी
तुके देव-तेल देयँ"	तुझे मैं देव-तेल दूँगा"
तेल-हरदी देय रानी	तेल-हल्दी देती रानी
गाँयता दादा धरे	गाँयता दादा लेता
माँडो के तेल चेगाय दादा	माँडो को तेल चढ़ाता दादा
देव-तेल माँगुन जाय	देव-तेल माँग जाता
पारबती रानी के देय दादा	पारबती रानी को देता दादा
पारबती रानी धरे	पारबती रानी लेती
20 पाँच पयली चाउर जोड़े	पाँच पायली चावल लेती
दुय सोली दार जोड़े	दो सोली दाल लेती
मुँड-बाँदा धरे रानी	साफा भी लेती रानी
मुठा रुपया धरे	मुट्ठी भर रुपये लेती

	गाँयता-बिदा देय रानी	गाँयता को विदा करती रानी
	पुजारी-बिदा देय	पुजारी को विदा करती
	"एई ने मानुन जाहा" बले	"इसी में मान जायें" कहती
	"मयँ देउक नईं सकें"	"मैं अधिक नहीं दे सकती"
	"इतरोय देतो आय रानी	"इतना ही देना है रानी
	कोन आगर देसोत?"	कौन अधिक देता है?"
1021	"सुना नोनी रे धँगड़ी रासी	"सुनो हे नोनी युवतियों
	सुना बाबा धँगड़ी रासी	सुनो हे बाबा युवतियों
	भिमा के नाहाउन दिया नोनी	भिमा को नहला दो हे नोनी
	कोरुन-गाथुन दिया	उसे कंघी कर दो
	पाटा-बेनी गाथा नोनी	उसे वेणी गूँथ दो हे नोनी
	तुमी नवा लुगा पिंधावा"	तुम नये कपड़े पहनाओ"
	धँगड़ी रासी सुनोत बाबा	युवतियाँ सुन लेतीं बाबा
	भिमा के नाहाउन देत	भिमा को नहला देतीं
	कोरुन-गाथुन देत भिमा के	कंघी वे कर देतीं भिमा को
	नवा लुगा पिंधात	नये कपड़े पहनातीं
	माँडो सराउन जात नोनी	माँडो लीप जातीं नोनी
	माँडो ने बाना लिखोत	माँडो में चित्र बनातीं
	कलस-दिया बारोत नोनी	कलश-दीप जलातीं नोनी
	कलस-दिया बारोत	कलश-दीप जलातीं
1022	जाय राजा रे माहादेवरैया	जाता राजा माहादेवरैया
	जाय राजा माहादेवरैया	जाता राजा माहादेवरैया
	हाते मउड़ धरे राजा	हाथ में मुकुट लेता राजा
	भिमा लगे जाय	भिमा के पास जाता
	चार खुट पइँया पड़े राजा	चारों दिशाओं में प्रणाम कर जाता राजा
	भिमा के मउड़ बाँदे	भिमा को मुकुट पहनाता
	तेल-हरदी धरे रानी	तेल-हल्दी लेती रानी
	परला ने चाउर धरे	परला में चावल लेती
	हाँडी ने हरदी घोरे रानी	हण्डी में हल्दी घोलती रानी
	हुन नोनी के काय बले	वह नोनी से क्या कहती
	"परला बोहुन जाहा नोनी	"परला उठा लो हे नोनी
	परला बोहुन जाहा"	परला उठा लो"
	धँगड़ी रासी जाओत बाबा	युवतियाँ जातीं बाबा
	परला बोहुन जात	वे परला उठा लेतीं
1023	भिमा चो हात बले रानी धरे	भिमा का हाथ रानी पकड़ती
	माँडो ने नेउन भिमा के उबाय	माँडो में ले जा कर भिमा को खड़ा करती
	नोनी के काय बले रानी	नोनी से क्या कहती रानी
	"सुना नोनी" बले	"सुनो हे नोनी कहती

"हात धरा-धरी होआ नोनी
तुमी भुँआर बुलुन जाहा
भुँआर-गित गावा नोनी
गित गावतो आय"
हात धरा-धरी होओत नोनी
भुँआर बुलुन जात
भुँआर-गित गाओत नोनी
तिन भुँआर बुलात
भुँआर बुलाउन सारोत नोनी
भिमा के बसाउन जात
तेल-हरदी मँडाय रानी
भिमा के तेल चेगाय
पहिल तेल चेगात[31] राजा-रानी
पहिल तेल चेगात
गाँयता-पुजारी चेगात बाबा
माँजी-मुकासी चेगात
जितरो रहोत तिनपुरया

एक-दूसरे का हाथ थामो नोनी
तुम भाँवर[29] घूम जाओ
भाँवर-गीत गाओ नोनी
गीत गाना है"
एक-दूसरे के हाथ थामतीं नोनी
भाँवर घूम जातीं
भाँवर-गीत[30] गातीं नोनी
तीन भाँवरें लगवातीं
भाँवर घुमा जातीं हैं नोनी
भिमा को बिठा जातीं
तेल-हल्दी रखती रानी
भिमा को तेल चढ़ाती
पहला तेल चढ़ाते राजा-रानी
पहला तेल चढ़ाते
गाँयता-पुजारी चढ़ाते बाबा
माँझी-मुखासी चढ़ाते
जितने भी थे तीन पुरों के वासी

29. भाँवर : फेरा। भाँवर घूम जाओ : फेरे लगा लो।

30. भाँवर एवं अन्य गीतों के लिये नेशनल बुक ट्रस्ट, इंडिया, नयी दिल्ली से प्रकाशित पुस्तक '***बस्तर का आदिवासी एवं लोक संगीत***' (लेखक : हरिहर वैष्णव) का अवलोकन किया जा सकता है।

31. चेगात : अन्य उच्चारण 'चघात', 'चेघात'।

जितरो रहोत तिनपुरया
भिमा के तेल चेगात बाबा
चाउर-टिका देत
पइँया पड़ुन जात भिमा के
हात जोड़ुन जात

जितने भी थे तीन पुरों के वासी
भिमा को तेल चढ़ाते बाबा
चावल का टीका लगाते
भिमा को प्रणाम कर जाते
वे हाथ जोड़ जाते

तेल चेगाउन सारे रानी
भिमा चो हात धरे
भिमा के उठाउन जाय रानी
डारा-छापरे नेय
भिमा चो मउड़ हेड़े रानी
भिमा के बसाउन जाय
1024 "सुना बाबू धँगड़ा रासी
सुना बाबू धँगड़ा रासी
बाल-बचा भुके आसोत बाबू
लोलो-बालो भुके आसोत
सब के पानी दिया बाबू
सब के हात धोआवा"
धँगड़ा रासी सुनोत बाबा
सब के पानी देत
सब के हात धोआत बाबू
ओरी-चो-ओरी बसोत

तेल चढ़ा जाती है रानी
भिमा का हाथ पकड़ती
भिमा को उठा जाती है रानी
डारा-छावन में ले जाती
भिमा का मुकुट निकालती रानी
भिमा को बिठा जाती
"सुनो हे बाबू युवकों
सुनो हे बाबू युवकों
बाल-बच्चे भूखे हैं बाबू
बाल-बच्चे भूखे हैं
सब को पानी दो हे बाबू
सब के हाथ धुलाओ"
युवक गण सुनते हैं बाबा
सब को पानी देते
सब के हाथ धुलाते बाबू
वे कतारों में बैठ जाते

माँडो-माँदी देत बाबू	माँडो का भोजन देते बाबू
माँडो-माँदी देत	माँडो का भोजन देते
5 खाई-पिई के भय गय तियार	खा-पी कर हो गये तैयार
खाई-पिई के भय गय तियार	खा-पी कर हो गये तैयार
राजा-रानी खाओत बाबा	राजा-रानी खाते बाबा
खाउन-पिउन उठोत	खा-पी कर उठ जाते
रात काजे सोओत बाबा	रात को सो जाते बाबा
मुकताबली ने उठे	ब्रह्म मुहूर्त में जागती
कुकड़ाबासी चेते रानी	मुर्गे की बाँग से उठती रानी
नोनी के काय बले	नोनी से वह कहती
"उठा नोनी" बले रानी	"उठो हे नोनी" कहती रानी
"चेता बाबा" बले	"चेतो हे बाबा" कहती
"एई माहाल आय नोनी	"यही महल है हे नोनी
मोचो एई माहाल आय"	मेरा यही महल है"
26 उठोत नोनी रे धँगड़ी रासी	उठतीं नोनी युवतियाँ
चेतोत बाबा धँगड़ी रासी	चेततीं बाबा युवतियाँ
बुता-भयना करोत नोनी	काम-काज कर जातीं नोनी
बड़ा-ओंडा करोत	झाड़-बुहार कर जातीं
छड़ा-छिटका देत नोनी	गोबर का छींटा करतीं नोनी
दतुन-पतर चाबोत	दतौन आदि कर जातीं
आँगे असनाँद होत राजा-रानी	अंग स्नान कर जाते राजा-रानी
हिरदे असनाँद होत	हृदय स्नान कर जाते
सुका कपड़ा पिंदोत राजा-रानी	सूखे कपड़े पहनते राजा-रानी
ओधा कपड़ा गिरे	गीले कपड़े गिरते
कपड़ा निचाउन जाय रानी	कपड़े निचोड़ जाती रानी
कपड़ा सुकाउन जाय	कपड़े सुखा जाती
हरबर-हरबर राजा-रानी होओत	जल्दी मचाते राजा-रानी
हरबर-हरबर राजा-रानी होओत	जल्दी मचाते राजा-रानी
नोनी के काय बले रानी	नोनी से क्या कहती रानी
"सुना बाबा" बले	"सुनो हे बाबा" कहती
"माँडो सराउन जाहा नोनी	"माँडो लीप डालो हे नोनी
तुमी माँडो ने बाना लिखा	तुम माँडो में चित्र बनाओ
देव-तेल चेगातो आय नोनी	देव-तेल चढ़ाना है हे नोनी
देव-तेल चेगातो आय"	देव-तेल चढ़ाना है"
27 सुनोत नोनी धँगड़ी रासी	सुनतीं नोनी युवतियाँ
सुनोत बाबा धँगड़ी रासी	सुनतीं बाबा युवतियाँ
माँडो सराउन जात नोनी	माँडो लीप जातीं नोनी

	माँडो ने बाना लिखोत	माँडो में चित्र बनातीं
	कलस-दिया बारोत नोनी	कलश-दीप जलातीं नोनी
	रानी काय बले	रानी है क्या कहती
	"भिमा के मउड़ बाँदा राजा	"भिमा को मुकुट बाँधें राजा
	मयँ देव-तेल चेगाउन जायँ"	मैं देव-तेल चढ़ाऊँगी"
1028	माहादेवरैया सुने बाबा	माहादेवरैया सुनता बाबा
	हाते मउड़ धरे	हाथ में मुकुट लेता
	भिमा लगे बले जाय राजा	भिमा के पास जाता राजा
	भिमा के मउड़ बाँदे	भिमा को मुकुट बाँधता
	तेल-हरदी रानी धरे	तेल-हल्दी रानी लेती
	तेल-हरदी रानी धरे	तेल-हल्दी रानी लेती
	भिमा चो हात धरे रानी	भिमा का हाथ पकड़ती रानी
	माँडो ने नेउन उबाय	माँडो में ले जा कर खड़ा करती
	भुँआर बुलाउन जाय रानी	फेरे लगवा जाती रानी
	भुँआर-गित गाओत	भाँवर-गीत गातीं
	एकिस कोटी बले बाजा बाजे	इक्कीस कोटि बाजे बजते
	बाइस कोटी मोहरी बाजे	बाईस कोटि मोहरी बजतीं
	धँगड़ा माँदर मारोत बाबा	युवक माँदर बजाते बाबा
	धँगड़ी रिलो गाओत	युवतियाँ रिलो गातीं
	भिमा-कोटे बाजे बाबा	भिमा-कोट में बजता बाबा
	भिमा-कोटे बाजे	भिमा-कोट में बजता
	भुँआर बुलाउन सारे रानी	फेरे लगवा जाती रानी
	भिमा के बसाउन जाय	भिमा को बिठा जाती
	तेल-हरदी मँडाय रानी	तेल-हल्दी रखती रानी
	देव-तेल चेगाय	देव-तेल चढ़ाती
1029	जितरो रहोत देव गन	जितने भी थे देव-गण
	जितरो रहोत देव गन	जितने भी थे देव-गण
	देव-तेल चेगाउन जात भिमा के	देव-तेल चढ़ा जाते भिमा को
	चाउर-टिका देत	चावल का टीका लगाते
	उपरपुरया[32] चेगात बाबा	ऊपरपुर के लोग चढ़ाते बाबा
	कैलासपुरया[33] चेगात	कैलासपुर के लोग चढ़ाते
	तेल चेगाउन सारे रानी	तेल चढ़ा जाती रानी
	मोंगरा फोड़ुन जाय	मोंगरा फोड़ जाती
	भिमा चो हात धरे रानी	भिमा का हाथ थामती रानी
	डारा-छापरे नेय	डारा-छावन में ले जाती

32. उपरपुरया : अन्य उच्चारण 'उपरपुरेया', 'उपरपुरिया'।

33. कैलासपुरया : अन्य उच्चारण 'कैलासपुरेया', 'कैलासपुरिया'।

	भिमा चो मउड़ हेड़े रानी	भिमा का मुकुट निकालती रानी
	भिमा के बसाउन जाय	भिमा को बिठा जाती
1030	“सुना नोनी रे धँगड़ी रासी	“सुनो हे नोनी युवतियों
	सुना बाबा धँगड़ी रासी	सुनो हे बाबा युवतियों
	दिन भर तेल चेगावा[34] नोनी	दिन भर तेल चढ़ाओ नोनी
	आज तेल आय	आज तेल का दिन है
	नाचुन-नाचुन चेगावा नोनी	नाच-नाच कर चढ़ाओ नोनी
	तुमी नचाउन-नचाउन चेगावा”	तुम नचा-नचा कर चढ़ाओ”
	धँगड़ी रासी सुनोत बाबा	युवतियाँ सुन लेतीं बाबा
	दिन भर तेल चेगात	दिन भर तेल चढ़ातीं
	नाचुन-नाचुन चेगात नोनी मन	नाच-नाच कर चढ़ातीं नोनी
	नचाउन-नचाउन चेगात	नचा-नचा कर चढ़ातीं
	दिन बुड़ुन जाय बाबा	दिन डूब जाता है बाबा
	तेल-माँदी देय	तेल का भोजन देते
1031	खाई-पिई के भय गय तियार	खा-पी कर हो गये तैयार
	खाई-पिई के भय गय तियार	खा-पी कर हो गये तैयार
	रात काजे सोओत राजा-रानी	रात को सो जाते राजा-रानी
	बड़े बिहान होय	बड़ा सवेरा होता
	“उठा नोनी” बले रानी	“उठो नोनी” कहती रानी
	“चेता बाबा” बले	“चेतो बाबा” कहती
	“आज लगिन आय नोनी	“आज लग्न है हे नोनी
	तुमी बुता-भयना करा”	तुम काम-काज करो”
	धँगड़ी रासी उठोत बाबा	युवतियाँ उठ जातीं बाबा
	बुता-भयना करोत	काम-काज वे करतीं
	दतुन-पतर राजा-रानी चाबोत	दतौन आदि राजा-रानी करते
	आँगे असनाँद राजा-रानी होओत	अंग स्नान राजा-रानी करते
	सुका कपड़ा पिंदोत राजा-रानी	सूखे कपड़े पहनते राजा-रानी
	ओधा कपड़ा गिरे	गीले कपड़े गिरते
	कपड़ा निचाउन जाय रानी जे	कपड़े निचोड़ जाती रानी
	कपड़ा सुकाउन जाय	कपड़े सुखा जाती
	डारा-छापरे जाय रानी	डारा-छावन में जाती रानी
	राजा के काय बले	राजा से क्या कहती
	“आज लगिन आय राजा	आज लग्न है हे राजा
	उपास-चाउर टिका”	उपवास-चावल का टीका लगाओ
1032	“सुना बाबू धँगड़ा रासी	“सुनो हे बाबू युवकों
	सुना बाबू धँगड़ा रासी	सुनो हे बाबू युवकों

34. चेगावा : अन्य ध्वनियाँ ‘चगावा’, ‘चघावा’, ‘चेघावा’।

	आज लगिन आय बाबू	आज लग्न है हे बाबू
	उपास-चाउर टिका"	उपवास-चावल का टीका लगाओ"
	धँगड़ा रासी सुनोत बाबा	युवक गण सुन लेते बाबा
	हरदी-चाउर धरोत	हल्दी-चावल लेते
	भिमा के चाउर टिकोत बाबू	भिमा को चावल का टीका लगाते बाबू
	भिमइन के चाउर टिकोत	भिमइन को चावल का टीका लगाते
	राजा-रानी के टिकोत बाबू मन	राजा-रानी को टीका लगाते बाबू
	धँगड़ी रासी के टिकोत	युवंतियों को टीका लगाते
	उपास-चाउर टिकोत बाबू	उपवास-चावल का टीका लगाते बाबू
	उपास-चाउर टिकोत	उपवास-चावल का टीका लगाते
1033	राजा-रानी उपास आसोत भगवान	राजा-रानी उपवास हैं हे भगवन्
	राजा-रानी उपास आसोत परभू	राजा-रानी उपवास हैं हे प्रभु
	हरबर-हरबर होओत राजा-रानी	जल्दी मचाते राजा-रानी
	हरबर-हरबर होत	वे जल्दी मचा जाते
	बाबू के काय बले रानी	बाबू से क्या कहती रानी
	"सुन बाबू" बले	"सुन हे बाबू" कहती
	"आज लगिन आय बाबू	"आज लग्न है हे बाबू
	खोरे-डाँडे जा	गली-मोहल्ले में जा
	आरा-पारा बुल बाबू	अड़ोस-पड़ोस में घूम बाबू
	पचतेला-घरे एओत"	पचतेला[35] में लोग आयें"
	भिकन्दर सुने बाबा	भिकन्दर सुनता बाबा
	खोरे-डाँडे जाय	गली-मोहल्ले में जाता
	आरा-पारा बुले बाबू	अड़ोस-पड़ोस में घूमता बाबू
	"सुना बाई" बले	"सुनो हे बाई" कहता
	"पचतेला घरे इया" बले	"पचतेला में आयें" कहता
	"आज लगिन आय"	"आज लग्न है"
	"एउँदे बाबू" बलोत बाई	"आएँगे बाबू" कहतीं बाई
	हरबर तियार होत	झटपट तैयार हो जातीं
1034	खाना-पिना बले बाई मन करोत	भोजन कर जातीं बाई
	आँगे असनाँद बाई मन होओत	अंग स्नान कर जातीं बाई

35. पचतेला : पचतेला तेल के लिये गाँव के बाकी लोगों को जो सगा नहीं होते, बुलाया जाता है। तब लोग अपनी-अपनी हैसियत के मुताबिक भेंट ले कर आते हैं। कोई कपड़े आदि लाता है और कोई चावल आदि। इस तरह गाँव के लोग आ कर दुल्हन के माँडो में दुल्हन को और दूल्हा के माँडो में दूल्हा को तेल चढ़ाते हैं। यह है पचतेला। पचतेला का अर्थ है पाँच जाति के लोगों द्वारा तेल चढ़ाना। अब पाँच जाति का अर्थ रूढ़ नहीं है। इसमें पाँच से कम या अधिक जाति के और पाँच से अधिक लोग भी हो सकते हैं। पचतेला तेल चढ़ाने के लिये आये लोगों को तेल चढ़ाने की रस्म के बाद चावल-दाल आदि दिये जाते हैं और कहा जाता है कि वे भोजन करने के बाद लगिन देखने आयें। इस तरह उन्हें पुनः अलग से न्योता देने की आवश्यकता नहीं पड़ती। वे चाहें तो उसे वहीं पर आसपास कहीं भी पका कर खायें या कि आपस में बाँट लें (स्रोत : जानकी बाई, पनका, राजागाँव, 2004)।

थारी ने चाउर धरोत बाई
तेल-हरदी धरोत
पचतेला घरे जात बाई मन
भिमा-कोटे जात
भिमा-कोटे अमरोत बाई
ओरी-चो-ओरी बसोत

थाली में चावल लेतीं बाई
तेल-हल्दी लेतीं
पचतेला में जातीं बाई
भिमा-कोट में जातीं
भिमा-कोट पहुँचतीं बाई
कतारों में बैठ जातीं

पारबती रानी दखे बाबा
नोनी के काय बले
"माँडो सराउन जाहा नोनी
माँडो ने बाना लिखा
कलस-दिया बारा नोनी
पचतेला लोग इला"
सुनोत नोनी रे धँगड़ी रासी
सुनोत बाबा धँगड़ी रासी
माँडो सराउन जात नोनी
माँडो ने बाना लिखोत
कलस-दिया बारोत नोनी
बाई मन जाओत
भिमा के मउड़ बाँदोत बाई
दुली के मउड़ बाँदोत
दुनो चो हात धरोत बाई मन

पारबती रानी देखती बाबा
नोनी से क्या कहती
"माँडो लीप डालो नोनी
माँडो में चित्र बनाओ
कलश-दीप जलाओ नोनी
पचतेला लोग आ गये"
सुनतीं नोनी युवतियाँ
सुनतीं बाबा युवतियाँ
माँडो लीप जातीं नोनी
माँडो में चित्र बनातीं
कलश-दीप जलातीं नोनी
महिलायें सब जातीं
भिमा को मुकुट बाँधतीं बाई
दुल्हन को मुकुट बाँधतीं
दोनों के हात पकड़तीं बाई

	माँडो ने नेउन उबात	माँडो में ले जा कर खड़ा करतीं
	हात धरा-धरी होओत बाई	एक-दूसरे का हाथ थामतीं बाई
	भुँआर बुलुन जात	वे भाँवर घूम जातीं
	भुँआर-गित गाओत बाई मन	भाँवर-गीत गातीं बाई
	भुँआर बुलुन सारोत	भाँवर घूम जातीं
	भिमा के बसाउन जात बाई मन	भिमा को बिठा जातीं बाई
	भिमइन के बसाउन जात	भिमइन को बिठा जातीं
	पचतेला तेल चेगात बाई मन	पचतेला तेल चढ़ातीं बाई
	पचतेला तेल चेगात	पचतेला तेल चढ़ातीं
	नाचुन-नाचुन चेगात बाई	नाच-नाच कर चढ़ाती बाई
	नचाउन-नचाउन चेगात	नचा-नचा कर चढ़ातीं
1036	पचतेला चेगाउन बाई मन गेला	पचतेला तेल चढ़ातीं महिलायें
	तेल चेगाउन बाई मन गेला	तेल चढ़ा जातीं हैं बाई
	दुनों के उठाउन जात बाई	दोनों को उठा जातीं बाई
	डारा-छापरे नेत	डारा-छावन में ले जातीं
	डारा-छापरे बाई मन नेओत	डारा-छावन में बाई ले जातीं
	डारा-छापरे बाई मन नेओत	डारा-छावन में महिलायें ले जातीं
	दुनों चो मउड़ हेड़ोत बाई	दोनों के मुकुट निकालतीं बाई
	दुनों के बसाउन जात	दोनों को बिठा जातीं
	ओरी-चो-ओरी बसोत बाई मन	कतारों में बैठ जातीं बाई
	धाड़ी-चो-धाड़ी बसोत	पंक्तियों में बैठ जातीं
	पारबती रानी दखे बाबा	पारबती रानी देखती बाबा
	टाँडी ने तेल धरे	हँडिया में तेल लेती
	बाई चो मुँडे रिकाय रानी	बाई के सिर पर डालती रानी
	बाई चो मुँडे रिकाय	बाई के सिर पर डालती
1037	लाई-चिउड़ा रानी धरे	लाई-चिवड़ा रानी लेती
	लाई-चिउड़ा रानी धरे	लाई-चिवड़ा रानी लेती
	पचतेला लोग के देय रानी	पचतेला लोगों को देती रानी
	पचतेला लोग के देय	पचतेला लोगों को देती
	हरबर जोड़ा जोड़े रानी	झटपट सामग्री तैयार करती रानी

36. पलटा तेल : पचतेला तेल वालों के जाने के बाद पलटा तेल चढ़ाने के लिये युवकों से कहा जाता है। तब दूल्हा पक्ष के युवक जाते हैं दूल्हे के पास और उसके शरीर से चटाई में गिर कर सूख चुकी हल्दी समेट कर जाते हैं दुल्हन की ओर। तब दुल्हन पक्ष की युवतियाँ दुल्हन को कहीं छिपा देती हैं। लड़के दुल्हन को खोजते हैं और उसे माँडो में लाते हैं। वहाँ उसे महुड़ पहना कर उसी हल्दी से तेल चढ़ाते हैं। इसी तरह दुल्हन के पक्ष के युवक दुल्हन की चटाई से वैसी ही हल्दी समेट कर जाते हैं दूल्हे की ओर और उसे माँडो में ला कर महुड़ पहना कर उसी हल्दी से तेल चढ़ाते हैं। यह होता है पलटा तेल। यानी तेल की अदला-बदली। यह तेल महिलाओं द्वारा नहीं चढ़ाया जाता (स्रोत : जानकी बाई, पनका, राजागाँव, 2004)। किन्तु यह ध्यान देने की बात है कि पलटा तेल का प्रचलन सभी समुदायों में नहीं है।

लगिन-जोड़ा जोड़े	लग्न की सामग्री तैयार करती
बाबू के काय बले रानी	बाबू से क्या कहती रानी
"सुना बाबू" बले	"सुनो हे बाबू" कहती
"काकन बाँदुन जाहा बाबू	"कंकण बाँध डालो बाबू
तुमी पलटा-तेल चेगावा"	तुम पलटा-तेल[36] चढ़ाओ"
सुत निकराउन देय रानी	सूत निकाल देती रानी
नवा अँगोछी देय	नया अंगवस्त्र देती
तेल-हरदी देय रानी	तेल-हल्दी देती रानी
धँगड़ा रासी धरोत	युवक गण ले लेते
दुला-दुली लगे जात बाबू	दूल्हा-दुल्हन के पास जाते बाबू
दुला-दुली लगे जात	दूल्हा-दुल्हन के पास जाते
दुनों के महुड़ बाँदोत बाबू	दोनों को मुकुट बाँधते बाबू
दुनों चो हात धरोत	दोनों के हाथ पकड़ते
माँडो ने नेउन उबात बाबू	माँडो में ले जा कर खड़ा करते बाबू
दुला-मसनी ओछात	दूल्हे की चटाई बिछाते

दुनों के बसाउन जात बाबू मन	दोनों को बिठा जाते बाबू
दुनों के बसाउन जात	दोनों को बिठा जाते
नवा अँगोछी बाबू मन चिरोत	नया कपड़ा बाबू चीरते
आमा-पान बाबू मन टोड़ोत	आम के पत्ते बाबू तोड़ते
सुत गुँडयाउन जात बाबू	सूत लपेट जाते बाबू

सुत गुँडयाउन जात	सूत लपेट जाते
दुनों के काकन बाँदोत बाबू मन	दोनों को कंकण बाँधते बाबू
राजा-रानी के बाँदोत	राजा-रानी को बाँधते
धँगड़ी रासी के बाँदोत बाबू	युवतियों को बाँधते बाबू
काकन बाँदुन सारोत	कंकण बाँध जाते
पलटा-तेल चेगात बाबू	पलटा-तेल चढ़ाते बाबू
नाचुन-नाचुन चेगात	नाच-नाच कर चढ़ाते
तेल चेगाउन सारोत बाबू	तेल चढ़ा जाते बाबू
दुनों के उठाउन जात	दोनों को उठा जाते
डारा-छापरे नेत बाबू	डारा-छावन में ले जाते बाबू
दुनों चो मउड़ हेड़ोत	दोनों के मुकुट निकालते
दुनों के बसाउन जात बाबू	दोनों को बिठा जाते बाबू
दुनों के बसाउन जात	दोनों को बिठा जाते
1038 सेंदुर-काजर रानी बनाय	सिन्दूर-काजल रानी लेती
कुस ने अँगोछी रानी बाँदे	सब्बल में कपड़ा रानी बाँधती
अगास दिया बारे रानी	आकाश-दीप जलाती रानी

सेंदुर-काजर धरे	सिन्दूर-काजल लेती
अरग फुली धरे रानी	शुद्ध मदिरा लेती रानी
भरती लिमऊ धरे	वह अंडा है लेती
नोनी के काय बले रानी	नोनी से क्या कहती रानी
"सुना बाबा" बले	"सुनो हे बाबा" कहती

"चुलमाटी काजे जावँ नोनी	"चुलमाटी[37] के लिये चलें हे नोनी
आमी चुलमाटी काजे जावँ"	हम चुलमाटी के लिये चलें"
बजनेया-मोहरेया सँगे जाय रानी	बजनेया-मोहरेया के सँग जाती रानी
फउद-फटाका सँगे जाय	फौज-पटाखों के सँग जाती
खड़का-डाँडे बले रानी जाय	खड़का-डाँड में रानी जाती
खड़का-डाँडे रानी जाय	खड़का-डाँड में रानी जाती
खड़का-डाँड अमरे रानी	खड़का-डाँड पहुँचती रानी
परला मँडाउन जाय	परला रख जाती है रानी
बाई के काय बले रानी	बाई से क्या कहती
"सुन बाई" बले	"सुन हे बाई" कहती
"सुन बाई गाँयतिन	"सुन हे बाई गाँयतिन
सुन बाई पुजारिन	सुन हे बाई पुजारिन
मोके चुलमाटी दे बाई	मुझे चुलमाटी दे हे बाई

37. चुलमाटी : 'चुल' और 'माटी' इन दो शब्दों से बना है 'चुलमाटी'। 'चुल' यानी चूल्हा और 'माटी' यानी मिट्टी। बस्तर की लोक संस्कृति में विवाह की इस रस्म के अन्तर्गत गोठान या दोराहे से माटी समारोह पूर्वक लायी जाती है, जिसका उपयोग मण्डप लीपने एवं जोखा (चूल्हा) बनाने में होता है। किन्तु अपवाद स्वरूप कुछ जातियों में इस माटी का उपयोग केवल मण्डप लीपने में ही होता है न कि चूल्हा बनाने में भी। 'चुलमाटी' का बस्तर के बाहर भी विवाह में अत्यन्त महत्वपूर्ण स्थान है। यह अलग-अलग क्षेत्र में अलग-अलग नामों से जाना जाता है। छत्तीसगढ़ी परिवेश में भी इसे इसी नाम से जाना जाता है। यद्यपि इसे बघेलखण्ड में 'माटी-माँगर', बुन्देलखण्ड में (भी) 'माटी माँगर', 'मटयावनो' या 'छेई माटी' तथा मालवांचल के निमाड़ क्षेत्र में 'खनमाटी' के नाम से जाना जाता है तथापि इस रस्म के मूल-भाव तथा निमित्त में साम्य है। 'मध्य प्रदेश का लोक संगीत' शीर्षक अपनी पुस्तक में शरीफ मोहम्मद ने इनका विवरण दिया है। उनके अनुसार : "विवाह में 'माँगरमाटी' भी एक महत्वपूर्ण रस्म होती है, जिसे बुन्देलखण्ड में कहीं 'मटयावनो' या कहीं 'छेई माटी' भी कहा जाता है। इस अवसर पर महिलाएँ रात्रि के प्रथम पहर में सामूहिक रूप से बाजे-गाजे के साथ गाँव के बाहर जाती हैं। किसी स्वच्छ स्थान से मिट्टी खोदने का दस्तूर होता है। इस दस्तूर में मानदान की भी अनिवार्य भूमिका होती है। मिट्टी खोदने का नेग मानदान को दिया जाता है। बुन्देलखण्ड में मानदान का अर्थ दूल्हा या दुल्हन की फुफ्फी और फुफ्फा होता है। 'माँगरमाटी' के इस दस्तूर में स्त्रियाँ तरह-तरह की अश्लील गारी गा कर मनोविनोद करती हुई मिट्टी ले कर आती हैं।" इसी तरह उन्होंने छत्तीसगढ़ की "चुलमाटी" का विवरण इस तरह दिया है : "छत्तीसगढ़ की वैवाहिक परम्परा में चुलमाटी का विशेष और आध्यात्मिक महत्व होता है। इस लोकाचार के अन्तर्गत घर की स्त्रियाँ, ढेड़हिन (सुवासिनें) तथा गाँव की अन्य महिलाओं के साथ नये परिधान पहिन कर सुवासिनें पर्रा में दिये जला कर किसी देव-स्थल या जलाशय के पवित्र स्थान से कुँआरी मिट्टी लाने के लिये जाती हैं। इस अवसर पर ढेड़हा (सुवासा) की भी विशेष भूमिका रहती है। घर से जाने और आने तक के मार्ग में महिलाएँ 'चुलमाटी गीत' गाती हैं। उल्लेखनीय है कि शास्त्रों के अनुसार कुँआरी मिट्टी (धरती) उसे माना गया है, जिस पर इन्द्र द्वारा बरसाये गये पानी की एक भी बूँद न पड़ती हो। चुलमाटी या कुँआरी मिट्टी का भावनात्मक महत्व यह होता है कि ऐसे स्थान से लायी गयी मिट्टी से निर्मित चूल्हे में बनाये गये भोजन से भावी जीवन लाभदायक एवं सुखद होता है।" बघेलखण्ड में 'माटी माँगर' के नाम से निभाई जाने वाली इस रस्म के बारे में विवरण है : "तिलक के पश्चात् सामान्यतः विवाह प्रारम्भ होने के तीन-चार दिन पूर्व वर तथा कन्या पक्ष में 'माटी माँगर' या 'मेटीमगरा' का दस्तूर होता है। सामाजिक रीति-रिवाज के अनुसार महिलाएँ घर के पूर्व या उत्तर दिशा से मिट्टी खोद कर लाती हैं। इस अवसर पर महिलाएँ समवेत स्वरों में हास्य-विनोद के गीत गाती हैं।" मालवांचल के निमाड़ क्षेत्र में 'खनमाटी' के नाम से जाने जाने वाले इस दस्तूर के विषय में भी लेखक विवरण देता है : "विवाह निश्चित हो जाने के पश्चात् 'खनमाटी' का दस्तूर सम्पन्न किया जाता है। महिलाएँ बाजे-गाजे के साथ गाँव के बाहर किसी स्वच्छ स्थान से हाथ से खोदी हुई मिट्टी लाती हैं। इस मिट्टी से विवाह के लिये प्रयोग किए जाने हेतु चूल्हे व कोठियाँ निर्मित की जाती हैं। इस अवसर पर प्रायः हास्य-व्यंग्य पूरित विवाह गीत गाया जाता है।"

	मोके चुलमाटी दे"	मुझे चुलमाटी दे"
	गाँयतिन बाई सुने बाबा	गाँयतिन बाई सुनती बाबा
	पुजारिन बाई सुने	पुजारिन बाई सुनती
	अजिक असन जतनाय बाई	थोड़ी-सी सफाई करती बाई
	दितरी असन जतनाय	थोड़ी-सी सफाई करती
	सेंदुर-काजर देय बाई	सिन्दूर-काजल देती बाई
	जात लाली देय	वह लाली लगा जाती
	अगरबती जलाय बाई	अगरबत्ती जलाती बाई
	होम-आरती देय	होम-आरती करती
	नवा लिमई काटे बाई	नीबू काट जाती बाई
	अरग फुली थिपाय	शुद्ध मदिरा टपकाती
	पइँया पड़ुन जाय बाई	प्रणाम कर जाती बाई
	हाते कुस धरे	हाथ में सब्बल लेती
	चुलमाटी खनुन जाय बाई	चुलमाटी खोद जाती बाई
	रानी के चुलमाटी देय	रानी को चुलमाटी देती
	पारबती रानी झोके बाबा	पारबती रानी लेती बाबा
	परला बोहुन जाय	परला[38] उठा लेती
	डारा-छापरे नेय रानी	डारा-छावन में ले जाती रानी
	माँडो ने नेउन मँडाय	माँडो में ले जा कर रखती
1039	"सुना नोनी धँगड़ी रासी	"सुनो हे नोनी युवतियों
	सुना बाबा धँगड़ी रासी	सुनो हे बाबा युवतियों
	भौंती बेचुन जाहा नोनी	चबूतरा बना जाओ नोनी
	भौंती बेचुन जाहा"	चबूतरा बना जाओ"
	भौंती बेचुन जाओत नोनी मन	चबूतरा बना जाती नोनी
	भौंती बेचुन जाओत	चबूतरा बना जाती
	बाबू के काय बले रानी	बाबू से क्या कहती रानी
	"सुना बाबू" बले	"सुनो हे बाबू" कहती
	"टाँडी ने पानी भरा बाबू	"हँडिया में पानी भरो हे बाबू
	टाँडी ने पयसा लगावा	हँडिया में पैसे डालो
	टाँडी के दादरा बाँदा[39] बाबू	हँडिया का मुख बाँधो बाबू
	भाटा ने नेउन मँडावा"	मैदान में ले जा कर रखो"
1040	टाँडी के दादरा बाँदोत बाबू	हँडिया का मुख बाँधते बाबू
	भाटा ने नेउन मँडाओत बाबू	मैदान में ले जा कर रखते बाबू
	राजा-रानी जाओत बाबा	राजा-रानी जाते बाबा
	राजा-रानी जाओत	राजा-रानी जाते
	टाँडी ने पानी भरे रानी	हँडिया में पानी भरती रानी
	टाँडी बोहुन जाय	हँडिया उठा जाती

38. परला : छत्तीसगढ़ी परिवेश में यह 'पर्रा' कहलाता है।
39. दादरा बाँधना : हण्डी या बर्तन के मुँह को पत्तों से ढँक कर उसे बाँध देना।

	माँडो ने नेउन ओराय रानी	माँडो में ले जा कर टाँगती रानी
	माँडो ने नेउन ओराय	माँडो में ले जा कर टाँगती
041	हरबर-हरबर लगिन जोड़ा	जल्दी-जल्दी लग्न-सामग्री
	हरबर-हरबर लगिन-जोड़ा	जल्दी-जल्दी लग्न-सामग्री
	लगिन-जोड़ा जोड़े रानी	लग्न-सामग्री तैयार करती रानी
	लगिन-जोड़ा जोड़े	लग्न-सामग्री तैयार करती
	नोनी के काय बले रानी	नोनी से क्या कहती रानी
	"सुना बाबा" बले	"सुनो हे बाबा" कहती
	"भिमा के नाहाउन दिया नोनी	"भिमा को नहला दो हे नोनी
	भिमा के तेल घसा	भिमा को तेल लगाओ
	पाटा बेनी गाथा नोनी	उसकी वेणी गूँथो नोनी
	तुमी नवा लुगा पिंधावा"	तुम नये कपड़े पहनाओ"
	धँगड़ी रासी सुनोत बाबा	युवतियाँ सुन लेतीं बाबा
	भिमा के नाहाउन देत	भिमा को नहला देतीं
	तेल-फुल घसोत नोनी मन	तेल-फूल लगातीं नोनी
	कोरुन-गाथुन देत	वे केश संवार जातीं
	पाटा बेनी गाथोत नोनी मन	वेणी भी गूँथ जातीं नोनी
	नवा लुगा पिंधात	नये कपड़े पहनातीं
	माँडो सराउन जात नोनी मन	माँडो लीप जातीं नोनी
	माँडो ने बाना लिखोत	माँडो में चित्र बनातीं
	कलस-दिया बारोत नोनी	कलश-दीप जलातीं नोनी
	कलस-दिया बारोत	कलश-दीप जलातीं
042	हरबर-हरबर राजा-रानी होओत	जल्दी-जल्दी राजा-रानी करते
	हरबर-हरबर राजा-रानी होओत	जल्दी-जल्दी राजा-रानी करते

	आपन साजू पिंदोत राजा-रानी	अपने साज पहनते राजा-रानी
	आपलो जाक धरोत	अपने सामान लेते
	परला ने चाउर धरे रानी	परला में चावल लेती रानी
	राजा के काय बले	राजा से क्या कहती
	"भिमा के मउड़ बाँदा राजा	"भिमा को मुकुट बाँधे हे राजा
	भिमइन के मउड़ बाँदा	भिमइन को मुकुट बाँधें
	लगिन मारतो आय राजा	पाणि-ग्रहण होना है राजा
	लगिन मारतो आय"	पाणि-ग्रहण होना है"
1043	सुने राजा रे माहादेवरैया	सुनता राजा माहादेवरैया
	सुने राजा-माहादेवरैया	सुनता राजा माहादेवरैया
	हाते मउड़ धरे राजा	हाथ में मुकुट लेता राजा
	हाते मउड़ धरे	हाथ में मुकुट लेता
	दुला-दुली लगे जाय राजा	दूल्हा-दुल्हन के पास जाता राजा
	दुला-दुली लगे जाय	दूल्हा-दुल्हन के पास जाता
	चार खुट पइँया पड़े राजा	चारों दिशाओं में प्रणाम कर जाता राजा
	चार खुट हात जोड़े	चारों दिशाओं में प्रणाम कर जाता
	दुनों के मउड़ बाँदे राजा	दोनों को मुकुट बाँधता राजा
	दुनों के मउड़ बाँदे	दोनों को मुकुट बाँधता
	कलस-दिया बले रानी बारे	कलश-दीप जलाती रानी
	परला ने चाउर रानी धरे	परला में चावल रानी लेती
	मुँड ओड़नी देय रानी	सिर पर ओढ़नी रखती रानी
	नोनी के काय बले	नोनी से वह कहती
	"परला बोहुन जाहा नोनी	"परला उठा लो हे नोनी
	परला बोहुन जाहा"	परला उठा लो"
	धँगड़ी रासी सुनोत बाबा	युवतियाँ सुनती हैं बाबा
	परला बोहुन जात	परला उठा जातीं
	मुँड ओड़नी देय रानी	सिर पर ओढ़नी रखती रानी
	मुँडे कलस बोहे	सिर पर कलश है रखती
	हुन भिमा चो हात धरे रानी	भिमा का हाथ पकड़ती रानी
	बाना ने नेउन उबाय	चित्र के ऊपर खड़ा करती
	झारी पानी धरे रानी	झारी में पानी लेती रानी
	भिमा के पाँय धोआय	भिमा के पाँव धुलाती
	चाउर-टिका देय रानी	चावल का टीका लगाती रानी
	होम-आरती देय	होम-आरती करती
	भिमा चो टोंड चुमे रानी	भिमा का मुख चूमती रानी
	भिमा चो टोंड चुमे	भिमा का मुख चूमती
1044	दुला पड़घाउन रानी जाय	दूल्हे का स्वागत रानी करती
	दुला पड़घाउन रानी जाय	दूल्हे का स्वागत रानी करती
	माँडो ने नेउन उबाय रानी	माँडो में ले जा खड़ा करती रानी

माँडो ने नेउन उबाय	माँडो में ले जा खड़ा करती
दुनों के उबाउन जाय रानी	दोनों को खड़ा करती रानी
दुनों के उबाउन जाय	दोनों को खड़ा करती
माहादेवरैया जाय बाबा	माहादेवरैया जाता बाबा
सुत तागुन जाय	धागा है वह लेता
दुनों चो गठ जोड़े राजा	दोनों को एक मे जोड़ता राजा
दुनों के गठ जोड़े	दोनों को एक मे जोड़ता
तिन भुँआर बुलाय रानी	तीन फेरे लगवाती रानी
तिन भुँआर बुलाय	तीन फेरे लगवाती
भुँआर बुलाउन सारे रानी	फेरे लगवा जाती रानी
दुला-मसनी ओछाय	दूल्हे की चटाई बिछाती
दुनों के बसाउन जाय रानी	दोनों को बिठा जाती रानी
दुनों के बसाउन जाय	दोनों को बिठा जाती
लगिन-बान बले रानी भरे	लग्न-बान है रानी भरती
लगिन-बान रानी भरे	लग्न-बान है रानी भरती
तिन बान भरे रानी	तीन बान है भरती रानी
तिन बान भरे	तीन बान है भरती
बान भरुन सारे रानी	बान भर जाती है रानी
थारी ने चाउर मँडाय	थाली में चावल रखती
भिमा के दाइज टिकोत राजा-रानी	भिमा को दहेज देते राजा-रानी
भिमा के दाइज टिकोत	भिमा को दहेज हैं देते
पइँया पड़ुन जात राजा	उसे प्रणाम कर जाता राजा
हात जोड़ुन जात	हाथ जोड़ जाता

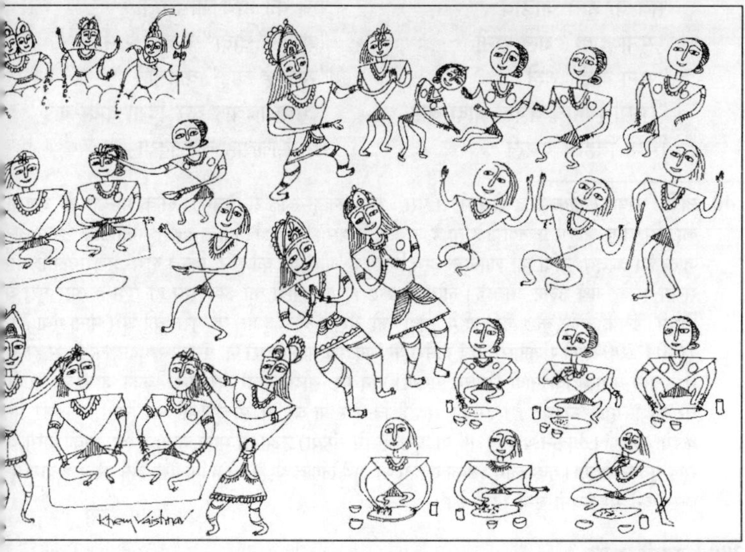

1046 जाय आया रे जागा रानी	जाती माता जगह रानी
जाय आया धरती माता	जाती माता धरती माता
गाँवकारिन जाय बाबा	गाँवकारिन देवी जाती बाबा
जिमिदारिन जाय	जिमिदारिन देवी जाती
भिमा के दाइज टिकोत बाबा	भिमा को दहेज देते बाबा
भिमा के दाइज टिकोत	भिमा को दहेज देते
बरमा-बिसनू टिकोत बाबा	बरमा-बिसनु देते बाबा
महेसर भगवान टिकोत	महेसर भगवान देते
जितरो रहोत तिनपुरया	जितने भी थे तीन पुर के वासी
जितरो रहोत तिनपुरया	जितने भी थे तीन पुर के वासी
दाइज टिकुन जात बाबा	वे दहेज दे जाते बाबा
दाइज टिकुन जात	वे दहेज दे जाते
दाइज टिकुन सारोत बाबा	वे दहेज दे जाते बाबा
दाइज टिकुन सारोत	वे दहेज दे जाते
पयसा गनुन जाय रानी	पैसे गिन जाती है रानी
नाँदी होली की पुरा	शुभ हुआ कि अशुभ[40]
पुरा होउन जाय रानी चो	शुभ हो जाती रानी की गणना
पुरा होउन जाय	शुभ हो जाती है
मुठी रपाउन जाय रानी	मुट्ठी में चावल समेटवाती रानी
मुठी रपाउन जाय	मुट्ठी में चावल समेटवाती
दुनों चो हात बले रानी धरे	दोनों के हाथ रानी थामती
दुनों चो हात रानी धरे	दोनों के हाथ रानी थामती
सब के पाँय पड़ाय रानी	सब को प्रणाम करवाती रानी
सब के हात जोड़ाय	सब को हाथ जोड़वाती
"सुना दादा" बले रानी	"सुनो हे दादा" कहती रानी
"सुना बाई" बले	"सुनो हे बाई" कहती
"भिमा-बिहाव करले दादा बाई	"भिमा-विवाह कर दिया दादा-बाई
भिमा-बिहाव करले	भिमा-विवाह कर दिया

40. नाँदी : विषम (लोक-रूढ़ि से सम)। पूरा : सम (लोक-रूढ़ि से विषम)। लोक मान्यता के अनुसा का सम होना अशुभ फलदायी होता है, जबकि विषम होना शुभ। किन्तु यहाँ इसका ठीक उल्टा अर्थ जाता है। वस्तुतः नाँदी का शाब्दिक अर्थ विषम है और पूरा का सम, किन्तु शुभ-अशुभ का विचार समय इनके अर्थ उलट जाते हैं। लोक में रूढ़ हो कर नाँदी का अर्थ सम हो गया है और पूरा क विषम। इसके उलट कुछ जातियों में 'नाँदी' को अशुभ और 'दुआ' या 'पुरा' को शुभ माना गया है। 16.04.2004 को राजापारा, बड़े कनेरा के भादूदास मानिकपुरी जो पनका समुदाय के हैं, से हुई बा में उन्होंने बताया कि नाँदी (विषम संख्या) होने पर 'नाँदी आउर घर बाँदी' कहा जाता है। 'नाँदी घर बाँदी' एक कहावत है। इसका अर्थ है कि वर या वधू में से कोई-न-कोई आगे चल कर पुन करेगा/करेगी। लेकिन यदि 'दुआ' या 'पूरा' (सम संख्या) हुआ तो माना जाता है कि उनका दाम्पत्य सुख-पूर्वक बीतेगा। कुछ लोग इसका एकतरफा अर्थ लगाते हुए कहते हैं कि ऐसा होने पर दूल्हे द्वारा पुन करने की सम्भावना बनी रहती है।

सब के पाँय पड़ायँ" बले	सब को प्रणाम करवाती" कहती
"मयँ सब के हात जोड़ायँ"	"मैं सब के हाथ जोड़वाती"
पाँय पड़ाउन जाय रानी	सब को प्रणाम करवाती रानी
डारा-छापरे नेय	डारा-छावन में ले जाती
7 दुनों चो मउड़ रानी हेड़े	दोनों के मुकुट रानी निकालती
दुनों चो मउड़ रानी हेड़े	दोनों के मुकुट रानी निकालती
भिमा के गोबर थोपे रानी	भिमा को गोबर थोपती रानी
भिमा के गोबर थोपे	भिमा को गोबर थोपती
राजा के काय बले रानी	राजा से क्या कहती रानी
"सुना राजा" बले	"सुनिये राजा" कहती
"बाल-बचा भुके आसोत राजा	"बाल-बच्चे भूखे हैं राजा
लोलो-बालो भुके आसोत	बाल-बच्चे भूखे हैं
लगिन-माँदी दिया राजा	लग्न-भोजन दें हे राजा
लगिन-माँदी दिया"	लग्न-भोजन दें"
जाय राजा माहादेवरैया	जाता राजा माहादेवरैया
जाय राजा माहादेवरैया	जाता राजा माहादेवरैया
बाबू के काय बले राजा	बाबू से क्या कहता राजा
"सुना बाबू" बले	"सुनो हे बाबू" कहता
"खुबे रात होली बाबू	"बहुत रात हो गयी है बाबू
तुमी सब के खाना खुआवा"	तुम सबको भोजन करवाओ"
धँगड़ा रासी सुनोत बाबा	युवक गण सुनते हैं बाबा
सब के खाना खुआत	सब को भोजन करवाते
खाना खुआउन जात बाबू मन	भोजन करा जाते बाबू
खाना खुआउन जात	भोजन करा जाते
राजा-रानी खाओत बाबा	राजा-रानी खाते बाबा
रात काजे सोओत	रात को सो जाते
8 झुमझुम निंद बले धरे रे भगवान	गहरी नींद पड़ जाती भगवन्
मँजगर राती होय परभू	आधी रात हो जाती
मेंग के सुरता पड़े बाबा	मेंग को स्मरण हो आता बाबा
मेंग के सुरता पड़े	मेंग को स्मरण हो आता
'आज लगिन आय' बले	'आज लग्न है' कहता
'आज लगिन आय	'आज लग्न है
बिहाव-नेवता इला' बले	विवाह-न्योता आये' कहता
'दाइज टिकुकलाय जायँ'	'मैं दहेज देने को जाऊँ'
हरबर तियार होय राजा	झटपट तैयार होता राजा
जलदी तियार होय	जल्दी तैयार होता
केऊ-फुल धोती मारे राजा	केऊ-फूल-सी धोती पहनता राजा
केऊ-फुल कमिंज पिंदे	केऊ-फूल-सी कमीज पहनता

	सिरे पगड़ी बाँदे राजा	सिर पर पगड़ी बाँधता राजा
	मुंडे सुरई खोचे	सिर पर तुर्रा खोंसता
	तिलक-चन्दन लगाय राजा	तिलक-चन्दन लगाता राजा
	नवगुन पयता फेके	नौगुना जनेऊ धारण करता
	पाँये खड़ऊ पिंदे राजा	पाँवों में खड़ाऊँ पहनता राजा
	रामरतन धरे	रामरतन वह लेता
1049	घर ले बाहिर राजा होय	घर से बाहर आता राजा
	जाते-जाते राजा जाय	चलता चला जाता राजा
	रुमझुम-रुमझुम रेंगे राजा	जल्दी-जल्दी चलता राजा
	एक कलाट मारे	लम्बे डग है भरता
	कैलासपुरे जाय राजा	कैलासपुर जाता राजा
	कैलासपुरे जाय	कैलासपुर वह जाता
	गुटा-गुटा उठाय राजा	घना-घना है उठता राजा
	गुटा-गुटा उठाय	घना-घना है उठता
	करेया-करेया उठाय राजा	काला-काला उठता राजा
	करेया-करेया उठे	काला-काला उठता
	इसू ले झिलमिल करे राजा	इधर से चमकता राजा
	हेंव ले चटाल करे	उधर से तड़ाक् करता
	इसू ले घुड़ुर करे राजा	इधर से गरजता राजा
	हेंव ले भुड़ुर करे	उधर से गरजता
	काली बादल उठे राजा	काला बादल बन आता राजा
	काली बादल उठे	काला बादल बन आता
	तिनपुर बरसा बले राजा बरसे	घोर वर्षा कर जाता राजा
	तिनपुर बरसा राजा बरसे	घोर वर्षा कर जाता
	सोन चो बरसा बरसे राजा	सोने-सी वर्षा करता राजा
	फुल चो बरसा बरसे	फूलों की वर्षा करता
	नँदी-नाला भरे बाबा	नदी-नाले भर जाते बाबा
	बेड़ा-खाड़ा भरे	खेत-खार भर जाते
	मुँडा-नाला भरे बाबा	तालाब-नाले भर जाते बाबा
	मुँडा-नाला भरे	तालाब-नाले भर जाते
1050	गोबर थोपलो भिमा के रय	गोबर थोपा हुआ था भिमा को
	गोबर थोपलो भिमा के रय	गोबर थोपा हुआ था भिमा को
	जमा गोबर के नेय राजा	सारा गोबर बहाता राजा
	जमा गोबर के नेय	सारा गोबर बहाता
	आपन माहाले जाय राजा	अपने महल जाता राजा
	आपन माहाले जाय	अपने महल वह जाता
	रात काजे सोओत राजा-रानी	रात को सो जाते राजा-रानी
	बड़े बिहान होय	बड़ा सवेरा होता

उठोत राजा रे उठोत रानी	उठते राजा उठतीं रानी
उठोत राजा उठोत रानी	उठते राजा उठतीं रानी
दतुन-पतर चाबोत राजा-रानी	दतौन आदि कर जाते राजा-रानी
मुँहे-काने धोओत	मुँह-कान धो जाते
हरबर जोड़ा जोड़े रानी	झटपट सामग्री तैयार करती रानी
जलदी जोड़ा जोड़े	जल्दी सामग्री तैयार करती
नोनी के काय बले रानी	नोनी से क्या कहती रानी
"सुना बाबा" बले	"सुनो हे बाबा" कहती
"रचन खेलातो आय नोनी	"रचन खेलाना है हे नोनी
रचन खेलातो आय	रचन खेलाना है
तेल उतराउन दिया नोनी	तेल उतार दो हे नोनी
तेल उतराउन दिया"	तेल उतार दो"

051 सुनोत नोनी रे धँगड़ी रासी	सुनतीं नोनी युवतियाँ
जाओत बाबा धँगड़ी रासी	जातीं बाबा युवतियाँ
दुनों के मउड़ बाँदोत नोनी	दोनों को मुकुट बाँधतीं नोनी
दुनों चो हात धरोत	दोनों के हाथ पकड़तीं
तेल-हरदी धरोत नोनी मन	तेल-हल्दी लेतीं नोनी
माँडो ने नेउन बसात	माँडो में ले जा कर बिठातीं
तेल उतराउन जात नोनी	तेल उतार देतीं नोनी
तेल उतराउन जात	तेल उतार देतीं
तेल उतराउन नोनी मन सारोत	तेल उतार देतीं नोनी

	तेल उतराउन नोनी मन सारोत	तेल उतार देतीं नोनी
	डारा-छापरे नेत नोनी	डारा-छावन में ले जातीं नोनी
	दुनों चो मउड़ हेड़ोत	दोनों के मुकुट निकालतीं
	दुनों के बसाउन जात नोनी मन	दोनों को बिठा जातीं नोनी
	दुनों के बसाउन जात	दोनों को बिठा जातीं
	पारबती रानी दखे बाबा	पारबती रानी देखती बाबा
	टाँडी ने रचन घोरे	हँडिया में हल्दी घोलती
1052	रचन घोरुन रानी जाय	हल्दी घोल जाती रानी
	माँडो ने नेउन रानी मँडाय	माँडो में ले जा कर रखती
	कसेला ने रचन धरे रानी	लोटा में हल्दी लेती रानी
	भिमा के काय बले	भिमा से वह कहती
	"भिमइन के रिकाउन दे बाबू	"भिमइन पर डाल दे हे बाबू
	भिमइन के रिकाउन दे	भिमइन पर डाल दे
	रिका-रिकी होआ" बले	एक-दूसरे पर डालो" कहती
	"रिका-रिकी होआ"	"एक-दूसरे पर डालो"
	रिका-रिकी होओत दुला-दुली	एक-दूसरे पर डालते दूल्हा-दुल्हन
	रिका-रिकी होओत	एक-दूसरे पर डाल जाते
	खेदुन-खेदुन रिकाय भिमा	दौड़ा-दौड़ा कर डालता भिमा
	खेदुन-खेदुन रिकाय	दौड़ा-दौड़ा कर डालता
	रचन खेलाउन जाय रानी	हल्दी खेला जाती रानी
	रचन खेलाउन जाय	हल्दी खेला जाती
1053	"सुना दादा रे गाँयता लोग	"सुनो हे दादा गाँयता
	सुना दादा पुजारी लोग	सुनो हे दादा पुजारी
	मयँ फुल-मउड़ गाड़ें दादा	मैं फूल-मुकुट गाड़ती दादा
	तेल-हरदी गाड़ें	तेल-हल्दी गाड़ती
	कयना-पुजा चो जोड़ दादा	कन्या-पूजा की तैयारी करो हे दादा
	कयना-पुजा चो जोड़"	कन्या-पूजा की तैयारी करो"
	गाँयता दादा सुने बाबा	गाँयता दादा सुनता बाबा
	कयना-पुजा धरे	कन्या-पूजा की सामग्री लेता
	"सुना बाबू धँगड़ा रासी	"सुनो हे बाबू नवयुवकों
	सुना बाबू धँगड़ा रासी	सुनो हे बाबू नवयुवकों
	महू-खँदा झिका बाबू	महुआ की शाख खींचो बाबू
	फुल-मउड़ धरा	फूलों वाला मुकुट लो
	बन्धा सागरे जावँ बाबू	सरोवर में जायें बाबू
	जल ने ठँडा करवाँ"	जल में ठण्डा कर देंगे"
	धँगड़ा रासी सुनोत बाबा	नवयुवक सुन जाते बाबा
	महू-खँदा धरोत	महुआ की शाख लेते
1054	सब जोड़ा बले रानी धरे	सारी सामग्री रानी लेती

	सब जोड़ा रानी धरे	सारी सामग्री रानी लेती
	बजनेया-मोहरेया सँगे जाय रानी	बजनेया-मोहरेया के सँग जाती रानी
	फउद-फटाका सँगे जाय	फौज-पटाखों के सँग जाती
	रुमझुम-रुमझुम रेंगे रानी	जल्दी-जल्दी चलती रानी
	एक कलाट मारे	लम्बे डग है भरती
	बन्धा सागर अमरे रानी	सरोवर में पहुँच जाती रानी
	तरई-पारे उबे	सरोवर-तीर में खड़ी होती
	दार-चाउर फेके रानी	दाल-चावल अर्पित करती रानी
	हुन दादा के काय बले	वह दादा से क्या कहती
	"कयना-पुजा दे दादा	"कन्या-पूजन कर हे दादा
	कयना-पुजा दे"	कन्या-पूजन कर"
55	सुने दादा रे गाँयता लोग	सुनता दादा गाँयता
	सुने दादा पुजारी लोग	सुनता दादा पुजारी
	पानी-रेटे बले जाय दादा	पानी के किनारे जाता दादा
	अजिक असन जतनाय	थोड़ी सफाई करता
	सेंदुर-काजर देय दादा	सिन्दूर-काजल देता दादा
	कयना-पुजा देय	कन्या-पूजन करता
	"सुना, सुना रे कयना कोडो	"सुनो, सुनो हे जलकन्याओं
	सुना, सुना कयना कोडो	सुनो, सुनो हे जलकन्याओं
	सात आगर सात कोड़ी	एक सौ सैंतालीस कन्याओ
	कयना कोडो आसास	जलकन्याओं हो तुम
	तुमचो पुजा के देयँ" बले	तुम्हारी पूजा करता" कहता
	"मयँ तेल-हरदी गाड़े"	"मैं तेल-हल्दी गाड़ता"
	कयना-पुजा बले देय दादा	कन्या-पूजा करता दादा
	कयना-पुजा देय	कन्या-पूजा करता
56	मँगर बनाउन जाय रानी	मगर बना जाती है रानी
	मँगर बनाउन जाय	मगर बना जाती है
	सेंदुर-काजर देय रानी	सिन्दूर-काजल देती रानी
	दार-चाउर देय	दाल-चावल देती
	महू-खँदा ओछाय रानी	महुआ की शाख बिछाती रानी
	तेल-हरदी धरे	तेल-हल्दी लेती
	फुल-मउड़ धरे रानी	फूलों वाला मुकुट लेती रानी
	फुल-मउड़ धरे	फूलों वाला मुकुट लेती
	"सुना बाबू धँगड़ा रासी[41]	"सुनो हे बाबू नवयुवकों
	सुना बाबू धँगड़ा रासी	सुनो हे बाबू नवयुवकों
	महू-खँदा धरा बाबू	महुआ की शाख लो हे बाबू

41. दिनांक 22.12.1996 को ध्वन्यांकित कैसेट क्रमांक 42ए का आरम्भ (यह अंश कैसेट क्रमांक 26बी और 27ए के बीच का छूटा हुआ भाग है)।

	जल ने ठँडा करा"	जल में ठण्डा कर दो"
	धँगड़ा रासी सुनोत बाबा	नवयुवक सुनते हैं बाबा
	महू-खँदा धरोत	महुआ की शाख लेते
	जल ने ठँडा करोत बाबू	जल में ठण्डा करते बाबू
	जल ने ठँडा करोत	जल में ठण्डा करते
	फुल-मउड़ गाड़ोत बाबू मन	फूलों वाला मुकुट गाड़ते बाबू
	तेल-हरदी गाड़ोत	तेल-हल्दी गाड़ते
1057	आँगे असनाँद राजा-रानी होओत	अंग स्नान करते राजा-रानी
	हिरदे असनाँद राजा-रानी होओत	हृदय स्नान करते राजा-रानी
	सुका कपड़ा पिंदोत राजा-रानी	सूखे कपड़े पहनते राजा-रानी
	ओधा कपड़ा गिरे	गीला कपड़ा गिरता
	कपड़ा निचाउन जाय रानी	कपड़े निचोड़ जाती रानी
	कपड़ा सकलुन जाय	कपड़े समेट जाती
	नोनी के काय बले रानी	नोनी से क्या कहती रानी
	"तुमी सुना बाबा" बले	"तुम सुनो हे बाबा" कहती
	"सुना नोनी रे धँगड़ी रासी	"सुनो हे नोनी नवयुवतियों
	सुना बाबा धँगड़ी रासी	सुनो हे बाबा नवयुवतियों
	सब जोड़ा धरा नोनी	सारी सामग्री लो हे नोनी
	डारा-छापरे जावँ"	डारा-छावन में जायें"
	धँगड़ी रासी सुनोत बाबा	नवयुवतियाँ सुनतीं बाबा
	सब जोड़ा धरोत	सारी सामग्री लेतीं
	बन्धा सागर छाँडोत राजा-रानी	सरोवर छोड़ते राजा-रानी
	तरई-पार छाँडोत	सरोवर की मेड़ छोड़ते
	रुमझुम-रुमझुम रेंगोत राजा-रानी	जल्दी-जल्दी चलते राजा-रानी
	एक कलाट मारोत	लम्बे डग हैं भरते
	डारा-छापरे जात राजा-रानी	डारा-छावन में जाते राजा-रानी
	सब जोड़ा ठोय	सारी सामग्री रखते
	भोज-माँदी बले राजा देय	भोज परोस जाता राजा
	भोज-माँदी राजा देय	भोज परोस जाता राजा
	बिहाव सरुन गेली राजा चो	विवाह समाप्त हो गया राजा का
	बिहाव सरुन जाय	विवाह समाप्त हो गया
1058	बिहाव सरुन राजा चो गेली	विवाह समाप्त हो गया राजा का
	बिहाव सरुन राजा चो गेली	विवाह समाप्त हो गया
	रानी काय बले राजा के	रानी क्या कहती राजा से
	"सुना राजा" बले	"सुनिये राजा" कहती
	"बिहाव सरुन गेली राजा	"विवाह समाप्त हो गया है राजा
	आपन माहाले जावँ"	अपने महल को जायें"
	"सुना बाबू धँगड़ा रासी	"सुनो हे बाबू नवयुवकों

सुना बाबू धँगड़ा रासी	सुनो हे बाबू नवयुवकों
सब जोड़ा धरा बाबू	सारी सामग्री लो हे बाबू
आपन माहाले जावँ"	अपने महल को जायें"
धँगड़ा रासी सुनोत बाबा	नवयुवक सुन जाते बाबा
सब जोड़ा धरोत	सारी सामग्री लेते
गाड़ी ने जोड़ुन जात बाबू	गाड़ी में रख जाते बाबू
गाड़ी फाँदुन जात	गाड़ी तैयार कर जाते
भिमा-कोट छाँडोत राजा-रानी	भिमा-कोट छोड़ते राजा-रानी
भिमा-कोट छाँडोत	भिमा-कोट छोड़ते
जाते-जाते जात राजा-रानी	चलते चले जाते राजा-रानी
कोसक-दापक रेंगोत	कोस-दाब भर चलते
1059 आपन माहाले राजा-रानी अमरोत	अपने महल राजा-रानी पहुँचते
आपन माहाले राजा-रानी अमरोत	अपने महल राजा-रानी पहुँचते
झारी पानी धरोत राजा-रानी	झारी में पानी लेते राजा-रानी
पइँया धोउन जात	पाँव धो जाते
गाड़ी ढिलुन जात बाबू	गाड़ी खोल जाते बाबू
सब जोड़ा धरोत	सारी सामग्री लेते
नव खँड माहाले नेओत बाबू	नौ खण्डा महल में ले जाते बाबू
सब जोड़ा ठोओत	सारी सामग्री रखते
ओरी-चो-ओरी धाड़ी-चो-धाड़ी	कतारों में, पंक्तियों में
ओरी-चो-ओरी धाड़ी-चो-धाड़ी	कतारों में, पंक्तियों में
फउद बसुन जात बाबा	लोग बैठ जाते बाबा
राजा के काय बलोत	राजा से वे कहते
"आमके छुटी दिया राजा-रानी	"हमें आज्ञा दें राजा-रानी
आपन माहाले जावँ"	अपने महल हम जायें"
पारबती रानी सुने बाबा	पारबती रानी सुनती बाबा
राजा के काय बले	राजा से वह कहती
"सुना राजा रे माहादेवरैया	"सुनिये राजा माहादेवरैया
सुना राजा माहादेवरैया	सुनिये राजा माहादेवरैया
खुबे डँड होला राजा	बहुत कष्ट किया है राजा
उठुन कसन जादे?	यों ही कैसे जायेंगे?
मुठा रुपया दिया राजा	मुट्ठी भर रुपये दें हे राजा
पबलित बिदा दिया"	लोगों को विदाई दें"
1060 माहादेवरैया सुने बाबा	माहादेवरैया सुनता बाबा
बाज ले उठुन जाय	खाट से उठ जाता
तिजरी-बिजरी ने जाय राजा	तिजोरियों में जाता राजा
तिजरी-बिजरी खोले	तिजोरियाँ खोल देता
मुठा रुपया धरे राजा	मुट्ठी भर रुपये लेता राजा

पबलित बिदा देय	लोगों को विदा देता
"खुबे डँड होलास बाबू	"बहुत कष्ट सहे तुमने हे बाबू
मयँ मुठा रुपया देयँ	मैं मुट्ठी भर रुपये देता
एई ने मानुन जाहा बाबू	इतने में मान जायें बाबू
एई ने मानुन जाहा"	इतने में मान जायें"
"इतरोय देतो आय राजा	"इतना ही तो देना है राजन्
कोन आगर देसोत?"	कौन अधिक देता है?"

अधया-17 : माहादेवरैया चो बिहड़ा मारतो

अध्याय-17 : माहादेवरैया द्वारा दुबारा हल चलाना

1061 जाओत बाबू रे जाओत बाई
जाओत बाबू जाओत बाई
आपन-आपन जाओत दादा-बाई
राजा-रानी आसोत
आँट दिन होय बाबा
पँदरा दिन होय
बिहाव करलो होय रानी चो
बिहाव करलो होय
बाजे बसुन राजा-रानी जाओत
सेज बसुन राजा-रानी जाओत
रानी काय बले राजा के
"सुना राजा" बले

जाते बाबू जाती बाई
जाते बाबू जाती बाई
अपने घर जाते दादा-बाई
राजा-रानी रह जाते
आठ दिन बीते बाबा
पन्द्रह दिन बीते
विवाह किये बीते रानी को
विवाह किये बीते
खाट पर बैठ जाते राजा-रानी
सेज पर बैठ जाते राजा-रानी
रानी क्या कहती राजा से
"सुनिये राजा" कहती

	“पँदरा दिन बले होय राजा	“पन्द्रह दिन बीते हे राजा
	बिहाव सरलो होय	विवाह सम्पन्न हुए
	बिहन दखुक जाहा राजा	धान देखने जायें राजा
	कसन बतर होली?”	देखिये तो कैसा है?”
	माहादेवरैया सुने बाबा	माहादेवरैया सुनता बाबा
	हरबर तियार होय	झटपट तैयार होता
	आपन साजू पिंदे राजा	अपने साज पहनता राजा
	आपन जाक धरे	अपने सामान लेता
	पाँये खड़ऊ पिंदे राजा	पाँव में खड़ाऊँ पहनता राजा
	हाते तिरसुल धरे	हाथ में त्रिशूल लेता
	संखे-धुनी धरे राजा जे	शंख भी ले लेता राजा
	डामुर बाजा धरे	डमरु बाजा लेता
	घर ले बाहिर होय राजा	घर से बाहर आता राजा
	जाते-जाते जाय	चलता चला जाता
	संखे फुकते जाय राजा	शंख फूँकता जाता राजा
	डामुर बजाते जाय	डमरु बजाता जाता
	बेड़ा अमरुन जाय राजा	खेत पहुँच जाता है राजा
	हिरी अमरुन जाय	मेड़ पहुँच जाता है
	बेड़ा-पारे उबे राजा	खेत की मेड़ पर खड़ा होता राजा
	हिरी-पारे उबे	मेड़ पर खड़ा हो जाता
	बुलुन-बुलुन दखे राजा	घूम-घूम कर देखता राजा
	गिंजरुन-गिंजरुन दखे	घूम-घूम कर देखता
1062	बेड़ा भर-भर बले पानी रय	खेतों में पानी भरा लबालब
	डोली भर-भर पानी रय	क्यारियों में पानी भरा था
	बिहन करेयाउन जाय राजा चो	धान काला पड़ गया था राजा का
	बिहन करयाउन जाय	धान काला पड़ गया था
	काली बादल असन दखे	काले बादल-सा दिखता था
	लसुन-पाना असन	लहसुन के पत्ते-सा
	हिरी जवँरेया होय बाबा	मेड़ के बराबर बढ़ आया था
	बेड़ा जवँरेया होय	खेत के बराबर बढ़ आया था
	माहादेवरैया दखे बाबा	माहादेवरैया देखता बाबा
	खँड मुचकी मारे	हौले से मुस्काता
	‘डोली भर-भर पानी आसे	‘क्यारियों में पानी भरा है
	बेड़ा भर-भर पानी	खेतों में पानी भरा है
	बाल बिहड़ा मारें’ बले	दुबारा हल चलाऊँ’ कहता
	‘काली के बिहड़ा आनें’	‘कल मैं हल चलाऊँ’
1063	बेड़ा-पार बले राजा छाँडे	खेत की मेड़ राजा छोड़ता
	हिरी-पार राजा छाँडे	खेत की मेड़ राजा छोड़ता

जाते-जाते बले जाय राजा	चलता चला जाता राजा
आपन माहाले जाय	अपने महल वह जाता
रमायन पढ़ते जाय राजा	रामायण पढ़ता जाता राजा
भजन गावते जाय	भजन गाता जाता
राजा चो अँधल सुने रानी	राजा का शोर सुनती रानी
'राजा एसोत' बले	'राजा आते' कहती
सेवा-जोड़ा धरे रानी	सेवा-सामग्री लेती रानी
पुजा-जोड़ा धरे	पूजा-सामग्री लेती
चन्दन-काट मँडाय रानी	चन्दन-काठ रखती है रानी
ढँग् नाय राजा उबे	राजा उस पर खड़ा हो जाता
पइँया धोआउन जाय रानी	पाँव धुला जाती है रानी
चाउर-टिका देय	चावल का टीका लगाती
होम-आरती देय रानी	होम-आरती करती रानी
पइँया पड़ुन जाय	चरण-स्पर्श कर जाती
रानी चो टोंड बले राजा चुमे	रानी का मुख चूमता राजा
राजा चो हात रानी धरे	राजा का हाथ पकड़ती रानी
नव खँड माहाले नेय रानी	नौ खण्डा महल में ले जाती रानी
बाज नेउन बसाय	खाट पर ले जा बिठलाती
रानी काय बले राजा के	रानी क्या कहती राजा से
"सुना राजा" बले	"सुनिये राजा" कहती
"बिहन दखुक गेलास राजा	"धान देखने गये हे राजा
कसन बतर आसे?"	कैसी बढ़त है उसकी?"
064 "हिरी भर-भर पानी आसे	"मेड़-मेड़ तक पानी है
बेड़ा भर-भर पानी आसे	खेत-खेत में पानी है
हिरी जवँरेया होय रानी	मेड़ के बराबर हो गया है रानी
बेड़ा जवँरेया होय	खेत के बराबर हो गया है
बाल बिहड़ा मारें रानी	दुबारा हल चलाऊँ रानी
मयँ काली के बिहड़ा नेयँ	मैं कल ही हल चलाऊँ
बिहन करयाउन जाय रानी	धान काला हो गया है रानी
बिहन करयाउन जाय"	धान काला हो गया है"
पारबती रानी सुने बाबा	पारबती रानी सुनती बाबा
खँड मुचकी मारे	हौले से मुस्काती
'एई ने मँजा जिवदे" बले	'इसी में मँजपुरवासी जीयेंगे' कहती
'मयँ मँजा काजे कमायँ'	'मैं मँजपुरवासियों के लिये कमाती'
065 एक दिन ले दुय दिन	एक दिन से दो दिन
एक दिन ले दुय दिन	एक दिन से दो दिन
बिहन दखलो होय राजा चो	धान देखे बीते राजा को
राजा काय बले	राजा है क्या कहता

"बिहड़ा नाँगर आन बाबू	"बिहड़ा हल ला हे बाबू
हामी काली के बिहड़ा नेवाँ"	हम कल ही दुबारा हल चलायेंगे"
भिकन्दर सुने बाबा	भिकन्दर सुनता बाबा
हरबर तियार होय	झटपट तैयार हो जाता
खाँदे टयँगा बाबू धरे	कन्धे में कुल्हाड़ी बाबू रखता
बारस-बिंदना बाबू धरे	बारस-बिंधना बाबू लेता
पाँये खड़ऊ पिंदे बाबू	पाँवों में खड़ाऊँ पहनता बाबू
राजा-माहाल छाँडे	राज-महल छोड़ता
रुमझुम-रुमझुम रेंगे बाबू	जल्दी-जल्दी चलता बाबू
एक कलाट मारे	लम्बे डग है भरता
संतबन ने जाय बाबू	सेतबन में जाता बाबू
हेतबन ने जाय	हेतबन में जाता
बिंदराबने अमरे बाबू	बिंदराबन पहुँचता बाबू
बिहड़ा-नाँगर खोजे	बिहड़ा-हल वह खोजता
नानी असन रय बाबा	छोटी-सी लकड़ी थी बाबा
'एई नाँगर होयदे	'इसी से हल बनेगा
एकय गोंदुन जायँ' बले	इसे ही काट डालूँ' कहता
रुक चेघुन जाय	वह पेड़ पर चढ़ जाता
हाते टयँगा बाबू धरे	हाथ में कुल्हाड़ी बाबू लेता
रुक गोंदुन बाबू जाय	लकड़ी काट जाता बाबू
भुंये गिराउन जाय बाबू	जमीन पर गिरा देता
रुक ले उतरुन जाय	पेड़ पर से उतर जाता
हाते टयँगा धरे बाबू जे	हाथ में कुल्हाड़ी लेता बाबू
गोंदा-गोंदा करे	टुकड़े-टुकड़े करता
तुकड़ा-तुकड़ा करे बाबू	टुकड़े-टुकड़े करता बाबू
हाते बारस धरे	हाथ में बारस लेता
नाँगर-रुक छोले बाबू	हल की लकड़ी छीलता बाबू
जुआँड़ी-रुक छोले	जुआँड़ी की लकड़ी छीलता
सुमेला-रुक छोले बाबू जे	सुमेला की लकड़ी छीलता बाबू
तुतारी-रुक छोले	तुतारी की लकड़ी छीलता
रुक छोलुन सारे बाबू	लकड़ी छील जाता बाबू
हाते बिंदना धरे	हाथ में बिंधना लेता
रुक बेदुन[1] बाबू जाय	लकड़ी में छेद करता बाबू
नाँगर बेदुन बाबू जाय	हल में छेद करता
जुआँड़ी बेदुन जाय बाबू	जुआँड़ी में छेद करता बाबू
सुमेला बेदुन जाय	सुमेला में छेद करता

1 बेदुन : अन्य ध्वनि 'बेधुन'।

नाँगर बेदुन सारे बाबू	हल में छेद कर जाता बाबू
सब जोड़ा धरे	सारी सामग्री लेता
बिंदराबन छाँडे बाबू	बिंदराबन छोड़ता बाबू
जाते-जाते जाय	चलता चला जाता
6 राजा-माहाले बाबू अमरे	राज-महल बाबू पहुँचता
नाँगर-जुआँड़ी बाबू ठोय	हल-जुआँड़ी बाबू रखता
राजा लगे बले जाय बाबू	राजा के पास जाता बाबू
राजा के काय बले	राजा से क्या कहता
"नाँगर-जुआँड़ी आनले राजा	"हल-जुआँड़ी ले आया राजन्
नाँगर-जुआँड़ी आनले"	हल-जुआँड़ी ले आया"
दुसर दिन बले होय बाबा	अगला दिन होता बाबा
आउर दिन होय	दूसरा दिन होता
मुकताबली ने उठे रानी जे	ब्रह्म मुहूर्त में उठती रानी
कुकड़ाबासी चेते	मुर्गे की बाँग से उठती
घर ले बाहिर होय रानी	घर से बाहर आती रानी
बुता-भयना करे	काम-काज वह करती
रानी बुता बले करे रे भगवान	रानी काम करती भगवन्
रानी बुता करे परभू	रानी काम करती प्रभु
बुता करुन सारे रानी	काम कर जाती है रानी
राजा लगे जाय	राजा के पास जाती
राजा के काय बले रानी	राजा से क्या कहती रानी
"तुमी सुना राजा" बले	"आप सुनिये राजा" कहती
"बिहड़ा मारुक जाहा राजा	"दुबारा हल चलाने जायें राजा
बिहड़ा मारुक जाहा"	दुबारा हल चलाने जायें"
7 माहादेवरैया सुने बाबा	माहादेवरैया सुनता बाबा
तड़बड़ाउन उठे	हड़बड़ा कर उठता
दतुन-पतर चाबे राजा	दतौन आदि कर जाता राजा
मुँहे-काने बले धोय	मुँह-कान वह धोता
बाबू के काय बले राजा	बाबू से क्या कहता राजा
"सुन बाबू" बले	"सुन हे बाबू" कहता
"सोना-रुपा के ढिल बाबू	"सोना-रूपा को खोल बाबू
नाँगर-जुआँड़ी धर बाबू	हल-जुआँड़ी ले हे बाबू
गोली-फार बले पाड़ बाबू	गोली-फार लगा हे बाबू
तुतारी ने आरी ठेच	तुतारी में आरी ठोंक
बिहड़ा-नाँगर नेवाँ बाबू	बिहड़ा-हल ले जायेंगे बाबू
बिहड़ा-नाँगर नेवाँ"	बिहड़ा-हल ले जायेंगे"
भिकन्दर सुने बाबा	भिकन्दर सुनता बाबा
हरबर तियार होय	झटपट तैयार हो जाता

आपन साजू पिंदे बाबू	अपने साज पहनता बाबू
आपन जाक धरे	अपने सामान लेता
गोली-फार पाड़े बाबू	गोली-फार लगाता बाबू
तुतारी ने आरी ठेचे	तुतारी में आरी ठोंकता
सोना-रुपा के ढिले बाबू	सोना-रूपा को खोलता बाबू
सोना-रुपा के ढिले	सोना-रूपा को खोलता
बयला जुआँड़ुन बाबू जाय	बैलों को जोत जाता बाबू
बयला जुआँड़ुन बाबू जाय	बैलों को जोत जाता बाबू
नव खँड माहाल छाँडे बाबू	नौ खण्डा महल छोड़ता बाबू
जाते-जाते जाय	चलता चला जाता
आपन साजू पिंदे राजा	अपने साज पहनता राजा
आपन जाक धरे	अपने सामान लेता
घर ले बाहिर होय राजा	घर से बाहर आता राजा
जाते-जाते जाय	चलता चला जाता
हिरी अमरुन जाय राजा	मेड़ पर पहुँच जाता राजा
बेड़ा अमरुन जाय	खेत में पहुँच जाता
हिरी-पारे उबे राजा	मेड़ पर खड़ा हो जाता राजा
बेड़ा-पारे उबे	खेत की मेड़ पर खड़ा हो जाता
1068 आपन साजू बले राजा हेड़े	अपने साज निकालता राजा
आपन जाक राजा हेड़े	अपने साज निकालता राजा
हिरी-पारे मँडाय राजा	मेड़ पर रख देता राजा
बेड़ा-पारे मँडाय	खेत की मेड़ पर रख देता
हात-भर कोपनी पिंदे राजा	हाथ-भर कौपीन पहनता राजा
मुरिया-भेस बाँदे	मुरिया-वेश धरता
माड़या असन दखे राजा	माडिया-सा दिखता राजा
नाँगर जुआँड़ुन जाय	हल को जुआँड़ी से बाँध देता
नाँगर-कोटी थापे राजा	हल की मूठ थामता राजा
हरई हाकुन जाय	बैलों को हाँक जाता
बिहड़ा मारुन जाय राजा	दुबारा हल चलाता राजा
बुलुन-बुलुन मारे	घूम-घूम कर चलाता
गिंजरुन-गिंजरुन मारे राजा	घूम-घूम कर चलाता राजा
सब के सारुन देय	सारे खेतों में हल चलाता
भिकन्दर के देय राजा	भिकन्दर को देता राजा
बाबू के काय बले	बाबू से वह कहता
"बिहड़ा मारुन गेले बाबू	"हल चला गया हूँ बाबू
तुय सोना-रुपा के ढिल	तू सोना-रूपा को खोल
बयला नाहाउन दे बाबू	बैलों को नहला दे हे बाबू
बयला के नाहाउन दे"	बैलों को नहला दे"

69 सोना-रुपा बले ढिले बाबू	सोना-रूपा को खोलता बाबू
जोड़ी बयला नाहाय	दोनों बैलों को नहलाता
आँगे असनाँद होय राजा	अंग स्नान कर जाता राजा
हिरदे असनाँद होय	हृदय स्नान कर जाता
हात-भर कोपनी हेड़े राजा	हाथ-भर कौपनी निकालता राजा
आपन साजू पिंदे	अपने साज पहनता
राजा असन दखे राजा	राजा जैसा दिखता राजा
राजा असन दखे	राजा जैसा दिखता
सब जोड़ा धरे बाबू	सारी सामग्री लेता बाबू
बेड़ा-पार छाँडोत	खेत की मेड़ छोड़ता
जाते-जाते बले जाय राजा	चलता चला जाता राजा
संखे फुकते जाय	शंख फूँकता जाता
डामुर बजाते जाय राजा	डमरु बजाता जाता राजा
राजा चो अँधल सुने	राजा का शोर सुनती
'राजा एसोत' बले रानी	'राजा आते' कहती रानी
सेवा-जोड़ा धरे	सेवा-सामग्री लेती
चन्दन-काट मँडाय रानी	चन्दन-काठ रखती रानी
ढँग् नाय राजा उबे	राजा उस पर खड़ा हो जाता
पइँया धोआउन जाय रानी	पाँव धुला जाती है रानी
चाउर-टिका देय	चावल का टीका लगाती
होम-आरती रानी देय	होम-आरती रानी करती
पइँया पड़ुन रानी जाय	चरण-स्पर्श कर जाती रानी
रानी चो टोंड चुमे राजा	रानी का मुख चूमता राजा
राजा चो हात धरे	राजा का हाथ पकड़ती
नव खँड माहाले नेय रानी	नौ खण्डा महल में ले जाती रानी
बाजे नेउन बसाय	खाट पर ले जा कर बिठाती
राजा-रानी बसोत बाबा	राजा-रानी बैठते बाबा
रानी काय बले	रानी है क्या कहती
"बिहड़ा मारुक गेलास राजा	"दुबारा हल चलाने गये हे राजा
बिहड़ा मारुक गेलास"	दुबारा हल चलाने गये"
"बिहड़ा मारुन इले रानी	"दुबारा हल चला कर आया रानी
मयँ सब के सारुन दिले"	मैंने सारे खेतों में हल चलाया"
पारबती रानी सुने बाबा	पारबती रानी सुनती बाबा
खँड मुचकी मारे	हौले से मुस्काती

अधया-18 : माहादेवरैया चो बिहन काटतो

अध्याय-18 : माहादेवरैया द्वारा धान काटना

जोड़ी बयला बाबू ढिले	दोनों बैलों को बाबू खोलता
नाँगर-जुआँड़ी बाबू ठोय	हल-जुआँड़ी बाबू रखता
खाना-पिना खाओत राजा-रानी	खाना-पीना करते राजा-रानी
खाना-पिना खाओत	खाना-पीना करते
राजा-रानी आसोत बाबा	राजा-रानी रहते बाबा
राज धरुन खासोत	राज्य पर शासन करते
पँदरा दिन बले होय बाबा	पन्द्रह दिन बीते बाबा
मयना दिन होय	एक महीना बीता
दुय मयना होय बाबा	दो महीने बीते बाबा
बिहड़ा मारलो होय	दुबारा हल चलाये बीते
रानी काय बले राजा के	रानी क्या कहती राजा से

"सुना राजा" बले	"सुनिये राजा" कहती
"दुय मयना होय राजा	"दो महीने बीते राजा
बिहड़ा मारलो होय	दुबारा हल चलाये बीते
बिहन दखुक जाहा राजा	धान देखने जायें राजा
कसन बतर होली?"	कैसी बढ़त है उसकी?"
माहादेवरैया सुने बाबा	माहादेवरैया सुनता बाबा
हरबर तियार होय	झटपट तैयार हो जाता
आपलो साजू पिंदे राजा	अपने साज पहनता राजा
आपन जाक धरे	अपने सामान लेता
पाँय ने खड़ऊ राजा पिंदे	पाँवों में खड़ाऊँ राजा पहनता
संखे-धुनी राजा धरे	शंख भी राजा लेता
हाते तिरसुल धरे राजा	हाथ में त्रिशूल लेता राजा
डामुर बाजा धरे	डमरु बाजा लेता
घर ले बाहिर होय राजा	घर से बाहर आता राजा
जाते-जाते जाय	चलता चला जाता
रुमझुम-रुमझुम रेंगे राजा	जल्दी-जल्दी चलता राजा
एक कलाट मारे	लम्बे डग है भरता
संखे फुकते जाय राजा	शंख फूँकता जाता राजा
डामुर बजाते जाय	डमरु बजाता जाता
हिरी अमरुन जाय राजा	मेड़ पर पहुँच जाता राजा
बेड़ा अमरुन जाय	खेत में पहुँच जाता
बुलुन-बुलुन दखे राजा	घूम-घूम कर देखता राजा
गिंजरुन-गिंजरुन दखे	घूम-घूम कर देखता
071 बिहड़ा उठुन राजा चो रय	धान खड़ा हो गया था राजा का
बिहड़ा उठुन राजा चो रय	धान खड़ा हो गया था राजा का
दाँदर-सरा बले होय बाबा	दाँदर-सरा[1]-सा दिखता बाबा
दाँदर-सरा होय	दाँदर-सरा-सा दिखता
बिहन पोडराउन जाय राजा चो	धान गर्भ में था राजा का
बिहन पोडराउन जाय	धान गर्भ में था
भुरभार-भुरभार निकरे बाबा	बहुत संख्या में निकलता बाबा
भुरभार-भुरभार निकरे	बहुत मात्रा में निकलता
निकरुन ठुल बले होय राजा चो	निकल कर संगठित हो जाता राजा का धान
बिहन फुल धुने	धान में फूल झूलने लगते
फुल धुनुन जाय रे भगवान	फूल झूलने लगते भगवन्
बिहन दुदा खाय परभू	धान में दूध भर जाता प्रभु
बिहन टिप-टिप जाय राजा चो	धान के सिरे पकने लगते

. दाँदर-सरा : मछली पकड़ने का एक जाल जो घना होता है।

	बिहन टिप-टिप जाय	धान के सिरे पकने लगते
	बिहन मँजगरा[2] होय राजा चो	धान अधपका होता राजा का
	बिहन बोरबोरा होय	धान पकने लगता
	बिहन मेरमेरा होय राजा चो	धान पकने लगता राजा का
	बिहन पाकुन जाय	धान पक जाता है
	हरदी-गठी असन दखे	हल्दी की गाँठ-सा दिखता
	सेंदुर-मुँडी असन	सिन्दूर जैसा दिखता
	एक चमक दखे बाबा	एक बराबर दिखता बाबा
	माहादेवरैया दखे	माहादेवरैया देखता
1072	'साल भर डँड मयँ होले' बले	'वर्ष भर कष्ट सहे हैं मैंने
	'साल भर डाहा होले' बले	साल भर मेहनत की है' कहता
	'मयँ माँगुन बिहन आनले' बले	'मैं माँग कर बैल लाया' कहता
	'माँगुन बयला आनले	'माँग कर बैल लाया
	बिहन बुनुन रले' बले	धान बो गया था' कहता
	'बिहन बुनुन रले	'धान बो गया था
	मोचो माहाले जघा नीं होय' बले	मेरे महल में जगह न होगी' कहता
	'मोचो माहाले डेरा नीं होय	'मेरे महल में जगह न होगी
	अपरम्पाल होली' बले	अपरम्पार हुआ है' कहता
	'अपरम्पाल होली' बले	'अपरम्पार हुआ है' कहता
1073	छाँडे राजा माहादेवरैया	छोड़ता राजा माहादेवरैया
	छाँडे राजा माहादेवरैया	छोड़ता राजा माहादेवरैया
	बेड़ा-पार छाँडे राजा	खेत की मेड़ छोड़ता राजा
	हिरी-पार छाँडे	खेत की मेड़ छोड़ता
	जाते-जाते बले जाय राजा	चलता चला जाता राजा
	रुमझुम-रुमझुम रेंगे	जल्दी-जल्दी चलता
	नव खँड माहाले जाय राजा	नौ खण्डा महल में जाता राजा
	नव खँड माहाले अमरे	नौ खण्डा महल पहुँचता
	पारबती रानी दखे बाबा	पारबती रानी देखती बाबा
	'राजा एसोत' बले	'राजा आते' कहती
	सेवा-जोड़ा धरे रानी	सेवा-सामग्री लेती रानी
	चन्दन-काट मँडाय	चन्दन-काठ रखती
	ढँग् नाय राजा उबे बाबा	उस पर राजा खड़ा हो जाता बाबा
	पइँया धोआउन जाय	वह पाँव धुला जाती
	चाउर-टिका देय रानी	चावल का टीका लगाती रानी

2. मँजगरा : अन्य उच्चारण 'मँजगड़ा'। आधी रात के लिये भी यही ध्वनियाँ प्रयोग में लायी जाती हैं। यह ध्वनि 'अधगरा', 'अदगरा', 'अधगर', 'अदगर', 'अधगड़ा', 'अदगड़ा' भी उच्चारित होती है। इसी तरह आधे पके फल को 'अधगदरेया', 'अदगदरेया', 'अधगदरिया', 'अदगदरिया' आदि कहा जाता है।

होम-आरती देय	होम-आरती करती
पइँया पड़ुन जाय रानी	चरण-स्पर्श कर जाती रानी
रानी चो टोंड चुमे	वह रानी का मुख चूमे
राजा चो हात धरे रानी	राजा का हाथ पकड़ती रानी
नव खँड माहाले नेय	नौ खण्डा महल में ले जाती
बाज नेउन बसाय रानी	खाट पर ले जा कर बिठाती रानी
राजा-रानी बसोत	राजा-रानी बैठते
4 "सुना राजा रे माहादेवरैया	"सुनिये राजा माहादेवरैया
सुना राजा माहादेवरैया	सुनिये राजा माहादेवरैया
बिहन दखुक गेलास राजा	धान देखने गये हे राजा
कसन बतर होली?"	कैसी बढ़त है उसकी?"
राजा काय बले रानी के	राजा क्या कहता रानी से
"सुन रानी" बले	"सुन हे रानी" कहता
"मोचो बिहन पाकुन गेली रानी	"मेरा धान पक गया है रानी
बिहन पाकुन गेली	धान पक गया है
हरदी-गठी असन दखे	हल्दी-गाँठ-सा दिखता
सेंदुर-मुँडी असन	सिन्दूर की तरह है दिखता
साल भर डँड होले रानी	साल भर कष्ट सहे हे रानी
मयँ साल भर डाहा होले	मैंने वर्ष भर मेहनत की
अपरम्पाल होली रानी	अपरम्पार हुआ है रानी
अपरम्पाल होली	धान बहुत हुआ है
माहाले डेरा नीं होय रानी	महल में जगह न होगी रानी
मोचो माहाले जघा नीं होय"	मेरे महल में जगह न होगी"
5 एक दिन ले दुय दिन	एक दिन से दो दिन
दुय दिन ले आँट दिन	दो दिन से आठ दिन
बिहन दखलो होय राजा चो	धान देखे बीते राजा को
बिहन दखलो होय	धान देखे बीते
सबय बिहन काटोत भगवान	सभी धान काटते भगवन्
सब बिहन काटोत परभू	सब धान काटते प्रभु
पारबती रानी दखे बाबा	पारबती रानी देखती बाबा
राजा के काय बले	राजा से क्या कहती
"सबय बिहन काटोत राजा	"सभी धान काटते राजा
कोन दिन बिहन काटास?"	आप किस दिन धान काटेंगे?"
राजा काय बले रानी के	राजा क्या कहता रानी से
"सुन रानी" बले	"सुन हे रानी" कहता
"जोचे कसन काटें रानी?	"यों ही कैसे काटूँ रानी मैं?
मोके कोन दिने सुभ होयदे	जिस दिन मुझे शुभ होगा

	मयँ हुनी दिन बिहन काटें रानी	मैं उसी दिन धान काटूँगा
	हुनी दिन बिहन काटें"	उसी दिन धान काटूँगा"
1076	"सुना राजा रे माहादेवरैया	"सुनिये राजा माहादेवरैया
	सुना राजा माहादेवरैया	सुनिये राजा माहादेवरैया
	गोबिंदपुरे जाहा राजा	गोबिंदपुर जायें राजा
	बुदू पँजेआर आना	बुदू पँजेआर को लायें
	पाँजी-खुट धरो राजा	पोथी-पत्तर ले वह राजा
	एक डँडिक एओ	थोड़ी देर वह आये
	पाँजी दखुन देयदे राजा	पोथी देख बतायेगा राजा
	कोन दिन सुभ होयदे"	किस दिन शुभ होगा"
	सुने राजा रे महादेवरैया	सुनता राजा माहादेवरैया
	बाबू के काय बले राजा	बाबू से क्या कहता राजा
	"गोबिंदपुरे बले जा बाबू	"गोबिंदपुर तू जा हे बाबू
	बुदू पँजेआर के आन	बुदू पँजेआर को ले आ
	पाँजी-खुट धरो बाबू	पोथी-पत्तर ले वह बाबू
	जोतिस-रमायन धरो	ज्योतिष-रामायण ले
	एक डँडिक एओ बाबू	थोड़ी देर वह आये बाबू
	पाँजी दखुन देयदे"	पंचांग देख बतायेगा"
	भिकन्दर सुने बाबा	भिकन्दर सुनता बाबा
	हरबर तियार होय	झटपट तैयार हो जाता
	घर ले बाहिर होय बाबू	घर से बाहर आता बाबू
	जाते-जाते जाय	चलता चला जाता
	रुमझुम-रुमझुम रेंगे बाबू	जल्दी-जल्दी चलता बाबू
	एक कलाट मारे	लम्बे डग है भरता
	गोबिंदपुरे बले जाय बाबू	गोबिंदपुर जाता बाबू
	गोबिंदपुरे अमरे	गोबिंदपुर पहुँचता
	पँजेआर-माहाले बाबू जाय	पँजेआर-महल बाबू जाता
	माँडो-मोंगरा बाबू उबे	मोगरा-मण्डप में बाबू रुकता
	दादा के काय बले बाबू	दादा से क्या कहता बाबू
	"सुन दादा" बले	"सुन हे दादा" कहता
	"तुचो जाक के धर दादा	"तुम्हारा सामान ले लो दादा
	राजा-घरे बलाव	राजा के घर बुलावा
	एक डँडिक जावँ दादा"	थोड़ी देर चलो हे दादा"
	दादा सुनुन जाय	दादा है सुन लेता
	"एयँदे बाबू" बले दादा	"आऊँगा बाबू" कहता दादा
	बाई के काय बले	बाई से वह कहता
	"तुय पानी गरम कर रानी	"पानी गर्म कर हे रानी तू

मयँ आँगे असनाँद होयँ"	मैं स्नान करूँगा"
बाई सुनुन जाय बाबा	बाई सुन लेती है बाबा
बाई सुनुन जाय	बाई सुन लेती है
1077 बाई सुनुन जाय रे भगवान[3]	बाई सुन लेती है भगवन्
पानी गरम करे परभू	पानी गर्म करती है प्रभु
सेदा-भेदा करे बाई	उसमें ठण्डा पानी मिलाती
मन्दन-सिले नेय	स्नान-गृह में ले जाती
झारी कसेला देय बाई	झारी पात्र देती बाई
कपुर दतुन देय	सुगन्धित दतौन देती
मन्दन-सिले बले जाय बाबू	स्नान-गृह में जाता बाबू
कपुर दतुन धरे	सुगन्धित दतौन लेता
सुरिज-भेट करे बाबू	सूर्य-नमस्कार करता बाबू
दतुन-पतर चाबे	दतौन आदि कर जाता
आँगे असनाँद होय बाबू	अंग स्नान करता बाबू
हिरदे असनाँद होय	हृदय स्नान कर जाता
सुका कपड़ा बाबू पिंदे	सूखा कपड़ा बाबू पहनता
ओधा कपड़ा तले गिरे	गीला कपड़ा नीचे गिरता
झारी पानी धरे बाबू	झारी में पानी लेता बाबू
तुलसी-चँवरा ने जाय	तुलसी-चौरा में जाता
चँवरा ने पानी रिकाय बाबू	चौरा में पानी डालता बाबू
तुलसी के काय बले	तुलसी से वह कहता
"अगास मेलान बाड़ बाई	"आकाश का स्पर्श करो हे बाई
पकिर पाना फेक	नयी कोंपलें निकले
तुय-मयँ बाँहा-जोरी बाई	तुम-मैं बाँहों की जोड़ी बाई
तुय-मयँ हन्सा-जोरी	तुम-मैं हन्सों की जोड़ी
मोके जिव-भर सेवा मिरो बाई	जीवन भर सेवा करूँ मैं बाई
मोचो जान सुकी रओ"	मेरा जीवन सुखी रहे"
तुलसी-सेवा करे बाबू	तुलसी-सेवा करता बाबू
होम-आरती देय	होम-आरती करता
पइँया पड़ुन जाय बाबू	उसे प्रणाम कर जाता बाबू
नव खँड माहाले जाय	नौ खण्डा महल में जाता
बाजे जाउन बसे बाबू जे	खाट पर जा बैठता बाबू
बाई के काय बले	बाई से वह कहता
"बँधेया झापी के दे रानी	"बँधेया झापी दे हे रानी
मयँ नव सै गाहना पिंदें"	मैं नौ सौ गहने पहनूँ"

3. दिनांक 22.12.1996 को ध्वन्यांकित कैसेट क्रमांक 42बी का आरम्भ (कैसेट क्रमांक 26बी और 27ए के बीच का छूटा हुआ अंश)।

	बँधेया झापी के देय बाई	बँधेया झापी देती बाई
	कुची हेड़ुन जाय	चाबी निकाल जाती
	तारा टोड़ुन जाय बाबू	ताला खोल जाता बाबू
	बँधेया झापी खोले	बँधेया झापी खोलता
1078	नव सै गाहना बाबू पिंदे	नौ सौ गहने बाबू पहनता
	नव सै हार बाबू पिंदे	नौ सौ हार बाबू पहनता
	अलंकार पिंदे बाबू	अलंकार पहनता बाबू
	जोतिस-रमायन धरे	ज्योतिष-रामायण लेता
	पाँजी-खुट धरे बाबू	पोथी-पत्तर लेता बाबू
	पाँये खड़ऊ पिंदे	पाँव में खड़ाऊँ पहनता
	हाते बेद धरे बाबू	हाथ में बेंत लेता बाबू
	घर ले बाहिर होय	घर से बाहर आता
	"घर-दुआर के दख रानी	"घर-द्वार को देख रानी
	मयँ कैलासपुरे जायँ	मैं कैलासपुर जाता
	कोन दिन फिरुन एयँदे रानी	किस दिन वापस लौटूँगा रानी
	बड़े घरो गोठ आय'	बड़े घर की बात'
	घर ले बाहिर होय बाबू	घर से बाहर आता बाबू
	जाते-जाते जाय	चलता चला जाता
1079	रुमझुम-रुमझुम बाबू रेंगे	जल्दी-जल्दी चलता बाबू
	एक कलाट बाबू मारे	लम्बे डग है भरता बाबू
	गोबिंदपुर छाँडे बाबू	गोबिंदपुर छोड़ता बाबू
	कैलासपुरे जाय	कैलासपुर वह जाता
	कैलासपुरे अमरे बाबू	कैलासपुर पहुँचता बाबू
	पारा-परोसे जाय	अड़ोस-पड़ोस में जाता
	पारा-परोस छाँडे बाबू	अड़ोस-पड़ोस छोड़ता बाबू
	राजा-माहाले जाय	राज-महल वह जाता
	पारबती रानी दखे बाबा जे	पारबती रानी देखती बाबा
	सेवा-जोड़ा धरे	सेवा-सामग्री लेती
	चन्दन-काट मँडाय रानी	चन्दन-काठ रखती रानी
	ढँग् नाय बाबू उबे	उस पर बाबू खड़ा हो जाता
	पइँया धोआउन जाय रानी	पाँव धुला जाती है रानी
	चाउर-टिका देय	चावल का टीका लगाती
	होम-आरती देय रानी	होम-आरती करती रानी
	लाड़-चुमा चुमे	प्यार से मुख चूमती
	रानी के पाँय पड़े बाबू जे	रानी के पाँव छूता बाबू
	बाबू चो हात धरे	वह बाबू का हाथ थामती
	नव खँड माहाले नेय रानी	नौ खण्डा महल में ले जाती रानी
	बाज नेउन बसाय	खाट पर ले जा कर बिठाती

080	बसोत राजा रे बसोत रानी	बैठते राजा बैठती रानी
	बाबू काय राजा के बले	बाबू क्या कहता राजा से
	"काय बलाव आय राजा	"किसलिये बुलवाया राजन्
	तुमी आले मोके साँगा"	आप मुझे बतलायें"
	राजा काय बले बाबू के	राजा क्या कहता बाबू से
	"सुन बाबू" बले	"सुन हे बाबू" कहता
	"मोचो बिहन पाकुन गेली बाबू	"मेरा धान पक गया बाबू
	सब बिहन काटोत	सभी धान काटते
	कोन दिन बिहन काटें बाबू	मैं किस दिन धान काटूँ बाबू
	मोके कोन दिन सुभ होयदे?	मेरे लिये कौन-सा दिन शुभ होगा?
	एइन पाँजी के दख बाबू	यही पंचांग में देखो बाबू
	एइन पाँजी दख"	यही पंचांग में देखो"
	"सेवा-जोड़ा दे रानी	"सेवा-सामग्री दे हे रानी
	मोके पुजा-जोड़ा दे"	मुझे पूजा-सामग्री दे"
	सेवा-जोड़ा बले देय रानी	सेवा-सामग्री देती रानी
	पुजा-जोड़ा देय	पूजा-सामग्री देती
	नवा सरकी ओछाय बाबू	नयी चटाई बिछाता बाबू
	झारी पानी छिचे	झारी से पानी छिटकता
	रमायन भुँये मँडाय बाबू	रामायण धरती पर रखता बाबू
	रमायन भुंये मँडाय	रामायण धरती पर रखता
081	काचा गोरस बाबू छिचे	कच्चा दूध बाबू छिटकता
	जात लाली बाबू टिके	लाली भी बाबू लगाता
	होम-आरती देय बाबू	होम-आरती करता बाबू
	पइँया पड़ुन जाय	वह प्रणाम कर जाता
	खालामाती बसे बाबू	पालथी मार कर बैठता बाबू
	रमायन कोरा धरे	रामायण गोद में लेता
	पँजेआर पाँजी दखे बाबा	पँजेआर पंचांग देखता बाबा
	पाँजे बसुन जाय	पंचांग में दिख जाता
	राजा के काय बले बाबू	राजा से क्या कहता बाबू
	"मोचो पाँजे बसुन गेली	"मेरे पंचांग में दिख गया
	रयबार दिने काटा राजा	रविवार को काटें हे राजन्
	हुनी दिन सुभ आसे"	वही दिन शुभ है"
	पाँजी-खुट सकले बाबू	पोथी-पत्तर समेटता बाबू
	जोतिस-रमायन सकले	ज्योतिष-रामायण समेटता
	रोसई-चाउर रानी जोड़े	रसोई-चावल रानी लेती
	दार-चाउर रानी जोड़े	दाल-चावल रानी लेती
	मुठा रुपया देय रानी	मुट्ठी भर रुपये देती रानी

	पँजेआर-बिदा देय	पँजेआर को विदाई देती
	बाबू मोडरी बाँदे बाबा	बाबू गठरी बाँधता बाबा
	आपन माहाले जाय	अपने महल में जाता
	राजा-रानी बाड़ दखोत बाबा	राजा-रानी राह देखते बाबा
	कोन दिने रैबार होयदे	किस दिन रविवार होगा
	रैबार अमरुन जाय बाबा	रविवार आ जाता है बाबा
	आज रैबार आय	आज रविवार है
	कुकड़ाबासी उठे रानी जे	मुर्गे की बाँग से उठती रानी
	मुकताबली ने चेते	ब्रह्म मुहूर्त में चेतती
	बड़ा-ओंडा करे रानी	झाड़-बुहार कर जाती रानी
	छड़ा-छिटका देय	गोबर का घोल छिड़कती
	बरतन-भाँडा माँजे रानी	बरतन माँज जाती रानी
	सरा-बड़ा करे	झाड़-बुहार करती
	पानी-काँजी आने रानी	पानी भी ले आती रानी
	पानी गरम करे	पानी गर्म करती
1082	सेदा-भेदा बले रानी करे	ठण्डा पानी मिलाती रानी
	मन्दन-सिले रानी नेय	स्नान-गृह में ले जाती
	झारी कसेला नेय रानी	झारी पात्र ले जाती रानी
	कपुर दतुन नेय	सुगन्धित दतौन ले जाती
	राजा लगे जाय रानी	राजा के पास जाती रानी
	राजा के काय बले	राजा से वह कहती
	"आज रयबार आय राजा	"आज रविवार है हे राजा
	बिहन काटुक जाहा	धान काटने जायें
	उठा राजा" बले रानी	उठिये राजा" कहती रानी
	"तुमी आँगे असनाँद होआ"	"आप स्नान कर डालें"
	माहादेवरैया सुने बाबा	माहादेवरैया सुनता बाबा
	तड़बड़ाउन उठे	हड़बड़ा कर उठता
	मन्दन-सिले जाओत राजा-रानी	स्नान-गृह में जाते राजा-रानी
	कपुर दतुन धरोत	सुगन्धित दतौन लेते
	सुरिज-भेट करोत राजा-रानी	सूर्य-नमस्कार करते राजा-रानी
	मुँहे मुखारी गोबोत	मुँह में दतौन लेते
	दतुन-पतर चाबोत राजा-रानी	दतौन आदि कर जाते राजा-रानी
	आँगे असनाँद होत	अंग स्नान कर जाते
	सुका कपड़ा पिंदोत राजा-रानी	सूखे कपड़े पहनते राजा-रानी
	ओधा कपड़ा गिरे	गीले कपड़े गिरते
	झारी पानी बले राजा-रानी धरोत	झारी में पानी राजा-रानी लेते
	तुलसी-चँवरा ने राजा-रानी जाओत	तुलसी-चौंरा में राजा-रानी जाते

	चँवरा ने पानी रिकात राजा-रानी	चौरा में पानी डालते राजा-रानी
	तुलसी के काय बलोत	तुलसी से वे कहते
	“अगास मेलान बाड़ बाई	“आकाश का स्पर्श करो हे बाई
	तुय पकिर पाना फेक	नयी कोंपलें निकलें
	तुय-मयँ बाँहा-जोरी बाई	तुम-मैं बाँहों की जोड़ी बाई
	तुय-मयँ हन्सा-जोरी	तुम-मैं हन्सों की जोड़ी
	जिव-भर सेवा मिरो बाई	जीवन भर सेवा मिले हे बाई
	मोचो जान सुकी रहो”	मेरा जीवन सुखी रहे”
	पइँया पड़ुन जात राजा-रानी	उसे प्रणाम कर जाते राजा-रानी
	बाजे जाउन बसोत	खाट पर जा बैठते
	दतुन-पतर चाबे बांबू	दतौन आदि कर जाता बाबू
	आँगे असनाँद होय	वह स्नान कर जाता
083	“सुन बाबू रे भिकन्दर	“सुन हे बाबू भिकन्दर
	सुन बाबू जलन्धर	सुन हे बाबू जलन्धर
	सेवा-जोड़ा बले धर बाबू	सेवा-सामग्री ले हे बाबू
	हँसेया निकराउन जा	हँसिया निकाल ले
	बिहन काटुकलाय जावँ बाबू	धान काटने जायें बाबू
	बिहन काटुकलाय जावँ”	धान काटने जायें”
	भिकन्दर सुने बाबा	भिकन्दर सुनता बाबा
	सेवा-जोड़ा धरे	सेवा-सामग्री लेता
	हँसिया निकराउन जाय बाबू	हँसिया निकाल जाता बाबू
	पाँये खड़ऊ पिंदे	पाँवों में खड़ाऊँ पहनता
	आपन साजू बले राजा पिंदे	अपने साज राजा पहनता
	आपलो जाक राजा धरे	अपने सामान राजा लेता
	घर ले बाहिर होय राजा	घर से बाहर आता राजा
	जाते-जाते जाय	चलता चला जाता
	रमायन पढ़ते जाय राजा	रामायण पढ़ता जाता राजा
	भजन गावते जाय	भजन गाता जाता
	हिरी अमरुन जाय राजा	मेड़ पर पहुँच जाता राजा
	बेड़ा अमरुन जाय	खेत में पहुँच जाता
	हिरी-पारे उबे राजा	मेड़ पर खड़ा हो जाता राजा
	बेड़ा-पारे उबे	खेत की मेड़ पर खड़ा हो जाता
084	सब जोड़ा बले राजा धरे	सारी सामग्री राजा लेता
	सब जोड़ा राजा धरे	सारी सामग्री राजा लेता
	बिहन-बुटा ने जाय राजा	धान-पौधों के पास जाता राजा
	बिहन-बुटा ने जाय	धान-पौधों के पास जाता
	झारी पानी छिचे राजा	झारी से पानी छिटकता राजा
	काचा गोरस छिचे	कच्चा दूध छिटकता

जात लाली टिके राजा	लाली का टीका लगाता राजा
अगरबती जलाय	अगरबत्ती जलाता
होम-आरती देय राजा	होम-आरती करता राजा
पइँया पड़ुन जाय	वह प्रणाम कर जाता
हात-भर कोपनी पिंदे राजा	हाथ-भर कौपीन पहनता राजा
आपन जाक हेड़े	अपने साज निकालता
हिरी-पारे मँडाय राजा	मेड़ पर रख जाता राजा
बेड़ा-पारे मँडाय	खेत की मेड़ पर रख जाता
हाते हँसिया राजा धरे	हाथ में हँसिया राजा लेता
हाते हँसिया राजा धरे	हाथ में हँसिया राजा लेता
बिहन काटुन जाय राजा	धान काट जाता राजा
बिहन काटुन जाय	धान काट जाता
बुलुन-बुलुन काटे राजा	घूम-घूम कर काटता राजा
गिंजरुन-गिंजरुन काटे	घूम-घूम कर काटता
बिहन काटुन सारे राजा	धान काट जाता राजा
बिहन काटुन सारे	धान काट जाता
कड़प उपरे कड़प पड़े[4]	गट्ठर के ऊपर गट्ठर रखता
कड़प उपरे कड़प	गट्ठर के ऊपर गट्ठर
सँगाउक जघा निंहाय राजा के	रखने को जगह नहीं है राजा को
ठोउक जघा निंहाय	रखने को जगह नहीं है
मसनी ओछालो असन ओछाय	चटाई जैसा बिछाता
मसनी ओछालो असन	चटाई जैसा बिछाता
बिहन काटुन सारे राजा	धान काट जाता राजा
बिहन काटुन सारे	धान काट जाता
बाबू के काय बले राजा	बाबू से क्या कहता राजा
"सुन बाबू" बले	"सुन हे बाबू" कहता
"सुन बाबू रे भिकन्दर	"सुन हे बाबू भिकन्दर
सुन बाबू जलन्धर	सुन हे बाबू जलन्धर
बिहन काटुन गेलू बाबू	धान काट डाले बाबू
बिहन काटुन गेलू	धान काट डाले
सब जोड़ा के धर बाबू	सारी सामग्री ले हे बाबू
नव खँड माहाले जावँ"	नौ खण्डा महल में जायें"
सब जोड़ा धरे बाबू	सारी सामग्री लेता बाबू
हात-भर कोपनी हेड़े	हाथ-भर कौपीन निकालता
आपलो साजू पिंदे राजा	अपने साज पहनता राजा
राजा असन दखे	राजा जैसा दिखता

4. दिनांक 16.12.1996 को ध्वन्यांकित कैसेट क्रमांक 27ए का आरम्भ।

1086 हिरी-पार बले राजा छाँडे	खेत की मेड़ छोड़ता राजा
बेड़ा-पार राजा छाँडे	खेत की मेड़ छोड़ता
रुमझुम-रुमझुम रेंगे राजा	जल्दी-जल्दी चलता राजा
एक कलाट मारे	लम्बे डग है भरता
संखे फुकते जाय राजा	शंख फूँकता जाता राजा
डामुर बजाते जाय	डमरु बजाता जाता
आपन बुल ने जाय राजा	अपनी धुन में जाता राजा
आपन सुल ने जाय	अपनी धुन में जाता
राजा चो अँधल सुने रानी	राजा का शोर सुनती रानी
'राजा एसोत' बले	'राजा आते' कहती
सेवा-जोड़ा धरे रानी	सेवा-सामग्री लेती रानी
पुजा-जोड़ा धरे	पूजा-सामग्री लेती
चन्दन-काट मँडाय रानी	चन्दन-काठ रखती रानी
ढँग् नाय राजा उबे	उस पर राजा खड़ा हो जाता
पइँया धोआउन जाय रानी	पाँव धुला जाती रानी
चाउर-टिका देय	चावल का टीका लगाती
होम-आरती देय रानी	होम-आरती करती रानी
पइँया पड़ुन जाय	चरण-स्पर्श कर जाती
रानी चो टोंड चुमे राजा	रानी का मुख चूमता राजा
राजा चो हात धरे	वह राजा का हाथ पकड़ती
नव खँड माहाले नेय रानी	नौ खण्डा महल में ले जाती रानी
बाज नेउन बसाय	खाट पर ले जा कर बिठाती
राजा-रानी बसोत बाबा	राजा-रानी बैठते बाबा
रानी काय बले	रानी है क्या कहती
"बिहन काटुक गेलास राजा	"धान काटने गये हे राजा
बिहन काटुक गेलास"	धान काटने गये"
"बिहन काटुन इले रानी	"धान काट आया रानी
मयँ सब के सारुन इले	मैंने सारे धान काट डाले
सँगाउक डेरा निंहाय रानी	रखने को जगह नहीं है रानी
मोके ठोउक ठान निंहाय	मेरे पास रखने को जगह नहीं है
कड़प उपरे कड़प रानी	गट्ठर के ऊपर गट्ठर रानी
मसनी ओछालो असन	चटाई बिछी हो जैसे
सरली रे रानी मोचो कमई	बहुत अधिक है मेरी कमाई रानी
सरली रे रानी मोचो कमई	बहुत अधिक है मेरी कमाई
अपरम्पाल होली रानी	अपरम्पार फसल है रानी
अपरम्पाल होली	अपरम्पार फसल है
माहाले डेरा नीं होय रानी	महल में जगह न होगी रानी

	मोचो माहाले ठान नीं होय'	मेरे महल में जगह न होगी'
	पारबती रानी सुने बाबा	पारबती रानी सुनती बाबा
	खँड मुचकी मारे	हौले से मुस्काती
	'एई ने मँजा जिवदे' बले	'इसी में मँजपुरवासी जीयेंगे' कहती
	'मयँ मँजा काजे कमायँ'	'मेरी कमाई मँजपुरवासियों के लिये ही है'
1087	एक दिन ले दुय दिन	एक दिन से दो दिन
	एक दिन ले दुय दिन	एक दिन से दो दिन
	बिहन काटलो होय राजा चो	धान काटे बीते राजा को
	बिहन काटलो होय	धान काटे बीते
	बाबू के काय बले राजा	बाबू से क्या कहता राजा
	"सुन बाबू" बले	"सुन हे बाबू" कहता
	"भारा बेंट बले मार बाबू	"गट्ठर के लिये बेंट[5] बना हे बाबू
	भारा बेंट बले मार"	गट्ठर के लिये बेंट बना'
	भिकन्दर सुने बाबा	भिकन्दर सुनता बाबा
	पैरा निकराउन जाय	पुआल निकाल लेता
	बेट मारुन जाय बाबू	बेंट बना जाता बाबू
	भारा बेट मारे	गट्ठर के लिये बेंट बना जाता
	बेट मारुन सारे बाबू	बेंट बना जाता बाबू
	बेट मारुन सारे	बेंट बना जाता
	तिन दिन बले होय बाबा	तीन दिन बीत जाते बाबा
	बिहन काटलो होय	धान काटे बीतते
	राजा काय बले बाबू के	राजा क्या कहता बाबू से
	"सुन बाबू" बले	"सुन हे बाबू" कहता
	"बोहना-बेट बले धर बाबू	"बोहना[6]-बेंट ले ले बाबू
	भारा बेचुकलाय जा	गट्ठर उठाने जा
	कुपा रचुकलाय जा बाबू	कूपा[7] तैयार करने जा हे बाबू
	कुपा रचुन आ[8]"	कूपा तैयार कर आ"
1088	सुने बाबू भिकन्दर	सुनता बाबू भिकन्दर
	सुने बाबू जलन्धर	सुनता बाबू भिकन्दर
	बोहना-बेट धरे बाबू	बोहना-बेंट लेता बाबू
	खाँदे कोड़की धरे	कन्धे में कुदाली लेता
	पाँय ने खड़ऊ पिंदे बाबू	पाँवों में खड़ाऊँ पहनता बाबू

5. बेंट : पुआल को ऐंठ कर बनायी गयी मोटी डोर।

6. बोहना : एक लकड़ी जिसके दोनों सिरों पर नोक होती है। इससे धान के गट्ठर उठाये जाते हैं। इसे 'बलँगी' भी कहा जाता है।

7. कूपा : कटाई के बाद धान के गट्ठर को खोल कर खलिहान में परत-दर-परत रखा जाता है। यही कूपा कहलाता है।

8. आ : मूल उच्चारण 'आव'।

जाते-जाते जाय	चलता चला जाता
रुमझुम-रुमझुम रेंगे बाबू	जल्दी-जल्दी चलता बाबू
एक कलाट मारे	लम्बे डग है भरता
बेड़ा अमरुन जाय बाबू	खेत पहुँच जाता बाबू
हिरी अमरुन जाय	मेड़ पहुँच जाता
बेड़ा-पारे उबे बाबू	खेत की मेड़ में खड़ा होता बाबू
हिरी-पारे उबे	खेत की मेड़ में खड़ा होता
बोहना-बेट मँडाय बाबू	बोहना-बेंट रखता बाबू
हाते कोड़की धरे	हाथ में कुल्हाड़ी लेता
कोठार छोलुन जाय बाबू	खलिहान छील जाता बाबू
कोठार छोलुन जाय	खलिहान छील जाता
डोली पिछे छोले बाबू	प्रति क्यारी खलिहान छीलता
किंयारी पिछे छोले	प्रति क्यारी खलिहान छीलता
कोठार छोलुन सारे बाबू	खलिहान छील जाता बाबू
बोहना-बेट धरे	बोहना-बेंट लेता
कड़प उठाउन जाय बाबू	गट्ठर उठा जाता बाबू
भारा बाँदुन जाय	गट्ठर बाँध जाता
कुपा रचुन जाय बाबू	कूपा तैयार कर जाता बाबू
कुपा रचुन जाय	कूपा तैयार कर जाता
डोली पिछे कुपा रचे	प्रति क्यारी कूपा बनाता
किंयारी पिछे कुपा	प्रति क्यारी कूपा बनाता
कुपा रचुन सारे बाबू	कूपा रच जाता बाबू
कुपा रचुन सारे	कूपा रच जाता

1089 आधा जोजन टेके रे भगवान	आधा योजन हो जाता भगवन्
आधा जोजन टेके परभू	आधा योजन हो जाता प्रभु
नँजर नईं माँडे बाबा	दृष्टि नहीं ठहरती बाबा
नँजर नईं माँडे	दृष्टि नहीं ठहरती
हुसन कुपा होय बाबा	वैसा कूपा बनता बाबा
हुसन कुपा होय	वैसा कूपा बनता
बोहना-बेट धरे बाबू	बोहना-बेंट लेता बाबू
खाँदे कोड़की धरे	कन्धे में कुदाली लेता
बेड़ा-पार छाँडे बाबू	खेत की मेड़ छोड़ता बाबू
हिरी-पार छाँडे	खेत की मेड़ छोड़ता
जाते-जाते जाय बाबू	चलता चला जाता बाबू
रुमझुम-रुमझुम रेंगे	जल्दी-जल्दी चलता
एक कलाट मारे बाबू	लम्बे डग है भरता बाबू
राजा-माहाले जाय	राज-महल वह जाता
माहादेवरैया दखे बाबा	माहादेवरैया देखता बाबा
बाबू के काय बले	बाबू से वह कहता
"सुन बाबू भिकन्दर	"सुन बाबू भिकन्दर
सुन बाबू जलन्धर	सुन बाबू जलन्धर
भारा बेचुक गेलिस बाबू	गट्ठर लाने गया हे बाबू
कुपा रचुक गेलिस	कूपा बनाने गया
कितरो भारा होली बाबू	कितने गट्ठर हुए हे बाबू
कितरो कुपा होली?"	कितने कूपा बने?"
"भारा बेचुन इले राजा	"गट्ठर उठा आया राजन्
मयँ कुपा रचुन इले	मैं कूपा बना गया
अढ़ई अँगवा होली राजा	ढाई अँगवा[9] हुआ हे राजन्
अढ़ई अँगवा होली"	ढाई अँगवा हुआ"
माहादेवरैया सुने बाबा	माहादेवरैया सुनता बाबा
कपार पेटी हाय	माथा पीट लेता
"कमालो बाहदा गेली" बले	"मेरी कमाई व्यर्थ गयी" वह कहता
"मोचो कमालो फुकट होली	"मेरी कमाई बेकार हो गयी
माँगुन बयला आनले" बले	माँग कर मैं बैल लाया
"मयँ माँगुन बिहन आनले	माँग कर मैं धान लाया
साल-भर डँड होले" बले	साल-भर कष्ट सहे थे मैंने
"मयँ साल-भर डाहा होले	मैंने साल-भर मेहनत की
अढ़ई अँगवा बलसिस बाबू	ढाई अँगवा कहता है बाबू
अढ़ई अँगवा बलसिस	ढाई अँगवा कहता है

9. अँगवा : दोनों भुजाओं को गोलाकार फैला कर आपस में मिलाने से बनने वाली मुद्रा। भुजाओं को फैला क[र] अंग लगाना।

"हुन के काय ने ठोउन रयँदे?	"उसे कहाँ रखूँगा?
हुन के काय ने ठोउन रयँदे?	उसे कहाँ रखूँगा?
बेट-आइग धर बाबू	बेंट में आग ले हे बाबू
नेउन जराउन दे"	ले जा कर जला दे"
भिकन्दर सुने बाबा	भिकन्दर सुनता बाबा
बेट-आइग धरे	बेंट में आग लेता
हिरी-पारे बले जाय बाबू	खेत की मेड़ में जाता बाबू
बेड़ा-पारे जाय	खेत की मेड़ में जाता
कुपा लगे जाय बाबू	कूपा के पास जाता बाबू

कुपा लगे जाय	कूपा के पास जाता
नेउन जराउन देय बाबू	ले जा कर जला देता बाबू
नेउन जराउन देय	ले जा कर जला देता
ढिग्-ढिग् आइग उठे बाबा	धू-धू कर आग उठती बाबा
फुट्-फाट् लाई फुटे	फुट्-फाट् की आवाज से धान फूटता
उपर धुँआ बले जाय बाबा	ऊपर धुआँ जाता बाबा
उपर धुँआ पेटे	ऊपर धुआँ उठ जाता
बरमा-बिसनू दखोत बाबा	बरमा-बिसनु देखते बाबा
महेसर भगवान दखोत	महेसर भगवान देखते
राम-लखन दखोत बाबा	राम-लखन देखते बाबा
सिता-जानकी दखोत	सीता-जानकी देखते

	“काय धुँआ बले आय” बलोत	“यह कैसा धुआँ है” वे कहते
	“उपर धुँआ पेटे	“ऊपर धुआँ उठता
	कैलासपुर चो बड़े देउल	कैलासपुर का बड़ा मन्दिर
	कैलासपुर चो बड़े देउल	कैलासपुर का बड़ा मन्दिर
	बड़े देउल जरे” बलोत	बड़ा मन्दिर है जलता” कहते
	“बड़े देउल जरे	“बड़ा मन्दिर है जलता
	“आइग बुताउक जावँ” बलोत	आग बुझाने जायें” कहते
	“आइग बुताउक जावँ”	“आग बुझाने जायें”
	धाएँ-धुपे पराते जात बाबा	जल्दी भागते जाते बाबा
	धाएँ-धुपे पराते जात	जल्दी भागते जाते
	माँडी-कोहनी फुटे बाबा	घुटने-कोहनी फूटते बाबा
	लहू-टार बोहे	लहू-धार है बहती
1091	दुआरे उबुन राजा रय	द्वार पर राजा खड़ा था
	दुआरे उबुन राजा रय	द्वार पर राजा खड़ा था
	‘काहाँ जासोत?’ बले राजा	‘कहाँ जा रहे?’ कहता राजा
	‘काहाँ जासोत?’ बले	‘कहाँ जा रहे?’ कहता
	‘मयँ बले जाउन दखें’ बले	‘मैं भी जा कर देखूँ’ कहता
	‘मयँ बले जाउन दखें’	‘मैं भी जा कर देखूँ’
	पराते-पराते जाय राजा	भागते-भागते जाता राजा
	पराते-पराते जाय	भागते-भागते जाता
	कुपा लगे बले जाय राजा	कूपा के पास जाता राजा
	कुपा लगे जाय	कूपा के पास जाता
	बड़ुन्द राजा जाय बाबा	बड़ुन्द राजा जाता बाबा
	कोबेर राजा जाय	कोबेर राजा जाता
	बेड़ा अमरुन जात राजा	खेत पहुँच जाते राजा
	हिरी अमरुन जात	मेड़ पर पहुँच जाते
	कुपा जरते रहे राजा चो	कूपा जल रहा था राजा का
	कुपा जरते रहे	कूपा जल रहा था
1092	दखोत राजा रे बरमा-बिसनू	देखते राजा बरमा-बिसनु
	दखोत राजा महेसर भगवान	देखते राजा महेसर भगवान
	बड़ुन्द राजा दखे बाबा	बड़ुन्द राजा देखता बाबा
	कोबेर राजा दखे	कोबेर राजा देखता
	बाबू के काय बले राजा	बाबू से क्या कहता राजा
	बाबू के काय बले	बाबू से क्या कहता
	“सुन बाबू माहादेवरैया	“सुनो बाबू माहादेवरैया
	सुन बाबू माहादेवरैया	सुनो बाबू माहादेवरैया
	डोली पिछे कुपा बाबू	प्रत्येक क्यारी के लिये कूपा बाबू
	किंयारी पिछे कुपा	प्रत्येक क्यारी के लिये कूपा

काय काजे अगनी लगालिस बाबू?	किसलिये आग लगायी बाबू?
काय काजे अगनी लगालिस?"	किसलिये आग लगायी?"
राजा काय बले मामा के	राजा क्या कहता मामा से
"सुना मामा" बले	"सुनिये मामा" कहता
"कितरो भारा होली?' बल्ले	"कितने गट्ठर हुए?' यह पूछा मैंने
'कितरो कुपा होली?'	'कितने गट्ठर हुए?'
हुन 'अढ़ई अँगवा' बल्लो मामा	'ढाई अँगवा' कहा उसने मामा
'अढ़ई अँगवा' बल्लो	'ढाई अँगवा' कहा
'कमालो बाहदा गेली' बल्ले	'कमाई व्यर्थ गयी' कहा मैंने
'कमालो फुकट होली	'कमाई बेकार हो गयी
काय ने ठोउन रयँदे?' बल्ले	कहाँ रखूँगा?' कहा तब मैंने
'काय ने ठोउन रयँदे?	'कहाँ रखूँगा?' कहा
नेउन जराउन दे' बल्ले	'ले जा कर जला दे' कहा मैंने
'नेउन जराउन दे"	'ले जा कर जला दे'
4 "सुन भाचा माहादेवरैया"	"सुन हे भांजे माहादेवरैया" (बड़ुन्द राजा है कहता)
"सुन दादा माहादेवरैया"	"सुन हे दादा माहादेवरैया" (कोबेर राजा है कहता)
"बयला माँगुक गेलिस भाचा"	"बैल माँगने गये हे भांजे"[10]
"बिहन माँगुक गेलिस"	"धान माँगने गये"[11]
"तुके बयला दिले भाचा"	"तुम्हें बैल दिया हे भांजे"[12]
"मयँ तुके बिहन दिले"	"मैंने तुम्हें धान दिया"[13]
"बेड़ा कमाउन रलिस भाचा	"खेती तुमने की थी भांजे
बेड़ा कमाउन रलिस	खेती तुमने की थी
काय काजे अगनी लगालिस भाचा?	किसलिये आग लगायी भांजे?
काय काजे अगनी लगालिस?"	किसलिये आग लगायी?"
"तुय नोनी के डँड करलिस दादा	"तुमने नोनी को कष्ट दिया है दादा
नोनी के डाहा दिलिस"	नोनी को दुःख दिया है"
5 "सुन नोनी नानी बइन	"सुन हे नोनी छोटी बहिन
सुन बाबा पिला बइन	सुन हे बाबा नन्हीं बहिन
तुके अगिन-डाहा दिलो नोनी	तुम्हें अग्नि में जलाया नोनी
अगिन-डाहा दिलो"	तुम्हें आग में जलाया"
रद्रद्-रद्रद् गागे राजा	कलप-कलप कर रोता कोबेर राजा
नै-नै आँसू ढारे	नौ-नौ आँसू बहाता
कैलासपुरया जाओत बाबा	कैलासपुरिया जाते बाबा
कैलासपुरया जाओत	कैलासपुरिया जाते

. बड़ुन्द राजा कहता है।
. कोबेर राजा कहता है।
. बड़ुन्द राजा कहता है।
. कोबेर राजा कहता है।

	बाबू के काय बलोत राजा मन	बाबू से क्या कहते राजा गण
	“सुना बाबू” बलोत	“सुनो हे बाबू” कहते
	“आइग बुताउक लागा बाबू	“आग बुझाने में सहायता करो हे बाबू
	आइग बुताउक लागा”	आग बुझाने में सहायता करो”
	झिकुन-झिकुन फेकोत बाबू	खींच-खींच कर फेंकते बाबू
	आगी बुताउन जात	वे आग बुझा जाते
1096	“सुना बाबू कैलासपुरया	“सुनो हे बाबू कैलासपुरिया
	सुना बाबू कैलासपुरया	सुनो हे बाबू कैलासपुरिया

	जितरो बल्ले उतरो निया	जितना चाहे ले जाओ
	जितरो बल्ले हुतरो	जितना चाहे ले जाओ
	गाड़ी ने बल्ले गाड़ी ने निया	गाड़ी में चाहो गाड़ी में ले जाओ
	गोना ने बल्ले गोना	गोना में चाहो गोना में ले जाओ
	तुमी मँजपुरे फयलाउन दिया बाबू	तुम इसे मँजपुर में फैला दो हे बाबू
	मँजपुरे फयलाउन दिया”	मँजपुर में फैला दो”
	कैलासपुरया सुनोत बाबा	कैलासपुरिया सुनते बाबा
	आपापुती नेओत	सभी लोग ले जाते
	गाड़ी ने बल्ले गाड़ी ने नेओत	गाड़ी वाले गाड़ी में ले जाते
	गोना ने बल्ले गोना	गोना वाले गोना में ले जाते
	आपन-आपन नेओत बाबू	सभी लोग ले जाते
	तिनपुरे फयलाउन देत	तीनों लोकों में फैला देते
1097	जाओत रानी माहालखी	जातीं रानी माहालखी
	जाओत रानी माहालखी	जातीं रानी माहालखी

	मँजपुरे फयलुन जात रानी	मँजपुर में फैल जाती रानी
	मँजपुरे फयलुन जात	मँजपुर में फैल जाती
	बाबू काय बले नोनी के	बाबू क्या कहता नोनी से
	"सुन बइन" बले	"सुन हे बहिन" कहता
	"जा रे बइन तुय नानी बइन	"जा हे बहिन तू छोटी बहिन
	जा रे बइन पिला बइन	जा हे बहिन तू नन्हीं बहिन
	मँजपुरे फयलुन जा नोनी	मँजपुर में फैल जा हे नोनी
	मँजपुरे फयलुन जा	मँजपुर में फैल जा
	तिन लोक के पाल नोनी	तीनों लोकों का पालन कर नोनी
	तुय तिन पुर के पाल	तू तीनों लोकों का पालन कर
	चाटी-ओंगी के पाल नोनी	चींटियों-कीड़ों का पालन कर नोनी
	जियाद-जन्तुर के पाल	जानवरों का भी पालन कर
	चेड़े-चिड़गुड़ के पाल नोनी	चिड़ियों का पालन कर हे नोनी
	तुय कावा-कराटी के पाल"	कौवों का भी पालन कर"
	कोबेर राजा बले बाबा	कोबेर राजा कहता बाबा
	कोबेर राजा बले	कोबेर राजा कहता
098	अजिक जरलो धान रे भगवान	थोड़ा-सा जला धान हे भगवन्
	अजिक जरलो धान परभू	थोड़ा-सा जला धान हे प्रभु
	खुजी धान बले होय बाबा	'खुजी धान' कहलाता बाबा
	पखया धान होय	'पखिया धान' कहलाता
	जुगेय जरलो धान बाबा	अधिक जला धान हे बाबा
	जुगेय जरलो धान	अधिक जला धान
	मेहेर धान बले होय बाबा	'मेहेर धान' कहलाता बाबा
	मेहेर धान होय	'मेहेर धान' कहलाता
	अजिक मसरलो धान बाबा	थोड़ा अधजला धान हे बाबा
	अजिक मसरलो धान	थोड़ा अधजला धान
	गाड़ाखुटा बले होय बाबा	'गाड़ाखुटा' कहलाता बाबा
	ढोकोरखुटा होय	'ढोकोरखुटा' कहलाता
	बाराँगी धान बले होय बाबा	'बाराँगी धान' कहलाता बाबा
	बाराँगी धान होय	'बाराँगी धान' कहलाता
	अजिक अछा धान बाबा	थोड़ा अच्छा धान हे बाबा
	अजिक अछा धान	थोड़ा अच्छा धान
	आसमचुड़ी बले होय बाबा	'आसमचुड़ी' कहलाता बाबा
	टिकिचुड़ी होय	'टिकीचुड़ी' कहलाता
	जुगेय अछा धान बाबा	अधिक अच्छा धान हे बाबा
	जुगेय अछा धान	अधिक अच्छा धान
	तिलसकरी होय बाबा	'तिलसकरी' कहलाता बाबा
	राजा-भोग होय	'राजा-भोग' कहलाता

बासा-भोग होय बाबा	'बासा-भोग' कहलाता
बाँवसपती होय	'बाँवसपती' कहलाता
बोदा-बिजा होय बाबा	'बोदा-बिजा' कहलाता बाबा
तुलसी-माला होय	'तुलसी-माला' कहलाता
आनी-बानी धान चो नाँव होय	किस्म-किस्म के धान होते
आनी-बानी धान चो नाँव	किस्म-किस्म के धान
1099 जितरो रय मनुख चो नाँव	जितने थे मनुष्यों के नाम
जितरो रय मनुख चो नाँव	जितने थे मनुष्यों के नाम
हुतरो धान चो नाँव बाबा	उतने धान के नाम बाबा
उतरो धान चो नाँव	उतने धान के नाम
काना-खोड़या निंहात बाबा	काना-खोड़या[14] नाम नहीं है बाबा
काना-खोड़या निंहात	काना-खोड़या नाम नहीं है
काना-खोड़या ले मनुख जितलू	काना-खोड़या से अन्य लोग अधिक हो ग
काना-खोड़या ले मनुख	काना-खोड़या से अधिक लोग हो गये
काना-खोड़या रता जाले	काना-खोड़या होते तो फिर
काना-खोड़या रता जाले	काना-खोड़या होते तो फिर
हामके धान खाती बले	हमें धान खा जाता कहते
हामके धान खाती	हमें धान खा जाता
काना-खोड़या निंहात बले	काना-खोड़या नहीं है कहते
काना-खोड़या निंहात	काना-खोड़या नहीं है
तेबे धान के हामी खाउँसे	तभी धान को हम खाते हैं
तेबे धान के हामी	तभी धान को हम खाते हैं
आपन-आपन जाओत दादा मन	अपने-अपने घर को जाते दादा
आपन-आपन जाओत	अपने-अपने घर को जाते
कहनी बाड़ुन गेली बाबा	कहानी खत्म हो गयी हे बाबा
गित बाड़ुन गेली	गीत खत्म हो गया

14. काना : एक आँख से अन्धा। खोड़या : लँगड़ा।

खँड-4 : माहालखी खँड
खण्ड-4 : माहालखी खण्ड

अधया-19 : मेंगराजा चो कैलासपुर जातो

अध्याय-19 : मेंगराजा की कैलासपुर यात्रा

मँजपुर चो राजा-रानी	मँजपुर के राजा-रानी
मँजपुर चो राजा-रानी	मँजपुर के राजा-रानी
मँजपुरे आसोत राजा-रानी	मँजपुर में रहते राजा-रानी
मँजपुरे आसोत	मँजपुर में हैं रहते
राज धरुन खासोत राजा-रानी	राज्य पर शासन करते राजा-रानी
देस धरुन खासोत	देश पर शासन करते
मन ने बिचार करे रानी	मन में विचार करती रानी
दिले धोका करे	दिल में चिन्ता करती
'काहीं नामना निंहाय' बले	'कोई नाम नहीं है' कहती
'मोचो काही किरती निंहाय	'मेरी कोई कीर्ति नही है
जिव रत ले खायँदे' बले	जीवन भर भोग करूँगी' कहती

'मरले नाव निंहाय	'मर जाने पर नाम न होगा
एक किरती करले जाले	एक काम कर जाऊँ मैं तो
एक किरती करले जाले	एक काम कर जाऊँ मैं तो
जुग-जुग नाव होयदे' बले	युगों तक नाम रहेगा' कहती
'किरती बाड़ुन जायदे'	'कीर्ति बढ़ जायेगी'
राजा के काय बले रानी	राजा से क्या कहती रानी
"सुना राजा" बले	"सुनिये राजा" कहती
"बाते सुनुन जाहा राजा	"बात सुन लें हे राजा
गोठ मानुन जाहा	कहना मान लें
काईं नामना निंहाय राजा	कोई नाम नहीं है राजा
काईं किरती निंहाय	कोई कीर्ति नहीं है
काय माँगुन इले राजा?	क्या माँग कर आयी राजा?
मयँ काय करुन इले?	मैंने कौन सा कर्म किया?
राज के भगवान देयसे राजा	सारी दुनिया को भगवान देता है राजा
देस के भगवान देयसे	सारे देश को भगवान देता है
मोके भगवान नीं देय राजा	मुझे भगवान नहीं देता है राजा
मोके भगवान नीं देय	मुझे भगवान नहीं देता है
एके किरती करलू जाले	एक काम कर जायें हम तो
एक किरती करलू जाले	एक काम कर जायें हम तो
जुग-जुग नाव होयदे राजा	युगों तक नाम रहेगा राजा
किरती बाड़ुन जायदे"	कीर्ति बढ़ जायेगी"
"काय किरती आय रानी	"कौन-सा काम है हे रानी
तुय आले मोके साँग"	तुम मुझे बतलाओ"
1101 रानी काय बले राजा के	रानी क्या कहती राजा से
"सुना राजा" बले	"सुनिये राजा" कहती
"कैलासपुरे जाहा राजा	"कैलासपुर को जायें राजा
कैलासपुरे जाहा	कैलासपुर को जायें
बेटी-घरे जाहा राजा	बेटी के घर जायें राजा
भाचा-घरे जाहा	भांजे के घर जायें
फल माँगुन आना राजा	फल माँग कर लायें राजा
फल माँगुन आना	फल माँग कर लायें
मोचो एई बले नाव रयदे राजा	मेरा यही यश रह जायेगा राजा
एई बले नाव होयदे"	यही नाम रह जायेगा"
रानी हट मताय राजा के	रानी हठ मचाती राजा से
रानी टेक मताय	रानी हठ मचाती
दतुन नईं चाबे रानी	दतौन नहीं करती है रानी
अन नईं खाय	अन्न नहीं खाती है

भुके-भुके आसे रानी	भूखी ही रह जाती रानी
मेंगराजा दखे	मेंगराजा देखता
रानी लगे बले जाय राजा	रानी के पास जाता राजा
रानी के काय बले	रानी से क्या कहता
"तिनपुर टेकही आस रानी	"बड़ी हठी हो हे रानी तुम
बड़ा उपई आस	बड़ी ही चंचल हो
दतुन नईं चाबिस रानी	दतौन नहीं करती हो रानी
तुय अन नईं खाइस	तुम अन्न नहीं खाती हो
भुके-भुके आसित रानी	भूखी ही रह जाती रानी
भुके मरुन जासे	तुम भूख से मर जाओगी
1102 "दतुन चाबुन जा रे रानी	"दतौन कर लो हे रानी तुम
अन खाउन जा रे रानी	अन्न ग्रहण कर लो रानी तुम
मयँ कैलासपुरे बले जायँ रानी	मैं कैलासपुर जाऊँगा रानी
कैलासपुरे जायँ"	मैं कैलासपुर जाऊँगा"
मेंगइन रानी सुने बाबा	मेंगइन रानी सुनती बाबा
खँड मुचकी मारे	हौले से मुस्काती
मुचमुच-मुचमुच हाँसे रानी	मंद-मंद मुस्काती रानी
दतुन चाबुन जाय	वह दतौन कर जाती
अन खाउन जाय रानी	अन्न ग्रहण कर जाती रानी
पानी ढुकुन जाय	पानी भी पी लेती
1103 एक दिन ले दुय दिन	एक दिन से दो दिन
दुय दिन ले आँट दिन	दो दिन से आठ दिन
दतुन चाबलो होय रानी चो	दतौन किये बीते रानी को
दतुन चाबलो होय	दतौन किये बीते
बाजे बसुन जात राजा-रानी	खाट पर बैठ जाते राजा-रानी
सेज बसुन जात	सेज पर जा बैठते
राजा काय बले रानी के	राजा क्या कहता रानी से
"सुन रानी" बले	"सुन हे रानी" कहता
"सुक-लाड़ू बाँद	"सुख-लड्डू बना
भुक-लाड़ू बाँद	भूख-लड्डू बना
पियास-लाड़ू बले बाँद रानी	प्यास-लड्डू भी बना रानी
घिरी-पुड़ी राँध	खीर-पूड़ी बना
कैलासपुरे मयँ जायँ रानी	कैलासपुर मैं जाऊँ रानी
कैलासपुरे जायँ"	कैलासपुर मैं जाऊँ"
मेंगइन रानी सुने बाबा	मेंगइन रानी सुनती बाबा
नोनी के काय बले	नोनी से क्या कहती
"सुन नोनी कुँदनी कयना	"सुन नोनी कुँदनी कैना

सुन बाबा कुँदनी कयना	सुन हे बाबा कुँदनी कैना
बुता-भयना कर नोनी	काम-धाम कर हे नोनी
राजा-भोग राँध	राज-भोग पका
घिरी-पुड़ी बले राँध नोनी	खीर-पूड़ी भी पका हे नोनी
तुय कलवा-मिठई राँध	तू कलेवा-मिठाई पका
सुक-लाड़ू बले बाँद नोनी	सुख-लड्डू बना हे नोनी
भुक-लाड़ू बाँद	भूख-लड्डू बना
पियास-लाड़ू बाँद नोनी	प्यास-लडडू बना हे नोनी
तुय पानी गरम कर"	तू पानी गर्म कर"
कुँदनी कयना सुने बाबा	कुँदनी कैना सुनती बाबा
बुता-भयना करे	काम-धाम वह करती
बरतन-भाँडा माँजे नोनी	बर्तन आदि माँजती नोनी
पानी-काँजी आने	पानी आदि लाती
दतुन-पतर चाबे नोनी जे	दतौन कर जाती नोनी
आँगे असनाँद होय	वह अंग स्नान कर जाती
सुका कपड़ा पिंदे नोनी	सूखे कपड़े पहनती नोनी
ओधा कपड़ा गिरे	गीले कपड़े गिरते
कपड़ा निचाउन जाय नोनी	कपड़े निचोड़ जाती नोनी
कपड़ा सुकाउन जाय	कपड़े सुखा जाती
भानस-खोली ने जाय नोनी	रसोई-घर में जाती नोनी
आइग बारुन जाय	वह आग जला जाती
आइग नईं बरे नोनी चो	आग नहीं जलती नोनी से
आइग नईं बरे	आग नहीं जलती है
1104 "बर-बर आया रे अगिन माता	"जल-जल माता हे अग्नि माता
बर-बर आय अगिन माता	जल-जल माता हे अग्नि माता
मयँ घिंवर मकुट मारें आया	मैं घी अर्पित कर जाती माता
घिरी-पुड़ी राँदें	खीर-पूड़ी बनाती
राजा-भोग राँदें आया	राज-भोग पकाती माता
मयँ राजा-भोग राँदें	मैं राज-भोग पकाती
भानस रचुन जायँ आया	रसोई तैयार करती माता
भानस रचुन जायँ"	मैं रसोई तैयार कर जाती"
बुग् नाय आइग बरे नोनी चो	भक् से आग जल जाती
बुग् नाय आइग बरे	भक् से आग जल जाती
राजा-भोग राँदे नोनी	राज-भोग पकाती नोनी
राजा-भोग राँदे	राज-भोग पकाती
कलवा-मिठई राँदे नोनी	कलेवा-मिठाई पकाती नोनी
घिरी-पुड़ी राँदे	वह खीर-पूड़ी पकाती

कुँदई-पपसी राँदे नोनी	कुँदई-पपसी पकाती नोनी
सुक-लाड़ू बाँदे	सुख-लड्डू बनाती
भुक-लाड़ू बाँदे नोनी	भूख-लड्डू बनाती नोनी
पियास-लाड़ू बाँदे	प्यास-लड्डू बनाती
पानी गरम करे नोनी	पानी गर्म करती नोनी
सेदा-भेदा करे	ठण्डा पानी मिलाती
मन्दन-सिले बले नेय नोनी	स्नान-गृह में ले जाती नोनी
झारी कसेला देय	झारी पात्र वह देती
कपुर दतुन देय नोनी	सुगन्धित दतौन देती नोनी
राजा-रानी जाओत	राजा-रानी जाते
मन्दन-सिले उबोत राजा रानी	स्नान-गृह में खड़े होते राजा-रानी
कपुर दतुन धरोत	सुगन्धित दतौन लेते
सुरिज-भेट करोत राजा-रानी	सूर्य-नमस्कार करते राजा-रानी
मुँहे मुखारी गोबोत	मुँह में दतौन वे लेते
दतुन-पतर चाबोत राजा-रानी	दतौन आदि कर जाते राजा-रानी
आँगे असनाँद होत	वे स्नान कर जाते
सुका कपड़ा पिंदोत राजा-रानी	सूखे कपड़े पहनते राजा-रानी
ओधा कपड़ा गिरे	गीले कपड़े गिरते
झारी पानी धरोत राजा-रानी	झारी में पानी लेते राजा-रानी
तुलसी-चँवरा ने जात	तुलसी-चौरा में जाते
चँवरा ने पानी रिकात राजा-रानी	चौरा में पानी डालते राजा-रानी
तुलसी के काय बलोत	तुलसी से वे कहते
"अगास मेलास बाड़ बाई	"आकाश का स्पर्श करो हे बाई
पकिर पाना फेक	नयी कोंपलें निकलें
तुय-मयँ बाँहा-जोरी बाई	तुम-मैं बाँहों की जोड़ी बाई
तुय-मयँ हन्सा-जोरी	तुम-मैं हन्सों की जोड़ी
जिव-भर सेवा मिरो बाई	जीवन भर सेवा करूँ मैं बाई
जान सुकी रहो"	मेरा जीवन सुखी रहे"
तुलसी-सेवा करोत राजा-रानी	तुलसी-सेवा करते राजा-रानी
होम-आरती देत	होम-आरती करते
पइँया पड़ुन जात राजा-रानी	उसे प्रणाम करते राजा-रानी
आपन माहाले जात	अपने महल वे जाते
बाजे जाउन बसोत राजा-रानी	खाट पर बैठ जाते राजा-रानी
कुँदनी कयना दखे	कुँदनी कैना देखती
राजा-भोग हेड़े नोनी	राज-भोग निकालती नोनी
अतिस अलन हेड़े	इकतीस व्यंजन निकालती
बतिस भोजन हेड़े नोनी	बत्तीस भोजन निकालती नोनी

	झारी पानी डुमे	वह झारी में पानी निकालती
	राजा-रानी के देय नोनी	राजा-रानी को देती नोनी
	हात अचाउन जात	वे हाथ धो जाते
	चन्दन-काटे बसोत राजा-रानी	चन्दन-काठ पर बैठते राजा-रानी
	भोग मँडाउन देय	वह भोग परोस देती
	राजा-रानी भोग खाओत बाबा	राजा-रानी भोग खाते बाबा
	अढ़ई कँवरा खात	ढाई कौर वे खाते
	थारी सरकाउन देत राजा-रानी	थाली सरका देते राजा-रानी
	हात अचाउन जात	वे हाथ धो जाते
	बाजे जाउन बसोत राजा-रानी	खाट पर जा बैठते राजा-रानी
	सेज जाउन बसोत	शय्या पर जा बैठते
1105	नव खँड माहाल चो जतेक लोग	नौ खण्डा महल के सारे लोग
	नव खँड माहाल चो जतेक लोग	नौ खण्डा महल के सारे लोग
	तिल-तिल बाल-बाल बाटे नोनी	सभी को बाँट जाती नोनी
	तिल-तिल बाल-बाल बाटे	सभी को बाँट जाती
	आपन जेवनार करे नोनी	स्वयं भी भोजन करती नोनी
	आपन जेवनार करे	स्वयं भी भोजन करती
1106	खाई-पिई के भय गय तियार	खा-पी कर हो गये तैयार
	खाई-पिई के भय गय तियार	खा-पी कर हो गये तैयार
	बरतन-भाँडा सकले नोनी	बर्तन आदि समेटती नोनी
	बड़ा-ओंडा करे	झाड़ू-बुहारी करती
	हरबर तियार होय राजा	झटपट तैयार होता राजा

जलदी तियार होय	जल्दी तैयार होता
आपन साजू पिंदे राजा	अपने साज पहनता राजा
आपन जाक धरे	अपने सामान लेता
पाँय ने खड़ऊ पिंदे राजा	पाँवों में खड़ाऊँ पहनता राजा
हाते बेद धरे	हाथ में बेंत लेता
रामरतन धरे राजा	रामरतन लेता राजा
जोतिस-रमायन धरे	ज्योतिष-ग्रन्थ लेता
सुक-लाड़ू बले रानी धरे	सुख-लड्डू रानी लेती
भुक-लाड़ू रानी धरे	भूख-लड्डू रानी लेती
पियास-लाड़ू धरे रानी	प्यास-लड्डू लेती रानी
मोडरी बाँदुन देय	गठरी बाँध देती
मेंगराजा के देय रानी	मेंगराजा को देती रानी
खाके मोडरी ओराय	काख में गठरी लटकाता
"जायँसे रानी" बले राजा	"जा रहा हूँ रानी" कहता राजा
घर ले बाहिर होय	घर से बाहर आता
सिंग-दुआरे जाय राजा	सिंह-द्वार में जाता राजा
सिंग-दुआरे उबे	सिंह-द्वार में खड़ा होता
मेंगइन रानी दखे बाबा	मेंगइन रानी देखती बाबा
'राजा जासोत' बले	'राजा जा रहे' कहती
बागे-बगेचा जाय राजा	बाग-बगीचे में जाता राजा
फुल-फुलवारी जाय	फूलों की फुलवारी में जाता
केकती-केंवरा ने जाय राजा	केतकी-केवड़ा में जाता राजा
बाली-मोंगरा ने जाय	बाली-मोगरा में जाता
मेंगइन रानी दखे बाबा	मेंगइन रानी देखती बाबा
'राजा जासोत' बले	'राजा जा रहे' कहती
7 केकती-केंवरा राजा अमरे	केतकी-केवड़ा में राजा पहुँचता
बाली-मोंगरा राजा अमरे	बाली-मोगरा में राजा पहुँचता
कदम-रुके बले जाय राजा	कदम-पेड़ में जाता राजा
डाँक-डाली ने जाय	डाँक-दाड़िम में जाता
गोहा-फर ने जाय राजा	गोहा-फल में जाता राजा
बेल-बगेचा जाय	बेल-बगीचा में जाता
लिमऊ-बगेचा जाय राजा	नीबू के बगीचे में जाता राजा
ठोटा बगेचा जाय	ठूँठे बगीचे में जाता
आमा-बनवाड़ी जाय राजा	अमराई में जाता राजा
पारा-परोसे जाय	अड़ोस-पड़ोस में जाता
पगड़ी दखा नीं देय राजा चो	पगड़ी दिखलायी नहीं पड़ती राजा की
पगड़ी आड़ होय	पगड़ी दिखलायी न पड़ती

	'एदायँ राजा गेला' बले	'अब राजा गये' कहती वह
	'पगड़ी दखा नीं देय'	'पगड़ी दिखलायी न पड़ती'
	डिडी देउन-देउन दखे रानी	पंजों के बल खड़ी हो कर देखती रानी
	डिडी देउन-देउन दखे	पंजों के बल खड़ी हो कर देखती
1108	'एदायँ राजा बले गेला' बले	'अब राजा गये' कहती वह
	'मोचो राजा गेला' बले	'मेरे राजा गये' कहती
	'मयँ इथा काय काजे रयँदे?' बले	'मैं यहाँ क्यों रहूँगी?' कहती
	'इथा काय काजे रयँदे	'मैं यहाँ क्यों रहूँगी?
	तुलसी ने तप बसें' बले	तुलसी की तपस्या करूँगी' कहती
	'मयँ तुलसी ने तप बसें'	'तुलसी की तपस्या करूँगी'
	तुलसी-चँवरा ने जाय रानी	तुलसी-चौरा में जाती रानी
	तुलसी-चँवरा ने जाय	तुलसी-चौरा में जाती
	तुलसी-सेवा करे रानी	तुलसी-सेवा करती रानी
	तुलसी-पुजा करे	तुलसी-पूजा करती
	होम-आरती देय रानी	होम-आरती करती रानी
	पइँया पड़ुन जाय	वह प्रणाम कर जाती
	तुलसी ने तप बसे रानी	तुलसी की तपस्या करती रानी
	तुलसी ने तप बसे	तुलसी की तपस्या करती
	जाय राजा रे मेंगराजा	जाता राजा मेंगराजा
	जाय राजा मेंगराजा	जाता राजा मेंगराजा
	रुमझुम-रुमझुम रेंगे राजा	जल्दी-जल्दी चलता राजा
	एक कलाट मारे	लम्बे डग है भरता
	गाड़ा-बाट छाँडे राजा	बैल-गाड़ी की राह छोड़ता राजा
	सड़क-बाट छाँडे	सड़क-मार्ग भी छोड़ता
	कानी मारगे जाय राजा	पैडगरी से जाता राजा
	सेतबन काजे जाय	सेतबन हो कर जाता
	हेतबन काजे जाय राजा	हेतबन हो कर जाता राजा
	बिंदराबन काजे जाय	बिंदराबन हो कर जाता
	रमायन पढ़ते जाय राजा	रमायन पढ़ता जाता राजा
	भजन गावते जाय	वह भजन गाता जाता
	तले भुबुर तपे राजा के	नीचे धरती तपती राजा को
	उपर घाम छेके	ऊपर धूप चिलकती
	मँजी भुक लागे राजा के	बीच में भूख लगती राजा को
	झालिपिली पसना फुटे	वह पसीने से लथपथ होता
	राजा बाट रेंगे बाबा	राजा राह चलता बाबा
	राजा बाट रेंगे	राजा राह चलता
	तुलसी ने तप आसे रानी	तुलसी की तपस्या करती रानी
	तुलसी ने तप आसे	तुलसी की तपस्या करती

109	एक दिन ले दुय दिन	एक दिन से दो दिन
	दुय दिन ले आँट दिन	दो दिन से आठ दिन
	पँदरा दिन बले होय बाबा	पन्द्रह दिन बीते बाबा
	राजा चो गेलो होय	राजा को गये बीते
	रानी के डेंगुर चेगाय बाबा	रानी को दीमक लगता बाबा
	रानी के डेंगुर चेगाय	रानी पर दीमक चढ़ता
	नख-मुँडी ले चेगाय रानी के	नख पर से दीमक लगता रानी को
	घुटवा भर चेगाय	टखना तक लग जाता
	पिंडरी भर चेगाय रानी के	पिंडलियों तक लगता रानी को
	माँडी भर चेगाय	घुटने तक लग जाता
	जाँग भर चेगाय रानी के	जंघा तक लग जाता रानी को
	कन्हेया भर चेगाय	कमर तक लग जाता
	तुलसी ने तप आसे रानी	तुलसी की तपस्या करती रानी
	तुलसी ने तप आसे	तुलसी की तपस्या करती
110	बिंदराबन काजे राजा जाय	बिंदराबन हो कर राजा जाता
	बिंदराबन काजे राजा जाय	बिंदराबन हो कर राजा जाता
	पाहाड़ असन पाहाड़ नईं	उस पहाड़-सा पहाड़ न कोई
	डोंगरी असन डोंगरी	उस डोंगरी-सी डोंगरी न कोई
	हुसन मारगे जाय राजा	ऐसी राह से जाता राजा
	हुसन मारगे जाय	ऐसी राह से जाता
	सोज दारू नईं समे	सीधी लकड़ी नहीं समाती
	सोज दारू नईं	सीधी लकड़ी नहीं समाती

	कोकटा दारू समे बाबा	टेढ़ी लकड़ी समाती बाबा
	कोकटा दारू समे	टेढ़ी लकड़ी समाती[1]
	हुसन मारगे जाय राजा	ऐसी राह से जाता राजा
	हुसन मारगे जाय	ऐसी राह से जाता
	एकटा बयला नईं समे	अकेला बैल नहीं समाता
	एकटा बयला नईं समे	अकेला बैल नहीं समाता
	जोड़ बयला समे बाबा	दो बैल समाते बाबा
	जोड़ बयला समे	दो बैल समाते
	हुसन मारगे जाय राजा	ऐसी राह से जाता राजा
	हुसन मारगे जाय	ऐसी राह से जाता राजा
	डोंगरी-पाहाड़ काजे जाय राजा	डोंगरी-पहाड़ से हो कर जाता राजा
	जँगल-झाड़ी काजे जाय	जंगल-झाड़ी से हो कर जाता
	सिंयाड़ी-बोदड़ा काजे जाय राजा	सिंयाड़ी-झुरमुट से हो कर जाता राजा
	सरगी-बोदड़ा काजे जाय	सरगी-झुरमुट से हो कर जाता
	खोहरा असन खोहरा नईं	उस जैसी खाई न कोई बाबा
	जँगल असन जँगल नईं	उस जैसा जंगल न कोई
	हुसन मारगे जाय राजा	ऐसी राह से जाता राजा
	हुसन मारगे जाय	ऐसी राह से जाता
	राजा बाट रेंगे बाबा	राजा राह चलता बाबा
	राजा बाट रेंगे	राजा राह चलता
	काव करतो कावा नईं	कौवा नहीं जो काँव करे
	चिंव करतो चड़ई	चिड़िया नहीं जो चीं करे
	हुसन मारगे जाय राजा	ऐसी राह से जाता राजा
	हुसन मारगे जाय	ऐसी राह से जाता
1111	तुलसी ने तप आसे रानी	तुलसी की तपस्या करती रानी
	तुलसी ने तप आसे	तुलसी की तपस्या करती
	पेट भर चेगाय रानी के	पेट तक दीमक लगता रानी के
	छाती भर चेगाय	छाती तक दीमक लगता
	टोडरा भर चेगाय रानी के	गले तक लग जाता रानी के
	मुँड भर चेगाय	सिर तक दीमक लगता
	तुलसी ने तप आसे रानी	तुलसी की तपस्या करती रानी
	तुलसी ने तप आसे	तुलसी की तपस्या करती
	हाता चापड़क चेगाय रानी के	सिर से ऊपर दीमक लगता रानी के
	हाता चापड़क चेगाय	सिर से ऊपर दीमक लगता

1. यहाँ एक जादुई रास्ते की बात कही गयी है, जिसमें सीधी लकड़ी तो नहीं समाती किन्तु टेढ़ी लकड़ी समा जा है। इसी तरह पंक्ति 283 से 286 में भी ऐसी ही जादुई रास्ते का वर्णन किया गया है जिसमें एक बैल तो न समा सकता किन्तु दो बैल समा सकते हैं।

12	राजा बाट रेंगे बाबा	राजा राह चलता बाबा
	राजा बाट रेंगे	राजा राह चलता
	रमायन पढ़ते राजा जाय	रमायन पढ़ता जाता राजा
	भजन गावते राजा जाय	भजन गाता जाता
	आपन सुल ने जाय राजा	अपने ध्यान में जाता राजा
	आपन बुल ने जाय	अपने ध्यान में जाता
	राजा बाट रेंगे बाबा	राजा राह चलता बाबा
	राजा बाट रेंगे	राजा राह चलता
	सुका रुक बले ढाय करे	सूखा पेड़ ढाय[2] करता
	सुका रुक ढाय करे	सूखा पेड़ ढाय करता
	बुड़ा भालू बले हाय करे	बूढ़ा भालू हाय करता
	बुड़ा भालू हाय	बूढ़ा भालू हाय
	राजा चमकुन जाय बाबा	राजा चौंक जाता बाबा
	राजा चमकुन जाय	राजा चौंक जाता
	'ए राम भगवान!' बले राजा	'हे राम भगवान!' कहता राजा
	'बाप रे दइया!' बले	'बाप रे दइया!' कहता
	'काव करतो कावा निंहाय	'कौवा नहीं जो काँव करे

चिंव करतो चड़ई	चिड़िया नहीं जो चीं करे
हुसन मारगे जायँ' बले	ऐसी राह मैं चलता' कहता
'मयँ हुसन मारगे जायँ	'ऐसी राह मैं चलता

. तेज आवाज।

तुरते मारुन मोके फेकुन दिले	तुरन्त मार कर फेंक दे कोई तो
ठाने पुजुन फिंगुन दिले	हत्या कर कोई फेंक दे तो
नीं मार बलया निंहात' बले	मत मारो कहने वाला नहीं है' कहता
'नीं पुज बलया निंहात'	'मत मारो कहने वाला नहीं'
राजा बाट रेंगे बाबा	राजा राह चलता बाबा
राजा बाट रेंगे	राजा राह चलता
कैलासपुरे बले जाय राजा	कैलासपुर जाता राजा
कैलासपुरे जाय	कैलासपुर वह जाता
छय मयना[3] होय राजा के	छह महीने बीते राजा को गये
सात मयना होय	सात महीने बीते
आँट मयना होय राजा चो	आठ महीने बीते राजा को गये
नव मयना होय	नौ महीने बीते
दस मयना होय बाबा	दस महीने बीते बाबा
इगारा मयना होय	ग्यारह महीने बीते
साल भर बले होय बाबा	एक वर्ष है बीता बाबा
साल भर होय	एक वर्ष है बीता
कैलासपुरे अमरे राजा	कैलासपुर पहुँचता राजा
कैलासपुरे अमरे	कैलासपुर पहुँचता
1113 जाय राजा रे मेंगराजा	जाता राजा मेंगराजा
जाय राजा मेंगराजा	जाता राजा मेंगराजा

3. मयना : अन्य उच्चारण 'मएना', 'महेना', 'मेहना', 'मइना'।

कोसक-दापक रेंगे राजा	कोस-दाब भर चलता राजा
हरना-उछट मारे	हिरनों-सी चौकड़ी भरता
जाय राजा रे मेंगराजा	जाता राजा मेंगराजा
जाय राजा मेंगराजा	जाता राजा मेंगराजा
गाय-ढड़स भेटे राजा	गायों के पदचिन्ह देखे राजा
गाय-ढड़स भेटे	गायों के ठौर देखे
जाते-जाते बले जाय राजा[4]	चलता चला जाता राजा
जाते-जाते जाय	चलता चला जाता
रुमझुम-रुमझुम रेंगे राजा	जल्दी-जल्दी चलता राजा
एक कलाट मारे	लम्बे डग है भरता
भेटे राजा रे मेंगराजा	देखता राजा मेंगराजा
भेटे राजा मेंगराजा	देखता राजा मेंगराजा
लाई-चिवड़ा भेटे राजा	लाई-चिवड़ा देखता राजा
लाई-चिवड़ा भेटे	लाई-चिवड़ा देखता
'अमरले कायनू' बले राजा	'शायद पहुँच गया हूँ', कहता राजा
'अमरले कायनू' बले	'शायद पहुँच गया हूँ' कहता
कोसक-दापक रेंगे राजा	कोस-दाब भर चलता राजा
लाल भाजी भेटे	लाल भाजी है दिखता
'अमरले कायनू' बले राजा	'शायद पहुँच गया हूँ' कहता राजा
'अमरले कायनू' बले	'शायद पहुँच गया हूँ' कहता
जाते-जाते बले जाय राजा	चलता चला जाता राजा
जाते-जाते जाय	चलता चला जाता
मँद-चिपड़ी भेटे राजा	मँद-चिपड़ी[5] पाता राजा
मँद-चिपड़ी भेटे	मँद-चिपड़ी पाता
'अमरले कायनू' बले राजा	'शायद पहुँच गया हूँ' कहता
'अमरले कायनू' बले	'शायद पहुँच गया हूँ',
कोसक-दापक रेंगे राजा	कोस-दाब भर चलता राजा
हरना-उछट मारे	हिरनों-सी चौकड़ी भरता
भाटी-सार भेटे राजा	मदिरा की भट्ठी पाता राजा
भाटी-सार भेटे	मदिरा की भट्ठी पाता
'अमरले कायनू' बले राजा	'शायद पहुँच गया हूँ' कहता राजा
'अमरले कायनू' बले	'शायद पहुँच गया हूँ' कहता
जाते-जाते बले जाय राजा	चलता चला जाता राजा
जाते-जाते जाय	चलता चला जाता
हाट-पसरा राजा भेटे	बाजार-स्थल राजा पाता

दिनांक 17.12.1996 को ध्वन्यांकित कैसेट क्रमांक 27बी का आरम्भ।

मँद : मदिरा। चिपड़ी : मदिरा पीने के लिये सरगी के एक-अकेले पत्ते से बना एक पात्र।

	हाट-पसरा राजा भेटे	बाजार-स्थल राजा पाता
	'अमरले कायनू' बले राजा	'शायद पहुँच गया हूँ' कहता राजा
	'अमरले कायनू' बले	'शायद पहुँच गया हूँ'
	कोसक-दापक रेंगे राजा	कोस-दाब भर चलता राजा
	एक कलाट मारे	लम्बे डग है भरता
	खड़का-डाँड बले जाय राजा	गोठान में जाता राजा
	खड़का-डाँडे जाय	गोठान में जाता
	गाय-खड़का अमरे राजा	गोठान में पहुँचता राजा
	'मयँ अमरले कायनू' बले	'शायद पहुँच गया हूँ' कहता
1114	दखे राजा मेंगराजा	देखता राजा मेंगराजा
	दखे राजा मेंगराजा	देखता राजा मेंगराजा
	चरेया[6] पिला भेटे राजा	चरवाहा को पाता राजा
	चरेया पिला भेटे	चरवाहा को पाता
	बाबू के काय बले राजा	बाबू से क्या कहता राजा
	"सुन बाबू" बले	"सुन हे बाबू" कहता
	"माहादेव-माहाल कोन आय बाबू	"माहादेव-महल कौन सा है बाबू
	आले मोके साँग"	तनिक मुझे बतला"
	बाबू काय बले राजा के	बाबू क्या कहता राजा से
	"सुना राजा" बले	"सुनिये राजन्" कहता
	"अजिक फयले जाहा राजा	"थोड़ा आगे जायें राजन्
	अजिक फयले जाहा	थोड़ा सा आगे जायें
	पारबती-जलकी आसे राजा	पारबती-झील है हे राजन्
	पारबती-मँदिर आसे	पारबती-मन्दिर है
	अजिक फयले जाहा राजा	थोड़ा आगे जायें राजन्
	माहादेव-जलकी आसे	माहादेव-झील है
	माहादेव-मँदिर आसे राजा	माहादेव-मन्दिर है हे राजन्
	अजिक फयले जाहा	थोड़ा-सा आगे जायें
	केकती-केंवरा आसे राजा	केतकी-केवड़ा है हे राजन्
	बाली-मोंगरा आसे	बाली-मोगरा है
	फुल-फुलवारी आसे राजा	फूल-फुलवारी है हे राजन्
	बागे-बगेचा आसे	बाग-बगीचे हैं
	अजिक फयले जाहा राजा	थोड़ा आगे जायें राजन्
	अजिक फयले जाहा	थोड़ा-सा आगे जायें
	माहादेव-माहाल आय राजा	माहादेव-महल है हे राजन्
	माहादेव-माहाल आय"	माहादेव-महल है"
	मेंगराजा सुने बाबा	मेंगराजा सुनता बाबा

6. चरेया : अन्य उच्चारण 'चरया', 'चरिया', 'चरेहा'।

जाते-जाते जाय	चलता चला जाता
रुमझुम-रुमझुम रेंगे राजा	जल्दी-जल्दी चलता राजा
एक कलाट मारे	लम्बे डग है भरता
1115 पारबती-जलकी ने राजा जाय	पारबती-झील मे राजा जाता
माहादेव-जलकी ने राजा जाय	माहादेव-झील मे राजा जाता

जलकी-खँडे उबे राजा	झील के तीर खड़ा होता राजा
खँड भर रहे	पानी लबालब भरा था
करेया पानी दखे बाबा	पानी काला दिखता बाबा
जलकी के काय बले	झील से वह कहता
"आँट-आँट रे बेटी-जलकी	"घटो-घटो री बेटी-झील
आँट-आँट भाचा-जलकी	घटो-घटो री भांजा-झील
मयँ दार-चाउर फेकें जलकी	मैं दाल-चावल अर्पित करता झीलों
माँडक होउन जा"	घुटने तक आ जाओ"
दार-चाउर फेके राजा	दाल-चावल अर्पित करता राजा
माँडक होउन जाय	घुटने तक आ जाता
जलकी पार बले होय राजा	झील लाँघ जाता राजा
समँदुर पार होय	समुद्र लाँघ जाता
कोसक-दापक रेंगे राजा	कोस-दाब भर चलता राजा
हरना-उछट मारे	हिरनों-सी चौकड़ी भरता
रमायन पढ़ते जाय राजा	रमायन पढ़ता जाता राजा
भजन गावते जाय	भजन गाता जाता

	आपन बुल ने जाय राजा	अपने ध्यान में जाता राजा
	आपन सुल ने जाय	अपने ध्यान में जाता
1116	मामा चो अँधल राजा सुने	मामा का शोर राजा सुनता
	मामा चो अँधल राजा सुने	मामा का शोर राजा सुनता
	'काय काजे मामा एसोत!' बले	'किसलिये मामा आते!' कहता
	रानी के काय बले	रानी से क्या कहता
	"मेंग मामा एसोत रानी	"मेंग मामा आते रानी
	पइँया धोआउन जा	पइँया धुला जा
	चाउर-टिका बले दे रानी	चावल का टीका लगा हे रानी
	होम-आरती दे"	होम-आरती कर"
	रानी काय बले राजा के	रानी क्या कहती राजा से
	"सुना राजा" बले	"सुनिये राजा" कहती
	"काय काजे काका एतो राजा	"काका भला क्यों आते राजा
	काय चो कमती होती?"	किस चीज की कमी होती?"
	"सन्तोस नईं करिस रानी	"विश्वास नहीं करती रानी तो
	खुद निकरुन दख"	स्वयं ही निकल कर देखो"
	पारबती रानी दखे बाबा	पारबती रानी देखती बाबा
	'सते काका एयसे'	'सच में काका आते'
	सेवा-जोड़ा धरे रानी	सेवा-सामग्री लेती रानी
	चन्दन-काट मँडाय	चन्दन-काठ वह रखती
	ढँग् नाय राजा उबे बाबा	उस पर राजा खड़ा हो जाता बाबा
	पइँया धोआउन जाय	वह पाँव धुला जाती
	चाउर-टिका देय रानी	चावल का टीका लगाती रानी
	होम-आरती देय	होम-आरती करती
	काका के पाँय पड़े रानी	काका के चरण छूती रानी
	बेटी चो टोंड चुमे	वह बेटी का मुख चूमे
	काका चो हात धरे रानी	काका का हाथ थामती रानी
	नव खँड माहाले नेय	नौ खण्डा महल में ले जाती
	बाज नेउन बसाय रानी	पलँग पर ले जा कर बिठाती रानी
	सेज नेउन बसाय	सेज पर ले जा कर बिठाती
1117	बसोत राजा बसोत रानी	बैठते राजा बैठती रानी
	बसोत राजा बसोत रानी	बैठते राजा बैठती रानी
	मामा के काय बले राजा	मामा से क्या कहता राजा
	"सुना मामा" बले	"सुनिये मामा" कहता
	"तले भुबुर तपे मामा	"नीचे धरती तपती मामा
	उपरे घाम छेके	ऊपर धूप चिलकती
	मँजी भुक लागे मामा	बीच में भूख लगती मामा

झालिपिली पसना फुटे	पसीने से तरबतर होते
काय कामे इलास मामा	किस काम से आये मामा
आले मोके साँगा"	तनिक मुझे बतलायें"
18 "सुना भाचा माहादेवरैया	"सुनिये भांजे माहादेवरैया
सुना भाचा माहादेवरैया	सुनिये भांजे माहादेवरैया
तुचो बुबू पठाय भाचा	तुम्हारी बुआ ने भेजा भांजे
तुचो काकी पठाय	तुम्हारी काकी ने भेजा (बेटी)
फल माँगुक इले बेटा	फल माँगने आया बेटा[7]
मयँ फल माँगुक इले	मैं फल माँगने आया
मोके फल दिया भाचा	मुझे फल दीजिये भांजे
मोके फल दिया"	मुझे फल दीजिये"
पारबती रानी सुने बाबा	पारबती रानी सुनती बाबा
काका के काय बले	काका से क्या कहती
"सरलो बेरा इलिस काका	"सम्माप्त हुआ तब आये काका
डारे फल निंहाय	डाल में फल नहीं है
काय फल मयँ देयँ काका	कौन-सा फल मैं दूँ हे काका
काय फल देयँ?"	कौन-सा फल मैं दूँ?"
मोडरी धराउन देय राजा	गठरी पकड़ा देता राजा
मोडरी ढिलुन जाय	गठरी खोल जाती
खिरी-पुड़ी बाटे रानी	खीर-पूड़ी बाँटती रानी
बाटुन-बिरजुन खाओत	बाँट-बिराज कर खाते

. बेटा : यहाँ यह सम्बोधन पार्वती रानी के लिये है जो मेंगराजा की भतीजी है।

1119	आसे राजा रे मेंगराजा	रहता राजा मेंगराजा
	आसे राजा मेंगराजा	रहता राजा मेंगराजा
	रात काजे सोय राजा	रात को सो जाता राजा
	बड़े बिहान होय	अगला सवेरा होता
	पारबती रानी उठे बाबा	पारबती रानी उठती बाबा
	बुता-भयना करे	काम-काज वह करती
	राजा के काय बले रानी	राजा से क्या कहती रानी
	"सुना राजा" बले	"सुनिये राजा" कहती
	"उतरो दुर ले इलो राजा	"उतनी दूर से आया राजा
	कसन छुचा जायदे?	कैसे खाली जायेगा?
	बगेचा-बाटे जाहा राजा	बगीचे की ओर जायें राजा
	डारे फल खोजा	डालों में फल खोजें
	काका के फल देवाँ राजा	काका को फल देंगे राजा
	काका के फल देवाँ"	काका को फल देंगे"
1120	सुने राजा रे माहादेवरैया	सुनता राजा माहादेवरैया
	सुने राजा माहादेवरैया	सुनता राजा माहादेवरैया
	मामा के काय बले राजा	मामा से क्या कहता राजा
	"सुना मामा" बले	"सुनिये मामा" कहता
	"बगेचा-बाटे जावँ मामा	"बगीचे की ओर जायें मामा
	हामी दतुन चाबुन एवाँ"	हम दतौन आदि कर आयें"
	कपुर दतुन धरोत राजा	सुगन्धित दतौन लेते राजा
	नव खँड माहाल छाँडोत	नौ खण्डा महल छोड़ते
	जाते-जाते बले जात राजा	चलते चले जाते राजा गण
	रुमझुम-रुमझुम रेंगोत	जल्दी-जल्दी चलते
	माहादेव-जलकी ने जात राजा	माहादेव-झील में जाते राजा
	जलकी-खँडे उबोत	झील के तीर खड़े होते
	कपुर दतुन धरोत राजा	सुगन्धित दतौन लेते राजा गण
	सुरिज-भेट करोत	सूर्य नमस्कार करते
	मुँहे मुखारी गोबोत राजा	मुँह में दतौन लेते राजा गण
	दतुन चाबुन जात	वे दतौन कर जाते
	आँगे असनाँद होत राजा	अंग स्नान करते राजा गण
	हिरदे असनाँद होत	हृदय स्नान कर जाते
	सुका कपड़ा पिंदोत राजा	सूखे कपड़े पहनते राजा
	ओधा कपड़ा गिरे	गीले कपड़े गिरते
	कपड़ा निचाउन जाय राजा	कपड़े निचोड़ जाते राजा गण
	मामा के काय बले	मामा से क्या कहता
	"बगेचा-बाटे जावँ मामा	बगीचे की ओर चलें हे मामा

बगेचा-बाटे जावँ"	बगीचे की ओर चलें
माहादेव-बगेचा जात राजा	माहादेव बगीचा में जाते राजा
माहादेव-मँदिरे जात	माहादेव-मन्दिर में जाते
झारी पानी छिचे राजा	झारी पानी छिटकता राजा
काचा गोरस छिचे	कच्चा दूध छिटकता राजा
जात लाली टिके राजा	शुद्ध लाली लगाता
अगरबती जलाय	अगरबत्ती जलाता
होम-आरती देय राजा	होम-आरती करता राजा
पइँया पड़ुन जाय	वह प्रणाम कर जाता
21 "सुना परभू तुमी मोचो मँदिर	"सुनिये प्रभु हे मेरे मन्दिर
सुना भगवान मोचो मँदिर	सुनिये भगवन हे मेरे मन्दिर
मोके डारे फल मिरो" बले	मुझे डाल में फल मिले" कहता
"डारे फल मिरो"	"डाल में फल मिल जाये"
पइँया पड़ुन जाय राजा	उसे प्रणाम कर जाता राजा
पइँया पड़ुन जाय	उसे प्रणाम कर जाता
हात जोड़ुन जाय राजा	हाथ जोड़ देता राजा
हात जोड़ुन जाय	हात जोड़ देता
माहादेव-बगेचा जाय राजा	माहादेव-बगीचा में जाता राजा
माहादेव-बगेचा जाय	माहादेव-बगीचा में जाता
डारे फल खोजे राजा	डाल में फल खोजता राजा
डारे फल खोजे	डाल में फल खोजता
डारे फल नीं पाय राजा	डाल में फल न पाता राजा
डारे फल नीं पाय	डाल में फल न पाता
22 बिहान-बेरा चो गेलो लोग आत	सवेरे के वे गये हुए हैं
बिहान-बेरा चो गेलो लोग आत	सवेरे के वे गये हुए हैं
पेज-बेरा बले होय बाबा	पेज का समय[8] हो जाता बाबा
मुँडे-बेरा होय	दोपहर हो जाती
राजा घरे नीं जात बाबा	राजा गण घर न जाते बाबा
राजा घरे नीं जात	राजा गण घर न जाते
राँदा-बाटा करे रानी	भोजन तैयार कर जाती रानी
निकरुन-निकरुन दखे	निकल-निकल कर देखती
'मुँडे-बेरा होली' बले	'सिर पर सूरज चढ़ आया' कहती
'एब ले राजा नीं एत	'अब तक राजा न आये
मयँ बले जाउन दखें' बले	मैं भी जा कर देखूँगी' कहती
'मयँ बले जाउन दखें'	'मैं भी जा कर देखूँगी'
मुँड ओड़नी देय रानी	सिर पर ओढ़नी रखती रानी

. पेज पीने का समय, दोपहर से थोड़ा पहले।

मुँड ओड़नी देय	सिर पर ओढ़नी रखती
रुमझुम-रुमझुम रेंगे रानी	जल्दी-जल्दी चलती रानी
एक कलाट मारे	लम्बे डग है भरती
माहादेव-बगेचा जाय रानी	माहादेव-बगीचा जाती रानी
राजा लगे जाय	राजा के पास जाती
“सुना राजा माहादेवरैया	“सुनिये राजा माहादेवरैया
सुना राजा माहादेवरैया	सुनिये राजा माहादेवरैया
बिहान बेरा चो इलो लोग आहास	सवेरे से आये हुए हैं आप
बिहान बेरा चो इलो	सवेरे से आये हुए हैं
मुँडे बेरा होय राजा	दोपहर हो गयी है राजन्
एबले नईं जाहास!”	अभी तक घर न लौटे!”
राजा काय बले रानी के	राजा क्या कहता रानी से
“सुन रानी” बले	“सुन हे रानी” कहता
“खोजुन-खोजुन थकले रानी	“खोज-खोज कर थक गया रानी मैं
मयँ बुलुन-बुलुन थकले	मैं घूम-घूम कर थक गया
डारे फल निंहाय रानी	डाल में फल नहीं है रानी
काय फल देवाँ?”	कौन-सा फल हम देंगे?”

1123 “सुना राजा माहादेवरैया	“सुनिये राजा माहादेवरैया
सुना राजा माहादेवरैया	सुनिये राजा माहादेवरैया
मोचो बगेचा जावँ राजा	मेरे बगीचे में चलें हे राजा
मोचो बगेचा जावँ”	मेरे बगीचे में चलें”

पारबती-मन्दिरे जात राजा-रानी
पारबती-मँदिरे जात
सेवा-पुजा करोत राजा-रानी
होम-आरती देत
"सुना परभू तुमी मोचो मँदिर
सुना परभू मोचो मँदिर
मोके डारे फल मिरो" बले
"डारे फल मिरो"
पइँया पड़ुन जात राजा-रानी
हात जोड़ुन जात
पारबती-मँदिर छाँडोत राजा-रानी
पारबती-बगेचा जात
डारे फल खोजे राजा
डारे फल खोजे
खोजुन-खोजुन राजा जाय
गिंजरुन-गिंजरुन राजा जाय
उपर नँजर करे राजा
उपर नँजर करे
नानी असन रय बाबा
दिदली असन रहे
रानी के काय बले राजा
"सुन रानी" बले
"नानी असन आसे रानी
दिदली असन आसे
सोनर[9] डँगनी आन रानी
डारे फल टोड़ें"
1124 सुने रानी पारबती
सुने रानी पारबती
सोनर डँगनी आने रानी
माहादेवरैया के देय
सोनर डँगनी धरे राजा
रानी के काय बले
"सुन रानी पारबती
सुन रानी पारबती
मयँ डारे फल टोड़ें रानी
भुँये गिरुक नीं दे

पारबती-मन्दिर में जाते राजा-रानी
पारबती-मन्दिर में जाते
सेवा-पूजा करते राजा-रानी
होम-आरती करते
"सुनिये प्रभु हे मेरे मन्दिर
सुनिये प्रभु हे मेरे मन्दिर
मुझे डाल में फल मिले" कहती
"डाल में फल मिले"
उसे प्रणाम कर जाते राजा-रानी
वे हाथ जोड़ जाते
पारबती-मन्दिर छोड़ते राजा-रानी
पारबती-बगीचे में जाते
डाल में फल खोजता राजा
डाल में फल खोजता
खोज-खोज राजा जाता
घूम-घूम राजा जाता
ऊपर नजर उठाता राजा
ऊपर नजर उठाता
छोटा-सा फल था हे बाबा
नन्हा-सा फल था
रानी से क्या कहता राजा
"सुन हे रानी" कहता
"छोटा-सा फल है रानी
नन्हा-सा फल है
सोने की अँकड़ी ला हे रानी
डाल का फल तोड़ूँ"
सुनती रानी पारबती
सुनती रानी पारबती
सोने की अँकड़ी लाती रानी
माहादेवरैया को देती
सोने की अँकड़ी लेता राजा
रानी से क्या कहता
"सुन हे रानी पारबती
सुन हे रानी पारबती
मैं डाल से फल तोड़ूँ रानी
भूमि पर गिरने न देना

9. सोनर : भतरी लोकभाषा के प्रभाव से 'सोनर'। मूल हल्बी ध्वनि 'सोन चो'।

ओली ने झोकुन जा रानी	आँचल में थाम लेना रानी
ओली ने झोकुन जा"	आँचल में थाम लेना"
डारे फल टोड़े राजा	डाल से फल तोड़ता राजा
पारबती रानी दखे	पारबती रानी देखती
भुँये गिरुक नीं देय रानी	भूमि पर गिरने न देती रानी
ओली ने झोकुन जाय	आँचल में थाम लेती
पारबती-बगेचा छाँडोत राजा-रानी	पारबती-बगीचा छोड़ते राजा-रानी
जाते-जाते जात	चलते चले जाते
रुमझुम-रुमझुम रेंगोत राजा-रानी	जल्दी-जल्दी चलते राजा-रानी
एक कलाट मारोत	लम्बे डग हैं भरते
नव खँड माहाले जात राजा-रानी	नौ खण्डा महल में जाते राजा-रानी
नव खँड माहाल अमरोत	नौ खण्डा महल पहुँचते
पइँया धोउन जात राजा-रानी	पाँव धो जाते राजा-रानी
नव खँड माहाले ओलोत	नौ खण्डा महल में घुसते
डारे फल ठोय रानी	डाल का फल रखती रानी
राजा-भोग हेड़े	राज-भोग निकालती
झारी पानी धरे रानी	झारी में पानी लेती रानी
मामा-भाचा के देय	मामा-भांजे को देती
हात अचाउन जात मामा-भाचा	हात धो जाते मामा-भांजा
चन्दन-काटे बसोत	चन्दन-काठ पर बैठते
भोग मँडाउन देय रानी	भोग परोस जाती रानी
साग मँडाउन देय	साग परोस जाती
राजा भोग खाओत बाबा	राज-भोग वे खाते बाबा
अढ़ई कँवरा खात	ढाई कौर वे खाते
थारी सरकाउन देत राजा	थाली सरका देते राजा गण
हात अचाउन जात	वे हाथ धो डालते
बाजे जाउन बसोत राजा	पलँग पर जा बैठते राजा गण
पारबती रानी खाय	पारबती रानी खाती
भिकन्दर के देय रानी	भिकंन्दर को देती रानी
जलन्धर के देय	जलन्धर को देती
1125 खाई-पिई के भय गय तियार	खा-पी कर हो गये तैयार
खाई-पिई के भय गय तियार	खा-पी कर हो गये तैयार
बरतन-भाँडा सकले रानी	बर्तन आदि समेटती रानी
बड़ा-ओंडा करे	झाड़ू-बुहारी करती
काका काय बले बेटा के	काका क्या कहता बेटा (बेटी) से
"सुन बेटा" बले	"सुन हे बेटा" कहता
"खुब दिन बले होय बेटा	"बहुत दिन बीत गये हैं बेटा
मोचो इलो होय	मुझे यहाँ पर आये

मोके छुटी दिया बेटा	मुझे जाने दो हे बेटे
मोके छुटी दिया"	मुझे जाने दो"
माहादेवरैया सुने बाबा	माहादेवरैया सुनता बाबा
रानी के काय बले	रानी से क्या कहता

"सुन रानी पारबती	"सुन हे रानी पारबती
सुन रानी पारबती	सुन हे रानी पारबती
हाते पोतनी धर रानी	हाथ में पोतनी ले हे रानी
चार खुटेया लिप	चारों चौखाने लीप
मँजी बाना लिख रानी	बीच में चित्र बना हे रानी
कलस-दिया बार	कलश-दीप जला
चन्दन-काट मँडाव रानी	चन्दन-काठ रख हे रानी
बेल-काट मँडाव	बेल-काठ रख
मामा के फल देवाँ रानी	मामा को फल देंगे रानी
मामा के फल देवाँ"	मामा को फल देंगे"
पारबती रानी सुने बाबा	पारबती रानी सुनती बाबा
हाते पोतनी धरे	हाथ में पोतनी लेती
चार खुटेया लिपे रानी	चारों चौखाने लीपती रानी
मँजी बाना लिखे	बीच में चित्र बनाती
कलस-दिया बारे रानी	कलश-दीप जलाती रानी
चन्दन-काट मँडाय	चन्दन-काठ रख जाती

	सेवा-जोड़ा आने रानी	सेवा-सामग्री लाती रानी
	पुजा-जोड़ा आने	पूजा-सामग्री लाती
	बाना ने नेउन मँडाय रानी	चित्र पर ले जा कर रखती रानी
	बाना ने नेउन मँडाय	चित्र पर ले जा कर रखती
1126	झारी पानी बले राजा धरे	झारी में पानी राजा लेता
	पइँया धोउन राजा जाय	पाँव अपने राजा धोता
	चन्दन-काटे उबोत राजा	चन्दन-काठ पर खड़े होते राजा गण
	बेल-काटे उबोत	बेल-काठ पर खड़े हो जाते
	मामा-भाचा उबोत बाबा	मामा-भांजा खड़े होते बाबा
	मामा-भाचा उबोत	मामा-भांजा खड़े होते
	रानी के काय बले राजा	रानी से क्या कहता राजा
	"सुन रानी" बले	"सुन हे रानी" कहता
	"डारे फल आन रानी	"डाल का फल ला हे रानी
	डारे फल आन"	डाल का फल ला"
	पारबती रानी सुने बाबा	पारबती रानी सुनती बाबा
	डारे फल आने	डाल का फल लाती
	माहादेवरैया के देय रानी	माहादेवरैया को देती रानी
	माहादेवरैया धरे	माहादेवरैया लेता
	झारी पानी छिचे राजा	झारी पानी छिटकता राजा
	काचा गोरस छिचे	कच्चा दूध छिटकता
	जात लाली टिके राजा	शुद्ध लाली लगाता राजा
	अगरबती जलाय	अगरबत्ती जलाता
	फुल चाउर धरे राजा	फूल-चावल लेता राजा
	होम-आरती देय	होम-आरती करता
	चार खुट पइँया पड़े राजा	चारों दिशाओं को प्रणाम करता राजा
	चार खुट हात जोड़े	चारों दिशाओं को प्रणाम कर जाता
1127	"सुना मामा मेंगराजा	"सुनिये मामा मेंगराजा
	सुना मामा मेंगराजा	सुनिये मामा मेंगराजा
	बाते सुनुन जाहा मामा	बात सुन लीजिये मामा
	गोठ मानुन जाहा	कहना सुन लीजिये
	तुमके फल मयँ देयँ मामा	आपको फल मैं दूँगा मामा
	तुमके फल देयँ	आपको मैं फल दूँगा
	बेटी अँवतार होली जाले	बेटी का जन्म हुआ तो मामा
	बेटी अँवतार होली जाले	बेटी का जन्म हुआ तो
	नरायन बिहाव करुआयँ मामा	नरायन से उसका विवाह करूँगा मामा
	मयँ नरायन बिहाव करुआयँ	मैं नरायन से उसका विवाह करूँगा
	बेटा अँवतार होली जाले	बेटा का जन्म हुआ तो मामा
	बेटा अँवतार होली जाले	बेटा का जन्म हुआ तो

नरायन फुल बदायँ मामा	नरायन का मित्र बनाऊँ मामा
नरायन मित बदायँ”	उसे नरायन का मित्र बनाऊँ”
मामा के फल देय राजा	मामा को फल देता राजा
मामा के फल देय	मामा को फल देता
दुनों चो टोंड चुमे राजा	दोनों का मुख चूमता राजा
“जायँसे बेटा” बले	“जा रहा हूँ बेटा” कहता
नव खँड महाल छाँडे राजा	नौ खण्डा महल छोड़ता राजा
जाते-जाते जाय	चलता चला जाता
रुमझुम-रुमझुम रेंगे राजा	जल्दी-जल्दी चलता राजा
एक कलाट मारे	लम्बे डग है भरता
पारबती-जलकी ने जाय राजा	पारबती-झील में जाता राजा
माहादेव-जलकी ने जाय	माहादेव-झील में जाता
जलकी-खँडे उबे राजा	झील के तीर पर खड़ा होता राजा
खँड भर रहे	झील पानी से भरी थी
दार-चाउर फेके राजा	दाल-चावल अर्पित करता राजा
माँडक होउन जाय	पानी घुटने तक आ जाता
जलकी पार होय राजा	झील लाँघ जाता राजा
समँदुर पार होय	समुद्र लाँघ जाता

अधया-20 : मेंगराजा चो मँजपुर बोहड़तो आरू फल मँडात

अध्याय-20 : मेंगराजा की मँजपुर वापसी एवं बीजारोपण

1128	कैलासपुर के राजा छाँडे	कैलासपुर राजा छोड़ता
	मँजपुरे राजा जाय	मँजपुर राजा जाता
	रुमझुम-रुमझुम रेंगे राजा	जल्दी-जल्दी चलता राजा
	एक कलाट मारे	लम्बे डग है भरता
	मँजपुरे जाय राजा	मँजपुर है जाता राजा
	मँजपुर अमरे	मँजपुर है पहुँचता
	तरई-पारे बले जाय राजा	सरोवर-तीर जाता राजा
	बावली-पारे जाय	बावली-तीर जाता
	तरई-पारे उबे राजा	सरोवर के तीर खड़ा होता राजा
	बावली-पारे उबे	बावली के तीर खड़ा होता
1129	मने बिचार राजा करे	मन में विचार राजा करता
	दिले धोका राजा करे	दिल में चिन्ता राजा करता
	'फल माँगुन आनले' बले	'फल माँग कर लाया' कहता

'काय काजे घरे नेयँदे?	'किसलिये घर ले जाऊँगा?
तरई-पारे रयँदे' बले	सरोवर के तीर रहूँगा' कहता
'मयँ बावली-पारे रयँदे'	'मैं बावली के तीर रहूँगा'
चरेया पिला भेटे राजा	चरवाहा को देखे राजा
बाबू के काय बले	बाबू से क्या कहता
"सुन बाबू चरेया पिला	"सुन हे बाबू चरवाहे बालक!
सुन बाबू चरेया पिला	सुन हे बाबू चरवाहे बालक!
मेंगइन रानी लगे जा बाबू	मेंगइन रानी के पास जा हे बाबू
मेंगइन रानी के साँग	मेंगइन रानी को बतला
'मेंगराजा इलो' बलसे	'मेंगराजा आया' कहना
'फल माँगुन आनलो	'फल माँग कर लाया
तरई-पारे आसे' बलसे	सरोवर के तीर पर है' कहना
'बावली-पारे आसे'	'बावली के तीर पर है'
बाजा-मोहरी धरो बाबू	बाजा-मोहरी ले ले बाबू
फउद-फटाका धरो	फौज-पटाखे ले ले
मोके पड़घाउक एओ बाबू	मुझे परघाने[1] आये बाबू
मोके पड़घाउक एओ"	मुझे परघाने आये"
चरेया पिला सुने बाबा	चरवाहा बालक सुनता बाबा
रानी लगे जाय	रानी के पास जाता
रानी के काय बले बाबू	रानी से क्या कहता बाबू
"सुन रानी" बले	"सुन हे रानी" कहता
"सुन रानी मेंगइन	"सुन हे रानी मेंगइन
सुन रानी मेंगइन	सुन हे रानी मेंगइन
मेंगराजा इलो रानी	मेंगराजा आया रानी
मेंगराजा इलो	मेंगराजा आया
फल माँगुन आनलो रानी	फल माँग कर लाया रानी
तरई-पारे आसे	सरोवर के तीर पर है
बाजा-मोहरी धर रानी	बाजा-मोहरी ले हे रानी
फउद-फटाका धर	फौज-पटाखे ले
मेंग पड़घाउक जा रानी	मेंग का स्वागत करने जा हे रानी
मेंग पड़घाउक जा"	मेंग का स्वागत करने जा"
मेंगइन रानी सुने बाबा	मेंगइन रानी सुनती बाबा
मेंगइन रानी सुने	मेंगइन रानी सुनती
"आइग लागो रे तप चो मुंडे	"आग लगे तपस्या के सिर में
बोमुर पड़ो तप चो मुंडे	दीमक लगे तपस्या के सिर में
मोचो राजा इला" बले	मेरे राजा आये" कहती
"मोचो राजा इला"	"मेरे राजा आये"

1. स्वागत करने।

	नोनी के काय बले रानी	नोनी से क्या कहती रानी
	"सुन नोनी" बले	"सुन हे नोनी" कहती
	"पानी रिकाउन जा नोनी	"पानी डाल दे हे नोनी
	डेंगुर फुलुन जाओ"	दीमक का टीला भीग जाये"
	कुँदनी कयना सुने बाबा	कुँदनी कैना सुनती बाबा
	झारी पानी धरे	झारी में पानी लेती
1130	रानी चो मुँडे बले नोनी रिकाय	रानी के सिर पर नोनी डालती
	रानी चो मुँडे नोनी रिकाय	रानी के सिर पर नोनी डालती
	डेंगुर फुलुन जाय बाबा	टीला भीग जाता बाबा
	डेंगुर फुलुन जाय	टीला भीग जाता
	तप ले उठुन जाय रानी	तपस्या से उठ जाती रानी
	तप ले उठुन जाय	तपस्या से उठ जाती
	उठुक नईं सके रानी	उठ नहीं पाती है रानी
	नोनी के काय बले	नोनी से क्या कहती
	"सुन नोनी कुँदनी कयना	"सुन नोनी कुँदनी कैना
	सुन बाबा कुँदनी कयना	सुन बाबा कुँदनी कैना
	मयँ उठुक नईं सकें नोनी	मैं उठ नहीं सकती हूँ नोनी
	उठुक नईं सकें	उठ नहीं सकती
	बाँहा के धरुन उठाव नोनी	बाँह पकड़ कर उठा हे नोनी
	मोके बाँहा के धरुन उठाव'	मेरी बाँह पकड़ कर उठा'
	कुँदनी कयना सुने बाबा	कुँदनी कैना सुनती बाबा
	बाँहा के धरुन उठाय	बाँह पकड़ उठाती
	तप ले उठुन जाय रानी	तपस्या से उठ जाती रानी
	नव खँड माहाले जाय	नौ खण्डा महल में जाती
	नोनी के काय बले रानी	नोनी से क्या कहती रानी
	"सुन बाबा" बले	"सुन हे बाबा" कहती
	"पानी गरम कर नोनी	"पानी गरम कर हे नोनी
	मयँ आँगे असनाँद होयँ"	मैं अंग स्नान करूँगी"
1131	सुने नोनी कुँदनी कयना	सुनती नोनी कुँदनी कैना
	सुने बाबा कुँदनी कयना	सुनती बाबा कुँदनी कैना
	पानी गरम करे नोनी	पानी गरम करती नोनी
	सेदा-भेदा करे	उसमें ठण्डा पानी मिलाती
	मन्दन-सिले नेय नोनी	स्नान-गृह में ले जाती नोनी
	झारी कसेला देय	झारी पात्र वह देती
	कपुर दतुन देय नोनी	सुगन्धित दतौन देती नोनी
	मन्दन-सिले जाय	स्नान-गृह में जाती
	मन्दन-सिले उबे रानी	स्नान-गृह में खड़ी होती रानी
	कपुर दतुन धरे	सुगन्धित दतौन लेती
	सुरिज-भेट करे रानी	सूर्य-नमस्कार करती रानी

दतुन-पतर चाबे	दतौन आदि कर जाती
आँगे असनाँद होय रानी	अंग स्नान करती रानी
हिरदे असनाँद होय	हृदय-स्नान कर जाती
सुका कपड़ा पिंदे रानी	सूखे कपड़े पहनती रानी
ओधा कपड़ा गिरे	गीले कपड़े गिरते
झारी पानी धरे रानी	झारी में पानी लेती रानी
तुलसी-चँवरा ने जाय	तुलसी-चौंरा में जाती
चँवरा ने पानी रिकाय रानी	चौंरा में पानी डालती रानी
तुलसी के काय बले	तुलसी से क्या कहती
"अगास मेलान बाड़ बाई	"आकाश का स्पर्श करो हे बाई
पकिर पाना फेक	नयी कोंपलें निकले
तुय-मयँ बाँहा-जोरी बाई	तुम-मैं बाँहों की जोड़ी बाई
तुय-मयँ हन्सा-जोरी"	तुम-मैं हन्सों की जोड़ी"
तुलसी-सेवा करे रानी	तुलसी-सेवा करती रानी
होम-आरती देय	होम-आरती करती
पइँया पड़ुन जाय रानी	उसे प्रणाम कर जाती रानी
बाजे जाउन बसे	पलँग पर जा बैठती
32 "सुन बाबू पवनकुमार	"सुन हे बाबू पवनकुमार
सुन बाबू पवनकुमार	सुन हे बाबू पवनकुमार
नँगारची-माहाले जा बाबू	नगारची-महल तू जा हे बाबू
घड़ी भर नँगारा देओ	थोड़ी देर मुनादी कर दे
मँजपुरया एओत बाबू	मँजपुरिया आयें हे बाबू
मँजपुरिन एओत	मँजपुरिन भी आयें
बजनेया-मोहरेया एओत बाबू	बजनेया-मोहरेया आयें बाबू
मेंग पड़घातो आय"	मेंग का स्वागत करना है"
पवनकुमार सुने बाबा	पवनकुमार सुनता बाबा
पाँय ने खड़ऊ पिंदे	पाँवों में खड़ाऊँ पहनता
हाते बेद धरे बाबू	हाथ में बेंत लेता बाबू
राजा-माहाल छाँडे	राज-महल छोड़ता
जाते-जाते बले जाय बाबू	चलता चला जाता बाबू
पारा-परोसे जाय	अड़ोस-पड़ोस में जाता
नँगारची-माहाले जाय बाबू	नगारची-महल जाता बाबू
नँगारची-माहाल अमरे	नगारची-महल पहुँचता
माँडो-मोंगरा उबे बाबू	मोगरा-मण्डप में रुकता बाबू
'दादा' हंका मारे	'दादा' हाँक लगाता
दादा सुनुन जाय बाबा	दादा सुन जाता है बाबा
घर ले बाहिर होय	घर से बाहर आता
"काय कामे इलिस बाबू	"किस काम से आया बाबू
तुय आले मोके साँग"	तू मुझे बतला"

1133	"सुन दादा नँगारची लोग	"सुन हे दादा नगारची
	सुन दादा नँगारची लोग	सुन हे दादा नगारची
	घड़ी भर नँगारा दे दादा	थोड़ी देर मुनादी कर दे दादा
	मेंगराजा इलो	मेंगराजा आया
	फल माँगुन आनलो दादा	फल माँग कर लाया दादा
	तरई-पारे आसे	सरोवर के तीर पर है
	मेंग पड़घातो आय दादा	मेंग परघाना है हे दादा
	सँजकारी-सँजकारी जाओत"	जल्दी-से-जल्दी आयें"
	दादा सुनुन जाय बाबा	दादा सुन लेता है बाबा
	"मयँ देयँदे बाबू" बले	"मैं करूँगा बाबू" कहता
	बाँडी घोड़ी कसे दादा	बाँडी घोड़ी तैयार करता दादा
	जोड़ी नँगारा चेगाय	दोनों नगाड़े चढ़ाता
	हाते काड़ा धरे दादा	हाथ में लकड़ी लेता दादा
	घर ले बाहिर होय	घर से बाहर आता
	खोरे-डाँडे जाय दादा	गली-मोहल्ले जाता दादा
	आरा-पारा जाय	अड़ोस-पड़ोस में जाता
1134	"सुना बाई सुना दादा	"सुनो बाई सुनो दादा
	सुना बाई सुना दादा	सुनो बाई सुनो दादा
	सँजकारी-सँजकारी जाहा दादा	जल्दी-जल्दी जाओ दादा
	मेंगराजा इलो	मेंगराजा आया
	फल माँगुन आनलो बाई	फल माँग कर लाया बाई
	तरई-पारे आसे	सरोवर के तीर पर है
	मेंग पड़घातो आय दादा	मेंग परघाना है दादा
	बजनेया-मोहरेया जाहा"	बजनेया-मोहरेया जाओ"
	बुलुन-बुलुन साँगे बाबू	घूम-घूम बतलाता बाबू
	गिंजरुन-गिंजरुन साँगे	घूम-घूम बतलाता
1135	माटी-नँगारा धमधम करे	माटी का नगाड़ा धमधम करता
	माटी-नँगारा धमधम करे	माटी का नगाड़ा धमधम करता
	तमई झनकार देय बाबा	तमई झंकृत होती बाबा
	नँगारची नँगारा देय	नगारची मुनादी करता
	नँगारा देउन सारे दादा	मुनादी कर जाता दादा
	आपन माहाले जाय	अपने महल में जाता
	दादा-बाई सुनोत बाबा	दादा-बाई सुनते बाबा
	हरबर तियार होत	झटपट तैयार वे होते
	आपन साजू पिंदोत दादा-बाई	अपने साज पहनते दादा-बाई
	आपन जाक धरोत	अपने सामान लेते
	घर ले बाहिर होत दादा-बाई	घर से बाहर आते दादा-बाई
	जाते-जाते जात	चलते चले जाते

	रुमझुम-रुमझुम रेंगोत दादा-बाई	जल्दी-जल्दी चलते दादा
	एक कलाट मारोत	लम्बे डग हैं भरते
1136	राजा-माहाले दादा-बाई अमरोत	राज-महल दादा-बाई पहुँचते
	लगे जाउन सलाम झोकोत	पास जा कर सलाम करते
	दुरे जाउन बसोत दादा-बाई	दूरी पर जा बैठते दादा-बाई
	दुरे जाउन बसोत	दूरी पर जा बैठते
	बाजा-मोहरी बाजे बाबा	बाजा-मोहरी बजते बाबा
	माँदर-ढुडरा बाजे	माँदर-ढुडरा बजते
	धँगड़ी सायलोरी नाचोत बाबा	युवतियाँ सायलोरी नाचतीं बाबा
	धँगड़ा रिलो गाओत	युवक रिलो गाते
	हरबर तियार होय रानी	झटपट तैयार होती रानी
	आपन साजू पिंदे	अपने साज पहनती
	कलस-दिया बारे रानी	कलश-दीप जलाती रानी
	सेवा-जोड़ा धरे	सेवा-सामग्री लेती
1137	मुँड ओड़नी रानी देय	सिर पर ओढ़नी रानी रखती
	मुँडे कलस रानी बोहे	सिर पर कलश रानी धरती
	घर ले बाहिर होय रानी	घर से बाहर आती रानी
	बजनेया-मोहरेया सँगे जाय	बजनेया-मोहरेया के सँग जाती
	रुमझुम-रुमझुम रेंगे रानी	जल्दी-जल्दी चलती रानी
	एक कलाट मारे	लम्बे डग है भरती
	तरई-पारे बले जाय रानी	सरोवर के तीर जाती रानी
	बावली-पारे जाय	बावली के तीर जाती
	राजा लगे बले जाय रानी	राजा के पास जाती रानी
	मुँड चो कलस उतराय	सिर का कलश उतारती रानी
	चार खुटेयां लिपे रानी	चारों चौखाने लीपती
	मँजी बाना लिखे	बीच में चित्र बनाती
	चन्दन-कार्टि मँडाय रानी	चन्दन-काठ रखती रानी
	मुँडे कलस बोहे	सिर पर कलश रखती
	राजा चो हात धरे रानी	राजा का हाथ पकड़ती रानी
	बाना ने नेउन उबाय	चित्र पर ले जा कर खड़ा करती
	झारी पानी धरे रानी	झारी में पानी लेती रानी
	पइँया धोआउन जाय	पाँव धुला जाती
	चाउर-टिका देय रानी	चावल का टीका लगाती रानी
	होम-आरती देय	होम-आरती करती
	पइँया पड़ुन जाय रानी	चरण-स्पर्श कर जाती रानी
	मेंग पड़घाउन जाय	मेंग का स्वागत करती
	रानी चो टोंडे चुमे राजा	रानी का मुख चूमता राजा
	राजा काय बले	राजा है क्या कहता
	"फल माँगुन मयँ आनले" बले	"फल माँग कर मैं लाया" कहता

	“फल माँगुन आनले” बले	“फल माँग कर लाया” कहता
	“मयँ काय काजे घरे नेयँदे?” बले	“मैं क्यों घर ले जाऊँगा?” कहता
	“तरई-पारे रहो”	“सरोवर के तीर में रहे”
	दादा के काय बले राजा	दादा से क्या कहता राजा
	“सुना दादा” बले	“सुनो हे दादा” कहता
	“फल मँडाउक लागा दादा	“फल रोपने में सहायता करो हे दादा
	फल मँडाउक लागा”	फल रोपने में सहायता करो”
	गाँयता दादा सुने बाबा	गाँयता दादा सुनता बाबा
	होम-आरती देय	होम-आरती करता
	पइँया पड़ुन जाय दादा	आम को प्रणाम कर जाता दादा
	हाते कुस धरे	हाथ में कुस लेता
	जागा रानी के सुमरे दादा	धरती माता को सुमरता दादा
	धरती माता के सुमरे	धरती माता को सुमरता
	मँजी खोदरा खने दादा	बीच में गड्ढा करता दादा
	खोदरा खनुन सारे	वह गड्ढा खोद जाता
1138	राजा-रानी बले उबोत भगवान	राजा-रानी खड़े होते भगवान
	राजा-रानी उबोत परभू	राजा-रानी खड़े होते
	होम-आरती देत राजा-रानी	होम-आरती करते राजा-रानी
	पइँया पड़ुन जात	वे प्रणाम कर जाते
	राजा चो हात धरोत दादा	राजा का हाथ पकड़ते दादा
	राजा चो हात धरोत	राजा का हाथ पकड़ते
	फल मँडाउन जात राजा-रानी	फल रोप जाते राजा-रानी
	फल मँडाउन जात	फल रोप जाते

	माटी ढाकुन देत राजा-रानी	माटी ढँक जाते राजा-रानी
	माटी ढाकुन देत	वे माटी ढँक जाते
	तरई-पार छाँडोत राजा-रानी	सरोवर-तीर छोड़ते राजा-रानी
	बावली-पार छाँडोत	बावली-तीर छोड़ते
	आपन माहाले जात राजा-रानी	अपने महल जाते राजा-रानी
	बाजे जाउन बसोत	खाट पर जा बैठते
1139	“सुना राजा मेंगराजा	“सुनिये राजा मेंगराजा
	सुना राजा मेंगराजा	सुनिये राजा मेंगराजा
	हामके छुटी दिया राजा	हमें छुट्टी दें हे राजन्
	आपन माहाले जावँ”	अपने महल हम जायें”
	मेंगइन रानी सुने बाबा	मेंगइन रानी सुनती बाबा
	राजा के काय बले	राजा से क्या कहती
	“उठुन कसन जादे राजा?	“यों ही कैसे जायेंगे राजा?
	मुठा रुपया दिया”	मुट्ठी भर रुपये दें”
	मेंगराजा सुने बाबा	मेंगरांजा सुनता बाबा
	तिजरी-बिजरी ने जाय	तिजोरियों के पास जाता
	तिजरी-बिजरी खोले राजा	तिजोरियाँ खोल जाता राजा
	मुठा रुपया धरे	मुट्ठी भर रुपये लेता
	पबलित-बिदा बले देय राजा	लोगों को विदाई देता राजा
	“एई ने मानुन जाहा”	“इतने में मान जायें”
	आपन-आपन जाओत दादा	अपने-अपने घर जाते दादा
	आपन-आपन जाओत	अपने-अपने घर जाते
1140	आसोत राजा रे आसोत रानी	रहते राजा रहतीं रानी
	आसोत राजा आसोत रानी	रहते राजा रहतीं रानी
	राज धरुन खासोत राजा रानी	सुख पूर्वक रहते राजा-रानी
	देस धरुन खासोत	देश पर शासन क़रते
	दिन-दिन फल बाड़े राजा चो	दिनों-दिन फल बढ़ता राजा का
	दिन-दिन फल बाड़े	दिनों-दिन फल बढ़ता जाता
	मयना दिन बले होय बाबा	एक महीना बीते बाबा
	दुय मयना होय	दो महीने बीते
	फल डाँगरा फाटे राजा चो	फल अंकुरित होता राजा का
	फल गाजा होय	फल अंकुरित होता
	अँडखी-बतर होय बाबा	अँगुली जैसा होता बाबा
	अँडखा-बतर होय	अँगूठा जैसा होता
	पाना फरयाउन जाय बाबा	किसलय निकल आते बाबा
	पाना फरयाउन जाय	किसलय निकल आते
1141	दुय मयना ले तिन मयना	दो महीने से तीन महीने
	तिन मयना ले चार मयना	तीन महीने से चार महीने

	पाँच मयना होय बाबा	पाँच महीने बीते बाबा
	छय मयना होय	छह महीने बीते
	दिन-दिन फल बाड़े राजा चो	दिनों-दिन फल बढ़ता राजा का
	दिन-दिन फल बाड़े	दिनों-दिन फल बढ़ता जाता
	घुटकी-बतर होय बाबा	टखना जितना बढ़ता बाबा
	पिंडरी-बतर होय	पिंडलियों जितना बढ़ता
	माँडी-बतर होय बाबा	घुटने बराबर होता बाबा
	जाँग-बतर होय	जंघा बराबर होता
	साल-डेढ़ साल होय बाबा	साल-डेढ़ साल बीते बाबा
	साल-डेढ़ साल होय	साल-डेढ़ साल बीते
	राजा चो फल बाड़े बाबा	राजा का फल[2] बढ़ता बाबा
	राजा चो फल बाड़े	राजा का फल बढ़ता
	फल लदेया[3] होय राजा चो	पौधे के तने निकलते बाबा
	फल लदेया होय	पौधे के तने निकलते
1142	जखना-जखना होय रे भगवान	शाखायें दिखतीं भगवन्
	जखना-जखना होय परभू	शाखायें दिखतीं प्रभु
	खँदा पकाउन जाय बाबा	शाखायें निकलतीं बाबा
	खँदा पकाउन जाय	शाखायें निकलतीं
	काय मँजा सुँदर दखे बाबा	बहुत ही सुन्दर दिखता बाबा
	अती सुँदर दखे	अति सुन्दर वह दिखता
	दुय-तिन साल होय बाबा	दो-तीन साल बीते बाबा
	दुय-तिन साल होय	दो-तीन साल बीते
	दिन-दिन फल बाड़े राजा चो	दिन-दिन फल बढ़ता राजा का
	दिन-दिन फल बाड़े	दिन-दिन फल बढ़ता
	फल मोहरुन जाय राजा चो	पेड़ बौरा जाता राजा का
	फल मोहरुन जाय	पेड़ पर बौर आ जाते
	फल फुलुन जाय राजा चो	पेड़ पर फूल लगता राजा के
	फल फुलुन जाय	पेड़ पर फूल लगता
	फल कसी होय राजा चो	फल निकल आता पेड़ पर
	फल कसी होय	फल निकल आता
1143	आसोत राजा रे आसोत रानी	रहते राजा रहतीं रानी
	आसोत राजा आसोत रानी	रहते राजा रहतीं रानी
	बाजे बसुन जात राजा-रानी	खाट पर बैठ जाते राजा-रानी
	सेज बसुन जात	सेज पर बैठ जाते
	रानी काय बले राजा के	रानी क्या कहती राजा से
	"सुना राजा" बले	"सुनिये राजा" कहती

2. यहाँ फल का अर्थ फल के पौधे से है।

3. लदेया : अन्य उच्चारण 'लदिया', 'लदया'।

"साल-दुय साल होय राजा	"साल-दो साल बीते राजा
साल-दुय साल होय	साल-दो साल बीते
फल मँडालो होय राजा	फल रोपे बीते राजा
कसन बतर होली?	किस अवस्था में है?
फल दखुकलाय जावँ राजा	फल देखने जायें राजा
फल दखुकलाय जावँ"	फल देखने जायें"
144 मेंगराजा सुने बाबा	मेंगराजा सुनता बाबा
बाबू के काय बले	बाबू से क्या कहता
"सुन बाबू मोहोतेया[4]	"सुन हे बाबू महावत
सुन बाबू मोहोतेया	सुन हे बाबू महावत
हाती सिंगार कर बाबू	हाथी तैयार कर हे बाबू
फल दखुकलाय जावँ"	हम फल देखने जायें"
मोहोतेया सुने बाबा[5]	महावत सुन लेता बाबा
हाती-सारे जाय	हाथी-शाला में जाता
दाना-भुसा देय बाबू	दाना-भूसा देता बाबू
आया के काय बले	माता से क्या कहता
"माँडी मोड़ुन दे आया	"घुटने मोड़ दे हे माता
मयँ तुके सिंगार करें"	मैं तुम्हारा श्रृंगार करूँगा"
माँडी मोड़ुन जाय हाती	घुटने मोड़ देती हथिनी
हाती-सिंगार करे	वह हथिनी का श्रृंगार करता
कपारे बाना लिखे बाबू	माथे पर चित्र बनाता बाबू
काने कुँडल पिंदाय	कान में कुण्डल पहनाता
मोती ने गुरया[6] गुथे बाबू	मोती में गुरिया गूँथता बाबू
टोडरा गरलखी पिंदाय	गले में गरलखी[7] पहनाता
चार पाँय नेवरा ठेचे बाबू	चारों पाँवों में निवरा[8] ठोंकता बाबू
सोनर झिलई ढापे	सोने की झिल्ली ढँकता
उपरे अमरी कसे बाबू	ऊपर में अमरी कसता बाबू
जोड़ी हाती धरे	दोनों हाथियों को पकड़ता
सिंग-दुआरे नेय बाबू	सिंह-द्वार में ले जाता बाबू
हाती थेबाउन जाय	हाथी को रोक लेता
राजा-रानी दखोत बाबा	राजा-रानी देखते बाबा
बाज ले उठुन जात	खाट से उठ जाते
हाती लगे बले जात राजा-रानी	हाथियों के पास जाते राजा-रानी
आया के काय बलोत	माता से वे कहते

4. मोहोतेया : अन्य उच्चारण 'मोहोतया', मोहोतिया', 'मोहतेया', 'मोहतिया'।
5. दिनांक 17.12.1996 को ध्वन्यांकित कैसेट क्रमांक 28ए का आरम्भ।
6. गुरया : अन्य उच्चारण 'गुरिया', 'गुरेया'।
7. गरलखी : गले का हार।
8. निवरा (नेवरा) : निवरा (ह.), नूपुर (हि.)।

"माँडी मोड़ुन दे आया	"घुटने मोड़ दे हे माता
तुके सवार बसें"	तुझ पर सवारी करूँ"
माँडी मोड़ुन देय हाती	घुटने मोड़ देती हथिनी
हाती ने सवार बसोत	हथिनी पर सवार होते
धड़ँग-धड़ँग हिंडे हाती	धम्-धम् करतीं हथिनियाँ चलतीं
एक कलाट मारे	लम्बे डग वे भरतीं
जाते-जाते जात राजा-रानी	चलते चले जाते राजा-रानी

फल-बुटा ने जात	फल के पेड़ तक जाते
तरई-पारे अमरोत राजा-रानी	सरोवर-तीर पहुँचते राजा-रानी
आया के काय बलोत	माता से क्या कहते
"सुन आया करलिबती	"सुनो हे माता करलिबती
सुन आया अहेराबती	सुनो हे माता अहेराबती
माँडी मोड़ुन दे आया	घुटने मोड़ दो हे माता
हाती ले उतरुन जावँ"	हम नीचे उतर जायें"
माँडी मोड़ुन देय हाती	घुटने मोड़ देतीं हथिनियाँ
हाती ले उतरुन जात	वे नीचे उतर जाते
हाती उलान होय बाबा	हथिनियाँ हल्की होतीं बाबा
चारा चरुन जाय	वे चारा चरने जातीं
बुलुन-बुलुन दखोत राजा-रानी	घूम-घूम देखते राजा-रानी
गिंजरुन-गिंजरुन दखोत	घूम-घूम देखते राजा-रानी
फल-बुटा दखोत राजा-रानी	फल का पेड़ देखते राजा-रानी
फल-बुटा दखोत	फल का पेड़ देखते

145 "सुना राजा मेंगराजा	"सुनिये राजा मेंगराजा
सुना राजा मेंगराजा	सुनिये राजा मेंगराजा
फल बाड़ुन गेली राजा	फल बढ़ गया हे राजा
फल बाड़ुन गेली	फल बढ़ गया
फल कसी होय राजा	फल निकल आया हे राजा
फल कसी होय	फल निकल आया
जुग-जुग नाव रयदे राजा	युगों तक नाम रहेगा राजा
किरती बाड़ुन जायदे	कीर्ति बढ़ जायेगी
तरई चो पानी के पिवदे राजा	सरोवर का पानी पियेंगे राजा
आमा-छाँय ने बसदे	आम की छाँव में बैठेंगे
'काचो तरई आय?' बलदे	'किसका सरोवर?' कहेंगे जब
'काचो आमा आय?	'किसका आम है?
मेंगराजा चो आय' बलदे	'मेंगराजा का है' कहेंगे
'मेंगइन रानी चो आय'	'मेंगइन रानी का है'
हामचो नाव धरदे राजा	हमारा नाम लेंगे राजा
जुग-जुग नाव रयदे"	युगों तक नाम रहेगा"
आया लगे बल जात राजा-रानी	माता के पास जाते राजा-रानी
आया के काय बलोत	माता से क्या कहते
"माँडी मोड़ुन दे आया	"घुटने मोड़ दो हे माता
तुके सवार बसूँ"	तुझ पर सवार होंगे"
माँडी मोड़ुन देय हाती	घुटने मोड़ देतीं हथिनियाँ
हाती ने सवार बसोत	वे हथिनियों पर बैठ जाते
धड़ँग-धड़ँग हिंडे हाती	धम्-धम् कर चलतीं हथिनियाँ
एक कलाट मारे	लम्बे डग वे भरतीं
राजा-माहाले जात राजा-रानी	राज-महल जाते राजा-रानी
सिंग-दुआरे जात	सिंह-द्वार पहुँचते
माँडी मोड़ुन देय आया	घुटने मोड़ देतीं हथिनियाँ
हाती ले उतरुन जात	वे हथिनियों से उतर जाते
हाती उलान होय बाबा	हथिनियाँ हल्की हो जातीं बाबा
चारा चरुन जाय	वे चारा चरने जातीं
नव खँड माहाले जात राजा-रानी	नौ खण्डा महल में जाते राजा-रानी
बाजे जाउन बसोत	खाट पर जा बैठते
खाना-पिना खाओत राजा-रानी	भोजन कर जाते राजा-रानी
रात काजे सोओत	रात में सो जाते

अधया-21 : आमा-बिहाव; तरई-बिहाव

अध्याय-21 : आम-विवाह; सरोवर-विवाह

1146	एक दिन ले दुय दिन	एक दिन से दो दिन
	दुय दिन ले आँट दिन	दो दिन से आठ दिन
	फल दखलो होय राजा चो	फल देखे बीते राजा को
	फल दखलो होय	फल देखे बीते
	बाजे जाउन बसोत राजा-रानी	खाट पर जा बैठते राजा-रानी
	रानी काय बले	रानी है क्या कहती
	"सुना राजा" बले रानी	"सुनिये राजा" कहती रानी
	"सुना राजा" बले	"सुनिये राजा" कहती
	"आमा कसी बले होय राजा	"आम निकल आया है राजा
	आमा कसी होय	आम निकल आया है

कसन आमा खावाँ राजा?	कैसे आम खायेंगे राजा?
कसन पानी पिवाँ?	कैसे पानी पीयेंगे?
जोड़ा जोड़ुन दिया राजा	सामग्री तैयार कर दें हे राजा
जोड़ा जोड़ुन दिया	सामग्री तैयार कर दें
आमा-बिहाव करें राजा	आम-विवाह करूँगी राजा
मयँ तरई-बिहाव करें	मैं सरोवर-विवाह करूँगी
तेबे आमा खावाँ राजा	तब आम खायेंगे राजा
तेबे पानी पिवाँ"	तब पानी पीयेंगे"
रानी हट मताय बाबा	रानी हठ मचाती बाबा
रानी टेक मताय	रानी हठ मचाती
दतुन नईं चाबे रानी	दतौन नहीं करती है रानी
अन नईं खाय	अन्न नहीं खाती है
भुके-भुके आसे रानी	भूखी ही रह जाती रानी
भुके-भुके आसे	भूखी ही रह जाती
47 दखे राजा रे मेंगराजा	देखता राजा मेंगराजा
दखे राजा मेंगराजा	देखता राजा मेंगराजा
रानी लगे बले जाय राजा	रानी के पास जाता राजा
रानी के काय बले	रानी से क्या कहता
"तिनपुर टेकही आस रानी	"बड़ी हठी तुम हो हे रानी
तुय बड़ा उपहिन[1] आस	तुम बड़ी ही चंचल हो
दतुन नईं चाबिस रानी	दतौन नहीं करती हो रानी
अन नईं खाइस	अन्न नहीं खाती हो
भुक ने मरुन जासे रानी	भूख से मर जाओगी रानी
तुचो भुक ने जिव जायदे	भूख से मर जाओगी
दतुन चाबुन जा रानी	दतौन कर जाओ हे रानी
अन खाउन जा	अन्न ग्रहण कर लो
जोड़ा जोड़ुन देयँदे रानी	सामग्री तैयार कर दूँगा रानी
आमा-बिहाव कर"	आम-विवाह करो"
मेंगइन रानी सुने बाबा	मेंगइन रानी सुनती बाबा
खँड मुचकी मारे	हौले से मुस्काती
मुचमुच-मुचमुच हाँसे रानी	मंद-मंद मुस्काती रानी
दतुन चाबुन जाय	वह दतौन कर जाती
अन खाउन जाय रानी	अन्न खा लेती है रानी
राजा-रानी आसोत	राजा-रानी रहते
48 एक दिन ले दुय दिन	एक दिन से दो दिन
दुय दिन ले आँट दिन	दो दिन से आठ दिन

. उपहिन : अन्य ध्वनि 'उपई'। यह छत्तीसगढ़ी प्रभावित शब्द है। मूल शब्द है 'उदबिरिस'।

दतुन चाबलो होय रानी चो
अन खादलो होय
राजा-रानी बसोत बाबा
रानी काय बले
"जोड़ा जोड़ुन दिया राजा
जोड़ा जोड़ुन दिया"
मेंगराजा सुने बाबा
बाबू के काय बले
"सुन बाबू पवनकुमार
सुन बाबू पवनकुमार
मुठा रुपया धर बाबू
बिहाव-जोड़ा जोड़
आमा-बिहाव आय बाबू
तरई-बिहाव आय"
एई बात बले राजा
बाबू सुनुन जाय
हरबर तियार होय बाबू
जलदी तियार होय
1149 मुठा रुपया बाबू धरे
मुठा रुपया बाबू धरे
पाँय ने खड़ऊ पिंदे बाबू
हाते बेद धरे

दतौन किये बीते रानी को
अन्न खाये बीते
राजा-रानी बैठते बाबा
रानी है क्या कहती
"सामग्री जुटा दें हे राजा
सामग्री जुटा दें"
मेंगराजा सुनता बाबा
बाबू से क्या कहता
"सुन हे बाबू पवनकुमार
सुन हे बाबू पवनकुमार
मुट्ठी भर रुपये ले हे बाबू
विवाह की सामग्री जुटा
आम का विवाह है हे बाबू
सरोवर का विवाह है"
यही बात कहता है राजा
बाबू है सुन जाता
झटपट तैयार होता बाबू
जल्दी तैयार होता
मुट्ठी भर रुपये बाबू लेता
मुट्ठी भर रुपये बाबू लेता
पाँव में खड़ाऊँ पहनता बाबू
हाथ में बेंत लेता

घर ले बाहिर होय बाबू
जाते-जाते जाय
रुमझुम-रुमझुम रेंगे बाबू
एक कलाट मारे
कुम्हार-माहाले जाय बाबू
कुम्हार-माहाल अमरे
माँडो-मोंगरा उबे बाबू
'दादा' हंका मारे
दादा सुनुन जाय बाबा
घर ले बाहिर होय
"काय कामे इलिस बाबू
तुय आले मोके साँग"
"सुन दादा कुम्हार लोग
सुन दादा कुम्हार लोग
आमा-बिहाव आय दादा
तरई-बिहाव आय
बिहाव-हाँडी दे दादा
मोके कलसा-रुखी दे"
दादा सुनुन जाय बाबा
"मयँ देयँदे बाबू" बले
खाँदे कोड़की दादा धरे
हाते टुकना दादा धरे
माटी खनुकलाय जाय दादा
माटी खनुन आने
माटी भिजाउन जाय दादा
माटी खुँदुन जाय
माटी चुँदुन जाय दादा
हाँडी घड़ुन जाय
बिहाव-हाँडी घड़े दादा
भात-भतई घड़े
मायगोड़ घड़े दादा
हुन करसा-रुखी घड़े
हाँडी घड़ुन सारे दादा
आवाँ देउन दादा जाय
आवाँ हेड़ुन जाय दादा

घर से बाहर आता बाबू
चलता चला जाता
जल्दी-जल्दी चलता बाबू
लम्बे डग है भरता
कुम्हार-महल जाता बाबू
कुम्हार-महल पहुँचता
मोगरा मण्डप में रुकता बाबू
'दादा' हाँक लगाता
दादा सुन लेता है बाबा
घर से बाहर आता
"किस काम से आया बाबू
तू मुझको बतला"
"सुन हे दादा कुम्हार
सुन हे दादा कुम्हार
आम का विवाह है हे दादा
सरोवर का विवाह है
विवाह-हण्डी दे हे दादा
मुझे कलश-रुखी[2] दे"
दादा सुन लेता है बाबा
"मैं दूँगा बाबू" कहता
कन्धे में कुदाली दादा लेता
हाथ में टोकना दादा लेता
माटी खोदने जाता दादा
माटी खोद कर लाता
माटी भिगा जाता दादा
माटी मिला जाता
माटी गूँद जाता दादा
वह हण्डी बना जाता
विवाह की हण्डी बनाता दादा
भात-भतई[3] बनाता
मायगोड़[4] बनाता दादा
वह कलश-रुखी बनाता
हण्डी बना जाता दादा
आवाँ में रख जाता
आवाँ खोल जाता दादा

श-रुखी : कलश रखने का उपकरण। दीप-स्तम्भ।
-भतई : भात पकाने का पात्र।
गोड़ : एक विशेष प्रकार का बड़ा सा पात्र।

पवनकुमार के देय	पवनकुमार को देता
बिहाव-हाँडी धरे बाबू	विवाह-हण्डियाँ लेता बाबू
मुठा रुपया देय	मुट्ठी भर रुपये देता
कुम्हार-माहाल छाँडे बाबू	कुम्हार-महल छोड़ता बाबू
जाते-जाते जाय	चलता चला जाता
रुमझुम-रुमझुम रेंगे बाबू	जल्दी-जल्दी चलता बाबू
एक कलाट मारे	लम्बे डग वह भरता
हरदी नँगरे जाय बाबू	हरदी नँगर जाता बाबू
पारदी-माहाले जाय	पारदी-महल वह जाता
पारदी-माहाल अमरे बाबू	पारदी-महल पहुँचता बाबू
हुन माँडो-मोंगरा उबे	वह मोगरा मण्डप में रुकता
'दादा' हंका मारे बाबू	'दादा' हाँक लगाता बाबू
दादा सुनुन जाय	दादा है सुन लेता
घर ले बाहिर होय दादा	घर से बाहर आता दादा
बाबू के काय बले	बाबू से क्या कहता
"काय कामे इलिस बाबू	"किस काम से आया बाबू
तुय आले मोके साँग"	तू मुझे बतला"

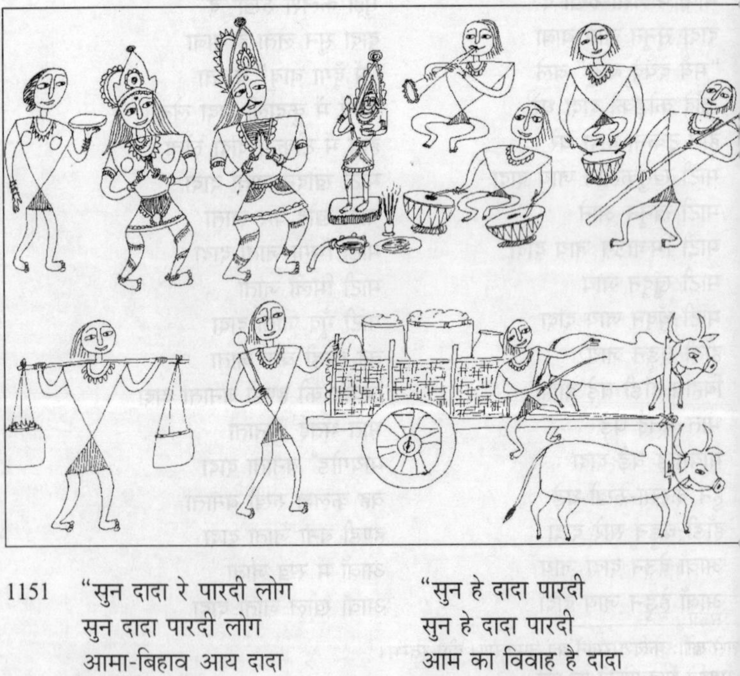

1151 "सुन दादा रे पारदी लोग	"सुन हे दादा पारदी
सुन दादा पारदी लोग	सुन हे दादा पारदी
आमा-बिहाव आय दादा	आम का विवाह है दादा
तरई-बिहाव आय	सरोवर का विवाह है

परला-बिछना दे दादा
मोके जोड़ी सुपा दे
फुलर दँवड़ी दे दादा
झाल गपा दे”
दादा सुनुन जाय बाबा
“मयँ देयँदे बाबू” बले
खाँदे टयँगा धरे दादा
बाँवस-पटाड़े जाय
बाँवस-पटाड़ अमरे दादा
हाते टयँगा धरे
बाँवस गोंदुन जाय दादा
गोंदा-गोंदा करे
खाँद भर बोहे दादा
बाँवस-पटाड़ छाँडे
आपन माहाले जाय दादा
बाँवस कचाड़ुन देय
हाते टयँगा धरे दादा
बाँवस खापुन जाय
हाते छुरी धरे दादा
सरा हेड़ुन जाय
बिरला उरलुन जाय दादा
बिरला जुराउन जाय
परला-बिछना गाथे दादा
जोड़ी सुपा गाथे
फुलर दँवड़ी गाथे दादा
झाल गपा गाथे
सुपा गाथुन सारे दादा
पवनकुमार के देय
पवनकुमार धरे बाबा
मुठा रुपया देय
पारदी-माहाल छाँडे बाबू
जाते-जाते जाय
रुमझुम-रुमझुम रेंगे बाबू
एक कलाट मारे
गाँडा-माहाले जाय बाबू

परला-बिछना[5] दे हे दादा
मुझे दो सूपा दे
फूलों की दँवड़ी दे हे दादा
झाल गपा दे”
दादा सुन लेता है बाबा
“मैं दूँगा बाबू” कहता
कन्धे में कुल्हाड़ी लेता दादा
बाँस-वन में जाता
बाँस-वन पहुँचता दादा
हाथ में कुल्हाड़ी लेता
बाँस काट जाता दादा
टुकड़े-टुकड़े करता
कन्धे पर रख लेता दादा
बाँस-वन छोड़ता
अपने महल जाता दादा
बाँस वह रख जाता
हाथ में कुल्हाड़ी लेता दादा
बाँस चीर जाता
हाथ में छुरी लेता दादा
सरा निकाल जाता
बिरला निकाल जाता दादा
बिरला जुरा जाता
परला-बिछना बनाता दादा
दो सूपा बनाता
फूलों की दँवड़ी बनाता दादा
झाल गपा बनाता
सूपा बना जाता दादा
पवनकुमार को देता
पवनकुमार लेता बाबा
मुट्ठी भर रुपये देता
पारदी-महल छोड़ता बाबू
चलता चला जाता
जल्दी-जल्दी चलता बाबू
लम्बे डग वह भरता
गाँडा-महल जाता बाबू

परला : बाँस से बना बड़ा-सा थालनुमा पात्र। इसे छत्तीसगढ़ी परिवेश में ‘पर्रा’ कहा जाता है। बिछना : बाँस से बनी छोटी सी चटाई, जो पायदान के काम आती है। कई लोग इसे छत्तीसगढ़ी के ‘बिजना’ का स्थानापन्न मानते हैं जबकि ‘बिजना’ का अर्थ ‘पंखा’ होता है।

	गाँडा-माहाल अमरे	गाँडा-महल पहुँचता
	माँडो-मोंगरा उबे बाबू	मोगरा-मण्डप में रुकता बाबू
	'दादा' हंका मारे	'दादा' हाँक लगाता
	दादा सुनुन जाय बाबा	दादा सुन लेता है बाबा
	घर ले बाहिर होय	घर से बाहर आता
1152	"सुन बाबू पवनकुमार	"सुन बाबू पवनकुमार
	सुन बाबू पवनकुमार	सुन बाबू पवनकुमार
	काय कामे इलिस बाबू	किस काम से आया बाबू
	तुय आले मोके साँग"	तू मुझको बतला"
	बाबू काय बले दादा के	बाबू क्या कहता दादा से
	"सुन दादा" बले	"सुन हे दादा" कहता
	"आमा-बिहाव आय दादा	"आम का विवाह है दादा
	तरई-बिहाव आय	सरोवर का विवाह है
	कपड़ा बिनुन दे दादा	कपड़ा बुन कर दे हे दादा
	मोके कपड़ा बिनुन दे"	मुझे कपड़ा बुन कर दे"
	दादा सुनुन जाय बाबा	दादा सुन लेता है बाबा
	"मयँ देयँदे बाबू" बले	"मैं दूँगा बाबू" कहता
	ताना लमाउन जाय दादा	ताना तान जाता दादा
	घड़ी लमाउन जाय	घड़ी तान जाता
	कपड़ा बिनुन जाय दादा	कपड़ा बुन जाता है दादा
	कपड़ा बिनुन जाय	कपड़ा बुन जाता है
1153	बिने दादा रे माँडो-अँगोछी	बुनता दादा माँडो-अँगोछी
	बिने दादा तेल-अँगोछी	बुनता दादा तेल-अँगोछी
	लगिन-पिछरी बिने दादा	लगिन-पिछौरी बुनता दादा
	गपा-अँगोछी बिने	गपा-अँगोछी बुनता
	कपड़ा बिनुन सारे दादा	कपड़ा बुन जाता है दादा
	हाते छुरी धरे	हाथ में छुरी लेता
	घड़ी काटुन जाय दादा	घड़ी काट जाता है दादा
	घड़ी घड़याउन जाय	घड़ी लपेट जाता
	पवनकुमार के देय दादा	पवनकुमार को देता दादा
	पवनकुमार धरे	पवनकुमार है लेता
	मुठा रुपया देय बाबू	मुट्ठी भर रुपये देता बाबू
	गाँडा-माहाल छाँडे	गाँडा-महल छोड़ता
	रुमझुम-रुमझुम रेंगे बाबू	जल्दी-जल्दी चलता बाबू
	एक कलाट मारे	लम्बे डग है भरता
	मुरिया-माहाले जाय बाबू	मुरिया-महल जाता बाबू
	मुरिया-माहाल अमरे	मुरिया-महल पहुँचता
	'बाई' हंका मारे बाबू	'बाई' हाँक लगाता बाबू

	बाई सुनुन जाय	बाई है सुन लेती
	“काय कामे इलिस बाबू	“किस काम से आया बाबू
	आले मोके साँग”	तनिक मुझे बतला”
154	“दे रे बाई मुरिन लोग	“दे हे बाई मुरिन
	दे रे बाई मुरिन लोग	दे हे बाई मुरिन
	जोड़ी मसनी दे बाई	दो चटाइयाँ दे हे बाई
	आमा-बिहाव आय”	आम का विवाह है”
	बाई सुनुन जाय बाबा	बाई सुन लेती है बाबा
	“मयँ देयँदे बाबू” बले	“मैं दूँगी बाबू” कहती
	डोरी लमाउन जाय बाई	डोर तान जाती है बाई
	बोथा ओछाउन जाय	बोथा बिछा जाती है
	मसनी मारुन जाय बाई	चटाई बना जाती है बाई
	जोड़ी मसनी मारे	दो चटाइयाँ बनाती
	हाते छुरी धरे बाई	हाथ में छुरी लेती बाई
	डोरी काटुन जाय	डोर काट जाती
	बोथा काटुन जाय बाई	बोथा काट जाती बाई
	मसनी घड़याउन जाय	चटाई लपेट जाती
	पवनकुमार के देय बाई	पवनकुमार को देती बाई
	पवनकुमार धरे	पवनकुमार है लेता
	मुठा रुपया देय बाबू	मुट्ठी भर रुपये देता बाबू
	मुरिया-माहाल छाँडे	मुरिया-महल छोड़ता
	जाते-जाते बले जाय बाबू	चलता चला जाता बाबू
	रुमझुम-रुमझुम रेंगे	जल्दी-जल्दी चलता बाबू
	मरार-माहाले जाय बाबू	मरार-महल जाता बाबू
	हुन मरार-माहाल अमरे	वह मरार-महल पहुँचता
	माँडो-मोंगरा उबे बाबू	मोगरा मण्डप में रुकता बाबू
	‘दादा’ हंका मारे	‘दादा’ हाँक लगाता
	दादा सुनुन जाय बाबा	दादा सुन लेता है बाबा
	घर ले बाहिर होय	घर से बाहर होता
	बाबू के काय बले दादा	बाबू से क्या कहता दादा
	“सुन बाबू” बले	“सुन हे बाबू” कहता
	“काय कामे इलिस बाबू	“किस काम से आया बाबू
	तुय आले मोके साँग”	तू मुझको बतला”
155	“सुन दादा रे मरार लोग	“सुन हे दादा मरार जन
	सुन दादा मरार लोग	सुन हे दादा मरार जन
	आमा-बिहाव आय दादा	आम का विवाह है दादा
	तरई-बिहाव आय	सरोवर का विवाह है
	बिहाव-मउड़ दे दादा	विवाह-मुकुट दे हे दादा

	मोके भेला गुर दे”	मुझे गुड़ की भेली दे”
	दादा सुनुन जाय बाबा	दादा सुन लेता है बाबा
	“मयँ देयँदे बाबू” बले	“मैं दूँगा बाबू” कहता
	हाते फरसी धरे दादा	हाथ में फरसी लेता दादा
	पलेवाँ गोंदुकलाय जाय	पलेवाँ[6] काटने जाता
	पलेवाँ गोंदुन आने दादा	पलेवाँ काट कर लाता दादा
	हाते छुरी धरे	हाथ में छुरी लेता
	पलेवाँ काटुन जाय दादा	पलेवाँ काट जाता दादा
	हुन पलेवाँ चुंदुन जाय	वह पलेवाँ काट जाता
	बिहाव-महुड़ गाथे दादा	विवाह-मुकुट बनाता दादा
	माँडो-महुड़ गाथे	माँडो-मुकुट बनाता
	तेल-महुड़ गाथे दादा	तेल-मुकुट बनाता दादा
	लगिन-महुड़ गाथे	लगिन-मुकुट बनाता
	कोपरेया महुड़ गाथे दादा	कोपरेया मुकुट बनाता दादा
	महुड़ गाथुन सारे	वह मुकुट बना जाता
	आपलो माहाले ओले दादा	अपने महल में घुसता दादा
	हुन भेला गुर धरे	वह गुड़ की भेली लेता
	पवनकुमार के देय दादा	पवनकुमार को देता दादा
	पवनकुमार धरे	पवनकुमार है लेता
	मुठा रुपया देय बाबू	मुट्ठी भर रुपये देता बाबू
	मरार-माहाल छाँडे	मरार-महल छोड़ता
	गइरा-माहाले जाय बाबू	गइरा-महल जाता बाबू
	गइरा-माहाल अमरे	गइरा-महल पहुँचता
	माँडो-मोंगरा उबे बाबू	मोगरा मण्डप में रुकता बाबू
	‘दादा’ हंका मारे	‘दादा’ हाँक लगाता
	दादा सुनुन जाय बाबा	दादा सुन लेता है बाबा
	बाबू के काय बले	बाबू से क्या कहता
	“काय कामे इलिस बाबू	“किस काम से आया बाबू
	आले मोके साँग”	तनिक मुझे बतला”
1156	“सुन दादा रे गइरा लोग	“सुन हे दादा गइरा जन
	सुन दादा गइरा लोग	सुन हे दादा गइरा जन
	आमा-बिहाव आय दादा	आम का विवाह है दादा
	तरई-बिहाव आय	सरोवर का विवाह है
	गोमा घिंव बले दे दादा	शुद्ध घी दे हे दादा
	मोके निरवाँ घिंव दे”	मुझे शुद्ध घी दे दे”
	दादा सुनुन जाय बाबा	दादा सुन लेता है बाबा
	“मयँ देयँदे बाबू” बले	“मैं दूँगा बाबू” कहता

6. पलेवाँ : खजूर प्रजाति के ‘छींद’ नामक एक पौधे की कोमल टहनियाँ।

आपन माहाले जाय दादा	अपने महल में जाता दादा
गोमा घिंव धरे	शुद्ध घी लेता
निरवाँ घिंव धरे दादा	शुद्ध घी लेता दादा
पवनकुमार के देय	पवनकुमार को देता
मुठा रुपया देय बाबू	मुट्ठी भर रुपये देता बाबू
गइरा-माहाल छाँडे	गइरा-महल छोड़ता
जाते-जाते बले जाय बाबू	चलता चला जाता बाबू
रुमझुम-रुमझुम रेंगे	जल्दी-जल्दी चलता
राजा-माहाले जाय बाबू	राज-महल जाता बाबू
राजा-माहाल अमरे	राज-महल पहुँचता
सब जोड़ा ठोय बाबू	सारी सामग्री रखता बाबू
सरसवँ निकराउन जाय	सरसों निकाल जाता
तिल निकराउन जाय	तिल निकाल जाता
हुन खेजा निकराउन जाय	वह मजदूरी निकाल जाता
मुठा रुपया धरे बाबू	मुट्ठी भर रुपये लेता बाबू
सरसवँ-कावड़ बोहे	सरसों-काँवर उठाता
राजा-माहाल छाँडे बाबू	राज-महल छोड़ता बाबू
हुन जाते-जाते जाय	वह चलता चला जाता
रुमझुम-रुमझुम रेंगे बाबू	जल्दी-जल्दी चलता बाबू
एक कलाट मारे	लम्बे डग है भरता
तेली-माहाले जाय बाबू	तेली-महल जाता बाबू
तेली-माहाल अमरे	तेली-महल पहुँचता
माँडो-मोंगरा उबे बाबू	मोगरा-मण्डप में बाबू रुकता
'दादा' हंका मारे	'दादा' हाँक लगाता
दादा सुनुन जाय बाबा	दादा सुन जाता है बाबा
घर ले बाहिर होय	घर से बाहर आता
"काय कामे इलिस बाबू	"किस काम से आया बाबू
तुय आले मोके साँग"	तू मुझे बतला"
1157 "सुन दादा रे तेली लोग	"सुन हे दादा तेली जन
सुन दादा तेली लोग	सुन हे दादा तेली जन
आमा-बिहाव आय दादा	आम का विवाह है दादा
तरई-बिहाव आय	सरोवर का विवाह है
तेल पेरुन दे दादा	तेल निकाल दे दादा
मोके तेल पेरुन दे"	मुझे तेल निकाल कर दे"
दादा सुनुन जाय बाबा	दादा सुन लेता है बाबा
"मयँ देयँदे बाबू" बले	"मैं दूँगा बाबू" कहता
घानी समराउन जाय दादा	घानी तैयार कर जाता दादा
तिल रिकाउन जाय	तिल डाल जाता

सरसवँ रिकाउन जाय दादा	सरसों डाल जाता दादा
बयला फाँदुन जाय	बैल जोत जाता
बयला के कापा[7] बाँदे दादा	बैलों को कापा[8] बाँधता दादा
घानी गिंजराउन जाय	वह घानी घुमा जाता
तेल पेरुन जाय दादा	तेल निकाल जाता दादा
तेल पेरुन सारे	तेल निकाल जाता
पिपा-पिपा बले तेल होय	कई-कई पीपा तेल निकलता
पिपा-पिपा तेल	कई-कई पीपा तेल
पवनकुमार के देय दादा	पवनकुमार को देता दादा
पवनकुमार धरे	पवनकुमार है लेता
मुठा रुपया देय बाबू	मुट्ठी भर रुपये देता बाबू
तेली-माहाल छाँडे	तेली-महल छोड़ता
जाते-जाते बले जाय बाबू	चलता चला जाता बाबू
रुमझुम-रुमझुम रेंगे	जल्दी-जल्दी चलता
बनिया-माहाले जाय बाबू	बनिया-महल जाता बाबू
बनिया-महाले अमरे	बनिया-महल पहुँचता
माँडो-मोंगरा उबे बाबू	मोगरा-मण्डप में रुकता बाबू
'दादा' हंका मारे	'दादा' हाँक लगाता
दादा सुनुन जाय बाबा	दादा सुन लेता है बाबा
घर ले बाहिर होय	घर से बाहर आता
बाबू के काय बले दादा	बाबू से क्या कहता दादा
"तुय सुन बाबू" बले	"तू सुन हे बाबू" कहता
"काय कामे इलिस बाबू	"किस काम से आया बाबू
आले मोके साँग"	तनिक मुझे बतला"
1158 "सुन दादा रे बनिया लोग	"सुन हे दादा बनिया जन
सुन दादा बनिया लोग	सुनो हे दादा बनिया जन
आमा-बिहाव आय दादा	आम-विवाह है हे दादा
तरई-बिहाव आय	सरोवर-विवाह है
नड़ेर-सुपारी दे दादा	नारियल-सुपारी दे हे दादा
मोके गठ हरदी दे	मुझे गाँठ हल्दी दे
अगरबती बले दे दादा	अगरबत्ती भी दे दादा
जात लाली दे"	शुद्ध लाली दे"
"देयँदे बाबू" बले दादा	"दूँगा बाबू" कहता दादा
आपन माहाल ओले	अपने महल में घुसता
सब जोड़ा धरे दादा	सारी सामग्री लेता दादा
पवनकुमार के देय	पवनकुमार को देता

7. कापा : अन्य शब्द 'टोपा'।
8. कापा : बैलों की आँखों पर बाँधी जाने वाली पट्टी।

पवनकुमार धरे बाबा	पवनकुमार लेता बाबा
मुठा रुपया देय	मुट्‌ठी भर रुपये देता
बनिया-दुकान छाँडे बाबू	बनिया-दुकान छोड़ता बाबू
जाते-जाते जाय	चलता चला जाता
रुमझुम-रुमझुम रेंगे बाबू	जल्दी-जल्दी चलता बाबू
हलबा-माहाले जाय	हल्बा-महल वह जाता
हलबा-माहाल अमरे बाबू	हल्बा-महल पहुँचता बाबू
माँडो-मोंगरा उबे	मोगरा-मण्डप में रुकता
'बाई' हंका मारे बाबू	'बाई' हाँक लगाता बाबू
बाई सुनुन जाय	बाई है सुन लेती
घर ले बाहिर होय बाई	घर से बाहर आती बाई
बाबू के काय बले	बाबू से क्या कहती
"काय कामे इलिस बाबू	"किस काम से आया बाबू
आले मोके साँग"	तनिक मुझे बतला"
1159 "सुन बाई हलबिन	"सुन हे बाई हलबिन
सुन बाई हलबिन	सुन हे बाई हलबिन
लाई फोड़ुन दे बाई	लाई फोड़ दे हे बाई
चिवड़ा कुटुन दे"	चिवड़ा कूट दे"
"देयँदे बाबू" बले बाई	"दूँगी बाबू" कहती बाई
लाई फोड़ुन जाय	लाई फोड़ जाती
चिवड़ा कुटुन जाय बाई	चिवड़ा कूट जाती बाई
पवनकुमार के देय	पवनकुमार को देती
लाई-चिवड़ा धरे बाबू	लाई-चिवड़ा लेता बाबू
खेजा धराउन देय	मजदूरी पकड़ा देता
हलबा-माहाल छाँडे बाबू	हल्बा-महल छोड़ता बाबू
जाते-जाते जाय	चलता चला जाता
रुमझुम-रुमझुम रेंगे बाबू	जल्दी-जल्दी चलता बाबू
एक कलाट मारे	लम्बे डग है भरता
राजा-माहाले जाय बाबू	राज-महल जाता बाबू
राजा-माहाल अमरे	राज-महल पहुँचता
सब जोड़ा ठोय बाबू	सारी सामग्री रखता बाबू
राजा-रानी लगे जाय	राजा-रानी के पास जाता
"बिहाव-जोड़ा जोड़ले राजा-रानी	"विवाह-सामग्री जुटा दी राजा-रानी
काय-काय जोड़ा लागुआय?	और क्या-क्या सामग्री लगेगी?
आले मोके साँगा राजा-रानी	आप मुझे बतलायें राजा-रानी
आले मोके साँगा"	तनिक मुझे बतलायें"
रानी काय बले बाबू के	रानी क्या कहती बाबू से
"सुन बाबू" बले	"सुन हे बाबू" कहती

	"गाँयतिन-माहाले जा बाबू	"गाँयतिन-महल तू जा हे बाबू
	पुजारिन-माहाले जा	पुजारिन-महल तू जा
	मँजपुरिन एओत बाबू	मँजपुरिन आयें हे बाबू
	बिहाव-काँडा नेदे"	विवाह-काँडा ले जायेंगी"
1160	सुने बाबू पवनकुमार	सुनता बाबू पवनकुमार
	सुने बाबू पवनकुमार	सुनता बाबू पवनकुमार
	पाँये खड़ऊ पिंदे बाबू	पाँव में खड़ाऊँ पहनता बाबू
	हाते बेद धरे	हाथ में बेंत लेता
	राजा-माहाल छाँडे बाबू	राज-महल छोड़ता बाबू
	जाते-जाते जाय	चलता चला जाता
	रुमझुम-रुमझुम रेंगे बाबू	जल्दी-जल्दी चलता बाबू
	एक कलाट मारे	लम्बे डग है भरता
	गाँयतिन-माहाले जाय बाबू	गाँयतिन-महल जाता बाबू
	पुजारिन-माहाले जाय	पुजारिन-महल वह जाता
1161	गाँयतिन-माहाले बाबू अमरे	गाँयतिन-महल बाबू पहुँचता
	माँडो-मोंगरा बाबू उबे	मोगरा-मण्डप में बाबू रुकता
	'बाई' हंका मारे बाबू	'बाई' हाँक लगाता बाबू
	बाई सुनुन जाय	बाई है सुन लेती
	घर ले बाहिर होय बाई	घर से बाहर आती बाई
	बाबू के काय बले	बाबू से क्या कहती
	"काय कामे इलिस बाबू	"किस काम से आया बाबू
	आले मोके साँग"	तनिक मुझे बतला"
1162	"सुन बाई गाँयतिन	"सुन हे बाई गाँयतिन
	सुन बाई पुजारिन	सुन हे बाई पुजारिन
	राजा-घरे बलाव बाई	राजा के घर बुलावा बाई
	बिहाव-काँडा आना	विवाह-काँडा लाओगी
	आमा-बिहाव आय बाई	आम-विवाह है हे बाई
	तरई-बिहाव आय"	सरोवर-विवाह है"
	"एयँदे बाबू" बले बाई	"आऊँगी बाबू" कहती बाई
	बुलुन-बुलुन साँगे	घूम-घूम बतलाता
	गिंजरुन-गिंजरुन साँगे बाबू	घूम-घूम बतलाता बाबू
	मँजपुरिन सुनोत	मँजपुरिन सुनतीं
	हरबर तियार होत बाई नोनी	झटपट तैयार होतीं बाई-नोनी
	जलदी तियार होत	जल्दी तैयार होतीं
	कौने गपा धरोत बाई मन	कोई महिला गपा लेती
	कवने टाकरा धरोत	कोई-कोई टाकरा लेती
	घर ले बाहिर होत बाई	घर से बाहर आतीं महिलायें
	जाते-जाते-जात	जाते-जाते जातीं

रुमझुम-रुमझुम रेंगोत बाई	जल्दी-जल्दी चलतीं बाई
एक कलाट मारोत	लम्बे डग हैं भरतीं
राजा-माहाले जात बाई	राज-महल को जातीं बाई
राजा-माहाल अमरोत	राज-महल पहुँचतीं
परछी ने जाउन बसोत बाई मन	परछी में जा कर बैठतीं बाई
अरछी-परछी भरे	परछी है भर जाती
राजा-घरे समाँव नीं होय बाबा	राजा के घर में जगह न होती बाबा
उसन-फउद आसोत	ऐसी भीड़ वहाँ है
मेंगइन रानी दखे बाबा	मेंगइन रानी देखती बाबा
बाबू के काय बले	बाबू से क्या कहती
"काँडा-लोग इला बाबू	"काँडा वालियाँ आ गयी हैं बाबू
धान हेड़ुन जा	तू धान निकाल ले
उड़िद-मुँग निकराव बाबू	उड़द-मूँग निकाल बाबू
राहेड़-बदई निकराव	अरहर-बदई निकाल
चना-बडरा निकराव बाबू	चना-मटर निकाल बाबू
धान नापुन जा"	धान नाप जा"
1163 सुने बाबू भँडारी पिला	सुनता बाबू भण्डारी बालक
सुने बाबू भँडारी पिला	सुनता बाबू भण्डारी बालक
झारी पानी धरे बाबू	झारी में पानी लेता बाबू
पइँया धोउन जाय	पाँव धो जाता
आरती-आइग धरे बाबू	आरती में आग लेता बाबू
घिंव-गुर धरे	घी-गुड़ भी वह लेता
गँगा-जमुना ने जाय बाबू	गंगा-जमुना में जाता बाबू
जोड़ी गदया ने जाय	दोनों कोषों में जाता
होम-आरती देय बाबू	होम-आरती करता बाबू
पइँया पड़ुन जाय	वह प्रणाम कर जाता
हाते गपली धरे बाबू	हाथ में गपली लेता बाबू
गँगा-जमुना खोले	गंगा-जमुना खोलता
नोनी के काय बले बाबू	नोनी से क्या कहता बाबू
"सुन बइन" बले	"सुन हे बहिन" कहता
"सुन नोनी नानी बइन	"सुन हे नोनी नन्हीं बहिन
सुन बाबा पिला बइन	सुन हे बाबा छोटी बहिन
तुके हेड़ुन जायँ नोनी	तुझे निकाल जाता हूँ नोनी
गदया आधा नीं हो	कोष न आधा हो
गदया भरती रा नोनी	कोष भरा रहे रे हे नोनी
गदया भरती रा"	कोष भरा रहे"
धान हेड़ुन जाय बाबू	धान निकाल जाता बाबू
धान निकराउन जाय	धान निकाल जाता

	उड़िद-मुँग हेड़े बाबू	उड़द-मूँग निकालता बाबू
	राहेड़-बदई हेड़े	अरहर-बदई निकालता
	चना-बडरा हेड़े बाबू	चना-मटर निकालता बाबू
	हाते पयली धरे	हाथ में पायली लेता
1164	"सुन बाई गाँयतिन	"सुन हे बाई गाँयतिन
	सुन बाई पुजारिन	सुन हे बाई पुजारिन
	आगे काँडा बले झोक बाई	पहले काँडा तू ले हे बाई
	आगे काँडा झोक"	पहले काँडा तू ले"
	गाँयतिन बाई झोके बाबा	गाँयतिन बाई लेती बाबा
	पुजारिन बाई झोके	पुजारिन बाई लेती
	राँडी-लेड़ी के देय बाबू	विधवा-परित्यक्ता को देता बाबू
	गरिब-दुखी के देय	गरीब-दुखी को देता
	धान नापुन सारे बाबू	धान नाप जाता बाबू
	उड़िद-मुँग नापे	उड़द-मूँग नापता
	राहेड़-बदई नापे बाबू	अरहर-बदई नापता बाबू
	चना-बडरा नापे	चना-मटर है नापता
1165	"सुना बाई सुना नोनी	"सुनो हे बाई सुनो हे नोनी
	सुना बाई सुना नोनी	सुनो हे बाई सुनो हे नोनी
	राजा-घरो बात आय बाई	राजा के घर की बात बाई
	राजा-घरो गोठ आय	राजा के घर की बात
	अछा चाउर छड़ा बाई	अच्छे से चावल कूटो बाई
	अछा चाउर छड़ा"	अच्छे से चावल कूटो"
	आपन-आपन जाओत बाई नोनी	अपने-अपने घर जातीं बाई
	आपन-आपन जाओत	अपने-अपने घर जातीं
	धान काँडया काँडोत बाई-नोनी	धान कूटने वाली बाई-नोनी धान कूटतीं
	दार-दरया दरोत	दाल दलने वाली दाल दलतीं
	पिसान-पिसया पिसोत बाई	आटा बनाने वाली आटा बनातीं
	पेट काजे नईं खाओत	पेट भर न खातीं बाई
	निंद काजे नईं सोओत बाई मन	नींद भर न सोतीं बाई
	चाउर निमड़ाउन जात	चावल कूट जातीं
	"चाउर नेउन देवँ" बलोत	"चावल पहुँचा दें" वे कहतीं
	"चाउर नेउन देवँ"	"चावल पहुँचा दें"
1166	रुमझुम-रुमझुम बाई-नोनी रेंगोत	जल्दी-जल्दी बाई-नोनी चलतीं
	एक कलाट बाई-नोनी मारोत	लम्बे डग हैं बाई-नोनी भरतीं
	राजा-माहाले जात बाई-नोनी	राजा-महल जातीं बाई-नोनी
	राजा-माहाल अमरोत	राज-महल वे जातीं
	परछी ने जाउन बसोत बाई	परछी में जा कर बैठतीं बाई
	अरछी-परछी भरे	परछी है भर जाती

मेंगइन रानी दखे बाबा	मेंगइन रानी देखती बाबा
बाबू के काय बले	बाबू से क्या कहती
“चाउर आनुन दिला बाबू	“चावल ले आयी हैं बाबू
तुय चाउर नापुन जा”	तू चावल नाप दे”
भँडारी पिला सुने बाबा	भण्डारी बालक सुनता बाबा
झारी पानी धरे	झारी में पानी लेता
पइँया धोउन जाय बाबू	पाँव धो जाता बाबू
हाते पयली धरे	हाथ में पायली लेता
चाउर नापुन जाय बाबू	चावल नाप जाता बाबू
चाउर नापुन सारे	चावल नाप जाता
दार नापुन जाय बाबू	दाल नाप जाता बाबू
पिसान नापुन जाय	आटा नाप जाता
चाउर ठोउन देय बाबू	चावल रख देता है बाबू
दार ठोउन देय	दाल रख देता है
7 “सुना बाई गाँयतिन	“सुनो हे बाई गाँयतिन
सुना बाई पुजारिन	सुनो हे बाई पुजारिन
हरदी काँडुन दिया बाई	हल्दी कूट दो हे बाई
हरदी काँडुन दिया”	हल्दी कूट दो”
जाय रानी रे मेंगइन	जाती रानी मेंगइन
जाय रानी मेंगइन	जाती रानी मेंगइन
नव खँड माहाले जाय रानी	नौ खण्डा महल में जाती रानी
नव खँड माहाले जाय	नौ खण्डा महल में जाती
हरदी निकराउन देय रानी	हल्दी निकाल देती रानी
चाउर निकराउन देय	चावल निकाल देती
नवा हाँडी बले देय रानी	नयी हण्डी भी देती रानी
नवा सुपा देय	नया सूपा भी देती
बाहना ने हरदी रिकाय बाई	बाहना में हल्दी डालती बाई
रानी के काय बले	रानी से क्या कहती
“सुन रानी मेंगइन	“सुन हे रानी मेंगइन
सुन रानी मेंगइन	सुन हे रानी मेंगइन
बाहना ने थिपानी दे रानी	बाहना में थिपानी दे हे रानी
बाहना ने थिपानी दे”	बाहना में थिपानी दे”
मेंगइन रानी सुने बाबा	मेंगइन रानी सुनती बाबा
अरग फुली के देय	शुद्ध मदिरा देती
गाँयतिन बाई धरे बाबा	गाँयतिन बाई लेती बाबा
पुजारिन बाई धरे	पुजारिन बाई लेती
बाहना ने थिपाउन जाय बाई	बाहना में टपका जाती बाई
बाहना ने थिपाउन जाय	बाहना में टपका जाती

	नेंग काजे काँडे बाई	नेग के लिये कूटती बाई
	चेलिक-धँगड़ी के देय	नवयुवतियों को देती
	चेलिक-धँगड़ी काँडोत बाबा	नवयुवतियाँ कूटतीं बाबा
	हरदी काँडनी गीत	हल्दी-काँडनी गीत गातीं
	हरदी काँडया काँडोत बाई मन	हल्दी कूटने वाली कूटतीं बाई
	हरदी छनकिया छनकोत	हल्दी फटकने वाली फटकतीं
	नवा हाँडी ने भरोत बाई	नयी हण्डी में रखतीं बाई
	कोकोड़ी बनाउन जात	वे कोकोड़ी बना जातीं
	“हरदी बाड़ुन जाओ” बलोत	“हल्दी बढ़ जाये” वे कहतीं
	“हरदी बाड़ुन जाओ”	“हल्दी बढ़ जाये”
	हरदी काँड़ुन सारोत बाई	हल्दी कूट जातीं बाई
	रानी के काय बलोत	रानी से क्या कहतीं
1168	“सुन रानी मेंगइन	“सुन हे रानी मेंगइन
	सुन रानी मेंगइन	सुन हे रानी मेंगइन
	तिन ठन दोनी मोके दे रानी	तीन दोनियाँ मुझे दो रानी
	तुके हरदी देयँदे”	मैं तुम्हें हल्दी दूँगी”
	तिन ठन दोनी देय रानी	तीन दोनियाँ देती रानी
	तिनों ने हरदी अलगाय	तीनों में हल्दी अलग वे करतीं
	“एई दोनी के ठो रानी	“इस दोनी को रख हे रानी
	पहिल तेल चघाव	इससे पहला तेल चढ़ाना
	एई दोनी के ठो रानी	इस दोनी को रख हे रानी
	देव तेल बाटे ने	इसे देव-तेल को ले जाना
	एई दोनी के ठो रानी	इस दोनी को रख हे रानी
	रचन बेरा निकराव”	रचन के समय निकालना”
	रानी के हरदी देय बाई	रानी को हल्दी देती बाई
	हरदी हाँडी ठोय	वह हल्दी-हण्डी रख जाती
	पाँच पयली चाउर जोड़े	पाँच पायली चावल लेती
	दुय सोली दार	दो सोली दाल
	मुठा रुपया धरे रानी	मुट्ठी भर रुपये लेती रानी
	गाँयतिन-बिदा देय	गाँयतिन को विदाई देती
	“एई ने मानुन जाहा” बले	“इतने में मान जाओ” कहती
	“मयँ देउक नईं सकें”	“मैं अधिक नहीं दे सकती”
	“इतरोय देतो बले आय रानी	“इतना ही देना है रानी
	कोन आगर देसोत?”	कौन अधिक देता है?”
1169	जाओत बाई जाओत नोनी	जातीं बाई जातीं नोनी
	जाओत बाई जाओत नोनी	जातीं बाई जातीं नोनी
	आपन-आपन जाओत बाई-नोनी	अपने-अपने घर जातीं बाई-नोनी
	आपन-आपन जाओत	अपने-अपने घर जातीं

आँट दिन बले होय बाबा	आठ दिन बीते बाबा
हरदी काँडलो होय	हल्दी कूटे बीते
बाबू के काय बले रानी	बाबू से क्या कहती रानी
"सुन बाबू" बले	"सुन हे बाबू" कहती
"गाँयता-माहाले जा बाबू	"गाँयता-महल तू जा बाबू
तुय पुजारी-माहाले जा	तू पुजारी-महल जा
मँजपुरया एओत बाबू	मँजपुरिया आयें हे बाबू
छापर बाँदुन देदे"	वे छावन बना देंगे"
पवनकुमार सुने बाबा	पवनकुमार सुनता बाबा
हरबर तियार होय	झटपट तैयार होता
पाँये खड़ऊ पिंदे बाबू	पाँव में खड़ाऊँ पहनता बाबू
हाते बेद धरे	हाथ में बेंत लेता
घर ले बाहिर होय बाबू	घर से बाहर निकलता बाबू
जाते-जाते जाय	चलता चला जाता
रुमझुम-रुमझुम रेंगे बाबू	जल्दी-जल्दी चलता बाबू
गाँयता-माहाले जाय	गाँयता-महल वह जाता
पुजारी-माहाल अमरे बाबू	पुजारी-महल पहुँचता बाबू
माँडो-मोंगरा उबे	मोगरा-मण्डप में रुकता
'दादा' हंका मारे बाबू	'दादा' हाँक लगाता बाबू
दादा सुनुन जाय	दादा है सुन लेता
घर ले बाहिर होय दादा	घर से बाहर आता दादा
बाबू के काय बले	बाबू से क्या कहता
"काय कामे इलिस बाबू	"किस काम से आया बाबू
आले मोके साँग"	तनिक मुझे बतला"
70 "सुन दादा रे गाँयता लोग	"सुन हे दादा गाँयता
सुन दादा पुजारी लोग	सुन हे दादा पुजारी
राजा-घरे बलाव दादा	राजा के घर बुलावा दादा
एक डँडिक जावँ"	थोड़ी देर चलो"
"एयँदे बाबू" बले दादा	"आऊँगा बाबू" कहता दादा
बुलुन-बुलुन साँगे	वह घूम-घूम बतलाता
गिंजरुन-गिंजरुन साँगे बाबू	घूम-घूम बतलाता बाबू
मँजपुरया सुनोत	मँजपुरवासी सुनते
हरबर तियार होत दादा-बाबू	झटपट तैयार होते दादा-बाबू
जलदी तियार होत	जल्दी तैयार होते
घर ले बाहिर होत दादा-बाबू	घर से बाहर आते दादा-बाबू
जाते-जाते-जाते	चलते चले जाते
रुमझुम-रुमझुम रेंगोत दादा-बाबू	जल्दी-जल्दी चलते दादा-बाबू
राजा-माहाले जात	राज-महल वे जाते

लगे जाउन सलाम झोकोत	पास जा कर सलाम करते
दुरे जाउन बसोत	दूर जा कर बैठते
“काय बलाव आय राजा	“किसलिये बुलवाया राजा
आले हामके साँगा”[9]	तनिक हमें बतलायें”
राजा काय बले बाबू के	राजा क्या कहता बाबू से
“सुना बाबू” बले	“सुनो हे बाबू” कहता
“आमा-बिहाव आय बाबू	“आम-विवाह है हे बाबू
तरई-बिहाव आय	सरोवर-विवाह है
छापर बाँदुन दिया बाबू	छावन बना दो हे बाबू
छापर बाँदुन दिया”	छावन बना दो”
“देउँदे राजा” बलोत दादा बाबू	“देंगे राजा” कहते दादा-बाबू
“देउँदे राजा” बलोत	“देंगे राजा” वे कहते
आपन माहाले जात दादा	अपने महल जाते दादा
आपन माहाले अमरोत	अपने महल पहुँचते
खाना-पिना खाओत दादा-बाबू	भोजन कर जाते दादा-बाबू
हरबर तियार होत	झटपट तैयार वे होते
बारस-बिंदना धरोत दादा	बारस-बिंधना लेते दादा
टयँगा-कोड़की धरोत	कुल्हाड़ी-कुदाली लेते
गाड़ी फाँदुन जात दादा	गाड़ी तैयार कर जाते दादा
सेतबन ने जात	सेतबन में जाते
हेतबन ने जात दादा	हेतबन में जाते दादा
बिंदराबने जात	बिंदराबन में जाते
छापर-डेरी दखे दादा	छावन का खम्भा देखता दादा
छापर-पाटी दखे	छावन की पटिया देखता
‘एई डेरी होयदे’ बले	‘यही खम्भा बनेगा’ कहता
‘मयँ एकेय गोंदुन जायँ’	‘मैं इसे ही काट जाऊँ’
गाड़ी ढिलुन जाय दादा	गाड़ी खोल जाता दादा
हाते टयँगा धरे	हाथ में कुल्हाड़ी लेता
छापर-डेरी गोंदे दादा	छावन का खम्भा काटता दादा
छापर-पाटी गोंदे	छावन की पटिया काटता
डेरी गोंदेया डेरी गोंदोत	खम्भा काटने वाले खम्भा काटते
पाटी गोंदेया पाटी गोंदोत	पटिया काटने वाले पटिया काटते
बाँवसा मारेया मारोत बाबा	बाँवसा काटने वाले बाँवसा
बलँगी मारेया मारोत	बलँगी काटने वाले बलँगी
डारा मारेया मारोत बाबू	डारा काटने वाले डारा काटते
डारा मारुन सारोत	डारा काट जाते

9. दिनांक 17.12.1996 को ध्वन्यांकित कैसेट क्रमांक 28बी का आरम्भ।

गाड़ी ने जोड़ुन जात बाबू	गाड़ी में रख जाते बाबू
गाड़ी फाँदुन जात	गाड़ी तैयार कर जाते
बिंदराबन छाँडोत बाबू	बिंदराबन छोड़ते बाबू
जाते-जाते जात	चलते चले जाते
राजा-माहाले जात बाबू	राज-महल जाते बाबू
राजा-माहाल अमरोत	राज-महल पहुँचते
"कोन लगे छापर रयदे राजा	"किस जगह छावन रहेगा राजा
जगा दखाउन दिया"	जगह दिखला दें"
बाबू के काय बले राजा	बाबू से क्या कहता राजा
"सुन बाबू" बले	"सुन हे बाबू" कहता
"तरई-पारे बले जा बाबू	"सरोवर के तीर तू जा बाबू
आमा-बुटा ने जा	आम के पौधे के पास जा
जघा दखाउन दे बाबू	जगह दिखला दे हे बाबू
डेरा दखाउन दे"	डेरा दिखला दे"
पवनकुमार सुने बाबा	पवनकुमार सुनता बाबा
दादा मन सँगे जाय	दादा के सँग जाता
तरई-पारे बले जाय बाबू	सरोवर के तीर जाता बाबू
आमा-बुटा ने जाय	आम के पौधे के पास जाता
बुलुन-बुलुन दखे बाबू	घूम-घूम कर देखता बाबू
गिंजरुन-गिंजरुन दखे	घूम-घूम कर देखता
अली मैदाँग रय बाबा	बड़ा मैदान था हे बाबा
डेंग भाटा रय	ऊँचा मैदान था
"एई लग छापर रहो दादा	"यहीं पर छावन रहे हे दादा
काय मँजा सुँदर दखे"	बहुत ही सुन्दर दिखता"
जघा दखाउन देय बाबू	जगह दिखला देता बाबू
डेरा दखाउन देय	डेरा दिखला देता
गाड़ी ढिलुन जात बाबू	गाड़ी खोल जाते बाबू
डेरी-पाटी उतरात	खम्भे-पटिया उतारते
बाँवसा-बलँगी उतरात बाबू	बाँवसा-बलँगी उतारते बाबू
हाते बारस धरोत	हाथ में बारस लेते
डेरी-पाटी छोलोत बाबू	खम्भे-पटिया छीलते बाबू
बाँवसा के कापन मारोत	बाँवसा में खाँचे बनाते
कापन मारुन सारोत बाबू	खाँचे बना जाते बाबू
होम-आरती देय	होम-आरती करते
पइँया पड़ुन जाय बाबू	उसे प्रणाम कर जाता बाबू
हात जोड़ुन जाय	हाथ जोड़ जाता
जागा रानी के सुमरे बाबा	जगह रानी को सुमरता बाबा
धरती माता के सुमरे	धरती माता को सुमरता

1171	“सुन आया जागा रानी	“सुन माता हे जगह रानी
	सुन आया धरती माता	सुन माता हे धरती माता
	तुके खोदरा खनें आया	तुझे गड्ढा करता माता
	छापर-डेरी गाड़ें	मैं छावन का खम्भा गाड़ता
	आमा-बिहाव आय आया	आम-विवाह है हे माता
	तरई-बिहाव आय”	सरोवर-विवाह है”
	पइँया पड़ुन जाय दादा	उसे प्रणाम कर जाता दादा
	हाते कुस धरे	हाथ में कुस लेता
	मँजी खोदरा खने दादा	बीच में गड्ढा करता दादा
	खोदरा खनुन सारे	गड्ढा वह कर जाता
	आमा-तोरन बाँदे दादा	आम-तोरण बाँधता दादा
	दार-चाउर फेके	दाल-चावल अर्पित करता
	मँजी डेरी गाड़े दादा	बीच में खम्भा गाड़ता दादा
	डेरी गाड़ुन जाय	वह खम्भा गाड़ जाता
	खोदरा खनेया खनोत बाबा	गड्ढे करने वाले गड्ढे करते
	डेरी गाड़ेया गाड़ोत	खम्भे गाड़ने वाले गाड़ते
	पाटी लथेया लथोत बाबू मन	पाटी लादने वाले लादते
	बाँवसा लथेया लथोत	बाँवसा लादने वाले लादते
	डारा रुँधेया रुँधोत बाबू	डारा रूँधने वाले रूँधते बाबू
	बलँगी बँधेया बाँदोत	बलँगी बाँधने वाले बाँधते
	नवखोली छापर बाँदोत बाबू मन	नौ कमरों का छावन बनाते बाबू
	नवखोली छापर बाँदोत	नौ कमरों का छावन बनाते
	छापर निमड़ुन जाय राजा चो	छावन बन जाता राजा का
	छापर बनुन जाय	छावन है बन जाता
1172	डारा-छापर ले राजा-घर ले	छावन से राजा के घर तक
	डारा-छापर ले राजा-घर ले	छावन से राजा के घर तक
	तोरन गुथुन देत बाबू	तोरण गूँथ देते बाबू
	तोरन गुथुन देत	तोरण गूँथ देते
	गाड़ी फाँदुन जात दादा	गाड़ी तैयार कर जाते दादा
	बारस-बिंदना धरोत	बारस-बिंधना लेते
	तरई-पार छाँडोत दादा	सरोवर-तीर छोड़ते दादा
	बावली-पार छाँडोत	बावली-तीर छोड़ते
	राजा-माहाले जात दादा-बाबू	राज-महल जाते दादा-बाबू
	राजा-माहाले अमरोत	राज-महल पहुँचते
	लगे जाउन सलाम झोकोत	पास जा कर सलाम करते
	दुरे जाउन बसोत	दूरी पर जा बैठते
	“छापर बाँदुन दिलू राजा	“छावन बना दिया हे राजा

नव खोली छापर बाँदलू	नौ कमरों का छावन बनाया
तोरन गुथुन दिलू राजा	तोरण गूँथ दिया हे राजा
आमके छुटी दिया"	हमें जाने दें"
"सुन नोनी कुँदनी कयना	"सुन हे नोनी कुँदनी कैना
सुन बाबा कुँदनी कयना	सुन हे बाबा कुँदनी कैना
रोसई-चाउर जोड़ नोनी	रसोई-चावल ले हे नोनी
मुठा रुपया धर	मुट्ठी भर रुपये ले
छापर-बिदा बले दे नोनी	छावन की विदाई दे नोनी
छापर-बिदा दे"	छावन की विदाई दे"
कुँदनी कयना सुने बाबा	कुँदनी कैना सुनती बाबा
रोसई-चाउर जोड़े	रसोई-चावल लेती
मुठा रुपया धरे नोनी	मुट्ठी भर रुपये लेती नोनी
छापर-बिदा देय	छावन की विदाई देती
दादा मन मोडरी बाँदोत बाबा	दादा गठरी बाँधते बाबा
आपन माहाले जात	अपने महल वे जाते
3 एक दिन ले दुय दिन	एक दिन से दो दिन
दुय दिन ले आँट दिन	दो दिन से आठ दिन
छापर बाँदलो होय राजा चो	छावन बनाये बीते राजा का
छापर बाँदलो होय	छावन बनाये बीते
बाबू के काय बले राजा	बाबू से क्या कहता राजा
"सुन बाबू" बले	"सुन हे बाबू" कहता
"बजनेया-माहाले जा बाबू	"बजनेया-महल जा हे बाबू
मोहरेया[10]-माहाले जा	मोहरेया-महल जा
बिहाव बजाउन देयदे बाबू	विवाह का बाजा बजा देगा बाबू
मोके बिहाव बजाउन देयदे	मुझे विवाह का बाजा बजा देगा
आमा-बिहाव आय बाबू	आम-विवाह है हे बाबू
तरई-बिहाव आय"	सरोवर-विवाह है"
4 पवनकुमार सुने बाबा	पवनकुमार सुनता बाबा
पाँये खड़ऊ पिंदे	पाँव में खड़ाऊँ पहनता
हाते बेद धरे बाबू	हाथ में बेंत लेता बाबू
राजा-माहाल छाँडे	राज-महल छोड़ता
रुमझुम-रुमझुम रेंगे बाबू	जल्दी-जल्दी चलता बाबू
एक कलाट मारे	लम्बे डग है भरता
बजनेया-माहाले जाय बाबू	बजनेया-महल जाता बाबू
मोहरेया-माहाल अमरे	मोहरेया-महल पहुँचता
माँडो-मोंगरा उबे बाबू	मोगरा-मण्डप में रुकता बाबू

. मोहरेया : अन्य उच्चारण 'मोहोरेया', 'मोहोरिया', 'मोहरिया'।

‘दादा’ हंका मारे	‘दादा’ हाँक लगाता
दादा सुनुन जाय बाबा	दादा सुन जाता है बाबा
घर ले बाहिर होय	घर से बाहर आता
“काय कामे इलिस बाबू	“किस काम से आया बाबू
तुय आले मोके साँग”	तू मुझे बतला”
“आमा-बिहाव आय दादा	“आम-विवाह है हे दादा
तरई-बिहाव आय	सरोवर का विवाह है
बिहाव बजाउन दे दादा	विवाह का बाजा बजा दे दादा
बिहाव बजाउन दे”	विवाह का बाजा बजा दे”
दादा सुनुन जाय बाबा	दादा सुन जाता है बाबा
“मयँ देयँदे बाबू” बले	“मैं दूँगा बाबू” कहता
“कितरो मोल धरुआस दादा	“कितना मोल लेगा दादा
आले मोके साँग”	तनिक मुझे बतला”
“अढ़ई रुपया मोल आय बाबू	“ढाई रुपया मोल है बाबू
चार आना बिड़ा दे”	चार आना बीड़ा दे”
चार आना बिड़ा बले देय बाबू	चार आना बीड़ा देता बाबू
बजनेया-माहाल छाँडे	बजनेया-महल छोड़ता
राजा-माहाले जाय बाबू	राज-महल जाता बाबू
मेंगराजा दखे	मेंगराजा देखता
“बजनेया खोजुक गेलिस बाबू	“बजनेया खोजने गया हे बाबू
तुय मोहरेया खोजुक गेलिस?”	तू मोहरेया खोजने गया?”
“बजनेया खोजुन इले राजा	“बजनेया खोज कर आया राजा
मयँ मोहरेया खोजुन इले	मैं मोहरेया खोज कर आया
अढ़ई रुपया मोल आय राजा	ढाई रुपया मोल है राजा
चार आना बिड़ा दिले”	चार आना बीड़ा दिया”
हरबर जोड़ा जोड़ोत राजा-रानी	जल्दी-जल्दी तैयारी करते राजा-रानी
जलदी जोड़ा जोड़ोत	जल्दी-जल्दी तैयारी करते
बाबू के काय बले राजा	बाबू से क्या कहता राजा
“सुन बाबू” बले	“सुन हे बाबू” कहता
“नँगारची-माहाले जा बाबू	“नगारची-महल जा हे बाबू
घड़ी भर नँगारा देओ”	थोड़ी देर मुनादी कर दे”
बाबू सुनुन जाय बाबा	बाबू सुन लेता है बाबा
राजा-माहाल छाँडे	राज-महल छोड़ता
जाय बाबू पवनकुमार	जाता बाबू पवनकुमार
जाय बाबू पवनकुमार	जाता बाबू पवनकुमार
नँगारची-माहाले जाय बाबू	नगारची-महल जाता बाबू
नँगारची-माहाले अमरे	नगारची-महल पहुँचता

	माँडो-मोंगरा उबे बाबू	मोगरा-मण्डप में रुकता बाबू
	'दादा' हंका मारे	'दादा' हाँक लगाता
	दादा सुनुन जाय बाबा	दादा सुन लेता है बाबा
	घर ले बाहिर होय	घर से बाहर आता
	"काय कामे इलिस बाबू	"किस काम से आया बाबू
	तुय आले मोके साँग"	तू मुझे बतला"
176	"सुन दादा रे नँगारची लोग	"सुन हे दादा नगारची
	"सुन दादा नँगारची लोग	सुन हे दादा नगारची
	आमा-बिहाव आय दादा	आम-विवाह है हे दादा
	तरई-बिहाव आय	सरोवर-विवाह है
	घड़ी भर नँगारा दे दादा	थोड़ी देर मुनादी कर दे दादा
	तिनपुर नेवता दे"	सभी को न्योता दे"
	"देयँदे बाबू" बले दादा	"दूँगा बाबू" कहता दादा
	हरबर तियार होय	झटपट तैयार होता
	बाँडी घोड़ी कसे दादा	बाँडी घोड़ी कसता दादा
	जोड़ी नँगारा चेगाय	दो नगाड़े रखता
	हाते काड़ा धरे दादा	हाथ में लकड़ी लेता दादा
	खोरे-डाँडे जाय	गली-मोहल्ले में जाता
	आरा-पारा बुले	पारा-पड़ोस में घूमता
	आरा-पारा बुले	अड़ोस-पड़ोस में घूमता
	"सुना बाई" बले दादा	"सुनो हे बाई" कहता दादा
	"सुना नोनी" बले	"सुनो हे नोनी" कहता
	"आमा-बिहाव आय दादा-बाई	"आम-विवाह है दादा-बाई
	तरई-बिहाव आय	सरोवर-विवाह है
	राजा-घरे बलाव दादा-बाई	राजा के घर बुलावा दादा-बाई
	सँजकारी-सँजकारी जाहा"	जल्दी से जल्दी जायें"
	तिनपुर नेवता देय दादा	सभी को न्योता देता दादा
	तिनपुर नेवता देय	सभी को न्योता देता
1177	माटी-नँगारा धमधम करे	माटी नगाड़ा धमधम करता
	माटी-नँगारा धमधम करे	माटी नगाड़ा धमधम करता
	तमई झनकार देय बाबा	तमई झंकृत होती बाबा
	नँगारची नँगारा देय	नगारची मुनादी करता
	नँगारा देउन सारे दादा	मुनादी कर जाता दादा
	आपन माहाले जाय	अपने महल वह जाता
	दादा-बाई सुनोत बाबा	दादा-बाई सुन जाते बाबा
	हरबर तियार होत	झटपट तैयार होते
	कवने कपड़ा काचोत बाई मन	कोई बाई कपड़े धोती है
	कवने मुंड रेतोत	कोई बाई धोती सिर धोती है

कवने असनाँद होत दादा-बाई	कोई दादा-बाई स्नान करते
खाना-पिना करोत	भोजन-पानी करते
1178 रलो बिता बले तेल घसे	धनी लोग तेल लगाते
रलो बिता कपड़ा पिंदे	धनी लोग कपड़े पहनते
गरिब पानी घसोत बाबा	गरीब पानी लगाते बाबा
गरिब धड़का पिंदोत	गरीब फटे कपड़े पहनते
हाती चेगेया चेगोत दादा-बाई	धनी लोग हाथी पर चढ़ते
घोड़ा चेगेया चेगोत	धनी लोग घोड़े पर चढ़ते
गरिब पैंदल जात बाबा	गरीब पैदल ही जाते बाबा
कोसक-दापक रेंगोत	कोस-दाब भर चलते
राजा-माहाले जात दादा-बाई	राज-महल जाते दादा-बाई
राजा-माहाले अमरोत	राज-महल पहुँचते
लगे जाउन सलाम झोकोत	पास जा कर सलाम करते
दुरे जाउन बसोत	दूर जा बैठते
1179 "सुना बाबू धँगड़ा रासी	"सुनो हे बाबू युवकों
सुना बाबू धंगड़ा रासी	सुनो हे बाबू युवकों
फउद अमरुन गेला बाबू	लोग आ पहुँचे हैं बाबू
फउद अमरुन गेला	लोग आ पहुँचे हैं
जोखा मारुन जाहा बाबू	जोखा बना जाओ बाबू
राँदा राँदुन जाहा"	भोजन पका डालो"
धँगड़ा रासी सुनोत बाबा	युवक गण सुनते बाबा
हाते कोड़की धरोत	हाथ में कुदाली लेते
जोखा मारेया मारोत बाबू	जोखा बनाने वाले बनाते बाबू
आइग बारेया बारोत	आग जलाने वाले जलाते
गइरा नाँद भरे बाबा	गइरा नाँद मे पानी भरता
नाँद भरुन सारे	नाँद में पानी भर जाता
"सुन बाबू भँडारी पिला	"सुन हे बाबू भण्डारी बालक
सुन बाबू भँडारी पिला	सुन हे बाबू भण्डारी बालक
दार-चाउर जोड़ बाबू	दाल-चावल ले हे बाबू
लोन-मिरी जोड़	नमक-मिर्च ले
धँगड़ा रासी के दे बाबू	युवकों को तू दे हे बाबू
हुन राँदा राँदुन जादे"	वे भोजन तैयार करेंगे"
भँडारी पिला सुने बाबा	भण्डारी बालक सुनता बाबा
दार-चाउर जोड़े	दाल-चावल लेता
लोन-मिरी जोड़े बाबू	नमक-मिर्च लेता बाबू
धँगड़ा रासी के देय	वह युवकों को देता
धँगड़ा राँदा राँदोत बाबा	युवक भोजन पकाते बाबा
धँगड़ी पान आनोत	युवतियाँ पत्ते लातीं

डोकरी दोना खिलोत बाबा	बूढ़ियाँ दोने सीतीं बाबा
हरबर तियार होत	झटपट तैयार होते
80 "सुन नोनी कुँदनी कयना	"सुन नोनी कुँदनी कैना
सुन बाबा कुंदनी कयना	सुन बाबा कुँदनी कैना
पानी गरम कर नोनी	पानी गर्म कर हे नोनी
मयँ आँगे असनाँद होयँ"	मैं स्नान करूँगी"
कुँदनी कयना सुने बाबा	कुँदनी कैना सुनती बाबा
पानी गरम करे	पानी गर्म करती
सेदा-भेदा करे नोनी	ठण्डा पानी मिलाती नोनी
मन्दन-सिले नेय	स्नान-गृह में ले जाती
झारी कसेला देय नोनी	झारी पात्र देती नोनी
कपुर दतुन देय	सुगन्धित दतौन देती
राजा-रानी जाओत बाबा	राजा-रानी जाते बाबा
मन्दन-सिले जात	स्नान-गृह में जाते
कपुर दतुन धरोत राजा-रानी	सुगन्धित दतौन लेते राजा-रानी
सुरिज-भेट करोत	सूर्य-नमस्कार करते
मुँहे मुखारी गोबोत राजा-रानी	मुँह में मुखारी लेते राजा-रानी
दतुन-पतर चाबोत	वे दतौन कर जाते
आँगे असनाँद होत राजा-रानी	स्नान कर जाते राजा-रानी
हिरदे असनाँद होत	हृदय स्नान कर जाते
सुका कपड़ा पिंदोत राजा-रानी	सूखे कपड़े पहनते राजा-रानी
ओधा कपड़ा गिरे	गीले कपड़े गिरते
झारी पानी धरोत राजा-रानी	झारी में पानी लेते राजा-रानी
तुलसी-चँवरा ने जात	तुलसी-चौरा में जाते
चँवरा ने पानी रिकात राजा-रानी	चौरा में पानी डालते राजा-रानी
तुलसी के काय बलोत	तुलसी से क्या कहते
"अकास मेलान बाड़ बाई	"आकाश तक बढ़ जाओ बाई
पकिर पाना फेक	नयी कोंपलें निकलें
तुय-मयँ बाँहा-जोरी बाई	तुम-मैं बाँहों की जोड़ी बाई
तुय-मयँ हन्सा-जोरी	तुम-मैं हन्सों की जोड़ी
जिव भर सेवा मिरो बाई	जी-भर सेवा करूँ मैं बाई
मोचो जान सुकी रहो"	मेरा जीवन सुखी रहे"
होम-आरती देत राजा-रानी	होम-आरती करते राजा-रानी
पइँया पड़ुन जात	वे प्रणाम कर जाते
बाजे जाउन बसोत राजा-रानी	खाट पर जा बैठते राजा-रानी
सेज जाउन बसोत	शय्या पर जा बैठते
181 दखोत बाबू धँगड़ा रासी	देखते बाबू युवक गण
दखोत बाबू धँगड़ा रासी	देखते बाबू युवक गण

	सब के पानी बले देत बाबू	सब को पानी देते बाबू
	सब के हात धोआत	सब के हाथ धुलाते
	ओरी-चो-ओरी बसोत बाई-नोनी	कतारों में बैठ जातीं बाई-नोनी
	धाड़ी-चो-धाड़ी बसोत	पंक्तियों में बैठ जातीं
	भात बाटुन जात बाबू	युवक भात परोसते
	दार बाटुन जात	दाल परोस जाते
	खाना-पिना खाओत दादा-बाई	खाना-पीना करते दादा-बाई
	खाउन-पिउन उठोत	खा-पी कर उठ जाते
	राजा-रानी खाओत बाबा	राजा-रानी खाते बाबा
	राजा-रानी खाओत	राजा-रानी खाते
1182	एकिस कोटी बले बाजा बाजे	इक्कीस कोटि बाजे बजते
	बाइस कोटी मोहरी बाजे	बाईस कोटि मोहरी बजतीं
	धँगड़ा माँदर मारोत बाबा	युवक माँदर बजाते बाबा
	धँगड़ी रिलो गाओत	युवतियाँ रिलो गातीं
	राजा चो दुआरे बाजे बाबा	राजा के द्वार में बजता बाबा
	कुड़ुमछुटुन जाय	जोर-शोर से बजता
	बाबू के काय बलोत राजा-रानी	बाबू से क्या कहते राजा-रानी
	"सुना बाबू" बलोत	"सुनो हे बाबू" कहते
	"सब जोड़ा धरा बाबू	"सारी सामग्री लो हे बाबू
	गाड़ी ने जोड़ुन जाहा"	गाड़ी में रख जाओ"
	धँगड़ा रासी सुनोत बाबा	युवक गण सुनते बाबा
	बिहाव-जोड़ा धरोत	विवाह-सामग्री लेते

	गाड़ी ने जोड़ुन जात बाबू	गाड़ी में रख जाते बाबू
	गाड़ी ने जोड़ुन जात	गाड़ी में रख जाते
	हरबर तियार होत राजा-रानी	झटपट तैयार होते राजा-रानी
	जलदी तियार होत	जल्दी तैयार होते
	आपन साजू पिंदोत राजा-रानी	अपने साज पहनते राजा-रानी
	आपन जाक धरोत	अपने सामान लेते
	कलस-दिया बारे रानी	कलश-दीप जलाती रानी
	सेवा-जोड़ा धरे	सेवा-सामग्री लेती
	मुँड ओड़नी देय रानी	सिर पर ओढ़नी रखती रानी
	मुँडे कलस बोहे	सिर पर कलश रखती
	घर ले बाहिर होय रानी	घर से बाहर निकलती रानी
	जाते-जाते जाय	चलती चली जाती
	रुमझुम-रुमझुम रेंगोत राजा-रानी	जल्दी-जल्दी चलते राजा-रानी
	एक कलाट मारोत	लम्बे डग हैं भरते
	तरई-पारे बले जात राजा-रानी	सरोवर-तीर जाते राजा-रानी
	डारा-छापरे जात	डारा-छावन में जाते
	डारा-छापरे अमरोत राजा-रानी	डारा-छावन पहुँचते राजा-रानी
	मुँड चो कलस उतराय	सिर का कलश उतारती
	गाड़ी ढिलुन जात बाबू	गाड़ी खोल जाते बाबू
	सब जोड़ा धरोत	सारी सामग्री लेते
	डारा-छापरे नेत बाबू	डारा-छावन में ले जाते बाबू
	डारा-छापरे नेत	डारा-छावन में ले जाते
1183	"सुना बाबू धँगड़ा रासी	"सुनो हे बाबू युवक गण
	सुना बाबू धँगड़ा रासी	सुनो हे बाबू युवक गण
	जोखा मारुन जाहा बाबू	जोखा बना जाओ बाबू
	राँदा राँदुन जाहा	भोजन पका जाओ
	माँडो-माँदी देवाँ बाबू	माँडो का भोज देंगे बाबू
	माँडो-माँदी देवाँ"	माँडो का भोज देंगे"
	धँगड़ा रासी सुनोत बाबा	युवक गण सुनते बाबा
	जोखा मारुन जात	जोखा बना जाते
	आइग बारेया बारोत बाबू मन	आग जलाने वाले आग जलाते
	राँदा रँदेया राँदोत	भोजन पकाने वाले पकाते
	धँगड़ी पान आनोत बाबा	युवतियाँ पत्ते लातीं बाबा
	डोकरी दोना खिलोत	बूढ़ियाँ दोने सीतीं
1184	"सुन दादा गाँयता लोग	"सुन हे दादा गाँयता
	सुन दादा पुजारी लोग	सुन हे दादा पुजारी
	माँडो मारुन दे दादा	माँडो ले आओ हे दादा
	माँडो मारुन दे"	माँडो ले आओ"

गाँयता दादा सुने बाबा	गाँयता दादा सुनता बाबा
"मयँ देयँदे राजा" बले	"मैं लाऊँगा राजा" कहता
हरदी-चाउर धरे दादा	हल्दी-चावल लेता दादा
खाँदे टयँगा धरे	कन्धे में कुल्हाड़ी लेता
धँगड़ा रासी सँगे जाय दादा	युवकों के सँग जाता दादा
धँगड़ा रासी सँगे जाय	युवकों के सँग जाता
सेतबन ने जाय दादा	सेतबन में जाता दादा
हेतबन ने जाय	हेतबन में जाता
बिंदराबने अमरे दादा	बिंदराबन पहुँचता दादा
माँडो-डेरी दखे	माँडो का खम्भा खोजता
'एई डेरी होयदे' बले	'यही खम्भा बनेगा' कहता
'मयँ एकेय गोंदुन जायँ'	'मैं इसे ही काट जाऊँ'
हरदी-चाउर फेके दादा	हल्दी-चावल अर्पित करता दादा
हाते टयँगा धरे	हाथ में कुल्हाड़ी लेता
मँजी-डेरी गोंदे दादा	बीच का खम्भा काटता दादा
मँजी-पाटी गोंदे	बीच का खम्भा काटता
नव ठान डेरी गोंदे दादा	नौ खम्भे काटता दादा
नव ठान पाटी गोंदे	नौ पटिया काटता
डोरी हिरयाउन जाय दादा	रस्सी बना जाता दादा
भारा बाँदुन जाय	गट्ठा बना जाता
माँडो बोहुन जाय दादा	माँडो उठा लेता दादा
बिंदराबन छाँडे	बिंदराबन छोड़ता
रुमझुम-रुमझुम रेंगे दादा	जल्दी-जल्दी चलता दादा
तरई-पारे जाय	सरोवर के तीर जाता
भाटा ने नेउन उबाय दादा	मैदान में ले जा कर रखता दादा
भाटा ने नेउन उबाय	मैदान में ले जा कर रखता
मेंगइन रानी दखे बाबा	मेंगइन रानी देखती बाबा
'माँडो मारुन आनला'	'माँडो ले आये हैं'
रोसई-चाउर जोड़े रानी	रसोई-चावल लेती रानी
तेल-हरदी जोड़े	तेल-हल्दी लेती
टाँडी ने रचन घोरे रानी	टाँडी[11] में हल्दी घोलती रानी
परला ने महुड़ धरे	परला में मुकुट रखती
कलस-दिया बारे रानी	कलश-दीप जलाती रानी
कलस-दिया बारे	कलश-दीप जलाती
जाय रानी रे मेंगइन	जाती रानी मेंगइन
जाय रानी मेंगइन	जाती रानी मेंगइन
माँडो पड़घाउक जाय रानी	माँडो परघाने जाती रानी

11. एक प्रकार की छोटी हण्डी।

माँडो पड़घाउक जाय	माँडो परघाने जाती
माँडो लगे अमरे रानी	माँडो के पास पहुँचती रानी
माँडो लगे अमरे	माँडो के पास पहुँचती
झारी पानी धरे रानी	झारी में पानी लेती रानी
माँडो के पाँय धोआय	माँडो के पाँव धुलाती
तेल-हरदी मँडाय रानी	तेल-हल्दी रखती रानी
तेल-हरदी मँडाय	तेल-हल्दी रखती
1186 जाय दादा रे गाँयता लोग	जाता दादा गाँयता
जाय दादा पुजारी लोग	जाता दादा पुजारी
माँडो के मउड़ बाँदे दादा	माँडो को मुकुट बाँधता दादा
माँडो के मउड़ बाँदे	माँडो को मुकुट बाँधता

तेल-हरदी धरे दादा	तेल-हल्दी लेता दादा
माँडो के तेल चेगाय	माँडो को तेल चढ़ाता
दादा के हरदी रिकाय रानी	दादा पर हल्दी डालती रानी
दादा के हरदी रिकाय	दादा पर हल्दी डालती
तेल चेगाउन सारे रानी	तेल चढ़ा जाती रानी
तेल चेगाउन सारे	तेल चढ़ा जाती
रोसई-चाउर जोड़े रानी	रसोई-चावल लेती रानी
मुठा रुपया देय	मुट्ठी भर रुपये देती
गाँयता-बिदा बले देय रानी	गाँयता को विदाई देती रानी
पुजारी-बिदा देय	पुजारी को विदाई देती

	माँडो बोहुन जात दादा	माँडो उठा लेते दादा
	माँडो बोहुन जात	माँडो उठा लेते
1187	आमा-बुटा ने दादा मन जाओत	आम के पौधे के पास जाते दादा
	आमा-बुटा ने दादा मन जाओत	आम के पौधे के पास जाते
	माँडो कचाड़ुन जाय दादा	माँडो रख जाता दादा
	माँडो कचाड़ुन जाय	माँडो वह रख जाता
	होम-आरती देय दादा	होम-आरती करता दादा
	पइँया पड़ुन जाय	उसे प्रणाम कर जाता
	हाते कुस धरे दादा	हाथ में कुस लेता दादा
	मँजी खोदरा खने	बीच में गड्ढा करता
	खोदरा खनुन सारे दादा	गड्ढा कर जाता दादा
	आमा-तोरन बाँदे	आम का तोरण बाँधता
	दार-चाउर फेके दादा	दाल-चावल अर्पित करता दादा
	मँजी डेरी गाड़े	बीच में खम्भा गाड़ता
	खोदरा खनेया खनोत दादा मन	गड्ढे करने वाले दादा गड्ढे करते
	डेरी गाड़ेया गाड़ोत	खम्भे गाड़ने वाले गाड़ते
	नव ठन डेरी गाड़ोत दादा	नौ खम्भे गाड़ते दादा
	नव ठन पाटी लथोत	नौ पटिया लादते
	आमा-तोरन गुथोत दादा	आम-तोरण गूँथते दादा
	आमा-तोरन गुथोत	आम-तोरण गूँथते
1188	“सुन दादा गाँयता लोग	“सुन दादा गाँयता
	सुन दादा पुजारी लोग	सुन दादा गाँयता
	एकला लोग बले आयँ दादा	मैं अकेली हूँ हे दादा
	एकला लोग आयँ	मैं अकेली हूँ
	मोके देव-तेल दे दादा	मुझे देव-तेल दे हे दादा
	मोके देव-तेल दे”	मुझे देव-तेल दे”
	गाँयता दादा सुने बाबा	गाँयता दादा सुनता बाबा
	रानी के काय बले	रानी से क्या कहता
	“तेल-हरदी दे रानी	“तेल-हल्दी दे हे रानी
	मयँ तुके देव-तेल देयँ”	मैं तुझे देव-तेल दूँगा”
	तेल-हरदी धरे रानी	तेल-हल्दी लेती रानी
	गाँयता दादा के देय	गाँयता दादा को देती
1189	तेल-हरदी दादा धरे	तेल-हल्दी दादा लेता
	तेल-हरदी दादा धरे	तेल-हल्दी दादा लेता
	माँडो के तेल चेगाय दादा	माँडो को तेल चढ़ाता दादा
	माँडो के तेल चेगाय	माँडो को तेल चढ़ाता
	देव-तेल माँगुन जाय दादा	देव-तेल माँग जाता दादा
	देव-तेल माँगुन जाय	देव-तेल माँग जाता

	रानी के देव-तेल देय दादा	रानी को देव-तेल देता दादा
	रानी के देव-तेल देय	रानी को देव-तेल देता
	देव-तेल धरुन जाय रानी	देव-तेल ले लेती रानी
	डारा-छापरे नेय	डारा-छावन में ले जाती
90	पाँच पयली चाउर जोड़े	पाँच पायली चावल लेती
	दुय सोली दार जोड़े	दो सोली दाल लेती
	मुँड-बाँदा धरे राजा	साफा है ले लेता राजा
	मुठा रुपया धरे	मुट्ठी भर रुपये लेता
	गाँयता-बिदा देय राजा	गाँयता को विदाई देता राजा
	पुजारी-बिदा देय	पुजारी को विदाई देता
	"एई ने मानुन जाहा" बले	"इसी में मान जायें" कहता
	"मयँ देउक नईं सकें"	"मैं अधिक नहीं दे सकता"
	"इतरोय देतो बले आय राजा	"इतना ही देना है हे राजा
	कोन आगर देसोत?"	कौन अधिक देता है?"
91	"सुना नोनी धँगड़ी रासी	"सुनो हे नोनी धँगड़ी रासी[12]
	सुना बाबा धँगड़ी रासी	सुनो हे नोनी धँगड़ी रासी
	आमा के नाहाउन दिया नोनी	आम को नहलाओ हे नोनी
	तेल घसुन दिया	तेल लगा दो
	नवा लुगा पिंधावा नोनी	नया कपड़ा पहनाओ नोनी
	नवा लुगा पिंधावा"	नया कपड़ा पहनाओ"
	धँगड़ी रासी सुनोत बाबा	धँगड़ी रासी सुनतीं बाबा
	आमा के नाहाउन देत	आम को नहला देतीं
	तेल घसुन देत नोनी मन	तेल लगा जातीं नोनी
	नवा लुगा पिंधात	नया कपड़ा पहनातीं
	माँडो सराउन जात नोनी	माँडो लीप जातीं नोनी
	माँडो ने बाना लिखोत	माँडो में बाना लिखतीं[13]
	कलस-दिया बारोत नोनी	कलश-दीप जलातीं नोनी
	रानी काय बले	रानी है क्या कहती
	"सुना राजा मेंगराजा	"सुनिये राजा मेंगराजा
	सुना राजा मेंगराजा	सुनिये राजा मेंगराजा
	आमा के मउड़ बाँदा राजा	आम को मुकुट बाँधें राजा
	आमा के मउड़ बाँदा"	आम को मुकुट बाँधें"
	मेंगराजा सुने बाबा	मेंगराजा सुनता बाबा
	हाते मउड़ धरे	हाथ में मुकुट लेता
	आमा-बुटा ने जाय राजा	आम के पौधे के पास जाता राजा
	चार खुट पइँया पड़े	चारों दिशाओं में प्रणाम करता

2. धँगड़ी रासी : युवतियों।

3. बाना : चावल के आटे से किया जाने वाला चित्रांकन। लिखतीं : बनातीं। चित्र बनातीं।

आमा के मउड़ बाँदे राजा	आम को मुकुट बाँधता राजा
आमा के मउड़ बाँदे	आम को मुकुट बाँधता
परला ने चाउर धरे रानी	परला में चावल लेती रानी
टाँडी ने हरदी घोरे	टाँडी में हल्दी घोलती
तेल-हरदी धरे रानी	तेल-हल्दी लेती रानी
नोनी के काय बले	नोनी से क्या कहती
"सुना नोनी धँगड़ी रासी	"सुनो हे नोनी धँगड़ी रासी
सुना बाबा धँगड़ी रासी	सुनो हे बाबा धँगड़ी रासी
परला बोहुन जाहा नोनी	परला उठा जाओ नोनी
परला बोहुन जाहा"	परला उठा जाओ"
धँगड़ी रासी सुनोत बाबा	धँगड़ी रासी सुनतीं बाबा
परला बोहुन जात	परला उठा जातीं
माँडो ने नेउन उबाय रानी	माँडो में ले जा कर खड़ा करती रानी
माँडो ने नेउन उबाय	माँडो में ले जा कर खड़ा करती
नोनी के काय बले रानी	नोनी से क्या कहती रानी
"तुमी सुना बाबा" बले	"तुम सुनो हे बाबा" कहती
"भुँआर बुलुन जाहा नोनी	"भाँवर घूम जाओ नोनी
भुँआर-गित गावा	भाँवर-गीत गाओ
गित गावतो आय नोनी	गीत गाना है नोनी
गित गावतो आय"	गीत गाना है"
सुनोत नोनी धँगड़ी रासी	सुनतीं नोनी धँगड़ी रासी
सुनोत बाबा धँगड़ी रासी	सुनतीं बाबा धँगड़ी रासी
हात धरा-धरी होओत नोनी	हाथ थाम जातीं नोनी
भुँआर बुलुन जात	फेरे लगा जातीं
भुँआर-गित गाओत नोनी मन	भाँवर-गीत गाती नोनी
गित गाउन जात	वे गीत गा जाती
भुँआर बुलाउन सारे रानी	फेरे लगवा जाती रानी
भुँआर बुलाउन सारे	फेरे लगवा जाती
परला मँडाउन जाय रानी	परला रख जाती है रानी
पहिल बान भरे	पहला बान[14] भरती
बान भरुन सारे रानी	बान भर जाती है रानी
तेल-हरदी मँडाय	तेल-हल्दी रखती
आमा के तेल चेगात राजा-रानी	आम को तेल चढ़ाते राजा-रानी
आमा के तेल चेगात	आम को तेल चढ़ाते
गाँयता-पुजारी चेगात बाबा	गाँयता-पुजारी चढ़ाते बाबा
माँजी-मुकासी चेगात	माँझी-मुखासी चढ़ाते

14. बान : विवाह के समय वर-वधू के अंजलि में चावल दिया जाता है, जिसे बान भरना कहा जाता है।

2 जितरो रहोत मँजपुरया	जितने भी थे मँजपुरिया
जितरो रहोत मँजपुरया	जितने भी थे मँजपुरिया
आमा के तेल चेगात दादा-बाई	आम को तेल चढ़ाते दादा-बाई
आमा के तेल चेगात	आम को तेल चढ़ाते
उपरपुरया चेगात आमा के	ऊपरपुरिया चढ़ाते आम को
तलपुरया चेगात	तलपुरिया चढ़ाते
तेल चेगाउन सारे रानी	तेल चढ़ा जाती रानी
परला धरुन जाय	परला वह ले लेती
डारा-छापरे नेय रानी	डारा-छापर में ले जाती रानी
परला मँडाउन देय	परला वह रख देती
3 "सुना राजा मेंगराजा	"सुनिये राजा मेंगराजा
सुना राजा मेंगराजा	सुनिये राजा मेंगराजा
माँडो-माँदी दिया राजा	माँडो-भोज दें हे राजा
माँडो-माँदी दिया"	माँडो-भोज दें"
माँडो-माँदी देत बाबू मन	माँडो-भोज देते बाबू
माँडो-माँदी देत	माँडो-भोज देते
खाउन-पिउन उठोत बाबा	खा-पी कर उठते बाबा
राजा-रानी खाओत	राजा-रानी खाते
रात काजे सोओत राजा-रानी	रात को सो जाते राजा-रानी
बड़े बिहान होय	अगली सुबह होती
94 उठे रानी मेंगइन	उठती रानी मेंगइन
उठे रानी मेंगइन	उठती रानी मेंगइन
नोनी के काय बले रानी	नोनी से क्या कहती रानी
"सुन बाबा" बले	"सुन हे बाबा" कहती
"उठा नोनी" बले रानी जे	"उठो नोनी" कहती रानी
"बुता-भयना करा"	"काम-काज करो"
धँगड़ी रासी उठोत बाबा	धँगड़ी रासी उठतीं बाबा
बड़ा-ओंडा करोत	झाड़ू-बुहारी करतीं
छड़ा-छिटका देत नोनी	गोबर का छींटा देतीं नोनी
छड़ा-छिटका देत	गोबर का छींटा देतीं
दतुन-पतर चाबोत राजा-रानी	दतौन आदि कर जाते राजा-रानी
आँगे असनाँद होत	वे स्नान कर जाते
सुका कपड़ा पिंदोत राजा-रानी	सूखे कपड़े पहनते राजा-रानी
ओधा कपड़ा गिरे	गीले कपड़े गिरते
कपड़ा निचाउन जात राजा-रानी	कपड़े निचोड़ जाते राजा-रानी
कपड़ा सुकाउन जात	कपड़े सुखा जाते
डारा-छापरे जाय रानी	डारा-छावन में जाती रानी
हरबर-हरबर होय	जल्दी-जल्दी करती

1195	"सुना राजा मेंगराजा	"सुनिये राजा मेंगराजा
	सुना राजा मेंगराजा	सुनिये राजा मेंगराजा
	आज तेल बले आय राजा	आज तेल है हे राजा
	आज तेल आय"	आज तेल है"
	नोनी के काय बले रानी	नोनी से क्या कहती रानी
	"सुना नोनी" बले	"सुनो हे नोनी" कहती
	"माँडो सराउन जाहा नोनी	"माँडो लीप डालो नोनी
	माँडो ने बाना लिखा	माँडो में बाना लिखो
	कलस दिया बारा नोनी	कलश-दीप जलाओ नोनी
	देव तेल चेगावाँ"	देव-तेल चढ़ायेंगे"
	धँगड़ी रासी सुनोत बाबा	धँगड़ी रासी सुनतीं बाबा
	माँडो सराउन जात	माँडो लीप जातीं
	माँडो ने बाना लिखोत नोनी	माँडो में बाना लिखतीं नोनी
	कलस दिया बारोत	कलश-दीप जलातीं
1196	"सुना राजा मेंगराज़ा	"सुनिये राजा मेंगराजा
	सुना राजा मेंगराजा	सुनिये राजा मेंगराजा
	आमा के महुड़ बाँदा राजा	आम को मुकुट बाँधें राजा
	आमा के मउड़ बाँदा"	आम को मुकुट पहनायें"
	मेंगराजा सुने बाबा	मेंगराजा सुनता बाबा
	हाते मउड़ धरे	हाथ में मुकुट लेता
	आमा-बुटा ने जाय राजा	आम के पौधे में जाता राजा
	आमा के मउड़ बाँदे	आम को मुकुट बाँधता
	देव तेल धरे रानी	देव-तेल लेती रानी
	आमा-बुटा ने जाय	आम के पौधे में जाती
	भुँआर बुलाउन जाय रानी	फेरे लगवा जाती रानी
	भुँआर बुलाउन सारे	भाँवर घुमा जाती
	देव तेल बले रानी मँडाय	देव-तेल रानी रखती
	देव तेल रानी मँडाय	देव-तेल रानी रखती
	आमा के देव-तेल चेगाय रानी	आम को देव-तेल चढ़ाती रानी
	आमा के देव-तेल चेगाय	आम को देव-तेल चढ़ाती
	राजा-रानी चेगात बाबा	राजा-रानी चढ़ाते बाबा
	गाँयता-पुजारी चेगात	गाँयता-पुजारी चढ़ाते
	माँजी-मुकासी चेगात बाबा	माँझी-मुखासी चढ़ाते बाबा
	मँजपुरिन चेगात	मँजपुरिन चढ़ातीं
	जितरो रहोत तिनपुरया	जितने भी थे तिनपुरिया
	जितरो रहोत तिनपुरया	जितने भी थे तिनपुरिया
	आमा के देव-तेल चेगात दादा-बाई	आम को देव-तेल चढ़ाते दादा-बाई
	आमा के देव-तेल चेगात	आम को देव-तेल चढ़ाते

	तेल चेगाउन सारे रानी	तेल चढ़ा जाती रानी
	मोंगरा फोड़ुन जाय	मोंगरा फोड़[15] जाती
	मोंगरा फोड़ुन सारे रानी	मोंगरा फोड़ जाती रानी
	सब जोड़ा धरे	सारी सामग्री लेती
	डारा छापरे नेय रानी	डारा-छावन में ले जाती रानी
	डारा छापरे नेय	डारा-छावन में ले जाती
	परला मँडाउन देय रानी	परला रख जाती रानी
	नोनी के काय बले	नोनी से क्या कहती
	"सुना नोनी धँगड़ी रासी	"सुनो नोनी धँगड़ी रासी
	सुना बाबा धँगड़ी रासी	सुनो बाबा धँगड़ी रासी
	आज तेल बले आय नोनी	आज तेल है नोनी
	आज तेल आय	आज तेल है
	दिन भर तेल चेगावा नोनी	दिन भर तेल चढ़ाओ नोनी
	नाचुन-नाचुन चेगावा"	नाच-नाच कर चढ़ाओ"
	राजा-रानी बलोत बाबा	राजा-रानी कहते बाबा
	धँगड़ी रासी सुनोत	धँगड़ी रासी सुनतीं
	दिन भर तेल चेगात नोनी मन	दिन भर तेल चढ़ातीं नोनी
	नाचुन-नाचुन चेगात	नाच-नाच कर चढ़ातीं
	दिन बुड़ुन जाय बाबा	दिन डूब जाता बाबा
	दिन बुड़ुन जाय	दिन डूब जाता
	तेल-माँदी बले देय राजा	तेल-माँदी देता राजा
	तेल-माँदी देय	तेल-माँदी देता
197	खाई-पिई के भय गय तियार	खा-पी कर हो गये तैयार
	खाई-पिई के भय गय तियार	खा-पी कर हो गये तैयार
	राजा-रानी खाओत बाबा	राजा-रानी खाते बाबा
	रात काजे सोओत	रात को सो जाते
	बड़े बिहान होय बाबा	अगली सुबह होती बाबा
	मेंगइन रानी उठे	मेंगइन रानी उठती
	नोनी के काय बले रानी	नोनी से क्या कहती रानी
	"सुना नोनी" बले	"सुनो हे नोनी" कहती
	"उठा बाबा" बले रानी	"उठो बाबा" कहती रानी
	"तुमी बुता-भयना करा	"तुम काम-काज करो
	एई आय मोचो माहाल नोनी	यही है मेरा महल हे नोनी
	एई आय मोचो माहाल"	यही है मेरा महल"
198	सुनोत नोनी धँगड़ी रासी	सुनतीं नोनी धँगड़ी रासी
	सुनोत बाबा धँगड़ी रासी	सुनतीं बाबा धँगड़ी रासी

15. मोंगरा फोड़ना : एक रस्म, जिसमें तेल-हल्दी की दोनी को वर एवं वधू के सिर पर औंधा रख कर उसे फोड़ दिया जाता है।

तड़बड़ाउन उठोत नोनी	हड़बड़ा कर उठतीं नोनी
तड़बड़ाउन चेतोत	हड़बड़ा कर उठतीं
बढ़ा-ओंडा करोत नोनी मन	झाड़ू-बुहारी करतीं नोनी
छड़ा-छिटका देत	गोबर का छींटा देतीं
बुता-भयना करोत नोनी	काम-काज करतीं नोनी
बुता-भयना करोत	काम-काज कर जातीं
दतुन-पतर राजा-रानी चाबोत	दतौन आदि कर जाते राजा-रानी
आँगे असनाँद राजा-रानी होओत	स्नान कर जाते राजा-रानी
सुका कपड़ा पिंदोत राजा-रानी	सूखे कपड़े पहनते राजा-रानी
ओधा कपड़ा गिरे	गीले कपड़े पहनते
कपड़ा निचाउन जात राजा-रानी	कपड़े निचोड़ जाते राजा-रानी
कपड़ा सुकाउन जात	कपड़े सुखा जाते
हरबर तियार होय रानी	झटपट तैयार होती रानी
हरबर-हरबर होय	जल्दी मचा जाती
बाबू के काय बले राजा	बाबू से क्या कहता राजा
"सुना बाबू" बले	"सुनो हे बाबू" कहता
"आज लगिन आय बाबू	"आज लग्न है हे बाबू
उपास-चाउर टिका"	उपवास के चावल का टीका लगाओ"
धँगड़ा रासी सुनोत बाबा	धंगड़ा रासी सुनते बाबा
थारी ने चाउर धरोत	थाली में चावल लेते
आमा-बुटा के टिकोत	आम के पौधे को टीका लगाते
राजा-रानी के टिकोत	राजा-रानी को टीका लगाते
धँगड़ी रासी के टिकोत बाबू	धंगड़ी रासी को टीका लगाते बाबू
धँगड़ी रासी के टिकोत	धंगड़ी रासी को टीका लगाते
राजा-रानी उपास आसोत बाबा	राजा-रानी उपवास करते बाबा
राजा-रानी उपास आसोत	राजा-रानी उपवास करते
1199 "सुन बाबू पवनकुमार	"सुन बाबू हे पवनकुमार
सुन बाबू पवनकुमार	सुन बाबू हे पवनकुमार
खोरे-डाँडे बल जा बाबू	अली-गली में जा हे बाबू
आरा-पारा जा	अड़ोस-पड़ोस में जा
आज लगिन आय बाबू	आज लग्न है हे बाबू
पचतेला घरे एओत	पचतेला में सब आयें
बुलुन-बुलुन साँग बाबू	घूम-घूम बतला हे बाबू
गिंजरुन-गिंजरुन साँग"	घूम-घूम बतला"
पवनकुमार सुने बाबा	पवनकुमार सुनता बाबा
हरबर तियार होय	झटपट तैयार होता
पाँय ने खड़ऊ बाबू पिंदे	पाँवों में खड़ाऊँ बाबू पहनता
हाते बेद बाबू धरे	हाथ में बेंत बाबू लेता

डारा-छापर छाँडे बाबू	डारा-छावन छोड़ता बाबू
जाते-जाते जाय	चलता चला जाता
रुमझुम-रुमझुम रेंगे बाबू	जल्दी-जल्दी चलता बाबू
एक कलाट मारे	लम्बे डग है भरता
खोरे-डाँडे बले जाय बाबू	अली-गली में जाता बाबू
आरा-पारा जाय	अड़ोस-पड़ोस में जाता
बुलुन-बुलुन साँगे बाबू	घूम-घूम बतलाता बाबू
गिंजरुन-गिंजरुन साँगे	घूम-घूम बतलाता
"सुना बाई" बले बाबू	"सुनो बाई" कहता बाबू
"सुना नोनी" बले	"सुनो नोनी" कहता
"आज लगिन आय बाई-नोनी	"आज लग्न है बाई-नोनी
पसतेला घरे इया"	पचतेला में आयें"
बाई-नोनी सुनोत बाबा	बाई-नोनी सुनतीं बाबा
"एउँदे बाबू" बलोत	"आएँगी बाबू" कहतीं
हरबर तियार होत बाई	झटपट तैयार होनीं बाई
जलदी तियार होत	जल्दी तैयार होतीं
कौने कपड़ा पिंदोत बाई	कोई बाई कपड़े धोती
कौने तेल घसोत	कोई तेल लगाती
थारी ने चाउर धरोत बाई मन	थाली में चावल लेतीं बाई
तेल-हरदी धरोत	तेल-हल्दी लेतीं
आमा-बुटा ने जात बाई	आम के पौधे में जातीं बाई
ओरी-चो-ओरी बसोत	कतारों में बैठ जातीं
200 दखे रानी मेंगइन	देखती रानी मेंगइन
दखे रानी मेंगइन	देखती रानी मेंगइन
नोनी के काय बले रानी	नोनी से क्या कहती रानी
"सुना बाबा" बले	"सुनो हे बाबा" कहती
"पसतेला लोग इला नोनी	"पचतेला लोग आ गये नोनी
माँडो सराउन जाहा"	माँडो लीप डालो"
धँगड़ी रासी सुनोत बाबा	धँगड़ी रासी सुनतीं बाबा
माँडो सराउन जात	माँडो लीप जातीं
माँडो ने बाना लिखोत नोनी	माँडो में बाना लिखतीं नोनी
कलस-दिया बारोत	कलश-दीप जलातीं
201 जाओत बाई जाओत नोनी	जातीं बाई जातीं नोनी
जाओत बाई जाओत नोनी	जातीं बाई जातीं नोनी
आमा-बुटा ने जात बाई-नोनी	आम के पौधे में जातीं बाई-नोनी
आमा-बुटा ने जात	आम के पौधे में जातीं
आमा के मउड़ बाँदोत बाई	आम को मुकुट बाँधतीं बाई
आमा के मउड़ बाँदोत	आम को मुकुट बाँधतीं

पसतेला तेल चेगात बाई	पचतेला तेल चढ़ातीं बाई
पसतेला तेल चेगात	पचतेला तेल चढ़ातीं
नाचुन-नाचुन चेगात बाई मन	नाच-नाच कर चढ़ातीं बाई
नाचुन-नाचुन चेगात	नाच-नाच कर चढ़ातीं
पसतेला तेल चेगात बाई[16]	पचतेला तेल चढ़ातीं बाई
पसतेला तेल चेगात	पचतेला तेल चढ़ातीं
तेल चेगाउन बाई मन सारोत	तेल चढ़ा जातीं बाई
तेल चेगाउन बाई मन सारोत	तेल चढ़ा जातीं बाई
सब जोड़ा धरोत बाई	सारी सामग्री लेतीं बाई
डारा-छापरे नेत	डारा-छावन में ले जातीं
सब जोड़ा ठोओत बाई	सारी सामग्री रखतीं बाई
ओरी-चो-ओरी बसोत	पंक्तियों में बैठ जातीं
मेंगइन रानी दखे बाबा	मेंगइन रानी देखती बाबा
टाँडी ने तेल धरे	टाँडी में तेल लेती
बाई चो मुँडे रिकाय रानी	बाई के सिर पर डालती रानी
बाई चो मुँडे रिकाय	बाई के सिर पर डालती
लाई-चिवड़ा धरे रानी	लाई-चिवड़ा लेती रानी
पचतेला लोग के देय	पचतेला लोगों को देती
आपन-आपन जाओत बाई	अपने-अपने घर जातीं बाई
आपन-आपन जाओत	अपने-अपने घर जातीं
1202 हरबर-हरबर जोड़े रानी	जल्दी-जल्दी तैयारी करती रानी
हरबर-हरबर जोड़े रानी	जल्दी-जल्दी तैयारी करती रानी
लगिन-जोड़ा जोड़े रानी	लग्न की तैयारी करती रानी
लगिन-जोड़ा जोड़े	लग्न की तैयारी करती
बाबू के काय बले रानी	बाबू से क्या कहती रानी
"सुना बाबू" बले	"सुनो हे बाबू" कहती
"पलटा तेल चेगावा बाबू	"पलटा तेल[17] चढ़ाओ बाबू
काकन बाँदुन जाहा"	कंकण बाँध जाओ"
धँगड़ा रासी सुनोत बाबा	धँगड़ा रासी सुनते बाबा

16. कैसेट क्रमांक 29ए का आरम्भ, ध्वन्यांकन तिथि : 17.12.1996।

17. पलटा तेल : वर-पक्ष के लोगों द्वारा वधू को तथा वधू-पक्ष के लोगों द्वारा वर को चढ़ाये जाने वाले तेल हल्दी को पलटा तेल कहा जाता है। इसमें दूल्हे के शरीर से लगी तेल-हल्दी दुल्हन को तथा दुल्हन के शरी से लगी तेल-हल्दी दूल्हे को लगायी जाती है। यह कुछ इस तरह होता है : पचतेला तेल चढ़ाने वाले लोग के जाने के बाद पलटा तेल चढ़ाने के लिये युवकों से कहा जाता है। तब दूल्हा पक्ष के युवक जाते हैं दूल के पास और उसके शरीर से चटाई में गिर कर सूख चुकी हल्दी समेट कर जाते हैं दुल्हन की ओर। त दुल्हन पक्ष की युवतियाँ दुल्हन को कहीं छिपा देती हैं। लड़के दुल्हन को खोजते हैं और उसे माँडो में ला हैं। वहाँ उसे महुड़ पहना कर उसी हल्दी से तेल चढ़ाते हैं। इसी तरह दुल्हन के पक्ष के युवक दुल्हन क चटाई से वैसी ही हल्दी समेट कर जाते हैं दूल्हे की ओर और उसे माँडो में ला कर महुड़ पहना कर उस हल्दी से तेल चढ़ाते हैं। यह होता है पलटा तेल। यानी तेल की अदला-बदली। यह तेल महिलाओं द्वारा नह चढ़ाया जाता (स्रोत : भादूदास मानिकपुरी, राजागाँव,16.04.2004)।

रानी के काय बलोत	रानी से क्या कहते
"सुना रानी मेंगइन	"सुनिये रानी मेंगइन
सुना रानी मेंगइन	सुनिये रानी मेंगइन
नवा अँगोछी दिया रानी	नयी अँगोछी दें हे रानी
तेल-हरदी दिया	तेल-हल्दी दें
अजिक सुत दिया रानी	थोड़ा सा सूत दें रानी
हामी काकन बाँदुन जावँ	हम कंकण बाँध देंगे
पलटा तेल चेगावँ रानी	पलटा तेल चढ़ायें रानी
पलटा तेल चेगावँ"	पलटा तेल चढ़ायें"
मेंगइन रानी सुने बाबा	मेंगइन रानी सुनती बाबा
तेल-हरदी धरे	तेल-हल्दी लेती
नवा अँगोछी धरे रानी	नयी अँगोछी लेती रानी
अजिक सुत धरे	थोड़ा-सा सूत लेती
धँगड़ा रासी के देय रानी	धँगड़ा रासी को देती रानी
धँगड़ा रासी धरोत	धँगड़ा रासी लेते
तेल-हरदी बाबू मन धरोत	तेल-हल्दी बाबू लेते
आमा-बुटा ने बाबू मन जाओत	आम के पौधे के पास बाबू जाते
परला मँडाउन जात बाबू	परला रख देते हैं बाबू
परला मँडाउन जात	परला रख देते हैं
नवा अँगोछी चिरोत बाबू	नयी अँगोछी फाड़ते बाबू
आमा-पान टोड़ोत	आम का पत्ता तोड़ते
सुत गुँडयाउन जात बाबू	सूत लपेट जाते बाबू
सुत गुँडयाउन जात	सूत लपेट जाते
आमा के काकन बाँदोत बाबू	आम को कंकण बाँधते बाबू
मेंगराजा के बाँदोत	मेंगराजा को बाँधते
मेंगइन रानी के बाँदोत बाबू	मेंगइन रानी को बाँधते बाबू
धँगड़ी रासी के बाँदोत	धँगड़ी रासी को बाँधते
काकन बाँदुन जात बाबू	कंकण बाँध जाते बाबू
पलटा तेल चेगात	पलटा तेल चढ़ाते
नाचुन-नाचुन चेगात बाबू	नाच-नाच कर चढ़ाते बाबू
नाचुन-नाचुन चेगात	नाच-नाच कर चढ़ाते
तेल चेगाउन बाबू मन सारोत	तेल चढ़ा जाते बाबू
तेल चेगाउन बाबू मन सारोत	तेल चढ़ा जाते बाबू
सब जोड़ा धरोत बाबू	सारी सामग्री लेते बाबू
डारा-छापरे नेत	डारा-छावन में ले जाते
सब जोड़ा मँडात बाबू	सारी सामग्री रखते बाबू
सब जोड़ा मँडात	सारी सामग्री रखते
सेंदुर-काजर धरे रानी	सिन्दूर-काजल लेती रानी

नवा लिमई धरे	नया नीबू लेती
अरग फुली धरे रानी	अरग फुली[18] लेती रानी
कुस ने अँगोछी बाँदे	कुस[19] में अँगोछी बाँधती
अगास दिया बारे रानी	आकाश-दीप जलाती रानी
नोनी के काय बले	नोनी से क्या कहती
"सुना नोनी धँगड़ी रासी	"सुनो नोनी धँगड़ी रासी
सुना बाबा धँगड़ी रासी	सुनो बाबा धँगड़ी रासी
परला बोहुन जाहा नोनी	परला उठा लो हे नोनी
चुलमाटी काजे जावँ"	चुलमाटी के लिये जायें"
धँगड़ी रासी सुनोत बाबा	धँगड़ी रासी सुनतीं बाबा
परला बोहुन जात	परला उठा जातीं
खड़का-डाँडे बले जाय रानी	खड़का-डाँड[20] जाती रानी
खड़का-डाँडे जाय	खड़का-डाँड में जाती
परला मँडाउन जाय रानी	परला रख जाती है रानी
परला मँडाउन जाय	वह परला रख जाती
एकिस कोटी बले बाजा बाजे	इक्कीस कोटि बाजे बजते
बाइस कोटी मोहरी बाजे	बाईस कोटि मोहरी बजतीं
खड़का-डाँडे बाजे बाबा	खड़का-डाँड में बजते बाबा
धँगड़ी रासी नाचोत	धँगड़ी रासी नाचतीं
बाई के काय बले रानी	बाई से क्या कहती रानी
"सुन बाई" बले	"सुन हे बाई" कहती
"सुन बाई गाँयतिन	"सुन हे बाई गाँयतिन
सुन बाई पुजारिन	सुन हे बाई पुजारिन
मोके चुलमाटी दे बाई	मुझे चुलमाटी दे बाई
मोके चुलमाटी दे"	मुझे चुलमाटी दे"
गाँयतिन बाई सुने बाबा	गाँयतिन बाई सुनती बाबा
अजिक असन जतनाय	थोड़ी सफाई करती
सेंदुर-काजर देय बाई	सिन्दूर-काजल अर्पित करती बाई
नवा लिमई काटे	नया नीबू काटती
अरग फुली थिपाय बाई	अरग फुली टपकाती बाई
होम-आरती देय	होम-आरती करती
हाते कुस धरे बाई	हाथ में कुस लेती बाई
चुलमाटी खनुन जाय	चुलमाटी खोद जाती
मेंगइन रानी झोके बाबा	मेंगइन रानी लेती बाबा
मेंगइन रानी झोके	मेंगइन रानी लेती

18. अरग : अर्क : रस। फुली : फूल (महुए का फूल)। महुए के फूल से बनी मदिरा की पहली धार। फुली : रस (मदिरा) की पहली विशुद्ध धार। यह विशुद्ध मदिरा होती है जिसमें कोई मिलावट नहीं ह
19. कुस : एक छोटा सब्बल।
20. खड़का डाँड : गोठान। गोधन के विश्राम का स्थल।

	परला ने चुलमाटी धरे रानी	परला में चुलमाटी लेती रानी
	नोनी के काय बले	नोनी से क्या कहती
	“सुना नोनी धँगड़ी रासी	“सुनो नोनी धँगड़ी रासी
	सुना बाबा धँगड़ी रासी	सुनो बाबा धँगड़ी रासी
	परला बोहुन जाहा नोनी	परला उठा जाओ नोनी
	डारा-छापरे जावँ”	डारा-छावन में जायें”
	परला बोहुन जात नोनी मन	परला उठा जातीं नोनी
	माँडो ने नेउन मँडात	माँडो में ले जातीं
	“भौंती बेचुन जाहा नोनी	“चबूतरा बना जाओ नोनी
	भौंती बेचुन जाहा”	चबूतरा बना जाओ”
	धँगड़ी रासी सुनोत बाबा	धँगड़ी रासी सुनतीं बाबा
	भौंती बेचुन जात	चबूतरा बना जातीं
1205	“सुना बाबू धँगड़ा रासी	“सुनो बाबू धँगड़ा रासी
	सुना बाबू धँगड़ा रासी	सुनो बाबू धँगड़ा रासी
	टाँडी ने पानी भरा बाबू	टाँडी में पानी भरो बाबू
	टाँडी ने पयसा लगावा	टाँडी में पैसे डालो
	टाँडी के दादरा बाँदा बाबू	टाँडी का मुँह बाँधो बाबू
	भाटा ने नेउन मँडावा	मैदान में ले जा कर रखो
	झोरया पानी आना बाबू	झोरिया[21] पानी लाओ बाबू
	झोरया पानी आना”	झोरिया पानी लाओ”
	धँगड़ा रासी सुनोत बाबा	धँगड़ा रासी सुनते बाबा
	टाँडी ने पानी धरोत	टाँडी में पानी लेते
	टाँडी ने पयसा लगात बाबू	टाँडी में पैसे डालते बाबू
	टाँडी के दादरा बाँदोत	टाँडी का मुँह बन्द करते
	भाटा ने नेउन मँडात बाबू	मैदान में ले जा कर रखते बाबू
	भाटा ने नेउन मँडात	मैदान में ले जा कर रखते
	हरबर तियार होत राजा-रानी	झटपट तैयार होते राजा-रानी
	जलदी तियार होत	जल्दी तैयार होते
	टाँडी के मउड़ बाँदे राजा	टाँडी को मुकुट बाँधता राजा
	लगिन-पिछरी धरे	लगिन-पिछोरी[22] लेता
	टाँडी बोहुन जाय रानी	टाँडी उठा जाती रानी
	टाँडी बोहुन जाय	टाँडी उठा जाती
1206	झोरिया पानी काजे राजा-रानी जाओत	झोरिया पानी के लिये राजा-रानी जाते
	झोरिया पानी काजे राजा-रानी जाओत	झोरिया पानी के लिये राजा-रानी जाते
	टाँडी ओयगुन जात राजा-रानी	टाँडी में हाथ डालते राजा-रानी
	टाँडी ओयगुन जात	टाँडी में हाथ डालते

21. झोरिया : नदी के किनारे शुद्ध पेय जल के लिये रेत (रिवर-बेड) पर खोदा गया गड्ढा झोरिया या झरिया या झरया कहलाता है।

22. लगिन-पिछोरी : एक छोटा अंगवस्त्र जिसका उपयोग लग्न (पाणिग्रहण) के समय किया जाता है।

	रानी पयसा भेटे बाबा	रानी को पैसा मिलता बाबा
	राजा चाउर रापे	राजा चावल पाता
	टाँडी ने पानी भरे रानी	टाँडी में पानी भरती रानी
	टाँडी बोहुन जाय	टाँडी उठा जाती
	रुमझुम-रुमझुम रेंगे रानी	जल्दी-जल्दी चलती रानी
	एक कलाट मारे	लम्बे डग वह भरती
	माँडो ने नेउन ओराय रानी	माँडो में ले जा कर रानी टाँगती
	डारा-छापरे जाय	डारा-छावन में जाती
	हरबर जोड़ा जोड़े रानी	झटपट तैयारी करती रानी
	जलदी जोड़ा जोड़े	जल्दी तैयारी करती
1207	"सुना नोनी धँगड़ी रासी	"सुनो हे नोनी धँगड़ी रासी
	सुना बाबा धँगड़ी रासी	सुनो हे बाबा धँगड़ी रासी
	आमा के नाहाउन दिया नोनी	आम को नहला दो नोनी
	तेल घसुन दिया	उसे तेल लगा दो

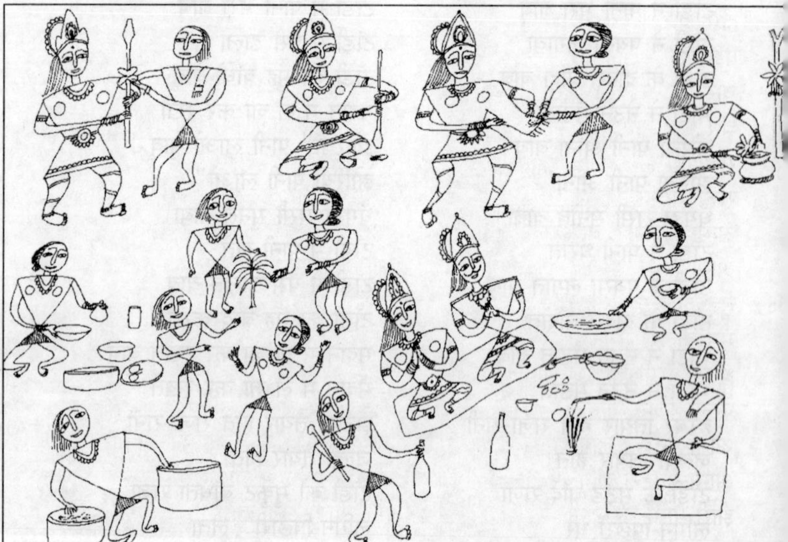

नवा लुगा पिंदावा नोनी	नया कपड़ा पहनाओ नोनी
मयँ लगिन मारुन जायँ"	मैं लग्न करवा दूँ"
धँगड़ी रासी सुनोत बाबा	धँगड़ी रासी सुनतीं बाबा
झारी पानी धरोत	झारी में पानी लेतीं
आमा-बुटा ने जात नोनी मन	आम के पौधे में जातीं नोनी
आमा के नाहाउन देत	आम को नहला देतीं
तेल घसुन देत नोनी	तेल लगा देतीं नोनी
नवा लुगा पिंदात	नये कपड़े पहनातीं

	माँडो सराउन जात नोनी	माँडो लीप जातीं नोनी
	माँडो ने बाना लिखोत	माँडो में बाना लिखतीं
	कलस-दिया बारोत नोनी मन	कलश-दीप जलातीं नोनी
	कलस-दिया बारोत	कलश-दीप जलातीं
	परला ने चाउर रानी धरे	परला में चावल रानी लेती
	कलस-दिया रानी बारे	कलश-दीप रानी जलाती
	राजा के काय बले रानी	राजा से क्या कहती रानी
	"सुना राजा" बले	"सुनिये राजा" कहती
	"आमा के मउड़ बाँदा राजा	"आम को मुकुट बाँधे राजा
	आमा के मउड़ बाँदा"	आम को मुकुट बाँधे"
	मेंगराजा सुने बाबा	मेंगराजा सुनता बाबा
	हाते मउड़ धरे	हाथ में मुकुट लेता
	गाँयता-पुजारी सँगे जाय राजा	गाँयता-पुजारी के सँग जाता राजा
	आमा-बुटा ने जाय	आम के पौधे में जाता
	होम-आरती देय राजा	होम-आरती करता राजा
	पइँया पड़ुन जाय	वह प्रणाम कर जाता
	चार खुट पइँया पड़े राजा	चारों दिशाओं में प्रणाम करता राजा
	चार खुट हात जोड़े	चारों दिशाओं को हाथ जोड़ता
	राजा चो हात धरोत दादा	राजा का हाथ पकड़ते दादा
	राजा चो हात धरोत	राजा का हाथ पकड़ते
	आमा के मउड़ बाँदे राजा	आम को मुकुट बाँधता राजा
	आमा के मउड़ बाँदे	आम को मुकुट बाँधता
08	मुँड ओड़नी रानी देय	सिर पर ओढ़नी रानी रखती
	मुँडे कलस रानी बोहे	सिर पर कलश रानी रखती
	धँगड़ी रासी जाओत बाबा	धँगड़ी रासी जातीं बाबा
	परला बोहुन जाय	परला उठा जातीं
	आमा-बुटा ने जाय रानी	आम के पौधे में जाती रानी
	आमा-बुटा ने जाय	आम के पौधे में जाती
	झारी पानी धरे रानी	झारी पानी लेती रानी
	आमा के पाँय धोआय	आम के पाँव धुलाती
	चाउर-टिका बले देय रानी	चावल का टीका लगाती रानी
	आमा के पड़घाउन जाय	आम का स्वागत करती
	अड़घाव-पड़घाव करे रानी	स्वागत कर जाती है रानी
	अड़घाव-पड़घाव करे	वह स्वागत कर जाती
09	आमा के पड़घाउन सारे रानी	आम का स्वागत करती रानी
	आमा के पड़घाउन सारे रानी	आम का स्वागत करती रानी
	नोनी के काय बले रानी	नोनी से क्या कहती रानी
	"सुना बाबा" बले	"सुनो हे बाबा" कहती

	“हात धरा-धरी होआ नोनी	“एक-दूसरे के हाथ पकड़ो नोनी
	भुँआर बुलुन जाहा	भाँवर घूम जाओ
	भुँआर-गित गावा नोनी	भाँवर-गीत गाओ नोनी
	भुँआर-गित गावा	भाँवर-गीत गाओ
	गित गावतो आय नोनी	गीत गाना है हे नोनी
	गित गावतो आय”	गीत गाना है”
1210	सुनोत नोनी धँगड़ी रासी	सुनतीं नोनी धँगड़ी रासी
	सुनोत बाबा धँगड़ी रासी	सुनतीं बाबा धँगड़ी रासी
	हात धरा-धरी होओत नोनी	एक-दूसरे के हाथ पकड़तीं नोनी
	भुँआर बुलुन जाओत	फेरे लगा जातीं
	भुँआर-गित गाओत नोनी	भाँवर-गीत गातीं नोनी
	भुँआर-गित गाओत	फेरे का गीत गातीं
	भुँआर बुलाउन सारे रानी	भाँवर घुमा जाती रानी
	भुँआर बुलाउन सारे	फेरे लगवा जाती
	परला ने चाउर मँडाय रानी	परला में चावल रखती रानी
	परला ने चाउर मँडाय	परला में चावल रखती
	बान भरुन जाय रानी	बान भरा जाती है रानी
	बान भरुन जाय	बान भरा जाती है
1211	बान भराउन रानी सारे	बान भरा जाती है रानी
	बान भराउन रानी सारे	बान भरा जाती है रानी
	थारी ने चाउर मँडाय रानी	थाली में चावल रखती रानी
	थारी ने चाउर मँडाय	थाली में चावल रखती रानी
	आमा के दाइज टिके रानी	आम को दहेज टीकती[23] रानी
	आमा के दाइज टिके	आम को दहेज टीकती
	राजा-रानी टिकोत बाबा	राजा-रानी टीकते बाबा
	राजा-रानी टिकोत	राजा-रानी टीकते
1212	जितरो रहोत देव गन	जितने भी थे देव-गण
	जितरो रहोत उपरपुरया	जितने भी थे ऊपरपुरिया
	हुन आमा के दाइज टिकोत बाबा	वे सब आम को दहेज टीकते बाबा
	आमा के दाइज टिकोत	आम को दहेज टीकते
	चाउर-टिका बले देत आमा के	चावल का टीका लगाते आम को
	पइँया पड़ुन जात	वे प्रणाम कर जाते
	बासुत नाँग टिके बाबा	बासुत नाग टीकता बाबा
	नाँग-नँगइन टिकोत	नाग-नागिन टीकते

23. दहेज टीकना : वधू-वर को भेंट स्वरूप दी जाने वाली सामग्री या रुपये-पैसे को दाइज (दहेज) कहा ज है। इस प्रक्रिया को 'दाइज टिकतो' कहते हैं। यह दाइज न केवल घर के सदस्यों द्वारा अपितु अड़ोस-पड़ तथा गाँव एवं बाहर से आये सभी आमन्त्रितों द्वारा दिया जाता है। सब से पहले चावल के दाने वधू एवं के माथे पर टीका की तरह लगाया जाता है तत्पश्चात् दी जाने वाली सामग्री उनके सामने रखी थाली या पर में रख दी जाती है। दहेज को इसीलिये 'टिकान' तथा छत्तीसगढ़ी परिवेश में 'टिकावन' कहा जाता है।

	गाँयता-पुजारी टिकोत बाबा	गाँयता-पुजारी टीकते बाबा
	माँजी-मुकासी टिकोत	माँझी-मुखासी टीकते
	मँजपुरया टिकोत आमा के	मँजपुरिया टीकते आम को
	मँजपुरया टिकोत	मँजपुरिया टीकते
	दाइज टिकुन सारोत आमा के	दहेज टीक जाते आम को
	दाइज टिकुन सारोत	दहेज टीक जाते
13	पयसा गनुन रानी जाय	पैसे गिन जाती है रानी
	पयसा गनुन रानी जाय	पैसे गिन जाती है रानी
	'नाँदी होली की पुरा होली	'नाँदी हुआ कि पूरा' कहती
	नाँदी होली की पुरा?'	'नाँदी हुआ कि पूरा?'
	पुरा होउन जाय रानी चो	पूरा हो जाता रानी का
	पुरा होउन जाय	पूरा हो जाता है
	मुठी रापुन जाय रानी	मुट्ठी में ले लेती रानी
	मुठी रापुन जाय	मुट्ठी में ले लेती
214	सब जोड़ा बले रानी धरे	सारी सामग्री रानी लेती
	सब जोड़ा रानी धरे	सारी सामग्री रानी लेती
	डारा-छापरे नेय रानी	डारा-छावन में ले जाती रानी
	डारा-छापरे नेय	डारा-छावन में ले जाती
	राजा-रानी उबोत बाबा	राजा-रानी खड़े होते बाबा
	राजा-रानी उबोत	राजा-रानी खड़े होते
	"सुना दादा" बलोत राजा-रानी	"सुनो दादा" कहते राजा-रानी
	"सुना बाई" बलोत	"सुनो बाई" कहते
	"आमा-बिहाव करलू बाई	"आम-विवाह कर दिया है बाई
	तरई-बिहाव करलू	सरोवर-विवाह कर दिया
	सब के पाँय पड़ूँ" बलोत	सब को प्रणाम कर जाते" कहते
	"हामी सब के हात जोड़ूँ"	"हम सब को हाथ जोड़ते"
	"उठा राजा" बलोत दादा-बाई	"उठिये राजा" कहते दादा-बाई
	"उठा रानी" बलोत	"उठिये रानी" कहते
	"जिव भर सुकी राहा राजा-रानी	"जीवन भर सुखी रहो राजा-रानी
	जिव भर सुख ने खाहा"	जीवन भर सुख से रहो"
215	"सुना राजा मेंगराजा	"सुनिये राजा मेंगराजा
	सुना राजा मेंगराजा	सुनिये राजा मेंगराजा
	लगिन-माँदी दिया राजा	लग्न का भोज दें हे राजा
	खुबे राती होली"	बहुत रात हो गयी"
	मेंगराजा सुने बाबा	मेंगराजा सुनता बाबा
	बाबू के काय बले	बाबू से क्या कहता
	"बाल-बचा भुके आसोत बाबू	"बाल-बच्चे भूखे हैं बाबू
	लोलो-बालो भुके आसोत	बाल-गोपाल भूखे हैं

लगिन-माँदी दिया बाबू	लग्न का भोज दो हे बाबू
तुमी लगिन-माँदी दिया"	तुम लगन का भोज दो"
धँगड़ा रासी सुनोत बाबा	धँगड़ा रासी सुनते बाबा
सब के पानी देत	सब को पानी देते
1216 हात धोउन बाई मन जाओत	हाथ धो जातीं बाई
ओरी-चो-ओरी दादा-बाई बसोत	कतारों में बैठ जाते दादा-बाई
पतरी बाटेया बाटोत बाबू	पत्तल बाँटने वाले बाबू पत्तल बाँटते
दोना बाटेया बाटोत	दोने बाँटने वाले दोने
भात बाटेया बाटोत बाबू मन	भात बाँटने वाले बाँटते बाबू

दार बाटेया बाटोत	दाल बाँटने वाले बाँटते
सब के पुरुन जाय बाबा	सब को परोसा जाता बाबा
सब के होउन जाय	सब तक परोसा जाता
खाई-पिई के भय गय तियार	खा-पी कर हो गये तैयार
खाई-पिई के भय गय तियार	खा-पी कर हो गये तैयार
राजा-रानी खाओत बाबा	राजा-रानी खाते बाबा
खाउन-पिउन उठोत	खा-पी कर वे उठते
रात काजे सोओत राजा-रानी	रात को सो जाते राजा-रानी
रात काजे सोओत	रात को सो जाते
बड़े बिहान होय बाबा	अगली सुबह होती बाबा
बड़े बिहान होय	अगली सुबह होती
मेंगइन रानी उठे बाबा	मेंगइन रानी उठती बाबा
दतुन-पतर चाबोत	दतौन आदि कर जाती

मुँहे-कान धोओत राजा-रानी	मुँह-कान धोते राजा-रानी
नोनी के काय बलोत	नोनी से क्या कहते
"सुना नोनी धँगड़ी रासी	"सुनो नोनी धँगड़ी रासी
सुना बाबा धँगड़ी रासी	सुनो बाबा धँगड़ी रासी
तेल उतराउन दिया नोनी	तेल उतार दो हे नोनी
तेल उतराउन दिया	तेल उतार दो
रचन खेलातो आय नोनी	रचन खेलाना[24] है नोनी
रचन खेलातो आय"	रचन खेलाना है"
धँगड़ी रासी सुनोत बाबा	धँगड़ी रासी सुनतीं बाबा
आमा के मउड़ बाँदोत	आम को मुकुट बाँधतीं
तेल-हरदी धरोत नोनी मन	तेल-हल्दी लेतीं नोनी
आमा-बुटा ने जात	आम के पौधे में जातीं
तेल उतराउन देत नोनी	तेल उतार जातीं नोनी
तेल उतराउन देत	तेल उतार जातीं
1217 सब जोड़ा बले नोनी मन धरोत	सारी सामग्री नोनी लेतीं
डारा-छापरे नोनी मन नेओत	डारा-छावन में नोनी ले जातीं
सब जोड़ा ठोओत नोनी	सारी सामग्री रखतीं नोनी
मेंगइन रानी दखे	मेंगइन रानी देखती
टाँडी ने रचन घोरे रानी	टाँडी में हल्दी घोलती रानी
टाँडी ने रचन घोरे	टाँडी में हल्दी घोलती
कसेला ने रचन डुमे रानी	कसेला में हल्दी निकालती रानी
कसेला ने रचन डुमे	कसेला में हल्दी निकालती
आमा-बुटा ने जाय रानी	आम के पौधे में जाती रानी
हुन आमा ने रचन रिकाय	वह आम पर हल्दी डालती
खेदुन-खेदुन रिकाय रानी	भगा-भगा कर डालती रानी
बुलाउन-बुलाउन रिकाय	घुमा-घुमा कर डालती
रचन खेलुन रानी जाय	हल्दी खेल जाती रानी
रचन खेलुन रानी जाय	हल्दी खेल जाती रानी
दादा के काय बले रानी	दादा से क्या कहती रानी
"सुना दादा" बले	"सुनो हे दादा" कहती
"तेल-मउड़ नेवाँ दादा	"तेल-मुकुट ले जायें दादा
हामी तेल-हरदी नेवाँ	हम तेल-हल्दी ले जायें
कयना-पुजा बले जोड़ दादा	कन्या-पूजा की तैयारी कर हे दादा
गिता माई ने जावँ"	गीता माँ[25] में जायें"
गाँयता दादा सुने बाबा	गाँयता दादा सुनता बाबा
कयना-पुजा धरे	कन्या-पूजा की सामग्री लेता

24. रचन खेलाना : हल्दी डलवाना। विवाह में लोग एक-दूसरे पर घुली हुई हल्दी डालते हैं। इसे ही रचन खेलना-खेलाना कहा जाता है। लोक विश्वास है कि देह पर हल्दी पड़ने पर चर्म रोग नहीं होता उल्टे देह के रंग में चमक आती है, शरीर गर्माहट से भर जाता है तथा कामोद्दीपन होता है।

	महु-खेंदा धरे रानी	महुआ की शाख लेती रानी
	तेल-हरदी धरे	तेल-हल्दी लेती
	फुल-मउड़ धरे रानी	फूल-मुकुट लेती रानी
	बजनेया-मोहरेया सँगे जाय	बजनेया-मोहरेया के सँग जाती
	फउद-फटाका सँगे जाय रानी	फौज-पटाखे के सँग जाती रानी
	तरई-पारे जाय	सरोवर-तीरे जाती
	तरई-पारे उबे रानी	सरोवर-तीरे खड़ी होती रानी
	दार-चाउर फेके	दाल-चावल अर्पित करती
1218	"सुन दादा रे गाँयता लोग	"सुन हे दादा गाँयता
	सुन दादा पुजारी लोग	सुन हे दादा पुजारी
	कयना-पुजा बले दे दादा	कन्या-पूजन कर हे दादा
	कयना-पुजा दे"	कन्या-पूजन कर"
	गाँयता दादा सुने बाबा	गाँयता दादा सुनता बाबा
	पानी-रेटे जाय	पानी के किनारे जाता
	कयना-पुजा बले देय दादा	कन्या-पूजा करता दादा
	कयना-पुजा देय	कन्या-पूजा करता
	सेंदुर-काजर देय दादा	सिन्दूर-काजल लगाता दादा
	जात लाली देय	शुद्ध लाली लगाता
	नवा लिमई काटे दादा	नया नीबू काटता दादा
	आँवरा-मुँदी देय	आँवला-अँगूठी[26] देता
	बोथा-चुड़ी देय दादा	बोथा-चूड़ी[27] देता दादा
	चुड़ी-फुँदड़ी देय	चूड़ी-फुँदना देता
	अरग फुली थिपाय दादा	अरग फुली टपकाता दादा
	अरग फुली थिपाय	अरग फुली टपकाता
	होम-आरती देय दादा	होम-आरती करता दादा
	पइँया पड़ुन जाय	वह प्रणाम कर जाता
1219	दखे रानी मेंगइन	देखती रानी मेंगइन
	दखे रानी मेंगइन	देखती रानी मेंगइन
	मँगर बनाउन जाय रानी	मगर बना जाती है रानी
	दार-चाउर फेके	दाल-चावल अर्पित करती
	सेंदुर-काजर देय रानी	सिन्दूर-काजल अर्पित करती रानी
	अगरबती जलाय	अगरबत्ती जलाती
	महू-खँदा ओछाय रानी	महुआ की शाख बिछाती रानी
	फुल-मउड़ धरे	फूलों का मुकुट लेती
	तेल-हरदी धरे रानी	तेल-हल्दी लेती रानी
	बाबू के काय बले	बाबू से क्या कहती

25 गीता माँ : जलाशय, सरोवर, नदी या बाँध।

26 आँवला-अँगूठी : आँवले की पत्तियों से बनी अँगूठी।

27 बोथा-चूड़ी : बोथा (खस) नामक एक घास से बनी चूड़ी।

"सुना बाबू धँगड़ा रासी	"सुनो हे बाबू धँगड़ा रासी
सुना बाबू धँगड़ा रासी	सुनो हे बाबू धँगड़ा रासी
महू-खँदा झिका बाबू	महुआ की शाख खींचो बाबू
जल ने ठँडा करा"	जल में ठण्डा कर दो"
धँगड़ा रासी सुनोत बाबा	धँगड़ा रासी सुनते बाबा
महू-खँदा झिकोत	महुआ की शाख खींचते
जल ने ठँडा करोत बाबू	जल में ठण्डा करते बाबू
फुल-मउड़ गाड़ोत	फूल-मुकुट गाड़ते
आँगे असनाँद राजा-रानी होओत	स्नान कर जाते राजा-रानी
हिरदे असनाँद राजा-रानी होओत	स्नान कर जाते राजा-रानी
सुका कपड़ा पिंदोत राजा-रानी	सूखे कपड़े पहनते राजा-रानी
ओधा कपड़ा गिरे	गीले कपड़े गिरते
कपड़ा निचाउन जाय रानी	कपड़े निचोड़ जाती रानी
कपड़ा निचाउन जाय	कपड़े निचोड़ जाती
सब जोड़ा धरे रानी	सारी सामग्री लेती रानी
सब जोड़ा धरे	सारी सामग्री लेती
बन्धा-सागर छाँडे रानी	बन्धा-सागर छोड़ती रानी
तरई-पार छाँडे	सरोवर की मेड़ छोड़ती
डारा-छापरे जाय रानी	डारा-छावन में जाती रानी
डारा-छापरे जाय	डारा-छावन में जाती
सब जोड़ा बले रानी ठोय	सारी सामग्री रानी रखती
सब जोड़ा रानी ठोय	सारी सामग्री रानी रखती
राजा के काय बले रानी	राजा से क्या कहती रानी
"सुना राजा" बले	"सुनिये राजा" कहती
"बिहाव सरुन गेली राजा	"विवाह समाप्त हो गया राजा
बिहाव सरुन गेली	विवाह समाप्त हो गया
भोज-माँदी दिया राजा	भोज दें हे राजा
भोज-माँदी दिया"	भोज दें दे"
भोज-माँदी बले देय राजा	भोज देता है राजा
भोज-माँदी देय राजा	भोज देता है राजा
खाउन-पिउन उठोत दादा-बाई	खा-पी कर उठते दादा-बाई
खाउन-पिउन उठोत	खा-पी कर उठ जाते
मन ने बिचार करे रानी	मन में विचार करती रानी
दिले धोका करे	दिल में चिन्ता करती
राजा के काय बले रानी	राजा से क्या कहती रानी
"सुना राजा" बले	"सुनिये राजा" कहती
"आमा-बिहाव करलू राजा	"आम-विवाह किया हे राजा
तरई-बिहाव करलू"	सरोवर-विवाह किया"

1222	"सुना दादा मँजपुरया	"सुनो दादा मँजपुरिया
	सुना बाई मँजपुरिन	सुनो बाई मँजपुरिन
	तरई चो पानी आना दादा-बाई	सरोवर का पानी लाओ दादा-बाई
	तरई चो पानी आना	सरोवर का पानी लाओ
	पना घोरुन जाहा दादा-बाई	पना[28] घोल जाओ दादा-बाई
	पना घोरुन जाहा	पना घोल जाओ
	बाटुन-बिरजुन खाहा दादा	बाँट-बिराज कर खाओ दादा
	बाटुन-बिरजुन खाहा"	बाँट-बिराज कर खाओ"
	सुनोत बाबू धँगड़ा रासी	सुनते बाबू धँगड़ा रासी
	सुनोत बाबू धँगड़ा रासी	सुनते बाबू धँगड़ा रासी
	तरई चो पानी आनोत बाबू	सरोवर का पानी लाते बाबू
	पना घोरुन जात	पना घोल जाते
	बाटुन-बिरजुन खाओत दादा-बाई	बाँट-बिराज कर पीते दादा-बाई
	बाटुन-बिरजुन खाओत	बाँट-बिराज कर पीते
	रानी काय बले राजा के	रानी क्या कहती राजा से
	"सुना राजा" बले	"सुनिये राजा" कहती
	"एदायँ तुमी आना राजा	"अब आप लायें हे राजा
	आमी[29] दुनों खावाँ"	हम दोनों पीयेंगे"
	मेंगराजा सुने बाबा	मेंगराजा सुनता बाबा
	तरई चो पानी आने	सरोवर का पानी लाता
	पना घोरुन जाय राजा	पना घोल जाता राजा
	पना घोरुन जाय	पना घोल जाता
	राजा-रानी बसोत बाबा	राजा-रानी बैठते बाबा
	राजा-रानी बसोत	राजा-रानी बैठते
	पना खाउन जात राजा-रानी	पना पी जाते राजा-रानी
	पना खाउन जात	पना पी जाते
1223	"सुना बाई गाँयतिन	"सुनो हे बाई गाँयतिन
	सुना बाई पुजारिन	सुनो हे बाई पुजारिन
	मयँ काय माँगुन इले बाई	मैं क्या माँग कर आयी बाई
	काय करुन इले	क्या कर्म कर आयी
	तिनपुरे बुल्ले बाई	तीनों लोको मे घूमी बाई

28. पना : पानी में गुड़ या शक्कर, वस्तुतः गुड़ का ही का घोल 'पना' कहलाता है। गुड़ की अनुपलब शक्कर का उपयोग कर लिया जाता है, यह एक अलग बात है। इसमें प्रायः धान को भून कर बना 'फुला लाई' भी डाली जाती है। 'पना' पिलाने का चलन दो अवसरों पर है। पहला, किसी व्रत या पूज के समय तथा दूसरा, मृतक के दाह-संस्कार से लौटने पर। आशय यह है कि कई घन्टों से खाली भड़की गरमी शान्त हो जाये। 'पना' का दूसरा अर्थ 'दूध' भी होता है। उदाहरण के लिये 'बारो के पना पि यानी 'बच्चे को दूध पिलाओ'।

29. आमी : अन्य उच्चारण 'हामी'। वस्तुतः भतरी प्रभावित क्षेत्र में 'आमी' तथा भतरी से इतर क्षेत्र में का प्रचलन है किन्तु हल्बी-भतरी का एक-दूजे से इतना मेल है कि प्रायः इन्हें अलगाना कठिन हो ज

मयँ मँजपुरे इले	मैं मँजपुर में आयी
नाना पयकार होले बाई	मैंने कई जतन किये हे बाई
बाना-बिसा होले	कई कष्ट सहे
मोके भगवान नीं देय बाई	मुझे भगवान (सन्तान) नहीं देता बाई
राज के भगवान देयसे	सब को भगवान देता है
मोके भगवान देती जाले	मुझे भी भगवान देता तो
मोके भगवान देती जाले	मुझे भी भगवान देता तो
मयँ बेटा चो बिहाव करते बाई	मैं बेटे का विवाह रचाती बाई
बेटी चो बिहाव करते	बेटी का विवाह रचाती
आमा-बिहाव करले बाई	आम-विवाह रचाया बाई
मयँ तरई-बिहाव करले”	मैंने सरोवर-विवाह रचाया”
रद्रद्-रद्रद् गागे रानी	फूट-फूट कर रोती रानी
नै-नै आँसू ढारे	नौ-नौ आँसू टपकाती
मेंगराजा दखे बाबा	मेंगराजा देखता बाबा
रानी के काय बले	रानी से क्या कहता
“रोना-गाना नीं कर रानी	“रोना-गाना मत कर रानी
गागा-बोगा नीं कर	रोना-गाना मत कर
खोजले काहाँ ले मिरे रानी?	खोजे कहाँ मिलेगा रानी?
हामचो भाग ने निंहाय”	हमारे भाग्य में नहीं है”
24 “सुना बाबू धँगड़ा रासी	“सुनो हे बाबू धँगड़ा रासी
सुना बाबू धँगड़ा रासी	सुनो हे बाबू धँगड़ा रासी
मोचो सब जोड़ा धरा बाबू	मेरा सारा सामान रखो बाबू
गाड़ी ने जोड़ुन जाहा	गाड़ी में रख डालो
नव खँड माहाले जायँ बाबू	नौ खण्डा महल मैं जाऊँ बाबू
मयँ नव खँड माहाले जायँ”	मैं नौ खण्डा महल में जाऊँ”
धँगड़ा रासी सुनोत बाबा	धँगड़ा रासी सुनते बाबा
सब जोड़ा धरोत	सारा सामान लेते
गाड़ी ने जोड़ुन जात बाबू	गाड़ी में रख देते बाबू
गाड़ी फाँदुन जात	गाड़ी तैयार कर जाते
25 आमा-बुटा के राजा-रानी छाँडोत	आम के पौधे को राजा-रानी छोड़ते
तरई-पार के राजा-रानी छाँडोत	सरोवर की मेड़ राजा-रानी छोड़ते
जाते-जाते बले जात राजा-रानी	चलते चले जाते राजा-रानी
जाते-जाते जात	चलते चले जाते
रुमझुम-रुमझुम रेंगोत राजा-रानी	जल्दी-जल्दी चलते राजा-रानी
एक कलाट मारोत	लम्बे डग हैं भरते
नव खँड माहाले जात राजा-रानी	नौ खण्डा महल जाते राजा-रानी
नव खँड माहाले अमरोत	नौ खण्डा महल पहुँचते
गाड़ी ढिलुन जात बाबू	गाड़ी खोल जाते बाबू

सब जोड़ा ठोओत	सारा सामान रख जाते
नव खँड माहाले जात बाबू	नौ खण्डा महल में जाते बाबू
सब जोड़ा मँडात	सारा सामान रखते
1226 ओरी-चो-ओरी धाड़ी-चो-धाड़ी	कतारों में, पंक्तियों में
ओरी-चो-ओरी धाड़ी-चो-धाड़ी	कतारों में, पंक्तियों में
मँजपुरया बसोत बाबा	मँजपुरिया बैठते बाबा
मँजपुरिन बसोत	मँजपुरिन बैठतीं
"बिहाव सरुन गेली राजा-रानी	विवाह समाप्त हो गया राजा-रानी
हामके छुटी दिया"	हमें जाने दें"
मेंगइन रानी सुने बाबा	मेंगइन रानी सुनती बाबा
राजा के काय बले	राजा से क्या कहती
"उठुन कसन जादे राजा	यों ही कैसे जायेंगे राजा
मुठा रुपया दिया"	मुट्ठी भर रुपये दें"
मेंगराजा सुने बाबा	मेंगराजा सुनता बाबा
तिजरी-बिजरी ने जाय	तिजोरियों के पास जाता
तिजरी-बिजरी खोले राजा	तिजोरियाँ खोल जाता राजा
मुठा रुपया धरे	मुट्ठी भर रुपये लेता
पबलित-बिदा देय राजा	लोगों को विदाई देता राजा
"एई ने मानुन जाहा"	"इतने में ही मान जायें"
जाओत दादा रे जाओत बाई	जाते दादा जातीं बाई
जाओत दादा जाओत बाई	जाते दादा जातीं बाई
आपन-आपन जाओत दादा-बाई	अपने-अपने घर जाते दादा-बाई
आपन-आपन जाओत	अपने-अपने घर जाते
राजा-रानी आसोत बाबा	राजा-रानी रहते बाबा[7]
राज धरुन खासोत	राज्य पर शासन करते

30. आश्चर्य की बात है कि न तो इस अध्याय में और न ही इस पूरे महाकाव्य में आम का विवाह किससे ह है और सरोवर का विवाह किससे, यह स्पष्ट नहीं है। क्या आम का विवाह सरोवर से होता है? यदि हाँ इनमें से 'स्त्री' कौन है और 'पुरुष' कौन? यह पूछे जाने पर गुरुमायँ सुकदई कहती हैं कि दोनों का आ में विवाह नहीं होता बल्कि दोनों का विवाह भिन्न-भिन्न होता है। तब यह पूछे जाने पर कि आम का वि किससे और सरोवर का विवाह किससे होता है तो वे चुप्पी साध जाती हैं। गुरुमायँ का कोई सन्तोषजनक उ प्राप्त नहीं होता। वे सादगी से कहती हैं, "जैसा हमने सुना है, वैसा ही हम गाती हैं बाबू।" दिनांक 11.03.20 को नवजोत अल्ताफ के साथ हुई चर्चा के बाद मेरे द्वारा गुरुमायँ से यह प्रश्न फिर से पूछे जाने पर उनका उत्तर पूर्ववत प्राप्त हुआ। इससे पहले भी मैंने उनसे यही प्रश्न बारम्बार किया था किन्तु उत्तर तब भी यही मि था। बहरहाल, नवजोत जी का कहना था कि 'आम' चूँकि फलदायक है इसीलिये उसे 'स्त्री' कहा जा सक है और इसी तरह चूँकि 'सरोवर' भी पानी को धारित करता है और उसका फैलाव भी इसीलिये उसे भी 'स ही। अब सवाल यह है कि यदि दोनों ही 'स्त्री' हैं तो 'पुरुष' कौन है? आगे और चर्चा करने पर वे इस ब से सहमत हो जाती हैं कि 'आम' स्त्री है और 'सरोवर' पुरुष किन्तु जब 'तीजा जगार' में माहादेव द्वारा 'बा गौरा (सरोवर, गंगा)' से विवाह की बात आती है तब वे 'सरोवर (बाली गौरा)' को स्त्री बताती हैं। वस्तु स्पष्टता का अभाव है (दिनांक 17.03.2015 को गुरुमायँ सुकदई कोर्राम से हुई बातचीत)।

अधया-22 : मेंगइन रानी चो रजमय पावतो
अध्याय-22 : मेंगइन रानी का रजवती होना

227	एक दिन ले दुय दिन	एक दिन से दो दिन
	दुय दिन ले आँट दिन	दो दिन से आठ दिन
	पँदरा दिन बले होय बाबा	पन्द्रह दिन भी बीते बाबा
	मयना दिन होय	एक महीना बीता
	पना खादलो होय रानी चो	पना पिये बीते रानी को
	पना खादलो होय	पना पिये बीते
	गुरबार दिन चो कुकड़ाबासी	गुरुवार दिन के मुँह अँधेरे
	गुरबार दिन चो मुकताबली	गुरुवार दिन के ब्रह्ममुहूर्त में
	रानी रजमय पाय बाबा	रानी रजवती होती बाबा
	रानी रजमय पाय	रानी रजवती होती
	बाहरे-बाहरे आसे रानी	बाहर-बाहर है रानी अब
	माहाले नईं ओले	महल में नहीं घुसती है
	लाजे-लाजे बले होय रानी	लाज से गड़ जाती रानी

	लाजे-लाजे होय	लाज से गड़ जाती
	मेंगराजा दखे बाबा	मेंगराजा देखता बाबा
	रानी के काय बले	रानी से क्या कहता
	"सुन रानी मेंगइन	"सुन हे रानी मेंगइन
	सुन रानी मेंगइन	सुन हे रानी मेंगइन
	तुके काय होली रानी	तुझे क्या हुआ हे रानी
	माहाले नईं ओलिस	महल में न जाती
	बाहरे-बाहरे आसिस रानी	बाहर-ही-बाहर रहती रानी
	तुय बाहरे-बाहरे आसित"	तुम बाहर-ही-बाहर हो"
	रानी काय बले राजा के	रानी क्या कहती राजा से
	"सुना राजा" बले	"सुनिये राजा" कहती
	"माहाले ओलूँ[1] नोंहाय[2] राजा	"महल में नहीं जाऊँगी राजा
	मयँ बाहरे-बाहरे रहुआयँ	मैं बाहर ही रहूँगी
	रजमय पाउन गेले राजा	मैं रजवती हो गयी हूँ राजा
	रजमय पाउन गेले"	मैं रजवती हो गयी"
1228	सुने राजा रे मेंगराजा	सुनता राजा मेंगराजा
	सुने राजा मेंगराजा	सुनता राजा मेंगराजा
	रानी के काय बले राजा	रानी से क्या कहता राजा
	"सुन रानी" बले	"सुन हे रानी" कहता
	"बड़ा सुँदर भाग आय रानी	"बहुत ही सुन्दर भाग्य है रानी
	तुचो अती सुँदर भाग आय	तुम्हारा अति सुन्दर भाग्य है
	गुरबार दिने पावलिस रानी	गुरुवार दिन रजस्वला हुईं
	गुरबार दिने पावलिस	गुरुवार दिन रजस्वला हुईं
	गुरबार दिन चो रजमय पावलो	गुरुवार दिन का रजवती होना
	गुरबार दिन चो रजमय पावलो	गुरुवार दिन का रजवती होना
	माहालखी चो आय रानी	माहालखी का है हे रानी
	माहालखी चो आय	माहालखी का है
	बड़ा सुँदर भाग आय रानी	बड़ा ही सुन्दर भाग्य है रानी
	तुचो अती सुँदर भाग आय	तुम्हारा अति सुन्दर भाग्य है
	सुकरबार दिन चो रजमय पावलो	शुक्रवार दिन का रजवती होना
	सुकरबार दिन चो रजमय पावलो	शुक्रवार दिन का रजवती होना
	सन्तोसी माता चो आय रानी	सन्तोषी माता का है हे रानी
	सन्तोसी माता चो आय	सन्तोषी माता का है
	गुरबार दिने पावलिस रानी	गुरुवार दिन पाया है रानी
	गुरबार दिने पावलिस	गुरुवार दिन पाया है

1. ओलूँ : अन्य ध्वनि 'ओलू'। 'ओलूँ' रूप एक वचन और बहुवचन दोनों के लिये प्रयोग में लाया जाता है, ज 'ओलू' केवल एक वचन के लिये।
2. नोंहाय : अन्य ध्वनियाँ 'नोहायँ', 'नोहाँय'।

	“सनवार दिन चो रजमय पावलो	“शनिवार को रजवती होना
	सनवार दिन चो रजमय पावलो	शनिवार को रजवती होना
	छनी-राहू चो आय रानी	शनि-राहू का है हे रानी
	छनी-राहू चो आय	शनि-राहू का है
	बड़ा सुँदर भाग आय रानी	बहुत ही सुन्दर भाग्य है रानी
	तुचो अती सुँदर भाग आय	तुम्हारा अति सुन्दर भाग्य है
	ऐतवार दिन चो रजमय पावलो	रविवार को रजस्वला होना
	ऐतवार दिन चो रजमय पावलो	रविवार को रजस्वला होना
	रखत-मुँहू चो आय रानी	रक्तमुखी है हे रानी
	रखत-मुँहू चो आय	रक्तमुखी है
	बड़ा सुँदर भाग आय रानी	बहुत ही सुन्दर भाग्य है रानी
	तुचो बड़ा सुँदर भाग आय	तुम्हारा बड़ा ही सुन्दर भाग्य है
0	“सोमार दिन चो रजमय पावलो	“सोमवार को रजवती होना
	सोमार दिन चो रजमय पावलो	सोमवार को रजवती होना
	पारबती बेटी चो आय रानी	पारबती बेटी का है रानी
	पारबती बेटी चो आय	पारबती बेटी का है
	मँगरबार दिन चो रजमय पावलो	मंगलवार दिन का रजवती होना
	मँगरबार दिन चो रजमय पावलो	मंगलवार दिन का रजवती होना
	माता-मावली चो आय रानी	माता मावली का है रानी
	माता-मावली चो आय	माता मावली का है
	बुधवार दिन चो रजमय पावलो	बुधवार दिन का रजवती होना
	बुधवार दिन चो रजमय पावलो	बुधवार दिन का रजवती होना
	सनजोग चो आय रानी	संजोग का है हे रानी
	सनजोग चो आय	संजोग का है
	बड़ा सुँदर भाग आय रानी	बड़ा ही सुन्दर भाग्य है रानी
	तुचो अती सुँदर भाग आय”	तुम्हारा अति सुन्दर भाग्य है”
	बाहरे-बाहरे आसे रानी	बाहर-ही-बाहर है रानी
	माहाले नईं ओले	महल में नहीं जाती
31	एक दिन ले दुय दिन	एक दिन से दो दिन
	दुय दिन ले सात दिन	दो दिन से सात दिन
	रजमय पावलो होय रानी चो	रजवती हुए बीते रानी को
	रजमय पावलो होय	रजवती हुए बीते
	रानी काय बले राजा के	रानी क्या कहती राजा से
	“सुना राजा” बले	“सुनिये राजा” कहती
	“धोबी-माहाले जाहा राजा	“धोबी-महल जायें राजा
	धोबी बलाउन आना	धोबी बुला कर लायें
	छुआ कपड़ा नेयदे राजा	छूत के कपड़े ले जायेगा राजा
	बोहेरेया कपड़ा नेयदे”	छूत के कपड़े ले जायेगा”

	मेंगराजा सुने बाबा	मेंगराजा सुनता बाबा
	बाबू के काय बले	बाबू से क्या कहता
	"धोबी-माहाले जा बाबू	"धोबी-महल जा हे बाबू
	धोबी बलाउन आन	धोबी बुला कर ला
	बोहेरेया कपड़ा नेयदे बाबू	छूत के कपड़े ले जायेगा बाबू
	बोहेरेया कपड़ा नेयदे"	छूत के कपड़े ले जायेगा"
	पवनकुमार सुने बाबा	पवनकुमार सुनता बाबा
	पाँये खड़ऊ पिंदे	पाँवों में खड़ाऊँ पहनता
	हाते बेद धरे बाबू	हाथ में बेंत लेता बाबू
	राजा-माहाल छाँडे	राज-महल छोड़ता
	रुमझुम-रुमझुम रेंगे बाबू	जल्दी-जल्दी चलता बाबू
	एक कलाट मारे	लम्बे डग है भरता
	धोबी-माहाले जाय बाबू	धोबी-महल जाता बाबू
	धोबी-माहाल अमरे	धोबी-महल पहुँचता
1232	माँडो-मोंगरा बाबू उबे	मोगरा-माँडो में बाबू रुकता
	'दादा' हंका बाबू मारे	'दादा' हाँक लगाता
	दादा सुनुन जाय बाबा	दादा सुन लेता है बाबा
	घर ले बाहिर होय	घर से बाहर आता
	"काय कामे इलिस बाबू	"किस काम से आया बाबू
	तुय आले मोके साँग"	तू मुझे बतला"
	बाबू काय बले दादा के	बाबू क्या कहता दादा से
	"सुन दादा" बले	"सुन हे दादा" कहता
	"राजा-घरे बलाव दादा	"राजा के घर बुलावा दादा
	एक डँडिक जावँ"	थोड़ी देर चलो"
	दादा सुनुन जाय बाबा	दादा सुन लेता है बाबा
	"मयँ एयँदे बाबू" बले	"मैं आऊँगा बाबू" कहता
1233	आपन साजू बले दादा धरे	अपने साज दादा लेता
	आपलो जाक दादा धरे	अपने सामान दादा लेता
	घर ले बाहिर होय दादा	घर से बाहर आता दादा
	जाते-जाते जाय	चलता चला जाता
	रुमझुम-रुमझुम रेंगे दादा	जल्दी-जल्दी चलता दादा
	एक कलाट मारे	लम्बे डग है भरता
	राजा-माहाले जाय दादा	राज-महल जाता दादा
	राजा-माहाल अमरे	राज-महल पहुँचता
	परछी ने जाउन बसे दादा	परछी में जा कर बैठता दादा
	राजा के काय बले	राजा से क्या कहता
	"सुना राजा मेंगराजा	"सुनिये राजा मेंगराजा
	सुना राजा मेंगराजा	सुनिये राजा मेंगराजा

काय बलाव आय राजा	किसलिये बुलवाया राजा
आले मोके साँगा	आप मुझे बतलायें
मोके डर लागे राजा	मुझे डर लगता है राजा
मोके डर लागे"	मुझको डर लगता है"
राजा काय बले बाबू के	राजा क्या कहता बाबू से
"सुन बाबू" बले	"सुन हे बाबू" कहता
"मेंगइन रानी लगे जा बाबू	"मेंगइन रानी के पास जा बाबू
बोहेरेया कपड़ा ने"	छूत के कपड़े ले जा"
धोबी सुनुन जाय बाबा	धोबी सुन लेता है बाबा
रानी लगे जाय	रानी के पास जाता
रानी के कपड़ा माँगे बाबू	रानी से कपड़े माँगता बाबू
रानी काय बले	रानी है क्या कहती
"देवान-माहाले जा बाबू	"दीवान-महल तू जा हे बाबू
साहेब-माहाले जा	साहब-महल तू जा
कपतान-माहाले जा बाबू	कप्तान[3]-महल जा हे बाबू
डिसी-माहाले जा	डीसी[4]-महल जा हे बाबू
बोहेरेया कपड़ा माँग बाबू	छूत के कपड़े माँग बाबू[5]
छुआ कपड़ा माँग"	छूत के कपड़े माँग"
खोरे-डाँडे बले जाय बाबू	अली-गली में जाता बाबू
आरा-पारा ने जाय	अड़ोस-पड़ोस में जाता
देवान-माहाले बाबू जाय	दीवान-महल में जाता बाबू
साहेब-माहाले बाबू जाय	साहब-महल में जाता
कपतान-माहाले जाय बाबू	कप्तान-महल में जाता बाबू
डिसी-माहाले जाय	डीसी-महल में जाता
बोहेरेया कपड़ा माँगे बाबू	छूत के कपड़े माँगता बाबू
बोहेरेया कपड़ा देत	वे छूत के कपड़े देतीं
कपड़ा-मोडरा बाँदे बाबू	कपड़ों की गठरी बाँधता बाबू
रानी लगे जाय	रानी के पास जाता
रानी के कपड़ा माँगे बाबू	रानी से कपड़े माँगता बाबू
रानी कपड़ा देय	रानी कपड़े देती
कपड़ा-मोडरा बाँदे बाबू	कपड़ों की गठरी बाँधता बाबू
नोनी के काय बले	नोनी से क्या कहता
"सुन नोनी कुँदनी कयना	"सुन नोनी कुँदनी कैना

3. अंग्रेजी का 'कैप्टन' शब्द हिन्दी से होता हुआ हल्बी में भी इस रूप में आया है।
4. अंग्रेजी का 'डी.सी.' (डिप्टी कमिश्नर) शब्द हिन्दी से होता हुआ हल्बी में भी इसी रूप में आया है। यह आज के कलेक्टर के समतुल्य हुआ करता था। डी.सी. के रूप में स्व. आर.सी.वी.पी. नरोन्हा को इस अंचल में बहुत ख्याति मिली थी। उनके नाम से दक्षिण बस्तर में एक गाँव का नाम 'नरोनापल्ली' भी हुआ है।
5. गाँव या मोहल्ले के जो लोग ऐसे अवसरों (किसी के रजवती होने, छठी या मृत्यु होने) पर ऐसे घरों में जाते हैं तो यह माना जाता है कि वे छूत में हैं और उसी की शुद्धता के लिये उनके कपड़े धोबी से धुलवाये जाते हैं।

	सुन बाबा कुँदनी कयना	सुन नोनी कुँदनी कैना
	नवा हाँडी मोके दे नोनी	नयी हण्डी मुझे दे हे नोनी
	कपड़ा डोबुन जायँ”	कपड़े डुबा जाऊँ”
	कुँदनी कयना सुने बाबा	कुँदनी कैना सुनती बाबा
	नवा हाँडी देय	नयी हण्डी देती
	धोबी धरुन जाय बाबा	धोबी ले कर जाता बाबा
	बन्धा सागरे जाय	बन्धा सागर में जाता
	बन्धा सागर अमरे बाबू	बन्धा सागर पहुँचता बाबू
	कपड़ा-मोडरा मँडाय	कपड़ों की गठरी रखता
	आइग बारुन जाय बाबू	आग जला जाता बाबू
	पानी गरम करे	पानी गरम करता
	कपड़ा डोबुन जाय बाबू	कपड़े डुबा जाता बाबू
	काचुन-काचुन सुकाय	धो-धो कर सुखाता
	कपड़ा काचुन सारे बाबू	कपड़े धो जाता बाबू
	आँगे असनाँद होय	वह स्नान कर जाता
	सुका कपड़ा पिंदे बाबू	सूखा कपड़ा पहनता बाबू
	ओधा कपड़ा गिरे	गीला कपड़ा गिरता
	कपड़ा निचाउन जाय बाबू	कपड़े निचोड़ जाता बाबू
	कपड़ा सकलुन जाय	कपड़े समेट जाता
1234	कपड़ा-मोडरा बले बाबू बाँदे	कपड़ों की गठरी बाबू बाँधता
	बन्धा सागर बाबू छाँडे	बन्धा सागर बाबू छोड़ता
	जाते-जाते बले जाय बाबू	चलता चला जाता बाबू
	रुमझुम-रुमझुम रेंगे	जल्दी-जल्दी चलता
	देवान-माहाले जाय बाबू	दीवान-महल जाता बाबू
	साहेब-माहाले जाय	साहब-महल वह जाता
	डिसी-माहाले जाय बाबू	डीसी-महल जाता बाबू
	कपतान-माहाले जाय	कप्तान-महल जाता
	कपड़ा सुपरित करे बाबू	कपड़े सुपुर्द करता बाबू
	रानी लगे जाय	रानी के पास जाता
	रानी के कपड़ा देय बाबू	रानी को कपड़े देता बाबू
	रानी के कपड़ा देय	रानी को कपड़े देता
1235	“सुन नोनी कुँदनी कयना	“सुन नोनी कुँदनी कैना
	सुन बाबा कुँदनी कयना	सुन बाबा कुँदनी कैना
	रोसई-चाउर जोड़ नोनी	रसोई-चावल ले हे नोनी
	मुठा रुपया धर	मुट्ठी भर रुपये ले
	धोबी-बिदा के दे नोनी	धोबी को विदाई दे हे नोनी
	धोबी-बिदा दे”	धोबी को विदाई दे”
	कुँदनी कयना सुने बाबा	कुँदनी कैना सुनती बाबा

रोसई-चाउर जोड़े	रसोई-चावल लेती
मुठा रुपया धरे नोनी	मुट्ठी भर रुपये लेती नोनी
धोबी-बिदा देय	धोबी को विदाई देती
बाबू मोडरी बाँदे बाबा	बाबू गठरी बाँधता बाबा
आपन माहाले जाय	अपने महल वह जाता
236 "सुन नोनी कुँदनी कयना	"सुन हे नोनी कुँदनी कैना
सुन बाबा कुँदनी कयना	सुन हे बाबा कुँदनी कैना
पानी गरम कर नोनी	पानी गरम कर हे नोनी
मयँ आँगे असनाँद होयँ"	मैं स्नान कर जाऊँ"
पानी गरम करे नोनी	पानी गरम करती नोनी
सेदा-भेदा करे	ठण्डा पानी मिलाती
मन्दन-सिले बले नेय नोनी	स्नान-गृह में ले जाती नोनी
झारी कसेला देय	झारी पात्र देती
कपुर दतुन देय नोनी	सुगन्धित दतौन देती नोनी
मन्दन-सिले जाय	स्नान-गृह में जाती
237 कपुर दतुन रानी धरे[6]	सुगन्धित दतौन रानी लेती
कपुर दतुन रानी धरे	सुगन्धित दतौन रानी लेती
सुरिज-भेट करे रानी	सूर्य नमस्कार करती रानी
मुँहे मुखारी गोबे	मुँह में मुखारी लेती
दतुन-पतर चाबे रानी	दतौन आदि कर जाती रानी
आँगे असनाँद होय	वह स्नान कर जाती
मुँड-कान रेते रानी	सिर धो जाती है रानी
सुका कपड़ा पिंदे	सूखे कपड़े पहनती
ओधा कपड़ा तले गिरे	गीले कपड़े नीचे गिरते
ओधा कपड़ा तले	गीले कपड़े नीचे गिरते
कपड़ा निचाउन जाय रानी	कपड़े निचोड़ जाती रानी
कपड़ा सुकाउन जाय	कपड़े सुखा जाती
नव खँड माहाले जाय रानी	नौ खण्डा महल में जाती रानी
बाजे जाउन बसे	जा कर खाट पर बैठती
238 "सुन नोनी कुँदनी कयना	"सुन हे नोनी कुँदनी कैना
सुन बाबा कुँदनी कयना	सुन हे बाबा कुँदनी कैना
तेल निकराउन दे नोनी	तेल निकाल दे हे नोनी
तेल घसुन जायँ	तेल लगा जाऊँ
नव खँड माहाले ओलें नोनी	नौ खण्डा महल में जाऊँ नोनी
मयँ नव खँड माहाले ओलें"	मैं नौ खण्डा महल में घुसूँ"
तेल निकराउन देय नोनी	तेल निकाल देती नोनी
मेंगइन रानी घसे	मेंगइन रानी लगाती

6. दिनांक 17.12.1996 को ध्वन्यांकित कैसेट क्रमांक 29बी का आरम्भ।

	माहाले ओलते रहे रानी	महल में घुस रही थी रानी
	राजा काय बले	राजा है क्या कहता
	"सुन रानी मेंगइन	"सुन हे रानी मेंगइन
	सुन रानी मेंगइन	सुन हे रानी मेंगइन
	माहाले नईं बले ओल रानी	महल में न घुस हे रानी
	एई लगे रा"	यहीं पर रुक जा"
	माहाले नईं ओले रानी	महल में न घुसती रानी
	नोनी के काय बले	नोनी से क्या कहता
	"हाते पोतनी धर नोनी	"हाथ में पोतनी ले हे नोनी
	चार खुटेया लिप	चार चौखाने लीप
	मँजी बाना लिख नोनी	बीच में चित्र बना हे नोनी
	कलस-दिया बार	कलश-दीप जला
	सेवा-जोड़ा बले आन नोनी	सेवा-सामग्री ला हे नोनी
	पुजा-जोड़ा आन"	पूजा-सामग्री ला"
	चार खुटेया लिपे नोनी	चार चौखाने लीपती नोनी
	मँजी बाना लिखे	बीच में चित्र बनाती
	कलस-दिया बारे नोनी	कलश-दीप जलाती नोनी
	सेवा-जोड़ा आने	सेवा-सामग्री लाती
1239	नव खँड माहाले राजा जाय	नौ खण्डा महल में राजा जाता
	नव खँड माहाले राजा ओले	नौ खण्डा महल में राजा घुसता
	बँधेया झापी खोले राजा	बँधेया झापी खोलता राजा
	अलंकार धरे	अलंकार निकालता
	रानी लगे जाय राजा	रानी के पास जाता राजा
	रानी के काय बले	रानी से क्या कहता

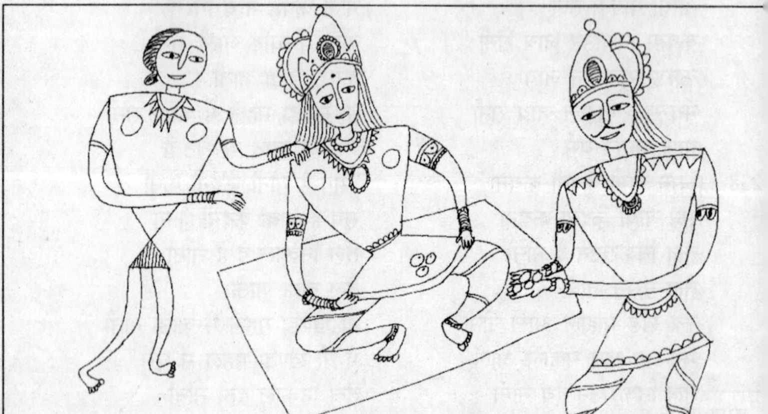

"खालामाती बस रानी	"पालथी मार कर बैठ रानी
खालामाती बस"	पालथी मार कर बैठ"
मेंगइन रानी सुने बाबा	मेंगइन रानी सुनती बाबा
खालामाती बसे	पालथी मार कर बैठती
अलंकार ने डुमर-कसी	अलंकार में गूलर की कली
अलंकार ने डुमर-कसी	अलंकार में गूलर की कली
डुमर-कसी धरे राजा	गूलर की कली लेता राजा
डुमर-कसी धरे	गूलर की कली लेता
झारी पानी छिचे राजा	झारी पानी छिड़कता राजा
काचा गोरस छिचे	कच्चा दूध छिड़कता
जात लाली टिके राजा	शुद्ध लाली लगाता राजा
अगरबती जलाय	अगरबत्ती जलाता
होम-आरती देय राजा	होम-आरती करता राजा
चार खुट पइँया पड़े	चारों दिशाओं में प्रणाम करता
रानी चो कोरा ने देय राजा	रानी की गोद में देता राजा
रानी चो कोरा ने देय	रानी की गोद में देता
कोरा भर धरे रानी	गोद में रख लेती रानी
डुमर-कसी धरे	गूलर की कली को रखती
रद्रद्-रद्रद् गागे रानी	फूट-फूट कर रोती रानी
नै-नै आँसू ढारे	नौ-नौ आँसू बहाती
'मोके भगवान देती जाले	'मुझे भगवान देते तो
मोके भगवान देती जाले	मुझे भगवान देते तो
मयँ कोरा भर धरते' बले	मैं गोद में भर लेती' कहती
'बागा भर पावते	'मैं बागा पा लेती[1]
डुमर-कसी धरले' बले	गूलर की कली ली' कहती
'मयँ डुमर-कसी धरले'	'मैंने गूलर की कली ली'
मेंगराजा दखे बाबा	मेंगराजा देखता बाबा
रानी के काय बले	रानी से क्या कहता
"रोना-गाना नीं कर रानी	"रोना-गाना मत कर रानी
गागा-बोगा नीं कर	रोना-गाना मत कर
खिसी ने मरुन जासे रानी	दुःख से मर जाओगी रानी
धोका ने मरुन जासे"	चिन्ता से मर जाओगी"
बाँहा के धरुन उठाय राजा	बाँह पकड़ उठाता राजा
बाँहा के धरुन उठाय	बाँह पकड़ उठाता
मेंगइन रानी उठे बाबा	मेंगइन रानी उठती बाबा
डुमर-कसी के ठोय	गूलर की कली रखती

1. कपड़े को कन्धे और काख के बीच बाँध कर बच्चे को उसमें बिठाया जाता है। यही 'बागा पाना' कहलाता है।

	नव खँड माहाले ओले रानी	नौ खण्डा महल में घुसती रानी
	नव खँड माहाले ओले	नौ खण्डा महल में घुसती
1241	तात खिचड़ी रानी राँदे	गरम खिचड़ी रानी राँधती
	तात खिचड़ी रानी राँदे	गरम खिचड़ी रानी राँधती
	तात खिचड़ी खाय रानी	गरम खिचड़ी खाती रानी
	तात खिचड़ी खाय	गरम खिचड़ी खाती
	राजा-रानी आसोत बाबा	राजा-रानी रहते बाबा
	राजा-रानी आसोत	राजा-रानी रहते
	राज धरुन खासोत राजा-रानी	राज्य पर शासन करते राजा-रानी
	देस धरुन आसोत	देश पर शासन करते

अधया-23 : मेंगइन रानी चो पेटे थेबतो
अध्याय-23 : मेंगइन रानी का गर्भवती होना

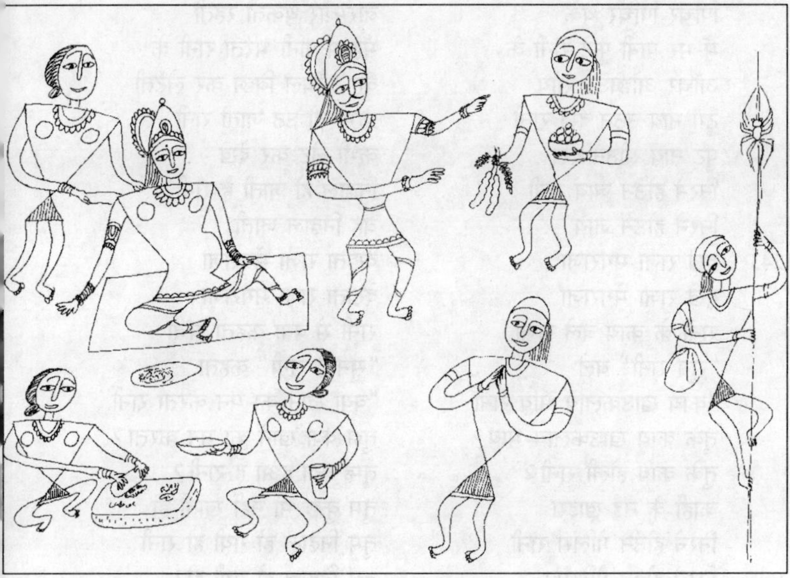

1242	एक दिन ले दुय दिन	एक दिन से दो दिन
	दुय दिन ले आँट दिन	दो दिन से आठ दिन
	पँदरा दिन बले होय बाबा	पन्द्रह दिन हैं बीते बाबा
	मयना दिन होय	एक महीना बीता
	सवा मयना होय रानी चो	सवा महीना बीता रानी को
	डेड़ मयना होय	डेढ़ महीने बीते
	रानी बाहरे नीं होय बाबा	रानी बाहर न होती[1] बाबा

1. मासिक धर्म के दौरान रसोई से बाहर रहने की प्रथा है। अब तक रानी रसोई से बाहर हो रही थी अर्थात् उसका मासिक धर्म बन्द नहीं हो रहा था किन्तु अब वह रसोई से बाहर नहीं होती। तात्पर्य यह कि अब रानी का मासिक-धर्म रुक गया, अर्थात् वह गर्भवती हो गयी। यह तथ्य अगली ही पंक्ति (क्रमांक 09 : रानी को भगवान देता बाबा) में स्पष्ट हो जाता है।

	रानी बाहरे नीं होय	रानी बाहर न होती
	रानी के भगवान सिरजे बाबा	रानी को भगवान देता[2] बाबा
	रानी के भगवान सिरजे	रानी को भगवान देता
	डेड़ मयना होय रानी चो	डेढ़ महीने बीते रानी को
	डेड़ मयना होय	डेढ़ महीने बीते
	डेड़ मयना ले दुय मयना	डेढ़ महीने से दो महीने
	दुय मयना ले तिन मयना	दो महीने से तीन महीने
	तिन मयना होय रानी चो	तीन महीने बीते रानी को
	तिन मयना होय	तीन महीने बीते
	काहीं के नईं खाय रानी	कुछ भी नहीं खाती है रानी
	पिचिर-पिचिर थुके	बारम्बार थूकती रहती
	मूँ-भर पानी फुटे रानी के	मुँह में पानी भरता रानी के
	आँचर ओछाउन सोय	वह आँचल बिछा कर लेटती
	टुँग् नाय उठुन दखे रानी	कभी तो उठ जाती रानी
	पुट् नाय सोउन दखे	कभी लेट कर देखे
	निरने होउन जाय रानी	निढाल हो जाती है रानी
	निरने होउन जाय	वह निढाल जाती
1243	दखे राजा मेंगराजा	देखता राजा मेंगराजा
	दखे राजा मेंगराजा	देखता राजा मेंगराजा
	रानी के काय बले राजा	रानी से क्या कहता राजा
	"सुन रानी" बले	"सुन हे रानी" कहता
	"काय खाउकलाय भाय रानी	"क्या खाने का मन करता रानी
	तुके काय खाउकलाय भाय?	तुझे क्या खाने का मन करता?
	तुके काय होली रानी?	तुम्हें क्या हुआ है रानी?
	काहीं के नईं खाइस	तुम कुछ भी नहीं खाती हो
	निरने होउन गेलिस रानी	तुम निढाल हो गयी हो रानी
	निरने होउन गेलिस!	तुम निढाल हो गयी हो!
	आँचर ओछाउन सोइस[3] रानी	आँचल बिछा कर सोतीं रानी
	टुँग् नाय उठुन बसिस[4]	तुम कभी उठ कर बैठ जातीं
	काय खाउकलाय भाय रानी?	क्या खाने को भाता रानी?
	आले मोके साँग"	तुम मुझे बतलाओ"

2. गर्भवती हो गयी।
3. सोइस : यह एक नया एवं काव्यात्मक भाषा-प्रयोग है। वस्तुतः 'सोइस' शब्द का अर्थ है 'सोवते रलिस/रइस (सोती थी/ या सोता था, सो रही थी या सो रहा था)' किन्तु यहाँ इस शब्द का प्रयोग 'सोवसिस' (सोती हो/सोते हो)' के अर्थ में किया गया है। इस तरह के कई प्रयोग इस महाकाव्य में यत्र-तत्र देखने में आते हैं।
4. बसिस : यह एक नया एवं काव्यात्मक भाषा-प्रयोग है। वस्तुतः 'बसिस' का अर्थ है 'बसते रलिस/रइस (बैठती थी/ या बैठता था, बैठ रही थी या बैठ रहा था)' किन्तु यहाँ इस शब्द का प्रयोग 'बससिस' (बैठती हो/बैठते हो)' के अर्थ में किया गया है। इस तरह के कई प्रयोग इस महाकाव्य में यत्र-तत्र देखने में आते हैं।

“सुना राजा रे मेंगराजा
सुना राजा मेंगराजा
मोके काहीं के खाउक नीं भाय राजा
काहीं के खाउक नीं भाय”
राजा काय बले रानी के
“सुन रानी” बले
“काहीं के नईं खाइस रानी
काहीं के नईं खाइस
निरने होउन गेलिस रानी
निरने होउन गेलिस
तुय मरुन गेलिस जाले
तुय मरुन गेलिस जाले
मयँ जान के बचाऊ नोहायँ रानी
जिव के बचाऊ नोहायँ
तुचो सँगे मयँ बले मरुआयँ रानी
तुचो सँगे मयँ बले मरुआयँ”
रानी काय बले राजा के
“सुना राजा” बले
“कोई अमली चो चटनी राजा
कसी आमा चो चटनी राजा
काचा लिमऊ चो चटनी राजा
काचा मिरी चो चटनी
हुनके होले खाते राजा
मयँ हुनकेय होले खाते”
मेंगराजा सुने बाबा
बाबू के काय बले
“सोनर डँगनी धर बाबू
रुपर ढुटी धर
पिल बगेचा जा बाबू
कोई अमली आन
कसी आमा आन बाबू
काचा लिमऊ आन
काचा मिरी आन बाबू
रानी के चटनी खुआवाँ”

“सुनिये राजा मेंगराजा
सुनिये राजा मेंगराजा
मुझे कुछ खाना नहीं सुहाता राजा
कुछ खाना नहीं सुहाता”
राजा क्या कहता रानी से
“सुन हे रानी” कहता
“कुछ भी नहीं खाती हो रानी
कुछ भी नहीं खाती हो
तुम निढाल हो गयी हो रानी
तुम निढाल हो गयी हो
तुम कहीं मर गयीं तो
तुम कहीं मर गयीं
मैं अपनी जान नहीं बचाऊँगा रानी
मैं अपने प्राण नहीं बचाऊँगा
तुम्हारे सँग मैं भी मर जाऊँगा रानी
तुम्हारे साथ मैं भी मर जाऊँगा”
रानी क्या कहती राजा से
“सुनिये राजा” कहती
“कोई अमली[5] की चटनी राजा
छोटे आम की चटनी राजा
कच्चे नीबू की चटनी राजा
कच्चे मिर्च की चटनी
यह सब हो तो खाती राजा
मैं इन्हें ही खा लेती”
मेंगराजा सुनता बाबा
बाबू से वह कहता
“सोने की डँगनी[6] ले हे बाबू
चाँदी की ढुटी[7] ले
नन्हे बगीचे में जा हे बाबू
कोई इमली ला
कसी आम ला बाबू
कच्चा नीबू ला
कच्ची मिर्च ला बाबू
रानी को चटनी खिलायें”

ोई अमली : अधपकी इमली। अधपके फल को भतरी परिवेश में ‘अदगदरेया’ कहा जाता है।
गनी : अँकड़ी। इसे ‘अकोड़ी’ भी कहा जाता है।
क विशेष प्रकार की छोटी टोकरी जिसका मुँह सँकरा होता है।

मेंगराजा बले बाबा[8]	मेंगराजा कहता बाबा[9]
मेंगराजा बले	मेंगराजा कहता
सुने बाबू पवनकुमार	सुनता बाबू पवनकुमार
सुने बाबू पवनकुमार	सुनता बाबू पवनकुमार
सोनर डँगनी धरे बाबू	सोने की डँगनी लेता बाबू
रुपर ढुटी धरे	चाँदी की ढुटी लेता
पाँये खड़ऊ पिंदे बाबू	पाँवों में खड़ाऊँ पहनता बाबू
हाते बेद धरे	हाथ में बेंत लेता
राजा माहाल छाँडे बाबू	राज-महल छोड़ता बाबू
जाते-जाते जाय	चलता चला जाता
रुमझुम-रुमझुम रेंगे बाबू	जल्दी-जल्दी चलता बाबू
कोसक-दापक रेंगे बाबू	कोस-दाब भर चलता बाबू
पिल बगेचा जाय बाबू	नन्हें बगीचे में जाता
पिल बगेचा अमरे	नन्हा बगीचा पहुँचता
सोनर डँगनी धरे बाबू	सोने की डँगनी लेता बाबू
हुन कोई अमली टोड़े	वह कोई इमली तोड़ता
कसी आमा टोड़े बाबू	कसी आम तोड़ता बाबू
काचा लिमऊ टोड़े	कच्चा नीबू तोड़ता
काचा मिरी टोड़े बाबू	कच्ची मिर्च तोड़ता बाबू
रुपर ढुटी ने भरे	चाँदी की ढुटी में रखता
पिल बगेचा छाँडे बाबू	नन्हा बगीचा छोड़ता बाबू
राजा-माहाले जाय	राज-महल वह जाता
मेंगराजा के देय बाबू	मेंगराजा को देता बाबू
मेंगराजा धरे	मेंगराजा लेता
नोनी लगे बले जाय राजा	नोनी के पास जाता राजा
नोनी के काय बले	नोनी से क्या कहता
"एदे चटनी पिस नोनी	"यह ले चटनी पीस नोनी
तुय चरफर चटनी पिस"	तू बढ़िया[10] चटनी पीस"
कुँदनी कयना सुने बाबा	कुँदनी कैना सुनती बाबा
चटनी पिसुन जाय	चटनी पीस जाती

8. गुरुमायँ ने गलती से इस (73) तथा अगली प्रंक्ति (74) में 'मेंगराजा' के बदले 'मेंगइन रानी' गा
वस्तुतः इसे होना चाहिये :
मेंगराजा बले बाबा
मेंगराजा बले

9. गुरुमायँ ने गलती से इस (73) तथा अगली पंक्ति (74) में 'मेंगराजा' के बदले 'मेंगइन रानी' गा
वस्तुतः इसे होना चाहिये :
मेंगराजा कहता बाबा
मेंगराजा कहता

10. बढ़िया : चरफर : जिसमें नमक और मिर्च तेज डले हों और जिसे चटखारे ले कर खाया जाये।

लोन-गोड़ा सँगे पिसे नोनी	नमक-डली सँग पीसे नोनी
चटनी पिसुन सारे	चटनी पीस जाती
मेंगराजा के देय नोनी	मेंगराजा को देती नोनी
मेंगराजा धरे	मेंगराजा है लेता
रानी लगे बले जाय राजा	रानी के पास जाता राजा
रानी के काय बले	रानी से क्या कहता
"कोई अमली चो चटनी रानी	"कोई इमली की चटनी रानी
कसी आमा चो चटनी रानी	कसी आम की चटनी रानी
काचा लिमऊ चो चटनी रानी	कच्चे नीबू की चटनी रानी
काचा मिरी चो चटनी	कच्चे मिर्च की चटनी
नोन गोड़ा सँगे पिसायँ रानी	नमक-डली सँग पिसवायी रानी
मयँ नोन गोड़ा सँगे पिसायँ	मैंने नमक-डली सँग पिसवायी
एदे चटनी खा रानी	यह ले चटनी खा हे रानी
एदे चटनी खा"	यह ले चटनी खा"
246 "सुना राजा मेंगराजा	"सुनिये राजा मेंगराजा
सुना राजा मेंगराजा	सुनिये राजा मेंगराजा
कोई अमली चो चटनी राजा	कोई इमली की चटनी राजा
कसी आमा चो चटनी	कसी आम की चटनी
काचा लिमऊ चटनी राजा	कच्चे नीबू की चटनी राजा
काचा मिरी चो चटनी	कच्चे मिर्च की चटनी
नारँगी फल सँगे खाते राजा	नारंगी फल सँग खाती राजा
नारँगी फल सँगे खाते"	नारंगी फल सँग खाती"
मेंगराजा सुने बाबा	मेंगराजा सुनता बाबा
बाबू के काय बले	बाबू से क्या कहता
"सोनर डँगनी धर बाबू	"सोने की डँगनी ले हे बाबू
रुपर ढुटी धर	चाँदी की ढुटी ले
पिल बगेचा जा बाबू	नन्हे बगीचे में जा बाबू
नारँगी फल आन"	नारंगी फल ले आ"
247 सोनर डँगनी बाबू धरे	सोने की डँगनी बाबू लेता
रुपर ढुटी बाबू धरे	चाँदी की ढुटी बाबू लेता
पिल बगेचा जाय बाबू	नन्हा बगीचा जाता बाबू
पिल बगेचा अमरे	नन्हा बगीचा पहुँचता
नारँगी फल खोजे बाबू	नारंगी फल खोजता बाबू
खोजुन-खोजुन थके	खोज-खोज कर थकता
नारँगी फल नीं पाय बाबू	नारंगी फल न पाता बाबू
नारँगी फल नीं पाय	नारंगी फल न पाता
बगेचा-बगेचा बुले बाबू	बगीचे-बगीचे घूमता बाबू
अटार-अटार बुले	कछार-कछार घूमता

बाड़ी-बाड़ी बुले बाबू	बगीचे-बगीचे घूमता बाबू
आरा-पारा ने जाय	अड़ोस-पड़ोस में जाता
खोरे-डाँडे खोजे बाबू	अली-गली में खोजता बाबू
बेड़ा-बेड़ा खोजे	खेत-खेत में खोजता
नँदी-नाला खोजे बाबू	नदी-नाले में खोजता बाबू
ढोड़ी-मुँडा खोजे	नाला-तालाब में खोजता
खोजुन-खोजुन थाके बाबू	खोज-खोज थक जाता बाबू
नारँगी फल नीं पाय	नारंगी फल न पाता
बिहान बेरा चो गेलो लोग आय	सवेरे का वह गया हुआ है
दिन बुड़ुन जाय	दिन डूब जाता
1248 जाय बाबू पवनकुमार	जाता बाबू पवनकुमार
जाय बाबू पवनकुमार	जाता बाबू पवनकुमार
राजा-माहाले जाय बाबू	राज-महल जाता बाबू
राजा-माहाल अमरे	राज-महल पहुँचता
राजा के काय बले बाबू	राजा से क्या कहता बाबू
"सुना राजा" बले	"सुनिये राजा" कहता
"खोजुन-खोजुन थाकले राजा	"खोज-खोज कर थक गया राजा
मयँ बुलुन-बुलुन थाकले	मैं घूम-घूम कर थक गया
काहाँय नारँगी निंहाय राजा	कहीं भी नारंगी नहीं है राजा
काहाँय नारँगी निंहाय"	कहीं भी नारंगी नहीं है"
रात काजे सोय बाबू	रात को सो जाता बाबू
बड़े बिहान होय	अगली सुबह होती
दतुन-पतर चाबे बाबू	दतौन आदि कर जाता बाबू
आँगे असनाँद होय	वह स्नान कर जाता
सुका कपड़ा पिंदे बाबू	सूखे कपड़े पहनता बाबू
ओधा कपड़ा गिरे	गीले कपड़े गिरते
कपड़ा निचाउन जाय बाबू	कपड़े निचोड़ जाता बाबू
कपड़ा सुकाउन जाय	कपड़े सुखा जाता
1249 "सुन बाबू पवनकुमार	"सुन बाबू पवनकुमार
सुन बाबू पवनकुमार	सुन बाबू पवनकुमार
भतेया जोड़ुन जा बाबू	भतिया तैयार कर हे बाबू
राज-राज खोज	तू सारे राज्यों में खोज
नारँगी फल आन बाबू	नारंगी फल ला हे बाबू
रानी के चटनी खोआयँ[11]"	रानी को चटनी खिलाऊँ"
पवनकुमार सुने बाबा	पवनकुमार सुनता बाबा
भतेया जोड़ुन जाय	भतिया तैयार करता

11. खोआयँ : अन्य उच्चारण 'खुआयँ'।

	राज-राज बुले बाबू	सारे राज्यों में घूमता बाबू
	देस-देस खोजे	देश-देशान्तर में खोजता
	काहँय नारँगी नीं पाय बाबू	कहीं नारंगी न पाता बाबू
	काहँय नारँगी नीं पाय	कहीं नारंगी न पाता
	आँट दिन बले होय बाबा	आठ दिन बीते बाबा
	आँट दिन होय	आठ दिन बीते
250	जाय बाबू पवनकुमार	जाता बाबू पवनकुमार
	जाय बाबू पवनकुमार	जाता बाबू पवनकुमार
	मँजपुरे बले जाय बाबू	मँजपुर जाता बाबू
	राजा-माहाले जाय	राजा-महल वह जाता
	राजा के काय बले बाबू	राजा से क्या कहता बाबू
	"सुना राजा" बले	"सुनिये राजा" कहता
	"खोजुन-खोजुन थकले[12] राजा	"खोज-खोज मैं थक गया राजा
	मयँ बुलुन-बुलुन थकले	मैं घूम-घूम कर थक गया
	राज-राज खोजले राजा	सारे राज्यों में खोजा राजा
	मयँ देस-देस खोजले	मैंने सारे देशों में खोजा
	काहँय नारँगी निंहाय राजा	कहीं नारंगी नहीं है राजा
	काहँय नारँगी निंहाय"	कहीं नारंगी नहीं है"
	मेंगराजा सुने बाबा	मेंगराजा सुनता बाबा
	कपार पेटी होय	माथा पीट लेता
	'रानी मरुन जायदे' बले	'रानी मर जायेगी' कहता
	'मोचो रानी मरुन जायदे'	'मेरी रानी मर जायेगी'
1251	"सुन बाबू पवनकुमार	"सुन हे बाबू पवनकुमार
	सुन बाबू पवनकुमार	सुन हे बाबू पवनकुमार
	गोबिंदपुरे बले जा बाबू	गोबिंदपुर तू जा हे बाबू
	बुदू पँजेआर के आन	बुदू पँजेआर को ला
	पाँजी-खुट धरो बाबू	पाँजी-खुट वह ले हे बाबू
	जोतिस-रमायन धरो	ज्योतिष-रमायन ले
	एक डँडिक एओ बाबू	थोड़ी देर वह आये बाबू
	पाँजी दखुन देयदे"	वह पंचांग देख देगा"
	पवनकुमार सुने बाबा	पवनकुमार सुनता बाबा
	पाँये खड़ऊ पिंदे	पाँवों में खड़ाऊँ पहनता
	हाते बेद धरे बाबू	हाथ में बेंत लेता बाबू
	राजा-माहाल छाँडे	राज-महल छोड़ता
	जाते-जाते बले जाय बाबू	चलता चला जाता बाबू
	गोबिंदपुर जाय	गोबिंदपुर वह जाता
	गोबिंदपुरे अमरे बाबू	गोबिंदपुर पहुँचता बाबू

12. थकले : मूल ध्वनि 'थाकले'।

	पँजेआर-माहाले जाय	पँजेआर-महल वह जाता
	माँडो-मोंगरा उबे बाबू	मोगरा-मण्डप में रुकता बाबू
	'दादा' हंका मारे	'दादा' हाँक लगाता
	दादा सुनुन जाय बाबा	दादा सुन लेता है बाबा
	घर ले बाहिर होय	घर से बाहर आता
	बाबू के काय बले दादा	बाबू से क्या कहता दादा
	"सुन बाबू" बले	"सुन हे बाबू" कहता
	"काय कामे इलिस बाबू	"किस काम से आया बाबू
	आले मोके साँग"	तनिक मुझे बतला"
1252	"सुन दादा रे बुदू पँजेआर	"सुन हे दादा बुदू पँजेआर
	सुन दादा बुदू पँजेआर	सुन हे दादा बुदू पँजेआर
	तुचो जाक के धर दादा	अपना सामान ले लो दादा
	तुचो साजू के धर	अपने साज तुम ले लो
	राजा घरे बलाव दादा	राजा के घर बुलावा दादा
	एक डँडिक जावँ"	थोड़ी देर चलो"
	दादा सुनुन जाय बाबा	दादा सुन लेता है बाबा
	"मयँ एयँदे बाबू" बले	"मैं आऊँगा बाबू" कहता
	"पानी गरम कर रानी	"पानी गरम कर हे रानी
	मयँ आँगे असनाँद होयँ"	मैं स्नान करूँगा"
	पानी गरम करे बाई	पानी गरम करती बाई
	सेदा-भेदा करे	ठण्डा पानी मिलाती
	मन्दन-सिले बले नेय बाई	स्नान-गृह में ले जाती बाई
	झारी कसेला देय	झारी पात्र देती
	कपुर दतुन देय बाई	सुगन्धित दतौन देती बाई
	मन्दन-सिले जाय	स्नान-गृह में जाता
	मन्दन-सिले उबे बाबू	स्नान-गृह में खड़ा होता बाबू
	कपुर दतुन धरे	सुगन्धित दतौन वह लेता
	सुरिज-भेट करे बाबू	सूर्य-नमस्कार करता बाबू
	मुँहे मुखारी गोबे	मुँह में मुखारी लेता
1252a	दतुन-पतर बाबू चाबे	दतौन आदि कर जाता बाबू
	आँगे असनाँद बाबू होय	वह स्नान कर जाता
	सुका कपड़ा पिंदे बाबू	सूखे कपड़े पहनता बाबू
	ओधा कपड़ा गिरे	गीले कपड़े गिरते
	झारी पानी धरे बाबू	झारी में पानी लेता बाबू
	तुलसी-चँवरा ने जाय	तुलसी-चौरा में जाता
	चँवरा ने पानी रिकाय बाबू	चौरा में पानी डालता बाबू
	तुलसी के काय बले	तुलसी से वह कहता
	"आगास मेलान बाड़ बाई	"आकाश का स्पर्श कर हे बाई

पकिर पाना फेक	नयी कोंपलें निकलें
तुय-मयँ बाँहा-जोरी बाई	तुम-मैं बाँहों की जोड़ी बाई
तुय-मयँ हन्सा-जोरी	तुम-मैं हन्सों की जोड़ी
जिव भर सेवा मिरो बाई	जीवन भर सेवा करूँ मैं बाई
मोचो ज़ान सुखी रहो"	मेरा जीवन सुखी रहे"
तुलसी-सेवा करे बाबू	तुलसी-सेवा करता बाबू
तुलसी-पुजा करे	तुलसी-पूजा करता
होम-आरती देय बाबू	होम-आरती करता बाबू
पइँया पड़ुन जाय	वह प्रणाम कर जाता
बाजे जाउन बसे बाबू	खाट पर जा कर बैठता बाबू
बाई के काय बले	बाई से क्या कहता
"बँधेया झापी के दे रानी	"बँधेया झापी दे हे रानी
मयँ नव सै गाहना पिंदें"	मैं नौ सौ गहने पहनूँ"
बँधेया झापी के देय बाई	बँधेया झापी देती बाई
कुची हेड़ुन जाय	चाबी निकाल जाता
ताला टोड़ुन जाय बाबू	ताल खोल जाता बाबू
बँधेया झापी खोले	बँधेया झापी खोलता
नव सै गाहना पिंदे बाबू	नौ सौ गहने पहनता बाबू
नव सै हार पिंदे	नौ सौ हार पहनता
अलंकार पिंदे बाबू	अलंकार पहनता बाबू
पाँजी-खुट धरे	पाँजी-खुट लेता
जोतिस-रमायन धरे बाबू	ज्योतिष-रमायन लेता बाबू
पाँये खड़ऊ पिंदे	पाँवों में खड़ाऊँ पहनता
हाते बेद धरे बाबू	हाथ में बेंत लेता बाबू
बाई के काय बले	बाई से क्या कहता
"घर-दुआर के दख रानी	"घर-द्वार को देख रानी
बाड़ी-बखरी के दख	बाड़ी-बखरी को देख
राजा-माहाले जायँ बाई	राज-महल मैं जाता बाई
मयँ कोन दिन फिरुन एयँ"	मैं किस दिन वापस आऊँगा"
घर ले बाहिर होय बाबू	घर से बाहर निकलता बाबू
जाते-जाते जाय	चलता चला जाता
रुमझुम-रुमझुम रेंगे बाबू	जल्दी-जल्दी चलता बाबू
एक कलाट मारे	लम्बे डग है भरता
जाय बाबू बुदू पँजेआर	जाता बाबू बुदू पँजेआर
जाय बाबू बुदू पँजेआर	जाता बाबू बुदू पँजेआर
राजा-माहाले जाय बाबू	राज-महल जाता बाबू
राजा-माहाल अमरे	राज-महल पहुँचता
पारा-परोसे जाय बाबू	अड़ोस-पड़ोस में जाता बाबू

पारा-परोस छाँडे	अड़ोस-पड़ोस छोड़ता
राजा-माहाले जाय बाबू	राज-महल जाता बाबू
मेंगइन रानी दखे	मेंगइन रानी देखती
नोनी के काय बले रानी	नोनी से क्या कहती रानी
"सुन बाबा" बले	"सुन हे बाबा" कहती
"सेवा-जोड़ा बले धर नोनी	"सेवा-सामग्री ले हे नोनी
पइँया धोआउन जा	पाँव धुला जा
पँजेआर अमरुन गेलो नोनी	पँजेआर पहुँच गया है नोनी
पँजेआर अमरुन गेलो"	पँजेआर पहुँच गया है"
कुँदनी कयना सुने बाबा	कुँदनी कैना सुनती बाबा
सेवा-जोड़ा धरे	सेवा-सामग्री लेती
पुजा-जोड़ा धरे नोनी	पूजा-सामग्री लेती नोनी
चन्दन-काट मँडाय	चन्दन-काठ रखती
ढँग् नाय बाबू उबे बाबा	बाबू खड़ा हो जाता बाबा
पइँया धोआउन जाय	वह पाँव धुला जाती
चाउर-टिका बले देय नोनी	चावल का टीका लगाती नोनी
होम-आरती देय	होम-आरती करती
पइँया पड़ुन जाय नोनी	उसे प्रणाम कर जाती नोनी
नोनी चो टोंड चुमे	वह नोनी का मुख चूमे
बाबू चो हात धरे नोनी	बाबू का हात पकड़ती नोनी
नव खँड माहाले नेय	नौ खण्डा महल में ले जाती
बाज नेउन बसाय नोनी	खाट पर ले जा कर बिठाती नोनी

	सेज नेउन बसाय	शय्या पर बिठलाती
	राजा-रानी बसोत बाबा	राजा-रानी बैठते बाबा
	बाबू काय बले	बाबू है क्या कहता
	“काय बलाव आय राजा	“किसलिये बुलवाया राजा
	आले मोके साँगा”	आप मुझे बतलायें”
1254	“सुन बाबू बुदू पँजेआर	“सुन बाबू बुदू पँजेआर
	सुन बाबू बुदू पँजेआर	सुन बाबू बुदू पँजेआर
	मयँ बुलुन-बुलुन थाकले बाबू	मैं घूम-घूम कर थक गया बाबू
	गिंजरुन-गिंजरुन थाकले	मैं घूम-घूम कर थक गया
	काहाँय नारँगी निंहाय बाबू	कहीं नारंगी नहीं है बाबू
	काहाँ नारँगी आसे?	कहाँ नारंगी है?
	एई पाँजी के दख बाबू	यही पंचांग में देख बाबू
	एई पाँजी दख”	यही पंचांग में देख”
	हुन नोनी के काय बले बाबू	नोनी से क्या कहता बाबू
	“सुन नोनी” बले	“सुन हे नोनी” कहता
	“सेवा-जोड़ा बले दे नोनी	“सेवा-सामग्री दे हे नोनी
	पुजा-जोड़ा दे”	पूजा-सामग्री दे”
	सुने नोनी रे कुँदनी कयना	सुनती नोनी कुँदनी कैना
	सुने बाबा कुँदनी कयना	सुनती बाबा कुँदनी कैना
1255	सेवा-जोड़ा बले देय नोनी	सेवा-सामग्री देती नोनी
	पुजा-जोड़ा देय	पूजा-सामग्री देती
	नवा सरकी ओछाय बाबू	नयी चटाई बिछाता बाबू
	झारी पानी छिचे	झारी पानी छिटकता
	रमायन भुँये मँडाय बाबू	रमायन जमीन पर रखता बाबू
	काचा गोरस छिचे	कच्चा दूध छिटकता
	जात लाली टिके बाबू	शुद्ध लाली लगाता बाबू
	अगरबती जलाय	अगरबत्ती जलाता
	फुल-चाउर चेगाय बाबू	फूल-चावल चढ़ाता बाबू
	होम-आरती देय	होम-आरती करता
	पइँया पड़ुन जाय बाबू	उसे प्रणाम कर जाता बाबू
	खालामाती बसे	पालथी मार कर बैठता
	रमायन कोरा धरे बाबू	रमायन गोद में लेता बाबू
	पँजेआर पाँजी दखे	पँजेआर पंचांग देखता
	पाँजे बसुन जाय बाबू चो	पंचांग में दिख जाता बाबू के
	पाँजे पड़ुन जाय	पंचांग में दिख जाता
1256	“सुना राजा रे मेंगराजा	“सुनिये राजा मेंगराजा
	सुना राजा मेंगराजा	सुनिये राजा मेंगराजा
	राज-राज खोजलास राजा	सारे राज्यों में खोजा राजा

देस-देस खोजलास	सारे देशों में खोजा
काहाँय नाराँगी निंहाय राजा	कहीं नारंगी नहीं है राजा
ए लगे नाराँगी निंहाय	आसपास नारंगी नहीं है
माहादेव-बगेचा आसे राजा	माहादेव-बगीचे में है राजा
माहादेव-बगेचा आसे	माहादेव-बगीचा में है
काकेय[13] नईं साँगा राजा	किसी को न बतलायें राजा
काकेय नईं साँगा	किसी को न बतलायें
खुसखुसा जाहा राजा	चुपचाप चले जायें राजा
नाराँगी फल आना"	नारंगी फल ले आयें"
पाँजी-खुट सकले बाबू	पाँजी-खुट समेटता बाबू
जोतिस-रमायन सकले	ज्योतिष-रमायन समेटता
रोसई-चाउर जोड़े नोनी	रसोई-चावल लेती नोनी
मुठा रुपया धरे	मुट्ठी भर रुपये लेती
पँजेआर-बिदा के देय नोनी	पँजेआर को विदाई देती नोनी
बाबू मोडरी बाँदे	बाबू गठरी बाँधता
आपन माहाले जाय बाबू	अपने महल में जाता बाबू
बाबू के काय बले	बाबू से क्या कहता
"सुन बाबू पवनकुमार	"सुन हे बाबू पवनकुमार
सुन बाबू पवनकुमार	सुन हे बाबू पवनकुमार
सोनर डँगनी धर बाबू	सोने की डँगनी ले हे बाबू
रुपर ढुटी धर	चाँदी की ढुटी ले
कैलासपुरे जा बाबू	कैलासपुर तू जा बाबू
हुता नाराँगी आसे	वहाँ नारंगी है
माहादेव-बगेचा जा बाबू	माहादेव-बगीचे में जा बाबू
काकेय नईं साँग	किसी से मत कहना
खुसखुसा जा बाबू	चुपचाप तू जा हे बाबू
नाराँगी फल आन	नारंगी फल ले आ
हुनी दिने जाउन रले बाबू	मैं अभी ही तो गया था बाबू
घन-घन कसन जायँदे?"	बारम्बार कैसे जाऊँगा?"
पवनकुमार सुने बाबा	पवनकुमार सुनता बाबा
हरबर तियार होय	झटपट तैयार हो जाता
पाँये खड़ऊ पिंदे बाबू	पाँवों में खड़ाऊँ पहनता बाबू
हाते बेद धरे	हाथ में बेंत लेता
सोनर डँगनी धरे बाबू	सोने की डँगनी लेता बाबू
रुपर ढुटी धरे	चाँदी की ढुटी लेता
जाते-जाते बले जाय बाबू	चलता चला जाता बाबू
कोसक-दापक रेंगे	कोस-दाब भर चलता

13. काकेय : अन्य उच्चारण 'काकय'।

कैलासपुरे बले जाय बाबू	कैलासपुर जाता बाबू
कैलासपुरे अमरे	कैलासपुर पहुँचता
पारबती-जलकी ने जाय बाबू	पारबती-झील में जाता बाबू
माहादेव-जलकी ने जाय	माहादेव-झील में जाता
जलकी-खँडे उबे बाबू	झील के तट पर खड़ा होता बाबू
खँड भर रहे	झील लबालब भरी थी
करेया पानी दखे बाबा	पानी काला दिखता बाबा
जलकी के काय बले	वह झील से क्या कहता
“आँट-आँट रे रानी जलकी	“कम हो, कम हो हे रानी झील
आँट-आँट राजा जलकी	कम हो, कम हो हे राजा झील
मयँ दार-चाउर फेकें जलकी	मैं दाल-चावल अर्पित करता झील
माँडक होउन जा”	घुटने तक कम हो जा”
दार-चाउर फेके बाबू	दाल-चावल अर्पित करता बाबू
माँडक होउन जाय	झील घुटने तक आ जाती
जलकी पार बले होय बाबू	झील लाँघ जाता बाबू
समँदुर पार होय	समुद्र लाँघ जाता
काकेय नईं साँगे बाबू	किसी से नहीं कहता बाबू
काकेय नईं माँगे	किसी से नहीं माँगता
खुसखुसा बले जाय बाबू	चुपचाप चला जाता है बाबू
माहादेव-बगेचा जाय	माहादेव-बगीचा में जाता
नारँगी फल खोजे बाबू	नारंगी फल खोजता बाबू
हुता नारँगी रहे	वहाँ नारंगी थी
सोनर डँगनी ने टोड़े बाबू	सोने की डँगनी में तोड़ता बाबू
रुपर ढुटी ने भरे	चाँदी की ढुटी में भरता
57 ढुटी भर बले बाबू टोड़े	ढुटी भर बाबू तोड़ता
ढुटी भर बाबू टोड़े	ढुटी भर बाबू तोड़ता
माहादेव-बगेचा छाँडे बाबू	माहादेव-बगीचा छोड़ता बाबू
माहादेव-बगेचा छाँडे	माहादेव-बगीचा छोड़ता
जाते-जाते बले जाय बाबू	चलता चला जाता बाबू
माहादेव-जलकी ने जाय	माहादेव-झील में जाता
पारबती-जलकी ने जाय बाबू	पारबती-झील में जाता बाबू
दार-चाउर फेके	दाल-चावल अर्पित करता
माँडक होउन जाय जलकी	घुटने तक आ जाती झील
कैलासपुरे छाँडे	कैलासपुर छोड़ता
मँजपुरे जाय बाबू	मँजपुर है जाता बाबू
मँजपुरे अमरे	वह मँजपुर पहुँचता
राजा लगे बले जाय बाबू	राजा के पास जाता बाबू
राजा के धराउन देय	राजा को पकड़ा देता

1258	नाराँगी फल बले राजा धरे	नारंगी फल राजा लेता
	रानी लगे राजा जाय	रानी के पास राजा जाता
	रानी के काय बले राजा	रानी से क्या कहता राजा
	"सुन रानी" बले	"सुन हे रानी" कहता
	"एदे नाराँगी खा रानी	"यह ले नारंगी खा रानी
	एदे नाराँगी खा"	यह ले नारंगी खा"
	रानी काय बले राजा के	रानी क्या कहती राजा से
	"सुना राजा" बले	"सुनिये राजा" कहती
	"कोई अमली चो चटनी राजा	"कोई इमली की चटनी राजा
	कसी आमा चो चटनी	कसी आम की चटनी
	काचा लिमऊ-चटनी राजा	कच्चे नीबू की चटनी राजा
	काचा मिरी चो चटनी	कच्चे मिर्च की चटनी
	नाराँगी फल सँगे खाते राजा	नारंगी फल के सँग खाती राजा
	मयँ नाराँगी फल सँगे खाते"	मैं नारंगी फल के सँग खाती"
	मेंगराजा सुने बाबा	मेंगराजा सुनता बाबा
	बाबू के काय बले	बाबू से क्या कहता
	"पिल बगेचा जा बाबू	"नन्हे बगीचे में जा हे बाबू
	तुय कोई अमली आन	तू कोई इमली ले आ
	कसी आमा बले आन बाबू	कसी आम भी ला हे बाबू
	काचा लिमऊ आन"	कच्चा नीबू ला"
	पवनकुमार सुने बाबा	पवनकुमार सुनता बाबा
	सोनर डँगनी धरे	सोने की डँगनी लेता
	पिल बगेचा जाय बाबू	नन्हे बगीचे में जाता बाबू
	कोई अमली टोड़े	कोई इमली तोड़ता
	कसी आमा टोड़े बाबू	कसी आम तोड़ता बाबू
	हुन काचा लिमऊ टोड़े	वह कच्चा नीबू तोड़ता
	काचा मिरी टोड़े बाबू	कच्ची मिर्च तोड़ता बाबू
	जाते-जाते जाय	चलता चला जाता
1259	जाय बाबू पवनकुमार	जाता बाबू पवनकुमार
	जाय बाबू पवनकुमार	जाता बाबू पवनकुमार
	पिल बगेचा छाँडे बाबू	नन्हा बगीचा छोड़ता बाबू
	राजा माहाले जाय	राज-महल वह जाता
	राजा माहाले अमरे बाबू	राज-महल पहुँचता बाबू
	मेंगराजा के देय	मेंगराजा को देता
	सब जोड़ा धरे राजा	सारी सामग्री लेता राजा
	नोनी लगे जाय	नोनी के पास जाता
	"चरफर चटनी पिस नोनी	"चुरपुरी चटनी पीस नोनी
	रानी के चटनी खुआयँ"	रानी को चटनी खिलाऊँ"

कुँदनी कयना सुने बाबा
सब जोड़ा धरे
नोन[14] गोड़ा सँगे पिसे नोनी
लोन गोड़ा सँगे पिसे
राजा के धराउन देय नोनी
राजा के धराउन देय

कुँदनी कैना सुनती बाबा
सारी सामग्री लेती
नमक-डली सँग पीसती नोनी
नमक-डली सँग पीसती
राजा को पकड़ा देती नोनी
राजा को पकड़ा देती

रानी लगे बले जाय राजा
रानी के काय बले
"सुन रानी मेंगइन
सुन रानी मेंगइन
एदे चटनी खा रानी
एदे चटनी खा"
मेंगइन रानी सुने बाबा
घर ले बाहिर होय
दतुन-पतर चाबे रानी
आँगे असनाँद होय
सुका कपड़ा पिंदे रानी
ओधा कपड़ा गिरे
झारी पानी धरे रानी
तुलसी-चँवरा ने जाय
चँवरा ने पानी रिकाय रानी

रानी के पास जाता राजा
रानी से क्या कहता
"सुन हे रानी मेंगइन
सुन हे रानी मेंगइन
यह ले चटनी खा रानी
यह ले चटनी खा"
मेंगइन रानी सुनती बाबा
घर से बाहर आती
दतौन आदि कर जाती रानी
वह स्नान कर जाती
सूखे कपड़े पहनती रानी
गीले कपड़े गिरते
झारी में पानी लेती रानी
तुलसी-चौरा में जाती
चौरा में पानी डालती रानी

14. नोन : अन्य ध्वनि 'लोन'। 'लोन' शब्द संस्कृत के 'लवण' से आया है।

तुलसी के काय बले	तुलसी से क्या कहती
“आगास मेलान बाड़ बाई	“आकाश का स्पर्श कर हे बाई
पकिर पाना फेक	नयी कोंपलें निकलें
तुय-मयँ बाँहा-जोरी बाई	तुम-मैं बाँहों की जोड़ी बाई
तुय-मयँ हन्सा-जोरी	तुम-मैं हन्सों की जोड़ी
जिव भर सेवा मिरो बाई	जीवन भर सेवा करूँ मैं बाई
मोचो जान सुखी रहो”	मेरा जीवन सुखी रहे”
तुलसी-सेवा करे रानी	तुलसी-सेवा करती रानी
तुलसी-पुजा करे	तुलसी-पूजा करती
होम-आरती देय रानी	होम-आरती करती रानी
पइँया पड़ुन जाय	वह प्रणाम कर जाती
बाजे जाउन बसे रानी	खाट पर जा बैठती रानी
सेज जाउन बसे	शय्या पर जा बैठती
सोनर छुरी बले राजा आने	सोने की छुरी राजा लाता
सोनर छुरी राजा आने	सोने की छुरी राजा लाता
नारँगी फल धरे राजा	नारंगी फल लेता राजा
चटनी धरुन जाय	चटनी भी वह लेता
बाजे जाउन बसोत राजा-रानी	खाट पर जा बैठते राजा-रानी
सेज जाउन बसोत	शय्या पर जा बैठते
नारँगी फल काटे राजा	नारंगी फल काटता राजा
मेंगइन रानी के देय	मेंगइन रानी को देता
कोई अमली चो चटनी बाबा	कोई इमली की चटनी बाबा
कसी आमा चो चटनी	कसी आम की चटनी
काचा मिरी चो चटनी बाबा	कच्चे मिर्च की चटनी बाबा
काचा लिमऊ-चटनी	कच्चे नीबू की चटनी
नारँगी फल सँगे खाय रानी	नारंगी फल सँग खाती रानी
नारँगी फल सँगे खाय	नारंगी फल सँग खाती
चटनी खाउन जाय रानी	चटनी खा लेती है रानी
चटनी खाउन जाय	वह चटनी खा लेती है

अधया-24 : माहालखी चो जनम

अध्याय-24 : माहालखी का जन्म

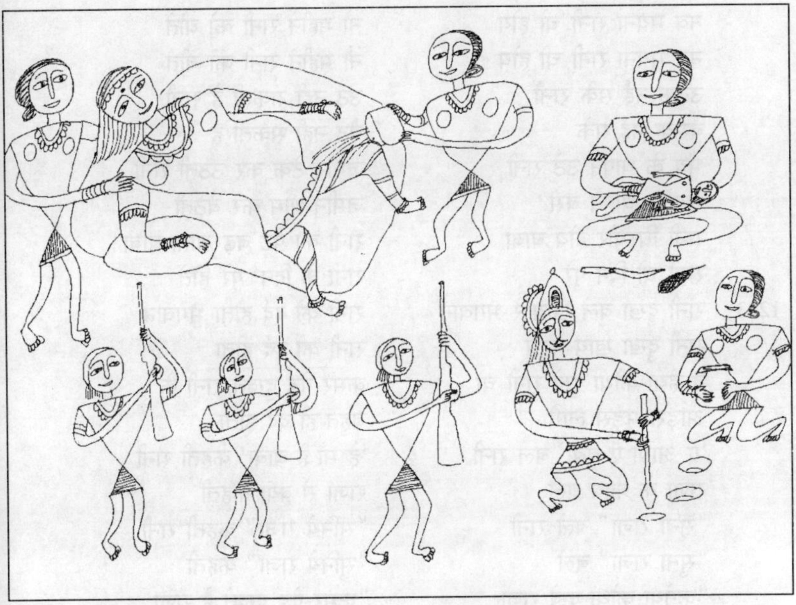

1261	एक दिन ले दुय दिन	एक दिन से दो दिन
	दुय दिन ले आँट दिन	दो दिन से आठ दिन
	चटनी खादलो होय रानी चो	चटनी खाये बीते रानी को
	चटनी खादलो होय	चटनी खाये बीते
	रानी चो मासी टरे बाबा	रानी की मासी[1] दूर होती बाबा
	रानी चो मासी टरे	रानी की मासी दूर होती
	रानी तिरतिरा होय बाबा	रानी स्वस्थ हो जाती बाबा
	रानी तिरतिरा होय	रानी स्वस्थ हो जाती

1. गर्भाधान होने के डेढ़-दो महीने के बाद खट्टा खाने की इच्छा का हो आना। इस स्थिति में बारम्बार थूकने की भी इच्छा होती है।

1262	तिन मयना ले चार मयना	तीन महीने से चार महीने
	चार मयना ले पाँच मयना	चार महीने से पाँच महीने
	छय मयना होय रानी चो	छह महीने बीते रानी को
	छय मयना होय	छह महीने बीते
	जुगेय भारू लागे रानी के	अधिक भार महसूसती रानी
	पिंवर-पिंवर दखे	वह पीली-पीली-सी दिखती
	हरदी-हरदी दखे रानी	हल्दी-हल्दी-सी दिखती रानी
	हरदी-हरदी दखे	हल्दी-हल्दी-सी दिखती
	सात मयना होय रानी चो	सात महीने बीते रानी को
	आँट मयना होय	आठ महीने बीते
	नव मयना रानी चो होय	नौ महीने रानी को बीते
	नव मयना रानी चो होय	नौ महीने रानी को बीते
	उठुक नईं सके रानी	उठ नहीं सकती है रानी
	बसुक नईं सके	बैठ नहीं सकती है
	भुँय के थापुन उठे रानी	जमीन टेक कर उठती रानी
	भुँय के थापुन बसे	जमीन थाम कर बैठती
	रानी घिरघोर होय बाबा	रानी का पेट बढ़ जाता बाबा
	रानी चो दिन पुरे	रानी के दिन[2] पूरे होते
1263	रानी दुखा बले खाय रे भगवान	रानी को दर्द होता भगवान
	रानी दुखा खाय परभू	रानी को दर्द होता
	कन्हेया-कोथा दुखे रानी चो	कमर-पेडू दुखते रानी के
	आड़स-मुड़स लागे	बहुत ही दर्द होता
	'ए आया ए बुबा' बले रानी	'हे माँ हे बाबा' कहती रानी
	राजा के काय बले	राजा से क्या कहती
	"सुना राजा" बले रानी	"सुनिये राजा" कहती रानी
	"सुना राजा" बले	"सुनिये राजा" कहती
	"कनेया-कोथा दुखे राजा	"कमर-पेडू दुखते हैं राजा
	आड़स-मोड़स लागे	बहुत ही दर्द होता है
	सुइन-माहाले जाहा राजा	सुईन[3]-महल जायें हे राजा
	सुइन बलाउन आना"	सुईन बुला कर लायें"
1264	सुने राजा रे मेंगराजा	सुनता राजा मेंगराजा
	सुने राजा मेंगराजा	सुनता राजा मेंगराजा
	बाबू के काय बले राजा	बाबू से क्या कहता राजा
	"सुन बाबू" बले	"सुन हे बाबू" कहता
	"सुइन-माहाले जा बाबू	"सुईन-महल तू जा हे बाबू

2. गर्भ के दिन।
3. सुईन : धाय।

सुइन बलाउन आन	सुईन बुला कर ला
रानी दुखा बले खाय बाबू	रानी को पीड़ा होती बाबू
रानी दुखा खाय"	रानी को पीड़ा होती"
पवनकुमार सुने बाबा	पवनकुमार सुनता बाबा
पाँये खड़ऊ पिंदे	पाँवों में खड़ाऊँ पहनता
हाते बेद धरे बाबू	हाथ में बेंत लेता बाबू
राजा-माहाल छाँडे	राज-महल छोड़ता
जाते-जाते जाय बाबू	चलता चला जाता बाबू
सुइन-माहाले जाय	सुईन-महल वह जाता
सुइन-माहाले अमरे बाबू	सुईन-महल पहुँचता बाबू
माँडो मोंगरा उबे	मोंगरा मण्डप में रुकता
'आया' हंका मारे बाबू	'आया'[4] पुकार जाता बाबू
आया सुनुन जाय	आया है सुन लेती
घर ले बाहिर होय आया	घर से बाहर आती आया
बाबू के काय बले	बाबू से क्या कहती
"काय कामे इलिस बाबू	"किस काम से आया बाबू
आले मोके साँग"	तनिक मुझे बतला"
"सुन आया सुइन लोग	"सुन हे माता सुईन जन
सुन आया सुइन लोग	सुन हे आया सुईन जन
रानी दुखा बले खाय आया	रानी को पीड़ा होती माता
रानी दुखा खाय	रानी को पीड़ा होती
कनेया-कोथा दुखा आया	कमर-पेडू दुखते हैं माता
आड़स-मुड़स लागे	बहुत ही दर्द होता है
हरबर तियार हो आया	झटपट तैयार हो जा आया
जलंदी तियार हो	जल्दी तैयार हो जा
राजा-घरे बलाव आया	राजा के घर बुलावा माता
एक डँडिक जावँ"	थोड़ी देर चलो"
आया सुनुन जाय बाबा	माता सुन लेती है बाबा
"मयँ एयँदे बाबू" बले	"मैं आऊँगी बाबू" कहती
हरबर तियार होय आया	झटपट तैयार होती आया
जलदी तियार होय	जल्दी तैयार होती
आपन साजू पिंदे आया	अपने साज पहनती माता
आपन जाक धरे	अपने सामान लेती
जाय आया रे सुइन लोग	जाती आया सुईन जन
जाय आया सुइन लोग	जाती आया सुईन जन
राजा-माहाले जाय आया	राज-महल जाती माता

ा : माँ।

राजा-माहाल अमरे	राज-महल पहुँचती
रानी लगे बले जाय आया	रानी के पास जाती माता
रानी के काय बले	रानी से क्या कहती
"काय बलाव आय रानी	"किसलिये बुलवाया रानी
आले मोके साँग"	तनिक मुझे बतलाओ"
रानी काय बले आया के[5]	रानी क्या कहती आया से
"सुन आया" बले	"सुन हे आया" कहती
"कनेया-कोथा दुखे आया	"कमर-पेडू दुखते हैं आया

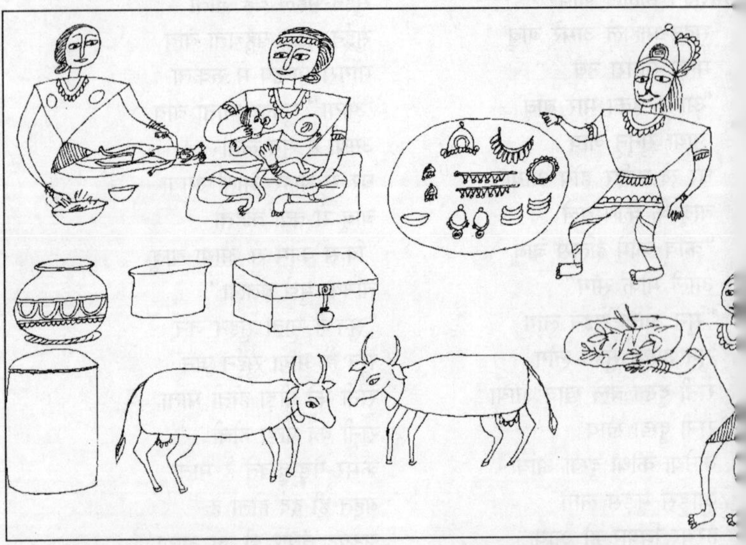

मोके आड़स-मुड़स लागे	मुझे बहुत ही पीड़ा होती
तिनपुर दुखा दुखे आया	अत्यधिक पीड़ा होती आया
अँधेर दुखा दुखे"	अत्यधिक पीड़ा होती"
एई बात बले रानी	यही बात कहती है रानी
आया सुनुन जाय	आया है सुन लेती
"सुन नोनी कुंदनी कयना	"सुन नोनी कुँदनी कैना
सुन बाबा कुँदनी कयना	सुन बाबा कुंदनी कैना
पानी गरम कर नोनी	पानी गरम कर नोनी
पानी गरम कर	पानी गरम कर
कनेया बाटे झलकें नोनी	कमर पर डालूँगी नोनी
मयँ कनेया बाटे झलकें"	मैं कमर पर डालूँगी"

5. दिनांक 18.12.1996 को ध्वन्यांकित कैसेट क्रमांक 30ए का आरम्भ।

6. सेदा-भेदा करना : गर्म पानी में ठण्डा पानी मिला कर गुनगुना करना।

नोनी सुनुन जाय बाबा	नोनी सुन लेती है बाबा
पानी गरम करे	पानी गरम करती
सेदा-भेदा करे नोनी	सेदा-भेदा[6] करती नोनी
सुइन के धराउन देय	सुईन को धरा देती
रानी चो हात धरे सुइन	रानी का हाथ सुईन पकड़ती
बाड़ी-बाटे नेय	बाड़ी में ले जाती
आगे-पाछे झलके सुइन	आगे-पीछे डालती सुईन
पाठे-पुरे झलके	आगे-पीछे डालती
267 नव खँड माहाले सुइन नेय	नौ खण्डा महल में ले जाती सुईन
नव खँड माहाले सुइन नेय	नौ खण्डा महल में ले जाती सुईन
रानी के दुखा जिते बाबा	रानी की पीड़ा बढ़ जाती बाबा
रानी के दुखा जिते	रानी की पीड़ा बढ़ जाती
किरली-बोमली होय रानी	पीड़ा से चिल्लाती रानी
"ए आया ए बुबा" बले	"हे माँ हे बाबा" कहती
"मयँ मरुआयँ काय जिउआयँ आया	"मैं मरूँगी या जीऊँगी माता
मरुआयँ काय जिउआयँ!"	मरूँगी या जीऊँगी!"
सुइन काय बले रानी के	सुईन क्या कहती रानी से
"सुना रानी" बले	"सुनिये रानी" कहती
"राज के भगवान देयसे रानी	"दुनिया को भगवान देता है रानी
देस के भगवान देयसे	दुनिया को भगवान देता है
तुय काय काजे मरसे रानी	तुम किसलिये मरोगी रानी
काय काजे मरसे!"	तुम किसलिये मरोगी!"
268 अँधेर दुखा बले रानी के दुखे	बहुत ही पीड़ा होती रानी को
अँधेर दुखा रानी के दुखे	बहुत ही पीड़ा होती
काला पसना फुटे रानी के	काला पसीना छूटता रानी को
हात-पाँय थरथरुन जाय	हाथ-पाँव काँपने लगते
रानी पइदा[7] होय बाबा	रानी का जन्म होता बाबा
रानी पइदा होय	रानी का जन्म होता
'टेंहो-टेंहो' गागे बारो	'टेंहो-टेंहो' रोता शिशु
'टेंहो-टेंहो' गागे	'टेंहो-टेंहो' रोता
मेंगराजा चो नव खँड माहाल	मेंगराजा का नौ खण्डा महल
मेंगराजा चो नव खँड माहाल	मेंगराजा का नौ खण्डा महल
माहाल अन्धल होय राजा चो	महल में शोर मचता राजा के
माहाल उजर होय	महल प्रकाशित होता
सुइन काय बले राजा के	सुईन क्या कहती राजा से
"सुना राजा" बले	"सुनिये राजा" कहती

. पइदा : अन्य उच्चारण 'पयदा'। कई लोगों को इसके लिये 'फायदा' उच्चारण करते भी पाया गया है।

	"रानी पइदा होय राजा	"रानी का जन्म हुआ है राजा
	रानी पइदा होय	रानी का जन्म हुआ है
	बाबी पइदा होय राजा	बाबी[8] का जन्म हुआ है राजा
	बाबी पइदा होय	बाबी का जन्म हुआ है
	तोप-बन्दुक ढिला राजा	तोप-बन्दूक दागें राजा
	तोप-बन्दुक ढिला"	तोप-बन्दूक दागें"
1269	सुने राजा रे मेंगराजा	सुनता राजा मेंगराजा
	सुने राजा मेंगराजा	सुनता राजा मेंगराजा
	तोप-बन्दुक ढिले राजा	तोप-बन्दूक दागता राजा
	तोप-बन्दुक ढिले	तोप-बन्दूक दागता
	राजा के काय बले आया	राजा से क्या कहती आया
	"सुना राजा" बले	"सुनिये राजा" कहती
	"सोनर छुरी दिया राजा	"सोने की छुरी दें हे राजा
	मुठा मोहोर दिया	मुट्ठी भर मोहर दें
	अजिक सुत दिया राजा	थोड़ा सूत दें हे राजा
	नार छिंदुन जायँ"	मैं नाल काट दूँगी"
	मेंगराजा सुने बाबा	मेंगराजा सुनता बाबा
	सोनर छुरी धरे	सोने की छुरी देता
	मुठा मोहोर धरे राजा	मुट्ठी भर मोहर लेता राजा
	अजिक सुत धरे	थोड़ा सा सूत लेता
	सुइन के धराउन देय राजा	सुईन को दे देता राजा
	सुइन के धराउन देय	सुईन को दे देता
1270	मुठा मोहोर सुइन धरे	मुट्ठी भर मोहरें सुईन लेती
	अजिक सुत सुइन धरे	थोड़ा-सा सूत सुईन लेती
	नार ने गुँडयाउन जाय सुइन	नाल में लपेट जाती सुईन
	नार ने गुँडयाउन जाय	नाल में लपेट जाती
	हाते छुरी धरे सुइन	हाथ में छुरी लेती सुईन
	हाते छुरी धरे	हाथ में छुरी लेती
	नार छिंदुन जाय सुइन	नाल काट जाती सुईन
	नार छिंदुन जाय	नाल काट जाती
	राजा के काय बले सुइन	राजा से क्या कहती सुईन
	"तुमी सुना राजा" बले	"आप सुनिये राजा" कहती
	"अलंकार दिया राजा	"अलंकार दें हे राजा
	बारो के धरुन जायँ"	शिशु को गोदी में ले लूँ"

8. बाबी : अँग्रेजी का 'बेबी' शब्द ही हल्बी में 'बाबी' हो गया है। बस्तर के ग्रामीण परिवेश में राजकुमारियों लिये 'बाबी' शब्द ही प्रयोग में आता रहा है। बाबी शब्द का प्रचलन बस्तर के लोक मानस में राजकुमारी लिये ही किया जाता रहा है। इस शब्द से बस्तर का लोक मानस रजवाड़े में परिचित हुआ, जहाँ उसने अँग्रे को राजकुमारियों के लिये बेबी शब्द का प्रयोग करते सुना।

1271	जाय राजा रे मेंगराजा	जाता राजा मेंगराजा
	जाय राजा मेंगराजा	जाता राजा मेंगराजा
	तिजरी-बिजरी ने जाय राजा	तिजोरियों के पास जाता राजा
	बँधेया झापी खोले	बँधेया झापी खोलता
	अलंकार धरे राजा	अलंकार लेता राजा
	सुइन के धराउन देय	सुईन को धरा देता
	बारो के धरुन जाय सुइन	शिशु को ले लेती सुईन
	राजा के काय बले	राजा से क्या कहती
	"जोड़ी खोदरा खना राजा	"दो गड्ढे खोदें राजा
	मयँ नार-बोमली गाड़ें	मैं नाल गाड़ जाऊँ
	बारो के नाहाउन देयँ राजा	शिशु को नहला दूँ हे राजा
	बारो के नाहाउन देयँ"	मैं शिशु को नहला दूँ"
1272	सुने राजा रे मेंगराजा	सुनता राजा मेंगराजा
	सुने राजा मेंगराजा	सुनता राजा मेंगराजा
	हाते कुस धरे राजा	हाथ में कुस लेता राजा
	हाते कुस धरे	हाथ में कुस लेता
	ओसना-बाटे जाय राजा	छत के नीचे जाता राजा
	जोड़ी खोदरा खने	दो गड्ढे खोद जाता
	नोनी के काय बले आया	नोनी से क्या कहती आया
	"सुन बाबा" बले	"सुन हे बाबा" कहती
	"गरम पानी मोके दे नोनी	"गरम पानी मुझे दे नोनी
	बारो के नाहाउन देयँ	शिशु को नहला दूँ"
	नार-बोमली सुइन धरे	नाल आदि सुईन लेती
	नार-बोमली सुइन धरे	नाल आदि सुईन लेती
	बोमली-खोदरा ने जाय सुइन	नाल-गड्ढे में जाती सुईन
	नार-बोमली गाड़े	नाल गाड़ जाती
	पानी गरम करे नोनी	पानी गरम करती नोनी
	नवा हाँडी ने धरे	नयी हण्डी में भरती
	बोमली-खोदरा ने नेय नोनी	नाल-गड्ढे मे ले जाती नोनी
	बोमली-खोदरा ने नेय	नाल-गड्ढे मे ले जाती
1273	हाते बारो सुइन धरे	हाथ में शिशु को सुईन लेती
	हाते बारो सुइन धरे	हाथ में शिशु को सुईन लेती
	बोमली-खोदरा ने जाय सुइन	नाल-गड्ढे में जाती सुईन
	बोमली-खोदरा ने जाय	नाल-गड्ढे में जाती
	सिकसा लगड़ुन जाय सुइन	सिकसा[9] लगा जाती सुईन
	बारो के नाहाउन देय	शिशु को नहला देती
	नव खँड माहाले नेय सुइन	नौ खण्डा महल में ले जाती सुईन

9. सिकसा : हल्दी एवं चावल का आटा तथा तेल का मिश्रण। अन्य उच्चारण 'खिकसा', 'खिगसा' व 'सिगसा'।

	नोनी के काय बले	नोनी से क्या कहती
	"सुन नोनी कुँदनी कयना	"सुन हे नोनी कुँदनी कैना
	सुन बाबा कुँदनी कयना	सुन हे बाबा कुँदनी कैना
	तेल निकराउन दे नोनी	तेल निकाल दे हे नोनी
	मोके आइग निकराउन दे"	मुझे आग निकाल दे"
	नोनी सुनुन जाय बाबा	नोनी सुन लेती है बाबा
	तेल निकराउन देय	तेल निकाल देती
	आइग निकराउन देय नोनी	आग निकाल देती नोनी
	बारो के तेल घसे	वह शिशु को तेल लगाती
	बारो के पेट छेके आया	शिशु का पेट सेंकती आया
	बारो के पेट छेके	शिशु का पेट सेंकती
1274	पेट छेकुन आया सारे	पेट सेंक जाती आया
	पेट छेकुन आया सारे	पेट सेंक जाती आया
	रानी के काय बले आया	रानी से क्या कहती आया
	"सुना रानी" बले	"सुनो हे रानी" कहती
	"हात-गोड़ धो रानी	"हाथ-गोड़ धो हे रानी
	हात-गोड़ धो"	हाथ-पाँव धो"
	बोमली-खोदरा ने जाय रानी	नाल-गड्ढे में जाती रानी
	हात-गोड़ धोय	हाथ-गोड़ धोती
	तेल-फुल घसे रानी	तेल-फूल लगाती रानी
	तेल-फुल घसे	तेल-फूल लगाती
1275	रानी-लगे बले जाय सुइन	रानी के पास जाती सुईन
	रानी-लगे जाय सुइन	रानी के पास जाती सुईन
	रानी चो कोरा ने देय सुइन	रानी की गोद में देती सुईन
	रानी चो कोरा ने देय	रानी की गोद में देती
	"सुना रानी" बले सुइन	"सुनो हे रानी" कहती सुईन
	"सुना रानी" बले	"सुनो हे रानी" कहती
	"बारो के पना[10] पिआव रानी	"शिशु को दूध पिला हे रानी
	बारो के पना पिआव"	शिशु को दूध पिला"
	सुने रानी मेंगइन	सुनती रानी मेंगइन
	सुने रानी मेंगइन	सुनती रानी मेंगइन
	बारो के पना पिआय रानी	शिशु को दूध पिलाती रानी
	बारो के पना पिआय	शिशु को दूध पिलाती
	पना नईं खाय बारो	दूध नहीं पीता है शिशु

10. पना : दूध। दूध के लिये यह एक सांकेतिक शब्द है। मूल शब्द है 'गोरस'। वस्तुतः 'पना' का अर्थ है 'पेय' पानी में गुड़ का घोल 'पना' कहलाता है। प्रायः इस घोल में 'फुला लाई' भी डाली जाती है।

11. ढेटी : स्तनाग्र। न चाबना : मुँह में न लेना। दूध नहीं पीना। 'ढेटी' का सामान्य अर्थ 'मूठ' भी होता है

12. बारी-बारी से दोनों स्तनों का पान कराती है।

पना नईं खाय	दूध नहीं पीता है
ढेटी नईं चाबे बारो	ढेटी नहीं चाबता शिशु[11]
ढेटी नईं चाबे	वह दूध नहीं पीता
उलटाउन-पुलटाउन खुआय रानी	उलट-पलट कर पिलाती रानी[12]
उलटाउन-पुलटाउन खुआय	उलट-पलट कर पिलाती
ढेटी नईं चाबे बारो	ढेटी नहीं चाबता शिशु
आया के काय बले	आया से क्या कहती
"सुन आया सुइन लोग	"सुन हे आया सुईन जन
सुन आया सुइन लोग	सुन हे आया सुईन जन
पना नईं खाय आया	दूध नहीं पीता है शिशु
बारो पना नीं खाय	शिशु दूध नहीं पीता है
उलटाउन-पुलटाउन पिआले आया	उलट-पलट कर पिलाया माता
मयँ उलटाउन-पुलटाउन पिआले	मैंने उलट-पलट कर पिलाया
ढेटी नईं चाबे आया	ढेटी नहीं चाबता माता
ढेटी नईं चाबे"	दूध नहीं पीता है"
सुइन सुनुन जाय बाबा	सुईन सुन लेती है बाबा
मेंगराजा लगे जाय	मेंगराजा के पास जाती
राजा के काय बले आया	राजा से क्या कहती आया
"सुना राजा" बले	"सुनिये राजा" कहती
"बारो पना नीं खाय राजा	"शिशु दूध नहीं पीता है राजा
बारो पना नीं खाय	शिशु दूध नहीं पीता है
'काईं बले देयँदे' बला राजा	'कुछ भी दूँगा' कहें हे राजा
'काईं बले देयँदे' बला राजा"	'कुछ भी दूँगा' कहें हे राजा"[13]
एइन बात बले आया	यही बात कहती है आया
मेंगराजा सुने	मेंगराजा सुनता है
बारो लगे जाय राजा	शिशु के पास जाता राजा
बारो के काय बले	शिशु से वह क्या कहता

जब शिशु दूध नहीं पीता तब यह समझा जाता है कि उस शिशु के रूप में परिवार के किसी बुज़ुर्ग का ही पुनर्जन्म हुआ है और वह अपना सम्मान चाहता है। तब उससे कई प्रकार से मनुहार की जाती है। कुछ देने का वादा भी किया जाता है। इस तरह मनुहार या वादे करने पर शिशु मान जाता है और दुग्ध-पान करता है। इस तरह की घटना का एक ज्वलन्त उदाहरण मेरे ही परिवार का है। यह उदाहरण है मेरी बड़ी बेटी सारिका के बेटे चि. कुवेर द्वारा दूध न पिया जाना और उसे मनाने के लिये की गयी इसी तरह की मान-मनौव्वल। रविवार, दिनांक 28.03.2004 संध्या 06.21 बजे उसका जन्म हुआ। जन्म के काफी देर बाद तक बच्चा दूध नहीं पी रहा था। तब सारिका की बुआ बसन्ती और नन्दिता ने कई बुजुर्गों के नाम लिये तथा सोने की अँगूठी और चाँदी की चूड़ी देने का वादा किया। सारिका के माता-पिता (हम दोनों पति-पत्नी) ने भी सोने की चैन देने का वादा किया। इसी तरह सारिका की छोटी बहिन शैली ने चाँदी की पायल और काका-काकी ने चाँदी की करधनिया देने का वादा किया। अन्ततः उसने सारिका की दादी के नाम पर दूध पीना आरम्भ किया। तब किये गये वादे के अनुरूप चीजें उसकी छठी के दिन (दिनांक 05.04.2004 को) उसे दी गयीं। लोक विश्वास है कि किये गये वादे को न निभाने पर कुछ भी अशुभ घट सकता है।

1277	"सुन बेटा बारो पिला	"सुन हे बेटा शिशु
	सुन बेटा बारो पिला	सुन हे बेटा शिशु
	पना खाउन जा बेटा	दूध पी ले हे बेटा
	पना खाउन जा	तू दूध पी ले
	तुके नव सै गाहना देयँदे बेटा	तुम्हें नौ सौ गहने दूँगा बेटे
	मयँ नव सै हार देयँदे	मैं नौ सौ हार दूँगा
	अलंकार देयँदे बेटा	अलंकार मैं दूँगा बेटे
	अलंकार देयँदे	अलंकार मैं दूँगा
	देयँदे बेटा तुके मुठा रुपया	दूँगा बेटा तुम्हें मुट्ठी भर रुपये
	देयँदे बेटा मोती ने गुरिया	दूँगा बेटे मोती में गुरिया
	सिरे सेंदुर देयँदे बेटा	सिर का सिन्दूर दूँगा बेटा
	कपारे टिकली देयँदे	माथे की टिकुली दूँगा
	काने कुँडल देयँदे बेटा	कान के कुण्डल दूँगा बेटे
	मयँ नाक ने नथली देयँदे	मैं नाक की नथनी दूँगा
	टोडरा गरलखी देयँदे बेटा	गले की गरलखी[14] दूँगा बेटा
	बाँहा ने बाजुबँद देयँदे	बाँहों के बाजूबन्ध दूँगा
	ककनी-गुजरी देयँदे बेटा	ककनी-गुजरी[15] दूँगा बेटे
	मयँ अँडखी-टिकी देयँदे	मैं अँगुलियों की टिकी[16] दूँगा
	अँडखा-मुँदी देयँदे बेटा	अँडखा-मुँदी[17] दूँगा बेटे
	कनेया-करधन देयँदे	कमर की करधन दूँगा
	रुमझुम पँयड़ी देयँदे बेटा	रुमझुम पँयड़ी[18] दूँगा बेटा
	पाँयर बिछिया देयँदे	पाँव की बिछिया[19] दूँगा
	सोनर झुलना देयँदे बेटा	सोने का झूला दूँगा बेटा
	रुपर धरना देयँदे बेटा	चाँदी की डोर दूँगा बेटा

14. गरलखी : गले का नौलखा हार।
15. ककनी-गुजरी : एक प्रकार के स्थानीय आभूषण।
16. टिकी : एक प्रकार की अँगूठी। इसे 'टिकी मुँदी' भी कहा जाता है।
17. अँडखा-मुँदी : एक विशिष्ट प्रकार की अँगूठी जो केवल अँगूठे में पहनी जाती है। अँडखा : अँगूठा अँगूठी।
18. रुमझुम : खनक। खनकने वाली। इसे 'बाजनी पँयड़ी' भी कहते हैं। पँयड़ी : पायल। पँयड़ी की कई हैं उदाहरणार्थ, बाकटी पँयड़ी (तिरछी पायल), बाजनी पँयड़ी (खनकने वाली पायल), पँयड़ी (सामान्य प पँयड़ी प्रायः पीतल, बेलमेटल, अल्यूमीनियम या फिर चाँदी की बनी होती है। हल्बी-भतरी परिवेश पँयड़ी (अन्य उच्चारण : पयँड़ी) छत्तीसगढ़ी परिवेश में 'पैरी' कहलाती है। इनके विषय में विस्तार से के लिये राधाकृष्ण प्रकाशन, दिल्ली से प्रकाशित पुस्तक '**बस्तर की आदिवासी एवं लोक हस्तशिल्प प** (लेखक : हरिहर वैष्णव) का अवलोकन किया जा सकता है।
19. बिछिया : बिछुआ। हल्बी-भतरी-छत्तीसगढ़ी परिवेश में ऐसा चलन है कि चाँदी से बना 'बिछिया' नाम की अँगुलियों में पहना जाने वाला यह आभूषण केवल विवाहिताएँ ही धारण कर सकती हैं। यह हल्बी परिवेश में 'झोटया' या 'जटया' भी कहलाता है।
20. तड़हा : महिलाओं द्वारा कलाई में पहना जाने वाला आभूषण।

सोनर तड़हा देयँदे बेटा	सोने का तड़हा[20] दूँगा बेटा
पना खाउन जा"	तू दूध पी ले"
पना नईं खाय बारो	दूध नहीं पीता है शिशु
पना नईं खाय	दूध नहीं पीता है
कपार पेटी बले होय राजा	माथा पीट लेता राजा
'ए राम भगवान!' बले	'हे राम भगवान!' कहता
'तिनपुरे मयँ बुल्ले' बले	'तीनों लोकों में मैं घूमा' कहता
'मँजपुरे इले' बले	'मँजपुर में मैं आया' कहता
'नाना पयकार होले' बले	'नाना कष्ट सहे हैं मैंने' कहता
'बाना-बिसा होले	'कई यत्न किये हैं
मोके भगवान दिला' बले	मुझे भगवान ने सन्तान दी' कहता
'मयँ गोटोक बेटी पावले	'मैंने एक बेटी पायी
बारो पना नीं खाय' बले	यह शिशु दूध नहीं पीता है' कहता
'बारो पना नीं खाय'	'यह शिशु दूध नहीं पीता है'
"देयँदे बेटी गँगा-जमुना	"दूँगा बेटी मैं गंगा-जमुना[21]
देयँदे बेटा जोड़ी गदया	दूँगा बेटा मैं दो भण्डार
तिजरी-बिजरी देयँदे बेटा	तिजोरियाँ दूँगा बेटा
कासा-तामा देयँदे	काँसा-ताम्बा दूँगा
तुके लाली-मोंगी देयँदे बेटा	तुझे लाली-मोंगी[22] दूँगा बेटा
कारी-कपिला देयँदे	कारी-कपिला[23] दूँगा
दानी-पुनी देयँदे बेटा	दानी-पुनी[24] दूँगा बेटा
बाँदे माकड़ देयँदे	बाँदे माकड़[25] दूँगा
जँवरा-भँवरा देयँदे बेटा	जँवरा-भँवरा[26] दूँगा बेटा
मयँ मयना-मँजुर देयँदे	मैं मैना-मयूर दूँगा
साले सुआ देयँदे बेटा	साले नामक तोता दूँगा बेटा
हाँसा-परेवाँ देयँदे	हन्स और कबूतर दूँगा
तुके कोंड़गुड़ मुसा देयँदे बेटा	तुझे कोंडगुड़[27] चूहा दूँगा बेटा
बेताल मुसा देयँदे	बेताल[28] चूहा दूँगा
पना खाउन जा बेटा	दूध पी ले हे बेटा
पना खाउन जा"	तू दूध पी ले"

21. गंगा-जमुना : गंगा-जमुना नामक दो राजकोष।
22. लाली-मोंगी नामक दो गायें।
23. कारी-कपिला नामक दो गायें
24. दानी-पुनी नामक हंस और कबूतर।
25. बाँदे नामक बन्दर।
26. जँवर-भँवरा नामक दो कुत्ते।
27. चूहे का नाम।
28. चूहे का नाम।

	बारो पना नीं खाय बाबा	शिशु दूध नहीं पीता बाबा
	बारो पना नीं खाय	शिशु दूध नहीं पीता
1278	मने बिचार राजा करे	मन में विचार राजा करता
	दिले धोका राजा करे	दिल में चिन्ता राजा करता
	बेटी के काय बले राजा	बेटी से क्या कहता राजा
	"सुन बेटा" बले	"सुन हे बेटा" कहता
	"सुन बेटा बारो पिला	"सुन हे बेटे मेरे शिशु
	सुन बेटा बारो पिला	सुन हे बेटे मेरे शिशु
	तुके करलिबती के देयँदे बेटा	तुझे करलीबती[29] दूँगा बेटे
	करलिबती के देयँदे	करलीबती मैं दूँगा
	पना खाउन जा बेटा	दूध पी ले हे बेटा
	पना खाउन जा"	तू दूध पी ले"
1279	बाबा चो गोठ बले बारो सुने	पिता की बात सुनता शिशु
	बाबा चो गोठ बारो सुने	पिता की बात सुनता शिशु
	पना खाउन जाय बारो	दूध पी जाता शिशु
	पना खाउन जाय	दूध पीने लगता
	मेंगइन रानी दखे बाबा	मेंगइन रानी देखती बाबा
	खँड मुचकी मारे	हौले से मुस्काती
	मुचमुच-मुचमुच हाँसे रानी	मंद-मंद मुस्काती रानी
	सुइन काय बले	सुईन है क्या कहती
	"सुना रानी मेंगइन	"सुनो हे रानी मेंगइन
	सुना रानी मेंगइन	सुनो हे रानी मेंगइन
	बारो के अछा सुआव रानी	शिशु को ठीक से सुला हे रानी
	आपन माहाले जायँ"	मैं अपने महल जाती हूँ"
	आपन माहाले जाय आया	अपने महल जाती आया
	राजा-रानी आसोत	राजा-रानी रहते
1280	एक दिन ले दुय दिन	एक दिन से दो दिन
	एक दिन ले दुय दिन	एक दिन से दो दिन
	जनम करलो होय बारो चो	शिशु के जन्म को बीते
	जनम करलो होय	शिशु के जन्म को बीते
	रानी काय बले राजा के	रानी क्या कहती राजा से
	"सुना राजा" बले	"सुनिये राजा" कहती
	"दुय दिन बले होय राजा	"दो दिन बीत गये हैं राजा
	जनम करलो होय	जन्म को इसके बीते

29. करलीबती नामक हथिनी।

30. सिंद : छींद : खजूर प्रजाति का एक पेड़। गोका : छींद का कन्द। यहाँ 'छींद' का उच्चारण 'सिंद' किया गया है।

	सिंद-गोका आना राजा	सिंद-गोका[30] लायें हे राजा
	बेल-पाना आना	बेल के पत्ते लायें
	ककई-डारा आना	ककई-डारा[31] लायें हे राजा
	जड़ी-बुटी आना	जड़ी-बूटी लायें
	तिल खातो आय राजा	तिल खाना है हे राजा
	पानी पिवतो आय”	पानी[32] पीना है”
81	सुने राजा रे मेंगराजा	सुनता राजा मेंगराजा
	सुने राजा मेंगराजा	सुनता राजा मेंगराजा
	बाबू के काय बले राजा	बाबू से क्या कहता राजा
	“सुन बाबू” बले	“सुन हे बाबू” कहता
	“फुलर दँवड़ी धर बाबू	“फूलों की दँवड़ी ले हे बाबू
	कोड़की धरुन जा	कुदाली ले कर जा
	सिंद-गोका बले आन बाबू	सिंद-गोका ला हे बाबू
	बेल-पाना आन	बेल के पत्ते ला
	ककई-डारा आन बाबू	ककई-डारा ला हे बाबू
	तुय जड़ी-बुटी आन”	तू जड़ी-बूटी ला”
	पवनकुमार सुने बाबा	पवनकुमार सुनता बाबा
	हरबर तियार होय	झटपट तैयार होता
	फुलर दँवड़ी बाबू धरे	फूलों की दँवड़ी लेता बाबू
	खाँदे कोड़की बाबू धरे	कन्धे पर कुदाली रखता
	पाँये खड़ऊ पिंदे बाबू	पाँवों में खड़ाऊँ पहनता बाबू
	राजा-माहाल छाँडे	राज-महल छोड़ता
	रुमझुम-रुमझुम रेंगे बाबू	जल्दी-जल्दी चलता बाबू
	एक कलाट मारे	लम्बे डग वह भरता
	बिंदराबने बले जाय बाबू	बिंदराबन जाता बाबू
	गोका खनुन जाय	गोका खोद जाता
	जड़ी-बुटी खने बाबू जे	जड़ी-बूटी खोदता बाबू
	बेल-पाना टोड़े	बेल-पत्ते तोड़ता
	ककई-डारा टोड़े बाबू	ककई-डारा तोड़ता बाबू

31. ककई : एक जंगली पौधा। इसके पत्तों का रस माता को छठी से पहले 'ककई-कसा' (छत्तीसगढ़ी परिवेश में 'काके पानी') नामक एक आयोजन में औषधि के रूप में पिलाया जाता है। इसके फूल एवं पत्ते कंघी की तरह दिखलायी पड़ते हैं, इसी से इसे 'ककई (कंघी)' कहा जाता है। डारा : किसी भी पेड़ या पौधे की तोड़ी हुई वह शाख जिसमें पत्ते भी हों।

32. औषधि-युक्त पानी। ककई कसा के दिन ककई नामक एक पेड़ की जड़, छींद का काँदा, बेल की पत्तियाँ तथा हरवाँ (कुल्थी) एवं लोहे की एक कील को हण्डी में डाल कर उसका मुँह पत्तों से बन्द कर दिया जाता है। इसे दादरा बाँधना कहा जाता है। दादरा बाँध कर उसे धीमी आँच में उबाला जाता है। सारी चीजों का रस निकलने पर उसे छान कर अलग कर देते हैं। उसमें फिर गुड़ घोल कर उसे घी और लहसुन का छौंका लगाया जाता है। यही ककई पानी कहलाता है।

	फुलर दँवड़ी ने जोड़े	फूलों की दँवड़ी में रखता
	बिंदराबन छाँडे बाबू	बिंदराबन छोड़ता बाबू
	कदली-कछारे जाय	कदली-कछार वह जाता
	गोका खरलाउन जाय बाबू	गोका धो जाता है बाबू
	जड़ी-बुटी खरलाय	जड़ी-बूटी धोता
1282	जाय बाबू पवनकुमार	जाता बाबू पवनकुमार
	जाय बाबू पवनकुमार	जाता बाबू पवनकुमार
	राजा माहाले जाय बाबू	राज-महल जाता बाबू
	राजा-माहाल अमरे	राज-महल पहुँचता
	राजा के धराउन देय बाबू	राजा को दे देता बाबू
	मेंगइन रानी धरे	मेंगइन रानी लेती
	नोनी के काय बले रानी	नोनी से क्या कहती रानी
	"सुन बाबा" बले	"सुन हे बाबा" कहती
	"सुन नोनी कुँदनी कयना	"सुन हे नोनी कुँदनी कैना
	सुन बाबा कुँदनी कयना	सुन हे बाबा कुँदनी कैना
	हरवाँ निकराउन जा नोनी	हरवाँ निकाल ले नोनी
	गोका मँडाउन जा"	गोका चढ़ा दे"
	कुँदनी कयना सुने बाबा	कुँदनी कैना सुनती बाबा
	हरवाँ निकराउन जाय	हरवाँ निकाल जाती
	हरवाँ तुलाउन जाय नोनी	हरवाँ साफ कर जाती नोनी
	नवा हाँडी ने भरे	नयी हण्डी में भरती
	सिंद-गोका भरे नोनी	सिंद-गोका भरती नोनी
	हुन बेल-पाना भरे	वह बेल-पत्ते भरती
	ककई-डारा भरे नोनी	ककई-डारा भरती नोनी
	जड़ी-बुटी भरे	जड़ी-बूटी भरती
	हाँडी के दादरा बाँदे नोनी	हण्डी को दादरा बाँधती नोनी
	हाँडी के दादरा बाँदे	हण्डी को दादरा बाँधती
1283	आइग बारुन नोनी जाय	आग जला जाती है नोनी
	गोका मँडाउन नोनी जाय	गोका चढ़ा जाती है नोनी
	रात भर गोका चुड़ाय नोनी	रात भर गोका उबालती नोनी
	रात भर गोका चुड़ाय	रात भर गोका उबालती
	तिन दिन बले होय बाबा	तीन दिन बीत जाते बाबा
	जनम करलो होय	जन्म को बीत जाते
	बाजे जाउन बसोत राजा-रानी	खाट पर बैठ जाते राजा-रानी
	राजा के काय बले	राजा से क्या कहती
	"सुना राजा रे मेंगराजा	"सुनिये राजा मेंगराजा
	सुना राजा मेंगराजा	सुनिये राजा मेंगराजा

	तिन दिन बले होय राजा	तीन दिन बीते राजा
	जनम करलो होय	जन्म को बीत गये हैं
	नँगारची-माहाले जाहा राजा	नगारची-महल जायें राजा
	घड़ी भर नँगारा देओ	थोड़ी देर मुनादी कर दे
	तिनपुरया एओत राजा	तीनपुरिया आयें राजा
	तिल खातो आय	तिल खाना है
	पानी पिवतो आय राजा	पानी पीना है हे राजा
	पानी पिवतो आय”	पानी पीना है”
284	सुने राजा रे मेंगराजा	सुनता राजा मेंगराजा
	सुने राजा मेंगराजा	सुनता राजा मेंगराजा
	बाबू के काय बले राजा	बाबू से क्या कहता राजा
	“सुन बाबू” बले	“सुन हे बाबू” कहता
	“नँगारची-माहाले जा बाबू	“नगारची-महल जा बाबू
	घड़ी भर नँगारा देओ	थोड़ी देर मुनादी कर दे
	तिल खातो बले आय बाबू	तिल खाना है हे बाबू
	पानी पिवतो आय	पानी पीना है
	सँजकारी-सँजकारी एओत बाबू जे	जल्दी-जल्दी आयें बाबू
	सँजकारी-सँजकारी एओत	जल्दी-जल्दी आयें
	तिनपुर नेवता देओ बाबू	वह तीनों लोकों में न्योता दे बाबू
	तिनपुर नेवता देओ”	वह तीनों लोकों में न्योता दे”
285	सुने बाबू पवनकुमार	सुनता बाबू पवनकुमार
	सुने बाबू पवनकुमार	सुनता बाबू पवनकुमार
	हरबर तियार होय बाबू	झटपट तैयार होता बाबू
	जलदी तियार होय	जल्दी तैयार होता
	पाँय ने खड़ऊ पिंदे बाबू	पाँवों में खड़ाऊँ पहनता बाबू
	हाते बेद धरे	हाथ में बेंत लेता
	घर ले बाहिर होय बाबू	घर से बाहर निकलता बाबू
	जाते-जाते जाय	चलता चला जाता
	रुमझुम-रुमझुम रेंगे बाबू जे	जल्दी-जल्दी चलता बाबू
	एक कलाट मारे	लम्बे डग वह भरता
	नँगारची-माहाले जाय बाबू	नगारची-महल जाता बाबू
	नँगारची-माहाले अमरे	नगारची-महल पहुँचता
	माँडो-मोंगरा उबे बाबू	मोगरा-मण्डप में रुकता बाबू
	‘दादा’ हंका मारे	‘दादा’ हाँक लगाता
286	सुने दादा रे नँगारची लोग	सुनता दादा नगारची जन
	सुने दादा नँगारची लोग	सुनता दादा नगारची जन
	घर ले बाहिर होय दादा	घर से बाहर आता दादा

बाबू के काय बले	बाबू से क्या कहता
"काय कामे इलिस बाबू	"किस काम से आया बाबू
आले मोके साँग"	तनिक मुझे बतला"
1287 "सुन दादा नँगारची लोग	"सुन हे दादा नगारची जन
सुन दादा नँगारची लोग	सुन हे दादा नगारची जन
घड़ी भर नँगारा दे दादा	थोड़ी देर मुनादी कर दे दादा
तिनपुरया एओत	तीनों लोकों के लोग आयें
राजा-घरे बाबी होली	राजा के घर बेटी हुई है
राजा-घरे बाबी	राजा के घर बेटी
तिल खातो बले आय दादा	तिल खाना है हे दादा
पानी पिवतो आय	पानी पीना है
सँजकारी-सँजकारी एओत दादा	जल्दी-जल्दी आयें दादा
सँजकारी-सँजकारी एओत"	जल्दी-जल्दी आयें"
दादा सुनुन जाय बाबा	दादा सुन लेता है बाबा
"मयँ देयँदे बाबू" बले	"मैं आऊँगा बाबू" कहता
हरबर तियार होय दादा	झटपट तैयार होता दादा
जलदी तियार होय	जल्दी तैयार हो जाता
बाँडी घोड़ी कसे दादा	बाँडी घोड़ी तैयार करता दादा
जोड़ी नँगारा चेगाय	दो नगाड़े रखता
1288 हाते काड़ा बले दादा धरे	हाथ में काड़ा लेता दादा
खोरे-डाँडे दादा जाय	अली-गली में दादा जाता
आरा-पारा ने जाय दादा	अड़ोस-पड़ोस में जाता दादा
बुलुन-बुलुन साँगे	घूम-घूम बतलाता
"सुना बाई" बले दादा	"सुनो हे बाई" कहता दादा
"सुना नोनी" बले	"सुनो हे नोनी" कहता
"राजा-घरे बाबी होली	"राजा के घर बेटी हुई है
सँजकारी-सँजकारी जाहा	जल्दी-जल्दी जायें
तिल खातो आय बाई-नोनी	तिल खाना है बाई-नोनी
पानी पिवतो आय"	पानी ,पीना है"
बुलुन-बुलुन साँगे दादा	घूम-घूम बतलाता दादा
गिंजरुन-गिंजरुन साँगे	घूम-घूम बतलाता
माटी-नँगारा धमधम करे	माटी नगाड़ा धमधम करता
माटी-नँगारा धमधम करे	माटी नगाड़ा धमधम करता
तमई झनकार देय बाबा	तमई झँकृत होती बाबा
नँगारची नँगारा देय	नगारची मुनादी करता
नँगारा देउन सारे दादा	मुनादी कर जाता दादा
आपन माहाले जाय	अपने महल वह जाता

	तिनपुरिन सुनोत बाबा	तीनपुरिनें सुनतीं बाबा
	हरबर तियार होत	झटपट तैयार हो जातीं
289	कवने कपड़ा बाई-नोनी काचोत	कोई बाई-नोनी कपड़े धोतीं
	कवने मुंड बाई मन रेतोत	कोई बाई सिर धो जातीं
	कवने असनाँद होत बाई	कोई बाई स्नान करतीं
	कवने असनाँद होत	कोई बाई स्नान कर जातीं
	रलो बिता कपड़ा पिंदे बाबा जे	सक्षम लोग कपड़े पहनते बाबा
	रलो बिता तेल घसे	सक्षम लोग तेल चुपड़ते
	गरिब पानी घसोत बाबा	गरीब पानी चुपड़ते बाबा
	गरिब धड़का पिंदोत	गरीब फटे कपड़े पहनते
	रुमझुम-रुमझुम रेंगोत बाई-नोनी	जल्दी-जल्दी चलतीं बाई-नोनी
	एक कलाट मारोत	लम्बे डग वे भरतीं
	राजा-माहाले जात बाई	राज-महल जातीं हैं बाई
	राजा-माहाले अमरोत	राज-महल पहुँचतीं
	परछी ने जाउन बसोत बाई मन	परछी में जा कर बैठतीं बाई
	अरछी-परछी भरे	अरछी-परछी भर जाती
1290	दखे रानी मेंगइन	देखती रानी मेंगइन
	दखे रानी मेंगइन	देखती रानी मेंगइन
	बाबू के काय बले रानी	बाबू से क्या कहती रानी
	"सुन बाबू" बले	"सुन हे बाबू" कहती
	"फउद अमरुन गेला बाबू	"लोग पहुँच गये हैं बाबू
	तिल निकराउन जा	तिल निकाल जा
	गुर निकराउन दे बाबू	गुड़ निकाल दे हे बाबू
	लसुन निकराउन दे	लहसुन निकाल दे
	गोमा घिंव दे बाबू	शुद्ध घी भी दे हे बाबू
	तुय निरवाँ घिंव दे"	तू शुद्ध घी भी दे"
1291	भँडारी पिला सुने बाबा	भण्डारी बालक सुनता बाबा
	झारी पानी धरे	झारी में पानी लेता
	पइँया धोउन जाय बाबू	पाँव धो जाता बाबू
	नव खँड माहाल ओले	नौ खण्डा महल में घुसता
	बारा भँडारे ओले बाबू	बारह भण्डारों में घुसता बाबू
	बारा भँडारे ओले	बारह भण्डारों में घुसता
	पाँच पँयसरी तिल धरे	पाँच अंजुरि तिल लेता
	दुय पँयसरी गुर धरे	दो अंजुरि गुड़ लेता
	एक पँयसरी लसुन धरे	एक अंजुरि लहसुन लेता
	गोमा घिंव धरे	शुद्ध घी भी लेता
	निरवाँ घिंव धरे बाबू	शुद्ध घी लेता है बाबू

	मँजपुरिन के देय	मँजपुरिन को देता
	रानी काय बले बाई के	रानी क्या कहती बाई से
	“सुना बाई” बले	“सुनो हे बाई” कहती
	“तिल भाँजुन जाहा बाई	“तिल भून डालो हे बाई
	तिल काँडुन जाहा”	तिल कूट डालो”
	बाई-नोनी सुनोत बाबा	बाई-नोनी सुनतीं बाबा
	तिल फुनेया फुनोत	तिल साफ करने वाली साफ करतीं
	तिल काँडेया काँडोत बाई मन	तिल कूटने वाली कूटतीं
	लसुन छिलया छिलोत	लहसुन छीलने वाली छीलतीं
	पानी बघारुन जात बाई	पानी छौंक जातीं बाई
	तिल काँडुन सारोत	तिल कूट जातीं
1292	“सुन नोनी कुँदनी कयना	“सुन हे नोनी कुँदनी कैना
	सुन बाबा कुँदनी कयना	सुन हे बाबा कुँदनी कैना
	पानी गरम कर नोनी	पानी गरम कर हे नोनी
	मयँ आँगे असनाँद होयँ”	मैं स्नान करूँगी”
	कुँदनी कयना सुने बाबा	कुँदनी कैना सुनती बाबा
	पानी गरम करे	पानी गरम करती
	सेदा-भेदा करे नोनी	ठण्डा पानी मिलाती नोनी
	बोमली-खोदरा ने नेय	नाल-गड्ढे में ले जाती
	मन्दन-सिले बले नेय नोनी	स्नान-गृह में ले जाती नोनी
	राजा-रानी जाओत	राजा-रानी जाते
	बोमली-खोदरा ने उबे रानी	नाल-गड्ढे में खड़ी होती रानी
	मन्दन-सिले उबे	स्नान-गृह में खड़ी होती
	कपुर दतुन धरोत राजा-रानी	सुगन्धित दतौन लेते राजा-रानी
	सुरिज-भेट करोत	सूर्य-नमस्कार करते
	दतुन-पतर चाबोत राजा-रानी	दतौन आदि कर जाते राजा-रानी
	लिमऊ-चानी धरे	नीबू का टुकड़ा लेती
	माथ मिंजुन जाय रानी	सिर धो जाती है रानी
	बाल बोहराउन जाय	वह बाल धो जाती है
	बाल झाटुन जाय रानी	बाल सुखा जाती है रानी
	बाँदे लदा झुड़ा	बाँधती बड़ा-सा जूड़ा
	हरदी-मुँदा धरे रानी	हल्दी का आटा लेती रानी
	लवनी-मुँदा धरे	लवनी[33] का आटा लेती
	खिकसा लगड़ुन जाय रानी	खिकसा लगा जाती रानी
	खिकसा लगड़ुन जाय	खिकसा लगा जाती
	आँगे असनाँद होय रानी	स्नान कर जाती है रानी

33. लवनी : घी, हल्दी का आटा और गेहूँ के आटे का मिश्रण।

हिरदे असनाँद होय	वह स्नान कर जाती
सुका कपड़ा रानी पिंदे	सूखे कपड़े रानी पहनती
ओधा कपड़ा तले गिरे	गीले कपड़े नीचे गिरते
नव खँड माहाले जाय रानी	नौ खण्डा महल में जाती रानी
बाजे जाउन बसे	खाट पर जा कर बैठती
नोनी मन दखोत बाबा	नोनी देखतीं बाबा
बाई-नोनी दखोत	बाई-नोनी देखतीं
93 अजिक तिल बले बाई धरे	थोड़ा-सा तिल बाई लेती
अजिक पानी बाई धरे	थोड़ा-सा पानी बाई लेती
राजा के काय बले बाई	राजा से क्या कहती बाई
"सुना राजा" बले	"सुनिये राजा" कहती
"सुना राजा रे मेंगराजा	"सुनिये राजा मेंगराजा
सुना राजा मेंगराजा	सुनिये राजा मेंगराजा
पुरखा चो देबी ने निया राजा	पुरखों की देवी में जायें राजा
तिल छिटकुन दिया	तिल छिड़क दें
पानी थिपाउन दिया राजा	पानी टपका दें हे राजा
पानी थिपाउन दिया"	पानी टपका दें"
अजिक तिल धरे राजा	थोड़ा-सा तिल लेता राजा
अजिक पानी धरे	थोड़ा-सा पानी लेता
पुरखा चो देबी ने जाय राजा	पुरखों की देबी में जाता राजा
होम-आरती देय	होम-आरती करता
पइँया पड़ुन जाय राजा	प्रणाम कर जाता राजा
हात जोड़ुन जाय	हाथ जोड़ लेता
94 "सुना-सुना मोचो पुरखा चो देबी	"सुनो-सुनो मेरे पुरखों की देवी
सुना-सुना पुरखा चो देबी	सुनो-सुनो पुरखों की देवी
मयँ तिल छिटकुन जायँ" बले	मैं तिल अर्पित करता" कहता
"पानी थिपाउन जायँ	"मैं पानी अर्पित करता
मोचो बारो के रकछा करा" बले	मेरे बच्चे की रक्षा करो" कहता
"मोचो बारो के सहारा राहा[34]"	"मेरे बच्चे की सहायक रहो"
पइँया पड़ुन जाय राजा	उन्हें प्रणाम कर जाता राजा
हात जोड़ुन जाय	हाथ जोड़ लेता
95 अजिक तिल बले बाई मन धरोत	थोड़ा-सा तिल बाई लेतीं
अजिक पानी बाई मन धरोत	थोड़ा-सा पानी बाई लेतीं
रानी के काय बलोत बाई	रानी से क्या कहतीं बाई
"सुन रानी" बलोत	"सुन हे रानी" कहतीं

34. सहारा राहा : नगरीय प्रभाव स्पष्ट है। 'सहारा', 'सहायक' और 'सहायता' के लिये मूल शब्द है 'साहा'। "साहा होआ" की बजाय गायिका ने "सहारा राहा" कहा है।

“बोमली-खोदरा ने ने रानी
तुय जँवरा डोकरी के दे”
अजिक पानी धरे रानी

“नाल-गड्ढे में ले जा हे रानी
तू जँवरा डोकरी[35] को दे”
थोड़ा-सा पानी लेती रानी

अजिक तिल धरे
बोमली-खोदरा ने नेय रानी
जँवरा डोकरी के देय
“सुन आया रे जँवरा डोकरी
सुन आया जँवरा डोकरी
मयँ तिल छिटकुन जायँ आया
पानी थिपाउन जायँ
बारो के नईं गगाव आय
तुय बारो के खेलाउन जा”
नव खँड माहाले जाय रानी
बाजे जाउन बसे

थोड़ा-सा तिल वह लेती
नाल-गड्ढे में ले जाती रानी
जँवरा डोकरी को देती
“सुन माता हे जँवरा डोकरी
सुन माता हे जँवरा डोकरी
मैं तिल अर्पित करती माता
मैं पानी अर्पित कर जाती
बच्चे को मत रुलाओ माता
तुम बच्चे को खिलाओ”
नौ खण्डा महल में जाती रानी
खाट पर जा बैठती

35. जँवरा डोकरी : एक देवी जो नवजात शिशुओं की रक्षा करती है तथा उन्हें खेल खिलाती है, हँसाती
समय-समय पर रुलाती भी है। जँवरा डोकरी के विषय में धारणा है कि वह बच्चों के गन्दे कपड़े उठा
उन्हें धोती व सारा दिन सुखाती रहती है। कपड़े सुखाने का उसका यह क्रम सारा दिन चलता रहता है।
होने पर वह ‘अरे! यह तो शाम हो गयी, अब कल सुखाऊँगी’ कह कर उन्हें समेट लेती है और दूसरे
पुनः सुखाने लगती है। इसी से एक मुहावरा ‘जँवरा डोकरी असन होतो (जँवरा डोकरी की तरह होना)’
प्रचलन में है। कोई भी व्यक्ति यदि किसी एक काम को बारम्बार करता रहता है और उसका काम
समाप्त नहीं होता तो उसके लिये इसी मुहावरे का प्रयोग किया जाता है। कहा जाता है कि यह देवी
नाल को गाड़े गये गड्ढे में निवास करती है। (स्रोत : मायावती वैष्णव)।

सात भेली बले तिल धरोत	सात डलियाँ तिल की लेतीं
सात भेली तिल धरोत	सात डलियाँ तिल की लेतीं
आधा कोपरा पानी धरोत	आधा कोपरा पानी लेतीं
आधा भेला गुर	आधा भेली गुड़
मेंगइन रानी के देत बाई मन	मेंगइन रानी को देतीं बाई
रानी के काय बलोत	रानी से क्या कहतीं
"सात दिन ले खा रानी	"सात दिन तक खा हे रानी
सात दिन ले खा"	सात दिन तक खा"
मेंगइन रानी खाय बाबा	मेंगइन रानी खाती बाबा
बाई के काय बले	बाई से क्या कहती
"बाटुन-बिरजुन खाहा" बले	"बाँट-बिराज कर खाओ" कहती
"मयँ देउक नईं सकें"	"मैं अधिक नहीं दे सकती"
सुनोत बाई सुनोत नोनी	सुनतीं बाई सुनतीं नोनी
सुनोत बाई सुनोत नोनी	सुनतीं बाई सुनतीं नोनी
ओरी-चो-ओरी बसोत बाई-नोनी	पंक्तियों में बैठतीं बाई-नोनी
धाड़ी-चो-धाड़ी बसोत	पंक्तियों में जा बैठतीं
तिल बाटेया बाटोत बाई	तिल बाँटने वाली तिल बाँटतीं
पानी बाटेया बाटोत	पानी बाँटने वाली पानी
बाटुन-बिरजुन खाओत बाई	बाँट-बिराज कर खातीं बाई
बाटुन-बिरजुन खाओत	बाँट-बिराज कर खातीं
तिल खाउन बाई मन सारोत	तिल खा लेती हैं बाई
पानी पिउन बाई मन सारोत	पानी पी लेती हैं बाई
रानी के काय बलोत बाई	रानी से क्या कहतीं बाई
"सुन रानी" बलोत	"सुन हे रानी" कहतीं
"बारो के कोरा ने धर रानी	"बच्चे को गोद में लो हे रानी
तेल-हरदी देउँदे"	हम तेल-हल्दी लगाएँगी"
बारो के कोरा धरे रानी	बच्चे को गोद में लेती रानी
तेल-हरदी धरोत	वे तेल-हल्दी लेतीं
बारो चो बोमली ने देत बाई	बच्चे की नाभि में लगातीं बाई
बारो चो बोमली ने देत	बच्चे की नाभि में लगातीं
आपन-आपन जाओत बाई मन	अपने-अपने घर जातीं बाई
आपन-आपन जाओत	अपने-अपने घर जातीं
तिन दिन ले चार दिन	तीन दिन से चार दिन
तिन दिन ले चार दिन	तीन दिन से चार दिन
पाँच दिन बले होय बाबा	पाँच दिन भी बीते बाबा
छय दिन होय	छह दिन बीत गये
जनम करलो होय बारो चो	बच्चे के जन्म को बीते

	जनम करलो होय	बच्चे के जन्म को बीते
	राजा-रानी बसोत बाबा	राजा-रानी बैठते बाबा
	रानी काय बले	रानी है क्या कहती
	"छय दिन होय राजा	"छह दिन बीत गये हैं राजा
	जनम करलो होय	बच्चे के जन्म को बीते
	छटी-जोड़ा जोड़ा राजा	छठी की तैयारी करें हे राजा
	छटी-जोड़ा जोड़ा	छठी की तैयारी करें
	गाँयतिन-माहाले जाहा राजा	गाँयतिन-महल जायें हे राजा
	पुजारिन-माहाले जाहा	पुजारिन-महल जायें
	राँडी-लेड़ी एओत राजा	विधवा-अशक्ताएँ आयें राजा
	गरिब-दुखी एओत	गरीब-दुखी भी आयें
	छटी-काँडा नेदे राजा	छठी-काँडा ले जायें राजा
	छटी-काँडा नेदे"	छठी-काँडा ले जायें"
1299	सुने राजा रे मेंगराजा	सुनता राजा मेंगराजा
	सुने राजा मेंगराजा	सुनता राजा मेंगराजा
	बाबू के काय बले राजा	बाबू से क्या कहता राजा
	"सुन बाबू" बले	"सुन हे बाबू" कहता
	"छटी-जोड़ा जोड़ बाबू	"छठी की तैयारी कर हे बाबू
	छटी-जोड़ा जोड़	छठी की तैयारी कर
	छय दिन बले होय बाबू	छह दिन बीत गये हैं बाबू
	छय दिन होय	छह दिन बीत गये हैं
	गाँयतिन-माहाले जा बाबू	गाँयतिन-महल जा हे बाबू
	तुय पुजारिन-माहाले जा	तू पुजारिन-महल को जा
	राँडी-लेड़ी एओत बाबू	विधवा-अशक्ताएँ आयें बाबू
	गरिब-दुखी एओत	गरीब-दुखी भी आयें
	छटी-काँडा नेदे बाबू	छठी-काँडा ले जायेंगे बाबू
	छटी-काँडा नेदे"	छठी-काँडा ले जायेंगे"
	पवनकुमार सुने बाबा	पवनकुमार सुनता बाबा
	हरबर तियार होय	झटपट तैयार हो जाता
1300	आपन साजू बले बाबू पिंदे	अपने साज बाबू पहनता
	आपलो जाक बाबू धरे	अपने सामान बाबू लेता
	पाँये खड़ऊ पिंदे बाबू	पाँवों में खड़ाऊँ पहनता बाबू
	हाते बेद धरे	हाथ में बेंत लेता
	रुमझुम-रुमझुम रेंगे बाबू	जल्दी-जल्दी चलता बाबू
	एक कलाट मारे	लम्बे डग वह भरता
	गाँयतिन-माहाले जाय बाबू	गाँयतिन-महल जाता बाबू
	पुजारिन-माहाले अमरे	पुजारिन-महल पहुँचता

माँडो-मोंगरा उबे बाबू जे
'बाई' हंका मारे
बाई सुनुन जाय बाबा
घर ले बाहिर होय
"काय कामे इलिस बाबू
आले मोके साँग"
"सुन बाई गाँयतिन
सुन बाई पुजारिन
हरबर तियार होआ बाई
जलदी तियार होआ
राजा-घरे बलाव" बले
"तुमी छटी-काँडा आना"
"एयँदे बाबू" बले बाई
बुलुन-बुलुन साँगे
गिंजरुन-गिंजरुन साँगे बाबू
गिंजरुन-गिंजरुन साँगे
बाई-नोनी सुनोत बाबा
हरबर तियार होत
कवने गपा धरोत बाबा
कवने टाकरा धरोत
घर ले बाहिर होत बाई-नोनी
जाते-जाते जात
रुमझुम-रुमझुम रेंगोत बाई-नोनी
एक कलाट मारोत
राजा-माहाले जात बाई
परछी ने जाउन बसोत
अरछी-परछी भरे बाबा
राजा घरे समाव नीं होय
दखे रानी मेंगइन
दखे रानी मेंगइन
बाबू के काय बले रानी
"सुन बाबू" बले
"फउद अमरुन गेला बाबू
धान निकराउन जा
उड़िद-मुँग निकराव बाबू
राहेड़-बदई निकराव
चना-बडरा निकराव बाबू
तुय धान निकराउन जा"

मोगरा-मण्डप में रुकता बाबू
'बाई' हाँक लगाता
बाई सुन लेती है बाबा
घर से बाहर आती
"किस काम से आया बाबू
तनिक मुझे बतला"
"सुन बाई गाँयतिन
सुन बाई पुजारिन
झटपट तैयार हो लें बाई
जल्दी तैयार हो लें
राजा के घर बुलावा" कहता
"तुम्हें छटी-काँडा लाना है"
"आऊँगी बाबू" कहती बाई
वह घूम-घूम बतलाता
घूम-घूम बतलाता बाबू
घूम-घूम बतलाता बाबू
बाई-नोनी सुनतीं बाबा
झटपट तैयार होतीं
कोई गपा लेतीं बाबा
कोई टाकरा लेतीं
घर से बाहर आतीं बाई-नोनी
चलती चली जातीं
जल्दी-जल्दी चलतीं बाई
लम्बे डग वे भरतीं
राज-महल जातीं बाई
परछी में जा कर बैठतीं
अरछी-परछी भरती बाबा
राजा के घर जगह न होती
देखती रानी मेंगइन
देखती रानी मेंगइन
बाबू से क्या कहती रानी
"सुन हे बाबू" कहती
"लोग आ पहुँचे हैं बाबू
धान निकाल दे
उड़द-मूँग निकाल बाबू
अरहर-बदई निकाल
चना-मटर निकाल बाबू
तू धान निकाल दे"

1303	भँडारी पिला सुने बाबा	भण्डारी बालक सुनता बाबा
	झारी पानी धरे	झारी में पानी लेता
	पइँया धोउन जाय बाबू	पाँव धो जाता बाबू
	पइँया धोउन जाय	पाँव धो जाता
	आरती-आइग बाबू धरे	आरती-आग बाबू लेता
	घिंव-गुर बाबू धरे	घी-गुड़ बाबू लेता
	नव खँड माहाले ओले बाबू	नौ खण्डा महल में जाता बाबू
	गँगा-जमुना ने जाय	गंगा-जमुना में जाता
	जोड़ी गदया ने जाय बाबू	दोनों भण्डारों में जाता बाबू
	गँगा-जमुना ने जाय	गंगा-जमुना में जाता
	होम-आरती देय बाबू	होम-आरती करता बाबू
	पइँया पड़ुन जाय	वह प्रणाम कर जाता
	हाते गपली बाबू धरे	हाथ में गपली बाबू लेता
	हाते गपली बाबू धरे	हाथ में गपली बाबू लेता
	गँगा-जमना खोले बाबू	गंगा-जमुना खोलता बाबू
	जोड़ी गदया खोले	दोनों भण्डार खोलता
	नोनी के काय बले बाबू	नोनी से क्या कहता बाबू
	"सुन बइन" बले	"सुन हे बहिन" कहता
	"तुके हेड़ुन जायँ नोनी	"तुझे खोल जाता हूँ नोनी
	गदया आधा नीं हो	भण्डार न आधा हो
	गदया ने भरती रा नोनी	भण्डार भरा रहे हे नोनी
	गदया भरती रा"	भण्डार भरा रहे"
	धान हेड़ुन जाय बाबू	धान निकाल जाता बाबू
	धान निकराउन जाय	धान निकाल जाता
	उड़िद-मुँग निकराय बाबू जे	उड़द-मूँग निकालता बाबू
	राहेड़-बदई निकराय	अरहर-बदई निकालता
	चना-बडरा निकराय बाबू	चना-मटर निकालता बाबू
	हाते पयली धरे	हाथ में पायली लेता
	धान नापुन जाय बाबू	धान नाप जाता बाबू
	बाई के काय बले	बाई से क्या कहता
	"आगे काँडा बले झोक बाई	"पहले काँडा ले हे बाई
	आगे काँडा झोक"	पहले काँडा ले"
	गाँयतिन बाई झोके बाबा	गाँयतिन बाई लेती बाबा
	पुजारिन बाई झोके	पुजारिन बाई लेती
1304	मँजपुरिन के देय बाबू	मँजपुरिन को देता बाबू
	मँजपुरिन के देय बाबू	मँजपुरिन को देता
	धान नापुन सारे बाबू	धान नाप जाता बाबू
	उड़िद-मुँग नापे	उड़द-मूँग नापता

राहेड़-बदई नापे बाबू	अरहर-बदई नापता बाबू
चना-बडरा नापे	चना-मटर नापता
धान नापुन सारे बाबू	धान नाप जाता बाबू
बाई के काय बले	बाई से क्या कहता
"बड़े घरो बात आय बाई	"बड़े घर की बात बाई
राजा-घरो गोठ आय	राजा के घर की बात
अछा चाउर छड़ा बाई	चावल अच्छा छड़ो[36] बाई
अछा चाउर छड़ा"	चावल अच्छा कूटो"
बाई-नोनी सुनोत बाबा	बाई-नोनी सुनतीं बाबा
आपन माहाले जात	अपने महल वे जातीं
धान काँडेया धान काँडे	धान कूटने वाले धान कूटते
दार दरेया दार दरे	दाल दलने वाले दाल
पिसान पिसया पिसोत बाबा	पिसान पीसने वाले पिसान बाबा
पिसान पिसया पिसोत	आटा पीसने वाले आटा
चाउर निमड़ाउन जात बाई	चावल तैयार कर जातीं बाई
चाउर नेउन देत	चावल पहुँचा देतीं
राजा-माहाले जात बाई	राज-महल जातीं बाई
परछी ने जाउन बसोत	परछी में जा कर बैठतीं
मेंगइन रानी दखे	मेंगइन रानी देखती
बाबू के काय बले	बाबू से क्या कहती
"चाउर आनुन दिला बाबू	"चावल ले आये हैं बाबू
चाउर नापुन जा"	चावल नाप ले"
05 सुने बाबू रे भँडारी पिला	सुनता बाबू भण्डारी बालक
सुने बाबू भँडारी पिला	सुनता बाबू भण्डारी बालक
पइँया धोउन जाय बाबू	पाँव धो जाता बाबू
हाते पयली धरे	हाथ में पायली लेता
काँडा चाउर नापे बाबू	कूटा चावल नापता बाबू
चाउर नापुन जाय	चावल नाप जाता
दार नापुन जाय बाबू	दाल नाप जाता बाबू
पिसान नापुन जाय	पिसान नाप जाता
चाउर ठोउन देय बाबू जे	चावल रख देता है बाबू
दार ठोउन जाय	दाल रख जाता है
06 दस पयली धान रे भगवान	दस पायली धान भगवान
दस पयली धान परभू	दस पयली धान प्रभु

6. छड़ो : कूटो। वस्तुतः धान को पहली बार कूटने के बाद का तीसरा क्रम 'छड़तो (छड़ना)' कहलाता है। यह क्रम इस तरह होता है : धान को पहले चलनी में छान लिया जाता है। इसके बाद पहली बार उसे कूटा जाता है, जिसे 'मुँडी मारतो' कहा जाता है। इसके बाद उसे दूसरी बार कूटा जाता है, जिसे 'दुहड़तो' कहा जाता है। फिर तीसरी बार कूटे जाने के क्रम को 'छड़तो' कहा जाता है।

	पयलक चाउर उरे बाई चो	एक पायली चावल अधिक होता[37]
	पयलक चाउर उरे	एक पायली चावल अधिक होता
	“अछा बारो बले आय” बलोत	“अच्छा शिशु है” वे कहतीं
	“पयलक चाउर उरे”	“एक पायली चावल अधिक हुआ”
	आपन-आपन जाओत बाबा	अपने-अपने घर जातीं बाबा
	आपन-आपन जाओत	अपने-अपने घर जातीं
1307	छय दिन ले सात दिन[38]	छह दिन से सात दिन
	छय दिन ले सात दिन	छह दिन से सात दिन
	जनम करलो होय बारो चो	शिशु के जन्म को बीते
	जनम करलो होय	शिशु के जन्म को बीते
	बाजे बसुन जात राजा-रानी	खाट पर बैठ जाते राजा-रानी
	सेज बसुन जात	शय्या पर बैठ जाते
	रानी काय बले राजा के	रानी क्या कहती राजा से
	“सुना राजा” बले	“सुनिये राजा” कहती
	“सात दिन बले होय राजा	“सात दिन बीते राजा
	जनम करलो होय	शिशु के जन्म को बीते
	धोबी-माहाले जाहा राजा	धोबी-महल जायें राजा
	धोबी-माहाले जाहा राजा	धोबी-महल जायें राजा
	धोबी बलाउन आना राजा	धोबी बुला कर लायें राजा
	धोबी बलाउन आना	धोबी बुला कर लायें
	छटी-कपड़ा नेयदे राजा	छटी-कपड़े ले जायेगा राजा
	सोहड़ कपड़ा नेयदे”	छूत के कपड़े ले जायेगा”
	राजा सुनुन जाय बाबा	राजा सुन लेता है बाबा
	बाबू के काय बले	बाबू से क्या कहता
1308	“सुन बाबू पवनकुमार	“सुन बाबू पवनकुमार
	सुन बाबू पवनकुमार	सुन बाबू पवनकुमार
	धोबी-माहाले जा बाबू	धोबी-महल तू जा बाबू
	धोबी बलाउन आन	धोबी बुला कर ला
	छटी-कपड़ा नेयदे बाबू	छटी-कपड़ा ले जायेगा बाबू
	सोहोड़ कपड़ा नेयदे”	छूत के कपड़े ले जायेगा”
	पवनकुमार सुने बाबा	पवनकुमार सुनता बाबा
	हरबर तियार होय	झटपट तैयार हो जाता
	पाँय ने खड़ऊ पिंदे बाबू	पाँवों में खड़ाऊँ पहनता बाबू
	हाते बेद धरे	हाथ में बेंत लेता

37. दस पायली धान कूटने पर प्रायः 4.5 पायली चावल निकलता है। किन्तु यहाँ लगभग 5.5 पायली चाव निकला। इसका अर्थ यह हुआ कि सामान्य से 1 पायली चावल अधिक निकला। ऐसा होना सौभाग्य सूचक माना जाता है।

38. दिनांक 18.12.1996 को ध्वन्यांकित कैसेट क्रमांक 30बी का आरम्भ।

रुमझुम-रुमझुम बाबू रेंगे	जल्दी-जल्दी बाबू चलता
एक कलाट बाबू मारे	लम्बे डग है बाबू भरता
जाते-जाते बले जाय बाबू	चलता चला जाता बाबू
कोसक-दापक रेंगे	कोस-दाब भर चलता
धोबी-माहाले जाय बाबू	धोबी-महल जाता बाबू
धोबी-माहाले अमरे	धोबी-महल पहुँचता
माँडो मोंगरा उबे बाबू	मोगरा-मण्डप में रुकता बाबू
'दादा' हंका मारे	'दादा' हाँक लगाता
दादा सुनुन जाय बाबा	दादा सुन लेता है बाबा
घर ले बाहिर होय	घर से बाहर होता
"काय कामे इलिस बाबू	"किस काम से आया बाबू
आले मोके साँग"	तू मुझे बतला"
1309 "सुन दादा धोबी लोग	"सुन हे दादा धोबी जन
सुन दादा धोबी लोग	सुन हे दादा धोबी जन
राजा-घरे बलाव दादा	राजा के घर बुलावा दादा
राजा-घरे बलाव	राजा के घर बुलावा
छटी-कपड़ा आनिस[4] दादा	छटी-कपड़ा लाना है दादा
सोहड़ कपड़ा आनिस"	छूत के कपड़े लाना है"
दादा सुनुन जाय बाबा	दादा सुन लेता है बाबा
"मयँ एयँदे बाबू" बले	"मैं आऊँगा बाबू" कहता
हरबर तियार होय दादा	झटपट तैयार होता दादा
जलदी तियार होय	जल्दी तैयार होता
आपन साजू पिंदे दादा	अपने साज पहनता दादा
घर ले बाहिर होय	घर से बाहर होता
जाते-जाते बले जाय दादा	चलता चला जाता दादा
रुमझुम-रुमझुम रेंगे	जल्दी-जल्दी चलता
राजा-माहाले दादा अमरे	राज-महल दादा पहुँचता
लगे जाउन सलाम झोके	पास जा कर सलाम करता
दुरे जाउन बसे दादा	दूर जा कर बैठता
राजा के काय बले	राजा से क्या कहता
"काय बलाव आय राजा	"किसलिये बुलवाया राजा
आले मोके साँगा"	तनिक मुझे बतलायें"
राजा काय बले बाबू के	राजा क्या कहता बाबू से
"सुन बाबू" बले	"सुन हे बाबू" कहता
"मेंगइन रानी लगे जा बाबू	"मेंगइन रानी के पास जा बाबू

39. आनिस : यह एक नया एवं काव्यात्मक भाषा-प्रयोग है। वस्तुतः 'आनिस' शब्द का अर्थ है 'आनते रलिस (लाता था/ला रहा था)' किन्तु यहाँ इस शब्द का प्रयोग 'आनसे (लाओगे)' के अर्थ में किया गया है। इस तरह के कई प्रयोग इस महाकाव्य में यत्र-तत्र देखने में आते हैं।

छटी-कपड़ा माँग"	छटी के कपड़े माँग"
मेंगइन रानी लगे जाय बाबू	मेंगइन रानी के पास जाता बाबू
रानी के कपड़ा माँगे	रानी से कपड़े माँगता
"सुना रानी मेंगइन	"सुनिये रानी मेंगइन
सुना रानी मेंगइन	सुनिये रानी मेंगइन
मोके कपड़ा दिया रानी	मुझे कपड़े दें हे रानी
मोके कपड़ा दिया"	मुझे कपड़े दें"
रानी काय बले बाबू के	रानी क्या कहती बाबू से
"सुन बाबू" बले	"सुन हे बाबू" कहती
"देवान-माहाले जा बाबू	"दीवान-महल तू जा बाबू
साहेब-माहाले जा	साहब-महल तू जा
कपतान-माहाले जा बाबू	कप्तान-महल तू जा बाबू
तुय डिसी-महाले जा"	तू डीसी-महल भी जा"
कपतान-माहाले जाय बाबू	कप्तान-महल जाता बाबू
देवान-माहाले जाय	दीवान-महल वह जाता
साहेब-माहाले जाय बाबू	साहब-महल जाता बाबू
डिसी-माहाले जाय	डीसी-महल भी जाता
बाबू के कपड़ा बाई मन देओत	बाबू को कपड़े बाई देतीं
बाबू के कपड़ा बाई मन देओत	बाबू को कपड़े बाई देतीं
कपड़ा-मोडरा बाँदे बाबू	कपड़ों की गठरी बाँधता बाबू
रानी लगे जाय	रानी के पास जाता
बाबू के कपड़ा देय रानी	बाबू को कपड़े देती रानी
बाबू के कपड़ा देय	बाबू को कपड़े देती
कपड़ा-मोडरा बाँदे बाबू	कपड़ों की गठरी बाँधता बाबू
राजा-माहाल छाँडे	राज-महल छोड़ता
रुमझुम-रुमझुम रेंगे बाबू	जल्दी-जल्दी चलता बाबू
बँधासागरे जाय	बन्धासागर वह जाता
बँधासागर अमरे बाबू	बन्धासागर पहुँचता बाबू
कपड़ा-मोडरा मँडाय	कपड़ों की गठरी रखता
आइग बारुन जाय बाबू	आग जला जाता है बाबू
पानी गरम करे	पानी गरम करता
कपड़ा डोबुन जाय बाबू	कपड़े भिगा जाता बाबू
कपड़ा काचुन जाय	कपड़े वह धो जाता
काचुन-काचुन सुकाय बाबू	धो-धो कर सुखाता बाबू
कपड़ा-काचुन सारे	कपड़े वह धो लेता
आँगे असनाँद होय बाबू	स्नान कर जाता है बाबू
हिरदे असनाँद होय	वह स्नान कर जाता
सुका कपड़ा पिंदे बाबू	सूखे कपड़े पहनता बाबू

	ओधा कपड़ा गिरे	गीले कपड़े गिरते
	कपड़ा निचाउन जाय बाबू	कपड़े निचोड़ जाता बाबू
	कपड़ा सकलुन जाय	कपड़े समेट जाता
	कपड़ा-मोडरा बाँदे बाबू	कपड़ों की गठरी बाँधता बाबू
	बँधासागर छाँडे	बन्धासागर छोड़ता
	जाते-जाते बले जाय बाबू	चलता चला जाता बाबू
	रुमझुम-रुमझुम रेंगे	जल्दी-जल्दी चलता
	कपतान-माहाले जाय बाबू	कप्तान-महल जाता बाबू
	देवान-माहाले जाय बाबू	दीवान-महल जाता बाबू
	साहेब-माहाले जाय बाबू	साहब-महल जाता बाबू
	डिसी-माहाले जाय	डीसी-महल वह जाता
	कपड़ा सुपरित करे बाबू	कपड़े सौंप जाता बाबू
	रानी लगे जाय	रानी के पास जाता
	मेंगइन रानी के देय बाबू	मेंगइन रानी को देता बाबू
	मेंगइन रानी धरे	मेंगइन रानी लेती
1311	"सुन नोनी कुँदनी कयना	"सुन हे नोनी कुँदनी कैना
	सुन बाबा कुँदनी कयना	सुन हे बाबा कुँदनी कैना
	रोसई-चाउर जोड़ नोनी	रसोई-चावल ले हे नोनी
	मुठा रुपया धर	मुट्ठी भर रुपये ले
	धोबी-बिदा दे नोनी	धोबी को विदाई दे नोनी
	धोबी-बिदा दे"	धोबी को विदाई दे"
	कुँदनी कयना सुने बाबा	कुँदनी कैना सुनती बाबा
	रोसई-चाउर जोड़े	रसोई-चावल लेती
	मुठा रुपया धरे नोनी	मुट्ठी भर रुपये लेती नोनी
	धोबी-बिदा देय	धोबी को विदाई देती
	बाबू मोडरी बाँदे बाबा	बाबू गठरी बाँधता बाबा
	आपन माहाले जाय	अपने महल वह जाता
1312	"सुन बाबू पवनकुमार	"सुन बाबू पवनकुमार
	सुन बाबू पवनकुमार	सुन बाबू पवनकुमार
	नाऊ बलाउन आन बाबू	नाई बुला कर ला बाबू
	बाल बनाउन देयदे"	वह बाल[40] बना देगा"
	पवनकुमार सुने बाबा	पवनकुमार सुनता बाबा
	नाऊ-माहाले जाय	नाई के महल जाता
	माँडो मोंगरा उबे बाबू	मोगरा-मण्डप में रुकता बाबू
	'दादा' हंका मारे	'दादा' हाँक लगाता
	दादा सुनुन जाय बाबा	दादा सुन लेता है बाबा
	घर ले बाहिर होय	घर से बाहर आता

40. हजामत।

	“काय कामे इलिस बाबू	“किस काम से आया बाबू
	आले मोके साँग”	तनिक मुझे बतला”
1313	“सुन दादा रे नाऊ लोग	“सुन हे दादा नाई जन
	सुन दादा नाऊ लोग	सुन हे दादा नाई जन
	राजा-घरे बलाव दादा	राजा के घर बुलावा दादा
	राजा-घरे बलाव	राजा के घर बुलावा
	तुचो जाक के धर दादा	अपने सामान ले ले दादा
	तुचो साजू धर”	अपनी सामग्री ले ले”
	“एयँदे बाबू” बले दादा	“आऊँगा बाबू” कहता दादा
	हरबर तियार होय	झटपट तैयार वह होता
	आपन जाक धरे बाबू	अपने सामान लेता बाबू
	आपन माहाल छाँडे	अपना महल छोड़ता
	जाते-जाते बले जाय बाबू	चलता चला जाता बाबू
	राजा-माहाले अमरे	राज-महल पहुँचता
	परछी ने जाउन बसे बाबू	परछी में जा कर बैठता बाबू
	राजा के काय बले	राजा से क्या कहता
	“काय बलाव आय राजा	“किसलिये बुलवाया राजा
	आले मोके साँगा”	तनिक मुझे बतलायें”
1314	“सुन बाबू नाऊ लोग	“सुन हे बाबू नाई जन
	सुन बाबू नाऊ लोग	सुन हे बाबू नाई जन
	बारो के बाल बनाव बाबू	बच्चे का बाल बना हे बाबू
	छटी बाल बनाव”	छठी का बाल बना दे”
	नाऊ सुनुन जाय बाबा	नाई सुन जाता है बाबा
	नोनी के काय बले	नोनी से वह कहता
	“गरम पानी मोके दे नोनी	“गरम पानी मुझे दे हे नोनी
	ठँडा पानी दे”	ठण्डा पानी दे”
	गरम पानी बले देय नोनी	गरम पानी देती नोनी
	ठँडा पानी देय	ठण्डा पानी देती
1315	“सुना रानी मेंगइन	“सुनिये रानी मेंगइन
	सुना रानी मेंगइन	सुनिये रानी मेंगइन
	बारो के कोरा ने धर रानी	बच्चे को गोद में ले हे रानी
	बारो के कोरा धर”	बच्चे को गोद में ले”
	बारो के कोरा धरे रानी	बच्चे को गोद में लेती रानी
	राजा के काय बले	राजा से क्या कहती
	“छुरा ने थिपानी दे राजा	“छुरा के लिये थिपानी[41] दें हे राजा

41. थिपानी : मदिरा। बस्तर के लोक-जीवन में प्रत्येक शुभ कार्य के आरम्भ के लिये देवी-देवता को मदिरा अर्पित करने की परम्परा है। बल्कि यह कहना अधिक उपयुक्त होगा कि जन्म से मृत्यु तक के सभी संस्कारों में मदिरा की उपस्थिति अनिवार्य है।

	बाल बनाउन जायँ”	मैं बाल बना दूँ”
	अरग फुली देय राजा	अरग फुली[42] देता राजा
	छुरा ने थिपाउन जाय	वह छुरा में टपका जाता
	बारो के बाल बनाय बाबू	बच्चे का बाल बनाता बाबू
	बारो के बाल बनाय	बच्चे का बाल बनाता
1316	नव खँड माहाल चो जतेक लोग	नौ खण्डा महल के सारे लोग
	नव खँड माहाल चो जतेक लोग	नौ खण्डा महल के सारे लोग
	सब के बाल बनाय बाबू	सब के बाल बनाता बाबू
	सब के बाल बनाय	सब के बाल बनाता
	बाल बनाउन सारे बाबू	बाल बना जाता बाबू
	नोनी के काय बले	नोनी से क्या कहता
	“रोसई-चाउर जोड़ नोनी	“रसोई-चावल ले हे नोनी
	मुठा रुपया धर	मुट्ठी भर रुपये ले
	नाऊ-बिदा दे नोनी	नाई को विदाई दे नोनी
	नाऊ-बिदा दे”	नाई को विदाई दे”
	रोसई-चाउर नोनी जोड़े	रसोई-चावल नोनी लेती
	मुठा रुपया नोनी धरे	मुट्ठी भर रुपये नोनी लेती
	नाऊ-बिदा बले देय नोनी	नाई को विदाई देती नोनी
	बाबू मोडरी बाँदे	बाबू गठरी बाँधता
	आपन माहाले जाय बाबू	अपने महल में जाता बाबू
	आपन माहाले जाय	अपने महल में जाता
1317	हरबर-हरबर जोड़ा जोड़े	जल्दी-जल्दी तैयारी करता (पवनकुमार)
	हरबर-हरबर जोड़ा जोड़े	वह जल्दी तैयारी करता
	छटी-जोड़ा जोड़े बाबू	छठी की तैयारी करता बाबू
	छटी-जोड़ा जोड़े	छठी की तैयारी करता
	बाजे बसुन जात राजा-रानी	खाट पर बैठ जाते राजा-रानी
	सेज बसुन जात	शय्या पर बैठ जाते
	राजा के काय बले रानी	राजा से क्या कहती रानी
	“सुना राजा” बले	“सुनिये राजा” कहती
	“नँगारची-माहाले जाहा राजा	“नगारची-महल जायें राजा
	घड़ी भर नँगारा देओ	थोड़ी देर मुनादी कर दे
	छटी-घरे एओत राजा	छठी में सब आयें राजा
	तिनपुरे नेवता देओ”	वह तीनों लोकों को न्योता दे”
	मेंगराजा सुने बाबा	मेंगराजा सुनता बाबा
	बाबू के काय बले	बाबू से क्या कहता
	“सुन बाबू पवनकुमार	“सुन हे बाबू पवनकुमार
	सुन बाबू पवनकुमार	सुन हे बाबू पवनकुमार

42. शुद्ध मदिरा की पहली धार। अरग : अर्क। फुली : फूल का। महुए के फूल का शुद्ध अर्क।

	नँगारची-माहाले जा बाबू	नगारची-महल जा हे बाबू
	घड़ी भर नँगारा देओ	वह थोड़ी देर मुनादी कर दे
	छटी-घरे एओत बाबू	छठी में सब आयें बाबू
	तिनपुरे नेवता देओ"	तीनों लोकों में न्योता दे दे"
	बाबू सुनुन जाय बाबा	बाबू सुन लेता है बाबा
	हरबर तियार होय	झटपट तैयार होता
1318	पाँय ने खड़ऊ बाबू पिंदे	पाँवों में खड़ाऊँ बाबू पहनता
	हाते बेद बाबू धरे	हाथ में बेंत बाबू लेता
	घर ले बाहिर होय बाबू	घर से बाहर आता बाबू
	जाते-जाते जाय	चलता चला जाता
	रुमझुम-रुमझुम रेंगे बाबू	जल्दी-जल्दी चलता बाबू
	एक कलाट मारे	लम्बे डग वह भरता
	नँगारची-माहाले जाय बाबू	नगारची-महल जाता बाबू
	नँगारची-माहाल अमरे	नगारची-महल पहुँचता
	माँडो मोंगरा उबे बाबू	मोगरा-मण्डप में रुकता बाबू
	'दादा' हंका मारे	'दादा' हाँक लगाता
	दादा सुनुन जाय बाबा	दादा सुन लेता है बाबा
	घर ले बाहिर होय	घर से बाहर आता
	"काय कामे इलिस बाबू	"किस काम से आया बाबू
	तुय आले मोके साँग"	तनिक मुझे बतला"
1319	"सुन दादा रे नँगारची लोग	"सुन हे दादा नगारची जन
	सुन दादा नँगारची लोग	सुन हे दादा नगारची जन
	आज छटी बले आय दादा	आज छठी है हे दादा
	घड़ी भर नँगारा दे	थोड़ी देर मुनादी कर दे
	तिनपुर नेवता दे दादा	तीनों लोकों में न्योता दे दादा
	तिनपुरया एओत"	तीनों लोकों के लोग आयें"
	दादा सुनुन जाय बाबा	दादा सुन लेता है बाबा
	"मयँ देयँदे बाबू" बले	"मैं दूँगा बाबू" कहता
	बाँडी घोड़ी कसे दादा	बाँडी घोड़ी कसता दादा
	जोड़ी नँगारा चेगाय	दो नगाड़े रखता
	हाते काड़ा धरे दादा	हाथ में काड़ा लेता दादा
	खोरे-डाँडे जाय	अली-गली में जाता
	आरा-पारा ने जाय दादा	अड़ोस-पड़ोस में जाता दादा
	"सुना बाई" बले	"सुनो हे बाई" कहता
1320	"सुना बाई, सुना दादा	"सुनो हे बाई, सुनो हे दादा
	सुना बाई, सुना दादा	सुनो हे बाई, सुनो हे दादा
	आज छटी बले आय दादा-बाई	आज छठी है दादा-बाई
	सँजकारी-सँजकारी जाहा"	जल्दी-से-जल्दी जाओ"

	बुलुन-बुलुन साँगे दादा	घूम-घूम बतलाता दादा
	गिंजरुन-गिंजरुन साँगे	घूम-घूम बतलाता
	तिनपुर नेवता देय दादा	तीनों लोकों में न्योता देता दादा
	तिनपुर नेवता देय	तीनों लोकों में न्योता देता
21	माटी-नँगारा धमधम करे	माटी-नगाड़ा धमधम करता
	माटी-नँगारा धमधम करे	माटी नगाड़ा धमधम करता
	तमई झनकार देय बाबा	तमई झँकृत होती बाबा
	नँगारची नँगारा देय	नगारची मुनादी करता
	नँगारा देउन सारे बाबू	मुनादी कर जाता बाबू
	आपन माहाले जाय	अपने महल में जाता
	तिनपुरया सुनोत बाबा	तीनपुरिया सुनते बाबा
	हरबर तियार होत	झटपट तैयार होते
	कवने कपड़ा काचोत बाई मन	कोई बाई कपड़े धोती
	कवने मुँड रेतोत	कोई सिर है धोती
	कवने असनाँद होत बाई	कोई बाई स्नान करती है
	रलो बिता कपड़ा पिंदे	धनी लोग कपड़े पहनते
	रलो बिता तेल घसोत बाबा	धनी लोग तेल चुपड़ते
	गरिब धड़का पिंदोत	गरीब फटे कपड़े पहनते
	गरिब पानी घसोत बाबा	गरीब पानी चुपड़ते
	गरिब पैंदल जात	गरीब पैदल ही जाते
22	रुमझुम-रुमझुम दादा-बाई रेंगोत	जल्दी-जल्दी चलते दादा-बाई
	एक कलाट दादा-बाई मारोत	लम्बे डग दादा-बाई भरते
	राजा-माहाले जात दादा-बाई	राज-महल को जाते दादा-बाई
	राजा-माहाले अमरोत	राज-महल पहुँचते
	लगे जाउन सलाम झोकोत	पास जा कर सलाम करते
	दुरे जाउन बसोत	दूर जा कर बैठते
	ओरी-चो-ओरी बसोत बाबा	पंक्तियों में बैठते बाबा
	धाड़ी-चो-धाड़ी बसोत	पंक्तियों में जा बैठते
	एकिस कोटी बले बाजा बाजे	इक्कीस कोटि बाजे बजते
	बाइस कोटी मोहरी बाजे	बाईस कोटि मोहरी बजतीं
	धँगड़ा माँदर मारोत बाबा	धँगड़ा माँदर बजाते बाबा
	धँगड़ी रिलो गाओत	धँगड़ी रिलो गातीं
	राजा चो दुआरे बाजे बाबा	राजा के घर में बजता बाबा
	कुड़ुमछुटुन जाय	जोर-शोर से बजता
	मेंगइन रानी दखे बाबा	मेंगइन रानी देखती बाबा
	राजा के काय बले	राजा से क्या कहती
	"सुना राजा मेंगराजा	"सुनिये राजा मेंगराजा
	सुना राजा मेंगराजा	सुनिये राजा मेंगराजा

फउद अमरुन गेला राजा	लोग आ पहुँचे हैं राजा
धँगड़ा रासी छाटा	धँगड़ा रासी छाँटें
जोखा मारुन जादे राजा	वे जोखा बनायेंगे राजा
राँदा राँदुन जादे”	भोजन पका जायेंगे”
मेंगराजा सुने बाबा	मेंगराजा सुनता बाबा
धँगड़ा रासी लगे जाय	धँगड़ा रासी के पास जाता
“जोखा मारुन जाहा बाबू	“जोखा बना जाओ हे बाबू
तुमी राँदा राँदुन जाहा	तुम भोजन तैयार कर डालो
छटी-माँदी देवाँ बाबू	छठी का भोज देंगे हम बाबू
छटी-माँदी देवाँ”	छठी का भोज देंगे”
1323 सुनोत बाबू धँगड़ा रासी	सुनते बाबू धँगड़ा रासी
सुनोत बाबू धँगड़ा रासी	सुनते बाबू धँगड़ा रासी
जोखा मारुन जात बाबू	जोखा बना जाते बाबू
आइग बारुन जात	आग जला जाते
गइरा नाँद भरे बाबा	गइरा हण्डी में पानी भरता बाबा
जोड़ी नाँद भरे	दो हण्डियाँ भरता
नाँद भरुन सारे बाबू	हाँडी भर जाता बाबू
दार-चाउर जोड़े	दाल-चावल लेता
लोन मिरी जोड़े बाबू जे	नमक-मिर्च लेता बाबू
धँगड़ा रासी के देय	धँगड़ा रासी को देता
राँदा राँदुन जाओत बाबू	भोजन पका जाते बाबू
धँगड़ी पान आनोत	धँगड़ी पान लातीं
डोकरी दोना खिलोत बाबा	डोकरी दोने बनातीं बाबा
राँदा-बाटा करोत	वे भोजन तैयार कर जाते
1324 “सुन नोनी कुँदनी कयना	“सुन हे नोनी कुँदनी कैना
सुन बाबा कुँदनी कयना	सुन हे बाबा कुँदनी कैना
पानी गरम कर नोनी	पानी गरम कर हे नोनी
मयँ आँगे असनाँद होयँ”	मैं स्नान कर जाऊँ”
पानी गरम करे नोनी	पानी गरम करती नोनी
बोमली-खोदरा ने नेय	नाल-गड्ढे में ले जाती
मन्दन-सिले बले नेय नोनी	स्नान-गृह में ले जाती नोनी
झारी कसेला देय	झारी पात्र वह देती
कपुर दतुन देय नोनी	सुगन्धित दतौन देती नोनी
राजा-रानी जाओत	राजा-रानी जाते
मन्दन-सिले बले जाय राजा	स्नान-गृह में जाता राजा
बोमली-खोदरा ने जाय	नाल-गड्ढे में (रानी) जाती
कपुर दतुन धरोत राजा-रानी	सुगन्धित दतौन लेते राजा-रानी
सुरिज-भेट करोत	सूर्य नमस्कार करते

मुँहे मुखारी गोबोत राजा-रानी	मुँह में मुखारी लेते राजा-रानी
दतुन-पतर चाबोत	दतौन आदि कर जाते
25 लिमऊ-चानी बले रानी धरे	नीबू का टुकड़ा रानी लेती
माथ मिंजुन रानी जाय	सिर रगड़ जाती रानी
बाल बोहराउन जाय रानी	बाल धो जाती रानी
बाल झाटुन जाय	बाल सुखा जाती
बाँदे लदा झुड़ा रानी	बाँधती लदा जूड़ा रानी
हरदी-मुँदा धरे	हल्दी का आटा लेती
खिकसा लगड़ुन जाय रानी	देंह में लगा जाती रानी
आँगे असनाँद होय	वह स्नान कर जाती
सुका कपड़ा पिंदे रानी जे	सूखे कपड़े पहनती रानी
ओधा कपड़ा गिरे	गीले कपड़े गिरते
नव खँड माहाले जात राजा-रानी	नौ खण्डा महल में जाते राजा-रानी
बाजे जाउन बसोत	खाट पर जा बैठते
26 जाय आया रे सुइन लोग	जाती माता सुईन जन
जाय आया सुइन लोग	जाती माता सुईन जन
बारो के नाहाउन देय आया	बच्चे को नहला देती माता
बारो के तेल घसे	बच्चे को तेल चुपड़ती
पेट छेकुन जाय आया	पेट सेंक जाती माता[43]
पेट छेकुन जाय	पेट सेंक जाती
"सुन नोनी कुँदनी कयना	"सुन हे नोनी कुँदनी कैना
सुन बाबा कुँदनी कयना	सुन हे बाबा कुँदनी कैना
हाते पोतनी धर नोनी	हाथ में पोतनी ले नोनी
चार खुटेया लिप	चारों चौखाने लीप
मँजी बाना लिख नोनी	बीच में बाना लिख हे नोनी
कलस दिया बार"	कलश-दीप जला"
चार खुटेया लिपे नोनी	चारों चौखाने लीपती नोनी
मँजी बाना लिखे	बीच में बाना लिखती
कलस-दिया बारे नोनी	कलश-दीप जलाती नोनी
कलस-दिया बारे	कलश-दीप जलाती
राजा-रानी तियार होत बाबा	राजा-रानी तैयार होते बाबा
हरबर तियार होत	जल्दी तैयार हो जाते
नव सै गाहना रानी पिंदे	नौ सौ गहने रानी पहनती
नव सै हार रानी पिंदे	नौ सौ हार रानी पहनती

3. अमूमन बच्चे का पेट सरसों का तेल चुपड़ कर अंगार से सेंका जाता है, किन्तु अपवाद स्वरूप 'पानी बुड़ा'/'पानी बुड़ी' कहे जाने वाले बच्चे का पेट बिना अंगार के सांकेतिक रूप से सेंका जाता है। ऐसे बच्चों की पहचान प्रायः सुईन (दाई) करती है। जिस बच्चे के सिर के बीच में कुछ फुन्सी-सा उभार होता है, उसे 'पानी बुड़ा'/'पानी बुड़ी' कहा जाता है। इसकी पहचान जीभ या तालू को देख कर भी की जाती है।

अलंकार पिंदे रानी	अलंकार पहनती रानी
सोनर तड़हा पिंदे	सोने का तड़ा पहनती
काय मँजा सुँदर दखे रानी	बहुत ही सुन्दर दिखती रानी
अती सुँदर दखे	अति सुन्दर वह दिखती
केऊ-फुल धोती मारे राजा	केऊ-फूल-सी धोती पहनता राजा
केऊ-फुल कमिंज पिंदे	केऊ-फूल-सी कमीज पहनता
सिरे पगड़ी बाँदे राजा	सिर पर पगड़ी बाँधता राजा
मुँडे सुरई खोचे	सिर पर तुर्रा खोंसता
तिलक-चन्दन लगाय राजा	तिलक-चन्दन लगाता राजा
नवगुन पयता फेके	नौ गुना जनेऊ पहनता
1327 जाय राजा रे मेंगराजा	जाता राजा मेंगराजा
जाय राजा मेंगराजा	जाता राजा मेंगराजा

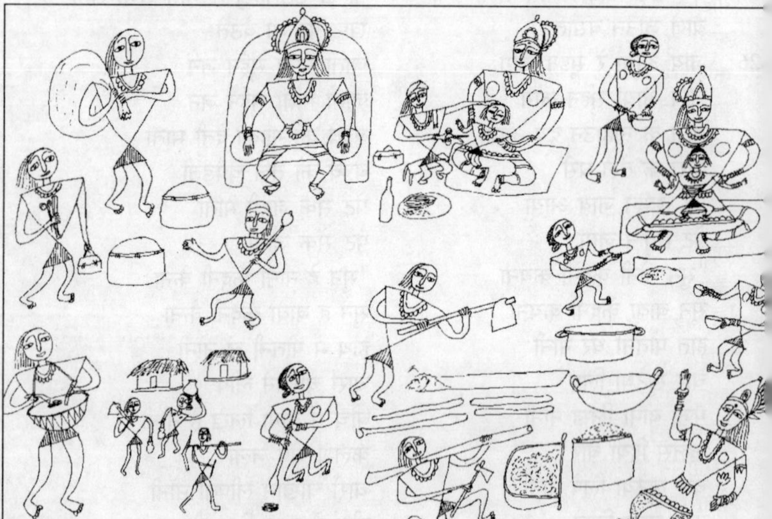

बाना ने जाउन उबे राजा	बाना में जा कर खड़ा हो जाता
नोनी के काय बले	नोनी से क्या कहता
"जोड़ी पतरी आन नोनी	"दो पत्तलें ला हे नोनी
मयँ छटी बसुन जायँ"	मैं छठी में बैठूँगा"
कुँदनी कयना सुने बाबा	कुँदनी कैना सुनती बाबा
जोड़ी पतरी आने	दो पत्तलें लाती
राजा-रानी के देय नोनी	राजा-रानी को देती रानी
राजा-रानी के देय	राजा-रानी को देती
छटी बसुन जाय राजा	छठी में बैठ जाता राजा

छटी बसुन जाय	छठी में बैठ जाता
बारो धरुन रानी जाय	बच्चे को लेती है रानी
बारो धरुन रानी जाय	बच्चे को लेती है रानी
राजा चो कोरा ने देय रानी	राजा की गोद में देती रानी
राजा चो कोरा ने देय	राजा की गोद में देती
कोरा भर धरे राजा	गोदी में ले लेता राजा
खँड मुचकी मारे	मंद-मंद मुस्काता
"तिनपुर बुल्ले बेटा	"तीनों लोकों में घूमा बेटे
मँजपुरे इले	मँजपुर में मैं आया
मयँ नाना पयंकार होले बेटा	मैंने नाना कष्ट सहे हे बेटा
बाना-बिसा होले	कई कष्ट सहे हैं
मोके भगवान दिला बेटा	मुझे भगवान ने दिया है बेटे
गोटोक बेटी पावले	एक बेटी मैंने पायी
कोरा भर धरले बेटा	गोद में लिया है बेटे
कोरा भर धरले	गोद में लिया है
मोचो कोरा ले उबार दखिस बेटा	मेरी गोद से भी बड़ी दिखती हो बेटे
कोरा ले उबार दखिस"	गोद से भी बड़ी दिखती हो"
राजा-रानी बसोत बाबा	राजा-रानी बैठते बाबा
राजा-रानी बसोत	राजा-रानी बैठते
जाय आया रे जागा रानी	जाती माता जागा रानी[44]
जाय आया धरती माता	जाती माता धरती माता
छटी टिकुन जात आया	छठी का टीका देती[45] माता
आइँख फुकुन जात	आँख फूँक[46] जाती
जिमिदारिन टिके आया	जिमिदारिन टीका देती माता
गाँवकारिन टिके	गाँवकारिन टीका देती
घरगोसिन टिके आया	घरगोसिन टीका देती माता
माता मावली टिकोत	माता मावली टीका देती

धरती रानी।

टीका देना : चावल के दाने टीका के रूप में माथे पर लगाये जाते हैं। यही 'टिकतो' कहा जाता है।

पुकदई गुरुमायँ एवं अन्य के अनुसार, "सरगी (साल) के दो पत्तों को दीये का आकार दिया जाता है तथा उसमें दो बातियाँ रखी जाती हैं। यही दीये जला कर उन्हें दोनों हाथों में पकड़ कर बच्चे तथा उसकी माँ एवं वहाँ उपस्थित लोगों की आँखों के आगे ले जा कर फूँका जाता है।" आँख फूँकने की इस रस्म के विषय में राजागाँव की जानकी बाई बतलाती हैं, "छठी में बच्चे व माँ को मिली भेंट को गिना जाता है। रुपये-पैसे भी गिने जाते हैं। इसके बाद चावल के पिसान तथा गोबर की मलाई बनायी जाती है। फिर उस मलाई और दीपक को सात बार बच्चे के चारों ओर परिक्रमा कराने के बाद दीया बच्चे की आँख के सामने ले जा कर फूँक दिया जाता है। यह कहलाता है आँख फूँकना।" लोक विश्वास के अनुसार इस रस्म का मतलब है प्रसव से अशुद्ध हुए माँ तथा बच्चे का शुद्धिकरण। जलता हुआ दीपक इस बात का प्रतीक है कि वह अशुद्धि को दूर कर शुद्ध करता है तथा उसे फूँक कर बुझाने का अर्थ है अशुद्धता अब समाप्त हो गयी।

दन्तेसरी टिके बाबा	दन्तेसरी टीका देती बाबा
नेवतारी देबी टिके	आमन्त्रित देवी टीका देती
बरमा-बिसनू टिकोत बाबा	बरमा-बिसनू टीका देते बाबा
महेसर भगवान टिकोत	महेसर भगवान टीका देते
गोकुल-नकुल टिकोत बाबा	गोकुल-नकुल टीका देते बाबा
नेंगी-जोगी टिकोत	नेंगी-जोगी टीका देते
पाँचे पँडवा टिकोत रानी के	पाँचों पँडवा[47] टीका देते रानी (बच्चे)
पाँचे पँडवा टिकोत	पाँचों पँडवा टीका देते
टिके बाबा रे अरजुन भिमा	टीका देता अरजुन भिमा
टिके बाबा बावड़ा भिमा	टीका देता बावड़ा भिमा
अजगल भिमा टिके बाबा	अजगल भिमा टीका देता बाबा
बली भिमसन टिके	बली भिमसन टीका देता
सुमनी-डुमनी टिकोत बाबा	सुमनी-डुमनी टीका देतीं बाबा
रैना-कुँदनी टिकोत	रैना-कुँदनी टीका देतीं
सोनादई गुरुमायँ टिके बाबा	सोनादई गुरुमायँ टीका देती बाबा
गँगादई गुरुमायँ टिके	गंगादई गुरुमायँ टीका देती
बलराम ठाकुर टिके बाबा	बलराम ठाकुर टीका देता बाबा
साहादेव पँजेआर टिके	साहादेव पँजेआर टीका देता
बुदू पँजेआर टिके बाबा	बुदू पँजेआर टीका देता बाबा
बासुत नाँग टिके	बासुत नाँग[48] टीका देता
नाँग-नँगइन टिकोत बाबा	नाँग-नँगइन[49] टीका देते बाबा
बासू गाँयता टिके	बासू गाँयता टीका देता
लछू पुजारी टिके बाबा	लछू पुजारी टीका देता बाबा
पवनकुमार टिके	पवनकुमार टीका देता
बिरे हनुमान टिके बाबा	वीर हनुमान टीका देता बाबा
बजरँगबली टिके	बजरंगबली टीका देता
1329 टिके बाबा रे जनेक मुनी	टीका देता बाबा जनेक मुनी
टिके बाबा बासुदेव	टीका देता बाबा बासुदेव
इन्दरराजा टिके बाबा	इन्दरराजा टीका देता बाबा
बड़ुन्दराजा टिके	बड़ुन्दराजा टीका देता
कोबेरराजा टिके बाबा	कोबेरराजा टीका देता बाबा
कोबेरराजा टिके	कोबेरराजा टीका देता
सन्तोसी माता टिके बाबा	सन्तोसी माता टीका देती बाबा
गायतरी माता टिके	गायतरी माता टीका देती

47. पँडवा : पाण्डव।
48. बासुत नाँग : बासुत नाग (सम्भवतः नाग वासुकि)।
49. नाँग-नँगइन : नाग-नागिन।

कालिक-दुरगा टिके बाबा	कालिक-दुरगा टीका देती बाबा
जगदमकाली टिके	जगदमकाली टीका देती
बिसकरमा टिके बाबा	बिसकरमा टीका देता बाबा
बिसकरमा टिके	बिसकरमा टीका देता
सरसती रानी टिके बाबा	सरसती रानी टीका देती बाबा
दुरपती रानी टिके	दुरपती रानी टीका देती
कमलाबती टिके बाबा	कमलाबती टीका देती बाबा
बुरँदाबती टिके	बुरँदाबती टीका देती
राजा-रानी टिकोत बाबा	राजा-रानी टीका देते बाबा
सब फउद टिकोत	सारे लोग टीका देते
जितरो रहोत तिनपुरया	जितने भी थे त्रिलोक वासी
जितरो रहोत तिनपुरिन	जितनी भी थीं त्रिलोक वासिनी
बारो के छटी टिकोत बाई	बच्चे को छठी का टीका देतीं
बारो के आँखी फुकोत	बच्चे की आँख फूँकते
छटी टिकुन जात बाई मन	छठी का टीका देतीं बाई
आइँख फुकुन जात	वे आँख फूँक जातीं
राजा के काय बलोत बाई	राजा से क्या कहतीं बाई
"सुना राजा" बलोत	"सुनिये राजा" कहतीं
"सुना राजा रे मेंगराजा	"सुनिये राजा मेंगराजा
सुना राजा मेंगराजा	सुनिये राजा मेंगराजा
काय नाव रयदे राजा	क्या नाम रहेगा राजा
आले हामके साँगा	आप हमें बतलायें
चाउर रिकाउन जावँ राजा	चावल डाल देंगी राजा
चाउर रिकाउन जावँ"	हम चावल डाल देंगी"
रानी चो कोरा ने देय राजा	रानी की गोद में देता राजा
छटी ले उठुन जाय	छठी से उठ जाता
पँजेआर लगे जाय राजा	पँजेआर के पास जाता राजा
बाबू के काय बले	बाबू से क्या कहता
"सुन बाबू बुदू पँजेआर	"सुन बाबू बुदू पँजेआर
सुन बाबू बुदू पँजेआर	सुन बाबू बुदू पँजेआर
पाँजी-खुट के दख बाबू	पोथी-पत्तर देख बाबू
जोतिस-रमायन दख	ज्योतिष-रमायन देख
काय नाव रयदे बाबू	क्या नाम रहेगा बाबू
काय नाव रयदे?	क्या नाम रहेगा?
एई पाँजी के दख बाबू	यही पंचांग में देख बाबू
एई पाँजी के दख"	यही पंचांग में देख"
बुदू पँजेआर सुने बाबा	बुदू पँजेआर सुनता बाबा
नोनी के काय बले	नोनी से वह कहता

1331	“सुन नोनी कुँदनी कयना	“सुन हे नोनी कुँदनी कैना
	सुन बाबा कुँदनी कयना	सुन हे बाबा कुँदनी कैना
	सेवा-जोड़ा मोके दे नोनी	सेवा-सामग्री मुझे दे नोनी
	पुजा-जोड़ा दे”	पूजा की सामग्री दे”
	सेवा-जोड़ा देय नोनी	सेवा-सामग्री देती नोनी
	पुजा-जोड़ा देय	पूजा-सामग्री देती
	नवा सरकी ओछाय बाबू	नयी चटाई बिछाता बाबू
	झारी पानी छिचे	झारी पानी छिटकता
	रमायन भुँये मँडाय बाबू	रमायन जमीन पर रखता बाबू
	काचा गोरस छिचे	कच्चा दूध छिटकता
	जात लाली टिके बाबू	शुद्ध लाली लगाता बाबू
	होम-आरती देय	होम-आरती करता
	पइँया पड़न जाय बाबू	उसे प्रणाम कर जाता बाबू
	खालामाती बसे	पालथी मार कर बैठता
	रमायन कोरा धरे बाबू	रमायन गोद में लेता बाबू
	पँजेआर पाँजी दखे	पँजेआर पंचांग देखता
1332	पाँजे पड़न बाबू चो जाय	पंचांग में दिख जाता बाबू के
	पाँजे बसुन बाबू चो जाय	पंचांग में दिख जाता बाबू के
	राजा के काय बले बाबू	राजा से क्या कहता बाबू
	“सुना राजा” बले	“सुनिये राजा” कहता
	“पाँजे बसुन गेली राजा	“पंचांग में दिख गया हे राजा
	पाँजे पड़न गेली	पंचांग में दिख गया
	एकला चो बेटी नोहाय राजा	अकेली की बेटी नहीं है राजा
	तिन लोक चो आय	तीन लोकों की है
	चाटी-ओंगी चो आय राजा	चींटियों-कीड़ों की है
	जियाद-जन्तुर चो आय	जानवर-जन्तुओं की है
	चेड़े-चिड़गुड़ चो आय राजा	चिड़ियों-पक्षियों की है हे राजा
	कावा-कराटी चो आय	कौवों आदि की है हे राजा
	पिरथी पालन आय राजा	यह पृथ्वी की पालक है
	ए पालनहार आय	यह तो पालनहार है
	आउर नाव राजा नईं रओ	दूसरा नाम न रहे हे राजा
	दुसर नाव नईं रहो	दूसरा नाम न रहे
	‘माहालखी’ रहो राजा	‘माहालखी’ रहे हे राजा
	‘माहालखी’ रहो	‘माहालखी’ रहे
	पाँजे बसुन गेली राजा	पंचांग में दिख गया है राजा
	पाँजे पड़न गेली”	पंचांग में दिख गया है”
	पाँजी-खुट सकले बाबू	पोथी-पत्तर समेटता बाबू
	जोतिस-रमायन सकले	जोतिस-रमायन समेटता

रोसई-चाउर जोड़े नोनी	रसोई-चावल लेती नोनी
मुठा रुपया देय	मुट्ठी भर रुपये देती
पँजेआर-बिदा देय नोनी	पँजेआर को विदाई देती नोनी
बाई मन लगे जाय	बाई के पास जाता (राजा)
हुन बाई के काय बले बाबा	बाई से क्या कहता बाबा
"सुना बाई" बले	"सुनो हे बाई" कहता
"आउर नाव बाई नईं रओ	"दूसरा नाम न रहे बाई
दुसर नाव नईं रहो	दूसरा नाम न रहे
'माहालखी' रहो बाई	'माहालखी' रहे बाई
'माहालखी' रओ"	'माहालखी' रहे"
गाँयतिन-पुजारिन सुनोत बाबा	गाँयतिन-पुजारिन सुनतीं बाबा
दोनी ने चाउर धरोत	दोनी में चावल लेतीं
चाउर रिकाउन जात बाई मन	चावल डाल जातीं बाई
चाउर रिकाउन जात	चावल डाल जातीं
333 "बाड़-बाड़ बारो माहालखी	"बढ़-बढ़ री तू माहालखी
बाड़-बाड़ बारो माहालखी	बढ़-बढ़ री तू माहालखी
धरती के टेकुन जा बारो	धरती को सम्हाल ले री तू
पिरथी के पालुन जा	पृथ्वी का पालन कर
तिन लोक के पाल बारो	तीनों लोकों का पालन कर
जियाद-जन्तुर के पाल"	जानवर-जन्तुओं को पाल"
नाव ठोउन जात बाई	नाव रख जातीं बाई
चाउर रिकाउन जात	वे चावल डाल जातीं
सात झान[50] बले बाई मन होओत	सात जन बाई
सात झान बाई मन होओत	सात जन बाई
हाँडी छियाउन जात रानी के	हण्डी छुआ जातीं रानी को
हाँडी छियाउन जात	हण्डी छुआ जातीं
रानी के काय बलोत बाई	रानी से क्या कहतीं बाई
"सुन रानी" बलोत	"सुन हे रानी" कहतीं
"चाउर बिगराउन जा रानी	"चावल बिखेर दे हे रानी
बारो के सुआउन दे	बच्चे को सुला दे
कलस उठाउन जा रानी	कलश उठा ले हे रानी
तुय बोमली-खोदरा ने ने"	तू नाल-गड्ढे में ले जा"
मेंगइन रानी सुने बाबा	मेंगइन रानी सुनती बाबा
चाउर बिगराउन जाय	चावल बिखेर देती
बारो के सुआउन जाय रानी	बच्चे को सुला देती रानी
कलस उठाउन जाय	कलश उठा लेती

50. झान : अन्य उच्चारण 'झन'।

	बोमली-खोदरा ने नेय रानी	नाल-गड्ढे में ले जाती रानी
	बोमली-खोदरा ने नेय	नाल-गड्ढे में ले जाती
1334	उबोत राजा रे उबोत रानी	खड़ा होता राजा, खड़ी होती रानी
	उबोत राजा उबोत रानी	खड़ा होता राजा, खड़ी होती रानी
	दुनों उबुन जात बाबा	दोनों खड़े हो जाते बाबा
	पइँया पड़ुन जात	वे प्रणाम कर जाते
	"छटी ले उठुन गेलू बाई-दादा	"छठी से उठ गये बाई-दादा
	छटी ले उठुन गेलू"	हम छठी से उठ गये"
	सब के पाँय पड़ोत राजा-रानी	सब को प्रणाम करते राजा-रानी
	सब के हात जोड़ोत	सब को हाथ जोड़ते
1335	"सुना राजा सुना रानी	"सुनिये राजा, सुनिये रानी
	सुना राजा सुना रानी	सुनिये राजा, सुनिये रानी
	चुड़ी अमर होओ रानी	चूड़ी अमर रहे हे रानी
	सिरे सेंदुर रओ	सिर में सिन्दूर रहे
	सिरे पगड़ी रहो राजा	सिर पर पगड़ी रहे हे राजा
	माथे तिलक रहो	माथे में तिलक रहे
	जिव भर सुखी राहा राजा-रानी	जीवन भर सुखी रहें राजा-रानी
	जिव रत ले खाहा"	जीवन भर सुख से रहें"
	घिरलुन-घोंडरुन गागे बारो	घिसट-घिसट कर रोता बच्चा
	अरलई-करलई होय	वह व्याकुल हो जाता
	मेंगराजा सुने बाबा	मेंगराजा सुनता बाबा
	नोनी के काय बले	नोनी से क्या कहता
	"सुन नोनी बिजली कयना	"सुन नोनी बिजली कैना
	सुन बाबा बिजली कयना	सुन बाबा बिजली कैना
	घिरलुन-घोंडरुन गागे नोनी	घिसट-घिसट कर रोता नोनी
	अरलई-करलई होय	वह व्याकुल हो जाता
	तुय बारो उठाउन जा नोनी	तू बच्चे को उठा ले नोनी
	बारो उठाउन जा"	तू बच्चे को उठा ले"
	नोनी काय बले दादा के	नोनी क्या कहती दादा से
	"सुन दादा" बले	"सुन हे दादा" कहती
	"बारो उठाउन जायँ दादा	"बच्चे को उठा लूँगी दादा
	मयँ बारो उठाउन जायँ	मैं बच्चे को उठा लूँगी
	मोके काय देउआस दादा?	मुझे क्या दोगे दादा?
	आले मोके साँग	तनिक मुझे बतलाओ
	हुकुम छाँडुन दे दादा	तुम वादा कर दो हे दादा
	हुकुम छाँडुन दे"	तुम वादा कर दो"
1336	"सुन नोनी बिजली कयना	"सुन नोनी बिजली कैना
	सुन बाबा बिजली कयना	सुन बाबा बिजली कैना

	नव सै गाहना देयँदे नोनी	नौ सौ गहने दूँगा नोनी
	नव सै हार देयँदे	नौ सौ हार दूँगा
	अलंकार देयँदे नोनी	अलंकार दूँगा नोनी
	सोनर तड़हा देयँदे	सोने का तड़ा दूँगा
	झमझम साड़ी देयँदे नोनी	खूबसूरत साड़ी दूँगा नोनी
	बारो उठाउन जा"	तू बच्चे को उठा ले"
337	दादा चो गोठ बले नोनी सुने	दादा की बात नोनी सुनती
	भाई चो गोठ नोनी सुने	भाई की बात नोनी सुनती
	सवा रुपया मँडाय नोनी	सवा रुपये रखती नोनी
	बारो उठाउन जाय	बच्चे को उठा लेती
	कोरा भर धरे नोनी	गोद में ले लेती नोनी
	कोरा भर धरे	गोद में ले लेती
	सब जोड़ा धरे नोनी	सारी सामग्री लेती नोनी
	नव खँड माहाले नेय	नौ खण्डा महल में ले जाती
338	"सुना बाबू रे धँगड़ा रासी	"सुनो हे बाबू धँगड़ा रासी
	सुना बाबू धँगड़ा रासी	सुनो हे बाबू धँगड़ा रासी
	खुबे राती होली बाबू	बहुत रात हो गयी बाबू
	बाल-बचा भुके आसोत	बाल-बच्चे भूखे हैं बाबू
	छटी-माँदी दिया बाबू	छठी-भोज दो हे बाबू
	छटी-माँदी दिया"	छठी का भोजन दो"
	धँगड़ा रासी सुनोत बाबा	धँगड़ा रासी सुनते बाबा
	सब के पानी देत	सब को पानी देते
	ओरी-चो-ओरी बसोत दादा-बाई	पंक्तियों में बैठ जाते दादा-बाई
	धाड़ी-चो-धाड़ी बसोत	पंक्तियों में बैठ जाते
	छटी-माँदी देत बाबू	छठी का भोजन देते बाबू
	छटी-माँदी देत	छठी का भोजन देते
339	खाई-पिई के भय गय तियार	खा-पी कर हो गये तैयार
	खाई-पिई के भय गय तियार	खा-पी कर हो गये तैयार
	राजा-रानी खाओत बाबा	राजा-रानी खाते बाबा
	रात काजे सोओत	रात में सो जाते
	बड़े बिहान होय बाबा	अगली सुबह होती बाबा
	बड़े बिहान होय	अगली सुबह होती
	बाजे बसुन जात राजा-रानी	खाट पर जा बैठते राजा-रानी
	सेज बसुन जात	शय्या पर जा बैठते
	रानी काय बले राजा के	रानी क्या कहती राजा से
	"सुना राजा" बले	"सुनिये राजा" कहती
	"गाँयतिन-माहाले जाहा राजा	"गाँयतिन-महल जायें राजा
	पुजारिन बलाउन आना	पुजारिन को बुला लायें

	खोदरा बुजुन देयदे राजा	गड्ढा पाट देगी राजा
	मेला खोदरा आसे"	गड्ढा खुला पड़ा है"
1340	सुने राजा रे मेंगराजा	सुनता राजा मेंगराजा
	सुने राजा मेंगराजा	सुनता राजा मेंगराजा
	बाबू के काय बले राजा	बाबू से क्या कहता राजा
	"सुन बाबू" बले	"सुन हे बाबू" कहता
	"गाँयतिन-माहाले जा बाबू	"गाँयतिन-महल जा बाबू
	पुजारिन बलाउन आन	पुजारिन बुला कर ला
	एक डँडिक एओत बाबू	थोड़ी देर वे आयें बाबू
	एक डँडिक एओत"	थोड़ी देर वे आयें"
	पवनकुमार सुने बाबा	पवनकुमार सुनता बाबा
	हरबर तियार होय	झटपट तैयार होता
	पाँये खड़ऊ पिंदे बाबू	पाँवों में खड़ाऊँ पहनता बाबू
	जाते-जाते जाय	चलता चला जाता
	रुमझुम-रुमझुम रेंगे बाबू	जल्दी-जल्दी चलता बाबू
	एक कलाट मारे	लम्बे डग वह भरता
	गाँयतिन-माहाले जाय बाबू	गाँयतिन-महल जाता बाबू
	पुजारिन-माहाले अमरे	पुजारिन-महल जाता
	माँडो मोंगरा उबे बाबू	मोगरा-मण्डप में रुकता बाबू
	'बाई' हंका मारे	'बाई' हाँक लगाता
	बाई सुनुन जाय बाबा	बाई सुन लेती है बाबा
	घर ले बाहिर होय	घर से बाहर आती
	"काय कामे इलिस बाबू	"किस काम से आया बाबू
	तुय आले मोके साँग"	तनिक मुझे बतला"
1341	"सुना बाई गाँयतिन	"सुनो हे बाई गाँयतिन
	सुना बाई पुजारिन	सुनो हे बाई पुजारिन
	राजा-घरे बलाव बाई	राजा के घर बुलावा बाई
	राजा-घरे बलाव"	राजा के घर बुलावा"
	"एयँदे बाबू" बले बाई	"आऊँगी बाबू" कहती बाई
	हरबर तियार होय	झटपट तैयार होती
	आपन साजू पिंदे बाई	अपने साज पहनती बाई
	आपलो जाक धरे	अपने सामान लेती
	घर ले बाहिर होय बाई	घर से बाहर आती बाई
	जाते-जाते जाय	चलती चली जाती
	रुमझुम-रुमझुम रेंगे बाई	जल्दी-जल्दी चलती बाई
	राजा-माहाले जाय	राज-महल वह जाती
	राजा-माहाले बाई अमरे	राजा-महल पहुँचती बाई

परछी ने जाउन बाई बसे	परछी में जा कर बैठती
रानी के काय बले बाई	रानी से क्या कहती बाई
“सुना रानी” बले	“सुनिये रानी” कहती
“काय बलाव आय रानी	“किसलिये बुलवाया रानी
तुमी आले हामके साँगा”	तनिक हमें बतलायें”
रानी काय बले बाई के	रानी क्या कहती बाई से
“सुना बाई” बले	“सुनो हे बाई” कहती
“मेला खोदरा आसे बाई	“गड्ढा खुला पड़ा है बाई
खोदरा बुजुन दिया”	गड्ढे को पाट दो”
1342 हाते कोड़की बाई धरे	हाथ में कुदाली बाई लेती
बोमली-खोदरा ने बाई जाय	नाल-गड्ढे में बाई जाती
अरग फुली थिपाय बाई	अरग फुली टपकाती बाई
सात बिजा चाउर फेके	सात दाने चावल अर्पित करती
खोदरा बुजुन जाय बाई	गड्ढा पाट जाती बाई
खोदरा बुजुन जाय	गड्ढा पाट जाती
राजा-माहाले जाय बाई	राज-महल को जाती बाई
राजा-माहाले अमरे	राज-महल पहुँचती
परछी ने जाउन बसे बाई	परछी में जा बैठती बाई
नोनी के काय बले	नोनी से क्या कहती (रानी)
“सुन नोनी कुँदनी कयना	“सुन हे नोनी कुँदनी कैना
सुन बाबा कुँदनी कयना	सुन हे बाबा कुँदनी कैना
रोसई-चाउर जोड़ नोनी	रसोई-चावल ले हे नोनी
मुठा रुपया धर	मुट्ठी भर रुपये ले
गाँयतिन-बिदा के दे नोनी	गाँयतिन को विदाई दे नोनी
पुजारिन-बिदा दे”	पुजारिन को विदाई दे”
कुँदनी कयना सुने बाबा	कुँदनी कैना सुनती बाबा
रोसई-चाउर जोड़े	रसोई-चावल लेती
मुठा रुपया धरे नोनी	मुट्ठी भर रुपये लेती नोनी
गाँयतिन-बिदा देय	गाँयतिन को विदाई देती
बाई मोडरी बाँदोत बाबा	बाई गठरी बाँधती बाबा
आपन माहाले जात	अपने महल मे जाती
1343 आँट दिन ले नव दिन	आठ दिन से नौ दिन
नव दिन ले दस दिन	नौ दिन से दस दिन
पँदरा दिन बले होय बारो चो	पन्द्रह दिन बीते बच्चे को
जनम करलो होय	जन्म को हैं बीते
सवा मयना होय बारो चो	सवा महीना का होता बच्चा
सवा मयना होय	सवा महीना का होता बच्चा

	रानी काय बले राजा के	रानी क्या कहती राजा से
	"सुना राजा" बले	"सुनिये राजा" कहती
	"सुना राजा मेंगराजा	"सुनिये राजा मेंगराजा
	सुना राजा मेंगराजा	सुनिये राजा मेंगराजा
	धोबी-माहाले जाहा राजा	धोबी-महल जायें राजा
	धोबी बलाउन आना	धोबी बुला लायें हे राजा
	सोहड़ कपड़ा नेयदे राजा	छूत के कपड़े ले जायेगा राजा
	सोहड़ कपड़ा नेयदे"	छूत के कपड़े ले जायेगा"
	मेंगराजा सुने बाबा	मेंगराजा सुनता बाबा
	बाबू के काय बले	बाबू से क्या कहता
	"धोबी-माहाले जा बाबू	"धोबी-महल जा हे बाबू
	तुय धोबी बलाउन आन"	तू धोबी बुला कर ला"
	पवनकुमार सुने बाबा	पवनकुमार सुनता बाबा
	धोबी-माहाले जाय	धोबी-महल वह जाता
	धोबी-माहाले अमरे बाबू	धोबी-महल पहुँचता बाबू
	माँडो मोंगरा उबे	मोगरा-मण्डप में रुकता
	'दादा' हंका मारे बाबू	'दादा' हाँक लगाता बाबू
	दादा सुनुन जाय	दादा है सुन लेता
	घर ले बाहिर होय दादा	घर से बाहर आता दादा
	बाबू के काय बले	बाबू से क्या कहता
	"काय कामे इलिस बाबू	"किस काम से आया बाबू
	आले मोके साँग"	तनिक मुझे बतला"
1344	"सुन दादा रे धोबी लोग	"सुन हे दादा धोबी जन
	सुन दादा धोबी लोग	सुन हे दादा धोबी जन
	राजा-घरे बलाव दादा	राजा के घर बुलावा दादा
	एक डँडिक जावँ"	थोड़ी देर चलो"
	धोबी सुनुन जाय बाबा[51]	धोबी सुन लेता है बाबा
	"मयँ एयँदे बाबू" बले	"मैं आऊँगा बाबू" कहता
	हरबर तियार होय बाबू	झटपट तैयार होता बाबू
	जलदी तियार होय	जल्दी तैयार होता
	आपन माहाल बाबू छाँडे	अपना महल बाबू छोड़ता
	जाते-जाते बाबू जाय	जाते-जाते बाबू जाता
	राजा-माहाले जाय बाबू	राज-महल जाता बाबू
	राजा-माहाल अमरे	राज-महल पहुँचता
	परछी ने जाउन बसे बाबू	परछी में जा कर बैठता बाबू
	राजा के काय बले	राजा से क्या कहता

51. दिनांक 18.12.1996 को ध्वन्यांकित कैसेट क्रमांक 31ए का आरम्भ।

	“काय बलाव आय राजा	“किसलिये बुलवाया राजा
	आले मोके साँगा”	तनिक मुझे बतला”
	राजा काय बले बाबू के	राजा क्या कहता बाबू से
	“सुन बाबू” बले	“सुन हे बाबू” कहता
	“मेंगइन रानी लगे जा बाबू	“मेंगइन रानी के पास जा बाबू
	रानी के कपड़ा माँग”	रानी से कपड़े माँग”
1345	जाय बाबू धोबी लोग	जाता बाबू धोबी जन
	जाय बाबू धोबी लोग	जाता बाबू धोबी जन
	रानी लगे बले जाय बाबू	रानी के पास जाता बाबू
	रानी के कपड़ा माँगे	रानी से कपड़े माँगता
	रानी काय बले बाबू के	रानी क्या कहती बाबू से
	“सुन बाबू” बले	“सुन हे बाबू” कहती
	“देवान-माहाले जा बाबू	“दीवान-महल जा हे बाबू
	कपतान-माहाले जा	कप्तान-महल जा
	डिसी-माहाले जा बाबू	डीसी-महल जा बाबू
	साहेब-माहाले जा	साहब-महल जा
	सोहड़ कपड़ा माँग बाबू	छूत के कपड़े माँग बाबू
	सोहड़ कपड़ा माँग”	छूत के कपड़े माँग”
1346	जाय बाबू धोबी लोग	जाता बाबू धोबी जन
	जाय बाबू धोबी लोग	जाता बाबू धोबी जन
	देवान-माहाले जाय बाबू	दीवान-महल जाता बाबू
	बुलुन-बुलुन माँगे	घूम-घूम कर माँगता
	कपड़ा-मोडरा बाँदे बाबू	कपड़ों की गठरी बाँधता बाबू
	मेंगइन रानी लगे जाय	मेंगइन रानी के पास जाता
	रानी कपड़ा देय बाबा	रानी कपड़े देती बाबा
	बाबू मोडरा बाँदे	बाबू गठरी बाँधता
	राजा-माहाल छाँडे बाबू	राज-महल छोड़ता बाबू
	जाते-जाते जाय	चलता चला जाता
	रुमझुम-रुमझुम रेंगे बाबू	जल्दी-जल्दी चलता बाबू
	एक कलाट मारे	लम्बे डग है भरता
	तरई-पारे बले जाय बाबू	सरोवर-तीर जाता बाबू
	तरई-पारे अमरे	सरोवर-तीर पहुँचता
	कपड़ा-मोडरा मँडाय बाबू	कपड़ा-गठरी रखता बाबू
	आइग बारुन जाय	वह आग जला जाता
	पानी गरम करे बाबू	पानी गरम करता बाबू
	कपड़ा डोबुन जाय	कपड़े डुबा जाता
	काचुन-काचुन सुकाय बाबू	धो-धो कर सुखाता बाबू
	कपड़ा काचुन सारे	कपड़े धो डालता

1347	आँगे असनाँद बाबू होय	अंग स्नान कर जाता बाबू
	हिरदे असनाँद बाबू होय	हृदय स्नान कर जाता बाबू
	सुका कपड़ा पिंदे बाबू	सूखे कपड़े पहनता बाबू
	ओधा कपड़ा गिरे	गीले कपड़े गिरते
	कपड़ा निचाउन जाय बाबू	कपड़े निचोड़ जाता है बाबू
	कपड़ा सकलुन जाय	कपड़े समेट जाता
	कपड़ा-मोडरा बाँदे बाबू	कपड़ों की गठरी बाँधता बाबू
	बँधासागर छाँडे	बन्धासागर छोड़ता
	कपड़ा सुपरित करे बाबू	कपड़े सौंप जाता बाबू
	हुन रानी लगे जाय	वह रानी के पास जाता
	रानी के कपड़ा देय बाबू	रानी को कपड़े देता बाबू
	कपड़ा मोडरा ठोय	कपड़ों की गठरी रखती
	रोसई-चाउर जोड़े नोनी	रसोई-चावल लेती नोनी
	मुठा रुपया धरे	मुट्ठी भर रुपये लेती
	धोबी बिदा बले देय नोनी	धोबी की विदाई करती नोनी
	बाबू मोडरी बाँदे	बाबू गठरी बाँधता
	आपन माहाले जाय बाबू	अपने महल में जाता बाबू
	हुन नोनी के काय बले	वह नोनी से क्या कहता
	"सुन नोनी कुँदनी कयना	"सुन नोनी कुँदनी कैना
	सुन बाबा कुंदनी कयना	सुन बाबा कुँदनी कैना
	पानी गरम कर नोनी	पानी गरम कर नोनी
	मयँ आँगे असनाँद होयँ"	मैं स्नान करूँगा"
	पानी गरम करे नोनी	पानी गरम करती नोनी
	सेदा-भेदा करे	ठण्डा पानी मिलाती
	मन्दन-सिले बले नेय नोनी	स्नान-गृह में ले जाती नोनी
	झारी कसेला देय	झारी पात्र देती
	कपुर दतुन देय नोनी	सुगन्धित दतौन देती नोनी
	मन्दन-सिले जाय	स्नान-गृह में ले जाती
	मन्दन-सिले उबे रानी	स्नान-गृह में खड़ी होती रानी
	कपुर दतुन धरे	सुगन्धित दतौन लेती
	सुरिज-भेट करे रानी	सूर्य नमस्कार करती रानी
	मुँहे मुखारी गोबे	मुँह में मुखारी लेती
	आँगे असनाँद होय रानी	अंग स्नान करती रानी
	हिरदे असनाँद होय	हृदय स्नान करती
1348	सुका कपड़ा रानी पिंदे	सूखे कपड़े रानी पहनती
	ओधा कपड़ा तले गिरे	गीले कपड़े नीचे गिरते
	नव खँड माहाले जाय रानी	नौ खण्डा महल में जाती रानी

नव खंड माहाले जाय	नौ खण्डा महल में जाती
तेल-फुल घसे रानी	तेल-फूल लगाती रानी
बारो के नाहाउन देय	बच्चे को नहला देती
तेल घसुन देय रानी	तेल चुपड़ जाती रानी
पेट छेकुन देय	पेट सेंक जाती
बाजे जाउन बसोत राजा-रानी	खाट पर जा बैठते राजा-रानी
रानी काय बले	रानी है क्या कहती
"सवा मयना होय राजा	"सवा महीना बीते राजा
बय डोरी आना	बय डोरी[52] लायें
बारो के डोरी पिंदावाँ राजा	बच्चे को डोर पहनायें राजा
बारो के डोरी पिंदावाँ"	बच्चे को डोर पहनायें"
49 सुने राजा मेंगराजा	सुनता राजा मेंगराजा
सुने राजा मेंगराजा	सुनता राजा मेंगराजा
बाबू के काय बले राजा	बाबू से क्या कहता राजा
"सुन बाबू" बले	"सुन हे बाबू" कहता
"मुठा रुपया धर बाबू	"मुट्ठी भर रुपये ले बाबू
गाँडा-माहाले जा	गाँडा-महल जा
बय डोरी बले आन बाबू	बय डोरी ला हे बाबू
बारो के डोरी पिंदावाँ"	बच्चे को डोर पहनायें"
मुठा रुपया बाबू धरे	मुट्ठी भर रुपये बाबू लेता
राजा-माहाल बाबू छाँडे	राज-महल बाबू छोड़ता
गाँडा-माहाले जाय बाबू	गाँडा-महल जाता बाबू
गाँडा-माहाल अमरे	गाँडा-महल पहुँचता
दादा के काय बले बाबू	दादा से क्या कहता बाबू
"सुन दादा" बले	"सुन हे दादा" कहता
"मोके बय डोरी दे दादा	"मुझे बय डोरी दे दादा
बारो के डोरी पिंदावँ"	बच्चे को डोर पहनायें"
दादा सुनुन जाय बाबा	दादा सुन लेता है बाबा
"मयँ देयँदे बाबू" बले	"मैं दूँगा बाबू" कहता
पाजन पाई बले दादा धरे	पाजन पाई दादा लेता
पाजन पाई दादा दखे	पाजन पाई दादा लेता
बय डोरी हेड़े दादा	बय डोरी निकालता दादा
बाबू के धराउन देय	बाबू को पकड़ा देता
बय डोरी धरे बाबू	बय डोरी लेता बाबू
मुठा रुपया देय	मुट्ठी भर रुपये देता
गाँडा-माहाल छाँडे बाबू	गाँडा-महल छोड़ता बाबू

2. बय डोरी : कपड़ा बीनने के यन्त्र में लगी डोरी।

	राजा-माहाले जाय	राज-महल जाता
	मेंगराजा के देय बाबू	मेंगराजा को देता बाबू
	मेंगराजा धरे	मेंगराजा लेता
	आरती-आइग धरे राजा	आरती-आग लेता राजा
	घिंव-गुर धरे	घी-गुड़ भी है लेता
	होम देउन जाय राजा	आरती कर जाता राजा
	बारो के कोरा धरे	बच्चे को गोद में लेता
	बारो के डोरी पिंदाय राजा	बच्चे को डोर पहनाता राजा
	बारो के डोरी पिंदाय	बच्चे को डोर पहनाता
	काय मँजा सुँदर दखे बारो	बहुत ही सुन्दर दिखता बच्चा
	अती सुँदर दखे	अति सुन्दर वह दिखता
1350	खाना-पिना बले राजा-रानी खाओत	खाना-पीना राजा-रानी करते
	खाना-पिना राजा-रानी खाओत	खाना-पीना राजा-रानी करते
	राजा-रानी आसोत बाबा	राजा-रानी रहते बाबा
	राजा-रानी आसोत	राजा-रानी रहते
	सवा मयना होय बारो चो	सवा महीना का होता बच्चा
	डेड़ मयना होय	डेढ़ महीने का होता
	दिन-दिन बारो बाड़े बाबा	दिन-दिन बच्चा बढ़ता बाबा
	दिन-दिन बारो बाड़े	दिन-दिन बच्चा बढ़ता
	दुय मयना होय बारो चो	दो महीने का होता बच्चा
	तिन मयना होय	तीन महीने का होता
1351	तिन मयना चो बारो पिला	तीन महीने का वह बच्चा
	तिन मयना चो बारो पिला	तीन महीने का वह बच्चा
	मूँ के दखुन हाँसे बारो	मुँह को देख कर हँसता बच्चा
	मूँ के दखुन हाँसे	मुँह को देख कर हँसता
	काय मँजा सुँदर दखे रानी	बहुत ही सुन्दर दिखती रानी (माहालखी)
	अती सुँदर दखे	अति सुन्दर वह दिखती
	चार मयना होय रानी चो	चार महीने की रानी (माहालखी) होती
	चार मयना होय	चार महीने की वह होती
	उबड़ा पड़ुन जाय बारो	पट होने लगता बच्चा
	उबड़ा पड़ुन जाय	पट होने लगता
	चार मयना चो बारो पिला	चार महीने का वह बच्चा
	चार मयना चो बारो पिला	चार महीने का वह बच्चा
	पाँच मयना होय बारो चो	पाँच महीने का होता बच्चा
	पाँच मयना होय	पाँच महीने का होता
	पेट-सलँडा मारे बारो	पेट के बल घिसटता बच्चा
	पेट-सलँडा मारे	पेट के बल घिसटता

	दिन-दिन बारो बाड़े बाबा	दिन-दिन बच्चा बढ़ता बाबा
	दिन-दिन बारो बाड़े	दिन-दिन बच्चा बढ़ता
52	पाँच मयना ले छय मयना	पाँच महीने से छह महीने
	छय मयना ले सात मयना	छह महीने से सात महीने
	कुला मँडाउन जाय बारो	बच्चा बैठने लगता
	कुला मँडाउन जाय	वह बैठने लगता
	आँट मयना होय बारो चो	आठ महीने का होता बच्चा
	नव मयना होय	नौ महीने का होता
	माँडी-खुटा बले जाय बारो	घुटने के बल चलता बच्चा
	माँडी-खुटा जाय	घुटने के बल चलता
	नव मयना चो बारो पिला	नौ महीने का वह बच्चा
	नव मयना चो बारो पिला	नौ महीने का वह बच्चा
	दस मयना होय बारो चो	दस महीने का होता बच्चा
	इगारा मयना होय	ग्यारह महीने का होता
	कुड़ धरुन उबे बारो	दीवार थाम कर उठता बच्चा
	कुड़ धरुन उबे	दीवार थाम कर खड़ा होता
	साल भर बले होय बारो चो	साल भर का होता बच्चा
	डाहँका पकाउन जाय	पाँव बढ़ाने लगता
53	साल भर चो बारो पिला	साल भर का वह बच्चा
	साल भर चो बारो पिला	साल भर का वह बच्चा
	आया चो कोरा ने जाय बारो	माता की गोद में जाता बच्चा
	बाबा चो कोरा ने जाय	पिता की गोद में जाता
	मेंगइन रानी दखे बाबा	मेंगइन रानी देखती बाबा
	खँड मुचकी मारे	मंद-मंद मुस्काती
	"मोचो कोरा ने अय[53] राजा	"मेरी गोद में आता राजा
	तुमचो कोरा ने जाय"	आपकी गोद में जाता"
	खँड मुचकी मारोत राजा-रानी	हौले से मुस्काते राजा-रानी
	मुचमुच-मुचमुच हाँसोत	मंद-मंद मुस्काते
	सवा साल बले होय बारो चो	सवा साल का होता बच्चा
	सवा साल होय	सवा साल का होता
	चिखला खेलुन जाय बारो	कीचड़ खेल जाता है बच्चा
	धुरला खेलुन जाय	धूल खेल जाता है
	मेंगराजा दखे बाबा	मेंगराजा देखता बाबा
	रानी के काय बले	रानी से क्या कहता
	"सुन रानी मेंगइन	"सुन हे रानी मेंगइन
	सुन रानी मेंगइन	सुन हे रानी मेंगइन

अय : मूल ध्वनि 'एय'।

बारो चिखला खेले रानी	बच्चा कीचड़ खेलता रानी
बारो धुरला खेले	बच्चा धूल खेलता
बारा के नाहाउन दे रानी	बच्चे को नहला दे हे रानी
बारो के नाहाउन दे"	बच्चे को नहला दे"
मेंगइन रानी सुने बाबा	मेंगइन रानी सुनती बाबा
बारो के पाउन नेय	बच्चे को उठा ले जाती
बारो के नाहाउन देय रानी	बच्चे को नहला देती रानी
बारो के नाहाउन देय	बच्चे को नहला देती

अधया-25 : माहालखी चो खोरे-डाँडे खेलतो

अध्याय-25 : माहालखी की क्रिड़ाएँ

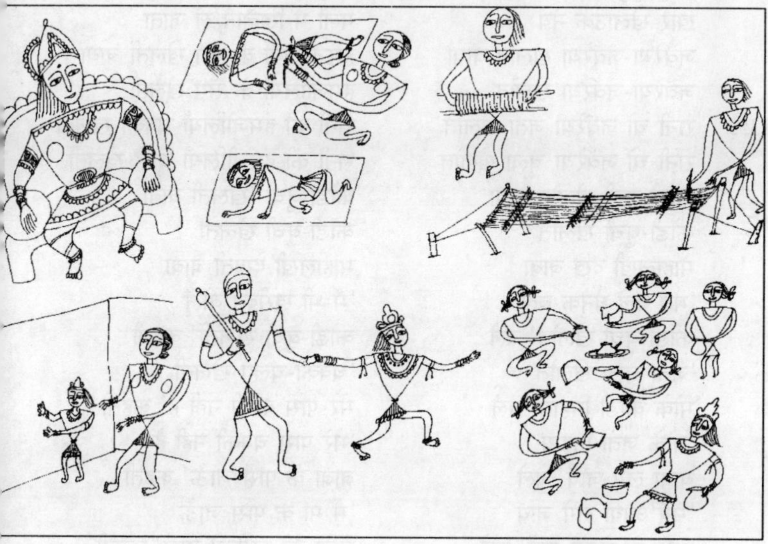

54	सवा साल चो बारो पिला	सवा साल का वह बच्चा[1]
	सवा साल चो माहालखी	सवा साल का वह बच्चा
	थुमथाम-थुमथाम रेंगे रानी	ठुमक-ठुमक कर चलती रानी
	थुमथाम-थुमथाम रेंगे	ठुमक-ठुमक कर चलती
	काय मँजा दखे रानी	बहुत ही सुन्दर दिखती रानी
	अती सुँदर दखे	अति सुन्दर वह दिखती
	डेड़ साल बले होय रानी चो	डेढ़ साल की होती रानी
	दुय साल होय	दो साल की होती
	दुय साल चो माहालखी	दो वर्ष की माहालखी
	दुय साल चो माहालखी	दो वर्ष की माहालखी
	तिन साल बले होय रानी चो	तीन वर्ष की होती रानी

नन्हीं माहालखी।

	तिन साल होय	तीन साल की होती
	तिनपुर रदना धरे रानी	बहुत रोना रोती रानी
	तिनपुर रोना रोय	बहुत रोना रोती
	बाबू के काय बले रानी	बाबू से क्या कहती रानी
	"सुन बाबू" बले	"सुन हे बाबू" कहती
	"सुन बाबू पवनकुमार	"सुन हे बाबू पवनकुमार
	सुन बाबू पवनकुमार	सुन हे बाबू पवनकुमार
	खोरे खेलाउक ने बाबू	गली में खिलाने ले जा बाबू
	डाँडे खेलाउन आन"	गली में खिलाने ले जा"
	बाबू सुनुन जाय बाबा	बाबू सुन लेता है बाबा
	खोरे खेलाउक नेय	गली में खिलाने ले जाता
	जवँरेया-जवँरेया खेलोत बाबा	हमजोलियों के सँग खेलतीं बाबा
	जवँरेया-जवँरेया खेलोत	हमजोलियों के सँग खेलतीं
1355	रानी चो जवँरेया जता खेलोत	रानी की हमजोलियाँ चक्की खेलतीं
	रानी चो जवँरेया चुला खेलोत	रानी की हमजोलियाँ चूल्हे खेलतीं
	कोंडी-बुची खेलोत बाबा	कोंडी-बुची[2] खेलतीं बाबा
	कोंडी-बुची खेलोत	कोंडी-बुची खेलतीं
	माहालखी दखे बाबा	माहालखी देखती बाबा
	'मयँ बले घेनुक बलें	'मैं भी खरीदने बोलूँ
	कोंडी-बुची खेलोत' बले	कोंडी-बुची खेलतीं' कहती
	'जता-चुला खेलोत	'चक्की-चूल्हा खेलतीं
	मोके कोंडी निंहाय' बले	मेरे पास कोंडी नहीं है' कहती
	'मोके जता निंहाय	'मेरे पास चक्की नहीं है
	बाबा लगे जायँ' बले	बाबा के पास जाऊँ' कहती
	'मयँ आया लगे जायँ	'मैं माँ के पास जाऊँ
	बाबा के घेनुक बलें' बले	बाबा को खरीदने बोलूँ' कहती
	'मयँ आया के घेनुक बलें'	'मैं माता को खरीदने बोलूँ'
1356	पराते-पराते रानी जाय	दौड़ती हुई रानी जाती
	पराते-पराते रानी जाय	दौड़ती हुई रानी जाती
	आया के काय बले रानी	माता से क्या कहती रानी (माहालखी)
	"सुन आया" बले	"सुन हे माता" कहती
	"मोचो जवँरेया कोंडी खेलोत आया	"मेरी हमजोली कोंडी खेलतीं
	जवँरेया चुला खेलोत	मेरी हमजोली चूल्हा खेलतीं
	मोके कोंडी निंहाय आया	मेरे पास कोंडी नहीं है माता
	मोके जता निंहाय	मेरे पास चक्की नहीं है
	मोके बले घेनुन दे आया	मुझे भी खरीद कर दे माँ
	मोके बले घेनुन दे"	मुझे भी खरीद कर दे"

2. मिट्टी के नन्हे-नन्हे पात्र।

घिरलुन-घोंडरुन गागे रानी	घिसट-घिसट कर रोती रानी
अरलई-करलई होय	वह व्याकुल हो जाती
राजा लगे बले जाय रानी	राजा के पास जाती (मेंगइन) रानी
राजा के काय बले	राजा से क्या कहती
“सुना राजा मेंगराजा	“सुनिये राजा मेंगराजा
सुना राजा मेंगराजा	सुनिये राजा मेंगराजा
जता काजे गागे राजा	चक्की के लिये रोती राजा
चुला काजे गागे	चक्की के लिये रोती
कोंडी काजे गागे राजा	कोंडी के लिये रोती राजा
कोंडी घेनुन दिया”	आप कोंडी खरीद दें”
मेंगराजा सुने बाबा	मेंगराजा सुनता बाबा
नोनी लगे जाय	नोनी के पास जाता
नोनी के काय बले राजा	नोनी से क्या कहता राजा
“सुन बेटा” बले	“सुन हे बेटा” कहता
“सुन बेटा माहालखी	“सुन बेटा माहालखी
सुन बेटा माहालखी	सुन बेटा माहालखी
रोना-गाना नीं कर बेटा	रोना-गाना मत कर बेटा
गागा-बोगा नीं कर	रोना-गाना मत कर
कोंडी घेनुन देयँदे बेटा	कोंडी खरीद दूँगा बेटा
मयँ जता-चुला देयँदे”	मैं चक्की-चूल्हा खरीद दूँगा”
बाबू के काय बले राजा	बाबू से क्या कहता राजा
“सुन बाबू” बले	“सुन हे बाबू” कहता
“मुठा रुपया धर बाबू	“मुट्ठी भर रुपये ले बाबू
कुम्हार-माहाले जा	कुम्हार-महल तू जा
जता-चुला बले आन बाबू	चक्की-चूल्हा ला बाबू
कोंडी-बुची आन	कोंडी-बुची ला
माहालखी खेलुआय बाबू	माहालखी खेलेगी बाबू
घिरलुन-घोंडरुन गागे”	वह घिसट-घिसट कर रोती”
57 सुने बाबू रे पवनकुमार	सुनता बाबू पवनकुमार
हरबर तियार बाबू होय	झटपट तैयार बाबू होता
मुठा रुपया धरे बाबू	मुट्ठी भर रुपये लेता बाबू
पाँय ने खड़ऊ पिंदे	पाँवों में खड़ाऊँ पहनता
हा़ते बेद धरे बाबू	हाथ में बेंत लेता बाबू
राजा-माहाल छाँडे	राज-महल छोड़ता
जाते-जाते बले जाय बाबू	चलता चला जाता बाबू
कुम्हार-माहाले जाय	कुम्हार-महल वह जाता
कुम्हार-माहाले अमरे बाबू	कुम्हार-महल पहुँचता बाबू
माँडो-मोंगरा उबे	मोगरा-मण्डप में रुकता

	‘दादा’ हंका मारे बाबू	‘दादा’ हाँक लगाता बाबू
	दादा सुनुन जाय	दादा है सुन लेता
	घर ले बाहिर दादा होय	घर से बाहर दादा आता
	बाबू के काय दादा बले	बाबू से क्या दादा कहता
	“काय कामे इलिस बाबू	“किस काम से आया बाबू
	आले मोके साँग”	तनिक मुझे बतला”
	बाबू काय बले दादा के	बाबू क्या कहता दादा से
	“सुन दादा” बले	“सुन हे दादा” कहता
	“तुय कोंडी-बुची दे दादा	“तू कोंडी-बुची दे हे दादा
	जता-चुला दे	चक्की-चूल्हा दे
	माहालखी गागे दादा	माहालखी रोती है दादा
	माहालखी गागे”	माहालखी रोती है”
	“देयँदे बाबू” बले दादा	“दूँगा बाबू” कहता दादा
	खाँदे कोड़की धरे	कन्धे में कोड़की लेता
	हाते टुकना धरे दादा	हाथ में टोकरा लेता दादा
	माटी खनुकलाय जाय	माटी खोदने जाता
	माटी खनुन आने दादा	माटी खोद कर लाता दादा
	माटी भिजाउन जाय	माटी भिगा जाता
	माटी खुँदुन जाय दादा	माटी मिला जाता
	माटी चुँदुन जाय	माटी गूँद जाता
	जता-चुला घड़े दादा	चक्की-चूल्हा बनाता दादा
	कोंडी-बुची घड़े	कोंडी-बुची बनाता
1358	आवाँ देउन दादा जाय	आवाँ[3] दे जाता है दादा
	आवाँ देउन दादा जाय	आवाँ दे जाता है दादा
	आवाँ हेड़ुन जाय दादा	आवाँ खोल जाता दादा
	पवनकुमार के देय	पवनकुमार को देता
	पवनकुमार धरे बाबा	पवनकुमार लेता है बाबा
	मुठा रुपया देय	मुट्ठी भर रुपये देता
	कुम्हार-माहाल छाँडे बाबू	कुम्हार-महल छोड़ता बाबू
	जाते-जाते जाय	चलता चला जाता
	रुमझुम-रुमझुम रेंगे बाबू	जल्दी-जल्दी चलता बाबू
	एक कलाट मारे	लम्बे डग वह भरता
	जाय बाबू रे पवनकुमार	जाता बाबू पवनकुमार
	जाय बाबू पवनकुमार	जाता बाबू पवनकुमार
	राजा-माहाले जाय बाबू	राज-महल जाता बाबू
	मेंगराजा के देय	मेंगराजा को देता
	जता-चुला धरे राजा	चक्की-चूल्हा लेता राजा

3. भट्टी। आवाँ देना : भट्टी में आँच देना।

	नोनी लगे जाय	नोनी के पास जाता
	नोनी के काय बले राजा	नोनी से क्या कहता राजा
	"सुन बेटा" बले	"सुन हे बेटा" कहता
	"कोंडी काजे गागिस बेटा	"कोंडी के लिये रोती थी बेटा
	तुय जता काजे गागिस	तू चक्की के लिये रोती थी
	एदे चुला खेल बेटा	यह ले चूल्हा खेल बेटा
	एदे जता खेल"	यह ले चक्की खेल"
9	कोंडी-बुची बले रानी धरे	कोंडी-बुची रानी लेती
	जता-चुला रानी धरे	चक्की-चूल्हा रानी लेती
	खँड मुचकी मारे रानी	हौले से मुस्काती रानी
	मुचमुच-मुचमुच हाँसे	मंद-मंद मुस्काती
	खोरे खेलुकलाय जाय रानी	गली में खेलने जाती रानी
	डाँडे खेलुकलाय जाय	गली में खेलने जाती
	कुदुर[4]-भात राँदे रानी	धूल का भात पकाती रानी
	कुदुर-भात राँदे	धूल का भात पकाती
	जवँरेया-जवँरेया खेलोत बाबा	हमजोलियों के सँग खेलती बाबा
	जवँरेया-जवँरेया खेलोत	हमजोलियों के सँग खेलती
60	रानी चो जवँरेया सुपली खेलोत	रानी की हमजोलियाँ सुपली[5] खेलतीं
	रानी चो जवँरेया टुकनी खेलोत	रानी की हमजोलियाँ टुकनी[6] खेलतीं
	रानी के सुपली निंहाय बाबा	रानी के पास सुपली नहीं है बाबा
	रानी के टुकनी निंहाय	रानी के पास टुकनी नहीं है
	सुपली-टुकनी दखे रानी	सुपली-टुकनी देखती रानी
	'मयँ बले घेनुक बलें'	'मैं भी खरीदने बोलूँ'
	जता-चुला धरे रानी	चक्की-चूल्हा लेती रानी
	कोंडी-बुची धरे	कोंडी-बुची लेती
	खोरे-डाँडे छाँडे रानी	अली-गली छोड़ती रानी
	हुन जाते-जाते जाय	वह चलती चली जाती
	नव खँड माहाले जाय रानी	नौ खण्डा महल में जाती रानी
	नव खँड माहाल अमरे	नौ खण्डा महल पहुँचती
61	जता-चुला बले रानी ठोय	चक्की-चूल्हा रानी रखती
	कोंडी-बुची रानी ठोय	कोंडी-बुची रानी रखती
	आया लगे बले जाय रानी	माता के पास जाती रानी
	आया के काय बले	माता से क्या कहती
	"सुन आया मेंगइन	"सुन हे माता मेंगइन

कुदुर : अन्य ध्वनि 'कुधुर'।

धान फटकने के लिये बाँस से बने 'सूपा' का ही एक लघु रूप जो विशेषतः बच्चों के खेलने के लिये ही बनाया जाता है।

बाँस से बने 'टोकरा' का ही एक लघु रूप जो विशेषतः बच्चों के खेलने के लिये ही बनाया जाता है।

	सुन आया मेंगइन	सुन हे माता मेंगइन
	जवँरेया सुपली खेलोत आया	मेरी हमजोली सुपली खेलतीं माता
	जवँरेया टुकनी खेलोत	मेरी हमजोली टुकनी खेलतीं
	मोके सुपली निंहाय आया	मेरे पास सुपली नहीं है माता
	मोके टुकनी निंहाय	मेरे पास टुकनी नहीं है
	मोके बले घेनुन दे आया	मेरे लिये खरीद दे माता
	मोके बले घेनुन दे"	मेरे लिये खरीद दे"
	तिनपुर रदना धरे रानी	जोर-जोर से रोती रानी
	तिनपुर रोना रोय	बहुत जोर से रोती
1362	जाय रानी मेंगइन	जाती रानी मेंगइन
	जाय रानी मेंगइन	जाती रानी मेंगइन
	राजा लगे बले जाय रानी	राजा के पास जाती रानी
	राजा के काय बले	राजा से क्या कहती
	"घिरलुन-घोंडरुन गागे राजा	"घिसट-घिसट कर रोती राजा
	अरलई-करलई होय	बिलख-बिलख कर रोती
	सुपली काजे गागे राजा	सुपली के लिये रोती राजा
	टुकनी काजे गागे	टुकनी के लिये रोती
	सुपली घेनुन दिया राजा	सुपली खरीद दें हे राजा
	टुकनी घेनुन दिया"	टुकनी खरीद दें"
	सुने राजा रे मेंगराजा	सुनता राजा मेंगराजा
	सुने राजा मेंगराजा	सुनता राजा मेंगराजा
	नोनी लगे बले जाय राजा	नोनी के पास जाता राजा
	नोनी के काय बले	नोनी से क्या कहता
	"रोना-गाना नीं कर बेटा	"रोना-गाना मत कर बेटा
	गागा-बोगा नीं कर	रोना-गाना मत कर
	सुपली घेनुन देयँदे बेटा	सुपली खरीद कर दूँगा बेटा
	मयँ टुकनी घेनुन देयँदे"	मैं टुकनी खरीद कर दूँगा"
1363	"सुन बाबू पवनकुमार	"सुन हे बाबू पवनकुमार
	सुन बाबू पवनकुमार	सुन हे बाबू पवनकुमार
	मुठा रुपया धर बाबू	मुट्ठी भर रुपये ले हे बाबू
	हरदी नँगरे जा	हरदी नँगर जा
	पारदी-माहाले जा बाबू	पारदी-महल जा हे बाबू
	सुपली-टुकनी आन	सुपली-टुकनी ला
	माहालखी खेलुआय बाबू	माहालखी खेलेगी बाबू
	सुपली काजे गागे"	सुपली के लिये वह रोती"
	सुने बाबू पवनकुमार	सुनता बाबू पवनकुमार
	सुने बाबू पवनकुमार	सुनता बाबू पवनकुमार
	मुठा रुपया धरे बाबू	मुट्ठी भर रुपये लेता बाबू

	पाँये खड़ऊ पिंदे	पाँवों में खड़ाऊँ पहनता
	हाते बेद धरे बाबू	हाथ में बेंत लेता बाबू
	राजा-माहाल छाँडे	राज-महल छोड़ता
	जाते-जाते बले जाय बाबू	चलता चला जाता बाबू
	हरदी नँगरे जाय	हरदी नँगर जाता
	पारदी-माहाले जाय बाबू	पारदी-महल जाता बाबू
	पारदी-माहाले अमरे	पारदी-महल पहुँचता
	माँडो-मोंगरा उबे बाबू	मोगरा-मण्डप में रुकता बाबू
	'दादा' हंका मारे	'दादा' हाँक लगाता
	दादा सुनुन जाय बाबा	दादा सुन लेता है बाबा
	घर ले बाहिर होय	घर से बाहर आता
	"काय कामे इलिस बाबू	"किस काम से आया बाबू
	तुय आले मोके साँग"	तनिक मुझे बतला"
364	"सुन दादा पारदी लोग	"सुन हे दादा पारदी जन
	सुन दादा पारदी लोग	सुन हे दादा पारदी जन
	सुपली-टुकनी दे दादा	सुपली-टुकनी दे हे दादा
	माहालखी खेलुआय"	माहालखी खेलेगी"
	"देयँदे बाबू" बले दादा	"दूँगा बाबू" कहता दादा
	खाँदे टयँगा धरे	कन्धे में कुल्हाड़ी लेता
	बाँवस-पटाड़े जाय दादा	बाँस-वन जाता दादा
	बाँवस-पटाड़ अमरे	बाँस-वन पहुँचता
	हाते टयँगा धरे दादा	हाथ में कुल्हाड़ी लेता दादा
	बाँवस गोंदुन जाय	बाँस काट जाता
	गोंदा-गोंदा करे दादा	टुकड़े-टुकड़े करता दादा
	खाँद-भर बोहे	कन्धे में उठा लेता
	बाँवस-पटाड़ छाँडे दादा	बाँस-वन छोड़ता दादा
	जाते-जाते जाय	चलता चला जाता
	रुमझुम-रुमझुम रेंगे दादा	जल्दी-जल्दी चलता दादा
	एक कलाट मारे	लम्बे डग वह भरता
365	आपन माहाले दादा जाय	अपने महल में दादा जाता
	बाँवस कचाड़ुन दादा जाय	बाँस पटक देता है दादा
	बाँवस खापुन जाय दादा	बाँस चीर जाता
	हाते छुरी धरे	हाथ में छुरी लेता
	सरा हेड़ुन जाय दादा	सरा[7] निकाल जाता दादा
	बिरला उरलुन जाय	बिरला[8] छील जाता दादा

7. बाँस की पतली कमचियाँ।
8. बाँस की महीन कमचियाँ।

	सरा जुराउन जाय दादा	सरा सुखा जाता दादा
	सुपली गाथुन जाय	सुपली बना जाता
	सुपली-टुकनी गाथे दादा	सुपली-टुकनी बनाता दादा
	सुपली-टुकनी गाथे	सुपली-टुकनी बनाता
	कलमक बाँवस नईं सरे	बाँस की एक कलम भी न खत्म होती
	कलमक बाँवस बाचे	बाँस की कलम बच जाती
	"अछा बारो बले आय" बले	"अच्छी बच्ची है" वह कहता
	"मोचो कलमक बाँवस बाचे"	"मेरा बाँस बच गया"
	पवनकुमार के देय बाबू	पवनकुमार को देता बाबू
	सुपली-टुकनी धरे	सुपली-टुकनी लेता
	मुठा रुपया देय बाबू	मुट्ठी भर रुपये देता बाबू
	पारदी-माहाल छाँडे	पारदी-महल छोड़ता
1166	जाते-जाते बले बाबू जाय	जाते-जाते बाबू जाता
	राजा-माहाल बाबू जाय	राज-महल बाबू जाता
	राजा-माहाल अमरे बाबू	राज-महल पहुँचता बाबू
	मेंगराजा के देय	मेंगराजा को देता
	सुपली-टुकनी धरे राजा	सुपली-टुकनी लेता राजा
	सुपली-टुकनी धरे	सुपली-टुकनी लेता
	सुपली-टुकनी राजा धरे	सुपली-टुकनी राजा लेता
	सुपली-टुकनी राजा धरे	सुपली-टुकनी राजा लेता
	नोनी लगे बले जाय राजा	नोनी के पास जाता राजा
	नोनी के काय बले	नोनी से क्या कहता
	"सुपली काजे गागिस नोनी	"सुपली के लिये रोती नोनी
	तुय टुकनी काजे गागिस	तू सुपली के लिये रोती
	एदे सुपली खेल नोनी	यह ले सुपली खेल नोनी
	एदे टुकनी खेल"	यह ले टुकनी खेल"
1367	सुपली-टुकनी रानी धरे	सुपली-टुकनी रानी लेती
	कोंडी-बुची रानी धरे	कोंडी-बुची रानी लेती
	जता-चुला धरे रानी	चक्की-चूल्हा लेती रानी
	खोरे-डाँडे जाय	अली-गली में जाती
	जवँरेया-जवँरेया खेलोत बाबा	हमजोलियों के सँग खेलती बाबा
	जवँरेया-जवँरेया खेलोत	हमजोलियों के सँग खेलती
	कुदुर रापुन जाय रानी	धूल उठा लेती है रानी
	धुरला फुनुन जाय	धूल साफ कर जाती
	कुदुर-भात राँदे रानी	धूल का भात पकाती रानी
	कुदुर-साग राँदे	धूल का साग पकाती
	धुरला रुचुन जाय रानी	धूल को दल जाती है रानी
	धुरला रुचुन जाय	धूल को दल जाती

368	रानी चो जवँरेया पाटा पिंदोत	रानी की हमजोली पाटा[9] पहनतीं
	रानी चो जवँरेया पाटा पिंदोत	रानी की हमजोली पाटा पहनतीं
	रानी के पाटा निंहाय बाबा	रानी के पास पाटा नहीं है बाबा
	रानी के पाटा निंहाय	रानी के पास पाटा नहीं है
	छुचा-बाँडी आसे रानी	बिन साड़ी की है रानी
	खाली बाँडी आसे	खुले बदन वह है
	'मोचो जवँरेया पाटा पिंदोत	'मेरी हमजोली पाटा पहनतीं
	मोचो जवँरेया पाटा	मेरी हमजोली पाटा पहनतीं
	मोके पाटा निंहाय' बले	मेरे पास पाटा नहीं है' कहती
	'मयँ छुचा-बाँडी आसें'	'मैं खुले बदन हूँ'
	सुपली-टुकनी धरे रानी	सुपली-टुकनी लेती रानी
	जता-चुला धरे	चक्की-चूल्हा लेती
	कोंडी-बुची धरे रानी	कोंडी-बुची लेती रानी
	पराते-पराते जाय	दौड़ती वह जाती
369	नव खँड माहाले रानी जाय	नौ खण्डा महल में रानी जाती
	सुपली-टुकनी रानी ठोय	सुपली-टुकनी रानी रखती
	आया-बाबा लगे जाय रानी	माता-पिता के पास जाती रानी
	आया के काय बले	माता से क्या कहती
	"सुना आया सुना बाबा	"सुनिये आया[10] सुनिये बाबा[11]
	सुना आया सुना बाबा	सुनिये आया सुनिये बाबा
	बाते सुनुन जाहा आया-बाबा	बात मेरी सुनिये आया-बाबा
	गोठ मानुन जाहा	कहना मेरा मानिये
	जँवरेया पाटा पिंदोत आया-बाबा	हमजोली पाटा पहनतीं बाबा
	जँवरेया पाटा पिंदोत	हमजोली पाटा पहनतीं
	मोके पाटा निंहाय बाबा	मेरे पास पाटा नहीं है बाबा
	मोके पाटा निंहाय	मेरे पास पाटा नहीं है
	छुचा-बाँडी आसें बाबा	उघड़े बदन मैं हूँ बाबा
	मयँ खाली बाँडी आसें	मैं उघड़े बदन हूँ
	पाटा घेनुन दे बाबा	पाटा खरीद दो हे बाबा
	मोके पाटा घेनुन दे"	मेरे लिये पाटा खरीद दो"
	घिरलुन-घोंडरुन गागे रानी	घिसट-घिसट कर रोती रानी
	अरलई-करलई होय	बिलख-बिलख कर रोती
1370	"सुन बाबू पवनकुमार	"सुन हे बाबू पवनकुमार
	सुन बाबू पवनकुमार	सुन हे बाबू पवनकुमार
	मुठा रुपया धर बाबू	मुट्ठी भर रुपये ले बाबू

9. कपड़ा। साड़ी।
10. माँ।
11. पिता।

गाँडा-माहाले जा	गाँडा[12]-महल जा
पाटा बिनाउन आन बाबू	पाटा बुनवा कर ला बाबू
रानी पाटा पिंदुआय	रानी पाटा पहनेगी
ठेंगी फनी ने तिन हात	तीन हाथ चौड़ा हो
ठेंगी फनी ने तिन हात	तीन हाथ चौड़ा हो
मुँहे अचरी रहो बाबू	सिरे पर आँचल रहे बाबू
मुँहे अचरी रहो	सिरे पर आँचल रहे
पाटा बिनाउन आन बाबू	पाटा बुनवा कर ला बाबू
पाटा बिनाउन आन"	पाटा बुनवा कर ला"
पवनकुमार सुने बाबा	पवनकुमार सुनता बाबा
राजा-माहाल छाँडे	राज-महल छोड़ता
जाते-जाते बले जाय बाबू	चलता चला जाता बाबू
गाँडा-माहाले जाय	गाँडा-महल जाता
गाँडा-माहाले बाबू जाय	गाँडा-महल बाबू जाता
गाँडा-माहाल बाबू अमरें	गाँडा-महल बाबू पहुँचता
माँडो-मोंगरा उबे बाबू	मोगरा-मण्डप में रुकता बाबू
'दादा' हंका मारे	'दादा' हाँक लगाता
दादा सुनुन जाय बाबा	दादा सुन लेता है बाबा
घर ले बाहिर होय	घर से बाहर आता
1371 अड़ेहता फनी ने सोला हात	सोलह हाथ लम्बा ढाई हाथ चौड़ा कपड़ा
अड़ेहता फनी ने सोला हात	सोलह हाथ लम्बा ढाई हाथ चौड़ा कपड़ा
गाँडा के कोपनी नीं होय बाबा	गाँडा को कौपीन बराबर न होती बाबा
गाँडा के कोपनी नीं होय	गाँडा को कौपीन बराबर न होती
अवसुद[13] गाँडा आय बाबा	ऐसा विकट गाँडा है बाबा
अड़बड़ गाँडा आय	ऐसा विकट गाँडा है
पवनकुमार दखे बाबा	पवनकुमार देखता बाबा
पवनकुमार दखे	पवनकुमार देखता
'अवसुद गाँडा आय' बले	'विकट गाँडा है' वह कहता
'मोके खाउन देयदे'	'मुझे यह खा जायेगा'
कोसक-दापक पराय बाबू	कोस-दाब भर भागे बाबू
गाँडा काय बले	गाँडा क्या कहता है
"सुन रानी गँडइन	"सुन हे रानी गँडइन
सुन रानी गँडइन	सुन हे रानी गँडइन
काय काजे बाबू पराय रानी	किसलिये बाबू भागता रानी
बाबू के बलाउन जा"	बाबू को बुला ला"

12. गाँडा : चरवाहा, ग्राम-प्रहरी, संगीतकार एवं कपड़ा बुनने से सम्बद्ध एक जाति। इस जाति के विषय में 'परिचय' के अन्तर्गत चर्चा की गयी है।

13. अवसुद : अन्य ध्वनि 'अवसुध'।

गँडइन काय बले बाबू के	गँडइन क्या कहती बाबू से
“सुन बाबू” बले	“सुन हे बाबू” कहती
“काय काजे पराइस[14] बाबू	“किसलिये भाग रहे हो बाबू
आव बाबू” बले	आओ बाबू” कहती
372 डरे-डरे बले बाबू जाय	डरता-डरता बाबू जाता
डरे-डरे बाबू जाय	डरता-डरता बाबू जाता
बाबू के काय बले बाई	बाबू से क्या कहती बाई
“सुन बाबू” बले	“सुन हे बाबू” कहती
“काय के डरुन गेलिस बाबू	“किस से डर कर भागे बाबू
काय काजे पराइस?”	किसलिये भाग रहे थे?”
“अड़ेहता फनी ने सोला हात	“सोलह हाथ लम्बा ढाई हाथ चौड़ा कपड़ा
अड़ेहता फनी ने सोला हात	सोलह हाथ लम्बा ढाई हाथ चौड़ा कपड़ा
गाँडा के कोपनी नीं होय बाई	गाँडा को कौपीन बराबर न होता
गाँडा के कोपनी नीं होय	गाँडा को कौपीन बराबर न होता
गाँडा के डर लागे बाई	गाँडा से डर गया था बाई
मोके गाँडा के डर लागे	मुझे गाँडा से डर लगा
अड़बड़ गाँडा बले आय बाई	विकट गाँडा है वह बाई
अवसुद गाँडा आय”	भयावह गाँडा है”
“काय कामे इलिस बाबू	“किस काम से आया बाबू
तुय आले मोके साँग”	तू मुझे बतला”
बाबू काय बले दादा के	बाबू क्या कहता दादा से
“सुन दादा” बले	“सुन हे दादा” कहता
373 “सुन दादा रे लिमऊ गाँडा	“सुन हे दादा लिमऊ गाँडा
सुन दादा लिमऊ गाँडा	सुन हे दादा लिमऊ गाँडा
पाटा बिनुन दे दादा	पाटा बुन दे हे दादा
पाटा बिनुन दे	पाटा बुन कर दे
ठेंगी फनी ने तिन हात	तीन हाथ लम्बा डेढ़ हाथ चौड़ा कपड़ा
ठेंगी फनी ने तिन हात	तीन हाथ लम्बा डेढ़ हाथ चौड़ा कपड़ा
मुँहे अचरी रहो दादा	सिरे पर आँचल रहे दादा
माहालखी पिंदुआय”	माहालखी पहनेगी”
दादा सुनुन जाय बाबा	दादा सुन लेता है बाबा
“मयँ देयँदे बाबू” बले	“मैं दूँगा बाबू” कहता
ताना-तसर करे बाबा	ताना-तसर[15] करता बाबा

14. पराइस : ‘पराइस’ का अर्थ है ‘भाग रहे थे’ (अपूर्ण भूतकाल) किन्तु यहाँ इसे ‘भाग रहे हो’ (अपूर्ण वर्तमान काल) के अर्थ में लिया गया है।

15. ताना तसर : कपड़ा बिनने के उपकरण। ताना-तसर करना : कपड़ा बिनने के लिये इन उपकरणों का उपयोग करना।

पाजन-पाई करे	वह पाजन-पाई[16] करता
ताना लमाउन जाय दादा	ताना तान जाता दादा
पाटा बिनुन जाय	पाटा बुनने लगता
ठेंगी फनी ने बिने दादा	चौड़ाई में बुनता दादा
तिन हात बिने	तीन हाथ लम्बा बुनता
मुँहे अचरी रहे बाबा	सिरे पर आँचल रखता बाबा
पाटा बिनुन सारे	वह पाटा बुन जाता
हाते छुरी बले दादा धरे	हाथ में छुरी दादा लेता
पाटा काटुन दादा जाय	पाटा काट जाता दादा
घड़ी घड़याउन जाय दादा	पाटा लपेट जाता दादा
घड़ी घड़याउन जाय	पाटा लपेट जाता
बाबू के काय बले दादा	बाबू से क्या कहता दादा
"सुन बाबू" बले	"सुन हे बाबू" कहता
"तुके पाटा नीं देयँ बाबू	"तुझे पाटा नहीं दूँगा बाबू
मयँ खुदे आनुन देयँदे"	मैं खुद ही जा कर दूँगा"
पवनकुमार सुने बाबा	पवनकुमार सुनता बाबा
गाँडा-माहाल छाँडे	गाँडा-महल छोड़ता
राजा-माहाले जाय बाबू	राज-महल जाता बाबू
राजा के काय बले	राजा से क्या कहता
"खुदे आनुन देउआय राजा	"स्वयं ला कर देगा राजा
खुद आनुन देउआय"	स्वयं ही ला कर देगा"
1374 "सुन रानी गँडइन	"सुन रानी गँडइन
सुन रानी गँडइन	सुन रानी गँडइन
पाटा नेउन दे रानी	पाटा ले जा दे हे रानी
पाटा नेउन दे"	पाटा पहुँचा दे"
रानी काय बले गाँडा के	रानी (गँडइन) क्या कहती गाँडा से
"सुना राजा" बले	"सुनिये राजा" कहती
"उदलो जबड़ राजा-घरे	"उतने बड़े राजा के घर में
उदलो जबड़ राजा-घरे	उतने बड़े राजा के घर में
तिरिया लोग मयँ आयँ राजा	स्त्री जाति की मैं हूँ राजा
कसन पाटा नेयँदे?	कैसे पाटा ले जाऊँ?
तुमी नेउन दिया राजा	आप ले कर जायें राजा
तुमी नेउन दिया"	आप ही ले जायें"
लिमऊ गाँडा सुने बाबा	लिमऊ गाँडा सुनता बाबा
पाटा धरुन जाय	पाटा ले कर जाता

16. पाजन-पाई : कपड़ा बिनने के उपकरण। पाजन-पाई करना : कपड़ा बिनने के लिये इन उपकरणों का उपयो करना।

375	राजा-माहाले दादा जाय	राज-महल दादा है जाता
	परछी ने जाउन दादा बसे	परछी में जा कर दादा बैठता
	बाबू के काय बले दादा	बाबू से क्या कहता दादा
	"सुन बाबू" बले	"सुन हे बाबू" कहता
	"मेंगराजा के साँग बाबू	"मेंगराजा को बतला हे बाबू
	मयँ पाटा अनुन दिले"	मैंने पाटा ला दिया है"
	पवनकुमार सुने बाबा	पवनकुमार सुनता बाबा
	राजा लगे जाय	राजा के पास जाता
	"पाटा आनुन दिलो राजा	"पाटा ला दिया है राजा
	गाँडा पाटा आनलो"	गाँडा ने पाटा ला दिया है"
	मेंगराजा सुने बाबा	मेंगराजा सुनता बाबा
	गाँडा लगे जाय	गाँडा के पास जाता
	पाटा धराउन देय दादा	पाटा पकड़ा देता दादा
	मेंगराजा धरे	मेंगराजा लेता
	बेटी लगे बले जाय राजा	बेटी के पास जाता राजा
	बेटी के काय बले	बेटी से क्या कहता
	"सुन बेटा माहालखी	"सुन बेटा माहालखी
	सुन बेटा माहालखी	सुन बेटा माहालखी
	तुय पाटा काजे गागिस बेटा	तू पाटा के लिये रोती थी बेटा
	एदे पाटा पिंद[17]"	यह ले पाटा पहन"
	पाटा धरुन जाय रानी	पाटा ले लेती है रानी
	खँड मुचकी मारे	हौले से मुस्काती
	गाँडा लगे बले जाय राजा	गाँडा के पास जाता राजा
	गाँडा के काय बले	गाँडा से क्या कहता
	"सुन बाबू रे लिमऊ गाँडा	"सुन हे बाबू लिमऊ गाँडा
	सुन बाबू लिमऊ गाँडा	सुन हे बाबू लिमऊ गाँडा
	पाटा चो मोल के साँग बाबू	पाटा की कीमत बतला बाबू
	पाटा चो मोल साँग	पाटा की कीमत बतला
	कितरो मोल धरुआस बाबू?	कितना मोल लेगा तू बाबू?
	आले मोके साँग"	तू मुझे बतला"
376	"सुना राजा रे मेंगराजा	"सुनिये राजा मेंगराजा
	सुना राजा मेंगराजा	सुनिये राजा मेंगराजा
	मयँ मोल साँगूँ नोहायँ राजा	मैं मोल नहीं बतलाऊँगा राजा
	तुमचो मन ने दिया	अपनी इच्छा से दें
	जितरो दिले हुतरो नेयँदे	जितना देंगे उतना ले लूँगा
	जितरो दिले हुतरो"	जितना देंगे उतना"
	राजा काय बले बाबू के	राजा क्या कहता बाबू से

17. पिंद : अन्य उच्चारण 'पिंध', 'फिंद'।

	“सुन बाबू” बले	“सुन हे बाबू” कहता
	“सुन बाबू भँडारी पिला	“सुन बाबू भण्डारी बालक
	सुन बाबू भँडारी पिला	सुन बाबू भण्डारी बालक
	पाँच खँडी बले धान बाबू	पाँच खण्डी[18] धान बाबू
	पाँच खँडी धान	पाँच खण्डी धान
	लिमऊ गाँडा के दे बाबू	लिमऊ गाँडा को दे बाबू
	लिमऊ गाँडा के दे”	लिमऊ गाँडा को दे”
	भँडारी पिला सुने बाबा	भण्डारी बालक सुनता बाबा
	पाँच खँडी धान निकराय	पाँच खण्डी धान निकालता
	लिमऊ गाँडा के देय बाबू	लिमऊ गाँडा को देता बाबू
	गाँडा मोडरा बाँदे	गाँडा गठरी बाँधता
	उचट मारुन बोहे गाँडा	झटके से उठाता गाँडा
	बोहुक नईं सके	वह उठा नहीं सकता
	तिन ढुलँगनी बाबू मारे	तीन बार उलटता बाबू
	तिन ढुलँगनी बाबू मारे	तीन बार उलटता बाबू
	मेंगइन रानी दखे बाबा	मेंगइन रानी देखती बाबा
	मेंगइन रानी दखे	मेंगइन रानी देखती
	खँड मुचकी मारे रानी	हौले से मुस्काती रानी
	राजा के काय बले	राजा से क्या कहती
	“गाँडा बोहुक नईं सके	“गाँडा उठा नहीं पाता है
	तिन ढुलँगनी मारे”	तीन बार गिर पड़ा है”
1377	“सुन बाबू पवनकुमार	“सुन बाबू पवनकुमार
	सुन बाबू पवनकुमार	सुन बाबू पवनकुमार
	गँडइन लगे बले जा बाबू	गँडइन के पास जा बाबू
	धान आनुक एओ”	धान लेने वह आये”
	पवनकुमार सुने बाबा	पवनकुमार सुनता बाबा
	गँडइन लगे जाय	गँडइन के पास जाता
	बाई के काय बले बाबू	बाई से क्या कहता बाबू
	“सुन बाई” बले	“सुन हे बाई” कहता
	“धान दुहारुक[19] जावँ बाई	“धान ढोने चलो बाई
	गाँडा आनुक नईं	गाँडा नहीं ला सकता
	आनुक नईं सके बाई	ला नहीं सकता है बाई
	तिन ढुलँगनी मारे”	तीन बार गिर पड़ा है”
1378	“काईं के नईं सके बाबू	“वह कुछ भी नहीं कर सकता बाबू
	काईं के नईं सके बाबू	कुछ भी नहीं कर सकता बाबू
	गोठ के होले सके बाबू	बात करना जानता है बाबू

18. खण्डी : एक माप। 1 खण्डी 20 पायली का होता है और 1 पायली लगभग 2 किलो के बराबर।
19. दुहारुक : अन्य उच्चारण 'डोहारुक'।

खातो के होले सके”	खाने को जानता है”
हाते गपा धरे बाई	हाथ में गपा[20] लेती बाई
राजा-माहाले जाय	राज-महल वह जाती
धान दुहारुन जाय बाई	धान ढो लेती है बाई
धान दुहारुन जाय	धान ढो लेती है
हाते पाटा बले नोनी धरे	हाथ में पाटा नोनी लेती
खँड मुचकी नोनी मारे	हौले से मुस्काती नोनी
पाटा पिंदुन जाय रानी	पाटा पहन जाती रानी
पाटा पिंदुन जाय	पाटा पहन जाती
तिन साल बले होय रानी चो	तीन साल की होती रानी
तिन साल होय	तीन साल की होती
तिन साल चो माहालखी	तीन साल की माहालखी
तिन साल चो माहालखी	तीन साल की माहालखी
चार साल बले होय रानी चो	चार साल की होती रानी
पाँच साल होय	पाँच साल की होती
छय साल होय रानी चो	छह साल की होती रानी
सात साल होय	सात साल की होती
दिन-दिन रानी बाड़े बाबा	दिन-दिन रानी बढ़ती बाबा
दिन-दिन रानी बाड़े	दिन-दिन रानी बढ़ती
मन ने बिचार करे रानी	मन में विचार करती रानी
दिले धोका करे	दिल में चिन्ता करती
‘कन्हेया चो लुगा मोचो खाँदे गेली	कमर की साड़ी कन्धे तक पहुँची[21]
कन्हेया चो लुगा खाँदे गेली	कमर की साड़ी कन्धे तक पहुँची
मयँ साड़ी घेनुक बलें’ बले	मैं साड़ी खरीदने को कहूँ कहती
‘साड़ी घेनुक बलें’	साड़ी खरीदने को बोलूँ
आया-बाबा लगे जाय रानी	आया-बाबा के पास जाती रानी
बाबा के काय बले	बाबा से क्या कहती
“कन्हेया चो लुगा बाबा खाँदे गेली	कमर का कपड़ा कन्धे पर गया बाबा
कन्हेया चो लुगा खाँदे गेली	कमर का कपड़ा कन्धे पर गया
मोके झमझम साड़ी बले दे बाबा	मुझे बड़ी-सी साड़ी ले कर दो हे बाबा
झमझम साड़ी दे”	बड़ी-सी साड़ी ले कर दो
साड़ी काजे गागे रानी	साड़ी के लिये रोती रानी
साड़ी काजे गागे	साड़ी के लिये रोती
राजा काय बले रानी के	राजा क्या कहता रानी से

ड़ा टोकरा।

ायु बढ़ जाने के कारण अब उसके शरीर पर वह कपड़ा छोटा पड़ने लगा। उससे केवल अब कमर का हस्सा ही ढँका जा सकता था, कमर के ऊपर कन्धे तक का हिस्सा नहीं। कहने का तात्पर्य यह कि वह अब ुवावस्था की कगार पर आ पहुँची थी और कन्धे तक के हिस्से को ढँकना आवश्यक हो गया था।

"सुन बेटा" बले	"सुन हे बेटा" कहता
"रोना-गाना नीं कर बेटा	"रोना-गाना मत कर बेटा
गागा-बोगा नीं कर	रोना-गाना मत कर
मयँ साड़ी घेनुन देयँदे बेटा	मैं साड़ी खरीद कर दूँगा बेटा
साड़ी घेनुन देयँदे"	साड़ी खरीद कर दूँगा"

अधया-26 : माहालखी चो सिंगारी होतो
अध्याय-26 : माहालखी का श्रृंगार

हरबर तियार राजा होय[1]	झटपट तैयार राजा होता
जलदी तियार राजा होय	जल्दी तैयार राजा होता
आपन साजू पिंदे राजा	अपने साज पहनता राजा
आपन जाक धरे	अपने सामान लेता
मुठा रुपया धरे राजा	मुट्ठी भर रुपये लेता राजा
पाँये खड़ऊ पिंदे	पाँवों में खड़ाऊँ पहनता
हाते बेद धरे राजा	हाथ में बेंत लेता राजा
घर ले बाहिर होय	घर से बाहर आता
रुमझुम-रुमझुम रेंगे राजा	जल्दी-जल्दी चलता राजा
एक कलाट मारे	लम्बे डग वह भरता

1. दिनांक 18.12.1996 को ध्वन्यांकित कैसेट क्रमांक 31बी का आरम्भ।

	बनिया-दुकाने राजा जाय	बनिया-दुकान राजा जाता
	बनिया-दुकाने राजा अमरे	बनिया-दुकान राजा पहुँचता
	माँडो-मोंगरा उबे राजा	मोगरा-मण्डप में रुकता राजा
	'दादा' हंका मारे	'दादा' हाँक लगाता
	दादा सुनुन जाय बाबा	दादा सुन लेता है बाबा
	घर ले बाहिर होय	घर से बाहर आता
	"काय कामे इलिस दादा	"किस काम से आया दादा
	आले मोके साँग"	तनिक मुझे बतला"
1381	"सुन बाबू बनेया लोग	"सुन हे बाबू बनिया जन
	सुन बाबू बनिया लोग	सुन हे बाबू बनिया जन
	मोके झमझम साड़ी बले दे बाबू	मुझे बड़ी चमचमाती साड़ी दे बाबू
	झमझम साड़ी दे	बड़ी चमचमाती साड़ी दे
	साड़ी काजे गागे बाबू	साड़ी के लिये रोती बाबू
	साड़ी काजे गागे"	साड़ी के लिये रोती"
	दादा सुनुन जाय बाबा	दादा सुन लेता है बाबा
	"देयँदे बाबू" बले	"दूँगा बाबू" कहता
	साड़ी निकराउन देय दादा	साड़ी निकाल देता दादा
	साड़ी निकराउन देय	साड़ी निकाल देता
	राजा साड़ी छाटे बाबा	राजा साड़ी छाँटता बाबा
	साड़ी छाटुन जाय	साड़ी छाँट जाता
1382	झमझम साड़ी बले राजा धरे	बड़ी-सी साड़ी राजा लेता
	मुठा रुपया राजा देय	मुट्ठी भर रुपये राजा देता
	बनेया-माहाल छाँडे राजा	बनिया-महल छोड़ता राजा
	जाते-जाते जाय	चलता चला जाता
	आपन माहाले जाय राजा	अपने महल जाता राजा
	आपन माहाल अमरे	अपने महल पहुँचता
	नोनी लगे बले जाय राजा	नोनी के पास जाता राजा
	बेटा के काय बले	बेटा से क्या कहता
	"सुन बेटा माहालखी	"सुन बेटा माहालखी
	सुन बेटा माहालखी	सुन बेटा माहालखी
	साड़ी काजे गागिस बेटा	साड़ी के लिये रोती थी बेटा
	साड़ी काजे गागिस	साड़ी के लिये रोती थी
	एदे साड़ी पिंद बेटा	यह ले साड़ी पहन बेटा
	एदे साड़ी पिंद"	यह ले साड़ी पहन"
	झमझम साड़ी धरे रानी	बड़ी-सी साड़ी लेती रानी
	खँड मुचकी मारे	हौले से मुस्काती
	बाबा के काय बले रानी	बाबा से क्या कहती रानी

	“तुय सुन बाबा” बले	“तुम सुनो हे बाबा” कहती
	“सुन बाबा मेंगराजा	“सुन बाबा मेंगराजा
	सुन बाबा मेंगराजा	सुन बाबा मेंगराजा
	मोके झमझम साड़ी दिलिस बाबा	मुझे बड़ी चमचमाती साड़ी दी बाबा
	झमझम साड़ी दिलिस	बड़ी चमचमाती साड़ी दी
	मोके नव सै गाहना दे बाबा	मुझे नौ सौ गहने दे बाबा
	नव सै हार दे	नौ सौ हार दे
	अलंकार मोके दे बाबा	अलंकार मुझे दे हे बाबा
	सोनर तड़हा दे	सोने का तड़ा दे
	सोनर झुलना दे बाबा	सोने का झूला दे हे बाबा
	मोके रुपर धरना दे”	मुझे चाँदी की डोर दे”
	गाहना काजे गागे रानी	गहनों के लिये रोती रानी
	गाहना काजे गागे	गहनों के लिये रोती
83	“सुन बेटा माहालखी	“सुन बेटा माहालखी
	सुन बेटा माहालखी	सुन बेटा माहालखी
	रोना गाना नीं कर बेटा	रोना-गाना मत कर बेटा
	गागा बोगा नीं कर	रोना-गाना मत कर
	मयँ नव सै गाहना देयँदे बेटा	मैं नौ सौ गहने दूँगा बेटा
	नव सै हार देयँदे”	नौ सौ हार दूँगा”
	रानी लगे बले जाय राजा	रानी के पास जाता राजा
	बाजे जाउन बसोत	खाट पर जा बैठते
	रानी के काय बले राजा	रानी से क्या कहता राजा
	“सुन रानी” बले	“सुन हे रानी” कहता
	“गाहना काजे गागे रानी	“गहनों के लिये रोती रानी
	गाहना काजे गागे	गहनों के लिये रोती
	काहाँ सोनार आसोत रानी	कहाँ सोनार हैं हे रानी
	कोन घड़ुन देदे?”	कौन बना देगा?”
4	“सुना राजा मेंगराजा	“सुनिये राजा मेंगराजा
	सुना राजा मेंगराजा	सुनिये राजा मेंगराजा
	इथा सोनार निंहात राजा	यहाँ सोनार नहीं हैं राजा
	उपरपुरे आसोत	ऊपरपुर में हैं
	चाँदी निकराउन जाहा राजा	चाँदी निकाल लें हे राजा
	सोना निकराउन जाहा	सोना निकाल लें
	उपरपुरे जाहा राजा	ऊपरपुर जायें हे राजा
	गाहना घड़ाउन आना”	गहने गढ़वा कर लायें”
	मेंगराजा सुने बाबा	मेंगराजा सुनता बाबा
	रानी के काय बले	रानी से क्या कहता

	“सुन रानी मेंगइन	“सुन रानी मेंगइन
	सुन रानी मेंगइन	सुन रानी मेंगइन
	सुक-लाड़ू बले बाँद रानी	सुख-लड्डू बना हे रानी
	भुक-लाड़ू बाँद	भूख-लड्डू बना
	पियास-लाड़ू बाँद रानी	प्यास-लड्डू बना रानी
	मयँ गाहना घड़ाउक जायँ”	मैं गहने बनवाने जाऊँ”
	मेंगइन रानी सुने बाबा	मेंगइन रानी सुनती बाबा
	नोनी के काय बले	नोनी से क्या कहती
1385	“सुन नोनी कुँदनी कयना	“सुन नोनी कुँदनी कैना
	सुन बाबा कुँदनी कयना	सुन बाबा कुँदनी कैना
	सुक-लाड़ू बले बाँद नोनी	सुख-लड्डू बना नोनी
	भुक-लाड़ू बाँद	भूख-लड्डू बना
	पियास-लाड़ू बाँद नोनी	प्यास-लड्डू बना नोनी
	तुय घिरी-पुड़ी राँद”	तू खीर-पूड़ी राँध”
	कुँदनी कयना सुने बाबा	कुँदनी कैना सुनती बाबा
	भुक-लाड़ू बाँदे	भूख-लड्डू बनाती
	पियास-लाड़ू बाँदे नोनी जे	प्यास-लड्डू बनाती नोनी
	घिरी-पुड़ी राँदे	खीर-पूड़ी राँधती
	कलवा-मिठई राँदे नोनी	कलेवा-मिठाई बनाती नोनी
	राँदा-बाटा करे	वह भोजन तैयार करती
	पानी गरम करे नोनी	पानी गरम करती नोनी
	सेदा-भेदा करे	सेदा-भेदा[2] करती
	मन्दन-सिले नेय नोनी	स्नान-गृह में ले जाती नोनी
	झारी कसेला देय	झारी पात्र देती
	कपुर-दतुन देय नोनी	सुगन्धित दतौन देती नोनी
	राजा-रानी जाओत	राजा-रानी जाते
	मन्दन-सिले उबोत राजा-रानी	स्नान-गृह में खड़े होते राजा-रानी
	कपुर-दतुन धरोत	सुगन्धित दतौन लेते
	सुरिज-भेट करोत राजा-रानी	सूर्य-नमस्कार करते राजा-रानी
	मुँहे मुखारी गोबोत	मुँह में मुखारी लेते
1386	दतुन-पतर राजा-रानी चाबोत	दतौन आदि कर जाते राजा-रानी
	आँगे असनाँद राजा-रानी होओत	अंग स्नान कर जाते राजा-रानी
	सुका कपड़ा पिंदोत राजा-रानी	सूखे कपड़े पहनते राजा-रानी
	ओधा कपड़ा गिरे	गीले कपड़े गिरते
	झारी पानी धरोत राजा-रानी	झारी पात्र लेते राजा-रानी
	तुलसी-चँवरा ने जात	तुलसी-चौंरा में जाते

2. सेदा-भेदा करना : गरम पानी में ठण्डा पानी मिला कर उसे सम करना।

चँवरा ने पानी रिकात राजा-रानी	चौंरा में पानी डालते राजा-रानी
तुलसी के काय बलोत	तुलसी से क्या कहते
“अगास मेलान बाड़ बाई	“आकाश का स्पर्श कर हे बाई
पकिर पाना फेक	नयी कोंपलें फेंक
तुय-मयँ बाँहा-जोरी बाई	तुम-मैं बाँहों की जोड़ी बाई
तुय-मयँ हन्सा-जोरी	तुम-मैं हन्सों की जोड़ी
जिव-भर सेवा मिरो बाई	जीवन भर सेवा करूँ बाई
मोचो जान सुखी रहो”	मेरा जीवन सुखी रहे”
तुलसी-सेवा करोत राजा-रानी	तुलसी-सेवा करते राजा-रानी
तुलसी-पुजा करोत	तुलसी-पूजा करते
होम-आरती देत राजा-रानी	होम-आरती करते राजा-रानी
पइँया पड़ुन जात	वे प्रणाम कर जाते
आपन माहाले जात राजा-रानी	अपने महल में जाते राजा-रानी
बाजे जाउन बसोत	खाट पर जा बैठते
87 दखे नोनी कुँदनी कयना	देखती नोनी कुँदनी कैना
दखे बाबा कुँदनी कयना	देखती बाबा कुँदनी कैना
राजा-भोग हेड़े नोनी	राज-भोग निकालती नोनी
अतिस अलन हेड़े	इकतीस व्यंजन निकालती
बतिस भोजन हेड़े नोनी	बत्तीस भोजन निकालती
झारी पानी डुमे	झारी में पानी लेती
राजा-रानी के देय नोनी	राजा-रानी को देती नोनी
हात अचाउन जात	वे हाथ धो जाते
चन्दन-काटे बसोत राजा-रानी	चन्दन-काठ में बैठते राजा-रानी
बेल-काटे बसोत	बेल-काठ में बैठते
भोग मँडाउन देय नोनी	भोग रख देती नोनी
साग मँडाउन देय	साग रख देती
388 खाओत राजा रे खाओत रानी	खाते राजा खाती रानी
खाओत राजा खाओत रानी	खाते राजा खाती रानी
अढ़ई कँवरा खात राजा-रानी	ढाई कौर खाते राजा-रानी
थारी सरकाउन जात	थाली सरका देते
हात अचाउन जात राजा-रानी	हाथ धो जाते राजा-रानी
बाजे जाउन बसोत	खाट पर जा बैठते
सबय खाना खाओत बाबा	सभी भोजन करते बाबा
खाउन-पिउन उठोत	वे भोजन कर उठ जाते
हरबर तियार राजा होय	झटपट तैयार राजा होता
जलदी तियार राजा होय	जल्दी तैयार राजा होता
केऊ-फुल धोती मारे राजा	केऊ-फूल-सी धोती पहनता राजा

केऊ-फुल कमिंज पिंदे	केऊ-फूल-सी कमीज पहनता
सिरे पगड़ी बाँदे राजा	सिर पर पगड़ी बाँधता राजा
मुँडे सुरई खोचे	सिर पर तुर्रा खोंसता
तिलक-चन्दन लगाय राजा	तिलक-चन्दन लगाता राजा
नवगुन पयता फेके	नौगुना जनेऊ पहनता
होम-आरती राजा धरे	होम-आरती राजा लेता
घिंव-गुर राजा धरे	घी-गुड़ राजा लेता
तिजरी-बिजरी ने जाय राजा	तिजोरियों के पास जाता राजा
तिजरी-बिजरी खोले	तिजोरियाँ खोल जाता
होम-आरती देय राजा	होम-आरती करता राजा
पइँया पड़ुन जाय	वह प्रणाम कर जाता
चाँदी निकराउन जाय राजा	चाँदी निकाल जाता राजा
सोना निकराउन जाय	सोना निकाल जाता
चाँदी-मोडरा बाँदे राजा	चाँदी की गठरी बाँधता राजा
सोना-मोडरा बाँदे	सोने की गठरी बाँधता
पाँय ने खड़ऊ पिंदे राजा	पाँवों में खड़ाऊँ पहनता राजा
हाते बेद धरे	हाथ में बेंत लेता
राम-रतन धरे राजा	राम का नाम लेता राजा
जोतिस-रमायन धरे	वह ज्योतिष-रमायन लेता
1389 "सुन रानी मेंगइन	"सुन हे रानी मेंगइन
सुन रानी मेंगइन	सुन हे रानी मेंगइन
मयँ गाहना घड़ाउक जायँ रानी	मैं गहने गढ़ाने जाता रानी
घर-दुआर के दख"	घर-द्वार को देख"
घर ले बाहिर होय राजा	घर से बाहर आता राजा
जाते-जाते जाय	चलता चला जाता
रुमझुम-रुमझुम रेंगे राजा	जल्दी-जल्दी चलता राजा
एक कलाट मारे	लम्बे डग वह भरता
बागे-बगेचा जाय राजा	बाग-बगीचे में जाता राजा
फुल-फुलवारी जाय	फूल-फुलवारी में जाता
केकती-केंवरा ने जाय राजा	केतकी-केवड़ा हो कर जाता राजा
बाली-मोंगरा ने जाय	बाली-मोंगरा हो कर जाता
डाँक-डाली ने जाय राजा	डाँक-दाड़िम हो कर जाता राजा
गोहा-फरे जाय	गोहा फल से हो कर जाता
कदम-रुक के राजा अमरे	कदम-पेड़ पर पहुँचता
बेल-बगेचा राजा अमरे	बेल-बगीचा में राजा पहुँचता
लिमऊ-बगेचा जाय राजा	नीबू-बगीचा में राजा पहुँचता
ठोटा बगेचा जाय	ठूँठा बगीचा हो कर जाता

आमा-बनवाड़ी जाय राजा	अमराई हो कर जाता राजा
पारा-परोसे जाय	अड़ोस-पड़ोस में जाता
सरसती रानी दखे बाबा	सरसती रानी देखती बाबा
सरसती रानी दखे	सरसती रानी देखती
'गाहना घड़ाउक जाय' बले	'गहने गढ़वाने जाते' कहती
'गाहना घड़ाउक जाय	'गहने गढ़वाने जाते
नोनी चो गाहना आय' बले	नोनी के गहने हैं' कहती
'नोनी चो गाहना आय	'नोनी के गहने हैं
कसन घड़ाउन आनेदे' बले	कैसा गढ़वा कर लायेंगे' कहती
'कसन घड़ाउन आनेदे?	'कैसा गढ़वा कर लायेंगे?
मयँ बले जायँदे' बले	मैं भी जाऊँगी' कहती
'मयँ बले जायँदे	'मैं भी जाऊँगी
390 'बाबा के दखा मयँ दिले जाले	'बाबा को दिखलायी मैं दूँगी तो
बाबा के दखा दिले जाले	बाबा को दिखलायी मैं दूँगी तो
मोके बाबा गारी देयदे' बले	मुझ पर बाबा नाराज होंगे' कहती
'बाबा झगड़ा लागेदे	'बाबा मुझ पर खीझेंगे
लुकुन-छिपुन[3] जायँदे' बले	छिपती-छिपाती जाऊँगी' कहती
'मयँ सामने सुराक रहेंदे'	'मैं अदृश्य रहूँगी'
बाबा के दखा नीं देय रानी	बाबा को दिखलायी न देती रानी
हुन लुकुन-छिपुन जाय	वह छिपती-छिपाती जाती
पारा-परोस राजा छाँडे	अड़ोस-पड़ोस राजा छोड़ता
पारा-परोस राजा छाँडे	अड़ोस-पड़ोस राजा छोड़ता
मोकड़ी-माहाले जाय राजा	मकड़ी-महल जाता राजा
मोकड़ी-माहाल अमरे	मकड़ी-महल पहुँचता
माँडो मोंगरा उबे राजा	मोगरा-मण्डप में रुकता राजा
'बाई' हंका मारे	'बाई' हाँक लगाता
बाई सुनुन जाय बाबा	बाई सुन लेती है बाबा
घर ले बाहिर होय	घर से बाहर आती
"काय कामे इलास राजा	"किस काम से आये राजा
तुमी आले मोके साँगा"	आप मुझे बतलायें"
91 "सुन बाई पदमकड़ी	"सुन हे बाई पदमकड़ी
सुन बाई पदमकड़ी	सुन हे बाई पदमकड़ी
उपर भुवने जायँ बाई	उपर भुवन जाऊँ बाई
सुत लमाउन दे"	तू सूत तान दे"
बाई काय बले राजा के	बाई क्या कहती राजा से
"सुना राजा" बले	"सुनिये राजा" कहती

छिपुन : नगरीय प्रभाव के कारण यह शब्द आया है। छिपना के लिये हल्बी में 'लुकतो' शब्द है।

“बाल-बचा गागोत राजा	“बाल-बच्चे रोते राजा
लोलो-बालो गागोत	बाल-गोपाल रोते
कइसे सुत लमायँ राजा	कैसे सूत तानूँ मैं राजा
मयँ कइसे ताग लमायँ?”	मैं कैसे धागा तानूँ?”
“तुचो पिला के लाई देयँदे	“तुम्हारे बच्चों को लाई दूँगा
तुचो पिला के खेलाते रयँदे	तुम्हारे बच्चों को खिलाता रहूँगा
सुत लमाउन दे बाई	सूत तान दे हे बाई
मोके ताग लमाउन दे”	मुझे धागा तान दे”
सरसर सुत लमाय बाई	सरसर सूत तानती बाई
सरसर ताग लमाय	सरसर धागा तानती
मँजपुर ले लमाय बाई	मँजपुर से तानती बाई
उपरपुरे टेकाय	ऊपरपुर तक तानती
“जलदी बसुन जाहा राजा	“जल्दी बैठ जायें राजा
जलदी बसुन जाहा”	जल्दी बैठ जायें’
सुत चो तागे बसोत राजा	सूत पर बैठ जाता राजा
सुत चो तागे बसोत	सूत पर बैठ जाता
मेंगराजा बसे बाबा	मेंगराजा बैठता बाबा
सरसती रानी बसे	सरसती रानी बैठती
बाप-बेटी जाओत बाबा	बाप-बेटी जाते बाबा
उपर भुवने जात	उपर भुवन को जाते
1392 उपर भुवन राजा अमरे	उपर भुवन राजा पहुँचता
उपर भुवन राजा अमरे	उपर भुवन राजा पहुँचता
सुत चो ताग ले उतरे राजा	सूत पर से उतरता राजा
जाते-जाते जाय	चलता चला जाता
पारा-परोसे जाय राजा	पारा-परोस में जाता राजा
बाई के काय बले	बाई से क्या कहता
“देव मलयार चो घर बाई	“देव मलयार[4] का घर हे बाई
कोन लगे आसे?	किस जगह पर है?
आले मोके साँगा बाई	तनिक मुझे बतलायें बाई
आले मोके साँगा”	आप मुझे बतलायें”
बाई सुनुन जाय बाबा	बाई सुन लेती है बाबा
राजा के काय बले	राजा से क्या कहती
“काँदा-लाठे बले माकड़ झुले	“कन्द-लता पर बन्दर झूले
जँवरा-भँवरा कुकुर बाबू	जँवरा-भँवरा[5] कुत्ते हैं
हुनी माहाल आय बाबू	वही महल है हे बाबू

4. देव मलयार : देवताओं का माली।

5. जँवरा-भँवरा : दो कुत्तों के नाम।

हुनी माहाल आय"
पारा-परोस छाँडे राजा
जाते-जाते जाय
देव मलयार घरे जाय राजा
देव मलयार घरे जाय
माँडो-मोंगरा उबे राजा
बाबू के हंका मारे
बाबू सुनुन जाय बाबा
घर ले बाहिर होय
"काय कामे इलास राजा
तुमी आले मोके साँगा"
1393 "सुन बाबू रे देव मलयार
सुन बाबू देव मलयार
सोनार माहाल कोन आय बाबू
आले मोके साँग
गाहना घड़ाउक इले बाबू
मयँ गाहना घड़ाउक इले"
देव मलयार सुने बाबा
हरबर तियार होय
आपन साजू बले बाबू पिंदे
आपन जाक बाबू धरे
घर ले बाहिर होय बाबू
जाते-जाते जाय
सोनार-माहाले जाय राजा
सोनार-माहाल अमरे
माँडो-मोंगरा उबे राजा
'बाबू' हंका मारे
बाबू सुनुन जाय बाबा
घर ले बाहिर होय
"काय कामे इलास राजा
आले मोके साँगा"
1394 "सुन बाबू सोनार लोग
सुन बाबू सोनार लोग
गाहना घड़ाउक इले बाबू मयँ
गाहना घड़ुन दे"
"देयँदे राजा" बले बाबू
"देयँदे राजा" बले

वही महल तो है
अड़ोस-पड़ोस छोड़ता राजा
चलता चला जाता
देव मलयार के घर जाता राजा
देव मलयार के घर जाता
मोगरा-मण्डप में रुकता राजा
बाबू को हाँक लगाता
बाबू सुन लेता है बाबा
घर से बाहर आता
"किस काम से आये राजा
आप मुझे बतलायें"
"सुन हे बाबू देव मलयार
सुन हे बाबू देव मलयार
सोनार-महल कहाँ है बाबू
तनिक मुझे बतला
गहना गढ़वाने आया बाबू
मैं गहना गढ़वाने आया"
देव मलयार सुनता बाबा
झटपट तैयार होता
अपने साज बाबू पहनता
अपने सामान बाबू लेता
घर से बाहर आता बाबू
चलता चला जाता
सोनार-महल जाता राजा
सोनार-महल पहुँचता
मोगरा-मण्डप में रुकता राजा
'बाबू' हाँक लगाता
बाबू सुन लेता है बाबा
घर से बाहर आता
"किस काम से आये राजा
आप मुझे बतलायें"
"सुन हे बाबू सोनार जन
सुन हे बाबू सोनार जन
गहना बनवाने आया बाबू मैं
गहना बनवाने आया"
"दूँगा राजा" कहता बाबू
"दूँगा राजा" कहता

चाँदी-मोडरा देय राजा	चाँदी की गठरी देता राजा
सोना-मोडरा देय	सोने की गठरी देता
सोना धरुन जाय दादा	सोना ले लेता है दादा
चाँदी धरुन जाय	चाँदी ले लेता है

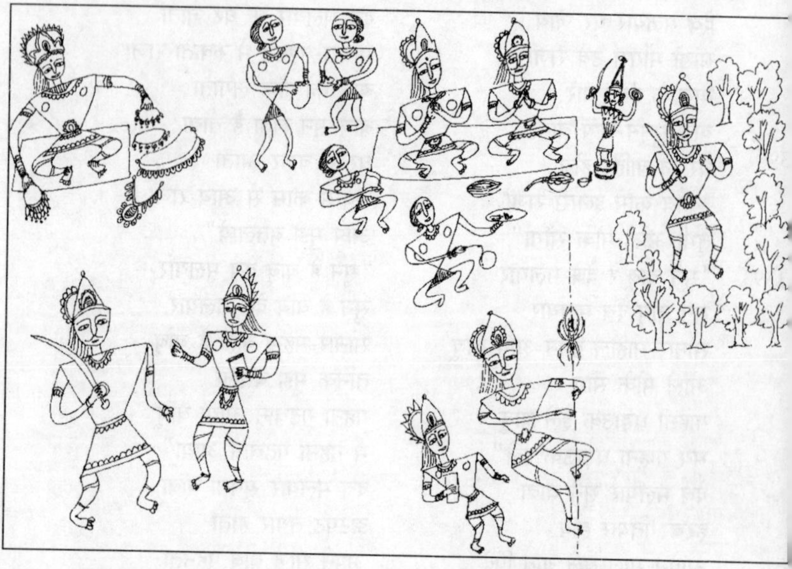

1395	दादा बाड़ बले दखे रे भगवान	दादा राह देखता भगवान
	दादा बाड़ दखे परभू	दादा राह देखता प्रभु
	'कोन दिने गुरबार होयदे?' बले	'कब गुरुवार होगा?' कहता
	'कोन दिन गुरबार होयदे?'	'कब गुरुवार होगा?'
	गुरबार अमरुन जाय दादा चो	गुरुवार पहुँच जाता दादा का
	गुरबार अमरुन जाय	गुरुवार पहुँच जाता
	'आज गुरबार आय' बले	'आज गुरुवार है' कहता
	'आज गुरबार आय'	'आज गुरुवार है'
	दतुन-पतर चाबे बाबू	दतौन आदि कर जाता बाबू
	आँगे असनाँद होय	अंग स्नान कर जाता
	ओधा कपड़ा पिंदे बाबू	गीला कपड़ा पहनता बाबू
	ओधा कपड़ा पिंदे	गीला कपड़ा पहनता
	सोनार-सार धरे बाबू	सोनारी के साज लेता बाबू
	सोनार-सार धरे	सोनारी के साज लेता
	निंगरा तपाउन जाय बाबू	अंगार गरम करता बाबू
	सोना गलाउन जाय	सोना गला जाता
	बेर उदया बसे बाबू	पूर्वाभिमुख बैठता बाबू

बेर उदया बसे	पूर्वाभिमुख बैठता
होम-आरती बाबू देय	होम-आरती बाबू करता
पइँया पड़ुन बाबू जाय	प्रणाम कर जाता बाबू
सोना गलाउन जाय बाबू	सोना गला जाता बाबू
चाँदी गलाउन जाय	चाँदी गला जाता
सोनार गाहना घड़े बाबा	सोनार गहने गढ़ता बाबा
सोनार गाहना घड़े	सोनार गहने गढ़ता
सरसती रानी जाय बाबा	सरसती रानी जाती बाबा
सरसती रानी जाय	सरसती रानी जाती
396 सामने सुराक रानी आसे	अदृश्य हो कर रानी रहती
सामने सुराक रानी आसे	अदृश्य हो कर रानी रहती
सरसती छइँया पड़े बाबा	सरसती की छाँव पड़ती बाबा
सरसती छइँया पड़े	सरसती की छाँव पड़ती
हुन दखुन-दखुन घड़े बाबू	देख-देख कर गढ़ता बाबू
दखुन-दखुन घड़े	देख-देख कर गढ़ता
नव सै गाहना घड़े बाबू	नौ सौ गहने गढ़ता बाबू
नव सै हार घड़े	नौ सौ हार गढ़ता
अलंकार घड़े बाबू जे	अलंकार गढ़ता बाबू
सोनर तड़हा घड़े	सोने का तड़ा गढ़ता
सोनर झुलना घड़े बाबू	सोने का झूला गढ़ता बाबू
रुपर धरना घड़े	चाँदी की डोरी गढ़ता
सरसती छइँया पड़े बाबा	सरसती की छाँव पड़ती बाबा
सरसती छइँया पड़े	सरसती की छाँव पड़ती

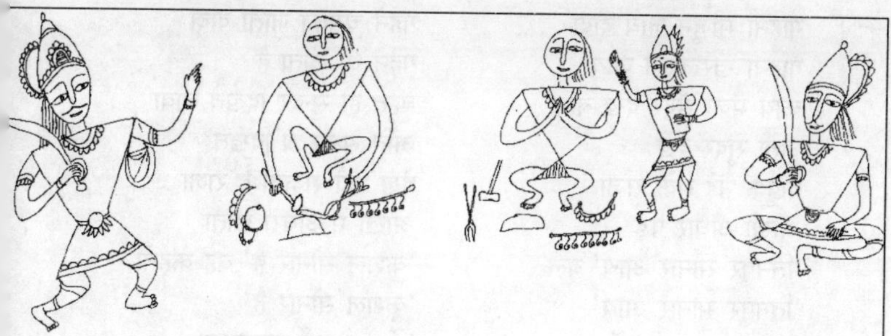

1397	घड़े दादा रे सोनार लोग	गढ़ता दादा सोनार जन
	घड़े दादा सोनार लोग	गढ़ता दादा सोनार जन
	गाहना घड़ुन जाय दादा	गहना गढ़ जाता है दादा
	गाहना घड़ुन जाय	गहना गढ़ जाता है
	मुँडे गुबिया घड़े दादा	सिर का गुबिया गढ़ता दादा
	मोती ने गुरिया घड़े	मोती में गुरिया गढ़ता
	सिरे सेंदुर घड़े दादा	सिर का सिन्दूर गढ़ता दादा
	कपारे टिकली घड़े	माथे की टिकुली गढ़ता
	काने कुँडल घड़े दादा	कान का कुण्डल गढ़ता दादा
	नाके नथली घड़े	नाक की नथनी गढ़ता
	टोडरा गरलखी घड़े दादा	गले का हार गढ़ता दादा
	बाँहा ने बाजुबँद घड़े	बाँहों के बाजू-बन्ध गढ़ता
	ककनी गुजरी घड़े दादा	ककनी-गुजरी गढ़ता दादा
	अँडखी-टिकी घड़े	अँगुली की अँगूठी गढ़ता
	अँडखा-मुँदी घड़े दादा	अँगूठे की अँगूठी गढ़ता दादा
	दखुन-दखुन घड़े	देख-देख कर गढ़ता
	कन्हेया-करधन दादा घड़े	कमर की करधन दादा गढ़ता
1397a	रुमझुम पँयड़ी दादा घड़े	बजने वाली पायल दादा गढ़ता
	पाँयर बिछिया घड़े दादा	पाँव की बिछिया गढ़ता दादा
	पाँयर बिछिया घड़े	पाँव की बिछिया गढ़ता
	सोनर झुलना घड़े दादा	सोने का झूला गढ़ता दादा
	रुपर धरना घड़े	चाँदी की डोर गढ़ता
	गाहना घड़ुन सारे दादा	गहना गढ़ जाता है दादा
	गाहना घड़ुन सारे	गहना गढ़ जाता है
	गाहना माँजुन जाय दादा	गहने चमका जाता दादा
	गाहना खरलाउन जाय	गहने धो जाता है
	काय मँजा सुँदर दखे बाबा	बहुत ही सुन्दर दिखते बाबा
	अती सुँदर दखे	अति सुन्दर वे दिखते
	दखुक नईं सके राजा	देख नहीं सकता है राजा
	आँखी अँधार पड़े	आँखों में अँधेरा छाता
	'तिनपुर सोनार आय' बले	'कुशल सोनार है' वह कहता
	'तिनपुर सोनार आय'	'कुशल सोनार है'
	'मयँ दखुक नईं सकें	'मैं देख नहीं सकता हूँ
	मोचो आइँख अँधार पड़े'	मेरी आँखों में अँधेरा छाता'
1398	दखे राजा रे मेंगराजा	देखता राजा मेंगराजा
	दखे राजा रे मेंगराजा	देखता राजा मेंगराजा
	सरसती रानी के दखे राजा	सरसती रानी को देखता राजा
	नोनी के काय बले	नोनी से क्या कहता

	“तुय किलदायँ[6] इलिस बेटा	“तू किस समय आयी बेटा
	तुय किलदायँ इलिस?”	तू किस समय आयी?”
	“लुकुन-छिपुन इले बाबा	“छिपती-छिपाती आयी बाबा
	तुके दखा नीं देयँ	तुम्हें दिखलायी नहीं पड़ी
	गारी देयदे बल्ले बाबा	डाँटोगे सोचा मैंने बाबा
	मयँ झगड़ा लागेदे बल्ले	खीझोगे सोचा मैंने
	सामने सुराक रले बाबा	मैं अदृश्य रही थी बाबा
	मयँ सरसती छइँया दिले	मैंने अपनी छाँव दी
	दखुन-दखुन घड़लो बाबा	उसने देख-देख बनाया बाबा
	दखुन-दखुन घड़लो”	उसने देख कर बनाया”
399	गाहना-मोडरा बाबू बाँदे	गहनों की गठरी बाबू बाँधता
	गाहना-मोडरा बाबू बाँदे	गहनों की गठरी बाबू बाँधता
	मेंगराजा के देय बाबू	मेंगराजा को देता बाबू
	मेंगराजा धरे	मेंगराजा लेता
	मुठा रुपया देय बाबू के	मुट्ठी भर रुपये देता बाबू को
	मुठा रुपया देय	मुट्ठी भर रुपये देता
	गाहना-मोडरा धरे राजा	गहनों की गठरी लेता राजा
	सोनार माहाल छाँडे	सोनार-महल छोड़ता
	रुमझुम-रुमझुम रेंगे राजा	जल्दी-जल्दी चलता राजा
	एक कलाट मारे	लम्बे डग वह भरता
	मकड़ी-माहाले जाय राजा	मकड़ी-महल जाता राजा
	मकड़ी-माहाल अमरे	मकड़ी-महल पहुँचता
	माँडो-मोंगरा उबे राजा	मोगरा-मण्डप में रुकता राजा
	‘बाई’ हंका मारे	‘बाई’ हाँक लगाता
	बाई सुनुन जाय बाबा	बाई सुन लेती है बाबा
	घर ले बाहिर होय	घर से बाहर आती
	“काय कामे इलास राजा	“किस काम से आये राजा
	आले मोके साँगा”	तनिक मुझे बतलायें”
1400	“सुन बाई पदमकड़ी	“सुन हे बाई पदमकड़ी
	सुन बाई पदमकड़ी	सुन हे बाई पदमकड़ी
	सुत लमाउन दे बाई	सूत तान दे हे बाई
	मोके ताग लमाउन दे	धागा तान दे
	मँजपुरे जायँ बाई	मँजपुर मैं जाऊँ हे बाई
	मयँ मँजपुरे जायँ”	मैं मँजपुर को जाऊँ”
	बाई काय बले राजा के	बाई क्या कहती राजा से
	“सुना राजा” बले	“सुनिये राजा” कहती

6. किलदायँ : किदलदायँ का लघु रूप।

“एसू चो बरसा पातर बरसा	“इस वर्ष की वर्षा पतली वर्षा
एसू चो बरसा पातर बरसा	इस वर्ष की वर्षा पतली वर्षा
सुत नईं लमे राजा	सूत नहीं तनेगा राजा
ताग नईं लमे	धागा नहीं तनेगा
कइसे सुत लमायँ राजा	कैसे सूत तानूँ मैं बाबू
मयँ कइसे ताग लमायँ?”	मैं कैसे धागा तानूँ?”
सुत लमाउन जाय बाई	सूत तान जाती बाई
ताग लमाउन जाय	धागा तान जाती
सरसर सुत लमाय बाई	सरसर सूत तानती बाई
सरसर ताग लमाय	सरसर धागा तानती
“जलदी बसुन जाहा राजा	“जल्दी बैठ जायें हे राजा
पातर बरसा आय”	पतली वर्षा है”
सुत चो तागे बसोत राजा	सूत पर जा बैठे राजा
सुत चो तागे बसोत	सूत पर जा बैठे
बाप-बेटी बसोत बाबा	बाप-बेटी बैठते बाबा
मँजपुरे जात	मँजपुर को वे जाते
1401 मँजपुर के राजा अमरे	मँजपुर पहुँच जाता राजा
सुत चो ताग ले राजा उतरे	सूत पर से राजा उतरता
जाते-जाते बले जाय राजा	चलता चला जाता राजा
रमायन पढ़ते जाय	रमायन पढ़ता जाता
भजन गावते जाय राजा	भजन गाता जाता राजा
भजन गावते जाय	भजन गाता जाता
राजा चो अँधल[7] सुने रानी	राजा का शोर सुनती रानी
‘राजा एसोत’ बले	‘राजा आते’ कहती
सेवा-जोड़ा धरे रानी	सेवा-सामग्री लेती रानी
चन्दन-काट मँडाय	चन्दन-काठ रखती
ढँग् नाय राजा उबे बाबा	उस पर राजा खड़ा होता बाबा
सरसती रानी उबे	सरसती रानी खड़ी होती
पइँया धोआउन जाय रानी	पाँव धुला जाती रानी
चाउर-टिका देय	चावल का टीका लगाती
होम-आरती देय रानी	होम-आरती करती रानी
राजा के पाँय पड़े	राजा के पाँव छूती
नोनी चो टोंड चुमे रानी	नोनी का मुख चूमे रानी
काकी चो हात धरे	(सरसती) काकी का हाथ पकड़ती
1402 नव खँड माहाले रानी नेय	नौ खण्डा महल में रानी ले जाती
नव खँड माहाले रानी नेय	नौ खण्डा महल में रानी ले जाती

7. अँधल : अन्य ध्वनि ‘अँदल’।

बाज नेउन बसाय रानी	खाट पर ले जा कर बिठाती रानी
सेज नेउन बसाय	शय्या पर ले जा कर बिठाती
राजा-रानी बसोत बाबा	राजा-रानी बैठते बाबा
रानी काय बले	रानी है क्या कहती
"गाहना घड़ाउक गेलास राजा	"गहने बनवाने गये हे राजा
गाहना घड़ाउक गेलास!"	गहने गढ़वाने गये!"
"गाहना गड़ाउन इले रानी मयँ	"गहने बनवा लाया रानी मैं
सेवा-जोड़ा आन	सेवा-सामग्री ले आ
पुजा-जोड़ा बले आन रानी	पूजा-सामग्री ला हे रानी
मयँ तुके गाहना दखायँ"	मैं तुम्हें गहने दिखलाऊँ"
सेवा-जोड़ा आने रानी	सेवा-सामग्री लाती रानी
पुजा-जोड़ा आने	पूजा-सामग्री लाती
झारी पानी छिचे राजा	झारी से पानी छिटकता राजा
गाहना-मोडरा मँडाय	गहने की गठरी रखता
काचा गोरस छिचे राजा	कच्चा दूध छिटकता राजा
जात लाली टिके	शुद्ध लाली लगाता
होम-आरती देय राजा	होम-आरती करता राजा
पइँया पड़ुन जाय	वह प्रणाम कर जाता
गाहना-मोडरा राजा ढिले	गहनों की गठरी राजा खोलता
गाहना-मोडरा राजा ढिले	गहनों की गठरी राजा खोलता
मेंगइन रानी दखे बाबा	मेंगइन रानी देखती बाबा
मेंगइन रानी दखे	मेंगइन रानी देखती
दखुक नईं सके रानी	देख नहीं सकती है रानी
आँखी अँधार पड़े	आँखों के सामने अँधेरा छाता
"मयँ दखुक नईं सकें राजा	"मैं देख नहीं सकती हूँ राजा
मोचो आँखी अँधार पड़े	मेरी आँखों के सामने अँधेरा छाता
तिनपुर सोनार आय राजा	कुशल सोनार है वह राजा
तिनपुर सोनार आय"	वह कुशल सोनार है"
गाहना-मोडरा राजा धरे	गहनों की गठरी राजा लेता
गाहना-मोडरा राजा धरे	गहनों की गठरी राजा लेता
नोनी लगे बले जाय राजा	नोनी के पास जाता राजा
नोनी के काय बले	नोनी से क्या कहता
"गाहना काजे गागिस बेटा	"गहनों के लिये रोती थी बेटा
तुय एदे गाहना पिंद"	यह ले तू गहने पहन"
गाहना-मोडरा धरे रानी	गहनों की गठरी लेती रानी
खँड मुचकी मारे	हौले से मुस्काती
"नव सै गाहना दिलिस बाबा	"नौ सौ गहने दिये बाबा
नव सै हार दिलिस बाबा	नौ सौ हार दिये बाबा

सोनर झुलना गाड़ बाबा
रुपर धरना गाड़
मँजी खोली चो खिड़की लगे
मँजी खोली चो खिड़की
झुलना गाड़ुन दे बाबा
झुलना गाड़ुन दे"
सुने राजा रे मेंगराजा
बाबू के काय बले राजा

सोने का झूला गाड़ें बाबा
चाँदी की डोर लगा
बीच के कमरे की खिड़की के पास
बीच के कमरे की खिड़की के पास
झूला गाड़ दे बाबा
झूला गाड़ दे"
सुनता राजा मेंगराजा
बाबू से क्या कहता राजा

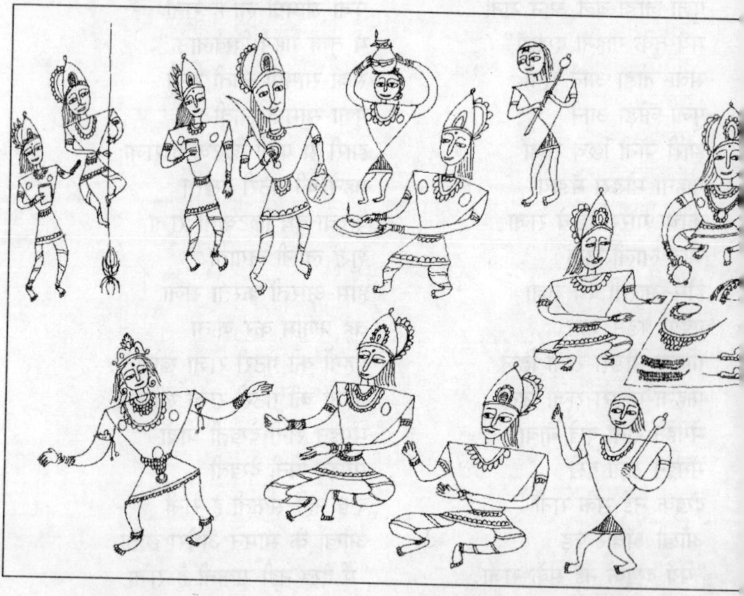

"मँजी खोली ने जा बाबू
खिड़की लगे जा
सोनर झुलना गाड़ बाबू
तुय रुपर धरना गाड़"
पवनकुमार जाय बाबा
सोनर झुलना गाड़े
खिड़की लगे गाड़े बाबू
खिड़की लगे गाड़े
"सुन नोनी कुँदनी कयना
सुन बाबा कुँदनी कयना
पानी गरम कर नोनी
मयँ आँगे असनाँद होयँ"

"बीच के कमरे में जा बाबू
खिड़की के पास जा
सोने का झूला गाड़ बाबू
तू चाँदी की डोरी लगा"
पवनकुमार जाता बाबा
सोने का झूला गाड़ता
खिड़की के पास गाड़ता बाबू
खिड़की के पास गाड़ता
"सुन नोनी कुँदनी कैना
सुन बाबा कुँदनी कैना
पानी गरम कर नोनी
मैं अंग स्नान करूँगी

पानी गरम करे नोनी	पानी गरम करती नोनी
सेदा-भेदा करे	सेदा-भेदा करती
मन्दन-सिले बले नेय नोनी	स्नान-गृह में ले जाती नोनी
झारी कसेला देय	झारी पात्र देती
मन्दन-सिले बले जाय रानी	स्नान-गृह में जाती रानी
कपुर दतुन धरे	सुगन्धित दतौन लेती
सुरिज-भेट करे रानी	सूर्य नमस्कार करती रानी
मुँहे मुखारी गोबे	मुँह में मुखारी लेती
दतुन-पतर चाबे रानी	दतौन आदि कर जाती रानी
आँगे असनाँद होय	वह अंग स्नान कर जाती
झमझम साड़ी बले रानी पिंदे	बड़ी-सी साड़ी रानी पहनती
झमझम साड़ी रानी पिंदे	बड़ी-सी साड़ी रानी पहनती
नव खँड माहाले जाय रानी	नौ खण्डा महल में जाती रानी
तेल फुल घसे	तेल-फूल चुपड़ती
कोरी-सारी बले होय रानी	कंघी आदि करती रानी
अयना-दरपन दखे	वह आईना-दर्पण देखती
सोनर झुलना ने जाय रानी	सोने के झूले में जाती रानी
रुपर धरना ने जाय	चाँदी की डोरी में जाती
गाहना-मोडरा नेय रानी	गहनों की गठरी ले जाती रानी
गाहना-मोडरा नेय	गहनों की गठरी ले जाती
सोनर झुलना बसे रानी	सोने के झूले में बैठती रानी
रुपर धरना बसे	चाँदी की डोर में बैठती

1406	“सुना[1] बेटा सरसती	“सुनो बेटा सरसती
	सुना बेटा सरसती	सुनो बेटा सरसती
	नोनी लगे जाहा बेटा	नोनी के पास जाओ बेटा
	नोनी के गाहना पिंदावा	नोनी को गहने पहनाओ
	नानी बइन आय बेटा	छोटी बहिन है वह बेटा
	पिला बइन आय”	नन्हीं बहिन है”
	बइन लगे बले जाय रानी	बहिन के पास जाती रानी
	सोनर झुलना ने जाय	सोने के झूले में जाती
	होम-आरती देय रानी	होम-आरती करती रानी
	पइँया पड़ुन जाय	वह प्रणाम कर जाती
	सोनर झुलना बसोत रानी मन	सोने के झूले में बैठतीं रानियाँ
	सोनर झुलना बसोत	सोने के झूले में बैठतीं
	नोनी के गाहना पिंदाय रानी	नोनी को गहने पहनाती रानी
	नोनी के गाहना पिंदाय	नोनी को गहने पहनाती
1407	नव से गाहना रानी के पिंदाय	नौ सौ गहने रानी को पहनाती
	नव से हार रानी के पिंदाय	नौ सौ हार रानी को पहनाती
	अलंकार पिंदाय रानी के	अलंकार पहनाती रानी को
	सोनर तड़हा पिंदाय	सोने का तड़ा पहनाती
	मुंडे गुबिया पिंदाय रानी के	सिर में गुबिया पहनाती रानी को
	सिरे सेंदुर लगाय	सिर में सिन्दूर लगाती
	मोती ने गुरिया गुथे रानी	मोती में गुरिया गूँथती रानी
	कपारे टिकली लगाय	माथे पर टिकुली लगाती
	काने कुँडल पिंदाय रानी	कान में कुण्डल पहनाती रानी
	नाक ने नथली पिंदाय	नाक में नथनी पहनाती
	टोडरा ने गरलखी पिंदाय रानी	गले में हार पहनाती रानी
	बाँहा ने बाजुबँद पिंदाय	बाँहों में बाजू-बन्ध पहनाती
	ककनी-गुजरी पिंदाय रानी	ककनी-गुजरी पहनाती रानी
	अँडखी-टिकी पिंदाय	अँगुली में अँगूठी पहनाती
	अँडखा-मुँदी पिंदाय रानी	अँगूठे में अँगूठी पहनाती रानी
	रुमझुम पँयड़ी पिंदाय	वह रुमझुम पायल पहनाती
	कन्हेया-करधन रानी पिंदाय	कमर में करधन रानी पहनाती
	पाँयर बिछिया रानी पिंदाय	पाँवों में बिछिया रानी पहनाती
	काय मँजा सुँदर दखे रानी	बहुत ही सुन्दर दिखती रानी

8. मेंगइन रानी द्वारा सरसती को आदर सूचक सम्बोधन 'सुना (सुनो/सुनिये) बेटा' का प्रयोग बतलाता है सरसती मेंगइन रानी के जेठ (पति के बड़े भाई) की बेटी है। हल्बी-भतरी एवं छत्तीसगढ़ी परिवेश में जेठ सन्तान आदरणीय होती है। यहाँ तक कि कुछ समुदायों में जेठ-जेठानी की सन्तान के चरण-स्पर्श किये हैं। इसी तरह कुछ समुदायों में देवर के भी चरण-स्पर्श करने की परम्परा देखने में आती है।

अती सुँदर दखे
सोनर झुलना झुले रानी
अवभुल झुलना झुले
दुआरे नईं निकरे रानी
हुन भितर खोली ने आसे

अति सुन्दर वह दिखती
सोने का झूला झूलती रानी
वह तल्लीन हो झूला झूलती
बाहर नहीं निकलती रानी
वह भीतर के कमरे में है

अधया-27 : माहालखी चो गोपपुर जातो
अध्याय-27 : माहालखी का गोपपुर गमन

1408	सात साल चो माहालखी	सात वर्ष की माहालखी
	सात साल चो माहालखी	सात साल की माहालखी
	आँट साल बले होय रानी चो	आठ साल की होती रानी
	नव साल होय	नौ साल की होती
	दिन-दिन रानी बाड़े बाबा	दिन-दिन रानी बढ़ती बाबा
	दिन-दिन रानी बाड़े	दिन-दिन रानी बढ़ती
	इगारा साल बले होय रानी चो	ग्यारह वर्ष की रानी होती
	बारा साल होय	बारह वर्ष की होती
	सिग उमर होय रानी चो	किशोर वय की होती रानी
	भरती उमर होय	वह युवा हो जाती
	कयना जुबत होय रानी	अब युवा हो जाती रानी
	कयना जुबत होय	वह युवा हो जाती

मने बिचार रानी करे	मन में विचार रानी करती
दिले धोका रानी करे	दिल में चिन्ता रानी करती
'मोचो भरती उमर इली' बले	'मैं युवा हो गयी हूँ' कहती
'मोचो सिग उमर होली	'मैं युवा हो गयी हूँ
कयना जुबत होले' बले	मैं युवती हो गयी हूँ' कहती
'मयँ कयना जुबत होले	'मैं युवती हो गयी हूँ
मँजपुरे नीं रयँ' बले	मँजपुर में मैं न रहूँगी' कहती
'मयँ मँजपुरे नीं रयँ	'मैं मँजपुर में नहीं रहूँगी
डुमर मुँडा ने जायँ' बले	डुमर मुँडा जाऊँगी' कहती
'मयँ गोपपुरे जायँ'	'मैं गोपपुर जाऊँगी'
आया-बाबा लगे जाय रानी	आया-बाबा के पास जाती रानी
आया के काय बले	आया से क्या कहती
"सुना आया सुना बाबा	"सुनो आया सुनो बाबा
सुना आया सुना बाबा	सुनो आया सुनो बाबा
बाते सुनुन जाहा आया-बाबा	बात सुन लो आया-बाबा
गोठ मानुन जाहा	कहना मान जाओ
सिग उमर इली बाबा	मेरी उम्र हो गयी बाबा
भरती उमर होली	मैं युवा हो गयी
कयना जुबत होले बाबा	मैं युवती हो गयी बाबा
कयना जुबत होले	मैं युवती हो गयी
तुमचो सँगे नीं रयँ बाबा	तुम्हारे सँग न रहूँगी बाबा
मयँ डुमर-मुँडा जायँ	मैं डुमर मुँडा जाऊँगी
माहाल बनाउन दे बाबा	महल बना दे हे बाबा
माहाल बनाउन दे"	महल बना दे"
सुनोत राजा रे सुनोत रानी	सुनता राजा सुनती रानी
सुनोत राजा सुनोत रानी	सुनता राजा सुनती रानी
कपार पेटी बले होत राजा-रानी	माथा पीट जाते राजा-रानी
मुँड आपटी होत	सिर पटक जाते
बेटा के काय बलोत राजा-रानी	बेटी से क्या कहते राजा-रानी
"सुन बेटा" बलोत	"सुन हे बेटा" कहते
"तिनपुरे बुल्ले बेटा	"तीनों लोकों में घूमा बेटे
मयँ मँजपुरे इले	मँजपुर में मैं आया
नाना पयकार होले बेटा	नाना कष्ट सहे हैं मैंने
बाना-बिसा होले	नाना कष्ट सहे हैं
मोके भगवान दिला बेटा	मुझे भगवान ने दिया है बेटा
मयँ गोटोक बेटी पावले	मैंने एक ही बेटी पायी

आसित : अन्य उच्चारण 'आसिस'।

	माहाल भरती आसित[1] बेटा	महल भरा है तुमसे बेटे
	माहाल खाली नीं कर	महल खाली मत कर
	आमके छाँड़ुन नीं जा बेटा	हमें छोड़ मत जा हे बेटा
	हामके छाँड़ुन नीं जा”	हमें छोड़ मत जा”
1411	“सुन बाबा मेंगराजा	“सुन बाबा मेंगराजा
	सुन आया मेंगइन	सुन आया मेंगइन
	बाते सुनुन जाहा आया-बाबा	बात सुन लो आया-बाबा
	गोठ मानुन जाहा	कहना मान लो
	एकला चो बेटी नोहायँ आया-बाबा	अकेली की बेटी नहीं हूँ आया-बाबा
	एकला चो बेटी नोहायँ	मैं अकेली की बेटी नहीं हूँ
	तिन लोक चो आयँ बाबा	तीन लोकों की हूँ मैं बाबा
	तिनपुर चो आयँ	तीन लोकों की हूँ
	चाटी-ओंगी चो आयँ बाबा	चींटी-कीड़ों की हूँ मैं बाबा
	मयँ जियाद-जन्तुर चो आयँ	मैं जानवर-जन्तुओं की हूँ
	चड़े-चिड़गुड़ चो आयँ बाबा	चिड़ियों-पक्षियों की हूँ मैं बाबा
	चाटी-माटी चो आयँ	चींटी-माटी की हूँ
	हेल छाँड़ुन नीं देयँ बाबा	यों ही नहीं छोड़ूँगी बाबा
	मयँ हुता ले नँजर देयँदे	मैं वहाँ से भी ध्यान रखूँगी
	फुटे बन्धा चो पानी नईं खायँ	फूटे सरोवर का पानी न पीती
	फुटे बन्धा चो पानी नईं खायँ	फूटे सरोवर का पानी न पीती
	मरद मूँ नईं दखें बाबा	पुरुष-मुख नहीं देखती बाबा
	मरद मूँ नईं दखें	मैं पुरुष-मुख नहीं देखती
	माहाल बनाउन दे बाबा	महल बना दे हे बाबा
	माहाल बनाउन दे	महल बना दे
	सती नारी आयँ बाबा	सती नारी हूँ मैं बाबा
	मयँ सतियाधारी आयँ	मैं सत्य की धारक हूँ
	चौंसठ जोगनी आयँ बाबा	चौंसठ योगिनी मैं हूँ बाबा
	अगमजानी आयँ”	अगमजानी हूँ”
	एइन बात बले रानी	यही बात कहती है रानी
	मेंगराजा सुने	मेंगराजा सुनता
1412	“सुन बाबू पवनकुमार	“सुन बाबू पवनकुमार
	सुन बाबू पवनकुमार	सुन बाबू पवनकुमार
	गाँयता-माहाले जा बाबू	गाँयता-महल जा बाबू
	पुजारी-माहाले जा	पुजारी-महल जा
	मँजपुरया एओत बाबू	मँजपुरिया आयें हे बाबू
	मँजपुरया एओत”	मँजपुरिया आयें”
	बाबू सुनुन जाय बाबा	बाबू सुन जाता है बाबा

	हरबर तियार होय	झटपट तैयार होता
	पाँय ने खड़ऊ पिंदे बाबू	पाँवों में खड़ाऊँ पहनता बाबू
	हुन हाते बेद धरे	वह हाथ में बेंत लेता
	राजा-माहाल छाँडे बाबू	राज-महल छोड़ता बाबू
	जाते-जाते जाय	चलता चला जाता
	गाँयता-माहाले बाबू जाय	गाँयता-महल बाबू जाता
	पुजारी-माहाले बाबू अमरे	पुजारी-महल बाबू पहुँचता
	माँडो मोंगरा उबे बाबू	मोगरा-मण्डप में रुकता बाबू
	'दादा' हंका मारे	'दादा' हाँक लगाता
	दादा सुनुन जाय बाबा	दादा सुन लेता है बाबा
	घर ले बाहिर होय	घर से बाहर आता
	"काय कामे इलिस बाबू	"किस काम से आया बाबू
	आले मोके साँग"	तनिक मुझे बतला"
	"राजा-घरे बलाव दादा	"राजा के घर बुलावा दादा
	एक डँडिक जाहा"	थोड़ी देर चलो"
	दादा सुनुन जाय बाबा	दादा सुन लेता है बाबा
	"मयँ एयँदे बाबू" बले	"मैं आऊँगा बाबू" कहता
	बुलुन-बुलुन साँगे दादा	घूम-घूम बतलाता दादा
	गिंजरुन-गिंजरुन साँगे	घूम-घूम बतलाता
1413	सुनोत दादा रे सुनोत बाबू	सुनते दादा सुनते बाबू
	सुनोत दादा सुनोत बाबू	सुनते दादा सुनते बाबू
	हरबर तियार होत दादा बाबू	झटपट तैयार होते दादा-बाबू
	जलदी तियार होत	जल्दी तैयार हो जाते
	आपन साजू पिंदोत दादा बाबू	अपने साज पहनते दादा-बाबू
	आपन जाक धरोत	अपने सामान लेते
	घर ले बाहिर होत दादा	घर से बाहर आते दादा
	राजा-माहाले जात	राज-महल वे जाते
	राजा-माहाले अमरोत बाबू	राज-महल पहुँचते बाबू
	लगे जाउन सलाम	पास जा कर सलाम करते
	दुरे जाउन बसोत दादा	दूर जा कर बैठते
	"काय बलाव आय राजा	"किसलिये बुलवाया राजा
	आले आमके साँगा राजा	आप हमें बतलायें राजा
	हामके डर लागे"	हमें डर है लगता"
1414	"सुना बाबू सुना दादा	"सुनो बाबू सुनो दादा
	सुना बाबू सुना दादा	सुनो बाबू सुनो दादा
	भरती उमर इली बाबू	वह युवा हो गयी है बाबू
	सिग उमर होली	वह युवती हो गयी है

कयना जुगत होली बाबू	वह युवा हो गयी है बाबू
मोके सँग नईं देय	मेरे पास न रहेगी
डुमर-मुँडा जाउआय बाबू	डुमर मुँडा जायेगी बाबू
गोपपुरे जाउआय	गोपपुर जायेगी
माहाल बनाउन दिया बाबू	महल बना दें हे बाबू
माहाल बनाउन दिया”	महल बना दें”
“देउँदे राजा” बलोत दादा बाबू	“बना देंगे राजा” कहते दादा-बाबू
आपन माहाले जात	वे अपने महल जाते
खाना-पिना खाओत दादा	भोजन कर जाते दादा
हरबर तियार होत	झटपट तैयार होते
बारस-बिंदना धरोत दादा	बारस-बिंधना लेते दादा

टयँगा-कोड़की धरोत	कुल्हाड़ी-कुदाली लेते
गाड़ी फाँदुन जात दादा	गाड़ी तैयार कर जाते दादा
गाड़ी फाँदुन जात	गाड़ी तैयार कर जाते
सेतबन ने दादा मन जाओत	सेतबन में दादा जाते
हेतबन ने दादा मन जाओत	हेतबन में दादा जाते
बिंदराबने अमरोत दादा	बिंदराबन पहुँचते दादा
माहाल-डेरी दखोत	महल का खम्भा देखते
“एई डेरी होयदे” बलोत	“यही खम्भा बनेगा” कहते
“एई पाटी होयदे	“यही पटिया बनेगी

एकेय गोंदुन जावँ" बलोत	इसे ही काट डालें" कहते
गाड़ी ढिलुन जात	वे गाड़ी खोल जाते
हाते टयँगा धरे दादा	हाथ में कुल्हाड़ी लेते दादा
माहाल-डेरी गोंदे	महल का खम्भा काटते
डेरी गोंदेया डेरी गोंदोत	खम्भा काटने वाले खम्भा काटते
पाटी गोंदेया पाटी	पटिया काटने वाले पटिया
416 बाँवसा मारेया बाँवसा मारोत[2]	बाँस काटने वाले बाँस काटते
बाँवसा मारेया बाँवसा मारोत	बाँस काटने वाले बाँस
बलँगी मारेया मारोत बाबू	बलँगी काटने वाले बलँगी काटते
बलँगी मारेया मारोत	बलँगी काटने वाले बलँगी
बलँगी मारुन सारोत बाबू	बलँगी काट जाते बाबू
गाड़ी ने जोड़ुन जात	गाड़ी में लाद जाते
गाड़ी फाँदुन जात बाबू	गाड़ी तैयार कर जाते बाबू
बिंदराबन छाँडोत	बिंदराबन छोड़ते
जाते-जाते बले जात बाबू मन	चलते चले जाते बाबू
रुमझुम-रुमझुम रेंगोत	जल्दी-जल्दी चलते
राजा-माहाले जात बाबू	राज-महल जाते बाबू
राजा-माहाले अमरोत	राज-महल पहुँचते
417 "सुना राजा रे मेंगराजा	"सुनिये राजा मेंगराजा
सुना राजा मेंगराजा	सुनिये राजा मेंगराजा
माहाल बनाउन देउँदे राजा	हम महल बना देंगे राजा
माहाल बनाउन देउँदे	हम महल बना देंगे
कोन लगे माहाल रयदे राजा	किस जगह महल रहेगा राजा
जघा दखाउन दिया	जगह दिखला दें
भतेया जोड़ुन दिया राजा	भाता[3] तैयार करवा दें राजा
भतेया जोड़ुन दिया"	भाता तैयार करवा दें"
मेंगराजा सुने बाबा	मेंगराजा सुनता बाबा
बाबू के काय बले	बाबू से क्या कहता
"सुन बाबू भँडारी पिला	"सुन बाबू भण्डारी बालक
सुन बाबू भँडारी पिला	सुन बाबू भण्डारी बालक
दार-चाउर जोड़ बाबू	दाल-चावल ले बाबू
लोन-मिरी जोड़	नमक-मिर्च ले
मँजपुरया के दे बाबू	मँजपुरिया को दे बाबू
मँजपुरया के दे"	मँजपुरिया को दे"
भँडारी पिला सुने बाबा	भण्डारी बालक सुनता बाबा

2. दिनांक 18.12.1996 को ध्वन्यांकित कैसेट क्रमांक 32ए का आरम्भ।
3. भाता : सूखी रसोई। दाल, चावल, हल्दी, मिर्च, नमक आदि भोजन-सामग्री।

	दार-चाउर जोड़े	दाल-चावल लेता
	लोन-मिरी जोड़े बाबू	नमक-मिर्च लेता बाबू
	मँजपुरया के देय	मँजपुरिया को देता
1418	"सुन बाबू पवनकुमार	"सुन बाबू पवनकुमार
	सुन बाबू पवनकुमार	सुन बाबू पवनकुमार
	डुमर-मुँडा बले जा बाबू	डुमर-मुँडा जा बाबू
	गोपपुरे जा	गोपपुर जा
	अली मैदाँग दख बाबू	खुला मैदान देख बाबू
	डेंगभाटा दख	ऊँचा मैदान देख
	हुनी लगे माहाल रओ बाबू	वहीं पर महल रहे बाबू
	जघा दखाउन दे"	जगह दिखला दे"
	पवनकुमार सुने बाबा	पवनकुमार सुनता बाबा
	दादा-बाबू सँगे जाय	दादा-बाबू के सँग जाता
	रुमझुम-रुमझुम रेंगे बाबू	जल्दी-जल्दी चलता बाबू
	एक कलाट मारे	लम्बे डग है भरता
1419	जाओत[4] दादा रे जाओत बाबू	जाते दादा जाते बाबू
	जाओत दादा जाओत बाबू	जाते दादा जाते बाबू
	डुमर-मुँडा बले जात बाबा	डुमर-मुँडा जाते बाबा
	गोपपुरे जात	गोपपुर जाते
	गोपपुरे अमरे बाबू	गोपपुर पहुँचता बाबू
	बुलुन-बुलुन दखे	घूम-घूम कर देखता
	गिंजरुन-गिंजरुन दखे बाबू	घूम-घूम कर देखता बाबू
	अली मैदाँग रहे	खुला मैदान था
	डेंगभाटा रहे बाबा	ऊँचा मैदान था बाबा
	दादा के काय बले	दादा से क्या कहता
	"एई लगे माहाल रहो दादा	"यहीं पर महल रहे दादा
	काय मँजा सुँदर दखे"	बहुत ही सुन्दर दिखता"
	जघा दखाउन देय बाबू	जगह दिखला देता बाबू
	डेरा दखाउन देय	डेरा दिखला देता
1420	गाड़ी ढिलुन दादा मन जाओत	गाड़ी खोल जाते दादा
	डेरी-पाटी दादा मन उतरात	खम्भे-पटिये उतारते
	बाँवसा-बलँगी उतरात दादा	बाँस-बलँगी उतारते दादा
	हाते बारस धरोत	हाथ में बारस लेते
	डेरी-पाटी छोलोत दादा	खम्भे-पटिया छीलते दादा
	बाँवसा-बलँगी छोलोत	बाँस-बलँगी छीलते
	बाँवसा के कापन मारोत दादा	बाँस में खाँचे बनाते दादा

4. जाओत : अन्य उच्चारण 'जावत'।

डेरी छोलुन सारोत
आरती-आइग धरे दादा
घिंव-गुर धरे
जागा रानी के सुमरे दादा
धरती माता के सुमरे
"सुन आया रे जागा रानी
सुन आया धरती माता
मयँ तुके खोदरा खनें आया
माहाल-डेरी गाड़ें
माहाल बनुन जाओ आया
मोचो माहाल निंमड़ुन[5] जाओ"
चार खुट पइँया पड़े दादा
चार खुट हात जोड़े
हाते कुस धरे दादा
मँजी खोदरा खने
खोदरा खनुन दादा सारे
खोदरा खनुन दादा सारे
आमा तोरन बाँदे दादा
दार-चाउर फेके
मँजी डेरी गाड़े दादा
मँजी डेरी गाड़े

वे खम्भे छील जाते
आरती-आग लेता दादा
घी-गुड़ लेता
जगह रानी को सुमरता दादा
धरती माता को सुमरता
"सुन हे माता जगह रानी
सुन हे आया धरती माता
मैं तुझे गड्ढा कर जाता आया
महल का खम्भा गाड़ता
महल बन जाये आया
मेरा महल बन जाये"
चारों दिशाओं में प्रणाम करता दादा
चारों दिशाओं में हाथ जोड़ता
हाथ में कुस लेता दादा
बीच में गड्ढा करता
गड्ढा कर जाता है दादा
गड्ढा कर जाता है
आम-तोरण बाँधता दादा
दाल-चावल अर्पित करता
बीच का खम्भा गाड़ता दादा
बीच का खम्भा गाड़ता

. निमड़ुन : अन्य उच्चारण 'निमड़ुन', 'लिमड़ुन'।

	खोदरा खनेया खनोत बाबा	गड्ढे करने वाले गड्ढे करते
	डेरी गाड़ेया गाड़ोत	खम्भे गाड़ने वाले गाड़ते
	पाटी लथेया लथोत बाबू मन	पाटी लादने वाले लादते
	बाँवसा लथेया लथोत	बाँस लादने वाले लादते
	माहाल बनाउन जात बाबू	महल बना जाते बाबू
	माहाल बनाउन जात	महल बना जाते
1421	एक दिन ले दुय दिन	एक दिन से दो दिन
	दुय दिन ले आँट दिन	दो दिन से आठ दिन
	माहाल बनातो होय राजा चो	महल बनाते बीते राजा का
	माहाल बनातो होय	महल बनाते बीते
	छय मयना होय बाबा	छह महीने बीते बाबा
	छय मयना होय	छह महीने बीते
	माहाल नईं निमड़े दादा चो	महल नहीं बनता दादा का
	माहाल नईं निमड़े	महल नहीं बनता
	बाबू मन काय बलोत दादा के	बाबू क्या कहते दादा से
	"सुन दादा" बलोत	"सुन हे दादा" कहते
	"सुन दादा रे गाँयता लोग	"सुन हे दादा गाँयता जन
	सुन दादा पुजारी लोग	सुन हे दादा पुजारी जन
	छय मयना होय दादा	छह महीने बीते दादा
	माहाल बनातो होय	महल बनाते बीते
	माहाल नईं बने दादा	महल नहीं बनता है दादा
	माहाल नईं बने	महल नहीं बनता है
	एक कामे बले रलू जाले	एक ही काम में लगे रहे तो
	एक कामे रलू जाले	एक ही काम में लगे रहे तो
	बाल-बचा भुके मरदे दादा	बाल-बच्चे भूखों मरेंगे दादा
	लोलो-बालो भुके मरदे	बाल-गोपाल भूखों मरेंगे
	आमी नईं बनावँ दादा	हम नहीं बनायेंगे दादा
	आमी नईं बनावँ"	हम नहीं बनायेंगे"
	गाँयता काय बले बाबू के	गाँयता क्या कहता बाबू से
	"सुना बाबू" बले	"सुनो हे बाबू" कहता
	"असन नईं बलवाँ बाबू	"ऐसा नहीं कहें हम बाबू
	राजा-घरो बात आय	राजा के घर की बात है
	बड़े घरो गोठ आय बाबू	बड़े घर की बात है बाबू
	माहाल बनाउन देवँ"	हम महल बना दें"
	दिन भर माहाल बनात दादा	दिन भर महल बनाते दादा
	दिन बुड़ुन जाय	दिन डूब जाता
1422	बारस-बिंदना दादा-बाबू धरोत	बारस-बिंधना दादा-बाबू लेते
	आपन डेरा ने दादा मन जाओत	अपने डेरे में दादा जाते

	राँदा-बाटा करोत दादा	भोजन पका जाते दादा
	खाना-पिना खाओत	वे भोजन कर जाते
	रात काजे सोओत दादा	रात को सो जाते दादा
	रात काजे सोओत	रात को सो जाते
	मँजगरा[6] रात बले होय बाबा	आधी रात होती बाबा
	झमझम रात होय	गहरी रात होती
	बिसकरमा काय बले	बिसकरमा क्या कहता
	बिसकरमा काय बले	बिसकरमा क्या कहता
	'खुबे दिन बले होय' बले	'बहुत दिन हो गये हैं' कहता
	'सहर दखलो होय	'शहर देखे हो गये
	सहर दखुकलाय जायँ' बले	शहर देखने जाऊँ मैं' कहता
	'मयँ राज दखुकलाय जायँ'	'मैं राज्य देखने जाऊँ'
	आपन साजू पिंदे बाबू	अपने साज पहनता बाबू
	आपलो जाक धरे	अपने सामान लेता
	पाँय ने खड़ऊ पिंदे बाबू	पाँवों में खड़ाऊँ पहनता बाबू
	हाते बेद धरे	हाथ में बेंत लेता
	घर ले बाहिर होय बाबू	घर से बाहर होता बाबू
	जाते-जाते जाय	चलता चला जाता
	रुमझुम-रुमझुम रेंगे बाबू	जल्दी-जल्दी चलता बाबू
	एक कलाट मारे	लम्बे डग है भरता
1423	मँजपुरे बले बाबू जाय	मँजपुर है बाबू जाता
	मँजपुरे बाबू जाय	मँजपुर है बाबू जाता
	खोरे-डाँडे बले जाय बाबू	अली-गली में जाता बाबू
	आरा-पारा जाय	अड़ोस-पड़ोस में जाता
	बुलुन-बुलुन दखे बाबू	घूम-घूम कर देखता बाबू
	गिंजरुन-गिंजरुन दखे	घूम-घूम कर देखता
	मँजपुर दखे बाबू	मँजपुर देख जाता बाबू
	सारी सहर दखे	सारा शहर देख जाता
	'सारी सहर मयँ दखले' बले	'सारा शहर देखा' कहता वह
	'सारी राज दखले' बले	'सारा राज्य देखा' कहता
	'मयँ एई खोर बाटे जायँ' बले	'मैं इस गली में जाऊँ' कहता
	'गोपपुर बाटे जायँ'	'गोपपुर की ओर जाऊँ'
	डुमर-मुँडा ने जाय बाबू	डुमर-मुँडा में जाता बाबू
	नवा माहाले जाय	नये महल में जाता
	नवा माहाल दखे बाबू	नया महल देखता बाबू
	नवा माहाल दखे	नया महल देखता

6. मँजगरा : अन्य ध्वनि 'मँजगड़ा', 'मँजगर', 'मँजगड़'।

	'काचो माहाल आय?' बले	'किसका महल है यह?' कहता
	'माहाल बनाउन जाय	'महल बना जाता
	माहाल नईं निमड़े' बले	महल नहीं बनता है' कहता
	'माहाल नईं बने'	'महल नहीं बन पाता'
	बुलुन-बुलुन बाबू दखे	घूम-घूम कर बाबू देखता
	गिंजरुन-गिंजरुन बाबू दखे	घूम-घूम कर बाबू देखता
	'नोनी चो माहाल आय' बले	'नोनी का महल है' कहता
	'नोनी चो माहाल आय	'नोनी का महल है
	माहाल नईं बने' बले	महल नहीं बन पाता' कहता
	'माहाल नाईं बने	'महल नहीं बन पाता
	कोन दिन डेरा एयदे?' बले	किस दिन यहाँ आयेगी?' कहता
	'केबे डेरा एयदे?'	'किस दिन यहाँ रहेगी?'
	'माहाल बनाउन जायँ' बले	'महल बना जाऊँ मैं' कहता
	'माहाल बनाउन जायँ'	'महल बना जाऊँ मैं'
	चार कोना उबे बाबू	चारों कोनों में खड़ा हो जाता बाबू
	चार कोना उबे	चारों कोनों में खड़ा हो जाता
	माहाल बनाउन जाय बाबू	महल बना जाता बाबू
	माहाल बनाउन जाय	महल बना जाता
1424	आधा जोजन के माहाल टेके	आधा योजन का बन जाता महल
	आधा जोजन माहाल टेके	आधा योजन का बन जाता
	इड़खी-खिड़की रय बाबा	खिड़की-झरोखे थे बाबा
	अरछी-परछी रय	परछियाँ भी थीं
	खोली-खोली रहे रानी चो	कई कमरे थे रानी के
	खोली-खोली रहे	कई कमरे थे
	माहाल बनुन जाय रानी चो	महल बन जाता रानी का
	माहाल बनुन जाय	महल बन जाता
	नव खँड माहाल चो डेवना लगे	नौ खण्डा महल की देहरी पर
	नव खँड माहाल चो डेवना	नौ खण्डा महल की देहरी पर
	दुठान दिया बरे बाबा	दो दीये जलते बाबा
	दुठान दिया बरे	दो दीये जलते
	जिगजाग-बुगबाग दखे माहाल	महल में रोशनी होती
	कयमय-कयमय दखे	महल प्रकाशित हो जाता
	नव खँड माहाल चो ओसना बाटे	नौ खण्डा महल की छत के नीचे
	नव खँड माहाल चो ओसना बाटे	नौ खण्डा महल की छत के नीचे
	तिन ठन दिया जले बाबा	तीन दीये जलते बाबा
	तिन ठन दिया जले	तीन दीपक जलते
	जिगजाग-बुगबाग बरे माहाल	महल प्रकाशित हो उठता
	अती सुँदर दखे	बहुत ही सुन्दर दिखता महल

नव खँड माहाल चो पुर दुआर	नौ खण्डा महल के मुख्य द्वार पर
नव खँड माहाल चो पुर दुआर	नौ खण्डा महल के मुख्य द्वार पर
सोनर खमा लगे बाबा	सोने का खम्भा लगता बाबा
सोनर खमा लगे	सोने का खम्भा लगता
रगरग-रगरग दखे माहाल	आग के गोले-सा दिखता महल
नँजर नईं माँडे	दृष्टि नहीं ठहरती
रात पाहाउन जाय बाबा	रात बीत जाती बाबा
बाबू घरे जाय	बाबू अपने घर जाता
25 उठोत बाबू मँजपुरया	उठते बाबू मँजपुरिया
उठोत बाबू मँजपुरया	उठते बाबू मँजपुरिया
दतुन-पतर चाबोत बाबू	दतौन आदि कर जाते बाबू
आँगे असनाँद होत	अंग स्नान कर जाते
राँदा-बाटा करोत बाबू मन	भोजन तैयार करते बाबू
खाना-पिना खाओत	वे भोजन कर जाते
हरबर तियार होत बाबू	झटपट तैयार होते बाबू
बारस-बिंदना धरोत	बारस-बिंधना लेते
टयँगा-कोड़की धरोत बाबू मन	कुल्हाड़ी-कुदाली लेते बाबू
माहाल बनाउक जात	महल बनाने जाते
नव खँड माहाले अमरोत बाबू	नौ खण्ड महल पहुँचते बाबू
बुलुन-बुलुन दखोत	घूम-घूम कर देखते
26 "माहाल निमड़ुन गेली" बलोत	"महल बन गया" कहते वे
"माहाल बनुन गेली" बलोत	"महल बन गया" कहते
बाबू के काय बलोत बाबू	बाबू से क्या कहते बाबू
"सुन बाबू" बलोत	"सुन हे बाबू" कहते
"माहाल बनुन गेली बाबू	"महल बन गया है बाबू
माहाल निमड़ुन गेली	महल बन गया है
हामके छुटी बले दे बाबू	हमें जाने दो हे बाबू
आमके छुटी दे"	हमें छुट्टी दो"
बाबू काय बले दादा के	बाबू क्या कहता दादा से
"सुना दादा" बले	"सुनो हे दादा" कहता
"दखलो-चाहलो नोहाय दादा	"देखा-भाला नहीं है दादा
जानलो-चिनलो नोहाय	जाना-चीन्हा नहीं है
काहाँ ले पानी खायदे दादा	कहाँ से पानी पीयेगी दादा
काहाँ ले पानी पिएदे?	कहाँ से पानी पीयेगी?
कुँआ खनुन दिया दादा	कुआँ खोद दें हे दादा
कुँआ खनुन दिया	कुआँ खोद दें
माहाल सिंग-दुआर दादा	महल के सिंह-द्वार में दादा
कुँआ खनुन जाहा"	कुआँ खोद दें"

1427	जाओत दादा रे जाओत बाबू	जाते दादा जाते बाबू
	जाओत दादा जाओत बाबू	जाते दादा जाते बाबू
	माहाल सिंगे-दुआर बाबा	महल के सिंह-द्वार में बाबा
	माहाल सिंगे-दुआर	महल के सिंह-द्वार में
	होम-आरती देत बाबू मन	होम-आरती करते बाबू
	पइँया पड़ुन जात	वे प्रणाम कर जाते
	कुँआ खनुन जात बाबू	कुआँ खोद जाते बाबू
	कुँआ निमड़ुन जाय	कुआँ है बन जाता
	"छुचा माहाल आसे दादा	"खाली महल है हे दादा
	खाली माहाल आसे	खाली महल है
	माहाल नईं फोबे दादा	महल नहीं शोभता दादा
	माहाल नईं बने	महल पूरा नहीं बना है
	माहाल एके बले भुँआर दादा	महल के चारों ओर दादा
	माहाल एके भुँआर दादा	महल के चारो ओर दादा
	बागे-बगेचा रहो दादा	बाग-बगीचे रहें दादा
	फुल-फुलवारी रहो	फूल-फुलवारी रहें
	केकती-केंवरा रहो दादा	केतकी-केवड़ा रहें दादा
	बाली-मोंगरा रहो	बाली-मोंगरा रहे
	डाँक-डाली रहो दादा	डाँक-दाड़िम रहे दादा

	गोहा-फर रहो	गोहा फल रहे
	कदम-रुक रहो दादा जे	कदम का पेड़ रहे दादा
	बेल-बगेचा रहो	बेल-बगीचा रहे

लिमऊ-बगेचा रहो दादा	नीबू का बगीचा रहे दादा
ठोटा बगेचा रहो	ठूँठा बगीचा रहे
आमा-बनवाड़ी रहो दादा	आम-अमराई रहे दादा
आमा-बनवाड़ी रहो दादा	आम-अमराई रहे
तेबे माहाल फोबे दादा	तब महल फबेगा दादा
तेबे माहाल फोबे"	तभी महल फबेगा"
मँजपुरया सुनोत बाबा	मँजपुरिया सुनते बाबा
माहाल एके भुँआर	महल के चारों ओर
बागे-बगेचा लगात दादा	बाग-बगीचे लगाते दादा
फुल-फुलवारी लगात	फूल-फुलवारी लगाते
सबय लगाउन दिला दादा मन	सब लगा जाते दादा
सबय लगाउन दिला	सब लगा जाते
8 बारस-बिंदना बाबू धरे	बारस-बिंधना बाबू लेते
टयँगा-कोड़की दादा धरे	कुल्हाड़ी-कुदाली दादा लेते
गाड़ी फाँदुन जाय दादा	गाड़ी तैयार करते दादा
गाड़ी फाँदुन जाय	गाड़ी तैयार करते
डुमर-मुँडा छाँडोत दादा	डुमर-मुँडा छोड़ते दादा
गोपपुर छाँडोत	गोपपुर छोड़ते
रुमझुम-रुमझुम रेंगोत बाबू	जल्दी-जल्दी चलते बाबू
एक कलाट मारोत	लम्बे डग हैं भरते
राजा-माहाले जात बाबू मन	राज-महल को जाते बाबू
राजा-माहाले अमरोत	राज-महल पहुँचते
लगे जाउन सलाम झोकोत	पास जा कर सलाम करते
दुरे जाउन बसोत	दूर जा कर बैठते
9 "सुना राजा रे मेंगराजा	"सुनिये राजा मेंगराजा
सुना राजा मेंगराजा	सुनिये राजा मेंगराजा
माहाल बनाउन दिलू राजा	महल बना दिया है राजा
माहाल बनाउन दिलू	महल बना दिया है
कुँआ खनुन दिलू राजा	कुआँ खोद दिया है राजा
बागे बगेचा लगालू	बाग-बगीचे लगा दिये हैं
हामके छुटी दिया राजा	हमें छुट्टी दें हे राजा
आमके छुटी दिया"	हमें जाने दें"
मेंगराजा सुने बाबा	मेंगराजा सुनता बाबा
नोनी के काय बले	नोनी से क्या कहता
"सुन नोनी कुँदनी कयना	"सुन नोनी कुँदनी कैना
सुन बाबा कुँदनी कयना	सुन बाबा कुँदनी कैना
रोसई-चाउर जोड़ नोनी	रसोई-चावल ले नोनी
मुठा रुपया धर	मुट्ठी भर रुपये ले

	माहाल बिदा के दे नोनी	महल-विदाई दे नोनी
	माहाल बिदा दे"	महल विदाई दे"
	कुँदनी कयना सुने बाबा	कुँदनी कैना सुनती बाबा
	रोसई-चाउर जोड़े	रसोई-चावल लेती
	मुठा रुपया धरे नोनी	मुट्ठी भर रुपये लेती नोनी
	माहाल-बिदा देय	महल-विदाई देती
	बाबू मन मोडरी बाँदोत बाबा	बाबू गठरी बाँधते बाबा
	आपन माहाले जात	अपने महल वे जाते
1430	एक दिन ले दुय दिन	एक दिन से दो दिन
	दुय दिन ले आँट दिन	दो दिन से आठ दिन
	माहाल बनालो होय राजा चो	महल बनाये बीते राजा का
	माहाल बनालो होय	महल बनाये बीते
	बाबा के काय बले रानी	बाबा से क्या कहती रानी
	"सुन बाबा" बले	"सुन हे बाबा" कहती
	"सोनर पलकी साज बाबा	"सोने की पालकी सजा बाबा
	पलकी चेघुन जायँ"	पालकी चढ़ कर जाऊँ"
	मेंगराजा सुने बाबा	मेंगराजा सुनता बाबा
	बाबू के काय बले	बाबू से क्या कहता
	"सुन बाबू पवनकुमार	"सुन हे बाबू पवनकुमार
	सुन बाबू पवनकुमार	सुन हे बाबू पवनकुमार
	बढ़ई-माहाले जा बाबू	बढ़ई-महल जा बाबू
	बढ़ई बलाउन आन	बढ़ई बुला कर ला
	हुन पलकी साजुन देयदे बाबू	वह पालकी सजा देगा बाबू
	पलकी साजुन देयदे"	पालकी सजा देगा"
	पवनकुमार सुने बाबा	पवनकुमार सुनता बाबा
	बढ़ई-माहाले जाय	बढ़ई-महल जाता
	बढ़ई-माहाले अमरे बाबू	बढ़ई-महल पहुँचता बाबू
	माँडो-मोंगरा उबे	मोगरा-मण्डप में रुकता
	'दादा' हंका मारे बाबू	'दादा' हाँक लगाता बाबू
	दादा सुनुन जाय	दादा है सुन लेता
	घर ले बाहिर होय दादा	घर से बाहर आता दादा
	बाबू के काय बले	बाबू से क्या कहता
	"काय कामे इलिस बाबू	"किस काम से आया बाबू
	तुय आले मोके साँग"	तू मुझे बतला"
1431	"तुचो जाक के धर दादा	"अपने सामान ले ले दादा
	तुचो साजू के धर दादा	अपनी सामग्री ले ले दादा
	राजा-घरे बलाव दादा	राजा के घर बुलावा दादा
	एक डँडिक जावँ"	थोड़ी देर चलो"

"एयँदे बाबू" बले दादा
हरबर तियार होय
आपलो साजू धरे दादा

"आऊँगा बाबू" कहता दादा
झटपट तैयार होता
अपने सामान लेता दादा

आपन जाक धरे
घर ले बाहिर होय दादा
जाते-जाते जाय
रुमझुम-रुमझुम रेंगे बाबू
एक कलाट मारे
राजा-माहाले जाय बाबू
राजा-माहाल अमरे
परछी ने जाउन बाबू बसे
राजा के काय बाबू बले
"काय बलाव आय राजा
आले मोके साँगा"
राजा काय बले बाबू के
"सुन बाबू" बले
"पलकी साजुन दे बाबू
पलकी साजुन दे"
"देयँदे राजा" बले बाबू
सोनर पलकी ने जाय
दखुन-दखुन साजे बाबू
गिंजरुन-गिंजरुन साजे

अपनी सामग्री लेता
घर से बाहर आता दादा
चलता चला जाता
जल्दी-जल्दी चलता बाबू
लम्बे डग वह भरता
राज-महल जाता बाबू
राज-महल पहुँचता
परछी में जा कर बाबू बैठता
राजा से क्या बाबू कहता
"किसलिये बुलवाया राजा
आप मुझे बतलायें"
राजा क्या कहता बाबू से
"सुन हे बाबू" कहता
"पालकी सजा दे बाबू
पालकी सजा दे"
"दूँगा राजा" कहता बाबू
सोने की पालकी के पास जाता
देख-देख कर सजाता बाबू
घूम-घूम कर सजाता

	खिला ठेचुन जाय बाबू	कील ठोंक जाता बाबू
	खिला ठेचुन जाय	कील ठोंक जाता
1432	पलकी साजुन बाबू सारे	पालकी सजा देता बाबू
	आपन जाक बाबू धरे	अपने सामान बाबू लेता
	राजा-माहाले जाय बाबू	राज-महल जाता बाबू
	परछी ने जाउन बसे	परछी में जा कर बैठता
	“पलकी साजुन दिले राजा	“पालकी सजा दी है राजा
	पलकी दखुक जाहा”	पालकी देखने जायें”
	सोनर पलकी ने जाय राजा	सोने की पालकी के पास जाता राजा
	सोनर पलकी दखे	सोने की पालकी देखता
	‘पलकी निमड़ुन गेली’ बले	‘पालकी तैयार हो गयी’ कहता
	‘हामके छाँड़ुन जाउआय’	‘हमें छोड़ जायेगी’
	“सुन नोनी कुँदनी कयना	“सुन नोनी कुँदनी कैना
	सुन बाबा कुँदनी कयना	सुन बाबा कुँदनी कैना
	रोसई-चाउर जोड़ नोनी	रसोई-चावल ले नोनी
	मुठा रुपया धर	मुट्ठी भर रुपये ले
	पलकी बिदा दे नोनी	पालकी की विदाई दे नोनी
	पलकी बिदा दे”	पालकी की विदाई दे”
	कुँदनी कयना सुने बाबा	कुँदनी कैना सुनती बाबा
	रोसई-चाउर जोड़े	रसोई-चावल लेती
	मुठा रुपया धरे नोनी	मुट्ठी भर रुपये लेती नोनी
	पलकी-बिदा देय	पालकी विदाई देती
	बाबू मोडरी बाँदे बाबा	बाबू गठरी बाँधता बाबा
	आपन माहाले जाय	अपने महल वह जाता
1433	एक दिन ले दुय दिन	एक दिन से दो दिन
	दुय दिन ले आँट दिन	दो दिन से आठ दिन
	पलकी साजलो होय राजा चो	पालकी सजाये बीते राजा को
	पलकी साजलो होय	पालकी सजाये बीते
	रानी काय बले राजा के	रानी क्या कहती राजा से
	“सुना राजा” बले	“सुन हे बाबा” कहती
	“मँजपुरया एओत राजा	“मँजपुरिया आयें राजा
	राँडी-लेड़ी एओत	विधवा-अशक्ताएँ आयें
	गरिब-दुखी एओत राजा	गरीब-दुखी आयें राजा
	एई बाटे खाना खादे	यहीं भोजन करेंगे
	दान-पुन देयँदे राजा	दान-पुण्य करूँगी राजा
	दान दकछिना देयँ”	मैं दान-दक्षिणा दूँगी”
	सुने राजा मेंगराजा	सुनता राजा मेंगराजा
	सुने राजा मेंगराजा	सुनता राजा मेंगराजा

	बाबू के काय बले राजा	बाबू से क्या कहता राजा
	"सुन बाबू" बले	"सुन हे बाबू" कहता
	"नँगारची-माहाले जा बाबू	"नगारची-महल जा बाबू
	घड़ी भर नँगारा देओ	थोड़ी देर मुनादी कर दे
	सँजकारी-सँजकारी एओत बाबू	जल्दी-जल्दी आयें बाबू
	एई बाटे खाना खादे	यहीं भोजन करेंगे
	राँडी-लेड़ी एओत बाबू	विधवा-अशक्ताएँ आयें बाबू
	गरिब-दुखी एओत"	गरीब-दुखी आयें"
	बाबू सुनुन जाय बाबा	बाबू सुन लेता है बाबा
	हरबर तियार होय	झटपट तैयार होता
34	नँगारची-माहाले बाबू जाय	नगारची-महल बाबू जाता
	नँगारची-माहाल बाबू अमरे	नगारची-महल बाबू पहुँचता
	माँडो-मोंगरा उबे बाबू	मोगरा-मण्डप में रुकता बाबू
	'दादा' हंका मारे	'दादा' हाँक लगाता
	दादा सुनुन जाय बाबा	दादा सुन लेता है बाबा
	घर ले बाहिर होय	घर से बाहर आता
	"काय कामे इलिस बाबू	"किस काम से आया बाबू
	आले मोके साँग"	तनिक मुझे बतला"
	बाबू काय बले दादा के	बाबू क्या कहता दादा से
	"सुन दादा" बले	"सुन हे दादा" कहता
	"घड़ी भर नँगारा दे दादा	"थोड़ी देर मुनादी कर दे दादा
	घड़ी भर नँगारा दे	थोड़ी देर मुनादी कर दे
	राँडी-लेड़ी दादा गरिब-दुखी	विधवा-अशक्ताएँ, गरीब-दुखी
	आँधा-काना, खोड़या-माटया	अन्धे-काने, लूले-लँगड़े
	सब फउद जाओत दादा	सभी लोग जायें दादा
	सब फउद जाओत	सभी लोग जायें
	हुनी बाटे खाना खादे दादा	वहीं पर भोजन करेंगे दादा
	दान-पुन देउआय"	वह (माहालखी) दान-पुण्य करेगी"
	"देयँदे बाबू" बले दादा	"कर दूँगा बाबू" कहता दादा
	हरबर तियार होय	झटपट तैयार होता
35	बाँडी घोड़ी बले दादा कसे	बाँडी घोड़ी कसता दादा
	जोड़ी नँगारा दादा चेगाय	दो नगाड़े रखता दादा
	हाते काड़ा धरे दादा	हाथ में काड़ा लेता दादा
	घर ले बाहिर होय	घर से बाहर आता
	रुमझुम-रुमझुम रेंगे दादा	जल्दी-जल्दी चलता दादा
	एक कलाट मारे	लम्बे डग वह भरता
	खोरे-डाँडे जाय दादा	अली-गली में जाता दादा
	आरा-पारा ने जाय	अड़ोस-पड़ोस में जाता

“सुना बाई, सुना नोनी	“सुनो हे बाई, सुनो हे नोनी
बजनेया-मोहरेया सुना दादा	बजनेया-मोहरेया सुनो दादा
मँदरेया-ढोडरेया सुना बाबू	माँदर-ढुडरा वाले सुनो
धँगड़ा रासी सुना	धँगड़ा रासी सुनो
आँधा-काना सुना” बले	अन्धे-काने सुनो” वह कहता
“खोड़ेया-माटेया सुना	“लूले-लँगड़े सुनो
डुमर-मुँडा जाउआय रानी	डुमर-मुँडा जायेगी रानी
गोपपुरे जाउआय	गोपपुर जायेगी
हुनी बाटे खाना देउआय” बले	वहीं पर भोजन देगी” कहता
“सब के खाना खुआय	“सभी को भोजन करायेगी
सँजकारी-सँजकारी जाहा” बले	जल्दी-जल्दी जायें” कहता
“सँजकारी-सँजकारी जाहा”	“जल्दी-जल्दी जायें”
बुलुन-बुलुन साँगे बाबू	घूम-घूम बतलाता बाबू
गिंजरुन-गिंजरुन साँगे	घूम-घूम बतलाता
1436 माटी-नँगारा धमधम करे	माटी-नगाड़ा धमधम करता
माटी-नँगारा धमधम करे	माटी-नगाड़ा धमधम करता
तमई झँजकार देय बाबा	तमई झंकृत होती बाबा
नँगारची नँगारा देय	नगारची मुनादी करता
नँगारा देउन सारे बाबू	मुनादी कर जाता बाबू
आपन माहाले जाय	अपने महल वह जाता
दादा-बाई सुनोत बाबा	दादा-बाई सुनते बाबा
हरबरे तियार होत	झटपट तैयार हो जाते
आपन साजू पिंदोत दादा-बाई	अपने साज पहनते दादा-बाई
आपन जाक धरोत	अपने सामान लेते
घर ले बाहिर होत दादा-बाई	घर से बाहर आते दादा-बाई
जाते-जाते जात	चलते चले जाते
राजा-माहाले जात दादा-बाई	राज-महल जाते दादा-बाई
राजा-माहाल अमरोत	राज-महल पहुँचते
लगे जाउन सलाम झोकोत	पास जा कर सलाम करते
दुरे जाउन दादा-बाई बसोत	दूर जा कर बैठते दादा-बाई
मेंगइन रानी दखे बाबा	मेंगइन रानी देखती बाबा
राजा के काय बले	राजा से क्या कहती
“फउद अमरुन गेला राजा	“लोग आ गये हैं राजा
धँगड़ा रासी छाटा	धँगड़ा रासी छाँटें
जोखा मारुन जादे राजा	जोखा बना जायेंगे राजा
राँदा राँदुन जादे”	वे भोजन पका जायेंगे”
मेंगराजा सुने बाबा	मेंगराजा सुनता बाबा
धँगड़ा रासी लगे जाय	धँगड़ा रासी के पास जाता

437	"सुना बाबू धँगड़ा रासी	"सुनो हे बाबू धँगड़ा रासी
	सुना बाबू धँगड़ा रासी	सुनो हे बाबू धँगड़ा रासी
	जोखा मारुन जाहा बाबू	जोखा बना जाओ बाबू
	राँदा राँदुन जाहा	भोजन तैयार कर डालो
	सब के खाना देवाँ बाबू	सब को भोजन देंगे बाबू
	सब के खाना देवाँ"	सब को भोजन करायेंगे"
	जोखा मारुन जात बाबू	जोखा बना जाते बाबू
	पानी आनेया आनोत	पानी लाने वाले पानी लाते
	आइग बारेया बारोत बाबू	आग जलाने वाले आग जलाते
	धँगड़ी पान आनोत	धँगड़ी पत्ते लातीं
	डोकरी दोना खिलोत बाबा	डोकरी दोने सीतीं बाबा
	राँदा-बाटा करोत	भोजन तैयार कर जाते
438	राँदा-बाटा के भय गय तियार	भोजन तैयार हो जाता
	राँदा-बाटा के भय गय तियार	भोजन तैयार हो जाता
	सब के पानी बले देत बाबू	सब को पानी देते बाबू
	सब के हात धोआत	सब के हाथ धुलाते
	ओरी-चो-ओरी बसोत दादा-बाई	पंक्तियों में बैठते दादा-बाई
	भात बाटुन जात	भात परोस जाते
	साग बाटुन जात बाबू	साग परोस जाते बाबू
	माँदी बाटुन जात	लोग बैठ जाते
	सब के पुरुन जाय बाबा	सब को परोसा जाता बाबा
	सब के होउन जाय	सब को परोसा जाता
439	खाई-पिई के भय गय तियार	खा-पी कर हो गये तैयार
	खाई-पिई के भय तियार	खा-पी कर हो गये तैयार
	रानी के काय बले नोनी	रानी से क्या कहती नोनी
	आया के काय बले	आया से क्या कहती
	"सुन आया मेंगइन	"सुन आया मेंगइन
	सुन आया मेंगइन	सुन माता मेंगइन
	हाते पोतनी धर आया	हाथ में पोतनी ले आया
	चार खुटेया लिप	चारों चौखाने लीप
	मँजी बाना लिख आया	बीच में बाना लिख माता
	कलस दिया बार	कलश-दीप जला
	चन्दन-काट मँडाव आया	चन्दन-काठ रख हे माता
	बेल-काट मँडाव"	बेल-काठ रख"
	मेंगइन रानी सुने बाबा	मेंगइन रानी सुनती बाबा
	हाते पोतनी धरे	हाथ में पोतनी लेती
	चार खुटेया लिपे रानी	चारों चौखाने लीपती रानी

	मँजी बाना लिखे	बीच में बाना लिखती
	चन्दन-काट मँडाय रानी	चन्दन-काठ रखती रानी
	बेल-काट मँडाय	बेल-काठ रखती
	अकइस कोटी बले बाजा बाजे	इक्कीस कोटि बाजे बजते
	बाइस कोटी मोहरी बाजे	बाईस कोटि मोहरी बजतीं
	धँगड़ा माँदर मारोत बाबा	धँगड़ा माँदर बजाते बाबा
	धँगड़ी रिलो गाओत	धँगड़ी रिलो गातीं
	राजा चो दुआरे बाजे बाबा	राजा के द्वार में बजता बाबा
	कुड़ुमछुट्टुन जाय	जोर-शोर से बजता
	मुँड ओड़नी देय रानी	सिर पर ओढ़नी रखती रानी
	मुँड ओड़नी देय	सिर पर ओढ़नी रखती
1440	सोनर झुलना ले रानी उतरे	सोने के झूले से रानी उतरती
	रुपर धरना ले रानी उतरे	चाँदी की डोर से रानी उतरती
	बाना ने जाउन उबे रानी	बाना में जा खड़ी होती रानी
	बाना ने जाउन उबे	बाना में जा खड़ी होती
	बाबा के काय बले रानी	बाबा से क्या कहती रानी
	"सुन बाबा" बले	"सुन हे बाबा" कहती
	"पयसा-रुपया आन बाबा	"पैसे-रुपये लाओ बाबा
	कपड़ा-लता आन	कपड़े-लत्ते लाओ
	सोना-चाँदी आन बाबा	सोना-चाँदी लाओ बाबा
	मयँ दान दकछिना देयँ"	मैं दान-दक्षिणा करूँगी"
1441	"सुन बाबू पवनकुमार	"सुन हे बाबू पवनकुमार
	सुन बाबू पवनकुमार	सुन हे बाबू पवनकुमार
	कपड़ा-लता बले आन बाबू	कपड़े-लत्ते ला हे बाबू
	पयसा-रुपया आन	रुपये-पैसे ला
	सोना-चाँदी आन बाबू	सोना-चाँदी ला हे बाबू
	दान-पुन करुआय"	(माहालखी) दान-पुण्य करेगी"
	पवनकुमार सुने बाबा	पवनकुमार सुनता बाबा
	सब जोड़ा धरे	सारी सामग्री लेता
	माहालखी के देय बाबू	माहालखी को देता बाबू
	माहालखी धरे	माहालखी लेती
	"सुना बाई राँडी-लेड़ी	"सुनो बाई विधवा-अशक्ता
	सुना बाई गरिब-दुखी	सुनो बाई गरीब-दुखी
	खोड़या-माटेया सुना" बले	लूले-लँगड़े सुनो" कहती
	"आँधा-काना सुना	"अन्धे-काने सुनो
	गरिब-दुखी सुना" बले	गरीब-दुखी सुनो" कहती
	"मोचो लगे इया"	"मेरे पास आओ"

	खोड़या-माटेया जाओत बाबा	लूले-लँगड़े जाते बाबा
	गरिब-दुखी जाओत	गरीब-दुखी जाते
1442	पयसा दिया के पयसा देय	पैसे देती वह लोगों को
	रुपया दिया के रुपया देय	रुपये देती वह लोगों को
	सोना दिया के देय रानी	सोना देती वह लोगों को
	चाँदी दिया के देय	चाँदी देती वह लोगों को
	दान-पुन करे रानी	दान-पुण्य करती रानी
	दान-पुन करे	दान-पुण्य वह करती
	बाबा के काय बले रानी	बाबा से क्या कहती रानी
	"सुन बाबा" बले	"सुनो हे बाबा" कहती
	"सोनर पलकी आन बाबा	"सोने की पालकी लाओ बाबा
	मयँ पलकी चेघुन जायँ"	मैं पालकी चढ़ कर जाऊँगी"
1443	"सुना बाबू छयबय	"सुनो हे बाबू छयबय'
	सुना बाबू छयबय	सुनो हे बाबू छयबय
	सोनर पलकी आना बाबू	सोने की पालकी लाओ बाबू
	पलकी के साजुन दिया"	पालकी सजा दो"
	छयबय सुनोत बाबा	छयबय सुनते हैं बाबा
	सात ओआड़ी धरोत बाबू	सात परदे लेते बाबू
	सात ओहाड़ी धरोत	सात परदे लेते
1444	"सुन बाबा रे मेंगराजा	"सुन हे बाबा मेंगराजा
	सुन बाबा मेंगराजा	सुन हे बाबा मेंगराजा

7. छयबय : जनखा।

	हाते फल बले धर बाबा	हाथ में फल ले हे बाबा
	नख मुँडी ने फोड़	मेरे नखाग्र[8] में फोड़ डाल
	डुमर-मुँडा जायँ बाबा	डुमर-मुँडा मैं जाऊँ बाबा
	मयँ गोपपुरे जायँ"	मैं गोपपुर जाऊँ"
	मेंगराजा सुने बाबा	मेंगराजा सुनता बाबा
	हाते फल धरे	हाथ में फल लेता

	नोनी लगे बले जाय राजा	नोनी के पास जाता राजा
	नोनी चो पुरे उबे	नोनी के सामने खड़ा होता
	झारी पानी छिचे राजा	झारी से पानी छिटकता राजा
	काचा गोरस छिचे	कच्चा दूध छिटकता
	जात लाली टिके राजा	शुद्ध लाली लगाता राजा
	अगरबती जलाय	अगरबत्ती जलाता
	होम-आरती देय राजा	होम-आरती करता राजा
	पइँया पड़ुन जाय	वह प्रणाम कर जाता
1445	हाते फल बले राजा धरे	हाथ में फल राजा लेता
	हाते फल राजा धरे	हाथ में फल राजा लेता
	नखमुँडी ने फोड़े राजा	नख से फोड़ जाता राजा
	नखमुँडी ने फोड़े	नख से फोड़ जाता
	हुन बाबा के काय बले रानी	बाबा से क्या कहती रानी

8. नखाग्र : वस्तुतः माहालखी का कहना है कि फल (सम्भवतः नारियल ही) उसके पाँवों के नखाग्र के पास अर्थात् पाँवों के पास फोड़े जायें।

	“सुन बाबा” बले	“सुन हे बाबा” कहती
	“मोके नेउन दिया बाबा	“मुझे पहुँचा दो हे बाबा
	मोके नेउन दिया”	मुझे पहुँचा दो”
	सब के ‘राम-राम’ बले रानी	सब को ‘राम-राम’ कहती रानी
	सब के सलाम झोके	सब को प्रणाम कर जाती
	पइँया पड़ुन जाय रानी	सब को प्रणाम करती रानी
	हात जोड़ुन जाय	वह हाथ जोड़ लेती
	सोनर पलकी ने रानी जाय	सोने की पालकी में जाती रानी
	सोनर पलकी रानी जाय	सोने की पालकी में जाती रानी
	पलकी बसुन जाय रानी	पालकी में बैठ जाती रानी
	पलकी बसुन जाय	पालकी में बैठ जाती
	नव खँड माहाल छाँडे रानी	नौ खण्डा महल छोड़ती रानी
	जाते-जाते जाय	चलती चली जाती
	बजनेया-मोहरेया सँगे जाय रानी	बजनेया-मोहरेया के सँग जाती रानी
	फउद-फटाका सँगे जाय	फौज-पटाखे के सँग जाती
	कोसक-दापक रेंगे रानी	कोस-दाब भर चलती रानी
	एक कलाट मारे	लम्बे डग वह भरती
1446	मुर बाँजिन नारी रे भगवान	निपट बाँझ नारी हे भगवन
	मुर बाँजिन नारी परभू	निपट बाँझ नारी हे प्रभु
	रानी चो जातो के दखे बाई	रानी को जाते देखती बाई
	‘रानी जासोत’ बले	‘रानी जाती है’ कहती
	‘जाउन पलकी छेकें’ बले	‘जा कर पालकी रोकूँ’ कहती

‘मोके काहीं बले अगिया देदे’	‘मुझे कुछ तो वरदान देगी’
धाएँ-धुपे पराते जाय बाई	दौड़ती-हाँफती जाती बाई
जाउन पलकी छेके	जा कर पालकी रोकती
रट् नाय पलकी थेबे रानी चो	झटके से पालकी रुकती रानी की
रट् नाय पलकी थेबे	झटके से पालकी रुकती
“कोन नारी छेके बाबू?	“कौन नारी रोकती बाबू?
पलकी थेबुन जाय”	यह पालकी रुक जाती”
“मुर बाँजिन नारी रानी	“निपट बाँझ नारी है रानी
मुर बाँजिन नारी रानी	निपट बाँझ नारी है
पलकी छेकुन जाय रानी	पालकी रोक जाती रानी
पलकी छेकुन जाय”	वह पालकी रोक जाती”
बाई के काय बले रानी	बाई से क्या कहती रानी
“तुय सुन बाई” बले	“तू सुन हे बाई” कहती
“मुर बाँजिन नारी बाई	“निपट बाँझ नारी तू बाई

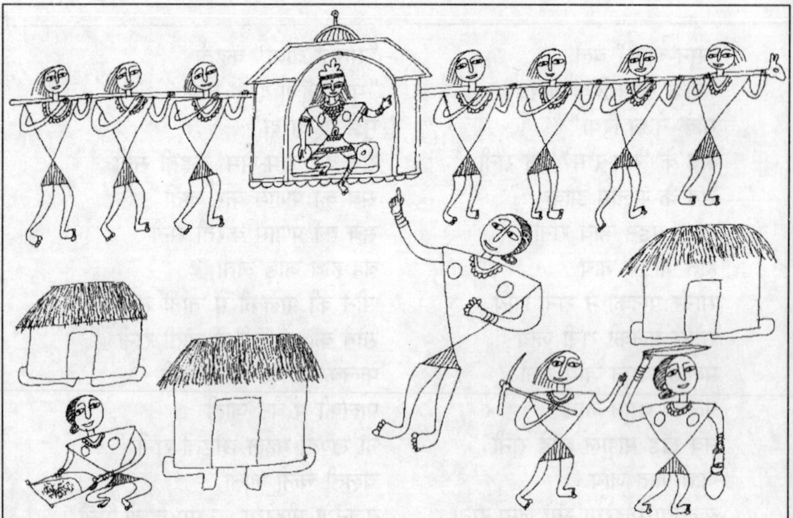

मुर बाँजिन नारी बाई	निपट बाँझ नारी तू बाई
बड़ा खटही आस बाई	बड़ी ही अशुभ है हे बाई
बड़ा हटही आस	बड़ी ही अभागी है
तुय मरुन गेलिस जाले	तू मर गयी तो
तुय मरुन गेलिस	तू मर गयी तो
भिमसन गाड़ा फाँदुआय बाई	भिमसन गाड़ी में जोतेगा बाई
भिमसन गाड़ा फाँदुआय	भिमसन गाड़ी में जोतेगा

बाट ले गुचुन जा बाई	रास्ते से हट जा बाई
मोके जाउक देस	मुझे जाने दे
बड़ा उरामे जायँ बाई	बड़े आराम से जाऊँ बाई
मयँ बड़ा हरिक ने जायँ"	मैं बड़े आनन्द से जाऊँ"
47 जाओत रानी माहालखी	जातीं रानी माहालखी
जाओत रानी माहालखी	जातीं रानी माहालखी
कोसक-दापक रेंगोत रानी	कोस-दाब भर चलतीं रानी
एक कलाट मारोत	लम्बे डग हैं भरती
होम पड़ते जाय रानी के	होम देते चलते हैं लोग
चाँवर पड़ते जाय	चँवर डुलाते चलते
जोड़ी चाँवर पड़े रानी के	दो-दो चँवर डुलते रानी को
होम पड़ते जाय	होम देते चलते
मेंगराजा बले होम देय	मेंगराजा होम देता
मेंगइन रानी परछन करे	मेंगइन रानी स्वागत करती
गइरा दुद छिचे रानी के	गइरा दूध छिटकता रानी पर
मालिन फुल छिचे	मालिन फूल बरसाती
गाँयतिन पाँय धोआय रानी के	गाँयतिन पाँव धुलाती रानी के
गाँयता घड़ी लिखे	गाँयता घड़ी लिखता[1]
मालिन फुल छिचे रानी के	मालिन फूल बरसाती रानी पर
बजनेया-मोहरेया सँगे जाय	बजनेया-मोहरेया के सँग जाती

1. घड़ी लिखना : चावल के सूखे आटे से जमीन पर गोलाकार चित्रांकन करना।

1448	एक पिला चो मायँ नारी	एक बच्चे की वह माता
	एक पिला चो मायँ नारी	एक बच्चे की वह माता
	रानी चो जातो के दखे बाई	रानी को जाते देखती बाई
	'रानी जासोत' बले	'रानी जातीं' कहती
	'जाउन पलकी छेकें' बले	'जा कर पालकी रोकूँ' कहती
	'मोके काईं बले अगिया देदे'	'मुझे कोई तो वरदान देंगी'
	धाएँ-धुपे पराते जाय बाई	दौड़ती-हाँफती जाती बाई
	जाउन पलकी छेके	जा कर पालकी रोकती
	रट् नाय पलकी थेबे बाबा	झटके से पालकी रुकती बाबा
	"कोन नारी छेके?"	"कौन नारी है रोकती?"
	"एक पिला चो मायँ आय नारी	"एक बच्चे की है वह माता
	एक पिला चो मायँ आय नारी	एक बच्चे की है वह माता
	पलकी छेकुन जाय रानी	पालकी रोक जाती रानी
	पलकी छेकुन जाय"	पालकी रोक जाती"
	रानी काय बले बाई के	रानी क्या कहती बाई से
	"सुन बाई" बले	"सुन हे बाई" कहती
	"एक पिला चो मायँ नारी	"हे एक बच्चे की माता
	एक पिला चो मायँ नारी	हे एक बच्चे की माता
	केरा-बाँज बले आस बाई	केले-सी बाँझ है तू बाई
	केरा-बाँज आस	केले-सी बाँझ है तू
	आकट खटही आस बाई	बड़ी ही अशुभ है तू बाई
	तुय बड़ा खटही आस	बड़ी ही अभागी है
	तुचो मूँ के दखतो पाप आय बाई	तेरा मुँह देखना पाप है बाई
	बाट ले गुचुन जा"	तू रास्ते से हट जा"
	एक पिला चो मायँ नारी	एक बच्चे की वह माता
	गागते-बोगते जाय	रोती-कलपती जाती
	'असन बल्ला' बले बाई	'ऐसा कहा रानी ने' कहती
	'असन बल्ला' बले	'ऐसा कहा रानी ने'
	बाट ले गुचुन जाय बाई	रास्ते से हट जाती बाई
	बाट ले गुचुन जाय	रास्ते से हट जाती
	हालते-डोलते जाय रानी	हिलते-डुलते जाती रानी
	खेलते-बुलते जाय	खेलते-घूमते जाती
1449	माहालखी चो जातो बाटे	माहालखी की राह में
	माहालखी चो जातो बाटे	माहालखी की राह में
	सोन चो बरसा बरसे बाबा	सोने की वर्षा होती बाबा
	फुल चो बरसा बरसे	फूलों की वर्षा होती
	रजमय खेलते जाय रानी	सोने से खेलती जाती रानी

रजमय खेलते जाय	सोने से खेलती जाती
दुय पिला चो मायँ नारी	दो बच्चे की वह माता
रानी चो जातो के दखे	रानी को जाते देखती
'रानी जासोत' बले बाई जे	'रानी जातीं' कहती बाई
जाउन पलकी छेके	जा कर पालकी रोकती
रट् नाय पलकी थेबे बाबा	झटके से पालकी रुकती बाबा
"कोन नारी छेके?"	"कौन नारी है रोके?"
"दुय पिला चो मायँ नारी	"दो बच्चों की वह माता
पलकी छेकुन जाय"	पालकी रोक गयी है"
"दुय पिला चो मायँ[10] नारी	"हे दो बच्चों की माता
दुय पिला चो मायँ नारी	हे दो बच्चों की माता
तुय बले खटहिन आस बाई	तू भी अशुभ है हे बाई
तुय बले भोटहिन आस	तू भी अभागी है
डेवना-राखा आस बाई	देहरी-रक्षक तू है हे बाई
डेवना-राखा आस	द्वारपाल-सी है तू
बाट ले गुचुन जा बाई	रास्ते से हट जा बाई
तुय मोके जाउकलाय देस"	तू मुझे जाने दे"
बाट ले गुचुन जाय बाई	रास्ते से हट जाती बाई
'असन बल्ला' बले	'ऐसा कहा' वह कहती
जाते-जाते बले जाय रानी	चलती चली जाती रानी
जाते-जाते जाय	चलती चली जाती
खोरे-डाँड काजे जाय रानी	अली-गली से जाती रानी
आरा-पारा काजे जाय	अड़ोस-पड़ोस से जाती
तिन पिला चो मायँ नारी	तीन बच्चों की वह माता
तिन पिला चो मायँ नारी	तीन बच्चों की वह माता
रानी चो जातो के दखे बाई	रानी को जाते देखती बाई
'लखी जासोत' बले	'लखी जा रही हैं' कहती
'जाउन पलकी छेकें' बले	'जा कर पालकी रोकूँ' कहती
हुन जाउन पलकी छेके	वह जा कर पालकी रोकती
रट् नाय पलकी थेबे बाबा	झटके से पालकी रुकती बाबा
"कोन पलकी छेके?"	"कौन पालकी रोकता?"
"तिन पिला चो मायँ नारी[11]	"तीन बच्चों की वह माता
तिन पिला चो मायँ नारी	तीन बच्चों की वह माता
पलकी छेकुन जाय रानी	पालकी रोक जाती रानी
पलकी छेकुन जाय"	पालकी रोक जाती"

माय : अन्य उच्चारण 'मायँ'।

दिनांक 18.12.1996 को ध्वन्यांकित कैसेट क्रमांक 32बी का आरम्भ।

रानी काय बले बाई के
"सुन बाई" बले
"पलकी नईं बले छेक बाई
मोके जाउकलाय देस
तिन पिला चो मायँ नारी
तिन पिला चो मायँ नारी
चुला-मुला बले आस बाई
इटला पखना आस
बाट ले गुचुन जा बाई
मोके जाउकलाय दे"
बाट ले गुचुन जाय बाई
गागते-बोगते जाय
चाँवर पड़ते जाय रानी के
होम पड़ते जाय
आया-बाबा सँगे जाय रानी
बजनेया-मोहरेया सँगे जाय
1453 चार पिला चो मायँ नारी
चार पिला चो मायँ नारी
रानी चो जातो के दखे बाई
'रानी जासोत' बले
जाउन पलकी छेके बाई
रट् नाय पलकी थेबे

रानी क्या कहती बाई से
"सुन हे बाई" कहती
"पालकी मत रोक बाई
मुझे जाने दे
तीन बच्चों की तू माता
तीन बच्चों की तू माता
चूल्हे जैसी है तू बाई
ईंट-पत्थर-सी है
रास्ते से हट जा हे बाई
मुझे जाने दे"
रास्ते से हट जाती बाई
वह रोती-बिलखती जाती
चँवर डुलाते जाते रानी को
होम देते चलते
आया-बाबा के सँग जाती रानी
बजनेया-मोहरेया के सँग जाती
चार बच्चों की वह माता
चार बच्चों की वह माता
रानी को जाते देखती बाई
'रानी जातीं' कहती
जा कर पालकी रोकती बाई
झटके से पालकी रुकती

रानी काय बले बाबू के
"कोन नारी छेके?
पलकी थेबुन जाय बाबू

रानी क्या कहती बाबू से
"कौन नारी है रोकती?
पालकी रुक गयी है बाबू

पलकी थेबुन जाय"
"चार पिला चो मायँ नारी
पलकी छेकुन जाय"
"जा-जा बाई तुय चार पिला मायँ
जा-जा बाई चार पिला मायँ
पलकी नईं बले छेक बाई
मोके जाउकलाय देस
चार पिला चो मायँ नारी
चार पिला चो मायँ
खटिया-खुरा बले आस बाई
चार ने हार आस
मोके जाउकलाय दे बाई
पलकी नईं छेक"
बाट ले गुचुन जाय बाई
गागते-बोगते जाय
मेंगराजा बले होम देय
मेंगराजा होम देय
मेंगइन परछन करे रानी के
गइरा दुद छिचे

पालकी रुक गयी"
"चार बच्चों की वह माता
पालकी रोक गयी है"
"जा-जा बाई तू चार बच्चों की माता
जा-जा बाई तू चार बच्चों की माता
पालकी मत रोक बाई
मुझे जाने दे
हे चार बच्चों की माता
हे चार बच्चों की माता
खटिया का पाया तू बाई
चार में तू हार है
मुझे जाने दे हे बाई
पालकी मत रोक"
रास्ते से हट जाती बाई
वह रोती-बिलखती जाती
मेंगराजा होम करता
मेंगराजा होम करता
मेंगइन स्वागत करती रानी का
गइरा दूध छिड़कता

	बड़ा उरामे जाय रानी	बड़े आराम से जाती रानी
	बड़ा हरिक ने जाय	बड़े आनन्द से जाती
	पाँच पिला चो मायँ नारी	पाँच बच्चों की वह माता
	रानी चो जातो के दखे	रानी को जाते देखती
	'रानी जासोत' बले बाई	'रानी जातीं' कहती बाई
	'मयँ जाउन पलकी छेकें	'मैं जा कर पालकी रोकूँ
	काईं बले अगिया देदे' बले	कुछ तो वरदान देंगी' कहती
	'मोके काईं बले बरदान देदे'	'मुझे कुछ तो वरदान देंगी'
	जाउन पलकी छेके बाई	जा कर पालकी रोकती बाई
	रट् नाय पलकी थेबे	झटके से पालकी रुकती
	"कोन नारी छेके बाबू?	"कौन नारी रोकती बाबू?
	पलकी थेबुन जाय"	यह पालकी रुक गयी"
	"पाँच पिला चो मायँ नारी	"पाँच बच्चों की वह माता
	पलकी छेकुन जाय"	पालकी रोक गयी है"
1455	"सुना बाबू छयबय	"सुनो बाबू छयबय
	सुना बाबू छयबय	सुनो बाबू छयबय
	सात ओआड़ी गुचावा बाबू	सात परदे हटाओ बाबू
	मयँ बाई के अगिया बले देयँ"	मैं बाई को वरदान दूँगी"
	सात ओआड़ी गुचात बाबू	सात परदे हटाते बाबू
	बाई के असिस देय :	वह बाई को आशीष देती :
	"पाँच पिला चो मायँ नारी	"हे पाँच बच्चों की माता
	पाँच पनमेसर आत	वे[12] पाँच परमेश्वर-से हैं
	बड़ा सुँदर भाग आय बाई	बड़ा सुन्दर भाग्य है बाई
	तुचो अती सुँदर भाग आय	तुम्हारा अति सुन्दर भाग्य है
	तुके अन-धन होयदे बाई	तुझे अन्न-धन होगा हे बाई
	तुके कासा-तामा होयदे	तुझे काँसा-ताम्बा होगा
	जिव भर सुखी रसे बाई	जीवन भर सुखी रहेगी बाई
	जिव रत ले खासे	तू जीवन भर सुखी रहेगी
	फुल-रथे जासे बाई	फूल-रथ में जाएगी बाई
	तुय बाट ले गुचुन जा"	तू रास्ते से हट जा"
	बाट ले गुचुन जाय बाई	रास्ते से हट जाती बाई
	हाँसते-बुकलते जाय	हँसती-गाती जाती
1456	जाओत रानी माहालखी	जातीं रानी माहालखी
	जाओत रानी माहालखी	जातीं रानी माहालखी
	खोरे-खोरे बले जात रानी	अली-गली में जातीं रानी
	डाँडे-डाँडे जात	अली-गली से जातीं
	छय पिला चो मायँ नारी	छह बच्चों की वह माता

12. वे : पाँच बच्चे।

	रानी चो जातो के दखे	रानी को जाते देखती
	'रानी जासोत' बले बाई	'रानी जातीं' कहती बाई
	'मयँ जाउन पलकी छेकें	'मैं जा कर पालकी रोकूँ
	काईं बले असिस देदे' बले	कुछ तो आशीष देंगी' कहती
	'काईं बले बरदान देदे'	'कोई तो वरदान देंगी'
	जाउन पलकी छेके बाई	जा कर पालकी रोकती बाई
	रट् नाय पलकी थेबे	झटके से पालकी रुकती
	"कोन नारी छेके बाबू?	"कौन नारी रोकती बाबू?
	पलकी थेबुन जाय"	पालकी रुक गयी"
57	"छय पिला चो मायँ नारी	"छह बच्चों की वह माता
	छय पिला चो मायँ नारी	छह बच्चों की वह माता
	पलकी छेकुन जाय रानी	पालकी रोक जाती रानी
	पलकी छेकुन जाय"	पालकी रोक जाती"
	बाई के काय बले रानी	बाई से क्या कहती रानी
	"तुय सुन बाई" बले	"तू सुन हे बाई" कहती
	"छय पिला चो मायँ नारी	"हे छह बच्चों की माता
	तुय छय ने भय आस	तू छह में भय-सी है
	तुय बले खटही आस बाई	तू भी अशुभ है हे बाई
	तुय बले भटही आस	तू भी अभागी है
	बाट ले गुचुन जा बाई	रास्ते से हट जा हे बाई
	मोके जाउकलाय दे"	मुझे जाने दे"
	बाट ले गुचुन जाय बाई	रास्ते से हट जाती बाई
	बाट ले गुचुन जाय	रास्ते से हट जाती
458	जाओत रानी माहालखी	जातीं रानी माहालखी
	जाओत रानी माहालखी	जातीं रानी माहालखी
	कोसक-दापक रेंगोत रानी	कोस-दाब भर चलतीं रानी
	एक कलाट मारोत	लम्बे डग हैं भरती
	सात पिला चो मायँ नारी	सात बच्चों की वह माता
	रानी चो जातो के दखे	रानी को जाते देखती
	'जाउन पलकी छेकें' बले	'जा कर पालकी रोकूँ' कहती
	'मोके काहीं बले बरदान देदे'	'मुझे कुछ तो वरदान देंगी'
	जाउन पलकी छेके बाई	जा कर पालकी रोकती बाई
	रट् नाय पलकी थेबे	झटके से पालकी रुकती
	"कोन नारी छेके बाबू?	"कौन नारी रोकती बाबू?
	पलकी थेबुन जाय"	पालकी रुक गयी"
459	"सात पिला चो मायँ नारी	"सात बच्चों की वह माता
	सात पिला चो मायँ नारी	सात बच्चों की वह माता
	पलकी छेकुन जाय रानी	पालकी रोक जाती रानी

पलकी छेकुन जाय"	पालकी रोक गयी है"
बाबू के काय बले रानी	बाबू से क्या कहती रानी
"तुमी सुना बाबू" बले	"तुम सुनो हे बाबू" कहती
"सात ओआड़ी गुचावा बाबू	"सात परदे हटाओ बाबू
मयँ बाई के असिस देयँ"	मैं बाई को आशीष दूँगी"
सात ओआड़ी गुचात बाबू	सात परदे हटाते बाबू
बाई के असिस देय	वह बाई को आशीष देती
"सात पिला चो मायँ नारी	"हे सात बच्चों की माता
सात पिला चो मायँ नारी	हे सात बच्चों की माता
सात भाग बले आय बाई	सात भाग्य तुम्हारे हैं बाई
तुचो बड़ा सुँदर भाग आय	तेरा बहुत सुन्दर भाग्य है
जिव रत ले खासे बाई	जीवन भर सुखी रहेगी बाई
तुय फुल-रथे जासे	तू फूल-रथ में जायेगी
बाट ले गुचुन जा बाई	रास्ते से हट जा हे बाई
मोके जाउकलाय दे"	मुझे जाने दे"
बाट ले गुचुन जाय बाई	रास्ते से हट जाती बाई
माहालखी जाओत	माहालखी जातीं
कोसक-दापक रेंगोत रानी	कोस-दाब भर चलतीं रानी
एक कलाट मारोत	लम्बे डग हैं भरती
एक कलाट मारोत रानी	लम्बे डग भरती हैं रानी
जाते-जाते जात	चलती चली जातीं
आँट पिला चो मायँ नारी	आठ बच्चों की वह माता
आँट पिला चो मायँ नारी	आठ बच्चों की वह माता
रानी चो जातो के दखे बाई	रानी को जाते देखती बाई
'मयँ जाउन पलकी छेकें	'मैं जा कर पालकी रोकूँ
काईं बले बरदान देदे' बले	कुछ तो वरदान देंगी' कहती
'काईं बले बरदान देदे'	'कोई तो वरदान देंगी'
जाउन पलकी छेके बाई	जा कर पालकी रोकती बाई
रट् नाय पलकी थेबे	झटके से पालकी रुकती
"कोन नारी छेके बाबू	"कौन नारी रोकती बाबू
पलकी थेबुन जाय?"	पालकी रुक गयी?"
"आँट[13] पिला चो मायँ नारी	"आठ बच्चों की वह माता
पलकी छेकुन जाय"	पालकी रोक गयी है"
"जा-जा बाई आँट पिला मायँ	"जा-जा बाई तू आठ बच्चों की माता
जा-जा बाई आँट पिला मायँ	जा-जा बाई तू आठ बच्चों की माता
बड़ा उपई आस बाई	बड़ी ही चंचल है बाई तू

13. आँट : अन्य उच्चारण 'आट', 'आठ', 'आँठ'।

	बड़ा भटही आस	बड़ी अभागी है
	आँट पिला चो मायँ नारी	हे आठ बच्चों की माता
	तुय आँट-काट आस	तू आठ में काट है[14]
	बाट ले गुचुन जा बाई	रास्ते से हट जा हे बाई
	मोके जाउकलाय दे"	मुझे जाने दे"
	बाट ले गुचुन जाय बाई	रास्ते से हट जाती बाई
	बाट ले गुचुन जाय	रास्ते से हट जाती
	हालते-डोलते जात रानी	हिलते-डुलते जातीं रानी
	खेलते-बुलते जात	खेलती-गाती जातीं
	खोरे-डाँडे बले जात रानी	अली-गली में जातीं रानी
	आरा-पारा काजे जात	अड़ोस-पड़ोस से जातीं
61	नव पिला चो मायँ नारी	नौ बच्चों की वह माता
	नव पिला चो मायँ नारी	नौ बच्चों की वह माता
	रानी चो जातो के दखे बाई	रानी को जाते देखती बाई
	रानी चो जातो के दखे	रानी को जाते देखती
	'माहालखी जासोत' बले	'माहालखी जाती हैं' कहती
	'माहालखी जासोत	'माहालखी जाती हैं
	जाउन पलकी छेकें' बले	जा कर पालकी रोकूँ' कहती
	'मोके काईं बले अगिया देदे'	'मुझे कुछ तो वरदान देंगी'
	धाएँ-धुपे पराते जाय बाई	दौड़ती-हाँफती जाती बाई
	जाउन पलकी छेके	जा कर पालकी रोकती
	रट् नाय पलकी थेबे बाबा	झटके से पालकी रुकती बाबा
	रट् नाय पलकी थेबे	झटके से पालकी रुकती
	"कोन नारी छेके बाबू?	"कौन नारी रोकती बाबू?
	पलकी थेबुन जाय"	पालकी रुक गयी"
62	"नव पिला चो मायँ नारी	"नौ बच्चों की वह माता
	नव पिला चो मायँ नारी	नौ बच्चों की वह माता
	पलकी छेकुन जाय रानी	पालकी रोक गयी है रानी
	पलकी छेकुन जाय"	पालकी रोक गयी है"
	"सात ओआड़ी गुचावा बाबू	"सात परदे हटाओ बाबू
	मयँ बाई के असिस देयँ"	मैं बाई को आशीष दूँगी"
	सात ओआड़ी गुचात बाबू	सात परदे हटाते बाबू
	बाई के असिस देय	बाई को आशीष देती
	"नव पिला चो मायँ नारी	"हे नौ बच्चों की माता

14. अशुभवती। लोक में आठ की संख्या अशुभ मानी जाती है। माना जाता है कि आठ का अर्थ अर्थी ले जाना है। आठ का अंक अर्थी के चार सिरे और उसे कन्धों पर ले जाते हुए चार लोगों का प्रतीक माना जाता है। कुछ लोग इसे अर्थी उठाने वाले चार लोगों के आठ पाँवों से भी जोड़ते हैं।

	नव पिला चो मायँ	हे नौ बच्चों की माता
	नव भाग बले आस बाई	नौ भाग्य तुम्हारे बाई
	तुचो बड़ा सुँदर भाग आय	तेरा बहुत सुन्दर भाग्य है
	कासा-तामा होयदे बाई	काँसा-ताम्बा होगा बाई
	तुके अन-धन होयदे	तुझे अन्न-धन भी होगा
	जिव रत ले खासे बाई	जीवन भर सुखी रहेगी बाई
	फुल-रथे जासे	फूल-रथ में जायेगी
	बाट ले गुचुन जा बाई	रास्ते से हट जा बाई
	मोके जाउकलाय दे"	मुझे जाने दे"
	बाट ले गुचुन जाय बाई	रास्ते से हट जाती बाई
	बाट ले गुचुन जाय	रास्ते से हट जाती
1463	जाओत रानी माहालखी	जातीं रानी माहालखी
	जाओत रानी माहालखी	जातीं रानी माहालखी
	कोसक-दापक रेंगोत रानी	कोस-दाब भर चलतीं रानी
	एक कलाट मारोत	लम्बे डग हैं भरतीं
	दस पिला चो मायँ नारी	दस बच्चों की वह माता
	दस पिला चो मायँ	दस बच्चों की वह माता
	रानी चो जातो के दखे बाई	रानी को जाते देखती बाई
	'रानी जासोत' बले	'रानी जातीं' कहती
	'जाउन पलकी छेकें' बले	'जा कर पालकी रोकूँ' कहती
	'मोके काईं बले अगिया देदे'	'मुझे कुछ तो वरदान देंगी'
	धाएँ-धुपे पराते जाय बाई	दौड़ती-हाँफती जाती बाई
	जाउन पलकी छेके	जा कर पालकी रोकती
	रट् नाय पलकी थेबे बाबा	झटके से पालकी रुकती बाबा
	"कोन नारी छेके?"	"कौन नारी रोकती?"
	"दस पिला चो मायँ नारी	"दस बच्चों की वह माता
	पलकी छेकुन जाय"	पालकी रोक गयी है"
	"सात ओआड़ी गुचावा बाबू	"सात परदे हटाओ बाबू
	बाई के असिस देयँ"	बाई को आशीष दूँगी"
	सात ओआड़ी गुचात बाबू मन	सात परदे हटाते बाबू
	बाई के असिस देय	बाई को आशीष देती
	"दस पिला चो मायँ नारी	"हे दस बच्चों की माता
	दस पिला चो मायँ नारी	हे दस बच्चों की माता

15. दशा-गठ : धागों से बनी एक विशेष प्रकार की माला को 'दसा' कहा जाता है। इसमें दस गाँठें पड़ी ह हैं और यह अत्यन्त पवित्र तथा शुभ फल-दायी मानी जाती है। यह माला ओड़िया संस्कृति से प्रभावित में दशा व्रत के दिन पहनी जाती है। अगहन, शुक्ल पक्ष की दशमी तिथि को रखा जाने वाला यह दशा महालक्ष्मी का व्रत होता है।

तुचो बड़ा सुँदर भाग आय बाई	तेरा बहुत सुन्दर भाग्य है
अती सुँदर भाग आय	अति सुन्दर भाग्य है
तुय दसा गठ ने इलिस बाई	तू दशा-गठ[15] में आयी बाई
तुय दसा गठ ने इलिस	तू दशा-गठ में है आयी
मोचो भाग चो आस बाई	मेरे भाग्य-सा तेरा भाग्य है
मोचो भाग चो आस	मेरे भाग्य-सा तेरा भाग्य है
जिव रत ले खासे बाई	जीवन भर सुखी रहेगी बाई
तुय फुल-रथे जासे	तू फूल-रथ में जायेगी
बाट ले गुचुन जा बाई	रास्ते से हट जा हे बाई
मोके जाउकलाय दे”	मुझे जाने दे”
बाट ले गुचुन जाय बाई	रास्ते से हट जाती बाई
खेलते-बुलते जाय	खेलती-घूमती जाती
डुमर-मुंडा अमरे रानी	डुमर-मुंडा पहुँचती रानी
गोपपुरे अमरे	गोपपुर पहुँचती
नव खँड माहाले जाय रानी	नौ खण्डा महल में जाती रानी
नव खँड माहाले अमरे	नौ खण्डा महल पहुँचती
सिंग-दुआरे जाय रानी	सिंह-द्वार में जाती रानी
पलकी ठेबुन जाय	पालकी रुक जाती
1464 सोनर पलकी ले रानी उतरे	सोने की पालकी से रानी उतरती
सोनर पलकी ले रानी उतरे	सोने की पालकी से रानी उतरती
बुलुन-बुलुन दखे रानी	घूम-घूम कर देखती रानी
गिंजरुन-गिंजरुन दखे	घूम-घूम कर देखती

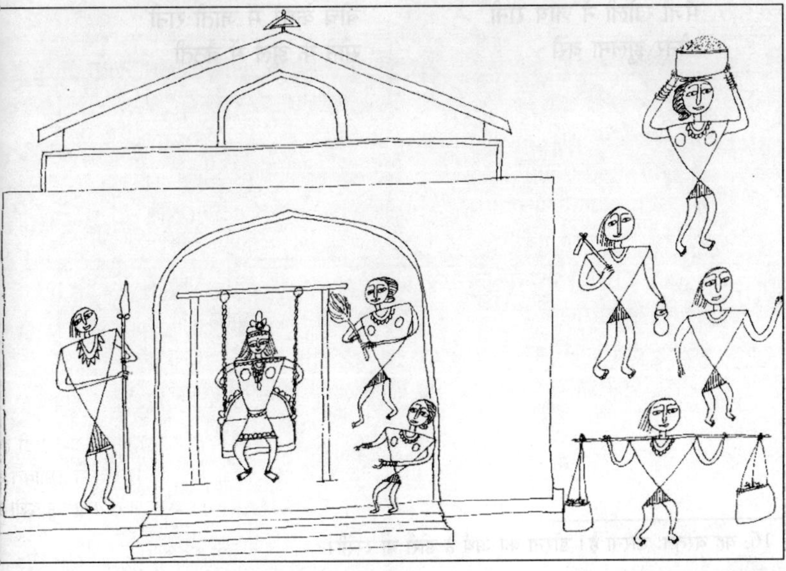

खँड मुचकी मारे रानी	हौले से मुस्काती रानी
मुचमुच-मुचमुच हाँसे	मंद-मंद मुस्काती
बाबा के काय बले रानी	बाबा से क्या कहती रानी
"सुन बाबा" बले	"सुन हे बाबा" कहती
"सोनर झुलना गाड़ बाबा	"सोने का झूला गाड़ बाबा
मँजी खोली ने जा	बीच कमरे में जा
खिड़की लगे गाड़ बाबा	खिड़की के पास गाड़ बाबा
मयँ झुलना झुलुन जायँ"	मैं झूला झूलूँगी"
सुने राजा रे मेंगराजा	सुनता राजा मेंगराजा
सुने राजा रे मेंगराजा	सुनता राजा मेंगराजा
बाबू के काय बले राजा	बाबू से क्या कहता राजा
"सुन बाबू" बले	"सुन हे बाबू" कहता
"सुन बाबू पवनकुमार	"सुन हे बाबू पवनकुमार
सुन बाबू पवनकुमार	सुन हे बाबू पवनकुमार
मँजी खोली चो खिड़की लगे	बीच कमरे की खिड़की के पास
झुलना गाड़ुन दे"	झूला गाड़ दे"
मँजी खोली ने जाय बाबू	बीच कमरे में जाता बाबू
खिड़की लगे जाय	खिड़की के पास जाता
सोनर झुलना गाड़े बाबू	सोने का झूला गाड़ता बाबू
रुपर धरना[16] गाड़े	चाँदी की डोर लगाता
"मोके आनुन दिलास बाबा	"मुझे ला दिया हे बाबा
तुमी घरे जाहा"	आप सब घर जायें"
मँजी खोली ने जाय रानी	बीच कमरे में जाती रानी
सोनर झुलना बसे	सोने के झूले में बैठती

16. यह वस्तुतः डोरना है। डोरना का अर्थ है डोरी या रस्सी।

अधया-28 : नरायनराजा चो कैलासपुर जातो

अध्याय-28 : नरायनराजा का कैलासपुर गमन

1466	जाओत राजा रे जाओत रानी	जाते राजा जातीं रानी
	जाओत राजा जाओत रानी	जाते राजा जातीं रानी
	मँजपुरे बले जात राजा-रानी	मँजपुर को जाते राजा-रानी
	मँजपुरे अमरोत	मँजपुर पहुँच जाते
	नव खँड माहाले जात राजा-रानी	नौ खण्डा महल में जाते राजा-रानी
	बाजे जाउन बसोत	खाट पर जा बैठते
	दादा मन काय बलोत बाबा	दादा क्या कहते बाबा
	"आमके छुटी दिया"	"हमें छुट्टी दें"
	रानी काय बले राजा के	रानी क्या कहती राजा से
	"सुना राजा" बले	"सुनिये राजा" कहती
	"उठुन कसन जादे राजा?	"यों ही कैसे जायेंगे राजा?
	मुठा रुपया दिया"	मुट्ठी भर रुपये दें'
	तिजरी-बिजरी ने जाय राजा	तिजोरियों के पास जाता राजा
	तिजरी-बिजरी खोले	तिजोरियाँ खोल जाता

	मुठा रुपया धरे राजा	मुट्ठी भर रुपये लेता राजा
	पबलित-बिदा देय	लोगों को विदाई देता
	“एई ने मानुन जाहा” बले	“इसी में मान जायें” कहता
	“मयँ देउक नईं सकें”	“मैं अधिक नहीं दे सकता”
	आपन-आपन जाओत दादा-बाई	अपने-अपने घर जाते दादा-बाई
	राजा-रानी आसोत	राजा-रानी रहते
1467	आसोत राजा रे आसोत रानी	रहते राजा रहतीं रानी
	आसोत राजा आसोत रानी	रहते राजा रहतीं रानी
	मँजपुरे आसोत राजा-रानी	मँजपुर में रहते राजा-रानी
	राज धरुन खासोत	राज्य पर शासन करते
	बालिखँडपुर चो नरायन राजा	बालिखँडपुर का नरायन राजा
	बालिखँडपुर चो नरायन राजा	बालिखँडपुर का नरायन राजा
	बालिखँडपुरे आसे राजा	बालिखँडपुर में है राजा
	बालिखँडपुरे आसे	बालिखँडपुर में है
	अकइस रानी आसोत राजा चो	इक्कीस रानियाँ हैं राजा की
	राधा-तुलसा आसोत	राधा-तुलसा हैं
	बागे-बगेचा आसे राजा चो	बाग-बगीचे हैं राजा के
	फुल-फुलवारी आसे	फूल-फुलवारी हैं
	केकती-केंवरा आसे राजा चो	केतकी-केवड़ा हैं राजा के
	बाली-मोंगरा आसे	बाली-मोंगरा हैं
	डाँक-डाली आसे राजा चो	डाँक-दाड़िम हैं राजा के
	गोहा-फर आसे	गोहा फल भी है
	कदम-रुक आसे राजा चो	कदम का पेड़ है राजा का
	बेल-बगेचा आसे	बेल-बगीचा है
	लिमऊ-बगेचा आसे राजा चो	नीबू का बगीचा है राजा का
	ठोटा बगेचा आसे	ठूँठा बगीचा है
	आमा-बनवाड़ी राजा चो आसे	अमराई भी है राजा की
	आमा-बनवाड़ी राजा चो आसे	अमराई भी है राजा की
	राज-पाट आसे राजा चो	राज्य-पाट है राजा का
	राज-पाट आसे	राज्य-पाट भी है
	राज धरुन खासोत राजा-रानी	राज्य पर शासन करते राजा-रानी
	देस धरुन आसोत	देश पर शासन करते
1468	एक दिन ले दुय दिन	एक दिन से दो दिन
	दुय दिन ले आँट दिन	दो दिन से आठ दिन
	पँदरा दिन बले होय बाबा	पन्द्रह दिन बीते बाबा
	मयना दिन होय	एक महीना बीता
	छय मयना होय बाबा	छह महीने बीते बाबा
	रानी चो गेलो होय	रानी को गये बीते

	रानी चो गेलो के जाने राजा	रानी का जाना जानता राजा
	रानी चो गेलो के जाने	रानी का जाना जानता
	'तिनपुर सुँदरी आय' बले	'अद्‌भुत सुन्दरी है' वह कहता
	'तिनपुर लाडरी आय	'बहुत ही प्यारी है
	गोपपुरे गेली' बले	गोपपुर चली गयी है' कहता
	'डुमर-मुँडा गेली	'डुमर-मुँडा गयी
	कोन अकल करें?' बले	कौन सा उपाय करूँ मैं?' कहता
	'मयँ कोन गिआन करें?'	'मैं कौन सा उपाय करूँ?'
469	मने बिचार राजा करे	मन में विचार राजा करता
	दिले धोका राजा करे	दिल में चिन्ता करता
	रानी के काय बले राजा	रानी से क्या कहता राजा
	"सुना रानी" बले	"सुनो रानियों" कहता
	"मोके तिनपुर जिव उखड़े रानी	"मुझे बहुत याद सताती रानी
	मोके अँधेर जिव उखड़े	मुझे बहुत याद सताती
	दादा के दखुकलाय भाय रानी	दादा को देखने भाता रानियों
	मोके बऊ के दखुकलाय भाय	मुझे बऊ[1] को देखने भाता
	दादा के दखुकलाय जायँ रानी	दादा को देखने जाऊँ रानियों
	मयँ बऊ के दखुकलाय जायँ"	मैं बऊ को देखने जाऊँ"
	नरायन राजा बले बाबा	नरायन राजा कहता बाबा
	अकइस रानी सुनोत	इक्कीस रानियाँ सुनतीं
1470	"सुना राजा रे नरायन परभू	"सुनिये राजा नरायन प्रभु
	सुना राजा माहापरभू	सुनिये राजा महाप्रभु
	कसन हुसन बल्लास राजा	कैसे ऐसा कहा हे राजा
	कसन हुसन बल्लास?	कैसे ऐसा कहा?
	काय ने जिउन जाउँदे राजा	हम कैसे जीयेंगी राजा
	काय के खाउन रउँदे?"	हम क्या खा कर रहेंगी?"
	राजा काय बले रानी के	राजा क्या कहता रानियों से
	"सुना रानी" बले	"सुनो हे रानियों" कहता
	"बनी-भुती करा रानी	"तुम मजदूरी करो हे रानियों
	काँडा-कुटिया करा	धान आदि कूटो
	हुनी ने जिउन जाहा रानी	वैसे ही जियो हे रानियों
	हुनी ने जिउन जाहा	वैसे ही जियो
	जुगे दिन नईं रयँ रानी	अधिक दिनों नहीं रहूँगा रानियों
	मयँ खुबे दिन नईं रयँ	मैं अधिक दिनों नहीं रहूँगा
	साल भर रहुन एयँदे रानी	साल भर रह आऊँगा रानियों
	साल भर रहुन एयँदे"	साल भर रह आऊँगा"
1471	"सुना राजा रे नरायन परभू	"सुनिये राजा नरायन प्रभु
	सुना राजा माहापरभू	सुनिये राजा महाप्रभु

1. भौजी।

जातो काजे जाहा राजा
खुबे दिन नईं राहा
साल भर रहुन इया राजा
साल भर रहुन इया"
"सुना रानी अकइस रानी
सुना रानी राधा-तुलसा
राजा-भोग राँदा रानी
राजा-भोग राँदा"
अकइस रानी सुनोत बाबा
बुता-भयना करोत
पानी-काँजी आनोत रानी
बरतन-भाँडा माँजोत
दतुन-पतर चाबोत रानी मन
आँगे असनाँद होत
सुका कपड़ा पिंदोत रानी
ओधा कपड़ा गिरे
कपड़ा निचाउन जात रानी मन
कपड़ा सुकाउन जात
भानस-खोली ने जात रानी मन
राजा-भोग राँदोत
अकइस अलन रानी मन राँदोत
बतिस भोजन रानी मन राँदोत

जाते हों तो जायें राजा
अधिक दिनों तक न रहें
साल भर रह आयें हे राजा
साल भर रह आयें"
"सुनो रानी इक्कीस रानियों
सुनो हे राधा और तुलसा
राज-भोग पकाओ रानी
राज-भोग पकाओ"
इक्कीस रानियाँ सुनती बाबा
वे काम-काज कर जातीं
पानी आदि लातीं रानियाँ
बरतन आदि माँजतीं
दतौन आदि कर जातीं रानियाँ
वे स्नान कर जातीं
सूखे कपड़े पहनतीं रानियाँ
गीले कपड़े गिरते
कपड़े निचोड़ जातीं रानियाँ
कपड़े सुखा जातीं
रसोई-कक्ष में जातीं रानियाँ
राज-भोग पका जातीं
इक्कीस भोजन पकातीं रानियाँ
बत्तीस व्यंजन पकातीं

पानी गरम करोत रानी	पानी गरम करतीं रानियाँ
सेदा-भेदा करोत	ठण्डा पानी मिलातीं
मन्दन-सिले नेत रानी मन	स्नान-गृह में ले जातीं रानियाँ
झारी कसेला देत	झारी पात्र देतीं
कपुर दतुन देत रानी	सुगन्धित दतौन देतीं रानियाँ
कपुर दतुन देत	सुगन्धित दतौन देतीं
मन्दन-सिले बले राजा जाय	स्नान-गृह में जाता राजा
मन्दन-सिले राजा जाय	स्नान-गृह में जाता
कपुर दतुन धरे राजा	सुगन्धित दतौन लेता राजा
सुरिज-भेट करे	सूर्य-नमस्कार करता
मुँहे मुखारी गोबे राजा	मुँह में दतौन लेता राजा
दतुन-पतर चाबे	दतौन आदि कर जाता
रानी मन काय बलोत बाबा	रानियाँ क्या कहतीं बाबा
"सुना दिदी" बलोत	"सुनो हे दीदी" कहतीं
472 "सुना दिदी रे अकइस रानी	"सुनो दीदी इक्कीस रानियों
सुना दिदी राधा-तुलसा	सुनो दीदी राधा-तुलसा
हामके छाँडुन जाउआत दिदी	हमें छोड़ जायेंगे दीदी
आमके छाँडुन जाउआत	हमें छोड़ जायेंगे
राजा के नाहाउन देवँ दिदी	राजा को नहला दें हे दीदी
राजा के नाहाउन देवँ"	राजा को नहला दें"
कोनी रानी लगड़ुन देत बाबा	कोई रानी रगड़ती बाबा
कोनी रानी पानी रिकात	कोई रानी पानी डालती
राजा के नाहाउन देत रानी	राजा को नहला देतीं रानियाँ
राजा के नाहाउन देत	राजा को नहला देतीं
आँगे असनाँद होय राजा	अंग स्नान कर जाता राजा
हिरदे असनाँद होय	हृदय स्नान कर जाता
सुका कपड़ा पिंदे राजा	सूखे कपड़े पहनता राजा
ओधा कपड़ा गिरे	गीले कपड़े गिरते
झारी पानी धरे राजा	झारी पानी लेता राजा
तुलसी-चँवरा ने जाय	तुलसी-चौरा में जाता
चँवरा ने पानी रिकाय राजा	चौरा में पानी डालता राजा
तुलसी के काय बले	तुलसी से क्या कहता
"बाड़-बाड़ बाई कारी तुलसी	"बढ़-बढ़ हे बाई कारी तुलसी
बाड़-बाड़ बाई कारी तुलसी	बढ़-बढ़ हे बाई कारी तुलसी
अगास मेलान बाड़ बाई	आकाश का स्पर्श कर हे बाई
पकिर पाना फेक	नयी कोंपलें निकलें
तुय-मयँ बाँहा-जोरी बाई	तुम-मैं बाँहों की जोड़ी बाई
तुय-मयँ हन्सा जोरी	तुम-मैं हन्सों की जोड़ी

	जिव भर सेवा मिरो बाई	जीवन भर सेवा करूँ मैं बाई
	मोचो जान सुखी रहो"	मेरा जीवन सुखी रहे"
	तुलसी-सेवा करे राजा	तुलसी-सेवा करता राजा
	तुलसी-पुजा करे	तुलसी-पूजा करता
	होम-आरती देय राजा	होम-आरती करता राजा
	पइँया पड़ुन जाय	वह प्रणाम कर जाता
	बाजे जाउन बसे राजा	खाट पर जा बैठता राजा
	अकइस रानी दखोत	इक्कीस रानियाँ देखतीं
1473	राजा-भोग बले रानी मन हेड़ोत	राज-भोग निकालतीं रानियाँ
	झारी पानी रानी मन डुमोत	झारी में पानी निकालतीं
	नरायन राजा के देत रानी	नरायन राजा को देतीं रानियाँ
	हात अचाउन जात	वह हाथ धो जाता
	चन्दन-काटे बसे राजा	चन्दन-काठ पर बैठता राजा
	भोग मँडाउन देत	वे भोग परोस जातीं
	राजा भोग खाओत बाबा	राजा भोजन करते बाबा
	अढ़ई कँवरा खात	ढाई कौर भर खाते
	थारी सरकाउन जाय राजा	थाली सरका देता राजा
	हात अचाउन जाय	वह हाथ धो जाता
	बाजे जाउन बसे राजा	खाट पर जा कर बैठता राजा
	अकइस रानी खाओत	इक्कीस रानियाँ खातीं
	राधा-तुलसा खाओत बाबा	राधा-तुलसा खातीं बाबा
	खाउन-पिउन उठोत	खा-पी कर उठते
1474	खाई-पिई के भय गय तियार	खा-पी कर हो गये तैयार
	खाई-पिई के भय गय तियार	खा-पी कर हो गये तैयार
	बरतन-भाँडा सकलोत रानी	बरतन आदि सकेलतीं रानियाँ
	बड़ा-ओंडा करोत	झाड़ू-बुहारी करतीं
	राजा तियार होय बाबा	राजा तैयार होता बाबा
	राजा तियार होय	राजा तैयार होता
	आपन जाक धरे राजा	अपने सामान लेता राजा
	आपन साजू पिंदे	अपने साज पहनता
	केऊ-फुल धोती मारे राजा	केऊ-फूल-सी धोती पहनता राजा
	केऊ-फुल कमिंज पिंदे	केऊ-फूल-सी कमीज पहनता
	सिरे पगड़ी बाँदे राजा	सिर पर पगड़ी बाँधता राजा
	मुंडे सुरई खोचे	सिर में तुर्रा खोंसता
	तिलक-चन्दन लगाय राजा	तिलक-चन्दन लगाता राजा
	नवगुन पयता फेके	नौगुना जनेऊ पहनता
1475	खिरी-पुड़ी बले रानी मन धरोत	खीर-पूड़ी रानियाँ लेतीं
	नरायन राजा के रानी मन देओत	नरायन राजा को रानियाँ देतीं

खाके मोडरी ओराय राजा	काख में गठरी टाँगता राजा
अँडखी ने चकर धरे	अँगुली में चक्र लेता
संखे-धुनी धरे राजा	शंख-ध्वनि लेता राजा
पाँये खड़ऊ पिंदे	पाँवों में खड़ाऊँ पहनता
घर ले बाहिर होय राजा	घर से बाहर निकलता राजा
जाते-जाते जाय	चलता चला जाता
सिंग-दुआरे जाय राजा	सिंह-द्वार में जाता राजा
बागे-बगेचा जाय	बाग-बगीचे में जाता
फुल-फुलवारी जाय राजा	फूल-फुलवारी में जाता राजा
केकती-केंवरा ने जाय	केतकी-केवड़ा में जाता
अकइस रानी दखोत बाबा	इक्कीस रानियाँ देखतीं बाबा
"राजा जासोत" बलोत	"राजा जाते" कहतीं
बाली-मोंगरा ने राजा जाय	बाली-मोंगरा में राजा जाता
डाँक-डाली ने राजा जाय	डाँक-दाड़िम में राजा जाता
गोहा-फरे बले जाय राजा	गोहा-फल में जाता राजा
कदम-रुके जाय	कदम के पेड़ में जाता राजा
अकइस रानी दखोत बाबा	इक्कीस रानियाँ देखतीं बाबा
"राजा जासोत" बलोत	"राजा जाते" कहतीं
पारा-परोसे जाय राजा	अड़ोस-पड़ोस में जाता राजा
पारा-परोसे जाय	अड़ोस-पड़ोस में जाता
पगड़ी दखा नीं देय राजा चों	पगड़ी दिखलायी न पड़ती राजा की
पगड़ी आड़ होय	पगड़ी दिखलायी न पड़ती
476 "सुना दिदी रे अकइस रानी	"सुनो दीदी इक्कीस रानियों
सुना दिदी राधा-तुलसा	सुनो दीदी राधा और तुलसा
एदायँ राजा गेला दिदी	अब राजा गये दीदी
एदायँ राजा गेला	अब राजा गये
पगड़ी दखा नीं देय दिदी	पगड़ी नहीं दिखती है दीदी
पगड़ी आड़ होय"	पगड़ी नहीं दिखती है"
कोसक-दापक रेंगे राजा	कोस-दाब भर चलता राजा
एक कलाट मारे	लम्बे डग वह भरता
संखे फुकते जाय राजा	शंख फूँकता जाता राजा
डामुर बजाते जाय	डमरु बजाता जाता
477 बालिखँडपुर के राजा छाँडे	बालिखँडपुर राजा छोड़ता
बालिखँडपुर के राजा छाँडे	बालिखँडपुर राजा छोड़ता
कैलासपुरे बले जाय राजा	कैलासपुर जाता राजा
कैलासपुरे अमरे	कैलासपुर पहुँचता
माहादेव-जलकी ने जाय राजा	माहादेव-सरोवर में जाता राजा
पारबती-जलकी ने जाय	पारबती-सरोवर में जाता

जलकी खँडे उबे राजा	सरोवर-तीरे खड़ा होता राजा
खँड भर रहे	सरोवर भरा हुआ था
करेया पानी दखे बाबा	काला पानी दिखता बाबा
जलकी के काय बले	सरोवर से वह कहता

"आँट-आँट रे दादा जलकी	कम हो, कम हो हे दादा सरोवर
आँट-आँट बऊ जलकी	कम हो, कम हो हे बऊ सरोवर
मयँ दार-चाउर फेके जलकी	मैं दाल-चावल अर्पित करता सरोवर
माँडक होउन जा"	घुटने तक कम हो जा"
दार-चाउर फेके राजा	दाल-चावल अर्पित करता राजा
माँडक होउन जाय	घुटने तक कम हो जाता
जलकी पार बले होय राजा	सरोवर लांघ जाता राजा
समँदुर पार होय	समुद्र लांघ जाता
बागे-बगेचा जाय राजा	बाग-बगीचे में जाता राजा
फुल-फुलवारी जाय	फूल-फुलवारी में जाता
भाई चो अँधल दादा सुने	भाई का शोर दादा सुनता
भाई चो अँधल दादा सुने	भाई का शोर दादा सुनता
'नानी भाई एयसे' बले	'छोटा भाई आता है' कहता
'पिला भाई एयसे'	'नन्हा भाई आता है'
रानी के काय बले राजा	रानी से क्या कहता राजा
"सुन रानी" बले	"सुन हे रानी" कहता
"सेवा-जोड़ा धर रानी	"सेवा-सामग्री ले हे रानी
पइँया धोआउन जा	पाँव धुला जा
नानी बाबू एयसे रानी	छोटा भाई आता है रानी
पिला भाई एयसे"	नन्हा भाई आता है"
"तले भुबुर तपे राजा	"नीचे धरती तपती राजा

उपरे घाम छेके राजा	ऊपर धूप चिलकती राजा
मँजी भुक लागे राजा	बीच में भूख लगती राजा
झालिपिली पसना फुटे	तरबतर पसीना आता
काय चो कमती होती राजा	किस चीज की कमी हो गयी हे राजा
काय काजे बाबू एता?"	किसलिये बाबू आयेंगे?"
"सन्तोस नईं करिस रानी	"भरोसा नहीं करती हो रानी
तुय खुद निकरुन दख"	तो स्वयं ही निकल कर देखो"
पारबती रानी दखे बाबा	पारबती रानी देखती बाबा
"सते बाबू एसोत"	"सच में बाबू आते"
8 सेवा-जोड़ा बले रानी धरे	सेवा-सामग्री रानी लेती
पुजा-जोड़ा रानी धरे	पूजा-सामग्री रानी लेती
चन्दन-काट मँडाय रानी	चन्दन-काठ रखती रानी
ढँग् नाय राजा उबे	उस पर राजा खड़ा हो जाता
पइँया धोआउन जाय रानी	पाँव धुला जाती है रानी
चाउर-टिका देय	चावल का टीका लगाती
होम-आरती देय रानी	होम-आरती करती रानी
बाबू चो टोंड चुमे	बाबू का मुख चूमे
बऊ के पाँय पड़े राजा	बऊ के पाँव छूता राजा
बाबू चो हात धरे	वह बाबू का हाथ पकड़ती
नव खँड माहाले नेय रानी	नौ खण्डा महल में ले जाती रानी
बाज नेउन बसाय	खाट पर ले जा कर बिठाती
राजा-रानी बसोत बाबा	राजा-रानी बैठते बाबा
बाबू के काय बलोत	बाबू से वे कहते
"सुन बाबू नानी भाई	"सुन हे बाबू छोटे भाई

सुन बाबू पिला भाई	सुन हे बाबू नन्हे भाई
काय चो कमती होली बाबू	किस चीज की कमी हो गयी बाबू
काय बिपती पड़ली?	कौन सी विपत्ति आ गयी?
काय कामे इलास बाबू?	किस काम से आये बाबू?
तुमी आले हामके साँगा"	तुम हमें बतलाओ"
राजा काय बले दादा के	राजा क्या कहता दादा से
"सुन दादा" बले	"सुन हे दादा" कहता
"तुचो काजे जिव उखड़े दादा	"तुम्हारी याद सताती दादा
मोके बऊ काजे जिव उखड़े	मुझे बऊ की याद सताती
तुके दखुक इले दादा	तुम्हें देखने आया दादा
मयँ बऊ के दखुक इले"	मैं बऊ को देखने आया"
मोडरी धराउन देय राजा	गठरी पकड़ा देता राजा
मोडरी ढिलुन जात	वे गठरी खोल जाते
पारबती रानी बाटे बाबा	पारबती रानी बाँटती बाबा
बाटुन-बिरजुन खाओत	वे बाँट-बिराज कर खाते

अधया-29 : नरायनराजा चो बेसरा खेलुक जातो
अध्याय-29 : नरायनराजा का पक्षी पकड़ने जाना

9 आसे राजा रे नरायन परभू	रहता राजा नरायन प्रभु
आसे राजा माहापरभू	रहता राजा नरायन प्रभु
कैलासपुरे आसे राजा	कैलासपुर में है राजा
कैलासपुरे आसे	कैलासपुर में है
पँदरा दिन बले होय बाबा	पन्द्रह दिन बीते बाबा
मयना दिन होय	एक महीना बीता
राजा चो गेलो बले होय बाबा	राजा को गये बीते बाबा
राजा काय बले	राजा है क्या कहता
'कोन अकल करें?' बले	'क्या उपाय करूँ मैं?' कहता
'मयँ कोन गिआन करें?	'मैं कौन सा उपाय करूँ
मयँ बेसरा घेनुक बलें' बले	मैं बेसरा[1] खरीदने कहूँ' कहता
'मयँ बेसरा घेनुक बलें'	'मैं बेसरा खरीदने कहूँ'

[1] बाज जैसा एक पक्षी किन्तु बाज नहीं, जो लावा (बटेर) आदि चिड़ियों को पकड़ लेता है।

1480	दादा लगे बले बाबू जाय	दादा के पास जाता बाबू
	दादा के काय बाबू बले	दादा से क्या कहता बाबू
	"सुन दादा" बले बाबू	"सुन हे दादा" कहता
	"सुन दादा" बले	"सुन हे दादा" कहता
	"मानिक बेसरा दे दादा	"मानिक बेसरा दे दादा
	मयँ बेसरा खेलुक जायँ"	मैं बेसरा खेलने जाऊँ"
	माहादेवरैया सुने बाबा	माहादेवरैया सुनता बाबा
	बाबू के काय बले	बाबू से क्या कहता
	"एचोय काजे इलिस बाबू!	"इसीलिये तू आया बाबू!
	एचोय काजे इलिस?	इसीलिये तू आया?
	बेसरा घेनूँ नोहायँ बाबू मयँ	बेसरा नहीं खरीदूँगा बाबू मैं
	बालिखँडपुरे जा"	तू बालिखँडपुर जा"
	अयसा रिस बले होय राजा	बहुत गुस्सा करता राजा
	तिनपुर रिस होय	बहुत ही गुस्सा करता
1481	'दादा रिस बले होलो' बले	'दादा नाराज हुए' कहता वह
	'दादा रिस होलो' बले	'दादा नाराज हुए' कहता
	आपलो खोली ने जाय राजा	अपने कमरे में जाता राजा
	बाजे जाउन सोय	पलंग पर सो जाता
	राँदा-बाटा करे रानी	भोजन तैयार करती रानी
	पानी गरम करे	पानी गरम करती
	बाबू लगे बले जाय रानी	बाबू के पास जाती रानी
	बाबू के उठाउन जाय	बाबू को उठाती
	"उठा बाबू नानी भाई	"उठो बाबू छोटे भाई
	चेता बाबू पिला भाई	जागो बाबू नन्हे भाई
	बाज ले उठुन जाहा बाबू	पलंग से उठ जाओ बाबू
	सेज ले उठुन जाहा	शय्या से उठ जाओ
	दतुन चाबुन जाहा बाबू	दतौन कर लो हे बाबू
	दतुन चाबुन जाहा"	दतौन कर लो"
	बाबू नईं उठे बाबा	बाबू नहीं उठता बाबा
	बाबू नईं चेते	बाबू नहीं जागता
1482	"सुना बाबू नानी भाई	"सुनो बाबू छोटे भाई
	चेता बाबू पिला भाई	जागो बाबू नन्हे भाई
	भुके मरुन जाहासे बाबू	भूखे मर जाओगे बाबू
	भुके जिव जायदे	भूख से जान जायेगी
	अन खाउन जाहा बाबू	अन्न खा लें हे बाबू
	तुमी पानी ढुकुन जाहा"	आप पानी पी लें"
	बाबू काय बले बऊ के	बाबू क्या कहता बऊ से
	"सुना बऊ" बले	"सुनिये बऊ" कहता
	"सुना बऊ बड़े बऊ	"सुनिये बऊ बड़ी बऊ

सुना बऊ बड़े बऊ	सुनिये बऊ बड़ी बऊ
मोचो भुके जिव जाओ बऊ	भूख से मेरा जीवन जाये बऊ
भुके मरुक होओ	मुझे मृत्यु आ जाये
दतुन चाबू नोहायँ बऊ	दतौन नहीं करूँगा बऊ
मयँ अन खाऊ[2] नोहायँ	मैं अन्न नहीं खाऊँगा
जेबे बेसरा दिलास जाले	जब बेसरा देंगे तब ही
जेबे बेसरा दिलास जाले	जब बेसरा देंगे तब ही
हुनी दिने दतुन चाबें बऊ	उसी दिन दतौन करूँगा बऊ
हुनी दिने अन खायँ"	मैं उसी दिन अन्न खाऊँगा"
एई बात बले राजा	यही बात कहता है राजा
बऊ सुनुन जाय	बऊ है सुन लेती
माहादेवरैया लगे जाय रानी	माहादेवरैया के पास जाती रानी
राजा के काय बले	राजा से क्या कहती
83 "सुना राजा माहादेवरैया	"सुनिये राजा माहादेवरैया
सुना राजा माहादेवरैया	सुनिये राजा माहादेवरैया
बाबू रिसाउन जात राजा	बाबू रूठ गये हैं राजा
बाबू रिसाउन जात	बाबू रूठ गये हैं
दतुन नईं चाबोत राजा	दतौन नहीं वे करते राजा
अन नईं खाओत	अन्न नहीं वे खाते
भुके-भुके आसोत राजा	भूखे ही रह आते राजा
भुके-भुके आसोत	वे भूखे ही रह आते
भुके मरुन जादे राजा	भूख से मृत्यु हो जायेगी राजा
भुके मरुन जादे	भूख से मृत्यु हो जायेगी
सुना राजा माहादेवरैया	सुनिये राजा माहादेवरैया
सुना राजा माहादेवरैया	सुनिये राजा माहादेवरैया
बेसरा घेनुन देवँ[3] राजा	बेसरा खरीद कर दें हे राजा
बेसरा घेनुन देवँ	बेसरा खरीद कर दें
अयले-अयले खेलदे राजा	आसपास खेलेंगे राजा
फयले जाउक नीं देवँ"	उन्हें दूर न जाने देंगे"
पारबती रानी बले बाबा	पारबती रानी कहती बाबा
राजा ओगाय होय	राजा चुप हो जाता
84 जाय राजा माहादेवरैया	जाता राजा माहादेवरैया
जाय राजा माहादेवरैया	जाता राजा माहादेवरैया
बाबू लगे बले जाय राजा	बाबू के पास जाता राजा
बाबू के काय बले	बाबू से क्या कहता
"उठ बाबू" बले राजा	"उठ हे बाबू" कहता राजा

खाऊ : अन्य उच्चारण 'खाऊँ'।

देवँ : अन्य ध्वनि 'देऊँ'।

	"चेत बाबू" बले	"जाग हे बाबू" कहता
	"दतुन चाबुन जा बाबू	"दतौन कर ले हे बाबू
	अन खाउन जा	अन्न खा ले
	मानिक बेसरा देयँदे बाबू	मानिक बेसरा ले दूँगा बाबू
	मयँ मानिक बेसरा देयँदे"	मैं मानिक बेसरा ले दूँगा"
	नरायन राजा सुने बाबा	नरायन राजा सुनता बाबा
	खँड मुचकी मारे	हौले से मुस्काता
	बाज ले उठुन बाबू जाय	पलंग से उठ जाता बाबू
	सेज ले उठुन बाबू जाय	शय्या से उठ जाता बाबू
	दतुन चाबुन जाय बाबू	दतौन कर जाता बाबू
	अन खाउन जाय	वह अन्न खा लेता
1485	एक दिन ले दुय दिन	एक दिन से दो दिन
	दुय दिन ले आँट दिन	दो दिन से आठ दिन
	दतुन चाबलो होय राजा चो	दतौन किये बीते राजा को
	अन खादलो होय	अन्न खाये बीते
	बाबू के काय बले राजा	बाबू (भिकन्दर) से क्या कहता राजा
	"सुन बाबू" बले	"सुन हे बाबू" कहता
	"मुठा रुपया धर बाबू	"मुट्ठी भर रुपये ले बाबू
	गइरा-माहाले जा	गइरा-महल तू जा
	मानिक बेसरा आन बाबू	मानिक बेसरा ला हे बाबू
	नरायन बेसरा खेलुआय"	नरायन बेसरा खेलेगा"
	मुठा रुपया बाबू घरे	मुट्ठी भर रुपये बाबू लेता
	जाते-जाते बाबू जाय	जाते-जाते बाबू जाता
	रुमझुम-रुमझुम रेंगे बाबू	जल्दी-जल्दी चलता बाबू
	एक कलाट मारे	लम्बे डग वह भरता
	गइरा-माहाले जाय बाबू	गइरा-महल जाता बाबू
	गइरा-माहाल अमरे	गइरा-महल पहुँचता
	'दादा' हंका मारे बाबू	'दादा' हाँक लगाता बाबू
	दादा सुनुन जाय	दादा है सुन लेता
	घर ले बाहिर होय दादा	घर से बाहर आता दादा
	बाबू के काय बले	बाबू से क्या कहता
	"काय कामे इलिस बाबू	"किस काम से आया बाबू
	तुय आले मोके साँग"	तू मुझे बतला"
1486	"सुन दादा रे गइरा लोग	"सुन हे दादा गइरा जन
	सुन दादा गइरा लोग	सुन हे दादा गइरा जन
	मानिक बेसरा दे दादा	मानिक बेसरा दे दादा
	मानिक बेसरा दे"	मानिक बेसरा दे"
	दादा काय बले बाबू के	दादा क्या कहता बाबू से
	"सुन बाबू" बले	"सुन हे बाबू" कहता

"बेसरा देऊ[4] नोहायँ बाबू
मोचो खेलतो बेसरा आय"
भिकन्दर सुने बाबा
जलन्धर सुने
दखे बाबू गइरा पिला
दखे बाबू गइरा पिला
मन ने बिचार करे बाबू
दिले धोका करे
'कसन देयँदे बलें' बले
'मयँ कसन नीं देयँ बलें?
बड़े घरो गोठ आय' बले
'ए राजा-घरो गोठ आय'
487 "सुन बाबू भिकन्दर
सुन बाबू जलन्धर
थेब[5] बाबू" बले बाबू
"थेब बाबू" बले
"मानिक बेसरा देयँदे बाबू
मयँ मानिक बेसरा देयँदे"
भिकन्दर जाय बाबा
जलन्धर जाय
मानिक बेसरा धरे दादा

"बेसरा नहीं दूँगा मैं बाबू
यह मेरे खेलने का बेसरा है"
भिकन्दर सुनता बाबा
जलन्धर है सुनता
देखता बाबू गइरा
देखता बाबू गइरा
मन में विचार करता बाबू
दिल में चिन्ता करता
'कैसे 'दूँगा' कहूँ' वह कहता
'मैं 'कैसे न दूँगा' कहूँ?
बड़े घर की बात है' कहता
'यह राजा-घर की बात है'
"सुन हे बाबू भिकन्दर
सुन हे बाबू जलन्धर
ठहर बाबू" कहता बाबू
"ठहर बाबू" कहता
"मानिक बेसरा दूँगा बाबू
मैं मानिक बेसरा दूँगा"
भिकन्दर जाता बाबा
जलन्धर है जाता
मानिक बेसरा लेता दादा

---

4. देऊ : अन्य उच्चारण 'देऊँ'।
5. थेब्र : अन्य उच्चारण 'ठेब'।

भिकन्दर के देय	भिकन्दर को देता
मुठा रुपया देय बाबू	मुट्ठी भर रुपये देता बाबू
गइरा-माहाल छाँडे	गइरा-महल छोड़ता
रुमझुम-रुमझुम बाबू रेंगे	जल्दी-जल्दी बाबू चलता
एक कलाट बाबू मारे	लम्बे डग है बाबू भरता
राजा-माहाले जाय बाबू	राज-महल जाता बाबू
राजा-माहाल अमरे	राज-महल पहुँचता
माहादेवरैया के देय बाबू	माहादेवरैया को देता बाबू
माहादेव बेसरा धरे	माहादेव बेसरा लेता
नरायन राजा के देय राजा	नरायन राजा को देता राजा
नरायन राजा धरे	नरायन राजा लेता
खँड मुचकी मारे राजा	हौले से मुस्काता राजा
मुचमुच-मुचमुच हाँसे	मंद-मंद मुस्काता
मुचमुच-मुचमुच हाँसे बाबू[6]	मंद-मंद मुस्काता बाबू
दादा के काय बले	दादा से क्या कहता
"सुन दादा रे माहादेवरैया	"सुन हे दादा माहादेवरैया
सुन दादा माहादेवरैया	सुन हे दादा माहादेवरैया
मानिक बेसरा दिलिस दादा	मानिक बेसरा दिया हे दादा
मानिक बेसरा दिलिस	मानिक बेसरा दिया
चिपा-ढुटी दे दादा	चिपा-ढुटी[7] भी दे हे दादा
फारनी डारा दे	फारनी डारा[8] दे
सरकनी बड़गी दे दादा	सरकनी बड़गी[9] दे दादा
सरकनी बड़गी दे	सरकनी बड़गी दे
राउत-पागा बले दे दादा	राउत-पागा[10] भी दे दादा
चितरँगी छापी दे	चितरँगी छापी[11] दे
ठेकरी अँगोछी दे दादा	ठेकरी अँगोछी[12] दे दादा
ठेकरी अँगोछी दे"	ठेकरी अँगोछी दे"
एई बात बले राजा	यही बात कहता है राजा
दादा सुनुन जाय	दादा है सुन लेता

6. दिनांक 18.12.1996 को ध्वन्यांकित कैसेट क्रमांक 33ए का आरम्भ।
7. चिपा ढुटी : एक विशेष प्रकार की टोकनी जिसका मुँह सँकरा होता है। यह टोकनी पक्षी, मछली आदि रखने के काम आती है।
8. फारनी डारा : पेड़ की पत्ते युक्त टहनी जो झाड़ियों में पटकने के काम आती है। ऐसा करने पर झाड़ियों के भीतर छुपे लावा (बटेर) पक्षी झाड़ियों से बाहर आ निकलते हैं।
9. एक पतली लाठी जिससे आवाज की जाती है। ऐसा करने पर लावा (बटेर) पक्षी एक ओर से दूसरी ओर जा निकलता है।
10. राउत-पागा : रावत जाति के लोगों द्वारा बाँधी जाने वाली विशेष प्रकार की पगड़ी।
11. चितरँगी छापी : रंग-बिरंगा रुमाल।
12. ठेकरी अँगोछी : चादर से कुछ छोटा अंगवस्त्र जो पनका (बुनकर), चँडार (चँडरा), माहरा या गाँडा जाति के लोगों द्वारा बुना जाता है। ध्यान रहे ये सभी जातियाँ भिन्न-भिन्न हैं।

1488	“सुन बाबू भिकन्दर	“सुन हे बाबू भिकन्दर
	सुन बाबू जलन्धर	सुन हे बाबू जलन्धर
	बाते सुनुन जा बाबू	बात सुन ले हे बाबू
	गोठ मानुन जा	कहना मान ले
	मुठा रुपया धर बाबू	मुट्ठी भर रुपये ले बाबू
	हरदी नँगरे जा	हरदी नँगर जा
	चिपा ढुटी बले आन बाबू	चिपा ढुटी ला बाबू
	गाँडा-माहाले जा	गाँडा-महल जा
	चितरँगी छापी आन बाबू	चितरँगी छापी ला बाबू
	राउत-पागा आन	राउत-पागा ला
	टेकरी अँगोछी आन बाबू	टेकरी अँगोछी ला बाबू
	टेकरी अँगोछी आन	टेकरी अँगोछी ला
	गइरा-माहाले जा बाबू	गइरा-महल जा बाबू
	सरकनी बड़गी आन	सरकनी बड़गी ला
	फारनी डारा आन बाबू	फारनी डारा ला बाबू
	फारनी डारा आन”	फारनी डारा ला”
1489	सुने बाबू भिकन्दर	सुनता बाबू भिकन्दर
	सुने बाबू जलन्धर	सुनता बाबू जलन्धर
	मुठा रुपया धरे बाबू	मुट्ठी भर रुपये लेता बाबू
	पाँये खड़ऊ पिंदे	पाँवों में खड़ाऊँ पहनता
	राजा-माहाल छाँडे बाबू	राज-महल छोड़ता बाबू
	जाते-जाते जाय	चलता चला जाता
	रुमझुम-रुमझुम रेंगे बाबू	जल्दी-जल्दी चलता बाबू
	एक कलाट मारे	लम्बे डग वह भरता
	हरदी नँगरे जाय बाबू	हरदी नँगर पहुँचता बाबू
	पारदी-माहाल अमरे	पारदी-महल पहुँचता
	माँडो-मोंगरा उबे बाबू	मोगरा-मण्डप में रुकता बाबू
	‘दादा’ हंका मारे	‘दादा’ हाँक लगाता
	दादा सुनुन जाय बाबा	दादा सुन लेता है बाबा
	घर ले बाहिर होय	घर से बाहर आता
	“काय कामे इलिस बाबू	“किस काम से आया बाबू
	आले मोके साँग”	तनिक मुझे बतला”
1490	“सुन दादा रे पारदी लोग	“सुन हे दादा पारदी जन
	सुन दादा पारदी लोग	सुन हे दादा पारदी जन
	चिपा-ढुटी मोके दे दादा	चिपा-ढुटी मुझे दे दादा
	चिपा-ढुटी दे”	चिपा-ढुटी दे”
	“देयँदे बाबू” बले दादा	“दूँगा बाबू” कहता दादा
	खाँदे टयँगा धरे	कन्धे पर टँगिया रखता
	बाँवस-पटाड़े जाय दादा	बाँस-जंगल में जाता दादा

बाँवस-पटाड़ अमरे	बाँस-जंगल पहुँचता
हाते टयँगा धरे दादा	हाथ में टँगिया लेता दादा
बाँवस गोंदुन जाय	बाँस काट जाता
गोंदा-गोंदा करे दादा	टुकड़े-टुकड़े करता दादा
खाँद भर बोहे	कन्धे में रख लेता
बाँवस-पटाड़ छाँडे दादा	बाँस-जंगल छोड़ता दादा
आपन माहाले जाय	अपने महल वह जाता
बाँवस कचाड़ुन जाय दादा	बाँस पटक देता दादा
हाते टयँगा धरे	हाथ में टँगिया लेता
बाँवस खापुन जाय दादा	बाँस चीर जाता दादा
हाते छुरी धरे	हाथ में छुरी लेता
सरा हेड़ुन जाय दादा	सरा[13] निकाल जाता दादा
बिरला उरलुन जाय	बिरला[14] निकाल जाता

सरा जुराउन जाय दादा	सरा सुखा जाता दादा
चिपा-ढुटी गाथे	चिपा-ढुटी बनाता
ढुटी गाथुन सारे दादा	ढुटी बना जाता दादा
भिकन्दर के देय	भिकन्दर को देता
चिपा-ढुटी बले बाबू धरे	चिपा-ढुटी बाबू लेता
मुठा रुपया बाबू देय	मुट्ठी भर रुपये बाबू देता
पारदी-माहाल छाँडे बाबू	पारदी-महल छोड़ता बाबू
पारदी-माहाल छाँडे	पारदी-महल छोड़ता

13. सरा : बाँस को चीर कर बनायी गयी पतली कमची।
14. बिरला : सरा को फिर से चीर कर निकाली गयी एकदम पतली कमची।

	जाते-जाते बले जाय बाबू	चलता चला जाता बाबू
	गाँडा-माहाले जाय	गाँडा-महल वह जाता
	गाँडा-माहाल अमरे बाबू	गाँडा-महल पहुँचता बाबू
	'दादा' हंका मारे	'दादा' हाँक लगाता
	दादा सुनुन जाय बाबा	दादा सुन लेता है बाबा
	घर ले बाहिर होय	घर से बाहर आता
	"काय कामे इलिस बाबू	"किस काम से आया बाबू
	तुय आले मोके साँग"	तू तनिक मुझे बतला"
1491	"सुन दादा रे गाँडा लोग	"सुन हे दादा गाँडा जन
	सुन दादा गाँडा लोग	सुन हे दादा गाँडा जन
	चितरँगी छापी बले दे दादा	चितरँगी छापी दे दादा
	राउत पागा दे	राउत-पागा दे
	टेकरी अँगोछी दे दादा	टेकरी अँगोछी दे दादा
	टेकरी अँगोछी दे"	टेकरी अँगोछी दे"
	"देयँदे बाबू" बले दादा	"दूँगा बाबू" कहता दादा
	ताना तसर करे	ताना तसर[15] करता
	ताना लमाउन जाय दादा	ताना फैला जाता
	पाजनपाई करे	पाजनपाई[16] करता
	कपड़ा बिनुन जाय दादा	कपड़ा बुन जाता है दादा
	चितरँगी छापी बिने	चितरँगी छापी बुनता
	राउत पागा बिने दादा	राउत-पागा बुनता दादा

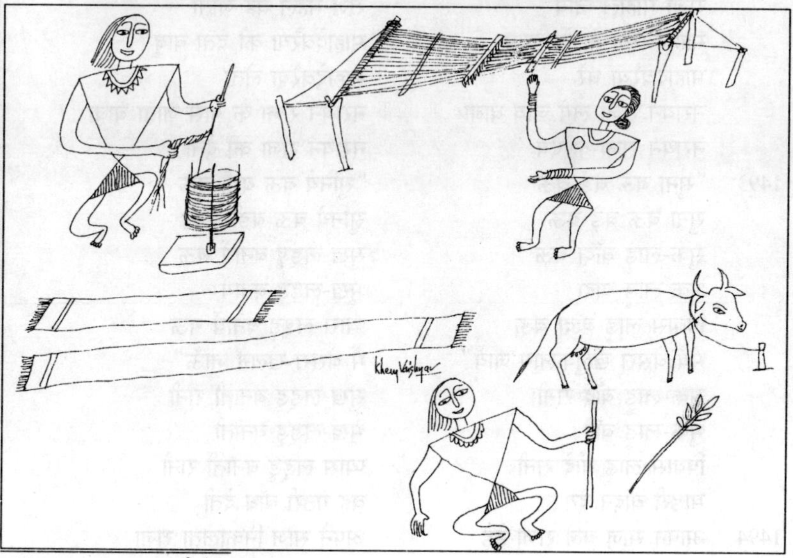

15. ताना तसर : बुनकरी के उपकरण।
16. पाजनपाई : बुनकरी के उपकरण।

	टेकरी अँगोछी बिने	टेकरी अँगोछी बुनता
	कपड़ा बिनुन सारे दादा	कपड़े बुन जाता है दादा
	हाते छुरी धरे	हाथ में छुरी लेता
	कपड़ा काटुन जाय दादा	कपड़े काट जाता दादा
	घड़ी घड़याउन जाय	उन्हें तह कर जाता
	भिकन्दर के देय दादा	भिकन्दर को देता दादा
	जलन्धर धरे	जलन्धर है लेता
	मुठा रुपया देय बाबू	मुट्ठी भर रुपये देता बाबू
	गाँडा-माहाल छाँडे	गाँडा-महल छोड़ता
	जाते-जाते बले जाय बाबू	चलता चला जाता बाबू
	गइरा-माहाल अमरे	गइरा-महल पहुँचता
1492	"सुन दादा रे गइरा लोग	"सुन हे दादा गइरा जन
	सुन दादा गइरा लोग	सुन हे दादा गइरा जन
	सरकनी बड़गी दे दादा	सरकनी बड़गी दे दादा
	फारनी डारा दे"	फारनी डारा दे"
	"देयँदे बाबू" बले दादा	"दूँगा बाबू" कहता दादा
	सरकनी बड़गी देय	सरकनी बड़गी देता
	फारनी डारा बले देय बाबू	फारनी डारा भी देता बाबू
	मुठा रुपया देय	मुट्ठी भर रुपये देता
	गइरा-माहाल छाँडे बाबू	गइरा-महल छोड़ता बाबू
	राजा-माहाले जाय	राज-महल वह जाता
	माहादेवरैया के देय बाबू	माहादेवरैया को देता बाबू
	माहादेवरैया धरे	माहादेवरैया लेता
	नरायन राजा लगे जाय बाबा	नरायन राजा के पास जाता बाबा
	नरायन राजा के देय	नरायन राजा को देता
1493	"सुना बऊ बड़े बऊ	"सुनिये बऊ बड़ी बऊ
	सुना बऊ बड़े बऊ	सुनिये बऊ बड़ी बऊ
	सुक-लाड़ू बाँदा बऊ	सुख-लड्डू बनायें बऊ
	भुक-लाड़ू बाँदा	भूख-लड्डू बनायें
	पियास-लाड़ू बाँदा बऊ	प्यास-लड्डू बनायें बऊ
	मयँ बेसरा खेलुकलाय जायँ"	मैं बेसरा खेलने जाऊँ"
	सुक-लाड़ू बाँदे रानी	सुख-लड्डू बनाती रानी
	भुक-लाड़ू बाँदे	भूख-लड्डू बनाती
	पियास-लाड़ू बाँदे रानी	प्यास-लड्डू बनाती रानी
	मोडरी बाँदुन देय	वह गठरी बाँध देती
1494	आपन साजू बले राजा हेड़े	अपने साज निकालता राजा
	आपन जाक राजा हेड़े	अपने सामान निकालता राजा
	टेकरी अँगोछी पिंदे राजा	टेकरी अँगोछी पहनता राजा

राउत-पागा बाँदे
चितरँगी छापी धरे राजा
मुँडे बेसरा धरे
खाके ढुटी ओराय राजा
सरकनी बड़गी धरे
फारनी डारा बले राजा खोचे
फारनी डारा राजा खोचे
आटाय[17] दतुन खोचे राजा
आटाय दतुन खोचे
खाके मोडरी ओराय राजा
खाके मोडरी ओराय
राउत भेस बाँदे राजा
राउत असन दखे
बाबू के काय बलोत बाबा
"सुन बाबू" बलोत
"सुन बाबू नानी भाई
सुन बाबू पिला भाई

राउत-पागा बाँधता
चितरँगी छापी लेता राजा
सिर पर बेसरा रखता
काख में ढुटी लटकाता राजा
सरकनी बड़गी लेता
फारनी डारा भी राजा खोंसता
फारनी डारा राजा खोंसता
कमर में दतौन खोंसता राजा
कमर में दतौन खोंसता
काख में गठरी लटकाता राजा
काख में गठरी लटकाता
राउत[18] का भेस धरता राजा
राउत जैसा दिखता
बाबू से क्या कहते राजा-रानी
"सुन हे बाबू" कहते
"सुन हे बाबू छोटे भाई
सुन हे बाबू नन्हे भाई

17. आटाय : यह भतरी का शब्द है। मूल प्रयोग 'कन्हेया ने', 'आटा ने'।
18. राउत : रावत जाति। इसका उच्चारण 'राऊत' भी होता है। यह गो-पालक जाति होती है।
19. पड़िया-बेड़ा : एक स्थान का नाम जो उसके 'पड़त' होने के कारण हुआ। 'पड़िया' 'पड़या' या 'पड़ेया' का अर्थ है, 'पड़त'। बेकार पड़ा हुआ। वस्तुतः जब लम्बे समय के लिये कोई खेत बिना बोये पड़ा रह जाता है तब वह खेत 'पड़त (परती)' का रूप ले लेता है।

पड़ेया-बेड़ा ने खेल बाबू	पड़िया-बेड़ा[19] में खेल बाबू
कोदा-बेड़ा खेल	कोदा-बेड़ा[20] में खेल
झिपा-बेड़ा खेल बाबू	झिपा-बेड़ा[21] में खेल
कोनाड़ी-बेड़ा खेल	कोनाड़ी-बेड़ा[22] में खेल
सोना-बेड़ा नीं जा बाबू	सोना बेड़ा[23] मत जाना बाबू
डुमर-मुँडा नीं जा	डुमर-मुँडा[24] मत जाना
अयले-अयले खेल बाबू	आसपास खेलना बाबू
अयले-अयले खेल"	आसपास ही खेलना"
जाय राजा रे नरायन परभू	जाता राजा नरायन प्रभु
जाय राजा माहापरभू	जाता राजा महाप्रभु
रुमझुम-रुमझुम रेंगे राजा	जल्दी-जल्दी चलता राजा
एक कलाट मारे	लम्बे डग वह भरता
पड़ेया-बेड़ा ने जाय राजा	पड़िया बेड़ा में जाता राजा
पड़ेया-बेड़ा उबे	पड़िया बेड़ा में रुकता
'इथा बेसरा खेलें' बले	'यहीं पर बेसरा खेलूँ' कहता
'मयँ इथा बेसरा खेलें'	'मैं यहीं पर बेसरा खेलूँ'
मानिक बेसरा ढिले राजा	मानिक बेसरा छोड़ता राजा
बुलुन-बुलुन खेले	घूम-घूम कर खेलता
सरकनी बड़गी ने हचकाय राजा	सरकनी बड़गी से भगाता राजा
फारनी डारा ने धुके	फारनी डारा पटकता
चड़ई नईं भेटे राजा	चिड़िया नहीं पाता राजा
रोआँ नईं पाय	वह पंख तक न पाता
'खेलुन-खेलुन मयँ थकले' बले	'खेल-खेल मैं थक गया' कहता
'बुलुन-बुलुन थकले' बले	'घूम-घूम मैं थक गया' कहता
'चड़ई नईं भेटें' बले	'चिड़िया नहीं पाया' कहता
'रोआँ नईं पायँ'	'पंख तक न पाया'
पड़ेया-बेड़ा छाँडे राजा	पड़िया बेड़ा छोड़ता राजा
कोदा-बेड़ा जाय	कोदा बेड़ा जाता
कोदा-बेड़ा खेले राजा	कोदा बेड़ा में खेलता राजा

20. कोदा बेड़ा : वह खेत जहाँ कोदा नामक एक प्रकार का गौण अन्न उगाया जाता है। इसी से इस स्थान नाम 'कोदा बेड़ा' हुआ। कोदा एक प्रकार का गौण अन्न है। इसे कोदो या कोसरा भी कहा जाता है। चावल-सा ही दिखलायी पड़ता है तथा उथली जमीन में उगाया जाता है। यह मधुमेह रोग में औषधि के क भी आता है।
21. झिपा : एक तरह की घास। झिपा-बेड़ा : ऐसा खेत जहाँ धान की बजाय झिपा नामक घास उग आयी ह
22. कोनाड़ी : गाँव की सरहद एवं जंगल से लगे सँकरे जगह में स्थित खेत।
23. सोना बेड़ा : स्थान विशेष का नाम जहाँ स्थित खेत को भी इसी नाम से सम्बोधित किया गया है।
24. डुमर मुँडा : डुमर नामक पेड़ के कारण सम्बोधित एक स्थान का नाम। डुमर : गूलर, मुँडा : तालाब। डु मुँडा : तालाब-सी गहराई वाली कृषि-भूमि।

बुलुन-बुलुन खेले
तले भुबुर तपे राजा के
उपर घाम छेके
मँजी भुक लागे राजा के
झालिपिली पसना फुटे
राजा बेसरा खेले बाबा
राजा बेसरा खेले
चड़ई नईं राजा भेटे
रोआँ नईं राजा पाय
कोदा-बेड़ा छाँडे राजा
कोदा-बेड़ा छाँडे
झिपा-बेड़ा जाय राजा
झिपा-बेड़ा जाय
झिपा-बेड़ा अमरे राजा
झिपा-बेड़ा उबे
मानिक बेसरा ढिले राजा
मानिक बेसरा ढिले
बुलुन-बुलुन खेले राजा
गिंजरुन-गिंजरुन खेले
सरकनी बड़गी ने हचकाय राजा
फारनी डारा ने धुके
चड़ई नईं भेटे राजा
रोआँ नईं पाय
झिपा-बेड़ा बले राजा छाँडे
झिपा-बेड़ा राजा छाँडे
कोनाड़ी-बेड़ा बले जाय राजा
कोनाड़ी-बेड़ा अमरे
कोनाड़ी-बेड़ा ने उबे राजा
'इथा बेसरा खेलें'
मानिक बेसरा ढिले राजा
मानिक बेसरा ढिले
बुलुन-बुलुन खेले राजा
गिंजरुन-गिंजरुन खेले
चड़ई नईं भेटे राजा
रोआँ नईं पाय
बिहान बेरा चो गेलो लोग आय
बिहान बेरा चो गेलो लोग आय

वह घूम-घूम कर खेलता
नीचे धरती तपती राजा के
ऊपर धूप चिलकती
बीच में भूख लगती राजा को
पसीने से लथपथ होता
राजा बेसरा खेलता बाबा
राजा बेसरा खेलता
चिड़िया नहीं पाता है राजा
पंख तक न पाता राजा
कोदा बेड़ा छोड़ता राजा
कोदा-बेड़ा छोड़ता
झिपा बेड़ा जाता राजा
झिपा बेड़ा जाता
झिपा बेड़ा पहुँचता राजा
झिपा बेड़ा में रुकता
मानिक बेसरा खोलता राजा
मानिक बेसरा खोलता
घूम-घूम कर खेलता राजा
घूम-घूम कर खेलता
सरकनी बड़गी से भगाता राजा
फारनी डारा पटकता
चिड़िया नहीं पाता है राजा
वह पंख तक नहीं पाता है
झिपा बेड़ा भी छोड़ता राजा
झिपा बेड़ा छोड़ता राजा
कोनाड़ी बेड़ा में जाता राजा
कोनाड़ी बेड़ा पहुँचता
कोनाड़ी बेड़ा में रुकता राजा
'यहीं पर बेसरा खेलूँ'
मानिक बेसरा खोलता राजा
मानिक बेसरा खोलता
घूम-घूम कर खेलता राजा
घूम-घूम कर खेलता
चिड़िया नहीं पाता है राजा
पंख तक न पाता
सवेरे का वह गया हुआ था
सवेरे से वह गया हुआ था

आड़ बेरा बले होय बाबा	दोपहर हो जाती बाबा
मुँडे बेरा होय	दोपहर हो जाती
मन ने बिचार करे राजा	मन में विचार करता राजा
दिले धोका करे	दिल में चिन्ता करता

'काय काजे मोके दादा बल्लो	'किसलिये मुझे दादा ने कहा
काय काजे बऊ बल्ला	किसलिये बऊ ने कहा
सोना-बेड़ा नीं जा बल्ला	सोना बेड़ा मत जा कहा
डुमर-मुँडा नीं जा	डुमर मुँडा मत जा
सोना-बेड़ा जायँ' बले	सोना बेड़ा जाऊँ' कहता
'मयँ डुमर-मुँडा ने जायँ'	'मैं डुमर मुँडा जाऊँ'
कोनाड़ी-बेड़ा छाँडे राजा	कोनाड़ी बेड़ा छोड़ता राजा
सोना-बेड़ा जाय	सोना बेड़ा जाता
सोना-बेड़ा अमरे राजा	सोना बेड़ा पहुँचता राजा.
बुलुन-बुलुन खेले	घूम-घूम कर खेलता
डुमर-मुँडा बले जाय राजा	डुमर मुँडा जाता राजा
डुमर-मुँडा अमरे	डुमर मुँडा पहुँचता
तिनपुर भुक बले राजा के लागे	जोरों की भूख राजा को लगती
अँधेर भुक राजा के लागे	बहुत भूख राजा को लगती
हुता पानी दखे राजा	वहाँ पानी देखता राजा
हुता पानी दखे	वहाँ पानी देखता
'तिनपुर भुक लागे' बले	'बहुत भूख लगती है' कहता
'मोके अँधेर भुक लागे	'मुझे जोरों की भूख लगती है

इथा पानी आसे' बले	यहाँ पानी है' वह कहता
'आँगे असनाँद होयँ'	'मैं स्नान कर लूँ'
सब जोड़ा मँडाय राजा	सारा सामान रखता राजा
आटाय दतुन हेड़े	कमर से दतौन निकालता
सुरिज-भेट करे राजा	सूर्य नमस्कार करता राजा
मुँहे मुखारी गोबे	मुँह में मुखारी लेता
1499 दतुन-पतर बले राजा चाबे	दतौन कर जाता राजा
आँगे असनाँद राजा होय	वह स्नान कर जाता
सुका कपड़ा पिंदे राजा	सूखा कपड़ा पहनता राजा
ओधा कपड़ा गिरे	गीला कपड़ा गिरता
कपड़ा निचाउन जाय राजा	कपड़ा निचोड़ जाता राजा
सब जोड़ा धरे	सारा सामान लेता
डुमर-रुके बले जाय राजा	गूलर के पेड़ में जाता राजा
डुमर-रुके जाय	गूलर के पेड़ में जाता
डुमर-छाँये बसे राजा	गूलर की छाँव में बैठता राजा
डुमर-छाँये बसे	गूलर की छाँव में बैठता
सुक-लाड़ू बले ढिले राजा	सुख-लड्डू निकालता राजा
भुक-लाड़ू ढिले राजा	भूख-लड्डू निकालता राजा
पियास-लाड़ू ढिले राजा	प्यास-लड्डू निकालता राजा
मोडरी ढिलुन जाय	गठरी खोल जाता
मानिक बेसरा के देय राजा	मानिक बेसरा को देता राजा
मानिक बेसरा खाय	मानिक बेसरा खाता
नरायन राजा खाय बाबा	नरायन राजा खाता बाबा
माहापरभू खाय	महाप्रभु है खाता
खाना[25] खाउन जाय राजा	भोजन कर जाता है राजा
खाना खाउन जाय	भोजन कर जाता है
1500 राजा के सुसती लागे रे भगवान	राजा को सुस्ती लगती भगवन्
राजा के सुसती लागे परभू	राजा को सुस्ती लगती प्रभु
'मोके सुसती लागे' बले	'मुझे सुस्ती लगती' कहता
'मोके सुसती लागे'	'मुझे सुस्ती लगती'
मानिक बेसरा धरे राजा	मानिक बेसरा लेता राजा
डुमर-खँदी ने बाँदे	गूलर की शाख से बाँधता
मुँड-बाँदा ओछाय राजा	पगड़ी बिछा जाता राजा
डुमर-छाँये सोय	गूलर की छाँव में सोता
राजा के निंद[26] धरे बाबा	राजा को नींद आती बाबा

25. खाना : नगरीय प्रभाव स्पष्ट है।

26. निंद : नगरीय प्रभाव के कारण 'नींद' शब्द आ गया है। मूल हल्बी शब्द है 'झुमा', 'झुमरा'।

	राजा के निंद धरे	राजा को नींद आती
	तिनपुर सोउन जाय राजा	गहरी नींद राजा सोता
	तिनपुर सोउन देय	गहरी नींद सो जाता
	मानिक बेसरा ढिला होय	मानिक बेसरा ढीला होता
	मानिक बेसरा ढिला होय	मानिक बेसरा ढीला होता
	फुर् नाय उड़ुन जाय बेसरा	फुर्र से उड़ जाता बेसरा
	फुर् नाय उड़ुन जाय	फुर्र से उड़ जाता
	नव खँड माहाले जाय बेसरा	नौ खण्डा महल में जाता बेसरा
	सोनर खमा ने जाय	सोने के खम्भे में जाता
	सोनर खमा ने बसे बेसरा	सोने के खम्भे में बैठता बेसरा
	सोनर खमा ने बसे	सोने के खम्भे में बैठता
	'टिकिम-टिकिम' गागे बेसरा	'टिकिम-टिकिम' रोता बेसरा
	'टिकिम-टिकिम' गागे	'टिकिम-टिकिम' रोता
1501	रानी चो काने बले उआज जाय	रानी के कान में आवाज जाती
	रानी चो काने उआज जाय	रानी के कान में आवाज जाती
	'झुलना झुलुक नीं देय' बले	'झूला झूलने न देता' कहती
	'झुलना झुलुक नीं देय	'झूला झूलने न देता
	कोन गइरा चो बेसरा आय	किस गइरा का बेसरा है
	कोन गइरा चो बेसरा आय	किस गइरा का बेसरा है
	अवबुल गइरा आय' बले	लापरवाह गइरा है' कहती
	'अवसुल गइरा आय	'लापरवाह गइरा है
	हुन चो पिंड ने सुरता निंहाय' बले	उसे सुध नहीं है' कहती
	'पिंड ने सुरता निंहाय	'उसे सुध नहीं है
	बेसरा ढिला बले होय' बले	बेसरा ढीला हो गया' कहती
	'बेसरा ढिला होय	'बेसरा ढीला हो गया
	खमा ने एउन बसे' बले	खम्भे पर आ बैठा' कहती
	'टिकिम-टिकिम गागे	'टिकिम-टिकिम' रोता
	काने उआज जाय' बले	कान में आवाज आती' कहती
	'मोके झुलना झुलुक नीं देय	'मुझे झूला झूलने न देता
	मोके असकट लागे' बले	मुझे परेशानी होती' कहती
	'मोके असकट लागे' बले	'मुझे परेशानी होती' कहती
	'मयँ बेसरा के धरुन रयँदे' बले	'मैं बेसरा को रख लूँगी' कहती
	'बेसरा के धरुन रयँदे	'बेसरा को रखी रहूँगी
	बेसरा बिता इलो जाले	बेसरा वाला आयेगा तो
	मोके भुती देउन नेयदे'	मुझे मेहनताना दे कर ले जायेगा'
	सोनर झुलना ले उतरे रानी	सोने के झूले से उतरती रानी
	पाना ने भात धरे	पत्ते में भात लेती
	सोनर खमा ने जाय रानी	सोने के खम्भे में जाती रानी

सोनर खमा ने जाय	सोने के खम्भे में जाती
भात मँडाउन देय रानी	भात रख देती रानी
भात मँडाउन देय	भात रख देती
पाना चो भात के बेसरा दखे	पत्ते के भात को बेसरा देखता
पाना चो भात के बेसरा दखे	पत्ते के भात को बेसरा देखता
भात खाउक उतरे बेसरा	भात खाने उतरता बेसरा
भात खाउक उतरे	भात खाने को उतरता
मानिक बेसरा धरे रानी	मानिक बेसरा को पकड़ती रानी
नव खँड माहाले नेय	नौ खण्डा महल में ले जाती
चितरी-काबरी बाना टाकरी	रंग-बिरंगी टोकनी
बेसरा ढाकुन देय	बेसरा पर ढँक देती
सोनर झुलना ने जाय रानी	सोने के झूले में जाती रानी
रुपर धरना ने जाय	चाँदी की डोर में जाती
502 राजा के चेत बले पड़े भगवान	राजा को चेत आती भगवन्
राजा के चेत पड़े परभू	राजा जाग जाता
टुँग् नाय उठुन बसे राजा	जल्दी उठ कर बैठता राजा
टुँग् नाय उठुन बसे	जल्दी उठ कर बैठता
डुमर-खाँदी दखे राजा	गूलर की शाख को देखता राजा
डुमर-खाँदी दखे	गूलर की शाख को देखता
'एई खाँदी ने बाँदुन रले	'इसी शाख पर बाँधा था
एई खाँदी ने बाँदुन रले	इसी शाख पर बाँधा था

	बेसरा ढिला होय' बले	बेसरा खुल गया' कहता
	'बेसरा ढिला होय	'बेसरा ढीला हो गया
	कोन बाटे गेली?' बले	किस तरफ गया?' वह कहता
	'कोन बाटे गेली?	'किस तरफ गया?
	एचोय काजे दादा बल्लो	इसीलिये दादा ने कहा था
	एचोय काजे बऊ	इसीलिये बऊ ने
	भाका नईं मानले' बले	बात नहीं मानी मैंने तो
	'मयँ गोठ के नईं धरले'	बात नहीं मानी मैंने'
1503	आपलो साजू बले राजा धरे	अपने सामान लेता राजा
	आपलो जाक राजा धरे	अपने सामान लेता राजा
	डुमर-छाँय छाँडे राजा	गूलर-छाँव छोड़ता राजा
	जाते-जाते जाय	चलता चला जाता
	मानिक बेसरा खोजे राजा	मानिक बेसरा खोजता राजा
	मानिक बेसरा नीं पाय	मानिक बेसरा न पाता
	खोजुन-खोजुन थके राजा	खोज-खोज थक जाता राजा
	बुलुन-बुलुन थके	घूम-घूम थक जाता
	सिसकाड़ी पाड़ुन हाक देय राजा	सीटी बजा कर बुलाता राजा
	सिसकाड़ी पाड़ुन हाक देय	सीटी बजा कर बुलाता
	डुमर-मुँडा बले राजा छाँडे	डुमर मुँडा राजा छोड़ता
	सोना-बेड़ा राजा जाय	सोना बेड़ा राजा जाता
	सोना-बेड़ा खोजे राजा	सोना बेड़ा में खोजता राजा
	कोन्नाड़ी-बेड़ा खोजे	कोनाड़ी बेड़ा में खोजता
	कोनाड़ी-बेड़ा खोजे राजा	कोनाड़ी बेड़ा में खोजता राजा
	झिपा-बेड़ा खोजे	झिपा बेड़ा में खोजता
	बेसरा के नईं भेटे राजा	बेसरा नहीं पाता राजा
	बेसरा के नईं भेटे	बेसरा नहीं पाता
1504	बेसरा के नईं बले राजा भेटे	बेसरा नहीं पाता राजा
	बेसरा के नईं राजा भेटे	बेसरा नहीं पाता राजा
	पड़ेया-बेड़ा ने जाय राजा	पड़िया बेड़ा में जाता राजा
	पड़ेया-बेड़ा ने खोजे	पड़िया बेड़ा में खोजता
	बुलुन-बुलुन दखे राजा	घूम-घूम कर देखता राजा
	गिंजरुन-गिंजरुन दखे	घूम-घूम कर देखता
	मूँ चो पानी उतराय राजा	मुँह का पानी उतारता[27] राजा
	मूँ चो पानी उतराय	वह निराश हो जाता
	खाले मुँडी करे राजा	सिर नीचे कर लेता[28] राजा
	नव खँड माहाले जाय	नौ खण्ड महल वह जाता

27. मुँह का पानी उतारता : निराश हो जाता। 'मूँ चो पानी उतरातो' (मुहावरा)।

28. सिर नीचे कर लेता : निराश हो जाता, दुखी हो जाता। 'खाले मुँडी करतो' (मुहावरा)।

5	जाय राजा रे नरायन परभू	जाता राजा नरायन प्रभु
	जाय राजा माहापरभू	जाता राजा महाप्रभु
	दादा चो माहाले जाय राजा	दादा के महल में जाता राजा
	दादा चो माहाले जाय	दादा के महल में जाता
	दुआरे उबुन रहे रानी	द्वार पर रानी खड़ी थी
	राजा चो जातो के दखे	राजा को आते देखती
	'छुचा हाते एसोत' बले	'खाली हाथ आते' कहती
	'खाली हाते एसोत'	'खाली हाथ आते'
6	जाय राजा रे नरायन परभू	जाता राजा नरायन प्रभु
	जाय राजा माहापरभू	जाता राजा महाप्रभु
	बऊ लगे बले जाय राजा	बऊ के पास जाता राजा
	बऊ काय बले	बऊ है क्या कहती
	"बेसरा खेलुक गेलास बाबू	"बेसरा खेलने गये थे बाबू
	बेसरा खेलुक गेलास	बेसरा खेलने गये
	छुचा हाते इलास बाबू	खाली हाथ लौटे बाबू
	मूँ चो पानी निंहाय	मुँह का पानी नहीं है[29]
	खाले मुँडी करास बाबू	सिर नीचे किये हुए हो बाबू
	बेसरा काहाँ आसे?	बेसरा कहाँ है?
	आले मोके साँगा बाबू	तनिक मुझे बतलाओ बाबू
	आले मोके साँगा"	तनिक मुझे बतलाओ"
7	"सुना बऊ बड़े बऊ	"सुनिये बऊ बड़ी बऊ
	सुना बऊ बड़े बऊ	सुनिये बऊ बड़ी बऊ
	पड़ेया-बेड़ा गेले बऊ	पड़िया बेड़ा मैं गया बऊ
	झिपा-बेड़ा गेले	झिपा बेड़ा गया
	कोदा-बेड़ा गेले बऊ	कोदा बेड़ा गया बऊ
	मयँ कोनाड़ी-बेड़ा गेले	मैं कोनाड़ी बेड़ा गया
	बुलुन-बुलुन खेल्ले बऊ	घूम-घूम कर खेला बऊ
	मयँ गिंजरुन-गिंजरुन खेलले	मैं घूम-घूम कर खेला
	चड़ई नईं भेटें बऊ	चिड़िया नहीं पाया बऊ
	रोआँ नईं पायँ	पंख तक न पाया
	सोना-बेड़ा बले गेले बऊ	सोना बेड़ा गया बऊ
	डुमर-मुँडा गेले बऊ	मैं डुमर मुँडा गया बऊ
	तिनपुर भुक लागे बऊ	जोरों की भूख लगी थी बऊ
	मोके अँधेर भुक लागे	मुझे बहुत भूख लगी थी
	हुता पानी दखले बऊ	वहाँ पानी देखा बऊ

मुँह का पानी नहीं है : चेहरे पर दीप्ति नहीं है, मुख का तेज समाप्त हो गया है। 'मूँ चो पानी नीं रतो' (मुहावरा)।

	मयँ आटाय दतुन हेड़ले	मैंने कमर से दतौन निकाला
	दतुन-पतर चाबें बऊ	मैंने दतौन किया बऊ
	डुमर-छाँये गेले	गूलर की छाँव में गया
	सुक-लाड़ू खायँ बऊ	सुख-लड्डू खाया बऊ
	मयँ भुक-लाड़ू खायँ	मैंने भूख लड्डू खाया
	डुमर-खाँदी ने बेसरा बाँदें	गूलर की शाख से बेसरा को बाँधा
	डुमर-खाँदी ने बेसरा बाँदें	गूलर की शाख से बेसरा बाँधा
	मोके सुसती लागे बऊ	मुझे सुस्ती लगी बऊ
	मोके सुसती लागे	मुझे सुस्ती लगी
	मुँड-बाँदा ओछायँ बऊ	पगड़ी मैंने बिछायी बऊ
	मयँ डुमर-छाँये सोयँ	मैं गूलर की छाँव में सो गया
	बेसरा ढिला बले होय बऊ	बेसरा ढीला पड़ गया बऊ
	बेसरा ढिला होय	बेसरा ढीला पड़ गया
	कोन बाटे गेली बऊ	किस तरफ उड़ गया बऊ
	मयँ खोजुन-खोजुन थकले	मैं खोज-खोज थक गया
	बेसरा के नईं भेटें बऊ	बेसरा नहीं मिल पाया बऊ
	बेसरा के नईं पायँ"	मैं बेसरा नहीं पा सका"
1508	सुने रानी पारबती	सुनती रानी पारबती
	सुने रानी पारबती	सुनती रानी पारबती
	राजा लगे बले जाय रानी	राजा के पास जाती रानी

राजा के काय बले	राजा से क्या कहती
“छुचा हाते इला राजा	“खाली हाथ आये हैं राजा
बेसरा हजाउन इला	बेसरा खो कर आये हैं
खाले मुँडी करोत राजा	सिर नीचे किये हैं राजा
मूँ चो पानी निंहाय”	मुँह का पानी नहीं है”
अगमजानी माहादेवरैया	अगमजानी माहादेवरैया
अन्तरधियानी माहादेवरैया	अन्तर्यामी माहादेवरैया
बेसरा चो गेलो के जाने राजा	बेसरा के जाने की बात जानें राजा
बेसरा गेलो के जाने	बेसरा के जाने की बात जानें
“ए लगे बेसरा निंहाय रानी	“पास में बेसरा नहीं है रानी
ए लगे बेसरा निंहाय	पास में बेसरा नहीं है
गोपपुरे गेली रानी	गोपपुर चला गया है रानी
नोनी लगे गेली”	नोनी के पास गया है”
माहादेवरैया बले बाबा	माहादेवरैया कहता बाबा
पारबती रानी सुने	पारबती रानी सुनती
1509 एक दिन ले दुय दिन	एक दिन से दो दिन
दुय दिन ले आँट दिन	दो दिन से आठ दिन
बेसरा हाजलो होय राजा चो	राजा का बेसरा गुमे बीते
बेसरा हाजलो होय	बेसरा को गुमे बीते
मन ने बिचार करे राजा	मन में विचार करता राजा
दिले धोका करे	दिल में चिन्ता करता
‘बेसरा खोजुक बलें’ बले	‘बेसरा खोजने को कहूँ’ कहता
‘मयँ बेसरा खोजुक बलें’	‘मैं बेसरा खोजने को कहूँ’
दादा लगे बले जाय राजा	दादा के पास जाता राजा
दादा के काय बले	दादा से क्या कहता
“सुन दादा बड़े भाई	“सुन दादा बड़े भाई
सुन दादा बड़े भाई	सुन दादा बड़े भाई
बेसरा खोजुन दे दादा	बेसरा खोज दे दादा
बेसरा खोजुन दे	बेसरा खोज दे
खेलतो बेसरा आय दादा	खेलने का बेसरा है दादा
मोचो खेलतो बेसरा आय”	मेरे खेलने का बेसरा है”
माहादेवरैया सुने बाबा	माहादेवरैया सुनता बाबा
रानी के काय बले	रानी से क्या कहता
“सुन रानी पारबती	“सुन रानी पारबती
सुन रानी पारबती	सुन रानी पारबती
राजा-भोग बले राँद रानी	राज-भोग पका हे रानी
मयँ बेसरा खोजुकलाय जायँ”	मैं बेसरा खोजने जाऊँ”

पारबती रानी सुने बाबा	पारबती रानी सुनती बाबा
राजा-भोग राँदे	राज-भोग राँधती
पानी गरम करे रानी	पानी गरम करती रानी
सेदा भेदा करे	सेदा-भेदा करती[30]
मन्दन-सिले बले नेय रानी	स्नान-गृह में ले जाती रानी
झारी कसेला देय	झारी पात्र देती
कपुर दतुन देय रानी	सुगन्धित दतौन देती रानी
मन्दन-सिले जाय	वह स्नान-गृह मे जाता
कपुर दतुन धरोत राजा	सुगन्धित दतौन लेते राजा
सुरिज-भेट करोत	सूर्य नमस्कार करते
मुँहे मुखारी गोबोत राजा	मुँह में मुखारी लेते राजा
दतुन-पतर चाबोत	दोनों दतौन कर जाते
आँगे असनाँद दादा-भाई होओत	स्नान कर जाते दादा-भाई
हिरदे असनाँद दुनों भाई होओत	स्नान कर जाते दोनों भाई
सुका कपड़ा पिंदोत राजा	सूखे कपड़े पहनते राजा
ओधा कपड़ा गिरे	गीले कपड़े गिरते
झारी पानी धरोत राजा मन	झारी पानी लेते राजा गण
तुलसी-चँवरा ने जात	तुलसी-चौरा में जाते
चँवरा ने पानी रिकात राजा	चौरा में पानी डालते राजा
तुलसी के काय बलोत	तुलसी से क्या कहते
"अगास मेलान बाड़ बाई	"आकाश का स्पर्श करो हे बाई
पकिर पाना फेक	नयी कोंपले निकलें
तुय-मयँ बाँहा-जोरी बाई	तुम-मैं बाँहों की जोड़ी बाई
तुय-मयँ हन्सा-जोरी"	तुम-मैं हन्सों की जोड़ी"
होम-आरती देत राजा	होम-आरती करते राजा
पइँया पड़ुन जात	वे प्रणाम कर जाते
बाजे जाउन बसोत राजा	पलंग पर जा बैठते राजा
पारबती रानी दखे	पारबती रानी देखती
राजा-भोग हेड़े रानी	राज-भोग निकालती रानी
झारी पानी डुमे	झारी पात्र में पानी लेती
दुनों भाई के देय रानी	दोनों भाइयों को परोसती रानी
हात अचाउन जात	वे हाथ धो जाते
चन्दन-काटे बसोत राजा	चन्दन-काठ मे बैठते राजा
भोग मँडाउन देय	वह भोग परोस जाती
साग मँडाउन देय रानी	साग परोस जाती रानी

30. सेदा-भेदा करती : गरम पानी में ठण्डा पानी मिलाती। सेदा-भेदा करना : गरम पानी में ठण्डा पानी मिलाना।

राजा भोग खाओत	राजा भोजन करते
अढ़ई कँवरा खात राजा	ढाई कौर खाते राजा
थारी सरकाउन देत	थाली सरका देते
हात अचाउन जात राजा जे	हाथ धो जाते राजा
बाजे जाउन बसोत	पलंग पर जा बैठते
आपन जेवनार करे रानी	स्वयं भी भोजन करती रानी
भिकन्दर के देय	भिकन्दर को देती
हरबर तियार राजा होय	झटपट तैयार होता राजा
जलदी तियार राजा होय	जल्दी तैयार होता राजा
आपलो साजू पिंदे राजा	अपने साज पहनता राजा
आपलो जाक धरे	अपने सामान लेता
बाबू के काय बले राजा	बाबू से क्या कहता राजा
"सुन बाबू" बले	"सुन हे बाबू" कहता
"तुचो बऊ सँगे रा बाबू	"अपनी भौजी के सँग रह हे बाबू
मयँ बेसरा खोजुकलाय जायँ"	मैं बेसरा खोजने जाता"
घर ले बाहिर होय राजा	घर से बाहर आता राजा
जाते-जाते जाय	चलता चला जाता
511 एक कलाट राजा मारे	लम्बे डग है राजा भरता
हरना उछट राजा मारे	हिरनों-सी चौकड़ी राजा भरता
पारबती-जलकी ने जाय राजा	पारबती-जलकी[31] में जाता राजा

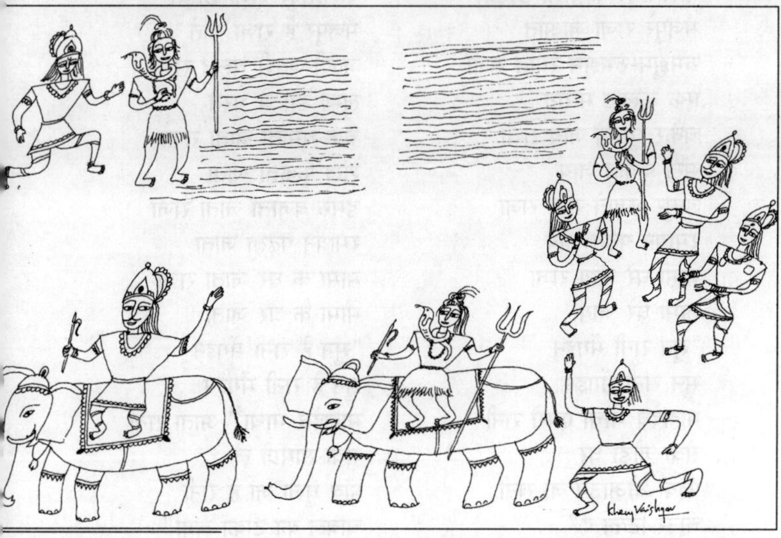

31. जलकी : सरोवर। वस्तुतः 'जलकी' का अर्थ पूरी तरह सरोवर लगाना उपयुक्त नहीं है। कोई ऐसा स्थान जहाँ जल स्वतः निकल आता है और छोटे सरोवर, झील अथवा किसी भी जलाशय का रूप धारण कर लेता है, उसे 'जलकी' कहा जाता है।

माहादेव-जलकी अमरे	माहादेव-जलकी पहुँचता
बाबू काय बले बाबा	बाबू क्या कहता है बाबा
'बऊ-सँगे नीं रयँ	'भौजी के सँग नहीं रहूँगा
दादा-सँगे जायँ' बले	दादा के सँग जाऊँ' कहता
'मयँ दादा-सँगे जायँ'	'मैं दादा के सँग जाऊँ'
पराते-पराते जाय बाबू	दौड़ता हुआ जाता बाबू
पराते-पराते जाय	दौड़ता हुआ जाता
जाय बाबू रे नरायन परभू	जाता बाबू नरायन प्रभु
जाय बाबू माहापरभू	जाता बाबू महाप्रभु
दादा लगे बले जाय बाबू	दादा के पास जाता बाबू
दादा काय बले	दादा है क्या कहता
"तुचो बऊ-सँगे रा बल्ले	"तुम्हारी भौजी के सँग रहने कहा
काय काजे पराते एसिस?"	तुम भाग कर क्यों आये?"
"बऊ सँगे रहू[32] नोहायँ दादा	"भौजी के सँग नहीं रहूँगा दादा
मयँ तुचोय सँगे एउआयँ"	मैं तुम्हारे सँग आऊँगा"
दार-चाउर फेंके राजा	दाल-चावल अर्पित करता राजा
माँडक होउन जाय	पानी घुटने तक आ जाता
जलकी पार बले होत राजा	सरोवर लाँघ जाते राजा
समँदुर पार होत	समुद्र लाँघ जाते
1512 कैलासपुर के राजा छाँडोत	कैलासपुर राजा छोड़ते
मँजपुरे राजा जाओत	मँजपुर हैं राजा जाते
रुमझुम-रुमझुम रेंगोत राजा	जल्दी-जल्दी चलते राजा
एक कलाट मारोत	लम्बे डग वे भरते
चकर घुमाते जाय राजा	चक्र घुमाता जाता राजा
संखे फुकते जाय	शंख फूँकता जाता
डामुर बजाते जाय राजा	डमरु बजाता जाता राजा
रमायन पढ़ते जाय	रमायन पढ़ता जाता
मामा-घरे जाय राजा	मामा के घर जाता राजा
मामा-घरे जाय	मामा के घर जाता
"सुन रानी मेंगइन	"सुन हे रानी मेंगइन
सुन रानी मेंगइन	सुन हे रानी मेंगइन
माहादेव भाचा एयसे रानी	माहादेव भाचा[33] आता रानी
सेवा-जोड़ा धर	सेवा-सामग्री ले
पइँया धोआउन जा रानी	पाँव धुला जा हे रानी
चाउर-टिका दे"	चावल का टीका लगा"
सेवा-जोड़ा धरे रानी	सेवा-सामग्री लेती रानी

32. रहू : अन्य उच्चारण 'रहूँ'।

33. भांजा।

	चन्दन-काट मँडाय	चन्दन-काठ रखती
	ढँग् नाय राजा उबोत बाबा	उस पर दोनों राजा[34] खड़े होते बाबा
	पइँया धोआउन जात	वे (राजा-रानी) उनके पाँव धुलाते
	चाउर-टिका बले देय रानी	चावल का टीका लगाती रानी
	होम-आरती देय	होम-आरती करती
	दुनों चो टोंड चुमे रानी	दोनों का मुख चूमती रानी
	बुबू के पाँय पड़ोत	वे बुबू[35] के पाँव छूते
513	दुनों चो हात बले धरे रानी	दोनों के हाथ पकड़ती रानी
	नव खँड माहाले नेय रानी	नौ खण्डा महल में ले जाती रानी
	बाजे नेउन बसाय रानी	पलंग पर ले जा बिठाती
	सेज नेउन बसाय	शय्या पर बिठाती
	मामा-भाचा बसोत बाबा	मामा-भांजे बैठते बाबा
	मामा-भाचा बसोत	मामा-भांजे बैठते
	मामा काय बले भाचा के	मामा क्या कहता भांजे से
	"सुना भाचा" बले	"सुनिये भांजे" कहता
	"केबेय नईं इयास भाचा	"कभी नहीं आते हो भांजे
	तुमी काय कामे इलास?	आप किस काम से आये?
	आले मोके साँगा भाचा	तनिक मुझे बतलाये भांजे
	आले मोके साँगा"	तनिक मुझे बतलायें"
514	"सुना मामा रे मेंगराजा	"सुनिये हे मामा मेंगराजा
	सुना मामा मेंगराजा	सुनिये हे मामा मेंगराजा
	तुमके बलुन रले मामा	आपसे मैंने कहा था मामा
	तुमके बलुन रले	आपसे मैंने कहा था
	फल देतो बेरा मामा	फल देते समय हे मामा
	फल देतो बेरा	फल देते समय
	काय अँवतार होली मामा	किसका जन्म हुआ हे मामा
	काय अँवतार होली?"	किसका जन्म हुआ है?"
	"सुना भाचा रे माहादेवरैया	"सुनिये भांजे माहादेवरैया
	सुना भाचा माहादेवरैया	सुनिये भांजे माहादेवरैया
	बेटी अँवतार होली भाचा	बेटी का जन्म हुआ है भांजे
	बेटी अँवतार होली	बेटी का जन्म हुआ है
	सँग नाईं दिली भाचा	साथ नहीं दिया हे भांजे
	कयना जुबत होली	वह युवा हो गयी
	भरती उमर इली भाचा	वह युवती हो गयी हे भांजे
	डुमर-मुँडा गेली	डुमर मुँडा चली गयी

34. दोनों राजा : माहादेवरैया और नरायन राजा
35. बुआ, मामी।

	गोपपुरे गेली भाचा	गोपपुर गयी हे भांजे
	गोपपुरे गेली”	गोपपुर चली गयी”
1515	“सुना मामा मेंगराजा	“सुनिये मामा मेंगराजा
	सुना मामा मेंगराजा	सुनिये मामा मेंगराजा
	बाबू बेसरा खेले मामा	बाबू बेसरा खेल रहा था मामा
	बाबू बेसरा खेले	बाबू बेसरा खेल रहा था
	मानिक बेसरा हाजे मामा	मानिक बेसरा खो गया मामा
	मानिक बेसरा हाजे	मानिक बेसरा खो गया
	खोजुन-खोजुन थाकले[36] मामा	खोज-खोज मैं थक गया मामा
	मयँ बुलुन-बुलुन थाकले	मैं घूम-घूम थक गया
	बेसरा के नईं भेटें मामा	बेसरा नहीं पाया मामा
	बेसरा के नईं पायँ	बेसरा नहीं मिल पाया
	नोनी लगे काय नीं जाय मामा	नोनी के पास गया हो शायद
	नोनी लगे काय नीं जाय!	नोनी के पास गया हो शायद
	नोनी लगे जाउक लागा मामा	नोनी के पास चलें हे मामा
	मोके नोनी लगे जाउक लागा”	नोनी के पास चलें हे मामा”
1516	“सुन बाबू मोहोतेया	“सुन हे बाबू महावत
	सुन बाबू मोहोतेया	सुन हे बाबू महावत
	हाती सिंगार कर बाबू	हाथी तैयार कर हे बाबू
	डुमर-मुंडा जावँ”	डुमर मुंडा जायेंगे”
	मोहोतेया सुने बाबा	महावत सुन लेता बाबा
	हाती-सारे जाय	हाथी-शाला में जाता
	दाना-भुसा बले देय बाबू	दाना-भूसा देता बाबू
	आया के काय बले	माता से क्या कहता
	“माँडी मोड़ुन दे आया	“घुटने मोड़ दे हे आया[37]
	मयँ तुके सिंगार करें”	मैं तुझे तैयार करूँगा”
	माँडी मोड़ुन देय हाती	घुटने मोड़ देती हथिनी
	हाती सिंगार करे	वह हथिनी को तैयार करता
	कपारे बाना लिखे बाबू	माथे में चित्र बनाता बाबू
	मोती ने गुरिया गुथे	मोती में गुरिया गूँथता
	आँखी ने काजर लगाय बाबू	आँख में काजल लगाता बाबू
	काने कुँडल पिंदाय	कान में कुण्डल पहनाता
	टोडरा गरलखी पिंदाय बाबू	गले में गरलखी[38] पहनाता बाबू
	चार पाँय नेवरा ठेचे	चारों पाँवों में नेवरा लगाता

36. थाकले : अन्य उच्चारण 'थकले'।

37. माता।

38. गले का हार।

	सोनर झिलई ढाके बाबू	सोने की झिल्ली ढँकता बाबू
	उपरे अमरी कसे	ऊपर अमरी कसता
	सुँड के धरुन आने बाबू	सूँढ पकड़ कर लाता बाबू
	सिंग-दुआरे नेय	सिंह-द्वार में लाता
1517	"सुन बाबू नानी भाई	"सुन हे बाबू छोटे भाई
	सुन बाबू पिला भाई	सुन हे बाबू नन्हे भाई
	बुबू सँगे बले रा बाबू	बुबू के सँग तू रह हे बाबू
	बेसरा खोजुकलाय जायँ"	मैं बेसरा खोजने जाता"
	करलिबती ने जाय राजा	करलीबती[39] के पास जाता राजा
	अयराबती ने जाय	अयराबती[40] के पास जाता
	माँडी मोड़ुन देय हाती	घुटने मोड़ देतीं हथिनी
	हाती बसुन जाय	वह हथिनी पर बैठ जाता
	धड़ँग-धड़ँग हिंडे हाती	हथिनी मस्त हो चलतीं
	एक कलाट मारे	लम्बे डग वे भरतीं
	मँजपुर के राजा छाँडे	मँजपुर को राजा छोड़ता
	डुमर-मुँडा राजा जाय	डुमर मुँडा राजा जाता
	गोपपुरे बले जाय राजा	गोपपुर जाता राजा
	गोपपुरे जाय	गोपपुर जाता
	अमरा-अमरी होय बाबा	पहुँचने को ही था हे बाबा
	बाबू काय बले	बाबू है क्या कहता
	'बुबू सँगे रहू नोहायँ' बले	'बुबू के सँग मैं नहीं रहूँगा' कहता
	'मयँ दादा सँगे जाउआयँ'	'मैं दादा के सँग जाऊँगा'
	पराते-पराते जाय राजा	दौड़ता हुआ जाता राजा
	पराते-पराते जाय	दौड़ता हुआ जाता
	राजा उलटुन दखे बाबा	राजा पलट कर देखे बाबा
	मामा के काय बले	मामा से क्या कहता
	"हाती थेबाउन जावँ मामा	"हाथी रोक लें हे मामा
	नानी बाबू एयसे"	छोटा भाई आता है"
	हाती थेबाउन जाय राजा	हाथी ठहरा लेता राजा
	हाती थेबाउन जाय	हाथी ठहरा लेता
1518	राजा लगे बले बाबू जाय	राजा के पास बाबू जाता
	बाबू के काय राजा बले	बाबू से क्या राजा कहता
	"काय काजे पराते एसिस बाबू	"किसलिये भागते आता बाबू
	काय काजे पराते एसिस?	किसलिये भागते आता?
	बुबू सँगे रा बल्ले	बुबू के सँग रहने कहा था

39. हथिनी का नाम।

40. हथिनी का नाम।

बुबू सँगे रा”	बुबू के सँग रहने को”
“बुबू सँगे रहू नोहायँ दादा	“बुबू के सँग नहीं रहूँगा दादा
मयँ तुचोय सँगे एउआयँ”	मैं तुम्हारे सँग आऊँगा”
करलिबती ने बसे राजा	करलीबती में बैठता राजा
करलिबती ने बसोत राजा	करलीबती में बैठता राजा
दुनों भाई जाओत बाबा	दोनों भाई जाते बाबा
दुनों भाई जाओत	दोनों भाई जाते
गोपपुरे जात दुनों भाई	गोपपुर को जाते दोनों भाई
डुमर-मुँडा जात	डुमर मुँडा जाते
सोनर खमा दखे राजा	सोने का खम्भा देखता राजा
सोनर खमा दखे	सोने का खम्भा देखता
दखुक नईं सके राजा	देख नहीं सकता राजा
आँखी अँधार पड़े	आँखों में अँधेरा छाता
हाती ले हिटुन पड़े राजा	हाथी से गिर पड़ता राजा

गप् नाय हिटुन पड़े	बेहोश हो गिर पड़ता
मेंगराजा दखे बाबा	मेंगराजा देखता बाबा
भाचा के काय बले	भाचा से क्या कहता
“सुना भाचा रे माहादेवरैया	“सुनिये भाचा माहादेवरैया
सुना भाचा माहादेवरैया	सुनिये भाचा माहादेवरैया
कसन भाचा गिरला[41] भाचा?	भाचा कैसे गिर पड़े हे भाचा?

41. गिरला : नगरीय प्रभाव से हिन्दी का 'गिरना' शब्द आ गया है। मूल हल्बी शब्द हैं 'घसरला (घसरतो)', 'हिटुन पड़ला (हिटुन पड़तो)'।

	आले मोके साँगा"	तनिक मुझे बतलायें"
	राजा काय बले मामा के	राजा क्या कहता मामा से
	"सुना मामा" बले	"सुनिये मामा" कहता
	"भाँग खाउन रलो मामा	"भाँग खाया था इसने मामा
	गाँजा पिउन रलो	गाँजा पिया था इसने
	आँखी अँधार पड़ली मामा	आँखों में अँधेरा छा गया था मामा
	हाती ले हिटुन पड़लो"	हाथी से गिर पड़ा"
	बाँहा के धरुन उठाय राजा	बाँह पकड़ उठाता राजा
	करलिबती ने बसाय	करलीबती में बिठाता
	कदम छाँये बले जात राजा	कदम[42] की छाँव में ले जाता राजा
	बाबू के काय बले	बाबू से क्या कहता
	"सुन बाबू नानी भाई	"सुन हे बाबू छोटे भाई
	सुन बाबू पिला भाई	सुन हे बाबू नन्हे भाई
	कदम-रुके बले रा बाबू	कदम के नीचे रह हे बाबू
	कदम-रुके रा"	कदम के नीचे रह"
	कदम-छाँये आसे राजा	कदम की छाँव में है अब राजा
	कदम-छाँये आसे	कदम की छाँव में है
	मामा-भाचा जाओत बाबा	मामा-भाचा जाते बाबा
	रानी लगे जात	रानी के पास जाते
	सिंग-दुआरे जात राजा	सिंह-द्वार में जाते राजा
	नोनी के काय बले	नोनी से क्या कहते
	"सुन बेटा माहालखी	"सुन हे बेटे माहालखी
	सुन बेटा माहालखी	सुन हे बेटे माहालखी
	कोनी गइरा चो बेसरा बेटा	किसी गइरा का बेसरा बेटे
	कोनी गइरा चो बेसरा	किसी गइरा का बेसरा
	दखलिस जाले साँग बेटा	देखा हो तो बता हे बेटे
	धरलिस जाले साँग"	पकड़ा हो तो बता"
9	रानी नईं बले सुने भगवान	रानी नहीं सुनती भगवन
	रानी नईं सुने परभू	रानी नहीं सुनती प्रभु
	आउर हंका मारे राजा	और पुकार लगाता राजा
	दुसर हंका मारे	दूसरी बार पुकारता
	रानी सुनुन जाय बाबा	रानी सुन लेती है बाबा
	रानी सुनुन जाय	रानी सुन लेती है
	बाबा के काय बले रानी	बाबा से क्या कहती रानी
	"सुन बाबा" बले	"सुन हे बाबा" कहती
	"बेसरा नईं दखें बाबा	"बेसरा नहीं देखा है बाबा
	बेसरा नईं दखें"	बेसरा नहीं देखा है"

. कदम्ब का पेड़।

1520	अगमजानी बले माहादेवरैया[43]	अगमजानी माहादेवरैया
	अगमजानी माहादेवरैया	अगमजानी माहादेवरैया
	खँड मुचकी मारे राजा	हौले से मुस्काता राजा
	मुचमुच-मुचमुच हाँसे	मंद-मंद मुस्काता
	सिसकाड़ी पाड़ुन जाय राजा	सीटी बजा जाता है राजा
	सिसकाड़ी पाड़ुन जाय	सीटी बजा जाता है
	राजा चो सिसकाड़ी सुने बेसरा	राजा की सीटी सुनता बेसरा
	राजा चो सिसकाड़ी सुने बेसरा	राजा की सीटी सुनता बेसरा
	'टिकिम-टिकिम' गागे बेसरा	'टिकिम-टिकिम' रोता बेसरा
	'टिकिम-टिकिम' गागे	'टिकिम-टिकिम' रोता
	मेंगराजा सुने बाबा	मेंगराजा सुनता बाबा
	नोनी के काय बले	नोनी से क्या कहता
	"सुन बेटा माहालखी	"सुन बेटा माहालखी
	सुन बेटा माहालखी	सुन बेटा माहालखी
	सती नारी बले आस बेटा	सती नारी तू है हे बेटा
	सतयाधारी आस	सत्य को धारण करती है
	चौंसठ जोगनी आस बेटा	चौंसठ योगिनी तू है बेटा
	अन्तरधियानी आस	अन्तर्यामी तू है
	फुटे बन्धा चो पानी नईं खाइस	फूटे सरोवर का पानी न पीती
	मरदनामा मूँ नईं दखिस	पुरुष-मुख तू कभी न देखती
	कोन गइरा चो आय बेटा	किस गइरा का है हे बेटा
	कोन गइरा चो आय?	किस गइरा का है?
	चितरी-काबरी बाना टाकरी	रंग-बिरंगी टोकरी में
	बेसरा ढाकलो आसे	बेसरा ढँका हुआ है
	आले मोके बले साँग बेटा	तनिक मुझे बतला हे बेटा
	आले मोके साँग"	तनिक मुझे बतला"
1521	"सुन बाबा मेंगराजा	"सुन हे बाबा मेंगराजा
	सुन बाबा मेंगराजा	सुन हे बाबा मेंगराजा
	बाते सुनुन जा बाबा	बात सुनता जा हे बाबा
	गोठ मानुन जा	कहना मान जा
	कोन गइरा चो आय बाबा	किस गइरा का है हे बाबा
	मयँ नईं जानें	मैं नहीं जानती
	खमा[44] ने एउन बसे बाबा	खम्भे पर आ बैठा हे बाबा
	खमा ने एउन बसे	खम्भे पर आ बैठा
	'टिकिम-टिकिम' गागे बाबा	'टिकिम-टिकिम' रोता बाबा
	'टिकिम-टिकिम' गागे	'टिकिम-टिकिम' रोता

43. दिनांक 19.12.1996 को ध्वन्यांकित कैसेट क्रमांक 33बी का आरम्भ।

44. खमा : नगरीय प्रभाव के कारण हिन्दी का 'खम्भा' शब्द इस रूप में आ गया है। मूल हल्बी शब्द है '

झुलना झुलुक नीं देय बाबा
झुलना झुलुक नीं देय बाबा
काने उवाज जाय बाबा
काने उवाज जाय
पाना ने भात धरले बाबा
मयँ नेउन मँडाउन दिले
भात खाउक उतरे बाबा
भात खाउक उतरे
बेसरा के धरुन गेले बाबा
बेसरा के धरुन गेले
'बेसरा बिता बले इलो जाले
बेसरा बिता इलो जाले
बनी देउन नेयदे' बलले
'भुती देउन नेयदे'
चितरी-काबरी बाना टाकरी
बेसरा ढाकुन दिले"
सोनर झुलना ले उतरे रानी
रुपर धरना ले उतरे
बेसरा उघाडुन जाय रानी
मेंगराजा के देय
522 मेंगराजा बले धरे रे भगवान
माहादेवरैया के देय परभू

झूला झूलने न देता बाबा
झूला झूलने न देता बाबा
कान में आवाज आती बाबा
कान में आवाज आती
पत्ते में भात लिया हे बाबा
मैंने ले जा कर रख दिया
भात खाने को उतरा बाबा
भात खाने को उतरा
बेसरा को पकड़ लिया हे बाबा
मैंने बेसरा पकड़ लिया
'बेसरा वाला आयेगा तो
बेसरा वाला आयेगा तो
मेहनताना दे कर ले जायेगा' सोचा
'मेहनताना दे कर ले जायेगा'
रंग-बिरंगी टोकरी में
बेसरा को ढँक दिया"
सोने के झूले से उतरती रानी
चाँदी की डोर छोड़ उतरती
बेसरा खोल देती रानी
मेंगराजा को देती
मेंगराजा लेता भगवन्
माहादेवरैया को देता प्रभु

माहादेवरैया धरे बाबा	माहादेवरैया लेता बाबा
माहादेवरैया धरे	माहादेवरैया लेता
नव खँड माहाल छाँडोत राजा	नौ खण्डा माहाल छोड़ते राजा
जाते-जाते जात	चलते चले जाते
रुमझुम-रुमझुम रेंगोत बाबा	जल्दी-जल्दी चलते बाबा
एक कलाट मारोत	लम्बे डग वे भरते
कदम-रुके बले जात राजा	कदम के पेड़ में जाते राजा
कदम-रुके अमरोत	कदम के पेड़ पर पहुँचते
नरायन परभू के देय राजा	नरायन प्रभु को देता राजा
नरायन परभू धरे	नरायन प्रभु लेता
खँड मुचकी मारे राजा	हौले से मुस्काता राजा
मुचमुच-मुचमुच हाँसे	मंद-मंद मुस्काता
करलिबती ने राजा चगे[45]	करलिबती पर राजा चढ़ता
करलिबती में राजा चगे	करलिबती पर राजा चढ़ता
कदम-छाँय छाँडोत राजा	कदम की छाँव छोड़ते राजा
जाते-जाते जात	चलते चले जाते
एक कलाट मारोत राजा	लम्बे डग भरते हैं राजा
मँजपुरे जात	मँजपुर को वे जाते
मँजपुर अमरोत राजा	मँजपुर पहुँच जाते राजा
मँजपुर अमरोत	मँजपुर पहुँच जाते
जाय राजा रे नरायन परभू	जाता राजा नरायन प्रभु
जाय राजा माहादेवरैया	जाता राजा माहादेवरैया
मेंग-माहाले जात राजा	मेंग-महल को जाते राजा
मेंग-माहाल अमरोत	मेंग-महल पहुँचते
सिंग-दुआरे जाय हाती	सिंह-द्वार में जातीं हथिनी
माँडी मोड़ुन देय	वे घुटने टेक जातीं
हाती ले उतरुन जात राजा	हथिनी से उतर जाते राजा
हाती उलान होय	हथिनी खाली हो जातीं
चारा चरुन जाय हाती	चारा चर जातीं हैं हथिनी
पानी पिउन जाय	पानी वे पी लेतीं
नव खँड माहाले ओलोत राजा	नौ खण्डा महल में जाते राजा
बाजे जाउन बसोत	पलंग पर जा बैठते
1523 "सुना राजा रे मेंगराजा	"सुनिये राजा मेंगराजा
सुना राजा रे मेंगराजा	सुनिये राजा मेंगराजा
काहाँ बेसरा रली राजा	कहाँ पर बेसरा था हे राजा
काहाँ बेसरा रली?"	कहाँ पर बेसरा था?"
"नोनी लगे बेसरा रली रानी	"नोनी के पास बेसरा था हे रानी

45. चगे : अन्य ध्वनियाँ 'चेगे', 'चघे', 'चेघे'।

	नोनी लगे बेसरा रली"	नोनी के पास बेसंरा था"
	माहादेवरैया आसे बाबा	माहादेवरैया है हे बाबा
	मामा के काय बले	मामा से क्या कहता
	"सुना मामा मेंगराजा	"सुनिये मामा मेंगराजा
	सुना मामा मेंगराजा	सुनिये मामा मेंगराजा
	बाते सुनुन जाहा मामा	बात सुन लें हे मामा
	गोठ मानुन जाहा	कहना मान लें
	तुमके बलुन रले मामा	आपसे कहा था हे मामा
	तुमके बलुन रले	मैंने आपसे कहा था
	फल देतो बेरा मामा	फल देते समय हे मामा
	फल देतो बेरा	फल देते समय
	'बेटा अँवतार होली जाले	'बेटे का जन्म हुआ तो
	बेटा अँवतार होली जाले	बेटे का जन्म हुआ तो
	नरायन मित बदायँ' बल्ले	नरायन से मित्रता कराऊँगा' कहा था
	'नरायन फुल बदायँ	'नरायन का मीत बनाऊँगा
	बेटी अँवतार होली जाले	बेटी का जन्म हुआ तो
	बेटी अँवतार होली जाले	बेटी का जन्म हुआ तो
	नरायन बिहाव करुआयँ' बल्ले	नरायन से ब्याह कराऊँगा' कहा था
	'नरायन बिहाव करुआयँ'	'नरायन से ब्याह कराऊँगा'
	बेटी अँवतार होली मामा	बेटी का जन्म हुआ है मामा
	बेटी अँवतार होली	बेटी का जन्म हुआ है
	नोनी के बिहाव करुआयँ मामा	नोनी को ब्याहूँगा अब मामा
	मयँ नोनी के छाँडूँ[46] नोहायँ	मैं नोनी को नहीं छोड़ूँगा
	काली के माहला एउआयँ मामा	कल ही मैं माहला आऊँगा मामा
	काली के माहला एउआयँ"	कल ही मैं माहला आऊँगा"
524	जाय राजा रे नरायन परभू	जाता राजा नरायन प्रभु
	जाय राजा माहादेवरैया	जाता राजा माहादेवरैया
	मामा के पाँय पड़ोत राजा	मामा के पाँव छूते राजा
	बुबू चो हात जोड़ोत	बुबू को हात जोड़ते
	"जाउँसे मामा" बलोत राजा	"जाते हैं मामा" कहते राजा
	घर ले बाहिर होत	घर से बाहर आते
	रुमझुम-रुमझुम रेंगोत बाबा	जल्दी-जल्दी चलते बाबा
	एक कलाट मारोत	लम्बे डग वे भरते
	मँजपुर छाँडोत राजा	मँजपुर छोड़ जाते राजा
	कैलासपुरे जात	कैलासपुर को जाते
	कैलासपुर के राजा अमरोत	कैलासपुर राजा पहुँचते
	पारबती-जलकी ने राजा जाओत	पारबती-सरोवर में राजा जाते

46. छाँडूँ : अन्य उच्चारण 'छाँडू'।

माहादेव-जलकी ने जात राजा	माहादेव-सरोवर में जाते राजा
जलकी-खँडे उबोत	सरोवर-तीर में खड़े होते
खँड भर रहे जलकी	सरोवर भरा हुआ था
करया पानी दखे	पानी काला दिखता था
दार-चाउर फेकोत राजा	दाल-चावल फेंकते राजा
माँडक होउन जाय	घुटने भर हो जाता
समँदुर पार बले होत राजा	समुद्र लाँघ जाते राजा
नँदी पार होत	नदी लाँघ जाते
जाते-जाते बले जात राजा	चलते चले जाते राजा
कोसक-दापक रेंगोत	कोस-दाब भर चलते

1525	दखे रानी रे पारबती	देखती रानी पारबती
	दखे रानी पारबती	देखती रानी पारबती
	'राजा एसोत' बले रानी	'राजा आते' कहती रानी
	'राजा एसोत' बले	'राजा आते' कहती
	सेवा-जोड़ा धरे रानी	सेवा-सामग्री लेती रानी
	पुजा-जोड़ा धरे	पूजा-सामग्री लेती
	चन्दन-काट मँडाय रानी	चन्दन-काठ रखती रानी
	ढँग् नाय राजा उबोत	राजा उस पर खड़े हो जाते
	पइँया धोआउन जाय रानी	पाँव धुला जाती है रानी
	चाउर-टिका दय[47]	चावल का टीका लगाती

47. दय : मूल ध्वनि 'देय'।

राजा चो पाँय पड़े रानी	राजा के पाँव छूती रानी
बाबू चो टोंड चुमे	बाबू का मुख चूमती
रानी के पाँय पड़े बाबू	रानी के पाँव छूता बाबू
रानी चो टोंड चुमे	(राजा) रानी का मुख चूमे
राजा चो हात बले रानी धरे	राजा का हाथ रानी पकड़ती
नव खँड माहाले रानी नय[48]	नौ खण्डा महल में रानी ले जाती
बाजे नेउन बसाय रानी	पलंग पर ले जा कर बिठाती रानी
राजा-रानी बसोत	राजा-रानी बैठते
रानी काय बले राजा के	रानी क्या कहती राजा से
"सुना राजा" बले	"सुनिये राजा" कहती
"काहाँ बेसरा रली राजा?	"कहाँ पर था बेसरा हे राजा?
आले मोके साँगा"	तनिक मुझे बतलायें"
"सुन रानी पारबती	"सुन हे रानी पारबती
सुन रानी पारबती	सुन हे रानी पारबती
नोनी लगे बेसरा रली रानी	नोनी के पास था बेसरा रानी
नोनी लगे बेसरा रली	नोनी के पास था बेसरा
डुमर-मुँडा गेली रानी	डुमर मुँडा गयी है रानी
हुन गोपपुरे गेली	वह गोपपुर चली गयी है
कयना जुबत होली रानी	वह युवा हो गयी है रानी
सिग उमर इली	वह युवती हो गयी है
भरती उमर होली रानी	वह युवा हो गयी है रानी
भरती उमर इली"	वह युवती हो गयी है"

48. नय : मूल ध्वनि 'नेय'।

अधया-30 : माहालखी सँगे बिहाव काजे नरायनराजा चो टेक

अध्याय-30 : माहालखी से विवाह हेतु नरायनराजा का हठ

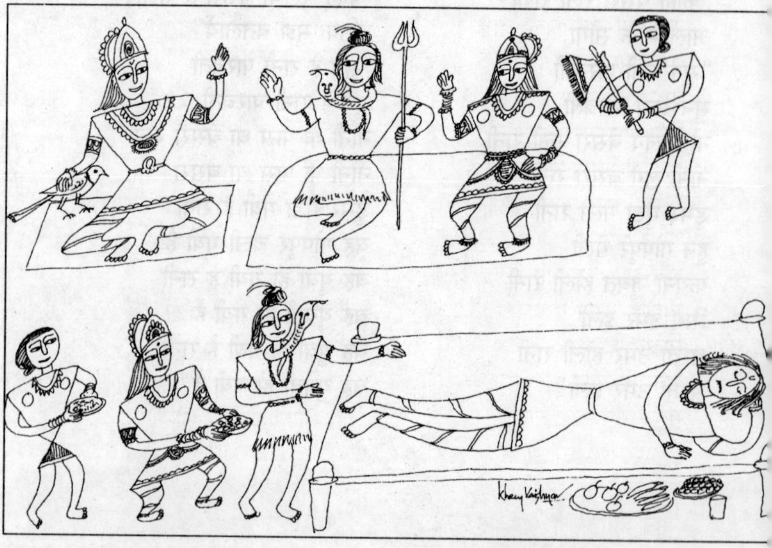

1526	सुने रानी पारबती	सुनती रानी पारबती
	सुने रानी पारबती	सुनती रानी पारबती
	राजा-रानी आसोत बाबा	राजा-रानी रहते बाबा
	राजा-रानी आसोत	राजा-रानी रहते
	एक दिन ले दुय दिन	एक दिन से दो दिन
	दुय दिन ले आँट दिन	दो दिन से आठ दिन
	बेसरा आनलो होय राजा चो	बेसरा लाये बीते राजा को
	बेसरा आनलो होय	बेसरा लाये बीते
	मन ने बिचार करे राजा	मन में विचार करता राजा
	दिले धोका करे	दिल में चिन्ता करता
	'रानी के बिहाव होयँ' बले	'रानी (माहालखी) से विवाह करूँगा' कह
	'रानी के बिहाव होयँ	'रानी से विवाह करूँगा

तिनपुर सुँदरी आय' बले	अद्भुत सुन्दरी है वह' कहता
'तिनपुर लाडरी आय	'बहुत ही प्यारी है
चौंसठ जोगनी आय' बले	चौंसठ योगिनी है वह' कहता
'अगमजानी आय	'अगमजानी वह है
अकइस रानी बले मोचो आसोत	इक्कीस रानियाँ मेरी हैं
राधा-तुलसा मोचो आसोत	राधा-तुलसा मेरी हैं
रानी सँगे नईं पुरोत बले	रानी की बराबरी नहीं कर सकतीं वे
रानी सँगे नईं सकोत	रानी की बराबरी नहीं कर सकतीं
अकइस रानी चो ठोड़ी बले	इक्कीस रानियों की ठुड्डी
राधा-तुलसा चो ठोड़ी	राधा-तुलसा की ठुड्डी
रानी चो लेड़ी बले आय' बले	रानी की एड़ी के बराबर' कहता
'एक समान आय'	'वे एक समान हैं'
दादा लगे जाय राजा	दादा के पास जाता राजा
बऊ लगे जाय	बऊ के पास जाता
दादा के काय बले राजा	दादा से क्या कहता राजा
"सुन दादा" बले	"सुन हे दादा" कहता
"सुन दादा बड़े भाई	"सुन हे दादा बड़े भाई
सुन दादा बड़े भाई	सुन हे दादा बड़े भाई
बिहाव करुन दे दादा	विवाह कर दे हे दादा
बिहाव करुन दे	विवाह कर दे
रानी के बिहा होउआयँ दादा	रानी से विवाह करूँगा दादा
मयँ मरले छाँड़ूँ नोहायँ"	मैं मर जाऊँ तब भी न छोड़ूँगा"
माहादेवरैया सुने बाबा	माहादेवरैया सुनता बाबा
बाबू के काय बले	बाबू से क्या कहता
"सुन बाबू नानी भाई	"सुन हे बाबू छोटे भाई
सुन बाबू पिला भाई	सुन हे बाबू नन्हे भाई
एचोय काजे इलिस बाबू	इसीलिये तू आया बाबू
एचोय काजे इलिस!	इसीलिये तू आया!
अकइस रानी आसोत बाबू	इक्कीस रानियाँ तेरी हैं बाबू
राधा-तुलसा आसोत	राधा-तुलसा तेरी हैं
काय ने जिउन जादे बाबू	वे कैसे जियेंगी बाबू
काय के खाउन रदे?"	वे क्या खा कर रहेंगी?"
राजा काय बले दादा के	राजा क्या कहता दादा से
"सुन दादा" बले	"सुन हे दादा" कहता
"बनी-भुती करदे दादा	"मेहनत-मजदूरी करेंगी दादा
काँडा-कुटया करदे	वे धान आदि कूटेंगी
हुनी ने जिउन जादे दादा	वैसे ही वे जियेंगी दादा
हुनी ने जिउन जादे"	उसी में वे जियेंगी"

1527	“सुना बाबू नानी भाई	“सुनिये बाबू छोटे भाई
	सुना बाबू पिला भाई	सुनिये बाबू नन्हे भाई
	बापलुटी बला बाबू	बापलुटी कहें हे बाबू
	बापलुटी बला	भले ही बापलुटी कहे
	नोनी के देउक नीं देयँ बाबू	नोनी को देने न दूँगी[1] बाबू
	मयँ नोनी के देउक नीं देयँ	मैं नोनी को देने न दूँगी
	काईं के नाजुन जाने बाबू	कुछ भी नहीं जानती वह बाबू
	काईं के नाजुन सिखे	कुछ भी नहीं सीखा है
	अकइस रानी आसोत बाबू	इक्कीस रानियाँ हैं हे बाबू
	राधा-तुलसा आसोत	राधा-तुलसा भी हैं
	हुनी बले बायले आत बाबू	वे भी पत्नियाँ हैं हे बाबू
	आगे बइन रला	पहले बहिनें थीं
	नोनी के डँड करदे बाबू	नोनी को कष्ट देंगी वे बाबू
	हुन नोनी के डाहा देदे	वे नोनी को तकलीफ देंगी
	नोनी के देउक नीं देयँ”	नोनी को देने न दूँगी”
1528	“सुना बऊ बड़े बऊ	“सुनिये बऊ हे बड़ी बऊ
	सुना बऊ बड़े बऊ	सुनिये बऊ हे बड़ी बऊ
	मयँ अकइस रानी के छाँडें बऊ	मैं इक्कीस रानियों को छोड़ दूँगा बऊ
	राधा-तुलसा के छाँडें	राधा-तुलसा को भी छोड़ दूँगा
	रानी के बिहाव होयँ बऊ	रानी से ब्याह करूँगा बऊ
	मयँ रानी के बिहाव होयँ”	मैं रानी से ब्याह करूँगा”
	नरायन राजा बले बाबा	नरायन राजा कहता बाबा
	नरायन राजा बले	नरायन राजा कहता
	“एचोय काजे इलास बाबू !	“इसीलिये आये हो बाबू !
	तुमी बालिखँडपुरे जाहा”	आप बालिखँडपुर जायें”
	अयसा रिस बले होय रानी जे	बहुत गुस्सा करती रानी
	तिनपुर रिस होय	बहुत ही गुस्सा करती
	‘रिस होला’ बले राजा	‘रुष्ट हो गयीं’ कहता राजा
	‘रिस होला’ बले राजा	‘नाराज हो गयीं’ कहता राजा
	बाजे जाउन सोय राजा	पलंग पर जा कर सोता राजा
	सेज जाउन सोय	शय्या पर जा कर सोता
	राँदा-बाटा करे रानी	भोजन तैयार करती रानी
	पानी गरम करे	पानी गरम करती
	मन्दन-सिले बले नेय रानी	स्नान-गृह में ले जाती रानी
	झारी कसेला देय	झारी पात्र देती
	बाबू लगे जाय रानी	बाबू के पास जाती रानी
	बाबू के काय बले	बाबू से क्या कहती

1. नोनी को देने न दूँगी : अपने काका-काकी को नोनी का ब्याह आप से करने नहीं दूँगी।

	"उठा बाबू" बले रानी	"उठिये बाबू" कहती रानी
	"चेता बाबू" बले	"जागिये बाबू" कहती
	"दतुन चाबुन जाहा बाबू	"दतौन कर जायें बाबू
	अन खाउन जाहा"	आप अन्न खा लें"
	उठाउन-उठाउन रानी थके	उठा-उठा कर रानी थकती
	चेताउन-चेताउन रानी थके	जगा-जगा कर रानी थकती
	राजा नईं उठे बाबा	राजा नहीं उठता है बाबा
	राजा नईं चेते	राजा नहीं जागता
	राजा लगे बले जाय रानी	राजा के पास जाती रानी
	राजा के काय बले	राजा से क्या कहती रानी
	"सुना राजा माहादेवरैया	"सुनिये राजा माहादेवरैया
	सुना राजा माहादेवरैया	सुनिये राजा माहादेवरैया
	मयँ उठाउन-उठाउन थाकले राजा	मैं उठा-उठा कर थक गयी राजा
	चेताउन-चेताउन थाकले	जगा-जगा कर थक गयी
	बाबू नईं उठोत राजा	बाबू नहीं उठते हैं राजा
	बाबू नईं उठोत	बाबू नहीं जागते
	दतुन नईं चाबोत राजा	दतौन नहीं करते हैं राजा
	अन नईं खाओत	वे अन्न नहीं खाते हैं
	तुमी उठाउन दखा राजा	आप उठा कर देखें राजा
	तुमी चेताउन दखा"	आप जगा कर देखें"
1529	सुने राजा रे माहादेवरैया	सुनता राजा माहादेवरैया
	सुने राजा माहादेवरैया	सुनता राजा माहादेवरैया
	बाबू लगे बले जाय राजा	बाबू के पास जाता राजा
	बाबू लगे जाय	बाबू के पास जाता
	बाबू के काय बले राजा	बाबू से क्या कहता राजा
	"सुन बाबू" बले	"सुन हे बाबू" कहता
	"बाज ले उठुन जा बाबू	"पलंग से उठ जा हे बाबू
	सेज ले उठुन जा	शय्या से उठ जा
	अन खाउन जा बाबू	अन्न खा ले हे बाबू
	दतुन चाबुन जा"	तू दतौन कर ले"
1530	"सुन दादा रे बड़े भाई	"सुन हे दादा बड़े भाई
	सुन दादा बड़े भाई	सुन हे दादा बड़े भाई
	मयँ दतुन चाबूँ[2] नोहायँ दादा	मैं दतौन नहीं करूँगा दादा
	अन खाऊ नोहायँ	अन्न नहीं खाऊँगा
	भुक ने मरुक होओ दादा	भूख से मर जाऊँ दादा
	मोचो भुक ने जिव जाओ	मैं भूख से मर जाऊँ
	बिहाव करुन दे दादा	ब्याह कर दे हे दादा

2. चाबूँ : अन्य उच्चारण 'चाबू'।

बिहाव करुन दे	ब्याह कर दे
जेबे बिहाव मोके करलिस जाले	जब तुम मेरा ब्याह कर दोगे
जेबे बिहाव करलिस जाले	जब तुम मेरा ब्याह कर दोगे
मयँ हुनी दिने दतुन चाबें दादा	मैं उसी दिन दतौन करूँगा दादा
हुनी दिने अन खायँ	उसी दिन मैं अन्न खाऊँगा
भुक ने मरुक होओ दादा	भूख से मर जाऊँ मैं दादा
मयँ मरले खाऊ[3] नोहायँ"	मरने पर भी न खाऊँगा"
माहादेवरैया सुने बाबा	माहादेवरैया सुनता बाबा
रानी लगे जाय	रानी के पास जाता
रानी के काय बले राजा	रानी से क्या कहता राजा
"सुन रानी" बले	"सुन हे रानी" कहता
"सुन रानी पारबती	"सुन हे रानी पारबती
सुन रानी पारबती	सुन हे रानी पारबती
दतुन नईं चाबे रानी	दतौन नहीं करता है रानी
अन नईं खाय	वह अन्न नहीं खाता है
भुक ने मरुन जायदे रानी	भूख से मर जायेगा रानी
भुके जिव जायदे	भूख से मर जायेगा
बिहाव करुन देवँ रानी	ब्याह कर दें हे रानी हम
बिहाव करुन देवँ	ब्याह कर दें
हुन बाटे नेउक नीं देवँ रानी	उधर ले जाने न देंगे रानी
हुन बाटे नेउक नीं देवँ	उधर ले जाने न देंगे
हामचो सँगे रयदे रानी	हमारे साथ रहेगा रानी
हामचो सँगे रयदे"	हमारे साथ रहेगा"
उरलाव-भुरलाव करे राजा	बातें बना जाता राजा
उरलाव-भुरलाव करे	बातें बना जाता
रानी ओगाय होय बाबा	रानी चुप हो जाती बाबा
रानी ओगाय होय	रानी चुप हो जाती

3. खाऊ : अन्य ध्वनि 'खाऊँ'।

अधया-31 : माहालखी चो माहला
अध्याय-31 : माहालखी की सगाई

1531	बाबू लगे बले दादा जाय	बाबू के पास दादा जाता
	बाबू लगे दादा जाय	बाबू के पास दादा जाता
	बाबू के काय बले दादा	बाबू से क्या कहता दादा
	"सुन बाबू" बले	"सुन हे बाबू" कहता
	"उठ बाबू" बले राजा	"उठ हे बाबू" कहता राजा
	"चेत बाबू" बले	"जाग हे बाबू" कहता
	"दतुन चाबुन जा बाबू	"दतौन कर ले हे बाबू
	अन खाउन जा	तू अन्न खा ले
	तुके बिहाव करुन देयँदे बाबू	तेरा ब्याह कर दूँगा बाबू
	बिहाव करुन देयँदे"	तेरा ब्याह कर दूँगा"
	हात के धरुन उठाय राजा	हाथ पकड़ उठाता राजा
	नरायन राजा उठे	नरायन राजा उठता

खँड मुचकी बाबू मारे	हौले से मुस्काता राजा
मुचमुच-मुचमुच बाबू हाँसे	मंद-मंद मुस्काता
दतुन चाबुन जाय बाबू	दतौन कर जाता बाबू
अन खाउन जाय	वह अन्न खा लेता
एक दिन ले दुय दिन	एक दिन से दो दिन
दुय दिन ले आँट दिन	दो दिन से आठ दिन
दतुन चाबलो होय राजा चो	दतौन किये बीते राजा को
अन खादलो होय	अन्न खाये बीते
बाजे बसुन जात राजा-रानी	पलंग पर बैठ जाते राजा-रानी
सेज बसुन जात	शय्या पर बैठ जाते
रानी काय बले राजा के	रानी क्या कहती राजा से
"सुना राजा" बले	"सुनिये राजा" कहती
"माहला-जोड़ा जोड़ा राजा	"माहला[1] की तैयारी करें हे राजा
माहला-जोड़ा जोड़ा"	सगाई की तैयारी करें"
माहादेवरैया सुने बाबा	माहादेवरैया सुनता बाबा
बाबू के काय बले	बाबू से क्या कहता
"सुन बाबू भिकन्दर	"सुन हे बाबू भिकन्दर
सुन बाबू जलन्धर	सुन हे बाबू जलन्धर
मुठा रुपया धर बाबू	मुट्ठी भर रुपये ले बाबू
मरार माहाले जा	मरार-महल तू जा
भेला गुर आन बाबू	गुड़ की भेली ला हे बाबू
माहला-जाक आन	सगाई की सामग्री ला
खेजा निकराउन जा बाबू	खेजा[2] निकाल ले हे बाबू
हलबा-माहाले जा	हल्बा-महल तू जा
लाई फोड़ाउन आन बाबू	लाई फोड़वा कर ला हे बाबू
चिवड़ा कुटाउन आन"	चिवड़ा कुटवा कर ला"

1. माहला : माहला का अर्थ दरअसल सगाई तो नहीं है किन्तु इसे सगाई के समान ही माना जाना चाहिये। वस्तुतः माहला का अर्थ 'बेटी माँगने जाना' है। वर-पक्ष के लोग वधू-पक्ष के घर में अपने पुत्र या भाई के लिये बहु की याचना ले कर जाते हैं। यह जाना सामान्य नहीं होता। वर-पक्ष के लोग अपने साथ लाई-चिवड़ा, मदिरा आदि ले कर जाते हैं और वधू-पक्ष से 'हाँ' होने पर वह सब उन्हें अर्पित करते हैं। यह प्रक्रिया पहले सात बार दुहरायी जाती थी। सात माहला कहा जाता था। धीरे-धीरे सात माहला की परिपाटी लगभग खत्म हो चली है और एक या अधिक से अधिक दो माहला के बाद बात पक्की हो जाती है।
2. खेजा : बस्तर अंचल में लाई या चिवड़ा अथवा दतौन व पत्तों के लिए अथवा किसी काम की मजदूरी के एवज में रुपये-पैसे देने की प्रथा नहीं रही है। यहाँ लाई या चिवड़ा के लिये धान तथा दतौन व पत्तों के लिये कनकी (चावल के टूटे दाने) दिये जाते रहे हैं। इसी तरह कराये गये काम की मजदूरी के रूप में धान देने की परम्परा रही है। इस तरह वस्तु विनिमय होता रहा है। इसी वस्तु विनिमय के अन्तर्गत खरीदने वाले के द्वारा बेचने वाले को दी जाने वाली सामग्री तथा कराये गये काम के बदले दी जाने वाली मजदूरी को 'खेजा' कहा जाता है।

1532	सुने बाबू भिकन्दर	सुनता बाबू भिकन्दर
	सुने बाबू जलन्धर	सुनता बाबू जलन्धर
	हरबर तियार होय बाबू	झटपट तैयार होता बाबू
	जलदी तियार होय	जल्दी तैयार होता
	आपन साजू पिंदे बाबू	अपने साज पहनता बाबू
	आपन जाक धरे	अपने सामान लेता
	खेजा निकराउन जाय बाबू	खेजा निकाल लेता बाबू
	मुठा रुपया धरे	मुट्ठी भर रुपये लेता
	घर ले बाहिर होय बाबू	घर से बाहर आता बाबू
	जाते-जाते जाय	चलता चला जाता
	रुमझुम-रुमझुम रेंगे बाबू	जल्दी-जल्दी चलता बाबू
	हलबा-माहाले जाय	हल्बा-महल वह जाता
	माँडो-मोंगरा उबे बाबू	मोगरा-मण्डप में रुकता बाबू
	'बाई' हंका मारे	'बाई' हाँक लगाता
	बाई सुनुन जाय बाबा	बाई सुन लेती है बाबा
	घर ले बाहिर होय	घर से बाहर आती
	"काय कामे इलिस बाबू	"किस काम से आया बाबू
	तुय आले मोके साँग"	तनिक मुझे बतला तू"
1533	"सुन बाई हलबिन	"सुन हे बाई हल्बिन
	सुन बाई हलबिन	सुन हे बाई हल्बिन
	लाई फोड़ुन दे बाई	लाई फोड़ दे हे बाई
	चिवड़ा कुटुन दे"	चिवड़ा कूट दे"
	बाई सुनुन जाय बाबा	बाई सुन लेती है बाबा
	"मयँ देयँदे बाबू" बले	"मैं दूँगी बाबू" कहती
	बाई लाई फोड़े बाबा	बाई लाई फोड़ती बाबा
	बाई चिवड़ा कुटे	बाई चिवड़ा कूटती
	भिकन्दर के देय बाई	भिकन्दर को देती बाई
	भिकन्दर धरे	भिकन्दर है लेता
	मुठा रुपया देय बाबू	मुट्ठी भर रुपये देता बाबू
	हलबा-माहाल छाँडे	हल्बा-महल छोड़ता
	जाते-जाते बले बाबू जाय	जाते-जाते बाबू जाता
	रुमझुम-रुमझुम बाबू रेंगे	जल्दी-जल्दी बाबू चलता
	मरार-माहाले जाय बाबू	मरार-महल जाता बाबू
	मरार-माहाल अमरे	मरार-महल पहुँचता
	माँडो-मोंगरा उबे बाबू	मोगरा-मण्डप में रुकता बाबू
	'दादा' हंका मारे	'दादा' हाँक लगाता
	दादा सुनुन जाय बाबा	दादा सुन लेता है बाबा

	घर ले बाहिर होय	घर से बाहर आता
	बाबू के काय बले दादा	बाबू से क्या कहता दादा
	“सुन बाबू” बले	“सुन हे बाबू” कहता
	“काय कामे इलिस बाबू	“किस काम से आया बाबू
	आले मोके साँग”	तनिक मुझे बतला”
1534	“सुन दादा रे मरार लोग	“सुन हे दादा मरार जन
	सुन दादा मरार लोग	सुन हे दादा मरार जन
	भेला गुर बले दे दादा	गुड़ की भेली दे हे दादा
	भेला गुर दे”	गुड़ की भेली दे”
	“देयँदे बाबू” बले दादा	“दूँगा बाबू” कहता दादा
	आपन माहाले ओले	अपने महल में जाता
	भेला गुर धरे दादा	गुड़ की भेली लेता दादा
	भिकन्दर के देय	भिकन्दर को देता
	भेला गुर धरे बाबू	गुड़ की भेली लेता बाबू
	मुठा रुपया देय	मुट्ठी भर रुपये देता
	मरार-माहाल छाँडे बाबू	मरार-महल छोड़ता बाबू
	जाते-जाते जाय	चलता चला जाता
	रुमझुम-रुमझुम रेंगे बाबू	रुमझुम-रुमझुम चलता बाबू
	एक कलाट मारे	लम्बे डग वह भरता
	जाय बाबू भिकन्दर	जाता बाबू भिकन्दर
	जाय बाबू जलन्धर	जाता बाबू जलन्धर
	राजा-माहाले जाय बाबू	राज-महल जाता बाबू
	राजा-माहाल अमरे	राज-महल पहुँचता
	लाई चिवड़ा ठोय बाबू	लाई-चिवड़ा रखता बाबू
	भेला गुर ठोय	गुड़ की भेली रखता
	हरबर जोड़ा जोड़े रानी	झटपट तैयारी करती रानी
	जलदी जोड़ा जोड़े	जल्दी तैयारी करती
1535	“सुन बाबू भिकन्दर	“सुन हे बाबू भिकन्दर
	सुन बाबू जलन्धर	सुन हे बाबू जलन्धर
	खोरे-डाँडे बले जा बाबू	अली-गली में जा हे बाबू
	आरा-पारा ने जा	अड़ोस-पड़ोस मे जा
	धँगड़ा रासी के आन बाबू	धँगड़ा रासी[3] को ला हे बाबू
	धँगड़ा रासी के आन	धँगड़ा रासी को ला
	कावड़ धरुन एओत बाबू	काँवर ले कर आयें बाबू
	मोके माहला जाउक लागदे”	मेरे साथ माहला करने जायेंगे”
	भिकन्दर सुने बाबा	भिकन्दर सुनता बाबा

3. धँगड़ा : नव युवक। रासी : गण। नवयुवक गण।

जलन्धर सुने	जलन्धर सुनता
हरबर तियार बाबू होय	झटपट तैयार बाबू होता
जलदी तियार बाबू होय	जल्दी तैयार बाबू होता
आपन साजू पिंदे बाबू	अपने साज पहनता बाबू
आपन जाक धरे	अपने सामान लेता
पायँ ने खड़ऊ पिंदे बाबू	पाँवों में खड़ाऊँ पहनता बाबू
हाते बेद धरे	हाथ में बेंत लेता
घर ले बाहिर होय बाबू	घर से बाहर निकलता बाबू
जाते-जाते जाय	चलता चला जाता
रुमझुम-रुमझुम रेंगे बाबू	जल्दी-जल्दी चलता बाबू
एक कलाट मारे	लम्बे डग वह भरता
खोरे-डाँडे बले जाय बाबू	अली-गली में जाता बाबू
आरा-पारा ने जाय	अड़ोस-पड़ोस में जाता
बुलुन-बुलुन साँगे बाबू	घूम-घूम बतलाता बाबू
गिंजरुन-गिंजरुन साँगे	वह घूम-घूम बतलाता
"सुना बाबू रे धँगड़ा रासी	"सुनो हे बाबू धँगड़ा रासी
सुना बाबू धँगड़ा रासी	सुनो हे बाबू धँगड़ा रासी
कावड़ धरुन जाहा बाबू	काँवर ले कर जाओ बाबू
राजा-घरे बलाव"	राजा के घर बुलावा"
धँगड़ा रासी सुनोत बाबा	धँगड़ा रासी सुनते बाबा
"एउँदे बाबू" बलोत	"आयेंगे बाबू" कहते
हरबर तियार होत बाबू	झटपट तैयार होते बाबू
जलदी तियार होत	जल्दी तैयार हो जाते
खाना-पिना खाओत बाबू	खाना-पीना करते बाबू
आपन साजू पिंदोत	अपने साज पहनते
536 कावड़ धरुन निकरोत बाबू	काँवर ले कर निकलते बाबू
कावड़ धरुन निकरोत बाबू	काँवर ले कर निकलते
जाते-जाते बले जात बाबू	चलते चले जाते बाबू
जाते-जाते जात	चलते चले जाते
राजा-माहाले जात बाबू	राज-महल जाते बाबू
राजा-माहाल अमरोत	राज-महल पहुँचते
लगे जाउन सलाम झोकोत	पास जा कर सलाम करते
दुरे जाउन बसोत	वे दूर जा बैठते
537 "सुना बाबू धँगड़ा रासी	"सुनो हे बाबू नवयुवकों
सुना बाबू धँगड़ा रासी	सुनो हे बाबू नवयुवकों
मँजपुर जाउक लागा बाबू	मँजपुर चलो हे बाबू
मोके मँजपुर जाउक लागा"	मेरे साथ मँजपुर चलो"

हरबर तियार होत राजा-रानी
जलदी तियार होत
दतुन-पतर चाबोत राजा-रानी
आँगे असनाँद होत
सुका कपड़ा पिंदोत राजा-रानी
ओधा कपड़ा गिरे
झारी पानी बले राजा-रानी धरोत
तुलसी चँवरा ने राजा-रानी जाओत
चँवरा ने पानी रिकात राजा-रानी
तुलसी के काय बलोत
“अगास मेलान बाड़ बाई
पकिर पाना फेक
तुय-मयँ बाँहा-जोरी बाई
तुय-मयँ हन्सा-जोरी
जिव भर सेवा मिरो बाई
जान सुखी रहो”
तुलसी सेवा करोत राजा-रानी
होम-आरती देत
पइँया पड़ुन जात राजा-रानी
बाजे जाउन बसोत
“सुन बाबू भिकन्दर

झटपट तैयार होते राजा-रानी
जल्दी तैयार होते
दतौन आदि करते राजा-रानी
वे स्नान कर जाते
सूखे कपड़े पहनते राजा-रानी
गीले कपड़े गिरते
झारी में पानी राजा-रानी लेते
तुलसी-चौरा में राजा-रानी जाते
चौरा में पानी डालते राजा-रानी
तुलसी से वे कहते
“आकाश का स्पर्श करो हे बाई
नयी कोंपलें निकलें
तुम-मैं बाँहों की जोड़ी बाई
तुम-मैं हन्सों की जोड़ी
जीवन भर सेवा करूँ मैं बाई
मेरा जीवन सुखी रहे”
तुलसी-सेवा करते राजा-रानी
होम-आरती करते
प्रणाम कर जाते राजा-रानी
शय्या पर जा बैठते
“सुन हे बाबू भिकन्दर

सुन बाबू जलन्धर	सुन हे बाबू जलन्धर
सब जोड़ा के धर बाबू	सारी सामग्री ले हे बाबू
धँगड़ा रासी के दे"	तू युवकों को दे"
भिकन्दर सुने बाबा	भिकन्दर सुनता बाबा
सब जोड़ा धरे	सारी सामग्री लेता
धँगड़ा रासी के देय बाबू	नवयुवकों को देता बाबू
कावड़े जोड़ुन जात	वे काँवर में रख लेते
हरबर तियार होत राजा-रानी	झटपट तैयार होते राजा-रानी
जलदी तियार होत	जल्दी तैयार हो जाते
नव सै गाहना पिंदे रानी	नौ सौ गहने पहनती रानी
नव सै हार पिंदे	नौ सौ हार पहनती
अलंकार पिंदे रानी	अलंकार पहनती रानी
सोनर तड़हा पिंदे	सोने का तड़ा पहनती
कपारे मकुट रानी पिंदे	माथे पर मुकुट बाँधती रानी
केऊ-फुल धोती राजा मारे	केऊ-फूल-सी धोती राजा पहनता
केऊ-फुल कमिंज पिंदे राजा	केऊ-फूल-सी कमीज पहनता राजा
सिरे पगड़ी बाँदे	सिर पर पगड़ी बाँधता
मुंडे सुरई खोचे राजा	सिर पर तुर्रा खोंसता राजा
तिलक-चन्दन लगाय	तिलक-चन्दन लगाता
नवगुन पयता फेके राजा	नौ गुना जनेऊ पहनता राजा
काय मँजा सुँदर दखे	वह बहुत ही सुन्दर दिखता
8 "सुन बाबू नानी भाई	"सुन हे बाबू छोटे भाई
सुन बाबू पिला भाई	सुन हे बाबू नन्हे भाई
मँजपुरे मयँ जायँ बाबू	मँजपुर मैं जाता हूँ बाबू
नोनी चो माहला जायँ"	नोनी की सगाई करने जाता हूँ"
"घर-दुआर दखा बाबू	"घर-द्वार देखो हे बाबू
बाड़ी-बखरी के दखा"	बाड़ी-बखरी को देखो"
मुंड ओड़नी देय रानी	सिर पर ओढ़नी रखती रानी
घर ले बाहिर होय	वह घर से बाहर आती
कावड़ धरुन जाओत बाबू मन	काँवर उठा लेते बाबू
कावड़ बोहुन जात	काँवर उठा लेते
जाओत राजा रे जाओत रानी	जाते राजा जातीं रानी
जाओत राजा जाओत रानी	जाते राजा जातीं रानी
कोसक-दापक रेंगोत राजा-रानी	कोस-दाब भर चलते राजा-रानी
एक कलाट मारोत	लम्बे डग वे भरते
रुमझुम-रुमझुम रेंगोत राजा-रानी	जल्दी-जल्दी चलते राजा-रानी
बाग झोपी मारोत	बाघ की तरह वे चलते

	माहादेव-जलकी ने जात राजा-रानी	माहादेव झील में जाते राजा-रानी
	पारबती-जलकी ने जात	पारबती झील में जाते
	जलकी-खँडे उबोत राजा-रानी	झील के तीर पर खड़े होते राजा-रानी
	खँड भर रहे	झील भरी हुई थी
	करेया पानी दखे बाबा	काला पानी दिखता था बाबा
	दार-चाउर फेकोत	वे दाल-चावल फेंकते
	माँडक होउन जाय बाबा	घुटनों तक कम हो जाती बाबा
	जलकी पार होत	वे झील लाँघ जाते
1539	कैलासपुर के राजा-रानी छाँडोत	कैलासपुर राजा-रानी छोड़ते
	कैलासपुर के राजा-रानी छाँडोत	कैलासपुर राजा-रानी छोड़ते
	मँजपुरे बले जात राजा-रानी	मँजपुर को जाते राजा-रानी
	मँजपुरे जात	मँजपुर वे हैं जाते
	संखे फुकते जाय राजा	शंख फूँकता जाता राजा
	डामुर बजाते जाय	डमरु बजाता जाता
	रमायन पढ़ते जाय राजा	रमायन पढ़ता जाता राजा
	भजन गावते जाय	भजन गाता जाता
	भाचा चो अँधल राजा सुने	भान्जे का शोर राजा सुनता
	भाचा चो अँधल मामा सुने	भान्जे का शोर मामा सुनता
	'माहादेव भाचा एयसे' बले	'माहादेव भान्जा आता' कहता
	'पारबती बेटी एयसे'	'पारबती बेटी आती'
	रानी के काय बले राजा	रानी से क्या कहता राजा
	"सुन रानी" बले	"सुन हे रानी" कहता

“माहादेव भाचा एयसे रानी	“माहादेव भान्जा आता रानी
पारबती बेटी एयसे	पारबती बेटी है आती
सेवा-जोड़ा बले धर रानी	सेवा-सामग्री ले रानी
पइँया धोआउन जा”	पाँव धुला जा”
सुने रानी मेंगइन	सुनती रानी मेंगइन
सुने रानी मेंगइन	सुनती रानी मेंगइन
सेवा-जोड़ा धरे रानी	सेवा-सामग्री लेती रानी
पुजा-जोड़ा धरे	पूजा-सामग्री लेती
चन्दन-काट मँडाय रानी	चन्दन का पीढ़ा रखती रानी
ढंग् नाय राजा उबे	राजा उस पर खड़ा हो जाता
पइँया धोआउन जाय रानी	पाँव धुला जाती रानी
चाउर-टिका देय	चावल का टीका लगाती
होम-आरती देय रानी	होम-आरती करती रानी
लाड़-चुमा चुमे	लाड़ से चुम्बन देती
काकी के पाँय पड़ोत राजा-रानी	काकी के पाँव छूते राजा-रानी
बुबू के हात जोड़ोत	बुबू को हाथ जोड़ते
भाचा चो हात बले रानी धरे	भान्जे का हाथ रानी पकड़ती
नव खँड माहाले रानी नय	नौ खण्डा महल में रानी ले जाती
ओरी-चो-ओरी बसोत बाबू	पंक्तियों में बैठते बाबू
धाड़ी-चो-धाड़ी बसोत	पंक्तियों में बैठ जाते
“काय कामे इलास भाचा	“किस काम से आये भान्जे
आले मोके साँगा”	तनिक मुझे बतलाओ”
राजा काय बले मामा के	राजा क्या कहता मामा से
“सुना मामा” बले	“सुनिये मामा” कहता
“सुना मामा मेंगराजा	“सुनिये मामा मेंगराजा
सुना बुबू मेंगइन	सुनिये बुबू मेंगइन
तुमके बलुन रले मामा	आपसे कहा था मामा
मयँ तुमके बलुन रले	मैंने आपसे कहा था
फल देतो बेरा मामा	फल देते समय हे मामा
फल देतो बेरा	फल देते समय
‘बेटा अँवतार होली जाले	‘बेटे का जन्म हुआ तो
बेटा अँवतार होली जाले	बेटे का जन्म हुआ तो
मयँ नरायन फुल बदायँ’ बल्ले	मैं नरायन का मीत बनाऊँगा’ कहा था
‘नरायन मित बदायँ	‘नरायन का मीत बनाऊँगा
बेटी अँवतार होली जाले	बेटी का जन्म हुआ तो
बेटी अँवतार होली	बेटी का जन्म हुआ तो
नरायन बिहाव करुआयँ’ बल्ले	नरायन से विवाह रचाऊँगा’ कहा था
‘नरायन बिहाव करुआयँ’	‘नरायन से विवाह रचाऊँगा’

	बेटी अँवतार होली मामा	बेटी का जन्म हुआ है मामा
	बेटी अँवतार होली	बेटी का जन्म हुआ है
	नोनी के माहला इले मामा	नोनी की सगाई के लिये आया मामा
	नोनी के मोके दिया"	नोनी को मुझे दें"
1541	सुने रानी मेंगइन	सुनती रानी मेंगइन
	सुने रानी मेंगइन	सुनती रानी मेंगइन
	भाचा के काय बले रानी	भान्जे से क्या कहती रानी
	"सुना भाचा" बले	"सुनो हे भान्जे" कहती
	"बापलुटी बला भाचा	"बापलुटी[4] कहो हे भान्जे
	नोनी के देऊ नोहायँ	नोनी को नहीं दूँगी मैं
	काहीं के नाजुन जाने भाचा	कुछ भी नहीं जानती भान्जे
	काहीं के नाजुन सिखे	कुछ भी नहीं सीखा है
	अकइस रानी आसोत भाचा	इक्कीस रानियाँ हैं हे भान्जे
	राधा-तुलसा आसोत	राधा-तुलसा भी हैं
	हुनी बले बेटी आत भाचा	वे भी तो बेटियाँ हैं हे भान्जे
	हुनी बले बेटी आत	वे भी तो बेटियाँ हैं
	आगे बइन आसोत भाचा	अभी तो वे बहनें हैं भान्जे
	आगे बइन आसोत भाचा	अभी तो वे बहनें हैं
	एबे सउत होदे भाचा	अब वे सौतन होंगी भान्जे
	एबे सउत होदे	अब वे सौतन होंगी
	नोनी के डँड करदे भाचा	नोनी को वे दुःख देंगी भान्जे
	नोनी के डाहा देदे	नोनी को वे कष्ट देंगी
	नोनी के देऊ नोहायँ भाचा	नोनी को नहीं दूँगी मैं भान्जे
	सउत-किसा आय"	सौतनों का किस्सा है"
	पारबती रानी सुने बाबा	पारबती रानी सुनती बाबा
	काकी के काय बले	काकी से वह कहती
	"सुना काकी मेंगइन	"सुनिये काकी मेंगइन
	सुना काकी मेंगइन	सुनिये काकी मेंगइन
	'नीं देयँ' नईं बला काकी	'नहीं दूँगी' न कहें हे काकी
	'नीं देयँ' नईं बला	'नहीं दूँगी' न कहें
	मोके दखुन दिया काकी	मुझे देख कर दें हे काकी
	मोके दखुन दिया	मुझे देख कर दें
1542	"पाँय ने काटा काकी गड़ली जाले	"पाँव में काँटा चुभने पर
	पाँय ने काटा गड़ली जाले	पाँव में काँटा चुभने पर
	मयँ पारबती दाते झिकें काकी	मैं पारबती, अपने दाँतों से निकालूँगी काक
	काटा गड़ुक नीं देयँ"	काँटा चुभने न दूँगी"
	रानी ओगाय होय बाबा	रानी चुप हो जाती बाबा

4. बापलुटी : बापलोटी। पिता से रति कर्म करने वाली। एक गाली।

	रानी ओगाय होय	रानी चुप हो जाती
	हुन बाबू के काय बले राजा	बाबू से क्या कहता राजा
	“सुना भाचा” बले	“सुनो हे भान्जे” कहता
	“एकला चो बेटी नोहाय भाचा	“मुझ अकेली की बेटी नहीं है भान्जे
	तिन लोक चो आय	वह तीनों लोकों की है
	मोचो मन ने कसन देयँदे	मेरे मन में कैसे मैं दूँगा
	मोचो मन ने कसन?”	मेरे मन में कैसे?”
1543	“सुन बाबू पवनकुमार	“सुन हे बाबू पवनकुमार
	सुन बाबू भिकन्दर	सुन हे बाबू भिकन्दर
	खोरे-डाँडे जाहा बाबू	अली-गली में जाओ बाबू
	आरा-पारा साँगा	अड़ोस-पड़ोस में बताओ
	मँजपुरया एओत बाबू	मँजपुर के पुरुष आयें बाबू
	मँजपुरिन एओत	मँजपुर की महिलायें आयें
	राँडी-लेड़ी एओत बाबू	विधवा-अशक्ताएँ आयें बाबू
	गरिब-दुखी एओत	गरीब-दुखी भी आयें
	माहला खातो बले आय बाबू	माहला खाना[5] है हे बाबू
	नोनी चो माहला आय”	नोनी की सगाई है”
	भिकन्दर सुने बाबा	भिकन्दर सुनता बाबा
	जलन्धर सुने	जलन्धर सुनता
	जाय बाबू पवनकुमार	जाता बाबू पवनकुमार
	जाय बाबू भिकन्दर	जाता बाबू भिकन्दर
	खोरे-डाँडे बले जात बाबू	अली-गली में जाते बाबू
	जाते-जाते जात	चलते चले जाते
	कोसक-दापक रेंगोत बाबू मन	कोस-दाब भर चलते बाबू
	एक कलाट मारोत	लम्बे डग वे भरते
	“सुना बाई” बलोत बाबू	“सुनो हे बाई” कहते बाबू
	“सुना दादा” बलोत	“सुनो हे दादा” कहते
	“राजा-घरे बलाव दादा-बाई	“राजा के घर बुलावा दादा-बाई
	एक डँडिक जावँ	थोड़ी देर चलो
	रानी चो माहला इला दादा-बाई	रानी की सगाई के लिये आये हैं दादा-बाई
	माहला खातो आय”	माहला खाना है”
	बुलुन-बुलुन साँगोत बाबू	घूम-घूम बतलाते बाबू
	गिंजरुन-गिंजरुन साँगोत	घूम-घूम बतलाते
1544	सुनोत बाई सुनोत नोनी	सुनतीं बाई सुनतीं नोनी
	गाँयता-पुजारी, माँजी-मुकासी	गाँयता-पुजारी, माँझी-मुखासी
	बड़े छोटे सुनोत बाबा	बड़े-छोटे सब सुनते बाबा
	हरबर तियार होत	झटपट तैयार होते

5. सगाई की मिठाई (लाई-चिवड़ा-गुड़ एवं प्रायः कई जातियों में मांस-मदिरा भी)।

घर ले बाहिर होत दादा-बाई	घर से बाहर आते दादा-बाई
जाते-जाते जात	चलते चले जाते
रुमझुम-रुमझुम रेंगोत दादा-बाई	जल्दी-जल्दी चलते दादा-बाई
एक कलाट मारोत	लम्बे डग वे भरते
राजा-माहाले जात दादा-बाई	राजा के महल में जाते दादा-बाई
राजा-माहाल अमरोत	राज-महल पहुँचते
लगे जाउन सलाम झोकोत	पास जा कर सलाम करते
दुरे जाउन बसोत	दूर जा कर बैठते
"काय बलाव आय राजा	"किसलिये बुलवाया राजा
आले हामके साँगा"	तनिक हमें बतलायें"
"सुना बाबू, सुना दादा	"सुनो हे बाबू, सुनो हे दादा
सुना बाबू, सुना दादा	सुनो हे बाबू, सुनो हे दादा

नोनी चो माहला इला" बले	नोनी की सगाई के लिये आये हैं" कहता
"नोनी चो माहला इला	"नोनी की सगाई के लिये आये हैं
एकला चो बेटी नोहाय बाबू	अकेले की बेटी नहीं है बाबू
मोचो एकला चो बेटी नोहाय	मुझ अकेले की बेटी नहीं है
तिन लोग चो आय बाबू	सब लोगों की है हे बाबू
तिनपुर चो आय	वह तीनों लोकों की है
माहादेव माहला इला" बले	माहादेव सगाई के लिये आये हैं" कहता
"नरायन राजा काजे" बले	"नरायन राजा के लिये" कहता
"मयँ देउआयँ काय कसन?" बले	"मैं दूँ या नहीं?" वह कहता

"देउआयँ काय कसन?"	"मैं दूँ या नहीं?"
दादा-बाई सुनोत बाबा	दादा-बाई सुनते बाबा
राजा के काय बलोत	राजा से क्या कहते
"सुना राजा रे मेंगराजा	"सुनिये राजा मेंगराजा
सुना राजा मेंगराजा	सुनिये राजा मेंगराजा
आया बाबा बुजे[6] राजा	माता-पिता बूझें राजा
तेबे लगिन सुजे[7]	तब ही लगन सूझें[8]
सगा के नीं दिले काके देवाँ	सगा[9] को नहीं देंगे तो किसे देंगे
सगा के नीं दिले काके?"	सगा को नहीं देंगे तो किसे देंगे?"
मँजपुरया बलोत बाबा	मँजपुर के पुरुष कहते बाबा
मँजपुरिन बलोत	मँजपुर की महिलायें कहतीं
कोरलो धुँगेया[10] मिंजे राजा	तम्बाकू मलता राजा
कोरलो धुँगेया मिंजे	वह तम्बाकू मलता
माहादेवरैया के देय राजा	माहादेवरैया को देता[11] राजा
माहादेवरैया के देय	माहादेवरैया को देता
"बेटी हारुन गेले भाचा	"बेटी हार गया[12] मैं भान्जे
बेटी हारुन गेले"	मैं बेटी हार गया"
धुँगेया बाटुन जाय राजा	तम्बाकू बाँट जाता राजा
धुँगेया बाटुन जाय	वह तम्बाकू बाँट जाता
1546 पहिल माहला[13] राजा-रानी धरोत	पहला माहला[14] राजा-रानी लेते
पहिल माहला राजा-रानी धरोत	पहला माहला राजा-रानी लेते

6. बुजे : अन्य ध्वनि 'बुझे'। 'बुजे' का अन्य अर्थ प्रसंगानुसार 'ढक्कन या किसी वस्तु से किसी (पात्र अथवा व्यक्ति का 'मुँह बंद करना') भी होता है। उदाहरण : 'बोतल के बुजुन देस (बोतल को बंद कर दो)'। 'तुचो थोतना के बुज (तुम्हारा मुँह बंद रखो)'। 'खोदरा के बुजुन दिया (गड्ढे को बंद कर दीजिये)'।
7. सुजे : अन्य ध्वनि 'सुझे'।
8. आया-बाबा बुजे, तेबे लगिन सुजे। (कहावत)।
9. सगा : स्वजातीय। सगा का एक अर्थ और है वह है, स्वजातीय होने के साथ-साथ दादा-भाई रिश्ते से इतर व्यक्ति या परिवार। दादा-भाई रिश्ते वाले परिवार (पितृ सम्बन्धियों) में बेटी नहीं ब्याही जाती। दादा-भाई : पितृ-सम्बन्धी, सगा : मातृ-सम्बन्धी एवं अन्य सजातीय।
10. धुँगेया : अन्य उच्चारण 'धुँगया', धुँगिया'।
11. मली हुई तम्बाकू देने का अर्थ ही बेटी के विवाह के लिये वचन-बद्ध होना है।
12. बेटी हारना : (बेटी हारतो : मुहावरा)। अर्थ : अब मेरी बेटी मेरी नहीं रह गयी वह तुम्हारी हो गयी।
13. माहला : माहला का अर्थ दरअसल सगाई तो नहीं है किन्तु इसे सगाई के समान ही माना जाना चाहिये। वस्तुतः माहला का अर्थ 'बेटी माँगने जाना' है। वर-पक्ष के लोग वधू-पक्ष के घर में अपने पुत्र या भाई के लिये बहु की याचना ले कर जाते हैं। यह जाना सामान्य नहीं होता। वर-पक्ष के लोग अपने साथ लाई-चिवड़ा, मदिरा आदि ले कर जाते हैं और वधू-पक्ष से 'हाँ' होने पर वह सब उन्हें अर्पित करते हैं। यह प्रक्रिया पहले सात बार दुहरायी जाती थी। इसे सात माहला कहा जाता था। वर-पक्ष के लोगों को बहुत ही धीरज धरना पड़ता था। सात माहला के बीच में यदि कभी कोई ऊँच-नीच हो जाती थी तो माहला टूट जाया करती थी। सातवें माहला को ही निर्णायक माना जाता था। धीरे-धीरे सात माहला की परिपाटी लगभग खत्म हो चली है और एक या अधिक से अधिक दो माहला के बाद बात पक्की हो जाती है।
14. सगाई की सामग्री (लाई-चिवड़ा-गुड़ और कई जातियों में मांस-मदिरा भी)।

मँजी गोल ने नेत राजा-रानी	बीच में ले जाते राजा-रानी
माहला मँडाउन देत	माहला रख देते
गाँयता-पुजारी जाओत बाबा	गाँयता-पुजारी जाते बाबा
माँजी-मुकासी जाओत	माँझी-मुखासी जाते
सुका पान धरोत दादा	सूखे पत्ते लेते दादा
अरग फुली थिपात	शुद्ध मदिरा टपकाते
"लखी चो माहला आय" बलोत	"लखी की सगाई है" वे कहते
"लखी चो माहला आय"	"लखी की सगाई है"
अरग फुली थिपात दादा	शुद्ध मदिरा टपकाते दादा
अरग फुली थिपात	शुद्ध मदिरा टपकाते
बाटुन-बिरजुन खाओत भगवान	मिल-बाँट कर खाते भगवन
पहिल माहला खाओत परभू	पहला माहला खाते प्रभु
तिल-तिल बाल-बाल बाटोत बाबू	तिल-तिल बाल-बाल बाँटते
तिल-तिल बाल-बाल बाटोत	तिल-तिल बाल-बाल बाँटते
काका के काय बले रानी	काका से क्या कहती रानी
"सुन काका" बले	"सुन हे काका" कहती
"सुन काका मेंगराजा	"सुन हे काका! मेंगराजा
सुन काका मेंगराजा	सुन हे काका मेंगराजा
बाते सुनुन जा काका	बात सुन ले हे काका
गोठ मानुन जा	कहना मान ले
मयँ एकला लोग बले आयँ[15] काका	मैं अकेली हूँ हे काका
एकला लोग आयँ	मैं अकेली हूँ
घन-घन एउक नईं सकें	मैं बारम्बार नहीं आ सकती
घन-घन एउक नईं	बारम्बार नहीं आ सकती
माहला चो निती सरो काका	माहला की नीति सम्पन्न हो जाये काका
माहला चो निती सरो"	माहला की नीति सम्पन्न हो जाये"
उहड़ा-दुहड़ा देय रानी	कई-कई बार देती रानी
सात माहला खोआय	सात माहला खिलाती
एक माहला रानी धरे	एक माहला रानी लेती
एक माहला रानी धरे	एक माहला रानी लेती
मँजी गोले मँडाय रानी	बीच में ले जा कर रखती रानी
काका के काय बले	काका से क्या कहती
"कोन दिने माँडो रयदे काका	"किस दिन मण्डपाच्छान रहेगा काका
कोन दिन तेल होयदे ?	किस दिन तेल चढ़ेगा
कोन दिन लगिन रयदे काका	किस दिन लग्न होगा काका
बिहाव मँडाउन जावँ"	हम विवाह की तिथियाँ तय कर लें"
राजा सुनुन जाय बाबा	राजा सुनता है हे बाबा

15. दिनांक 19.12.1996 को ध्वन्यांकित कैसेट क्रमांक 34ए का आरम्भ।

बेटी के काय बले	बेटी से क्या कहता
“कुँआर जोन चो पाँच दिन ने	“क्वाँर मास शुक्ल पक्ष की पंचमी तिथि को
कुँआर जोन चो पाँच दिन ने	क्वाँर मास शुक्ल पक्ष की पंचमी तिथि को
पाँच दिन ने माँडो बेटा	पंचमी तिथि को मण्डपाच्छान बेटा
छय दिन ने तेल	छठवीं तिथि को तेल चढ़े
सात दिन ने लगिन बेटा	सातवीं तिथि को लग्न हो बेटा
आँट दिन ने भोज	आठवीं तिथि को भोज हो
नव दिन ने घरे जासे	नवमी तिथि को घर जाओगी
नव दिन ने घरे	नवमी तिथि को घर जाओगी
आगे दिन माँडो रओ बेटा	पहले दिन मण्डपाच्छान रहे बेटी
पाछे दिन तेल होओ	दूसरे दिन तेल हो
लखिमबारे लगिन रहो बेटा	लखिमबार[16] को लग्न हो बेटा
नरायन-बिहाव आय	नरायन का विवाह है
लखी-बिहाव आय बेटा	लखी का विवाह है बेटा
लखी-बिहाव आय”	लखी का विवाह है”
बिहाव मँडाउन जाय राजा	विवाह तय करता है राजा
बिहाव मँडाउन जाय	विवाह की तिथि तय करता है
1547 “सुन काका मेंगराजा	“सुन हे काका मेंगराजा
सुन काका मेंगराजा	सुन हे काका मेंगराजा
एउक नईं सकें काका	मैं नहीं आ सकती काका
एउक नईं सकें	मैं नहीं आ सकती
छापर बाँदुन रसे काका	छापर[17] बना रखना हे काका
छापर बाँदुन रसे	छापर बना कर रखना
दुला धरुन एउआयँ काका	दूल्हा ले कर आऊँगी काका
दुला धरुन एउआयँ”	मैं दूल्हा ले कर आऊँगी”
बाटुन-बिरजुन खाओत बाबा	बाँट-बिराज कर खाते बाबा
बाटुन-बिरजुन खाओत	बाँट-बिराज कर खाते
माहला चो निती सरे बाबा	सगाई की नीति समाप्त हुई बाबा
माहला चो निती सरे	सगाई की नीति समाप्त हुई
1548 एक दिन ले दुय दिन	एक दिन से दो दिन
एक दिन ले दुय दिन	एक दिन से दो दिन
रानी चो इलो बले होय बाबा	रानी को आये बीते बाबा
राजा चो इलो होय	राजा को आये बीते
रानी काय बले काकी के	रानी क्या कहती काकी से
“सुना काकी” बले	“सुनिये काकी” कहती
“खुबे दिन होली काकी	“बहुत दिन बीते हे काकी

16. गुरुवार।
17. छावन, छप्पर।

	हामके छुटी दिया"	हमें जाने दें"
	हरबर जोड़ा जोड़े रानी	झटपट तैयारी करती रानी
	जलदी जोड़ा जोड़े	जल्दी तैयारी करती
	धँगड़ा रासी के देय रानी	नवयुवकों को देती रानी
	राजा-रानी तियार होत	राजा-रानी तैयार होते
	दुनों के पाँय पड़ोत राजा-रानी	दोनों को प्रणाम करते राजा-रानी
	दुनों चो टोंड चुमोत	दोनों के मुख चूमते
	"जायँसे काका" बले रानी	"जाती हूँ काका" कहती रानी
	"मयँ जायँसे काकी" बले	"मैं जाती हूँ काकी" कहती
	मुँड ओड़नी रानी देय	सिर पर ओढ़नी रानी रखती
	घर ले बाहिर रानी होय	घर से बाहर रानी आती
	जाते-जाते बले जात राजा-रानी	चलते चले जाते राजा-रानी
	कोसक-दापक रेंगोत	कोस-दाब भर चलते
	कवड़िया-लेवड़िया सँगे जाय रानी	काँवरियों के सँग जाती रानी
	चेलिक धँगड़ा सँगे जाय	नवयुवकों के सँग जाती
	कैलासपुरे जात राजा-रानी	कैलासपुर जाते राजा-रानी
	कैलासपुरे अमरोत	कैलासपुर पहुँचते
	माहादेव-जलकी ने जात राजा-रानी	माहादेव-झील में जाते राजा-रानी
	पारबती-जलकी ने जात	पारबती-झील में जाते
	दार-चाउर फेकोत राजा-रानी	दाल-चावल अर्पित करते राजा-रानी
	माँडक होउन जाय	घुटने भर आ जाता
	जलकी पार बले होत राजा-रानी	झील लाँघ जाते राजा-रानी
	समँदुर पार होत	वे समुद्र लाँघ जाते
1549	जाओत राजा रे जाओत रानी	जाते राजा जातीं रानी
	जाओत राजा जाओत रानी	जाते राजा जातीं रानी
	आपन माहाले जात राजा-रानी	अपने महल में जाते राजा-रानी
	आपलो माहाले अमरोत	अपने महल पहुँचते
	झारी पानी धरे नोनी	झारी पानी लेती नोनी
	पइँया धोआउन जाय	पाँव धुला जाती
	बाजे जाउन बसोत राजा-रानी	पलँग पर जा बैठते राजा-रानी
	ओरी-चो-ओरी बसोत	सब पंक्तियों में बैठ जाते
	सब जोड़ा बले बाबू धरे	सारी सामग्री बाबू लेता
	सब जोड़ा बाबू धरे	सारी सामग्री बाबू लेता
	नव खँड माहाले नेय बाबू	नौ खण्डा महल में ले जाता बाबू
	सब जोड़ा ठोय	सारी सामग्री रखता
	"हामके छुटी दिया राजा-रानी	"हमें जाने दें राजा-रानी
	आपन माहाले जावँ"	अपने महल हम जायें"
	रानी काय बले राजा के	रानी क्या कहती राजा से

“सुना राजा” बले
“खुबे डँड होला राजा
उठुन कसन जादे?
मुठा रुपया दिया राजा
धँगड़ा रासी के दिया”
माहादेवरैया सुने बाबा
तिजरी-बिजरी ने जाय
तिजरी-बिजरी खोले राजा
मुठा रुपया धरे
धँगड़ा रासी के देय राजा
धँगड़ा रासी धरोत
आपन माहाले जात बाबू
आपन माहाले जात

“सुनिये राजा” कहती
“बहुत कष्ट उठाया राजा
यों ही कैसे जायेंगे?
मुट्ठी भर रुपये दें हे राजा
नवयुवकों को दें”
माहादेवरैया सुनता बाबा
वह तिजोरियों के पास जाता
तिजोरियाँ खोल जाता राजा
मुट्ठी भर रुपये लेता
नवयुवकों को देता राजा
नवयुवक ले लेते
अपने महल जाते बाबू
अपने महल वे जाते

अधया-32 : लखी-नरायन चो बिहाव
अध्याय-32 : लखी-नरायन का विवाह

“सुना बऊ बड़े बऊ
सुना बऊ बड़े बऊ
काय बलुन बल्ला बऊ?
आले मोके साँगा”
“नोनी के मोके दिला बाबू
मयँ माहला खुआउन इले”
नरायन राजा सुने बाबा
खँड मुचकी मारे
एक दिन ले दुय दिन
दुय दिन ले आँट दिन
माहला खोआलो होय राजा चो
माहला खोआलो होय
बाजे जाउन बसोत राजा-रानी
रानी काय बले

“सुनिये भौजी बड़ी भौजी
सुनिये भौजी बड़ी भौजी
क्या कहा उन्होंने भौजी
तनिक मुझे बतलायें”
“नोनी को मुझे दिया है बाबू
मैं सगाई कर आयी हूँ”
नरायन राजा सुनता बाबा
हौले से मुस्काता
एक दिन से दो दिन
दो दिन से आठ दिन
सगाई किये बीते राजा की
सगाई किये बीते
पलंग पर जा बैठते राजा-रानी
रानी है क्या कहती

“बिहाव अमरुन गेली राजा
कोन दिने जोड़ा जोड़ास?
बिहाव-जोड़ा जोड़ा राजा
बिहाव-जोड़ा जोड़ा”
माहादेवरैया सुने बाबा
बाबू के काय बले
“सुन बाबू भिकन्दर
सुन बाबू जलन्धर
मुठा रुपया धर बाबू
बिहाव-जोड़ा जोड़”
भिकन्दर सुने बाबा
हरबर तियार होय
आपलो साजू पिंदे बाबू
मुठा रुपया धरे
पाँय ने खड़ऊ पिंदे बाबू जे
राजा-माहाल छाँडे
जाते-जांते जाय बाबू
रुमझुम-रुमझुम रेंगे
551 कुम्हार-माहाले बाबू जाय
कुम्हार-माहाल बाबू अमरे

“विवाह आ पहुँचा है राजा
किस दिन तैयारी करेंगे?
विवाह की तैयारी करें हे राजा
विवाह की तैयारी करें”
माहादेवरैया सुनता बाबा
बाबू से क्या कहता
“सुन बाबू भिकन्दर
सुन बाबू जलन्धर
मुट्ठी भर रुपये ले बाबू
विवाह की तैयारी कर”
भिकन्दर सुनता बाबा
झटपट तैयार होता
अपने साज पहनता बाबू
मुट्ठी भर रुपये लेता
पाँव में खड़ाऊँ पहनता बाबू
राज-महल छोड़ता
चलता चला जाता बाबू
जल्दी-जल्दी चलता
कुम्हार-महल बाबू जाता
कुम्हार-महल बाबू पहुँचता

माँडो-मोंगरा उबे बाबू
‘दादा’ हंका मारे
दादा सुनुन जाय बाबा

मोगरा-मण्डप में रुकता बाबू
‘दादा’ हाँक लगाता
दादा सुन लेता है बाबा

	घर ले बाहिर होय	घर से बाहर आता
	“काय कामे इलिस बाबू	“किस काम से आया बाबू
	आले मोके साँग”	तनिक मुझे बतला”
	“नरायन-बिहाव आय दादा	“नरायन का विवाह है दादा
	लखी-बिहाव आय	लखी का विवाह है
	मोके बिहाव-हाँडी दे दादा	मुझे विवाह की हण्डी दे दादा
	कलसा-रुखी दे	कलसा-रुखी[1] दे
	भात-भतई दे दादा	भात-भतई[2] दे दादा
	मायगोड़ दे”	मायगोड़[3] दे”
	दादा सुनुन जाय बाबा	दादा सुन लेता है बाबा
	“मयँ देयँदे बाबू” बले	“मैं दूँगा बाबू” कहता
	आपन माहाले जाय दादा	अपने महल में जाता दादा
	सब जोड़ा धरे	सारी सामग्री लेता
	भिकन्दर के देय बाबू	भिकन्दर को देता बाबू
	जलन्धर धरे	जलन्धर है लेता
	मुठा रुपया देय बाबू	मुट्ठी भर रुपये देता बाबू
	कुम्हार-माहाल छाँडे	कुम्हार का महल छोड़ता
	हरदी नँगरे बाबू जाय	हरदी नँगर बाबू जाता
	पारदी-माहाले बाबू जाय	पारदी-महल बाबू जाता
	पारदी-माहाले अमरे बाबू	पारदी-महल पहुँचता बाबू
	‘दादा’ हंका मारे	‘दादा’ हाँक लगाता
	घर ले बाहिर होय दादा	घर से बाहर होता दादा
	“सुन बाबू” बले	“सुन हे बाबू” कहता
	“काय कामे इलिस बाबू	“किस काम से आया बाबू
	आले मोके साँग”	तनिक मुझे बतला”
1552	“सुन दादा रे पारदी लोग	“सुन हे दादा पारदी जन
	सुन दादा पारदी लोग	सुन हे दादा पारदी जन
	परला-बिछना दे दादा	परला-बिछना दे दादा
	जोड़ी सुपा दे	दो सूपा भी दे
	झाल गपा दे दादा	झाल गपा दे दादा
	मोके फुलर दँवड़ी दे”	मुझे फूलों की दँवड़ी दे”
	“देयँदे बाबू” बले दादा	“दूँगा बाबू” कहता दादा
	आपन माहाले ओले	अपने महल में जाता
	सब जोड़ा बले दादा धरे	सारी सामग्री दादा लेता

1. कलसा : कलश के रूप में उपयोग में आने वाला पात्र। रुखी : कलश को रखने के लिये बना आधार, दीप-स्तम्भ।
2. भात-भतई : एक बड़ी हण्डी जिसमें चावल पकाया जाता है।
3. मायगोड़ : बड़ी-सी हण्डी।

भिकन्दर के दादा देय	भिकन्दर को दादा देता
सब जोड़ा धरे बाबू	सारी सामग्री लेता बाबू
मुठा रुपया देय	मुट्ठी भर रुपये देता
पारदी-माहाल छाँडे बाबू	पारदी-महल छोड़ता बाबू
जाते-जाते जाय	चलता चला जाता
मरार-माहाले जाय बाबू	मरार-महल जाता बाबू
मरार-माहाल अमरे	मरार-महल पहुँचता
दादा के काय बले बाबू	दादा से क्या कहता बाबू
"सुन दादा" बले	"सुन हे दादा" कहता
"मोके बिहाव-मउड़ दे दादा	"मुझे विवाह का मुकुट दे दादा
भेला गुर दे"	गुड़ की भेलियाँ दे"
"देयँदे बाबू" बले दादा	"दूँगा बाबू" कहता दादा
आपन माहाले जाय	अपने महल में जाता
बिहाव-मउड़ दादा धरे	विवाह-मुकुट दादा लेता
भेला गुर दादा धरे	गुड़ की भेलियाँ दादा लेता
भिकन्दर के देय दादा	भिकन्दर को देता दादा
जलन्धर के देय	जलन्धर को देता
बिहाव-मउड़ धरे बाबू	विवाह-मुकुट लेता बाबू
मुठा रुपया देय	मुट्ठी भर रुपये देता
मरार-माहाल छाँडे बाबू	मरार-महल छोड़ता बाबू
जाते-जाते जाय	चलता-चला जाता
गाँडा-माहाले जाय बाबू	गाँडा-महल जाता बाबू
गाँडा-माहाल अमरे	गाँडा-महल पहुँचता
दादा के काय बले बाबू	दादा से क्या कहता बाबू
"सुन दादा" बले	"सुन हे दादा" कहता
"बिहाव-कपड़ा दे दादा	"विवाह के कपड़े दे दादा
नरायन-बिहाव आय दादा	नरायन का विवाह है दादा
लखी-बिहाव आय"	लखी का विवाह है"
"देयँदे बाबू" बले दादा	"दूँगा बाबू" कहता दादा
सब जोड़ा धरे	सारी सामग्री लेता
भिकन्दर के देय दादा	भिकन्दर को देता दादा
बिहाव-कपड़ा धरे	विवाह के कपड़े लेता
मुठा रुपया देय बाबू	मुट्ठी भर रुपये देता बाबू
गाँडा-माहाल छाँडे	गाँडा-महल छोड़ता
553 जाय बाबू भिकन्दर	जाता बाबू भिकन्दर
जाय बाबू जलन्धर	जाता बाबू जलन्धर
गइरा-माहाले जाय बाबू	गइरा-महल जाता बाबू

गइरा-माहाले अमरे	गइरा-महल पहुँचता
माँडो-मोंगरा उबे बाबू	मोगरा-मण्डप में रुकता बाबू
'दादा' हंका मारे	'दादा' हाँक लगाता
दादा सुनुन जाय बाबा	दादा सुन लेता है बाबा
घर ले बाहिर होय	घर से बाहर आता
"काय कामे इलिस बाबू	"किस काम से आया बाबू
तुय आले मोके साँग"	तू मुझे बतला"
"मोके गुमा घिंव दे दादा	"मुझे शुद्ध घी दे दादा
निरवाँ घिंव दे"	मुझे शुद्ध घी दे"
"देयँदे बाबू" बले दादा	"दूँगा बाबू" कहता दादा
आपन माहाले जाय	अपने महल में जाता
गोमा घिंव बले दादा धरे	शुद्ध घी दादा लेता
निरवाँ घिंव दादा धरे	शुद्ध घी दादा लेता
भिकन्दर के देय दादा	भिकन्दर को देता दादा
जलन्धर धरे	जलन्धर है लेता
मुठा रुपया देय बाबू	मुट्ठी भर रुपये देता बाबू
गइरा-माहाल छाँडे	गइरा-महल छोड़ता
जाते-जाते बले जाय बाबू	चलता चला जाता बाबू
मुरिया-माहाले जाय	मुरिया-महल जाता
मुरिया-माहाल अमरे बाबू	मुरिया-महल पहुँचता बाबू
बाई के काय बले	बाई से वह कहता
"सुन बाई मुरिन लोग	"सुन हे बाई मुरिन जन
सुन बाई मुरिन लोग	सुन हे बाई मुरिन जन
जोड़ी मसनी दे बाई	दो चटाइयाँ दे बाई
जोड़ी मसनी दे"	दो चटाइयाँ दे"
"मयँ देयँदे बाबू" बले बाई	"मैं दूँगी बाबू" कहती बाई
आपन माहाले जाय	अपने महल में जाती
जोड़ी मसनी धरे बाई	दो चटाइयाँ लेती बाई
भिकन्दर के देय	भिकन्दर को देती
मुठा रुपया देय बाबू	मुट्ठी भर रुपये देता बाबू
मुरिन-माहाल छाँडे	मुरिन-महल छोड़ता
1554 जाते-जाते बले बाबू जाय	चलता चला जाता बाबू
एक कलाट बाबू मारे	लम्बे डग है बाबू भरता
राजा-माहाले जाय बाबू	राज-महल जाता बाबू
राजा-माहाले अमरे	राज-महल पहुँचता
सब जोड़ा ठोय बाबू	सारी सामग्री रखता बाबू
सरसवँ निकराउन जाय	सरसों निकाल लेता

	तिल निकराउन जाय बाबू	तिल निकाल लेता बाबू
	खेजा निकराउन जाय	खेजा निकाल लेता
	मुठा रुपया धरे बाबू	मुट्ठी भर रुपये लेता बाबू
	सरसवँ-कावड़ बोहे	सरसों-काँवर उठाता
	राजा-माहाल छाँडे बाबू	राज-महल छोड़ता बाबू
	जाते-जाते जाय	चलता चला जाता
55	राजा-माहाल बाबू छाँडे	राज-महल बाबू छोड़ता
	तेली-माहाले बाबू जाय	तेली-महल बाबू जाता
	तेली-माहाल अमरे बाबू	तेली-महल पहुँचता बाबू
	माँडो-मोंगरा उबे	मोगरा-मण्डप में रुकता
	'दादा' हंका मारे बाबू	'दादा' हाँक लगाता बाबू
	दादा सुनुन जाय	दादा है सुन लेता
	घर ले बाहिर होय दादा	घर से बाहर आता दादा
	बाबू के काय बले	बाबू से क्या कहता
	"काय कामे इलिस बाबू	"किस काम से आया बाबू
	तुय आले मोके साँग"	तू तनिक मुझे बतला"
56	"सुन दादा रे तेली लोग	"सुन हे दादा तेली जन
	सुन दादा तेली लोग	सुन हे दादा तेली जन
	नरायन-बिहाव आय दादा	नरायन का विवाह है दादा
	लखी-बिहाव आय	लखी का विवाह है
	तेल पेरुन दे दादा	तेल निकाल दे हे दादा
	एचोय काजे इले"	इसीलिये मैं आया"
	"देयँदे बाबू" बले दादा	"दूँगा बाबू" कहता दादा
	घानी समराउन जाय	घानी तैयार कर जाता
	सरसवँ रिकाउन जाय दादा	सरसों डाल जाता दादा
	तिल रिकाउन जाय	तिल डाल जाता
	बयला फाँदुन जाय दादा	बैल जोत जाता दादा
	बयला के कापा बाँदे	बैलों को कापा[4] बाँधता
	घानी गिंजराउन जाय दादा	घानी घुमा जाता दादा
	तेल पेरुन जाय	तेल निकाल जाता
	पिपा-पिपा बले तेल पेरे	कई कनस्तर तेल निकालता
	तेल पेरुन दादा सारे	तेल निकाल जाता दादा
	भिकन्दर के देय दादा	भिकन्दर को देता दादा
	पिपा-तेल धरे	वह तेल-कनस्तर लेता
	मुठा रुपया देय बाबू	मुट्ठी भर रुपये देता बाबू
	तेली-माहाल छाँडे	तेली-महल छोड़ता

कापा : बैलों की आँखों में बाँधी जाने वाली पट्टी।

बनेया-दुकाने जाय बाबू	बनिया-दुकान जाता बाबू
बनेया-दुकान अमरे	बनिया-दुकान पहुँचता
दादा के काय बले बाबू	दादा से क्या कहता बाबू
"सुन दादा" बले	"सुन हे दादा" कहता
"नरेर-सुपारी दे दादा	"नारियल-सुपारी दे दादा
गठ हरदी दे	हल्दी की गाँठ दे
जात लाली मोके दे दादा	शुद्ध लाली मुझे दे दादा
अगरबती दे"	अगरबत्ती भी दे"
1557 सुने दादा रे बनेया लोग	सुनता दादा बनिया जन
सुने दादा बनेया लोग	सुनता दादा बनिया जन
आपन माहाले जाय दादा	अपने महल में जाता दादा
सब जोड़ा धरे	सारी सामग्री लेता
भिकन्दर के देय दादा	भिकन्दर को देता दादा
जलन्धर धरे	जलन्धर है लेता
मुठा रुपया देय बाबू	मुट्ठी भर रुपये देता बाबू
बनेया-माहाल छाँडे	बनिया-महल छोड़ता
कोसक-दापक बाबू रेंगे	कोस-दाब भर बाबू चलता
एक कलाट बाबू मारे	लम्बे डग है बाबू भरता
हलबा-माहाले जाय बाबू	हल्बा-महल जाता बाबू
हलबा-माहाल अमरे	हल्बा-महल पहुँचता
माँडो-मोंगरा उबे बाबू	मोगरा-मण्डप में रुकता बाबू
बाई के काय बले	बाई से क्या कहता
"लाई फोड़ुन दे बाई	"लाई फोड़ दे हे बाई
मोके चिवड़ा कुटुन दे"	मुझे चिवड़ा कूट कर दे"
"देयँदे बाबू" बले बाई	"दूँगी बाबू" कहती बाई
आपन माहाले जाय	अपने महल में जाती
लाई-चिवड़ा देय बाई	लाई-चिवड़ा देती बाई
लाई-चिवड़ा धरे	वह लाई-चिवड़ा लेता
खेजा धराउन देय बाबू	खेजा पकड़ा देता बाबू
हलबा-माहाल छाँडे	हल्बा-महल छोड़ता
1558 जाते-जाते बले बाबू जाय	चलता चला जाता बाबू
कोसक-दापक बाबू रेंगे	कोस-दाब भर बाबू चलता
राजा-माहाले जाय बाबू	राज-महल जाता बाबू
सब जोड़ा ठोय	सारी सामग्री रखता
गाँयतिन-माहाले जाय बाबू	गाँयतिन-महल जाता बाबू
पुजारिन-माहाले जाय	पुजारिन-महल जाता
गाँयतिन-माहाल अमरे बाबू	गाँयतिन-महल पहुँचता बाबू

माँडो-मोंगरा उबे	मोगरा-मण्डप में रुकता
बाई के काय बले बाबू	बाई से क्या कहता बाबू
“तुय सुन बाई” बले	“तू सुन हे बाई” कहता
“राजा-घरे बलाव बाई	“राजा के घर बुलावा बाई
बिहाव काँडा आना”	विवाह-काँडा[5] लाओगी”
“एयँदे बाबू” बले बाई	“आऊँगी बाबू” कहती बाई
बुलुन-बुलुन साँगे	वह घूम-घूम बतलाता
सुनोत बाई सुनोत नोनी	सुनतीं बाई सुनतीं नोनी
सुनोत बाई सुनोत नोनी	सुनतीं बाई सुनतीं नोनी
टाकरा-टुकना धरोत बाई	टोकरी आदि लेतीं बाई
घर ले बाहिर होत	वे घर से बाहर आतीं
जाते-जाते बले जात बाई	चलती चली जातीं बाई
राजा-माहाले अमरोत	राज-महल पहुँचतीं
परछी ने जाउन बसोत बाई	परछी[6] में जा बैठतीं बाई
अरछी-परछी भरे	परछी-अरछी भर जाती
राजा-घरे समाव नीं होय बाबा	राजा के घर समायत न होती बाबा
उसन फउद आसोत	उतने लोग थे
559 दखे रानी पारबती	देखती रानी पारबती
दखे रानी पारबती	देखती पानी पारबती
बाबू के काय बले रानी	बाबू से क्या कहती रानी
“सुन बाबू” बले	“सुन हे बाबू” कहती
“फउद अमरुन गेला बाबू	“लोग आ गये हैं बाबू
धान निकराउन जा	तू धान निकाल ले
धान नापुन जा बाबू	धान नाप कर दे बाबू
उड़िद-मुँग निकराव	उड़द-मूँग निकाल
राहेड़-बदई निकराव बाबू	अरहर-बदई निकाल हे बाबू
चना-बडरा निकराव”	चना-मटर निकाल”
सुने बाबू भिकन्दर	सुनता बाबू भिकन्दर
सुने बाबू जलन्धर	सुनता बाबू जलन्धर
झारी पानी धरे बाबू	झारी में पानी लेता बाबू
पइँया धोउन जाय	पाँव धो जाता
आरती-आइग धरे बाबू	आरती-आग लेता बाबू
गँगा-जमुना ने जाय	गंगा-जमुना में जाता
जोड़ी गदया ने जाय बाबू	दोनों भण्डारों में जाता बाबू
होम-आरती देय	होम-आरती करता

5. विवाह-काँडा : विवाह के लिये धान कूटा जाना।
6. परछी : बरामदा।

1560	हाते गपली बाबू धरे	हाथ में गपली बाबू लेता
	गँगा-जमुना बाबू खोले	गंगा-जमुना बाबू खोलता
	जोड़ी गदया खोले बाबू	दोनों भण्डार खोलता बाबू
	नोनी के काय बले	नोनी से क्या कहता
	"तुके हेड़ुन जायँ नोनी	"तुम्हें निकालता हूँ मैं नोनी
	गदया आधा नीं हो	भण्डार न आधा हो
	गदया भरती रा नोनी	भण्डार भरा रहे हे नोनी
	गदया भरती रा"	भण्डार भरा रहे"
	धान हेड़ुन जाय बाबू	धान निकाल जाता बाबू
	धान निकराउन जाय	धान निकाल जाता
	उड़िद-मुँग निकराय बाबू	उड़द-मूँग निकालता बाबू
	राहेड़-बदई निकराय	अरहर-बदई निकालता
	चना-बडरा निकराय बाबू	चना-मटर निकालता बाबू
	हाते पयली धरे	हाथ में पायली लेता
	धान नापुन बाबू जाय	धान नाप जाता बाबू
	धान नापुन बाबू जाय	धान नाप जाता बाबू
	बाई के काय बले बाबू	बाई से क्या कहता बाबू
	"सुन बाई" बले	"सुन हे बाई" कहता
	"आगे काँडा झोक बाई	"पहले तू काँडा ले बाई
	आगे काँडा झोक"	पहले तू काँडा ले"
	गाँयतिन बाई झोके बाबा	गाँयतिन बाई लेती बाबा
	पुजारिन बाई झोके	पुजारिन बाई लेती
	राँडी-लेड़ी के बाबू देय	विधवा-परित्यक्ताओं को देता बाबू
	गरिब-दुखी के बाबू देय	गरीब-दुखी को देता बाबू
	धान नापुन सारे बाबू	धान नाप जाता बाबू
	उड़िद-मुँग नापे	उड़द-मूँग नापता
	राहेड़-बदई नापे बाबू	अरहर-बदई नापता बाबू
	चना-बडरा नापे	चना-मटर नापता
	बाई के काय बले बाबू	बाई से क्या कहता बाबू
	"अछा चाउर छड़ा	"धान अच्छा कूटो बाई
	राजा-घरो बात आय बाई जे	राजा के घर की बात है
	बड़े घरो गोठ आय"	बड़े घर की बात है"
	राजा-माहाल छाँडोत बाई मन	राजा का महल छोड़तीं बाई
	जाते-जाते जात	चलती चली जातीं
1561	आपन माहाले बाई मन जाओत	अपने महल हैं जातीं बाई
	आपन माहाले बाई मन अमरोत	अपने महल पहुँचतीं बाई
	धान कँडेया काँडोत बाई	धान कूटने वाले धान कूटते

	दार दरेया दरोत	दाल दलने वाले दाल दलते
	पिसान पिसया पिसोत बाई मन	आटा पीसने वाले पीसते
	पेट काजे नई खाओत	भर-पेट भी न खातीं हैं वे
	चाउर निमड़ाउन जात बाई	चावल तैयार कर जातीं बाई
	चाउर नेउन देत	चावल पहुँचा देतीं
	राजा-माहाले बाई मन जाओत	राज-महल बाई जातीं
	राजा-माहाले बाई मन अमरोत	राज-महल बाई पहुँचतीं
	पारबती रानी दखे बाबा	पारबती रानी देखती बाबा
	बाबू के काय बले	बाबू से क्या कहती
	"चाउर आनुन दिला बाबू	"चावल ले आयीं हैं बाबू
	चाउर नापुन जा"	चावल नाप ले"
	झारी पानी धरे बाबू	झारी में पानी लेता बाबू
	पइँया धोउन जाय	पाँव धो जाता
	हाते पयली बाबू धरे	हाथ में पायली बाबू लेता
	चाउर नापुन बाबू जाय	चावल नाप जाता बाबू
	दार नापुन जाय बाबू	दाल नाप जाता बाबू
	पिसान नापुन जाय	आटा नाप जाता
	दस पयली धान बाबा	दस पायली धान बाबा
	पयलक चाउर उरे	एक पायली चावल अधिक निकलता
1562	"सुना बाई गाँयतिन	"सुनो हे बाई गाँयतिन
	सुना बाई पुजारिन	सुनो हे बाई पुजारिन
	हरदी काँडुन दिया बाई	हल्दी कूट दो हे बाई
	हरदी काँडुन दिया"	हल्दी कूट दो"
	हरदी निकराउन देय रानी	हल्दी निकाल देती रानी
	चाउर निकराउन देय	चावल निकाल देती
	नवा हाँडी बले देय रानी	नयी हण्डी देती रानी
	नवा सुपा देय	नया सूपा देती
	बाहना ने हरदी बाई रिकाय	बाहना[7] में बाई हल्दी डालती
	बाहना ने हरदी बाई रिकाय	बाहना में बाई हल्दी डालती
	रानी के काय बले बाई	रानी से क्या कहती बाई
	"सुन रानी" बले	"सुन हे रानी" कहती
	"मोके बाहना ने थिपानी दे रानी	"मुझे बाहना के लिये थिपानी दे रानी
	मयँ हरदी काँडुन जायँ"	मैं हल्दी कूट दूँगी"
	पारबती रानी सुने बाबा	पारबती रानी सुनती बाबा
	अरग फुली के देय	वह शुद्ध मदिरा देती
	हुन नेंग काजे काँडे बाई	नेग के लिये कूटती बाई

7. बाहना : कोटर।

	चेलिक धँगड़ी के देय	नवयुवतियों को सौंप देती
	काँडोत नोनी धँगड़ी रासी	नवयुवतियाँ कूटने लगतीं
	काँडोत नोनी मन धँगड़ी रासी	नवयुवतियाँ कूटने लगतीं
	हरदी कँडेया काँडोत बाबा	हल्दी कूटने वाले हल्दी कूटते
	हरदी छनकिया छनकोत	हल्दी छाँटने वाले हल्दी फटकते
	नवा हाँडी ने भरोत बाई मन	नयी हण्डी में रखतीं बाई
	कोकोड़ी बनाउन जात	वे कोकोड़ी बना जातीं
	हरदी काँडुन सारोत बाई	हल्दी कूट जातीं बाई
	हरदी काँडुन सारोत	हल्दी कूट जातीं
1563	"सुन रानी पारबती	"सुन हे रानी पारबती
	सुन रानी पारबती	सुन हे रानी पारबती
	तिन ठान दोनी मोके दे रानी	तीन दोनियाँ[8] मुझे दे रानी
	तुके हरदी देयँ"	मैं तुम्हें हल्दी दूँगी"
	तिन ठन दोनी देय रानी	तीन दोनियाँ देती रानी
	तिनों ने हरदी अलगाय	तीनों में हल्दी अलगाती
	"एई दोनी के ठो रानी	"इस दोनी को रख हे रानी
	पहिल तेल चेगा	पहला तेल चढ़ाना
	एई दोनी के ठो रानी	इस दोनी को रख हे रानी
	देव-तेल बाटे ने	देव-तेल में ले जाना
	एई दोनी के ठो रानी	इस दोनी को रख हे रानी
	रचन-बेरा निकराव"	रचन[9] के समय निकालना"
	हरदी-हाँडी ठोय रानी	हल्दी की हण्डी रखती रानी
	हरदी-हाँडी ठोय	हल्दी की हण्डी रखती
	पाँच पयली चाउर जोड़े	पाँच पायली चावल लेती
	दुय सोली दार जोड़े	दो सोली दाल लेती
	मुठा रुपया धरे रानी	मुट्ठी भर रुपये लेती रानी
	गाँयतिन-बिदा देय	गाँयतिन को विदा करती
	"एई ने मानुन जाहा" बले	"इसी में मान जायें" कहती
	"मयँ देउक नईं सकें"	"मैं और नहीं दे सकती"
	"इतरोय देतो बले आय" बलोत	"इतना ही दिया जाता है" कहते
	"कोन आगर देसोत!"	"कौन अधिक देता है!"
1564	आसोत रानी रे आसोत राजा	रहतीं रानी रहते राजा
	आसोत रानी आसोत राजा	रहतीं रानी रहते राजा
	बाबू के काय बले राजा	बाबू से क्या कहता राजा
	"सुन बाबू" बले	"सुन हे बाबू" कहता

8. दोनियाँ : पत्तों को सिल कर बनाये गये कटोरीनुमा पात्र।

9. रचन : वह रस्म जिसमें दूल्हा-दुल्हन एक दूसरे पर घुली हुई हल्दी डालते हैं।

“बजनेया-माहाले जा बाबू	“बजनेया-महल जा बाबू
मोहरेया-माहाले जा	मोहरेया-महल जा
बिहाव बजाउन देयदे बाबू	विवाह-बाजा बजा देगा बाबू
मँजपुरे जातो आय”	हमें मँजपुर जाना है”
भिकन्दर सुने बाबा	भिकन्दर सुनता बाबा
घर ले बाहिर होय	घर से बाहर आता
रुमझुम-रुमझुम बाबू रेंगे	जल्दी-जल्दी बाबू चलता
एक कलाट बाबू मारे	लम्बे डग है बाबू भरता
बजनेया-माहाले जाय बाबू	बजनेया-महल जाता बाबू
मोहरेया-माहाल अमरे	मोहरेया-महल पहुँचता
हुन दादा के काय बले बाबू	दादा से क्या कहता बाबू
“सुन दादा” बले	“सुन हे दादा” कहता
“बिहाव बजाउन दे दादा	“विवाह-बाजा बजा दे दादा
नरायन-बिहाव आय	नरायन का विवाह है
लखी-बिहाव आय दादा	लखी का विवाह है दादा
लखी-बिहाव आय”	लखी का विवाह है”
“देयँदे बाबू” बले दादा	“दूँगा बाबू” कहता दादा
“देयँदे बाबू” बले	“दूँगा बाबू” कहता
“कितरो मोल धरुआस भाई	“कितना मोल लोगे भाई
कितरो मोल धरुआस दादा?	कितना मोल लोगे दादा?
आले मोके बले साँग दादा	तुम मुझे बताओ दादा
आले मोके साँग”	तुम मुझे बताओ”
“अढ़ई रुपया मोल आय दादा	“ढाई रुपया मोल है दादा
चार आना बिड़ा दे”	चार आना बीड़ा दे”
चार आना बिड़ा बले देय बाबू	चार आना बीड़ा देता बाबू
बजनेया-माहाल छाँडे	बजनेया-महल छोड़ता
1565 राजा-माहाले बाबू जाय	राजा के महल बाबू जाता
राजा-माहाले बाबू अमरे	राज-महल बाबू पहुँचता
राजा के काय बले बाबू	राजा से क्या कहता बाबू
“सुना राजा” बले	“सुनिये राजा” कहता
“मयँ बजनेया खोजुन इले राजा	“मैं बजनेया खोज कर आया राजा
मोहरेया खोजुन इले	मोहरेया खोज कर आया
अढ़ई रुपया मोल आय राजा	ढाई रुपया मोल है राजा
चार आना बिड़ा दिले”	चार आने बीड़ा दिया”
1566 मँजपुर चो राजा-रानी	मँजपुर के राजा-रानी
मँजपुर चो राजा-रानी	मँजपुर के राजा-रानी
बाजे बसुन जात राजा-रानी	पलंग पर बैठ जाते राजा-रानी
सेज बसुन जात	शय्या पर बैठ जाते

रानी काय बले राजा के	रानी क्या कहती राजा से
“सुना राजा” बले	“सुनिये राजा” कहती
“छापर बाँदुक बला राजा	“छावन बाँधने कहें राजा
बिहाव अमरुन गेली”	विवाह आ पहुँचा है”
राजा सुनुन जाय बाबा	राजा सुन लेता है बाबा
बाबू के काय बले	बाबू से क्या कहता
“मँजपुरया के साँग बाबू	“मँजपुरवासियों को बता हे बाबू
गाँयता-पुजारी के साँग बाबू	गाँयता-पुजारी को बता
हरबर तियार होओत बाबू	झटपट तैयार हो जायें बाबू

एक डँडिक एओत	थोड़ी देर वे आयें
छापर बाँदुन देदे बाबू	छावन बना देंगे बाबू
छापर बाँदुन देदे”	वे छावन बना देंगे”
पवनकुमार सुने बाबा	पवनकुमार सुनता बाबा
हरबर तियार होय	झटपट तैयार हो जाता
गाँयता-माहाले जाय बाबू	गाँयता-महल जाता बाबू
खोरे-डाँडे जाय	अली-गली में जाता
बुलुन-बुलुन साँगे बाबू	घूम-घूम बतलाता बाबू
गिंजरुन-गिंजरुन साँगे	घूम-घूम बतलाता
“छापर बाँदुन दिया दादा	“छावन बाँध दें हे दादा
छापर बाँदुन दिया”	छावन बाँध दें”

1567 सुनोत दादा रे सुनोत बाबू	सुनते दादा सुनते बाबू
हरबर तियार दादा-बाबू होओत	झटपट तैयार दादा-बाबू होते
खाना-पिना खाओत बाबू	खाना-पीना करते बाबू
बारस-बिंदना धरोत	बारस-बिंधना लेते
टयँगा-कोड़की धरोत दादा	कुल्हाड़ी-कुदाली लेते दादा
गाड़ी फाँदुन जात	वे गाड़ी तैयार कर जाते
सेतबन ने जात दादा	सेतबन में जाते दादा
हेतबन ने जात	हेतबन में जाते
बिंदराबने अमरोत दादा	बिंदराबन पहुँचते दादा
बिंदराबने अमरोत	बिंदराबन पहुँचते
छापर-डेरी बले दादा दखे	छावन की डेरी[10] दादा देखता
छापर-पाटी दादा दखे	छावन की पाटी[11] देखता दादा
गाड़ी ढिलुन जाय दादा	गाड़ी खोल जाता दादा
हाते टयँगा धरे	हाथ में कुल्हाड़ी लेता
छापर-डेरी गोंदे दादा	छावन का खम्भा काटता दादा
छापर-पाटी गोंदे	छावन की पाटी काटता
डेरी गोंदेया गोंदोत बाबा	खम्भा काटने वाले काटते बाबा
पाटी गोंदेया गोंदोत	पाटी काटने वाले काटते
बाँवसा मारेया मारोत बाबू	बाँवसा[12] काटने वाले काटते
डारा मारेया मारोत	डारा[13] काटने वाले काटते
बलँगी मारेया मारोत बाबू	बलँगी[14] काटने वाले काटते
गाड़ी ने जोड़ुन जात	गाड़ी में लाद लेते
गाड़ी फाँदुन जात बाबू	गाड़ी जोत जाते बाबू
बिंदराबन छाँडोत	वे बिंदराबन छोड़ते
रुमझुम-रुमझुम दादा बाबू जाओत	जल्दी-जल्दी दादा-बाबू चलते
राजा-माहाले दादा बाबू अमरोत	राज-महल दादा-बाबू पहुँचते
राजा के काय बलोत दादा	राजा से क्या कहते दादा
"सुना राजा" बलोत	"सुनिये राजा" कहते
"कोन लगे छापर रयदे राजा?	"किस जगह छावन रहेगा राजा?
जगा दखाउन दिया"	जगह दिखला दें"
बेस मुंडा ने जाय राजा	बेस मुंडा में जाता राजा

10. छावन की डेरी : छावन बनाने के लिये प्रयुक्त खम्भा।

11. छावन की पाटी : छावन के खम्भों के ऊपर लगायी जाने वाली मोटी लकड़ी।

12. बाँवसा : छावन के लिये उपयोग में आने वाला बाँस। पहले चूँकि बाँस का ही उपयोग होता था इसलिये यहाँ बाँवसा शब्द ही प्रयुक्त हुआ है। आजकल बाँस की जगह लकड़ी उपयोग में लायी जाती है, जिसे काँडा कहा जाता है। साथ ही बाँवसा कहने का भी चलन है।

13. डारा : पत्तों सहित टहनी।

14. बलँगी : बाँवसा के ऊपर आड़ी लगायी जाने वाली पतली लकड़ी। इसी के ऊपर डारा छाया जाता है।

	जगा दखाउन देय	जगह दिखला देता
	"एई लगे छापर रहो[15] बाबू	"इसी जगह छावन रहे बाबू
	एई लगे छापर रहो"	इसी जगह छावन रहे"
	गाड़ी ढिलुन जात दादा	गाड़ी खोल जाते दादा
	डेरी-पाटी उतरात	डेरी-पाटी उतारते
	बाँवसा-बलँगी उतरात दादा	बाँवसा-बलँगी उतारते दादा
	डारा उतराउन जात	डारा उतार जाते
	डेरी-पाटी छोलोत दादा	डेरी-पाटी छीलते दादा
	बाँवसा के कापन मारोत	बाँवसा में खाँचे बनाते
	होम-आरती देय दादा	होम-आरती करते दादा
	पइँया पड़ुन जाय	वे प्रणाम कर जाते
1568	हाते कुस बले दादा धरे	हाथ में सब्बल दादा लेता
	मँजी खोदरा दादा खने	बीच में गड्ढा दादा करता
	खोदरा खनुन सारे दादा	गड्ढा कर जाता है दादा
	आमा-तोरन बाँदे	आम का तोरण[16] बाँधता
	दार-चाउर फेके दादा	दाल-चावल अर्पित करता दादा
	मँजी डेरी गाड़े	बीच का खम्भा गाड़ता
	खोदरा खोनेया खनोत बाबू	गड्ढे करने वाले गड्ढे करते
	डेरी गाड़ेयां गाड़ोत	खम्भे गाड़ने वाले गाड़ते
	बाँवसा लथेया लथोत बाबा	बाँवसा लादने वाले लादते बाबा
	पाटी लथेया लथोत	पाटी लादने वाले लादते
	डारा रुँधेया रुँधोत बाबू	डारा लगाने वाले लगाते
	बलँगी बँधेया बाँदोत	बलँगी बाँधने वाले बाँधते
	नव खोली छापर बाँदोत दादा	नौ कमरों का छावन बनाते दादा
	छापर बाँदुन सारोत	वे छावन बना जाते
	डारा-छापर ले राजा-घर ले	डारा-छावन[17] से राजा के घर तक
	डारा-छापर ले राजा-घर ले	डारा-छावन से राजा के घर तक
	तोरन गुथुन देत दादा	तोरण गूँथ देते दादा
	सब जोड़ा धरोत	सारी सामग्री लेते
	राजा-माहाले जात बाबा	राज-महल जाते बाबा
	राजा-माहाल अमरोत	राज-महल पहुँचते
	"छापर बाँदुन दिलू राजा	"छावन बना दिया है राजा
	तोरन गुथुन दिलू"	तोरण गूँथ दिया है"
1569	"सुन नोनी कुँदनी कयना	"सुन हे नोनी कुँदनी कैना
	सुन बाबा कुँदनी कयना	सुन हे बाबा कुँदनी कैना

15. रहो : अन्य उच्चारण 'रओ'।
16. आम के पत्तों का तोरण।
17. डारा-छावन : पत्तों-युक्त टहनियों से बना छावन।

	रोसई-चाउर जोड़ नोनी	रसोई-चावल तैयार कर नोनी
	"मुठा रुपया धर	मुट्ठी भर रुपये ले
	छापर-बिदा दे नोनी	छावन की विदाई दे नोनी
	छापर-बिदा दे"	छावन की विदाई दे"
	छापर-बिदा बले देय नोनी	छावन की विदाई देती नोनी
	दादा मन मोडरी बाँदोत	दादा गठरी बाँधते
	आपन माहाले जात बाबा	अपने महल जाते बाबा
	आपन माहाले जात	अपने महल वे जाते
1570	एक दिन ले दुय दिन	एक दिन से दो दिन
	दुय दिन ले आँट दिन	दो दिन से आठ दिन
	छापर बाँदलो होय राजा चो	छावन बाँधे बीते राजा का
	बाजे बसुन जात	शय्या पर बैठ जाते
	बाबू के काय बलोत राजा-रानी	बाबू से क्या कहते राजा-रानी
	"सुन बाबू" बलोत	"सुन हे बाबू" कहते
	"नँगारची-माहाले जा बाबू	"नगारची-महल जा बाबू
	घड़ी भर नँगारा देओ	वह थोड़ी देर मुनादी कर दे
	तिनपुर नेवता देओ बाबू	तीनों लोकों में न्योता दे बाबू
	सँजकारी-सँजकारी एओत"	जल्दी-जल्दी आयें"
	सुने बाबू पवनकुमार	सुनता बाबू पवनकुमार
	हरबर तियार बाबू होय	झटपट तैयार बाबू होता
	पाँये खड़ऊ पिंदे बाबू	पाँवों में खड़ाऊँ पहनता बाबू
	हाते बेद धरे	हाथ में बेंत लेता
	जाय बाबू रे पवनकुमार	जाता बाबू पवनकुमार
	जाय बाबू पवनकुमार	जाता बाबू पवनकुमार
	नँगारची-माहाले जाय बाबू	नगारची-महल जाता बाबू
	नँगारची-माहाले अमरे	नगारची-महल पहुँचता
	माँडो-मोंगरा उबे बाबू	मोगरा-मण्डप में रुकता बाबू
	'दादा' हंका मारे	'दादा' हाँक लगाता
	दादा सुनुन जाय बाबा	दादा सुन लेता है बाबा
	घर ले बाहिर होय	घर से बाहर आता
	"काय कामे इलिस बाबू	"किस काम से आया बाबू
	तुय आले मोके साँग"	तू मुझे बतला"
1571	"सुन दादा रे नँगारची लोग	"सुन हे दादा नगारची
	सुन दादा नँगारची लोग	सुन हे दादा नगारची
	घड़ी भर नँगारा दे दादा	थोड़ी देर मुनादी कर दे दादा
	तिनपुर नेवता दे	तीनों लोकों को न्योता दे
	सँजकारी-सँजकारी एओत दादा	जल्दी-जल्दी आयें दादा

	सँजकारी-सँजकारी एओत"	सब जल्दी-जल्दी आयें"
	"देयँदे बाबू" बले दादा	"करूँगा बाबू" कहता दादा
	हरबर तियार होय	झटपट तैयार होता
	बाँडी घोड़ी कसे दादा	बाँडी घोड़ी कसता दादा
	जोड़ी नँगारा चेगाय	दो नगाड़े चढ़ाता
	हाते काड़ा धरे दादा	हाथ में काड़ा लेता दादा
	खोरे-डाँडे जाय	अली-गली में जाता
	आरा-पारा बुले दादा	अड़ोस-पड़ोस में घूमता दादा
	"सुना बाई" बले	"सुनो हे बाई" कहता
	"सुना बाई, सुना दादा	"सुनो हे बाई सुनो हे दादा
	सुना बाई, सुना दादा	सुनो हे बाई सुनो हे दादा
	राजा-घरे बलाव बाई	राजा के घर बुलावा बाई
	सँजकारी-सँजकारी जाहा	जल्दी-जल्दी जायें
	नरायन-बिहाव आय बाई	नरायन का विवाह है बाई
	लखी-बिहाव आय	लखी का विवाह है
	मँजपुर जातो बले आय दादा	मँजपुर जाना है हे दादा
	आगे दिन माँडो आय	पहले दिन माँडो है
	पाछे दिन तेल आय दादा	अगले दिन तेल है दादा
	लखिन्बारे लगिन आय"	गुरुवार को लग्न है"
1572	बुलुन-बुलुन दादा साँगे	घूम-घूम बतलाता दादा
	नँगारा देउन दादा सारे	मुनादी कर जाता है दादा
	आपन माहाले जाय दादा	अपने महल जाता दादा
	दादा-बाई सुनोत	दादा-बाई सुनते
	आँगे असनाँद होत दादा-बाई	स्नान कर जाते दादा-बाई
	हिरदे असनाँद होत	वे हृदय स्नान कर जाते
	आपन साजू पिंदोत दादा-बाई	अपने साज पहनते दादा-बाई
	आपन जाक धरोत	अपने सामान लेते
	घर ले बाहिर होत दादा-बाई	घर से बाहर निकलते दादा-बाई
	जाते-जाते जात	चलते चले जाते
	राजा-माहाले दादा-बाई अमरोत	राज-महल दादा-बाई पहुँचते
	ओरी-चो-ओरी दादा-बाई बसोत	पंक्तियों में दादा-बाई बैठते
	राजा-माहाले आसोत दादा-बाई	राज-महल में हैं दादा-बाई
	राजा-माहाले आसोत	राज-महल में हैं
	रानी काय बले बाबू के	रानी क्या कहती बाबू से
	"सुन बाबू" बले	"सुन हे बाबू" कहती
	"सुन बाबू भिकन्दर	"सुन हे बाबू भिकन्दर
	सुन बाबू जलन्धर	सुन हे बाबू जलन्धर

खोरे-डाँडे बले जा बाबू	अली-गली में जा हे बाबू
बुलुन-बुलुन साँग	घूम-घूम बतला
सँजकारी-सँजकारी एओत बाबू	जल्दी-जल्दी आयें बाबू
बिहाव-घरे एओत”	विवाह में सब आयें”
भिकन्दर सुने बाबा	भिकन्दर सुनता बाबा
खोरे-डाँडे जाय	अली-गली में जाता
आरा-पारा बुले बाबू	अड़ोस-पड़ोस में घूमता बाबू
“सुना बाई” बले	“सुनो हे बाई” कहता
“बिहाव-घरे इया” बले	“विवाह में सब आओ” कहता
“सँजकारी-सँजकारी इया”	“जल्दी-जल्दी आओ”
1573 सुनोत बाई सुनोत दादा	सुनतीं बाई सुनते दादा
सुनोत बाई सुनोत दादा	सुनतीं बाई सुनते दादा
हरबर तियार होत दादा-बाई	झटपट तैयार होते दादा-बाई
जलदी तियार होत	जल्दी तैयार होते
आपन साजू पिंदोत दादा-बाई	अपने साज पहनते दादा-बाई
आपन जाक धरोत	अपने सामान लेते
राजा-माहाले जात दादा-बाई	राज-महल जाते दादा-बाई
राजा-माहाले अमरोत	राज-महल पहुँचते
परछी ने जाउन बसोत दादा-बाई	परछी में जा बैठते दादा-बाई
अरछी-परछी भरे	अरछी-परछी भर जाती
1574 दखे रानी पारबती	देखती रानी पारबती
दखे रानी पारबती	देखती रानी पारबती
बाबू के काय बले रानी	बाबू से क्या कहती रानी
“सुना बाबू” बले	“सुनो हे बाबू” कहती
“जोखा मारुन जाहा बाबू	“जोखा बना डालो बाबू
राँदा राँदुन जाहा	भोजन तैयार कर डालो
दुला-उसकानी भात देवाँ	दूल्हा-रवानगी का भोजन देंगे
दुला-उसकानी भात”	दूल्हा-रवानगी का भोज”
धँगड़ा रासी सुनोत बाबा	नवयुवक सुनते बाबा
जोखा मारेया मारोत	जोखा बनाने वाले जोखा बनाते
पानी आनेया आनोत बाबू	पानी लाने वाले पानी लाते
राँदा राँदेया राँदोत	भोजन पकाने वाले भोजन पकाते
धँगड़ी पान आनोत बाबा	नवयुवतियाँ पत्ते लातीं बाबा
डोकरी दोना खिलोत	बूढ़ियाँ दोने सीतीं
1575 राँदा-बाटा के भय गय तियार	भोजन तैयार हो जाता
राँदा-बाटा के भय गय तियार	भोजन तैयार हो जाता
सब के पानी बले देत बाबू	सब को पानी देते बाबू

सब के हात धोआत	सब के हाथ धुलाते
सब के खाना खोआत बाबू	सब को भोजन कराते बाबू
सब के खाना खुआत	सब को भोजन कराते
खाई-पिई के भय गय तियार	खा-पी कर हो गये तैयार
खाई-पिई के भय गय तियार	खा-पी कर हो गये तैयार
राजा-रानी तियार होत बाबा	राजा-रानी तैयार होते बाबा
राजा-रानी तियार होत	राजा-रानी तैयार होते
बाबू के काय बले रानी	बाबू से क्या कहती रानी
"सुन बाबू" बले	"सुन हे बाबू" कहती
"बिहाव-जोड़ा धरा बाबू	"विवाह-सामग्री लो हे बाबू
गाड़ी ने जोड़ुन जाहा"	गाड़ी में रख दो"
बिहाव-जोड़ा धरोत बाबू	विवाह-सामग्री लेते बाबू
गाड़ी ने जोड़ुन जात	गाड़ी में रख देते
1576 "सुना नोनी धँगड़ी रासी	"सुनो हे नोनी नवयुवतियों
सुना बाबा धँगड़ी रासी	सुनो बाबा नवयुवतियों
बाबू के नाहाउन दिया नोनी	बाबू को नहला दो हे नोनी
कोरुन-गाथुन दिया"	उसे कंघी कर दो"
धँगड़ी रासी सुनोत बाबा	नवयुवतियाँ सुनतीं बाबा
राजा के नाहाउन देत	राजा को नहला देतीं
तेल घसुन देत नोनी	तेल चुपड़ देतीं नोनी
कोरुन गाथुन देत	वे कंघी कर देतीं
"सुना बाबू बलराम ठाकुर	"सुनो हे बाबू बलराम ठाकुर
सुना बाबू बलराम ठाकुर	सुनो हे बाबू बलराम ठाकुर
बाबू के लुगा पिंदावा बाबू	बाबू[18] को कपड़े पहनाओ बाबू
दुला समराउन जाहा"	दूल्हे को तैयार कर डालो"
बलराम ठाकुर सुने बाबा	बलराम ठाकुर सुनता बाबा
बाबू लगे जात	बाबू के पास जाता
राजा के लुगा पिंदाय बाबू	राजा[19] को कपड़े पहनाता बाबू
राजा के लुगा पिंदाय	राजा को कपड़े पहनाता
केऊ-फुल धोती मारे राजा के	केऊ-फूल-सी धोती पहनाता राजा को
केऊ-फुल कमिंज पिंदाय	केऊ-फूल-सी कमीज पहनाता
सिरे पगड़ी बाँदे राजा के	सिर पर पगड़ी पहनाता राजा को
मुँडे सुरई खोचे	सिर पर तुर्रा खोंसता
तिलक-चन्दन लगाय बाबू के	तिलक-चन्दन लगाता बाबू को
नवगुन पयता फेके	नौ गुना जनेऊ पहनाता

18. नरायन राजा।
19. नरायन राजा।

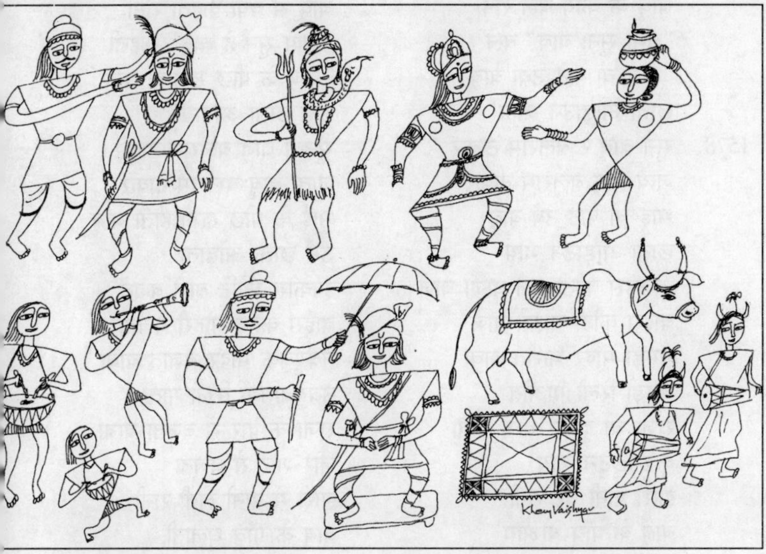

खाँदे तलवार धराय बाबू के	कन्धे पर तलवार रखता बाबू के
खाँदे तलवार धराय	कन्धे पर तलवार रखता
काय मँजा सुँदर दखे राजा	बहुत ही सुन्दर दिखता राजा
अती सुँदर दखे	अति सुन्दर वह दिखता
77 हरबर तियार राजा-रानी होओत	झटपट तैयार राजा-रानी[20] होते
जलदी तियार राजा-रानी होओत	जल्दी तैयार राजा-रानी होते
आपलो साजू पिंदोत राजा-रानी	अपने साज पहनते राजा-रानी
आपलो जाक धरोत	अपने सामान लेते
कलस-दिया बारे रानी	कलश-दीप जलाती रानी
हाते पोतनी धरे	हाथ में पोतनी लेती
चार खुटेया लिपे रानी	चारों चौखाने लीपती रानी
मँजी बाना लिखे	बीच में बाना लिखती
चन्दन-काट मँडाय रानी	चन्दन का पीढ़ा रखती रानी
बेल-काट मँडाय	बेल का पीढ़ा रखती
चन्दन-काट बले रानी मँडाय[21]	चन्दन का पीढ़ा रखती रानी
बेल-काट रानी मँडाय	बेल का पीढ़ा रखती
मुँड ओड़नी देय रानी	सिर पर ओढ़नी रखती रानी
मुँडे कलस बोहे	सिर पर कलश रखती
राजा चो हात धरे रानी	राजा का हाथ पकड़ती रानी
बाना ने नेउन उबाय	ले जा कर बाना में खड़ा करती

0. माहादेव राजा और पारबती रानी।

1. दिनांक 19.12.1996 को ध्वन्यांकित कैसेट क्रमांक 34बी का आरम्भ।

	बाबू के काय बले रानी	बाबू से क्या कहती रानी
	"तुमी सुना बाबू" बले	"आप सुनें हे बाबू" कहती
	"बाबू चो पाठे उबा बाबू	"बाबू के पीछे खड़े हों बाबू
	छाता ओड़ाउन जाहा"	उन्हें छाता ओढ़ायें"
1578	सुने बाबू रे बलराम ठाकुर	सुनता बाबू बलराम ठाकुर
	जाय बाबू बलराम ठाकुर	जाता बाबू बलराम ठाकुर
	भाई चो पाठे उबे बाबू	भाई के पीछे खड़ा होता बाबू
	छाता ओड़ाउन जाय	उसे छाता ओढ़ाता
	अकइस कोटी बले बाजा बाजे	इक्कीस कोटि बाजे बजते
	बाइस कोटी मोहरी बाजे	बाईस कोटि मोहरी बजतीं
	धँगड़ा माँदर मारोत बाबा	नवयुवक माँदर बजाते बाबा
	धँगड़ी रिलो गाओत	नवयुवतियाँ रिलो गातीं
	राजा चो दुआरे बाजे बाबा	राजा के द्वार में बजता बाबा
	कुड़मछुटुन जाय	जोर-शोर से बजता
	झारी पानी धरे रानी	झारी में पानी लेती रानी
	बाबू के पाँय धोआय	बाबू के पाँव धुलाती
	चाउर-टिका देय रानी	चावल का टीका लगाती रानी
	होम-आरती देय	होम-आरती करती
	लाड़-चुमा चुमे रानी	प्यार-भरा चुम्बन देती रानी
	दुला पड़घाउन जाय	दूल्हे का स्वागत करती
1579	दुला पड़घाउन रानी सारे	दूल्हे का स्वागत करती रानी
	दुला पड़घाउन रानी सारे	दूल्हे का स्वागत करती रानी
	राजा के काय बले रानी	राजा से क्या कहती रानी
	"सुना राजा" बले	"सुनिये राजा" कहती
	"काय काजे रेंगाते नेवाँ राजा	"किसलिये पैदल ले जायेंगे राजा?
	दाइज नँदिया आसे	मेरे दहेज का नँदिया[22] है
	नँदिया ने बरात जाओ राजा	नँदिया में बारात जायें राजा
	नँदिया ने बरात जाओ"	नँदिया में बारात जायें"
	नँदिया सिंगारुन जाय राजा	नँदिया का श्रृंगार करता राजा
	नँदिया सिंगारुन जाय	नँदिया का श्रृंगार करता
	नरायन राजा के बसाय रानी	नरायन राजा को बिठाती रानी
	माहापरभू के बसाय	महाप्रभु को बिठाती
	दुला उसकाउन जाय रानी	दूल्हे को प्रस्थान कराती रानी
	नव खँड माहाल छाँडे	नौ खण्डा महल छोड़ती
1580	जाओत राजा रे जाओत रानी	जाते राजा जातीं रानी
	जाओत राजा जाओत रानी	जाते राजा जातीं रानी
	बजनेया-मोहरेया सँगे जात राजा-रानी	बजनेया-मोहरेया के सँग जाते राजा-रानी

22. नँदिया : बैल। नन्दी से बना शब्द।

	फउद-फटाका सँगे जात	फौज-पटाखे के सँग जाते
	रुमझुम-रुमझुम रेंगोत राजा-रानी	जल्दी-जल्दी चलते राजा-रानी
	माहादेव-जलकी ने जात	माहादेव-झील में जाते
	पारबती-जलकी ने जात राजा-रानी	पारबती-झील में जाते राजा-रानी
	जलकी-खँडे उबोत	झील के तट पर खड़े होते
	दार-चाउर फेकोत राजा-रानी	दाल-चावल अर्पित करते राजा-रानी
	माँडक होउन जाय	वह घुटनों तक हो जाता
	जलकी पार होत राजा-रानी	झील लाँघ जाते राजा-रानी
	समँदुर पार होत	समुद्र लाँघ जाते
1581	जाओत राजा रे जाओत रानी	जाते राजा जातीं रानी
	जाओत राजा जाओत रानी	जाते राजा जातीं रानी
	कोसक-दापक रेंगोत राजा-रानी	कोस-दाब भर चलते राजा-रानी
	एक कलाट मारोत	लम्बे डग वे भरते
	मँजपुरे जात राजा-रानी	मँजपुर को जाते राजा-रानी
	मँजपुरे अमरोत	मँजपुर पहुँचते
	मँजपुरे अमरोत राजा-रानी	मँजपुर पहुँचते राजा-रानी
	रानी काय बले	रानी है क्या कहती
	"एकेदायँ कसन जावाँ राजा	"अचानक कैसे जायेंगे राजा
	एकेदायँ कसन जावाँ?	अचानक कैसे जायेंगे?
	भाटा ने डेरा रऊँ राजा	मैदान में डेरा बनायें राजा
	मेंगइन काकी एदे	मेंगइन काकी आयेंगी
	दुला पड़घाउन नेदे राजा	दूल्हे का स्वागत कर ले जायेंगे राजा
	दुला पड़घाउन नेदे"	दूल्हे का स्वागत कर ले जायेंगे"
	भाटा ने डेरा आसोत राजा-रानी	मैदान में डेरा बनाया राजा-रानी ने
	भाटा ने डेरा आसोत	वे मैदान में रह गये
	बजनेया-मोहरेया धरे रानी	बजनेया-मोहरेया लेती रानी
	काकी लगे जाय	काकी के पास जाती
	मेंगइन रानी दखे बाबा	मेंगइन रानी देखती बाबा
	पइँया धोआउन जाय	वह पाँव धुला जाती
	चाउर-टिका बले देय रानी	चावल का टीका लगाती रानी
	होम-आरती देय	होम-आरती करती
	दुनों चो टोंड चुमे रानी	दोनों का मुख चूमती रानी
	दुनों के पाँय पड़ोत	वे दोनों के पाँव छूते
	हात के धरुन नेय रानी	हाथ पकड़ ले जाती रानी
	बाज नेउन बसाय	पलंग पर ले जा कर बिठाती
1582	"सुना काका सुना काकी	"सुनिये काका सुनिये काकी
	सुना काका सुना काकी	सुनिये काका सुनिये काकी
	मयँ भाटा ने डेरा आसें काका-काकी	मैं मैदान में रुकी हूँ काका-काकी

	दुला पड़घाउक जावँ"	दूल्हे का स्वागत करने चलो"
	रानी काय बले नोनी के	रानी क्या कहती नोनी से
	"सुन बेटा" बले	"सुन हे बेटा" कहती
	"इथा नोनी निंहाय बेटा	"यहाँ नोनी नहीं है बेटा
	लखी आनुकलाय जावँ"	लखी को लाने चलें"
	हरबर तियार होत राजा-रानी	झटपट तैयार होते राजा-रानी
	जलदी तियार होत	जल्दी तैयार होते
	सब जोड़ा बले रानी जोड़े	सारी सामग्री रानी लेती
	सब जोड़ा रानी जोड़े	सारी सामग्री रानी लेती
	आपन साजू पिंदे रानी	अपने साज पहनती रानी
	आपन जाक धरे	अपने सामान लेती
	कलस दिया बारे रानी	कलश-दीप जलाती रानी
	मुँड ओड़नी देय	सिर पर ओढ़नी रखती
	मुँडे कलस बोहे रानी	सिर पर कलश रखती रानी
	धँगड़ी रासी जाओत	युवतियाँ भी जातीं
	परला बोहुन जात रानी मन	परला उठा जातीं रानियाँ
	परला बोहुन जात	परला उठा जातीं
	"सुना बाबू बजनेया लोग	"सुनो बाबू बजनेया
	सुना बाबू मोहरेया लोग	सुनो बाबू मोहरेया
	लखी आनुकलाय जावँ बाबू	लखी लाने चलो बाबू
	इथा लखी निंहाय	यहाँ लखी नहीं है
	गोपपुरे आसे बाबू	गोपपुर में है वह बाबू
	डुमर-मुँडा आसे"	डुमर-मुँडा में है"
	बजनेया-मोहरेया सँग जाय रानी	बजनेया-मोहरेया के सँग जाती रानी
	चेलिक धँगड़ी सँगे जाय	युवतियों के सँग जाती
	तिनपुरिन सँगे जाय रानी	तीनपुरिन[23] के सँग जाती रानी
	तिनपुरया सँगे जाय	तीनपुरिया के सँग जाती
1583	"सुना आया जागा रानी	"सुनो माता जागा रानी
	सुना आया धरती माता	सुनो माता धरती माता
	गाँवकारिन सुना आया	गाँवकारिन सुनो माता
	जिमिदारिन सुना	जिमिदारिन सुनो
	घरगोसिन सुना आया	घरगोसिन सुनो माता
	तुमी बिरे हुनमान सुना	तुम वीर हनुमान सुनो
	बजरँगबली सुना बाबा	बजरंगबली सुनो बाबा
	पवनकुमार सुना	पवनकुमार सुनो
	इथा लखी निंहात बाबा	यहाँ लखी नहीं हैं बाबा
	डुमर-मुँडा आसोत	वे डुमर-मुँडा में हैं

23. तीन लोकों की महिलाओं।

लखी आनुकलाय जावँ बाबा	लखी लाने चलो बाबा
लखी आनुकलाय जावँ	लखी लाने चलो
बरमा-बिसनू, महेसर-भगवान	बरमा-बिसनु, महेसर भगवान
नेवतारी देबी, राम-लखन	आमन्त्रित देवियाँ, राम-लखन
लखी आनुकलाय जावँ बाबा	लखी लाने चलो बाबा
लखी आनुकलाय जावँ	लखी लाने चलो
इथा रानी निंहात बाबा	यहाँ रानी नहीं हैं बाबा
इथा रानी निंहात	यहाँ रानी नहीं हैं
गोपपुरे आसोत रानी	गोपपुर में हैं रानी
डुमर-मुँडा आसोत	वे डुमर-मुँडा में हैं
तैंतिस कोटी बले बतिस बयना	तैंतीस कोटि बत्तीस बहिनें
सुना आया छपन कोटी	सुनो माता छप्पन कोटि
लखी आनुकलाय जावँ आया	लखी लाने चलो माता
लखी आनुकलाय जावँ	लखी लाने चलो
इथा लखी निंहात आया	यहाँ लखी नहीं हैं माता
डुमर-मुँडा आसोत"	वे डुमर-मुँडा में हैं"
1584 जाओत राजा रे जाओत रानी	जाते राजा जातीं रानी
फउद-फटाका सँगे जात बाबा	फौज-पटाखे के सँग जाते बाबा
गोपपुरे बले जात राजा-रानी	गोपपुर को जाते राजा-रानी
डुमर-मुँडा अमरोत	डुमर-मुँडा पहुँचते
रानी के काय बलोत राजा-रानी	रानी से क्या कहते राजा-रानी
"जावँ बेटी" बलोत	"चलो बेटी" कहते
"जावँ-जावँ बेटी माहालखी	"चलो-चलो बेटी माहालखी
जावँ-जावँ बेटी माहालखी	चलो-चलो बेटी माहालखी
मँजपुरे बले जावँ बेटा	मँजपुर को चलो बेटा
मँजपुरे जावँ	मँजपुर को चलो
डुमर-मुँडा के छाँड बेटा	डुमर-मुँडा छोड़ो बेटा
गोपपुर के छाँड	गोपपुर को छोड़ो
बाजा-मोहरी धरले बेटा	बाजा-मोहरी ले कर बेटा
फउद-फटाका धरले	फौज-पटाखे ले कर
तुके आनुक इले बेटा	तुझे लेने आया बेटा
तुके आनुक इले"	तुझे लेने आया"
"सुन बाबा मेंगराजा	"सुन हे बाबा मेंगराजा
सुन बाबा मेंगराजा	सुन हे बाबा मेंगराजा
मँजपुरे एऊ नोहायँ बाबा	मँजपुर नहीं आऊँगी बाबा
मँजपुरे एऊ नोहायँ	मँजपुर नहीं आऊँगी
मँजा नईं जानोत बाबा	मँजपुर वासी नहीं जानते बाबा
मँजा नईं जानोत	मँजपुर वासी नहीं जानते

	पका-ओड़ा करदे बाबा	वे फेंक देंगे बाबा
	खुँदा-रमँजा करदे	वे पैरों तल कुचलेंगे
	मँजपुरे एऊ नोहायँ बाबा	मँजपुर नहीं आऊँगा बाबा
	मँजपुरे एऊ नोहायँ"	मँजपुर नहीं आऊँगी"
1585	"सुन बेटा माहालखी	"सुन बेटा माहालखी
	सुन बेटा माहालखी	सुन बेटा माहालखी
	तुके आनुक इले बेटा	तुझे लेने आया बेटा
	तुके आनुक इले	तुझे लेने आया
	डुमर-मुँडा के छाँड बेटा	डुमर-मुँडा छोड़ बेटा
	गोपपुर के छाँड	गोपपुर छोड़
	नरायन-बिहाव करुआयँ बेटा	नरायन से विवाह कराऊँगा बेटा
	नरायन-बिहाव करुआयँ"	नरायन से विवाह कराऊँगा"
	"सुन बाबा मेंगराजा	"सुन हे बाबा मेंगराजा
	सुन बाबा मेंगराजा	सुन हे बाबा मेंगराजा
	तिनपुरे बुल्लिस बाबा	तीनों लोकों में घूमे बाबा
	मँजपुरे इलिस	मँजपुर में तुम आये
	नाना पयकार होलिस बाबा	नाना उपाय किये हे बाबा
	बाना-बिसा होलिस	कई कष्ट सहे
	गोटोक बेटी पावलिस बाबा	एक ही बेटी पायी बाबा
	अकइस उपरे दिलिस	उसे भी इक्कीस के ऊपर दिया
	अकइस रानी चो डँड बाबा	इक्कीस रानियों के कष्ट बाबा
	राधा-तुलसा चो डँड	राधा-तुलसा के कष्ट
	डँड के कसन करें बाबा	कष्ट कैसे सहूँगी बाबा
	डाहा के कसन करें?"	कष्ट कैसे सहूँगी?"
1586	"सुन बेटा माहालखी	"सुन बेटा माहालखी
	सुन बेटा माहालखी	सुन बेटा माहालखी
	माँगलो बर बले आय बेटा	माँगा हुआ वर है बेटा
	हुनचोय अँवतार आय	उसी का अवतार है
	डुमर-मुँडा के छाँड बेटा	डुमर-मुँडा छोड़ बेटा
	गोपपुर के छाँड"	गोपपुर को छोड़"
	माहालखी सुने बाबा	माहालखी सुनती बाबा
	रद्रद्-रद्रद् गागे	वह फूट-फूट कर रोती
	"रोना-गाना नीं कर बेटा	"रोना-गाना मत कर बेटा
	गागा-बोगा नीं कर	रोना-गाना मत कर
	हरिक मन ने जावँ बेटा	प्रसन्नता पूर्वक चलो बेटा
	हरिक मन ने जावँ"	प्रसन्नता पूर्वक चलो"
	रानी ओगाय होय बाबा	रानी चुप हो जाती बाबा
	रानी ओगाय होय	रानी चुप हो जाती

87 "जावँ-जावँ रानी माहालखी	"चलो-चलो रानी माहालखी
जावँ-जावँ रानी माहालखी	चलो-चलो रानी माहालखी
डुमर-मुँडा के छाँड रानी	डुमर-मुँडा छोड़ रानी
गोपपुर के छाँड	गोपपुर छोड़
मँजपुरे जावँ रानी	मँजपुर चलो रानी
मँजपुरे जावँ	मँजपुर चलो
सोनर झुलना आसे नोनी	सोने का झूला है हे नोनी
रुपर धरना आसे	चाँदी की डोरी है
अवभुल झुलना झुलसे रानी	खूब झूला झूलना रानी
मतभुल झुलना झुलसे	खूब झूला झूलना
मेंगराजा चो आधा गदया	मेंगराजा का आधा भण्डार
मेंगराजा चो आधा गदया	मेंगराजा का आधा भण्डार
आधा ने भरती होय रानी	आधा में ही भर जायेगा रानी
आधा ने भरती होय	आधा में ही भर जायेगा
चार खुट दिया जले रानी	चारों दिशाओं में दीप जलते रानी
चार खुट दिया जले	चारों दिशाओं में दीप जलते
जिगजाग-बुगबाग बरे रानी	महल दमक जाता रानी
जिगजाग-बुगबाग बरे"	महल दमक जाता"
87a[24] "सुन दादा गाँयता लोग[25]	"सुन हे दादा गाँयता
सुन दादा पुजारी लोग	सुन हे दादा पुजारी
कयना-पुजा बले दे दादा	कन्या-पूजन कर हे दादा
कयना-पुजा दे"	कन्या-पूजन कर"
गाँयता दादा सुने बाबा	गाँयता दादा सुनता बाबा
सब जोड़ा धरे	सारी सामग्री लेता
पानी-रेटे बले जाय दादा	पानी के पास जाता दादा
अजिक असन जतनाय	थोड़ी सफाई करता
सेंदुर-काजर देय दादा	सिन्दूर-काजल लगाता दादा
जात लाली देय	शुद्ध लाली लगाता
होम-आरती देय दादा	होम-आरती करता दादा
बोथा-चुड़ी देय	बोथा की चूड़ी देता
आँवरा-मुँदी देय दादा	आँवले की अँगूठी देता दादा
चुड़ी-फुँदड़ी देय	चूड़ी-फुँदना देता
भरती लिमई देय दादा	भरा नीबू[26] दे जाता है दादा
नवा लिमई काटे	वह नया नीबू[27] काट जाता

24. पंक्ति क्रमांक 857 से 1335 तक का ध्वन्यांकन 21.01.1999 को किया गया था।
25. दिनांक 21.01.1999 को ध्वन्यांकित कैसेट क्रमांक 87ए का आरम्भ। इन पंक्तियों (क्रमांक 857 से 1335) का ध्वन्यांकन दिनांक 21.12.1996 के मुख्य ध्वन्यांकन के समय छूट गया था।
26. अंडा।
27. नीबू।

	अरग फुली बले दादा थिपाय	शुद्ध मदिरा दादा टपकाता
	अरग फुली दादा थिपाय	शुद्ध मदिरा दादा टपकाता
	"सुना-सुना" बले दादा	"सुनो-सुनो" कहता दादा
	"सुना-सुना" बले	"सुनो-सुनो" कहता
	"सात आगर सात कोड़ी	"एक सौ सैंतालीस
	कयनाकोडो आसास	जल-कन्याओं हो
	तुमचो पुजा के देयँ" बले	तुम्हारी पूजा करता हूँ" कहता
	"होम-आरती देयँ"	"होम-आरती करता हूँ"
	पइँया पड़ुन जाय दादा	उन्हें प्रणाम कर जाता दादा
	हात जोड़ुन जाय	हाथ जोड़ जाता
1587b	"सुना दादा रे गाँयता लोग	"सुनो हे दादा गाँयता
	सुना दादा पुजारी लोग	सुनो हे दादा पुजारी
	माँडो मारुन दिया दादा	माँडो[28] ला दो हे दादा
	माँडो मारुन दिया"	माँडो ला दो"
	गाँयता दादा सुने बाबा	गाँयता दादा सुनता बाबा
	पुजारी दादा सुने	पुजारी दादा सुनता
	दार-चाउर धरे दादा	दाल-चावल लेता दादा
	खाँदे टयँगा धरे	कन्धे पर कुल्हाड़ी रखता
	धँगड़ा रासी सँगे जाय दादा	नवयुवकों के सँग जाता दादा
	सेतबन ने जाय	सेतबन में जाता
	हेतबन ने जाय दादा	हेतबन में जाता दादा
	बिंदराबने जाय	बिंदराबन में जाता
	माँडो-डेरी दखे दादा	माँडो का खम्भा देखता दादा
	माँडो-पाटी दखे	माँडो की पाटी देखता
	"एई डेरी होयदे" बले	"यही खम्भा बनेगा" कहता
	"एई पाटी होयदे	"यही पाटी बनेगा
	एकेय गोंदुन जायँ" बले	इसे ही काट जाऊँ" कहता
	हाते टयँगा धरे	हाथ में कुल्हाड़ी लेता
	हरदी-चाउर फेके दादा	हल्दी-चावल अर्पित करता दादा
	मँजी-डेरी गोंदे	बीच का खम्भा काटता
	नव ठन डेरी गोंदे दादा	नौ खम्भे काटता दादा
	नव ठन पाटी गोंदे	नौ पाटियाँ काटता
	डोरी हिरयाउन जाय दादा	छाल से रस्सी बनाता दादा
	भारा बाँदुन जाय	वह गट्ठर बाँध जाता
1587c	माँडो बोहुन दादा जाय	माँडो की लकड़ी उठाता दादा
	माँडो बोहुन दादा जाय	माँडो की लकड़ी उठाता दादा

28. माँडो : मण्डप बनाने के लिये महुआ और सरगी (साल) की टहनियाँ।

नव खंड माहाले नेय दादा	नौ खण्डा महल में ले जाता दादा
भाटा ने नेउन उबाय	मैदान में ले जा कर रखता
मेंगइन रानी दखे बाबा	मेंगइन रानी देखती बाबा
हरबर तियार होय	झटपट तैयार होती
कलस-दिया बारे रानी	कलश-दीप जलाती रानी
परला ने महुड़ धरे	परला में मुकुट लेती
तेल-हरदी धरे रानी	तेल-हल्दी लेती रानी
तेल-हरदी धरे	तेल-हल्दी लेती
हाँडी ने हरदी रानी धरे	हण्डी में हल्दी रानी लेती
मुँड ओड़नी रानी देय	सिर पर ओढ़नी रानी रखती
मुँडे कलस बोहे रानी	सिर पर कलश रखती रानी
नोनी के काय बले	नोनी से क्या कहती
"माँडो पड़घाउक जावँ नोनी	"माँडो का स्वागत करने जायें नोनी
माँडो पड़घाउक जावँ"	माँडो का स्वागत करने जायें"
धँगड़ी रासी सँगे जाय रानी	नवयुवतियों के सँग जाती रानी
गाँयता-पुजारी लगे जाय	गाँयता-पुजारी के पास जाती
बजनेया-मोहरेया सँगे जाय रानी	बजनेया-मोहरेया के सँग जाती रानी
बजनेया-मोहरेया सँगे जाय	बजनेया-मोहरेया के सँग जाती
माँडो लगे जाय रानी	माँडो[29] के पास जाती रानी
मुँड चो कलस उतराय	सिर का कलश उतारती
झारी पानी धरे रानी	झारी में पानी लेती रानी
अजिक असन जतनाय	थोड़ी सफाई करती
माँडो उबाउन जाय दादा	माँडो रख जाता है दादा
माँडो उबाउन जाय	माँडो वह रख जाता
1587d झारी पानी बले रानी धरे	झारी पानी रानी लेती
माँडो के पाँय रानी धोआय	माँडो के पाँव धुलाती रानी
गाँयता दादा दखे बाबा	गाँयता दादा देखता बाबा
पुजारी दादा दखे	पुजारी दादा देखता
होम-आरती देय दादा	होम-आरती करता दादा
पइँया पड़ुन जाय	वह प्रणाम कर जाता
हाते मउड़ धरे दादा	हाथ में मुकुट लेता दादा
माँडो के मउड़ बाँदे	माँडो को मुकुट बाँधता
होम-आरती देय दादा	होम-आरती करता दादा
अगरबती जलाय	अगरबत्ती जलाता
दुली-पुतरी मँडाय दादा	दुल्हन की पुतली रखता दादा
तेल-हरदी मँडाय	तेल-हल्दी रखता

29. मण्डप की लकड़ी। महुआ-पेड़ की टहनी जिसे मण्डप के बीच में तथा चारों कोनों में गाड़ा जाता है।

	माँडो के तेल चेगाय दादा	माँडो को तेल चढ़ाता दादा
	माँडो के तेल चेगाय	माँडो को तेल चढ़ाता
	राजा-रानी चेगात बाबा	राजा-रानी चढ़ाते बाबा
	राजा-रानी चेगात	राजा-रानी चढ़ाते
	माँडो पड़घाउन रानी जाय	माँडो का स्वागत रानी करती
	माँडो पड़घाउन रानी जाय	माँडो का स्वागत रानी करती
	माँडो बोहुन जाय दादा	माँडो उठा जाता दादा
	माँडो बोहुन जाय	माँडो उठा जाता
	नव खँड माहाले नेय दादा	नौ खण्डा महल में ले जाता दादा
	माँडो कचाडुन जाय	माँडो रख जाता
	हाते कुस धरे दादा	हाथ में सब्बल लेता दादा
	आरती-आइग धरे	आरती-आग लेता
	जागारानी के सुमरे दादा	जगह रानी को सुमरता दादा
	धरती माता के सुमरे	धरती माता को सुमरता
1587e	हाते कुस बले दादा धरे	हाथ में सब्बल दादा लेता
	हाते कुस दादा धरे	हाथ में सब्बल दादा लेता
	मँजी खोदरा खने दादा	बीच में गड्ढा करता दादा
	मँजी खोदरा खने	बीच में गड्ढा करता
	खोदरा खनुन सारे दादा	गड्ढा कर जाता दादा
	खोदरा खनुन सारे	वह गड्ढा कर जाता
	दार-चाउर फेके दादा	दाल-चावल अर्पित करता दादा
	आमा-तोरन बाँदे	आम का तोरण बाँधता
	मँजी डेरी गाड़े दादा	बीच का खम्भा गाड़ता दादा
	नव ठन खोदरा खनोत	नौ गड्ढे खोदते
1587f	माँडो गाडुन दादा जाय	माँडो गाड़ जाता दादा
	माँडो गाडुन दादा जाय	माँडो गाड़ जाता दादा
	मेंगइन रानी दखे बाबा	मेंगइन रानी देखती बाबा
	मेंगराजा दखे	मेंगराजा देखता
	पाँच पयली चाउर जोड़े	पाँच पायली चावल लेता
	दुय सोली दार	दो सोली दाल
	मुँडबाँदा धरे राजा	मुँडबाँधा[30] ले लेता राजा
	मुठा रुपया धरे	मुट्ठी भर रुपये लेता
	गाँयता-बिदा के देय राजा	गाँयता को विदा करता राजा
	पुजारी-बिदा देय	पुजारी को विदा करता
	"एई ने मानुन जाहा दादा	"इतने में ही मान जायें दादा
	देऊक नईं सकें"	मैं अधिक नहीं दे सकता"

30. सिर पर बाँधने का कपड़ा। साफा।

	"इतरोय देतो बले आय राजा	"इतना ही दिया जाता है राजा
	कोन आगर देसोत!"	कौन भला अधिक देता है!"
1587g	"सुना नोनी धँगड़ी रासी	"सुनो हे नोनी नवयुवतियों
	सुना बाबा धँगड़ी रासी	सुनो बाबा नवयुवतियों
	नोनी के नाहाउन दिया नोनी	नोनी को नहला दो हे नोनी
	कोरुन-गाथुन दिया	उसे कंघी कर दो
	पाटा बेनी गाथा नोनी	पीछे की वेणी गूँथो नोनी
	नवा लुगा पिंदावा"	नयी साड़ी पहनाओ"
	धँगड़ी रासी सुनोत बाबा	नवयुवतियाँ सुनतीं बाबा
	झारी पानी धरोत	झारी पानी लेतीं
	रानी के नाहाउन देत नोनी मन	रानी को नहला देतीं नोनी
	रानी के नाहाउन देत	रानी को नहला देतीं
	तेल घसुन देत नोनी	तेल चुपड़ देतीं नोनी
	नवा लुगा पिंदात	नयी साड़ी पहनातीं
	माँडो सराउन जात नोनी	माँडो लीप जातीं नोनी
	माँडो ने बाना लिखोत	माँडो में बाना लिखतीं
	कलस-दिया बारोत नोनी	कलश-दीप जलातीं नोनी
	कलस-दिया बारोत	कलश-दीप जलातीं
	तैंतिस कोटी बले बाजा बाजे	तैंतीस कोटि बाजे बजते
	बाइस कोटी मोहरी बाजे	बाईस कोटि मोहरी बजतीं
	धँगड़ा माँदर मारोत बाबा	नवयुवक माँदर बजाते बाबा
	धँगड़ी रिलो गाओत	नवयुवतियाँ रिलो गातीं
	डुमर-मुँडा बाजे बाबा	डुमर-मुँडा में बजता बाबा
	गोपपुरे बाजे	गोपपुर में बजता
	कुडुमछुटुन जाय बाबा	जोर-शोर से बजता बाबा
	कुडुमछुटुन जाय	जोर-शोर से बजता
1587h	"सुना राजा मेंगराजा	"सुनिये राजा मेंगराजा
	सुना राजा मेंगराजा	सुनिये राजा मेंगराजा
	नोनी के मउड़ बाँदा राजा	नोनी को मुकुट बाँधें राजा
	नोनी के मउड़ बाँदा"	नोनी को मुकुट बाँधें"
	मेंगराजा सुने बाबा	मेंगराजा सुनता बाबा
	हाते मउड़ धरे	हाथ में मुकुट लेता
	गाँयता-पुजारी सँगे जाय राजा	गाँयता-पुजारी के सँग जाता राजा
	माँजी-मुकासी सँगे जाय	माँझी-मुखासी के सँग जाता
	नोनी चो पुरे उबे राजा	नोनी के सामने खड़ा होता राजा
	चार खुट पइँया पड़े	चारों दिशाओं को प्रणाम करता
	राजा चो हात धरोत दादा	राजा का हाथ पकड़ते दादा

	राजा चो हात धरोत	राजा का हाथ पकड़ते
	बेटी के महुड़ बाँदे राजा	बेटी को मुकुट बाँधता राजा
	बेटी के महुड़ बाँदे	बेटी को मुकुट बाँधता
1587i	तेल-हरदी रानी धरे	तेल-हल्दी रानी लेती
	तेल-हरदी रानी धरे	तेल-हल्दी रानी लेती
	नोनी चो हात धरे रानी	नोमी का हाथ पकड़ती रानी
	बाना ने नेउन उबाय	बाना में ले जा कर खड़ा करती
	नोनी के काय बले रानी	नोनी से क्या कहती रानी
	"सुना नोनी" बले	"सुनो हे नोनी" कहती
	"हात धरा-धरी होआ नोनी	"आपस में हाथ पकड़ो नोनी
	भुँआर बुलुन जाहा	भाँवर[31] घूम जाओ
	भुँआर-गित गावा नोनी	भाँवर के गीत गाओ नोनी
	गित गावतो आय"	गीत गाना है"
	धँगड़ी रासी सुनोत बाबा	नवयुवतियाँ सुनतीं बाबा
	भुँआर बुलुन जात	वे फेरे लगा जातीं
	भुँआर-गित गाओत नोनी मन	भाँवर-गीत गातीं नोनी
	भुँआर-गित गाओत	भाँवर का गीत गातीं
1587j	"जावँ-जावँ रानी माहालखी	"चलो-चलो रानी माहालखी
	जावँ-जावँ रानी माहालखी	चलो-चलो रानी माहालखी
	मँजपुरे बले जावँ रानी	मँजपुर को चलो रानी
	मँजपुरे जावँ	मँजपुर को चलो
	बजनेया-मोहरेया सँगे जावँ रानी	बजनेया-मोहरेया के सँग चलो रानी
	फउद-फटाका सँगे जावँ"	फौज-पटाखे के सँग चलो"
	जाओत रानी माहालखी	जातीं रानी माहालखी
	जाओत रानी माहालखी	जातीं रानी माहालखी
	डुमर-मुँडा छाँडोत रानी	डुमर-मुँडा छोड़तीं रानी
	गोपपुर छाँडोत	गोपपुर छोड़तीं
	बजनेया-मोहरेया सँगे जात रानी	बजनेया-मोहरेया के सँग जातीं रानी
	फउद-फटाका सँगे जात	फौज-पटाखे के सँग जातीं
	मेंगइन परछन करे रानी के	मेंगइन स्वागत करती रानी का
	गइरा दुद छिचे	गइरा दूध छिड़कता
	मेंग होम बले देय रानी के	मेंग होम देता रानी को
	मालिन फुल छिचे	मालिन फूल बिखेरती
	गाँयता घड़ी लिखे रानी के	गाँयता घड़ी[32] लिखता रानी के लिये
	गाँयतिन पाँय धोआय	गाँयतिन पाँव धुलाती

31. फेरा।
32. चावल के आटे से जमीन पर गोलाकृति बनाना घड़ी लिखना कहलाता है।

	जाओत रानी माहालखी	जातीं रानी माहालखी
	जाओत रानी माहालखी	जातीं रानी माहालखी
	खेलते-बुलते जात रानी	खेलती-घूमती जातीं रानी
	हालते-डोलते जात	हिलते-डुलते जातीं
	कोसक-दापक रेंगोत रानी	कोस-दाब भर चलतीं रानी
	एक कलाट मारोत	लम्बे डग वे भरतीं
1587k	"सुना रानी मेंगइन	"सुनो रानी मेंगइन
	सुना रानी मेंगइन	सुनो रानी मेंगइन
	तिनपुरे बुल्लास रानी	तीनों लोकों में घूमीं रानी तुम
	मँजपुरे इलास	मँजपुर में तुम आयीं
	नाना पयकार होलास रानी	नाना उपाय किये हे रानी
	बाना-बिसा होलास	कई कष्ट सहे हैं
	परछन करते निया रानी	स्वागत करते ले जाओ रानी
	चाटते-चुमते निया	चाटते-चूमते ले जाओ
	गोटोक बेटी आय रानी	एक ही बेटी है हे रानी
	पिला बेटी आय"	वह नन्हीं बिटिया है"
	सरसती की कमलाबती	सरसती और कमलाबती
	सरसती कमलाबती	सरसती और कमलाबती
	इसवर-पारबती बाबा	इसवर-पारबती हैं बाबा
	मँजी ने लछमिपती	बीच में लछमी के पति
	लखी सँगे आसोत रानी	लखी के सँग हैं रानी
	हुन लखी सँगे आसोत	वे लखी के सँग हैं
	चाटते-चुमते नेसोत रानी के	चाटते-चूमते ले जाते रानी को
	चाटते-चुमते नेसोत	चाटते-चूमते ले जाते
	"हरना उछट मारा रानी	"हिरनों-सी चौकड़ी भरो हे रानी
	बाग झोपी रेंगा	बाघ की तरह तुम चलो
1587l	"हालो रानी कान चो कुँडल	"हिलें रानी कान के कुण्डल
	हालो रानी बाँहा चो बाजुबँद	हिलें रानी बाँहों के बाजूबन्ध
	ककनी गुजरी हालो रानी	ककनी गुजरी हिलें हे रानी
	कनिया-करधन बाजो	कमर-करधनिया बाजे
	रुमझुम पँयड़ी बाजो रानी	रुमझुम पायल बाजे रानी
	तुमचो रुमझुम पँयड़ी बाजो	तुम्हारी रुमझुम पायल बाजे
	हरना उछट मारा रानी	हिरनों-सी चौकड़ी भरो हे रानी
	बाग झोपी रेंगा"	बाघ की तरह तुम चलो"
	माहालखी चो जातो बाटे	माहालखी की राह में
	माहालखी चो जातो बाटे	माहालखी की राह में
	सोन चो बरसा बरसे बाबा	सोने की वर्षा होती बाबा

फुल चो बरसा बरसे	फूलों की वर्षा होती
रजमय खेलते जात रानी	प्रसन्नता पूर्वक जातीं रानी
रजमय खेलते जात	प्रसन्नता पूर्वक जातीं
मेंगइन परछन करे रानी के	मेंगइन स्वागत करती रानी का
मेंग होम देय	मेंग होम देते
गइरा दुद छिंचे रानी के	गइरा दूध छिड़कता रानी पर
मालिन फुल छिंचे	मालिन फूल बिखेरे
गाँयता घड़ी बले देय रानी के	गाँयता घड़ी लिखता रानी के लिये
गाँयतिन पाँय धुआय	गाँयतिन पाँव धुलाती
खेलते-बुलते जात रानी	खेलती-घूमती जातीं रानी
नाचते-कुदते जात	नाचती-कूदती जातीं
आया-बाबा सँगे जात रानी	माता-पिता के सँग जातीं रानी
बजनेया-मोहरेया सँगे जात	बजनेया-मोहरेया के सँग जातीं
चेलिक धँगड़ी सँगे जात रानी	नवयुवतियों के सँग जातीं रानी
चेलिक धँगड़ी सँगे जात	नवयुवतियों के सँग जातीं
रुमझुम-रुमझुम रेंगोत रानी	जल्दी-जल्दी चलतीं रानी
एक कलाट मारोत	लम्बे डग वे भरतीं
1587m दखोत नोनी मँजपुरिन	देखतीं नोनी मँजपुरिन
दखोत बाई मँजपुरिन	देखतीं बाई मँजपुरिन
रानी चो जातो के दखोत नोनी	रानी को जाते देखतीं नोनी
"रानी जासोत" बलोत	"रानी जातीं" कहतीं
सेवा-जोड़ा धरोत बाई मन	सेवा-सामग्री लेतीं बाई
पुजा-जोड़ा धरोत	पूजा-सामग्री लेतीं
धाएँ-धुपे पराते जात बाई	दौड़ती-भागती जातीं बाई
लखी के सेवा करोत	लखी की सेवा करतीं
होम-आरती देत बाई	होम-आरती करतीं बाई
पइँया पड़ुन जात	वे प्रणाम कर जातीं
1587n "गऊ-धन बाई लखेपती	"लाखों गऊ-धन हे बाई
गऊ-धन लखेपती	लाखों गऊ-धन हे बाई
परापत जाओ बाई	मिले तुम्हें हे बाई
अन-धन होओ	अन्न-धन मिले
बारा भँडार भरो बाई तुचो	बारह भण्डार तुम्हारे भरें बाई
चुड़ी अमर रहो	चूड़ी अमर रहे
सिरे सेंदुर रहो बाई	सिर में सिन्दूर रहे बाई
जिव भर सुखी ने रा	जीवन भर सुख से रहो
जिव रत ले खा बाई	जीवन भर सुखी रहो बाई
जिव रत ले खा	जीवन भर सुखी रहो

	तुके जमराजा छाँडो बाई	तुम्हें यम राजा छोड़ दे बाई
	बरमा-बिसनू नेओ	बरमा-बिसनु ले जायें
	ठाकुर-दुआरे जा बाई	ठाकुर-द्वार में जा बाई
	भगवान-दुआरे जा"	भगवान-द्वार में जा"
1587o	जाओत रानी माहालखी	जातीं रानी माहालखी
	जाओत रानी माहालखी	जातीं रानी माहालखी
	खोरे-खोरे बले जात रानी	अली-गली से जातीं रानी
	डाँडे-डाँडे जात	अली-गली से जातीं
	रुमझुम-रुमझुम रेंगोत रानी	जल्दी-जल्दी चलतीं रानी
	एक कलाट मारोत	लम्बे डग वे भरतीं
	मेंगइन परछन करे रानी के	मेंगइन स्वागत करती रानी का
	मेंग होम देय	मेंग होम देता
	गइरा दुद छिचे रानी के	गइरा दूध छिड़कता रानी पर
	मालिन फुल छिचे	मालिन फूल बिखेरे
	गाँयता घड़ी लिखे रानी के	गाँयता घड़ी लिखता रानी के लिये
	गाँयतिन पाँय धोआय	गाँयतिन पाँव धुलाती
1587p	"जावँ-जावँ रानी माहालखी	"चलो-चलो रानी माहालखी
	जावँ-जावँ रानी माहालखी	चलो-चलो रानी माहालखी
	हरिक मन ने जावँ रानी	प्रसन्नता पूर्वक चलो रानी
	हरिक मन ने जावँ	प्रसन्नता पूर्वक चलो
	हरना उछट मारा रानी	हिरनों-सी चौकड़ी भरो रानी
	बाग झोपी रेंगा"	बाघ की तरह चलो"
	बजनेया-मोहरेया सँगे जात रानी	बजनेया-मोहरेया के सँग जातीं रानी
	फउद-फटाका सँगे जात	फौज-पटाखे के सँग जातीं
	सरसती की दुरपती	सरसती और दुरपती
	सरसती-दुरपती	सरसती और दुरपती
	मँजी लछमिपती बाबा	बीच में लछमी-पति बाबा
	इसवर-पारबती	इसवर-पारबती
	रानी सँगे आसोत बाबा	रानी के सँग हैं बाबा
	रानी सँगे आसोत	रानी के सँग हैं
	चाटते-चुमते नेसोत रानी के	चाटते-चूमते ले जाते रानी को
	आगे-पाछे आसोत	वे आगे-पीछे हैं
1587q	दखोत बाई मन मँजपुरिन	देखतीं बाई मँजपुरिन
	दखोत बाई मन मँजपुरिन	देखतीं बाई मँजपुरिन
	"रानी जासोत" बलोत बाई मन	"रानी जातीं" कहतीं बाई
	"रानी जासोत" बलोत	"रानी जातीं" कहतीं
	सेवा-जोड़ा धरोत बाई मन	सेवा-सामग्री लेतीं बाई

	पुजा-जोड़ा धरोत	पूजा-सामग्री लेती
	धाएँ-धुपे पराते जात बाई	दौड़ती-भागती जातीं बाई
	लखी के सेवा करोत	वे लखी की सेवा करतीं
	होम-आरती देत बाई	होम-आरती देतीं बाई
	पइँया पड़ुन जात	वे प्रणाम कर जातीं
	"काईं बले अगिया देदे" बलोत	"कुछ तो वरदान देंगी" कहतीं
	"काईं बले बरदान देदे"	"कुछ तो वरदान देंगी"
1587r	"गऊ-धन बाई लखेपती	"लाखों गऊ-धन बाई
	गऊ-धन लखेपती	लाखों गऊ-धन बाई
	परापत जाओ बाई	तुम्हें मिले हे बाई
	तुचो जोड़ी गदया भरो	तुम्हारे दोनों भण्डार भरे रहें
	गदया झलकुन जाओ बाई	भण्डार से भी अधिक धन हो बाई
	सोनर खमा लगो	सोने के खम्भे लगें
	चुड़ी अमर रहो बाई	चूड़ी अमर रहे हे बाई
	तुचो सिरे सेंदुर रहो	तुम्हारे सिर में सिन्दूर रहे
	जिव भर सुखी ने रा बाई	जीवन भर सुख से रहो बाई
	जिव रत ले खा	जीवन भर सुख से रहो
	जमराजा छाँडो बाई	यमराजा तुम्हें छोड़े हे बाई
	बरमा-बिसनू नेओ"	बरमा-बिसनु ले जायें"
1587s	"जावँ-जावँ रानी माहालखी	"चलो-चलो रानी माहालखी
	जावँ-जावँ रानी माहालखी	चलो-चलो रानी माहालखी
	रुमझुम-रुमझुम रेंगा रानी	जल्दी-जल्दी चलो हे रानी
	एक कलाट मारा	लम्बे डग भरो
	सेवा-बेरा होयदे रानी	सेवा का समय हो जायेगा रानी
	पुजा-बेरा होयदे	पूजा का समय हो जायेगा
	बेरा झुकुन जायदे रानी	समय निकल जायेगा रानी
	टाइम[33] झुकुन जायदे	समय निकल जायेगा
	हरना उछट मारा रानी	हिरनों-सी चौकड़ी भरो रानी
	बाग झोपी रेंगा"	बाघ की चाल से चलो"
	मेंगइन रानी बले परछन करे	मेंगइन रानी स्वागत करती
	मेंगराजा होम दय[34]	मेंगराजा होम देता
	गइरा दुद छिचे रानी के	गइरा दूध छिड़कता रानी पर
	मालिन फुल छिचे	मालिन फूल बिखेरती
	गाँयता घड़ी लिखे रानी के	गाँयता घड़ी लिखता रानी के लिये
	गाँयतिन पाँय धोआय	गाँयतिन पाँव धुलाती

33. नगरीय प्रभाव के कारण अंग्रेजी का 'टाईम' शब्द इसी अर्थ में ग्रहण कर लिया गया है।
34. दय : मूल ध्वनि 'देय'।

	रुमझुम-रुमझुम रेंगोत रानी	जल्दी-जल्दी चलतीं रानी
	एक कलाट मारोत	लम्बे डग वे भरतीं
587t	“मेंगराजा चो गोटोक बेटी	“मेंगराजा की एक बेटी
	मेंगइन रानी चो गोटोक बेटी	मेंगइन रानी की एक बेटी
	तिनपुर सुँदरी आय रानी	तीनों लोकों में सुन्दर है रानी
	बड़ा लाडरी आय	वह बहुत दुलारी है
	कयमय-कयमय दखिस रानी	जगमग-जगमग दिखती हो रानी
	झयमय-झयमय दखिस	बहुत ही सुन्दर दिखती हो
	हालो रानी तुचो मुँड चो गुबिया	हिले रानी तुम्हारे सिर का गुबिया
	हालो रानी कान चो खिलवाँ	हिले रानी कान का खिलवाँ
	कपारे टिकली हालो रानी	माथे में टिकली हिले रानी
	कान चो कुँडल हालो	कान के कुण्डल हिलें
	टोडरा-गरलखी हालो रानी	गले का हार हिले हे रानी
	बाँहा चो बाजुबँद हालो	बाँहों के बाजूबन्ध हिलें
	ककनी-गुजरी हालो रानी	ककनी-गुजरी हिले रानी
	कनिया-करधन हालो	कमर-करधनिया हिले
	पाँय चो पँयड़ी हालो रानी	पाँवों की पायल हिले रानी
	पाँयर बिछिया हालो”	पाँवों की बिछिया हिले
587u	जाओत रानी माहालखी	जातीं रानी माहालखी
	जाओत रानी माहालखी	जातीं रानी माहालखी
	खोरे-खोरे बले जात रानी	अली-गली से जातीं रानी
	डाँडे-डाँडे जात	वे अली-गली से जातीं
	आया-बाबा सँगे जात रानी	माता-पिता के सँग जातीं रानी
	फउद-फटाका सँगे जात	फौज-पटाखे के सँग जातीं
	मान्दर-ढुडरा सँगे जात रानी	मान्दर-ढुडरा के सँग जातीं रानी
	चेलिक धँगड़ी सँगे जात	नवयुवतियों के सँग जातीं
	माहालखी चो जातो बाटे	माहालखी की राह में
	माहालखी चो जातो बाटे	माहालखी की राह में
	फुल चो बरसा बरसे रानी के	फूल की वर्षा होती रानी पर
	सोन चो बरसा बरसे	सोने की वर्षा होती
	रजमय खेलते जात रानी	प्रसन्नता पूर्वक जातीं रानी
	रजमय खेलते जात	प्रसन्नता पूर्वक जातीं
587v	दखोत बाई मँजपुरिन	देखतीं बाई मँजपुरिन
	दखोत बाई मँजपुरिन	देखतीं बाई मँजपुरिन
	सेवा-जोड़ा धरोत बाई मन	सेवा-सामग्री लेतीं बाई
	पुजा-जोड़ा धरोत	पूजा-सामग्री लेतीं
	धाएँ-धुपे पराते जात बाई	दौड़ती-भागती जातीं बाई

	लखी के सेवा करोत	वे लखी की सेवा करतीं
	होम-आरती देत बाई मन	होम-आरती करतीं बाई
	पइँया पड़ुन जात	वे प्रणाम कर जातीं
	"काईं बले अगिया देदे" बलोत	"कुछ तो वरदान देंगी" कहतीं
	"काईं बले बरदान देदे"	"कुछ तो वरदान देंगी"
1587w	"गऊ-धन बाई लखेपती	"लाखों गऊ-धन बाई
	गऊ-धन लखेपती	लाखों गऊ-धन
	परापत जाओ बाई	तुम्हें मिले हे बाई
	तुचो अन-धन होओ	तुम्हें अन्न-धन मिले
	जोड़ी गदया भरो बाई	दोनों भण्डार भरे हे बाई
	तुचो गदया झलकुन जाओ	तुम्हारे भण्डार से भी अधिक धन हो जाए
	ओना-कोना रहो बाई	कोने-कोने भर जायें बाई
	सोनर खमा लगो	सोने के खम्भे लगें
	चार खुट दिया जलो बाई	चारों ओर दीये जलें हे बाई
	चार खुट दिया जलो	चारों ओर दीये जलें
	बेटा चो राज बले कर बाई	बेटे की कमाई खा हे बाई
	तुके नाती धन होओ	तुम्हारे कई पोते हों
	हरी-खँगी बाई होली जाले	तुम्हारे मर जाने पर बाई
	हरी-खँगी होली जाले	तुम्हारे मर जाने पर
	गँगा हाड़ नेओ बाई	वह गंगा में अस्थि विसर्जित करे बाई
	गँगा हाड़ नेओ	गंगा में अस्थि विसर्जित करे
	ठाकुर-दुआरे जा बाई	ठाकुर-द्वार में जाओ बाई
	गँगा-पार हो	तुम गंगा लाँघ जाओ
	जिव भर सुखी ने रा बाई	जीवन भर सुख से रहो बाई
	जिव रत ले खा"	जीवन भर सुख से रहो"
1587x	जाओत रानी माहालखी	जातीं रानी माहालखी
	जाओत रानी माहालखी	जातीं रानी माहालखी
	रुमझुम-रुमझुम रेंगोत रानी	जल्दी-जल्दी चलतीं रानी
	एक कलाट मारोत	लम्बे डग वे भरतीं
	बजनेया-मोहरेया सँगे जात रानी	बजनेया-मोहरेया के सँग जातीं रानी
	मँदरेया-ढोडरेया सँगे जात	माँदर-ढुडरा वालों के सँग जातीं
	फउद-फटाका सँगे जात रानी	फौज-पटाखे के सँग जातीं रानी
	जोड़ी गुरुमायँ सँगे जात	दोनों गुरुमाओं के सँग जातीं
	रमायन पढ़ते नेत गुरुमायँ	रमायन पढ़ते ले जातीं गुरुमायें
	भजन गावते नेत	भजन गातीं ले जातीं
	जाओत रानी माहालखी	जातीं रानी माहालखी
	जाओत रानी माहालखी	जातीं रानी माहालखी

	बड़ा उरामे जात रानी	बड़े आराम से जातीं रानी
	बड़ा उरामे जात	बहुत आराम से जातीं
	मेंगराजा चो गोटोक बेटी	मेंगराजा की एक बेटी
	मेंगइन रानी चो गोटोक बेटी	मेंगइन रानी की एक बेटी
	तिनपुर सुँदरी आत रानी	बहुत ही सुन्दर हैं रानी
	बड़ा लाडरी आत	बड़ी दुलारी हैं
	कयमय-कयमय दखे रानी	जगमग-जगमग दिखती रानी
	झयमय-झयमय दखे	वह जगमग-जगमग दिखती
1587y	मेंगइन रानी बले परछन करे	मेंगइन रानी स्वागत करती
	मेंगराजा होम देय	मेंगराजा होम देता
	मालिन फुल छिचे रानी के	मालिन फूल बिखेरती रानी पर
	गइरा दुद छिचे	गइरा दूध छिड़कता
	गाँयता घड़ी लिखे रानी के	गाँयता घड़ी लिखता रानी की राह में
	गाँयतिन पाँय धोआय	गाँयतिन पाँव धुलाती
	कोसक-दापक रेंगोत रानी	कोस-दाब भर चलतीं रानी
	एक कलाट मारोत	लम्बे डग वे भरतीं
	सरसती की दुरपती	सरसती और दुरपती
	सरसती दुरपती	सरसती और दुरपती
	इसवर-पारबती बाबा	इसवर-पारबती बाबा
	मँजी लछमिपती	बीच में लछमी-पति
	आगे-पाछे आसोत रानी चो	आगे-पीछे हैं रानी के
	पुरे-पाठे आसोत	आगे-पीछे हैं
	चाटते-चुमते नेसोत रानी के	चाटते-चूमते ले जाते रानी को
	बड़ा लाड़ ने नेसोत	बड़े लाड़ से ले जाते
1587z	बजनेया-मोहरेया सँगे रानी जाय	बजनेया-मोहरेया के सँग रानी जाती
	फउद-फटाका सँगे रानी जाय	फौज-पटाखे के सँग रानी जाती
	जोड़ी गुरुमायँ सँगे जाय रानी	दोनों गुरुमाओं के सँग जाती रानी
	आया-बाबा सँगे जाय	माता-पिता के सँग जाती
	रमायन पढ़ते नेत गुरुमायँ	रमायन पढ़ते ले जातीं गुरुमायें
	भजन गावते नेत	भजन गाती ले जातीं
	"हरना उछट मारा रानी	"हिरनों-सी चौकड़ी भरो रानी
	बाग झोपी रेंगा	बाघ जैसे चलो
	हालो रानी मुँड चो गुबिया	हिले रानी सिर की गुबिया
	हालो रानी कान चो कुँडल	हिलें रानी कान के कुण्डल
	बाँहा चो बाजुबँद हालो रानी	बाँहों के बाजूबन्ध हिलें रानी
	ककनी-गुजरी हालो	ककनी-गुजरी हिले
	कनिया चो करधन बाजो रानी	कमर-करधनिया बजें हे रानी

	तुमचो रुमझुम पयँड़ी बाजो	तुम्हारी रुमझुम पायल बाजे
	पाँयर बिछिया बाजो रानी	पाँव की बिछिया बाजे रानी
	पाँयर बिछिया बाजो"	पाँव की बिछिया बाजे"
1587aa	माहालखी चो जातो बाटे	माहालखी की राह में
	माहालखी चो जातो बाटे	माहालखी की राह में
	सोन चो बरसा बरसे बाबा	सोने की वर्षा होती बाबा
	फुल चो बरसा बरसे	फूलों की वर्षा होती
	रजमय खेलते जात रानी	प्रसन्नता पूर्वक जाती रानी
	रजमय खेलते जात	प्रसन्नता पूर्वक जाती
	"मेंगराजा चो नव खँड माहाल	"मेंगराजा का नौ खण्डा महल
	मेंगराजा चो नव खँड माहाल	मेंगराजा का नौ खण्डा महल
	आधा ने भरती होय रानी	आधे में ही भर जाता रानी
	आधा ने भरती होय	आधे में ही भर जाता
	आधा गदया आसे रानी	आधा भण्डार है रानी
694	आधा गदया आसे	आधा भण्डार है
	गदया भरती रा रानी	भण्डार भरा रहे हे रानी
	गदया भरती रा	भण्डार भरा रहे
	चार खुट दिया जले रानी	चारों दिशाओं में दीपक जलते रानी
	जिगजाग-बुगबाग बरे	जगमग-जगमग जलते
	सोनर झुलना आसे रानी	सोने का झूला है हे रानी
	रुपर धरना आसे	चाँदी की डोरी है
	अवभुल झुलना झुलसे रानी	खूब झूला झूलोगी रानी
	मतभुल झुलना झुलसे	खूब झूला झूलोगी
	आया-बाबा सँगे जावँ रानी	माता-पिता के सँग चलो रानी
	फउद-फटाका सँगे जावँ	फौज-पटाखे के सँग चलो
	हालते-डोलते जावँ रानी जे	हिलते-डुलते चलो रानी
	खेलते-बुलते जावँ"	खेलते-घूमते चलो"
1588	जाओत रानी माहालखी[35]	जातीं रानी माहालखी
	जाओत रानी माहालखी	जातीं रानी माहालखी
	डुमर-मुँडा छाँडोत रानी	डुमर-मुँडा छोड़तीं रानी
	गोपपुर छाँडोत	गोपपुर छोड़तीं
	बजनेया-मोहरेया सँगे जात रानी	बजनेया-मोहरेया सँग जातीं
	आया-बाबा सँगे जात	माता-पिता के सँग जातीं
	तिनपुरया सँगे जात रानी	तिनपुरिया के सँग जातीं रानी
	तिनपुरिन सँगे जात	तिनपुरिन के सँग जातीं
	राजा चो माहाले जात रानी	राजा के महल में जातीं रानी
	राजा चो माहाले जात	राजा के महल में जातीं

35. कैसेट क्रमांक 34बी जारी।

	मेंगराजा चो नव खँड माहाल	मेंगराजा का नौ खण्डा महल
	मेंगराजा चो नव खँड माहाल	मेंगराजा का नौ खण्डा महल
	जिगजाग-बुगबाग बरे बाबा	जगमग-जगमग दिखता बाबा
	कयमय-कयमय दखे	जगमग-जगमग दिखता
	आधा ने भरती रहोत रानी	आधे में भरी रहतीं रानी
	आधा ने भरती रहोत	आधे में भरी रहतीं
1589	"सुना काकी मेंगइन	"सुनिये काकी मेंगइन
	सुना काकी मेंगइन	सुनिये काकी मेंगइन
	मयँ भाटा ने डेरा आसें काकी	मैं मैदान में रुकी हुई हूँ काकी
	भाटा ने डेरा आसें	मैं मैदान में रुकी हुई हूँ
	दुला पड़घाउक जावँ काकी	दूल्हे का स्वागत करने जायें काकी
	दुला पड़घाउक जावँ"	दूल्हे का स्वागत करने जायें"
	मेंगइन रानी सुने बाबा	मेंगइन रानी सुनती बाबा
	हरबर जोड़ा जोड़े	झटपट तैयारी करती
	कलस-दिया बारे रानी	कलश-दीप जलाती रानी
	सेवा-जोड़ा धरे	सेवा-सामग्री लेती
	मुँड ओड़नी देय रानी	सिर पर ओढ़नी रखती रानी
	मुँडे कलस बोहे	सिर पर कलश रखती
	रुमझुम-रुमझुम रेंगे रानी	जल्दी-जल्दी चलती रानी
	एक कलाट मारे	लम्बे डग वह भरती
	जाय रानी मेंगइन	जाती रानी मेंगइन
	जाय रानी मेंगइन	जाती रानी मेगइन
	बाबू लगे बले जाय रानी	बाबू के पास जाती रानी
	बाबू लगे अमरे	बाबू के पास पहुँचती
	मुँड चो कलस उतराय रानी	सिर का कलश उतारती रानी
	हाते पोतनी धरे	हाथ में पोतनी लेती
	चार खुटेया लिपे रानी	चारों चौखाने लीपती रानी
	मँजी बाना लिखे	बीच में बाना लिखती
	चन्दन-काट मँडाय रानी	चन्दन का पीढ़ा रखती रानी
	मुँडे कलस बोहे	सिर पर कलश रखती
	भाचा चो हात धरे रानी	भान्जे का हाथ पकड़ती रानी
748	बाना ने नेउन उबाय	बाना में ले जा कर खड़ा करती
	झारी पानी धरे रानी	झारी में पानी लेती रानी
	पइँया धोआउन जाय	पाँव धुला जाती
	चाउर-टिका बले देय रानी	चावल का टीका लगाती रानी
	होम-आरती देय	होम-आरती करती
	लाड़-चुमा बले भाचा के चुमे	लाड़-भरा चुम्बन देती भान्जे को
	लाड़-चुमा भाचा के चुमे	लाड़-भरा चुम्बन देती

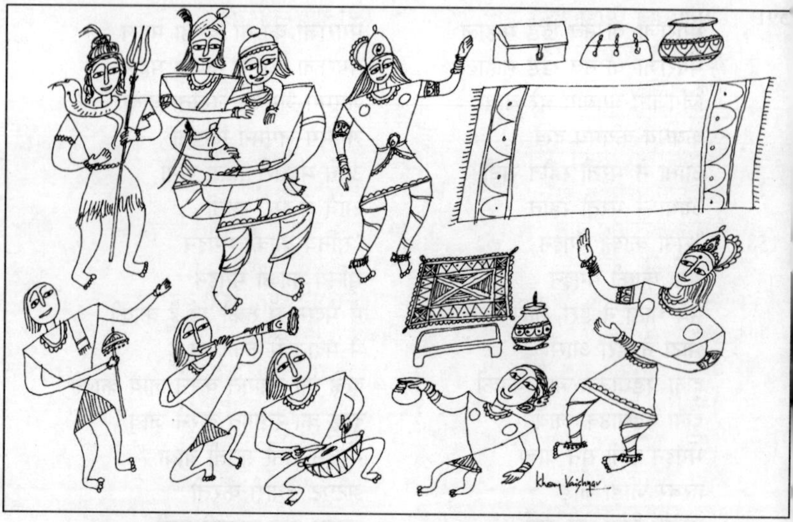

बुबू के पाँय पड़े राजा
दुला पड़घाउन जाय
दुला पड़घाउन सारे रानी
बाबू के काय बले
“भाई के खाँदगोड़ी चेगावा बाबू
दुली-माहाले निया”
बलराम ठाकुर सुने बाबा
बाबू के खाँदगोड़ी चेगाय
पिल-बगेचा छाँडोत राजा-रानी
पिल-बगेचा छाँडोत
दुली-माहाले बाबू नय[36]
दुली-माहाले बाबू नय
दुली-मसनी ओछाय रानी
बाबू के बसाउन जाय
एक डँडिक बसाय रानी
एक डँडिक बसाय
डारा-छापरे नेय रानी
बाबू के बसाउन जाय
बाबू के बसाउन रानी जाय
बाबू के बसाउन रानी जाय
काकी लगे बले जाय रानी
काका लगे जाय

बुबू के पाँव छूता राजा
दूल्हे का स्वागत करती
दूल्हे का स्वागत करती रानी
बाबू से क्या कहती
“भाई को कन्धे पर बिठाओ बाबू
दुल्हन के महल में ले जाओ”
बलराम ठाकुर सुनता बाबा
बाबू को कन्धे पर बिठाता
नन्हा बगीचा छोड़ते राजा-रानी
नन्हा बगीचा छोड़ते
दुल्हन के महल में बाबू ले जाता
दुल्हन के महल में बाबू ले जाता
दुल्हन की चटाई बिछाती रानी
बाबू को वह बिठाती
थोड़ी देर बिठाती रानी
थोड़ी देर बिठाती
डारा-छावन में ले जाती रानी
बाबू को बिठा जाती
बाबू को बिठा जाती रानी
बाबू को बिठा जाती रानी
काकी के पास जाती रानी
काका के पास जाती

36. नय : मूल ध्वनि ‘नेय’।

591 “सुना बाबू धँगड़ा रासी
सुना बाबू धँगड़ा रासी
सब जोड़ा धरा बाबू
डारा-छापरे निया”
धँगड़ा रासी सुनोत बाबा
सब जोड़ा धरोत
डारा-छापरे नेत बाबू
डारा-छापरे नेत
छापर भरती होय रानी चो
छापर भरती होय
काका के काय बले रानी
काकी के काय बले
“सुना काका मेंगराजा
सुना काकी मेंगइन
तेल-हरदी बाटूँ काकी
परला-बिछना बाटूँ
बिहाव-हाँडी बाटूँ काकी
करसा-रुखी बाटूँ”
राजा-रानी सुनोत बाबा
डारा-छापरे जात

“सुनो बाबू नवयुवकों
सुनो बाबू नवयुवकों
सारी सामग्री ले लो बाबू
डारा-छावन में ले चलो”
नवयुवक सुनते बाबा
सारी सामग्री लेते
डारा-छावन में ले जाते बाबू
डारा-छावन में ले जाते
छावन भर जाता रानी का
छावन भर जाता
काका से क्या कहती रानी
काकी से क्या कहती
“सुनिये काका मेंगराजा
सुनिये काकी मेंगइन
तेल-हल्दी बाँटें काकी
परला-बिछना बाँटें
विवाह की हण्डियाँ बाँटें काकी
कलसा-रुखी बाँटें”
राजा-रानी सुनते बाबा
डारा-छावन में जाते

592 सब जोड़ा बले रानी निकराय
सब जोड़ा रानी निकराय
तेल-हरदी बाटे रानी
परला-बिछना बाटे
करसा-रुखी बाटे रानी
बिहाव-मसनी बाटे
सब बाटुन जाय रानी
सब के बाटुन जाय
मेंगइन रानी धरे बाबा
नव खँड माहाले नेय
डारा-छापरे नेय रानी
डारा-छापरे नेय

सारी सामग्री रानी निकालती
सारी सामग्री रानी निकालती
तेल-हल्दी बाँटती रानी
परला-बिछना बाँटती
कलसा-रुखी बाँटती रानी
विवाह-चटाई बाँटती
सब-कुछ बाँट जाती रानी
सब-कुछ बाँट जाती
मेंगइन रानी लेती बाबा
नौ खण्डा महल में ले जाती
डारा-छावन में ले जाती रानी
डारा-छावन में ले जाती

593 “सुना बाबू धँगड़ा रासी
सुना बाबू धँगड़ा रासी
जोखा मारुन जाहा बाबू
राँदा राँदुन जाहा
माँडो-माँदी देवाँ बाबू
माँडो-माँदी देवाँ”

“सुनो बाबू नवयुवकों
सुनो बाबू नवयुवकों
जोखा बना डालो बाबू
भोजन तैयार कर डालो
माँडो का भोज देंगे बाबू
माँडो का भोज देंगे”

	धँगड़ा रासी सुनोत बाबा	नवयुवक सुनते बाबा
	जोखा मारुन जात	जोखा बना जाते
	आइग बारेया बारोत बाबू	कुछ लोग आग जला जाते
	पानी आनेया आनोत	कुछ लोग पानी लाते
	राँदा रँदेया राँदोत बाबू	कुछ लोग भोजन तैयार करते
	राँदा रँदेया राँदोत	कुछ लोग भोजन तैयार करते
	धँगड़ी पान आनोत बाबा	युवतियाँ पानी लातीं बाबा
	डोकरी दोना खिलोत	बूढ़ियाँ दोने सीतीं
1594	"सुना दादा रे गाँयता लोग	"सुनो हे दादा गाँयता
	सुना दादा पुजारी लोग	सुनो हे दादा पुजारी
	माँडो मारुन दे दादा	माँडो की लकड़ी ला दो दादा
	माँडो मारुन दे"	माँडो की लकड़ी ला दो"
	"देयँदे रानी" बले दादा	"ला दूँगा रानी" कहता दादा
	हरदी-चाउर धरे	हल्दी-चावल लेता
	खाँदे टयँगा धरे दादा	कन्धे में कुल्हाड़ी लेता दादा
	बिंदराबने जाय	बिंदराबन को जाता
	बिंदराबने अमरे दादा	बिंदराबन पहुँचता दादा
	हरदी-चाउर फेके	हल्दी-चावल अर्पित करता
	हाते टयँगा धरे दादा	हाथ में कुल्हाड़ी लेता दादा
	माँडो-डेरी गोंदे	माँडो का खम्भा काटता
	नव ठन डेरी गोंदे दादा	नौ खम्भे काटता दादा
	नव ठन पाटी गोंदे	नौ पाटियाँ काटता
	डोरी हिरयाउन जाय दादा	छाल से रस्सी बनाता दादा
	भारा बाँदुन जाय	वह गट्ठा बना जाता
	बिंदराबन छाँडे दादा	बिंदराबन छोड़ता दादा
	जाते-जाते जाय	चलता चला जाता
	रुमझुम-रुमझुम रेंगे दादा	जल्दी-जल्दी चलता दादा
	एक कलाट मारे	लम्बे डग वह भरता
	भाटा ने नेउन उबाय दादा	मैदान में ले जा कर रखता दादा
	पारबती रानी दखे	पारबती रानी देखती
1595	दखे रानी पारबती	देखती रानी पारबती
	दखे रानी पारबती	देखती रानी पारबती
	तेल-हरदी जोड़े रानी	तेल-हल्दी लेती रानी
	परला ने मउड़ धरे	परला में मुकुट रखती
	रोसई-चाउर जोड़े रानी	रसोई-चावल लेती रानी
	कलस-दिया बारे	कलश-दीप जलाती
	नोनी के काय बले रानी	नोनी से क्या कहती रानी
	"सुना नोनी" बले	"सुनो हे नोनी" कहती

"परला बोहुन जाहा नोनी	"परला उठा लो हे नोनी
परला बोहुन जाहा"	परला उठा लो"
धँगड़ी रासी सुनोत बाबा	नवयुवतियाँ सुनतीं बाबा
परला बोहुन जात	परला उठा जातीं
मुँड ओड़नी रानी देय	सिर पर ओढ़नी रानी रखती
मुँडे कलस रानी बोहे	सिर पर कलश रानी रखती
दादा के काय बले रानी	दादा से क्या कहती रानी
"सुना दादा" बले	"सुनो हे दादा" कहती
"माँडो पड़घाउक जावँ दादा	"माँडो का स्वागत करने जायें दादा
माँडो पड़घाउक जावँ"	माँडो का स्वागत करने जायें"
बजनेया-मोहरेया सँगे जाय रानी	बजनेया-मोहरेया के सँग जाती रानी
फउद-फटाका सँगे जाय	फौज-पटाखे के सँग जाती
काकी लगे जाय रानी	काकी के पास जाती रानी
काकी के काय बले	काकी से क्या कहती
"सुना काकी मेंगइन	"सुनिये काकी मेंगइन
सुना काकी मेंगइन	सुनिये काकी मेंगइन
हरबर जोड़ा जोड़ा काकी	झटपट तैयारी करें काकी
माँडो पड़घाउक जावँ"	माँडो का स्वागत करने चलें"
मेंगइन रानी सुने बाबा	मेंगइन रानी सुनती बाबा
हरबर जोड़ा जोड़े	झटपट तैयारी करती
कलस-दिया बारे रानी	कलश-दीप जलाती रानी
मुँडे कलस बोहे	सिर पर कलश रखती
धँगड़ी परला बोहोत बाबा	नवयुवतियाँ परला उठातीं बाबा
घर ले बाहिर होत	घर से बाहर आतीं
माँडो पड़घाउक जाय रानी	माँडो का स्वागत करने जाती रानी
माँडो पड़घाउक जाय	माँडो का स्वागत करने जाती
माँडो-लगे अमरे रानी	माँडो के पास पहुँचती रानी
मुँड चो कलस उतराय	सिर से कलश उतारती
झारी पानी धरे रानी	झारी में पानी लेती रानी
अजिक असन जतनाय	थोड़ी सफाई करती
माँडो के पाँय धोआय रानी	माँडो के पाँव धुलाती रानी
तेल-हरदी मँडाय	तेल-हल्दी रखती
1596 जाय दादा रे गाँयता लोग	जाता दादा गाँयता
जाय दादा पुजारी लोग	जाता दादा पुजारी
होम-आरती देय दादा	होम-आरती करता दादा
पइँया पड़ुन जाय	वह प्रणाम कर जाता
हाते मउड़ धरे दादा	हाथ में मुकुट लेता दादा
माँडो के मउड़ बाँदे	माँडो को मुकुट बाँधता

तेल-हरदी मँडाय रानी	तेल-हल्दी रखती रानी
तेल-हरदी मँडाय	तेल-हल्दी रखती
माँडो के तेल चेगाय दादा	माँडो को तेल चढ़ाता दादा
दादा के हरदी रिकाय	दादा पर हल्दी डालती
तेल चेगाउन जाय दादा	तेल चढ़ा जाता दादा
तेल चेगाउन जाय	तेल चढ़ा जाता
माँडो बोहुन जाय दादा	माँडो उठा लेता दादा
माँडो बोहुन जाय	माँडो उठा लेता
डारा-छापरे नेय दादा	डारा-छावन में ले जाता दादा
नव खँड माहाले नेय दादा	नौ खण्डा महल में ले जाता
माँडो कचाड़ुन जाय दादा	माँडो रख देता दादा
माँडो कचाड़ुन जाय	वह माँडो रख देता
होम-आरती देय दादा	होम-आरती करता दादा
पइँया पड़ुन जाय	वह प्रणाम कर जाता
हाते कुस धरे दादा	हाथ में सब्बल लेता दादा
मँजी खोदरा खने	बीच में गड्ढा करता
खोदरा खनुन सारे दादा	गड्ढा कर जाता दादा
दार-चाउर फेके	दाल-चावल अर्पित करता
आमा-तोरन बाँदे दादा	आम का तोरण बाँधता दादा
मँजी डेरी गाड़े	बीच में खम्भा गाड़ता
1597 खोदरा खनेया खोदरा खनोत	गड्ढा करने वाले गड्ढे करते
डेरी गाड़ेया डेरी गाड़ोत	खम्भे गाड़ने वाले खम्भे गाड़ते

	नव ठन खोदरा खनोत दादा	नौ गड्ढे कर जाते दादा
	नव ठन डेरी गाड़ोत	नौ खम्भे गाड़ते
	नव ठन पाटी लथोत दादा	नौ पाटियाँ लादते दादा
	नव ठन पाटी लथोत	नौ पाटियाँ लादते
	माँडो गाड़ुन सारे दादा	माँडो गाड़ जाता दादा
	आमा-तोरन गुथे	आम का तोरण गूँथता
1598	दखे राजा रे माहादेवरैया	देखता राजा माहादेवरैया
	दखे राजा माहादेवरैया	देखता राजा माहादेवरैया
	पाँच पयली चाउर जोड़े	पाँच पायली चावल लेता
	दुय सोली दार	दो सोली दाल
	मुँड-बाँदा धरे राजा	साफा भी है लेता राजा
	मुँड-बाँदा धरे	साफा भी है लेता
	मुठा रुपया धरे राजा	मुट्ठी भर रुपये लेता राजा
	गाँयता-बिदा देय	गाँयता को विदा करता
	"एई ने मानुन जाहा" बले	"इतने में ही मान जाओ" कहता
	"मयँ देउक नईं सकें"	"मैं अधिक नहीं दे सकता"
	"इतरोय देतो बले आय राजा	"इतना ही दिया जाता है राजा
	कोन आगर देसोत!"	कौन अधिक देता है!"
1599	जाय दादा रे गाँयता लोग	जाता दादा गाँयता
	जाय दादा पुजारी लोग	जाता दादा पुजारी
	दुली-बाटे बले जाय दादा	दुल्हन की ओर जाता दादा
	दुली-बाटे माँडो गाड़े	दुल्हन की ओर जाता
	माँडो गाड़ुन सारे दादा	माँडो गाड़ जाता दादा
	तोरन गुथुन जाय	तोरण गूँथ जाता
	गाँयता-बिदा बले देय राजा	गाँयता को विदा करता राजा
	पुजारी-बिदा देय	पुजारी को विदा करता
1599a	"सुना नोनी धँगड़ी रासी	"सुनो हे नोनी नवयुवतियों
	सुना बाबा धँगड़ी रासी	सुनो बाबा नवयुवतियों
	बाबू के नाहाउन दिया नोनी	बाबू को नहला दो हे नोनी
	कोरुन-गाथुन दिया	उसे कंधी कर दो
	पाटा बेनी गाथा नोनी	पीछे की वेणी बनाओ नोनी
	पाटा बेनी गाथा	पीछे की वेणी बनाओ
	पहिल तेल चेगायँ नोनी	पहला तेल चढ़ाऊँ नोनी
	पहिल तेल चेगायँ"	पहला तेल चढ़ाऊँ"
	धँगड़ी रासी सुनोत बाबा	नवयुवतियाँ सुनतीं बाबा
	बाबू के नाहाउन देत	बाबू को नहला देतीं
	तेल घसुन देत नोनी	तेल चुपड़ देतीं नोनी
	कोरुन-गाथुन देत	उसे कंधी कर देतीं

	पाटा बेनी गाथोत नोनी मन	पीछे की वेणी गूँथतीं नोनी
	पाटा बेनी गाथोत	पीछे की वेणी गूँथतीं
	बलराम ठाकुर जाय बाबा	बलराम ठाकुर जाता बाबा
	भाई के लुगा पिंदाय	भाई को कपड़े पहनाता
	दुला समराउन जाय बाबू	दूल्हे को तैयार करता बाबू
	दुला समराउन जाय	दूल्हे को तैयार करता
1600	"सुना राजा माहादेवरैया	"सुनिये राजा माहादेवरैया
	सुना राजा माहादेवरैया	सुनिये राजा माहादेवरैया
	बाबू के मउड़ बाँदा राजा	बाबू को मुकुट बाँधें राजा
	बाबू के मउड़ बाँदा"	बाबू को मुकुट बाँधें"
	माहादेवरैया सुने बाबा	माहादेवरैया सुनता बाबा
	हाते मउड़ धरे	हाथ में मुकुट लेता
	बाबू लगे जाय राजा	बाबू के पास जाता राजा
	बाबू चो पुरे उबे	बाबू के सामने खड़ा हो जाता
	चार खुट पइँया पड़े राजा	चारों दिशाओं में प्रणाम करता राजा
	भाई चो हात धरे	भाई का हाथ पकड़ता
	भाई के महुड़ बाँदे राजा	भाई को मुकुट बाँधता राजा
	भाई के महुड़ बाँदे	भाई को मुकुट बाँधता
	तेल-हरदी धरे रानी	तेल-हल्दी लेती रानी
	परला ने चाउर जोड़े	परला में चावल लेती
	टाँडी ने हरदी घोरे रानी	टाँडी[37] में हल्दी घोलती रानी
	बाबू चो हात धरे	बाबू का हाथ पकड़ती
	माँडो ने नेउन उबाय रानी	माँडो में ले जा कर खड़ा करती रानी
	नोनी के काय बले	नोनी से वह कहती
	"सुना नोनी धँगड़ी रासी	"सुनो हे नोनी नवयुवतियों
	सुना बाबा धँगड़ी रासी	सुनो बाबा नवयुवतियों
	हात धरा-धरी होआ नोनी	एक-दूसरे के हाथ थामो नोनी
	भुँआर बुलुन जाहा	भाँवर घूम जाओ
	भुँआर-गित गावा नोनी	भाँवर-गीत गाओ नोनी
	भुँआर-गित गावा	भाँवर का गीत गाओ
	गित गावतो आय नोनी	गीत गाना है नोनी
	गित गावतो आय"	गीत गाना है"
	धँगड़ी रासी सुनोत बाबा	नवयुवतियाँ सुनतीं बाबा
	हात धरा-धरी होओत	वे एक-दूजे के हाथ थामतीं
	भुँआर-गित गाओत नोनी	भाँवर का गीत गातीं नोनी
	भुँआर-गित गाओत	वे भाँवर का गीत गातीं

37. टाँडी : एक छोटी हाँडी।

1601	माता के मावली भैरम के चोली	माता मावली, भैरम[38] को चोली
	भिमा के नड़या देली	भिमा को नारियल दिया
	माता के मावली भैरम के चोली	माता मावली, भैरम को चोली
	भिमा के नड़या[39] देली	भिमा को नारियल दिया
	लखी-बिहा दिने खबर देली	लखी-विवाह के दिन खबर दी
	फुल धरी आसा बली	फूल ले कर आने को
	लखी-बिहा दिने खबर देली	लखी-विवाह के दिन खबर दी
	फुल धरी आसा बली	फूल ले कर आने को
	तुमी जाहा डोंगा घाटे	तुम जाओ डोंगा-घाट[40] में
	हामी जाउंदे खड़क	हम जायेंगे खड़क[41]
	कठिन रयत के डंड पड़ेसे	प्रजा को कठिन कष्ट होता है
	दरभा ठाना चो सड़क	दरभा[42] थाना की सड़क
	इली रे धुंदी धुका मारली पानी	आयी रे आँधी हुई बरसात
	खमने फुटिला बोड़ा	जंगल में फूट पड़ा है बोड़ा[43]
	राजा गेलो दनताओड़ा	राजा गया है दन्तेवाड़ा[44]
	मावली चेघिला घोड़ा	मावली चढ़ गयीं घोड़े पर
1602	गाओत नोनी रे धँगड़ी रासी	गातीं नोनी नवयुवतियाँ
	गाओत नोनी धँगड़ी रासी	गातीं नोनी नवयुवतियाँ
	भुँआर बुलुन जात नोनी	भाँवर घूम जातीं नोनी
	भुँआर बुलुन जात	वे भाँवर घूम जातीं
	भुँआर-गित गाओत नोनी मन	भाँवर का गीत गातीं नोनी
	भुँआर-गित गाओत	भाँवर-गीत गातीं
	भुँआर बुलाउन सारे रानी	भाँवर घुमा जाती रानी
	भुँआर बुलाउन सारे	फेरे लगवा जाती

38. भैरम : भैरम देवता। इन्हें देवी दन्तेश्वरी का पति कहा जाता है। सम्भवतः ये काल भैरव हैं।

39. नड़या : भतरी से आया शब्द। मूल हल्बी ध्वनि 'नड़ेर'। अर्थ 'नारियल'।

40. डोंगा-घाट : नदी का वह हिस्सा जहाँ से नावें चलती हैं। डोंगा : नाव, घाट : स्थान।

41. खड़क : नदी का उथला तथा बड़े-बड़े चट्टानों से युक्त भाग। कुछ लोग इसे दशहरा उत्सव के तुरन्त बाद सम्पन्न होने वाले 'खाँडा धोआनी' रस्म से भी जोड़ कर देखते हैं। उनका कथन है कि इस रस्म के अन्तर्गत 'खाँडा' यानी 'खड्ग' को नदी में प्रतीकात्मक रूप से धोया जाता था। यह 'खाँडा धोआनी' रस्म केवल जगदलपुर में ही नहीं अपितु गाँव-गाँव में सम्पन्न होती रही है। माना जाता है कि दशहरा में सभी गाँवों के देवी-देवता अपने अस्त्र-शस्त्र विशेष कर 'खड्ग' (तलवार) के साथ सम्मिलित होते हैं। और चूँकि दशहरा उत्सव में बस्तर की परम्परा के अनुसार माँ दुर्गा द्वारा महिषासुर का वध किया जाता है, अतः उस वध के बाद 'खड्ग' के शुद्धिकरण के लिये ही उसे धोया जाता है। सम्भवतः यही 'खड्ग' धोने की जगह ही 'खड़क' या 'खडक घाट' कहलायी हो। (स्रोत : सुकुल राम, गाँयता, कोपाबेड़ा, कोंडागाँव)।

42. दरभा : दक्षिण बस्तर में एक गाँव का नाम।

43. बोड़ा : एक तरह का मशरूम। यह सावन के महीने में वर्षा के बाद निकलने वाली धूप के साथ सरगी (सरई, साल) के पेड़ के नीचे ऊग आता है। बस्तर वासियों का यह परम प्रिय भोजन है।

44. दन्तेवाड़ा : बस्तर में एक ऐतिहासिक स्थान का नाम। यहाँ शंखनी-डंकनी नदी के संगम पर देवी दन्तेश्वरी का प्राचीन भव्य मन्दिर है। माँ दन्तेश्वरी बस्तर राज-परिवार की आराध्या हैं।

चन्दन-काट मँडाय रानी	चन्दन का पीढ़ा रखती रानी
बाबू के काय बले	बाबू से क्या कहती
"सुना बाबू नानी भाई	"सुनो बाबू छोटे भाई
सुना बाबू पिला भाई	सुनो बाबू नन्हे भाई
चार खुट चाउर फेका बाबू	चारों दिशाओं में चावल छिटको बाबू
चार खुट पइँया पड़ा	चारों दिशाओं में प्रणाम करो
चन्दन-काटे बसा बाबू	चन्दन के पीढ़े पर बैठो बाबू
बेल-काटे बसा"	बेल के पीढ़े पर बैठो"
नरायन राजा सुने बाबा	नरायन राजा सुनता बाबा
चार मुख चाउर फेके	चारों दिशाओं में चावल छिड़कता
चार खुट पइँया पड़े राजा	चारों दिशाओं में प्रणाम करता राजा
चन्दन-काटे बसे	चन्दन के पीढ़े पर बैठता
परला चाउर मँडाय रानी	परला-चावल रखती रानी
काकी के काय बले	काकी से क्या कहती
"सुना काकी मेंगइन	"सुनिये काकी मेंगइन
सुना काकी मेंगइन	सुनिये काकी मेंगइन
बान भरुन दिया काकी	बान भर दें हे काकी
बान भरुन दिया"	बान भर दें"
मेंगइन रानी सुने बाबा	मेंगइन रानी सुनती बाबा
मेंगइन रानी सुने	मेंगइन रानी सुनती
नोनी लगे बले एय रानी	नोनी के पास आती रानी
नोनी लगे एय	नोनी के पास आती
मेंगइन रानी सुने बाबा	मेंगइन रानी सुनती बाबा
बान भराउन जाय	बान भरा जाती
पारबती रानी झोके बाबा	पारबती रानी लेती बाबा
पारबती रानी झोके	पारबती रानी लेती
तेल-हरदी रानी मँडाय	तेल-हल्दी रानी रखती
तेल-हरदी रानी मँडाय	तेल-हल्दी रानी रखती
राजा के तेल चेगाय बाबा	राजा को तेल चढ़ाती बाबा
राजा के तेल चेगाय	राजा को तेल चढ़ाती
जागारानी चेगाय बाबा	जागारानी चढ़ाती बाबा
धरती माता चेगाय	धरती माता चढ़ाती
गाँवकारिन चेगाय राजा के	गाँवकारिन चढ़ाती राजा को
जिमिदारिन चेगाय	जिमिदारिन चढ़ाती
घरगोसिन चेगाय बाबा	घरगोसिन चढ़ाती बाबा
घरगोसिन चेगाय	घरगोसिन चढ़ाती
जितरो रहोत तिनपुरया	जितने भी थे तीनपुरिया
जितरो रहोत तिनपुरिन	जितनी भी थीं तीनपुरिन

	राजा के तेल चेगात बाबा	राजा को तेल चढ़ाते बाबा
	राजा के तेल चेगात	राजा को तेल चढ़ाते
	राजा-रानी चेगात बाबा	राजा-रानी चढ़ाते बाबा
	राजा-रानी चेगात	राजा-रानी चढ़ाते
	तेल चेगाउन सारे रानी	तेल चढ़ा जाती रानी
	बाबू चो हात धरे	बाबू का हाथ पकड़ती
	डारा-छापरे नेय रानी	डारा-छावन में ले जाती रानी
	बाबू चो मउड़ हेड़े	बाबू का मुकुट निकालती
	दुला-मसनी ओछाय रानी	दूल्हा-चटाई बिछाती रानी
	बाबू के बसाउन जाय	बाबू को बिठा जाती
1603	"सुना दादा बजनेया लोग	"सुनो हे दादा बजनेया
	सुना दादा मोहरेया लोग	सुनो हे दादा मोहरेया
	दुली-बाटे बले जावँ दादा	दुल्हन की ओर भी जायें दादा
	दुली-बाटे जावँ"	दुल्हन की ओर भी जायें"
	दुली-बाटे जाय रानी	दुल्हन की ओर जाती रानी
	दुली-बाटे जाय	दुल्हन की ओर जाती
	नोनी के काय बले रानी	नोनी से क्या कहती रानी
	"सुना नोनी" बले	"सुनो हे नोनी" कहती
	"नोनी के नाहाउन दिया नोनी	"नोनी को नहला दो हे नोनी
	कोरुन-गाथुन दिया	उसे कंघी कर दो
	पाटा बेनी गाथा नोनी	पीछे की वेणी गूँथो नोनी
	पाटा बेनी गाथा"	पीछे की वेणी गूँथो"
	रानी के नाहाउन देत नोनी	रानी को नहला देतीं नोनी
	तेल घसुन देत	तेल चुपड़ देतीं
	पाटा बेनी गाथोत नोनी	पीछे की वेणी गूँथतीं नोनी
	नवा लुगा पिंदात	नये कपड़े पहनातीं
	नोनी के समराउन जात नोनी मन	नोनी को तैयार कर देतीं नोनी
	नोनी के समराउन जात	नोनी को तैयार कर देतीं
1604	"सुना नोनी धँगड़ी रासी	"सुनो हे नोनी नवयुवतियों
	सुना बाबा धँगड़ी रासी	सुनो बाबा नवयुवतियों
	माँडो सराउन जाहा नोनी	माँडो लीप डालो नोनी
	माँडो ने बाना लिखा	माँडो में बाना लिखो
	कलस-दिया बारा नोनी	कलश-दीप जलाओ नोनी
	मयँ पहिल तेल चेगायँ"	मैं पहला तेल चढ़ाऊँ"
	धँगड़ी रासी सुनोत बाबा	नवयुवतियाँ सुनतीं बाबा
	माँडो सराउन जात	वे माँडो लीप डालतीं
	माँडो ने बाना लिखोत नोनी	माँडो में बाना लिखतीं नोनी
	कलस-दिया बारोत	कलश-दीप जलातीं

"सुना राजा मेंगराजा	"सुनिये राजा मेंगराजा
सुना राजा मेंगराजा	सुनिये राजा मेंगराजा
बेटी के महुड़ बाँदा राजा	बेटी को मुकुट बाँधें राजा
बेटी के महुड़ बाँदा"	बेटी को मुकुट बाँधें"
मेंगराजा सुने बाबा	मेंगराजा सुनता बाबा
हाते मउड़ धरे	हाथ में मुकुट लेता
बेटी लगे बले जाय राजा	बेटी के पास जाता राजा
बेटी-पुरे उबे	बेटी के सामने खड़ा होता
हाते मउड़ धरे राजा	हाथ में मुकुट लेता राजा
चार खुट पइँया पड़े	चारों दिशाओं मे प्रणाम करता
बेटी के मउड़ बाँदे राजा	बेटी को मुकुट बाँधता राजा
बेटी के मउड़ बाँदे	बेटी को मुकुट बाँधता
सब जोड़ा नोनी बोहे	सारी सामग्री नोनी लेती
सब जोड़ा नोनी बोहे	सारी सामग्री नोनी उठाती
बेटी चो हात धरे रानी	बेटी का हाथ पकड़ती रानी
माँडो ने नेउन उबाय	माँडो में ले जा कर खड़ा करती
धँगड़ी रासी जाओत बाबा	नवयुवतियाँ जातीं बाबा
हात धरा-धरी होओत	एक-दूजे के हाथ थामतीं
भुँआर बुलुन जात नोनी	भाँवर घूम जातीं नोनी
भुँआर-गित गाओत	भाँवर के गीत गातीं
भुँआर बुलाउन सारे रानी	फेरे लगवा जाती रानी
चन्दन-काट मँडाय	चन्दन का पीढ़ा रखती
"चार खुट चाउर फेक नोनी	चारों दिशाओं में चावल छिटक हे नोनी
चार खुंट पाँय पड़	चारों दिशाओं में प्रणाम कर
चन्दन-काटे बले बस नोनी	चन्दन के पीढ़े पर बैठ नोनी
बेल-काटे बस"	बेल के पीढ़े पर बैठ"
चार खुट चाउर फेके नोनी	चारों दिशाओं में चावल छिटकती नोनी
चार खुट पाँय पड़े	चारों दिशाओं में प्रणाम करती
चन्दन-काटे बसे रानी	चन्दन के पीढ़े पर बैठती रानी
बेल-काटे बसे	बेल के पीढ़े पर बैठती
परला ने चाउर रानी मँडाय	परला में चावल रानी रखती
परला ने चाउर रानी मँडाय	परला में चावल रानी रखती
बान भराउन जाय रानी	बान भरा जाती रानी
बान भरुन जाय	बान भर जाती
पारबती रानी भरे बाबा	पारबती रानी भरती बाबा
मेंगइन रानी झोके	मेंगइन रानी लेती
बान भरुन सारे रानी	बान भर जाती रानी
काकी के काय बले	काकी से क्या कहती

“चाउर ठोउन राहा काकी	“चावल रखी रहो हे काकी
लाखन राँदतो आय”	लाखन[45] राँधना है”
तेल-हरदी मँडाय रानी	तेल-हल्दी रखती रानी
रानी के तेल चेगाय	रानी को तेल चढ़ाती
605 चेगाओत राजा रे चेगाओत रानी	चढ़ाते राजा चढ़ातीं रानी
चेगाओत राजा चेगाओत रानी	चढ़ाते राजा चढ़ातीं रानी
माहादेवरैया चेगाय बाबा	माहादेवरैया चढ़ाता बाबा
पारबती रानी चेगाय	पारबती रानी चढ़ाती
गाँयता-पुजारी चेगात रानी के	गाँयता-पुजारी चढ़ाते रानी को
माँजी-मुकासी चेगात	माँझी-मुखासी चढ़ाते
मँजपुरया चेगात बाबा	मँजपुरिया चढ़ाते बाबा
मँजपुरिन चेगात	मँजपुरिन चढ़ाते
तेल चेगाउन सारे रानी	तेल चढ़ा जाती रानी
नोनी चो हात धरे	नोनी का हाथ पकड़ती
नव खँड माहाले नेय रानी	नौ खण्डा महल में ले जाती रानी
दुली-मसनी ओछाय	दुल्हन की चटाई बिछाती
नोनी के बसाउन जाय रानी	नोनी को बिठा जाती रानी
नोनी चो मउड़ हेड़े	नोनी का मुकुट निकालती
डारा-छापरे रानी जाय	डारा-छावन में रानी जाती
डारा-छापरे रानी जाय	डारा-छावन में रानी जाती
राजा के काय बले रानी	राजा से क्या कहती रानी
“सुना राजा” बले	“सुनिये राजा” कहती
“खुबे रात होय राजा	“बहुत रात हो गयी राजा
बाल-बचा भुके आसोत	बाल-बच्चे भूखे हैं
माँडो-माँदी दिया राजा	माँडो का भोज दें हे राजा
माँडो-माँदी दिया”	माँडो का भोज दें”
माहादेवरैया सुने बाबा	माहादेवरैया सुनता बाबा
धँगड़ा रासी लगे जाय	नवयुवकों के पास जाता
बाबू के काय बले राजा	बाबू से क्या कहता राजा
“सुना बाबू” बले	“सुनो हे बाबू” कहता
“माँडो-माँदी दिया बाबू	“माँडो का भोज दो बाबू
बाल-बचा भुके आसोत”	बाल-बच्चे भूखे हैं”
606 सुनोत बाबू धँगड़ा रासी	सुनते बाबू नवयुवक
सुनोत बाबू धँगड़ा रासी	सुनते बाबू नवयुवक
सब के पानी बले देत बाबू	सब को पानी देते बाबू
सब के हात धोआत	सब के हाथ धुलाते

45. लाखन : वर के माता-पिता द्वारा अपने परिवार के लोगों (दादा-भाई) को विवाह के अन्तिम दिन दिया जाने वाला भोजन। सम्भवतः छत्तीसगढ़ी से प्रभावित शब्द।

ओरी-चो-ओरी बसोत दादा-बाई	पंक्तियों में बैठ जाते दादा-बाई
धाड़ी-चो-धाड़ी बसोत	पंक्तियों में बैठ जाते
भात बाटेया बाटोत बाबू	भात बाँटने वाले भात बाँटते
दार बाटेया बाटोत	दाल बाँटने वाले दाल
सब के पुरुन जाय बाबा	सब को परोस जाते बाबा
सब के होउन जाय	सब को मिल जाता
खाई-पिई के भय गय तियार	खा-पी कर हो गये तैयार
खाई-पिई के भय गय तियार	खा-पी कर हो गये तैयार
राजा-रानी खाओत बाबा	राजा-रानी खाते बाबा
राजा-रानी खाओत	राजा-रानी खाते
खाउन-पिउन उठोत राजा-रानी	खा-पी कर उठते राजा-रानी
रात काजे सोओत	रात को सो जाते
मुकताबली ने उठे रानी	ब्रह्म मुहूर्त में उठती रानी
कुकड़ाबासी चेते	मुर्गे की बाँग सँग उठती
नोनी के काय बले रानी	नोनी से क्या कहती रानी
"तुमी सुना बाबा" बले	"तुम सुनो हे बाबा" कहती
"उठा नोनी" बले रानी	"उठो नोनी" कहती रानी
"चेता बाबा" बले	"चेतो बाबा" कहती
"बुता-भयना करा नोनी	"काम-काज करो हे नोनी
बड़ा-ओंडा करा"	झाड़ू-बुहारी करो"
धँगड़ी रासी सुनोत बाबा	नवयुवतियाँ सुनतीं बाबा
तड़बड़ाउन उठोत	हड़बड़ा कर उठतीं
बड़ा-ओंडा करोत नोनी	झाड़ू-बुहारी करती नोनी
छड़ा-छिटका देत	वे छींटा दे जातीं
1607 दतुन-पतर राजा-रानी चाबोत	दतौन आदि करते राजा-रानी
आँगे असनाँद राजा-रानी होओत	अंग स्नान कर जाते राजा-रानी
सुका कपड़ा पिंदोत राजा-रानी	सूखे कपड़े पहनते राजा-रानी
ओधा कपड़ा गिरे	गीले कपड़े गिरते
कपड़ा निचाउन जात राजा-रानी	कपड़े निचोड़ जाते राजा-रानी
कपड़ा सुकाउन जात	कपड़े सुखा जाते
डारा-छापरे जाय रानी	डारा-छावन में जाती रानी
हरबर जोड़ा जोड़े	झटपट तैयारी करती
तेल-हरदी बोहे रानी	तेल-हल्दी लेती रानी
परला ने मउड़ धरे	परला में मुकुट रखती
टाँडी ने हरदी धरे रानी	टाँडी में हल्दी लेती रानी
तेल-हरदी धरे	तेल-हल्दी लेती
अगास दिया बले रानी बारे	आकाश-दीप रानी जलाती
अगास दिया रानी बारे	आकाश-दीप रानी जलाती

नोनी के काय बले रानी	नोनी से क्या कहती रानी
"सुना बाबा" बले	"सुनो हे बाबा" कहती
"परला बोहुन जाहा नोनी	"परला उठा जाओ नोनी
देव-तेल माँगुकलाय जावँ"	देव-तेल[46] माँगने जायें"
धँगड़ी रासी सुनोत बाबा	नवयुवतियाँ सुनतीं बाबा
परला बोहुन जात	परला उठा जातीं
बजनेया-मोहरेया सँगे जाय रानी	बजनेया-मोहरेया के सँग जाती रानी
फउद-फटाका सँगे जाय	फौज-पटाखे के सँग जाती
1608 "सुना काकी मेंगइन	"सुनिये काकी मेंगइन
सुना काकी मेंगइन	सुनिये काकी मेंगइन
देव-तेल माँगुकलाय जावँ काकी	देव-तेल माँगने जायें काकी
देव-तेल माँगुकलाय जावँ"	देव-तेल माँगने जायें"
मेंगइन रानी सुने बाबा	मेंगइन रानी सुनती बाबा
हरबर जोड़ा जोड़े	झटपट तैयारी करती
अगास दिया बारे रानी	आकाश-दीप जलाती रानी
धँगड़ी परला बोहे	युवतियाँ परला उठातीं
घर ले बाहिर होत राजा-रानी	घर से बाहर निकलते राजा-रानी
जाते-जाते जात	चलते चले जाते
रुमझुम-रुमझुम रेंगोत राजा-रानी	जल्दी-जल्दी चलते राजा-रानी
एक कलाट मारोत	लम्बे डग वे भरते
गाँयता-माहाले जात राजा-रानी	गाँयता-महल जाते राजा-रानी
पुजारी-माहाले अमरोत	पुजारी-महल पहुँचते
माँडो-मोंगरा उबोत राजा-रानी	मोगरा-मण्डप में रुकते राजा-रानी
'दादा' हंका मारोत	'दादा' हाँक लगाते
दादा सुनुन जाय बाबा	दादा सुन लेता है बाबा
घर ले बाहिर होय	घर से बाहर आता
"सुना रानी पारबती	"सुनिये रानी पारबती
सुना रानी मेंगइन	सुनिये रानी मेंगइन
काय कामे इलास रानी	किस काम से आयी रानी
आले मोके साँगा"	तनिक मुझे बतायें"
रानी काय बले दादा के	रानी क्या कहती दादा से
"सुन दादा" बले	"सुन हे दादा" कहती
"देव-तेल माँगुक इलू दादा	"देव-तेल माँगने आयीं दादा
हामके देव-तेल दे"	हमें देव-तेल दो"

46. देवतेल : इस महाकाव्य में देवतेल का क्रम दूसरा है। इसका कारण सम्भवतः यही है कि गाँडा जाति में भी यही क्रम है। उल्लेखनीय है कि इस महाकाव्य की गायिका सुश्री सुकदई कोराम इसी समुदाय की हैं और उन्होंने विवाह की सारी रस्मों का वर्णन अपने समुदाय में प्रचलित रस्मों के समान ही किया है। अन्य समुदायों में देवतेल का क्रम पहला है।

	परला धराउन देय रानी	परला दे देती है रानी
	गाँयता दादा धरे	गाँयता दादा लेता
	देबी-दुरगा ने जाय दादा	देवी-दुर्गा में जाता दादा
	देबी-दुरगा ने जाय	देवी-दुर्गा में जाता
	एकिस कोटी बले बाजा बाजे	इक्कीस कोटि बाजे बजते
	बाइस कोटी मोहरी बाजे	बाईस कोटि मोहरी बजतीं
	धँगड़ा माँदर मारोत बाबा	नवयुवक माँदर बजाते बाबा
	धँगड़ी रिलो गाओत	नवयुवतियाँ रिलो गातीं
	गाँयता चो माहाले बाजे बाबा	गाँयता के महल में बजते बाबा
	पुजारी चो दुआरे बाजे	पुजारी के द्वार में बजते
	कुडुमछुटुन जाय बाबा	जोर-शोर से बजते बाबा
	देबी-दुरगा ने जाय	देवी-दुर्गा में जाता
	होम-आरती देय दादा	होम-आरती देता दादा
	हाते मउड़ धरे	हाथ में मुकुट लेता
1609	हाते मउड़ दादा धरे[47]	हाथ में मुकुट दादा लेता
	हाते मउड़ दादा धरे	हाथ में मुकुट दादा लेता
	देबी के मउड़ बाँदे दादा	देवी को मुकुट बाँधता दादा
	देबी के मउड़ बाँदे	देवी को मुकुट बाँधता
	तेल-हरदी मँडाय दादा	तेल-हल्दी रखता दादा
	देबी के तेल चेगाय	देवी को तेल चढ़ाता
	देबी के देव-तेल माँगे दादा	देवी से देव-तेल माँगता दादा
	देबी के देव-तेल माँगे	देवी से देव-तेल माँगता
	रानी के परला देय दादा	रानी को परला देता दादा
	रानी के परला देय	रानी को परला देता
	दादा के हरदी रिकाय रानी	दादा पर हल्दी डालती रानी
	रोसई-चाउर देय	रसोई-चावल देती
	गाँयता-माहाल रानी छाँडे	गाँयता-महल रानी छोड़ती
	पुजारी-माहाल रानी छाँडे	पुजारी-महल रानी छोड़ती
	जाते-जाते बले जाय रानी	चलती चली जाती रानी
	डारा-छापरे जाय	डारा-छावन में जाती
	नव खँड माहाले जात राजा-रानी	नौ खण्डा महल में जाते राजा-रानी
	नव खँड माहाले जात	नौ खण्डा महल में जाते
	परला मँडाउन जात नोनी	परला रख जातीं हैं नोनी
	नोनी के काय बले	नोनी से क्या कहती
	"माँडो सराउन जाहा नोनी	"माँडो लीप डालो नोनी
	माँडो ने बाना लिखा	माँडो में बाना लिखो

47. दिनांक 19.12.1996 को ध्वन्यांकित कैसेट क्रमांक 35ए का आरम्भ।

	कलस-दिया बारा नोनी	कलश-दीप जलाओ नोनी
	मयँ देव-तेल चेगाउन जायँ"	मैं देव-तेल चढ़ाऊँगी"
1610	सुनोत नोनी धँगड़ी रासी	सुनतीं नोनी नवयुवतियाँ
	सुनोत बाबा धँगड़ी रासी	सुनतीं बाबा नवयुवतियाँ
	माँडो सराउन जात नोनी	माँडो लीप जातीं नोनी
	माँडो ने बाना लिखोत	माँडो में बाना लिखतीं
	कलस-दिया बारोत नोनी	कलश-दीप जलातीं नोनी
	पारबती रानी दखे	पारबती रानी देखती
	राजा के काय बले रानी	राजा से क्या कहती रानी
	"सुना राजा" बले	"सुनिये राजा" कहती
	"बाबू के मउड़ बाँदा राजा	"बाबू को मुकुट बाँधें राजा
	देव-तेल चेगातो आय"	देव-तेल चढ़ाना है"
	जाय राजा माहादेवरैया	जाता राजा माहादेवरैया
	जाय राजा माहादेवरैया	जाता राजा माहादेवरैया
	बाबू चो पुरे उबे राजा	बाबू के सामने खड़ा होता राजा
	हाते मउड़ धरे	हाथ में मुकुट लेता
	चार खुट पइँया पड़े राजा	चारों दिशाओं में प्रणाम करता राजा
	बाबू के मउड़ बाँदे	बाबू को मुकुट बाँधता
	तेल-हरदी धरे रानी	तेल-हल्दी लेती रानी
	बाबू चो हात धरे	बाबू के हाथ पकड़ती
	माँडो ने नेउन उबाय रानी	माँडो में ले जा कर खड़ा करती रानी
	नोनी के काय बले	नोनी से क्या कहती
	"भुँआर बुलुन जाहा नोनी	"भाँवर घूम जाओ नोनी
	भुँआर-गित गावा	भाँवर के गीत गाओ
	गित गावतो आय नोनी	गीत गाना है नोनी
	गित गावतो आय"	गीत गाना है"
1611	सुनोत नोनी रे धँगड़ी रासी	सुनतीं नोनी नवयुवतियाँ
	सुनोत बाबा धँगड़ी रासी	सुनतीं बाबा नवयुवतियाँ
	हात धरा-धरी होओत नोनी	एक-दूसरे के हाथ पकड़तीं नोनी
	भुँआर बुलुन जात	वे भाँवर[48] घूम जातीं
	भुँआर-गित गाओत नोनी मन	भाँवर-गीत गातीं नोनी
	भुँआर-गित गाओत	भाँवर-गीत गातीं
	भुँआर बुलाउन सारे रानी	फेरे लगवा जाती रानी

48. भाँवर (फेरा) : गाँडा, घसिया, मरार और कोस्टा, गोंड आदि जातियों/जनजातियों में माँडो, देवतेल, पचतेला रस्मों में भी भाँवर की रस्म है। इन भाँवरों में केवल वधू या वर की ही उपस्थिति होती है और वे अकेले ही भाँवर घूमते हैं जबकि लगिन भाँवर में वर-वधू दोनों एक साथ फेरे लेते हैं। अन्य समुदायों (उदाहरण के लिये वैष्णव, ब्राह्मण, क्षत्रिय, यादव आदि जातियों) में यह भाँवर केवल लग्न के समय होता है जिसमें वर एवं वधू एक साथ फेरे लगाते हैं।

बाबू के बसाउन जाय	बाबू को बिठा जाती
देव-तेल चेगाय रानी	देव-तेल चढ़ाती रानी
देव-तेल चेगाय	देव-तेल चढ़ाती
जितरो रहोत देवगन	जितने भी थे देवगण
जितरो रहोत देवगन	जितने भी थे देवगण
राजा के देव-तेल चेगात बाबा	राजा को देव-तेल चढ़ाते बाबा
राजा के देव-तेल चेगात	राजा को देव-तेल चढ़ाते
जितरो रहोत भगवान लोग	जितने भी थे भगवान गण
जितरो रहोत भगवान लोग	जितने भी थे भगवान गण
राजा के देव-तेल चेगात बाबा	राजा को देव-तेल चढ़ाते बाबा
राजा के देव-तेल चेगात	राजा को देव-तेल चढ़ाते
राजा-रानी चेगात बाबा	राजा-रानी चढ़ाते बाबा
गाँयता-पुजारी चेगात	गाँयता-पुजारी चढ़ाते
तिनपुरया चेगात राजा के	तिनपुरिया चढ़ाते राजा को
मँजपुरिन चेगात	मँजपुरिन चढ़ातीं
तेल चेगाउन सारे रानी	तेल चढ़ा जाती रानी
मोंगरा फोड़ुन जाय	मोंगरा फोड़[49] जाती
बाबू के उठाउन जाय रानी	बाबू को उठा जाती रानी
डारा-छापरे नेय	डारा-छावन में ले जाती
1612 बाबू चो मउड़ रानी हेड़े	बाबू का मुकुट रानी निकालती
बाबू के बसाउन रानी जाय	बाबू को बिठा जाती रानी
बजनेया-मोहरेया धरे रानी	बजनेया-मोहरेया लेती रानी
दुली-बाटे जाय	दुल्हन की ओर जाती
काकी के काय बले रानी	काकी से क्या कहती रानी
काकी के काय बले	काकी से क्या कहती
"देव-तेल चेगातो आय काकी	"देव-तेल चढ़ाना है काकी
देव-तेल चेगातो आय"	देव-तेल चढ़ाना है"
"सुना नोनी धँगड़ी रासी	"सुनो हे नोनी नवयुवतियों
सुना बाबा धँगड़ी रासी	सुनो बाबा नवयुवतियों
माँडो सराउन जाहा नोनी	माँडो लीप डालो नोनी
माँडो ने बाना लिखा	माँडो में बाना लिखो
कलस-दिया बारा नोनी	कलश-दीप जलाओ नोनी
देव-तेल चेगावँ[50]"	देव-तेल चढ़ायेंगे"

49. मोंगरा फोड़ना : तेल-हल्दी की दोनी दूल्हा-दुल्हन के सिर में उलट दी जाती है। यही मोंगरा फोड़ना कहलाता है। देवतेल चढ़ाये जाने के बाद उस दोनी को जिसमें गाँयता ने तेल दिया था, दूल्हे और दुल्हन के सिर पर उसी के दोनों हाथों में थमा कर फिराया जाता है तथा इसके बाद उस दोनी को फोड़ दिया जाता है। यही है मोंगरा फोड़ना।

50. चेगावँ : मूल शब्द है 'चेगाउआवँ (चेगाउँदे)', 'चेघाउआवँ (चेघाउँदे)'।

माँडो सराउन जात नोनी	माँडो लीप जातीं नोनी
माँडो ने बाना लिखोत	माँडो में बाना लिखतीं
कलस-दिया बारोत नोनी	कलश-दीप जलातीं नोनी
राजा के काय बलोत	राजा से क्या कहतीं
"नोनी के मउड़ बाँदा राजा	"नोनी को मुकुट बाँधें राजा
नोनी के मउड़ बाँदा"	नोनी को मुकुट बाँधें"
मेंगराजा सुने बाबा	मेंगराजा सुनता बाबा
हाते मउड़ धरे	हाथ में मुकुट लेता
रानी चो पुरे उबे राजा	रानी के सामने जा खड़ा होता राजा
रानी के मउड़ बाँदे	रानी को मुकुट बाँधता
13 तेल-हरदी रानी धरे	तेल-हल्दी रानी लेती
नोनी चो हात रानी धरे	नोनी का हाथ रानी पकड़ती
माँडो ने नेउन उबाय रानी	माँडो में ले जा कर खड़ा करती रानी
भुँआर बुलाउन जाय	भाँवर घुमा जाती
भुँआर बुलुन जात रानी	भाँवर लगवा जाती रानी
भुँआर-गित गाओत	भाँवर के गीत गाते
भुँआर बुलाउन सारे रानी	भाँवर लगवा जाती रानी
नोनी के बसाउन जाय	नोनी को बिठाती
तेल चेगाउन जाय रानी	तेल चढ़ा जाती रानी
तेल चेगाउन जाय	तेल चढ़ा जाती
देव-तेल चेगात राजा-रानी	देव-तेल चढ़ाते राजा-रानी
देव-तेल चेगात	देव-तेल चढ़ाते
तिनपुरया चेगात बाबा	तीनपुरिया चढ़ाते बाबा
तिनपुरिन चेगात	तीनपुरिनें चढ़ातीं
तेल चेगाउन सारे रानी	तेल चढ़ा जाती रानी
मोंगरा फोड़ुन जाय	वह मोंगरा फोड़ जाती
नोनी चो हात बले रानी धरे	नोनी का हाथ रानी पकड़ती
नोनी चो हात रानी धरे	नोनी का हाथ रानी पकड़ती
नव खँड माहाले नेय रानी	नौ खण्डा महल में ले जाती रानी
नोनी चो मउड़ हेड़े	नोनी का मुकुट निकालती
नोनी के बसाउन जाय रानी	नोनी को बिठा जाती रानी
नोनी के बसाउन जाय	नोनी को बिठा जाती
14 "सुना नोनी धँगड़ी रासी	"सुनो हे नोनी नवयुवतियों
सुना बाबा धँगड़ी रासी	सुनो बाबा नवयुवतियों
आज देव-तेल बले आय नोनी	आज देव-तेल है नोनी
दिन भर तेल चेगावा	दिन भर देल चढ़ाओ
नचाउन-नचाउन चेगावा नोनी	नचा-नचा कर चढ़ाओ नोनी
नाचुन-नाचुन चेगावा"	नाच-नाच कर चढ़ाओ"

धँगड़ी रासी सुनोत बाबा	नवयुवतियाँ सुनतीं बाबा
दिन भर तेल चेगात	दिन भर तेल चढ़ातीं
नाचुन-नाचुन चेगात नोनी मन	नाच-नाच कर चढ़ातीं नोनी
नचाउन-नचाउन चेगात	नचा-नचा कर चढ़ातीं
दिन बुड़ुन जाय बाबा	दिन डूब जाता बाबा
तेल-माँदी देय	तेल-भोज देती
खाई-पिई के भय गय तियार	खा-पी कर हो गये तैयार
खाई-पिई के भय गय तियार	खा-पी कर हो गये तैयार
राजा-रानी खाओत बाबा	राजा-रानी खाते बाबा
खाउन-पिउन उठोत	खा-पी कर उठते
रात काजे सोओत राजा-रानी	रात को सो जाते राजा-रानी
बड़े बिहान होय	अगला सवेरा होता
दतुन-पतर चाबोत राजा-रानी	दतौन आदि करते राजा-रानी
आँगे असनाँद होत	वे अंग स्नान कर जाते
सुका कपड़ा पिंदोत राजा-रानी	सूखे कपड़े पहनते राजा-रानी
ओधा कपड़ा गिरे	गीले कपड़े गिरते
कपड़ा निचाउन जाय रानी	कपड़े निचोड़ जाती रानी
कपड़ा सुकाउन जाय	कपड़े सुखा जाती
डारा-छापरे रानी जाय	डारा-छावन में रानी जाती
राजा के काय रानी बले	राजा से क्या कहती रानी
"आज लगिन आय राजा	"आज लग्न है हे राजा
आज लगिन आय	आज लग्न है
उपास-चाउर टिका राजा	उपवास का चावल टीकें[51] राजा
उपास-चाउर टिका"	उपवास का चावल टीकें"
माहादेवरैया सुने बाबा	माहादेवरैया सुनता बाबा
बाबू के काय बले	बाबू से क्या कहता
"उपास-चाउर टिका बाबू	"उपवास का चावल टीको बाबू
उपास-चाउर टिका"	उपवास का चावल टीको"
धंगड़ा रासी सुनोत बाबा	नवयुवक सुनते बाबा
थारी ने चाउर धरोत	थाली में चावल लेते
नरायन राजा के टिकोत बाबू	नरायन राजा को टीका लगाते बाबू
माहालखी के टिकोत	माहालखी को टीका लगाते
माहादेवरैया के टिकोत बाबा	माहादेवरैया को टीका लगाते बाबा
पारबती रानी के टिकोत	पारबती रानी को टीका लगाते
मेंगराजा के टिकोत बाबू	मेंगराजा को टीका लगाते बाबू
मेंगइन रानी के टिकोत	मेंगइन रानी को टीका लगाते

51. टीकें : टीका लगायें। चावल के दाने माथे पर लगाना।

धँगड़ी रासी के टिकोत बाबू नवयुवतियों को टीका लगाते बाबू
चाउर टिकुन जात वे चावल का टीका लगाते
राजा-रानी उपास आसोत बाबा राजा-रानी उपवास करते बाबा
राजा-रानी उपास आसोत राजा-रानी उपवास करते
1616 हरबर-हरबर जोड़ा जोड़े जल्दी-जल्दी तैयारी करती
हरबर-हरबर जोड़ा जोड़े जल्दी-जल्दी तैयारी करती
लगिन-जोड़ा जोड़े रानी लग्न की तैयारी करती रानी
लगिन-जोड़ा जोड़े लग्न की तैयारी करती
बाबू के काय बलोत राजा बाबू से क्या कहते राजा
"सुना बाबू" बलोत "सुनो हे बाबू" कहते
"आज लगिन आय बाबू "आज लग्न है बाबू
खोरे-डाँडे जाहा अली-गली में जाओ
बुलुन-बुलुन साँगा बाबू घूम-घूम बताओ बाबू
गिंजरुन-गिंजरुन साँगा घूम-घूम कर बताओ
पचतेला-घरे एदे बाबू पचतेला के लिये आयें बाबू
पचतेला-घरे एदे" पचतेला के लिये आयें"
पवनकुमार सुने बाबा पवनकुमार सुनता बाबा
भिकन्दर सुने भिकन्दर सुनता
नव खँड माहाल बाबू छाँडे नौ खण्डा महल बाबू छोड़ता
डारा-छापर बाबू छाँडे डारा-छावन बाबू छोड़ता
खोरे-डाँडे बले जात बाबू अली-गली में जाते बाबू
आरा-पारा जात गली-मोहल्ले जाते
बुलुन-बुलुन साँगोत बाबू घूम-घूम बतलाते बाबू
गिंजरुन-गिंजरुन साँगोत घूम-घूम बतलाते
"आज लगिन आय बाई "आज लग्न है हे बाई
पचतेला-घरे इया" पचतेला के लिये आयें"
सुनोत बाई सुनोत नोनी सुनतीं बाई सुनतीं नोनी
सुनोत बाई सुनोत नोनी सुनतीं बाई सुनतीं नोनी
"एउँदे बाबू" बलोत बाई-नोनी "आयेंगी बाबू" कहतीं बाई-नोनी
"एउँदे बाबू" बलोत "आयेंगी बाबू" कहतीं
हरबर तियार होत बाई-नोनी झटपट तैयार होतीं बाई-नोनी
तेल-हरदी धरोत तेल-हल्दी लेतीं
थारी ने चाउर धरोत बाई थाली में चावल लेतीं बाई
घर ले बाहिर होत घर से बाहर निकलतीं
जाते-जाते बले जात बाई चलती चली जातीं बाई
रुमझुम-रुमझुम रेंगोत जल्दी-जल्दी चलतीं
1617 डारा-छापरे बाई मन जाओत डार-छावन में जातीं बाई
नव खँड माहाले बाई मन जाओत नौ खण्डा महल में जातीं बाई

	ओरी-चो-ओरी बसोत बाई	पंक्तियों में बैठतीं बाई
	धाड़ी-चो-धाड़ी बसोत	पंक्तियों में बैठतीं
	पारबती रानी दखे बाबा	पारबती रानी देखती बाबा
	मेंगइन रानी दखे	मेंगइन रानी देखती
	नोनी के काय बलोत रानी	नोनी से क्या कहतीं रानी
	“सुना बाबा” बलोत	“सुनो हे बाबा” कहतीं
	“पचतेला लोग इला नोनी	“पचतेला के लिये लोग आ गये नोनी
	माँडो सराउन जाहा	माँडो लीप डालो
	माँडो ने बाना लिखा नोनी	माँडो में बाना लिखो नोनी
	कलस-दिया बारा”	कलश-दीप जलाओ”
	धँगड़ी रासी सुनोत बाबा	नवयुवतियाँ सुनतीं बाबा
	माँडो सराउन जात	वे माँडो लीप जातीं
	दुनों बाटे माँडो सरात नोनी मन	दोनों ओर माँडो लीपतीं नोनी
	दुनों बाटे बाना लिखोत	दोनों ओर बाना लिखतीं
	कलस-दिया बारोत नोनी	कलश-दीप जलातीं नोनी
	कलस-दिया बारोत	कलश-दीप जलातीं
1618	जाओत बाई रे पचतेला लोग	जातीं बाई पचतेला वालियाँ
	जाओत बाई पचतेला लोग	जातीं बाई पचतेला वालियाँ
	दुनों बाटे मउड़ बाँदोत बाई	दोनों ओर मुकुट बाँधतीं बाई
	दुनों बाटे मउड़ बाँदोत	दोनों ओर मुकुट बाँधतीं
	दुनों चो हात धरोत बाई मन	दोनों के हाथ थामतीं बाई
	दुनों के माँडो ने नेओत	दोनों को माँडो में ले जातीं
	हात धरा-धरी होओत बाई	एक-दूसरे के हाथ पकड़तीं बाई
	भुँआर बुलुन जात	भाँवर घूम जातीं
	भुँआर-गित गाओत बाई मन	भाँवर-गीत गातीं बाई
	भुँआर बुलुन सारोत	भाँवर घूम जातीं
	दुनों के बसाउन जात बाई	दोनों को बिठा जातीं बाई
	पसतेला तेल चेगात	पचतेला तेल चढ़ातीं
	नाचुन-नाचुन चेगात बाई मन	नाच-नाच कर चढ़ातीं बाई
	नचाउन-नचाउन चेगात	नचा-नचा कर चढ़ातीं
	तेल चेगाउन बाई मन सारोत	तेल चढ़ा जातीं बाई
	तेल चेगाउन बाई मन सारोत	तेल चढ़ा जातीं बाई
	दुनों चो हात धरोत बाई मन	दोनों के हाथ पकड़तीं बाई
	डारा-छापरे नेत	डारा-छावन में ले जातीं
	नव खँड माहाले नेत बाई मन	नौ खण्डा महल में ले जातीं बाई
	दुनों चो मउड़ हेड़ोत	दोनों के मुकुट निकालतीं
	दुनों के बसाउन जात बाई	दोनों को बिठा जातीं बाई
	दुनों के बसाउन जात	दोनों को बिठा जातीं

1619	ओरी-चो-ओरी बले बाई मन बसोत	पंक्तियों में बैठ जातीं बाई
	धाड़ी-चो-धाड़ी बाई मन बसोत	पंक्तियों में बैठ जातीं बाई
	मेंगइन रानी दखे बाबा	मेंगइन रानी देखती बाबा
	पारबती रानी दखे	पारबती रानी देखती
	टाँडी ने तेल धरे रानी	टाँडी में तेल लेती रानी
	टाँडी ने तेल धरे	टाँडी में तेल लेती
	बाई चो मुँडे रिकाय रानी	बाई के सिर पर डालती रानी
	बाई चो मुँडे रिकाय	बाई के सिर पर डालती
	लाई-चिवड़ा धरोत बाई	लाई-चिवड़ा लेतीं बाई
	पसतेला लोग के देत	पसतेला वालियों को देतीं
	जाओत बाई रे जाओत नोनी	जातीं बाई जातीं नोनी
	जाओत बाई जाओत नोनी	जातीं बाई जातीं नोनी
	आपन-आपन जाओत बाई-नोनी	अपने-अपने घर जातीं बाई-नोनी
	राजा-रानी आसोत	राजा-रानी रहते
	बाबू के काय बले रानी	बाबू से क्या कहती रानी
	"सुना बाबू" बले	"सुनो हे बाबू" कहती
	"काकन बाँदुन जाहा बाबू	"कंकण बाँध जाओ बाबू
	पलटा तेल चेगावा"	पलटा तेल चढ़ाओ"
	धँगड़ा रासी सुनोत बाबा	नवयुवक सुनते बाबा
	रानी के काय बलोत	रानी से क्या कहते
	"नवा अँगोछी दे रानी	"नया अंगवस्त्र दो हे रानी
	अजिक सुत दे	थोड़ा-सा धागा दो
	तेल-हरदी दे रानी	तेल-हल्दी दो रानी
	काकन बाँदुन जावँ"	हम कंकण बाँध देंगे"
	पारबती रानी सुने बाबा	पारबती रानी सुनती बाबा
	नवा अँगोछी देय	नया अंगवस्त्र देती
	तेल-हरदी देय रानी	तेल-हल्दी देती रानी
	अजिक सुत देय	थोड़ा-सा धागा देती
	धँगड़ा रासी धरोत बाबा	नवयुवक ले लेते बाबा
	राजा-रानी लगे जात	राजा-रानी के पास जाते
	दुनों के मउड़ बाँदोत बाबू	दोनों को मुकुट बाँधते बाबू
	दुनों चो हात धरोत	दोनों के हाथ पकड़ते
	दुला-माँडो ने नेओत बाबू	दूल्हा के माँडो में ले जाते बाबू
	दुला-माँडो ने नेओत	दूल्हा के माँडो में ले जाते
1620	दुला-मसनी बाबू मन ओछात	दूल्हा-चटाई बिछाते बाबू
	दुला-मसनी बाबू मन ओछात	दूल्हा-चटाई बिछाते बाबू
	दुनों के बसाउन जात बाबू	दोनों को बिठा जाते बाबू
	दुनों के बसाउन जात	दोनों को बिठा जाते

नवा अँगोछी चिरोत बाबू	नयी अँगोछी[52] चीरते बाबू
आमा-पान टोड़ोत	आम के पत्ते तोड़ते
सुत गुँडयाउन जात बाबू	सूत लपेट जाते बाबू
सुत गुँडयाउन जात	धागा लपेट जाते
अँगोछी के हरदी बाबू मन बोरोत	अँगोछी को हल्दी में डुबाते बाबू
अँगोछी के हरदी बाबू मन बोरोत	अँगोछी को हल्दी में डुबाते बाबू
काकन बाँदुन जात बाबू	कंकण बाँध जाते बाबू
काकन बाँदुन जात	कंकण बाँध जाते
दुला-दुली के बाँदोत बाबू	दूल्हा-दुल्हन को बाँधते बाबू
माहादेवरैया के बाँदोत	माहादेवरैया को बाँधते
पारबती रानी के बाँदोत बाबू	पारबती रानी को बाँधते बाबू
मेंगराजा के बाँदोत	मेंगराजा को बाँधते
मेंगइन रानी के बाँदोत बाबू	मेंगइन रानी को बाँधते बाबू
धँगड़ी रासी के बाँदोत	नवयुवतियों को बाँधते
1621 काकन बाँदुन बाबू मन सारोत	कंकण बाँध जाते बाबू
काकन बाँदुन बाबू मन सारोत	कंकण बाँध जाते
पलटा तेल चेगात बाबू	पलटा तेल चढ़ाते बाबू
पलटा तेल चेगात	पलटा तेल चढ़ाते
नचाउन-नचाउन चेगात बाबू मन	नचा-नचा कर चढ़ाते बाबू
नाचुन-नाचुन चेगात	नाच-नाच कर चढ़ाते
तेल चेगाउन सारोत बाबू	तेल चढ़ा जाते बाबू
डारा-छापरे नेत	डारा-छावन में ले जाते
नव खँड माहाले नेत बाबू	नौ खण्डा महल में ले जाते बाबू
दुनों चो मउड़ हेड़ोत	दोनों के मुकुट निकालते
दुनों के बसाउन जात बाबू	दोनों को बिठा जाते बाबू
दुनों के बसाउन जात	दोनों को बिठा जाते
1622 सेंदुर-काजर रानी धरे	सिन्दूर-काजल रानी लेती
नवा लिमई रानी धरे	नीबू भी है रानी लेती
अरगफुली धरे रानी	शुद्ध मदिरा लेती रानी
कुस ने अँगोछी बाँदे	सब्बल में अँगोछी बाँधती
नोनी के काय बले रानी	नोनी से क्या कहती रानी
"परला बोहुन जाहा"	"परला उठा लो"
धँगड़ी परला बोहोत बाबा	युवतियाँ परला उठातीं बाबा
डारा-छापर छाँडे	डारा-छावन छोड़ती
काकी लगे जाय रानी	काकी के पास जाती रानी
काकी के काय बले	काकी से क्या कहती
"सुना काकी मेंगइन	"सुनिये काकी मेंगइन

52. अँगोछी : अंगवस्त्र।

सुना काकी मेंगइन	सुनिये काकी मेंगइन
चुलमाटी काजे बले जावँ काकी	चुलमाटी के लिये चलो काकी
चुलमाटी काजे जावँ"	चुलमाटी के लिये चलो"
हरबर जोड़ा जोड़े रानी	झटपट तैयारी करती रानी
जलदी जोड़ा जोड़े	जल्दी तैयारी करती
घर ले बाहिर होय रानी	घर से बाहर निकलती रानी
जाते-जाते जाय	चलती चली जाती
गाय-खड़का ने जाय रानी	गाय-खड़का[53] में जाती रानी
गाय-खड़का ने जाय	गाय-खड़का में जाती
गाय-खड़का रानी अमरे	गाय-खड़का रानी पहुँचती
गाय-खड़का रानी अमरे	गाय-खड़का रानी पहुँचती
परला मँडाउन जाय रानी	परला रख जाती रानी
बाई के काय बले	बाई से क्या कहती
"मोके चुलमाटी दे बाई	"मुझे चुलमाटी दे बाई
मोके चुलमाटी दे"	मुझे चुलमाटी दे"
गाँयतिन बाई सुने बाबा	गाँयतिन बाई सुनती बाबा
अजिक असन जतनाय	थोड़ी-सी सफाई करती
झारी पानी छिचे बाई	झारी से पानी छिटकती बाई
जात लाली टिके	शुद्ध लाली लगाती
अगरबती जलाय बाई	अगरबत्ती जलाती रानी
होम-आरती देय	होम-आरती करती
सेंदुर-काजर देय बाई	सिन्दूर-काजल देती बाई
नवा लिमई देय	वह नीबू भी देती
अरगफुली थिपाय बाई	शुद्ध मदिरा टपकाती बाई
हाते कुस धरे	हाथ में सब्बल लेती
रानी के चुलमाटी देय बाई	रानी को चुलमाटी देती बाई
रानी के चुलमाटी देय	रानी को चुलमाटी देती
1623 धरे रानी मेंगइन	लेती रानी मेंगइन
धरे रानी पारबती	लेती रानी पारबती
चुलमाटी झोकुन जात रानी	चुलमाटी ले लेतीं रानियाँ
चुलमाटी झोकुन जात	वे चुलमाटी ले लेतीं
खड़का-डाँड छाँडोत रानी	खड़का-डाँड छोड़तीं रानियाँ
जाते-जाते जात	चलती चली जातीं
माँडो ने नेउन मँडात[54] रानी	माँडो में ले जा कर रखतीं रानी
नोनी के काय बलोत	नोनी से क्या कहतीं

53. गाय-खड़का : गाँव के गाय-बैलों का दोपहर का विश्राम-स्थल। गोठान।

54. मँडात : 'मँडाओत' का लघुकृत रूप।

	"भौंती बेचुन जाहा नोनी	"चौंरा[55] बना जाओ नोनी
	भौंती बेचुन जाहा"	चौंरा बना जाओ"
	धँगड़ी रासी सुनोत बाबा	नवयुवतियाँ सुनतीं बाबा
	भौंती बेचुन जात	वे चौंरा बना जातीं
1624	"सुना बाबू धँगड़ा रासी	"सुनो बाबू नवयुवकों
	सुना बाबू धँगड़ा रासी	सुनो बाबू नवयुवकों
	टाँडी ने पानी भरा बाबू	टाँडी में पानी भरो बाबू
	टाँडी ने पयसा लगावा	टाँडी में पैसे डालो
	टाँडी ने चाउर लगावा बाबू	टाँडी में चावल डालो बाबू
	टाँडी के दादरा बाँदा	टाँडी का मुख बाँधो
	भाटा ने नेउन मँडावा बाबू	मैदान में ले जा कर रखो बाबू
	मयँ झोरया पानी आनें[56]"	मैं झोरया पानी[57] लाऊँगी"
	धँगड़ा रासी सुनोत बाबा	नवयुवक सुनते बाबा
	टाँडी ने पानी भरोत	टाँडी में पानी भरते
	पयसा-चाउर लगात बाबू	पैसे-चावल डालते बाबू
	टाँडी के दादरा बाँदोत	टाँडी का मुख बाँधते
	भाटा ने नेउन मँडात बाबू	मैदान में ले जा कर रखते बाबू
	माहादेवरैया दखे	माहादेवरैया देखता
	पारबती रानी दखे बाबा	पारबती रानी देखती बाबा
	राजा-रानी दखोत	राजा-रानी देखते
	हरबर तियार होत राजा-रानी	झटपट तैयार होते राजा-रानी
	जलदी तियार होत	जल्दी तैयार होते
	कोपरेया महुड़ बाँदोत भगवान	कोपरेया मुकुट[58] बाँधते भगवान
	कोपरेया महुड़ बाँदोत परभू	कोपरेया मुकुट बाँधते प्रभु
	टाँडी के मउड़ बाँदोत राजा-रानी	टाँडी को मुकुट बाँधते राजा-रानी
	लगिन-पिछोरी धरोत	वे लगिन-पिछौरी[59] लेते
	गठ जोड़ुन जात राजा-रानी	गाँठ जोड़ लेते राजा-रानी

55. चौंरा : चबूतरा।
56. आनें : 'आनेंदे' का लघुकृत रूप।
57. झोरया पानी : नयी हण्डी में थोड़ा-सा चावल तथा सिक्का डाल दिया जाता है। उस हण्डी के मुँह को पत्तों से ढँक दिया जाता है। फिर वह हण्डी थोड़ी दूरी पर ले जा कर रख दी जाती है। इसके बाद दुल्हा तथा दुल्हन पक्ष के कुछ लोग वहाँ जाते हैं और उस हण्डी के भीतर हाथ डालते हैं। फिर उस हण्डी में पानी भर कर लाते व उसे माँडो में टाँग दिया जाता है। पहले यह पानी झोरिया या झरया या झरन से लाया जाता था, इसी से इसका नाम 'झोरया पानी' या 'झोरिया पानी' है किन्तु अब यह पानी पहले से ला कर रखा जाता है। बाद में इसे उस हण्डी में भर कर लाते हैं। यह पानी दुल्हन के भाई द्वारा माँडो में चढ़ कर माँडो के नीचे खड़े दूल्हा-दुल्हन के ऊपर डाला जाता है। इस समय दूल्हा और दुल्हन के ऊपर परला छाते की तरह टाँगा जाता है। इसके बदले दूल्हे के द्वारा दुल्हन के उस भाई को कोई स्मृति-चिन्ह दिया जाता है। इसे 'सुसरा-काँडा' कहते हैं।
58. कोपरेया मुकुट : छींद के कोमल पत्तों से बने विशेष प्रकार के छोटे-छोटे मुकुट।
59. लगिन-पिछौरी : लग्न के समय दूल्हा-दुल्हन की गाँठ जोड़ने के लिये काम आने वाला धोतीनुमा कपड़ा।

गठ जोड़ुन जात	गाँठ जोड़ लेते
झोरया पानी काजे जात राजा-रानी	झोरया पानी के लिये जाते राजा-रानी
झोरया पानी काजे जात	झोरया पानी के लिये जाते
पराते-पराते जात राजा-रानी	भागते-भागते जाते राजा-रानी
पराते-पराते जात	भागते-भागते जाते
टाँडी ओयगुन जात रानी मन	टाँडी में हाथ डालतीं रानियाँ
टाँडी ओयगुन जात	टाँडी में हाथ डालतीं
मेंगइन पयसा बेचे बाबा	मेंगइन पैसे पाती बाबा
पारबती चाउर रापे	पारबती चावल पाती
टाँडी ने पानी भरोत रानी मन	टाँडी में पानी भरतीं रानियाँ
टाँडी बोहुन जात	वे टाँडी उठा जातीं
रुमझुम-रुमझुम रेंगोत रानी	जल्दी-जल्दी चलतीं रानियाँ
एक कलाट मारोत	लम्बे डग वे भरतीं
माँडो ने नेउन ओरात रानी	ले जा कर माँडो में टाँगतीं रानियाँ
माँडो ने नेउन ओरात	ले जा कर माँडो में टाँगतीं
1625 "सुना नोनी धँगड़ी रासी	"सुनो हे नोनी नवयुवतियों
सुना बाबा धँगड़ी रासी	सुनो हे बाबा नवयुवतियों
बाबू के नाहाउन दिया नोनी	बाबू को नहला दो हे नोनी
तेल घसुन दिया	उसे तेल चुपड़ दो
कोरुन-गाथुन दिया नोनी	कंघी कर दो हे नोनी
सात ठन बेनी गाथा"	सात वेणियाँ गूँथो"
सुनोत नोनी रे धँगड़ी रासी	सुनतीं नोनी नवयुवतियाँ
सुनोत बाबा धँगड़ी रासी	सुनतीं बाबा नवयुवतियाँ
बाबू के नाहाउन देत नोनी	बाबू को नहला देतीं नोनी
बाबू के नाहाउन देत	बाबू को नहला देतीं
तेल घसुन देत राजा के	तेल चुपड़ देतीं राजा को
तेल घसुन देत	तेल चुपड़ देतीं
कोरुन-गाथुन देत राजा के	कंघी कर देतीं राजा को
सात ठन बेनी गाथोत	सात वेणियाँ गूँथतीं
राजा के समराउन जात नोनी	राजा को तैयार कर जातीं नोनी
राजा के समराउन जात	राजा को तैयार कर देतीं
1626 "सुना बाबू बलराम ठाकुर	"सुनो बाबू बलराम ठाकुर
सुना बाबू बलराम ठाकुर	सुनो बाबू बलराम ठाकुर
बाबू के लुगा पिंदावा बाबू	बाबू को कपड़े पहनाओ बाबू
भाई के लुगा पिंदावा"	भाई को कपड़े पहनाओ"
बलराम ठाकुर जाय बाबा	बलराम ठाकुर जाता बाबा
भाई के लुगा पिंदाय	भाई को कपड़े पहनाता
केऊ-फुल धोती पिंदाय बाबू	केऊ-फूल-सी धोती पहनाता बाबू

	केऊ-फुल कमिंज पिंदाय	केऊ-फूल-सी कमीज पहनाता
	सिरे पगड़ी बाँदे बाबू	सिर पर पगड़ी बाँधता बाबू
	मुँडे सुरई खोचे	सिर में तुर्रा खोंसता
	तिलक-चन्दन लगाय बाबू	तिलक-चन्दन लगाता बाबू
	नवगुन पयता फेके	नौ गुना जनेऊ पहनाता
	खाँदे तलवार देय बाबू	कन्धे में तलवार रखता बाबू
	खाँदे तलवार धराय	कन्धे में तलवार रखता
	दुला समराउन जाय बाबू	दूल्हे को तैयार करता बाबू
	दुला समराउन जाय	दूल्हे को तैयार करता
1627	दखे रानी रे पारबती	देखती रानी पारबती
	दखे रानी पारबती	देखती रानी पारबती
	राजा के काय बले रानी	राजा से क्या कहती रानी
	"सुना राजा" बले	"सुनिये राजा" कहती
	"लगिन मारतो आय राजा	"लग्न करना है हे राजा
	लगिन मारतो आय"	लग्न करना है"
	हाते पोतनी धरे रानी	हाथ में पोतनी लेती रानी
	चार खुटेया लिपे	चारों चौखाने लीपती
	मँजी बाना लिखे रानी	बीच में बाना लिखती रानी
	कलस-दिया बारे	कलश-दीप जलाती
1628	जाय राजा रे माहादेवरैया	जाता राजा माहादेवरैया
	जाय राजा माहादेवरैया	जाता राजा माहादेवरैया
	बाबू लगे बले जाय राजा	बाबू के पास जाता राजा
	बाबू चो पुरे उबे	बाबू के पास जाता
	हाते मउड़ धरे राजा	हाथ में मुकुट लेता राजा
	चार खुट पइँया पड़े	चारों दिशाओं में प्रणाम कर जाता
	राजा के मउड़ बाँदे राजा	राजा को मुकुट बाँधता राजा
	बाबू के मउड़ बाँदे	बाबू को मुकुट बाँधता
	मुँड ओड़नी देय रानी	सिर पर ओढ़नी रखती रानी
	मुँडे कलस बोहे	सिर पर कलश रखती
	परला बोहुन जात नोनी	परला उठा जातीं नोनी
	परला बोहुन जात	परला उठा जातीं
	बाबू चो हात बले रानी धरे	बाबू का हाथ पकड़ती रानी
	बाबू चो हात रानी धरे	बाबू का हाथ पकड़ती रानी
	बाना ने नेउन उबाय रानी	ले जा कर बाना में खड़ा करती रानी
	बाना ने नेउन उबाय	बाना में खड़ा करती
	बाबू के काय बले रानी	बाबू से क्या कहती रानी
	"सुना बाबू" बले	"सुनो हे बाबू" कहती
	"भाई चो पाठे उबा बाबू	"भाई के पीछ खड़े हो जाओ बाबू

छाता ओड़ाउन जाहा"	उसे छाता ओढ़ा दो"
बलराम ठाकुर जाय बाबा	बलराम ठाकुर जाता बाबा
भाई चो पाठे उबे	भाई के पीछे खड़ा होता
छांता ओड़ाउन जाय बाबू	छाता ओढ़ा जाता बाबू
छाता ओड़ाउन जाय	छाता ओढ़ा जाता
झारी पानी बले रानी धरे	झारी में पानी रानी लेती
पइँया धोआउन रानी जाय	पाँव धुला जाती रानी
चाउर-टिका बले देय रानी	चावल का टीका लगाती रानी
होम-आरती देय	होम-आरती करती
लाड़-चुमा चुमे रानी	लाड़-भरा चुम्बन देती रानी
सुँदर-चुमा चुमे	सुन्दर-सा चुम्बन देती
दुला पड़घाउन जाय रानी	दूल्हे का स्वागत करती रानी
दुला पड़घाउन जाय	दूल्हे का स्वागत करती
9 "सुना बाबू नानी भाई	"सुनो हे बाबू छोटे भाई
सुना बाबू बलराम ठाकुर	सुनो हे बाबू बलराम ठाकुर
बाबू के खाँदगोड़ी चेगावा बाबू	बाबू को कन्धे पर बिठाओ बाबू
दुली-माँडो ने निया	दुल्हन के माँडो में ले जाओ
माँडो छियाउन जाहा बाबू	माँडो छुआ जाओ[60] बाबू
माँडो छियाउन जाहा"	माँडो छुआ जाओ"
बलराम ठाकुर सुने बाबा	बलराम ठाकुर सुनता बाबा
बाबू के खाँदगोड़ी चेगाय	बाबू को कन्धे पर चढ़ाता
दुली-माँडो ने नेय बाबू	दुल्हन के माँडो में ले जाता बाबू
माँडो छियाउन जाय	माँडो छुआ जाता
बाना ने नेउन उबाय बाबू	ले जा कर बाना में खड़ा करता बाबू
बाना ने नेउन उबाय	ले जा कर बाना में खड़ा करता
0 "सुना नोनी रे धँगड़ी रासी	"सुनो हे नोनी नवयुवतियों
सुना बाबा धँगड़ी रासी	सुनो बाबा नवयुवतियों
नोनी के नाहाउन दिया नोनी	नोनी को नहला दो हे नोनी
कोरुन-गाथुन दिया	उसे कंघी कर दो
तेल घसुन दिया नोनी	तेल चुपड़ दो हे नोनी
पाटा बेनी गाथा"	पीछे की वेणी गूँथो"
धँगड़ी रासी सुनोत बाबा	नवयुवतियाँ सुनतीं बाबा
नोनी के नाहाउन देत	नोनी को नहला देतीं
तेल घसुन देत नोनी के	तेल चुपड़ देतीं नोनी को
पाटा बेनी गाथोत	पीछे की वेणी गूँथतीं

माँडो छुआना : एक रस्म जिसमें वर द्वारा वधू के घर पर बने विवाह-मण्डप का स्पर्श पतली लकड़ी से किया जाता है। लकड़ी तलवार का प्रतीक होती है। जब वर द्वारा मण्डप का स्पर्श किया जा रहा होता है तब वधू-पक्ष के लोग उसे ऐसा करने से रोकने का प्रतीकात्मक प्रयास करते हैं।

	सात ठन बेनी गाथोत नोनी	सात वेणियाँ गूँथती नोनी
	सात ठन बेनी गाथोत	सात वेणियाँ गूँथती
	"सुना बेटा सरसती	"सुनो बेटा सरसती
	सुना बेटा सरसती	सुनो बेटा सरसती
	नोनी के लुगा पिंदावा बेटा	नोनी को कपड़े पहनाओ बेटा
	बइन के लुगा पिंदावा	बहिन को कपड़े पहनाओ
	नानी बइन आय बेटा	छोटी बहिन है बेटा
	ए पिला बइन आय	यह नन्हीं बहिन है
	सब ले लाडरी आय बेटा	सब से दुलारी है यह बेटा
	सब ले छेदोली आय"	यह सब से छोटी है"
	सरसती रानी जाय बाबा	सरसती रानी जाती बाबा
	नोनी के लुगा पिंदाय	नोनी को कपड़े पहनाती
	जमजम साड़ी पिंदाय नोनी के	खूबसूरत साड़ी पहनाती नोनी को
	जमजम साड़ी पिंदाय	सुन्दर-सी साड़ी पहनाती
	माँडो सराउन जात नोनी	माँडो लीप जातीं नोनी
	माँडो ने बाना लिखोत	माँडो में बाना लिखती
	कलस-दिया बारोत नोनी	कलश-दीप जलातीं नोनी
	रानी काय बले	रानी है क्या कहती
	"सुना राजा रे मेंगराजा	"सुनिये राजा मेंगराजा
	सुना राजा मेंगराजा	सुनिये राजा मेंगराजा
	नोनी के मउड़ बाँदा राजा	नोनी को मुकुट बाँधें राजा
	नोनी के मउड़ बाँदा"	नोनी को मुकुट बाँधें"
	मेंगराजा सुने बाबा	मेंगराजा सुनता बाबा
	हाते महुड़ धरे	हाथ में मुकुट लेता
	बेटी लगे जाय राजा	बेटी के पास जाता राजा
	हाते महुड़ धरे	हाथ में मुकुट लेता
	चार खुट पइँया पड़े राजा	चारों दिशाओं में प्रणाम करता राजा
	बेटी के मउड़ बाँदे	बेटी को मुकुट बाँधता
1631	मउड़ बाँदुन राजा सारे	मुकुट बाँध जाता राजा
	मउड़ बाँदुन राजा सारे	मुकुट बाँध जाता राजा
	कलस-दिया बारे रानी	कलश-दीप जलाती रानी
	परला ने चाउर धरे	परला में चावल लेती
	मुँड ओड़नी देय रानी	सिर पर ओढ़नी रखती रानी
	मुँडे कलस बोहे	सिर पर कलश रखती
	बेटी चो हात धरे रानी	बेटी का हाथ पकड़ती रानी
	बाना ने नेउन उबाय	ले जा कर बाना में खड़ा करती
	पइँया धोआउन जाय रानी	पाँव धुला जाती रानी
	चाउर-टिका देय	चावल का टीका लगाती

	होम-आरती देय रानी	होम-आरती करती रानी
	पइँया पड़ुन जाय	वह प्रणाम कर जाती
1632	अड़घाव-पड़घाव रानी करे	स्वागत कर जाती है रानी
	अड़घाव-पड़घाव रानी करे	स्वागत कर जाती है रानी
	दुली पड़घाउन जाय रानी	दुल्हन का स्वागत करती रानी
	दुला-बाटे जाय	दूल्हे की ओर जाती
	अलटा-पलटा होओत रानी	अदला-बदली होतीं रानी
	अलटा-पलटा होओत	अदला-बदली होतीं
	चाउर मारा-मारी होओत रानी	चावल छिटक जातीं रानियाँ एक-दूसरे पर
	चाउर मारा-मारी होत	चावल छिटक जातीं एक-दूसरे पर
	तिन भुँआर बुलाय रानी	तीन फेरे लगवाती रानी
	तिन भुँआर बुलाय	तीन फेरे लगवाती
	तिन भुँआर बुलाली रानी	तीन फेरे लगवाये रानी ने
	दुनों के भेटाउन दिली रानी	दोनों को मिला दिया रानी ने
	कलस मँडाउन जाय रानी	कलश रख जाती रानी
	जुहार-भेट होत	दोनों जोहार-भेंट करतीं
	काकी के पाँय पड़े रानी	काकी के पाँव छूती रानी
	बेटी चो टोंड चुमे	वह बेटी का मुख चूमती
	राजा-रानी के उबात बाबा	राजा-रानी को खड़े करते बाबा
	राजा-रानी के उबात	राजा-रानी को खड़े करते
	सुत तागुन जात राजा के	धागा तान जाते राजा के लिये
	गठ जोड़ुन जात	वे गाँठ जोड़ देतीं
	दुली-मसनी आनोत बाबा	दुल्हन-चटाई लाते बाबा
	दुनों के बसाउन जात	दोनों को बिठा जाते
1633	लगिन-बान बले भरे रानी	लग्न-बान[61] भरती है रानी
	लगिन-बान भरे रानी	लग्न-बान भरती है रानी
	पारबती रानी भरे बाबा	पारबती रानी भरती बाबा
	मेंगइन रानी झोके	मेंगइन रानी लेती
	मेंगइन रानी भरे बाबा	मेंगइन रानी भरती बाबा
	पारबती रानी झोके	पारबती रानी लेती
	बान भराउन जाय रानी	बान भरवा जाती रानी
	बान भराउन जाय	बान भरवा जाती
	थारी ने चाउर मँडाय रानी	थाली में चावल रखती रानी
	थारी ने चाउर मँडाय	थाली में चावल रखती

61. लग्न के ठीक पहले दूल्हा और दुल्हन के हाथों में सात बार चावल दिया जाता है। दूल्हे की माँ द्वारा दिये गये चावल दुल्हन की माँ लेती है और दुल्हन की माँ द्वारा दिये चावल दूल्हे की माँ लेती है। इस समय दूल्हे की दोनों हथेलियाँ नीचे तथा उनके ऊपर दुल्हन की दोनों हथेलियाँ होती हैं।

	दाइज टिकुन जात राजा-रानी	दहेज दे जाते राजा-रानी
	दाइज टिकुन जात	दहेज दे जाते
1634	जितरो रहोत तिनपुरे	जितने भी थे तीनों लोकों में
	जितरो रहोत तिनपुरे	जितने भी थे तीनों लोकों में
	राजा के दाइज टिकोत बाबा	राजा को दहेज देते बाबा
	रानी के दाइज टिकोत	रानी को दहेज देते
	लाड़-चुमा चुमोत दादा-बाई	लाड़-भरा चुम्बन देते दादा-बाई
	सुँदर-चुमा चुमोत	सुन्दर चुम्बन देते
	दाइज टिकुन जात राजा-रानी	दहेज दे जाते राजा-रानी
	दाइज टिकुन जात	दहेज दे जाते
	माहादेवरैया टिके बाबा	माहादेवरैया देता बाबा
	पारबती रानी टिके	पारबती रानी देती
	जितरो रहोत उपरपुरिन	जितनी भी थीं उपरपुरिन
	जितरो रहोत उपरपुरया	जितने भी थे उपरपुरिया
	रानी के दाइज टिकोत बाबा	रानी को दहेज देते बाबा
	रानी के दाइज टिकोत	रानी को दहेज देते
	तलपुरया टिकोत बाबा	तलपुरिया देते बाबा
	मँजपुरया टिकोत	मँजपुरिया देते
	कैलासपुरया टिकोत रानी के	कैलासपुरिया देते रानी को
	कैलासपुरिन टिकोत	कैलासपुरिन देते
	रानी के दाइज टिकोत	रानी को दहेज देते
	दाइज टिकुन जात दादा-बाई	दहेज दे जाते दादा-बाई
	दाइज टिकुन जात	वे दहेज दे जाते
	मेंगराजा टिके बाबा	मेंगराजा देता बाबा
	मेंगराजा टिके	मेंगराजा देता
1635	टिके राजा रे मेंगराजा	देता राजा मेंगराजा
	टिके राजा मेंगराजा	देता राजा मेंगराजा
	गँगा-जमुना टिके राजा	गंगा-जमुना देता राजा
	जोड़ी गदया टिके	दो भण्डार देता
	तिजरी-बिजरी टिके राजा	तिजोरियाँ देता राजा
	कासा-तामा टिके	काँसा-ताम्बा देता
	लाली-मुँगी टिके राजा	लाली-मूँगी देता राजा
	कारी-कपिला टिके	कारी-कपिला देता
	कोंड़गुड़ मुसा टिके राजा	कोंड़गुड़ चूहा देता राजा
	बेताल मुसा टिके	बेताल चूहा देता
	हाँसा-परेवाँ टिके राजा	हन्स-कबूतर देता राजा
	बाँदे माकड़ टिके	बाँदे बन्दर देता
	जँवरा-भँवरा टिके राजा	जँवरा-भँवरा देता राजा

	दानी-पुनी के टिके	दानी-पुनी देता
	मैना-मँजुर टिके राजा	मैना-मयूर देता राजा
	साले सुआ टिके राजा	साले तोता देता राजा
	बेटी के दाइज टिके राजा	बेटी को दहेज देता राजा
	बेटी के दाइज टिके	बेटी को दहेज देता
	"आगर-उना निंआत बेटा	"और कोई नहीं है बेटा
	मोचो आउर-तिसर निंहात	मेरी और सन्तान नहीं है
	काचो काजे ठोउन रयँदे बेटा	किस के लिये रखा रहूँगा बेटे
	काचो काजे सँगाउन रयँदे?	किस के लिये रखा रहूँगा?
	तुचो जयमाला के ने बेटा	तुम्हारी जयमाला ले जाओ बेटे
	जयमाला के ने"	तुम्हारी जयमाला ले जाओ"
	जयमाला टिके राजा	जयमाला देता राजा
	जयमाला टिके	जयमाला देता
1636	"सुना भाचा रे नरायन परभू	"सुनिये भान्जे नरायन प्रभु
	सुना राजा माहापरभू	सुनिये राजा महाप्रभु
	बेटी के छुटी देसे भाचा	बेटी को जाने देना भान्जे
	बेटी के छुटी देसे	बेटी को जाने देना
	बेटी चो बरद एउआय भाचा	बेटी का व्रत आयेगा भान्जे
	बेटी चो बरद एउआय	बेटी का व्रत आयेगा
	सहर बुलुक जाउआय भाचा	शहर घूमने जायेगी भान्जे
	नँगर बुलुक जाउआय	वह नगर घूमने जायेगी
	दुरई नईं करसे भाचा	द्रोह नहीं करना हे भान्जे
	दुरई नईं करसे"	द्रोह नहीं करना"
	मेंगराजा बले बाबा	मेंगराजा कहता बाबा
	मेंगराजा बले	मेंगराजा कहता
1637	जाय रानी मेंगइन	जाती रानी मेंगइन
	जाय रानी मेंगइन	जाती रानी मेंगइन
	बेटी के दाइज टिके रानी	बेटी को दहेज देती रानी
	बेटी के दाइज टिके	बेटी को दहेज देती
	नव सै गाहना टिके रानी	नौ सौ गहने देती रानी
	नव सै हार टिके	नौ सौ हार देती
	अलंकार टिके रानी	अलंकार देती रानी
	सोनर तड़हा टिके	सोने का तड़ा देती
	मुँडे गुबया रानी टिके	सिर का गुबिया रानी देती
	मोती ने गुरिया रानी टिके	मोती में गुरिया रानी देती
	सिरे सेंदुर टिके रानी	सिर का सिन्दूर देती रानी
	कपारे टिकली टिके	माथे की टिकली देती
	काने कुँडल टिके रानी	कानों के कुण्डल देती रानी

	नाके नथली टिके	नाक की नथनी देती
	टोडरा गरलखी टिके रानी	गले का हार देती रानी
	बाँहा ने बाजुबँद टिके	बाँहों के बाजूबन्ध देती
	ककनी-गुजरी टिके रानी	ककनी गुजरी देती रानी
	अँडखी-मुँदी टिके	अँगुलियों की अँगूठी देती
	अँडखा-टिकी टिके रानी	अँगूठे की टिकी[62] देती रानी
	दाइज टिकुन जाय	वह दहेज दे जाती
	टिके रानी कन्हेया-करधन	देती रानी कमर-करधनिया
	टिके रानी रुमझुम पँयड़ी	देती रानी रुमझुम[63] पायल
	पाँयर बिछिया टिके रानी	पाँवों की बिछिया देती रानी
	सोनर झुलना टिके	सोने का झूला देती
	रुपर धरना टिके रानी	चाँदी की डोरी देती रानी
	रुपर धरना टिके	चाँदी की डोरी देती
1638	"तिनपुरे मयँ बुल्ले बेटा	"तीनों लोकों में मैं घूमी बेटा
	तिनपुरे बुल्ले बेटी	तीनों लोकों में मैं घूमी बेटी
	मँजपुरे इले बेटा	मँजपुर में मैं आयी बेटा
	मँजपुरे इले	मँजपुर में मैं आयी
	नाना पयकार होले बेटा	नाना उपाय किये हे बेटा
	मयँ बाना-बिसा होले	मैंने कई कष्ट सहे
	गोटोक बेटी पावले बेटी	एक बेटी पायी बेटी
	अकइस उपरे दिले"	(उसे भी) इक्कीस सौतनों के ऊपर दिया"
	पोटारी होउन गागे रानी	लिपटा कर रोती रानी
	पोटारी होउन गागे	लिपटा कर रोती
	रानी काय बले आया के	रानी क्या कहती माता से
	"सुन आया" बले	"सुन हे माता" कहती
	"रोना-गाना नीं कर आया	"रोना-गाना मत कर माता
	गागा-बोगा नीं कर	रोना-गाना मत कर
	बेटा जनम होते आया	बेटा यदि मैं होती माता
	बेटा जनम होते आया	बेटा यदि मैं होती माता
	राज धरुन खाते आया	राज-काज कर जाती
	देस धरुन खाते	देश पर शासन करती
	राजगादी ने रते आया	राजगद्दी में बैठती माता
	मयँ राजगादी ने रते	मैं राजगद्दी में बैठती
	बेटी अँवतार इले आया	बेटी के रूप में जन्मी माता
	बेटी अँवतार इले	बेटी के रूप में जन्मी

62. टिकी : विशेष प्रकार की अँगूठी। यह 'टिकी मुँदी' भी कहलाती है।

63. रुमझुम : झंकृत होने वाली।

	राज निकरुन जायँ आया	राज्य छोड़ कर जाती माता
	देस निकरुन जायँ	मैं देश छोड़ कर जाती
	माँगलो बर आय आया	वह मेरा पूर्व निर्धारित वर है माता
	मोचो पुछे अँवतार आय	मेरा पूर्व निर्धारित वर है
	रोना-गाना नीं कर आया	रोना-गाना मत कर माता
	गागा-बोगा नीं कर"	रोना-गाना मत कर"
	माहालखी बले रानी के	माहालखी कहती रानी से
	रानी ओगाय होय	रानी चुप हो जाती
639	दाइज टिकुन सरली रे भगवान	दहेज दे जाते भगवान
	दाइज टिकुन सरली परभू	दहेज दे जाते प्रभु
	पयसा गनुन जाय रानी	पैसे गिन जाती है रानी
	"नाँदी होली की पुरा?"	"सम हुआ या विषम?"
	पुरा होउन जाय रानी चो	विषम हो जाता रानी का पैसा
	पुरा होउन जाय	विषम हो जाता
	मुठी रपाउन जाय रानी	मुट्ठी में चावल लेने को कहती रानी
	मुठी रपाउन जाय	मुट्ठी में चावल लेने को कहती
	राजा-रानी के उठाय रानी	राजा-रानी को उठाती रानी
	राजा-रानी के उठाय	राजा-रानी को उठाती
640	"सुना दादा रे सुना बाई	"सुनो हे दादा, सुनो हे बाई
	सुना दादा सुना बाई	सुनो हे दादा, सुनो हे बाई
	नरायन-बिहाव करले दादा-बाई	नरायन का विवाह किया हे दादा-बाई
	लखी-बिहाव करले	लखी का विवाह किया
	सब के पाँय पड़ायँ दादा	सब को प्रणाम कर करवाती
	मयँ सब के हात जोड़ायँ"	मैं सब को हाथ जोड़वाती"
	दादा-बाई काय बलोत बाबा	दादा-बाई क्या कहते बाबा
	"उठा राजा" बलोत	"उठिये राजा" कहते
	"धरती के टेकुन जाहा राजा-रानी	"धरती का पालन करो हे राजा-रानी
	पिरथी के पालुन जाहा	पृथ्वी का पालन करो
	तिन लोक के पाला राजा-रानी	तीनों लोकों को पालो राजा-रानी
	तिन लोक के पाला	तीनों लोकों को पालो
	चाटी-ओंगी पाला राजा-रानी	चींटी-कीटों को पालो राजा-रानी
	जियाद-जन्तुर पाला	जीव-जन्तु को पालो
	चड़े-चिड़गुड़ पाला राजा-रानी	चिड़ियों आदि को पालो राजा-रानी
	कावा-कराटी पाला"	कौओं आदि को पालो"
	डारा-छापरे नेय रानी	डारा-छावन में ले जाती रानी
	दुला-मसनी ओछाय	दूल्हा-चटाई बिछाती
	दुनों के बसाउन जाय रानी	दोनों को बिठा जाती रानी
	दुनों के बसाउन जाय	दोनों को बिठा जाती

1641 दुली-माहाले रानी नेय	दुल्हन के महल में ले जाती रानी
दुली-माहाले रानी नेय	दुल्हन के महल में ले जाती
धँगड़ी रासी दखोत बाबा	नवयुवतियाँ देखतीं बाबा
धँगड़ी रासी दखोत	नवयुवतियाँ देखतीं
बाटे उबुन रहोत नोनी मन	राह में युवतियाँ खड़ी थीं
बाटे उबुन रहोत	राह में वे खड़ी थीं
ओलुक नईं बले देत नोनी	भीतर जाने न देतीं नोनी
ओलुक नईं देत	भीतर जाने न देतीं
पारबती रानी दखे बाबा	पारबती रानी देखती बाबा
बाबू के काय बले	बाबू से क्या कहती
"सुना बाबू रे बलराम ठाकुर	"सुनो बाबू बलराम ठाकुर
सुना बाबू बलराम ठाकुर	सुनो बाबू बलराम ठाकुर
डोबली ने लाई आना बाबू	डोबली[64] में लाई लाओ बाबू
भेला गुर आना	गुड़ की भेली लाओ
धँगड़ी रासी के दिया बाबू	नवयुवतियों को दो हे बाबू
मोके ओलुक नईं देत"	मुझे भीतर जाने न देतीं"
बलराम ठाकुर सुने बाबा	बलराम ठाकुर सुनता बाबा
डोबली ने लाई आने	डोबली में लाई लाता
भेला गुर आने बाबू	गुड़ की भेली लाता बाबू
धँगड़ी रासी के देय	नवयुवतियों को देता
बाट ले गुचुन जात नोनी	रास्ते से हट जातीं नोनी
नव खँड माहाले ओलाय	वह नौ खण्डा महल में ले जाती
दुली-मसनी ओछाय रानी	दुल्हन-चटाई बिछाती रानी
दुनों के बसाउन जाय	दोनों को बिठा जाती
काकी के काय बले रानी	काकी से क्या कहती रानी
"सुना काकी" बले	"सुनिये काकी" कहती
"आँवरी-बुची आना काकी	"आँवरी-बुची[65] लायें काकी
बुची ने चाउर आना"	बुची में चावल लायें"
मेंगइन रानी सुने बाबा	मेंगइन रानी सुनती बाबा
आँवरी-बुची आने	आँवरी-बुची लाती
बुची ने चाउर आने रानी	बुची में चावल लाती रानी
बुची ने चाउर आने	बुची में चावल लाती
बुची भरुन जाय रानी	बुची भर जाती रानी
बाबू के काय बले	बाबू से क्या कहती
"सुना बाबू नानी भाई	"सुनो हे बाबू छोटे भाई
सुना बाबू पिला भाई	सुनो हे बाबू नन्हे भाई

64. डोबली : पत्तों को सिल कर बनाया गया कटोरानुमा पात्र।

65. छोटी-छोटी हण्डियाँ।

चिनी अँगरी ने ठेगला बाबू	चिनी[66] अँगुली में ठेलो बाबू
चिनी अँगरी ने ठेगला"	छोटी अँगुली में ठेलो"
1642 सुने राजा रे नरायन परभू[67]	सुनता राजा नरायन प्रभु
सुने राजा माहापरभू	सुनता राजा महाप्रभु
चिनी अँगरी ने ठेगले राजा	चिनी अँगुली में ठेलता राजा
चिनी अँगरी ने ठेगले	छोटी अँगुली में ठेलता
रानी चाउर रापे बाबा	रानी चावल उठाती बाबा
रानी चाउर नापे	रानी चावल उठाती
राजा बुची भरे बाबा	राजा बुची भरता बाबा
राजा बुची भरे	राजा बुची भरता
बुची नईं भरे राजा चो	बुची नहीं भरती राजा की
बुची नईं भरे	बुची नहीं भरती
रानी काय बले बाबू के	रानी क्या कहती बाबू से
"सुना बाबू" बले	"सुनो हे बाबू" कहती
"सुना बाबू नानी भाई	"सुनो हे बाबू छोटे भाई
सुना बाबू पिला भाई	सुनो हे बाबू नन्हें भाई
नोनी के चाउर माँगा बाबू	नोनी से चावल माँगो बाबू
नोनी के चाउर माँगा"	नोनी से चावल माँगो"
नरायन राजा सुने बाबा	नरायन राजा सुनता बाबा
रानी के चाउर माँगे	रानी से चावल माँगता
"सुन रानी माहालखी	"सुन रानी माहालखी
सुन रानी माहालखी	सुन रानी माहालखी
मोके चाउर दे रानी	मुझे चावल दे रानी
मोके चाउर दे	मुझे चावल दे
नव सै गाहना देयँदे रानी	नौ सौ गहने दूँगा रानी
मयँ नव सै हार देयँदे	मैं नौ सौ हार दूँगा
अलंकार देयँदे रानी	अलंकार दूँगा रानी
सोनर तड़हा देयँदे"	सोने का तड़ा दूँगा"
लाजे-लाजे बले होय रानी	लज्जा से भर जाती रानी
राजा के चाउर देय	राजा को चावल देती
राजा बुची भरे बाबा	राजा बुची भरता बाबा
बुची भरुन जाय	वह बुची भर जाता
नोनी के काय बले रानी	नोनी से क्या कहती रानी
"सुन बाबा" बले	"सुन हे बाबा" कहती
"चिनी अँगरी ने ठेगल नोनी	"चिनी अँगुली में ठेल नोनी
बाबू चाउर रापो"	बाबू चावल उठाये"

66. चिनी : कनिष्ठा।

67. दिनांक 19.12.1996 को ध्वन्यांकित कैसेट क्रमांक 35बी का आरम्भ।

चिनी अँगरी ने नोनी ठेगले	चिनी अँगुली में नोनी ठेलती
चिनी अँगरी ने नोनी ठेगले	चिनी अँगुली में नोनी ठेलती
राजा चाउर नापे बाबा	राजा चावल नापता बाबा
नोनी बुची भरे	नोनी बुची भरती
बुची नईं भरे रानी चो	बुची नहीं भरती नोनी की
बुची नईं भरे	बुची नहीं भरती है
नोनी के काय बले दिदी	नोनी से क्या कहती दीदी
"सुन बइन" बले	"सुन हे बहिन" कहती
"बाबू के चाउर माँग नोनी	"बाबू से चावल माँग नोनी
'मयँ काईं बले देयँदे' बल"	'मैं कुछ भी दूँगी' कह"
1643 सुने रानी माहालखी	सुनती रानी माहालखी
सुने रानी माहालखी	सुनती रानी माहालखी
राजा के काय बले रानी	राजा से क्या कहती रानी
"सुना राजा" बले	"सुनिये राजा" कहती
"मोके चाउर दिया राजा	"मुझे चावल दें हे राजा
मोके चाउर दिया"	मुझे चावल दें"
सुने राजा रे नरायन परभू	सुनता राजा नरायन प्रभु
सुने राजा माहापरभू	सुनता राजा महाप्रभु
रानी के चाउर देय राजा	रानी को चावल देता राजा
रानी के चाउर देय	रानी को चावल देता
रानी बुची भरे बाबा	रानी बुची भरती बाबा
रानी बुची भरे	रानी बुची भरती
झेल पड़ुन जाय रानी के	बुची से ऊपर आ जाता चावल
ओर गिरुन जाय	बुची से नीचे गिर जाता
बुची भराउन जाय रानी	बुची भरा जाती रानी
काकी के काय बले	काकी से क्या कहती
"सुना काकी मेंगइन	"सुनिये काकी मेंगइन
सुना काकी मेंगइन	सुनिये काकी मेंगइन
पाँच ठन कवड़ी आना काकी	पाँच कौड़ियाँ लायें काकी
चिती खेलातो आय"	चिती[68] खेलाना है"
मेंगइन रानी सुने बाबा	मेंगइन रानी सुनती बाबा
पाँच ठन कवड़ी आने	पाँच कौड़ियाँ लाती
पारबती रानी के देय रानी	पारबती रानी को देती रानी
रानी काय बले	रानी है क्या कहती
"सुना बाबू रे नानी भाई	"सुनो हे बाबू छोटे भाई
सुना बाबू पिला भाई	सुनो हे बाबू नन्हे भाई

68. चिती : कौड़ियों से खेला जाने वाला चित-पट का खेल।

काय ने तुमी राहास बाबू	किस तरफ आप रहेंगे बाबू
काय ने तुमी राहास?"	किस तरफ आप रहेंगे?"
बाबू काय बले बऊ के	बाबू क्या कहता भौजी से
"सुना बऊ" बले	"सुनिये भौजी" कहती
"पट ने मयँ रयँदे बऊ	"पट मेरा होगा हे भौजी
चित ने रानी रओ"	चित रानी का होगा"
कवड़ी घोलुन जाय राजा	कौड़ी मिला जाता राजा
तिन खेप घोले	तीन बार मिलाता
खाली पट होय बाबा	पट-ही-पट होता बाबा
खाली पट होय	पट-ही-पट होता
1644 घोले रानी माहालखी	मिलाती रानी माहालखी
घोले रानी माहालखी	मिलाती रानी माहालखी
कवड़ी घोलुन जाय रानी	कौड़ी मिला जाती रानी
कवड़ी घोलुन जाय	कौड़ी मिला जाती
पटे-पटे बले होय रानी चो	पट-ही-पट होता रानी का
पट-पट होय	पट-ही-पट होता
कवड़ी ने राजा जिते बाबा	कौड़ी के खेल में राजा जीतता बाबा
चाउर ने रानी जिते	चावल के खेल में रानी जीतती
कवड़ी खेलाउन सारे रानी	कौड़ी खेला जाती रानी
काकी के काय बले	काकी से क्या कहती
"तात खिचड़ी आना काकी	"गरम खिचड़ी लायें काकी
तात खिचड़ी आना"	गरम खिचड़ी लायें"
मेंगइन रानी सुने बाबा	मेंगइन रानी सुनती बाबा
तात खिचड़ी देय	गरम खिचड़ी देती
1645 "सुना बाबू नानी भाई	"सुनो हे बाबू छोटे भाई
सुना बाबू पिला भाई	सुनो बाबू नन्हें भाई
मूँ-भर भात गोबा बाबू	मुँह-भर भात लें बाबू
नोनी के जुठा खुआवा"	नोनी को जूठन खिलायें"
मूँ-भर भात गोबे राजा	मुँह-भर भात लेता राजा
रानी लगे जाय	रानी के पास जाता
जुठा खुआते रय राजा	जूठन खिला रहा था राजा
पारबती रानी दखे	पारबती रानी ने देखा
बाबू के काय बले रानी	बाबू से क्या कहती रानी
"सुना बाबू" बले	"सुनो हे बाबू" कहती
"रोजे जुठा खाउआय बाबू	"रोज जूठन खायेगी बाबू
मयँ आज खाउक नीं देयँ"	मैं आज न खाने दूँगी"
पारबती छेकी होय बाबा	पारबती आड़े आती बाबा
जुठा खाउक नीं देय	जूठन खाने न देती

1646	मूँ-भर भात बले रानी गोबे	मुँह-भर भात रानी लेती
	मूँ-भर भात रानी गोबे	मुँह-भर भात रानी लेती
	नरायन राजा लगे जाय रानी	नरायन राजा के पास जाती रानी
	राजा के भात खोआय	राजा को भात खिलाती
	जुठा खुआउन जाय रानी	जूठन खिला जाती रानी
	राजा के जुठा खुआय	राजा को जूठन खिलाती
	मउड़ हेड़ुन जाय राजा	मुकुट निकाल जाता राजा
	मुटका मारते रय	घूँसा मार रहा था
	पारबती काय बले बाबू के	पारबती क्या कहती बाबू से
	“सुना बाबू” बले	“सुनो हे बाबू” कहती
	“रोजे मारुआहास बाबू	“रोज तो मारोगे बाबू
	आज मारुक नीं देयँ”	आज मारने न दूँगी”
	पारबती मारुक नीं देय नोनी के	पारबती मारने न देती नोनी को
	पारबती मारुक नीं देय	पारबती मारने न देती
1647	“सुन नोनी नानी बइन	“सुन हे नोनी छोटी बहिन
	सुन बाबा पिला बइन	सुन हे बाबा नन्हीं बहिन
	बाबू चो मउड़ हेड़ नोनी	बाबू का मुकुट निकाल नोनी
	जोड़ी मुटका मार”	दो घूँसे मार”
	राजा चो मउड़ हेड़े रानी	राजा का मुकुट निकालती रानी
	जोड़ी मुटका मारे	दो घूँसे मारती
	सब जोड़ा धरे रानी	सारी सामग्री लेती रानी
	सब जोड़ा ठोय	सारी सामग्री रखती
	डारा-छापरे जाय रानी	डारा-छापर में ले जाती रानी
	राजा के काय बले	राजा से क्या कहती
	“सुना राजा माहादेवरैया	“सुनिये राजा माहादेवरैया
	सुना राजा माहादेवरैया	सुनिये राजा माहादेवरैया
	खुबे रात बले होय राजा	बहुत रात हो गयी राजा
	बाल-बचा भुके आसोत	बाल-बच्चे भूखे हैं
	लगिन-माँदी दिया राजा	लगन-भोज दें हे राजा
	लगिन-माँदी दिया”	लगन का भोज दें”
	माहादेवरैया सुने बाबा	माहादेवरैया सुनता बाबा
	धँगड़ा रासी लगे जाय	नवयुवकों के पास जाता
	बाबू के काय बले राजा	बाबू से क्या कहता राजा
	“सुना बाबू” बले	“सुनो हे बाबू” कहता
	“खुबे रात बले होय बाबू	“बहुत रात हो गयी बाबू
	बाल-बचा भुके आसोत	बाल-बच्चे भूखे हैं
	लगिन-माँदी दिया बाबू	लगन-भोज दें हे बाबू
	लगिन-माँदी दिया”	लग्न का भोज दें”

1648	सुनोत बाबू रे धँगड़ा रासी	सुनते बाबू नवयुवक
	सुनोत बाबू धँगड़ा रासी	सुनते बाबू नवयुवक
	सब के पानी बले देत बाबू	सब को पानी देते बाबू
	सब के हात धोआत	सब के हाथ धुलाते
	ओरी-चो-ओरी बसोत दादा-बाई	पंक्तियों में बैठते दादा-बाई
	धाड़ी-चो-धाड़ी बसोत	पंक्तियों में जा बैठते
	पतरी बाटेया बाटोत बाबू	कुछ लोग पत्तल बाँटते
	दोना बाटेया बाटोत	कुछ लोग दोने बाँटते
	भात बाटेया बाटोत बाबू	कुछ लोग भात बाँटते
	दार बाटेया बाटोत	कुछ लोग दाल बाँटते
	सब के पुरुन जाय बाबा	सब को परोसा जाता बाबा
	खाना-पिना खाओत	सब भोजन कर जाते
1649	खाई-पिई के भय गय तियार	खा-पी कर हो गये तैयार
	खाई-पिई के भय गय तियार	खा-पी कर हो गये तैयार
	राजा-रानी खाओत बाबा	राजा-रानी खाते बाबा
	राजा-रानी खाओत	राजा-रानी खाते
	रात काजे सोओत राजा-रानी	रात को सो जाते राजा-रानी
	बड़े बिहान होय	अगला सवेरा होता
	दतुन-पतर चाबे रानी	दतौन आदि करती रानी
	मुँहे-कान धोय	मुँह-कान धो जाती
	नोनीं के काय बले रानी	नोनी से क्या कहती रानी
	"तुमी सुना बाबा" बले	"तुम सुनो हे बाबा" कहती
	"रचन खेलातो आय नोनी	"रचन खेलाना है नोनी
	तेल उतराउन दिया"	तुम तेल उतार दो"
	सुनोत नोनी रे धँगड़ी रासी	सुनतीं नोनी नवयुवतियाँ
	सुनोत बाबा धँगड़ी रासी	सुनतीं बाबा नवयुवतियाँ
	दुनों के मउड़ बाँदोत नोनी	दोनों को मुकुट बाँधतीं नोनी
	दुनों के मउड़ बाँदोत	दोनों को मुकुट बाँधतीं
	तेल-हरदी धरोत नोनी	तेल-हल्दी लेतीं नोनी
	तेल-हरदी धरोत	तेल-हल्दी लेतीं
	माँडो ने नेउन उबात नोनी	माँडो में ले जा कर खड़ा करतीं नोनी
	दुनों के बसाउन जात	दोनों को बिठा जातीं
	तेल उतराउन देत नोनी	तेल उतार देतीं नोनी
	तेल उतराउन देत	वे तेल उतार देतीं
	नव खँड माहाले नेत नोनी मन	नौ खण्डा महल में ले जातीं नोनी
	दुनों चो मउड़ हेड़ोत	दोनों के मुकुट निकालतीं
	तेल-हरदी ठोओत नोनी	तेल-हल्दी रखतीं नोनी
	तेल-हरदी ठोओत	तेल-हल्दी रखतीं

1650 “सुना काकी मेंगइन	“सुनिये काकी मेंगइन
सुना काकी मेंगइन	सुनिये काकी मेंगइन
टाँडी ने रचन घोरा काकी	टाँडी में रचन घोलें काकी
टाँडी ने रचन घोरा	टाँडी में रचन घोलें
रचन खेलातो आय काकी	रचन खेलाना है हे काकी
रचन खेलातो आय”	रचन खेलाना है”
मेंगइन रानी सुने बाबा	मेंगइन रानी सुनती बाबा
टाँडी ने रचन घोरे	टाँडी में रचन घोलती
“जोड़ी कसेला आना काकी	“दो लोटे लायें काकी
जोड़ी कसेला आना”	दो लोटे लायें”
जोड़ी कसेला देय रानी	दो लोटे देती रानी
राजा-रानी पलटेना करोत	राजा-रानी (आपस में) अदला-बदली करते
एक कसेला राजा धरे	एक लोटा राजा लेता
एक कसेला राजा डुमे	एक लोटा रचन राजा निकालता
रानी चो मुँडे रिकाय राजा	रानी के सिर पर डालता राजा
रानी चो मुँडे रिकाय	रानी के सिर पर डालता
कसेला ने रचन डुमे रानी	लोटे में रचन निकालती रानी
राजा चो मुँडे रिकाय	राजा के सिर पर डालती
खेदुन-खेदुन रिकात राजा-रानी	(एक-दूसरे को) दौड़ा-दौड़ा कर डालते राजा-रानी
बुलाउन-बुलाउन रिकात	दौड़ा-दौड़ा कर डालते
रचन खेलाउन जाय रानी	रचन खेला जाती रानी
रचन खेलाउन जाय	रचन खेला जाती
1651 “सुना दादा रे गाँयता लोग	“सुनो हे दादा गाँयता
सुना दादा पुजारी लोग	सुनो हे दादा पुजारी
कयना-पुजा बले जोड़ दादा	कन्या-पूजन की तैयारी करो दादा
कयना-पुजा जोड़	कन्या-पूजन की तैयारी करो
फुल-मउड़ नेवाँ दादा	फूल-मुकुट ले जायेंगे दादा
तेल-हरदी नेवाँ”	तेल-हल्दी ले जायेंगे”
गाँयता दादा सुने बाबा	गाँयता दादा सुनता बाबा
कयना-पुजा जोड़े	कन्या-पूजन की सामग्री जुटाता
“सुना बाबू धँगड़ा रासी	“सुनो हे बाबू नवयुवकों
सुना बाबू धँगड़ा रासी	सुनो हे बाबू नवयुवकों
महू-खँदा धरा बाबू	महुआ की टहनी लो बाबू
तेल-हरदी धरा	तुम तेल-हल्दी लो
बन्धा सागरे जावँ बाबू	सरोवर में जायें बाबू
गिता माई ने जावँ”	गीता माँ में जायें”
धँगड़ा रासी सुनोत बाबा	नवयुवक सुनते बाबा
महू-खँदा धरोत	महुआ की टहनी लेते

तेल-हरदी धरोत बाबू	तेल-हल्दी लेते बाबू
फुल-मउड़ धरोत	फूल-मुकुट लेते
जाओत रानी जाओत राजा	जाते राजा जातीं रानी
जाओत रानी जाओत राजा	जाते राजा जातीं रानी
रुमझुम-रुमझुम रेंगोत राजा-रानी	जल्दी-जल्दी चलते राजा-रानी
एक कलाट मारोत	लम्बे डग वे भरते
बँधासागरे जात राजा-रानी	सरोवर में जाते राजा-रानी
बन्धासागरे अमरोत	वे सरोवर पहुँचते
बन्धा-पारे उबे रानी	सरोवर के किनारे खड़ी होती रानी
तरई-पारे उबे	सरोवर के किनारे खड़ी होती
दार-चाउर फेके रानी	दाल-चावल अर्पित करती रानी
दादा के काय बले	दादा से क्या कहती
"कयना-पुजा दिया दादा	"कन्या-पूजन करो दादा
कयना-पुजा दिया"	कन्या-पूजन करो"

1652 जाय दादा रे गाँयता लोग	जाता दादा गाँयता
जाय दादा पुजारी लोग	जाता दादा पुजारी
पानी-रेटे बले जाय दादा	पानी के पास जाता दादा
अजिक असन जतनाय	थोड़ी सफाई करता
कयना-पुजा देय दादा	कन्या-पूजन करता दादा
कयना-पुजा देय	कन्या-पूजन करता
सेंदुर-काजर देय दादा	सिन्दूर-काजल अर्पित करता दादा

	जात लाली देय	शुद्ध लाली लगाता
	नवा लिमई काटे दादा	नीबू काट जाता दादा
	अरगफुली थिपाय	शुद्ध मदिरा टपकाता
	आँवरा-मुँदी बले देय दादा	आँवले की अँगूठी देता दादा
	बोथा-चुड़ी देय	बोथा की चूड़ी देता
	चुड़ी-फुँदड़ी देय दादा	चूड़ी-फुँदड़ी देता दादा
	चुड़ी-फुँदड़ी देय	चूड़ी-फुँदड़ी देता
	मँगर बनाउन जाय रानी	मगर बना जाती रानी
	दार-चाउर फेके	दाल-चावल अर्पित करती
	सेंदुर-काजर देय रानी	सिन्दूर-काजल अर्पित करती रानी
	सेंदुर-काजर देय	सिन्दूर-काजल अर्पित करती
	महू-खँदा बले रानी ओछाय	महुए की शाख रानी बिछाती
	महू-खँदा रानी ओछाय	महुए की शाख रानी बिछाती
	फुल-मउड़ धरे रानी	फूल-मुकुट लेती रानी
	राजा-रानी के बसाय	राजा-रानी को बिठाती
	बाबू के काय बले रानी	बाबू से क्या कहती रानी
	"तुमी सुना बाबू" बले	"आप सुनें हे बाबू" कहती
	"नोनी चो मउड़ हेड़ा बाबू	"नोनी का मुकुट निकालें बाबू
	नोनी चो बेनी हेड़ा"	नोनी की वेणी खोलें"
	रानी चो बेनी हेड़े राजा	रानी की वेणी खोलता राजा
	रानी चो बेनी हेड़े	रानी की वेणी खोलता
	मउड़ हेड़ुन जाय राजा	मुकुट निकाल जाता राजा
	मउड़ हेड़ुन जाय	मुकुट निकाल जाता
	बेनी हेड़ुन सारे राजा	वेणी खोल जाता राजा
	बेनी हेड़ुन सारे	वेणी खोल जाता
1653	राजा के कोरा बले रानी धरे	राजा को गोद में लेती पारबती रानी
	राजा के कोरा रानी धरे	राजा को गोद में लेती पारबती रानी
	राजा चो बेनी हेड़े रानी	राजा की वेणी खोलती रानी
	राजा चो बेनी हेड़े	राजा की वेणी खोलती
	सरसती रानी जाय बाबा	सरसती रानी जाती बाबा
	बेनी हेड़ुक लागे	वह वेणी निकालने में सहायता करती
	बेनी हेड़ुन सारे रानी	वेणी निकाल जाती रानी
	राजा चो मउड़ हेड़े	राजा का मुकुट निकालती
	"सुना बाबू धँगड़ा रासी	"सुनो हे बाबू नवयुवकों
	सुना बाबू धँगड़ा रासी	सुनो हे बाबू नवयुवकों
	महू-खँदा झिका बाबू	महुए की शाख खींचो बाबू
	महू-खँदा झिका"	महुए की शाख खींचो"
	धँगड़ा रासी सुनोत बाबा	नवयुवक सुनते बाबा

महू-खँदा झिकोत	महुए की शाख खींचते
जल ने ठँडा करोत बाबू	जल में ठण्डा करते बाबू
जल ने ठँडा करोत	जल में ठण्डा करते
फुल-मउड़ गाड़ोत बाबू	फूल-मुकुट गाड़ते बाबू
तेल-हरदी गाड़ोत	तेल-हल्दी गाड़ते
1654 टाँडी लुकाउन राजा जाय	टाँडी छुपा जाता राजा
टाँडी लुकाउन राजा जाय	टाँडी छुपा जाता राजा
रानी टाँडी खोजे बाबा	रानी टाँडी खोजती बाबा
रानी टाँडी खोजे	रानी टाँडी खोजती
बेचुन-बेचुन आने रानी	उठा-उठा कर लाती रानी
बेचुन-बेचुन आने	उठा-उठा कर लाती
रानी टाँडी लुकाय बाबा	रानी टाँडी छुपाती बाबा
राजा टाँडी खोजे	राजा टाँडी खोजता
टाँडी नईं भेटे राजा	टाँडी नहीं मिलती राजा को
टाँडी नईं भेटे	टाँडी नहीं मिलती
"सुना बऊ बड़े बऊ	"सुनिये भौजी बड़ी भौजी
सुना बऊ बड़े बऊ	सुनिये भौजी बड़ी भौजी
मयँ खोजुन-खोजुन थाकले बऊ	मैं खोज-खोज थक गया हूँ भौजी
खोजुन-खोजुन थाकले	खोज-खोज थक गया
टाँडी नईं भेटें बऊ मयँ	टाँडी नहीं मिलती है भौजी
टाँडी नईं पायँ"	टाँडी नहीं मिलती है"
जाउन-जाउन आने रानी	जा-जा कर लाती है रानी
जाउन-जाउन आने	जा-जा कर लाती है
आँगे असनाँद होत राजा-रानी	स्नान कर जाते राजा-रानी
हिरदे असनाँद होत	वे हृदय स्नान कर जाते
सुका कपड़ा पिंदोत राजा-रानी	सूखे कपड़े पहनते राजा-रानी
ओधा कपड़ा गिरे	गीले कपड़े गिरते
कपड़ा निचाउन जात राजा-रानी	कपड़े निचोड़ जाते राजा-रानी
कपड़ा निचाउन जात	कपड़े निचोड़ जाते
1655 गपा-अँगोछी रानी हेड़े	गपा-अँगोछी[69] रानी निकालती
गपा-अँगोछी रानी धरे	गपा-अँगोछी रानी लेती

69. गपा-अँगोछी : वह कपड़ा जिसे चीर कर दूल्हा-दुल्हन तथा दूल्हा और दुल्हन के माता-पिता को कंकण बाँधा जाता है। फिर किसी जलाशय में जा कर वहाँ से उसी कपड़े की 'गुँडरी' बना कर उस पर दुल्हन पानी की हण्डी ले कर आती है। वह हण्डी माँडो में टाँग दी जाती है। इसके बाद इसी कपड़े में सिल या लोढ़ा बच्चे की तरह झुलाया जाता है। इसे कहा जाता है 'गपा झुलातो' या 'पिला झुलातो'। यही कपड़ा 'गपा-अँगोछी' कहलाता है। इसके विषय में ग्राम कनेरा के भादूदास मानिकपुरी कहते हैं : "चुलमाटी के लिये जाते समय एक गमछा लगता है। यह भी कुस (छोटा सब्बल) में बाँधा जाता है। इसे 'गपा अँगोछी' या 'गपा पागी' कहा जाता है। यह दूल्हा तथा दुल्हन दोनों पक्षों के दो कुसों में बाँधा जाता है।"

गुँडरी बनाउन जाय रानी	गुँडरी[70] बना जाती रानी
गुँडरी बनाउन जाय	गुँडरी बना जाती
टाँडी ने पानी भरे रानी	टाँडी में पानी भरती रानी
नोनी के धराउन देय	नोनी को पकड़ा देती
लखी पानी बोहे बाबा	लखी पानी उठाती बाबा
लखी पानी बोहे	लखी पानी उठाती
धनऊ-काँड आनोत बाबू	धनुष-तीर लाते बाबू
सामर बनाउन जात	वे सांभर बना जाते
सात ठन दतुन देओत राजा के	सात दतौन देते राजा को
सात ठन दतुन देओत	सात दतौन देते
"सुना बाबू नानी भाई	"सुनो हे बाबू छोटे भाई
सुना बाबू पिला भाई	सुनो हे बाबू नन्हें भाई
दतुन चाबते जाहा बाबू	दतौन करते जाओ बाबू
सामर मारते जाहा	सांभर मारते जाओ
नोनी चो मुँहे पुरका बाबू	नोनी के मुँह पर डालो
नोनी चो मुँहे पुरका"	नोनी के मुँह पर डालो"
दतुन चाबते जाय राजा	दतौन करता जाता राजा
कुरला करते जाय	वह कुल्ला करता जाता
सामर मारते जाय राजा	सांभर मारता जाता राजा
सामर मारते जाय	सांभर मारता जाता
सामर मरुन गेली रे भगवान	सांभर मर जाता भगवान
सामर मरुन गेली परभू	सांभर मर जाता
नव खँड माहाले जाय राजा	नौ खण्डा महल में जाता राजा
नव खँड माहाले जाय	नौ खण्डा महल में जाता
माँडो ने जाउन सोओत बाबा	माँडो में जा कर सो जाते बाबा
माँडो ने जाउन सोओत	माँडो में जा कर सो जाते
पारबती रानी दखे बाबा	पारबती रानी देखती बाबा
बाबू के काय बले	बाबू से क्या कहती
"डोबली ने लाई आना बाबू	"डोबली में लाई लायें बाबू
भेला गुर आना	गुड़ की भेली लायें
धँगड़ा रासी के दिया बाबू	नवयुवकों को दें हे बाबू
धँगड़ा रासी के दिया"	नवयुवकों को दें"
1656 सुने बाबू बलराम ठाकुर	सुनता बाबू बलराम ठाकुर
सुने बाबू बलराम ठाकुर	सुनता बाबू बलराम ठाकुर
डोबली ने लाई आने बाबू	डोबली में लाई लाता बाबू
भेला गुर आने	गुड़ी की भेली लाता

70. गुँडरी : सिर पर गगरी धरने के लिये कपड़े के टुकड़े से बना आधार।

	धँगड़ा रासी के देय बाबू	नवयुवकों को देता बाबू
	धँगड़ा रासी धरोत	नवयुवकों को देता
	माँडो ले गुचुन जात बाबू	माँडो से हट जाते बाबू
	माँडो ले गुचुन जात	वे माँडो से हट जाते
	गपा-अँगोछी ओराय रानी	गपा-अँगोछी टाँगती रानी
	सिल-लोढ़ा आने	सिल-लोढ़ा लाती
	पिला नचाउन जाय रानी	बच्चा नचाने का स्वाँग भरती रानी
	पिला झुलाउन जाय	बच्चा झुलाने का स्वाँग भरती
657	“सुन बाबू बिसकरमा	“सुन बाबू बिसकरमा
	सुन बाबू बिसकरमा	सुन बाबू बिसकरमा
	माँडो-उपरे चेग बाबू	माँडो के ऊपर चढ़ हे बाबू
	माँडो-उपरे चेग	माँडो के ऊपर चढ़
	जोरया पानी रिकाव बाबू	जोरया पानी डाल बाबू
	सुसरा-काँडा झोक”	सुसरा-काँडा[71] ले”
	बिसकरमा सुने बाबा	बिसकरमा सुनता बाबा
	माँडो-उपरे चेगे	माँडो के ऊपर चढ़ता
	झोरिया[72] पानी रिकाय बाबू	झोरिया पानी डालता बाबू
	सुसरा-काँडा झोके	सुसरा-काँडा[73] लेता
	दुनों चो हात बले रानी धरे	दोनों के हाथ पकड़ती रानी
	दुनों चो हात रानी धरे	दोनों के हाथ पकड़ती रानी
	दुली-माहाले नेय रानी	दुल्हन के महल में ले जाती रानी
	दुनों चो मउड़ हेड़े	दोनों के मुकुट निकालती
	दुला-दुली के बसाय रानी	दूल्हा-दुल्हन को बिठाती रानी
	दुला-दुली के बसाय	दूल्हा-दुल्हन को बिठाती
	माहादेवरैया लगे जाय रानी	माहादेवरैया के पास जाती रानी
	माहादेवरैया लगे जाय	माहादेवरैया के पास जाती
	भोज-माँदी देत बाबा	वे भोज दे जाते बाबा
	भोज-माँदी देत	वे भोज दे जाते
58	खाई-पिई के भय गय तियार	खा-पी कर हो गये तैयार
	खाई-पिई के भय गय तियार	खा-पी कर हो गये तैयार

1. सुसरा काँडा : दूल्हे द्वारा दुल्हन के उस भाई को जो माँडो में झोरिया पानी दूल्हा और दुल्हन के ऊपर डालता है, दिया जाने वाला स्मृति-चिन्ह। वस्तुतः यह शब्द है 'सुसरा खाँडा'। खाँडा यानी खण्डा (ओड़िया में खण्डा, संस्कृत में खड्ग या खंग) अर्थात् तलवार। सुसरा यानी पत्नी के बड़े भाई को दूल्हे द्वारा दी जाने वाली तलवार। पहले सम्भवतः स्मृति-चिन्ह के रूप में तलवार (खाँडा) देने का रिवाज प्रचलित रहा है। समय के साथ तलवार की जगह किसी भी वस्तु ने ले ली है।
2. झोरिया : ध्वनियाँ 'झोरया', 'जोरया', 'जोरिया'।
3. सुसरा-काँडा : अन्य ध्वनि 'सुसरा-खाँडा'।

	राजा-रानी खाओत बाबा	राजा-रानी खाते बाबा
	राजा-रानी खाओत	राजा-रानी खाते
	रात काजे सोओत राजा-रानी	रात को सो जाते राजा-रानी
	बड़े बिहान होय	अगला सवेरा होता
	दतुन-पतर चाबोत राजा-रानी	दतौन आदि करते राजा-रानी
	आँगे असनाँद होत	वे स्नान कर जाते
	सुका कपड़ा पिंदोत राजा-रानी	सूखे कपड़े पहनते राजा-रानी
	ओधा कपड़ा गिरे	गीले कपड़े गिरते
	कपड़ा निचाउन जात राजा-रानी	कपड़े निचोड़ जाते राजा-रानी
	कपड़ा सुकाउन जात	कपड़े सुखा जाते
	डोबली ने लाई बले रानी धरे	डोबली में लाई रानी लेती
	भेला गुर रानी धरे	गुड़ की भेली रानी लेती
	काका लगे बले जाय रानी	काका के पास जाती रानी
	काका के काय बले	काका से क्या कहती
	"बर-माहला इले काका	"वर-माहला[74]" आयी हूँ काका
	मोके बर दे"	मुझे वर-वधू सौंपो"
	माहला मँडाउन देय रानी	माहला रख देती रानी
	माहला मँडाउन देय	माहला रख देती
	बाटुन-बिरजुन खाओत राजा-रानी	आपस में बाँट कर खाते राजा-रानी
	बाटुन-बिरजुन खाओत	आपस में बाँट कर खाते
1659	"सुन बाबू पवनकुमार	"सुन हे बाबू पवनकुमार
	सुन बाबू पवनकुमार	सुन हे बाबू पवनकुमार
	मुठा रुपया धर बाबू	मुट्ठी भर रुपये ले बाबू
	मरार-माहाले जा	मरार-महल तू जा
	तुय बर-महुड़ आन बाबू	तू वर-मुकुट ला बाबू
	बर-महुड़ आन"	वर-मुकुट ले आ"
	पवनकुमार सुने बाबा	पवनकुमार सुनता बाबा
	मुठा रुपया धरे	मुट्ठी भर रुपये लेता
	घर ले बाहिर होय बाबू	घर से बाहर आता बाबू
	जाते-जाते जाय	चलता चला जाता
	रुमझुम-रुमझुम रेंगे बाबू	जल्दी-जल्दी चलता बाबू
	एक कलाट मारे	लम्बे डग वह भरता
	मरार-माहाले जाय बाबू	मरार-महल जाता बाबू
	मरार-माहाले अमरे	मरार-महल पहुँचता
	दादा के काय बले बाबू	दादा से क्या कहता बाबू
	"तुय सुन दादा" बले	"तू सुन हे दादा" कहता

74. वर-माहला : वर-वधू को विदा कराने के लिये पूछने आना।

“बर-महुड़ दे दादा	“वर-मुकुट दे हे दादा
बर-महुड़ दे”	वर-मुकुट दे”
“देयँदे बाबू” बले दादा	“दूँगा बाबू” कहता दादा
आपन माहाले जाय	अपने महल में जाता
बर-महुड़ दादा धरे	वर-मुकुट लेता दादा
बर-महुड़ दादा धरे	वर-मुकुट लेता दादा
पवनकुमार के देय दादा	पवनकुमार को देता दादा
पवनकुमार धरे	पवनकुमार लेता
मुठा रुपया देय बाबू	मुट्ठी भर रुपये देता बाबू
मरार-माहाल छाँडे	मरार-महल छोड़ता
रुमझुम-रुमझुम रेंगे बाबू	जल्दी-जल्दी चलता बाबू
एक कलाट मारे	लम्बे डग वह भरता
राजा-माहाले जाय बाबू	राज-महल जाता बाबू
राजा-माहाल अमरे	राज-महल पहुँचता
मउड़ बोरुन बाबू देय	मुकुट डुबा देता बाबू[75]
मउड़ बोरुन बाबू देय	मुकुट डुबा देता
रानी काय बले बाबू के	रानी क्या कहती बाबू से
“सुना बाबू” बले	“सुनो हे बाबू” कहती
“सब जोड़ा धरा बाबू	“सारी सामग्री लो बाबू
गाड़ी ने जोड़ुन जाहा”	गाड़ी में रख दो”
धँगड़ा रासी सुनोत बाबा	नवयुवक सुनते बाबा
सब जोड़ा धरोत	सारी सामग्री लेते
गाड़ी ने जोड़ुन जात बाबू	गाड़ी में रख जाते बाबू
गाड़ी ने जोड़ुन जात	गाड़ी में रख जाते
हाते पोतनी रानी धरे	हाथ में पोतनी रानी लेती
चार खुटेया रानी लिपे	चारों चौखाने रानी लीपती
मँजी बाना लिखे रानी	बीच में बाना लिखती रानी
कलस-दिया बारे	कलश-दीप जलाती
चन्दन-काट मँडाय रानी	चन्दन का पीढ़ा रखती रानी
राजा के काय बले	राजा से क्या कहती
“बर-मउड़ बाँदा राजा	“वर-मुकुट बाँधें राजा
बर-मउड़ बाँदा”	वर-मुकुट बाँधें”
सुनोत नोनी धँगड़ी रासी	सुनतीं नोनी नवयुवतियाँ
सुनोत बाबा धँगड़ी रासी	सुनतीं बाबा नवयुवतियाँ
लुगा पिंदाउन जात नोनी	कपड़े पहना जातीं नोनी

75. छींद के कोमल पत्तों से बने मुकुट हल्दी घुले पानी में डुबा कर रखे जाते हैं। इससे मुकुट ताजे बने रहते हैं तथा सुन्दर दिखते हैं।

	लुगा पिंदाउन जात	कपड़े पहना जातीं
	दुली के समराउन जात नोनी मन	दुल्हन को तैयार करतीं नोनी
	दुली के समराउन जात	दुल्हन को तैयार कर जातीं
	मसनी ओछाउन जात नोनी	चटाई बिछा जातीं नोनी
	दुनों के बसाउन जात	दोनों को बिठा जातीं
1661	हाते मउड़ राजा धरे	हाथ में मुकुट राजा लेता
	हाते मउड़ राजा धरे	हाथ में मुकुट राजा लेता
	नरायन परभू लगे जाय राजा	नरायन प्रभु के पास जाता राजा
	माहापरभू लगे जाय	महाप्रभु के पास जाता
	भाचा के महुड़ बाँदे राजा	भान्जे को मुकुट बाँधता राजा
	भाचा के महुड़ बाँदे	भान्जे को मुकुट बाँधता
	माहादेवरैया जाय बाबा	माहादेवरैया जाता बाबा
	नोनी के महुड़ बाँदे	नोनी को मुकुट बाँधता
	मुँड ओड़नी देय रानी	सिर पर ओढ़नी रखती रानी
	मुँडे कलस बोहे	सिर पर कलश रखती
	भाचा चो हात बले रानी धरे	भान्जे का हाथ रानी पकड़ती
	भाचा चो हात रानी धरे	भान्जे का हाथ रानी पकड़ती
	बाना ने नेउन उबाय रानी	ले जा कर बाना में खड़ा करती रानी
	झारी पानी धरे	झारी पानी लेती
	पइँया धोआउन जाय रानी	पाँव धुला जाती रानी
	चाउर-टिका देय	चावल का टीका लगाती
	होम-आरती देय रानी	होम-आरती करती रानी
	अड़घाव-पड़घाव करे	वह स्वागत कर जाती
	दुला पड़घाउन जाय रानी	दूल्हे का स्वागत करती रानी
	दुला पड़घाउन जाय	दूल्हे का स्वागत करती रानी
	बर उसकाउन जाय रानी	वर प्रस्थान कराती रानी
	बर उसकाउन जाय	वर प्रस्थान कराती
	आधा बाटे जाओत राजा-रानी	आधे रास्ते तक जाते राजा-रानी
	जुहार-भेट होओत	वे आपस में जुहार-भेट करते
	नोनी के काय बले रानी	नोनी से क्या कहती रानी
	"सुन बेटा" बले	"सुन हे बेटा" कहती
	"तुचो दाइज-हाती आसे बेटा	"तुम्हारे दहेज का हाथी है बेटा
	दाइज-हाती आसे	दहेज का हाथी है
	हाती चेगुन जा बेटा	हाथी पर चढ़ कर जा हे बेटा
	हाती चेगुन जा"	हाथी पर चढ़ कर जा"
1662	"सुन बाबू मोहोतेया	"सुन हे बाबू महावत
	सुन बाबू मोहोतेया	सुन हे बाबू महावत

हाती सिंगार कर बाबू	हाथी तैयार कर हे बाबू
हाती सिंगार कर"	हाथी तैयार कर"
मोहोतेया सुने बाबा	महावत सुन जाता बाबा
हाती-सारे जाय	हाथी-शाला में जाता

दाना-भुसा बले देय बाबू	दाना-भूसा देता बाबू
आया के काय बले	माता से वह कहता
"माँडी मोड़ुन दे आया	"घुटने मोड़ दे हे माता
तुके सिंगार करें"	तेरा सिंगार करूँगा"
माँडी मोड़ुन देय हाती	घुटने मोड़ देती हथिनी
हाती सिंगार करे	वह हथिनी का श्रृंगार कर जाता
कपारे बाना लिखे बाबू	माथे में बाना लिखता बाबू
मोती ने गुरिया गुथे	मोती में गुरिया गूँथता
टोडरा गरलखी पिंदाय बाबू	गले में हार पहनाता बाबू
काने कुँडल पिंदाय	कानों में कुण्डल पहनाता
चार पाँय नेवरा ठेचे बाबू	चारों पाँवों में नेवरा ठोंकता बाबू
सोनर झिलई ढापे	सोने की झिल्ली ढँकता
उपरे आँवरी कसे बाबू	ऊपर में आँवरी कसता बाबू
चोंडा के धरुन आने	सूँढ़ पकड़ कर लाता
1663 "सुना बेटा पारबती	"सुनो बेटा पारबती
सुना बेटा पारबती	सुनो बेटा पारबती

	काहीं के नाजुन जाने बेटा	कुछ भी नहीं जानती बेटा
	काहीं के नाजुन सिखे	उसने कुछ भी नहीं सीखा है
	तुमके भार लागे बेटा	तुम्हें भार लगेगा बेटा
	तुमके भार लागे"	तुम्हें भार लगेगा"
	पारबती काय बले काकी के	पारबती क्या कहती काकी से
	"सुना काकी" बले	"सुनिये काकी" कहती
	"काटा गड़ुक नीं देयँ काकी	"काँटा चुभने न दूँगी काकी
	मयँ काटा गड़ुक नीं देयँ	मैं काँटा चुभने न दूँगी
	हामचो सँगे रयदे काकी	हमारे सँग रहेगी काकी
	हुन बाटे नेउक नीं देयँ"	उधर ले जाने न दूँगी"
1664	"सुना राजा माहादेवरैया	"सुनिये राजा माहादेवरैया
	सुना राजा माहादेवरैया	सुनिये राजा माहादेवरैया
	रेंगते काय काजे जावाँ राजा	पैदल क्यों जायेंगे राजा
	रेंगते काय काजे जावाँ?	पैदल क्यों जायेंगे?
	नँदिया बसुन जावँ राजा	नँदिया पर बैठ कर जायें राजा
	नँदिया बसुन जावँ"	नँदिया पर बैठ कर जायें"
	नँदिया ने बसुन जाओत राजा-रानी	नँदिया पर बैठ कर जाते राजा-रानी
	नँदिया ने बसुन जाओत	नँदिया पर बैठ कर जाते
	रुमझुम-रुमझुम रेंगोत राजा-रानी	जल्दी-जल्दी चलते राजा-रानी
	एक कलाट मारोत	लम्बे डग वे भरते
	जाते-जाते बले जात राजा-रानी	चलते चले जाते राजा-रानी
	कोसक-दापक रेंगोत	कोस-दाब भर चलते
	बजनेया-मोहरेया सँगे जात राजा-रानी	संगीतकारों के सँग जाते राजा-रानी
	फउद-फटाका सँगे जात	फौज-पटाखे के सँग जाते
	कोसक-दापक रेंगोत राजा-रानी	कोस-दाब भर चलते राजा-रानी
	कैलासपुरे जात	कैलासपुर को जाते
1665	कैलासपुर के राजा-रानी अमरोत	कैलासपुर राजा-रानी पहुँचते
	कैलासपुर के राजा-रानी अमरोत	कैलासपुर राजा-रानी पहुँचते
	पारबती-जलकी ने जात राजा-रानी	पारबती-झील में जाते राजा-रानी
	माहादेव-जलकी ने जात	माहादेव-सरोवर में जाते
	जलकी-खँडे उबोत राजा-रानी	सरोवर के किनारे खड़े होते राजा-रानी
	खँड-भर रहे	सरोवर भरा हुआ था
	करेया पानी दखे बाबा	काला पानी दिखता था बाबा
	जलकी के काय बलोत	झील से वे कहते
	"आँट-आँट रानी जलकी	"कम हो, कम हो हे रानी सरोवर
	आँट-आँट मोचो जलकी	कम हो, कम हो हे मेरी झील
	मयँ दार-चाउर फेकें जलकी	मैं दाल-चावल अर्पित करता सरोवर

माँडक होउन जा”	घुटने तक कम हो जा”
दार-चाउर फेकोत राजा	दाल-चावल अर्पित करते राजा
माँडक होउन जाय	वह घुटनों तक कम हो जाती
जलकी पार होत राजा-रानी	झील लाँघ जाते राजा-रानी
समँदुर पार होत	समुद्र लाँघ जाते
कोसक-दापक रेंगोत राजा-रानी	कोस-दाब भर चलते राजा-रानी
नव खँड माहाले जात	नौ खण्डा महल में जाते
राजा के काय बले रानी	राजा से क्या कहती रानी
“सुना राजा” बले	“सुनिये राजा” कहती
“भाटा ने डेरा रहूँ राजा	“मैदान में डेरा बनायें राजा
दुला पड़घातो आय”	दूल्हे का स्वागत करना है”
भाटा ने डेरा आसोत राजा-रानी	मैदान में रुक गये राजा-रानी
भाटा ने डेरा आसोत	मैदान में रुक गये
1666 “सुन बाबू भिकन्दर	“सुन हे बाबू भिकन्दर
सुन बाबू जलन्धर	सुन हे बाबू जलन्धर
खोरे-डाँडे बले जा बाबू	अली-गली में जा बाबू
आरा-पारा ने जा	अड़ोस-पड़ोस में जा
‘बिहाव-बाट ले इला’ बलसे	‘विवाह कर आये’ कहना
‘बिहाव-बाट ले इला	‘विवाह कर आये
पड़घाव-घरे इया’ बलसे	स्वागत में सब आयें’ कहना
पड़घाव-घरे एओत	स्वागत में सब आयें
बुलुन-बुलुन साँग बाबू	घूम-घूम कर बता हे बाबू
गिंजरुन-गिंजरुन साँग”	घूम-घूम कर बता”
सुने बाबू रे भिकन्दर	सुनता बाबू भिकन्दर
सुने बाबू जलन्धर	सुनता बाबू जलन्धर
खोरे-डाँडे बले जाय बाबू	अली-गली में जाता बाबू
आरा-पारा जाय	अड़ोस-पड़ोस में जाता
“सुना बाई” बले बाबू	“सुनो हे बाई” कहता बाबू
“सुना नोनी” बले	“सुनो हे नोनी” कहता
“बिहाव-बाट ले इला दादा	“विवाह कर आये हैं दादा
बिहाव-बाट ले इला	विवाह कर आये हैं
पड़घाव दखुक इया बाई	स्वागत देखने आयें बाई
पड़घाव दखुक इया”	स्वागत देखने आयें”
“एउँदे बाबू” बलोत बाई-दादा	“आयेंगे बाबू” कहते दादा-बाई
“एउँदे बाबू” बलोत	“आयेंगे बाबू” कहते
1667 जाओत बाई रे जाओत नोनी	जातीं बाई जातीं नोनी
जाओत बाई रे जाओत नोनी	जातीं बाई जातीं नोनी

रुमझुम-रुमझुम रेंगोत दादा-बाई	जल्दी-जल्दी चलते दादा-बाई
एक कलाट मारोत	लम्बे डग वे भरते
राजा-माहाले जात दादा-बाई	राज-महल जाते दादा-बाई
राजा-माहाले अमरोत	राज-महल पहुँचते
ओरी-चो-ओरी बले धाड़ी-चो-धाड़ी	कतारों में, पंक्तियों में
ओरी-चो-ओरी धाड़ी-चो-धाड़ी	कतारों में, पंक्तियों में
दादा-बाई बसोत बाबा	दादा-बाई बैठते बाबा
दादा-बाई बसोत	दादा-बाई बैठते
पारबती रानी दखे बाबा	पारबती रानी देखती बाबा
हाते पोतनी धरे	हाथ में पोतनी लेती
चार खुटेया लिपे रानी	चारों चौखाने लीपती रानी
मँजी बाना लिखे	बीच में बाना लिखती
कलस-दिया बारे रानी	कलश-दीप जलाती रानी
चन्दन-काट मँडाय	चन्दन का पीढ़ा रखती
1668 पिल-बगेचा रानी जाय	नन्हें बगीचे में रानी जाती
बाबू चो हात रानी धरे	बाबू का हाथ रानी पकड़ती
बाना ने नेउन उबाय रानी	बाना पर ले जा खड़ा करती रानी
बाना ने नेउन उबाय	बाना पर खड़ा कर जाती
बलराम पाठे उबे बाबा	बलराम पीछे खड़ा होता बाबा
छाता ओड़ाउन जाय	वह छाता ओढ़ा जाता
पइँया धोआउन जाय रानी	पाँव धुला जाती रानी

चाउर-टिका देय	चावल का टीका लगाती
होम-आरती देय रानी	होम-आरती करती रानी
पइँया पड़ुन जाय	वह प्रणाम कर जाती
बाबू चो टोंड चुमे रानी	बाबू का मुख चूमती रानी
दुला पड़घाउन जाय	दूल्हे का स्वागत करती
दुला पड़घाउन रानी सारे	दूल्हे का स्वागत करती रानी
दुला पड़घाउन रानी सारे	दूल्हे का स्वागत करती रानी
पाँय-माँडा ओछाय रानी	पायदान रखती रानी
पाँय-माँडा ओछाय	पायदान रखती
रानी काय बले नोनी के	रानी क्या कहती नोनी से
"कोन पाँये ओलली?"	"किस पाँव से भीतर गयी?"
बर ओलाउन जाय रानी	वर-प्रवेश कराती रानी
बर ओलाउन जाय	वर-प्रवेश कराती
डेबरी पाँये ओले रानी	बायें पाँव से घुसती रानी
डेबरी पाँये ओले	बायें पाँव से घुसती
पारबती रानी दखे बाबा	पारबती रानी देखती बाबा
पारबती रानी दखे	पारबती रानी देखती
"बड़ा सुँदर भाग आय नोनी तुचो	"बड़ा सुन्दर भाग्य तेरा है नोनी
अती सुँदर भाग आय	अति सुन्दर भाग्य तेरा है
डेबरी पाँये ओल्लिस नोनी	बायें पाँव से प्रवेश किया है नोनी
डेबरी पाँये ओल्लिस"	बायें पाँव से प्रवेश किया है"
1669 बर ओलाउन रानी जाय	वर-प्रवेश कराती रानी
बर ओलाउन रानी जाय	वर-प्रवेश कराती रानी
राँदा-बाटा करोत बाबू	राँधा-बाटा करते बाबू
खाना-पिना खाओत	वे भोजन कर जाते
आपन-आपन जाओत बाई मन	अपने-अपने घर जाती बाई
राजा-रानी आसोत	राजा-रानी रहते
दुसर दिन बले होय बाबा	अगला दिन होता बाबा
आउर दिन होय	दूसरा दिन होता
बाबू के काय बले रानी	बाबू से क्या कहती रानी
"सुन बाबू" बले	"सुन हे बाबू" कहती
"गाँयतिन-माहाले जा बाबू	"गाँयतिन-महल जा बाबू
पुजारिन-माहाले जा	पुजारिन-महल जा
एक डँडिक एओत बाबू	थोड़ी देर आयें बाबू
एक डँडिक एओत"	थोड़ी देर आयें"
भिकन्दर सुने बाबा	भिकन्दर सुनता बाबा
जलन्धर सुने	जलन्धर सुनता
जाय बाबू भिकन्दर	जाता बाबू भिकन्दर

जाय बाबू जलन्धर	जाता बाबू जलन्धर
गाँयतिन-माहाले जाय बाबू	गाँयतिन-महल जाता बाबू
पुजारिन-माहाले जाय	पुजारिन-महल जाता
बाई के काय बले बाबू	बाई से क्या कहता बाबू
"सुना बाई" बले	"सुनो हे बाई" कहता
"राजा-घरे बलाव बाई	"राजा के घर बुलावा बाई
एक डँडिक जावँ"	थोड़ी देर चलो"
बाई सुनुन जाय बाबा	बाई सुन लेती है बाबा
"एयँदे बाबू" बले	"आऊँगी बाबू" कहती
आपन साजू पिंदे बाई	अपने साज पहनती बाई
आपलो जाक धरे	अपने सामान लेती
हरबर तियार होय बाई	झटपट तैयार होती बाई
जलदी तियार होय	जल्दी तैयार होती
जाय बाई रे गाँयतिन	जाती बाई गाँयतिन
जाय बाई पुजारिन	जाती बाई पुजारिन
राजा-माहाले जाय बाई	राज-महल जाती बाई
राजा-माहाल अमरे	राज-महल पहुँचती
परछी ने जाउन बसे बाई	परछी में जा कर बैठती बाई
रानी के काय बले	रानी से क्या कहती
"काय बलाव आय रानी	"किसलिये बुलवाया रानी
आले मोके साँगा"	तनिक मुझे बतायें"
रानी कार्य बले बाई के	रानी क्या कहती बाई से
"सुन बाई" बले	"सुन हे बाई" कहती
"पिंवरी काचुन दे बाई	"पिंवरी धो दे हे बाई
पिंवरी काचुन दे"	तू पिंवरी धो दे"
"देयँदे रानी" बले बाई	"धो दूँगी रानी" कहती बाई
पिंवरी-लुगा धरे	पिंवरी-साड़ी लेती
नवा हाँडी धरे बाई	नयी हण्डी लेती बाई
बँधासागरे जाय	सरोवर में जाती
बँधासागर अमरे बाई	सरोवर में पहुँचती बाई
आइग बारुन जाय	वह आग जला जाती
आइग बारुन बाई जाय	आग जला जाती बाई
पानी गरम बाई करे	पानी गरम करती बाई
कपड़ा डोबुन जाय बाई	कपड़ा डुबा जाती बाई
कपड़ा काचुन जाय	कपड़ा धो जाती
काचुन-काचुन सुकाय बाई	धो-धो कर सुखाती बाई
आँगे असनाँद होय	अंग-स्नान कर जाती
सुका कपड़ा पिंदे बाई	सूखे कपड़े पहनती बाई

ओधा कपड़ा गिरे	गीले कपड़े गिरते
कपड़ा निचाउन जाय बाई	कपड़े निचोड़ जाती बाई
कपड़ा सकलुन जाय	कपड़े समेट लेती
कपड़ा-मोडरी बाँदे बाई	कपड़ों की गठरी बाँधती बाई
हुन बँधासागर छाँडे	वह सरोवर छोड़ जाती
रुमझुम-रुमझुम रेंगे बाई	जल्दी-जल्दी चलती बाई
एक कलाट मारे	लम्बे डग वह भरती
राजा-माहाले जाय बाई	राज-महल जाती बाई
राजा-माहाल अमरे	राज-महल पहुँचती

1671 कपड़ा सुपरित बाई करे	कपड़े सौंप जाती बाई
कपड़ा सुपरित बाई करे	कपड़े सौंप जाती
रानी कपड़ा धरे बाबा	रानी कपड़े लेती बाबा
रानी कपड़ा धरे	रानी कपड़े लेती
रोसई-चाउर जोड़े रानी	रसोई-चावल लेती रानी
मुठा रुपया धरे	मुट्ठी भर रुपये लेती
गाँयतिन-बिदा बले देय बाई	गाँयतिन को विदा करती बाई
पुजारिन-बिदा देय	पुजारिन को विदा करती
जाय बाई गाँयतिन	जाती बाई गाँयतिन
जाय बाई पुजारिन	जाती बाई पुजारिन
आपन माहाले जाय बाई	अपने महल में जाती बाई
आपन माहाले जाय	अपने महल में जाती

1672	"सुन बाबू भिकन्दर	"सुन बाबू भिकन्दर
	सुन बाबू जलन्धर	सुन बाबू जलन्धर
	मँजी खोली में जा बाबू	बीच के कमरे में जा बाबू
	खिड़की-लगे जा	खिड़की के पास जा
	सोनर झुलना गाड़ बाबू	सोने का झूला गाड़ बाबू
	रुपर धरना गाड़"	चाँदी की डोरी गाड़"
	भिकन्दर सुने बाबा	भिकन्दर सुनता बाबा
	मँजी खोली ने जाय	बीच के कमरे में जाता
	खिड़की लगे जाय बाबू	खिड़की के पास जाता बाबू
	सोनर झुलना गाड़े	सोने का झूला गाड़ता
	रुपर धरना गाड़े बाबू	चाँदी की डोर लगाता बाबू
	झुलना गाड़ुन सारे	झूला गाड़ जाता बाबू
	जाओत राजा रे जाओत रानी	जाते राजा जातीं रानी
	जाओत राजा जाओत रानी	जाते राजा जातीं रानी
	सोनर झुलना बसोत राजा-रानी	सोने के झूले में बैठते राजा-रानी
	रुपर धरना धरोत	चाँदी की डोर पकड़ते
	अवबुल झुलना झुलोत राजा-रानी	बेसुध झूला झूलते राजा-रानी
	मतभुल झुलना झुलोत	वे बेसुध झूला झूलते

अधया-33 : माहालखी चो डँड

अध्याय-33 : माहालखी के कष्ट

1673	बालिखँडपुर चो अकइस रानी	बालिखँडपुर की इक्कीस रानियाँ
	बालिखँडपुर चो राधा-तुलसा	बालिखँडपुर की राधा-तुलसा
	बालिखँडपुरे आसोत रानी	बालिखँडपुर में हैं रानियाँ
	बालिखँडपुरे आसोत	बालिखँडपुर में हैं
	बिजाएक[1] चाउर नईं रय	दाना भर चावल नहीं था वहाँ पर
	बिजा-भर चाउर नईं	चावल का दाना नहीं था
	हाँडी भर-भर चाउर रय	चावल से हण्डियाँ भर गयीं
	हाँडी भर-भर चाउर	चावल से हण्डियाँ भर गयीं
	अकइस रानी दखोत बाबा[2]	इक्कीस रानियाँ देखतीं बाबा

1. बिजाएक : अन्य ध्वनि 'बिचाएक'।
2. दिनांक 19.12.1996 को ध्वन्यांकित कैसेट क्रमांक 36ए का आरम्भ।

राधा-तुलसा दखोत	राधा-तुलसा देखतीं
काय बला-बली होओत रानी मन	आपस में बातें करतीं रानियाँ
काय बला-बली होओत	वे आपस में बातें करतीं
"सुना दिदी" बलोत रानी	"सुनो दीदी" कहतीं रानियाँ
"सुना नोनी" बलोत	"सुनो हे नोनी" कहतीं
"बिजा-भर चाउर नईं रय	"एक भी दाना चावल नहीं था
बिजा-भर चाउर नईं	एक भी दाना चावल नहीं था
हाँडी भर-भर चाउर दिदी	हण्डियाँ चावल से भर गयीं दीदी
हाँडी भर-भर चाउर	हण्डियाँ चावल से भर गयीं
नोनी के बिहाव होला राजा	नोनी से विवाह किया राजा ने
नोनी के बिहाव होला"	नोनी से विवाह किया"
अकइस रानी बलोत बाबा	इक्कीस रानियाँ कहतीं बाबा
राधा-तुलसा बलोत	राधा-तुलसा कहतीं
"होला जाले होला नोनी	"किया तो करने दो हे नोनी
होला जाले होला नोनी	किया तो करने दो
हुनी बले बइन आय नोनी	वह भी तो बहिन है नोनी
हुनी बले बइन आय	वह भी तो बहिन है
काईं नईं बला नोनी	कुछ भी मत कहो हे नोनी
तुमी झगड़ा नईं लागा"	तुम झगड़ा मत करो"
"बइन होले बले काय होली	"बहिन हुई तो क्या हुआ
बइन होले काय होली?	बहिन हुई तो क्या हुआ?
छाती ने भाला गड़ली दिदी	छाती में भाला गाड़ा[3] है दीदी
हाँडी ने परई ढाकली	हण्डी में परई ढँका[4] है
खातो-बाटा के झिकली दिदी	हमारा भोजन झटका है नोनी
हुन हामचो उपरे इली"	वह हमारे ऊपर आ गयी है"
"एचो चुँदी दिदी हामचो हाते	"इसके केश हमारे हाथ हैं
एचो चुँदी हामचो हाते	इसके केश हमारे हाथ हैं
हामचो हाते आसे दिदी	हमारे हाथ में हैं दीदी
हामचो हाते आसे	हमारे हाथ में हैं
तिनपुर डँड करवाँ दिदी	बहुत कष्ट हम देंगी दीदी
एके अगिन डाहा देवाँ"	इसे आग-सा कष्ट[5] देंगी"
अकइस रानी बलोत बाबा	इक्कीस रानियाँ कहतीं बाबा
राधा-तुलसा बलोत	राधा-तुलसा कहतीं
1674 आसोत राजा रे आसोत रानी	रहते राजा रहती रानी
आसोत राजा आसोत रानी	रहते राजा रहती रानी

3. छाती में भाला गाड़ना (मुहावरा) : असहनीय पीड़ा देना। हृदय को पीड़ित करना।
4. हण्डी में परई (ढक्कन) ढँकना (मुहावरा) : सुख या प्रसन्नता से वंचित कर देना।
5. आग-सा कष्ट देना (मुहावरा) : असहनीय पीड़ा देना।

छय मयना होय बाबा	छह महीने बीते बाबा
साल-डेड़ साल होय	साल-डेढ़ साल बीते
बिहाव होलो होय राजा चो	विवाह हुए बीते राजा को
कैलासपुरे आसे	वह कैलासपुर में है
घर-बाटे सुरता निंहाय राजा के	घर की सुध नहीं है राजा को
घर-बाटे धोका निंहाय	घर की चिन्ता नहीं है
घर-बाटे सुरता करे राजा	अब घर की याद करता राजा
घर-बाटे धोका करे	घर की चिन्ता करता
'अकइस रानी मोचो आसोत	'इक्कीस रानियाँ मेरी हैं
राधा-तुलसा मोचो आसोत	राधा-तुलसा मेरी हैं
काय के खाउन आसोत?' बले	क्या खा कर रहती हैं?' कहता
'काय ने जिउन जासोत?	'वे कैसे जीती हैं?
बालिखँडपुरे जायँ' बले	बालिखँडपुर जाऊँगा' कहता
'मयँ बालिखँडपुरे जायँ'	'मैं बालिखँडपुर जाऊँगा'
दादा लगे बले जाय राजा	दादा के पास जाता राजा
बऊ लगे जाय	भौजी के पास जाता
"सुना दादा" बले राजा	"सुनो हे दादा" कहता राजा
"सुना बऊ" बले	"सुनिये भौजी" कहता
"खुबे दिन होली बऊ	"बहुत दिन बीते हे भौजी
मोचो इलो होय	मुझे यहाँ पर आये
बालिखँडपुरे जायँ बऊ	बालिखँडपुर जाऊँगा भौजी
बालिखँडपुरे जायँ"	मैं बालिखँडपुर जाऊँगा"
"सुना बाबू नानी भाई	"सुनिये बाबू छोटे भाई
सुना बाबू पिला भाई	सुनिये बाबू नन्हें भाई
जाउआहास जाले जाहा बाबू	आप जायेंगे तो जायें बाबू
नोनी के नेउक नीं देयँ	मैं नोनी को ले जाने न दूँगी
अकइस रानी आसोत बाबू	इक्कीस रानियाँ हैं बाबू
राधा-तुलसा आसोत	राधा-तुलसा भी हैं
आगे बइन रला बाबू	पहले बहिन थीं बाबू
एबे सउत होला	अब तो सौतन हैं
सउत-किसा आय बाबू	सौतन-किस्सा है हे बाबू
सउत-टोंड आय	सौतन का मुँह तो है
नोनी के डँड करदे बाबू	नोनी को कष्ट देंगी बाबू
नोनी के डाहा देदे	वे नोनी को तकलीफ देंगी
आना-जाना करा बाबू	आते-जाते रहें बाबू
तुमी इहार-जाहार करा	आप आते-जाते रहें
आँट दिन हुन बाटे राहा बाबू	आठ दिन उधर रहें हे बाबू

	एक दिन ए बाटे इया	एक दिन इधर आ जायें
	काईं नईं बलें बाबू मयँ	कुछ भी नहीं कहूँगी बाबू मैं
	झगड़ा नईं लागें"	झगड़ा नहीं करूँगी"
	नरायन राजा सुने बाबा	नरायन राजा सुनता बाबा
	राजा ओगाय होय	राजा चुप हो जाता
	आपलो साजू पिंदे राजा	अपने साज पहनता राजा
	आपलो जाक धरे	अपने सामान लेता
	पाँय ने खड़ऊ पिंदे राजा	पाँवों में खड़ाऊँ पहनता राजा
	हाते बेद धरे	हाथ में बेंत लेता
	सोनर झुलना ने जाय राजा	सोने के झूले के पास जाता राजा
	रुपर धरना ने जाय	चाँदी की डोर के पास जाता
	रानी के काय बले राजा	रानी से क्या कहता राजा
	"सुन रानी" बले	"सुन हे रानी" कहता
	"तुके नेउक नीं देत[6] रानी	"तुझे ले जाने न देते रानी
	तुय कैलासपुरे रा	तू कैलासपुर में ही रह जा
	बालिखँडपुरे मयँ जायँ रानी	बालिखँडपुर मैं जाता रानी
	बालिखँडपुरे जायँ"	बालिखँडपुर मैं जाता"
1676	"सुना राजा रे नरायन परभू	"सुनिये राजा नरायन प्रभु
	सुना राजा माहापरभू	सुनिये राजा महाप्रभु
	बालिखँडपुरे जाहा राजा	आप बालिखँडपुर जायें राजा
	कैलासपुरे रयँदे	मैं कैलासपुर में रहूँगी
	आना-जाना करा राजा	आना-जाना करें हे राजा
	इहार-जाहार होआ	आप आते-जाते रहें
	हुन बाटे आँट दिन राहा राजा	उधर आठ दिन रहें हे राजा
	ए बाटे एक दिन इया	इधर एक दिन आयें
	काहीं नईं बलें राजा	कुछ भी नहीं कहूँगी राजा
	मयँ झगड़ा नईं लागें"	मैं झगड़ा नहीं करूँगी"
	माहालखी बले राजा के	माहालखी कहती राजा से
	राजा सुनुन जाय	राजा है सुन लेता
	घर ले बाहिर होय राजा	घर से बाहर आता राजा
	जाते-जाते जाय	चलता चला जाता
1677	रुमझुम-रुमझुम राजा रेंगे	जल्दी-जल्दी राजा चलता
	एक कलाट राजा मारे	लम्बे डग है राजा भरता
	जाते-जाते बले जाय राजा	चलता चला जाता राजा
	बालिखँडपुरे जाय	बालिखँडपुर जाता
	माहादेव-जलकी ने जाय राजा	माहादेव-सरोवर में जाता राजा

6. देत : 'देओत' का लघुकृत रूप।

पारबती-जलकी ने जाय	पारबती-सरोवर में जाता
जलकी-खँडे उबे राजा	झील के किनारे खड़ा होता राजा
खँड-भर रय	झील भरी हुई थी
दार-चाउर फेके राजा	दाल-चावल अर्पित करता राजा
माँडक होउन जाय	वह घुटने तक आ जाती
जलकी पार बले होय राजा	सरोवर लाँघ जाता राजा
समँदुर पार होय	समुद्र लाँघ जाता
बालिखँडपुरे बले जाय राजा	बालिखँडपुर जाता राजा
बालिखँडपुरे अमरे	बालिखँडपुर पहुँचता
पारा-परोसे जाय राजा	अड़ोस-पड़ोस में जाता राजा
पारा-परोस छाँडे	अड़ोस-पड़ोस छोड़ता
आपन माहाले जाय राजा	अपने महल में जाता राजा
आपन माहाले अमरे	अपने महल पहुँचता
अकइस रानी दखोत बाबा	इक्कीस रानियाँ देखतीं बाबा
राधा-तुलसा दखोत	राधा-तुलसा देखतीं
"राजा एसोत" बलोत रानी	"राजा आते" कहतीं रानियाँ
सेवा-जोड़ा धरोत	सेवा-सामग्री लेतीं
पुजा-जोड़ा धरोत रानी	पूजा-सामग्री लेतीं रानियाँ
चन्दन-काट मँडात	चन्दन का पीढ़ा रखतीं
ढँग् नाय राजा उबे बाबा	उस पर राजा खड़ा होता बाबा
पइँया धोआउन जात	वे पाँव धुला जातीं
चाउर-टिका बले देत रानी	चावल का टीका लगातीं रानियाँ
होम-आरती देत	होम-आरती करतीं
राजा चो हात धरोत रानी मन	राजा का हाथ पकड़तीं रानियाँ
नव खँड माहाले नेत	नौ खण्डा महल में ले जातीं
नेउन बाजे बसात रानी	ले जा कर बिठातीं रानियाँ
नेउन बाजे बसात	ले जा कर बिठातीं
678 "सुना दिदी रे अकइस रानी	"सुनो दीदी इक्कीस रानियों
सुना दिदी राधा-तुलसा	सुनो दीदी राधा-तुलसा
खुबे दिन ले इला दिदी	बहुत दिन में आये दीदी
राजा के नाहाउन देवँ[7]"	राजा को नहला दें"
कोनी रानी आइग बारोत बाबा	कोई रानी आग जलाती बाबा
कोनी रानी पानी आनोत	कोई रानी पानी लाती
कोनी रानी पानी तपात[8] बाबा	कोई रानी पानी गरम करती बाबा
कोनी रानी पानी तपात	कोई रानी पानी गरम करती

7. देवँ : 'देऊँ' का लघुकृत रूप।
8. तपात : 'तपाओत' का लघुकृत रूप।

सेदा-भेदा करोत रानी मन	ठण्डा पानी मिलातीं रानियाँ
मन्दन-सिले नेत	स्नान-गृह में ले जातीं
झारी कसेला देत रानी	झारी पात्र देतीं रानियाँ
कपुर दतुन देत	सुगन्धित दतौन देतीं
1679 जाय राजा रे नरायन परभू	जाता राजा नरायन प्रभु
जाय राजा माहापरभू	जाता राजा नरायन प्रभु
मन्दन-सिले बले जाय राजा	स्नान-गृह में जाता राजा
कपुर दतुन धरे	सुगन्धित दतौन लेता
सुरिज-भेट करे राजा	सूर्य-नमस्कार करता राजा
मुँहे मुखारी गोबे	मुँह में दतौन लेता
दतुन-पतर राजा चाबे	दतौन आदि कर जाता राजा
दतुन-पतर राजा चाबे	दतौन आदि कर जाता राजा
रानी मन काय बलोत	रानियाँ क्या कहतीं आपस में
रानी मन काय बलोत	रानियाँ क्या कहतीं
"खुबे मयना होली दिदी	"बहुत महीने बीते दीदी

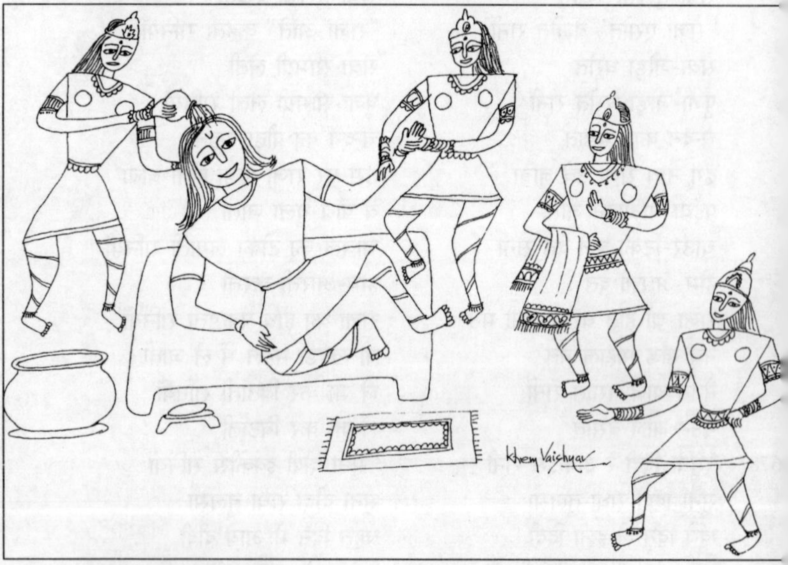

खुबे दिन होली	बहुत दिन हैं बीते
राजा चो गेलो होली दिदी	राजा को गये बीते दीदी
राजा चो गेलो होय	राजा को गये बीते
राजा के नाहाउन देवँ दिदी	राजा को नहला दें हे दीदी
राजा के नाहाउन देवँ"	राजा को नहला दें"
कोनी रानी लगड़ुन देत बाबा	कोई रानी रगड़ती बाबा

कोनी रानी पानी रिकात’	कोई रानी पानी डालती
राजा के नाहाउन देत रानी	राजा को नहला देतीं रानियाँ
राजा के नाहाउन देत	राजा को नहला देतीं
राजा काय बले रानी के	राजा क्या कहता रानियों से
“सुना रानी” बले	“सुनो हे रानियों” कहता
“मुँड के नईं भिजावा रानी	“सिर को मत भिगाना रानियों
मुँड के नईं भिजावा	सिर को मत भिगाना
तिनपुर मुँड दुखे रानी	सिर बहुत दुखता है रानियों
मोके अँधेर मुँड दुखे”	मेरा सिर बहुत दुखता है”
सुनोत रानी अकइस रानी	सुनतीं रानियाँ इक्कीस रानियाँ
सुनोत बाबा राधा-तुलसा	सुनतीं रानियाँ इक्कीस रानियाँ
काय बला-बली होओत रानी मन	आपस में बातें करतीं रानियाँ
“सुना दिदी” बलोत	“सुनो हे दीदी” कहतीं
“मुँडे काय आसे दिदी	“सिर में क्या है हे दीदी
मुँडे काय आसे?	सिर में क्या है?
मुँड के भिजाउन देवँ दिदी	सिर को भिगा दें हे दीदी
मुँड के भिजाउन देवँ”	सिर को भिगा दें”
झारी पानी धरोत रानी	झारी पानी लेतीं रानियाँ
मुँड बाटे रिकाउन देत	सिर पर डाल देतीं
पिंवर-पिंवर बोहे बाबा	पीला-पीला बहता बाबा
हरदी-हरदी बोहे	हल्दी-हल्दी-सी बहती
अकइस रानी दखोत बाबा	इक्कीस रानियाँ देखतीं बाबा
राधा-तुलसा दखोत	राधा-तुलसा देखतीं
“सुना राजा नरायन परभू	“सुनिये राजा नरायन प्रभु
सुना राजा माहापरभू	सुनिये राजा नरायन प्रभु
काहाँ चो हरदी आय राजा?	कहाँ की हल्दी है हे राजा?
पिंवर-पिंवर बोहे”	पीला-पीला-सा बहता”
राजा काय बले रानी के	राजा क्या कहता रानियों से
“सुना रानी” बले	“सुनो हे रानियों” कहता
“खोरे बुलुक गेले रानी	“गली में घूमने गया था रानियों
मयँ डाँडे बुलुक गेले	मैं गली में घूमने गया था
मुरिया-बिहाव होते रय	मुरिया-विवाह हो रहा था
मुरिया-बिहाव होते	मुरिया-विवाह हो रहा था
बिहाव-घरे गेले रानी मयँ	विवाह-स्थल में गया मैं रानियों
बिहाव-घरे गेले	विवाह-स्थल में गया
धँगड़ी रासी दखला रानी	युवतियों ने देखा रानियों

रिकात : ‘रिकाओत’ का लघुकृत रूप।

	मुँड बाटे रिकाउन दिला	मेरे सिर पर डाल दिया
	हुता चो हरदी आय रानी	वहीं की हल्दी है हे रानियों
	हुता चो हरदी आय"	वहीं की हल्दी है"
1681	"सुना राजा रे नरायन परभू	"सुनिये राजा नरायन प्रभु
	सुना राजा माहापरभू	सुनिये राजा महाप्रभु
	आमके नईं छला राजा	हमें मत छलें हे राजा
	हामके नईं ठगा	हमें मत ठगें
	बिजाएक चाउर नईं रय	दाना भर चावल नहीं था
	बिजाएक चाउर नईं	एक भी दाना चावल नहीं था
	हाँडी भर-भर चाउर राजा	चावल से हण्डियाँ भर गयीं राजा
	हाँडी भर-भर चाउर	चावल से हण्डियाँ भर गयीं
	नोनी के बिहाव होलास राजा	नोनी से विवाह किया हे राजा
	नोनी के बिहाव होलास!	नोनी से विवाह किया
	होलास जाले होलास राजा	किया तो किया हे राजा
	काय काजे एकला इलास	अकेले ही क्यों आये
	नोनी के आनुन रतास राजा	नोनी को भी लाना था राजा
	नोनी के आनुन रतास!"	नोनी को भी लाना था!"
1682	राजा के नाहाउन रानी मन देओत	राजा को नहला देतीं रानियाँ
	राजा के नाहाउन रानी मन देओत	राजी को नहला देतीं रानियाँ
	नव खँड माहाले जात राजा-रानी	नौ खण्डा महल में जाते राजा-रानी
	नव खँड माहाले जात	नौ खण्डा महल में जाते
	बाजे जाउन बसोत राजा	पलंग पर जा बैठते राजा
	सेज जाउन बसोत	सेज पर जा बैठते
	अकइस रानी आसोत बाबा	इक्कीस रानियाँ हैं बाबा
	राजा-भोग राँदोत	वे राज-भोग राँधती
	अकिस अलन राँदोत रानी मन	इक्कीस व्यंजन राँधतीं रानियाँ
	बतिस भोजन राँदोत	बत्तीस भोजन राँधती
	राजा-भोग हेड़ोत रानी	राज-भोग निकालतीं रानियाँ
	झारी पानी डुमोत	झारी में पानी लेतीं
	नरायन राजा के देत रानी	नरायन राजा को देतीं रानियाँ
	हात अचाउन जाय	वह हाथ धो जाता
	चन्दन-काटे बसे राजा	चन्दन के पीढ़े पर बैठता राजा
	भोग मँडाउन देत	वे भोग परोस जातीं
1683	खाय राजा रे नरायन परभू	खाता राजा नरायन प्रभु
	खाय राजा माहापरभू	खाता राजा महाप्रभु
	राजा-भोग बले खाय राजा	राज-भोग खाता राजा
	अढ़ई कँवरा खाय	ढाई कौर खाता

	थारी सरकाउन जाय राजा	थाली सरका देता राजा
	हात अचाउन जाय	हाथ धो जाता
	बाजे जाउन बसे राजा	पलंग पर जा बैठता राजा
	अकइस रानी खाओत	इक्कीस रानियाँ खातीं
	राधा-तुलसा खाओत बाबा	राधा-तुलसा खातीं बाबा
	खाउन-पिउन उठोत	खा-पी कर वे उठतीं
	बड़ा-ओंडा करोत रानी	साफ-सफाई करतीं रानियाँ
	बरतन-भाँडा सकलोत	बर्तन-भाँडे समेटतीं
1684	आसोत राजा रे आसोत रानी	रहते राजा रहतीं रानियाँ
	आसोत राजा आसोत रानी	रहते राजा रहतीं रानियाँ
	बालिखँडपुरे आसोत राजा-रानी	बालिखँडपुर में रहते राजा-रानी
	बालिखँडपुरे आसोत	बालिखँडपुर में रहते
	एक दिन ले दुय दिन	एक दिन से दो दिन
	दुय दिन ले आँट दिन	दो दिन से आठ दिन
	पँदरा दिन बले होय बाबा	पन्द्रह दिन बीते बाबा
	मयना दिन होय	एक महीना बीता
	छय मयना होय बाबा	छह महीने बीते बाबा
	राजा के छाँडलो होय	राजा को आये बीते
	'तिनपुर सुँदरी आय' बले	'बहुत ही सुन्दर है वह' कहता
	'तिनपुर लाडरी आय	'वह बहुत ही प्यारी है
	अकइस रानी मोचो आसोत	इक्कीस रानियाँ मेरी हैं
	राधा-तुलसा मोचो आसोत	राधा-तुलसा मेरी हैं
	रानी सँगे नईं पुरोत' बले	रानी की बराबरी नहीं कर सकतीं वे' कहता
	'रानी सँगें नईं सकोत	'रानी की बराबरी नहीं कर सकतीं
	अकइस रानी चो ठोड़ी' बले	इक्कीस रानियों की ठोड़ी[10]' कहता
	'राधा-तुलसा चो ठोड़ी	'राधा-तुलसा की ठोड़ी
	रानी चो लेड़ी बले आय' बले	रानी की लेड़ी[11] है' वह कहता
	'एक समान आय	'एक बराबर हैं
	मयँ किदलदायँ रानी के दखते?' बले	मैं कब रानी को देखूँगा?' कहता
	'मयँ किदलदायँ रानी लगे जाते!'	'मैं किस समय रानी के पास जाऊँगा!'
	ओगाय-ओगाय आसे राजा	चुप-चुप रहने लगता राजा
	काचोय सँगे नईं	किसी के साथ नहीं
	काचोय सँगे नईं गोठयाय	किसी से बात न करता
	काचोय सँगे नईं	किसी के साथ नहीं
1685	राँदा-बाटा बले रानी मन करोत	भोजन पका जातीं रानियाँ
	राँदा-बाटा रानी मन करोत	भोजन पका जातीं रानियाँ

10. ठोड़ी : चिबुक, ठुड्ढी।
11. लेड़ी : एड़ी।

राजा-भोग हेड़ोत रानी
झारी पानी डुमोत
नरायन राजा के देत रानी
हात अचाउन जाय
चन्दन-काटे बसे राजा
भोग मँडाउन देत
राजा-भोग बले खाय बाबा
अढ़ई कँवरा खाय
थारी सरकाउन जाय राजा
हात अचाउन जाय
बाजे जाउन सोय राजा
अकइस रानी खाओत
1686 खाई-पिई के भय गय तियार
खाई-पिई के भय गय तियार
काय बला-बली होओत रानी
काइन सला होत
"अकइस रानी आसूँ दिदी
राधा-तुलसा आसूँ
काय चो कमती होली दिदी
काय बिपती पड़ली?
ओगाय-ओगाय आसोत राजा

राज-भोग निकालतीं रानियाँ
झारी पानी निकालतीं
नरायन राजा को देतीं रानियाँ
वह हाथ धो लेता
चन्दन के पीढ़े पर बैठता राजा
वे भोग परोस जातीं
राज-भोग खाता बाबा
ढाई कौर खाता
थाली सरका जाता राजा
वह हाथ धो जाता
पलंग पर जा कर सोता राजा
इक्कीस रानियाँ खातीं
खा-पी कर हो गये तैयार
खा-पी कर हो गये तैयार
आपस में बातें करतीं रानियाँ
वे सलाह कर जातीं
"इक्कीस रानियाँ हैं हम दीदी
राधा-तुलसा भी हैं
किस चीज की कमी हो गयी दीदी
कौन सी विपत्ति आ पड़ी?
चुप-चुप रहते हैं राजा

ओगाय-ओगाय आसोत	वे चुप-चुप रहते हैं
राजा लगे बले जावँ दिदी	राजा के पास जायें दीदी
राजा के पुछुन दखवाँ"	राजा को पूछ कर देखें"
1687 जाओत रानी रे अकइस रानी	जातीं रानियाँ इक्कीस रानियाँ
जाओत रानी राधा-तुलसा	जातीं रानियाँ राधा-तुलसा
राजा लगे जात रानी	राजा के पास जातीं रानियाँ
राजा लगे जात	राजा के पास वे जातीं
राजा के काय बलोत रानी	राजा से क्या कहतीं रानियाँ
"सुना राजा" बलोत	"सुनिये राजा" कहतीं
"अकइस रानी आसूँ राजा	"इक्कीस रानियाँ हैं हम राजा
राधा-तुलसा आसूँ	राधा-तुलसा हैं हम
काय चो कमती होली राजा	किस चीज की कमी हो गयी राजा
काय बिपती पड़ली?	कौन सी विपदा आन पड़ी?
काचोय सँगे राजा नईं गोठयावास	किसी से बात नहीं करते हे राजा
काचोय सँगे नईं गोठयावास	किसी से बात नहीं करते
ओगाय-ओगाय आसास राजा	चुप-चुप रहते हैं हे राजा
तुमके काय होली?"	आपको क्या हो गया है?"
राजा काय बले रानी के	राजा क्या कहता रानियों से
"सुना रानी" बले	"सुनो हे रानियों" कहता
"मोचो सँगे नईं लागा रानी	"मुझे अकेला छोड़ो रानियों
आपन-आपन जाहा	अपने कमरों में जाओ
काके तो मारुन देयँदे रानी	मैं किसी को पीट दूँगा रानियों
मयँ काके पेटुन देयँदे"	मैं किसी को पीट दूँगा"
अयसा रिस बले होय राजा	बहुत गुस्सा करता राजा
अकइस रानी सुनोत	इक्कीस रानियाँ सुनतीं
आपन-आपन जाओत रानी मन	अपने कमरों में जातीं रानियाँ
बाजे सोउन जात	जा कर पलंग पर सोतीं
राजा के निंद नईं धरे	राजा को नींद न आती
राजा के निंद नईं	राजा को नींद न आती
पुट् नाय सोउन दखे राजा	क्षण भर सो कर देखता राजा
टुँग् नाय उठुन बसे	क्षण भर में उठ बैठता
मँजगड़ा रात होय बाबा	आधी रात होती बाबा
झमझम रात होय	गहरी रात होती
मने बिचार राजा करे	मन में विचार करता राजा
दिले धोका राजा करे	दिल में चिन्ता करता
'ए राम भगवान!' बले राजा	'हे राम भगवान!' कहता राजा
'बाप रे दइया!' बले	'बाप रे दइया!' कहता
'मोके निंद नईं धरे	'मुझे नींद न आती

	मोके निंद नईं'	मुझे नींद न आती'
	बाज ले उठुन जाय राजा	पलंग से उठ जाता राजा
	झिली-पिछरी धरे	अंग वस्त्र वह लेता
1688	घर ले बाहिर राजा होय	घर से बाहर राजा आता
	सिंग-दुआरे राजा जाय	सिंह-द्वार में जाता राजा
	आपलो नँजर के देय राजा	अपनी दृष्टि प्रकाशित करता
	आपलो नँजर के देय	अपनी दृष्टि प्रकाशित करता
	बग् नाय उजर होय बाबा	झक् से उजाला होता बाबा
	बग् नाय उजर होय	झक् से उजाला होता
	जाते-जाते बले जाय राजा	चलता चला जाता राजा
	रुमझुम-रुमझुम रेंगे	जल्दी-जल्दी चलता
	एक कलाट मारे राजा	लम्बे डग भरता है राजा
	एक कलाट मारे	लम्बे डग वह भरता
1689	जाय राजा रे नरायन परभू	जाता राजा नरायन प्रभु
	जाय राजा माहापरभू	जाता राजा महाप्रभु
	बालिखँडपुर छाँडे राजा	बालिखंडपुर छोड़ता राजा
	कैलासपुरे जाय	कैलासपुर को जाता
	कैलासपुरे अमरे राजा	कैलासपुर पहुँचता राजा
	कैलासपुरे अमरे	कैलासपुर पहुँचता
	माहादेव-जलकी ने राजा जाय	माहादेव-सरोवर में राजा जाता
	पारबती-जलकी ने राजा जाय	पारबती-सरोवर में राजा जाता
	दार-चाउर फेके राजा	दाल-चावल अर्पित करता राजा
	माँडक होउन जाय	पानी घुटने तक कम हो जाता
	जलकी पार बले होय राजा	सरोवर लाँघ जाता राजा
	जाते-जाते जाय	चलता चला जाता
	बड़े देउल ने जाय राजा	बड़े महल में जाता राजा
	मन ने बिचार करे	मन में विचार करता
	'दादा के दखा नीं देयँ' बले	'दादा को दिखलायी न दूँगा' कहता
	'मयँ बऊ के दखा नीं देयँ	'मैं भौजी को दिखलायी न दूँगा
	दादा के दखा मयँ दिले जाले	दादा को दिखलायी देने पर
	बऊ के दखा दिले जाले	भौजी को दिखलायी देने पर
	दादा नेउक नीं देय' बले	दादा ले जाने न देंगे' कहता
	'मोके बऊ नेउक नीं देय'	'मुझे भौजी ले जाने न देगी'
	बड़े देउल ने जाय राजा	बड़े महल में जाता राजा
	बड़े देउल ने जाय	बड़े महल में जाता
	कपाट बँद[12] रय बाबा	कपाट बन्द था हे बाबा
	ए बाटे जाउन दखे	इधर जा कर देखता

12. 'बँद' शब्द नगरीय प्रभाव के कारण आया है। मूल शब्द है 'ढाप'। ढापतो : बन्द करना। बँद रय : ढापलो रय।

	‘कोन बाट ले जायँ?’ बले	‘किस तरफ से जाऊँ?’ कहता
	‘मयँ कोन काजे ओलें?	‘मैं किस तरफ से घुसूँ?
	कपाट बँद आसे’ बले जे	कपाट बन्द है’ वह कहता
	‘कपाट ढाकलो आसे’	‘कपाट ढँका हुआ है’
	मन ने बिचार करे राजा	मन में विचार करता राजा
	दिले धोका करे	दिल में चिन्ता करता
1690	देऊल भड़लाउन राजा जाय	महल फोड़ जाता राजा
	माहाल ओदराउन राजा जाय	महल फोड़ जाता राजा
	नव खँड माहाल भड़लाय राजा	नौ खण्डा महल फोड़ता राजा
	नव खँड माहाल ओदराय	नौ खण्डा महल फोड़ता
	नव खँड माहाले जाय राजा	नौ खण्डा महल में जाता राजा
	नव खँड माहाले जाय	नौ खण्डा महल में जाता
	सोनर झुलना ने जाय राजा	सोने के झूले के पास जाता राजा
	रुपर धरना ने जाय	चाँदी की डोरी के पास जाता
	झुलना झुलते रय रानी	झूला झूल रही थी रानी
	झुलना थेबाउन जाय	वह झूला रोक देता
	झुलना थेबाउन राजा जाय	झूला रोक देता राजा
	झुलना भितरे राजा बसे	झूले के भीतर राजा बैठता
	रानी के कोरा धरे राजा	रानी को गोद में लेता राजा
	रानी के मया करे	रानी को प्यार करता
	माहालखी दखे बाबा	माहालखी देखती बाबा
	राजा के काय बले	राजा से क्या कहती
	“काय कामे इलास राजा	“किस काम से आये राजा
	राती बेरा काय काजे इलास?	रात को क्यों आये?
	बिहाने एउन रतास राजा	सवेरे आये होते राजा
	झमझम रात आसे	गहरी रात है
	राती बेरा काय काजे इलास राजा	रात को क्यों आये राजा
	राती बेरा काय काजे इलास?	रात को क्यों आये?
	बिहाने एउन रतास राजा	सवेरे आये होते राजा
	बिहाने एउन रतास!”	सवेरे आये होते!”
1691	“सुन रानी माहालखी	“सुन हे रानी माहालखी
	सुन रानी माहालखी	सुन हे रानी माहालखी
	तुके आनुक इले रानी	तुम्हें लेने आया हूँ रानी
	तुके आनुक इले	मैं तुम्हें लेने आया हूँ
	एबेय[13] तुके नेउआयँ रानी	अभी तुम्हें ले जाऊँगा रानी
	मयँ एबेय तुके नेउआयँ”	मैं अभी तुम्हें ले जाऊँगा”
	रानी काय बले राजा के	रानी क्या कहती राजा से

13. एबेय : अन्य उच्चारण ‘एबय’, ‘एभय’, ‘एभेय’।

	“सुना राजा” बले	“सुनिये राजा” कहती
	“मरले एऊ नोहायँ राजा	“मर जाऊँ तो भी न आऊँगी राजा
	मयँ एबे एऊ नोहायँ	मैं अभी नहीं आऊँगी
	बिहाने उठुन जावाँ राजा	सवेरे उठ कर जायेंगे राजा
	बिहाने उठुन जावाँ	सवेरे उठ कर जायेंगे
	अकइस रानी आसोत राजा	इक्कीस रानियाँ हैं हे राजा
	तुमचो राधा-तुलसा आसोत	आपकी राधा-तुलसा हैं
	हुनी बले बायले आत राजा	वे भी तो औरतें हैं हे राजा
	हुनी बले बायले आत”	वे भी तो औरतें हैं”
	“अकइस रानी आसोत रानी	“इक्कीस रानियाँ हैं हे रानी
	राधा-तुलसा आसोत रानी	राधा-तुलसा भी हैं हे रानी
	तुचो सँगे नईं पुरोत रानी	तुम्हारी बराबरी नहीं कर सकतीं रानी
	तुचो सँगे नईं सकोत	वे तुम्हारी बराबरी नहीं कर सकतीं
	अकइस रानी चो ठोड़ी रानी	इक्कीस रानियों की ठोडी रानी
	राधा-तुलसा चो ठोड़ी	राधा-तुलसा की ठोडी
	तुचो लेड़ी बले आय रानी	तुम्हारी लेड़ी के बराबर है रानी
	एक समान आय	दोनों एक बराबर हैं
	मरले छाँडूँ नोहायँ रानी	मर जाऊँ तो भी न छोड़ूँगा रानी
	मयँ तुके एबे नेउआयँ”	मैं तुम्हें अभी ले जाऊँगा”
1692	“सुना राजा रे नरायन परभू	“सुनिये राजा नरायन प्रभु
	सुना राजा माहापरभू	सुनिये राजा महाप्रभु
	बिहाने उठुन जावाँ राजा	सवेरे उठ कर जायेंगे राजा
	दादा के साँगुन जावाँ	दादा को बता कर जायेंगे
	दिदी के साँगुन जावाँ राजा	दीदी को बता कर जायेंगे राजा
	करुन खुँदुन आनला	उन्होंने हमारे लिये सब-कुछ किया
	भुँग् नाय उठुन नीं जावँ राजा	यों ही उठ कर न जायें राजा
	भुँग् नाय उठुन नीं जावँ	यों ही उठ कर न जायें
	दादा गारी देयदे राजा	दादा डाँटेंगे हे राजा
	दिदी झगड़ा लागेदे”	दीदी भी डाँटेगी”
1693	सुने राजा रे नरायन परभू	सुनता राजा नरायन प्रभु
	सुने राजा माहापरभू	सुनता राजा महाप्रभु
	झिरी-पिछरी ओछाय राजा	अंग वस्त्र बिछाता राजा
	रानी के चिपनाय धरे	रानी को जम कर पकड़ता
	झिकुन मोडरी बाँदे राजा	खींच कर गठरी बाँधता राजा
	खाकपयती मारे	काख से लटकाता
	बड़े देउल छाँडे राजा	बड़ा महल छोड़ता राजा
	जाते-जाते जाय	चलता चला जाता
	रुमझुम-रुमझुम रेंगे राजा	जल्दी-जल्दी चलता राजा

	एक कलाट मारे	लम्बे डग वह भरता
	पारबती-जलकी ने जाय राजा	पारबती-सरोवर में जाता राजा
	माहादेव-जलकी ने जाय	माहादेव-सरोवर में जाता
	जलकी-खँडे उबे राजा	सरोवर के तीर पर खड़ा होता राजा
	खँड-भर रय	सरोवर भरा हुआ था
	दार-चाउर फेके राजा	दाल-चावल अर्पित करता राजा
	माँडक होउन जाय	सरोवर कम हो जाता
	जलकी पार बले होय राजा	सरोवर लाँघ जाता राजा
	समँदुर पार होय	समुद्र लाँघ जाता
	जाय राजा रे नरायन परभू	जाता राजा नरायन प्रभु
	जाय राजा माहापरभू	जाता राजा महाप्रभु
	बालिखँडपुरे अमरे राजा	बालिखँडपुर पहुँचता राजा
	आपन माहाले जाय	अपने महल में जाता
	बाजे जाउन ढिले राजा	पलंग पर ले जा कर खोले राजा
	बाजे जाउन ढिले	पलंग पर ले जा कर खोले
	खाकपँयती ढिले राजा	काख से गठरी खोलता राजा
	रानी चो मोडरी ढिले	रानी की गठरी खोलता
	बाजे सोउन जात राजा-रानी	पलंग पर सो जाते राजा-रानी
	सेज सोउन जात	सेज पर सो जाते
	झमझम निंद धरे राजा के	गहरी नींद आती राजा को
	झमझम निंद धरे	गहरी नींद आती
1694	कुकड़ाबासी बले रानी उठे	मुर्गे की बाँग के साथ (पारबती) रानी उठती
	मुकताबली रानी चेते	ब्रह्म मुहूर्त में रानी उठती
	घर ले बाहिर होय रानी	घर से बाहर आती रानी
	कान देउन सुने	कान दे कर सुनती
	'नोनी के काय होली?' बले	'नोनी को क्या हुआ?' कहती
	'नोनी के काय होली?	'नोनी को क्या हुआ?
	झुलना बँद आसे	झूला बन्द पड़ा है
	झुलना बँद बले नोनी चो आसे[14]	झूला बन्द पड़ा है नोनी का
	झुलना बँद नोनी चो आसे	झूला बन्द पड़ा है
	नोनी के काय होली?' बले	नोनी को क्या हुआ?' कहती
	'नोनी के काय होली	'नोनी को क्या हुआ
	जाउन दखेंदे' बले रानी	जा कर देखूँ' कहती रानी
	'जाउन दखेंदे' बले	'जा कर देखूँ' कहती
	बड़े देउले जाय रानी	बड़े महल में जाती रानी
	बड़े देउले जाय	बड़े महल में जाती
	माहाल ओदरुन रहे बाबा	महल फूटा हुआ था बाबा

14. दिनांक 19.12.1996 को ध्वन्यांकित कैसेट क्रमांक 36बी का आरम्भ।

देउल भड़लुन रहे	मन्दिर फूटा हुआ था
माहादेवरैया लगे जाय रानी	माहादेवरैया के पास जाती रानी
राजा के काय बले	राजा से क्या कहती
"सुना राजा रे माहादेवरैया	"सुनिये राजा माहादेवरैया
सुना राजा माहादेवरैया	सुनिये राजा माहादेवरैया
नोनी के बाबू निला राजा	नोनी को बाबू ले गये हे राजा
नोनी के बाबू निला	नोनी को बाबू ले गये
देउल भड़लाउन निला राजा	महल फोड़ कर ले गये हे राजा
माहाल ओदराउन निला	महल गिरा कर ले गये
काय काजे चोरुन निला राजा?	किसलिये चुरा कर ले गये हे राजा?
मोचो आनलो आय	मैं उसे लायी थी
नोनी के डाहा देदे राजा	नोनी को कष्ट वे देंगी राजा
नोनी के डँड करदे	नोनी को तकलीफ देंगी
डँड देउन रला जाले	कष्ट यदि दिया तो
डँड देउन रला जाले	कष्ट यदि दिया तो

मयँ भलई करूँ[15] नोहायँ राजा	मैं उनका भला नहीं करूँगी राजा
भलई करू नोहायँ"	मैं भला नहीं करूँगी"
माहादेवरैया सुने बाबा	माहादेवरैया सुनता बाबा
रानी के काय बले	रानी से क्या कहता
"निलो जाले नेओ रानी	"ले गया तो ले जाने दो रानी

15. करूँ : अन्य ध्वनि 'करू'।

निलो जाले नेओ	ले गया तो ले जाने दो
बारा बरक[16] होली रानी	बारह वर्ष हो गये हे रानी
तेरा जुग होली	तेरह युग बीते हैं
तुके आनलो रानी	तुम्हें लाये हुए हे रानी
बिहाव होलो होय	तुमसे विवाह हुए
तुके छाँडुक नीं भाय रानी	तुम्हें छोड़ने न भाता रानी
मोके तुके छाँडुक नीं भाय	मुझे तुम्हें छोड़न न भाता
हुसने हुनचो जिव रानी	वैसा ही उसका भी मन है रानी
कसन छाँडुन रतो?"	कैसे छोड़ कर रहता?"
रानी ओगाय होय बाबा	रानी चुप हो जाती बाबा
रानी ओगाय होय	रानी चुप हो जाती
बालिखँडपुर चो नव खँड माहाल	बालिखँडपुर का नौ खण्डा महल
बालिखँडपुर चो नव खँड माहाल	बालिखँडपुर का नौ खण्डा महल
छुचा माहाल रय राजा चो	खाली महल था राजा का
खाली माहाल रय	खाली महल था
माहाल भरती होय राजा चो	महल भर गया राजा का
ओना-कोना भरे	कोने-कोने भर गये
अगवाड़-पिछवाड़ भरे बाबा	अगवाड़ा-पिछवाड़ा भर गया बाबा
अगवाड़-पिछवाड़ भरे	अगवाड़ा-पिछवाड़ा भर गया
अकइस रानी उठोत बाबा	इक्कीस रानियाँ उठतीं बाबा
राधा-तुलसा उठोत	राधा-तुलसा उठतीं
अकइस रानी दखोत बाबा	इक्कीस रानियाँ देखतीं बाबा
राधा-तुलसा दखोत	राधा-तुलसा देखतीं
काय बला-बली होओत रानी मन	आपस में बतियातीं रानियाँ
काइन सला होत	वे बातें कर जातीं
"नोनी के राजा आनला दिदी	"राजा नोनी को ले आये दीदी
नोनी के राजा आनला	राजा नोनी को ले आये
छुचा माहाल रहे दिदी	खाली महल था हे दीदी
खाली माहाल रय	खाली महल था
माहाल भरती होय दिदी	महल भर गया है दीदी
ओना-कोना भरे"	कोने-कोने भर गये"
"आनला जाले आनोत नोनी	"ले आये तो लाने दो नोनी
तुमी काईं नईं बला	तुम लोग कुछ मत बोलो
झगड़ा नईं लागा नोनी	झगड़ा मत करो हे नोनी
गारी नईं दिया"	गाली भी मत दो"
"हुनचो चुँदी दिदी हामचो हाते	"उसके केश हमारे हाथ में हैं दीदी
हुनचो चुँदी हामचो हाते	उसके केश हमारे हाथ में हैं

16. बरक : अन्य ध्वनियाँ 'बरख', 'बरस'।

हामचो हाते आसे दिदी	हमारे हाथ में हैं दीदी
हामचो हाते आसे	हमारे हाथ में हैं
खायँदे बलुन इली दिदी	खाऊँगी सोच कर आयी है दीदी
ए रयँदे बलुन इली	यह रहूँगी सोच कर आयी है
तिनपुर डँड करवाँ दिदी	बहुत कष्ट हम देंगी दीदी
अगिन डाहा देवाँ"	उसे आग-सी तकलीफ देंगी"
बुता-भयना करोत रानी	काम-काज कर जातीं रानियाँ
बड़ा-ओंडा करोत	वे साफ-सफाई कर जातीं
छड़ा-छिटका देत रानी	गोबर का छिटका देतीं रानी
बरतन-भाँडा माँजोत	वे बर्तन-भाँडे माँजतीं
दतुन-पतर चाबोत रानी मन	दतौन आदि कर जातीं रानियाँ
आँगे असनाँद होत	वे अंग स्नान कर जातीं
सुका कपड़ा पिंदोत रानी	सूखे कपड़े पहनतीं रानियाँ
ओधा कपड़ा गिरे	गीले कपड़े गिरते
कपड़ा निचाउन जात रानी मन	कपड़े निचोड़ जातीं रानियाँ
कपड़ा सुकाउन जात	कपड़े सुखा जातीं
1696 राजा-भोग बले रानी मन राँदोत	राज-भोग राँधतीं रानियाँ
राजा-भोग रानी मन राँदोत	राज-भोग राँधतीं रानियाँ
अकिस अलन राँदोत रानी	इक्कीस व्यंजन राँधतीं रानियाँ
बतिस भोजन राँदोत	बत्तीस भोजन राँधतीं
पानी गरम करोत रानी मन	पानी गरम करतीं रानियाँ
सेदा-भेदा करोत	उसमें ठण्डा पानी मिलातीं
मन्दन-सिले बले नेत रानी	स्नान-गृह में ले जातीं रानियाँ
राजा-लगे जात	राजा के पास जातीं
"उठा राजा" बलोत रानी	"उठिये राजा" कहतीं रानियाँ
"तुमी एब ले नाजुन उठास?"	"आप अब तक नहीं उठे हैं?"
तड़बड़ाउन उठे राजा	हड़बड़ा कर उठता राजा
मन्दन-सिले जाय	स्नान-गृह में जाता
कपुर दतुन देओत रानी मन	सुगन्धित दतौन देतीं रानियाँ
झारी कसेला देत	झारी पात्र देतीं
सुरिज-भेट करोत राजा-रानी	सूर्य-नमस्कार करते राजा-रानी
मुँहे मुखारी गोबोत	मुँह में मुखारी लेते
दतुन-पतर चाबोत राजा-रानी	दतौन आदि कर जाते राजा-रानी
आँगे असनाँद होत	वे स्नान कर जाते
ओधा कपड़ा तले गिरे	गीले कपड़े नीचे गिरते
सुका कपड़ा राजा-रानी पिंदोत	सूखे कपड़े राजा-रानी पहनते
झारी पानी धरोत राजा-रानी	झारी पानी लेते राजा-रानी
तुलसी ने पानी रिकात	तुलसी में पानी डालते

तुलसी-सेवा करोत राजा-रानी	तुलसी-सेवा करते राजा-रानी
पइँया पड़ुन जात	वे प्रणाम कर जाते
होम-आरती देत राजा-रानी	होम-आरती करते राजा-रानी
आपन माहाले जात	अपने महल में जाते
अकइस रानी दखोत बाबा	इक्कीस रानियाँ देखतीं बाबा
राजा-भोग हेड़ोत	राज-भोग निकालतीं
झारी पानी धरोत रानी	झारी पानी लेतीं रानियाँ
राजा-रानी के देत	राजा-रानी को देतीं
हात अचाउन जात राजा-रानी	हाथ धो जाते राजा-रानी
चन्दन-काटे बसोत	चन्दन-काठ पर बैठते
भोग मँडाउन देत रानी मन	भोग परोस जातीं रानियाँ
साग मँडाउन देत	साग परोस जातीं
राजा-रानी भोग खाओत बाबा	राजा-रानी भोग खाते बाबा
अढ़ई कँवरा खात	ढाई कौर वे खाते
थारी सरकाउन जात राजा-रानी	थाली सरका जाते राजा-रानी
हात अचाउन जात	वे हाथ धो जाते
बाजे जाउन बसोत राजा-रानी	पलंग पर जा बैठते राजा-रानी
अकइस रानी खाओत	इक्कीस रानियाँ खातीं
1697 खाई-पिई के भय गय तियार	खा-पी कर हो गये तैयार
खाई-पिई के भय गय तियार	खा-पी कर हो गये तैयार
बरतन-भाँडा सकलोत रानी मन	बर्तन-भाँडें समेटतीं रानियाँ
बड़ा-ओंडा करोत	साफ-सफाई करतीं
राजा-रानी आसोत बाबा	राजा-रानी रहते बाबा
राज धरुन खासोत	राज्य पर शासन करते
साल-डेड़ साल होय बाबा	साल-डेढ़ साल बीते बाबा
रानी के आनलो होय	रानी को लाये बीते
पल भर नईं छाँडे राजा	पल भर नहीं छोड़ता राजा
भिता भर नईं छाँडे	बित्ता भर नहीं छोड़ता
आँखी आड़ होउक नीं देय राजा	आँखों से ओझल न होने देता राजा
बुटा आड़ होउक नीं देय	पौधे की ओट न आने देता
रानी सँगे आसे राजा	रानी के सँग है राजा
रानी सँगे आसे	रानी के सँग है
काईं नईं बलोत रानी मन	कुछ नहीं कहतीं रानियाँ
झगड़ा नईं लागोत	वे झगड़ा नहीं करतीं
1698 मने बिचार राजा करे	मन में विचार राजा करता
दिले धोका राजा करे	दिल में चिन्ता राजा करता
रानी के काय बले राजा	रानियों से क्या कहता राजा
“सुना रानी” बले	“सुनो रानियों” कहता

"कछेरी-बाटे जायँ रानी	"कचहरी मैं जाऊँ रानियों
मयँ दरबार बाटे जायँ	मैं दरबार में जाऊँ
रानी के दखते राहा रानी	रानी का ध्यान रखना रानियों
काईं नईं बला	कुछ भी मत कहना
झगड़ा नईं लागा रानी	झगड़ा मत करना रानियों
गारी नईं दिया"	उसे गाली मत देना"
अकइस रानी सुनोत बाबा	इक्कीस रानियाँ सुनतीं बाबा
राजा के काय बलोत	राजा से क्या कहतीं
"काय काजे झगड़ा करुँदे राजा	"किसलिये झगड़ा करेंगी राजा
काय काजे गारी देउँदे?	किसलिये गाली देंगी?
कछेरी-बाटे जाहा राजा	कचहरी आप जायें राजा
दरबार-बाटे जाहा"	दरबार आप जायें"
बुता-भयना करोत रानी	काम-काज करतीं रानियाँ
बड़ा-ओंडा करोत	साफ-सफाई करतीं
दतुन-पतर चाबोत रानी	दतौन आदि कर जातीं रानियाँ
आँगे असनाँद होत	वे स्नान कर जातीं
सुका कपड़ा रानी मन पिंदोत	सूखे कपड़े पहनतीं रानियाँ
ओधा कपड़ा तले गिरे	गीले कपड़े गिरते
कपड़ा निचाउन जात रानी	कपड़े निचोड़ जातीं रानियाँ
कपड़ा सुकाउन जात	कपड़े सुखा जातीं
भानस-खोली ने जात रानी	रसोई-शाला में जातीं रानियाँ
आइग बारुन जात	आग जला जातीं
राजा-भोग राँदोत रानी	राज-भोग पकातीं रानियाँ
राजा-भोग राँदोत	राज-भोग पकातीं
1699 राँदा-बाटा के भय गय तियार	भोजन तैयार हो गया
राँदा-बाटा के भय गय तियार	भोजन तैयार हो गया
पानी गरम करोत रानी	पानी गरम करतीं रानियाँ
सेदा-भेदा करोत	सेदा-भेदा करतीं
मन्दन-सिले नेत रानी	स्नान-गृह में ले जातीं रानियाँ
राजा-रानी जाओत	राजा-रानी जाते
झारी कसेला देत रानी	झारी पात्र देतीं रानियाँ
कपुर दतुन देत	सुगन्धित दतौन देतीं
सुरिज-भेट करोत राजा-रानी	सूर्य-नमस्कार करते राजा-रानी
मुँहे मुखारी गोबोत	मुँह में मुखारी लेते
दतुन-पतर चाबोत राजा-रानी	दतौन आदि कर जाते राजा-रानी
आँगे असनाँद होत	वे स्नान कर जाते
सुका कपड़ा राजा-रानी पिंदोत	सूखे कपड़े पहनते राजा-रानी
ओधा कपड़ा तले गिरे	गीले कपड़े गिरते

कपड़ा निचाउन जाय रानी	कपड़े निचोड़ जाती रानी
कपड़ा सुकाउन जाय	कपड़े सुखा जाती
नव खँड माहाले जात राजा-रानी	नौ खण्डा महल में जाते राजा-रानी
बाजे जाउन बसोत	पलंग पर जा बैठते
राजा-भोग हेड़ोत रानी	राज-भोग निकालतीं रानियाँ
झारी पानी डुमोत	झारी में पानी लेतीं
राजा-रानी के देत रानी	राजा-रानी को देतीं रानियाँ
हात अचाउन जात	वे हाथ धो जाते
चन्दन-काटे बसोत राजा-रानी	चन्दन-काठ पर बैठते राजा-रानी
बेल-काटे बसोत	बेल-काठ पर बैठते
भोग मँडाउन देत रानी	भोग परोस जातीं रानियाँ
राजा-रानी खाओत	राजा-रानी खाते
अढ़ई कँवरा खात राजा-रानी	ढाई कौर खाते राजा-रानी
थारी सरकाउन जात	थाली सरका जाते
बाजे जाउन बसोत राजा-रानी	पलंग पर जा बैठते राजा-रानी
अकइस रानी खाओत	इक्कीस रानियाँ खातीं
1700 खाई-पिई के भय गय तियार	खा-पी कर हो गये तैयार
खाई-पिई के भय गय तियार	खा-पी कर हो गये तैयार
हरबर तियार होय राजा	झटपट तैयार होता राजा
जलदी तियार होय	जल्दी तैयार होता
केऊ-फुल धोती मारे राजा	केऊ-फूल-सी धोती पहनता राजा
केऊ-फुल कमिंज पिंदे	केऊ-फूल-सी कमीज पहनता
सिरे पगड़ी बाँदे राजा	सिर पर पगड़ी बाँधता राजा
मुंडे सुरई खोचे	सिर पर तुर्रा खोंसता
तिलक-चन्दन लगाय राजा	तिलक-चन्दन लगाता राजा
नवगुन पयता फेके	नौ गुना जनेऊ पहनता
संखे धुनी बले राजा धरे	शंख-ध्वनि राजा लेता
अँडखी ने चकर राजा धरे	अँगुली में चक्र राजा लेता
पाँये खड़ऊ पिंदे राजा	पाँवों में खड़ाऊँ पहनता राजा
घर ले बाहिर होय	घर से बाहर आता
जाते-जाते बले जाय राजा	चलता चला जाता राजा
जाते-जाते जाय	चलता चला जाता
रुमझुम-रुमझुम रेंगे राजा	जल्दी-जल्दी चलता राजा
एक कलाट मारे	लम्बे डग वह भरता
संखे फुकते जाय राजा	शंख फूँकता जाता राजा
चकर घुमाते जाय	चक्र घुमाता जाता
कछरी-बाटे बले जाय राजा	कचहरी की ओर जाता राजा
दरबार-बाटे जाय	दरबार की ओर जाता

	कछरी अमरुन जाय राजा	कचहरी पहुँच जाता राजा
	दरबार अमरुन जाय	दरबार पहुँच जाता
1701	एक दिन ले दुय दिन	एक दिन से दो दिन
	दुय दिन ले आँट दिन	दो दिन से आठ दिन
	पँदरा दिन बले होय बाबा	पन्द्रह दिन बीते बाबा
	मयना दिन होय	एक महीना बीता
	कछरी गेलो होय राजा चो	कचहरी गये राजा को बीते
	दरबार गेलो होय	दरबार गये राजा को बीते
	काईं नईं बलोत रानी के	कुछ नहीं कहतीं[3] रानी से
	झगड़ा नईं लागोत	वे झगड़ा नहीं करतीं
1702	मने बिचार रानी मन करोत	मन में विचार रानियाँ करतीं
	दिले धोका रानी मन करोत	दिल में चिन्ता रानियाँ करतीं
	काय बला-बली होओत रानी	आपस में बातें करतीं रानियाँ
	काइन सला होत	वे सलाह कर जातीं
	"मुत चो मालिक नोहाय दिदी	"यह हमारी मालकिन नहीं है दीदी
	मुत चो मालिक नोहाय	यह हमारी मालकिन नहीं है
	हामी बले बायले आवँ दिदी	हम भी औरतें हैं दीदी
	हुन बले बायले आय	वह भी औरत है
	मनसारु असन रयसे दिदी	वह पुरुषों की तरह रहती है दीदी
	डवका असन रयसे	पुरुष की तरह रहती है
	तेचो कमेलिन नोहावँ दिदी	उसकी नौकर नहीं हैं दीदी
	हुनचो नौकरिन नोहावँ	हम उसकी नौकर नहीं हैं
	तिनपुर डँड दिदी एके करूँ	बहुत कष्ट इसे दें दीदी
	अगिन-डाहा एके देऊँ	इसे आग-सी जलन दें
	ए 'खायँदे' बलुन इली दिदी	यह 'खाऊँगी' सोच कर आयी है दीदी
	'रयँदे' बलुन इली"	यह 'रहूँगी' सोच कर आयी है"
	सला होउन जात रानी मन	सलाह कर जातीं रानियाँ
	सुतुर होउन जात	वे मशविरा कर जातीं
	"काय डँड करवाँ दिदी	"कौन सा कष्ट देंगी दीदी
	एके काय डाहा देवाँ?"	इसे कौन सा दुःख देंगी?"
1703	"सुना दिदी रे अकइस रानी	"सुनो दीदी इक्कीस रानियों
	सुना दिदी राधा-तुलसा	सुनो दीदी राधा-तुलसा
	राजा-भोग राँदो दिदी	राज-भोग यह राँधे दीदी
	राजा-भोग राँदो	राज-भोग यह राँधे
	आँट-आँट दिन चो पारी रहो	आठ-आठ दिनों की बारी हो
	आँट-आँट दिन चो पारी	आठ-आठ दिनों की बारी
	आँट दिन राँदो दिदी	आठ दिन यह राँधे दीदी

17. इक्कीस रानियाँ और राधा-तुलसा।

	ए आँट दिन राँदो	आठ दिन यह राँधे
	आँट दिन हामी राँदवाँ दिदी	आठ दिन हम राँधेंगी दीदी
	आँट दिन हामी राँदवाँ”	आठ दिन हम राँधेंगी”
	सला होउन जात रानी	ऐसी सलाह कर जातीं रानियाँ
	सुतुर होउन जात	वे मशविरा कर जातीं
1704	“सुन नोनी नानी बइन	“सुन हे नोनी छोटी बहिन
	सुन बाबा पिला बइन	सुन हे बाबा नन्हीं बहिन
	कोनी दिन हामी रहुआवँ नोनी	किसी दिन हम रहेंगी नोनी
	कोनी दिन रहू नोहावँ	किसी दिन नहीं रहेंगी
	राजा-भोग बले राँद नोनी	राज-भोग राँध नोनी तू
	राजा-भोग राँद”	राज-भोग राँध”
	नोनी काय बले दिदी के	नोनी क्या कहती दीदी से
	“सुना दिदी” बले	“सुनो दीदी” कहती
	“बापलुटी[18] बला दिदी	“बापलुटी[19] कहो दीदी
	मयँ राँदुक नईं जानें	मैं राँधने नहीं जानती
	केबेय नाजुन राँदें दिदी	कभी नहीं राँधी हूँ दीदी
	केबेय नाजुन राँदें	कभी नहीं राँधी हूँ
	आउर बुता साँगा दिदी	दूसरा काम बतायें दीदी
	मयँ दुसर बुता करें”	मैं दूसरा काम करूँगी”
	सला होउन जात रानी	सलाह हो जातीं रानियाँ
	सुतुर होउन जात	मशविरा कर जातीं
1705	“पयलक तिल तुमी धरा नोनी	“एक पायली तिल तुम लो हे नोनी[20]
	पयलक तिल धरा नोनी	एक पायली तिल तुम लो हे नोनी
	ढेला कुड़ा ने निया नोनी	ढेलों के ढेर में ले जाओ नोनी
	तिल बिखरुन दिया	तिल को बिखेर दो
	‘बेचुन आन’ बला नोनी	बीन लाने को कहो नोनी
	तिल बेचुन आनो	वह तिल बीन कर लाये
	तिल के बेचुन आनली जाले	तिल बीन कर लाने पर ही
	तिल बेचुन आनली जाले	तिल बीन कर लाने पर ही
	तेबे राजा काजे रहेदे नोनी	वह राजा के सँग रहेगी नोनी
	बेचुन नईं आनले	नहीं बीन कर लाने पर
	सिर-चुंदी धरवाँ नोनी	उसके केश पकड़ेंगी हम नोनी
	अमली-झुटी ने झोड़वाँ	इमली की छड़ी से उसे पीटेंगी

18. वस्तुतः यह ‘बापलोटी’ शब्द का परिवर्तित स्वरूप है तथा गायिका द्वारा इसे शालीन रूप में प्रयोग किया गया है। बापलोटी का अर्थ है अपने पिता से रति-कर्म करने वाली। एक गाली।
19. वस्तुतः यह ‘बापलोटी’ शब्द का परिवर्तित स्वरूप है तथा गायिका द्वारा इसे शालीन रूप में प्रयोग किया गया है।
20. सब से बड़ी रानी अन्य छोटी रानियों से कहती है।

	तिनपुर मरई मारवाँ नोनी	बहुत मार मारेंगी नोनी
	अगिन-डाहा देवाँ"	हम आग-सी जलन देंगी"
	सला होउन जात रानी मन	सलाह कर जातीं रानियाँ
	सुतुर होउन जात	मशविरा कर जातीं
1706	पयलक तिल बले रानी मन धरोत	एक पायली तिल रानियाँ लेतीं
	पयलक तिल रानी मन धरोत	एक पायली तिल रानियाँ लेतीं
	ढेला-कुड़ा ने नेत रानी	ढेलों के ढेर में ले जातीं
	तिल बिखरुन देत	तिल बिखेर देतीं
	नोनी लगे जात रानी मन	नोनी के पास जातीं रानियाँ
	नोनी के काय बलोत	नोनी से वे कहतीं
	"पयलक तिल आसे नोनी	"एक पायली तिल है नोनी
	ढेला-कुड़ा ने आसे	ढेलों के ढेर में है
	तिल बेचुन आन नोनी	तिल बीन कर ला हे नोनी
	तिल बेचुन आन"	तिल बीन कर ला"
	माहालखी सुने बाबा	माहालखी सुनती है बाबा
	हरबर तियार होय	झटपट तैयार होती
1707	हाते टुकना रानी धरे	हाथ में टोकरी लेती रानी
	हाते टुकना रानी धरे	हाथ में टोकरी लेती रानी
	जाते-जाते बले जाय रानी	चलती चली जाती रानी
	रुमझुम-रुमझुम रेंगे	जल्दी-जल्दी चलती
	जोपलो-कुड़ा ने जाय रानी	जुते खेत में जाती

ढेला-कुड़ा ने जाय	ढेलों के ढेर में जाती
जोपलो-कुड़ा अमरे रानी	जुते खेत में पहुँचती रानी
ढेला-कुड़ा अमरे	ढेलों के ढेर में पहुँचती
मँजी टुकना मँडाय रानी	बीच में टोकरी रखती रानी
तिनपुर रदना धरे	जोर-जोर से रोती
दखोत बाई पँडकी रासी	देखतीं बाई पँडकियाँ
दखोत बाई पँडकी रासी	देखतीं बाई पँडकियाँ
‘नोनी असन दखे’ बलोत	‘नोनी जैसी दिखती’ कहतीं
हुता ले नँजर करोत	वे वहाँ से उसे देखतीं
‘जाउन दखूँ’ बलोत पँडकी मन	‘जा कर देखें कहतीं’ पँडकियाँ
फुर् नाय उड़ुन जात	फुर्र से उड़ जातीं
नोनी चो पुरे जाओत पँडकी	नोनी के सामने जातीं
नोनी चो पुरे उबोत	नोनी के सामने खड़ी होतीं
“सुन नोनी” बलोत पँडकी मन	“सुन हे नोनी” कहतीं पँडकियाँ
“सुन बइन” बलोत	“सुन हे बहिन” वे कहतीं
“काय चो कमती होली नोनी	“किस चीज की कमी हो गयी नोनी
काय बिपती पड़ली?	कौन सी विपत्ति आ गयी?
जोपलो-कुड़ा इलिस नोनी	जुते खेत में आयी नोनी
तुय ढेला-कुड़ा इलिस	तू ढेलों के ढेर में आयी
मुँडे हात दइस[21] नोनी	सिर पर हाथ दिया है नोनी
घिरलुन-घोंडरुन गागिस	तू घिसट-घिसट कर रोती
आले हामके साँग नोनी	तनिक हमें बताओ नोनी
आले हामके साँग”	तनिक हमें बताओ”
1708 “सुना बाई रे पँडकी रासी	“सुनो हे बाई पँडकियों
सुना बाई पँडकी रासी	सुनो हे बाई पँडकियों
मयँ काय डँड साँगें बाई	मै कौन सा कष्ट बताऊँ बाई
काय डाहा साँगें?	कौन सी तकलीफ बताऊँ?
साँगले कहनी आय बाई	बताऊँ तो कहानी बाई
गावले गित आय	गाऊँ तो गीत है
तिनपुर डँड मोके जाय बाई	बहुत अधिक कष्ट मुझे है बाई
अगिन-डाहा होय	आग-सी जलन मुझे है
पयलक तिल के धरला बाई	एक पायली तिल लिया हे बाई
ढेला-कुड़ा ने आनला बाई	ढेलों के ढेर में लायीं
तिल बिखरुन दिला बाई	तिल बिखेर दिया हे बाई
मोके बेचुन आन बलला	मुझे बीन लाने को कहा
तिल बले बेचुन निले जाले	तिल बीन कर ले जाने पर

21. दइस : मूल ध्वनि ‘देइस’। मूल पूर्ण ध्वनियाँ ‘दिलिसिस’, ‘दिलिसित’।

	राजा काजे रहुक देउआत	राजा के सँग रहने देंगी
	बेचुन नईं निले जाले	नहीं बीन कर ले गयी तो
	तिनपुर मरई मारुआत	बहुत पिटाई करेंगी
	अगमजानी मयँ आयँ बाई	मैं अन्तर्यामी हूँ हे बाई
	अन्तरधियानी आयँ	मैं अन्तर्यामी हूँ
	काय माथे तिल बेचें बाई	कैसे तिल बीनूँ मैं बाई
	मयँ एचोय काजे गागें"	इसलिये मैं रोती"
1709	सुनोत बाई रे पँडकी रासी	सुनतीं बाई पँडकियाँ
	सुनोत बाई रे पँडकी रासी	सुनतीं बाई पँडकियाँ
	"तेचो काजे नीं गाग नोनी	"इसके लिये मत रो हे नोनी
	तेचो काजे नीं गाग	इसके लिये मत रो
	हामी बले सॉंयता देउँदे नोनी	हम सहायता करेंगी नोनी
	हामी सॉंयता देउँदे	हम सहायता करेंगी
	मँजी टुकना मँडाव नोनी	बीच में टोकरी रख हे नोनी
	तिल बेचुन देउँदे"	हम तिल बीन देंगी"
	सुने रानी रे माहालखी	सुनती रानी माहालखी
	सुने रानी माहालखी	सुनती रानी माहालखी
	मँजी टुकना मँडाय रानी	बीच में टुकना रखती रानी
	मँजी टुकना मँडाय	बीच में टुकना रखती
	तिल बेचुन जात पँडकी मन	तिल बीन जातीं पँडकियाँ
	खोरुन-खोरुन बेचोत	खरोंच-खरोंच कर बीन जातीं
	कोदाउन-कोदाउन बेचोत पँडकी	कुरेद-कुरेद कर बीनतीं पँडकियाँ
	तिल बेचुन सारोत	वे तिल बीन जातीं
	"सुन नोनी रे नानी बइन	"सुन हे नोनी छोटी बहिन
	सुन बाबा पिला बइन	सुन हे बाबा नन्हीं बहिन
	एचोय काजे गागिस नोनी	इसी लिये रोती थी नोनी
	एदे तिल के ने"	यह ले तिल ले जा"
	फुर् नाय उड़ुन जात पँडकी मन	फुर्र से उड़ जातीं पँडकियाँ
	फुर् नाय उड़ुन जात	वे फुर्र से उड़ जातीं
1710	तिल-टुकना रानी बोहे	तिल की टोकरी उठाती रानी
	तिल-टुकना रानी बोहे	तिल की टोकरी उठाती रानी
	ढेला-कुड़ा छाँडे रानी	ढेलों के ढेर से जाती रानी
	जोपलो-कुड़ा छाँडे	जुते खेत से जाती
	जाते-जाते जाय रानी	चलती चली जाती रानी
	रुमझुम-रुमझुम रेंगे	जल्दी-जल्दी चलती
	नव खँड माहाले जाय रानी	नौ खण्डा महल में जाती रानी
	नव खँड माहाले अमरे	नौ खण्डा महल पहुँचती

तिल-टुकना मँडाय रानी	तिल टोकरी रखती रानी
दिदी के काय बले	दीदी से वह कहती
“सुना दिदी रे अकइस रानी	“सुनो दीदी इक्कीस रानियों
सुना दिदी राधा-तुलसा	सुनो दीदी राधा-तुलसा
तिल बेचुन आनले दिदी	तिल बीन कर लायी दीदी
पयली आनुन नापा”	पायली ला कर नापें”
अकइस रानी सुनोत बाबा	इक्कीस रानियाँ सुनतीं बाबा
पयली आनुन नापोत	पायली ला कर नापतीं
झेला पड़ुन जाय रानी चो	पायली से अधिक होता रानी का तिल
ओर गिरुन जाय	पायली से अधिक हो जाता
मूँ दखा-दखी होओत रानी मन	एक-दूसरे का मुँह देखतीं रानियाँ
“हामचो ले आगर होली!”	“यह तो हमसे भी बढ़ गयी!”
तिल-टुकना ठोओत रानी मन	तिल-टोकरी रखतीं रानियाँ
डडरा-भुसा चो भात	चावल की भूसी का भात
टुँडी-बुरँडी चो पेज राँदोत	भूसी के सँग के टूटे चावल का पेज राँधतीं
जाड़ा-पिलखी चो आमट	अरंडी के किसलयों की आमट[22]
नोनी के खाउकलाय देत रानी मन	नोनी को खाने देतीं रानियाँ
“आव रे बइन खासे”	“आ री बहिन खा”
खादलो असन करे नोनी	खाने का उपक्रम करती नोनी
गुड़े नेउन फेके	घूरे में ले जा कर डालती
छेदे नेउन रिकाय रानी	किनारे ले जा कर डालती रानी
दिन भर भुके रहे	दिन भर भूखी रह जाती
रात भर भुके रहे रानी	रात भर भूखी रह जाती रानी
खाउक अनाज नीं देत	उसे खाने को अनाज न देती
1711 एक दिन ले दुय दिन	एक दिन से दो दिन
दुय दिन ले आँट दिन	दो दिन से आठ दिन
तिल बेचलो होय रानी चो	तिल बीनें बीते रानी को
तिल बेचलो होय	तिल बीने बीते
सला होउन जात रानी मन	सलाह कर जातीं रानियाँ
सुतुर होउन जात	मशविरा कर जातीं
“काय डँड करवाँ दिदी	“कौन सा कष्ट इसे दें दीदी
एके काय डाहा देवाँ?”	कौन सी तकलीफ इसे दें?”
“तिनपुर डँड देऊँ दिदी	“बहुत अधिक कष्ट इसे दें दीदी
एके अगिन-डाहा देऊँ	इसे आग-सी जलन हम दें
पाँच पयली धान दिया	पाँच पायली धान दो नोनी
पाँच पयली धान दिया	पाँच पायली धान दो

22. आमट : खट्टी सब्जी।

	'बिगर बाहना चो काँड' बला	'बिना कोटर के कूट' कहो
	'बिगर मुसर चो काँड	'बिना मूसल के कूट
	चाउर नईं टुटो' बला	चावल नहीं टूटे' कहना
	सिड़ी असन उजर रहो"	एकदम उजला रहे"
1712	जाओत रानी रे अकइस रानी	जातीं रानियाँ इक्कीस रानियाँ
	जाओत रानी राधा-तुलसा	जातीं रानियाँ राधा-तुलसा
	नोनी लगे बले जात रानी	नोनी के पास जातीं रानियाँ
	नोनी के काय बलोत	नोनी से वे कहतीं
	"बिजाएक चाउर निंहाय नोनी	"दाना भर चावल नहीं है नोनी
	बिजाएक चाउर निंहाय	दाना भर चावल नहीं है
	धान काँडुकलाय ने नोनी	धान कूटने ले जा नोनी
	धान काँडुकलाय ने	धान कूटने ले जा
	बिगर बाहना चो काँड नोनी	बिना बाहना के कूट नोनी
	बिगर मुसर चो काँड	बिना मूसल के कूट
	चाउर नईं टुटो नोनी	चावल नहीं टूटे हे नोनी
	सिड़ी असन उजर रहो"	एकदम उजला हो"
	धान देउन जात नोनी के	धान दे जातीं नोनी को
	धान टुकना बोहे	वह धान-टोकरी उठाती
	राजा-माहाल छाँडे रानी	राज-महल छोड़ती रानी
	जाते-जाते जाय	चलती चली जाती
1713	जाय रानी माहालखी	जाती रानी माहालखी
	जाय रानी माहालखी	जाती रानी माहालखी
	जोड़ान बाटे बले जाय रानी	दोराहे पर जाती रानी
	जोड़ान बाटे अमरे	दोराहे में पहुँचती
	धान-टुकना मँडाय रानी	धान-टोकरी रखती रानी
	मुँडे हात देय	सिर पर हाथ रखती
	घिरलुन-घोंडरुन गागे रानी	घिसट-घिसट कर रोती रानी
	पेटी होउन-होउन गागे	सिर पीटती रोती
	दखोत बाई रे चटया[23] रासी	देखतीं बाई चटिया[24]
	दखोत बाई चटया रासी	देखतीं बाई चटिया
	'नोनी असन दखे' बलोत	'नोनी-सी है दिखती' कहतीं
	हुता ले नँजर करोत	दूर से वे देखतीं

23. चटया : गौरैया पक्षी। अन्य उच्चारण 'चटेया', 'चटिया'। इसे 'बामन (बाम्हन) चड़ई' के नाम से भी जाना जाता है। इसका कारण बताया जाता है कि यह पक्षी केवल चावल-कनकी आदि निरामिष भोजन ही करता है, सामिष नहीं अर्थात् अन्य पक्षियों की भाँति कीड़े-मकोड़े इसका भोजन नहीं होते (स्रोत : श्रीमती बिन्दु शर्मा, सरगीपालपारा, कोंडागाँव, 2010)। लोगों को प्रायः इस पक्षी को चावल आदि के दाने चुगाते देखा जा सकता है।

24. चटिया : गौरैया पक्षी।

‘काय काजे नोनी एती?’ बलोत	‘किसलिये नोनी आयेगी?’ कहतीं
‘बड़े घरो आय	‘वह तो बड़े घर की है
जाउन दखूँ’ बलोत चटया मन	जा कर देखें’ कहतीं चटिया
फुर् नाय उड़ुन एत	फुर्र से उड़ कर आतीं
नोनी चो पुरे उबोत चटया	नोनी के सामने खड़ी होतीं चटिया
नोनी के काय बलोत	नोनी से वे कहतीं

“सुन नोनी नानी बइन	“सुन हे नोनी छोटी बहिन
सुन बाबा पिला बइन	सुन हे बाबा नन्हीं बहिन
काय चो कमती होली नोनी	किस चीज की कमी हो गयी नोनी
तुके काय बिपती पड़ली?	तुझ पर कौन सी विपत्ति आ पड़ी?
जोड़ान बाटे इलिस नोनी	दोराहे में आयी नोनी
तुय मुँडे हात दइस	तूने सिर पर हाथ रखा है
तुय मुँडे हात दइस	तूने सिर पर हाथ रखा है
घिरलुन-घोंडरुन गागिस नोनी	घिसट-घिसट कर रोती नोनी
तुचो आँखी बेल होय!”	तेरी आँखें सूज गयी हैं!”
1714 “सुना बाई रे चटया रासी	“सुनो हे बाई चटिया
सुना बाई चटया रासी	सुनो हे बाई चटिया
मयँ काय डँड साँगें बाई	मैं कौन सा कष्ट बताऊँ बाई
मयँ काय डाहा साँगें?	मैं कौन सी तकलीफ बताऊँ?
अकइस रानी चो डँड बाई	इक्कीस रानियों के कष्ट बाई

मोके राधा-तुलसा चो डाहा	मुझे राधा-तुलसा के कष्ट
डँड के कसन सकें बाई	कष्टों को कैसे सहूँ मैं बाई
मयँ डाहा के कसन सकें?	मैं कष्टों को कैसे सहूँ?
पाँच पयली धान दिला	पाँय पायली धान दिया है
पाँच पयली धान दिला	पाँच पायली धान दिया है
'बिगर बाहना चो काँड' बल्ला	'बिना बाहना के कूट' कहा है
'बिगर मुसर चो काँड	'बिना मूसल के कूट
चाउर नईं टुटो' बलला[25]	चावल नहीं टूटे' कहा है
'सिड़ी असन उजर रहो'	'एकदम उजला रहे'
काय माथे धान काँडें बाई?	कैसे धान कूटूँ मैं बाई
मयँ एचोय काजे गागें"	मैं इसीलिये रोती हूँ"
"सुन नोनी रे नानी बहिन	"सुन हे नोनी छोटी बहिन
सुन बाबा पिला बइन	सुन हे बाबा नन्हीं बहिन
तेचो काजे नीं गाग नोनी	इसके लिये मत रो नोनी
तेचो काजे नीं गाग	इसके लिये मत रो
हामी बले साँयता देउँदे नोनी	हम सहायता करेंगी नोनी
हामी बले साँयता देउँदे	हम सहायता करेंगी
मँजी टुकना मँडाव नोनी	बीच में टोकरी रख हे नोनी
धान फोलुन देउँदे"	हम धान फोल देंगी"
मँजी टुकना मँडाय रानी	बीच में टोकरी रखती रानी
मँजी टुकना मँडाय रानी	बीच में टोकरी रखती
चटया रासी फोलोत बाबा	चटियाँ फोल जातीं बाबा
चटया रासी फोलोत	चटियाँ फोल जातीं
कोरुन-कोरुन फोलोत चटया मन	खरोंच-खरोंच कर फोलतीं चटियाँ
कोदाउन-कोदाउन फोलोत	कुरेद-कुरेद कर फोलतीं
धान फोलुन सारोत चटया	धान फोल जातीं चटियाँ
नोनी के काय बलोत	नोनी से वे कहतीं
"सुन नोनी रे नानी बइन	"सुन हे नोनी छोटी बहिन
सुन बाबा पिला बइन	सुन हे बाबा नन्हीं बहिन
एचोय काजे गागिस नोनी	इसीलिये रोती थी नोनी
एदे चाउर ने!"	यह ले चावल ले जा!"
फुर् नाय उड़ुन जाओत चटया मन	फुर्र से उड़ जातीं चटियाँ
फुर् नाय उड़ुन जात	फुर्र से उड़ जातीं
1716 चाउर टुकना रानी बोहे	चावल की टोकरी रानी उठाती
जोड़ान बाट रानी छाँडे	दोराहा छोड़ती रानी
जाते-जाते बले जाय रानी	चलती चली जाती रानी

25. दिनांक 20.12.1996 को ध्वन्यांकित कैसेट क्रमांक 37ए का आरम्भ।

	जाते-जाते जाय	चलती चली जाती
	रुमझुम-रुमझुम रेंगे रानी	जल्दी-जल्दी चलती रानी
	एक कलाट मारे	लम्बे डग वह भरती
	आपन माहाले जाय रानी	अपने महल में जाती रानी
	आपन माहाल अमरे	अपने महल पहुँचती
	दिदी के काय बले रानी	दीदी से क्या कहती रानी
	"सुना दिदी" बले	"सुनो हे दीदी" कहती
	"धान काँडुन आनले दिदी	"धान कूट लायी हूँ दीदी
	पयली आनुन नापा"	पायली ला कर नापो"
	अकइस रानी सुनोत बाबा	इक्कीस रानियाँ सुनतीं बाबा
	पयली आनुन नापोत	पायली ला कर नापतीं
	झेल पड़ुन जाय रानी चो	चावल अधिक हो जाता रानी का
	ओर गिरुन जाय	चावल अधिक हो जाता
1717	दखोत रानी रे अकइस रानी	देखतीं हैं इक्कीस रानियाँ
	दखोत रानी राधा-तुलसा	देखती हैं राधा-तुलसा
	मूँ दखा-दखी होओत रानी	एक-दूसरे का मुँह देखतीं रानियाँ
	"हामचो ले आगर होली!"	"यह तो हमसे अधिक चतुर हो गयी!"
	चाउर टुकना ठोओत रानी मन	चावल की टोकरी रखतीं रानियाँ
	चाउर टुकना ठोओत	चावल की टोकरी रखतीं
	डडरा-भुसा चो भात राँदोत	चावल की भूसी का भात राँधतीं
	टुँडी-बुरँडी चो पेज राँदोत	भूसी मिली कनकी[26] का पेज राँधतीं
	जाड़ा-पिलखी चो आमट राँदोत	अरंडी के किसलयों का आमट
	नोनी के खाउकलाय देत	नोनी को खाने देतीं
	"आव रे बहिन खासे" बलोत	"आ री बहिन खा ले" कहतीं
	"आव रे बहिन खासे"	"आ री बहिन खा ले"
	खादलो असन रानी करे	खाने का उपक्रम करती रानी
	गुड़े नेउन रानी मँडाय	घूरे में ले जा कर डालती
	दिन भर भुके आसे रानी	दिन भर भूखी रह जाती रानी
	रात भर भुके आसे	रात भर भूखी रह जाती
	खाउक अनाज नीं देत रानी के	खाने को अनाज न देतीं रानी को
	घसुक तेल नीं देत	चुपड़ने को तेल न देतीं
	कोरुक ककई नीं देत रानी के	केश सुलझाने ककई न देतीं रानी को
	कोरुक ककई नीं देत	केश सुलझाने ककई न देतीं
	देंहे लाखड़ी दखे रानी चो	देह राख-सी दिखती रानी की
	मुँड के गुड़ा रानी चो धरे	रानी के सिर पर घोंसला बनता
1718	एक दिन ले दुय दिन	एक दिन से दो दिन
	दुय दिन ले आँट दिन	दो दिन से आठ दिन

26. कनकी : चावल के टूटे दाने। कनक : स्वर्ण। कनकी को सोने के कण जैसा महत्त्व प्राप्त है।

आँट दिन बले होय बाबा	आठ दिन बीते बाबा
धान काँडलो होय	धान कूटे बीते
सला होउन जात रानी मन	सलाह कर जातीं रानियाँ
सुतुर होउन जात	वे मशविरा कर जातीं
"काय डँड करवाँ दिदी	कौन-सा कष्ट देंगी हम दीदी
एके काय डाहा करवाँ?	इसे कौन-सी तकलीफ देंगी?
हामचो ले आगर होयसे दिदी	हमसे अधिक चतुर हो गयी है दीदी
हामचो ले आगर होयसे"	यह हमसे अधिक चालाक हो गयी"
"बिगर बाँदन दिदी बिगर टयँगा	"बिना रस्सी और बिना कुल्हाड़ी
बिगर बाँदन बिगर टयँगा	बिना रस्सी और बिना कुल्हाड़ी
लकड़ी[27] काजे जाओ नोनी	लकड़ी के लिये जाये नोनी
लकड़ी काजे जाओ	लकड़ी के लिये जाये
चिरवाँ लकड़ी आनो नोनी	चिरी लकड़ी लाये वह नोनी
ए फोड़वाँ लकड़ी आनो	वह फड़ी लकड़ी लाये
चिरवाँ लकड़ी आनली जाले	चिरी लकड़ी लाने पर ही
फोड़वाँ लकड़ी आनली जाले	फड़ी लकड़ी लाने पर ही
तेबे रहुक देवाँ नोनी	उसे रहने देंगी हम नोनी
तेबे खाउक देवाँ	उसे खाने को देंगी
लकड़ी नईं आनली जाले	लकड़ी नहीं लायी वह तो
सिर-चुँदी के धरवाँ	उसके केश पकड़ेंगी
अमली झुटी ने झोड़वाँ नोनी	इमली की छड़ी से पीटेंगी नोनी
एके घर ले बाहिर करवाँ"	उसे घर से बाहर करेंगी"
1719 जाओत रानी रे अकइस रानी	जातीं हैं इक्कीस रानियाँ
जाओत रानी अकइस रानी	जातीं हैं इक्कीस रानियाँ
नोनी के काय बलोत रानी	नोनी से क्या कहतीं रानियाँ
"सुन बइन" बलोत	"सुन हे बहिन" कहतीं
"गोंदी भर लकड़ी निंहाय नोनी	"टुकड़ा भर लकड़ी नहीं है नोनी
गोंदी भर लकड़ी निंहाय	टुकड़ा भर लकड़ी नहीं है
लकड़ी काजे बले जा नोनी	लकड़ी के लिये जा हे नोनी
लकड़ी काजे जा	तू लकड़ी के लिये जा
बिगर टयँगा नोनी बिगर बाँदन	बिना टँगिया और बिना रस्सी के
बिगर टयँगा बिगर बाँदन	बिना टँगिया और बिना रस्सी के
चिरवाँ लकड़ी आन नोनी	चिरी लकड़ी ला हे नोनी
फोड़वाँ लकड़ी आन"	फड़ी लकड़ी तू ला"
माहालखी सुने बाबा	माहालखी सुनती बाबा
माहालखी सुने	माहालखी सुनती

27. लकड़ी : नगरीय प्रभाव से यह शब्द आया है। मूल हल्बी शब्द है 'दारू'। यह 'लखड़ी' भी उच्चारित होता है।

घर ले बाहिर होय रानी	घर से बाहर आती नोनी
जाते-जाते जाय	चलती चली जाती
रुमझुम-रुमझुम रानी रेंगे	जल्दी-जल्दी रानी चलती
एक कलाट रानी मारे	लम्बे डग रानी भरती
तले भुबुर तपे रानी के	नीचे धरती तपती रानी को
उपरे घाम छेके	सिर पर धूप चिलकती
झालिपिली पसना फुटे रानी के	पसीने से भीग जाती रानी
आँखी अँधार पड़े	आँखों के आगे अँधेरा छाता
रानी बाट रेंगे बाबा	रानी राह चलती बाबा
बिंदराबन ने जाय	बिंदराबन में जाती
सेंवला-रुके बले रानी जाय	सेंवला[28]-पेड़ के पास रानी जाती
सेंवला-रुके रानी जाय	सेंवला-पेड़ के पास रानी जाती
सेंवला-रुके बसे रानी	सेंवला-पेड़ के नीचे बैठती रानी
मुँडे हात देय	सिर पर हाथ रखती
घिरलुन-घोंडरुन गागे रानी	घिसट-घिसट कर रोती रानी
पेटी होउन-होउन गागे	सिर पीट-पीट कर रोती
दखे दादा रे सिंदकोड़का	देखता दादा सिंदकोड़का[29]
दखे दादा सिंदकोड़का	देखता दादा सिंदकोड़का
हुता ले नँजर करे दादा	वहाँ से देखता दादा
'नोनी असन दखे	'नोनी जैसी दिखती
काय काजे नोनी एती!' बले	किसलिये नोनी आयेगी!' कहता
'हुन बड़े घरो आय!	'वह तो बड़े घर की है!
जाउन दखेंदे' बले दादा	जा कर देखूँ' कहता दादा
नोनी चो पुरे एय	नोनी के सामने आता
"सुन नोनी रे नानी बइन	"सुन हे नोनी छोटी बहिन
सुन बाबा पिला बहिन	सुन हे बाबा नन्हीं बहिन
तुके काय चो कमती होली नोनी	तुझे किस चीज की कमी हो गयी नोनी
तुके काय बिपती पड़ली?	तुझ पर कौन सी विपत्ति आ पड़ी?
हेतबने इलिस नोनी	हेतबन में आयी है नोनी
तुय सेतबने इलिस	तू सेतबन में आयी है
बिंदराबने इलिस नोनी	बिंदराबन में आयी है
सेंवला-गछे बसिस	सेंवला-पेड़ के नीचे बैठी है
मुँडे हात देइस नोनी	सिर पर हाथ दे कर नोनी
तुय पेटी होउन-होउन गागिस!	तू सिर पीट-पीट कर रोती
आले मोके बले साँग नोनी	तनिक मुझे बता हे नोनी
आले मोके साँग"	तनिक मुझे बता"

28. सेंवला : आँवला।
29. सिंदकोड़का : एक पक्षी। यह अपनी लम्बी व नोकीली चोंच से लकड़ी को काटता है।

1721	"सुन दादा रे बड़े भाई	"सुन हे दादा बड़े भाई
	सुन दादा बड़े भाई	सुन हे दादा बड़े भाई
	मयँ काय डँड साँगें दादा	मैं कौन-सा कष्ट बताऊँ दादा
	काय डाहा साँगें?	कौन-सी तकलीफ बताऊँ?
	साँगले कहनी आय दादा	बताऊँ तो कहानी है हे दादा
	गावले गित आय	गाऊँ तो गीत है
	अकइस रानी चो डँड दादा	इक्कीस रानियों के कष्ट हे दादा
	राधा-तुलसा चो डाहा	राधा-तुलसा की तकलीफें
	'बिगर टयँगा दादा बिगर बाँदन	'बिना टँगिया और बिना रस्सी के दादा
	बिगर टयँगा बिगर बाँदन	बिना टँगिया और बिना रस्सी के
	चिरवाँ लकड़ी आन' बल्ला	चिरी लकड़ी ला' बोली हैं
	'फड़वाँ लकड़ी आन'	'फड़ी लकड़ी ला'
	चिरवाँ लकड़ी निले जाले	चिरी लकड़ी ले जाने पर
	मयँ फड़वाँ लकड़ी निले	फड़ी लकड़ी ले जाने पर

तेबे खाउक देउआत दादा	वे खाने को देंगी दादा
तेबे रहुक देउआत	तब वे रहने देंगी
लकड़ी नईं निले जाले	मैं लकड़ी नहीं ले गयी तो
मोके घर ले बाहिर करुआत	मुझे घर से निकाल देंगी
अयसा झोड़ई झोड़ुआत दादा	बहुत मार मारेंगी दादा
तिनपुर झोड़ई झोड़ुआत	वे बहुत मार मारेंगी
एचोय काजे गागें दादा	इसीलिये रोती हूँ दादा

मयँ एचोय काजे गागें"	मैं इसीलिये रोती हूँ"
"तेचो काजे नीं गाग नोनी	"इसके लिये मत रो हे नोनी
मयँ बले सॉयता देयँदे	मैं सहायता करूँगा
लकड़ी छिलपुन देयँदे नोनी	लकड़ी चीर दूँगा नोनी
मयँ लकड़ी छिलपुन देयँदे"	मैं लकड़ी चीर दूँगा"
1722 छिलपे दादा रे सिंदकोड़का	लकड़ी चीर जाता सिंदकोड़का
छिलपे दादा रे सिंदकोड़का	लकड़ी चीर जाता सिंदकोड़का
लकड़ी छिलपुन जाय दादा	लकड़ी चीर जाता दादा
लकड़ी छिलपुन देय	वह लकड़ी चीर जाता
गाड़ी भर लकड़ी छिलपे दादा	गाड़ी-भर लकड़ी चीरता दादा
गाड़ी भर लकड़ी छिलपे	गाड़ी-भर लकड़ी चीरता
छिलपुन दिलो दादा जाते गेलो	लकड़ी चीर कर चला गया दादा
छिलपुन दिलो जाते गेलो	लकड़ी चीर कर चला गया
फेर रदना धरे रानी	रानी फिर से रोने लगी
फेर रदना धरे	वह फिर से रोने लगी
नाँग साप दखे बाबा	नाग साँप ने देखा बाबा
हुता ले नँजर करे	वह दूर से देखने लगा
'नोनी असन दखे' बले	'नोनी जैसी दिखती' कहता
'काय काजे नोनी एती!	'किसलिये नोनी आयेगी!
जाउन दखेंदे' बले दादा	जा कर देखूँ' कहता दादा
नोनी चो पुरे एय	नोनी के सामने आता
नोनी के काय बले दादा	नोनी से क्या कहता दादा
"सुन बहिन" बले	"सुन हे बहिन" कहता
"काय चो कमती होली नोनी	"किस चीज की कमी हो गयी नोनी
तुके काय बिपती पड़ली?"	तुझ पर कौन सी विपत्ति आ पड़ी?"
1723 "सुन दादा रे बड़े भाई	"सुन हे दादा बड़े भाई
सुन दादा बड़े भाई	सुन हे दादा बड़े भाई
मयँ काय डँड साँगें दादा	मैं कौन-सा कष्ट बताऊँ दादा
काय डाहा साँगें?	कौन-सी तकलीफ बताऊँ
साँगुक नईं सकें दादा	बता नहीं सकती मैं दादा
मयँ बलुक नईं सकें	कह नहीं मैं सकती
'बिगर बाँदन दादा बिगर टयँगा	'बिना रस्सी दादा बिना टँगिया के
बिगर बाँदन बिगर टयँगा	बिना रस्सी और बिना टँगिया के
चिरवाँ लकड़ी आन' बल्ला	चिरी लकड़ी ला' कहा है
'फोड़वाँ लकड़ी आन'	'फड़ी लकड़ी ला'
काय माथे लकड़ी नेयँ दादा	कैसे लकड़ी ले जाऊँगी दादा
मयँ काय माथे लकड़ी नेयँ	मैं कैसे लकड़ी ले जाऊँगी

बड़े भाई बले इलो दादा	बड़ा भाई आया दादा
बड़े भाई बले इलो	बड़ा भाई आया
लकड़ी छिलपुन दिलो दादा	लकड़ी चीर कर गया दादा
लकड़ी छिलपुन दिलो	लकड़ी चीर कर गया
दादा जाते गेलो दादा	दादा चला गया हे दादा
मयँ काय ने बाँदुन नेयँ?	मैं किस में बाँध कर ले जाऊँ?
एचोय काजे गागें दादा	इसीलिये रोती हूँ दादा
एचोय काजे गागें"	इसीलिये रोती हूँ"
1724 "तेचो काजे तुय नीं गाग नोनी	"इसके लिये तू मत रो नोनी
तेचो काजे नीं गाग नोनी	इसके लिये मत रो हे नोनी
मयँ लामे-लाम होयँदे नोनी	मैं लम्बा हो जाऊँगा नोनी
लकड़ी रचुन जा	तू लकड़ियाँ रख देना
आरी-भिरी होयँदे नोनी	मैं लिपट जाऊँगा नोनी
तुय धिरे नेउन मँडाव	तू धीरे ले जा कर रख देना
हुता ले उठुन एयँदे नोनी	वहाँ से उठ कर आऊँगा नोनी
मयँ हुता ले उठुन एयँदे"	मैं वहाँ से उठ कर आऊँगा"
लामे-लाम बले होय दादा	लम्बा हो जाता है दादा
लामे-लाम होय	वह लम्बा हो जाता
लकड़ी रचुन जाय रानी	लकड़ी रख जाती है रानी
लकड़ी रचुन जाय	वह लकड़ी रख जाती है
गाड़ी भर लकड़ी रचे रानी	गाड़ी-भर लकड़ी रखती रानी
लकड़ी रचुन सारे	वह लकड़ी रख जाती
आरी-भिरी बले होय दादा	दादा लिपट जाता लकड़ी से
आरी-भिरी होय	वह लिपट जाता
हुमका मारुन बोहे रानी	हुँकार भर कर रानी उठाती
सेंवला-गछ छाँडे	सेंवला का पेड़ छोड़ती
जाते-जाते जाय रानी	चलती चली जाती रानी
रुमझुम-रुमझुम रेंगे	जल्दी-जल्दी चलती
आपन माहाले जाय रानी	अपने महल को जाती रानी
आपन माहाले अमरे	अपने महल पहुँचती
धिरे नेउन मँडाय रानी	ले जा कर धीरे रखती रानी
धिरे नेउन मँडाय	ले जा कर धीरे रखती
हुता ले उठुन जाय दादा	वहाँ से उठ कर जाता दादा
हुता ले उठुन जाय	वहाँ से उठ कर जाता
1725 "सुना दिदी रे अकइस रानी	"सुनो दीदी इक्कीस रानियों
सुना दिदी राधा-तुलसा	सुनो हे दीदी राधा-तुलसा
मयँ लकड़ी आनुन गेले दिदी	मैं लकड़ी ले आयी हूँ दीदी

लकड़ी आनुन गेले”	मैं लकड़ी ले आयी हूँ”
अकइस रानी दखोत बाबा	इक्कीस रानियाँ देखतीं बाबा
मूँ दखा-दखी होओत	एक-दूजे का मुँह देखतीं
“हामचो ले आगर होली” बलोत	“हमसे भी अधिक चतुर हो गयी है” कहतीं
“हामचो ले आगर होली!”	“हमसे भी अधिक चतुर हो गयी!”
डडरा-भुसा चो भात राँदोत	चावल की भूसी का भात राँधतीं
टुँडी-बुरँडी चो पेज राँदोत	भूसी मिली कनकी का पेज राँधतीं
जाड़ा-पिलखी चो आमट राँदोत	अरंडी के किसलयों का आमट
“आव रे बहिन खासे”	“आ री बहिन खा ले” कहतीं
खादलो असन करे रानी	खाने का उपक्रम करती रानी
गुड़े नेउन मँडाय	घूरे में ले जा कर डालती
1726 एक दिन ले दुय दिन	एक दिन से दो दिन
दुय दिन ले आँट दिन	दो दिन से आठ दिन
लकड़ी आनलो होय रानी चो	लकड़ी लाये बीते रानी को
लकड़ी आनलो होय	लकड़ी लाये बीते
“काय डँड देवाँ?” बलोत	“कौन-सा कष्ट देंगी?” कहतीं
“काय डाहा करवाँ?”	“कौन-सी तकलीफ देंगी?”
“गोटोक हाँडी के सात ठन काना	“एक हण्डी में सात छेद
गोटोक हाँडी के सात ठन काना	एक हण्डी में सात छेद
काना करुन जाहा नोनी	छेद कर जाओ नोनी
काना करुन जाहा	छेद कर जाओ
जोड़ी नाँद के भर बला	दोनों हण्डियों को भरे कहो
गँगा नाँद के भर”	गंगा हण्डी को भरे”
गोटोक हाँडी के सात ठन काना	एक हण्डी में सात छेद
गोटोक हाँडी के सात ठन काना	एक हण्डी में सात छेद
काना करुन जात रानी मन	छेद कर जातीं रानियाँ
नोनी लगे जात	नोनी के पास जातीं
नोनी के काय बलोत रानी मन	नोनी से क्या कहतीं रानियाँ
“सुन बहिन” बलोत	“सुन हे बहिन” कहतीं
“चुलू-भर पानी निंहाय नोनी	“चुल्लू-भर पानी नहीं है नोनी
बुंद-भर पानी निंहाय	बूँद-भर पानी नही है
गँगा नाँद के भर नोनी	गंगा हण्डी को भर हे नोनी
तुय जोड़ी नाँद के भर”	तू दोनों हण्डियाँ भर”
माहालखी सुने बाबा	माहालखी सुनती बाबा
हाते गुँडरी धरे	हाथ में गुँडरी लेती
पानी हाँडी धरे रानी	पानी की हण्डी लेती रानी
जाते-जाते जाय	चलती चली जाती

रुमझुम-रुमझुम रेंगे रानी	जल्दी-जल्दी चलती रानी
एक कलाट मारे	लम्बे डग वह भरती
बन्धा सागरे जाय रानी	सरोवर में जाती रानी
गिता माई ने अमरे	गीता माँई[30] में जाती
पानी हाँडी बले रानी मँडाय	पानी की हण्डी रानी रखती
मुँडे हात रानी देय	सिर पर हाथ रानी रखती
पेटी होउन-होउन गागे रानी	सिर पीट-पीट कर रोती रानी
मेंडकी रासी दखोत	मेंढकियाँ देखतीं
हुता ले नँजर करोत बाई मन	दूर से देखतीं मेंढकियाँ
हुता ले नँजर करोत	दूर से वे देखतीं
'नोनी असन दखे' बलोत	'नोनी जैसी दिखती' कहतीं
'काय काजे नोनी एती?	'किसलिये नोनी आयेगी?
बड़े घरो बले आय' बलोत	बड़े घर की वह है' कहतीं
'राजा-घरो आय	'राजा के घर की है
जाउन दखूँ' बलोत मेंडकी मन	जा कर देखें' कहतीं मेंढकियाँ
नोनी चो पुरे उबोत	नोनी के सामने खड़ी होतीं
1727 "सुन नोनी रे नानी बइन	"सुन हे नोनी छोटी बहिन
सुन बाबा पिला बइन	सुन हे बाबा नन्हीं बहिन
काय चो कमती होली नोनी	किस चीज की कमी हो गयी नोनी
काय बिपती पड़ली?	कौन सी विपत्ति आ गयी?
राजा-घरो आस नोनी	राजा के घर की है तू नोनी
तुय बड़े घरो आस	तू बड़े घर की है
घाटे बसुन गागिस नोनी!	पनघट में बैठ कर रोती नोनी
आले हामके साँग"	तनिक हमें बता"
"सुना बाई रे मेंडकी रासी	"सुनो हे बाई मेंढकियों
सुना बाई मेंडकी रासी	सुनो हे बाई मेंढकियों
अकइस रानी चो डँड बाई	इक्कीस रानियों के कष्ट बाई
राधा-तुलसा चो डँड	राधा-तुलसा के कष्ट
डँड के कसन सकें बाई मयँ	कष्टों को कैसे सहूँ मैं बाई
डाहा के कसन सकें?	तकलीफों को कैसे सहूँ?
गोटोक हाँडी के सात ठन काना	एक हण्डी में सात छेद
एक ठन हाँडी के सात ठन काना	एक हण्डी में सात छेद
काना करुन गेला बाई	छेद बना दिया है बाई
मोके 'जोड़ी नाँद के भर	मुझे दो हण्डियाँ भरने को
गँगा नाँद के भर' बल्ला	हण्डी भरने को कहा है
'जोड़ी नाँद के भर'	दो हण्डियाँ भरने को कहा

30. गीता माँई : जलाशय।

	गँगा नाँद बाई भरले जाले	गंगा हण्डी को भरने पर
	जोड़ी नाँद भरले जाले	दोनों हण्डियाँ भरने पर
	तेबे खाउक देउआत बाई	मुझे खाने देंगी हे बाई
	मोके तेबे रहुक देउआत	तब मुझे रहने वे देंगी
	नाँद नईं भरले जाले	हण्डी नहीं भरने पर
	मोके सिर-चुंदी धरुआत	मेरे केश पकड़ेंगी
	अमली झुटी ने झोड़ुआत बाई	इमली की छड़ी से पीटेंगी बाई
	मोके घर ले बाहिर करुआत"	मुझे घर से बाहर निकालेंगी"
1728	"सुन नोनी रे नानी बइन	"सुन हे नोनी छोटी बहिन
	सुन बाबा पिला बइन	सुन हे बाबा नन्हीं बहिन
	तेचो काजे नीं गाग नोनी	इसके लिये मत रो हे नोनी
	हामी बले साँयता देउँदे	हम सहायता करेंगी
	काना ने बुजी होउँदे नोनी	छेदों में जा बैठेंगी नोनी
	तुय ओहड़ा-बोहोड़ा ने	तू दोनों हण्डियों में ले जा
	आखरी हार नोनी होली जाले	अन्तिम बार ले जाने पर नोनी
	आखरी हार होली जाले	अन्तिम बार ले जाने पर
	नेउन मँडाउन दे नोनी	ले जा कर रख देना नोनी
	हामी हुता ले उठुन एउँदे"	हम वहाँ से निकल आयेंगी"
	काना ने बुजी होओत मेंडकी मन	छेदों में जा बैठती मेंढकियाँ
	काना ने बुजी होओत	छेदों में जा बैठतीं
	ओहड़ा-बोहड़ा नेय रानी	एक-पर-एक हण्डियों में ले जाती रानी

	ओहड़ा-बोहड़ा नेय रानी	वह एक-पर-एक हण्डियों में ले जाती
	गँगा नाँद भरे रानी	गंगा हण्डी भरती रानी
	जोड़ी नाँद भरे	दोनों हण्डियाँ भरती
	आखरी हार होय बाबा	अन्तिम बारी आती बाबा
	धिरे नेउन मँडाय	ले जा कर धीरे रखती
	हुता ले उठुन जाओत मेंडकी	वहाँ से निकल आतीं मेंढकियाँ
	जमाय पानी जाय	सारा पानी बह जाता
1729	"सुना दिदी रे अकइस रानी	"सुनो दीदी इक्कीस रानियों
	सुना दिदी राधा-तुलसा	सुनो दीदी राधा-तुलसा
	मयँ गँगा नाँद भरले दिदी	मैंने गंगा हण्डी भर दी दीदी
	मयँ जोड़ी नाँद भरले"	मैंने दोनों हण्डियाँ भर दीं"
	अकइस रानी दखोत बाबा	इक्कीस रानियाँ देखतीं बाबा
	मूँ दखा-दखी होओत	एक-दूजे का मुँह देखतीं
	"हामचो ले आगर होली" बलोत	"हमसे अधिक चतुर हो गयी" कहतीं
	"हामचो ले आगर होली!	"हमसे अधिक चालाक हो गयी!
	एके काय डँड देवाँ?" बलोत	इसे कौन-सा कष्ट देंगी?" कहतीं
	"काय डाहा करवाँ?"	"इसे कौन-सी तकलीफ देंगी?"
1730	एक दिन ले दुय दिन	एक दिन से दो दिन
	दुय दिन ले आँट दिन	दो दिन से आठ दिन
	पानी आनलो होय रानी चो	पानी लाये बीते रानी को
	पानी आनलो होय	पानी लाये बीते
	सला होउन जात रानी मन	सलाह कर जातीं रानियाँ
	सुतुर होउन जात	मशविरा कर जातीं
	"भेलवाँ-तेल आना नोनी	"भेलवाँ[31] का तेल लाओ नोनी
	लुगा लगाउन जाहा	कपड़े डुबा जाओ
	काचुन आन बला नोनी	धो कर लाने को कहो नोनी
	एके काचुन आन बला	इसे धो कर लाने को कहो
	कपड़ा ने छिटका नईं रओ	कपड़ों में छींटा न रहे
	कपड़ा ने दाग नईं रहो	कपड़ों में दाग न रहे
	कोरा कागत असन रहो	कोरे कागज-से रहें
	लएनसुक असन	कोरे कागज-से
	कपड़ा काचुक नेओ नोनी	कपड़े धोने ले जाये नोनी
	कपड़ा काचुक नेओ"	कपड़े धोने ले जाये"
	भेलवाँ-तेल आनोत रानी मन	भेलवाँ का तेल लातीं रानियाँ
	लुगा लगाउन जात	कपड़े डुबा जातीं
	नोनी लगे बले जात रानी	नोनी के पास जातीं रानियाँ

31. भेलवाँ : भिलावाँ फल।

	नोनी के काय बलोत	नोनी से क्या कहतीं
	"सुन नोनी रे नानी बइन	"सुन हे नोनी छोटी बहिन
	सुन बाबा पिला बहिन	सुन हे बाबा नन्ही बहिन
	लुगा काचुकलाय ने नोनी	कपड़े धोने ले जा हे नोनी
	लुगा काचुकलाय ने"	कपड़े धोने ले जा"
1731	सुने रानी रे माहालखी	सुनती रानी माहालखी
	सुने रानी माहालखी	सुनती रानी माहालखी
	लुगा-हाँडी बोहे रानी	कपड़ों की हण्डी उठाती रानी
	लुगा-हाँडी बोहे	कपड़ों की हण्डी उठाती
	घर ले बाहिर होय रानी	घर से बाहर आती रानी
	जाते-जाते जाय	चलती चली जाती
	रुमझुम-रुमझुम रेंगे रानी	जल्दी-जल्दी चलती रानी
	एक कलाट मारे	लम्बे डग वह भरती
	बन्धासागरे जाय रानी	सरोवर में जाती रानी
	तरई-पारे जाय	सरोवर में जाती
	लुगा-हाँडी मँडाय रानी	कपड़ों की हण्डी रखती रानी
	घाटे बसुन गागे	घाट पर बैठ कर रोती
1732	दखे दादा रे बकुला लोग	देखता दादा बगुला
	दखे दादा बकुला लोग	देखता दादा बगुला

	हुता ले नँजर करे दादा	दूर से देखता दादा
	समुँद हुन पाट रहे	समुद्र के उस पार था
	‘नोनी असन दखे’ बले	‘नोनी जैसी दिखती’ कहता
	‘काय काजे नोनी एती?	‘किसलिये नोनी आयेगी?
	बड़े घरो बले आय’ बले	बड़े घर की बात है’ कहता
	‘राजा-घरो आय	‘राजा के घर की बात है
	जाउन दखेंदे’ बले बकुला	जा कर देखूँ’ कहता बगुला
	नोनी लगे जाय	नोनी के पास जाता
	नोनी चो पुरे उबे दादा	नोनी के पास खड़ा होता दादा
	नोनी के काय बले	नोनी से क्या कहता
	“सुन नोनी रे नानी बइन	“सुन हे नोनी छोटी बहिन
	सुन बाबा पिला बइन	सुन हे बाबा नन्हीं बहिन
	काय चो कमती होली नोनी	किस चीज की कमी हो गयी नोनी
	तुके काय बिपती पड़ली?	तुझ पर कौन सी विपदा आ गयी?
	बड़े घरो आस नोनी	बड़े घर की तू है हे नोनी
	तुय राजा-घरो आस	तू राजा के घर की है
	घाटे बसुन गागिस नोनी	घाट में बैठ कर रोती नोनी
	आले मोके साँग”	तनिक मुझे बता”
1733	“सुन दादा रे बड़े भाई	“सुन हे दादा बड़े भाई
	सुन दादा बड़े भाई	सुन हे दादा बड़े भाई
	मयँ काय डँड साँगें दादा!	मैं कौन-सा कष्ट बताऊँ दादा
	मयँ साँगुक नईं सकें	मैं बता नहीं सकती
	साँगले कहनी आय दादा	बताऊँ तो कहानी होगी दादा
	ए गावले गित आय	गाऊँ तो गीत होगा
	भेलवाँ-तेल बले आनला दादा	भेलवाँ-तेल लायीं दादा
	लुगा लुगाउन गेला दादा	उसमें कपड़े डुबाये
	मोके ‘काचुन आन’ बल्ला दादा	मुझे धोने को कहा हे दादा
	‘काचुन आन’ बल्ला	धो कर लाने को कहा
	कपड़ा ने दाग रली जाले	कपड़ों में दाग रह जाने पर
	कपड़ा ने छिटका रली	कपड़ों में छींटा रह जाने पर
	घर ले बाहिर करुआत दादा	घर से बाहर निकालेंगी दादा
	मोके तिनपुर मारई मारुआत	मुझे बहुत मार मारेंगी
	काय माथे कपड़ा काचें दादा?	कैसे कपड़े धोऊँ दादा?
	मयँ एचोय काजे गागें”	मैं इसीलिये रोती हूँ”
1734	“तेचो काजे नीं गाग नोनी	“इसके लिये मत रो हे नोनी
	मयँ बले साँयता देयँदे	मैं सहायता करूँगा
	मँजी दिग ने जायँदे नोनी	बीच धार में जाऊँगा नोनी

मँजी दिग ने जायँदे नोनी	बीच धार में जाऊँगा नोनी
मयँ पुरन पाने उबें नोनी	मैं पुरइन के पत्ते पर खड़ा होऊँगा
मोके दखुन-दखुन काच”	मुझे देख कर धोना”
फुर् नाय उड़ुन जाय दादा	फुर्र से उड़ जाता दादा
फुर् नाय उड़ुन जाय	फुर्र से उड़ जाता
पुरन पाने उबे दादा	पुरइन के पत्ते पर खड़ा होता दादा
दखुन-दखुन काचे	देख-देख कर धोती
काचुन-काचुन सुकाय रानी	धो-धो कर सुखाती रानी
काचुन-काचुन सुकाय	धो-धो कर सुखाती
कपड़ा काचुन सारे रानी	कपड़े धो जाती है रानी
आँगे असनाँद होय	वह स्नान कर जाती
सुका कपड़ा पिंदे रानी	सूखे कपड़े पहनती रानी
ओधा कपड़ा गिरे	गीले कपड़े गिरते
कपड़ा निचाउन जाय रानी	कपड़े निचोड़ जाती रानी
कपड़ा सकलुन जाय	कपड़े समेट जाती
कपड़ा-मोडरा रानी बाँदे	कपड़ों की गठरी रानी बाँधती
बँधासागर रानी छाँडे	सरोवर छोड़ जाती रानी
जाते-जाते बले जाय रानी	चलती चली जाती रानी
रुमझुम-रुमझुम रेंगे	जल्दी-जल्दी चलती
नव खँड माहाले जाय रानी	नौ खण्डा महल जाती रानी
नव खँड माहाले अमरे	नौ खण्डा महल पहुँचती
कपड़ा-मोडरा मँडाय रानी	कपड़ों की गठरी रखती रानी
दिदी के काय बले	दीदी से वह कहती
“सुना दिदी रे अकइस रानी	“सुनो दीदी इक्कीस रानियों
सुना दिदी राधा-तुलसा	सुनो दीदी राधा-तुलसा
कपड़ा उगालुन दखा दिदी	कपड़ों को तुम देखो दीदी
मयँ कपड़ा काचुन आनले”	मैं कपड़े धो लायी हूँ”
अकइस रानी सुनोत बाबा	इक्कीस रानियाँ सुनतीं बाबा
कपड़ा उगालुन दखोत	वे कपड़ों को देखतीं
कोरा कागज असन रहे	कोरे कागज-से थे कपड़े
लएनसुक असन	कोरे कागज जैसे
मूँ दखी-दखी होओत रानी मन	एक-दूसरे के मुँह देखतीं रानियाँ
“हामचो ले आगर होली!	“हमसे भी अधिक चतुर हो गयी!
काय डँड देवाँ?” बलोत	कौन-सा कष्ट देंगी?” कहतीं
“काय डाहा देवाँ?”	“कौन-सी तकलीफ देंगी?”
“तिनपुर डँड देऊँ” बलोत	“बहुत भयानक कष्ट दें” कहतीं
“अगिन-डाहा देऊँ	“इसे आग-सी तकलीफ दें

	'खायँदे' बलुन इली नोनी	'खाऊँगी' सोच कर आयी नोनी
	ए 'रहेंदे' बलुन इली!"	यह 'रहूँगी' सोच कर आयी!"
1736	एक दिन ले दुय दिन	एक दिन से दो दिन
	दुय दिन ले आँट दिन	दो दिन से आठ दिन
	लुगा काचलो होय रानी चो	कपड़े धोये बीते रानी को
	लुगा कांचलो होय	कपड़े धोये बीते
	सला होउन जात रानी मन	सलाह कर जातीं रानियाँ
	सुतुर होउन जात	मशविरा कर जातीं
	"काय डँड देवाँ?" बलोत	"कौन-सा कष्ट देंगी?" कहतीं
	"काय डाहा देवाँ?"	"कौन-सी तकलीफ देंगी?"
	"लाखड़ी लुगा बले लगावा नोनी	"राख में कपड़े डुबाओ नोनी
	लाखड़ी लुगा लगावा नोनी	राख में कपड़े डुबाओ
	'काचुन आन' बला नोनी	धो कर लाने को बोलो नोनी
	'काचुन आन' बला"	धो कर लाने को बोलो"
	लुगा लगाउन जात रानी मन	कपड़े डुबा जातीं रानियाँ
	लाखड़ी लुगा लगात	राख में कपड़े डुबातीं
	नोनी लगे बले जात रानी मन[32]	नोनी के पास जातीं रानियाँ
	नोनी के काय बलोत	नोनी से क्या कहतीं
	"सुन नोनी रे नानी बहिन	"सुन हे नोनी छोटी बहिन
	सुन बाबा पिला बहिन	सुन हे बाबा नन्हीं बहिन
	लाखड़ी लुगा आसे नोनी	राख में डुबाये कपड़े हैं नोनी
	लुगा काचुकलाय ने"	कपड़े धोने ले जा"
	नोनी काय बले दिदी के	नोनी क्या कहती दीदी से
	"सुना दिदी" बले	"सुनो हे दीदी" कहती
	"सुना दिदी रे अकइस रानी	"सुनो दीदी इक्कीस रानियों
	सुना दिदी राधा-तुलसा	सुनो दीदी राधा-तुलसा
	बापलुटी बला दिदी	बापलुटी कहो दीदी
	मयँ लुगा काचू नोहायँ	मैं कपड़े नहीं धोऊँगी
	देहें ने छिटका होयदे दिदी	देह में धब्बा लगेगा दीदी
	मोचो चोला ने दाग होयदे	मेरी देह में दाग लगेगा
	आउर बुता करावा दिदी	दूसरा काम करायें दीदी
	मोके बाहिर बुता करावा"	मुझसे बाहर का काम करायें"
1737	सुनोत रानी रे अकइस रानी	सुनतीं हैं इक्कीस रानियाँ
	सुनोत रानी राधा-तुलसा	सुनती हैं राधा-तुलसा
	लाखड़ी-लुगा बले नेत रानी	राख में डुबाये कपड़े ले जातीं रानियाँ
	लाखड़ी-लुगा नेत	राख में डुबाये कपड़े ले जातीं

32. दिनांक 20.12.1996 को ध्वन्यांकित कैसेट क्रमांक 37बी का आरम्भ।

	अकइस रानी नेओत बाबा	इक्कीस रानियाँ ले जातीं बाबा
	राधा-तुलसा नेओत	राधा-तुलसा ले जातीं
	बँधासागरे जात रानी	सरोवर में जातीं रानियाँ
	लुगा-हाँडी मँडात	कपड़ों की हण्डी रखतीं
	काचुन-काचुन सुकात रानी मन	धो-धो कर सुखातीं रानियाँ
	कपड़ा काचुन सारोत	वे कपड़े धो जातीं
	आँगे असनाँद रानी मन होओत	अंग स्नान रानियाँ करतीं
	हिरदे असनाँद रानी मन होओत	हृदय स्नान रानियाँ करतीं
	कपड़ा सकलुन जात रानी	कपड़े समेट जातीं रानी
	बँधासागर छाँडोत	सरोवर छोड़ जातीं
	जाते-जाते जात रानी मन	चलती चली जातीं रानियाँ
	नव खँड माहाले जात	नौ खण्डा महल में जातीं
	कपड़ा-मोडरा ठोओत रानी	कपड़ों की गठरी रखतीं रानियाँ
	खाना-पिना खाओत	वे भोजन कर जातीं
1738	एक दिन ले दुय दिन	एक दिन से दो दिन
	दुय दिन ले आँट दिन	दो दिन से आठ दिन
	लाखड़ी काचलो होय रानी चो	कपड़े धोये बीते रानियों को
	लाखड़ी काचलो होय	कपड़े धोये बीते
	सला होउन जात रानी मन	सलाह कर जातीं रानियाँ
	सुतुर होउन जात	मशविरा कर जातीं
	"राजा-भोग राँदो दिदी	"राज-भोग यह राँधे दीदी
	राजा-भोग राँदो"	राज-भोग यह राँधे"
	जाओत रानी रे अकइस रानी	जातीं हैं इक्कीस रानियाँ
	जाओत रानी राधा-तुलसा	जातीं हैं इक्कीस रानियाँ
	नोनी लगे बले जात रानी	नोनी के पास जाती रानियाँ
	नोनी के काय बलोत	नोनी से क्या कहतीं
	"सुन बइन" बलोत रानी मन	"सुन हे बहिन" कहतीं रानियाँ
	"सुन रे बइन" बलोत	"सुन हे बहिन" कहतीं
	"राजा-भोग बले राँद नोनी	"राज-भोग राँध नोनी
	राजा-भोग राँद	राज-भोग राँध
	कोनी दिन हामी रहुआवँ नोनी	किसी दिन हम रहेंगी नोनी
	कोनी दिन रहू नोहावँ	किसी दिन नहीं रहेंगी
	सिखुन रले खासे नोनी	सीखेगी तो खायेगी[33] नोनी
	तुय सिखुन रले देसे"	सीखेगी तो देगी[34]"

33. सीखेगी तो खायेगी (मुहावरा) : काम-धाम सीखने पर ही सुख पूर्वक जीवन-यापन कर पाओगी।

34. सीखेगी तो देगी (मुहावरा) : सीखोगी तभी तो किसी को कुछ बना कर दे पाओगी।

1739	सुने रानी रे माहालखी	सुनती रानी माहालखी
	सुने रानी माहालखी	सुनती रानी माहालखी
	बुता-भयना करे रानी	काम-काज कर जाती रानी
	बड़ा-ओंडा करे	साफ-सफाई कर जाती
	छड़ा-छिटका देय रानी	गोबर का छिटका लगाती रानी
	सरा-बड़ा करे	वह लिपाई-पोताई कर जाती
	बरतन-भाँडा माँजे रानी	बर्तन-भाँडे माँजती रानी
	पानी-काँजी आने	पानी भी वह लाती
	दतुन-पतर चाबे रानी जे	दतौन आदि कर जाती रानी
	आँगे असनाँद होय	वह स्नान कर जाती
	सुका कपड़ा पिंदे रानी	सूखे कपड़े पहनती रानी
	ओधा कपड़ा गिरे	गीले कपड़े गिरते
	कपड़ा निचाउन जाय रानी	कपड़े निचोड़ जाती रानी
	कपड़ा सुकाउन जाय	कपड़े सुखा जाती
	भानस-खोली ने जाय रानी	रसोई-शाला में जाती रानी
	भानस-खोली ने जाय	रसोई-शाला में जाती
	आइग बारुन रानी जाय	आग जला जाती रानी
	भोग मँडाउन रानी जाय	भोग पका जाती
	साग मँडाउन रय रानी	साग पका रही थी रानी
	भोग मँडाउन रय	भोग पका रही थी
	सला होउन जात रानी मन	सलाह कर जातीं रानियाँ
	सुतुर होउन जात	मशविरा कर जातीं
	"राजा-भोग राँदे दिदी	"राज-भोग राँधती दीदी
	राजा-भोग राँदे	राज-भोग राँधती
	गोड़ा लोन धरूँ दिदी	नमक की डली लें हे दीदी
	भोग ने लगाउन देऊँ दिदी	भोग में डाल दें हे दीदी
	साग ने लगाउन देऊँ"	साग में डाल दें"
	गोड़ा लोन धरोत रानी मन	नमक की डली लेतीं रानियाँ
	नोनी लगे जात	नोनी के पास जातीं
1740	"सुन नोनी रे नानी बहिन	"सुन हे नोनी छोटी बहिन
	सुन बाबा पिला बहिन	सुन हे बाबा नन्हीं बहिन
	एबे ले नाजुन राँदिस नोनी	अब तक नहीं राँधा है नोनी
	एबे ले नाजुन राँदिस	अब तक नहीं राँधा है
	राजा असन एसोत नोनी	राजा आते हैं शायद नोनी
	दुआरे निकरुन दख"	द्वार में निकल कर देख"
	दुआरे निकरुन दखे रानी	द्वार में निकल कर देखती रानी
	झलर-मलर होओत	वे इधर-उधर टहलतीं
	सलक-डबल होओत रानी मन	भीतर-बाहर होतीं रानियाँ

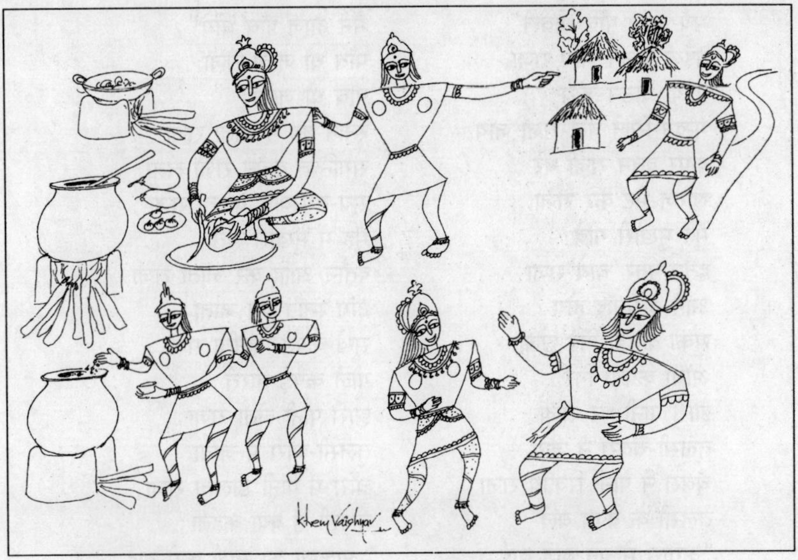

	गोड़ा लोन लगात	नमक की डली डाल देतीं
	भोग ने लगाउन देत रानी मन	भोग में डाल देतीं रानियाँ
	साग ने लगाउन देत	साग में डाल देतीं
	आपलो डेरा ने जात रानी मन	अपने कमरों में जातीं रानियाँ
	आपलो डेरा ने जात	अपने कमरों में जातीं
	राजा-भोग राँदे रानी	राज-भोग राँधती रानी
	राजा-भोग राँदे	राज-भोग राँधती
1741	पानी गरम रानी करे	पानी गरम करती रानी
	सेदा-भेदा रानी करे	ठण्डा पानी मिलाती
	मन्दन-सिले बले नेय रानी	स्नान-गृह में ले जाती रानी
	झारी कसेला देय	झारी कसेला देती
	नरायन राजा एय बाबा	नरायन राजा आता बाबा
	कछरी बाट ले एय	कचहरी से लौटता
	झारी पानी बले रानी डुमे	झारी में पानी लेती रानी
	नरायन राजा के रानी देय	नरायन राजा को देती रानी
	झारी पानी धरे राजा	झारी पानी लेता राजा
	खँड मुचकी मारे	हौले से मुस्काता
	मुचमुच-मुचमुच हाँसे राजा	मंद-मंद मुस्काता राजा
	रानी के काय बले	रानी से क्या कहता
	"साल-डेढ़ साल होली रानी	"साल-डेढ़ साल बीते रानी
	बिहाव होलो होय	विवाह को हुए बीते
	आज पानी दिलिस रानी	आज पानी दिया है रानी

मयँ आज पाँय धोवले"	मैंने आज पाँव धोये"
पइँया धोउन जाय राजा	पाँव धो जाता राजा
पइँया धोउन जाय	पाँव धो जाता
मन्दन-सिले बले राजा जाय	स्नान-गृह में जाता राजा
कपुर दतुन राजा धरे	सुगन्धित दतौन राजा लेता
सुरिज-भेट करे राजा	सूर्य-नमस्कार करता राजा
मुँहे मुखारी गोबे	मुँह में मुखारी लेता
दतुन-पतर चाबे राजा	दतौन आदि कर जाता राजा
आँगे असनाँद होय	अंग स्नान कर जाता
सुका कपड़ा पिंदे राजा	सूखे कपड़े पहनता राजा
ओधा कपड़ा गिरे	गीले कपड़े गिरते
झारी पानी धरे राजा	झारी पानी लेता राजा
तुलसी-चँवरा ने जाय	तुलसी-चौंरा में जाता
चँवरा ने पानी रिकाय राजा	चौंरा में पानी डालता राजा
तुलसी के काय बले	तुलसी से क्या कहता
"अगास मेलान बाड़ बाई	"आकाश का स्पर्श करो बाई
पकिर पाना फेक	नयी कोंपलें निकलें
तुय-मयँ बाँहा-जोरी बाई	तुम-मैं जैसे बाँहों की जोड़ी बाई
तुय-मयँ हन्सा-जोरी	तुम-मैं जैसे हन्सों की जोड़ी
जिव भर सेवा मिरो बाई	जीवन-भर सेवा करूँ मैं बाई
मोचो जान सुखी रहो"	मेरा जीवन सुखी रहे"
तुलसी-सेवा करे राजा	तुलसी-सेवा करता राजा
तुलसी-पुजा करे	तुलसी-पूजा करता
होम-आरती देय राजा	होम-आरती करता राजा
पइँया पड़ुन जाय	वह प्रणाम कर जाता
नव खँड माहाले जाय राजा	नौ खण्डा महल में जाता राजा
बाजे जाउन बसे	पलंग पर जा बैठता
1742 दखे रानी रे माहालखी	देखती रानी माहालखी
दखे रानी माहालखी	देखती रानी माहालखी
राजा-भोग हेड़े रानी	राज-भोग निकालती रानी
राजा-भोग हेड़े	राज-भोग निकालती
झारी पानी डुमे रानी	झारी में पानी निकालती रानी
नरायन राजा के देय	नरायन राजा को देती
हात अचाउन जाय राजा	हाथ धो जाता राजा
चन्दन-काटे बसे	चन्दन के पीढ़े पर बैठता
भोग मँडाउन देय रानी	भोग परोस जाती रानी
साग मँडाउन देय	साग परोस जाती
खाय राजा रे नरायन परभू	खाता राजा नरायन प्रभु

	खाय राजा माहापरभू	खाता राजा महाप्रभु
	राजा-भोग गोबे राजा	राज-भोग मुँह में रखता राजा
	गोड़ा लोन चाबे	नमक की डली चबाता
	थारी सरकाउन देय राजा	थाली सरका देता राजा
	हात अचाउन जाय	हाथ धो जाता
	अकइस रानी लगे जाय राजा	इक्कीस रानियों के पास जाता राजा
	रानी के काय बले	रानियों से क्या कहता
1743	"सुना रानी रे अकइस रानी	"सुनो रानी इक्कीस रानियों
	सुना रानी राधा-तुलसा	सुनो हे रानियों राधा-तुलसा
	काचो राँदलो भोग रानी?	किसका राँधा भोग है रानियों?
	आले मोके साँगा"	तनिक मुझे बताओ"
	"नोनी चो राँदलो भोग राजा	"नोनी का राँधा भोग है राजा
	नोनी चो राँदलो भोग	नोनी का राँधा भोग है
	जानलो नीं जानलो आय राजा	कुछ भी नहीं जानती राजा
	सिखलो नीं सिखलो आय	कुछ भी नहीं सीखा है
	गारी नईं दिया राजा	गाली मत दें हे राजा
	झगड़ा नईं लागा	झगड़ा मत करें
	कोनी दिने हामी रहुआवँ राजा	किसी दिन हम रहेंगी राजा
	कोनी दिने रहू नोहावँ	किसी दिन नहीं रहेंगी
	सिखुन रले खायदे राजा	सीखेगी तो खायेगी राजा
	सिखुन रले देयदे	सीखेगी तो बना कर देगी
	केभय नईं बले राँदुन रली	कभी नहीं राँधा था उसने
	केभय नईं राँदुन रली	कभी नहीं राँधा था
	हुन आज भोग राँदली" बले	उसने आज भोग राँधा है
	"आज भोग राँदली"	उसने आज भोग राँधा है"
	काईं नईं बले राजा	कुछ भी नहीं कहता है राजा
	झगड़ा नईं लागे	वह झगड़ा नहीं करता है
1744	एक दिन ले दुय दिन	एक दिन से दो दिन
	दुय दिन ले आँट दिन	दो दिन से आठ दिन
	भोग राँदलो होय रानी चो	भोग राँधे बीते रानी को
	साग राँदलो होय	साग राँधे बीते
	कछरी-बाटे जाय राजा	कचहरी जाता राजा
	दरबार-बाटे जाय	वह दरबार जाता
	कछरी अमरुन जाय राजा	कचहरी पहुँच जाता राजा
	दरबार अमरुन जाय	दरबार पहुँच जाता
	बुता-भयना रानी करे	काम-काज रानी करती
	बुता-भयना रानी करे	काम-काज रानी करती
	पानी गरम करे रानी	पानी गरम करती रानी

आँगे असनाँद होय	अंग स्नान कर जाती
सुका कपड़ा पिंदे रानी	सूखे कपड़े पहनती रानी
ओधा कपड़ा गिरे	गीले कपड़े गिरते
कपड़ा निचाउन जाय रानी	कपड़े निचोड़ जाती रानी
कपड़ा सुकाउन जाय	कपड़े सुखा जाती
भानस-खोली ने जाय रानी	रसोई-घर में ले जाती रानी
भानस-खोली ने जाय	रसोई-घर में ले जाती
आइग बारुन जाय रानी	आग जला जाती रानी
आइग बारुन जाय	आग जला जाती
राँदे रानी रे राजा-भोग	राँधती रानी राज-भोग
राँदे रानी राजा-भोग	राँधती रानी राज-भोग
भोग मँडाउन रय रानी	भोग पका रही थी रानी
साग मँडाउन रय	साग पका रही थी
सला होउन जात रानी मन	सलाह कर जातीं रानियाँ
सुतुर होउन जात	मशविरा कर जातीं
"राजा-भोग राँदे दिदी	"राज-भोग राँधती दीदी
राजा-भोग राँदे	वह राज-भोग राँधती
बाली-कुदुर[35] धरा दिदी	रेत ले लो हे दीदी
भोग ने लगाउन दिया	भोग में डाल दो
साग ने लगाउन दिया दिदी"	साग में डाल दो दीदी"
सला होउन बलोत	मशविरा कर जातीं
बाली-कुदुर बले रानी मन धरोत	ढेर रेत लेतीं रानियाँ
नोनी लगे बले रानी मन जाओत	नोनी के पास जातीं रानियाँ
नोनी के काय बलोत रानी मन	नोनी से क्या कहतीं रानियाँ
"सुन बइन" बलोत	"सुन हे बहिन" कहतीं
"एबे ले नाजुन राँदिस नोनी	"अब तक नहीं राँधा है नोनी
राजा असन एसोत	राजा आते शायद
दुआरे निकरुन दख नोनी	द्वार में निकल कर देख नोनी
दुआरे निकरुन दख"	बाहर निकल कर देख"
सुने रानी रे माहालखी	सुनती रानी माहालखी
भुँग् नाय दुआरे निकरे रानी	द्वार में निकलती रानी
सलक-डबल होओत रानी	इधर-उधर होतीं रानियाँ
बाली-कुदुर धरोत	वे रेत ले लेतीं
भोग ने लगाउन देत रानी मन	भोग में डाल देतीं रानियाँ
सागे लगाउन देत	साग में लगा देतीं
आपलो डेरा ने जात रानी	अपने डेरों में जातीं रानियाँ
आपलो जघा ने जात	अपनी जगहों में जातीं

35. कुदुर : अन्य ध्वनि 'कुधुर'।

राँदा-बाटा करे रानी	भोजन राँध लेती रानी
पानी गरम करे	पानी गरम करती
सेदा-भेदा करे रानी	ठण्डा पानी मिलाती रानी
मन्दन-सिले नेय	स्नान-गृह में ले जाती
झारी कसेला देय रानी	झारी पात्र देती रानी
कपुर दतुन देय	सुगन्धित दतौन देती
1746 एय राजा रे नरायन परभू	आता राजा नरायन प्रभु
एय राजा माहापरभू	आता राजा महाप्रभु
माहालखी दखे बाबा	माहालखी देखती बाबा
झारी पानी डुमे	झारी पानी लेती
नरायन राजा के देय रानी	नरायन राजा को देती रानी
झारी पानी धरे	झारी पानी लेती
खँड मुचकी मारे राजा	हौले से मुस्काता राजा
रानी के काय बले	रानी से क्या कहता
"साल-डेड़ साल होली रानी	"साल-डेढ़ साल बीते रानी
मोके दुय दिन पानी दिलिस	तुमने मुझे दो दिनों तक पानी दिया
दुय दिन पाँय धोवले रानी	मैंने दो दिन पाँव धोये रानी
मयँ दुय दिन पाँय धोवले"	मैंने दो दिन पाँव धोये"
1747 पाँय धोउन राजा जाय	पाँव धो जाता राजा
मन्दन-सिले राजा जाय	स्नान-गृह में जाता राजा
कपुर दतुन धरे राजा	सुगन्धित दतौन लेता राजा
सुरिज-भेट करे	सूर्य नमस्कार करता
मुँहे मुखारी गोबे राजा	मुँह में मुखारी लेता राजा
दतुन-पतर चाबे	दतौन आदि कर जाता
आँगे असनाँद होय राजा	अंग स्नान कर जाता राजा
हिरदे असनाँद होय	हृदय स्नान कर जाता
सुका कपड़ा पिंदे राजा	सूखे कपड़े पहनता राजा
ओधा कपड़ा गिरे	गीले कपड़े गिरते
झारी पानी धरे राजा	झारी में पानी लेता राजा
तुलसी चँवरा ने जाय	तुलसी-चौरा में जाता
तुलसी ने पानी रिकाय राजा	तुलसी में पानी डालता राजा
तुलसी-सेवा करे	तुलसी की सेवा करता
होम-आरती देय राजा	होम-आरती करता राजा
पइँया पड़ुन जाय	वह प्रणाम कर जाता
नव खँड माहाले जाय राजा	नौ खण्डा महल में जाता राजा
बाजे जाउन बसे	पलंग पर जा बैठता
माहालखी दखे बाबा	माहालखी देखती बाबा
राजा-भोग हेड़े	राज-भोग निकालती

	अतिस अलन हेड़े रानी	इत्तीस व्यंजन निकालती रानी
	बतिस भोजन हेड़े	बत्तीस भोजन निकालती
	झारी पानी डुमे रानी	झारी में पानी लेती रानी
	नरायन राजा के देय	नरायन राजा को देती
	हात अचाउन जाय राजा	हाथ धो जाता राजा
	चन्दन-काटे बसे	चन्दन के पीढ़े पर बैठता
	भोग मँडाउन देय रानी	भोग परोस जाती रानी
	साग मँडाउन देय	साग परोस जाती
	राजा-भोग बले खाय बाबा	राज-भोग वह खाता बाबा
	राजा-भोग खाय	राज-भोग वह खाता
	बाली-कुदुर चाबे राजा	रेत चबा जाता राजा
	बाली-कुदुर चाबे	रेत चबा जाता
	थारी सरकाउन देय राजा	थाली सरका देता राजा
	हात अचाउन जाय	हाथ धो जाता
	खयरा-खयरा दखे राजा	आग्नेय नेत्रों से देखता राजा
	टेड़गा-टेड़गा दखे	वह तिरछी निगाहों से देखता
	अकइस रानी लगे जाय राजा	इक्कीस रानियों के पास जाता राजा
	रानी के काय बले	रानियों से क्या कहता
	"काचो राँदलो भोग रानी?	"किसका राँधा भोग है रानियों?
	आले मोके साँगा"	तनिक मुझे बताओ"
	"नोनी चो राँदलो भोग राजा	"नोनी का राँधा भोग है राजा
	गारी नईं दिया	उसे गाली मत दें
	जानलो नीं जानलो आय राजा	कुछ भी नहीं जानती राजा
	हुन सिखलो नीं सिखलो आय	उसने कुछ भी नहीं सीखा है
	सिखुन रले खायदे राजा	सीखेगी तो खायेगी राजा
	सिखुन रले देयदे	सीखेगी तो देगी
	कोनी दिन हामी रहुआवँ राजा	किसी दिन हम रहेंगी राजा
	कोनी दिन रहू नोहावँ"	किसी दिन नहीं रहेंगी"
1748	"आज ले नाजुन हुन सिखे" बले	"आज तक न सीखा उसने" कहता
	"आजी ले नाजुन जाने" बले	"आज तक नहीं जाना है" कहता
	"कोन दिन राँदुन देयदे?" बले	"किस दिन राँध कर देगी?" कहता
	"कोन दिन करुन खुआय?"	"किस दिन कर के वह खिलायेगी?"
	आपलो खोली ने जाय राजा	अपने कमरे में जाता राजा
	आपलो बेद निकराय	अपनी बेंत निकालता
	बेद फुलाउन जाय राजा	बेंत को तेल में भिगाता राजा
	बेद के तेल घसे	बेंत में तेल चुपड़ता
	रानी लगे बले जाय राजा	रानी के पास जाता राजा
	रानी लगे जाय	रानी के पास जाता

1749	खाँद चो लुगा के राजा धरे	कन्धे से आँचल पकड़ता राजा
	एकेदायँ हटका राजा मारे	जोरों से झटकता
	अयसा मरई मारे राजा	बहुत मार मारता राजा
	तिनपुर झोड़ई झोड़े	वह बहुत मार मारता
	"एबे ले नाजुन सिखिस" बले	"अब तक नहीं सीखा है" कहता
	"तुय एबे ले नाजुन जानिस	"तूने अब तक नहीं जाना है
	कोन दिने राँदुन देसे मोके	किस दिन मुझे राँध कर देगी
	तुय कोन दिने करुन खुआस[36]?"	तू किस दिन कर के खिलायेगी?"
	आपलो मन ने राजा मारे	अपने मन से राजा मारता
	आपलो मन ने राजा मारे	अपने मन से राजा मारता
	अकइस रानी दखोत बाबा	इक्कीस रानियाँ देखतीं बाबा
	'एदायँ जानलिस!' बलोत	'अब जाना है!' कहतीं
	'तिनपुर मया ने रलिस नोनी	'बहुत प्यार से थी हे नोनी
	तुय अँधेर लाड़ ने रलिस	तू बहुत लाड़ से थी
	एदायँ जानलिस!' बलोत रानी	अब तो जान गयी है!' कहतीं रानियाँ
	'एदायँ पावलिस' बलोत	'अब तो फल पाया है' कहतीं
	आपलो मन ने छाँडे राजा	अपने मन से छोड़ता राजा
	आपलो मन ने छाँडे	अपने मन से छोड़ता
	कोनी नईं छँडात रानी के	कोई नहीं छुड़ातीं रानी को
	कोनी नईं छँडात	कोई नहीं छुड़ातीं
	ढुसी असन फुले रानी	ढुसी-सी फूल[37] गयी रानी
	ढुसी असन फुले	ढुसी-सी फूल गयी
1750	आसे रानी रे माहालखी	रहती रानी माहालखी
	आसे रानी माहालखी	रहती रानी माहालखी
	एक दिन बले होय बाबा	एक दिन बीता बाबा
	दुय दिन होय	दो दिन बीते
	आँट दिन होय बाबा	आठ दिन बीते बाबा
	भोग राँदलो होय	भोग राँधे बीते
	राजा कछरी जाय रे परभू	राजा कचहरी जाता प्रभु
	राजा कछरी जाय परभू	राजा कचहरी जाता प्रभु
	बुता-भयना करे रानी	काम-काज करती है रानी
	बुता-भयना करे	काम-काज वह करती
	बड़ा-ओंडा करे रानी	साफ-सफाई करती रानी
	छड़ा-छिटका देय	गोबर का छिटका देती
	सरा-बड़ा करे रानी	लिपाई-पोताई करती रानी

36. खुआस : 'खुआसे' का लघुकृत रूप।

37. ढुसी-सी फूलना : धान रखने की ढुसी की तरह फूल जाना। ढुसी : धान के पैरा (पुआल) को ऐंठ कर बनायी गयी रस्सी को लपेट कर ढुसी बनायी जाती है। इसमें धान भण्डारित किया जाता है।

बरतन-भाँडा माँजे	बर्तन-भाँडे धोती
दतुन-पतर चाबे रानी	दतौन आदि कर जाती रानी
पानी-काँजी आने	पानी आदि लाती
आँगे असनाँद होय रानी	अंग स्नान करती रानी
हिरदे असनाँद होय	हृदय स्नान करती
सुका कपड़ा रानी पिंदे	सूखे कपड़े पहनती रानी
ओधा कपड़ा तले गिरे	गीले कपड़े गिरते
कपड़ा निचाउन जाय रानी	कपड़े निचोड़ जाती रानी
कपड़ा सुकाउन जाय	कपड़े सुखा जाती
भानस-खोली ने जाय रानी	रसोई-घर में जाती रानी
आइग बारुन जाय	आग जला जाती
राजा-भोग राँदे रानी	राज-भोग राँधती रानी
अतिस अलन राँदे	इक्तीस व्यंजन राँधती
बतिस भोजन राँदे रानी	बत्तीस भोजन राँधती रानी
हुन भात मँडाउन रय	वह भात पका रही थी
साग मँडाउन रहे रानी	साग पका रही थी रानी
अकइस रानी दखोत	इक्कीस रानियाँ देखतीं
"राजा-भोग राँदे दिदी	"राज-भोग राँधती दीदी
राजा-भोग राँदे"	वह राज-भोग राँधती"
1751 "मुसा-गद बले धरा दिदी	"चूहे की लीद लो हे दीदी
छेरी-लेंडी धरा दिदी	बकरी की लेंडी लो दीदी
घोड़ा-लिद धरा दिदी	घोड़े की लीद लो दीदी
चाटी-ओखार[38] धरा	चींटियों की निकाली मिट्टी लो
गोबर-छेना धरा दिदी	गोबर-उपला लो दीदी
भोग ने लगाउन दिया"	भोग में लगा दो"
सला होउन जात रानी मन	सलाह कर जातीं रानियाँ
सुतुर होउन जात	वे मशविरा कर जातीं
रानी लगे जात रानी मन	रानी के पास जातीं रानियाँ
रानी के काय बलोत	रानी से क्या कहतीं
"सुन नोनी रे नानी बइन	"सुन हे नोनी छोटी बहिन
सुन बाबा पिला बइन	सुन हे बाबा नन्हीं बहिन
एबे ले नाजुन राँदिस नोनी	अब तक नहीं राँधा है नोनी
किदलदायँ भोग राँदिस?	तुम कब भोग राँधोगी?
राजा असन एसोत नोनी	राजा आते शायद नोनी
तुय दुआरे निकरुन दख"	तू द्वार में निकल कर देख"
तुरुकनाय दुआरे निकरे रानी	जल्दी द्वार में निकलती रानी
झलर-मलर होत	वे इधर-उधर टहलतीं

38. ओखार : यह 'ओकार' भी उच्चारित होता है।

	सलक-डबल होत रानी मन	भीतर-बाहर होतीं रानियाँ
	सलक-डबल होत	भीतर-बाहर होतीं
	घोड़ा-लिद धरोत रानी मन	घोड़े की लीद लेतीं रानियाँ
	मुसा-गद धरोत	चूहे की लीद लेतीं
	चाटी-ओखार धरोत रानी	चींटियों की निकाली मिट्टी लेतीं रानियाँ
	गोबर-छेना धरोत	गोबर का उपला लेतीं
	भोगे लगाउन देत रानी मन	भोग में डाल देतीं रानियाँ
	भोगे लगाउन देत	भोग में लगा देतीं
1752	जाओत रानी रे अकइस रानी	जातीं हैं इक्कीस रानियाँ
	जाओत रानी राधा-तुलसा	जाती हैं राधा-तुलसा
	आपलो जघा ने जात रानी	अपने जगह में जातीं रानियाँ
	आपलो डेरा ने जात	अपने डेरों में जातीं
	राजा-भोग राँदे रानी	राज-भोग राँधती रानी
	राजा-भोग राँदे	राज-भोग राँधती
	पानी गरम रानी करे	पानी गरम करती रानी
	सेदा-भेदा रानी करे	ठण्डा पानी मिलाती रानी
	मन्दन-सिले बले नेय रानी	स्नान-गृह में ले जाती रानी
	झारी कसेला देय	झारी पात्र देती
	नरायन राजा एय बाबा	नरायन राजा आता बाबा
	झारी पानी डुमे	झारी पानी लेती
	नरायन राजा के देय रानी	नरायन राजा को देती रानी
	झारी पानी धरे	झारी पानी लेती
	"तिन दिन होली रानी	"तीन दिन हो गये रानी
	मयँ तिन दिन पाँय धोवले रानी	मैंने तीन दिन पाँव धोये रानी
	मयँ तिन दिन पाँय धोवले"	मैंने तीन दिन पाँव धोये"
	पइँया धोउन जाय राजा	पाँव धो जाता राजा
	मन्दन-सिले जाय	स्नान-गृह में जाता
	मन्दन-सिले बले राजा उबे	स्नान-गृह में राजा खड़ा होता
	कपुर दतुन राजा धरे	सुगन्धित दतौन राजा लेता
	सुरिज-भेट करे राजा	सूर्य नमस्कार करता राजा
	मुँहे मुखारी गोबे	मुँह में मुखारी लेता
	दतुन-पतर चाबे राजा	दतौन आदि कर जाता राजा
	आँगे असनाँद होय	अंग स्नान कर जाता
	सुका कपड़ा पिंदे राजा	सूखे कपड़े पहनता राजा
	ओधा कपड़ा गिरे	गीले कपड़े गिरते
	झारी पानी धरे राजा	झारी पानी लेता राजा
	तुलसी-चँवरा ने जाय	तुलसी-चौरा में जाता
	चँवरा ने पानी रिकाय राजा	चौरा में पानी डालता राजा

पुजा करुन जाय	वह पूजा कर जाता
आपन माहाले जाय राजा	अपने महल में जाता राजा
बाजे जाउन बसे	पलंग पर जा बैठता
1753 दखे रानी माहालखी	देखती रानी माहालखी
दखे रानी माहालखी	देखती रानी माहालखी
राजा-भोग हेड़े रानी	राज-भोग निकालती रानी
अतिस अलन हेड़े	इत्तीस व्यंजन निकालती
बतिस भोजन हेड़े रानी	बत्तीस भोजन निकालती रानी
झारी पानी डुमे	झारी में पानी लेती

नरायन राजा के देय रानी	नरायन राजा को देती रानी
हात अचाउन जात	वह हाथ धो जाता
चन्दन-काटे बसे राजा	चन्दन के पीढ़े पर बैठता राजा
बेल-काटे बसे	बेल के पीढ़े पर बैठता
भोग मँडाउन देय रानी	भोग परोस देती रानी
साग मँडाउन देय	साग परोस जाती
राजा-भोग खाय बाबा	राज-भोग वह खाता बाबा
गोबर-छेना दखे	गोबर का उपला देखता
छेरी-लेंडी दखे राजा	बकरी की लेंडी देखता राजा
घोड़ा-लिद दखे	घोड़े की लीद देखता
चाटी-ओखार दखे राजा	चींटियों की निकाली मिट्टी देखता राजा
मुसा-गद दखे	चूहे की लीद देखता
अकइस रानी लगे जाय राजा	इक्कीस रानियों के पास जाता राजा

रानी के काय बले	रानियों से क्या कहता
“काचो राँदलो भोग रानी?	“किसका राँधा भोग रानियों?
आले मोके साँगा”	तनिक मुझे बताओ”
“नोनी चो राँदलो भोग राजा	“नोनी का राँधा भोग राजा
तुमी गारी नईं दिया	आप उसे गाली मत दें
राँदुक नाजुन जाने राजा	राँधने नहीं जानती राजा
हुन राँदुक नाजुन सिखे	उसने राँधना नहीं सीखा है
सिखुन रले खायदे राजा	सीखेगी तो खायेगी राजा
हुन सिखुन रले देयदे”	वह सीखेगी तो बना कर देगी”
“एबे ले नाजुन हुन सिखे” बले	“अब तक नहीं सीखा है” कहता
“आज ले नाजुन जाने” बले	“आज तक नहीं जाना है” कहता
“चाम चो सुँदरी आय” बले	“शरीर की सुन्दरी है वह” कहता
“चाम चो सुँदरी आय	“वह देह की सुन्दरी है
चाल ने सुँदर निंहाय” बले	काम में सुन्दरता नहीं है” कहता
“चाल ने सुँदर निंहाय”	“काम में सुन्दरता नहीं है”
1754 आपलो खोली ने राजा जाय	अपनी खोली में जाता राजा
आपलो बेत राजा निकराय	अपनी बेंत निकालता राजा
बेद ने पानी रिकाय राजा	बेंत में पानी डालता राजा
बेद ने तेल घसे	बेंत में तेल चुपड़ता
रानी लगे जाय राजा	रानी के पास जाता राजा
रानी लगे जाय	रानी के पास जाता
सिर-चुँदी बले राजा धरे	उसके केश पकड़ता राजा
सिर-चुँदी राजा धरे	उसके केश पकड़ता राजा
एकेदायँ हटका मारे राजा	जोरों का झटका मारता राजा
एकेदायँ हटका मारे	जोरों का झटका मारता
“चाम चो सुँदरी आस रानी	“देह की सुन्दरी है हे रानी
तुके चाल चो सुँदर निंहाय	तेरा काम सुन्दर नहीं है
चाम चो सुँदर के काय करेंदे	देह की सुन्दरता का क्या करूँगा
चाम चो सुँदर के काय करेंदे?	देह की सुन्दरता का क्या करूँगा?
मोके चाल चो सुँदर होतो आय रानी	मुझे काम में सुन्दरता चाहिये रानी
काम चो सुँदर होतो आय”	काम में सुन्दरता चाहिये”
अयसा मरई मारे राजा	बहुत मार मारता राजा
तिनपुर झोड़ई झोड़े	वह बहुत मार मारता
अंग्गुर खाला हिटे रानी चो	चमड़ी निकल जाती रानी की
लहू-धार बोहे	लहू की धार बह जाती
इथा नेउन ठटाय राजा	इधर ले जा कर पटकता राजा
हुता नेउन ठटाय	उधर ले जा कर पटकता
उठाउन लाते बले खुँदते रहे	लात उठा कर मार रहा था

उठाउन लाते खुँदते रय	लात उठा कर मार रहा था
रानी काय बले राजा के	रानी तब कहती राजा से
"सुना राजा" बले	"सुनिये राजा" कहती
"सुना राजा रे नरायन परभू[39]	"सुनिये राजा नरायन प्रभु
सुना राजा माहापरभू	सुनिये राजा महाप्रभु
जे ने पाउन हुन ने मारा	जिस किसी में भी मारें राजा
जे ने पाउन हुन ने	जिस किसी में भी मारें
लाते नईं खुँदा राजा	लात में मत मारें राजा
लाते नईं खुँदा	लात में मत मारें
मोचो देंहे छुत पड़ेदे राजा	मेरी देह में छूत पड़ेगी राजा
देंहे छुत पड़ेदे"	मेरी देह अपावन हो जायेगी"
घिरलाउन-घोंडराउन मारे राजा	घिसट-घिसट कर मारता राजा
आपटुन-कचाड़ुन मारे	पटक-पटक कर मारता
1755 दखोत रानी रे अकइस रानी	देखतीं रानी इक्कीस रानियाँ
दखोत बाबा राधा-तुलसा	देखतीं रानी राधा-तुलसा
'एदायँ जानलिस!' बलोत रानी	'अब जाना है' कहतीं रानियाँ
'अछा होयसे' बलोत	'अच्छा हो रहा है' कहतीं
'आँखी आड़ नईं होइस नोनी	'आँखों से ओझल न होती थी नोनी
बुटा-आड़ नईं होइस	पौधे की आड़ न होती थी
तिनपुर मया ने रलिस नोनी	बहुत प्यार से रहती थी नोनी
अँधेर लाड़ ने रलिस	बहुत लाड़ से रहती थी
अछा होयसे!' बलोत रानी मन	अच्छा हो रहा है!' कहतीं रानियाँ
'अछा होयसे' बलोत	'अच्छा हो रहा है' कहतीं
कोनी नईं छँडात रानी के	कोई नहीं छुड़ातीं रानी को
कोनी नईं छँडात	कोई नहीं छुड़ातीं
आपलो मन ने मारे राजा	अपने मन से मारता राजा
आपलो मन ने छाँडे राजा	अपने मन से छोड़ता राजा
अकइस रानी लगे जाय राजा	इक्कीस रानियों के पास जाता राजा
राधा-तुलसा लगे जाय	राधा-तुलसा के पास जाता
बाजे जाउन सोय राजा	पलंग पर जा कर सोता राजा
सेज जाउन सोय	सेज पर जा कर सोता
माँडी-खुटा बले देय रानी	घुटनों के बल चलती रानी
धिरे-धिरे जाय	धीरे-धीरे जाती
ओसना बाटे बले जाय रानी	घर के पिछवाड़े जाती रानी
निवरा बाटे जाय	घर के बाहर जाती
रदरद-रदरद गागे रानी	फूट-फूट कर रोती रानी
नै-नै आँसू ढारे	आँखों से आँसू बहते

39. कैसेट क्रमांक 38ए का आरम्भ, ध्वन्यांकन तिथि : 20.12.1996.

अधया-34 : माहालखी चो बालिखँडपुर छाँडतो

अध्याय-34 : माहालखी द्वारा बालिखँडपुर का त्याग

1756	'ठाने मारुन मोके फिंगुन दिले	'मुझे मार कर फेंक देने पर
	ठाने पुजुन फिंगुन दिले	मुझे मार कर फेंक देने पर
	'नीं मार' बलया निंहात' बले	'मत मारो' कहने वाला कोई नहीं है' कहती
	'नीं पुज' बलया निंहात	'मत काटो' कहने वाला कोई नहीं है
	एचोय काजे बल्ले' बले	इसलिये कहा था' कहती
	'मयँ एचोय काजे बल्ले	'मैंने इसलिये कहा
	भाका के नईं मानलास बाबा	मेरी बात न मानी बाबा
	गोठ के नईं धरलास	मेरा कहा न माना
	अकइस उपरे दिलास बाबा	इक्कीस रानियों के ऊपर मुझे दिया बाबा
	अकइस रानी चो डँड	इक्कीस रानियों के कष्ट
	डँड के कसन करें बाबा	कष्टों को कैसे सहूँ बाबा
	मयँ डाहा के कसन करें?'	मैं तकलीफों को कैसे सहूँ?'
	तिनपुर रदना रानी धरे	बहुत रोना रोती रानी
	तिनपुर रोना रानी रोय	बहुत रोना रोती

'कोन पुरे मयँ जायँ?' बले	'कौन से पुर मैं जाऊँ?' कहती
'कोन पुरे जायँ?	'कौन से पुर मैं जाऊँ
रहुक नईं सकें' बले	रह नहीं सकती अब' कहती
'मयँ खटुक नईं सकें	'मैं सह नहीं सकती
मँजपुरे मयँ रले जाले	मँजपुर में रह गयी मैं तो
मँजपुरे रले जाले	मँजपुर में रह गयी तो
ओना-कोना खोजेदे' बले	कोने-कोने में खोजेगा' कहती
'चिपनाय धरुन आनेदे	'मुझे पकड़ लायेगा
इतरोय डँड देयदे' बले	फिर से इतने ही कष्ट देगा' कहती
'इतरोय डाहा करेदे	'इतनी ही तकलीफें देगा
मँजपुरे नीं रयँ' बले	'मँजपुर में नहीं रहूँगी' कहती
'कोन पुरे जायँ?	'कौन से पुर मैं जाऊँ?
बालिखँडपुरे मयँ रले जाले	बालिखँडपुर में मैं रहूँगी तो
बालिखँडपुरे रले जाले	बालिखँडपुर में रहूँगी तो
खोलकी-बिलकी खोजे[1]' बले	कोने-कोने में खोजेगा' कहती
'टुपनाय धरुन आने[2]	'मुझे पकड़ लायेगा
बालिखँडपुरे नीं रयँ' बले	बालिखँडपुर में नहीं रहूँगी' कहती
'मयँ बालिखँडपुरे नीं रयँ	'मैं बालिखँडपुर में नहीं रहूँगी
कोन पुरे जायँ?' बले	कौन से पुर मैं जाऊँ?' कहती
'कोन पुरे जायँ?	'कौन से पुर मैं जाऊँ?
1757 'टुरँडी नँगरे गेले जाले	'टुरँडी नँगर गयी तो
हरदी नँगर गेले जाले	हरदी नँगर गयी तो
जाउन बेचुन एयदे' बले	जा कर उठा लायेगा' कहती
'मोके इतरोय डाहा देयदे	'मुझे इतने ही कष्ट देगा
टुरँडी नँगरे नीं जायँ' बले	टुरँडी नँगर नहीं जाऊँगी' कहती
'मयँ हरदी नँगर नी जायँ	'मैं हरदी नँगर नहीं जाऊँगी
कोन पुरे जायँ?' बले	कौन से पुर मैं जाऊँ?' कहती
'मयँ कोन पुरे जायँ?	'मैं कौन से पुर जाऊँ?
सागरपुरे मयँ गेले जाले	सागरपुर मैं गयी तो
गोबिंदपुरे गेले जाले	गोबिंदपुर मैं गयी तो
जाउन बेचुन आनेदे' बले	जा कर उठा लायेगा' कहती
'मोके इतरोय डँड देयदे	'मुझे इतने ही कष्ट देगा
सागरपुरे नीं जायँ' बले	सागरपुर नहीं जाऊँगी' कहती
'गोबिंदपुरे नीं जायँ	'गोबिंदपुर नहीं जाऊँगी
कोन पुरे मयँ जायँ?' बले	कौन से पुर मैं जाऊँ?' कहती

1. खोजे : 'खोजेदे' का लघुकृत रूप।
2. आने : 'आनेदे' का लघुकृत रूप।

	'कोन पुरे जायँ?	'कौन से पुर मैं जाऊँ?
	बड़ुँदपुरे मयँ गेले जाले	बड़ुँदपुर मैं गयी तो
	कोबेर-भँडार गेले जाले	कोबेर-भण्डार मैं गयी तो
	बाबा गारी देयदे' बले	बाबा गाली देगा' कहती
	'मोके आया झगड़ा लागेदे	'मुझ पर आया गुस्सा करेगी
	'चाल रले खातिस' बलदे	'चाल रहता तो खाती[3]' कहेगी
	'बाट धरुन इलिस'	'राह पकड़ तू आयी'
	बड़ुँदपुरे नीं जायँ' बले	बड़ुँदपुर नहीं जाऊँगी' कहती
	'मयँ कोबेर-भँडार नीं जायँ	'मैं कोबेर-भण्डार नहीं जाऊँगी
	कोन पुरे बले जायँ?' बले	कौन से पुर मैं जाऊँ?' कहती
	'कोन पुरे जायँ?	'कौन से पुर मैं जाऊँ?
	कैलासपुरे मयँ गेले जाले	कैलासपुर मैं गयी तो
	कैलासपुरे गेले जाले	कैलासपुर मैं गयी तो
	दादा गारी देयदे' बले	दादा (माहादेव) गाली देगा' कहती
	'दिदी झगड़ा लागेदे	'दीदी (पारबती) झगड़ा करेगी
	कैलासपुरे नीं जायँ' बले	कैलासपुर नहीं जाऊँगी' कहती
	'कैलासपुरे नीं जायँ	'कैलासपुर नहीं जाऊँगी
	रहुक नईं सकें' बले	रह नहीं सकती हूँ' कहती
	'मयँ खटुक नईं सकें'	'मैं सह नहीं सकती हूँ'
	माँडी-खुटा बले देय रानी	घुटनों के बल चलती रानी
	धिरे-धिरे जाय	धीरे-धीरे जाती
	गँगा-जमुना ने जाय रानी	गंगा-जमुना[4] में जाती रानी
	जोड़ी गदया ने जाय	दोनों भण्डारों में जाती
	तिजरी-बिजरी ने जाय रानी	तिजोरियों के पास जाती रानी
	कासा-तामा ने जाय	काँसा-ताम्बा के पास जाती
1758	"सुन आया गँगा-जमुना	"सुनो आया गंगा-जमुना
	सुन आया जोड़ी गदया	सुनो आया दोनों भण्डारों
	तिजरी-बिजरी सुना" बले	हे तिजरी-बिजरी[5] सुनो" कहती
	"कासा-तामा सुना	"काँसा-ताम्बा सुनो
	रहुक नईं सकें" बले	रह नहीं सकती मैं" कहती
	"मयँ खटुक नईं सकें	"मैं सह नहीं सकती
	नाना पयकार चो डँड" बले	नाना प्रकार के कष्ट" कहती
	"बेली-बिजरा चो डाहा!	"अनेक असहनीय कष्ट!
	रहुआहास जाले राहा" बले	तुम यहाँ रहोगे तो रहो" कहती

3. चाल रहता तो खाती (मुहावरा) : शऊर रहता तो सुख पूर्वक जीवन-यापन करती।

4. गंगा-जमुना में जाती : गंगा-जमुना नामक दो तिजोरियों के पास जाती।

5. तिजरी-बिजरी : तिजोरियाँ।

	"मयँ केंवय बले निकरुन जाउआयँ"	"मैं कहीं भी चली जाऊँगी"
	"सुन नोनी नानी बहिन	"सुन हे नोनी छोटी बहिन
	सुन बाबा पिला बइन	सुन हे बाबा नन्हीं बहिन
	तुय निकरुन गेलिस जाले	तू चली जायेगी तो फिर
	इथा काय काजे रहुँदे?	हम यहाँ क्यों रहेंगे?
	तुचोय सँगे एउआवँ नोनी	तुम्हारे ही साथ आयेंगे नोनी
	तुचोय सँगे एउआवँ"	हम तुम्हारे ही साथ आयेंगे"
1759	दानी-पुनी के साँगे रानी	दानी-पुनी को बताती रानी
	कारी-कपिला के साँगे	कारी-कपिला को बताती
	लाली-मोंगी के साँगे रानी	लाली-मोंगी को बताती रानी
	करलिबती के साँगे	करलिबती को बताती
	बाँदे माकड़ के साँगे रानी	बाँदे बन्दर को बताती रानी
	जँवरा-भँवरा के साँगे	जँवरा-भँवरा को बताती
	साले सुआ के साँगे रानी	साले सुआ को बताती रानी
	मयना-मँजुर के साँगे	मैना-मयूर को बताती रानी
	हाँसा-परेवाँ के साँगे रानी	हन्सों-कबूतरों को बताती रानी
	बाँदे माकड़ के साँगे	बाँदे बन्दर को बताती
	"रहुक नईं सकें" बले	"रह नहीं सकती" मैं कहती
	"मयँ खटुक नईं सकें	"मैं सह नहीं सकती
	कोनी बाटे बले जाउआयँ" बले	कहीं भी चली जाऊँगी" कहती
	"केवँय बले निकरुन जाउआयँ	"कहीं भी निकल जाऊँगी
	रहुआहास जाले राहा" बले	तुम यहाँ रहोगे तो रहो" कहती
	"रहुआहास जाले राहा	"तुम यहाँ रहोगे तो रहो
	नाना पयकार चो डँड" बले	नाना प्रकार के कष्ट" कहती
	"बेली-बिजरा चो डाहा!"	"अनेक असहनीय कष्ट!"
1760	"सुन नोनी नानी बहिन	"सुन हे नोनी छोटी बहिन
	सुन बाबा पिला बइन	सुन हे बाबा नन्ही बहिन
	इथा काय काजे रहुँदे नोनी	यहाँ किसलिये रहेंगे नोनी
	इथा काय काजे रहुँदे?	हम यहाँ किसलिये रहेंगे?
	तुचो सएन आवँ नोनी	तुम्हारी सेना हैं हम हे नोनी
	तुचो सएन आवँ	तुम्हारी सेना हैं हम
	तुचो सँगे जाउआवँ नोनी	तुम्हारे साथ जायेंगे नोनी
	तुचो सँगे एउआवँ"	हम तुम्हारे साथ आयेंगे"
	सोनर झुलना साँगे रानी[6]	सोने के झूले को बताती रानी
	रुपर धरना के साँगे	चाँदी की डोरी को बताती
	कोंड़गुड़ मुसा लगे जाय रानी	कोंडगुड़ चूहा के पास जाती रानी

6. वस्तुतः यहाँ 'रानी' होना चाहिये था जिसे गायिका ने गलती से 'नोनी' कह दिया है।

	बेताल मुसा लगे जाय	बेताल चूहा के पास जाती
	"रहुक नईं सकें" बले	"रह नहीं सकती" कहती वह
	"मयँ खटुक नईं सकें	"मैं सह नहीं सकती
	केंवय बले निकरुन जाउआयँ" बले	कहीं भी निकल जाऊँगी" कहती
	"केंवय बले निकरुन जाउआयँ"	"कहीं भी चली जाऊँगी"
1761	साँगे रानी रे माहालखी	बताती रानी माहालखी
	साँगे रानी माहालखी	बताती रानी माहालखी
	निंदराबती के साँगे रानी	निंदराबती[7] को बतलाती रानी
	निंदराबती के साँगे	निंदराबती को बतलाती
	"रहुआस जाले रा नोनी	"रहेगी तो रह जा हे नोनी
	मयँ केंवय बले निकरुन जाउआयँ"	मैं कहीं भी निकल जाऊँगी"
	नोनी काय बले दिदी के	नोनी (निंदराबती) क्या कहती दीदी से
	"सुन दिदी" बले	"सुन हे दीदी" कहती
	"तुय निकरुन गेलिस जाले	"तुम निकल जाओगी तो फिर
	इथा रहू नोहायँ	मैं यहाँ नहीं रहूँगी
	तुचो सँगे एउआयँ दिदी	तुम्हारे साथ आऊँगी दीदी
	मयँ तुचो सँगे एउआयँ"	मैं तुम्हारे साथ आऊँगी"
	"मोचो सँगे नोनी एउआस जाले	"मेरे साथ आना है नोनी तो
	मोचो सँगे एउआस जाले	मेरे साथ आना है तो
	नरायन राजा के धर नोनी	नरायन राजा को पकड़ हे नोनी
	अकइस रानी के धर	इक्कीस रानियों को धर
	राधा-तुलसा के धर नोनी	राधा-तुलसा को धर हे नोनी
	चेतुक नईं दे	उन्हें जागने मत दे
	तिनपुर धरई धर नोनी	जोर से पकड़ ले हे नोनी
	तिनपुर धरई धर"	जोर से पकड़ ले"
	निंदराबती के सुमरे रानी	निंदराबती को सुमरती रानी
	निंदराबती के सुमरे	निंदराबती को सुमरती
	हुन नरायन राजा के धरे नोनी	नरायन राजा को धरती नोनी
	अकइस रानी के धरे	इक्कीस रानियों को धरती
	राधा-तुलसा के धरे नोनी	राधा-तुलसा को पकड़ती नोनी
	चेतुक नईं देय	उन्हें जागने न देती
1762	"सुन दादा रे कोंड़गुड़ मुसा	"सुन हे दादा कोंड़गुड़ चूहे
	सुन दादा बेताल मुसा	सुन हे दादा बेताल चूहे
	मोचो सँगे एउआस जाले	मेरे सँग आओगे तो दादा
	मोचो सँगे एउआस	मेरे सँग आओगे तो
	भुँयगरा बले मार दादा	जमीन में सुंरग खोदो दादा

7. निंदराबती : निद्रा देवी।

इन्दरपुरे जावाँ”	हम इन्दरपुर जायेंगे”
दादा काय बले नोनी के	दादा क्या कहता नोनी से
“सुन बाबा” बले	“सुन हे बाबा” कहता
“कोन लगे भुँयगरा मारें नोनी	“किस जगह सुरंग खोदूँ नोनी
मोके जगा दखाउन दे”	मुझ जगह दिखा दे”
“सुन दादा रे बड़े भाई	“सुन हे दादा बड़े भाई
सुन दादा बड़े भाई	सुन हे दादा बड़े भाई
मँजी खोली ने जा दादा	बीच की खोली में जा दादा
कोना बाटे जा	कोने में तू जा
भुँयगरा मार दादा	वहाँ सुरंग खोद दादा
भुँयगरा मार	वहाँ सुरंग खोद
सड़क बाट बनाव दादा	सड़क बना जा हे दादा
सड़दम बाट बनाव”	सपाट राह बना”
कोंड़गुड़ मुसा सुने बाबा	कोंड़गुड़ चूहा सुनता बाबा
बेताल मुसा सुने	बेताल चूहा सुनता
मँजी खोली ने जाय दादा	बीच की खोली में जाता दादा
कोना बाटे जाय	कोने में वह जाता
भुँयगरा मारे दादा	सुंरग बना जाता दादा
भुँयगरा मारे	वह सुरंग बना जाता
सड़दम बाट बनाय दादा	सपाट राह बनाता दादा
सड़क बाट बनाय	पक्की सड़क बनाता दादा
नोनी लगे बले जाय दादा	नोनी के पास जाता दादा
नोनी के काय बले	नोनी से क्या कहता
“सुन नोनी नानी बइन	“सुन हे नोनी छोटी बहिन
सुन बाबा पिला बइन	सुन हे बाबा नन्हीं बहिन
भुँयगरा मारुन गेले नोनी	सुरंग खोद दी है नोनी
भुँयगरा मारुन गेले	सुरंग खोद डाली है
सड़क बाट बनायँ नोनी	पक्की सड़क बना दी नोनी
मयँ सड़दम बाट बनायँ”	मैंने सपाट राह बनायी”
नोनी काय बले दादा के	नोनी क्या कहती दादा से
“सुन दादा” बले	“सुन हे दादा” कहती
“अन-धन के धर दादा	“अन्न-धन को ले हे दादा
कासा-तामा के धर	काँसा-ताम्बा तू ले
भुँयगरा बाटे बले भर दादा	सुरंग में ले जा हे दादा
काहीं के नईं बचाव	कुछ भी न बचा रखना
खोजुन-खोजुन भर दादा	खोज-खोज कर ले जा दादा
बुलुन-बुलुन भर”	घूम-घूम कर ले जा”
कोंड़गुड़ मुसा सुने बाबा	कोंड़गुड़ चूहा सुनता बाबा

	सब सएन धरे	सारी सेना लेता
	भुँयगरा बाटे भरे दादा	सुरंग में ले जाता दादा
	काहीं के नई बचाय	कुछ भी नहीं बचाता
1763	"सुन नोनी नानी बइन	"सुन हे नोनी छोटी बहिन
	सुन बाबा पिला बइन	सुन हे बाबा नन्हीं बहिन
	मयँ सब के भरुन गेले नोनी	मैं सब-कुछ ले गया हूँ नोनी
	काहीं के नई बचायँ"	कुछ भी नहीं छोड़ा है"
	माहालखी सुने बाबा	माहालखी सुनती बाबा
	धिरे-धिरे जाय	धीरे-धीरे जाती
	भुँयगरा बाटे ओले रानी	सुरंग में है जाती रानी
	भुँयगरा बाटे ओले	सुरंग में घुस जाती
	दादा के काय बले रानी	दादा से क्या कहती रानी
	"सुन दादा" बले	"सुन हे दादा" कहती
	"भुँयगरा बाटे ओल दादा	"सुरंग में घुस जा हे दादा
	ढेला बुजुन दे"	सुरंग के मुहाने में ढेला रख दे"
	कोंड़गुड़ मुसा सुने बाबा	कोंड़गुड़ चूहा सुनता बाबा
	भुँयगरा बाटे ओले	सुरंग में घुस जाता
	ढेला बुजुन देय दादा	मुहाने में ढेला रख देता दादा
	ढेला बुजुन देय	वह ढेला रख देता
1764	जाय रानी रे माहालखी	जाती रानी माहालखी
	जाय रानी माहालखी	जाती रानी माहालखी
	बालिखँडपुर छाँडे रानी	बालिखँडपुर छोड़ती रानी

	इन्दरपुरे जाय	इन्दरपुर वह जाती
	भुँयगरा बाट ले जाय रानी	सुरंग के रास्ते जाती रानी
	भुँयगरा बाट ले जाय	सुरंग के रास्ते जाती
	अन-धन सँगे जाय रानी	अन्न-धन के सँग जाती रानी
	कासा-तामा सँगे जाय	काँसा-ताम्बा के सँग जाती
	रुमझुम-रुमझुम रेंगे रानी	जल्दी-जल्दी चलती रानी
	एक कलाट मारे	लम्बे डग वह भरती
	इन्दरपुरे बले जाय रानी	इन्दरपुर है जाती रानी
	इन्दरपुरे जाय	इन्दरपुर है जाती
	इन्दरपुरे अमरे रानी	इन्दरपुर पहुँचती रानी
	इन्दरपुरे अमरे	इन्दरपुर पहुँचती
	डुमरमुँडा बले जाय रानी	डुमरमुँडा जाती रानी
	डुमरमुँडा जाय	डुमरमुँडा जाती
	सेंवला-गछे बले रानी बसे	सेंवला-पेड़ के नीचे रानी बैठती
	सेंवला-गछे रानी बसे	सेंवला-पेड़ के नीचे रानी बैठती
	मुँडे हात बले देय रानी	सिर पर हाथ रखती रानी
	घिरलुन-घोंडरुन गागे	वह घिसट-घिसट कर रोती
	बिसकरमा दखे बाबा	बिसकरमा देखता बाबा
	'नोनी असन दखे!'	'नोनी जैसी दिखती!'
	हुता ले नँजर करे दादा	दूर से देखता दादा
	'जाउन दखेंदे' बले	'जा कर देखूँ' कहता
	'बड़े घरो आय नोनी	'बड़े घर की है नोनी
	राजा-घरो आय'	राजा के घर की है'
1765	आपलो साजू बले दादा पिंदे	अपने साज पहनता दादा
	आपलो जाक दादा धरे	अपने सामान लेता दादा
	घर ले बाहिर होय दादा	घर से बाहर आता दादा
	जाते-जाते जाय	चलता चला जाता
	रुमझुम-रुमझुम रेंगे दादा	जल्दी-जल्दी चलता दादा
	एक कलाट मारे	लम्बे डग वह भरता
	नोनी लगे जाय दादा	नोनी के पास जाता दादा
	नोनी चो पुरे उबे	नोनी के सामने खड़ा होता
	"सुन नोनी नानी बइन	"सुन हे नोनी छोटी बहिन
	सुन बाबा पिला बइन	सुन हे बाबा नन्हीं बहिन
	राजा-घरो बल आस नोनी	राजा के घर की है नोनी
	बड़े घरो आस	तू बड़े घर की है
	काय चो कमती होली नोनी	किस चीज की कमी हो गयी नोनी
	तुके काय बिपती पड़ली?	तुझ पर कौन सी विपदा आ पड़ी?
	डुमर-मुँडा इलिस नोनी	डुमर-मुँडा में आयी नोनी

आँवला-गछे बसिस!	आँवला-पेड़ के नीचे बैठी है
मुँडे हात दइस नोनी	सिर पर हाथ दिया है नोनी
घिरलुन-घोंडरुन गागिस	तू घिसट-घिसट कर रोती
आले मोके साँग नोनी	तनिक मुझे बता हे नोनी
आले मोके साँग"	तनिक मुझे बतला"
1766 "सुन दादा रे बड़े भाई	"सुन हे दादा बड़े भाई
सुन दादा बड़े भाई	सुन हे दादा बड़े भाई
मयँ काय डँड साँगें दादा	मैं कौन-सा कष्ट बताऊँ दादा
काय डाहा साँगे!	कौन-सी तकलीफ बताऊँ!
साँगुक नईं सकें दादा	बता नहीं सकती दादा
मयँ बलुक नईं सकें	मैं कह नहीं सकंती
अकइस रानी चो डँड दादा	इक्कीस रानियों के कष्ट दादा
राधा-तुलसा चो डाहा	राधा-तुलसा की तकलीफें
तुमी काय मँजा आसास दादा	आप बड़े मजे से हैं हे दादा
नाना पयकार चो डँड	मुझे नाना प्रकार के कष्ट
तिनपुर डँड मोके जाय दादा	बहुत कष्ट मुझे था दादा
अगिन-डाहा होय	आग-सी जलन मुझे थी
कैलासपुरे मयँ रले दादा	कैलासपुर में थी मैं दादा
कैलासपुरे रले दादा	कैलासपुर में थी
राती बेरा चोरुन आनला दादा	रात में चुरा लाये दादा
राती बेरा चोरुन आनला	रात में चुरा लाये
राजा कछेरी गेला दादा	राजा कचहरी गये दादा
राजा दरबार गेला	राजा दरबार गये
पयलक तिल धरला दादा	एक पायली तिल रानियों ने लिये
ढेला-कुड़ा ने निला	ढेलों के ढेर में ले गयीं
'बेचुन आन' बल्ला दादा	'बीन कर ला' बोलीं दादा
मयँ टुकना धरुन गेले	मै टोकरी ले कर गयी
ढेला-कुड़ा बसले दादा	ढेलों के ढेर पर बैठी दादा
मुँडे हात दिले	सिर पर हाथ दिया
तिनपुर रदना धरले दादा	बहुत रोना मैं रोयी दादा
पँडकी रासी इला	पँडकियाँ आ गयीं
तिल बेचुन दिला दादा	तिल बीन दिया हे दादा
मयँ तिल धरुन इले	मैं तिल ले कर आयी
पयली आनुन नापला दादा	पायली ला कर नापा दादा
पयली आनुन नापला दादा	पायली ला कर नापा
झेल पड़ुन गेली दादा	पायली से अधिक हो गया दादा
ओर गिरुन गेली	पायली से अधिक हो गया
'हामचो ले आगर होली' बलला	'हम से भी बढ़ गयी' बोलीं वे

‘हामचो ले आगर होली’	‘हम से भी बढ़ गयी’
डडरा-भुसा चो भात दादा	भूसी वाले चावल का भात दादा
टुँडी-बुरँडी चो पेज	भूसी वाली कनकी का पेज
जाड़ा-पिलखी चो आमट दादा	अरंडी के किसलयों का आमट दादा
मोके खाउकलाय देत	मुझे खाने दिया
हुनके कसन खाते दादा	उसे मैं कैसे खाती दादा
मयँ खादलो असन करें	मैंने खाने का उपक्रम किया
गुड़े नेउन फेकें दादा	घूरे में ले जा कर डाला दादा
छेदे नेउन रिकायँ	किनारे ले जा कर डाला
दिन भर भुके रयँ दादा	सारा दिन भूखी थी मैं दादा
रात भर भुके रयँ”	सारी रात भूखी थी”
1767 जितरो डँड बले करुन रला	जितने कष्ट दिये थे
जितरो डाहा देउन रला	जितनी तकलीफें दी थीं
लिखी-लिखी करुन साँगे रानी	सब को बताया रानी ने
बिदी-बिदी करुन साँगे	एक-एक कर बताया
“पहिल भोग राँदें दादा	“मैंने पहला भोग राँधा दादा
गोड़ा लोन लगाला	उन्होंने नमक की डली डाली
दुसर भोग राँदें दादा	दूसरा भोग राँधा दादा
बाली-कुदुर लगाला	वे रेत डाल गयीं
‘काचो राँदलो भोग?’ बल्ला	‘किसका राँधा भोग?’ कहा राजा ने
‘नोनी चो राँदलो भोग’	‘नोनी का राँधा भोग’
बेद निकराउन गेला दादा	वे बेंत निकाल गये हे दादा
बेद ने तेल दिला	बेंत में तेल लगाया
खाँद चो लुगा धरला दादा	कन्धे से साड़ी पकड़ी दादा
एकेदायँ हटका मारला	जोर का झटका मारा
तिनपुर झोड़ई झोड़ला दादा	बहुत मार मारा दादा
अँधेर मारई मारला	बहुत पिटाई की
तिसर भोग मयँ राँदले दादा	तीसरा भोग मैंने राँधा दादा
तिसर भोग राँदले दादा	तीसरा भोग राँधा
गोबर-छेना लगाला दादा	गोबर का उपला डाला दादा
मुसा-गद लगाला	चूहे की लीद डाली
चाटी-ओखार लगाला दादा	चींटियों की निकाली मिट्‌टी डाली दादा
घोड़ा-लिद लगाला	घोड़े की लीद डाली
छेरी-लेंडी लगात दादा	बकरी की लेंडी डाली दादा
मुसा-गद लगात	चूहे की लीद डाली
‘काचो राँदलो भोग?’ बल्ला	‘किसका राँधा भोजन?’ पूछा
‘नोनी चो राँदलो भोग’	‘नोनी का राँधा भोजन’
बेद निकराउन गेला दादा	वे बेंत निकाल गये हे दादा

बेद फुलाउन गेला	वे बेंत भिगा गये
बेद ने तेल घसला दादा	बेंत में तेल लगाया दादा
सिर-चुँदी धरला	मेरे केश पकड़े
एकेदायँ हटका मारला दादा	जोर का झटका मारा दादा
तिनपुर मारई मारला	बहुत मार मारा
ढुसी असन फुल्ले दादा	ढुसी जैसी फूल गयी मैं दादा
मयँ पुटका असन फुल्ले	मैं पुटका[8] जैसी फूल गयी
अंग्गुर खाला हिटे दादा	देह की चमड़ी निकल गयी दादा
लहू-धार बोहे	लहू की धार बह चली
खटुक नईं सकले दादा	सह नहीं सकी मैं दादा
मयँ रहुक नईं सकले	रह नहीं सकी मैं
सब सएन मयँ धरले दादा	सारी सेना ली मैंने दादा
सब सएन धरले दादा	सारी सेना ली दादा
इन्दरपुरे इले दादा	इन्दरपुर आ गयी दादा
मयँ इन्दरपुरे इले"	मैं इन्दरपुर आ गयी"
रद्रद्-रद्रद् गागे रानी	फूट-फूट कर रोती रानी
नै-नै आँसू ढारे	आँखों से आँसू बहते
दादा काय बले नोनी के	दादा क्या कहता नोनी से
"सुन नोनी" बले	"सुन हे नोनी" कहता
"जुगे डँड नीं साँग नोनी	"अधिक कष्ट मत सुनाओ नोनी
जुगे डाहा नीं साँग	अधिक कष्ट मत सुनाओ
आँखी बाटे आँसू टपके नोनी	आँखों से आँसू बहते नोनी
आँखी बाटे आँसू टपके"	आँखों से आँसू बहते"
1768 "सुन दादा रे बड़े भाई	"सुन हे दादा बड़े भाई
सुन दादा बड़े भाई	सुन हे दादा बड़े भाई
खुब सएन आसोत दादा	बहुत बड़ी सेना है दादा
भाटा-टिकरा होसोत	वे यहाँ-वहाँ भटकते
चुटिया-मुसा खासोत दादा	चूहे-चूहिया खाते उनको
चेड़े-चिड़गुँड़ खासोत	चिड़ियाँ आदि खातीं
जानलो-चिनलो नोहायँ दादा	किसी को भी नहीं जानती दादा
मयँ दखलो-चाहलो नोहायँ	मैं किसी को नहीं पहचानती
काचो घरे जायँदे दादा	किसके घर जाऊँगी दादा
काचो घरे रयँदे?	किसके घर में रहूँगी?
माहाल बनाउन दे दादा	महल बना दे हे दादा
माहाल बनाउन दे"	मुझे महल बना दे"
दादा काय बले नोनी के	दादा क्या कहता नोनी से
"सुन बइन" बले	"सुन हे बहिन" कहता

8. पुटका : धान आदि भण्डारित करने के लिये पत्तों से बना बड़ा-सा पात्र।

	"माहाल बनाउन देयँदे नोनी	"महल बना दूँगा हे नोनी
	मोके टयँगा निंहाय	मेरे पास टँगिया नहीं है
	टयँगा माँगुकलाय जायँ नोनी	टँगिया माँगने जाता हूँ नोनी
	मयँ टयँगा माँगुकलाय जायँ"	मैं टँगिया माँगने जाता हूँ"
1769	जाय दादा रे बड़े भाई	जाता दादा बड़ा भाई
	जाय दादा बड़े भाई	जाता दादा बड़ा भाई
	टयँगा माँगुन आने दादा	टँगिया माँग कर लाता दादा
	टयँगा माँगुन आने	टँगिया माँग कर लाता
	सेतबन ने जाय दादा	सेतबन में जाता दादा
	हेतबन ने जाय	हेतबन में जाता
	बिंदराबन ने जाय दादा	बिंदराबन में जाता दादा
	गोटोक डेरी गोंदे	एक डेरी काटता
	गोटोक पाटी गोंदे दादा	एक पाटी काटता दादा
	डेरी-पाटी बोहे	वह डेरी-पाटी उठाता
	नोनी लगे बले जाय दादा	नोनी के पास जाता दादा
	नोनी के काय बले	नोनी से क्या कहता
	"सुन नोनी नानी बहिन	"सुन हे नोनी छोटी बहिन
	सुन बाबा पिला बइन	सुन हे बाबा नन्हीं बहिन
	कोन लगे माहाल रयदे नोनी?	किस जगह महल रहेगा नोनी?
	जगा दखाउन दे"	जगह दिखला दे"
	नोनी काय बले दादा के	नोनी क्या कहती दादा से
	"सुन दादा" बले	"सुन हे दादा" कहती
	"पारा-भितरे नीं रयँ दादा	"मोहल्ले के भीतर नहीं रहूँगी दादा
	मयँ गाँव-भितरे नीं रयँ	मैं गाँव के भीतर नहीं रहूँगी
	कठा बाठे रयँदे दादा	एक कोने रहूँगी दादा
	मयँ धड़ी बाटे रयँदे"	मैं किसी कोने में रहूँगी"
	कठा बाटे जाय रानी	कोने में है जाती रानी
	धड़ी बाटे जाय	वह कोने में जाती
	बुलुन-बुलुन दखे रानी	घूम-घूम कर देखती रानी
	गिंजरुन-गिंजरुन दखे	वह घूम-घूम कर देखती
1770	अली मैदाँग रय रे भगवान	खुला मैदान था बाबा
	डेंग भाटा रय परभू	ऊँचा मैदान था प्रभु
	काय मँजा सुँदर दखे बाबा	बहुत ही सुन्दर दिखता बाबा
	अती सुँदर दखे	अति सुन्दर था दिखता
	दादा के काय बले रानी	दादा से क्या कहती रानी
	"सुन दादा" बले	"सुन हे दादा" कहती
	"एई लगे माहाल रओ दादा	"इसी जगह महल रहे हे दादा
	काय मँजा सुँदर फोबे"	बहुत अच्छा लगेगा"

	जगा दखाउन देय रानी	जगह दिखला देती रानी
	डेरा दखाउन देय	डेरा दिखला देती
	डेरी-पाटी कचाड़े दादा	डेरी-पाटी उतारता दादा
	डेरी कचाड़ुन जाय	डेरी उतार जाता
	होम-आरती देय दादा	होम-आरती करता दादा
	पइँया पड़ुन जाय	वह प्रणाम कर जाता
	हाते कुस धरे दादा	हाथ में सब्बल लेता दादा
	मँजी खोदरा खने	बीच में गड्ढा खोदता
1771	खोदरा खनुन दादा सारे	गड्ढा खोद जाता दादा
	खोदरा खनुन दादा सारे	गड्ढा खोद जाता दादा
	दार-चाउर फेके दादा	दाल-चावल अर्पित करता दादा
	आमा-तोरन बाँदे	आम का तोरण बाँधता
	गोटोक डेरी गाड़े दादा	एक डेरी गाड़ता दादा
	गोटोक पाटी लथे	एक पाटी लादता
	चार कोना उबे दादा	चारों कोनों में खड़ा होता दादा
	माहाल बनाउन जाय	महल बना जाता
	नव खँड माहाल बनाय दादा	नौ खण्डा महल बनाता दादा
	नव खँड माहाल बनाय	नौ खण्डा महल बनाता
	आधा जोजन टेके माहाल	आधा योजन का बनता महल
	इड़खी-खिड़की लगे	उसमें खिड़की-झरोखे लगते
	अरछी-परछी रय बाबा	अरछी-परछी बनती बाबा
	ओली-खोली रय	कई-कई खोलियाँ बनतीं
	नव खँड माहाल चो पुर दुआर	नौ खण्डा महल के ठीक सामने
	नव खँड माहाल चो पुर दुआर	नौ खण्डा महल के ठीक सामने
	सोनर खमा लगे बाबा	सोने का खम्भा लगता बाबा
	सोनर खमा लगे	सोने का खम्भा लगता
	रगरग-रगरग दखे माहाल	जगमग-जगमग दिखता महल
	बड़ा सुँदर रहे	बहुत ही सुन्दर था
1772	नव खँड माहाल चो डेवना लगे	नौ खण्डा महल की ड्योढ़ी के पास
	नव खँड माहाल चो डेवना लगे	नौ खण्डा महल की ड्योढ़ी के पास
	दुठान दिया जले बाबा	दो दीये जलते बाबा
	कयमय-कयमय दखे	जगमग-जगमग दिखता
	नव खँड माहाल चो ओसना बाटे	नौ खण्डा महल के पिछवाड़े
	नव खँड माहाल चो ओसना बाटे	नौ खण्डा महल के पिछवाड़े
	तिन ठन दिया जले बाबा	तीन दीये जलते बाबा
	तिन ठन दिया जले	तीन दीये जलते
	जिगजाग-बुगबाग बरे माहाल	जगमग-जगमग दिखता महल
	अती सुँदर दखे	अति सुन्दर वह दिखता

नोनी लगे बले जाय दादा	नोनी के पास जाता दादा
नोनी के काय बले	नोनी से क्या कहता
"माहाल बनाउन दिले नोनी मयँ	"महल बना दिया मैंने नोनी
माहाल दखुकलाय जावँ"	महल देखने चलो"
माहालखी सुने बाबा	माहालखी सुनती बाबा
नव खँड माहाले जाय	नौ खण्डा महल में जाती
बुलुन-बुलुन दखे रानी[9]	घूम-घूम कर देखती रानी
गिंजरुन-गिंजरुन दखे	वह घूम-घूम कर देखती
1773 "सुन दादा रे बड़े भाई	"सुनो हे दादा बड़े भाई
सुन दादा बड़े भाई	सुनो हे दादा बड़े भाई
छुचा माहाल आसे दादा	खाली महल है हे दादा
खाली माहाल आसे	खाली महल है
माहाल नईं फोबे दादा	महल नहीं फबता है दादा
माहाल नईं फोबे	महल नहीं फबता है
माहाल एके बले भुँआर दादा	महल के चारों ओर दादा
माहाल एके भुँआर दादा	महल के चारों ओर
केकती-केंवरा रहो दादा	केतकी-केवड़ा रहे दादा
बाली-मोंगरा रहो"	बाली-मोंगरा रहे"
1774 सुने दादा रे बिसकरमा	सुनता दादा बिसकरमा
सुने दादा बिसकरमा	सुनता दादा बिसकरमा
माहाल एके भुँआर बाबा	महल के चारों ओर बाबा
माहाल एके भुँआर	महल के चारों ओर
बागे-बगेचा लगाय बाबू	बाग-बगीचे लगाता बाबू
फुल-फुलवारी लगाय	बाग-बगीचे लगाता
केकती-केंवरा लगाय बाबू	केतकी-केवड़ा लगाता बाबू
बाली-मोंगरा लगाय	बाली-मोंगरा लगाता
डाँक-डाली लगाय बाबू	डाँक-दाड़िम लगाता बाबू
गोहा-फर लगाय	गोहा-फल लगाता
कदम-रुक लगाय बाबू	कदम का पेड़ लगाता बाबू
बेल-बगेचा लगाय	बेल का बगीचा लगाता
लिमऊ-बगेचा लगाय	नीबू का बगीचा लगाता
ठोटा बगेचा लगाय	ठूँठा बगीचा लगाता
आमा-बनवाड़ी लगाय बाबू	अमराइयाँ लगाता बाबू
आमा-बनवाड़ी लगाय	अमराइयाँ लगाता
काय मँजा सुँदर दखे माहाल	बहुत सुन्दर दिखता महल
अती सुँदर दखे	अति सुन्दर है दिखता

9. दिनांक 20.12.1996 को ध्वन्यांकित कैसेट क्रमांक 38बी का आरम्भ।

1775	माहाल सिंग-दुआरे भगवान	महल के सिंह-द्वार में भगवान
	माहाल सिंग-दुआरे परभू	महल के सिंह-द्वार में प्रभु
	कुँआ खनुन जाय दादा	कुआँ खोद जाता दादा
	कुँआ खनुन जाय	कुआँ खोद जाता
	कुँआ खनुन सारे दादा	कुआँ खोद जाता दादा
	कुँआ खनुन सारे	कुआँ खोद जाता
	नोनी लगे बले जाय दादा	नोनी के पास जाता दादा
	नोनी के काय बले	नोनी से क्या कहता
	"सुन नोनी नानी बइन	"सुन हे नोनी छोटी बहिन
	सुन बाबा पिला बइन	सुन हे बाबा नन्हीं बहिन
	माहाल दखुकलाय जा बइन	महल देखने जा हे बहिन
	माहाल दखुकलाय जा	महल देखने जा
	मयँ बागे-बगेचा लगाले नोनी	मैंने बाग-बगीचे लगाये नोनी
	फुल-फुलवारी लगाले	फूल-फुलवारी लगाये
	केकती-केंवरा लगाले नोनी	केतकी-केवड़ा लगाये नोनी
	बाली-मोंगरा लगाले	बाली-मोंगरा लगाये
	कुँआ खनुन दिले नोनी	कुआँ खोद दिया है नोनी
	मयँ कुँआ खनुन दिले"	मैंने कुआँ खोद दिया है"
1776	"सुन दादा रे बड़े भाई	"सुन हे दादा बड़े भाई
	सुन दादा बड़े भाई	सुन हे दादा बड़े भाई
	अन-धन के धर दादा	अन्न-धन ले हे दादा
	नव खँड माहाले ने	नौ खण्डा महल में ले जा
	मयँ माहाले डेरा जायँ दादा	मैं महल में डेरा करूँगी दादा
	माहाले डेरा जायँ"	महल में रहने जाऊँगी"
	बड़े भाई सुने बाबा	बड़ा भाई सुनता बाबा
	सब सएन धरे	सारी सेना लेता
	नव खँड माहाले नेय दादा	नौ खण्डा महल में ले जाता दादा
	नव खँड माहाले नेय	नौ खण्डा महल में ले जाता
1777	माहाले डेरा बले रानी जाय	महल में रहने जाती रानी
	माहाले डेरा रानी गेली	महल में रहने लगी रानी
	दादा के काय बले रानी	दादा से क्या कहती रानी
	"सुन दादा" बले	"सुन हे दादा" कहती
	"सोनर झुलना गाड़ दादा	"सोने का झूला गाड़ दादा
	रुपर धरना गाड़	चाँदी की डोरी लगा
	मँजी खोली चो खिड़की लगे	बीच खोली की खिड़की के पास
	मँजी खोली चो खिड़की लगे	बीच खोली की खिड़की के पास
	झुलना गाड़ुन दे दादा	झूला गाड़ दे दादा
	झुलना गाड़ुन दे"	झूला गाड़ दे"

	मँजी खोली ने जाय दादा	बीच खोली में जाता दादा
	खिड़की लगे जाय	खिड़की के पास जाता
	सोनर झुलना गाड़े दादा	सोने का झूला गाड़ता दादा
	रुपर धरना गाड़े	चाँदी की डोर लगाता
1778	"सुन नोनी नानी बहिन	"सुन हे नोनी छोटी बहिन
	सुन बाबा पिला बहिन	सुन हे बाबा नन्हीं बहिन
	मोके छुटी बले दे नोनी	मुझे जाने दे अब नोनी
	मोके छुटी दे"	मुझे जाने दे"
	माहालखी सुने बाबा	माहालखी सुनती बाबा
	नोनी के काय बले	नोनी से क्या कहती
	"सुन नोनी रे निंदराबती	"सुन हे नोनी निंदराबती
	सुन बाबा निंदराबती	सुन हे बाबा निंदराबती
	नरायन राजा के छाँड नोनी	नरायन राजा को छोड़ नोनी
	अकइस रानी के छाँड	इक्कीस रानियों को छोड़
	राधा-तुलसा के छाँड नोनी	राधा-तुलसा को छोड़ नोनी
	छक् नाय छाँडुन दे"	पूरी तरह छोड़ दे"
	निंदराबती के सुमरे रानी	निंदराबती को सुमरती रानी
	निंदराबती के सुमरे	निंदराबती को सुमरती
1779	छाँडे नोनी रे निंदराबती	छोड़ती नोनी निंदराबती
	छाँडे नोनी निंदराबती	छोड़ती नोनी निंदराबती
	नरायन राजा के छाँडे नोनी	नरायन राजा को छोड़ती नोनी
	अकइस रानी के छाँडे	इक्कीस रानियों को छोड़ती
	राधा-तुलसा के छाँडे नोनी	राधा-तुलसा को छोड़ती नोनी
	दिदी लगे जाय	दीदी के पास जाती
	दिदी काय बले नोनी के	दीदी क्या कहती नोनी से
	"सुन नोनी" बले	"सुन हे नोनी" कहती
	"रोसई-चाउर जोड़ नोनी	"रसोई-चावल ले नोनी
	मुठा रुपया धर	मुट्ठी भर रुपये ले
	माहाल-बिदा बले दे नोनी	महल की विदाई दे नोनी
	माहाल-बिदा दे"	महल की विदाई दे"
	सुने नोनी रे निंदराबती	सुनती नोनी निंदराबती
	सुने बाबा निंदराबती	सुनती बाबा निंदराबती
	रोसई-चाउर जोड़े नोनी	रसोई-चावल लेती नोनी
	मुठा रुपया धरे	मुट्ठी भर रुपये लेती
	माहाल-बिदा के देय नोनी	महल की विदाई देती नोनी
	दादा मोडरी बाँदे	दादा गठरी बाँधता
	आपन माहाले जाय दादा	अपने महल जाता दादा
	आपन माहाले जाय	अपने महल वह जाता

आसे राजा रे नरायन परभू	रहता राजा नरायन प्रभु
आसे राजा माहापरभू	रहता राजा महाप्रभु

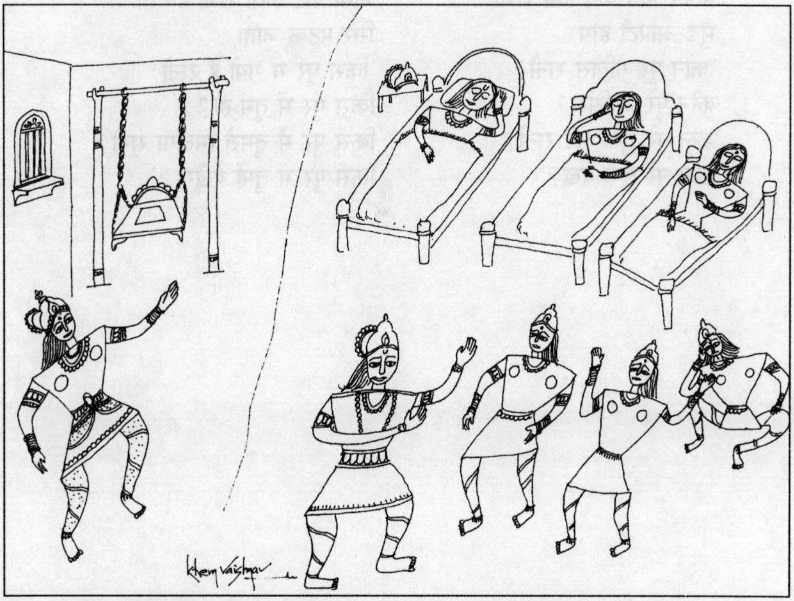

टुँग् नाय उठुन बसे राजा	झट से उठ-बैठता राजा
घर ले बाहिर होय	घर से बाहर आता
ओसना बाटे जाय राजा .	पिछवाड़े में जाता राजा
निंवरा बाटे जाय	पिछवाड़े में जाता
'रानी काहाँ बले गेली?' बले	'रानी कहाँ गयी?' वह कहता
'रानी काहाँ गेली?'	'रानी कहाँ गयी?'
"सुना रानी रे अकइस रानी	"सुनो रानियों इक्कीस रानियों
सुना रानी राधा-तुलसा	सुनो रानियों राधा-तुलसा
रानी काहाँ गेली रानी	रानी कहाँ गयी रानियों
रानी काहाँ गेली?	रानी कहाँ गयी?
रानी चो जातो के जानास रानी	रानी का जाना जानती हो रानियों
जानास जाले साँगा"	जानती हो तो बताओ"
अकइस रानी सुनोत बाबा	इक्कीस रानियाँ सुनतीं बाबा
राजा के काय बलोत	राजा से क्या कहतीं
"सुना राजा रे नरायन परभू	"सुनिये राजा नरायन प्रभु
सुना राजा माहापरभू	सुनिये राजा महाप्रभु
हामी नईं जानूँ राजा	हम नहीं जानतीं राजा
हामी नईं जानूँ	हम नहीं जानतीं

कोन बाटे गेली राजा	किस तरफ गयी हे राजा
कोन बाटे गेली?"	किस तरफ गयी?"
कपार पेटी बले होय राजा	माथा पीट लेता राजा
मुँड आपटी होय	सिर पटक जाता
'कोन पुरे गेलिस रानी?	'किस पुर में गयी हे रानी
कोन पुरे आसिस?	किस पुर में तुम हो?
कोन पुरे तुके भेटें रानी?	किस पुर में तुमसे मिलूँगा रानी?
कोन पुरे तुके दखें?'	किस पुर में तुम्हें देखूँगा?'

अधया-35 : अकइस रानी चो डँड
अध्याय-35 : इक्कीस रानियों के कष्ट

1781	एक दिन ले दुय दिन	एक दिन से दो दिन
	दुय दिन ले आँट दिन	दो दिन से आठ दिन
	पँदरा दिन बले होय बाबा	पन्द्रह दिन बीते बाबा
	मयना दिन होय	एक महीना बीता
	रानी चो गेलो होय बाबा	रानी को गये बीते बाबा
	रानी चो गेलो होय	रानी को गये बीते
	छय मयना होय बाबा	छह महीने बीते बाबा
	छय मयना होय	छह महीने बीते
	खाउक अनाज निंहाय राजा के	खाने को अनाज नहीं है राजा को
	पिंदुक कपड़ा निंहाय	पहनने को कपड़े नहीं हैं

	भुके-भुके आसोत राजा	भूखे ही हैं अब राजा
	भुके-भुके आसोत	भूखे ही वे हैं
	तिनपुर भुक बले राजा के लागे	बहुत भूख राजा को लगती
	अँधेर भुक राजा के लागे	बहुत भूख राजा को लगती
	राजा काय बले रानी के	राजा क्या कहता रानियों से
	"सुना रानी" बले	"सुनो हे रानियों" कहता
	"बालिखँडपुरे जाहा रानी	"बालिखँडपुर जाओ रानियों
	खोरे-डाँडे बुला	अली-गली में घूमो
	बनी कराले करा रानी	मजदूरी करायें तो करो रानियों
	भुती कराले करा	मजदूरी करायें तो करो
	गोबर फेकुक बल्ले रानी	गोबर फेंकने को कहें तो रानियों
	धान काँडुक बल्ले	धान कूटने कहें तो रानियों
	गोबर फेकुन दिया रानी	गोबर फेंक दो रानियों
	धान काँडुन दिया	धान कूट दो
	कनकी के बले देदे रानी	कनकी भी तो देंगे रानियों
	कोंडा के बले देदे	भूसी भी तो देंगे
	हुनी ने जिउन जावाँ रानी	उसी में जीयेंगे रानियों
	हुनी के खाउन रवाँ"	हम वही खा कर रह लेंगे"
	अकइस रानी सुनोत बाबा	इक्कीस रानियाँ सुनतीं बाबा
	राधा-तुलसा सुनोत	राधा-तुलसा सुनतीं
1782	राजा-माहाल रानी मन छाँडोत	राज-महल छोड़तीं रानियाँ
	जाते-जाते रानी मन जाओत	चलती चली जातीं रानियाँ
	खोरे-डाँडे बल जात रानी	अली-गली में जातीं रानियाँ
	आरा-पारा ने जात	गली-मोहल्ले जातीं
	"सुना बाई" बलोत रानी मन	"सुनो हे बाई" कहतीं रानियाँ
	"सुना नोनी" बलोत	"सुनो हे नोनी" कहतीं
	"बनी कराले करुँदे बाई	"मजदूरी कराने पर करेंगी हम
	दुआर बड़ाउन देउँदे	द्वार बुहार देंगी
	गोबर फेकुन देउँदे बाई	गोबर फेंक देंगी हम बाई
	धान काँडुन देउँदे	धान कूट देंगी
	कनकी के बले दिया बाई	कनकी भी दो हे बाई
	कोंडा के बले दिया	भूसी भी तो दो
	पेज राँदुन खाउँदे बाई	पेज राँध कर खायेंगे बाई
	हामी हुनी ने जिउन जाउँदे"	हम उसी में जी जायेंगे"
1783	सुनोत नोनी रे सुनोत बाई	सुनतीं नोनी सुनतीं बाई
	सुनोत नोनी सुनोत बाई	सुनतीं नोनी सुनतीं बाई
	रानी के काय बलोत बाई	रानियों से क्या कहतीं बाई

रानी के काय बलोत	रानियों से क्या कहतीं
“कनकी रले हामी खातूँ[1]	“कनकी रहती तो हम खाते
कोंडा रले हामी	भूसी रहती तो हम खाते
हामके खाउक निंहाय रानी	हमें ही खाने को नहीं है रानियों
काय देउन कराऊँ?”	क्या दे कर हम काम करायें?”
खोरी-खोरी बुलोत रानी मन	गली-गली घूमतीं रानियाँ
डाँडे-डाँडे बुलोत	गली-गली वे घूमतीं
आरा-पारा ने जात रानी	गली-मोहल्ले जातीं रानियाँ
आरा-पारा ने जात	मोहल्ले-मोहल्ले जातीं
बिहान बेरा चो गेलो लोग आत	सवेरे की वे गयी हुई हैं
बिहान बेरा चो गेला लोग आत	सवेरे की वे गयी हुई हैं
बेर बुड़ुन जाय बाबा	दिन डूब जाता बाबा
दिन बुड़ुन जाय	दिन डूब जाता
कोनी नईं कराओत रानी के	कोई काम न करातीं रानियों से
कोनी नईं कराओत	कोई काम न करातीं
1784 “सुना दिदी रे अकइस रानी	“सुनो दीदी इक्कीस रानियों
सुना दिदी राधा-तुलसा	सुनो हे दीदी राधा-तुलसा
बुलुन-बुलुन थाकलू दिदी	घूम-घूम कर थक गयीं दीदी
गिंजरुन-गिंजरुन थाकलू	हम घूम-घूम कर थक गयीं
कोनी नईं कराओत दिदी	कोई काम नहीं करातीं दीदी
कोनी नईं कराओत	कोई काम नहीं देतीं
काहाँ ले कोंडा नेवाँ दिदी	कहाँ से भूसी ले जायेंगी दीदी
काहाँ ले कनकी नेवाँ?	हम कहाँ से कनकी ले जायेंगी?
एदायँ माहाले जावँ दिदी	अब महल में चलें हे दीदी
एदायँ माहाले जावँ”	अब महल में चलें”
निकरुन-निकरुन दखे राजा	निकल-निकल कर देखता राजा
निकरुन-निकरुन दखे	निकल-निकल कर देखता
1785 धायँ दुआरे निकरे राजा	कभी द्वार में आता राजा
धायँ भितरे ओले राजा	कभी भीतर घुस जाता राजा
अकइस रानी जाओत बाबा	इक्कीस रानियाँ जातीं बाबा
राधा-तुलसा जाओत	राधा-तुलसा जातीं
नव खँड माहाले जात रानी मन	नौ खण्डा महल में जातीं रानियाँ
नव खँड माहाले जात	नौ खण्डा महल में जातीं
नरायन राजा दखे बाबा	नरायन राजा देखता बाबा
रानी के काय बले	रानी से क्या कहता
“सुना रानी रे अकइस रानी	“सुनो रानियों इक्कीस रानियों

1. खातूँ : अन्य रूप ‘खातू’।

	सुना रानी राधा-तुलसा	सुनो रानियों राधा-तुलसा
	बनी करुक गेलास रानी	मजदूरी करने गयीं रानियों
	भुती करुक गेलास	मजदूरी करने गयीं
	कसन छुचा इलास रानी	कैसे खाली हाथ लौटी हो रानियों
	कसन खाली इलास?	कैसे खाली हाथ आयी हो?
	कनकी के आनुन रतास रानी	कनकी लायी होतीं रानियों
	कोंडा के आनुन रतास	भूसी लायी होतीं
	पेज राँदुन खातू रानी	पेज राँध कर खाते रानियों
	हामी हुनी ने जिउन जातू"	हम उसी में जी जाते"
1785a	"सुना राजा रे नरायन परभू	"सुनिये राजा नरायन प्रभु
	सुना राजा माहापरभू	सुनिये राजा महाप्रभु
	बुलुन-बुलुन थाकलू राजा	घूम-घूम कर थक गयीं राजा
	गिंजरुन-गिंजरुन थाकलू	हम घूम-घूम कर थक गयीं
	कोनी नईं कराओत राजा	कोई काम नहीं करातीं राजा
	कोनी नईं कराओत	कोई काम नहीं करातीं
	काहाँ ले कनकी आनतू राजा	कहाँ से कनकी लातीं राजा
	काहाँ ले कोंडा आनतू?"	हम कहाँ से भूसी लातीं?"
1786	एक दिन ले दुय दिन	एक दिन से दो दिन
	दुय दिन ले आँट दिन	दो दिन से आठ दिन
	बनी करलो होय रानी चो	मजदूरी के लिये गये बीते रानियों को
	भुती करलो होय	मजदूरी के लिये गये बीते
	राजा काय बले रानी के	राजा क्या कहता रानियों से
	"सुना रानी" बले	"सुनो हे रानियों" कहता
	"पान टोड़ुक जाहा रानी	"पत्ते तोड़ने जाओ रानियों
	दतुन टोड़ुक जाहा	दतौन तोड़ने जाओ
	पान टोड़ुन आना रानी	पत्ते तोड़ लाओ रानियों
	दतुन टोड़ुन आना	दतौन तोड़ कर लाओ
	दतुन बुलाउक निया रानी	दतौन बेचने जाओ रानियों
	तुमी पान बुलाउक निया	तुम पत्ते बेचने ले जाओ
	कनकी के बले देदे रानी	कनकी भी तो देंगे रानियों
	कोंडा के बले देदे	भूसी भी तो देंगे
	हुनी ने जिउन जावाँ रानी	उसी में जी जायेंगे रानियों
	पेज राँदुन खावाँ"	पेज राँध कर खायेंगे"
1787	जाओत रानी रे अकइस रानी	जातीं हैं इक्कीस रानियाँ
	जाओत बाबा राधा-तुलसा	जातीं बाबा राधा-तुलसा
	लोहँदर लामुन जात रानी	कतार बाँध कर जातीं रानियाँ
	सेतबन ने जात	सेतबन में जातीं

हेतबन ने जात रानी मन
बिंदराबने अमरोत
दतुन-पान टोड़ोत रानी
दतुन-पतर टोड़ोत

हेतबन में जातीं रानियाँ
बिंदराबन पहुँचतीं
दतौन-पत्ते तोड़तीं रानियाँ
दतौन-पत्ते तोड़तीं

भारा-भारा दतुन टोड़ोत
भारा-भारा पान
दतुन बुलाउक रानी मन नेओत
पान बुलाउक रानी मन नेओत
लोहँदर लामुन जात रानी मन
लोहँदर लामुन जात
खोरे-डाँडे बले जात रानी मन
आरा-पारा ने जात
“सुना बाई” बलोत रानी
“सुना नोनी” बलोत
“दतुन-पान धरा नोनी
दतुन-पान धरा
कोंडा के बले दिया बाई-नोनी
कनकी के बले दिया
पेज राँदुन खाउँदे बाई-नोनी
हुनी ने जिउन जाउँदे”

ढेर सारे दतौन तोड़तीं
ढेर सारे पत्ते
दतौन बेचने रानियाँ जाती
पत्ते बेचने रानियाँ जाती
कतार-बद्ध हो चलतीं रानियाँ
कतार-बद्ध हो जातीं
अली-गली में जाती रानियाँ
मोहल्ले-मोहल्ले जाती
“सुनो हे बाई” कहतीं रानियाँ
“सुनो हे नोनी” कहतीं
“दतौन-पत्ते ले लो नोनी
दतौन-पत्ते ले लो
भूसी भी तो दो बाई-नोनी
कनकी भी तो दो
पेज राँध कर खायेंगे बाई-नोनी
उसी में जी जायेंगे”

1788	“सुना रानी रे अकइस रानी	“सुनो हे इक्कीस रानियों
	सुना रानी राधा-तुलसा	सुनो रानियों राधा-तुलसा
	कोंडा रले हामी खातूँ	भूसी रहती तो हम खाते
	कनकी रले हामी	कनकी रहती तो हम खाते
	हामके खाउक निंहाय रानी	हमें खाने को नहीं है रानियों
	काय देउन धरू?”	क्या दे कर हम लेंगी?”
	खोरे-खोरे बुलात रानी मन	अली-गली घूमतीं रानियाँ
	डाँडे-डाँडे बुलात	गली-गली में घूमतीं
1789	बिहान बेरा चो गेलो लोग आत	सवेरे की वे गयी हुई हैं
	बिहान बेरा चो गेलो लोग आत	सवेरे की वे गयी हुई हैं
	दिन बुड़ुन जाय बाबा	दिन डूब जाता बाबा
	कोनी नईं धरोत	कोई नहीं खरीदतीं
	काय बला-बली होओत रानी मन	आपस में बातें करतीं रानियाँ
	काय बला-बली होओत	वे आपस में बातें करतीं
	“बिहान बेरा चो इलो लोग आवँ	“सवेरे से हम आयी हुई हैं
	बिहान बेरा चो इलो	सवेरे से हम आयी हुई हैं
	बुलाउन-बुलाउन थाकलू[2] दिदी	घूम-घूम कर थक गयीं दीदी
	गिंजराउन गिंजराउन थाकलू	घूम-घूम कर थक गयीं
	कोनी नईं धरोत दिदी	कोई नहीं खरीदते दीदी
	कोनी नईं धरोत	कोई नहीं खरीदते
	हामी काहाँ ले कनकी नेवाँ दिदी	हम कहाँ से कनकी ले जायेंगी दीदी
	काहाँ ले कोंडा नेवाँ?	कहाँ से कनकी ले जायेंगी?
	नव खँड माहाले जावँ दिदी	नौ खण्डा महल में जायें दीदी
	नव खँड माहाले जावँ”	नौ खण्डा महल में जायें”
1790	जाओत रानी रे अकइस रानी	जातीं हैं इक्कीस रानियाँ
	जाओत बाबा राधा-तुलसा	जाती हैं राधा-तुलसा
	नव खँड माहाले जात रानी	नौ खण्डा महल में जातीं रानियाँ
	निकरुन-निकरुन दखे	राजा निकल-निकल कर देखता
	रानी के काय बले राजा	रानियों से क्या कहता राजा
	“सुना रानी” बले	“सुनो हे रानियों” कहता
	“पान बुलाउक निलास रानी	“पत्ते बेचने ले गयीं रानियों
	दतुन बुलाउक निलास	दतौन बेचने ले गयीं
	कसन छुचा इलास रानी	कैसे खाली हाथ आयीं रानियों
	कसन खाली इलास?	कैसे खाली हाथ आयीं?
	कनकी के आनुन रतास रानी	कनकी लायी होती रानियों
	तुमी कोंडा के आनुन रतास	तुम भूसी लायी होतीं

2. थाकलू : अन्य ध्वनियाँ ‘थाकलूँ’, ‘थकलू’, ‘थकलूँ’।

	पेज राँदुन खातूँ रानी	पेज राँध कर खाते रानियों
	हामी हुनी ने जिउन जातूँ"	हम उसी में जी जाते"
1791	"सुना राजा रे नरायन परभू	"सुनिये राजा नरायन प्रभु
	सुना राजा माहापरभू	सुनिये राजा महाप्रभु
	बुलाउन-बुलाउन थाकलू राजा	घूम-घूम कर थक गये राजा
	गिंजराउन-गिंजराउन थाकलू	घूम-घूम कर थक गये
	कोनी नईं धरोत राजा	कोई नहीं खरीदता राजा
	कोनी नईं धरोत	कोई नहीं खरीदता
	काहाँ ले कनकी आनतू[3] राजा	कहाँ से कनकी लातीं हम राजा
	काहाँ ले कोंडा आनतू?"	कहाँ से भूसी लातीं?"
	कपार पेटी बले होय राजा	माथा पीट लेता राजा
	मुँड आपटी होय	वह सिर पटक जाता
	'पेटे अरन निंहाय रानी	'पेट में अन्न नहीं है रानी
	मोचो मुँहे दतुन निंहाय	मेरे मुँह में दतौन नहीं है
	कोन पुरे गेलिस रानी	कौन से पुर तुम गयी हे रानी
	कोन पुरे आसिस?	किस पुर में तुम हो?
	कोन पुरे तुके भेटें रानी	किस पुर में तुमसे मिलूँगा रानी
	मयँ कोन पुरे तुके दखें?'	मैं किस पुर में तुम्हें देखूँगा?'
1792	एक दिन ले दुय दिन	एक दिन से दो दिन
	दुय दिन ले आँट दिन	दो दिन से आठ दिन
	दतुन बुलालो होय रानी चो	दतौन बेचने गये बीते रानियों को
	पान बुलालो होय	पत्ते बेचने गये बीते
	राजा काय बले रानी के	राजा क्या कहता रानियों से
	"सुना रानी" बले	"सुनो हे रानियों" कहता
	"काँदा खनुक जाहा रानी	"काँदा खोदने जाओ रानियों
	काँदा खनुक जाहा	काँदा खोदने जाओ
	काँदा के उसाउन खावाँ रानी	काँदा को उबाल कर खायेंगे रानियों
	हामी हुनी ने जिउन जावाँ"	हम उसी में जी जायेंगे"
1793	सुनोत रानी रे अकइस रानी	सुनतीं हैं इक्कीस रानियाँ
	सुनोत बाबा राधा-तुलसा	सुनतीं बाबा राधा-तुलसा
	हरबर तियार होत रानी	झटपट तैयार होतीं रानियाँ
	जलदी तियार होत	जल्दी तैयार होतीं
	रुमझुम-रुमझुम रेंगोत रानी मन	जल्दी-जल्दी चलतीं रानियाँ
	एक कलाट मारोत	लम्बे डग वे भरतीं
	सेतबन ने जात रानी	सेतबन में जातीं रानियाँ
	हेतबन ने जात	हेतबन में जातीं

3. आनतू : अन्य ध्वनि 'आनतूँ'।

	बिंदराबने अमरोत रानी	बिंदराबन पहुँचतीं रानियाँ
	काँदा-बुटा खोजोत	काँदा का पौधा खोजतीं
	बुलुन-बुलुन दखोत रानी	घूम-घूम कर देखतीं रानियाँ
	गिंजरुन-गिंजरुन खोजोत	वे घूम-घूम कर देखतीं
	काहाँ काँदा-बुँद आय बाबा	कहाँ काँदा का पौधा है बाबा
	कसन काँदा-बुँद आय?	कैसा काँदा का पौधा है?
	बुँद के नईं भेटोत रानी मन	पौधा नहीं पातीं रानियाँ
	बुँद के नईं भेटोत	पौधा नहीं वे पातीं
1794	खाले भुबुर रानी के तपे	नीचे धरती तपती रानियों के
	उपर घाम रानी के छेके	सिर पर धूप चिलकती रानियों के
	मँजी भुक लागे रानी के	भूख भी लग आती रानियों को
	झालिपिली पसना फुटे	वे पसीने से लथपथ होतीं
	काँदा-बुँद खोजोत रानी मन	काँदा का पौधा खोजतीं रानियाँ
	काँदा-बुँद नीं पात	काँदा का पौधा न मिलता
	बिहान बेरा चो गेलो लोग आत	सवेरे की वे गयी हुई हैं
	दिन बुड़ुन जाय	दिन डूब जाता
	"सुना दिदी रे अकइस रानी	"सुनो दीदी इक्कीस रानियों
	सुना दिदी राधा-तुलसा	सुनो दीदी राधा-तुलसा
	बुलुन-बुलुन थाकलू दिदी	घूम-घूम कर थक गयीं दीदी
	गिंजरुन-गिंजरुन थाकलू	घूम-घूम कर थक गयीं
	कसन काँदा-बुँद आय दिदी	काँदा का पौधा कैसा है दीदी
	बुँद के नईं भेटूँ!	पौधा नहीं मिलता है!
	नव खँड माहाले जावँ दिदी	नौ खण्डा महल में जायें दीदी
	नव खँड माहाले जावँ"	नौ खण्डा महल में जायें"
1795	जाओत रानी रे अकइस रानी	जाती हैं इक्कीस रानियाँ
	जाओत रानी राधा-तुलसा	जातीं रानियाँ राधा-तुलसा
	बिंदराबन छाँडोत रानी	बिंदराबन छोड़तीं रानियाँ
	जाते-जाते जात	चलती चली जातीं
	रुमझुम-रुमझुम रेंगोत रानी मन	जल्दी-जल्दी चलतीं रानियाँ
	राजा-माहाले जात	राज-महल में जातीं
	राजा-माहाल अमरोत रानी	राज-महल पहुँचतीं रानियाँ
	नरायन राजा दखे	नरायन राजा देखता
	रानी के काय बले राजा	रानियों से क्या कहता राजा
	"सुना रानी" बले	"सुनो रानियों" कहता
	"काँदा खनुक गेलास रानी	"काँदा खोदने गयीं रानियों
	कसन छुचा इलास?"	कैसे खाली हाथ आयीं?"
	"बुलुन-बुलुन हामी दखलू राजा	"घूम-घूम कर हमने देखा राजा

	गिंजरुन-गिंजरुन दखलू राजा	घूम-घूम कर देखा राजा
	बुंद के नईं भेटूँ राजा	पौधा नहीं मिला हे राजा
	डिरा के नईं पाऊँ	बेला भी नहीं मिली
	कसन काँदा-बुंद आय राजा	कैसा है काँदा का पौधा राजा
	कसन काँदा-बुंद आय	कैसा है काँदा का पौधा
	रले काँदा आनतू राजा	काँदा रहता तो हम लातीं
	काहाँ ले काँदा आनतू"	कहाँ से काँदा लातीं?"
1796	'ए राम भगवान! मयँ का ला करवँ?	'हे राम भगवान! मैं क्या करूँ?
	बाप रे दइया! मयँ का ला करवँ?	बाप रे दइया! मैं क्या करूँ?
	मयँ करवँ कवने अकिल?' बले	मैं करूँ कौन उपाय?' कहता
	'करवँ कवने गियान	'मैं करूँ कौन उपाय
	धन-धन मेरा तगदिर!' बले	धिक्-धिक् मेरी तकदीर!' कहता
	'धन-धन मेरा नसिब!	'धिक्-धिक् मेरा नसीब!
	कोन पुरे गेलिस रानी	किस पुर में तुम गयी हे रानी
	कोन पुरे आसिस?	किस पुर में तुम हो?
	कोन पुरे तुके भेटें रानी	किस पुर में तुम्हें पाऊँगा रानी
	मयँ कोन पुरे तुके दखें?'	मैं किस पुर में तुम्हें देखूँगा?'
1797	एक दिन ले दुय दिन	एक दिन से दो दिन
	दुय दिन ले आँट दिन	दो दिन से आठ दिन
	काँदा खोजलो होय रानी चो	काँदा खोजने गये बीते रानियों को
	काँदा खोजलो होय	काँदा खोजने गये बीते
	राजा काय बले रानी के	राजा क्या कहता रानियों से
	"सुना रानी" बले	"सुनो हे रानियों" कहता
	"कैलासपुरे जाहा रानी	"कैलासपुर जाओ रानियों
	दादा-घरे जाहा	दादा के घर जाओ
	बऊ-घरे जाहा रानी	भौजी के घर जाओ रानियों
	पाँच पयली धान	पाँच पायली धान
	धान माँगुन आना रानी	धान माँग कर लाओ रानियों
	हुनी ने जिउन जावाँ"	उसी में जी जायेंगे"
1798	जाओत रानी रे अकइस रानी	जाती हैं इक्कीस रानियाँ
	जाओत रानी राधा-तुलसा	जातीं रानियाँ राधा-तुलसा
	घर ले बाहिर होत रानी	घर से बाहर आतीं रानियाँ
	जाते-जाते जात	चलती चली जातीं
	रुमझुम-रुमझुम रेंगोत रानी मन	जल्दी-जल्दी चलतीं रानियाँ
	एक कलाट मारोत	लम्बे डग वे भरतीं
	जाते-जाते बले जात रानी	चलती चली जातीं रानियाँ
	कैलासपुरे जात	कैलासपुर वे जातीं

कैलासपुरे अमरोत रानी	कैलासपुर पहुँचतीं रानियाँ
माहादेव-जलकी ने जात	माहादेव-सरोवर में जातीं
पारबती-जलकी ने जात रानी	पारबती-सरोवर में जातीं रानियाँ
जलकी-खँडे उबोत	सरोवर के तीर पर खड़ी होतीं
करेया पानी दखे बाबा	पानी काला दिखता बाबा
जलकी के काय बलोत	सरोवर से वे कहतीं
"आँट-आँट रे ठाकुर जलकी	"कम हो-कम हो हे ठाकुर सरोवर
आँट-आँट दिदी जलकी	कम हो-कम हो हे दीदी सरोवर
मयँ दार-चाउर फेकें जलकी	मैं दाल-चावल अर्पित करती सरोवर
माँडक होउन जा"	घुटने तक कम हो जा"

दार-चाउर फेकोत रानी मन	दाल-चावल अर्पित करतीं रानियाँ
माँडक होउन जाय	घुटने तक कम हो जाता
जलकी पार बले होत रानी	सरोवर लाँघ जातीं रानियाँ
समँदुर पार होत	समुद्र लाँघ जातीं
कोसक-दापक रेंगोत रानी	कोस-दाब भर चलतीं रानियाँ
एक कलाट मारोत	लम्बे डग वे भरतीं
1799 राजा-माहाले रानी मन जाओत	राज-महल जातीं रानियाँ
बड़े देउले रानी मन जाओत	बड़े मन्दिर में रानियाँ जातीं
दुआरे उबुन रहे रानी	द्वार में खड़ी थी रानी (पारबती)
रानी चो जातो के दखे	रानियों को आते देखा

	‘काय चो कमती होली?’ बले	‘किस चीज की कमी हो गयी इन्हें?’ वह कहती
	‘काय बिपती पड़ली?	‘कौन सी विपदा आ पड़ी?
	लोहँदर लामुन एसोत’ बले	कतार-बद्ध हो आतीं’ कहती
	‘लोहँदर लामुन एसोत’	‘ये कतार-बद्ध हो आतीं’
	नव खँड माहाले जात रानी मन	नौ खण्डा महल में जातीं रानियाँ
	परछी ने जाउन बसोत	परछी में जा कर बैठतीं
1800	“सुना नोनी रे अकइस रानी	“सुनो हे नोनी इक्कीस रानियों
	सुना बाबा राधा-तुलसा	सुनो हे बाबा राधा-तुलसा
	तले भुबुर तपे नोनी	नीचे धरती तपती नोनी
	ऊपरे घाम छेके	ऊपर धूप चिलकती
	मँजी भुक लागे नोनी	भूख भी लग आती नोनी
	झालिपिली पसना फुटे	पसीने से लथपथ होतीं
	काय चो कमती होली नोनी	किस चीज की कमी पड़ गयी नोनी
	काय बिपती पड़ली?	कौन सी विपत्ति आ पड़ी?
	काय कामे इलास नोनी	किस काम से आयीं नोनी
	आले मोके साँगा”	तनिक मुझे बतलाओ”
1801	“सुना दिदी रे बड़े दिदी[4]	“सुनिये दीदी बड़ी दीदी
	सुना दिदी बड़े दिदी	सुनिये दीदी बड़ी दीदी
	तुमचो देवर पठात[5] दिदी	आपके देवर ने भेजा है दीदी
	तुमचो देवर पठात	आपके देवर ने भेजा है
	पाँच पयली धान दिया	पाँच पायली धान दीजिये
	पाँच पयली धान	पाँच पायली धान
	धान माँगुक इलू[6] दिदी	धान माँगने आयीं हम दीदी
	धान माँगुक इलू”	धान माँगने आयीं”
	“सुना नोनी रे अकइस रानी	“सुनो हे नोनी इक्कीस रानियों
	सुना बाबा राधा-तुलसा	सुनो हे बाबा राधा-तुलसा
	नोनी काहाँ गेली नोनी मन?	नोनी कहाँ गयी हे नोनी?
	धान माँगुक इलास!”	धान माँगने तुम आयीं!”
	“नोनी घरे निंहाय दिदी	“नोनी घर में नहीं है दीदी
	नोनी घरे निंहाय	नोनी घर में नहीं है
	कोन बाटे गेली जाले	किस तरफ गयी पता नहीं
	हामी नईं जानूँ”	हम नहीं जानतीं”

4. सामान्यतः बड़ी बहिन के लिये आदर सूचक सम्बोधन का प्रयोग नहीं होता जबकि जेठानी के लिये आदर सूचक सम्बोधन प्रयोग में लाया जाता है। जेठानी को भी बड़ी बहिन का दर्जा दिया जाता है। यहाँ पारबती चूँकि नरायन राजा के बड़े भाई की पत्नी है और इस तरह वह नरायन राजा की पत्नियों की जेठानी है इसलिये उसके लिये आदर सूचक सम्बोधन का प्रयोग किया गया है।
5. पठात : ‘पठाओत’ (‘पठालासोत’) का लघुकृत रूप।
6. इलू : अन्य ध्वनि ‘इलूँ’।

“नोनी के गारी दिलास नोनी मन	“नोनी को (तुम लोगों ने) गाली दी नोनी
नोनी के झगड़ा लागलास	नोनी से झगड़ा किया
तेबे नोनी गेली नोनी मन	तभी नोनी गयी हे नोनी
काय काजे नोनी जाती!	और किसलिये वह जाती!
काय काजे डँड तुमी करलास नोनी?	किसलिये तुमने कष्ट दिये हे नोनी?
काय काजे डाहा दिलास नोनी?	किसलिये तकलीफ दिये हे नोनी
मोचो करलो आय नोनी	मैंने उसका विवाह कराया नोनी
मोचो आनलो आय	मैं ही तो उसे लायी थी
मोके दखुन काका दिलो	मुझे देख कर[7] काका ने दिया था
मोके दखुन काकी	मुझे देख कर काकी ने
गोड़ाएक लोन नाजुन सारास	नमक का एक दाना भी नहीं दिया है तुमने
बिजाएक चाउर नाजुन	चावल का एक दाना भी नहीं
करुन-कुँदुन आनुन रतास	तुमने उसका विवाह कराया होता
करुन-कुँदुन आनुन रतास	तुमने उसका विवाह कराया होता
तेबे तुमके पिरती[8] नोनी	तभी तुम्हें दुखता हे नोनी
तेबे तुमके पिरती	तभी तो तुम्हें दुखता
हुन मोचो करलो आय नोनी	वह मेरी लायी हुई है नोनी
मोचो करलो आय”	वह मेरी लायी हुई है”
एई बात बले रानी	यही बात कहती है रानी
रानी मन काय बलोत	रानियाँ क्या कहतीं
“सुना दिदी रे बड़े बइन	“सुनिये दीदी बड़ी बहिन
सुना दिदी बड़े बइन	सुनिये दीदी बड़ी बहिन
काय काजे गारी देतू[9] दिदी	किसलिये गाली देतीं हम दीदी
काय काजे झगड़ा लागतू?	किसलिये झगड़ा करतीं?
अपने-अपने[10] कसन होला	उन दोनों में क्या हुआ न जाने
अपने-अपने कसन	उन दोनों में क्या हुआ
1802 “अपने-अपने बले कसन होला[11]	“उन दोनों में क्या हुआ न जाने
अपने-अपने कसन होला?	उन दोनों में क्या हुआ
हामी नईं जानूँ दिदी	हम नहीं जानतीं दीदी
हामी नईं जानूँ”	हम तो नहीं जानतीं”
रानी काय बले नोनी के	रानी क्या कहती रानियों से
“सुना नोनी” बले	“सुनो हे नोनी” कहती
“पिला बइन आय नोनी	“नन्हीं बहिन है वह नोनी

7. मुझे देख कर : मेरा विश्वास कर।
8. पिरती शब्द छत्तीसगढ़ी के 'पिरतिस' से रूपान्तरित हुआ है। मूल शब्द है 'दुखती'।
9. देतू : अन्य ध्वनि 'देतूँ'।
10. 'अपने-अपने' छत्तीसगढ़ी और हिन्दी से प्रभावित है। मूल शब्द है 'आपने-आपने'।
11. दिनांक 20.12.1996 को ध्वन्यांकित कैसेट क्रमांक 39ए का आरम्भ।

सब ले लाडरी आय	सब से दुलारी है
खोजुन आनुन दिया नोनी	खोज कर ला दो हे नोनी
तुमके भलई नईं करें"	अन्यथा ठीक न होगा"
'कोन पुरे गेलिस बइन	'किस पुर में गयी हे बहिन
कोन पुरे आसिस?	किस पुर में तू है
कोन पुरे तुके दखें नोनी	किस पुर में तुझे देखूँगी नोनी
मयँ कोन पुरे तुके भेटें?'	मैं किस पुर में तुझे मिलूँगी?'
पारबती रानी बले बाबा	पारबती रानी कहती बाबा
नोनी के काय बले	नोनी से क्या कहती
"सुना नोनी रे अकइस रानी	"सुनो हे नोनी इक्कीस रानियों
सुना बाबा राधा-तुलसा	सुनो हे बाबा राधा-तुलसा
धान माँगुक इलास नोनी	धान माँगने आयी हो नोनी
धान माँगुक इलास	धान माँगने आयी हो
धान के कोन पुछे नोनी	धान को कौन कहे हे नोनी
धान के कोन पुछे!	धान को कौन कहे!
काँडलो भुसा के नीं देयँ नोनी	भूसी भी न दूँगी नोनी
तुमके देतो सेती	तुम्हें देने के बदले
गुड़े नेउन फेकें नोनी	घूरे में ले जा कर फेंकूँगी नोनी
मयँ छेदे नेउन रिकायँ	मैं किनारे ले जा कर डालूँगी
गुड़[12] नाव धरेदे नोनी	घूरा भी नाम लेगा नोनी
गुड़ नाव धरेदे"	घूरा भी नाम लेगा"

12. मूल रूप : घुड़ : घूरा (हिन्दी)।

1803	सुनोत रानी रे अकइस रानी	सुनतीं हैं इक्कीस रानियाँ
	सुनोत बाबा राधा-तुलसा	सुनतीं बाबा राधा-तुलसा
	'दिदी असन बल्ला' बलोत	'दीदी ने ऐसा कहा' कहतीं वे
	नव खँड माहाल छाँडोत	नौ खण्डा महल छोड़तीं
	जाते-जाते जात रानी मन	चलती चली जातीं रानियाँ
	लोहँदर लामुन जात	कतार-बद्ध हो चलतीं
	कोसक-दापक रेंगोत रानी	कोस-दाब भर चलतीं रानियाँ
	एक कलाट मारोत	लम्बे डग वे भरतीं
	पारबती-जलकी ने जात रानी	पारबती-सरोवर में जातीं रानियाँ
	माहादेव-जलकी ने जात	माहादेव-सरोवर में जातीं
	जलकी-खँडे उबोत रानी	सरोवर के किनारे खड़ी होतीं रानियाँ
	खँड भर रहे	सरोवर लबालब भरा था
	दार-चाउर फेकोत रानी मन	दाल-चावल अर्पित करतीं रानियाँ
	माँडक होउन जाय	घुटने तक कम हो जाता
	जलकी पार बले होत रानी मन	सरोवर लाँघ जातीं रानियाँ
	समँदुर पार होत	समुद्र लाँघ जातीं
1804	कैलासपुर के रानी मन छाँडोत	कैलासपुर छोड़तीं रानियाँ
	बालिखँडपुरे रानी मन जाओत	बालिखँडपुर रानियाँ जातीं
	बालिखँडपुरे अमरोत रानी	बालिखँडपुर पहुँचतीं रानियाँ
	पारा-परोसे जात	अड़ोस-पड़ोस में जातीं
	निकरुन-निकरुन दखे राजा	निकल-निकल कर देखता राजा
	'किदलदायँ रानी मन एता?'	'कब रानियाँ आयेंगी?'
	आपन माहाले जात रानी	अपने महल में जातीं रानियाँ
	आपन माहाले अमरोत	अपने महल पहुँचतीं
	नरायन राजा दखे बाबा	नरायन राजा देखता बाबा
	रानी के काय बले	रानियों से क्या कहता
	"धान माँगुक गेलास रानी	"धान माँगने गयीं रानियों
	कसन छुचा इलास?"	खाली हाथ कैसे लौटीं?"
1805	"सुना राजा रे नरायन परभू	"सुनिये राजा नरायन प्रभु
	सुना राजा माहापरभू	सुनिये राजा महाप्रभु
	दिले धान आनतू राजा	देने पर तो लातीं राजा
	काहाँ ले धान आनतू?	कहाँ से धान हम लातीं?
	'तुमके देतो सेती' बल्ला	'तुम्हें देने के बदले' बोलीं
	'तुमके देतो सेती	'तुम्हें देने के बदले
	घुड़े नेउन रिकायँ' बल्ला	घूरे में डाल दूँगी' बोलीं
	'छेदे नेउन फेकें	'किनारे ले जा कर फेंकूँगी
	घुड़ नाव धरेदे' बल्ला	घूरा नाम लेगा' बोलीं

	'घुड़ नाव धरेदे	'घूरा नाम लेगा
	धान के कोन पुछे' बल्ला	धान की कौन कहे' बोलीं वे
	'धान के कोन पुछे	'धान की कौन कहे
	काँडलो भुसा नीं देयँ' बल्ला	भूसी भी न दूँगी' बोलीं
	'काँडलो भुसा नीं देयँ"	'भूसी भी न दूँगी"
	नरायन राजा सुने बाबा	नरायन राजा सुनता बाबा
	कपार पेटी होय	माथा पीट लेता
1806	एक दिन ले दुय दिन	एक दिन से दो दिन
	दुय दिन ले आँट दिन	दो दिन से आठ दिन
	धान माँगलो होय रानी चो	धान माँगे बीते रानियों को
	धान काजे गेलो होय	धान के लिये गये बीते
	मन ने बिचार करे राजा	मन में विचार करता राजा
	दिले धोका करे	दिल में चिन्ता करता
	"सुना रानी" बले राजा	"सुनो रानियों" कहता राजा
	"सुना रानी" बले	"सुनो रानियों" कहता
	"मयँ रानी के खोजुकलाय जायँ रानी	"मैं रानी को खोजने जाता हूँ रानियों
	मयँ रानी के खोजुकलाय जायँ"	मैं रानी को खोजने जाता हूँ"
	आपलो साजू बले राजा पिंदे	अपने साज राजा पहनता
	आपलो जाक राजा धरे	अपने सामान राजा लेता
	पाँये खड़ऊ पिंदे राजा	पाँवों में खड़ाऊँ पहनता राजा
	हाते चकर धरे	हाथ में चक्र लेता
	हाते बेद धरे राजा	हाथ में बेंत लेता राजा
	हाते बेद धरे	हाथ में बेंत लेता
	घर ले बाहिर होय राजा	घर से बाहर आता राजा
	जाते-जाते जाय	चलता चला जाता
	रुमझुम-रुमझुम रेंगे राजा	जल्दी-जल्दी चलता राजा
	एक कलाट मारे	लम्बे डग वह भरता
1807	जाय राजा रे नरायन परभू	जाता राजा नरायन प्रभु
	जाय राजा माहापरभू	जाता राजा महाप्रभु
	पारा-परोसे जाय राजा	अड़ोस-पड़ोस में जाता राजा
	पारा-परोसे जाय	अड़ोस-पड़ोस में जाता
	बुलुन-बुलुन खोजे राजा	घूम-घूम कर खोजता राजा
	गिंजरुन-गिंजरुन खोजे	वह घूम-घूम कर खोजता
	रानी के नईं भेटे राजा	रानी को नहीं पाता है राजा
	रानी के नईं पाय	रानी को नहीं पाता
	बालिखँडपुर ने राजा खोजे	बालिखँडपुर में राजा खोजता
	बालिखँडपुरे राजा खोजे	बालिखँडपुर में राजा खोजता

	रानी के नईं भेटे राजा	रानी को नहीं पाता है राजा
	रानी के नईं दखे	रानी को नहीं पाता
	'बुलुन-बुलुन खोजले' बले	'घूम-घूम कर खोजा' कहता
	'मयँ गिंजरुन-गिंजरुन दखले	'मैंने घूम-घूम कर खोजा
	इथा रानी निंहाय' बले	रानी यहाँ नहीं है' कहता
	'इथा रानी निंहाय'	'रानी यहाँ नहीं है'
	मँजपुरे जाय राजा	मँजपुर में जाता है राजा
	मँजपुरे जाय	मँजपुर में जाता है
	मँजपुरे बले खोजे राजा	मँजपुर में भी खोजता राजा
	मँजपुरे खोजे राजा	मँजपुर में भी खोजता
	ओना-कोना खोजे राजा	कोना-कोना खोजता राजा
	खोलकी-बिलकी खोजे	वह चारों ओर खोजता
	खोरे-डाँडे बले जाय राजा	अली-गली में जाता राजा
	आरा-पारा ने जाय	मोहल्ले-मोहल्ले जाता
	रानी के नईं भेटे राजा	रानी को नहीं पाता है राजा
	रानी के नईं पाय	रानी को नहीं पाता
	बुलुन-बुलुन खोजे राजा	घूम-घूम कर खोजता राजा
	गिंजरुन-गिंजरुन खोजे	घूम-घूम कर खोजता
1808	'सारी सवँसार मयँ बुल्ले' बले	'सारा संसार मैं घूमा' कहता
	'सारी राज मयँ खोजले' बले	'सारे राज्य में मैंने खोजा' कहता
	'मयँ रानी के नईं भेटें' बले	'रानी को नहीं पाया मैंने' कहता
	'रानी के नईं पायँ	'रानी को नहीं पाया
	इथा रानी निंहाय' बले	रानी यहाँ नहीं है' कहता
	'इथा रानी निंहाय'	'रानी यहाँ नहीं है'
	मँजपुर छाँडे राजा	मँजपुर छोड़ जाता राजा
	मँजपुर छाँडे	मँजपुर से चल पड़ता
	हरदी नँगरे जाय राजा	हरदी नँगर जाता राजा
	टुरँडी नँगरे जाय	टुरँडी नँगर जाता
	हरदी नँगरे खोजे राजा	हरदी नँगर में खोजता राजा
	टुरँडी नँगरे खोजे	टुरँडी नँगर में खोजता
	रानी के नईं भेटे राजा	रानी को नहीं पाता है राजा
	रानी के नईं पाय	रानी को नहीं पाता है
1809	जाय राजा रे नरायन परभू	जाता राजा नरायन प्रभु
	जाय राजा माहापरभू	जाता राजा महाप्रभु
	सागरपुरे बले जाय राजा	सागरपुर भी जाता राजा
	गोबिंदपुरे जाय	गोबिंदपुर भी जाता
	गोबिंदपुरे खोजे राजा	गोबिंदपुर में खोजता राजा

	सागरपुरे खोजे	सागरपुर में खोजता
	रानी के नईं भेटे राजा	रानी को नहीं पाता है राजा
	रानी के नईं पाय	रानी को नहीं पाता है
	'इथा रानी निंहाय' बले	'रानी यहाँ नहीं है' कहता
	'इथा रानी निंहाय'	'रानी यहाँ नहीं है'
1810	जाय राजा रे नरायन परभू	जाता राजा नरायन प्रभु
	जाय राजा माहापरभू	जाता राजा महाप्रभु
	कैलासपुरे बले जाय राजा	कैलासपुर जाता राजा
	कैलासपुरे जाय	वह कैलासपुर जाता
	कैलासपुर के राजा अमरे	कैलासपुर पहुँचता राजा
	कैलासपुर राजा अमरे	वह कैलासपुर पहुँचता
	माहादेव-जलकी ने जाय राजा	माहादेव-सरोवर में जाता राजा
	पारबती-जलकी ने जाय	पारबती-सरोवर में जाता
	जलकी खँडे उबे राजा	सरोवर के किनारे खड़ा होता राजा
	खँड भर रहे	वह लबालब भरा हुआ था
	करेया पानी दखे बाबा	पानी काला दिखता बाबा
	जलकी के काय बले	सरोवर से वह कहता
	"आँट-आँट रे दादा जलकी	"कम हो-कम हो हे दादा सरोवर
	आँट-आँट बऊ जलकी	कम हो-कम हो हे भौजी सरोवर
	मयँ दार-चाउर फेकें जलकी	मैं दाल-चावल अर्पित करता सरोवर
	माँडक होउन जा"	घुटने तक कम हो जा"
	दार-चाउर फेके राजा	दाल-चावल अर्पित करता राजा
	माँडक होउन जाय	घुटने तक कम हो जाता
	जलकी पार बले होय राजा	सरोवर लाँघ जाता राजा
	समँदुर पार होय	समुद्र लाँघ जाता
	बड़े देउले जाय राजा	बड़े मन्दिर में जाता राजा
	बड़े देउले जाय	बड़े मन्दिर में जाता
1811	दुआरे उबुन रानी रय	द्वार में रानी (पारबती) खड़ी थी
	दुआरे उबुन रानी रय	द्वार में रानी खड़ी थी
	बाबू चो जातो के दखे रानी	बाबू को जाते देखती रानी
	बाबू चो जातो के दखे	बाबू को जाते देखती
	खयरा-खयरा दखे रानी	आग्नेय नेत्रों से देखती रानी
	टेड़गा-टेड़गा दखे	वह तिरछी निगाह से देखती
	'बसा' नईं बले रानी	'बैठो' नहीं कहती है रानी
	'बसा' नईं बले	'बैठो' नहीं वह कहती
	परछी ने जाउन बसे राजा	परछी में जा कर बैठता राजा
	परछी ने जाउन बसे	परछी में जा कर बैठता

आपलो मन ने बसे राजा	अपने मन में बैठता राजा
आपलो मन ने बसे	अपने मन में बैठता
"सुना बऊ बड़े बऊ	"सुनिये भौजी बड़ी भौजी
सुना बऊ बड़े बऊ	सुनिये भौजी बड़ी भौजी
मयँ बुलुन-बुलुन थाकले बऊ	मैं घूम-घूम कर थक गया भौजी
खोजुन-खोजुन थाकले	खोज-खोज कर थक गया
कोनी पुरे रानी निंहाय बऊ	किसी भी पुर में रानी नहीं है भौजी
कोनी पुरे रानी निंहाय	किसी भी पुर में रानी नहीं है
रानी के ए बाटे दखलास बऊ?	रानी को इधर देखा है भौजी?
दखलास जाले साँगा"	देखा हो तो बतलायें"
1812 "सुना बाबू रे नानी भाई	"सुनिये बाबू छोटे भाई
सुना बाबू पिला भाई	सुनिये बाबू नन्हें भाई
पाखा फोड़ुन निलास बाबू	दीवार फोड़ कर ले गये बाबू
माहाल भड़लाउन निलास	महल गिरा कर ले गये
हुन दिन चो दखलो आय बाबू	उसी दिन का देखा है बाबू
मयँ मूँ के नाजुन दखें	मैंने उसके बाद नहीं देखा
काय काजे चोरुन निलास बाबू	किसलिये चुरा कर ले गये बाबू
काय काजे चोरुन निलास?	किसलिये चुरा कर ले गये?
करुन-कुँदुन बाबू आनुन रतास	मेहनत कर उसे लाये होते
करुन-कुँदुन बाबू आनुन रतास	मेहनत कर उसे लाये होते
तेबे तुमके पिरती बाबू	तब आपको दुखता बाबू
तेबे तुमके पिरती	तब आपको दुखता
मोचो आनलो आय बाबू	मेरी लायी है वह बाबू
मोचो करलो आय	मैंने सब किया था
मोके दखुन काका दिलो	मुझे देख कर काका ने दिया
मोके दखुन काकी	मुझे देख कर काकी ने
खोजुन आनुन दिया बाबू	खोज कर ला दें हे बाबू
मोके भलई नई करे"	काका मुझे माफ नहीं करेंगे"
1813 'बऊ रिस बले होला' बले	'भौजी गुस्सा हो गयीं' कहता
'बऊ रिस होला' बले	'भौजी गुस्सा हो गयीं' कहता
टुँग् नाय उठुन जाय राजा	झट से उठ जाता है राजा
टुँग् नाय उठुन जाय	झट से उठ जाता है
रुमझुम-रुमझुम रेंगे राजा	जल्दी-जल्दी चलता राजा
एक कलाट मारे	लम्बे डग वह भरता
पारा-परोसे जाय राजा	अड़ोस-पड़ोस में जाता राजा
पारा-परोस छाँडे	अड़ोस-पड़ोस छोड़ता
पारबती-जलकी ने जाय राजा	पारबती-सरोवर में राजा जाता

माहादेव-जलकी ने जाय	माहादेव-सरोवर में जाता
जलकी-खँडे उबे राजा	सरोवर के किनारे खड़ा होता राजा
खँड भर रय	वह लबालब भरा हुआ था
करेया पानी दखे बाबा	पानी काला दिखता था बाबा
जलकी के काय बले	सरोवर से क्या कहता
"आँट-आँट रे बऊ-जलकी	"कम हो-कम हो हे भौजी सरोवर
आँट-आँट दादा-जलकी	कम हो-कम हो हे दादा सरोवर
मयँ दार-चाउर फेकें जलकी	मयँ दाल-चावल अर्पित करता सरोवर
माँडक होउन जा"	घुटने तक कम हो जा"
दार-चाउर फेके राजा	दाल-चावल अर्पित करता राजा
माँडक होउन जाय	घुटने तक हो जाता
जलकी पार बले होय राजा	सरोवर लाँघ जाता राजा
समँदुर पार होय	समुद्र लाँघ जाता
रुमझुम-रुमझुम रेंगे राजा	जल्दी-जल्दी चलता राजा
एक कलाट मारे	लम्बे डग वह भरता
बालिखँडपुरे जाय राजा	बालिखँडपुर जाता राजा
बालिखँडपुरे अमरे	बालिखँडपुर पहुँचता
पारा-परोसे जाय राजा	अड़ोस-पड़ोस में जाता राजा
पारा-परोसे जाय	अड़ोस-पड़ोस में जाता
चरोटा-भाजी दखे राजा	चरोटा-भाजी देखता राजा
चरोटा-भाजी दखे	चरोटा-भाजी देखता
लसुन-पाना असन रहे	लहसुन के पत्तों-सी थी भाजी
गोंदली-मोंगा असन	प्याज-भाजी-सी थी
'चरोटा भाजी बले आसे' बले	'चरोटा भाजी है' वह कहता
'चरोटा भाजी आसे' बले	'चरोटा भाजी है' वह कहता
'भाजी टोड़ुक[13] पठायँ' बले	'भाजी तोड़ने भेजूँगा' कहता
'मयँ भाजी टोड़ुक पठायँ	'मैं भाजी तोड़ने भेजूँगा
एकेय उसाउन खाउँदे' बले	इसे ही उबाल कर खायेंगे' कहता
'एई ने जिउन जाउँदे'	'इसी में जी जायेंगे'
नव खँड माहाले जाय राजा	नौ खण्डा महल में जाता राजा
नव खँड माहाल अमरे	नौ खण्डा महल पहुँचता
1814 "सुना रानी रे अकइस रानी	"सुनो हे इक्कीस रानियों
सुना रानी राधा-तुलसा	सुनो रानियों राधा-तुलसा
चरोटा भाजी आसे रानी	चरोटा-भाजी है हे रानी
चरोटा भाजी आसे	चरोटा-भाजी है
करेया पाना असन दखे जे	काले पत्तों-सी दिखती है

13. टोड़ुक : यह शब्द नगरीय प्रभाव के चलते आया है। मूल शब्द है 'टुटाउक'।

काली बादल असन	काले बादल-सी
काय मँजा सुँदर दखे रानी	बहुत सुन्दर दिखती है रानी
अती सुँदर दखे	अति सुन्दर दिखती है
भाजी टोड़ुक जाहा रानी	भाजी तोड़ने जाओ रानियों
भाजी के टोड़ुन आना	भाजी तोड़ कर लाओ
हुनकेय उसाउन खावाँ रानी	उसी को उबाल कर खायेंगे रानियों
हुनी ने जिउन जावाँ"	उसी में हम जी जायेंगे"
सुनोत रानी रे अकइस रानी	सुनतीं हैं इक्कीस रानियाँ
सुनोत बाबा राधा तुलसा	सुनती बाबा राधा-तुलसा
घर ले बाहिर होत रानी मन	घर से बाहर आतीं रानियाँ
जाते-जाते जात	चलती चली जातीं
रुमझुम-रुमझुम रेंगोत रानी मन	जल्दी-जल्दी चलतीं रानियाँ
एक कलाट मारोत	लम्बे डग वे भरतीं
पारा-परोसे जात रानी	अड़ोस-पड़ोस में जातीं रानियाँ
पारा-परोसे खोजोत	अड़ोस-पड़ोस में जातीं
बुलुन-बुलुन खोजोत रानी मन	घूम-घूम कर खोजतीं रानियाँ
गिंजरुन-गिंजरुन खोजोत	घूम-घूम कर खोजतीं
काहाँ चो भाजी रती बाबा!	कहाँ की भाजी रहती बाबा!
पाकलो पाना निंहाय	वहाँ पके पत्ते भी नहीं थे
छुचा ढेटा आसे बाबा	केवल ठूँठ थीं हे बाबा
खाली ढेटा आसे	केवल ठूँठें थीं

1816	“सुना दिदी रे अकइस रानी	“सुनो दीदी इक्कीस रानियों
	सुना दिदी राधा-तुलसा	सुनो दीदी राधा-तुलसा
	तिनपुर ठगई ठगला दिदी	बहुत मूर्ख बनाया दीदी
	अँधेर ठगुन दिला	हमें मूर्ख बनाया
	काहाँ ले भाजी रती दिदी	कहाँ की भाजी यहाँ है दीदी
	छुचा[14] ढेटा आसे	केवल ठूँठें हैं
	पाकलो पाना निंहाय दिदी	पके पत्ते तक नहीं हैं दीदी
	पाकलो पाना निंहाय”	पके पत्ते तक नहीं हैं”
	आपलो माहाले जात रानी	अपने महल में जातीं रानियाँ
	आपन माहाले जात	अपने महल में जातीं
	पारा-परोस छाँडोत रानी मन	अड़ोस-पड़ोस छोड़तीं रानियाँ
	जाते-जाते जात	चलती चली जातीं
	रुमझुम-रुमझुम रानी मन रेंगोत	जल्दी-जल्दी चलतीं रानियाँ
	एक कलाट रानी मन मारोत	लम्बे डग रानियाँ भरतीं
	राजा-माहाले जात रानी	राज-महल जातीं रानियाँ
	राजा काय बले	राजा है क्या कहता
	“भाजी टोड़ुक गेलास रानी	“भाजी तोड़ने गयीं रानियों
	कसन छुचा इलास?	खाली हाथ कैसे आयीं?
	भाजी टोड़ुन आनतास रानी	भाजी तोड़ लातीं रानियों
	हुनी ने जिउन जातू	उसी में हम जी जाते
	हुनकेय उसाउन खातू रानी	उसी को उबाल कर खाते रानियों
	हुनकेय उसाउन खातू”	उसी को उबाल कर खाते”
1817	“सुना राजा रे नरायन परभू	“सुनिये राजा नरायन प्रभु
	सुना राजा माहापरभू	सुनिये राजा महाप्रभु
	छुचा ढेटा आसे राजा	केवल ठूँठें हैं हे राजा
	पाकलो पाना निंहाय	पके पत्ते तक नहीं हैं
	काहाँ ले भाजी आनतू राजा	कहाँ से भाजी लातीं राजा
	काहाँ ले भाजी आनतू?”	कहाँ से भाजी लातीं?”
	कपार पेटी बले होय राजा	माथा पीट लेता राजा
	मुँड आपटी होय	वह सिर पटक जाता
	‘ए राम भगवान!’ बले राजा	‘हे राम भगवान!’ कहता राजा
	‘बाप रे दइया!’ बले	‘बाप रे दइया!’ कहता
1818	एक दिन ले दुय दिन	एक दिन से दो दिन
	दुय दिन ले आँट दिन	दो दिन से आठ दिन
	रानी के खोजलो होय राजा चो	रानी को खोजते बीते राजा को
	रानी के खोजलो होय	रानी को खोजते बीते
	मन ने बिचार करे राजा	मन में विचार करता राजा

14. छुचा : मूल ध्वनि ‘छुचाय’।

दिले धोका करे	दिल में चिन्ता करता
बाबू के काय बले राजा	बाबू से क्या कहता राजा
"सुन बाबू" बले	"सुन हे बाबू" कहता
"गोबिंदपुरे जा बाबू	"गोबिंदपुर तू जा हे बाबू
बुदू पँजेआर के आन	बुदू पँजेआर को ला
पाँजी खुट धरो बाबू	पोथी-पत्तर ले वह बाबू
मोचो लगे डँडिक एओ"	मेरे पास थोड़ी देर आये"
सुने बाबू रे कमया पिला	सुनता बाबू काम वाला
सुने बाबू कमया पिला	सुनता बाबू काम वाला
हरबर तियार होय बाबू	झटपट तैयार होता बाबू
जाते-जाते जाय	चलता चला जाता
गोबिंदपुरे जाय बाबू	गोबिंदपुर जाता बाबू
गोबिंदपुरे अमरे	वह गोबिंदपुर पहुँचता
पँजेआर-माहाले जाय बाबू	पँजेआर-महल जाता बाबू
माँडो-मोंगरा उबे	मोगरा-मण्डप में रुकता
दादा के काय बले बाबू	दादा से क्या कहता बाबू
"सुन दादा" बले	"सुन हे दादा" कहता
"सुन दादा रे बुदू पँजेआर	"सुन हे दादा बुदू पँजेआर
सुन दादा बुदू पँजेआर	सुन हे दादा बुदू पँजेआर
राजा-घरे बलाव दादा	राजा के घर बुलावा दादा
एक डँडिक जावँ"	थोड़ी देर चलो"
दादा सुनुन जाय बाबा	दादा सुन लेता है बाबा
"मयँ एयँदे बाबू" बले	"मैं आऊँगा बाबू" कहता
बाई के काय बले दादा	बाई से क्या कहता दादा
"सुन बाई" बले	"सुन हे बाई" कहता
"पानी गरम कर रानी	"पानी गरम कर हे रानी
मयँ आँगे असनाँद होयँ"	मैं अंग स्नान करूँगा"
1819 सुने बाई रे पँजेआरिन	सुनती बाई पँजेआरिन
सुने बाई पँजेआरिन	सुनती बाई पँजेआरिन
पानी गरम करे बाई	पानी गरम करती बाई
सेदा-भेदा करे	ठण्डा पानी मिलाती
मन्दन-सिले नेय बाई	स्नान-गृह में ले जाती बाई
झारी कसेला देय	झारी पात्र देती
कपुर दतुन देय बाई	सुगन्धित दतौन देती बाई
मन्दन-सिले जाय	स्नान-गृह में ले जाती
मन्दन-सिले उबे बाबू	स्नान-गृह में खड़ा होता बाबू
कपुर दतुन धरे	सुगन्धित दतौन लेता
सुरिज-भेट करे बाबू	सूर्य-नमस्कार करता बाबू

मुँहे मुखारी गोबे	मुँह में मुखारी लेता
दतुन-पतर चाबे बाबू	दतौन आदि कर जाता बाबू
आँगे असनाँद होय	अंग स्नान कर जाता
सुका कपड़ा पिंदे बाबू	सूखे कपड़े पहनता बाबू
ओधा कपड़ा गिरे	गीले कपड़े गिरते
झारी पानी धरे बाबू	झारी में पानी लेता बाबू
तुलसी-चँवरा ने जाय	तुलसी-चौरा में जाता
चँवरा ने पानी रिकाय बाबू	चौरा में पानी डालता बाबू
तुलसी के काय बले	तुलसी से क्या कहता
"बाड़-बाड़ बाई रे कारी तुलसी	"बढ़ो-बढ़ो बाई कारी तुलसी
बाड़-बाड़ बाई कारी तुलसी	बढ़ो-बढ़ो बाई कारी तुलसी
अगास मेलान बाड़ बाई	आकाश का स्पर्श करो हे बाई
पकिर पाना फेक	नयी कोंपलें निकलें
तुय-मयँ बाँहा-जोरी बाई	तुम-मैं बाँहों की जोड़ी बाई
तुय-मयँ हन्सा-जोरी	तुम-मैं हन्सों की जोड़ी
जिव भर सेवा मिरो बाई	जीवन-भर सेवा करूँ मैं बाई
मोचो जान सुखी रहो"	मेरा जीवन सुखी रहे"
तुलसी-सेवा करे बाबू	तुलसी-सेवा करता बाबू
तुलसी-पुजा करे	तुलसी-पूजा करता
होम-आरती देय बाबू	होम-आरती करता बाबू
पइँया पड़ुन जाय	वह प्रणाम कर जाता
नव खँड माहाले जाय बाबू	नौ खण्डा महल में जाता बाबू
बाजे जाउन बसे	पलंग पर जा बैठता
"बँधेया झापी के दे रानी	"बँधेया झापी दे हे रानी
मयँ नव सै गाहना पिंदें"	मैं नौ सौ गहने पहनूँ"
बँधेया झापी देय बाई	बँधेया झापी देती बाई
कुची हेड़ुन जाय	वह चाबी निकाल लेता
ताला टोड़ुन जाय बाबू	ताला खोल जाता बाबू
बँधेया झापी खोले	बँधेया झापी खोलता
नव सै गाहना बाबू पिंदे	नौ सौ गहने बाबू पहनता
नव सै हार बाबू पिंदे	नौ सौ हार बाबू पहनता
अलंकार धरे बाबू	अलंकार लेता बाबू
जोतिस रमायन धरे	ज्योतिष-रमायन लेता
कठुवा फारा धरे बाबू	ग्रन्थ-आसनी लेता बाबू
पाँये खड़ऊ पिंदे	पाँवों में खड़ाऊँ पहनता
हाते बेद धरे बाबू	हाथ में बेंत लेता बाबू
घर ले बाहिर होय	वह घर से बाहर आता
"घर-दुआर के दख रानी	"घर-द्वार का ध्यान रखो हे रानी

तुय बाड़ी-बखरी के दख	तुम बाड़ी-बखरी का ध्यान रखो
राजा-घरे जायँ रानी	राजा के घर जाता रानी
मयँ कोन दिन फिरुन एयँ	मैं किस दिन लौट कर आऊँगा
राजा-घरो बात आय रानी	राजा के घर की बात रानी
बड़े घरो गोठ आय"	बड़े घर की बात"
घर ले बाहिर होय बाबू	घर से बाहर आता बाबू
जाते-जाते जाय	चलता चला जाता
रुमझुम-रुमझुम रेंगे बाबू	जल्दी-जल्दी चलता बाबू
एक कलाट मारे	लम्बे डग वह भरता
1821 जाय बाबू रे बुदू पँजेआर	जाता बाबू बुदू पँजेआर
जाय बाबू बुदू पँजेआर	जाता बाबू बुदू पँजेआर
बालिखँडपुरे अमरे बाबू	बालिखँडपुर पहुँचता बाबू
पारा-परोसे जाय	अड़ोस-पड़ोस में जाता
पारा-परोस छाँडे बाबू	अड़ोस-पड़ोस छोड़ता बाबू
पारा-परोस छाँडे	अड़ोस-पड़ोस छोड़ता
राजा-माहाले जाय बाबू	राज-महल जाता बाबू
अकइस रानी दखोत	इक्कीस रानियाँ देखतीं
"पँजेआर अमरुन गेलो" बलोत	"पँजेआर आ पहुँचा है" कहतीं
सेवा-जोड़ा धरोत	सेवा-सामग्री लेतीं
चन्दन-काट मँडात रानी मन	चन्दन का पीढ़ा रखतीं रानियाँ
ढँग् नाय बाबू उबे	उस पर बाबू खड़ा हो जाता
पइँया धोआउन जात रानी मन	पाँव धुला जातीं रानियाँ
चाउर-टिका देत	चावल का टीका लगातीं
होम-आरती देत रानी	होम-आरती करतीं रानियाँ
पइँया पड़ुन जात	वह प्रणाम कर जाता
रानी चो टोंड चुमे बाबा	रानियों के मुख चूमे बाबा
बाबू चो हात धरोत	वे बाबू का हाथ पकड़तीं
नव खँड माहाले नेत रानी	नौ खण्डा महल में ले जातीं रानियाँ
बाज नेउन बसात	पलंग पर ले जा कर बिठातीं
1822 "सुना राजा नरायन परभू	"सुनिये राजा नरायन प्रभु
सुना राजा माहापरभू	सुनिये राजा महाप्रभु
काय बलाव आय राजा?	किसलिये बुलवाया राजा?
आले मोके साँगा"	तनिक मुझे बतलायें"
राजा काय बले बाबू के	राजा क्या कहता बाबू से
"सुन बाबू" बले	"सुन हे बाबू" कहता
"खोजुन-खोजुन थाकले बाबू	"खोज-खोज कर थक गया बाबू
मयँ बुलुन-बुलुनं थाकले	मैं घूम-घूम कर थक गया

कोनी लगे रानी निंहाय बाबू	किसी जगह रानी नहीं है बाबू
कोनी पुरे रानी निंहाय	किसी पुर में रानी नहीं है
कोन पुरे गेली बाबू	किस पुर में गयी है बाबू
एई पाँजी के दख"	यही पंचांग में देख"
1823 "सुना रानी रे अकइस रानी	"सुनिये हे इक्कीस रानियों
सुना बाबा राधा-तुलसा	सुनिये बाबा राधा-तुलसा
सेवा-जोड़ा दिया रानी	सेवा-सामग्री दें हे रानियों
पुजा-जोड़ा दिया"	पूजा-सामग्री दें"
सेवा-जोड़ा देत रानी मन	सेवा-सामग्री देतीं रानियाँ
नवा सरकी ओछात	नयी चटाई बिछातीं
झारी पानी छिचे बाबू	झारी पानी छिटकता बाबू
रमायन भुँये मँडाय	रमायन नीचे रखता
काचा गोरस छिचे बाबू	कच्चा दूध छिटकता बाबू
जात लाली टिके	शुद्ध लाली लगाता

अगरबती जलाय बाबू	अगरबत्ती जलाता बाबू
होम-आरती देय	होम-आरती करता
पइँया पड़ुन जाय बाबू	उसे प्रणाम कर जाता बाबू
खालामाती बसे	पालथी मार कर बैठता
रमायन कोरा धरे बाबा	रमायन गोद में लेता बाबा
पँजेआर पाँजी दखे	पँजेआर पंचांग देखता

	जोतिस-रमायन दखे बाबू	जोतिस-रमायन देखता बाबू
	कठुवा-फारा दखे	ग्रन्थ-आसनी देखे
1824	"सुना राजा रे नरायन परभू	"सुनिये राजा नरायन प्रभु
	सुना राजा माहापरभू	सुनिये राजा महाप्रभु
	मयँ फेकुन-फेकुन थाकले राजा	मैं देख-देख थक गया राजा
	बुलुन-बुलुन थाकले	घूम-घूम कर थक गया
	कोनी पुरे रानी निंहाय राजा	किसी पुर में रानी नहीं हैं राजा
	पाँजे नईं बसे"	पंचांग में पता न चलता"
	राजा काय बले बाबू के	राजा क्या कहता बाबू से
	"सुन बाबू" बले	"सुन हे बाबू" कहता
	"बालिखँडपुरे फेक बाबू	"बालिखँडपुर में देख बाबू
	मँजपुरे फेक"	मँजपुर में तू देख"
	बालिखँडपुरे फेके बाबू	बालिखँडपुर में देखता बाबू
	मँजपुरे फेके	मँजपुर में वह देखे
	पाँजे नईं बसे बाबू चो	पंचांग में पता न लगता बाबू के
	पाँजे नईं पड़े	पंचांग में पता न लगता
	"गोबिंदपुरे बले फेक बाबू	"गोबिंदपुर तू देख बाबू
	सागरपुरे फेक"	सागरपुर में देख"
	गोबिंदपुरे फेके बाबू	गोबिंदपुर में देखता बाबू
	सागरपुरे फेके	सागरपुर में देखता
	पाँजे नईं बसे बाबू चो	पंचांग में पता न लगता बाबू के
	पाँजे नईं पड़े	पंचांग में पता न लगता
	"हरदी नँगरे फेक बाबू	"हरदी नँगर में देख बाबू
	टुरँडी नँगरे फेक"	टुरँडी नँगर में देख"
	हरदी नँगरे फेके बाबू	हरदी नँगर में देखता बाबू
	टुरँडी नँगरे फेके	टुरँडी नँगर में देखता
	पाँजे नईं बसे बाबू चो	पंचांग में पता न लगता बाबू के
	पाँजे नईं पड़े	पंचांग में पता न लगता
	कैलासपुरे फेके बाबू	कैलासपुर में देखता बाबू
	जनकपुरे फेके	जनकपुर में देखता
	पाँजे नईं बसे बाबू चो	पंचांग में न दिखता बाबू के
	पाँजे नईं पड़े	पंचांग में न दिखता
1824a	"सुन बाबू रे बुदू पँजेआर	"सुन हे बाबू बुदू पँजेआर
	सुन बाबू बुदू पँजेआर	सुन हे बाबू बुदू पँजेआर
	बड़ुँदपुरे बले फेक बाबू	बड़ुँदपुर में देख बाबू
	कोबेर-भँडारे फेक"	कोबेर-भण्डार में देख"
	बड़ुँदपुरे फेके बाबू	बड़ुँदपुर में देखता बाबू
	कोबेर-भँडारे फेके	कोबेर-भण्डार में देखता

पाँजे नईं बसे बाबू चो	पंचांग में न दिखता बाबू के
पाँजे नईं पड़े	पंचांग में न दिखता
“फेकुन-फेकुन थाकले राजा	“देख-देख मैं थक गया राजा
मयँ खोजुन-खोजुन थाकले	मैं खोज-खोज थक गया
कोनी पुरे रानी निंहाय राजा	किसी पुर में रानी नहीं हैं राजा
कोनी पुरे रानी निंहात”	किसी पुर में रानी नहीं हैं”
“फेक बाबू रे बुदू पँजेआर	“देख हे बाबू बुदू पँजेआर
फेक बाबू बुदू पँजेआर	देख हे बाबू बुदू पँजेआर
इन्दरपुरे बले फेक बाबू	इन्दरपुर में देख बाबू
इन्दरपुरे फेक”	इन्दरपुर में देख”
इन्दरपुरे फेके बाबू	इन्दरपुर में देखता बाबू
इन्दरपुरे फेके	इन्दरपुर में देखता
पाँजे बसुन जाय बाबू चो	पंचांग में दिख जाता बाबू के
पाँजे पड़ुन जाय	पंचांग में दिख जाता
“राज-राज तुमी खोजलास राजा	“कई राज्यों में आपने खोजा राजा
देस-देस खोजलास राजा	कई देशों मे खोजा राजा
ए लगे रानी निंहात राजा	आसपास रानी नहीं हैं राजा
ए लगे रानी निंहात	आसपास रानी नहीं हैं
इन्दरपुरे गेला राजा[15]	इन्दरपुर गयीं हे राजा
इन्दरपुरे गेला”	इन्दरपुर गयीं हैं”

15. कैसेट क्रमांक 39बी का आरम्भ, ध्वन्यांकन तिथि : 20.12.1996।

अधया-36 : नरायन राजा चो लखी डगर जातो
अध्याय-36 : नरायन राजा द्वारा लखी की खोज

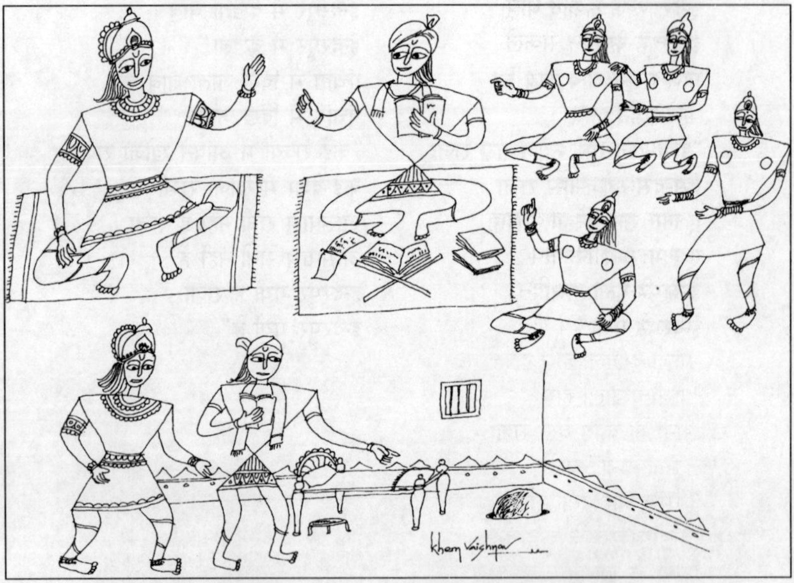

1826	“सुन बाबू रे बुदू पँजेआर	“सुन हे बाबू बुदू पँजेआर[1]
	सुन बाबू बुदू पँजेआर	सुन हे बाबू बुदू पँजेआर
	इन्दरपुरे गेली बाबू	इन्दरपुर गयी बाबू वह
	इन्दरपुरे गेली	इन्दरपुर गयी
	कोन बाट ने गेली बाबू?	किस रास्ते गयी बाबू
	तुय एई पाँजी के दख”	तुम इसे पंचांग में देखो”
	बुदू पँजेआर सुने बाबा	बूदू पँजेआर सुनता बाबा
	दुसर पाँजी दखे	फिर से पंचांग देखता
	पाँजे पड़ुन जाय बाबू चो	पंचांग में दिख जाता बाबू के
	पाँजे बसुन जाय	पंचांग में दिख जाता

1. ज्योतिषी

राजा के काय बले बाबू	राजा से क्या कहता बाबू
"सुना राजा" बले	"सुनिये राजा" कहता
"मँजी खोली चो कोना बाटे	"बीच खोली के कोने में
मँजी खोली चो कोना बाटे	बीच खोली के कोने में
भुँयगरा आसे राजा	एक सुरंग है हे राजा
चाटी-ओखार आसे	चींटियों की मिट्टी है
ढेला बुजलो आसे राजा	ढेला रखा हुआ है राजा
ढेला बुजलो आसे	ढेला रखा हुआ है
ढेला गुचाउन जाहा राजा	ढेला हटा जायें हे राजा
ढेला गुचाउन जाहा"	ढेला हटा जायें"
पाँजी-खुट सकले बाबू	पोथी-पत्तर समेटता बाबू
जोतिस-रमायन सकले	जोतिस-रमायन समेटता
रोसई-चाउर देत रानी मन	रसोई-चावल देतीं रानियाँ
मुठा रुपया धरोत	मुट्ठी भर रुपये लेतीं
पँजेआर-बिदा बले देत रानी	पँजेआर को विदाई देतीं रानियाँ
बाबू मोडरी बाँदे	बाबू गठरी बाँधता
आपन माहाले जाय बाबू	अपने महल जाता बाबू
आपन माहाले जाय	अपने महल वह जाता
1827 एक दिन ले दुय दिन	एक दिन से दो दिन
एक दिन ले दुय दिन	एक दिन से दो दिन
पाँजी दखालो होय राजा चो	पंचांग दिखाये बीते राजा को
पाँजी दखालो होय	पंचांग दिखाये बीते
रानी के काय बले राजा	रानियों से क्या कहता राजा
"सुना रानी" बले	"सुनो हे रानियों" कहता
"घर-दुआर दखा रानी	"घर-द्वार का ध्यान रखो रानियों
बाड़ी-बखरी के दखा	बाड़ी-बखरी का ध्यान रखो
रानी के खोजुकलाय जायँ रानी	रानी को खोजने जाता हूँ रानियों
मयँ रानी के खोजुकलाय जायँ"	मैं रानी को खोजने जाता हूँ"
रानी मन काय बलोत राजा के	रानियाँ क्या कहतीं राजा से
"सुना राजा" बलोत	"सुनिये राजा" कहतीं
"नोनी के खोजुक जाहा राजा	"नोनी को खोजने जायें राजा
नोनी के खोजुन आना	नोनी को खोज कर लायें
एकला नईं इया राजा	अकेले मत आयें राजा
एकला नईं इया	अकेले मत आयें
नाना पयकार चो डँड राजा	नाना प्रकार के कष्ट हे राजा
बेली-बिजरा चो डाहा!"	कई असहनीय कष्ट!"
हरबर तियार राजा होय	झटपट तैयार राजा होता
जलदी तियार राजा होय	जल्दी तैयार राजा होता

	आपन साजू पिंदे राजा	अपने साज पहनता राजा
	आपन जाक धरे	अपने सामान लेता
	मँजी खोली ने जाय राजा	बीच खोली में जाता राजा
	कोना बाटे जाय	कोने में वह जाता
	ढेला गुचाउन दखे राजा	ढेला हटा कर देखता राजा
	ढेला गुचाउन जाय	ढेला हटा कर देखता
	भुँयगरा बाटे ओले राजा	सुरंग में घुस जाता राजा
	भुँयगरा बाटे ओले	सुरंग में घुस जाता
	बालिखँडपुर छाँडे राजा	बालिखँडपुर छोड़ता राजा
	इन्दरपुरे जाय	इन्दरपुर वह जाता
	रुमझुम-रुमझुम रेंगे राजा	जल्दी-जल्दी चलता राजा
	एक कलाट मारे	लम्बे डग वह भरता
	इन्दरपुरे अमरे राजा	इन्दरपुर पहुँचता राजा
	इन्दरपुरे अमरे	इन्दरपुर पहुँचता
1828	इन्दरपुरे बले राजा अमरे	इन्दरपुर राजा पहुँचता
	ठोटा रुके राजा जाय	ठूँठे पेड़ के पास राजा जाता
	ठोटा रुके उबे राजा	ठूँठे पेड़ के नीचे खड़ा होता राजा
	आका-बाका दखे	इधर-उधर देखता
	फुलझुम अँधार होय बाबा	साँझ हो जाती बाबा
	भेस बदलाउन जाय	वह वेश बदल जाता
	मन ने बिचार करे राजा	मन में विचार करता राजा
	दिले धोका करे	दिल में चिन्ता करता
	'जानलो-चिनलो नोहाय' बले	'जाना-चीन्हा मेरा नहीं है' कहता
	'मोचो दखलो-चाहलो नोहाय	'देखा-भाला मेरा नहीं है
	काचो माहाले जायँ?' बले	किसके महल में जाऊँ?' कहता
	'काचो माहाले जायँ?'	'किसके महल में जाऊँ?'
	घड़वा-माहाले जाय राजा	घड़वा-महल में जाता राजा
	घड़वा-माहाले जाय	घड़वा-महल में जाता
	कठा बाटे रय बाबा	एक किनारे था बाबा
	धड़ी बाटे रय	एक किनारे था
1829	जाय राजा रे नरायन परभू	जाता राजा नरायन प्रभु
	जाय राजा माहापरभू	जाता राजा महाप्रभु
	घड़वा-माहाले जाय राजा	घड़वा-महल में जाता राजा
	माँडो-मोंगरा उबे	मोगरा-मण्डप में रुकता
	'आया' हंका मारे राजा	आया को पुकारता राजा
	आया सुनुन जाय	आया है सुन लेती
	घर ले बाहिर होय आया	घर से बाहर आती आया
	बाबू के काय बले	बाबू से क्या कहती

“काय कामे इलिस बाबू	“किस काम से आया बाबू
तुय आले मोके साँग”	तू मुझे बतला”
“सुन आया रे इन्दरपुरिन	“सुन हे आया इन्दरपुरिन
सुन आया माहाल बिती	सुन हे आया महल वाली
अजिक डेरा मोके दे आया	थोड़ी-सी जगह मुझे दे आया
अजिक जगा दे”	थोड़ी-सी जगह मुझे दे”
आया काय बले बाबू के	आया क्या कहती बाबू से
“सुन बाबू” बले	“सुन हे बाबू” कहती
“मायँ-बेटा चो घर बाबू	“माँ-बेटे का घर है बाबू
नानी असन आसे	छोटा-सा तो है
इथा डेरा नीं होय बाबू	यहाँ जगह न होगी बाबू
इथा जगा नीं होय	यहाँ जगह न होगी
गाँव-भितरे जा बाबू	गाँव के भीतर जा हे बाबू
पारा-भितरे जा”	मोहल्ले के भीतर जा”
“सुन आया रे माहाल बिती	“सुन हे आया महल वाली
सुन आया घर बिती	सुन हे आया घर की मालकिन
रात काजे सोयँदे आया	रात में सोऊँगा आया
बिहाने उठुन जायँदे	सवेरे चला जाऊँगा
कोना बाटे रहेंदे आया	एक किनारे रहूँगा आया
मयँ ओंडी होउन रयँदे”	मैं सिकुड़-सिमट कर रहूँगा”
घड़वा-माहाले आसे राजा	घड़वा-महल में है राजा
कोना बाटे आसे	एक किनारे है

	हुनचो गोटोक बेटा रय	उसका एक बेटा था
	राजा असन दखे	वह राजा-सा ही दिखता
	राजा-जवँरेया आय बाबा	राजा का हमजोली था बाबा
	राजा-जवँरेया आय	राजा का हमजोली था
	दुनों हुसने दखोत बाबा	दोनों एक-से दिखते बाबा
	दुनों हुसने दखोत	दोनों एक-से दिखते
	छाँडा-छाँडी नीं होत बाबू मन	एक-दूजे का साथ न छोड़ते
	छाँडा-छाँडी नीं होत	एक-दूजे का साथ न छोड़ते
	झाड़ा गेले सँगे जाओत	शौच के लिये जाना हो तो सँग में जाते
	पिसाब[2] गेले सँगे	लघुशंका के लिये जाना हो तो सँग में जाते
1831	एक दिन ले दुय दिन	एक दिन से दो दिन
	दुय दिन ले आँट दिन	दो दिन से आठ दिन
	राजा चो गेलो बले होय बाबा	राजा को गये बीते बाबा
	राजा चो गेलो होय	राजा को गये बीते
	मन ने बिचार करे राजा	मन में विचार करता राजा
	दिले धोका करे	दिल में चिन्ता करता
	‘कोन अकल करें?’ बले	‘क्या उपाय करूँ मैं?’ कहता
	‘मयँ कोन गियान करें?’	‘क्या उपाय करूँ मैं?’
	बाबू के काय बले राजा	बाबू से क्या कहता राजा
	“सुन बाबू” बले	“सुन हे बाबू” कहता
	“गोटोक गोठ बलें बाबू	“एक बात कहूँगा बाबू
	तुय रिस नईं होसे”	तुम गुस्सा मत करना”
	“काय काजे रिस होयँदे भाई	“किसलिये गुस्सा करूँगा भाई
	मयँ काय काजे लाड़ होयँदे?”	मैं किसलिये लाड़ करूँगा?”
	“लोग खोजुन दे रे बाबू	“लोग खोज दे हे बाबू
	लोग खोजुन दे रे बाबू	लोग खोज दे
	मयँ फुल बदुन रयँदे बाबू	मैं मित्र बनाऊँगा बाबू
	मित बाँदुन रयँदे	मैं मित्र बनाऊँगा
	आमचो राजे गेले जाले	अपने राज्य में जाने पर
	मयँ सब के साँगुन देयँदे	मैं सब को बताऊँगा
	इन्दरपुरे गेले बलेंदे	‘इन्दरपुर मैं गया’ कहूँगा
	फुल बदुन इले”	‘मित्र बना कर आया”
	घड़वा पिला सुने बाबा	घड़वा लड़का सुनता बाबा
	आया लगे जाय	आया के पास जाता
	आया के काय बले बाबू	आया से क्या कहता बाबू
	“सुन आया” बले	“सुन हे आया” कहता

2. पिसाब : नगरीय प्रभाव से आयी ध्वनि। मूल ध्वनि ‘मुत’, जो संस्कृत-हिन्दी के ‘मूत्र’ का हल्बी रूप है। लघुशंका के लिये जाना : मुतुक जातो।

“लोग खोजुन दे बलेसे	“लोग खोज दे’ कहता है
मनुक[3] खोजुन दे	‘लोग खोज दे’ कहता है
काके खोजुन देयँदे आया	किसे खोज दूँ मैं आया
काके खोजुन देयँदे?	किसे खोज दूँ मैं
जवँरेया-जवँरेया आसूँ आया	हमजोली हैं हम दोनों आया
दुनों हुसने दखूँ[4]	दोनों एक-से दिखते
हुनके बलुन दे आया	उसे बोल दे हे आया
मयँ बदुन रयँदे”	मैं उसका मित्र बनूँगा”
आया सुनुन जाय बाबा	आया सुन लेती है बाबा
राजा लगे जाय	राजा के पास जाती
राजा के कांय बले आया	राजा से क्या कहती आया
“सुन बेटा” बले	“सुन हे बेटा” कहती
“मनुक खोजुन दे बलसित[5]	“लोग खोज दे’ कहता है तू
लोग खोजुन दे	‘लोग खोज दे’ कहता है
काके खोजुन देयँदे बेटा	किसे खोज दूँगी बेटा
काके खोजुन देयँदे?	मैं किसे खोज दूँगी
जवँरेया-जवँरेया आसास बाबू	दोनों हमजोली हो हे बाबू
दुनों हुसने दखास[6]	दोनों एक-से दिखते
मोचो बेटा सँगे बद बाबू	मेरे बेटे को मित्र बना ले बाबू
मोचो बेटा सँगे बद”	मेरे बेटे को मित्र बना ले”
राजा काय बले आया के	राजा क्या कहता आया से
“सुन आया” बले	“सुन हे आया” कहता
“काय के फुल बदें आया	“कैसे मित्र बनाऊँ आया
मयँ खाली हात आसें	मैं खाली हाथ हूँ
मोके काहीं निंहाय आया	मेरे पास कुछ भी नहीं है आया
काय-काय जोड़ा लागुआय?”	क्या-क्या सामग्री लगेगी?”
1832 “सुन बाबू बाट चलेया	“सुन हे बाबू राहगीर
सुन बाबू लाफी धुरया	सुन हे बाबू दूर के वासी
जोड़ा धोती लागुआय बाबू	दो धोतियाँ लगेंगी बाबू
नड़ेर-सुपारी लागुआय	नारियल-सुपारी लगेगा
कथा-परसाद लागुआय बाबू	कथा-प्रसाद लगेगा बाबू
भेला गुर लागुआय	गुड़ की भेली लगेगी
लाई-चिवड़ा लागुआय बाबू	लाई-चिवड़ा लगेगा बाबू

3. मनुक : अन्य ध्वनि ‘मनुख’।

4. दखूँ : इसका अर्थ है ‘दखते रलू/दखते रहूँ (देखते थे)/दखा देते रलू/दखा देते रहूँ (दिखते थे)’; किन्तु यहाँ यह ‘दिखते हैं’ के अर्थ में ग्रहण किया गया है।

5. बलसित : अन्य उच्चारण ‘बलसिस’।

6. दखास : इसका अर्थ है ‘दखते राहास/दखते रलास (देखते थे/देख रहे थे)’/ ‘दखा देते राहास/दखा देते रलास’ (दिखलायी पड़ते थे), किन्तु यहाँ यह ‘दखासाहास’ (‘दिखते हो/दिखलायी पड़ते हो)’ के अर्थ में ग्रहण किया गया है।

दुनों काजे जोड़ा जोड़ें	दोनों के लिये मैं जुटाऊँगी
कोन दिन फुल बदिस बाबू	किस दिन मित्र बनोगे बाबू
तुय कोन दिन मित बाँधिस?"	तुम किस दिन मित्र बनोगे?"
"आउर दिने नईं बदें	"दूसरे दिन नहीं बनूँगा
मयँ दुसर दिने नईं	मैं दूसरे दिन नहीं बनूँगा
सोमार दिने बदें आया	सोमवार को बनूँगा आया
सोमार दिने बदें"	सोमवार को बनूँगा"
आया बाड़ दखे बाबा	आया राह देखती बाबा
कोन दिन सोमार होयदे	किस दिन सोमवार होगा
सोमार अमरुन जाय बाबा	सोमवार आ पहुँचता बाबा
'आज सोमार आय'	'आज सोमवार है'
कुकड़ाबासी उठे आया	मुर्गे की बाँग सँग उठती आया
मुकताबली ने चेते	ब्रह्म-मुहूर्त में चेतती
घर ले बाहिर होय आया	घर से बाहर आती आया
बड़ा-ओंडा करे	साफ-सफाई वह करती
1833 छड़ा-छिटका आया देय	गोबर का छिटका देती आया
सरा-बड़ा आया करे	लिपाई-पोताई करती
पानी-काँजी आने आया	पानी आदि लाती आया
दतुन-पतर चाबे	दतौन आदि कर जाती
आँगे असनाँद होय आया	अंग स्नान करती आया
हिरदे असनाँद होय	हृदय स्नान करती
सुका कपड़ा पिंदे आया	सूखे कपड़े पहनती आया
ओधा कपड़ा गिरे	गीले कपड़े गिरते
कपड़ा निचाउन जाय आया	कपड़े निचोड़ जाती आया
कपड़ा सुकाउन जाय	कपड़े सुखा जाती
बाबू के काय बले आया	बाबू से क्या कहती आया
"सुना बेटा" बले	"सुनो हे बेटों" कहती
"आज सोमार आय बेटा	"आज सोमवार है बेटों
आज सोमार आय	आज सोमवार है
मुठा रुपया धरा बेटा	मुट्ठी भर रुपये लो बेटों
बनिया-दुकाने जाहा	बनिया-दुकान जाओ
जोड़ी धोती आना बेटा	दो धोतियाँ लाओ बेटों
कथा-परसाद आना	कथा-प्रसाद लाओ
हलबा-माहाले जाहा बेटा	हल्बा-महल जाओ बेटों
लाई-चिवड़ा आना	लाई-चिवड़ा लाओ
मरार-माहाले जाहा बेटा	मरार-महल जाओ बेटों
भेला गुर आना"	गुड़ की भेली लाओ"
जोड़ी भाई सुनोत बाबा	दोनों भाई सुनते बाबा

	हरबर तियार होत	झटपट तैयार होते
	मुठा रुपया धरोत बाबू	मुट्ठी भर रुपये लेते बाबू
	घर ले बाहिर होत	घर से बाहर आते
	जाते-जाते जात बाबू	चलते चले जाते बाबू
	बनिया-दुकाने जात	बनिया-दुकान वे जाते
	दादा के काय बलोत बाबू	दादा से क्या कहते बाबू
	"सुन दादा" बलोत	"सुन हे दादा" कहते
	"जोड़ी धोती दे दादा	"दो धोतियाँ दे हे दादा
	नरेर-सुपारी दे	नारियल-सुपारी दे
	कथा-परसाद दे दादा	कथा-प्रसाद दे दादा
	फुल बदतो आय"	मित्र बनना है"
	"देयँदे बाबू" बले दादा	"दूँगा बाबू" कहता दादा
	आपन माहाले जाय	अपने महल में जाता
	सब जोड़ा धरे दादा	सारी सामग्री लेता दादा
	बाबू के धराउन देय	बाबू को धरा देता
	मुठा रुपया देत बाबू	मुट्ठी भर रुपये देते बाबू
	बनिया-दुकान छाँडोत	बनिया-दुकान छोड़ते
	जाते-जाते बले जात बाबू	चलते चले जाते बाबू
	हलबा-माहाले अमरोत	हल्बा-महल पहुँचते
	माँडो-मोंगरा उबोत बाबू	मोगरा-मण्डप में रुकते बाबू
	बाई के काय बलोत	बाई से वे कहते
	"लाई-चिउड़ा दे बाई	"लाई-चिवड़ा दे हे बाई
	लाई-चिउड़ा दे"	लाई-चिवड़ा दे"
	"देयँदे बाबू" बले बाई	"दूँगी बाबू" कहती बाई
	आपन माहाले जाय	अपने महल में जाती
	लाई-चिवड़ा धरे बाई	लाई-चिवड़ा लेती बाई
	बाबू के धराउन देय	बाबू को धरा देती
	मुठा रुपया देत बाबू	मुट्ठी भर रुपये देते बाबू
	हलबा-माहाल छाँडोत	हल्बा-महल छोड़ते
1834	रुमझुम-रुमझुम बाबू मन रेंगोत	जल्दी-जल्दी चलते बाबू
	एक कलाट बाबू मन मारोत	लम्बे डग भरते बाबू
	मरार-माहाले जात बाबू	मरार-महल जाते बाबू
	मरार-माहाल अमरोत	मरार-महल पहुँचते
	दादा के काय बलोत बाबू	दादा से क्या कहते बाबू
	"सुन दादा" बलोत	"सुन हे दादा" कहते
	"भेला गुर बले दे दादा	"गुड़ की भेली दे हे दादा
	भेला गुर दे"	गुड़ की भेली दे"
	"देयँदे बाबू" बले दादा	"दूँगा बाबू" कहता दादा

भेला गुर धरे	गुड़ की भेली लेता
बाबू के धराउन देय दादा	बाबू को दे देता दादा
मुठा रुपया देत	मुट्ठी भर रुपये देते
मरार-माहाल छाँडोत बाबू	मरार-महल छोड़ते बाबू
आपन माहाले जात	अपने महल वे जाते
आपन माहाल अमरोत बाबू	अपने महल पहुँचते बाबू
सब जोड़ा ठोओत	सारी सामग्री रखते
1835 "सुना बेटा रे जोड़ी भाई	"सुनो बेटों दोनों भाई
सुना बेटा जोड़ी भाई	सुनो बेटों दोनों भाई
नँगारची-माहाले जाहा बाबू	नगारची-महल जाओ बाबू
घड़ी भर नँगारा देओ	थोड़ी देर मुनादी कर दे
सँजकारी-सँजकारी एओत बाबू	जल्दी-जल्दी आयें बाबू
फुल बदतो आय"	तुम्हें मित्र बनना है"
बाबू सुनुन जात बाबा	बाबू सुन लेते हैं बाबा
नँगारची-माहाले जात	नगारची-महल जाते
नँगारची-माहाल अमरोत बाबू	नगारची-महल पहुँचते बाबू
दादा के काय बलोत	दादा से क्या कहते
"घड़ी भर नँगारा दे दादा	"थोड़ी देर मुनादी कर दे दादा
सँजकारी-सँजकारी एओत	जल्दी-जल्दी आयें
फुल बदतो आय दादा	मित्र बनना है दादा
मित बाँदतो आय"	हमें मित्र बनना है"
दादा सुनुन जाय बाबा	दादा सुन लेता है बाबा
"मयँ देयँदे बाबू" बले	"मैं कर दूँगा बाबू" कहता
बाँडी घोड़ी कसे दादा	बाँडी घोड़ी कसता दादा
जोड़ी नँगारा चेगाय	दोनों नगाड़े रखता
हाते काड़ा धरे दादा	हाथ में काड़ा लेता दादा
खोरे-डाँडे जाय	अली-गली में जाता
आरा-पारा ने जाय दादा	मोहल्ले-मोहल्ले जाता दादा
आरा-पारा बुले	मोहल्ले-मोहल्ले घूमता
1836 "सुना बाई, सुना दादा	"सुनो हे बाई, सुनो हे दादा
सुना बाई, सुना दादा	सुनो हे बाई, सुनो हे दादा
घड़वा-माहाले जाहा दादा-बाई	घड़वा-महल जायें दादा-बाई
फुल बदतो आय"	उन्हें मित्र बनना है"
बुलुन-बुलुन साँगे दादा	घूम-घूम कर बतलाता दादा
आपन माहाले जाय	अपने महल में जाता
दादा-बाई सुनोत बाबा	दादा-बाई सुनते बाबा
हरबर तियार होत	वे झटपट तैयार होते
घर ले बाहिर होत दादा-बाई	घर से बाहर आते दादा-बाई

	जाते-जाते जात	चलते चले जाते
	घड़वा-माहाले जात दादा-बाई	घड़वा-महल जाते दादा-बाई
	घड़वा-माहाल अमरोत	घड़वा-महल पहुँचते
	ओरी-चो-ओरी बसोत दादा-बाई	पंक्तियों में बैठते दादा-बाई
	धाड़ी-चो-धाड़ी बसोत	पंक्तियों में बैठते
	दतुन-पतर चाबोत बाबू	दतौन आदि कर जाते बाबू
	आँगे असनाँद होत	अंग स्नान कर जाते
	सुका़ कपड़ा पिंदोत बाबू	सूखे कपड़े पहनते बाबू
	ओधा कपड़ा गिरे	गीले कपड़े गिरते
	कपड़ा निचाउन जात बाबू	कपड़े निचोड़ जाते बाबू
	कपड़ा सुकाउन जात	कपड़े सुखा जाते
1837	"सुन आया रे माहाल बिती	"सुन हे आया महल वाली
	सुन आया घर बिती	सुन हे आया घर की मालकिन
	हाते पोतनी धर आया	हाथ में पोतनी ले आया
	चार खुटेया लिप	चारों चौखाने लीप
	मँजी बाना लिख आया	बीच में बाना लिख आया
	कलस-दिया बार"	कलश-दीप जला"
	हाते पोतनी धरे आया	हाथ में पोतनी लेती आया
	चार खुटेया लिपे	चारों चौखाने लीपती
	मँजी बाना लिखे आया	बीच में बाना लिखती आया
	कलस-दिया बारे	कलश-दीप जलाती
	चन्दन-काट मँडाय आया	चन्दन का पीढ़ा रखती आया
	बेल-काट मँडाय	बेल का पीढ़ा रखती
	बाना ने जाउन उबे पँडित	बाना में जा खड़ा होता पण्डित
	बाना ने जाउन उबे	बाना में जा खड़ा होता
	चन्दन-काटे उबोत बाबू मन	चन्दन के पीढ़े पर खड़े होते बाबू
	बेल-काटे उबोत	बेल के पीढ़े पर खड़े होते
1838	"सुना बाबू धँगड़ा रासी	"सुनो हे बाबू नवयुवकों
	सुना बाबू धँगड़ा रासी	सुनो हे बाबू नवयुवकों
	कथा-परसाद भाँजा बाबू	कथा-प्रसाद भूनो बाबू
	कथा-परसाद भाँजा"	कथा-प्रसाद भूनो"
	धँगड़ा रासी सुनोत बाबा	नवयुवक सुनते बाबा
	कथा-परसाद भाँजोत	कथा-प्रसाद भूनते
	बाबू के काय बले दादा	बाबू से क्या कहते दादा
	"सुना बाबू" बले	"सुनो हे बाबू" कहते
	"काय फुल बधास बाबू	"कौन-से मित्र बनोगे बाबू
	तुमी काय मित बाँदास?"	तुम लोग कौन-से मित्र बनोगे?"
	"सुन दादा रे पँडित लोग	"सुन हे दादा पण्डित जन

सुन दादा पँडित लोग	सुन हे दादा पण्डित जन
दुसर फुल नईं बदें	दूसरा मित्र नहीं बनूँगा दादा
आउर फुल नईं	दूसरा मित्र नहीं बनूँगा
माहापरसाद बदें दादा	महाप्रसाद बनूँगा दादा
मयँ माहापरसाद बदें”	मैं महाप्रसाद बनूँगा”
पँडित काय बले बाबू के	पण्डित क्या कहता बाबू से
“सुना बाबू” बले	“सुनो हे बाबू” कहता
“खेल घरो नोहाय बाबू	“खेल-घर का नहीं है[7] बाबू
भगवान-दुआर चो आय	यह भगवान-द्वार का है
ठाकुर-दुआर चो आय बाबू	ठाकुर-द्वार का है बाबू
ठाकुर-दुआर चो आय	ठाकुर-द्वार का है
झगड़ा होतो नोहाय बाबू	झगड़ा नहीं करना है बाबू
झगड़ा होतो नोहाय	झगड़ा नहीं करना है
मरले हाँडी हेड़तो आय	मरने पर हण्डी निकालना[8] है बाबू
मरले हाँडी हेड़तो”	मरने पर हण्डी निकालना है”
जोड़ी धोती धरे बाबू	दोनों धोतियाँ लेता बाबू
जोड़ी नरेर धरे	दोनों नारियल लेता
थारी ने जोड़न जाय बाबू	थाली में रख जाता बाबू

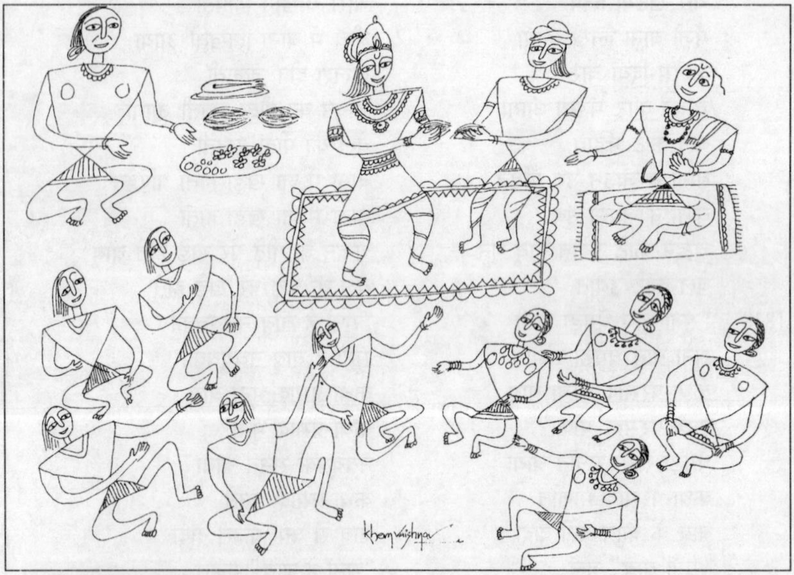

7. खेल-घर का नहीं है : यह हँसी-ठट्ठा नहीं है।
8. मरने पर हण्डी निकालना : हण्डी को पवित्र माना जाता है। मृत्यु होने पर घर में छूत का लगना लोक में प्रचलित है। यह छूत हण्डी में भी लगता है, इसीलिये घर की हण्डी भी फेंक दी जाती है। हण्डी निकालने की यह रस्म मृतक के निकटतम परिजनों (दादा-भाई) के घरों में भी पूरी की जाती है किन्तु 'सगा' के घरों में नहीं।

	जात लाली टिके	शुद्ध लाली लगाता
	अगरबती जलाय बाबू	अगरबत्ती जलाता बाबू
	होम-आरती देय	होम-आरती करता
	दुनों के धराउन देय बाबू	दोनों को पकड़ा देता बावू
	दुनों के धराउन देय	दोनों को पकड़ा देता
	"अलटा-पलटा होआ बाबू	"अदला-बदली करो बाबू
	सात खेप होआ"	सात बार करो"
	सात खेप बदोत बाबू	सात बार बदलते बाबू
	सात खेप बदोत	सात बार बदलते
	थारी मँडाउन जाय पँडित	थाली रख जाता पण्डित
	हाते फुल धरे	हाथ में फूल लेता
	दुनों के धराउन देय पँडित	दोनों को पकड़ा देता पण्डित
	"काने खोचा-खोची होआ"	"एक-दूजे के कान में खोंसो"
	काने खोचा-खोची होओत बाबू	एक-दूजे के कान में खोंसते बाबू
	काने खोचा-खोची होओत	एक-दूजे के कान में खोंसते
	जोड़ी धोती धरोत बाबू मन	दोनों धोतियाँ लेते बाबू
	खाँदे लथा-लथी होओत	एक-दूजे के कन्धे पर रखते
	"सिता-राम मित" बलोत बाबू	"सीता-राम मीत" कहते बाबू
	"सिता-राम मित" बलोत	"सीता-राम मीत" कहते
	ठटा-ठटी होओत बाबू	एक-दूजे के गले मिलते बाबू
	ठटा-ठटी होओत	एक-दूजे के गले मिलते
1839	दोनी ने परसाद पँडित धरे	दोनी में प्रसाद पण्डित लेता
	दोनी ने परसाद पँडित धरे	दोनी में प्रसाद पण्डित लेता
	दुनों के धराउन देय पँडित	दोनों को धरा देता पण्डित
	दुनों के धराउन देय	दोनों को पकड़ा देता
	"खोआ-खोई[9] होआ बाबू	"एक-दूजे को खिलाओ बाबू
	खोआ-खोई होआ"	एक-दूजे को खिलाओ"
	खोआ-खोई होओत बाबू	एक-दूजे को खिलाते बाबू
	खोआ-खोई होओत	एक-दूजे को खिलाते
	पँडित के पाँय बले बाबू मन पड़ोत	पण्डित के पाँव छूते बाबू
	पँडित के हात बाबू मन जोड़ोत	पण्डित को हाथ जोड़ते
	आया के पाँय पड़ोत बाबू	आया के पाँव छूते बाबू
	आया के हात जोड़ोत	आया को हाथ जोड़ते
	पबलित के पाँय पड़ोत बाबू	सब लोगों के पाँव छूते बाबू
	पबलित के हात जोड़ोत	सब लोगों को हाथ जोड़ते
	"सुना बाबू" बलोत बाबू	"सुनो हे बाबू" कहते बाबू[10]

9. खोआ-खोई : अन्य उच्चारण 'खुआ-खुई'।

10. नरायन राजा और घड़वा युवक वहाँ उपस्थित नवयुवकों से कहते हैं।

“नरेर-सुपारी फोड़ा	“नारियल-सुपारी फोड़ो
कथा-परसाद बाटा बाबू	कथा-प्रसाद बाँटो बाबू
कथा-परसाद बाटा”	कथा-प्रसाद बाँटो”
धँगड़ा रासी सुनोत बाबा	नवयुवक सुनते बाबा
नड़ेर-सुपारी फोड़ोत	नारियल-सुपारी फोड़ते
कथा-परसाद बाटोत बाबू	कथा-प्रसाद बाँटते बाबू
कथा-परसाद बाटोत	कथा-प्रसाद बाँटते
जाओत बाई जाओत दादा	जातीं बाई जाते दादा
जाओत बाई जाओत दादा	जातीं बाई जाते दादा
आपन-आपन जाओत दादा-बाई	अपने-अपने घर जाते दादा-बाई
आपन-आपन जाओत	अपने-अपने घर जाते
घड़वा-माहाले आसे राजा	घड़वा के महल में है राजा
घड़वा-माहाले आसे	घड़वा के महल में है
आँट दिन बले होय बाबा	आठ दिन बीते बाबा
फुल बदलो होय	मित्र बनाये बीते

राजा काय बले बाबू के	राजा क्या कहता बाबू से
“सुना मित” बले	“सुनिये मीत” कहता
“कसन राज बले आय मित	“कैसा राज्य है यह मीत
कसन देस आय?	कैसा देश है?
मोके दखाउन राहा मित	मुझे दिखा दें हे मीत
इलो बेरा दखुन रयँदे	आया हूँ तो देख लूँ

हामचो राजे गेले जाले	हमारे राज्य में जाने पर
मयँ सब के साँगुन देयँदे	मैं सब को बताऊँगा
'इन्दरपुरे गेले' बलेंदे	'इन्दरपुर गया' कहूँगा मैं
'राज दखुन इले"	'मैं राज्य देख कर आया"
हरबर तियार होत बाबू	झटपट तैयार होते बाबू
घड़वा-माहाल छाँडोत	घड़वा-महल छोड़ते
खोरे-खोरे बले जात बाबू	गली-गली में जाते बाबू
डाँडे-डाँडे जात	अली-गली में जाते
आरा-पारा बुलोत बाबू	मोहल्ले-मोहल्ले घूमते बाबू
ओना-कोना दखोत	कोना-कोना देखते
मित के काय बले बाबू	मीत से क्या कहता बाबू
"सुना मित" बले	"सुनिये मीत" कहता
"सारी सहर दखलास मित	"सारा शहर देखा मीत
सारी राज दखलास	सारा राज्य देखा
कसन राज बले आय मित	कैसा राज्य है हे मीत
कसन देस आय?"	कैसा देश है?"
"अछा राज आय मित	"अच्छा राज्य है हे मीत
अछा देस आय"	अच्छा देश है"
1841 "सारी सहर दखलास मित	"सारा शहर देखा मीत
सारी राज दखलास मित	सारा राज्य देखा मीत
एई खोर बाटे जावँ मित	इस गली में जायें मीत
एई खोर बाटे जावँ"	इस गली में जायें"
लखी-खोर बाटे नेय बाबू	लखी की गली में ले जाता बाबू
लखी-खोर बाटे नेय	लखी की गली में ले जाता
बागे-बगेचा दखे राजा	बाग-बगीचे देखता राजा
फुल-फुलवारी दखे	फूल-फुलवारी देखता
केकती-केंवरा दखे राजा	केतकी-केवड़ा देखता राजा
बाली-मोंगरा दखे	बाली-मोगरा देखता
"काचो बगेचा आय मित	"किसका बगीचा है हे मीत
काचो फुलवारी आय?"	किसकी फुलवारी है?"
"एके काय दखलास मित	"इसे क्या देखा है मीत
अजिक फयले जावँ	थोड़ी दूर चलें तो
मन-मनचा दखायँ मित	और भी सुन्दर दिखाऊँगा मीत
रँग-रँग चो दखायँ"	तरह-तरह की चीजें दिखाऊँगा"
अजिक फयले जात राजा	थोड़ी दूर जाते राजा
अजिक फयले जात	थोड़ी दूर जाते
सोनर खमा दखे राजा	सोने का खम्भा देखता राजा
नव खँड माहाल दखे	नौ खण्डा महल देखता

	मित के काय बले राजा	मीत से क्या कहता राजा
	“सुना मित” बले	“सुनिये मीत” कहता
	“काचो माहाल आय मित?	“किसका महल है मीत?
	बड़ा सुँदर दखे	बहुत सुन्दर दिखता
	जिगजाग-बुगबाग बरे मित	जगमग-जगमग दिखता मीत
	इड़खी-खिड़की आसे	खिड़की-झरोखे हैं
	खोली-खोली आसे मित	कई-कई खोलियाँ हैं मीत
	अरछी-परछी आसे	अरछी-परछी है
	सोनर खमा लगे मित	सोने का खम्भा लगा है मीत
	सोनर खमा लगे”	सोने का खम्भा लगा है”
	मित के काय बले बाबू	मीत से क्या कहता बाबू
	“सुना मित” बले	“सुनिये मीत” कहता
	“रानी चो माहाल आय मित	“रानी का महल है मीत
	लखी चो माहाल आय”	यह लखी का महल है”
	“माहाल इतरो सुँदर मित	“महल इतना सुन्दर मीत
	माहाल इतलो सुँदर मित	महल इतना सुन्दर मीत
	माहाल बिती कितरो सुँदर?	महल वाली कितनी सुन्दर?
	कितलो सुँदर आसे?	वह कितनी सुन्दर है?
	मोके दखाउन राहा मित	मुझे दिखा दें हे मीत
	मयँ इलो बेरा दखुन रयँदे	मैं आया हूँ तो देखा रहूँ
	हामचो राजे गेले जाले	हमारे राज्य में जाने पर
	हामचो देसे गेले	हमारे देश में जाने पर
	‘इन्दरपुरे गेले’ बलेंदे	‘इन्दरपुर गया’ कहूँगा
	‘लखी दखुन इले’	‘लखी देख कर आया’
	सब के साँगुन देयँदे मित	सब को बताऊँगा मीत
	सब के साँगुन देयँदे”	मैं सब को बताऊँगा”
1842	“सती नारी मित सतियाधारी	“सती नारी मीत वह सत्य की धारक
	चौंसठ जोगनी अगमजानी	चौंसठ योगिनी वह अगमजानी
	अन्तरधियानी आय मित	अन्तर्ध्यानी है वह मीत
	सती नारी आय	सती नारी है
	फुटे बन्धा चो पानी नईं खाय	फूटे सरोवर का पानी न पीती
	मरदनामा चो मूँ नईं दखे	पुरुषों के मुख वह न देखती
	तिनपुर सतवनतिन आय मित	बहुत ही सती है वह मीत
	तिनपुर सतवनतिन आय	बहुत बड़ी सती वह है
	दुआरे नईं निकरे मित	द्वार में नहीं निकलती मीत
	दुआरे नईं निकरे”	वह घर से बाहर न आती”
	मित-माहाले जाय राजा	मीत-महल में जाता राजा
	मित-माहाले जाय	मीत-महल में जाता

1843	एक दिन ले दुय दिन	एक दिन से दो दिन
	दुय दिन ले आँट दिन	दो दिन से आठ दिन
	राज दखलो होय राजा चो	राज्य देखे बीते राजा को
	देस दखलो होय	देश देखे बीते
	मित के काय बले राजा	मीत से क्या कहता राजा
	"सुना मित" बले	"सुनिये मीत" कहता
	"कसन लखी भेटें मित	"कैसे लखी को देखूँ मीत
	मयँ कसन लछमी दखें?	मैं कैसे लखी को देखूँ?
	जेबे लखी भेटें मित	जब लखी को देखूँगा मीत
	मयँ हुनी दिने दतुन चाबें	मैं उसी दिन दतौन करूँगा
	दतुन चाबूँ नोहायँ मित	अन्यथा दतौन नहीं करूँगा मीत
	अन खाऊँ नोहायँ"	मैं अन्न नहीं खाऊँगा"
1844	"सुना मित माहापरसाद	"सुनिये मीत महाप्रसाद
	सुना मित फुलपरसाद	सुनिये मीत महाप्रसाद
	कुम्हार-भेस बाँदा मित	कुम्हार का वेश धरें हे मीत
	बाना घगरी घड़ा	बाना गगरी[11] गढ़ें
	चिकनी कुँडरी घड़ा मित[12]	चिकनी कुँडरी[13] गढ़ें हे मीत
	हाँडी बुलाउक निया	हण्डी बेचने ले जायें
	तेबे लखी भेटास मित	तब लखी को देखेंगे मीत
	तेबे लछमी दखास"	तब लछमी को देखेंगे"
1845	सुने राजा रे नरायन परभू	सुनता राजा नरायन प्रभु
	कुम्हार-भेस बाँदे राजा	कुम्हार का वेश धरता राजा
	कुम्हार असन दखे राजा	कुम्हार जैसा दिखता राजा
	हाते टुकना धरे	हाथ में टोकरी लेता
	खाँदे कोड़की धरे राजा	कन्धे पर कुदाली लेता राजा
	माटी खनुकलाय जाय	माटी खोदने जाता
	माटी खनुन राजा आने	माटी खोद कर राजा लाता
	माटी भिजाउन जाय	माटी भिगा जाता
	माटी खुँदुन जाय राजा	माटी मिला जाता राजा
	माटी चुँदुन जाय	माटी मिला जाता
	हाँडी गड़ुन जाय राजा	हण्डी गढ़ जाता है राजा
	बाना घगरी घड़े	बाना गगरी गढ़ता
	चिकनी कुँडरी घड़े राजा	चिकनी कुँडरी गढ़ता राजा
	हाँडी घड़ुन सारे	वह हण्डी गढ़ जाता
	आवाँ देउन जाय राजा	आवाँ दे जाता है राजा

11. बाना गगरी : चित्रमय गगरी।
12. दिनांक 20.12.1996 को ध्वन्यांकित कैसेट क्रमांक 40ए का आरम्भ।
13. चिकनी कुँडरी : छोटी व सादी हण्डी।

आवाँ हेड़ुन जाय	आवाँ निकाल जाता
हाँडी-कावड़ राजा बोहे	हण्डी का काँवर राजा उठाता
हाँडी-कावड़ राजा बोहे	हण्डी का काँवर राजा उठाता
खोरे-डाँडे बले नेय राजा	अली-गली में ले जाता राजा
खोरे बुलाउक नेय	गलियों में बेचने ले जाता
“सुना बाई रे इन्दरपुरिन	“सुनो हे बाई इन्दरपुरिन[14]
सुना बाई इन्दरपुरिन	सुनो हे बाई इन्दरपुरिन
बाना घगरी आसे बाई	बाना गगरी है हे बाई
चिकनी कुँडरी आसे	चिकनी कुँडरी है
हाँडी धरा” बले राजा	हण्डी खरीदो” कहता राजा
“कुँडरी धरा” बले	“कुँडरी खरीदो” कहता
“हामके देतो निंहाय दादा	“हमारे पास खरीदने को कुछ नहीं है दादा
काय के देउन धरूँ?”	क्या दे कर हम खरीदेंगी?”
लखी-खोर बाटे नेय राजा	लखी की गली में ले जाता राजा
लखी-खोर बाटे नेय	लखी की गली में ले जाता
1846 “सुना बाई रे इन्दरपुरिन	“सुनो हे बाई इन्दरपुरिन
सुना बाई माहाल बिती	सुनो हे बाई महल वाली
बाना घगरी आसे बाई	बाना गगरी है हे बाई
चिकनी कुँडरी आसे	चिकनी कुँडरी है
हाँडी धरा” बले राजा	हण्डी खरीदो” कहता राजा
निंदराबती सुने	निंदराबती सुनती

14. इन्दरपुरिन : इन्दरपुर की रहने वाली।

	पराते-पराते जाय नोनी	दौड़ती हुई जाती नोनी
	दिदी लगे जाय	दीदी के पास जाती
	"सुन दिदी रे बड़े बइन	"सुन हे दीदी बड़ी बहिन
	सुन दिदी बड़े बइन	सुन हे दीदी बड़ी बहिन
	बाना घगरी आसे दिदी	बाना गगरी है दीदी
	चिकनी कुँडरी आसे	चिकनी कुँडरी है
	हाँडी घेनुन दे दिदी	हण्डी खरीद दो हे दीदी
	मोके हाँडी घेनुन दे	मुझे हण्डी खरीद दो
	पानी आनुक निंहाय दिदी	पानी लाने को नहीं है दीदी
	मोके पेज डुमुक निंहाय"	मुझे पेज निकालने को नहीं है"
	माहालखी सुने बाबा	माहालखी सुनती बाबा
	नोनी के काय बले	नोनी से क्या कहती
	"कसन कुम्हार आय नोनी	"कैसा कुम्हार है वह नोनी
	आले मोके साँग"	तनिक मुझे बतला"
	"पँडरा-पँडरा आय दिदी	"गोरा-गोरा-सा है दीदी
	हुन डेंगा-डेंगा आय	वह ऊँचा-ऊँचा-सा है
	नड़ेर-भेली मुँड आय दिदी	नारियल की तरह सिर है दीदी
	चोंडी नाक आय	उसकी लम्बी नाक है
	गुँज-बिजा आइँख दिदी	गुँज[15]-बीज-सी आँखें दीदी
	अती सुँदर दखे"	बहुत सुन्दर वह दिखता"
1847	"सुन नोनी रे निंदराबती	"सुन हे नोनी निंदराबती
	सुन बाबा निंदराबती	सुन हे बाबा निंदराबती
	आउर कुम्हार आनलो जाले	दूसरा कुम्हार लायेगा तो
	हाँडी घेनुन देयँदे	हण्डी खरीद दूँगी
	'पयसा निंहाय' बल नोनी	'पैसे नहीं है' बोल नोनी
	'देतो निंहाय' बल"	'देने को नहीं है' बोल"
	दादा लगे बले जाय नोनी	दादा के पास जाती नोनी
	दादा के काय बले	दादा से क्या कहती
	"हामके पयसा निंहाय दादा	"हमारे पास पैसे नहीं हैं दादा
	हामके देतो निंहाय	हमारे पास देने को नहीं है
	आउर कुम्हार आनलो जाले	दूसरा कुम्हार लायेगा तो
	मोके हाँडी घेनुन देउआय"	मुझे हण्डी खरीद कर देगी"
	नरायन राजा सुने बाबा	नरायन राजा सुनता बाबा
	हाँडी-कावड़ बोहे	हण्डी का काँवर उठाता
	रानी-माहाल छाँडे राजा	रानी का महल छोड़ता राजा
	जाते-जाते जाय	चलता चला जाता

15. गुँज : एक जंगली छोटा फल। पहले इसका बीज सोना तौलने के लिये वजन के मापक-सदृश काम आया करता था।

	जोड़ान बाटे बले जाय राजा	दोराहे पर जाता राजा
	हाँडी के आपटुन देय	हण्डियाँ पटक देता
	कावड़ टोडुन देय राजा	काँवर तोड़ देता राजा
	मित-माहाले जाय	मीत के महल में जाता
	मित-माहाल अमरे राजा	मीत-महल पहुँचता राजा
	मित के काय बले	मीत से क्या कहता
1848	"सुना मित माहापरसाद	"सुनिये मीत महाप्रसाद
	सुना मित फुलपरसाद	सुनिये मीत फूलप्रसाद
	कसन लछमी भेटें मित	कैसे लछमी देखूँ मीत
	मयँ कसन लखी दखें?	मैं कैसे लखी देखूँ?
	दतुन चाबूँ नोहायँ मित	दतौन नहीं करूँगा मीत
	मयँ अन खाऊँ नोहायँ"	मैं अन्न नहीं खाऊँगा"
	मित के काय बले मित	मीत से क्या कहता मीत
	"सुना मित" बले	"सुनिये मीत" कहता
	"पारदी-भेस बाँदा मित	"पारदी-भेस बनायें मीत
	टाकरा-टुकना घड़ा[16]	टाकरा-टुकना गढ़ें
	चितरी टुकना घड़ा मित	चितरी टुकना[17] गढ़ें मीत
	टाकरी बुलाउक निया	टाकरी[18] बेचने ले जायें
	तेबे लखी भेटास मित	तब लखी को देखेंगे मीत
	तुमी तेबे लछमी भेटास"	तब आप लछमी को देखेंगे"
1849	सुने राजा रे नरायन परभू	सुनता राजा नरायन प्रभु
	सुने राजा माहापरभू	सुनता राजा महाप्रभु
	पारदी-भेस बाँदे राजा	पारदी-भेस बनाता राजा
	पारदी असन दखे	पारदी जैसा दिखता
	हाते टयँगा धरे राजा	हाथ में टँगिया लेता राजा
	बाँवस-पटाड़े जाय	बाँस का जंगल छोड़ता
	बाँवस गोंदुन जाय राजा	बाँस काट जाता राजा
	बाँवस गोंदुन जाय	बाँस काट जाता
	गोंदा-गोंदा करे राजा	टुकड़े-टुकड़े करता राजा
	खाँद भर बोहे	कन्धे पर उठा लेता
	मित-माहाले जाय राजा	मीत-महल में जाता राजा
	बाँवस कचाड़ुन जाय	बाँस रख देता
	बाँवस खापुन जाय राजा	बाँस काट जाता राजा
	हाते छुरी धरे	हाथ में छुरी लेता
	सरा हेड़ुन जाय राजा	सरा निकाल जाता राजा

16. घड़ा : अन्य उच्चारण 'गड़ा'।

17. चितरी टुकना : चितकबरा टोकरा।

18. टाकरी : एक प्रकार का टोकरा।

बिरला उरलुन जाय
बाना टाकरी गाथे राजा
चितरी टुकना गाथे
टुकना-कावड़ बोहे राजा
टुकना-कावड़ बोहे
मित-माहाल छाँडे राजा
आरा-पारा ने जाय
खोरे-डाँडे बुलाय राजा
बाई के काय बले

बिरला निकाल जाता
बाना टाकरी बनाता राजा
चितरी टुकना बनाता
टोकरियों का काँवर उठाता राजा
टोकरियों का काँवर उठाता
मीत का महल छोड़ता राजा
अड़ोस-पड़ोस में जाता
अली-गली में घुमाता राजा
बाई से क्या कहता

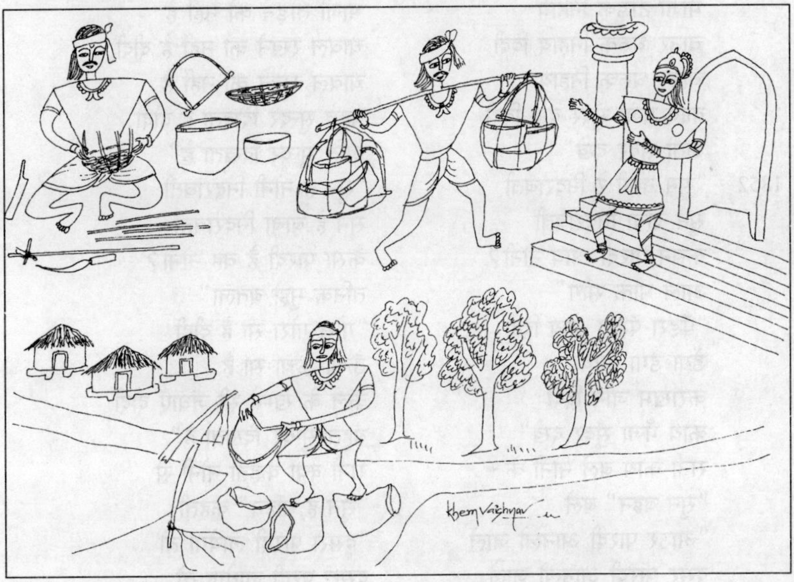

1850 "सुना बाई रे इन्दरपुरिन
सुना बाई इन्दरपुरिन
बाना टाकरी आसे बाई
चितरी टुकना आसे
टुकना धरा" बले राजा
"टाकरी धरा" बले
"हामके देतो निंहाय दादा
काय देउन धरूँ?"
रानी-खोर बाटे नेय राजा
रानी-खोर बाटे नेय
"बाना टाकरी आसे बाई
चितरी टुकना आसे

"सुनो हे बाई इन्दरपुरिन
सुनो हे बाई इन्दरपुरिन
बाना टाकरी है बाई
चितरी टुकना है
टुकना खरीदो" कहता राजा
"टाकरी खरीदो" कहता
"हमारे पास देने को नहीं है दादा
हम क्या दे कर लेंगी?"
रानी की गली में ले जाता राजा
रानी की गली में ले जाता
"बाना टाकरी है हे बाई
चितरी टुकना है

टुकना धरा" बले राजा	टुकना खरीदो" कहता राजा
"टाकरी धरा" बले	"टाकरी खरीदो" कहता
1851 सुने नोनी रे निंदराबती	सुनती नोनी निंदराबती
सुने नोनी निंदराबती	सुनती नोनी निंदराबती
दिदी लगे बले जाय नोनी	दीदी के पास जाती नोनी
दिदी के काय बले	दीदी से क्या कहती
"बाना टाकरी आसे दिदी	"बाना टाकरी है दीदी
चितरी टुकना आसे	चितरी टुकना है
टाकरी घेनुन दे दिदी	टाकरी खरीद दे दीदी
भाजी टोड़ुक निंहाय	भाजी तोड़ने को नहीं है
चाउर धरुक निंहाय दिदी	चावल रखने को नहीं है दीदी
चाउर धरुक निंहाय	चावल रखने को नहीं है
काय मँजा सुँदर दखे दिदी	बहुत सुन्दर दिखता है दीदी
अती सुँदर दखे"	अति सुन्दर दिखता है"
1852 "सुन नोनी रे निंदराबती	"सुन हे नोनी निंदराबती
सुन बाबा निंदराबती	सुन हे बाबा निंदराबती
कसन पारदी आय नोनी?	कैसा पारदी है वह नोनी?
आले मोके साँग"	तनिक मुझे बतला"
"पँडरा-पँडरा आय दिदी	"गोरा-गोरा-सा है दीदी
डेंगा-डेंगा आय	ऊँचा-ऊँचा-सा है
केराखम जाँग दिदी	केले के खम्भे-सी जंघाएँ दीदी
काय मँजा सुँदर दखे"	बहुत सुन्दर दिखता है"
रानी काय बले नोनी के	रानी क्या कहती नोनी से
"सुन बइन" बले	"सुन हे बहिन" कहती
"आउर पारदी आनलो जाले	"दूसरा पारदी लायेगा तो
दुसर पारदी आनलो जाले	दूसरा परदी लायेगा तो
मयँ टाकरी घेनुन देयँदे नोनी	मैं टाकरी खरीद दूँगी नोनी
टुकना घेनुन देयँदे	टुकना खरीद दूँगी
'पयसा निंहाय' बल नोनी	'पैसे नहीं है' बोल नोनी
'देतो निंहाय' बल"	'देने को नहीं है' बोल"
निंदराबती सुने बाबा	निंदराबती सुनती बाबा
दादा लगे जाय	दादा के पास जाती
दादा के काय बले नोनी	दादा से क्या कहती नोनी
"सुन दादा" बले	"सुन हे दादा" कहती
1853 "सुन दादा रे पारदी लोग	"सुन हे दादा पारदी जन
सुन दादा पारदी लोग	सुन हे दादा पारदी जन
हामके पयसा निंहाय दादा	हमारे पास पैसे नहीं हैं दादा
हामके देतो निंहाय	हमारे पास देने को नहीं है

	आउर पारदी आनलो जाले	दूसरा पारदी लायेगा तो
	टुकना घेनुन देउआय"	टुकना खरीद कर देगी"
	नरायन राजा सुने बाबा	नरायन राजा सुनता बाबा
	टुकना-कावड़ बोहे	टुकना-काँवर उठाता
	रानी चो माहाल छाँडे राजा	रानी का महल छोड़ता राजा
	जाते-जाते जाय	चलता चला जाता
	जोड़ान बाटे बले जाय राजा	दोराहे पर जाता राजा
	टुकना के खुँदुन देय	टोकना रौंद देता
	मित-माहाले जाय राजा	मीत के महल में जाता राजा
	मित-माहाल अमरे	मीत के महल पहुँचता
	मित के काय बले राजा	मीत से क्या कहता राजा
	"सुना मित" बले	"सुनिये मीत" कहता
	"कसन लखी भेटें मित	"कैसे लखी देखूँ मीत
	मयँ कसन लछमी दखें?	मैं कैसे लछमी देखूँ?
1854	"भुक ने मरुक होओ मित	भूख से मर जाऊँ मीत
	भुके जिव जाओ मित	भूख से मेरी जान जाये
	मयँ जिव गेले खाऊ नोहायँ मित	मैं मर जाऊँ तो भी न खाऊँगा मीत
	जान गेले खाऊँ नोहायँ	मेरी जान जाने पर भी न खाऊँ
	दतुन चाबूँ नोहायँ मित	दतौन नहीं करूँगा मीत
	मयँ अन खाऊँ नोहायँ	मैं अन्न नहीं खाऊँगा
	जेबे लखी भेटें मित	जब लखी देखूँगा मीत
	हुनी दिन दतुन चाबें"	उसी दिन दतौन करूँगा"
	मित के काय बले बाबू	मीत से क्या कहता बाबू
	"सुना मित" बले	"सुनिये मीत" कहता
	"पटाड़ी-भेस बाँदा मित	"पटाड़ी[19] का भेस धरें मीत
	रतन-चुड़ी घड़ा	रत्न-चूड़ी बनायें
	टिकी-चुड़ी घड़ा मित	टिकी-चूड़ी[20] बनायें मीत
	चुड़ी बुलाउक निया	चूड़ी बेचने ले जायें
	तेबे लखी भेटास[21] मित	तब लखी देखेंगे मीत
	तेबे लछमी दखास[22]"	तब लछमी देखेंगे"
	नरायन राजा सुने बाबा	नरायन राजा सुनता बाबा
	पटाड़ी-भेस बाँदे	पटाड़ी-भेस बनाता
	रतन-चुड़ी घड़े राजा	रत्न-चूड़ी गढ़ता राजा
	टिकी-चुड़ी घड़े	टिकी-चूड़ी बनाता

19. पटाड़ी : चूड़ी बेचने वाली एक जाति।
20. टिकी चूड़ी : एक विशेष प्रकार की चूड़ी।
21. भेटास : मूल ध्वनि 'भेटासे' का लघुकृत रूप।
22. दखास : मूल ध्वनि 'दखासे' का लघुकृत रूप।

पटाड़ी असन दखे राजा	पटाड़ी-सा दिखता राजा
चुड़ी-मोडरा बाँदे	चूड़ी की गठरी बाँधता
चुड़ी बुलाउक नेय राजा	चूड़ी बेचने ले जाता राजा
चुड़ी बुलाउक नेय	चूड़ी बेचने ले जाता
खोरे-डाँडे नेय राजा	अली-गली में जाता राजा
डाँडे-डाँडे बुलाय	गली-गली घुमाता
"चुड़ी पिंदा" बले राजा	"चूड़ी पहनो" कहता राजा
"चुड़ी पिंदा" बले	"चूड़ी पहनो" कहता
"रतन-चुड़ी आसे बाई	"रत्न-चूड़ी है हे बाई
टिकी-चुड़ी आसे"	टिकी-चूड़ी है"
बाई मन काय बलोत दादा के	बाई क्या कहतीं दादा से
"सुन दादा" बलोत	"सुन हे दादा" कहतीं
"हामके देतो निंहाय दादा	"हमारे पास देने को नहीं है दादा
काय के देउन पिंदूँ[23] ?"	क्या दे कर खरीदेंगी?"
'सारी सहर मयँ बुल्ले' बले	'सारा शहर मैं घूमा' कहता
'सारी नँगर बुल्ले' बले	'सारा नगर मैं घूमा' कहता
'कोनी नईं पिंदोत' बले	'कोई नहीं खरीदता' कहता
'कोनी नईं पिंदोत	'कोई नहीं पहनता
एई खोर बाटे जायँ' बले	इसी गली में जाऊँ' कहता
'मयँ एई खोर बाटे जायँ'	'मैं इसी गली में जाऊँ'
लखी-खोर बाटे जाय राजा	लखी की गली में जाता राजा
लखी-खोर बाटे जाय	लखी की गली में जाता
1855 "सुना बाई रे इन्दरपुरिन	"सुनो हे बाई इन्दरपुरिन
सुना बाई माहाल बिती	सुनो हे बाई महल वालियो
रतन-चुड़ी आसे बाई	रत्न-चूड़ी लाया हूँ बाई
टिकी-चुड़ी आसे	टिकी-चूड़ी लाया हूँ
चुड़ी पिंदा" बले राजा	चूड़ी पहनो" कहता राजा
निंदराबती सुने	निंदराबती सुनती
सोनर झुलना ने जाय नोनी	सोने के झूले के पास जाती नोनी
दिदी के काय बले	दीदी से वह कहती
"रतन-चुड़ी आसे दिदी	"रत्न-चूड़ी है हे दीदी
टिकी-चुड़ी आसे	टिकी-चूड़ी है
काय मँजा सुँदर दखे दिदी	बहुत सुन्दर दिखता है दीदी
अती सुँदर दखे	अति सुन्दर दिखता है
चुड़ी पिंदाउन दे दिदी	चूड़ी पहना दे हे दीदी
मोके चुड़ी पिंदाउन दे"	मुझे चूड़ी पहना दे"
रानी काय बले नोनी के	रानी क्या कहती नोनी से

23. पिंदूँ : मूल ध्वनि 'पिंदुँदे' का लघुकृत रूप।

	“सुन नोनी” बले	“सुन हे नोनी” कहती
	“कसन पटाड़ी आय नोनी?	“कैसा पटाड़ी है वह नोनी?
	आले मोके साँग”	तनिक मुझे बतला”
1856	“सुन दिदी रे बड़े बइन	“सुन हे दीदी बड़ी बहिन
	सुन दिदी बड़े बइन	सुन हे दीदी बड़ी बहिन
	काकड़ी-बिजा दात आय दिदी	ककड़ी-बीज-से दाँत दीदी
	पुरन-पाना छाती	पुरइन-पत्ते-सी (चौड़ी) छाती
	ओसार कन्हेया आय दिदी	चौड़ी कमर है उसकी दीदी
	केरा-खम जाँग आय	केले के खम्भे-सी जंघाएँ
	तोमा पिंडरी आय दिदी	लौकी-सी पिंडलियाँ दीदी
	पाका मिरी अँडखी	पकी मिर्च-सी अँगुलियाँ
	कुमडा-फुल देंहे दिदी	कुम्हड़ा-फूल-सी देह दीदी
	काय मँजा सुँदर दखे”	बहुत ही सुन्दर दिखता”
	नोनी के काय बले रानी	नोनी से क्या कहती रानी
	“सुन बाबा” बले	“सुन हे बाबा” कहती
	“सुन नोनी निंदराबती	“सुन हे नोनी निंदराबती
	सुन बाबा निंदराबती	सुन हे बाबा निंदराबती
	दुसर पटाड़ी आनलो जाले	दूसरा पटाड़ी लायेगा तो
	चुड़ी पिंदाउन देयँदे	चूड़ी पहना दूँगी
	पयसा निंहाय बल नोनी	‘पैसे नहीं हैं’ बोल नोनी
	देतो निंहाय बल”	‘देने को नहीं है’ बोल”
	नोनी काय बले दिदी के	नोनी क्या कहती दीदी से
	“सुन दिदी” बले	“सुन हे दीदी” कहती
	“राँडी असन नीं रा दिदी	“विधवा की तरह मत रह दीदी
	तुय बले चुड़ी पिंद	तू भी चूड़ी पहन
	एबे दादा आसे दिदी	अभी दादा जीवित है दीदी
	एबे दादा आसे	अभी दादा जीवित है
1857	“जे दिन भगवान नेयसे दिदी	“जिस दिन (पति को) भगवान ले जाता है दीदी
	जे दिन भगवान नेयसे दिदी	जिस दिन (पति को) भगवान ले जाता है दीदी
	हात चो चुड़ी जायसे दिदी	हाथ की चूड़ी जाती है दीदी
	कान चो खिलवाँ जायसे	कान का खिलवाँ जाता है
	टोडरा चो माला जायसे दिदी	गले की माला जाती है दीदी
	सिर चो सेंदुर जायसे	सिर का सिन्दूर जाता है
	कपारे टिकली जायसे दिदी	माथे की टिकली जाती है दीदी
	मुँड चो चँवरी जायसे	सिर की चँवरी जाती है
	पाँय चो पँयड़ी जायसे दिदी	पाँव की पायल जाती है दीदी
	पाँय चो पँयड़ी जायसे	पाँव की पायल जाती है
	राँडी असन नीं रा दिदी	विधवा की तरह मत रह दीदी

	तुय बले चुड़ी पिंद	तू भी चूड़ी पहन
	मोके बले पिंदाउन दे दिदी	मुझे भी पहना दे हे दीदी
	मोके बले पिंदाउन दे”	मुझे भी पहना दे”
1858	“सुन नोनी रे निंदराबती	“सुन हे नोनी निंदराबती
	सुन बाबा निंदराबती	सुन हे बाबा निंदराबती
	तिनपुर टेकही आस नोनी	बहुत हठी तू है हे नोनी
	बड़ा उपई आस	बहुत ही चंचल है
	चुड़ी पिंदाउन देउआय आले	चूड़ी पहना देगा वह तो
	चुड़ी पिंदाउन देउआय	चूड़ी पहना देगा वह तो
	सात ओआड़ी धर नोनी	सात परदे लगा नोनी
	सात ओआड़ी धर	सात परदे लगा
	मँजी खोली चो खिड़की लगे	बीच खोली की खिड़की के पास
	खिड़की लगे एओ”	खिड़की के पास आये”
	निंदराबती सुने बाबा	निंदराबती सुनती बाबा
	दादा लगे जाय	दादा के पास जाती
	“सुन दादा” बले नोनी	“सुन हे दादा” कहती नोनी
	“सुन दादा” बले	“सुन हे दादा” कहती
	“चुड़ी पिंदाउन देउआस जाले	“चूड़ी पहना दोगे तुम तो
	चुड़ी पिंदाउन देउआस जाले	चूड़ी पहना दोगे तुम तो
	मँजी खोली चो खिड़की लगे	बीच खोली की खिड़की के पास
	खिड़की लगे ने”	खिड़की के पास ले जाओ”
	खिड़की लगे नेय राजा	खिड़की के पास ले जाता राजा
	सात ओआड़ी धरे	सात परदे लगाती

हात के लमाउन देय रानी	हाथ बढ़ा देती रानी
टप् नाय हात के धरे	वह टप्प से हाथ पकड़ता
खँड मुचकी मारे राजा	हौले से मुस्काता राजा
मुचमुच-मुचमुच हाँसे	मंद-मंद मुस्काता
'बारा बरक होली	'बारह वर्ष हो गये
तेरा जुग होली	तेरह युग बीते
तुके दखलो होय रानी	तुम्हें देखे बीते रानी
मयँ आज तुके दखले'	मैंने आज तुम्हें देखा है'
खँड मुचकी मारे राजा	हौले से मुस्काता राजा
चिमकुन-चिमकुन पिंदाय	नोच-नोच कर पहनाता
लहू-धार बोहे रानी चो	लहू की धार बहती रानी के हाथ से
'आया गो नईं' बले	वह 'आया गो[24]' नहीं कहती
दुनों हाते चुड़ी पिंदाय राजा	दोनों हाथों में चूड़ी पहनाता राजा
चुड़ी गुथुन जाय	चूड़ी गूँथ जाता
1859 "सुन नोनी रे निंदराबती	"सुन हे नोनी निंदराबती
सुन बाबा निंदराबती	सुन हे बाबा निंदराबती
चुड़ी चो मोल के पुछ नोनी	चूड़ी का मोल पूछ नोनी
कितरो मोल धरुआय?"	कितना मोल लेगा?"
निंदराबती सुने बाबा	निंदराबती सुनती बाबा
दादा लगे जाय	दादा के पास जाती
दादा के काय बले नोनी	दादा से क्या कहती नोनी
"सुन दादा" बले	"सुन हे दादा" कहती
"चुड़ी चो मोल के साँग दादा	"चूड़ी का मोल बता हे दादा
कितरो मोल धरुआस?"	कितना मोल लोगे?"
"सुन नोनी माहाल बिती	"सुन हे नोनी महल वाली
सुन बाबा इन्दरपुरिन	सुन हे बाबा इन्दरपुरिन
एबे मोल नीं नेयँ नोनी	अभी मोल न लूँगा नोनी
एबे मोल नीं नेयँ	अभी मोल न लूँगा
दई[25] पारा बाटे जायँ नोनी	उस मोहल्ले की ओर जाता हूँ नोनी
मयँ एतो बेरा नेयँदे"	मैं वापसी में ले जाऊँगा"
नरायन परभू जाय बाबा	नरायन प्रभु जाता बाबा
माहापरभू जाय	महाप्रभु जाता
जोड़ान बाटे जाय राजा	दोराहे में जाता राजा
चुड़ी खुँदुन देय	चूड़ी फोड़ देता
मित-माहाले जाय राजा	मीत के महल में जाता राजा
मित-माहाले जाय	मीत के महल में जाता

24. आया गो : आह! आह! माँ! यह अपने लघुकृत रूप में 'आय गो' भी उच्चारित होता है।
25. दई : एई (इसमें 'एदे एई' का अर्थ अन्तर्निहित है)।

1860	"सुना मित माहापरसाद	"सुनिये मीत महाप्रसाद
	सुना मित फुलपरसाद	सुनिये मीत फूलप्रसाद
	आज लखी भेटले मित	आज लखी देखी मीत
	मयँ आज लछमी दखले	मैंने आज लछमी देखी
	आज दतुन चाबें मित	आज दतौन करूँगा मीत
	मयँ आज अन खायँ"	मैं आज अन्न खाऊँगा"
	दतुन चाबुन जाय राजा	दतौन कर जाता राजा
	अन खाउन जाय	वह अन्न खा जाता
1861	एक दिन ले दुय दिन	एक दिन से दो दिन
	दुय दिन ले आँट दिन	दो दिन से आठ दिन
	चुड़ी पिंदालो होय राजा चो	चूड़ी पहनाये बीते राजा को
	मित के काय बले	मीत से क्या कहता
	"खुबे दिन होली मित	"बहुत दिन बीते मीत
	मोचो इलो होय	मुझे आये बीते
	आपन राजे जायँ मित	अपने राज्य मैं जाऊँ मीत
	हामचो देसे जायँ"	अपने देश मैं जाऊँ"
	आया काय बले बाबू के	आया क्या कहती बाबू से
	मित काय बले	मीत क्या कहता
	"जवँरेया-जवँरेया रलास बेटा"	"हमजोली-हमजोली रहते थे बेटा[26]"
	"जवँरेया-जवँरेया रलू	"हम हमजोली-हमजोली रहते थे[27]
	दुनों हुसने दखूँ मित	दोनों एक-से दिखते थे मीत
	दुनों हुसने दखूँ	दोनों एक-से दिखते थे
	छाँडा-छाँडी नईं होलू मित	एक-दूजे को न छोड़ते थे मीत
	छाँडा-छाँडी नईं होलू"	एक-दूजे को न छोड़ते थे"
	"मया मिलाउन रलिस बेटा	"बहुत प्यार से थे हे बेटा
	मया मिलाउन रलिस बेटा	बहुत प्यार से थे हे बेटा
	कसन छाँडुन जासिस बेटा	कैसे छोड़ जाते हो बेटे
	कसन छाँडुन जासिस?"	कैसे छोड़ जाते हो?"
	आया के काय बले राजा	आया से क्या कहता राजा
	"सुन आया" बले	"सुन हे आया" कहता
	"हेल छाँडुन नीं जायँ आया	"यों ही नहीं छोड़ूँगा आया
	एबे घर जोड़ले	अब तो सम्बन्ध जुड़ा है
	इहार-जाहार होयँदे आया	आना-जाना करूँगा आया
	मयँ आना-जाना करें"	मैं आना-जाना करूँगा"
	आया काय बले बाबू के	आया क्या कहती बाबू से
	"सुन बेटा" बले	"सुन हे बेटा" कहती

26. आया कहती है।
27. घड़वा मित्र कहता है।

	“जातो बेरा जासे बेटा	“जाते समय तो जाओगे बेटा
	आज काजे ठेब”	आज भर रुक जाओ”
	रात काजे ठेबे राजा	रात को रुक जाता राजा
	मान-दान करोत	वे उसका सम्मान करते
	खाना-पिना खाओत बाबा	भोजन वे कर जाते बाबा
	रात काजे सोय	रात को सो जाते
1862	बड़े बिहाने राजा उठे	बड़े सवेरे उठता राजा
	बड़े बिहाने राजा उठे	बड़े सवेरे उठता राजा
	दतुन-पतर चाबे राजा	दतौन आदि कर जाता
	मुँहे कान धोय	मुँह-कान धोता
	“सिता-राम मित” बले राजा	“सीता-राम मीत” कहता राजा
	आया के पाँय पड़े	वह आया के पाँव छूता
	सब जोड़ा धरे राजा	सारी सामग्री लेता राजा
	“जायँसे मित” बले	“जाता हूँ मीत” कहता
	मित-माहाल छाँडे राजा	मीत-महल छोड़ता राजा
	जाते-जाते जाय	चलता चला जाता
	अकइस बड़ ने जाय राजा	इक्कीस वटों के नीचे जाता राजा
	अकइस बड़ ने जाय	इक्कीस बरगदों के नीचे जाता
	अजिक असन जतनाय राजा	थोड़ी सफाई करता राजा
	दितरी असन जतनाय	थोड़ी सफाई करता
	बड़-रुके डेरा आसे राजा	वट-वृक्ष के नीचे रहता राजा
	बड़-रुके डेरा आसे	वट-वृक्ष के नीचे रहता
1863	रानी काय बले बाबू के	रानी क्या कहती बाबू से
	“सुन बाबू” बले	“सुन हे बाबू” कहती
	“बाँदा चारा रोजे खायसे	“घर में चारा रोज खाती हथिनी
	बाँदा चारा रोजे	घर में चारा रोज खाती
	पेट नईं भरे बाबू	पेट नहीं भरता है बाबू
	पेट नईं भरे	पेट नहीं भरता है
	चारा चराउक ने बाबू	चारा चराने ले जा बाबू
	पानी पिआउन आन”	पानी पिला कर ला”
	मोहोतेया सुने बाबा	महावत सुनता है बाबा
	हाती-सारे जाय	हाथी-शाला में जाता
	हाती के ढिलुन जाय बाबू	हथिनी को खोल देता बाबू
	चारा चराउक नेय	चारा चराने ले जाता
	चारा चराउन जाय बाबू	चारा चराने जाता बाबू
	चारा चराउन जाय	चारा चराने जाता
	बड़-खँदा गोंदे बाबू	बड़ की डाल तोड़ता बाबू
	बड़-खँदा गोंदे	वट की शाख तोड़ता

1864	चारा चराउक जाय बाबू	चारा चराने ले जाता बाबू
	चारा चराउक जाय बाबू	चारा चराने ले जाता
	पानी पियाउक नेय बाबू	पानी पिलाने ले जाता बाबू
	पानी पियाउक नेय	पानी पिलाने ले जाता
	नरायन राजा दखे बाबा	नरायन राजा देखता बाबा
	माहापरभू दखे	महाप्रभु देखता
	"मोचो दाइज हाती असन दखेसे	"मेरे दहेज की हथिनी-सी दिखती
	दाइज हाती असन	दहेज की हथिनी-सी दिखती
	जाउन दखेंदे" बले राजा	जा कर देखूँ" कहता राजा
	हाती लगे जाय	हाथी के पास जाता
	"सुन बाबू मोहोतेया	"सुन बाबू हे महावत
	सुन बाबू मोहोतेया	सुन बाबू हे महावत
	अजिक धुँगिया दे बाबू	थोड़ी तम्बाकू दे हे बाबू
	अजिक मिंजलो दे	थोड़ी तम्बाकू दे
	धुँगिया खाउकलाय भाय बाबू	तम्बाकू खाने भाता बाबू
	मोके मिंजलो खाउकलाय भाय"	मुझे तम्बाकू खाने भाता"

बाबू काय बले राजा के	बाबू क्या कहता राजा से
"सुन दादा" बले	"सुन हे दादा" कहता
"तुके धुँगिया देयँदे दादा	"तुझे तम्बाकू दूँगा दादा
तुके मिंजलो देयँदे	तुझे तम्बाकू दूँगा
मोके चुना निंहाय दादा	मेरे पास चूना नहीं है दादा

	मयँ चुना माँगुकलाय जायँ	मैं चूना माँगने जाता
	हाती के दखते रा दादा	हथिनी को देखते रहना दादा
	हाती के दखते रा"	हथिनी को देखते रहना"
	चुना माँगुकलाय जाय बाबू	चूना माँगने जाता बाबू
	चुना माँगुकलाय जाय	चूना माँगने जाता
1865	हाते बेद बले राजा धरे	हाथ में बेंत लेता राजा
	हाते बेद राजा धरे	हाथ में बेंत लेता राजा
	आया के काय बले राजा	आया (हथिनी) से क्या कहता राजा
	"सुन आया" बले	"सुन हे आया" कहता
	"मामा चो दिलो दाइज हाती	"मामा की दी हे दहेज की हथिनी
	बुबू चो दिलो करलिबती	बुबू की दी करलिबती
	घड़ी भर चोंडा उठाव आया	थोड़ी देर सूँढ उठाओ आया
	घड़ी भर चोंडा उठाव"	थोड़ी देर सूँढ उठाओ"
	चोंडा उठाउन देय हाती	सूँठ उठा देती हथिनी
	नाके बेल भरे	वह उसके नाक मे बेल-फल भरता
	अकइस बड़ ने जाय राजा	इक्कीस वटों के पास जाता राजा
	अकइस बड़े जाय	इक्कीस वटों के पास जाता
	खाले मुंडी करे हाती	सिर नीचे कर लेती हथिनी
	चारा नईं चरे	वह चारा नहीं चरती
	पानी नईं ढुके हाती	पानी नहीं पीती हथिनी
	मूँ चो पानी उतराय	मुँह निस्तेज हो जाता
	मोहोतेया एय बाबा	महावत आता बाबा
	मोहोतेया एय	महावत है आता
	"एबय अछा रलिस आया	"अभी अच्छी थी हे आया
	तुके डँडकी काय होली?	तुझे अभी क्या हो गया?
	मूँ चो पानी निहाय आया	मुँह निस्तेज हो गया आया
	खाले मुंडी करिस!"	तूने सिर झुका लिया!"
	चारा चराउन जाय बाबू	चारा चरा जाता है बाबू
	पानी पियाउन जाय	वह पानी पिला जाता
	मूँ के नईं उतराय हाती	मुँह पर तेज न आता हथिनी के
	मूँ के नईं उतराय	मुँह पर तेज न आता
1866	हाती के खेदुन नेय बाबू	हथिनी को हकाल ले जाता बाबू
	हाती के खेदुन बाबू नेय	हथिनी को हकाल ले जाता
	हाती-सारे बले नेय बाबू	हाथी-शाला में ले जाता बाबू
	हाती बाँदुन देय	हथिनी को बाँध देता
	रानी लगे जाय बाबू	रानी के पास जाता बाबू
	रानी के काय बले	रानी से क्या कहता
	"एबय अछा रली रानी	अभी अच्छी थी हे रानी

	डँडकी काय होली!	थोड़ी ही देर में क्या हो गया!
	मूँ चो पानी निंहाय रानी	मुँह निस्तेज हो गया रानी
	खाले मुँडी करे!"	उसने सिर झुका लिया है!"
	माहालखी सुने बाबा	माहालखी सुनती बाबा
	सोनर झुलना ले उतरे	सोने के झूले से उतरती
	हाती-सारे बले जाय रानी	हाथी-शाला में जाती रानी
	हाती के दखुन जाय	हथिनी को देखने जाती
	दाना-भुसा देय रानी	दाना-भूसा देती रानी
	मूँ के नईं उतराय	उसके मुख पर तेज न आता
	कपार पेटी बले होय रानी	माथा पीट लेती रानी
	मुँड आपटी होय	वह सिर पटक जाती
1867	"दाइज हाती मोचो आय" बले	"दहेज की हथिनी है मेरी" कहती
	"दाइज हाती आय" बले	"दहेज की हथिनी है" कहती
	"हाती मरुन जायदे!" बले	हथिनी मर जायेगी!" कहती
	"आया गारी देयदे	"आया गाली देगी
	बाबा झगड़ा लागेदे!" बले	बाबा गुस्सा होंगे" कहती
	"हाती के काय होली?"	"हथिनी को क्या हो गया?"
	बाबू के काय बले रानी	बाबू से क्या कहती रानी
	"सुन बाबू" बले	"सुन हे बाबू" कहती
	"गोबिंदपुरे जा बाबू	"गोबिंदपुर तू जा हे बाबू
	बुदू पँजेआर के आन	बुदू पँजेआर को ला
	पाँजी-खुट धरो बाबू	पोथी-पत्तर ले वह बाबू
	एक डँडिक एओ"	थोड़ी देर वह आये"
	मोहोतेया सुने बाबा	महावत सुन लेता बाबा
	इन्दरपुर छाँडे	इन्दरपुर छोड़ता
	गोबिंदपुरे बले जाय बाबू	गोबिंदपुर जाता बाबू
	गोबिंदपुरे अमरे	गोबिंदपुर पहुँचता
	पँजेआर-माहाले जाय बाबू	पँजेआर-महल जाता बाबू
	दादा के काय बले	दादा से क्या कहता
	"तुचो जाक के धर दादा	"अपने सामान ले लो दादा
	तुचो साजू के धर दादा	अपने साज ले लो
	इन्दरपुरे बले जावँ दादा	इन्दरपुर चलो हे दादा
	रानी बलाव आय"[28]	रानी का बुलावा है"
	दादा सुनुन जाय बाबा	दादा सुन लेता है बाबा
	"मयँ एयँदे बाबू" बले	"मैं आऊँगा बाबू" कहता
	दतुन-पतर चाबे बाबू	दतौन आदि करता है बाबू
	आँगे असनाँद होय	वह स्नान कर जाता

28. दिनांक 20.12.1996 को ध्वन्यांकित कैसेट क्रमांक 40बी का आरम्भ।

	सुका कपड़ा पिंदे बाबू	सूखे कपड़े पहनता बाबू
	ओधा कपड़ा गिरे	गीले कपड़े गिरते
	झारी पानी धरे बाबू	झारी पानी लेता बाबू
	तुलसी-चँवरा ने जाय	तुलसी-चौरा में जाता
	चँवरा ने पानी रिकाय बाबू	चौरा में पानी डालता बाबू
	तुलसी के काय बले	तुलसी से क्या कहता
	“अगास मेलान बाड़ बाई	“आकाश का स्पर्श करो हे बाई
	पकिर पाना फेक	नयी कोंपलें निकलें
	तुय-मयँ बाँहा-जोरी बाई	तुम-मैं बाँहों की जोड़ी जैसे
	तुय-मयँ हन्सा-जोरी	तुम-मैं हन्सों की जोड़ी जैसे
	जिव भर सेवा मिरो बाई	जीवन-भर सेवा मिले हे बाई
	मोचो जान सुखी रहो”	मेरा जीवन सुखी रहे”
	होम-आरती देय बाबू	होम-आरती करता बाबू
	पइँया पड़ुन जाय	वह प्रणाम कर जाता
1868	बाजे जाउन बाबू बसे	पलँग पर जा बैठता बाबू
	बँधेया झापी के बाबू माँगे	बँधेया झापी माँगता बाबू
	बँधेया झापी के देय बाई	बँधेया झापी देती बाई
	कुची हेड़ुन जाय	चाबी निकाल लेता
	तारा टोड़ुन जाय बाबू	ताला खोल जाता बाबू
	बँधेया झापी खोले	बँधेया झापी खोलता
	नव सै गाहना पिंदे बाबू	नौ सौ गहने पहनता बाबू
	नव सै हार धरे	नौ सौ हार पहनता
	जोतिस रमायन धरे बाबू	जोतिस-रमायन लेता बाबू
	पाँजी-खुट धरे	पोथी-पत्तर लेता
	पाँये खड़ऊ पिंदे बाबू	पाँवों में खड़ाऊँ पहनता बाबू
	हाते बेद धरे	हाथ में बेंत लेता
	घर ले बाहिर होय बाबू	घर से बाहर आता बाबू
	बाई के काय बले	बाई से क्या कहता
	“घर-दुआर के दख रानी	“घर-द्वार को देखो रानी
	इन्दरपुरे जायँ	मैं इन्दरपुर जाता
	कोन दिन फिरुन एयँदे रानी	किस दिन लौट कर आऊँगा रानी
	बड़े घरो बात आय”	बड़े घर की बात है”
	घर ले बाहिर होय बाबू	घर से बाहर आता बाबू
	जाते-जाते जाय	चलता चला जाता
1869	गोबिंदपुर के बाबू छाँडे	गोबिंदपुर बाबू छोड़ता
	गोबिन्दपुर के बाबू छाँडे	गोबिंदपुर बाबू छोड़ता
	इन्दरपुरे बले जाय बाबू	इन्दरपुर जाता बाबू
	इन्दरपुरे अमरे	इन्दरपुर पहुँचता
	रानी-माहाले जाय बाबू	रानी के महल में जाता बाबू

	माहालखी दखे	माहालखी देखती
	नोनी के काय बले रानी	नोनी से क्या कहती रानी
	"सुन नोनी" बले	"सुन हे नोनी" कहती
	"पँजेआर अमरुन गेलो नोनी	"पँजेआर आ पहुँचा है नोनी
	चाउर-टिका दे	चावल का टीका लगा
	होम-आरती दे नोनी	होम-आरती कर हे नोनी
	पइँया पड़ुन जा"	तू पाँव छू जा"
1870	सुने नोनी रे निंदराबती	सुनती नोनी निंदराबती
	सुने बाबा निंदराबती	सुनती बाबा निंदराबती
	सेवा-जोड़ा धरे नोनी	सेवा-सामग्री लेती रानी
	चन्दन काट मँडाय	चन्दन का पीढ़ा रखती
	ढँग् नाय बाबू उबे बाबा	उस पर बाबू खड़ा होता बाबा
	पइँया धोआउन जाय	वह पाँव धुला जाती
	चाउर-टिका बले देय नोनी	चावल का टीका लगाती नोनी
	होम-आरती देय	होम-आरती करती
	पइँया पड़ुन जाय नोनी	पाँव छू जाती नोनी
	नोनी चो टोंड चुमे	वह नोनी का मुख चूमता
	बाबू चो हात धरे नोनी	बाबू का हाथ पकड़ती नोनी
	नव खँड माहाले नेय	नौ खण्डा महल में ले जाती
	बाज नेउन बसाय नोनी	पलँग पर ले जा कर बिठाती नोनी
	रानी के काय बले	रानी से क्या कहता
	"काय बलाव आय रानी?	"किसलिये बुलवाया रानी
	आले मोके साँगा"	तनिक मुझे बताएँ"
1871	"सुन बाबू रे बुदू पँजेआर	"सुन हे बाबू बुदू पँजेआर
	सुन बाबू बुदू पँजेआर	सुन हे बाबू बुदू पँजेआर
	एबय अछा रली बाबू	अभी अच्छी थी हे बाबू
	डँडकी काय होली?	अभी क्या हो गया?
	मूँ चो पानी निंहाय बाबू	मुँह निस्तेज हो गया बाबू
	चारा नईं चरे	चारा नहीं चरती है
	एई पाँजी के दख बाबू	इसी को पंचांग में देख बाबू
	दाइज हाती आय"	यह दहेज की हथिनी है"
	"सेवा-जोड़ा दे नोनी	"सेवा-सामग्री दे हे नोनी
	मोके पुजा-जोड़ा दे"	मुझे पूजा-सामग्री दे"
	सेवा-जोड़ा देय नोनी	सेवा-जोड़ा देती नोनी
	पुजा-जोड़ा देय	पूजा-सामग्री देती
	नवा सरकी ओछाय बाबू	नयी चटाई बिछाता बाबू
	झारी पानी छिचे	झारी पानी छिटकता
	रमायन भुंये मँडाय बाबू	रमायन जमीन पर रखता बाबू
	काचा गोरस छिचे	कच्चा दूध छिटकता

	रमायन-सेवा करे बाबू	रमायन की सेवा करता बाबू
	रमायन-पुजा करे	रमायन की पूजा करता
	होम-आरती देय बाबू	होम-आरती देता बाबू
	पइँया पड़ुन जाय	वह प्रणाम कर जाता
1872	खालामाती बाबू बसे	पालथी मार कर बैठता बाबू
	रमायन कोरा बाबू धरे	रमायन गोद में लेता
	पँजेआर पाँजी दखे बाबा	पँजेआर पंचांग देखता बाबा
	पाँजे बसुन जाय	पंचांग में दिख जाता
	खँड मुचकी मारे बाबू	हौले से मुस्काता बाबू
	'राजा चो खेल आय	'राजा का खेल है'
	काय मुँहे साँगें?' बले	कैसे मैं बताऊँ?' सोचता
	'काय मूँ ने साँगें?'	'किस मुँह से बतलाऊँ?'
	"सुना रानी माहालखी	"सुनिये रानी माहालखी
	सुना रानी माहालखी	सुनिये रानी माहालखी
	मयँ दखुन-दखुन थाकले रानी	मैं देख-देख कर थक गया रानी
	फेकुन-फेकुन थाकले	देख-देख कर थक गया
	पाँजे नईं बसे रानी	पंचांग में न दिखता रानी
	मोचो पाँजे नईं पड़े	मेरे पंचांग में न दिखता
	उपर भुवन जाहा रानी	उपर भुवन जायें रानी
	साहादेव पँजेआर आना	साहादेव पँजेआर को लायें
	पाँजी दखुन देयदे रानी	वह पंचांग देखेगा रानी
	पाँजी दखुन देयदे"	वह पंचांग देखेगा"
	रोसई-चाउर जोड़े नोनी	रसोई-चावल लेती नोनी
	मुठा रुपया धरे	मुट्ठी भर रुपये लेती
	पँजेआर-बिदा के देय नोनी	पँजेआर को विदा करती नोनी
	बाबू मोडरी बाँदे	बाबू गठरी बाँधता
	आपन माहाले जाय बाबू	अपने महल जाता बाबू
	आपन माहाले जाय	अपने महल जाता
1873	"सुन बाबू रे मोहोतेया	"सुन हे बाबू महावत
	सुन बाबू मोहोतेया	सुन हे बाबू महावत
	उपर भुवने जा बाबू	उपर भुवन जा हे बाबू
	साहादेव बाबू के आन	साहादेव बाबू[29] को ला
	पाँजी-खुट धरोत बाबू	पोथी-पत्तर लें वे बाबू
	एक डँडिक एओत"	थोड़ी देर वे आयें"
	मोहोतेया सुने बाबा	महावत सुन जाता बाबा
	पाँये खड़ऊ पिंदे	पाँवों में खड़ाऊँ पहनता
	हाते बेद धरे बाबू	हाथ में बेंत लेता बाबू

29. साहादेव बाबू : देवर को बाबू कहने का चलन है। चूँकि माहालखी साहादेव पँजेआर को देवर मानती है अतः उसके लिये यह सम्बोधन है।

	घर ले बाहिर होय	घर से बाहर आता
	जाते-जाते बले जाय बाबू	चलता चला जाता बाबू
	मकड़ी-माहाले जाय	मकड़ी-महल में जाता
	बाई के काय बले बाबू	बाई से क्या कहता बाबू
	"सुन बाई" बले	"सुन हे बाई" कहता
	"सुत लमाउन दे बाई	"सूत तान दे हे बाई
	मोके ताग लमाउन दे"	मुझे धागा तान दे"
	"मोचो बाल-बचा गागोत बाबू	"मेरे बाल-बच्चे रोते बाबू
	मोचो लोलो-बालो गागोत	मेरे बाल-बच्चे रोते
	कइसे सुत लमायँ बाबू	कैसे सूत तानूँ बाबू
	मयँ कइसे ताग लमायँ?"	मैं कैसे धागा तानूँ?"
1874	"तुचो पिला के लाई देयँदे	"तेरे बच्चों को लाई दूँगा
	तुचो पिला के खेलाते रयँदे	तेरे बच्चों को खिलाता रहूँगा
	सुत लमाउन दे बाई	सूत तान दे हे बाई
	मोके ताग लमाउन दे"	मुझे धागा तान दे"
	बाई सुनुन जाय बाबा	बाई सुन लेती है बाबा
	सरसर सुत लमाय	सरसर सूत तानती
	उपरपुर ले लमाय बाई	ऊपरपुर तक तानती बाई
	इन्दरपुर ले लमाय	इन्दरपुर से तानती
	सुत लमाउन सारे बाई	सूत तान जाती बाई
	"जलदी बसुन जा"	"जल्दी बैठ जा"
	सुत चो तागे बसे बाबू	सूत पर जा बैठता बाबू
	कोसक-दापक रेंगे	कोस-दाब भर चलता
	उपर भुवने जाय बाबू	उपर भुवन जाता बाबू
	उपर भुवने जाय	उपर भुवन जाता
	उपर भुवने अमरे बाबू	उपर भुवन पहुँचता बाबू
	सुत चो ताग ले उतरे	सूत पर से उतरता
	पारा-परोसे जाय बाबू	अड़ोस-पड़ोस में जाता बाबू
	बाई के काय बले	बाई से क्या कहता
	"साहादेव पँजेआर चो घर बाई	"साहादेव पँजेआर का घर हे बाई
	कोन लगे आसे?"	किस जगह है?"
	बाई मन काय बलोत बाबू के	बाई क्या कहतीं बाबू से
	"सुन बाबू" बलोत	"सुन हे बाबू" कहतीं
	"रनकाकन दिया बाबू	"रनकाकन दीपक[30] हे बाबू

30. रनकाकन दिया : लोहे से बने इस दीपक को रायकाकन दिया भी कहा जाता है। देउरगाँव (जगदलपुर तहसील) के श्री गागरा लोहार के अनुसार रनकाकन (रायकाकन) दीपक पाँच बातियों वाला होता है। पहले विवाह में इसकी आवश्यकता होती थी। श्री गागरा ने आगे बताया, "जब हम इस दिया को बना कर ले जाते थे तो हमें एक गाय और एक कपड़ा मिलता था। रसोई-चावल तो देते ही थे। इसका उपयोग अधिकतर हल्बा, बाम्हन, पनारा जातियों में चलता था।"

तारामँडल घर	तारा-मण्डल-सा उजला घर
रुमझुम भँवरा आसे बाबू	गुंजार करता भँवरा है बाबू
माँडो-मोंगरा आसे	मोगरा का मण्डप है
जँवरा-भँवरा आसे बाबू	जँवरा-भँवरा नामक कुत्ते बाबू
बाँदे माकड़ आसे	बाँदे नामक बन्दर है
हुनी माहाल आय बाबू	वही महल है हे बाबू
हुनी माहाल आय"	वही महल तो है"
पारा-परोस बाबू छाँडे	अड़ोस-पड़ोस बाबू छोड़ता
पँजेआर-माहाले बाबू जाय	पँजेआर-महल बाबू जाता
पँजेआर-माहाल अमरे बाबू	पँजेआर-महल पहुँचता बाबू
माँडो-मोंगरा उबे	मोगरा-मण्डप में रुकता
'दादा' हंका मारे बाबू	'दादा' हाँक लगाता बाबू
दादा सुनुन जाय	दादा सुन लेता है
घर ले बाहिर होय दादा	घर से बाहर आता दादा
बाबू के काय बले	बाबू से क्या कहता
"काय कामे इलिस बाबू	"किस काम से आया बाबू
तुय आले मोके साँग"	तू तनिक मुझे बता"
"सुन दादा रे साहादेव पँजेआर	"सुन हे दादा साहादेव पँजेआर
सुन दादा साहादेव पँजेआर	सुन हे दादा साहादेव पँजेआर
तुचो जाक के धर दादा	अपने सामान ले लो दादा
तुचो साजू के धर	अपने साज ले लो
इन्दरपुरे जावँ दादा	इन्दरपुर चलो हे दादा
रानी-घरे बलाव"	रानी के घर बुलावा"
"एयँदे बाबू" बले दादा	"आऊँगा बाबू" कहता दादा
हरबर तियार होय	झटपट तैयार होता
दतुन-पतर चाबे दादा	दतौन आदि करता है दादा
आँगे असनाँद होय	वह स्नान है करता
सुका कपड़ा पिंदे दादा	सूखे कपड़े पहनता दादा
ओधा कपड़ा गिरे	गीले कपड़े गिरते
झारी पानी धरे दादा	झारी पानी लेता दादा
तुलसी-चँवरा ने जाय	तुलसी-चौरा में जाता
चँवरा ने पानी रिकाय दादा	चौरा में पानी डालता दादा
तुलसी के काय बले	तुलसी से वह कहता
"बाड़-बाड़ बाई कारी तुलसी	"बढ़ो-बढ़ो बाई कारी तुलसी
बाड़-बाड़ बाई कारी तुलसी	बढ़ो-बढ़ो बाई कारी तुलसी
अगास मेलान बाड़ बाई	आकाश का स्पर्श करो हे बाई
पकिर पाना फेक	नयी कोंपलें निकलें
तुय-मयँ बाँहा-जोरी बाई	तुम-मैं जैसे बाँहों की जोड़ी बाई

तुय-मयँ हन्सा-जोरी	तुम-मैं जैसे हन्सों की जोड़ी
जिव भर सेवा मिरो बाई	जीवन-भर सेवा करूँ मैं बाई
मोचो जान सुखी रहो"	मेरा जीवन सुखी रहे"
पइँया पड़ुन जाय दादा	उसे प्रणाम कर जाता दादा
हात जोड़ुन जाय	हाथ जोड़ जाता
बाजे जाउन बसे दादा	पलँग पर जा बैठता दादा
बँधेया झापी धरे	बँधेया झापी लेता
कुची हेड़ुन जाय दादा	चाबी निकाल लेता दादा
तारा टोड़ुन जाय	ताला खोल जाता
बँधेया झापी खोले दादा	बँधेया झापी खोलता दादा
नव सै गाहना पिंदे	नौ सौ गहने पहनता
नव सै हार बले बाबू पिंदे	नौ सौ हार बाबू पहनता
केऊ-फुल धोती बाबू मारे	केऊ-फूल-सी धोती पहनता बाबू
केऊ-फुल कमिंज पिंदे बाबू	केऊ-फूल-सी कमीज पहनता बाबू
सिरे पगड़ी बाँदे	सिर पर पगड़ी बाँधता
मुँडे सुरई खोचे बाबू	सिर में तुर्रा खोंसता बाबू
तिलक-चन्दन लगाय	तिलक-चन्दन लगाता
नवगुन पयता फेके बाबू	नौ गुना जनेऊ पहनता बाबू
हुन नवगुन पयता फेके	वह नौ गुना जनेऊ पहनता
जोतिस-रमायन धरे बाबू	जोतिस-रमायन लेता बाबू
कठुवा-फारा धरे	वह ग्रन्थ-आसनी लेता
पाँये खड़ऊ पिंदे बाबू	पाँवों में खड़ाऊँ पहनता बाबू
हाते बेद धरे	हाथ में बेंत लेता
घर ले बाहिर होय बाबू	घर से बाहर आता बाबू
बाई के काय बले	बाई से क्या कहता
"घर-दुआर के दख बाई	"घर-द्वार को देख बाई
इन्दरपुरे जायँ	मैं इन्दरपुर जाता
बड़े घरो बात आय रानी	बड़े घर की बात रानी
बड़े घरो गोठ आय"	बड़े घर की बात"
घर ले बाहिर होय बाबू	घर से बाहर आता बाबू
जाते-जाते जाय	चलता चला जाता
1876 रुमझुम-रुमझुम बाबू रेंगे	जल्दी-जल्दी बाबू चलता
मकड़ी-माहाले पँजेआर जाय	मकड़ी-महल पँजेआर जाता
माँडो-मोंगरा उबे बाबू	मोगरा-मण्डप में रुकता बाबू
'बाई' हंका मारे	'बाई' हाँक लगाता
बाई सुनुन जाय बाबा	बाई सुन लेती है बाबा
घर ले बाहिर होय	घर से बाहर आती
"काय कामे इलिस बाबू	"किस काम से आया बाबू
आले मोके साँग"	तनिक मुझे बता"

1877	“सुन बाई रे पदमकड़ी	“सुन हे बाई पदमकड़ी
	सुन बाई पदमकड़ी	सुन हे बाई पदमकड़ी
	सुत लमाउन दे बाई	सूत तान दे बाई
	मोके ताग लमाउन दे”	मुझे धागा तान दे”
	“पातर बरसा आय बाबू	“हल्की वर्षा है बाबू
	सुत नाईं लमे”	सूत नहीं तनेगा”
	सरसर सुत लमाय बाई	सरसर सूत तानती बाई
	सरसर ताग लमाय	सरसर धागा तानती
	इन्दरपुर ले लमाय बाई	इन्दरपुर से तानती बाई
	उपरपुर ले लमाय	ऊपरपुर तक तानती
	“जलदी बसुन जा बाबू	“जल्दी बैठ जा बाबू
	पातर बरसा आय”	हल्की वर्षा है”
	सुत चो तागे बसे बाबू	सूत पर जा बैठता बाबू
	जाते-जाते जाय	चलता चला जाता
1878	इन्दरपुरे बले बाबू जाय	इन्दरपुर बाबू जाता
	इन्दरपुरे बाबू अमरे	इन्दरपुर बाबू पहुँचता
	सुत चो तागे उतरे बाबू	सूत पर से उतरता बाबू
	सुत चो तागे उतरे	सूत पर से उतरता
	रानी-माहाले जाय बाबू	रानी के महल जाता बाबू
	माहालखी दखे	माहालखी देखती
	“सेवा-जोड़ा बले धर नोनी	“सेवा-सामग्री ले नोनी
	पइँया धोआउन जा	पाँव धुला जा
	पँजेआर अमरुन गेला नोनी	पँजेआर पहुँच गया नोनी
	पँजेआर अमरुन गेला”	पँजेआर पहुँच गया”
	सेवा-जोड़ा धरे नोनी	सेवा-सामग्री लेती नोनी
	चन्दन-काट मँडाय	चन्दन का पीढ़ा रखती
	ढँग् नाय बाबू उबे बाबा	बाबू जा खड़ा होता है उस पर
	पइँया धोआउन जाय	वह पाँव धुला जाती है
	चाउर-टिका देय नोनी	चावल का टीका लगाती नोनी
	होम-आरती देय	होम-आरती करती
	पइँया पड़ुन जाय नोनी	उसे प्रणाम कर जाती नोनी
	पइँया पड़ुन जाय	उसे प्रणाम कर जाती
	नोनी चो टोंड बले बाबू चुमे	नोनी का मुख चूमता बाबू
	बाबू चो हात नोनी धरे	बाबू का हाथ पकड़ती नोनी
	नव खँड माहाले नेय नोनी	नौ खण्डा महल में ले जाती नोनी
	बाज नेउन बसाय	पलँग पर ले जा कर बिठाती
	माहालखी दखे बाबा	माहालखी देखती बाबा
	बऊ के काय बले	भौजी से क्या कहता

“काय बलाव आय बऊ?	“किसलिये बुलाया भौजी
आले मोके सॉंगा”	तनिक मुझे बताएँ”
1879 “सुना बाबू नानी भाई	“सुनिये बाबू छोटे भाई
सुना बाबू पिला भाई	सुनिये बाबू नन्हें भाई
एभय अछा रली बाबू	अभी अच्छी थी हे बाबू
डँडकी काय होली?	अभी क्या हो गया?
चारा नईं चरे बाबू	चारा नहीं चरती है बाबू
पानी नईं ढुके	पानी नहीं पीती है
हाती के काय होली बाबू?	हथिनी को क्या हो गया बाबू?
एई पाँजी दखा”	यही पंचांग में देखो”
नोनी के काय बले बाबू	नोनी से क्या कहता बाबू
“सेवा-जोड़ा दे”	“सेवा-सामग्री दे”
सेवा-जोड़ा बले देय नोनी	सेवा-सामग्री देती नोनी
नवा सरकी ओछाय	वह नयी चटाई बिछाता
रमायन भुँये मँडाय बाबू	रमायन नीचे रखता बाबू
झारी पानी छिचे	झारी पानी छिटकता
रमायन सेवा करे बाबू	रमायन की सेवा करता बाबू
होम-आरती देय	होम-आरती करता
पइँया पड़ुन जाय बाबू	उसे प्रणाम कर जाता बाबू
खालामाती बसे	पालथी मार कर बैठता
रमायन कोरा बले बाबू धरे	रमायन गोद में लेता बाबू
पँजेआर पाँजी बाबू दखे	पँजेआर पंचांग देखता
पाँजे बसुन जाय बाबू चो	पंचांग में दिख जाता बाबू के
पाँजे पड़ुन जाय	पंचांग में दिख जाता
‘दादा चो खेल आय’ बले	‘दादा का खेल है’ सोचता
‘मयँ काय मूँ ने साँगें!’	‘मैं किस मुँह से बतलाऊँ!’
खँड मुचकी मारे बाबू	हौले से मुस्काता बाबू
मुचमुच-मुचमुच हाँसे	मंद-मंद मुस्काता
रानी के काय बले बाबू	रानी से क्या कहता बाबू
“सुना बऊ” बले	“सुनिये भौजी” कहता
“सुना बऊ बड़े बऊ	“सुनिये भौजी बड़ी भौजी
सुना बऊ बड़े बऊ	सुनिये भौजी बड़ी भौजी
फेकुन-फेकुन थाकले बऊ	देख-देख थक गया भौजी
मयँ दखुन-दखुन थाकले	मैं देख-देख थक गया
पाँजे नईं बसे बऊ	पंचांग में न दिखता भौजी
पाँजे नईं पड़े”	पंचांग में न दिखता”
रानी काय बले बाबू के	रानी क्या कहती बाबू से
“सुना बाबू” बले	“सुनिये बाबू” कहती

"हाती मरुन जायदे बाबू	"हथिनी मर जायेगी बाबू
हाती मरुन जायदे	हथिनी मर जायेगी
आया गारी देयदे बाबू	आया गाली देगी बाबू
बाबा झगड़ा लागेदे	बाबा गुस्सा करेंगे
दाइज हाती बले आय बाबू	दहेज की हथिनी है बाबू
दाइज हाती आय"	यह दहेज की हथिनी है"
1880 "सुना बऊ बड़े बऊ	"सुनिये भौजी बड़ी भौजी
सुना बऊ बड़े बऊ	सुनिये भौजी बड़ी भौजी
हाती नईं मरे बऊ	हथिनी नहीं मरेगी भौजी
हाती नईं मरे	हथिनी नहीं मरेगी
सिरहा-गुनया करा बऊ	सिरहा[31]-गुनिया[32] करें हे भौजी
सिरहा-गुनया करा	सिरहा-गुनिया करें
देव बसुन देयदे बऊ	देव बैठ[33] देगा भौजी
खरी बाचुन[34] देयदे"	वह खरी बाच[35] देगा"
"सुना बाबू नानी भाई	"सुनिये बाबू छोटे भाई
सुना बाबू पिला भाई	सुनिये बाबू नन्हें भाई
जानलो-चिनलो नोहाय बाबू	जाना-चीन्हा नहीं है मेरा
मोचो दखलो-चाहलो नोहाय	देखा-भाला नहीं है मेरा
काहाँ सिरहा खोजें बाबू	कहाँ सिरहा खोजूँगी बाबू
मयँ काहाँ गुनया खोजें?"	मैं कहाँ गुनिया खोजूँगी?"
बाबू काय बले रानी के	बाबू क्या कहता रानी से
"सुना बऊ" बले	"सुनिये भौजी" कहता
"बड़-रुके सिरहा आसे बऊ	"वट-वृक्ष के नीचे सिरहा है भौजी
बड़-रुके सिरहा आसे	वट-वृक्ष के नीचे सिरहा है
हुनी सिरहा के आना बऊ	उसी सिरहा को लायें भौजी
देव बसुन देयदे	वह देव बैठेगा
खरी बाचुन देयदे बऊ	खरी बाच देगा भौजी
हाती के काईं नीं होय	हथिनी को कुछ न होगा
आउर सिरहा आनलास जाले	दूसरा सिरहा लाने पर

---

31. सिरहा : वह व्यक्ति जिस पर देवी-देवता और मृतात्माएँ आरूढ़ होती हैं और जो देवी-देवता एवं मृतात्माओं से सम्वाद करता तथा लोगों के कष्टों के निवारण का उपाय बतलाता है।
32. गुनिया : अन्य ध्वनियाँ 'गुनया', 'गुनेया'। 'गुणी व्यक्ति'। वह व्यक्ति जो चावल के दानों को बाँच कर समस्या के निवारण का उपाय बताता या करता है, लोक में 'गुनया' या 'गुनिया' अथवा 'गुनेया' कहलाता है। एक दूसरा अर्थ 'गणना करने वाला' से भी लिया जाता है। कारण, यह व्यक्ति चावल के दानों की गणना कर समस्या के निवारण का उपाय बताता या करता है।
33. देव बैठ देगा : देवता का आह्वान करेगा।
34. बाचुन : अन्य ध्वनि 'बाछुन'। किसी व्यक्ति पर जब देवी या देवता की सवारी आती है तब वह भी चावल के दानों से समस्या का पता लगाता और निवारण के उपाय बताता है।
35. खरी बाचना : गुनिया/सिरहा द्वारा चावल के दानों की गणना से लोगों के कष्ट के कारण व निवारण के उपाय बताया जाना 'खरी बाचना' कहलाता है। बाचना हिन्दी के 'बाँचना' से आया है।

दुसर गुनया खोजलास जाले	दूसरा गुनिया लाने पर
हाती बाचू नोहाय बऊ	हथिनी नहीं बचेगी भौजी
हाती मरुन जाउआय	हथिनी मर जायेगी
बड़-रुके सिरहा आसे बऊ	वट-वृक्ष के नीचे सिरहा है भौजी
बड़-रुके गुनया आसे"	वट-वृक्ष के नीचे गुनिया है"
पाँजी-खुट सकले बाबू	पोथी-पत्तर समेटता बाबू
जोतिस-रमायन सकले	जोतिस-रमायन समेटता
रोसई-चाउर जोड़े नोनी	रसोई-चावल लेती नोनी
मुठा रुपया धरे	मुट्ठी भर रुपये लेती
पँजेआर-बिदा बले देय नोनी	पँजेआर को विदा करती नोनी
बाबू मोडरी बाँदे	बाबू गठरी बाँधता
1881 "सुन बाबू रे मोहोतेया	"सुन हे बाबू महावत
सुन बाबू मोहोतेया	सुन हे बाबू महावत
बड़-रुके सिरहा आसे बाबू	वट-वृक्ष के नीचे गुनिया है बाबू
बड़-रुके गुनया आसे	वट-वृक्ष के नीचे गुनिया है
तुय सिरहा काजे जा बाबू	तू सिरहा के लिये जा बाबू
गुनया काजे जा	गुनिया के लिये जा
हुनी सिरहा के आन बाबू	उसी सिरहा को ला बाबू
हुनी गुनया के आन	उसी सिरहा को ला
देव बसुन देयदे बाबू	देव बैठ देगा बाबू
खरी बाचुन देयदे"	वह खरी बाच देगा"
मोहोतेया सुने बाबा	महावत सुनता बाबा
हरबर तियार होय	झटपट तैयार होता
पाँये खड़ऊ पिंदे बाबू	पाँवों में खड़ाऊँ पहनता बाबू
हाते बड़गी धरे	हाथ में बेंत लेता
"बनी देयँदे' बल बाबू	"मजदूरी दूँगा' कहना बाबू
'भुती देयँदे' बल"	'मजदूरी दूँगा' कहना"
1882 नव खँड माहाल बाबू छाँडे	नौ खण्डा महल बाबू छोड़ता
नव खँड माहाल बाबू छाँडे	नौ खण्डा महल बाबू छोड़ता
अकइस बड़ ने जाय बाबू	इक्कीस वटों में जाता बाबू
अकइस बड़े अमरे	इक्कीस वटों के पास पहुँचता
राजा बसुन रहे बाबा	वहाँ राजा बैठा था बाबा
राजा के काय बले	राजा से क्या कहता
"सुन दादा रे सिरहा लोग	"सुन हे दादा सिरहा जन
सुन दादा गुनया लोग	सुन हे दादा गुनिया जन
एक डँडिक जावँ दादा	थोड़ी देर चलो दादा
रानी बलाव आय	रानी ने बुलाया है
एबय अछा रली दादा	अभी अच्छी थी दादा

	डँडकी काय होली?	अभी क्या हो गया?
	देव बसुन देसे दादा	देव बैठ देना दादा
	खरी बाचुन देसे”	खरी बाच देना”
	राजा काय बले बाबू के	राजा क्या कहता बाबू से
	“सुन बाबू” बले	“सुन हे बाबू” कहता
	“कसन हुसन बलसिस बाबू	“कैसे ऐसा कहते हो बाबू
	कसन हुसन बलसिस?	कैसे ऐसा कहते हो?
	कोन आय सिरहा बलू बाबू	कौन मुझे सिरहा कहता है बाबू
	कोन आय गुनया बलू?	कौन मुझे गुनिया कहता है?
	काहीं के नईं जानें बाबू	कुछ भी नहीं जानता बाबू
	मयँ काहीं के नईं जानें”	मैं कुछ भी नहीं जानता”
	“तुके बनी देयँदे दादा	“तुझे मजदूरी दूँगा दादा
	तुके भुती देयँदे”	तुझे मजदूरी दूँगा”
	“मरले एऊ नोहायँ” बले	“मर जाऊँ तो न जाऊँगा” कहता
	“मयँ मरले एऊ नोहायँ”	“मैं मरने पर भी न जाऊँगा”
1883	अकइस बड़ बले बाबू छाँडे	इक्कीस वटों से बाबू जाता
	रानी-माहाले बाबू जाय	रानी के महल में बाबू जाता
	रानी के काय बले बाबू	रानी से क्या कहता बाबू
	“सुना रानी” बले	“सुनिये रानी” कहता
	“कोन आय सिरहा बलू?’ बल्लो	“कौन मुझे सिरहा कहता है?’ बोला
	‘कोन आय गुनया बलू	‘कौन मुझे गुनिया कहता है
	काहीं के नईं जानें’ बल्लो	कुछ भी नहीं जानता’ बोला
	‘काहीं के नईं जानें’	‘कुछ भी नहीं जानता’
	‘बनी देयँदे’ बल्ले रानी	‘मजदूरी दूँगा’ कहा मैंने रानी
	मयँ ‘भुती देयँदे’ बल्ले”	‘मैं मजदूरी दूँगा’ कहा मैंने”
1884	“सुन बाबू रे मोहोतेया	“सुन हे बाबू महावत
	सुन बाबू मोहोतेया	सुन हे बाबू महावत
	कोन लगे सिरहा आसे बाबू?	किस जगह सिरहा है बाबू?
	मोके दखाउन दे	मुझे दिखला दे
	पाँय-पलटी पड़ेंदे बाबू	उसके पाँव पड़ूँगी बाबू
	मयँ लोलो-पोतो होयँ”	मैं उससे विनती करूँगी”
	सोनर झुलना ले उतरे रानी	सोने के झूले से उतरती रानी
	मुँड ओड़नी देय	सिर पर ओढ़नी रखती
	अकइस बड़ ने जाय रानी	इक्कीस वटों के पास जाती रानी
	अकइस बड़े जाय	इक्कीस वटों के पास जाती
	तले भुबुर तपे रानी के	नीचे धरती तपती रानी को
	उपर घाम छेके	ऊपर धूप चिलकती
	मँजी भुक लागे रानी के	बीच में भूख लगती रानी को

झालिपिली पसना फुटे	वह पसीने से लथपथ होती
रानी बाट रेंगे बाबा	रानी राह चलती बाबा
राजा काय बले	राजा मन में सोचता
'एदायँ जानलिस!' बले राजा	'अब जाना है!' कहता राजा
'एदायँ पावलिस!' बले	'अब पाया है!' कहता
'मोके बले डँड दिलिस रानी	'मुझे कष्ट दिया है रानी
तुय मोके बले डाहा करलिस'	तूने मुझे तकलीफ दी है'
उपर चदर राजा ओढ़े[36]	ऊपर चादर ढँक लेता राजा
अकइस बड़े राजा सोय	इक्कीस वटों के नीचे सोता
अकइस बड़े बले जाय रानी	इक्कीस वटों के नीचे जाती रानी
राजा लगे जाय	राजा के पास जाती
लगे जाउन ठिंया होय	पास जा कर खड़ी होती
लगे जाउन ठिंया	पास जा कर खड़ी होती
राजा के काय बले रानी	राजा से क्या कहती रानी
"सुन दादा" बले	"सुन हे दादा" कहती
"सुन दादा रे सिरहा लोग	"सुन हे दादा सिरहा जन
सुन दादा गुनया लोग	सुन हे दादा गुनिया जन
उठ दादा" बले रानी	उठ हे दादा" कहती रानी
"चेत दादा" बले	"चेत हे दादा" कहती
"देव बसुन देसे दादा	"देव बैठ देना हे दादा
खरी बाचुन देसे	खरी बाच देना
तुके बनी देयँदे दादा	तुम्हें मजदूरी दूँगी दादा
मयँ तुके भुती देयँदे"	तुम्हें मजदूरी दूँगी"
डुगुर-डुगुर दखे राजा	भीतर से आँखें खोल कर देखता राजा
गट-गट नाक घोरे	वह खर्राटे लेता
उठाउन-उठाउन थाके रानी	उठा-उठा कर थकती रानी
चेताउन-चेताउन थाके	चेता-चेता कर थकती
राजा नईं उठे बाबा	राजा नहीं उठता है बाबा
राजा नईं चेते	राजा नहीं उठता है

36. उपर्युक्त पंक्तियों से कुछ अस्पष्टता प्रतीत होने पर मैंने गुरुमायँ से इसे स्पष्ट करने को कहा तब गुरुमायँ ने इन पंक्तियों से स्पष्ट किया :

चौंसठ जोगनी अगमजानी	***चौंसठ योगिनी अगमजानी***
अन्तरधियानी आत रानी	***अन्तर्यामी हैं रानी***
राजा के चिताउन जाय रानी	***राजा को पहचान जाती रानी***
राजा के चिताउन जाय	***राजा को पहचान जाती***

1888	“मोके मनुक आसे दादा	“मेरा पति है हे दादा
	मोके मनुक आसे दादा	मेरा पति है हे दादा
	मोचो मनुक इथा निंहाय दादा	मेरा पति यहाँ नहीं है दादा
	मोचो मनुक इथा निंहाय”	मेरा पति यहाँ नहीं है”
	“तुचो मनुक काहाँ आसे बाई?	“तुम्हारा पति कहाँ है बाई
	आले मोके साँग”	तनिक मुझे बतलाओ”
	“बालिखँडपुरे आसे दादा	“बालिखँडपुर में है हे दादा
	बालिखँडपुरे आसे”	बालिखँडपुर में है”
	“तुचो मनुक चो नाँव बाई	“तुम्हारे पति का नाम बाई
	काय नाँव आय?”	क्या नाम है उसका?”
	“नरायन परभू आय दादा	“नरायन प्रभु है दादा
	माहापरभू आय	महाप्रभु है
	उठ दादा” बले रानी[2]	उठो दादा” कहती रानी
	“उठ दादा” बले रानी	“उठो दादा” कहती रानी
	नरायन राजा उठे बाबा	नरायन राजा उठता बाबा
	नरायन राजा उठे	नरायन राजा उठता
	आपलो जाक धरे राजा	अपने सामान लेता राजा
	आपलो साजू धरे	अपने साज लेता
	अकइस बड़ छाँडोत राजा-रानी	इक्कीस वट छोड़ते राजा-रानी
	आगे-पाछे जाओत	वे आगे-पीछे जाते
	रुमझुम-रुमझुम रेंगोत राजा-रानी	जल्दी-जल्दी चलते राजा-रानी
	एक कलाट मारोत	लम्बे डग वे भरते
	नव खँड माहाले जात राजा-रानी	नौ खण्डा महल में जाते राजा-रानी
	हाती-सारे जात	हाथी-शाला में जाते
1889	हाती-सारे बले रानी नेय	हाथी-शाला में ले जाती रानी
	हाती-सारे रानी नेय	हाथी-शाला में ले जाती
	दाना-भुसा बले देय रानी	दाना-भूसा देती रानी
	दाना-भुसा देय	दाना-भूसा देती
	मूँ के नईं उतराय हाती	मुँह पर तेज नहीं हथिनी के
	मूँ के नईं उतराय	मुँह पर तेज नहीं है
	राजा के काय बले रानी	राजा से क्या कहती रानी
	“सुन दादा” बले	“सुनो हे दादा” कहती
	“हाती के अछा बनाव दादा	“हथिनी को ठीक करो हे दादा
	हाती के अछा बनाव”	हथिनी को ठीक कर दो’
	“हाती के अछा बनायँ बाई	“हथिनी को ठीक कर दूँगा बाई
	मयँ हाती के अछा बनायँ	मैं हथिनी को ठीक कर दूँगा
	मोके काय देउआस बाई?	मुझे क्या दोगी हे बाई?

2. दिनांक 20.12.1996 को ध्वन्यांकित कैसेट क्रमांक 41ए का आरम्भ।

	आले मोके साँग"	तनिक मुझे बतलाओ"
	"तुके पयसा देयँदे दादा	"तुम्हें पैसे दूँगी दादा
	मयँ तुके रुपया देयँदे"	मैं तुम्हें रुपये दूँगी"
	"मोके बले पयसा आसे बाई	"मेरे पास भी पैसे हैं बाई
	मोके बले रुपया आसे"	मेरे पास भी रुपये हैं"
	"सोना-चाँदी बले देयँदे दादा	"सोना-चाँदी दूँगी दादा
	कासा-तामा देयँदे दादा	काँसा-ताम्बा दूँगी
	तिजरी-बिजरी देयँदे दादा	तिजोरियाँ मैं दूँगी दादा
	तिजरी-बिजरी देयँदे"	तिजोरियाँ मैं दूँगी"
	राजा काय बले रानी के	राजा क्या कहता रानी से
	"सुन बाई" बले	"सुनो हे बाई" कहता
	"सोना-चाँदी बाई मोके बले आसे	"सोना-चाँदी मेरे पास भी है बाई
	कासा-तामा मोके बले आसे	काँसा-ताम्बा मेरे पास भी है
	तिजरी-बिजरी आसे बाई	तिजोरियाँ भी है बाई
	तिजरी-बिजरी आसे"	तिजोरियाँ भी है"
	"लाली-मुँगी देयँदे दादा	"लाली-मूँगी दूँगी दादा
	मयँ कारी-कपिला देयँदे	मैं कारी-कपिला दूँगी
	कोंड़गुड़ मुसा देयँदे दादा	कोंड़गुड़ चूहा दूँगी दादा
	बेताल मुसा देयँदे	बेताल चूहा दूँगी
	दानी-पुनी देयँदे दादा	दानी-पुनी मैं दूँगी दादा
	बाँदे माकड़ देयँदे	बाँदे बन्दर दूँगी
	जँवरा-भँवरा देयँदे दादा	जँवरा-भँवरा दूँगी दादा
	साले सुआ देयँदे	साले सुआ दूँगी
	मयना-मँजुर देयँदे दादा	मैना-मयूर दूँगी दादा
	मयँ हाँसा-परेवाँ देयँदे	मैं हन्स-कबूतर दूँगी
	गँगा-जमुना देयँदे दादा	गंगा-जमुना[3] दूँगी दादा
	जोड़ी गदया देयँदे	दोनों भण्डार दूँगी
	हाती के अछा बनाव दादा	हथिनी को ठीक कर दो दादा
	हाती के अछा बनाव"	हथिनी को ठीक कर दो'
1890	"सुन बाई इन्दरपुरिन	"सुनो हे बाई इन्दरपुरिन
	सुन बाई इन्दरपुरिन	सुनो हे बाई इन्दरपुरिन
	गँगा-जमुना आसे बाई	गंगा-जमुना है हे बाई
	जोड़ी गदया आसे	दोनों भण्डार हैं
	कासा-तामा आसे बाई	काँसा-ताम्बा है हे बाई
	मोके साले सुआ आसे	मेरे पास साले सुआ[4] हैं
	हुनके काय करेंदे बाई	उसे क्या करूँगा बाई

3. गंगा-जमुना : दो कोष।
4. साले सुआ : तोता।

मयँ हुनके काय करेंदे?"	मैं उसे क्या करूँगा?"
"देयँदे दादा तुके नव सै गाहना	"दूँगी दादा तुम्हें नौ सौ गहने
देयँदे दादा नव सै हार	दूँगी दादा नौ सौ हार
अलंकार देयँदे दादा	अलंकार मैं दूँगी दादा
सोनर तड़हा देयँदे	सोने का तड़ा दूँगी
मुँडे गुबिया देयँदे दादा	सिर का गुबिया[5] दूँगी दादा
मयँ मोती ने गुरिया देयँदे	मैं मोती में गुरिया[6] दूँगी
कपारे टिकली देयँदे दादा	माथे की टिकली दूँगी दादा
सिरे सेंदुर देयँदे	सिर का सिन्दूर दूँगी
काने कुँडल देयँदे दादा	कानों के कुण्डल दूँगी दादा
नाकर[7] नथली देयँदे	नाक की नथनी दूँगी
टोडरा गरलखी देयँदे दादा	गले का हार दूँगी दादा
बाँहा ने बाजुबँद देयँदे	बाँहों के बाजूबन्ध दूँगी
ककनी गुजरी देयँदे दादा	ककनी गुजरी[8] दूँगी दादा
मयँ अँडखी-टिकी देयँदे	मैं अँगुली की टिकी[9] दूँगी
अँडखा-मुंदी देयँदे दादा	अँगूठे की अँगूठी दूँगी दादा
कन्हेया करधन देयँदे	कमर की करधन दूँगी
रुमझुम पँयड़ी दादा	रुमझुम करती पायल दूँगी दादा
पाँयर[10] बिछिया देयँदे	मैं पाँवों की बिछिया दूँगी
हाती के अछा बनाव दादा	हथिनी को ठीक कर दो दादा
हाती के अछा बनाव"	हथिनी को ठीक कर दो'
1891 "अवलेक गाहना मोके बले आसे	"असंख्य गहने मेरे पास भी हैं
अवलेक गाहना मोके बले आसे	असंख्य गहने मेरे पास भी हैं
हुनके काय करें बाई	उन्हें मैं क्या करूँगा बाई
मयँ हुनके काय करें?"	उन्हें मैं क्या करूँगा?"
"घर के गोंदुन देयँदे दादा	"घर के दो हिस्से कर दूँगी दादा
घर के गोंदुन देयँदे"	मैं घर का एक हिस्सा दूँगी"
"मोके बले घर आसे बाई	"मेरे पास भी घर है बाई
मोके बले दुआर आसे"	मेरे पास भी घर है"
'सब देयँदे बल्ले' बले	'सब-कुछ दूँगी कहा' कहती
'मयँ काईं नीं नेयँ' बले	'मैं कुछ भी न लूँगा' कहता

5. गुबिया : महिलाओं द्वारा सिर पर धारण किया जाने वाला आभूषण।
6. गुरिया : महिलाओं का एक आभूषण जो मोती के साथ गूँथा जाता है।
7. नाकर : भतरी प्रभाव के चलते हल्बी की 'नाक चो' मूल ध्वनि 'नाकर' हो गयी है।
8. ककनी गुजरी : महिलाओं का आभूषण।
9. टिकी : एक विशेष प्रकार की अँगूठी। इसे 'टिकी मुँदी' भी कहा जाता है।
10. पाँयर : भतरी प्रभाव के चलते हल्बी की 'पाँय चो' मूल ध्वनि 'पाँयर' हो गयी है।

'काय मोल धरुआय जाले
काय मोल धरुआय?'
"सुन दादा रे सिरहा लोग

'पता नहीं क्या मोल लेगा
पता नहीं क्या मोल लेगा?'
"सुनो हे दादा सिरहा जन

सुन दादा गुनया लोग
'सब देयँदे' बल्ले दादा
'काहीं के नीं नेयँ' बलसित
काय मोल धरुआस दादा?
आले मोके साँग"
"तुचो हाती के अछा बनायँ बाई
मयँ हाती के अछा बनायँ
मोचो काजे एउआस बाई
एउआस जाले साँग?"
कपार पेटी बले होय रानी
'ए राम भगवान!' बले
'कोन अकल करें?' बले
'मयँ कोन गियान करें?
मोचो हाती मरुन जायदे' बले
'मोचो हाती मरुन जायदे'

सुनो हे दादा गुनिया जन
'सब-कुछ दूँगी' कहा हे दादा
'कुछ भी न लूँगा' कहते
क्या मोल लोगे हे दादा?
तनिक मुझे बतलाओ"
"तुम्हारी हथिनी को ठीक कर दूँगा बाई
मैं हथिनी को ठीक कर दूँगा
मेरे लिये आओगी बाई[11]
आओगी तो बताओ?"
माथा पीट लेती रानी
'हे राम भगवान!' कहती
'क्या उपाय करूँ मैं?' कहती
'मैं क्या उपाय करूँ?
मेरी हथिनी मर जायेगी' कहती
'मेरी हथिनी मर जायेगी'

---

11. मेरे लिये आओगी बाई : हे बाई! क्या तुम मेरी पत्नी बनना स्वीकार करोगी?

1892 "सुन दादा रे सिरहा लोग
सुन दादा गुनया लोग
हाती के अछा बनाव दादा
हाती के अछा बनाव
तुचो काजे एयँदे दादा
तुचो काजे एयँदे"
"माटी-किरिया बल बाई
बुबा-किरिया बल
भाई-किरिया बल बाई
तुय भगवान-किरिया बल
एबे 'एयँदे' बलसित बाई
मोके पाछे धोका देसे"
"माटी-किरिया एयँदे दादा
मयँ बुबा-किरिया एयँदे
भाई-किरिया एयँदे दादा
भगवान-किरिया एयँदे
हाती के अछा बनाव दादा
हाती के अछा बनाव"
"सुन बाई रे इन्दरपुरिन
सुन बाई माहाल बिती
सात ओआड़ी धर बाई
सात ओआड़ी धर"
सात ओआड़ी धरे रानी

"सुनो हे दादा सिरहा जन
सुनो हे दादा गुनिया जन
हथिनी को ठीक करो हे दादा
हथिनी को ठीक कर दो
तुम्हारे लिये आऊँगी दादा
मैं तुम्हारे लिये आऊँगी"
"माटी की सौगन्ध कहो हे बाई
बाबा की सौगन्ध कहो
भाई की सौगन्ध कहो हे बाई
तुम भगवान की सौगन्ध कहो
अभी तो 'आऊँगी' कहती हो बाई
मुझे बाद में धोखा दोगी"
"माटी की सौगन्ध आऊँगी दादा
मैं बाबा की सौगन्ध आऊँगी
भाई की सौगन्ध आऊँगी दादा
भगवान की सौगन्ध आऊँगी
हथिनी को ठीक करो हे दादा
हथिनी को ठीक करो"
"सुनो हे बाई इन्दरपुरिन
सुनो हे बाई महल वाली
सात परदे लो हे बाई
सात परदे लगाओ"
सात परदे लगाती रानी

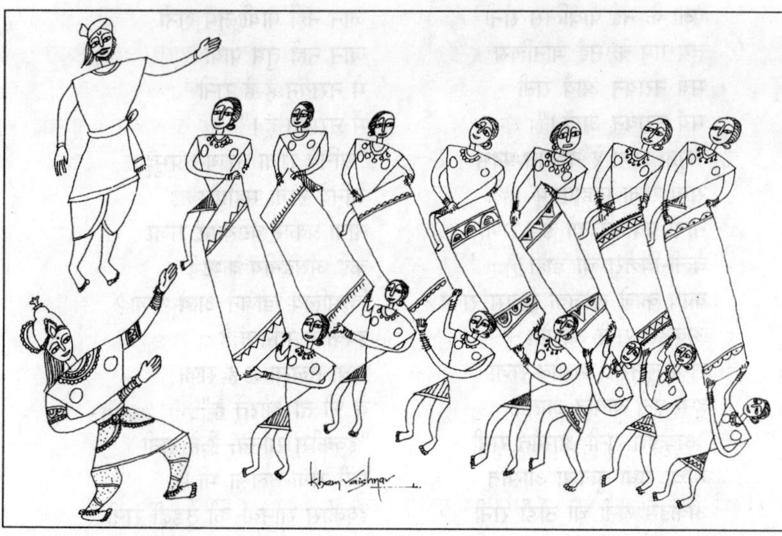

ओआड़ी-भितरे जाय	परदों के भीतर जाता
"मामा चो दिलो मोचो दाइज हाती	"मामा की दी मेरे दहेज की हथिनी
बुबू चो दिलो करलिबती	बुबू की दी करलिबती
घड़ी भर चोंडा उठाव आया	थोड़ी देर सूँढ उठाओ आया
घड़ी भर चोंडा उठाव"	थोड़ी देर सूँढ उठाओ"
चोंडा उठाउन देय हाती	सूँढ उठा जाती है हथिनी
नाकर बेल हेड़े	नाक से बेल निकालता
बेल हेड़ुन फेके राजा	बेल निकाल कर फेंकता राजा
हाती तिरतिरा होय	हथिनी ठीक हो जाती
दाना-भुसा बले खाय हाती	दाना-भूसा खाती हथिनी
पानी पिउन जाय	पानी भी वह पीती
आपलो रुप ने एय राजा	अपने रूप में आता राजा
रानी के काय बले	रानी से क्या कहता
"सात ओआड़ी गुचाव बाई	"सात परदे हटाओ बाई
सात ओआड़ी गुचाव"	सात परदे हटाओ"
सात ओआड़ी गुचाय रानी	सात परदे हटाती रानी
राजा चो मूँ के दखे	राजा का मुँह देखती
खाले मुँडी करे रानी	सिर झुका जाती रानी
खँड मुचकी मारे	वह हौले से मुस्काता
1894 "सती नारी रानी सतियाधारी	"सती नारी रानी तुम सत्य की धारक
चौंसठ जोगनी, अगमजानी	चौंसठ योगिनी, अगमजानी
अन्तरधियानी आस रानी	अन्तर्यामी हो रानी
अन्तरधियानी आस	तुम अन्तर्यामी हो
पता के नईं पावलिस रानी	जान नहीं पायीं तुम रानी
तुय गम के नईं जानलिस	जान नहीं तुम पायीं
मयँ नरायन आयँ रानी	मैं नरायन हूँ हे रानी
मयँ नरायन आयँ!"	मैं नरायन हूँ!"
"सुना राजा रे नरायन परभू	"सुनिये राजा नरायन प्रभु
सुना राजा माहापरभू	सुनिये राजा महाप्रभु
नाना पयकार चो डँड राजा	नाना प्रकार के कष्ट राजा
बेली-बिजरा चो डाहा!	कई असहनीय कष्ट!
काय काजे खोजुक इलास राजा?	किसलिये खोजने आये राजा?
अकइस रानी आसोत	इक्कीस रानियाँ हैं
राधा-तुलसा आसोत राजा	राधा-तुलसा हैं हे राजा
हुनी बले बायले आत"	वे भी तो औरतें हैं"
"अकइस रानी आसोत रानी	"इक्कीस रानियाँ हैं हे रानी
मोचो राधा-तुलसा आसोत	मेरी राधा-तुलसा भी हैं
अकइस रानी चो ठोड़ी रानी	इक्कीस रानियों की ठुड्ढी रानी

राधा-तुलसा चो ठोड़ी	राधा-तुलसा की ठुड्ढी
तुचो लेड़ी बले आय रानी	तुम्हारी एड़ी है हे रानी
एक समान आय	वे एक समान हैं
मोके बले डँड करलिस रानी	मुझे कष्ट दिया हे रानी
मोके बले डाहा दिलिस रानी	मुझे तकलीफें दीं
बारा बरक होली रानी	बारह वर्ष हो गये रानी
तेरा जुग होली	तेरह युग बीते
पेटे अरन निंहाय रानी	पेट में अन्न नहीं है रानी
मोचो मुँहे दातुन निंहाय"	मेरे मुँह में दतौन नहीं है"
राजा चो हात धरे रानी	राजा का हाथ पकड़ती रानी
नव खँड माहाले नेय	नौ खण्डा महल में ले जाती
बाज नेउन बसाय रानी	पलंग पर ले जा कर बिठाती रानी
नोनी के काय बले	नोनी से वह कहती
"राजा-भोग राँद नोनी	"राज-भोग राँध नोनी
राजा-भोग राँद"	राज-भोग राँध"
निंदराबती सुने बाबा	निंदराबती सुनती बाबा
राजा-भोग राँदे	राज-भोग राँधती
राँदा-बाटा के भय गय तियार	भोजन तैयार हो गया अब
राँदा-बाटा के भय गय तियार	भोजन तैयार हो गया अब
दातुन-पतर चाबोत राजा-रानी	दतौन आदि करते राजा-रानी
आँगे असनाँद होत	वे स्नान कर जाते
सुका कपड़ा पिंदोत राजा-रानी	सूखे कपड़े पहनते राजा-रानी
ओधा कपड़ा गिरे	गीले कपड़े गिरते
तुलसी-चँवरा ने जात राजा-रानी	तुलसी-चौरा में जाते राजा-रानी
तुलसी ने पानी रिकात	तुलसी में पानी डालते
"अगास मेलान बाड़ बाई	"आकाश का स्पर्श करो हे बाई
पकिर पाना फेक	नयी कोंपलें निकलें
तुय-मयँ बाँहा-जोरी बाई	तुम-मैं जैसे बाँहों की जोड़ी बाई
तुय-मयँ हन्सा-जोरी	तुम-मैं जैसे हन्सों की जोड़ी
जिव भर सेवा मिरो बाई	जीवन भर सेवा करूँ हे बाई
मोचो जान सुखी रहो"	मेरा जीवन सुखी रहे"
तुलसी-सेवा करोत राजा-रानी	तुलसी-सेवा करते राजा-रानी
तुलसी-पुजा करोत	तुलसी की पूजा करते
होम-आरती देत राजा-रानी	होम-आरती करते राजा-रानी
पइँया पड़ुन जात	वे प्रणाम कर जाते
बाजे जाउन बसोत राजा-रानी	पलंग पर जा बैठते राजा-रानी
निंदराबती दखे	निंदराबती देखती
राजा-भोग हेड़े नोनी	राज-भोग निकालती नोनी

झारी पानी डुमे
राजा-रानी के देय नोनी
हात अचाउन जात
चन्दन-काटे बसोत राजा-रानी
भोग मँडाउन देय

झारी में पानी लेती
राजा-रानी को देती नोनी
वे हाथ धो जाते
चन्दन के पीढ़े पर बैठते राजा-रानी
वह भोग परोस जाती

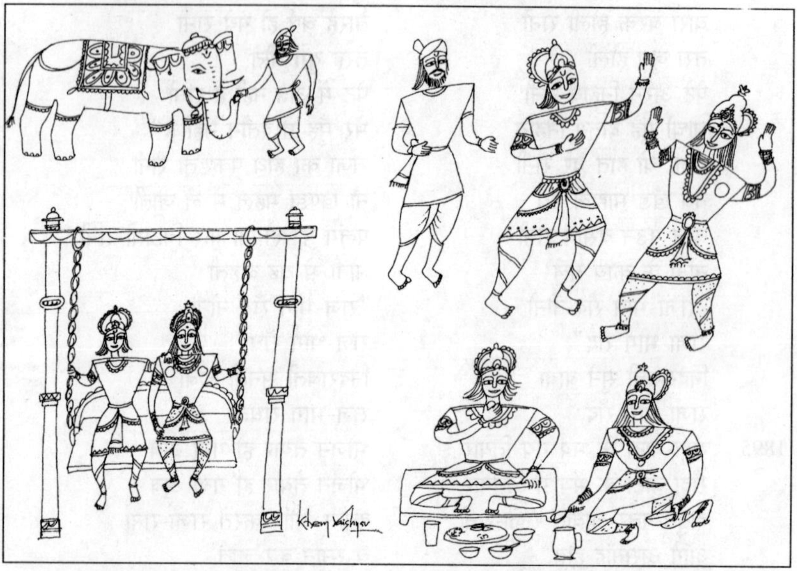

1896 खाओत राजा रे खाओत रानी
खाओत राजा खाओत रानी
अढ़ई कँवरा खात राजा-रानी
थारी सरकाउन जात
हात अचाउन जात राजा-रानी
बाजे जाउन बसोत
मोहोतेया के देय नोनी
आपन जेवनार करे
राजा चो हात बले रानी धरे
सोनर झुलना ने रानी नेय
सोनर झुलना बसोत राजा-रानी
रानी काय बले
"नाना पयकार चो डँड राजा
बेली-बिजरा चो डाहा!
काय काजे आनुक इलास राजा
काय काजे आनुक इलास?"
जितरो डँड बले करुन रला

खाते राजा खातीं रानी
खाते राजा खातीं रानी
ढाई कौर खाते राजा-रानी
थाली सरका देते
हाथ धो लेते राजा-रानी
पलंग पर जा बैठते
महावत को देती नोनी
स्वयं भी भोजन करती
राजा का हाथ पकड़ती रानी
सोने के झूले में ले जाती
सोने के झूले में बैठते राजा-रानी
रानी है क्या कहती
"नाना प्रकार के कष्ट राजा
अनेक असहनीय कष्ट!
किसलिये लेने आये राजा
किसलिये लेने आये?"
जितने भी कष्ट दिये थे रानियों ने

जितरो डाहा देउन रला	जितनी तकलीफें दी थीं
लिखी-लिखी करुन साँगे रानी	सब को एक-एक कर बताती रानी
बिदी-बिदी करुन साँगे	सब को एक-एक कर बताती
रद्रद्-रद्रद् गागे रानी	फूट-फूट कर रोती रानी
नै-नै आँचू ढारे	आँखों से आँसू बहते
"पहिल भोग राँदें राजा	"पहला भोग मैंने राँधा राजा
गोड़ा लोन लगाला	उन्होंने नमक की डली डाली
दुसर भोग राँदले राजा	दूसरा भोग राँधा राजा
बाली-कुदुर लगाला	उन्होंने उसमें रेत मिला दी
तिसर भोग राँदले राजा	तीसरा भोग राँधा राजा
घोड़ा-लिद लगाला	उन्होंने घोड़े की लीद लगायी
गोबर-छेना लगाला राजा	उन्होंने गोबर का उपला डाला राजा
चाटी-ओकार[12] लगाला	उन्होंने चाटी की माटी डाली
मुसा-गद लगाला राजा	उन्होंने चूहे की लीद डाली राजा
छेरी-लेंडी लगाला	उन्होंने बकरी की लेंडी डाली
'काचो राँदलो भोग?' बल्लास	'किसका राँधा भोग?' कहा आपने
'नोनी चो राँदलो भोग'	'नोनी का राँधा भोग' वे बोलीं
तिनपुर मरई मारलास राजा	बहुत मार मारा आपने राजा
मोके अँधेर झोड़ई झोड़लास	मुझे बहुत मार मारा
रउक नईं सकले राजा	रह नहीं सकी मैं राजा
मयँ खटुक नईं सकले	मैं सह नहीं सकी
सब सएन धरले राजा	सारी सेना ली मैंने राजा
मयँ इन्दरपुरे इले"	मैं इन्दरपुर चली आयी"
1897 "हुनकेय साँगुन मोके रतिस रानी	"मुझे सब बताया होता रानी
हुनकेय साँगुन रतिस रानी	तुमने मुझे बताया होता
मयँ डँड करुक नईं देते	मैं कष्ट देने न देता
डाहा देउक नईं"	तकलीफ देने न देता"
इन्दरपुरे असोत राजा-रानी	इन्दरपुर में हैं राजा-रानी
साल-डेड़ साल होय	साल-डेढ़ साल बीते
घर-बाटे धोका करे राजा	घर की चिन्ता करता राजा
घर-बाटे सुरता करे	घर की याद करता
'आया-बाबा चो राज' बले	'आया-बाबा का राज्य' कहता
'मोचो आजी-दादी चो देस	'मेरे दादी-दादा का देश
राज के कसन छाँडें?' बले	राज्य को कैसे छोड़ूँ?' कहता
'मयँ इथा कसन रयँदे?	'मैं यहाँ कैसे रहूँ?
गोटोक राज आय' बले	यह राज्य दूसरा है' वह कहता
'ए एक देस आय'	'यह देश दूसरा है'

12. ओकार : अन्य उच्चारण 'ओखार'।

अधया-38 : लखी-नरायन चो घरे बोहड़तो
अध्याय-38 : लखी-नरायन की घर वापसी

1898 "सुन रानी माहालखी	"सुनो हे रानी माहालखी
सुन रानी माहालखी	सुनो हे रानी माहालखी
बालिखँडपुरे बले जावँ रानी	बालिखँडपुर जायें रानी
इथा कसन रवाँ?	यहाँ कैसे रहेंगे?
तुके डँड करुक नीं देयँ रानी	तुम्हें कष्ट देने न दूँगा रानी
मयँ डाहा देउक नीं देयँ	मैं तकलीफ देने न दूँगा
तुचोय सँगे रयँदे रानी	तुम्हारे साथ रहूँगा रानी
मयँ तुचोय सँगे रयँदे"	मैं तुम्हारे साथ रहूँगा"
उरलाव-भुरलाव करे राजा	अपने पक्ष में करता राजा
रानी ओगाय होय	रानी चुप हो जाती

1899	“सुन दादा रे कोंड़गुड़ मुसा	“सुन हे दादा कोंड़गुड़ चूहा
	सुन दादा बेताल मुसा	सुन हे दादा बेताल चूहा
	भुँयगरा बले दख दादा	तुम सुरंग देखो हे दादा
	बालिखँडपुरे जावाँ”	हम बालिखँडपुर जायेंगे”
	भुँयगरा दखे दादा	सुरंग को देखता दादा
	सड़क बाट रहे	सड़क बनी हुई थी
	नोनी के काय बले दादा	नोनी से क्या कहता दादा
	“सड़क बाट आसे”	“पक्की सड़क है”
	“तुय सब सएन के धर दादा	“तुम सारी सेना ले लो दादा
	भुँयगरा बाटे भर”	सुरंग में ले जाओ”
	सब सएन धरे दादा	सारी सेना लेता दादा
	भुँयगरा बाटे भरे	सुरंग में ले जाता
	काहीं के नईं बचाय दादा	कुछ भी नहीं बचाता दादा
	खोजुन-खोजुन भरे	खोज-खोज ले जाता
	हाती-सिंगार करे बाबू	हथिनी का श्रृंगार करता बाबू
	हाती-सिंगार करे	हथिनी को तैयार करता
1900	जाओत राजा रे जाओत रानी	जाते राजा जातीं रानी
	जाओत राजा जाओत रानी	जाते राजा जातीं रानी
	करलिबती ने बसोत राजा-रानी	करलिबती में बैठते राजा-रानी
	भुँयगरा बाट ने ओलोत	सुरंग में घुस जाते
	बालिखँडपुरे जात राजा-रानी	बालिखँडपुर जाते राजा-रानी
	इन्दरपुर छाँडोत	इन्दरपुर छोड़ते
1901	बालिखँडपुर चो नव खँड माहाल	बालिखँडपुर का नौ खण्डा महल
	बालिखँडपुर चो नव खँड माहाल	बालिखँडपुर का नौ खण्डा महल
	माहाल भरती होय राजा चो	महल भर जाता राजा का
	ओना-कोना भरे	कोने-कोने भर जाते
	अकइस रानी दखोत बाबा	इक्कीस रानियाँ देखतीं बाबा
	“नोनी के राजा आनसोत	“नोनी को राजा लाते
	माहाल भरती होय” बलोत	महल भर गया है” कहतीं
	“माहाल भरती होय”	“महल भर गया है”
	सेवा-जोड़ा धरोत रानी मन	सेवा-सामग्री रानियाँ लेतीं
	पुजा-जोड़ा धरोत	पूजा-सामग्री लेतीं
	चन्दन काट मँडात रानी	चन्दन का पीढ़ा रखतीं रानियाँ
	माँडी मोड़ुन देय	हथिनी घुटने मोड़ देती
	हाती ले उतरुन जात राजा-रानी	हथिनी से उतर जाते राजा-रानी
	चन्दन-काटे उबोत	चन्दन के पीढ़े पर खड़े होते
	पइँया धोआउन जात रानी	पाँव धुला जातीं रानियाँ

	चाउर-टिका देत	चावल का टीका लगातीं
	होम-आरती देत रानी के	होम-आरती करतीं रानियाँ
	पइँया पड़ुन जाय	वह (माहालखी) प्रणाम कर जाती
	नोनी चो टोंड चुमोत रानी	नोनी का मुख चूमतीं रानियाँ
	रानी के काय बलोत	रानी से क्या कहतीं
	"नाना पयकार चो डँड नोनी	"नाना प्रकार के कष्ट हे नोनी
	बेली-बिजरा चो डाहा!	अनेक असहनीय कष्ट!
	एदायँ छाँडुन नीं जा नोनी	अब छोड़ कर मत जाना नोनी
	एदायँ छाँडुन नीं जा	अब छोड़ कर मत जाना
	झुलना ने नेउन देउँदे नोनी	झूले में पहुँचा देंगी नोनी
	तुके झुलना ने खाउक देउँदे	हम झूले में तुम्हें भोजन देंगी
	तुके चोबिस घंटा झुलावँ नोनी	तुम्हें चौबीस घन्टे झूला झुलायेंगी नोनी
	चोबिस घंटा झुलावँ"	चौबीस घन्टे झुलायेंगी"
1902	राधा-तुलसा काय बलोत	राधा-तुलसा क्या कहतीं
	राधा-तुलसा काय बलोत	राधा-तुलसा क्या कहतीं
	"एदायँ छाँडुन नीं जा नोनी	"अब छोड़ कर मत जाना नोनी
	तुय भितर खोली ने रा	तुम भीतर के कमरे में रहो
	तुचो डेवना-राखा रयँदे नोनी	तुम्हारा द्वार-पाल बनूँगी नोनी
	मयँ डेवना-राखा रयँदे"	मैं तुम्हारा द्वार-पाल बनूँगी"

1903	“सुन बाबू मोहोतिया	“सुन हे बाबू महावत
	सुन बाबू मोहोतिया	सुन हे बाबू महावत
	मँजी खोली ने जा बाबू	बीच के कमरे में जा हे बाबू
	खिड़की लगे दख	खिड़की के पास देख
	सोनर झुलना गाड़ बाबू	सोने का झूला गाड़ बाबू
	रुपर धरना गाड़”	चाँदी की डोर लगा”
	खिड़की लगे जाय बाबू	खिड़की के पास जाता बाबू
	सोनर झुलना गाड़े	सोने का झूला गाड़ता
	रानी चो हात धरोत रानी मन	रानी का हाथ पकड़तीं रानियाँ
	राजा चो हात धरोत	राजा का हाथ पकड़तीं
	सोनर झुलना ने नेत रानी मन	सोने के झूले में ले जातीं रानियाँ
	झुलना ने नेउन बसात	ले जा कर झूले में बिठातीं
	झुलना ने नाहाउन देत रानी के	झूले में नहला देतीं रानियाँ
	झुलना ने खाउकलाय देत	झूले में भोजन देतीं
	कोरुन-गाथुन देत रानी के	वे केश सँवार जातीं रानी के
	चोबिस घंटा झुलात	चौबीस घन्टे झुलातीं
1904	आसोत राजा रे आसोत रानी	रहते राजा रहतीं रानी
	आसोत राजा आसोत रानी	रहते राजा रहतीं रानी
	बालिखँडपुरे आसोत राजा-रानी	बालिखँडपुर में रहते राजा-रानी

	राज धरुन खासोत	राज्य पर शासन करते
	धरती के टेकुन गेला राजा-रानी	धरती को सम्हाल लिया राजा-रानी ने
	पिरथी के पालुन गेला	पृथ्वी का पालन किया
	तिन लोक चो आत राजा-रानी	तीनों लोकों के हैं राजा-रानी
	तिन पुर चो आत	तीनों पुरों के हैं
	चाटी-ओंगी चो आत राजा-रानी	चींटी-कीड़ों के हैं राजा-रानी
	जियाद-जन्तुर चो आत	जीव-जन्तु के हैं
1905	“बरमा-बिसनू-महेसर भगवान	“बरमा-बिसनु-महेसर भगवान
	राम-लखन सिता-जानकी	राम-लखनी सीता-जानकी
	सरसुती-दुरपती सुना बाबा	सरसती-दुरपती सुनो बाबा
	कमलाबती सुना	कमलाबती सुनो
	बुँरदाबती सुना बाबा	बुँरदाबती सुनो बाबा
	माहादेव-पारबती सुना	माहादेव-पारबती सुनो
	लखी-नरायन सुना बाबा	लखी-नरायन सुनो बाबा
	सतनरायन सुना	सतनरायन सुनो
	तुमचो रमायन पढ़लू भगवान	आपकी रमायन पढ़ी भगवान
	तुमचो भजन गावलू	आपके भजन गाये
	छिचे पानी नईं लागो बाबा	पानी का छींटा भी न लगे बाबा
	धुके हवा नईं पाओ	बुरी हवा न छुए
	सुख-सनपती राखा परभू	सुख-सम्पत्ति रहे प्रभु
	जिव भर सुखी राखा”	जीवन-भर सुखी रखो”

❂❂❂